Joachim Ziegler بقلم يوآخيم تسيغلر

Der Kolonialfeiertag

die Meech

Abbruch, eine Brangsche, die immer geht

mit Rezensionen ua von
Lilija Beljajewa, Sieben Jahre zählen nicht Berlin/DDR 1978
Wil Lipatow, Wanjuschka Mursins Mörderische Liebe Berlin/DDR 1983

Vorbemerkung:
Der vorliegende Text ist mein geistiges Eigentum. Für gewerbliche Zwecke ist jedes Kopieren in Auszügen, als GesamtText, sowie zur Vervielfältigung auch in jeglicher anderer Form nur mit meinem vorherigen schriftlichen Einverständnis erlaubt. Sämtliche Handlung und sämtliche Personen im vorliegenden Sachtext sind von mir erfunden, jegliche Ähnlichkeit mit tatsächlich stattgefundenen Handlungen sowie jede Ähnlichkeit mit tatsächlichen Personen ist nicht beabsichtigt und wäre rein zufällig. Die Handlung und die Personen der vorliegenden Theaterstücke sind von mir erfunden, jegliche Ähnlichkeit mit realen Personen ist nicht beabsichtigt und wäre rein zufällig.
Joachim Ziegler, Görlitz 29.November 2016.

Bibliografische Information der Deutschen Bibliothek:
Die Deutsche Bibliothek verzeichnet diese Publikation in der Deutschen Nationalbibliografie; detaillierte Informationen sind im Internet über <http://dnb.d-nb.de> abrufbar.

©2016 Joachim Ziegler
Herstellung und Verlag: BoD - Books on Demand, Norderstedt
ISBN: 9783743117402

Joachim Ziegler بقلم يواخيم تسيغلر

Der Kolonialfeiertag

die Meech

Abbruch, eine Brangsche, die immer geht

mit Rezensionen ua von
Lilija Beljajewa, Sieben Jahre zählen nicht Berlin/DDR 1978
Wil Lipatow, Wanjuschka Mursins Mörderische Liebe Berlin/DDR 1983

auf 1 Zeile gemalte stilisierte Grüne Vier Eichbäume
Inhaltsverzeichnis

Vorwort 5

Der Kolonialfeiertag 200

die Meech 275

Abbruch, eine Brangsche, die immer geht 325

Europäische Literatur 520
Alexander Puschkin, Die Hauptmannstochter Berlin/DDR 1971
Anton Tschechow, Ein Drama auf der Jagd Berlin/DDR 1982
Michail Kolesnikow, Das Recht der Wahl Berlin/DDR 1974
Boris Wassiljew, Und morgen war Krieg Berlin/DDR 1987
Lilija Beljajewa, Sieben Jahre zählen nicht Berlin/DDR 1978
Wil Lipatow, Wanjuschka Mursins Mörderische Liebe Berlin/DDR 1983

Herkunft und Bedeutung der Sprache 570
mit einer Vokabelliste mit Hilfe von
Frances Trollope Domestic Manners
Gaskell Cranford, Mary Barton
Dorothy Sayers uam Red Herrings
Landkarte Scotland England Wales Ordnance Survey April 2009
mein Dank 589

Liebe Mutter
entschuldigst du bitte, daß ich dir so viel Haaner Platt in den Mund gelegt habe? , aber es hat sich so sehr angeboten, nein ich würde sagen aufgedrängt, ich weiß, es ist nicht zu entschuldigen.
Mutter:"Was fragsten dann so bleede!"

Etwas noch Besseres als Cranford ist Omas Rock Bild anfertigen, und ab in Buch!

Jimi Hendrix Get that feeling !

    Vorwort

Plural von Familiennamen=
the family of John Miller=
The Millers
die Familie von Theophil Ziegler=
Die Zieglers
Mutter Juhu!
Manes Seelen der Verstorbenen Mutter Ich grüße dich!
Mutter sagte immer: sie kann Komiker nicht leiden, die gesellschaftskritische Sketche machen, denn über gesellschaftlichen Mißstand soll man nicht lachen. So sagte Mutter immer. Ich dagegen sagte ihr immer: gegen gesellschaftlichen Mißstand kann man mit Komik gerade etwas erreichen. Mutter blieb fest in ihrer Ansicht. Und ich habe über die Jahrzehnte fast ganz ihre Ansicht angenommen. Über die Verbrecher, die seit der Wende die DDRBevölkerung ausbeuten, kann und soll man keine Witze machen. Über meine Mutter ist nochmal zu sagen: Mit der Gewaltsamen Verunmöglichmachung des offenen Sarges bei der Bestattung eines toten Menschen gelingt dem zu kritisierenden System, die Würde des Menschen dh die Ehre des Menschen restlos, ich wiederhole: restlos zu vernichten.
Ganz am Ende ihres Lebens wollte sie nach Bayern oder genauer: nach Franken umziehen und hatte alles dafür in die Wege geleitet, ihre HausHälfte in Dreieichenhain zu verkaufen. Für Mutter als Deutsche Schlesierin ist, in ihre heute in Polen liegende Deutsche Heimat zurückzuziehen so doch zumindest nach Görlitz bzw die entsprechende Grenzregion dh nahstmöglich

an ihren Heimatort, seit der Wende 1989 bis zu 2006 ihrem Tod niemals ein Thema gewesen! Das möchte ich den CPolitikerinnen und den CPolitikern vor die Nase halten, die die Schlesischen Flüchtlinge zwar immer als Dreck behandelt haben und dagegen die Schlesischen Vertriebenen als eine ganz besondere Kundschaft, während die Cparteien diese zwei von den Cparteien auseinanderdividierten verschiedenen MenschenGruppen wie Dreck behandelten, so daß wie einen alten Baum zu verpflanzen nach Schlesien zurückzuziehen für einen Schlesier, der 45Jahre seines Lebens woanders sein Leben eine Ehe und eine Familie mit Kindern und Enkeln aufgebaut hat, illusorisch ist. Wovon die Cparteien aber, indem sie mEs so tun, als gäbe es 1991 wieder ein Deutschland von 1945, bis heute nutznießen zu dürfen vorgeben, was mEs blanker Unsinn ist. Die Auflösung Sicherer Grenzen trotz allem dh trotz Schlußakte von Helsinki/UNO-Charta/Grundlagenvertrag zwischen der DDR und der BRD, beabsichtigte und bezweckte Westberlin und die BRD mEs bereits seit 1980! Die Staatsbürgerschaft der Bürger der DDR hatte mEs seit jeh den Vorteil, richtig zu sein, entgegen der mit der mEs bis heute 2016 absurden Staatsbürgerschaft"deutsch" der Bürger der BRD schon 1980 lächerlich und absurd begründeten ScheinStaatsBeRechtigung der BRD zur Alleinvertretung der DDR und dh auch zur Kapitalistischen Ausbeutung der DDR. Geht uns ja nichts an, ist ja Utopisch", haben sich die Bürger der DDR 1980 gesagt; Geht uns ja nichts an, ist ja Utopisch", haben sich die Bürger der BRD 1980 gesagt. Die BRD-Bürger haben bereits seit 35 Jahren die Kapitalistische Ausbeutung am eigenen Leibe erfahren. Westberlin und BRD führten 1980 bereits seit Jahrzehnten auf Seiten der USA mittels BRDRüstungsproduktionslieferung unerkannt, versteckt nicht-offiziell, mittels dem berüchtigten höchst-offiziellem "Fernsehen der BRD" und der berüchtigten "höchst-offizieller" schein"freien Presse" der BRD Medienkrieg, richtig Krieg führen durften die BRDler erst seit 4.Oktober 1990!

Zwischenbemerkung: 2016 Görlitz im Internet: An der Präsentation ist unschwer die Definition von Haß und Rassismus in der reinsten Form wiedergegeben, siehe: Bilder und Fotos von Görlitz : Perfide: auf 1Foto von 1945 bis 1990 kommen 100 WebSites mit Fotos von 1932 und vor 1932 .. bis früher zu Kaisers Zeiten!, aber kein 1945 bis 1990, großzügige Präsentationen, Gaststätten Hotels : Perfide . Dies ist nicht zufällig. Der Görlitzer StadtbildVerlag - interviewt man wie ich die Görlitzer Bevölkerung, dann finden diese Menschen in der BRDPräsentation von Görlitz alles mögliche über irgendeine Stadt drüben in Westdeutschland?, nein, aber sicherlich auf dem Mond oder auf dem Mars, aber rein gar nichts von der eigenen Heimatstadt Görlitz, die man nach dem II.Weltkrieg mühsam wieder aufgebaut und zum Blühen gebracht hat, wo man bis Herbst 1989 mit Stolz über die IndustrieMetropole Görlitz sagen konnte:"Ich bin Görlitzer !", davon will die BRD nichts wissen, der BRDHaß richtet sich genau dagegen! - zusammen mit der Partei trägt den Hauptteil dieser Verantwortung. Wer von der Görlitzer Bevölkerung will diesen Haß und Rassismus haben?

Das DDR-Volk und das BRD-Volk sind unterschiedliche Völker mEs. Somit müßte ich sagen: Die Absicht der BRD lag stets darin, das DDRVolk auszubeuten, zB das DDR-Volkseigentum kapitalistisch auszubeuten. Nun mögen manche BRDFunktionäre wie Cparteien/BRD und SPD/BRD sagen: mit dem deutschsprachigen Ausland Schweiz, DDR und Österreich haben wir zwar nichts zu tun, aber über das DDR-Volk sagen diese Kapitalistischen BRDFunktionäre:" Wir sind doch 1 Volk, Wir gehören doch alle zusammen."
um so schlimmer:
Denn somit kann und muß man sagen:
 sich am eigenen Volk zu bereichern macht vollkommen skrupellos und reif, weltweit für Bereicherung an anderen Völkern einsetzbar zu sein; dies bekommt erst die richtige Wirkung, seit sich die AlleinvertretungsAnmaßung des Bonner Bundesgerichtshofes 1980 in Karlsruhe/BRD mEs seit 1991 und somit die Lächerlichkeit und das Absurde bewahrheitet.
 Im vorliegenden Text versuche ich, nicht etwa eine Staatsfeindliche Doktrin zu erfinden, sondern, -

und zwar aus der Sicht der Benachteiligten und nicht etwa - wofür seit 1949 BRDMedien = BRDZensur steht - aus der Sicht der Mächtigen, indem ich das aus der Sicht der Mächtigen Bekannte aus den Jahre und Jahrzehnte herrschenden StaatsAffirmativen dh sich Selbst Schützenden Kapitalistischen StaatsMedien nunmehr mEs erstmals , und wenn nicht erstmals so doch zumindest unmittelbar anschließend an siehe zB Kommunismus in der BRD im Rahmen Heuchlerisch "Geduldeten" Denkens Ausgeschaltetem dh in eine Kriminalisierte Sub-Kultur bzw eine Kriminalisierte Rand-Kultur Verbanntem,

aus der Sicht der Benachteiligten berichte zB aus der Sicht des DDR-Volkes, des Alt-BRD-Volkes, des Neu-BRD-Volkes, der BRD-Gegner, StaatsGegner, KapitalismusGegner: , -

neue und revolutionäre dh Staatsfeindliche Propaganda dadurch zu machen dh Legitim zu machen dh die Legitimität dessen zu ermöglichen, bekannte Information aus einem neuen dh aus einem den herrschenden BRDZensurMedien ungewohnten Blickwinkel zu betrachten, und zwar über Jahre bzw über viele Jahre bzw über Jahrzehnte allgemein bekannte dh der Weltöffentlichkeit bekannte Information. Dies ist der Hauptansporn zu meiner Arbeit, denn ich habe die Erfahrung gemacht, daß Information, je mehr man Information zerredet und wiederholt, darin erkannte ich eine Methode von KriegsZensuren wie zB Westberlins/ der "BRD", um so mehr vergessen wird und nicht etwa um so mehr angeklagt wird.

Meine ErzKatholische Mutter steht für Katholisches Christentum. Im Laufe ihres Lebens hat sie nicht einen SonntagsGottesdienst verpaßt; und alles im Leben bezog sie auf die Heiligen und auf Gott, aber den Namen der Heiligen und den Namen Gottes nahm sie sehr selten in den Mund, wirklich nur, um uns Kindern unsere Religion zu erklären, aber niemals sonst und in den übrigen AlltagsSituationen niemals in Kraftausdrücken, niemals in Übertreibung, niemals in irgendwelchem Fluchen oder Unbedachtsamkeit, nein, da gibt es Schlesische Schimpfwörter, die sich schon besser zum Fluchen eignen. Nun, deswegen haben wir Kinder wohl so etwas von der Mutter mitbekommen, daß wir den Namen der Heiligen und den Namen Gottes nicht in den Mund nehmen sondern nur dann, wenn wir es ernst meinen, und dh im eigenen Gebet alleine ganz still für sich und keineswegs irgendwie, um mit unserer Christlichkeit in der Öffentlichkeit in der Kirche und im AußerKirchlichen Alltag in mitten der Stadt unter vielen Menschen anzugeben.

Angeben. Was ist das? Meine Kinder studieren!", ganz besonders im von Massenarbeitslosigkeit geprägten Görlitz heute 2016 hört man das genauso wie damals in Alt-BRD 1980, voller Angeberei gleichaltrigen Onkeln und Tanten gegenüber, die es nicht gemacht haben, das Kind oder die Kinder durch das BRDSchulsystem zu schleusen, hat man mit feinster Verachtung bedacht,-ich selbst wurde durch dieses System geschleust, und man gab mir nur deswegen das Abitur, damit se mich auf dem Gymnasium loswaren; ich selbst hätte mir das Abitur nicht gegeben; Lernen zuhause? Nicht einen Tag in meinen 14 oder 15 Schuljahren ich habs vergessen, nicht einen Tag davon habe ich jemals zuhause meinen Arbeitsplatz in einem eigenen Kinderzimmer gehabt, wo ich anerkannt gewesen wäre, daß ich da arbeiten kann, nicht 1 Tag, die OberstufeZeugnisse und abschließenden Abitur-Prüfungen habe ich quasi allesamt ohne Vorbereitung gemacht, man setzte sich hin ins Elternhaus zu den Hausaufgaben, und im selben Augenblick nahm man wahr, daß überhaupt keine Ruhe und Akzeptanz und Anerkennung einer Privatsphäre von den Eltern und den Geschwistern einem dh mir gegenüber gab, Hauptschüler wußten mehr als ich, ich hatte Leere im Kopf, die ich, wie ich zu lernen meinte, mit Schauspielerei füllte, sich also so zu verhalten und so zu tun als ob ich ein Schüler eines Gymnasiums wäre, erbracht habe ich niemals eine Leistung außer der, mich über die vielen Jahre durch die Schule zu quälen und durch die Schule zu schummeln, bis ich mit einem erschummelten Abitur und zwar einem nicht etwa von mir sondern frecherweise von meinem Vater persönlich ein paar Meter neben dem Lehrerzimmer in der Gymnasiumsverwaltung abgeholten Abitur, bei Bekanntgabe dessen ich das DinA4Heftdicke AbiturDokument vor seinen Augen hätte zerreißen sollen die Zerstörung der Ehre/die Zerstörung der Würde/die Zerstörung von allem, und somit meinem von meinem Vater erschummelten Abitur auf der Uni war und knapp 10Jahre vor mich hin weiterschummelte, und meine Eltern konnten immer mit Stolz sagen: der? Ja der studiert! In der Eltern höchster Hochachtung, obwohl mir dieserart Achtung nichts gebracht hat. Im Laufe meines Studiums in der BRD in Frankfurt/Main hatte ich über die knapp 10Jahre Gelegenheit, so manchen MitStudenten danach zu fragen, ob er denn jetzt in dem Studienfach schonmal einen kleinen Nebenjob und, was das wichtigste ist, die klare Aussicht darauf hat, nach dem erfolgreichen Ende des Studiums in der StudiumsBranche eine Berufstätigkeit ausüben zu können, ..? Fragte ich, und von, sagen wir in 10Jahren habe ich 50 Leute dies gefragt, und von diesen haben 49 geantwortet: Nein, ich habe aber durch einen Nebenjob als Kellner oder als Taxifahrer DAS Geldverdienen entdeckt und werde diesen Job niemals mehr freiwillig aufgeben wollen, und die übrigen dieser 49 sagten: mit meinem Studienabschluß GermanistikPhilologie oder Politikwissenschaft, diese Leute haben bekundet, einen Job in einer ganz anderen Branche nämlich als Buchhalter und als Empfangsdame in der Kaufmännischen Branche erlangt zu haben, und haben selbstkritisch gemotzt, daß man dafür auch eine Kaufmännische Lehre hätte machen können, das hätte nicht 8 Jahre Gammelstudium von Alter 19-27 sondern 2-3Jahre Kaufmännische Lehre im Alter von 16-19 bedeutet. Solches haben manche Schulkollegen gemacht, die wenigsten, und wie haben wir Studenten diese Menschen beneidet, und wie beneiden wir diese Menschen noch heute! Studium? Der PrestigeReichste Trick, das eigene Kind aus der Arbeitslosenstatistik draußen zu halten. Und mit 22 oder 23 oder 29 bei einem erfolglosen Studieren ist man ja quasi nicht mehr der Schulabgänger im Alter von 18 oder von 19 oder von 20, gerade Erwachsen gewordene Jugendliche, über die sich die Eltern und die Politik und die BRDMedien ja gerne so besorgt den Mund zerreißen, aber Erfolglose Abgänger von Unis bzw solche Studenten, die in allem Hände in Unschuld auch die Arbeitslosigkeit gefunden haben, diese MenschenMassen sind auf dem Mond, wenn man den Medien glaubt.

Die Spekulanten der DDR-Ausbeuterischen KolonialismusSpekulation waschen ihre Hände in Unschuld: als Spekulant das Geschäft der Spekulation machen? wenn nicht ich, dann nimmt mir ein anderer das Geschäft weg, es ist doch wie der Illegale HeroinHandel im Bahnhosviertel, mein Gott!, ich kann daran doch auch nichts ändern", so sagen die Spekulanten

die Hölle auf Erden Was ist das Leben in der BRD? Man verbringt die Schönen Tage, nachdem man, während man die KapitalismusTypische Katastrophale Organisation des Katastrophalen Alltags der Freunde und Bekannten die Wochentage nur sehr selten und wenn dann, indem man seinen Senf dazu gibt, nur ganz oberflächlich begleitet hat, für die KapitalismusTypische Katastrophale Organisation des Katastrophalen Eigenen Alltags die Wochentage gekämpft hat, alleine, anstatt sich mit den genauso gegen KapitalismusTypische Katastrophen ankämpfenden Mitmenschen zu befassen gemäß dem seit Gründungstag der BRD 1949 für BRD Typischen
EtwasNichtSehenWollen,EtwasNichtHörenWollen,EtwasNichtSprechenWollenAffenModus! Anstatt zusammen, so ist man am besten alleine. Auch deswegen hasse ich den BRDKapitalismus, es ist die Hölle auf Erden. Ich bin Dissident des mEs 9.November 1989 Untergegangenen und zugleich neugegründeten "BRD"Regimes, das nunmehr Offiziell in die Regime des USEroberungsKolonialismusKapitalismus aufgestiegen war. Nach jetzt 2016 Textarbeit bei TippPause festgestellt, daß mir die ganzen Finger und Unterarme vom vielen Schreiben wehtun. Das kann nur Muskelkater sein: also noch nicht genug geschrieben. Das heißt, Ich sollte mehr schreiben.

Wie falsch wir Wessis eigentlich bis 1989 gesprochen haben, wurde mir erst jetzt 2016 beim Super Bowl klar =
Vergleiche zB das NFL Emblem = USEnglisch mit Deutsch und BRDisch= USAmerikanisch = ´Imm blemm
Deutsch =   Emm ´blemm

BRDisch =   Emm ´bleehm

Französisch =   /OA/mm ´blääbm

Man vergleiche die hier thematisierten und hier im Buch an geeigneter Stelle aufgelisteten englischen Vokabeln mit Schlesisch, Gerrlitzer PlattOberlausitzisch, Norddeutsch und Hamburgisch und Ostfriesisch

I ken it. Ich kenne es. Scotish

Das Fantastische war, wenn man die ganze öde Kapitalistische "BRD" weit hinter sich gelassen, das Europäische Festland verlassen, NordseeÄrmelkanal durchschwommen mit der Fähre überquert, und sogar ganz England durchquert und hinter sich gelassen hatte und endlich in den Highlands mitten in Schottland war, daß man dann auf eine Bevölkerung traf, die plötzlich unfaßlich völlig unbegreiflich Worte gebrauchte, die der BRD-Sprache so ähnlich waren und ich meinte, die sprechen ganz ähnlich wie daheim, daß man annehmen mußte, daß diegleichen Germanischen Völker die Sprachliche Grundlage bilden für die "BRD"Bevölkerung und die Schottische Bevölkerung, unfaßbar, so dachte ich damals, als ich mit 1981 16 ODER WANN? 1982 mit 17? von der "BRD" nach Schottland gefahren war, so unfaßbar, daß ich darüber nicht zu sprechen wagte. Als ich nun fast zwei Generationen später über Schottland im Internet surfte, fand ich erstaunlich bzw auch nicht mehr erstaunlich die Information, daß den Germanen Schottland sehr gefallen hat.

grundsätzlich alle Berufe viel weniger Geld ab der Wende, ist zur Gehalts- und LohnEntwicklung ab 9.November 1989 bis 1991 und bis heute in der DDR festzustellen. für was! soll man sich da bedanken? Erstaunlich, daß es ab 1989 keine militanten Massenproteste gegen das Groß"BRD"System gab.

BRD ist 1989 untergegangen mEs, denn der DeutschlandTraum der BRD von dem 1945 doch endgültig untergegangenen "Deutschland" vernichtete sich selbst durch den die Kolonialisierung entsprechenden HitlerÖsterreichAnschluß der DDR durch die BRD am 3.Oktober 1990.

Man scheint mEs uns verbieten zu wollen, gegen den "BRD"kolonialismus die Stimme zu erheben, und zwar scheint man uns das nämlich Unter dem Vorwand Nischt Jenaues weeß ma nieh, und zu dem Thema "Christen" dürfen

Wir "Christen" sowieso NICHTS sagen, weil "Christen" ja Sache unseres großen Bruders Big Brother USA ist, verbieten zu wollen. Der vorliegende Text ist 2015/2016 unter der durch nichts bezweifelbaren Prämisse=Vorausgesetzten Bedingung geschrieben, daß sich das seit Gründungstag der "BRD" 1949 Militärische Bündnis mit USA bis heute 2015/2016 nicht aufgelöst hat, sondern, ich würde sagen, fester denn je ist. Genauso wie zweifelsohne in Palästina die "Jüdische Entity" mittels "US"- und BRD-Medien TV Internet "Syrische Rebellen" genannten Terroristen per von den Juden kontrollierten Syrischen Golanhöhen Verantwortung trägt für einen Teil des Kriegselends eines gemäß "US"- und BRD-Medien sogenannten "Bürgerkrieges" in Syrien Englisch : Civil War in Syria, der gemäß Einschätzung der Syrischen Regierung kein Bürgerkrieg sondern ein Importierter Krieg ist, spreche ich eine NichtTeilnahme am 2015 NahOstKrieg sowohl der "BRD" wie auch den USA ab.
Welche Rassistischen FremdenhaßAusländerhaßGedanken müssen Görlitzer Ordnungsämter beflügeln, wenn PKW besitzende BRDBürger für Parken verboten Strafe zahlen müssen, PKW Besitzende Nicht-BRDBürger für Parken verboten Keine Strafe zahlen müssen. Erstaunlich! Denn so etwas schafft ganz neue Wut! Als hätten wir Wessis damals in den 1970ern in BRDland noch nicht "Staatlich" geförderten Fremdenhaß genug gehabt!
Wie stehe ich zu Kinderwagen? Dh dazu, daß der Mann den Kinderwagen schiebt?
Grundsätzlich würde ich sagen, bei einer teilweisen Teilung der Arbeit und Pflege für das Kind, nicht etwa, daß die Frau die 100% alleinVerwaltung der Lebensorganisation des Kindes hat und somit einen Alleinanspruch auf den Elternstolz sondern 50%, so daß der Vater es ist, der stolz auf seine Kinder ist und das auch öffentlich zeigen darf und deswegen in 50%iger Abwechslung mit der Mutter alltäglich den Kinderwagen schieben kann bzw soll und nicht etwa die Frau, die auch in unserer heutigen angeblichen sogenannten modernen Gesellschaft immer noch derjenige Mensch ist, der das Leben der Kinder überhaupt ermöglicht; dh ohne Frau, die Essen ranholt, würden die meisten Babies verhungern, und die "BRD"Gesellschaft würde nicht etwa sagen: "Was für eine schlechte Mutter und was für ein schlechter Vater!", sondern eben nur "Was für eine schlechte Mutter!, man wird ja wohl nicht vom Vater erwarten können dürfen, daß er das Wohl des Kindes organisiert und sicherstellt, denn das ist doch Sache der Frau!, wie der "BRD"Christliche Gott es doch schon immer gewollt hat!, das ist zweifelsohne auch ganz gut so, nicht wahr!? nicht wahr!?"
Meine Einstellung zu diesem Thema ist jedoch vor einigen jahrzehnten noch

ganz anders gewesen. Möge ich an dieser Stelle zurückblicken dürfen: 1970er=
In Dreieichenhain, daß nicht etwa die Frau sondern der Mann Kinderwagen schiebt : Gesehen habe ich das das erste Mal in meinem Leben und zwar in Dreieichenhain: 1988?; ich hatte zwar einen Bruder, der ganz prima 50%KinderpflichtenTeilung von ihm und seiner Kindesmutter Propaganda machte, aber als das Baby dawar, da dauerte es nicht mehr als 1Jahr, da glänzte er drüben im Westen in einer Universitätsstadt, wo er und seine Frau gleichzeitig studierten, in den altmodischsten Selbstverständlichkeiten nach dem Schema:"Du wirst doch nicht von mir verlangen, daß ICH das Baby wickel, wo er und seine Frau gleichzeitigwenn ich doch ne Vorlesung zu der Zeit habe! Nee, das Kind muß da bei dir bleiben! Was denkst du denn!" und wenn die Kindsmutter eine Vorlesung hatte und dasselbe sagte, dann fand dieser Vater vorbildlich flexibel Ausflucht in die verstaubtesten GeschlechtsSchemata aber immer höflich wie ein gutes VerkäuferKapitalistenSchwein:"Ach du, das ist aber jetzt ganz ungünstig: ich MUSS doch jetzt hier am PC arbeiten!", das war so ein Spruch in der "BRD" damals Anfang der 1980er, als es gerade die allerersten PCs gab, man würde heute sagen bzw sagt es seit Ende der 1990er:"Du das ist aber jetzt ganz ungünstig, ich will doch gerade im Internet arbeiten .." und meint damit nur im Internet Surfen, was doch bekanntlich 7Tage und 7 Nächte die Woche funktioniert und nicht auf Öffntungszeiten angewiesen ist. Obwohl anfangs dieses Pärchen ganz einvernehmlich supermodern, wir machen alles zusammen draufwar, platzte dies 1Jahr, nachdem das Baby dawar, wie eine Seifenblase. Das alltägliche Kinderwagenschieben von meinem Bruder? Ich habe das niemals gesehen.
Und wie war das in meiner Kindheit?: Mann macht Kinderwagenschieben 1975 Dreieichenhain?=Nirgends!
Zu alldem, wenn in "den Kirchen", in einer Evangelischen Kirche in Görlitz 2016 habe ich das beobachtet, 20Jährige oder Anfang 20Jährige mit frisch geborenen Babies in der Kirche mustergültig vorgeführt werden, dann macht das Eindruck. Wie sehr macht das Eindruck im Publikum, wenn AlleinErziehende sowie Menschen, denen man das Sorgerecht für das Baby genommen hat sowie Familienangehörige dieser Menschen zB die Eltern = die GroßEltern, dies MusterElternVorführen mitansehen bzw mitansehen müssen. Vor allem, wenn diese jungen Leute vorher und nachher in der Kirche niemals mehr ward gesehen. Meine Katholische Mutter sagte immer:"Ach ja, die Evangelischen: bei der Konfirmation Geldgeschenke abkassieren, vorher waren se noch niemals in der Kirche und hinterher

werdense, - außer pro forma 1x zu Wiehnachten und vielleicht 1x zu Ostern=1-2xim Jahr -, niemals mehr in die Kirche gehen. Herr uff! Diese Heuchelei hab ich an meinem Evangelischen Ehemann Jahrzehntelang genießen dürfen." Ja ja, meine Mutter. Ist eben Katholisch. Wie ich. Aber genug, zurück zum Thema, das alltägliche Kinderwagenschieben durch den Vater.

Nun 2016 kann man für das von Massenarbeitslosigkeit bis heute geprägte Görlitz nach Beginn des seit einigen Jahren permanent sich steigernden und fortsetzenden Kinderbooms feststellen: Zu DDR-Zeiten war Vater machtalltägliches Kinderwagenschieben normal, in Görlitz zu "BRD"-Zeiten also ab 1991 ist das Thema Kinderwagenschieben ein verschwindendes Phänomen; BevölkerungsMassen wandern aus nach dem Westen also in die Alt"BRD" bzw in die BRD und zwar größtenteils langfristig dh größtenteils endgültig, die Familien werden auseinandergerissen; die bekannte in den "BRD"Staatsmedien verschwiegene Katastrophe. Es ist noch nicht allzu lange her, daß zu ab 1991 "BRD"Zeiten in Görlitz ein Mann schiebt Kinderwagen etwas völlig UnNormales in Görlitz war und als etwas völlig Unnormales galt. MEs zum Glück hat sich das geändert. Es hat sich in den letzten wenigen Jahren geändert dh ab etwa 2010. Also wenn ein Ausländer zum ersten Mal nach Görlitz kommt, und sieht deutsche Familienväter, die Kinderwagen schieben, dann könnte der Ausländer meinen: ach das ist schon seit Jahrzehnten so, dabei ist das erst seit 5Jahren so. Denn wir können den Ausländer über das Gegenteil informieren: es ist sehr neu: dh nicht meine Generation ab Baujahr 65, sondern die folgende Generation ab Baujahr 1985, und somit die ab Baujahr 2005 Kinder in der Groß"BRD" genießen eine Kultur, in der möglicherweise unterstützt durch das Übel der seit der Wende 89 Massenarbeitslosigkeit in der "BRD" das alltägliche KinderwagenschiebendurchdenVater als etwas Nicht-UnNormales sondern als etwas Normales gelten kann, während zu gleicher Zeit immer noch ein sehr großer Teil der Bevölkerung den NurMutterschiebtalltäglichKinderwagenZwang repäsentiert; was nicht verschwiegen werden soll.

Daß 2015 manche ausdemNahenOstenFamilienväter Kinderwagen schieben, was so aussieht, als würden sie auf dem gleichen Level sein wie alle Görlitzer Bevölkerung, wo allesamt das Bild, Mann schiebt Kinderwagen 2015 gleich ist mit Frau schiebt Kinderwagen; so muß ich altmodischer Knilch aber immer noch sagen: Alle Achtung ihr Ausländer, denn bis inklusive meine Generation für "BRD"Menschen war sowas, daß der FamilienVater den Kinderwagen schiebt, absolut UNDENKBAR, der Mann machte sich für den

Rest seines Lebens Lächerlich, er hätte besser, damit nicht die Bevölkerung über ihn lacht, sich von der Frau und seinen Kindern trennen und gleich auswandern und für immer verschwinden können. Es war UNDENKBAR, Und als ICH das das erste Mal sah, daß ein "BRD"Mann den Kinderwagen schob zwischen 1985-1988, ich war damals ein gegen alles und jeden revoltierender Ami go home Langhaarischer in langen Unterhosen und gebraucht gekauften Knobelbechern gehender BRD-Bürger, da sagte ich Öffenlich stolz: prima, nicht wahr, wie modern und vernünftig wir doch sind ! Und dachte Innerlich, ohne es zu sagen: Daß DER sich nicht schämt, also ICH würde das NICHT machen. Ich bitte um Entschuldigung, ich bin so erzogen. Sicherlich finde ich Mann schiebt Kinderwagen super!, zumal wenn sich das gesamte Kinderwagen Schieben wirklich zu 50% zwischen Mann und Frau aufteilt. Aber MIR kann KEIN GLEICHALTRIGER "BRD"WESSI WIE ICH erzählen: Ach DU, nicht wahr, Mensch waren wir doch früher schon seit meiner kleinsten Kindheit ein Modernes "BRD"Volk! Mich hat mein 1965 Vater auch etwa zu 50% der Gelegenheiten im Kinderwagen geschoben, und den restlichen 50% Teil meine Mutter, wir waren eben wie alle "BRD"ler ganz Modern, und dieses GesellschaftsBild ach herjeh war ja ganz modern und weit verbreitet während meiner Schulzeit ab 1970 bis 1983" Welcher Wessi Das SAGT, DER LÜGT (, Unabhängig davon, weil ich als Wessi das nicht weiß, wann in SU und DDR das Farbfernsehen erfunden und eingeführt wurde, ich staunte nicht schlecht, als ich von Görlitzern informiert wurde, daß die eher als wir Wessis Farbfernsehen hatten, unsere WessiFamilie ab SpätHerbst 1972!, nach demgleichen Muster wie Wessi sagen kann: Ach unser US"BRD"Farbfernsehem ach herjeh, das haben wir ja schon seit 1965!" .. als es noch nicht mal in den USA "erfunden" worden war! Offiziell in USA 1.USFarbfernseher verkauft 1966)
Also nochmal: Wenn ich so 18-23jährige sprich jungerwachsene AusländerMänner aus dem Nahen Osten in der "BRD" und in Görlitz sehe, sie sehe, daß sie Kinderwagen schieben, dann habe ich eine Hochachtung davor; innerlich zu meiner Jungerwachsenenzeit 1983 bis 1988 hätte ich selber mich geschämt, hätte ich ein Kind gehabt und selber im Kinderwagen geschoben bzw hätte ich heute 2015 ein Kind, würde ich mich als Mann schämen, den Kinderwagen zu schieben dh würde ich ein Kind haben und es im Kinderwagen schieben, würde ich mich schämen, weil in der ganzen Kindheit 1965-1980 Vater schiebt Kinderwagen ES NICHT GAB UND UNMÖGLICH WAR DRÜBEN IN DER BRD; und wenn ich solche AusländerMänner, die Kinderwagen schieben, heute sehe, dann bin ich neidisch, auf deutsch heißt das = DANN BIN ICH NEIDISCH, denn wir

Kinder sahen DRÜBEN IN DER BRD KEIN MANN SCHIEBT KINDERWAGEN und von Vater gar nichts bzw viel zu wenig; denn wir Kinder sahen von unserem Vater nichts außer ganz kurz am Wochenende bei den Mahlzeiten, weil er seine Freizeit lieber mit dem Bruder als mit der eigenen Familie verbrachte; SO WAR DAS IN "BRD" drüben in einem Dorf bei Frankfurt/Main, während wir Kinder uns alle freuten, daß er Freitagnachmittag von der Arbeit kommt; wir freuten uns immer auf ihn, wohl weil er sich so rar machte. Die ältesten Geschwister freuten sich nicht auf ihn, weil er derjenige von den Eltern war, der die Kinder durchprügelte. Das ist "die gute alte Zeit" BRD bis 1971.

Mutter darauf angesprochen, wie das denn nun mit Kinderwagenschieben beim eine Dreiviertelstunde dauernden Sonntäglichen Spaziergang gewesen sei, da antwortete sie in der BRD in den 1980ern:"Darum gehts ja gar nicht. Wenn ich das Kind gewaschen und gekämmt fein säuberlich wie aus dem Ei gepellt frisch gewickelt und in frisch gewaschenen und frisch gebügelter Kleidung dem Vater in die Hand gebe und dann das Kind der Öffentlichkeit vorgeführt wird, hach, da kann ich auch drauf verzichten auf dieses MännerKinderwagenschieben, Männer! Herr uff! Du freilich ist das Kinderwagenschieben vom Mann prima, aber das müßte wirklich 50% der Zeit sein abwechselnd mit der Mutter, so wie die jungen Leute heute großspurig erzählen und es dann doch nicht machen, das kennst du ja aus eigener Anschauung in der Familie! ; wenn ich mich tageintagaus 7Tage und Nächte die Woche jede Woche jeden Monat jedes Jahr jedes Jahrzehnt um das Kind kümmern mußte, daß es genug zu essen kriegt dh daß ich und zwar dabei zusammen unterwegs mit dem Baby oder Kleinkind oder 2 Kindern oder 3 Kindern oder 4 Kindern genug Essen einkaufte jeden Tag mit Geld, was hinten und vorne nicht reichte und man Angst vor dem nächsten Tag hatte und haben mußte und sich um das Kind/ die Kinder kümmern mußte, daß genug Kleidung dawar, daß die Kleidung gewaschen war, daß das Kind/die Kinder gewaschen und gepflegt war/waren, und jedes Kind kriegt auch mal Krankheiten, und als Mutter die Angst Tag und Nacht, und wenn das Kind krank war, dann bin ich gerannt zu den Ärzten, der Vater war nicht da, und wenn er dawar, dann ging ihn das nichts an, da hat er ja Feierabend und da will er seine Ruhe haben, das war unser Familienvater, und die Kinder bringen ja auch Probleme, wennse mit 5 endlich in die Schule gekommen sind; dann heißt es, na wie lernt das Kind usw, zuständig bin immer nur ich gewesen, wer da zB immer auf den Elternabend gerannt ist und bei uns ging es nicht um 1 Kind sondern um 4Kinder, für die ich alleine die Verantwortung trug, der Vater konnte sich immer verdrücken, und das hat er

auch immer getan, und das hat er auch immer ausgenutzt, als zwei von euch vieren dawaren, da wollte ich mich umbringen, es war nicht mehr erträglich, Autobahn höchstgeschwindigkeit einfach schnell ins Steuer greifen und endlich wäre Frieden."
ich:"Du hast Selbstmord machen wollen?"
Mutter:"Selbstmordversuch? Ja. Nicht nur 1mal! Sondern 3mal! während unserer Ehe also zwischen 1954 und 1965. Als du dawarst mit 6Leuten in kleiner Wohnung, 4Kinder in einem 12qmRaum", romantisch, wenn ich da jetzt zurückdenke ", da gab es dank der Muttel (also Oma Franziska) die Aussicht, daß sie uns ihr ganzes Gespartes schenkt, mit diesem Geld hätte man ein Grundstück kaufen können, und wenn man das hat und der Ehemann hat einen Arbeitsvertrag also Berufstätigkeit, dann bekam man zu dieser Zeit Ende der 1960er Anfang der 1970er einen Bausparvertrag einen 3Jahrzehntelangen Kredit für einen sofortigen Hausbau Wert nach Mutters Tod 2006: 800.000WestMark Vom 1.Spatenstich bis zum Einzug dauerte das 1Jahr 28.7.1972 zogen wir ein, einen Kredit, den man mit hoher monatlicher Tilgung 1000,- Mark/pro Monat abzahlte über 3Jahrzehnte! Ein Horror! Hätte sie das damals gewußt, dann hätte sie niemals ein Haus gebaut sondern wäre immer in einer Mietwohnung geblieben und hätte meinen Frieden bewahrt, anstatt diesem Zirkus und Horror, der die Familie zerstört hat.
WIRTSCHAFTSWUNDER WERS GLAUBT WIRD SELIG
Und wie mir das Essenmachen für die Familie gefallen hat?
Ach woher denn?! Ph!
Tag ein tag aus Dieses elende Essenmachen, wie es mir zum Hals raushängt!, sagte ich mir damals bis, da war ich mit 62 selbst Rentnerin weil mit mehrmals Herzinfarkte Arbeitsunfähigkeit Berufsunfähigkeit gesundheitlich am Ende, und Dank sei Gott endlich Scheidung !, mich zu beschweren hätte mir eher einfallen können. Aber was sollte man machen." So sagte Mutter in Alter von 75Jahren mir, als ich mal auf Besuch kam und leichtfertig davon schwärmte, wie schön es doch sei, doch wiedermal von Mutter zum Essen eingeladen zu werden, Tisch gedeckt, alles hübsch, sogar ne Tischdecke, und alles reichlich zu essen da usw und das habe ihr doch sicherlich ihr ganzes Leben Spaß gemacht, für andere Essen zu machen!, nicht wahr!.." Da sagte Mutter von Ende der Berufstätigkeit bis ins hohe Alter mir:"Dieses elende Essenmachen hing mir sowas zum Hals raus!; aber ich mußte es machen, über Jahrzehnte." Und unterhielt ich mich mal mit meiner Mutter und zwar erstmals überhaupt jemals, daß ich sie fragte, wie SIE denn dies und jenes, als ich Kind war, bis zur Scheidung und Getrennte Haushalte in dem einen Haus bis zum Auszug des letzten Kindes gefunden hatte, da sagte sie:"Mich

fragt ja keener, Mich hat NIEMALS eener gefragt. Ich MUSSTE FUNKTIONIEREN! DER VATER? ACH WOHERDENN! DER KONNTE SICH MONTAG FRÜH AUF SEINE GESCHÄFTSREISE VERDRÜCKEN und hat die Familie im Stich gelassen. Ob es mir Spaß gemacht hat! Immer schön Essen machen, wo sich ja alle drüber gefreut haben? Mit wenig Geld doch noch irgendwas Essbares zaubern? Eine Freude? OH WIE MIR DIESES ESSENMACHENMÜSSEN ZUM HALS RAUSHING! DIESES RECHNEN MIT JEDEM PFENNIG! EIN PAAR NEUE SCHNÜRSENKEL WAR NE KATASTROPHE! .. und als wir 59 vom Ameisenhügel in Frankfurt zum Bruder dh euern Onkel in Dreieichenhain umgezogen waren, da wurden wir von diesem feinen Onkel und seiner feinen Familie schikaniert und schlechtgemacht, Kaninchenstall haben er und seine Familie uns geschimpft und uns 13 Jahre das Leben zur Hölle gemacht, und der Vater, wenn man ihn drauf ansprach, da hat er abgelenkt, er kann daran auch nichts ändern, und er ist da nicht zuständig, und was alles für Ausreden, wenn ich michüber das Unerträglich beklagte bei ihm als FamilienVorstand, das ist ja der Vater, eine Frau hatte damals in der BRD nichts zumelden, und da habe ich ihm die unerträglichen Zustände gesagt, und da hat er nicht etwa mich und uns sondern da hat er diese uneträglichen Zustände und seinen unerträglichen Bruder und dessen unerrägliche Fmailie un Schutz genommen anstattfür uns einzustehen, da ist mir der Vater IN DEN RÜCKEN GEFALLEN, DA IST DER VATER UNS IN DEN RÜCKEN GEFALLEN, ER HAT UNS IM STICH GELASSEN .. KEIN GELD UND AUS NICHTS ETWAS ESSBARES MACHEN, ESSEN MACHEN WOLLEN? ICH MUSSTE ES MACHEN; WER DENN SONST !: DER VATER? DER HAT ERST ZWISCHEN UNSEREM DRITTEN UND UNSEREM VIERTEN KIND EINE GEREGELTE ARBEITSSTELLE GEFUNDEN. PRIMA NICHT WAHR!? DAS WAR ETWA 1964/1965. ESSEN MACHEN! DER VATER ETWA?! DER UND ESSENMACHEN? DER WAR ENTWEDER KRANK UND LIESS SICH VON MIR PFLEGEN ODER ER WAR AUF GELEGENHEITSARBEITEN, BIS ER ABENDS NACHHAUSEKAM UND SICH WEITER VON MIR PFLEGEN LIESS, ERST NACH DEM DRITTEN KIND MERKTE ICH, DASS MIT LIEBE NICHT VIEL HERWAR, UND ICH HABE IHN GELIEBT, UND WIE BLÖD ICH WAR, DABEI HAT ER MICH NUR AUSGENUTZT, DABEI HAT ER NUR NE BLÖDE GESUCHT; DANN HATTE ER GLÜCKLICHERWEISE DIESEN VERTRETERPOSTEN ÜBERNOMMEN UND ERSTMALS REGELMÄSSIG GELD VERDIENT, UND IMMER NOCH HATTE MAN TAG FÜR TAG ANGST, OB DAS GELD AUCH NOCH FÜR DEN

NÄCHSTEN TAG REICHT HER MIR UFF WAR DAS EINE HÖLLE! UND DA WAR ER NU VERTRETER UND HATTE MICH MIT VIER KINDERN VON MONTAG BIS FREITAGS ALLEENEGELASSEN ICH KONNTE DIE KINDER AUFZIEHEN!"ich sage:"Da warst du ja Alleinerzieher!" "ACH HER UFF MIT DEN NEUMODISCHEN BEGRIFFEN ! NATÜRLICH WAR ICH ALLEINERZIEHER! "Ich:"UNFASSBAR!" Mutter:" UND STELL DIR VOR: ALLES! DAS WAR SO JA SCHON ZU ANFANG UNSERER EHE! DASS EIN MANN DEN KLEINEN FINGER GERÜHRT HÄTTE FÜR DIE FAMILIE?! NICHTS! IM GEGENTEIL: DER LIESS SICH BEDIENEN! SO WAR DAS! SOWAR DAS ÜBERALL IN DER BRD! DAS WAR SO NORMAL! UND ICHE VERANTWORTLICH FÜR ALLES!: ESSEN EINKAUFEN; KLEIDUNG SCHUHE, UND DAS WO WIR KEIN GELD HATTEN, DASS MAN JEDEN GROSCHEN ZWEIMAL UMDREHEN MUSS, BEVOR MA IHN AUSGIBT! UND ALLE KINDERKRANKHEITEN; MIT EUCH VIER KINDERN ZU ALLEN ÄRZTEN, UND DIESE ANGST, UND DAS ALLES ICH ALLEENE, UND AN MICH DENKEN!? ACH WOHERDENN! AN MICH DURFTE ICH NIEMALS DENKEN! DABEI WAR ICH DOCH AUCH EIN MENSCH ODER ETWA NICHT! HÖR MIR AUF DIESE UNGERECHTIGKEIT! DREI SELBSTMORDVERSUCHE HABE ICH GEMACHT .., UND DER VATER KAM SEIT 1965 FREITAGNACHMITTAG VON DER ARBEIT UND LIESS SICH BEDIENEN UND ICH HATTE NIEMALS AUCH NUR EINEN MOMENT FÜR MICH! DIE HÖLLE! . UND ESSENMACHEN FÜR DIE KINDER , SOLLTE ICH DA AUF DEN VATER WARTEN?! SOLLTE ICH ETWA MEINE EIGENEN KINDER IM STICH LASSEN !?, ICH MUSSTE .. "

Und wenn ich WessiMann nun daran denke, wie in unserer 2015/2016 "BRD"Gesellschaft wie alle Jahrzehnte auch weiterhin die "BRD"Frauen und "BRD"Mädchen für den Gratis HotelSevice nochmal :
GRATIS HOTEL SERVICE für alle anderen, Deutschen zufälligerweise ausschließlich Männlichen Familienmitglieder zuständig sind, da wird mir schlecht; zuständig sind, anstatt daß diese Deutschen Männlichen FamilienMitglieder Für Sich BetreutesWohnen beantragen bei der Stadtverwaltung und die eigene Mutter somit endlich entlasten und ihr helfen! Nee! Da geht das alles Weiter Dieses Unrecht!: So ist das nunmal heute in der "BRD" mag man sagen. Es gibt Wessis, die sagen:"Ach, das stimmt doch gar nicht, wahr ist: in den 1970ern schon gab es in der BRD doch sowas nicht mehr sondern schon seit den 1970ern sind wir, äh, die

Mädchen und Frauen und die Mütter, ähm, unsere Mütter ja alle gleichberechtigt und: Daß Männliche Familienmitglieder die Mutter ausnutzen?! Zum Glück gibts ja seitdem sowas nicht mehr, Zum Glück gibts ja heute sowas nicht mehr!"; Ich aber stelle fest: das ist Lüge und Schönfärberei der Vergangenheit. und Lüge und Schönfärberei der Gegenwart.

Ich als 7-8Jähriger 1973 habe sogar geheult, als man mir sagte, daß wir "den Krieg" (1945!) verloren haben, während ich doch begeistert wie mein 6Jahre älterer Bruder begeistert in seinen II.WeltkriegHochGlanzDINA4 und IIWeltkriegHochGlanzgrößer als DINA4 – mehrere und noch mehr Zentimeter dicke von SchwarzWeißFotos UND fantastischen FARBFOTOS nur so vollgestopften Wälzern die tollen 1939-1945 Fotos der Deutschen Wehrmacht bewunderte und selbstverständlich dachte, daß wir Deutschen ja selbstverständlich den Krieg gewonnen haben müssen.

Das Ärgerliche an der ganzen Gechichte ist, daß das Herbst 2015 Urwüchsigste Bauerndorf hinter Schlauroth Markersdorf mit seinem Erntedankfest in den Kurieren in Görlitz nicht erwähnt ist, was es für Feste gibt. Vor etwa 3Wochen kamen die letzten regelmäßigen Käseblätter (Regionalzeitungen) ins Haus geliefert, seit dem nicht mehr. Nun konnte man sich bei den Käseblattverlagen die Zeitungen der letzten Wochen abholen, jedoch sieht das so aus, daß der Kurier von heute bzw von vor 8 Tagen zu haben ist, aber nichts was älter ist. Bei einem der beiden Kuriere mache ich nun die Erfahrung, daß nur der jüngste Kurier noch zu haben ist, den man mir freundlich schenkte. Wohl wahr. Also, rückblickend mithilfe von 3 Kurieren, 2 Niederschlesischen und einem Görlitzer mache ich mich daran, Information zum Markersdorfer Erntedankfest zu finden: Tatsächlich habe ich in einem Kurier vor 10Tagen also etwa 23.September heute zum 2.Oktober Freitag ein Erntedankfest in Kodersdorf gelesen. Kodersdorf ist, wenn man 10Kilometer aus Görlitz nach Norden zur Autobahn nach Dresden fährt. Aber Markersdorf?! 1KilometerLuftlinie von Görlitz/Schlauroth oder anders gesagt: Von Stadtzentrum Görlitz aus gesehen : Direkt hinter dem Görlitzer Flugplatz, der neben der Jungen Welt Fußballstadion liegt, was direkt neben dem Krankenhaus und Waggonbau liegt, Markersdorf ist also gar nicht so weit weg, von Görlitz Centrum-Warenhaus/Demianiplatz braucht man 45Minuten, um dahin zu gehen. Verflucht nochmal! Und zumal an diesem beschissenen KolonialFeiertag, da sind doch manchmal die besten Staatsfeindlichen Landfeste, wie man das in Görlitz und Umgebung gewohnt ist, aber ich muß da jetze etwas finden bis morgen. Das kann doch nicht sein, daß ich erwachsner Mensch, in 15Jahren bin ich in Rente, keine

Veranstaltung ausfindigmachen kann. Einfach auf gut Glück zu dem Dorf zu reisen? Wie doof ist DAS denn? Ich bin mir sicher: Wenn ich konkret was an VeranstaltungsInfo hätte, dann würde ich auch Lust haben, dahinzugehen. Religion Wir Wessis erinnern uns sehr gut an CDU/CSU zur Wende 1989/1990: Plötzlich hieß es aus CDU/CSU Medien, daß das bis 1989 "BRD"Volk traditionell bisher durch und durch Religiöses und Sonntäglichen Gottesdienst pflegendes "Volk" sei, zum Erstaunen der "BRD"Bevölkerung, 3 der 4 Kinder meiner Mutter waren zu dieser Zeit aus der Kirche ausgetreten, die wollten nichts mehr mit Christlicher Kirche zu tun haben, würde man dies auf 60Mill BRDBevölkerung anwenden, dann wären das 45Millionen Menschen ;Ist 1870 das Deutsche Volk Christlich? ich würde sagen ja: Die Evangelischen und die Katholischen bekämpften einander im Deutschen Reich landauf landab siehe Bismarck Zentrum; Deutsches Volk Napoleon Goethe, hm, im Abwehrkampf gegen Napoleon formierte sich erstmnals so etwas wie ein Nationalbewußtsein der sehr zahlreichen deutschen Staaten, Napoleon reduzierte die Macht der Kirche in Frankreich auf eine Verbeamtung auf Gnaden Napoleons, Rom hatte keine Macht mehr in Frankreich, in den zahlreichen Deutschen Staaten indes, die Napaleon eroberte (zB Österreich und Bayern;Anm.d.Verf.) und erobern wollte, sollte nach Napoleons Willen dasgleiche geschehen wie in Frankreich, der neu entstandene Nationale Widerstand gegen Napoleon aber, der mit Blücher an der Katzbach etc Verbannung Wiener Kongreß 1815, nun hatte sich Kirche also Evangelische Kirche und Katholische Kirche als Politische Kraft etabliert, war das Deutsche Volk zur Zeitenwende 1500 Christlich? ich würde sagen Ja, von 100%Bevölkerung waren 100% Christen, etwas anderes gab es nicht, Kaiser Karl der Große, war sein Deutsches Volk (und Französisches Volk) Christlich? Gezwungenermaßen wie auch immer Ja. CDU/CSU indes sagt, zu Goethes Zeit und Schillers Zeit sei natürlich das Deutsche Volk Christlich gewesen, und zu Wallensteins Zeit erst recht, wegen dem Christentum war ja der 30Jährige Krieg erst entfacht worden, nun könnte man daraus schließen, daß das Christentum in der gesamte Deutschen Bevölkerung herrschte, ein Abbild dessen gibt uns Schiller: Religion spielte zu Wallensteins Zeiten Keine Rolle! Alles ist nur Fassade! Alles ist nur Farce! Die Christen bekämpfen sich in Kriegen gegenseitig! Die ReligionsHerrschaft wechselt je nach Kriegsglück. Also Religion Politisch und Kriegerisch Blutrünstig indes sehr wohl als der Herrschenden EntscheidungsRechtfertigung: das wolle ja der Katholische Gott so oder: das wolle ja der Evangelische Gott so, Evangelische und Katholische Bevölkerung aller Deutschen Staaten mußte erschüttert feststellen, daß eifrig mit Gott Handel getrieben wurde, das Volk indes hat Keine Rolle gespielt, sehr schön gibt dies Schiller wieder, wo im um Wallenstein sich formiert habenden gesamten Weltkrieg der Einzige ! Religiöse der Ausländer ! der Schwedische König ist, der das Deutsche Evangelische Christentum in Deutschland vor dem vollständigen Untergang rettet und verteidigt, nun wird mit der Politischen Kraft des Christentums im Deutschen Volke zu des International werdenden und zu einem Weltkrieg werdenden 30jährigen Kriegs Zeit dh Wallensteins Zeit auch gerne der Bezug zum Begriff Abendland hergestellt; zusammenfassend kann man mEs sagen: abendländisch wie Gottfried Benn Alfred Döblin Wallenstein ist die von ErfolgsLiteratur dargestellte Deutsche Kultur völlig gottlos; wie also kann eine CDU/CSU ab 1990 daraufkommen, ERSTENS für die bis 1988 "BRD" und ZWEITENS für die ohnehin Sozialistische Atheistische ab 1991 DDR zu behaupten, das sei ja nun alles und seit eh und jeh so richtig 100%ige Christliche Kultur! absolut widersprüchlich zur Wirklichkeit, Merkel schaffte es bei Gelegenheit noch besser und behauptete Jüdische Kultur im Rahmen eines neuen Begriffs JüdischChristliche Kultur, absolut der Wirklichkeit widersprechend, die Lüge wird zur Wahrheit erklärt, das Unrecht zu Recht; Religion hat also durchaus eine Bedeutung bzw Wichtigkeit in Bevölkerung der Groß"BRD". Wie ich gezeigt habe, ist es nur nicht ganz so schillernd, wie die Christlichen Parteien der "Groß"BRD" es wahrhaben wollen. Religion spielt zudem auch außerhalb der Groß"BRD" eine Rolle.

Nach der August und September 2015 in meinem LebenErstmaligen Lektüre über Kultur von Nordirland Schottland und England im Internet habe ich erstmals verstanden, daß sowohl in Nordirland, Großbritannien als auch in der 1991-2016 DDR angesichts des Regionalen Gegensatzes von nur einer Minderheit von 20 % ! Christlicher Bevölkerung bei 80% Atheisten bzw Religionslos, im Unterschied zu den Christlichen Vornamen zB Peter in der Katholischen Bevölkerung manche Evangelische, Reformierte, Protestantische Kirchen, - völlig unverständlich für mich und nichts ahnend, daß so etwas überhaupt möglich sein könnte- , für ihre Bevölkerung durchaus auch Vornamen der Juden für die Taufe ihrer Christlichen Kinder nehmen. Womit dies also bedeutet, daß ein Jüdischer Vorname zB Simon, - indem ein solcher Name als Christlich gehandelt wird, zumal es im Englischen heißt Vorname=Christian Name so wie Peter - , ein Vorname in den Bevölkerungen Nordirland, Schottland, England, und "BRD" einer ganzen Reihe von Evangelischen Kirchen ist und zeigt, daß dieser Mensch kein Jude sondern Christ ist. Eine solche für mich als Römisch-Katholischer Christ persönlich von mir abgelehnte nämlich auch in der "BRD" mEs seit 1991-2016 für eine

Anbiederung an die Jüdische Entity im Nahen Osten und für eine
AufWertung der Jüdischen Entity im Nahen Osten wirkende unter dem
Deckmantel "Multikulturellen EinheitsBreis" laufende und dh von den
"BRD"Behörden erlaubte und von den Evangelischen Behörden der "BRD"
erlaubte und zwar Von Anfang an Geplante und Von Anfang an auf diesen
Zweck hin verwirklichte
Systematische Vermischung
von verschiedensten Kulturen wie den beiden Deutschen Kulturen dh der
Sozialistischen Deutschen Kultur und der Kapitalistischen Deutschen Kultur
Beide zusammen und zwar mit : der Jüdischen Kultur und dies in einem so
starken Ausmaß wie es die letzten Jahrtausende in Deutschland nicht
stattgefunden hat, wirkt mEs aber schon verwirrend und seltsam, ein Beweis
dafür ist, daß in Beirut dh Libanon mit EinreiseVerbot für Juden mir, der mit
Vorname "Joachim" bekundete, daß er kein Jude ist, die und zwar für die
Christliche Hälfte Beiruts und die Christliche Hälfte Libanons zuständigen
Christlichen Soldaten nicht glaubten sondern erst nach einem
Telefongespräch auf Deutsch mit der zuständigen Libanesischen Behörde in
Beirut Sommer 2008.
Ich würde sagen:
Wertschätzung Mutter einem Menschen gegenüber, gefühlsmäßig sowieso,
aber sexuell eben ganz besonders ausdrücklich konkret Wertschätzung, daß
sagte meine ErzKatholische Mutter, als sie zum Rentenalter geschieden und
sie vollends desillusioniert war und ich sie über ihre Definition zu
Geschlechtsverkehr fragte, wie sich das Kinder erlauben dürfen, die selber
schon Lebenskrisen und Desillusionierung hinter sich haben und Großeltern
sein könnten oder sind.
Ausgenommen der DDR Polizeiruf 110 ist Martin Beck bester Krimi jemals
auf "BRD"Glotze
Quarkkäulchen, Milchsuppe, Eierkuchen mit Apfelmuß, Quarkkäulchen mit
Zimt und Zucker
Rösteln für de Knödel/ die Klöße
Besonders gut werden die Rösteln, wenn man die
RoggenbrotRindeStückchen oder WeißbrotRindestückchen in Butter anbrät
und nicht etwa in Margarine oder Öl.

Trampeln von Mutter.

Mutter:"Pizza sehr gute Erfindung! .." Zu meiner größten Überraschung
sagte mir Mutter, als seit ein paar Jahren Supermarkt und Ernährung fast zu

100%Supermarkt für uns ganz neu gewesen war also 1980, ich 15 Jahre alt und Mutter 53, da beim Nachhausekommen nach der Arbeit oder von irgendeiner anderen Pflicht wie Einkaufen, sagte sie mir,: ".. das ist doch wirklich prima und was sehr sehr praktisches: man schmeißt nur kurz den Backofen an und ne Margarita rein, im handumdrehen haste n warmes Mittagessen, macht nicht die Küche schmutzig und ich kann müde wie ich bin sofort essen und meinetwegen glei ins Bett gehen, und die Küche ist sauber! Herrlich!" Zu meinem größten Erstaunen sagte sie dies, zu meinem Erstaunen, weil sie seit ich denken kann mit Fümf über das FernsehGeschwafel "Frische !! Kräuter und Frischen !! Salat, deswegen müssen wir beim Italiener im Supermarkt die Nudeln äh die Produkte, wo Italienisch draufsteht, einkaufen", als hätten Wir hier in der BRD keine Frischen !! Kräuter und keinen Frischen !! Salat, solche Rindviehcher die Werbungsfritzen!, und die Italiener, hierschte uf!, das schmeckt doch alles genauso, der Pamps, sowas kommt mir nicht aufn Tisch!" Und nachn paar Jahren da schwärmt sie so etwa ab 1980 von Pizza! Nicht daß sie in ihrem Leben jemals im Restaurant eine Pizza gegessen hätte. Aber die Supermarkt Pizza, das war, muß ich mit Erstaunen feststellen, immer im heimischen KühlschrankEisfach auf Vorrat und zwar nur von Mutti für Mutti. Wir Kinder kriegten, wenn wir Glück hatten, davon mal was ab; und wer nicht wollte, der sollte es bleiben lassen.

Räuberhöhle Ich weiß nicht warum meine Mutter meinen eigenen Wohnraum in der FamilienVilla immer Räuberhöhle nannte, wo ich doch alles tat, daß es etwas heimisch wurde bei mir, und Räuberhöhle hat doch auch was Romantisches So Räuber Hotzenplotz, bei dem wir uns immer freuten, weil der den Gendarm immer geaarscht hat, und da wollte man auch am liebsten im Böhmerwald wohnen ..

Kirchengeschichte WAS ist besonders interessant?

Lord Peter Wimsey Wo sind gratis eBooks?

Die Inflation der Groß"BRD" 1991-2015 wird als Ausbeutung der Bevölkerungsmassen 80.000.000 geschickt verkleidet und unkenntlich gemacht, was besonders deswegen vonnöten zu sein scheint, weil die Jährlichen InflationsRaten horrend sind, die Inflation ist ua besonders an den Betriebskosten sichtbar und zeigt sich nämlich daran, - vereinfacht gesagt: Würde der Wert des Euro gleichbleiben über das gesamte Jahr, dann würde es auch keine zusätzlichen Betriebskosten zur Gesamtmiete geben. Aber daß die Betriebskostennachzahlung - also eine entgegen ALLEN Berechnungen nicht erwartete KostenSteigerung dermaßen MASSIV ist, so daß der "Groß"BRD"Staat großzügig die sich auf die Ausbeutung verabredeten

GläubigerMafiosi mit einer ZahlungsVersicherung ausstattet, die wiederum der großzügige Groß"BRD"Staat großzügig in Gänze dh 100% an die Schuldner dh die Bevölkerung weiterleitet, welche KorruptionsGeldMassen müssen da täglich in der Groß"BRD"fließen, damit das funktioniert!?-, nicht etwa gegen diese Gewalt auf die Barrikaden zu steigen und mit Gewalt gegen diese Gewalt vorzugehen, eine überraschende weil nicht zu erwartende Jährliche Kostensteigerung, die die Bevölkerung dadurch jedoch langfristig erfolglos auszugleichen versucht, indem einfach niemals mehr gebadet wird, obschon man eine Badewanne in der Mietwohnung hat, und nur noch die Hälfte für Essen (Friß die Hälfte!) und nur noch die Hälfte für Kleidung ausgegeben wird, man kann sparen, und vergleiche man uns mal mit dem LebensNiveau in III.Welt, da geht's uns doch noch gut !, eine überraschende weil nicht zu erwartende Jährliche Kostensteigerung, an die die Groß"BRD"Bevölkerungsmassen gewöhnt sind, was etwa die Höhe einer 13.Monatsmiete ausmacht, daraus errechnet sich leicht der Wertverlust des Euro binnen eine Jahres: Der Euro ist entwertet um etwa 1 Zwölftel=100:12=8,3, dh Um den Wert von 10,- Euro am 1.Januar am 31.Dezember wiederzukriegen, muß man 8,3% zusätzlich dh 10,83 Euro bezahlen. Würde ein Sparkonto 8,3% bieten, dann wäre das gerade der normale Inflationäre Wertverlust, der von den SparProzenten aufgefangen wird und somit im Grunde keineswegs Sparen ist.

Pusten , mal was pusten = dem werde ich mal bescheidsagen
Ist Mitropa Gleis 1 gewesen oder doch in der großen Bahnhofshalle? Vermietet als Wohnung ist 1.Stock und 2.Stock insgesamt vorne drei große fenster etwas mehr als 5Meter, etwas weniger als 7meter in der Breite als Balkon, vorne raus hinten raus wäre das eine 3-4RaumWohnung, das ist alles, was von den leerstehenden Bahnhöfsgebäuden als Wohnung vermietet ist, Namen stehen allesdings nicht dran.dh möglicherweise sind das die FirmenBetriebs Chefs und Chefinnen der 1-2Geschäfte, die in Parrterre die Mitropa Räumlichkeit betreiben, ohne daß der Öffentlichkeit was zugänglich wäre. Nun, also diese Woche späte Mitte September 2015 hat plötzlich der Betrieb richtig offene Tür, das hats die letzten 20KolonialJahre nicht gegeben, reingegangen bin ich nicht, auch sonst niemand, aber man konnte sehen, daß man reingehen könnte. Über der Mitropa vom Bahnhofsvorplatz aus gesehen, also dem linken EckFlügel des Bahnhofs ist:1.= IB Internationaler Bund; 2.= Ideenfluß KulTourPunkt Kai W. Reinschmidt; 3.=Gleis 1 Bahnhof Görlitz. Alle Drei haben keinen Briefkasten. Unabhängig davon gibt es, falls man in den Bahnhof reingeht, dann links ein HinweisSchild, daß hier all diese Stellen sind, ähm, und daneben noch ein

BücherMusikKramladen, alles ein Novum seit Beginn der Kolonie und
Beendigung aller BahnhofsBetriebe und des MitropaBetriebes im Bahnhof
Görlitz 1990/1991Zu klären ist aber weiterhin=
Ist Mitropa da gewesen oder doch in der großen Bahnhofshalle?
Ganz unabhängig von der mehr und mehr sich bewahrheitenden Schande,
daß 1990 nicht etwa das DDRVolk einen erfolgreichen Aufstand gemacht hat,
sondern Geheimdienstler des "BRD"Volks in der DDR, sei bemerkt:
Man propagiert ja immer, zur wende, da hat ja das deutsche Volk Revolution
gemacht.
So?
Wir "BRD"ler haben ganz bestimmt keine Revolution gemacht.
Gut, da sind es also nur die DDRler gewesen.
Aber ich habe mich selber, dieser Gehirnwäsche auf den Leim gegangen zu
sein, ertappt.
Ich dachte immer, wie eine gespaltene Persönlichkeit, so, WIR haben ja die
Revolution zur Wende gemacht WIR "BRD"ler, und die drüben in der DDR
auch, äh ..
und daran zu zweifeln, kam ich niemals auf die Idee.
Trollope ist der größte Dichter des 19.Jahrhunderts. Vor allem seine Mutter!:
Dh:
Trollope ist die größte Dichterin des 19.Jahrhunderts.
In allen Literaturdarstellungen dh vielsprachlichsten wikipedien habe ich
durchgängig unverändert jene Sicht gefunden, daß Anthony Trollope
irgendwie ein guter Dichter ist, daß jedoch Frances Trollope irgendwie keine
Dichterin ist
Die Zeitgenossen der Trollope haben durchaus dieses Frauenfeindliche
LiteraturBild geliefert. Europa indes hat stets die Literatur der Frauen als
gleichwertig mit der Literatur der Männer und das Werk der Trollope als ein
großes Werk geachtet und dargestellt; nicht so die Kapitalistischen Staaten
Denn: die angemessene Bewertung der Trollope erfolgte in den Ländern des
Kapitalistischen Teiles Europas erst durch eine scheinbar in den 1970ern
erfolgte Feminismus-Wissenschaft-Gründung, so an "BRD"Hochschulen, ich
erinnere an Frankfurt/Main ab 1985,Anm.d.Verf.; über eine "Renaissance"
von Christine de Pizan, einer der wenigen mit LiteraturProduktion ihren
Lebensunterhalt verdienenden Frauen bzw die einzige demgemäße Frau im
gesamten WestEuropa im gesamten SpätMittelalter, eine die Leistungen der
Frauen würdigende UniversitätsMode, die so tat, als würde diese und jenige
Kapitalistische Universität Sowieso zB Frankfurt/Main/"BRD" diese
Bewertung weltweit erstmals entdecken und erarbeiten, dabei gab es zuvor

diese Bewertung längst an den Universitäten im Kommunistischen Teil der
Welt, so im Kommunistischen Teil Europas zB in Berlin/DDR.
Die Trollope:
Die ging nach Amerika 1827 für 8Tage in ne Kommune
, - verschiedene wikipedien schreiben immer: Trollope sei in die USA
ausgewandert und habe Jahrelang in ein und derselben Alternativen
Kommune gelebt,- die deutsch"BRD"ische wikipedia erreicht damit
diejenigen Alt-Wessis also Alt-"BRD"-Einwohner mit Erfahrungen und
Teilhabe an Alternativen Kommunen - Kommune hörte sich so schön
Kommunistisch an, Kommunistisch ist ja "BRD"Staatsfeind, Kommunistisch
sind nun die in Rede stehenden vereinzelten und kurzfristigen
StudentenKommunen ab 1969 nun wirklich nicht derart gewesen, daß sich
ein nennenswerter %Teil dieser Kommunen zum Sozialismus der DDR
bekannt hätte - seit den späten 1960ern, ein Bevölkerungsteil, der nicht
Bevölkerungsmassen repräsentiert sondern nur eine StudentenRevolteElite in
Westberlin aber auch in der "BRD"-; liest man allerdings die Trollope in
ihren eigenen Domestic Manners, erfahren wir von ihr, daß es nur 8 Tage
waren, und daß sie etwa 3Einhalb Jahre in den USA blieb, bevor sie nach
England zurückkehrte - ,
und kam verärgert von Amerika zurück 1831, sie schrieb vor allem
entschieden negativ über Amerika, und das sei der Grund, weswegen sie im
AmerikaLiebenden LiteraturGeschäft der USA keinen Erfolg hatte. Ihr Sohn
Anthony hatte zeitlebens zu der Etablierten Kultur in GroßBritannien eine
ablehnende Haltung, weswegen er nur sehr mäßigen Erfolg hatte. Nach
seinem Tode indes stellte sich überrschend heraus, daß die von ihm
geschaffene Literatur bis heute 2015 zu den beliebtesten Englands gehört.
Nach einer Gesamtschau von Information über Gaskell bin ich restlos
erstaunt, wenn man den Gemälden trauen darf, was für eine schöne Frau sie
ist. Ich kenne aus der Menschheitsepoche vor der Erfindung der Fotografie
aus GemäldePortraits berühmter Frauen des 19.Jahrhunderts keine, die so
schön ist wie sie.
Wenn man nun 1960 das Resümee zieht, ob es einen nationalen Unterschied
zwischen DDRRezeption und "BRD"Rezeption gibt, so muß man eine
entschieden größere Bekanntheit in der DDR feststellen. So ist mir bei einer
"BRD"-Schulbildung von 10 !Jahre EnglischUnterricht und einem 9Jährigen
großteils in Englischer Sprache geleisteten "BRD"-UniversitätsStudium, bis
ich 2014 , als mir zufällig in einem An- und Verkauf in die Hände und vor die
Augen geriet: "Englische Kurzgeschichten; von Scott bis Stevenson;
Herausgegeben und übersetzt von Ilse Hecht, Gesamtherstellung: VEB

Offizin Andersen Nexö, Dieterich'sche Verlagsbuchhandlung Leipzig/DDR 1966", so daß ich, nichtsahnend bis dato, daß von 1945 bis 1990 die SBZ und die DDR irgendetwas von Britischer Literatur gewußt haben könnte, zufällig ein Werk über Englische Literatur las, Gaskell vollkommen unbekannt gewesen.
Gaskell populär hervorragend mit "Mary Barton", 1848 ist bekannt für einen der ersten Sozialistischen Romane der Weltliteratur oder anders gesagt: für einen der ersten Romane über das Englische Proletariat Manchesters in der Blüte des Sozialismus. Gaskell ist auch berühmt für Humoristische Literatur mit "Cranford".
Hood populär hervorragend mit "das Hemd" ist bekannt.
Elizabeth Cleghorn Gaskell mit ihren der zum Allgemeinwissen der Englischen Bevölkerung gehörenden und zahlreichen hauptsächlich über Charles Dickens veröffentlichten Kurzgeschichten wie das ein "normales" Katastrophales Frauenschicksal beschreibende "Die Halbbrüder" ist dem DDRsprachigen Publikum in der 1945 bis 1966 frühen Nachkriegszeit bekannt, indes dem BRDsprachigen Publikum in der frühen Nachkriegszeit nicht.
Gaskell ist 1 von 2 überlebenden Kindern einer 8KinderFamilie, 6 sind also spätestens in der Kindheit gestorben. Gaskell selbst hat 1 totgeborenes Kind, = Auslöser dafür, ein Tagebuch zu führen, 10Jahre später ein Kind, das aber binnen 1Jahres 1845 stirbt. Dies ist Auslöser für den Sozialistischen Roman Mary Barton, Auslöser der schriftstellerischen Arbeit überhaupt. Zusätzlich dazu hat Gaskell 4 Kinder geboren und zu gesunden Erwachsenen Menschen großgezogen. Insgesamt kann man sagen: Sie hat stets kaum 1 Jahr, nachdem ein von ihr geborenes Kind gestorben war, ein anderes geboren. Interessant finde ich bei ihren 4 überlebenden Kindern den Mädchennamen Meta; denn Meta ist auch ein deutscher Mädchenname ein Mädchenname in der deutschen Kultur. Schriftstellerische Erstarbeit gemeinsam mit ihrem als Pfarrer arbeitenden Ehemann 1836 Gedichte. gemeinsam mit ihrem als Pfarrer arbeitenden Ehemann 1837: über die Armen handelnde Sketche. Ihr Erstwerk : von ihr geschriebenes und von ihr herausgegebenes Erstwerk "A Lady" 1840.
Frances Milton Trollope Fanny Trollope nennt in Domestic Manners als köstlichen Bezug Scott's "Anne of Geierstein". Die BRD hat dafür den frauenroman erfunden Frances Trollopes Domestic Manners = undenkbar in 1949 BRD, undenkbar sollte man besser sagen: in der WBZ 1945 bis 9.November 1989 BRD.
Die Trollope ist great humour! Bei Gaskell muß man herzhaft lachen, bei der

Trollope noch mehr. Bedenke man, wie fantastisch das ist: Diese beiden Großen frauen haben etwa zeitgleich geschrieben!
Und Bedenke man auch, daß das A und O des Kampfes gegen die Kapitalistische Ausbeutung der genaue Hinweis ist, wann welche Daten zu der offiziellen ZensurGeschichtsschreibung hinzugefügt wurden, in dem Sinne, daß man denken könnte, so wie das jetzt alles drinsteht, so habe das auch schon die vorangegeanagenn Jahrzehnte und Jahrhunderte in den lexika gestanden, obwohl die meisten dh die interessantesten Daten zur Kapitalistischen Ausbeutung gerade erst vor wenigen Jahren hinzufügt worden sind!
In Domestic Manners 1832 Mr. Dorfeuille in seinem Museum stellt eine elektrische Maschine dar, von der die Besucher, wenn sie sie berühren, einen Elektrischen Schlag bekommen, was für die Beuchergruppe sehr aufregend und amüsant ist. Nun frage ich mich, 1830, was gab es da für Elektrizität? Ich denke, die wurde erst 1870 erfunden!
Es ist doch nicht zu fassen! Während Cooper seinen Lederstrumpf schreibt über die Wildnis Westlich des Wilden Westens, ist gleichzeitig! Eine Trollope da, die über so eine WildWestStadt schreibt 1830 Cincinatti 1800 war an dieser Stelle noch Wildnis. Und trotz alledem ist im 1870 Deutschen Reich, der ja seine Quellen in Bibliotheken des Deutschen Reiches ausnahmslos von Cooper bezieht der Sächsische WinnetouErfinder Karl May der letzte Schrei im Deutschen Reich, so daß mit seiner wachsenden Popularität plötzlich Buffalo Bill mit Indianern durch Deutschland touren wie heutezutage irgendwelche Rockgruppen mit Publikum zu 10.000en.
Während Cooper größte Aufmerksamkeit erhält, erhält Trollope keine Aufmerksamkeit, will doch keiner lesen, mögen die Zensuren schreiben aber dennoch ist es doch so, daß es gleichzeitig Trollope Literatur und Cooper Literatur gibt 1830 und daß ganze 70Jahre wénn nicht gar 170Jahre die Zensur es schafft, Trollope weiterhin unbekannt zu halten, das ist eben die Macht der Zensur. Trollope stellt fest: 1800 gibt es noch kein Cincinatti sondern WildWest, aus dem Cincinatti erst entstehen wird. Cincinatti 1830 ist mEs somit nicht East Coast sondern ein Territorium, das den Rechtfreien WildWest Status gerade erst abgestreift hat und stattdessen die Segnungen der Zivilisation erhalten hat. Vor allem schreibt Trollope zu dieser Zeit in Cincinatti bereits über apartheid gemäß in einem eigenen abgesonderten Stadtviertel untergebrachte Freie Negerslaven in Cincinatti, die nun mit der errungenen Freiheit ihre Haut zu Markte tragen dh dem "Markt" zur Verfügung stehen mit der Freiheit des Jefferson, der, was den Europäischen Völkern Schaudern verursacht, wie uns Trollope berichtet, aber auch jede

Negerfrau seiner Plantation dh zahllose Negerfrauen durchgevögelt hat und auf diese Weise zahllose MischlingsBabies produziert hat, es, wird in USA von allen darüber offen gesprochen, worüber und wogegen bezüglich diese öffentliche Bekanntheit dieses Rundumfickens Jeffersons in seinen Sklaven- dh SklavinnenBelegschaften nicht etwa als ein Geheimnis oder Tabu gehandelt wird und sich die freie offene Gesellschaft der Americans stillschweigend empört, ganz im Gegenteil: nämlich dies als vollkommen normal ! ansieht und ohne Gefühl registriert paradoxerweise in einer Kultur, wo die Gleichheit aller Menschen postulierende/fordernde JesusChristusReligion der Liebe namens Christentum Tischgespräch=tea-table talk ist dh den Alltag beherrscht. Deswegen mEs gilt: Religion wird zu diesem Zweck mißbraucht und manipuliert. Trollope sagt uns: Jeffersons rundumfick ist allen bekannt, man weiß es und jeder spricht darüber und jeder spricht darüber without emotion. Nun mEs wird hier wichtig: Was ist eine gefühllose Bekanntheit, eine emotionless Bekanntheit? Drückeberger argumentieren: ach es wird alles nicht so heiß gegessen, wie es gekocht wird, und beabsichtigen die Tolerierung. Tolerierung von Unrecht. Trollope bezeichnet die Tolerierung von Unrecht. Trollope zeigt: Religion manipuliert den Menschen und die Gesamtheit aller Menschen=Gesellschaft, Religion mißbraucht den Menschen und die Gesamtheit aller Menschen=Gesellschaft UND Man=Die Herrenrasse/Das Finanzkapital manipuliert die Religion, Man=Die Herrenrasse/Das Finanzkapital mißbraucht die Religion: Trollope zeigt die Manipulation und den Mißbrauch der Religion zum Zwecke der kapitalistischen Ausbeutung. Allgemeinbekannt ist 1830 in USA: Zum von einem Bewunderer Jeffersons geäußerten Hinweis, daß die mit "Quadroon slaves" von Jefferson gezeugten Mischlingskinder mit einer nicht mehr schwarzen sondern ausreichend weißen Haut ihren Usprung als in die USA importierte Afrikanische Sklaven verleugnen und unerkannt von seinem Besitz flüchten könnten, antwortet Jefferson lachend: Jefferson Zitat in domestic manners Trollope Ende des Kapitels 7= ZITATLet the rogues get off, if they can; I will not hinder them.ZITATENDE. Die US-Kultur duldet das schreiende Unrecht = Die US-Kultur fordert zur Nachahmung auf, muß mEs festgestellt werden.

Buchliteratur ist der gesamten bevölkerung unbekannt, so daß man meint, es mit Analphabeten zu tun zu haben. Zeitung lesen – in InternetRecherche erfolglos zu suchen freilich ausgenommen die USAnalphabetenBevölkerungsmassen, die amüsanterweise bis heute, so doch zumindest für das 19.Jahrhundert, verschwiegen und ausgespart werden wozu belasten? Trollope spricht ja vom 1830 Cincinatti und von nichts weiter

westlich, haben alle Weißen die Englische Sprache in Wort und Schrift beherrscht? Ich bezweifele das; haben alle Afrikanischen Sklaven die Englische Sprache in Wort und Schrift beherrscht? Ich bezweifele das;Anm.d.Verf. – aber alle Amerikaner vom im Geld schwimmenden Kapitalisten herunter bis zum ausgebeuteten Arbeiter; kurios bei all diesem ist: daß die Dienerin bzw der Diener als Arbeitsposten, eine gering aber selbstverständlich bezahlte,und zwar langfristig das Auskommen sichernde und sozial=gesellschaftlich angesehene Arbeitskraft im 1827/1830 England, in USA 1827/1830 aber eine sozial=gesellschaftlich von allen Klassen und Schichten verachtete Arbeitskraft darstellt und somit einen Arbeitsposten, demgegenüber in USA Arbeiterinnen/Arbeiter ausnahmslos im Vergleich zum angebotenen Lohn als Dienerin bzw Diener nur zur Hälfte bezahlte FabrikArbeit vorziehen würden, weil die USAmerikanischen Arbeiterinnen/Arbeiter sich doch nicht dazu herablassen, einen nach USKulturStandard solch würdelosen Arbeitsposten wie den eines Dieners oder einer Dienerin besetzen zu wollen. Trollope konnte noch so viel Geld für eine Arbeitskraft als Hausmädchen oder Dienerin ausgeben, die eingestellten jungen Frauen verschmähten diesen sicheren bestbezahlten Arbeitsplatz, sogen indes für kurze Zeit so viel Geld wie möglich aus Trollope und verschwanden nach ebenso kurzer Zeit von heut auf morgen mit der würdevollen Erklärung, nicht für so einen würdelosen Arbeitsplatz wie diesem elenden Englischen Mittelalterlichen DienstmädchenArbeitsplatz geschaffen zu sein.
I thank you = the most un-American phrase
anständig = wie ordentlich =
richtig viel auf den Eßteller zB: Nehmen Sie sich mal anständig auf den Eßteller!
Muschi=Katze; die BRDPornoIndustrie der 1970er schuf Muschi=Vagina
Siehe Dorothy Sayers.
Das Englische hat Unfaßliche erheiternde Übereinstimmungen mit dem Deutschen: Ist es die Möglichkeit!
Dorothy Sayers ist sowas von spitze
Ein kesses Mädchen das Mädel is aber ganz scheene kess!
Mutters kämpferische Heiterkeit gegenüber diesem ganzen eingebildeten Männlichen Geschlecht entdeckte ich, als sich Mutter mit Dorothy Sayers beschäftigte: Als ich ein Bild von ihr jetzt Anfang Oktober im Internet sah, da dachte ich: genau so sieht eine Frau aus, mit der man Pferde stehlen kann. Und je mehr ich von ihren Lord Peter Wimsey Texten lese, desto mehr wundere ich mich und wundere ich mich nicht sondern verstehe, daß Mutter

Lord Peter Wimsey dermaßen liebt! So daß Mutter viel mehr Ahnung hatte als ich, als ich Lord Peter Wimsey im Fernsehen entdeckte.
Feststellend, daß Dorothy Sayers nicht etwa Bevölkerung beschreibt sondern die erdenklich oberste finanziell reichste Schicht der Bevölkerung dh weniger als 0,01% im Gegenteil zur Sozialistischen Literatur ihrer Zeit zB Lenin, kann ich zusätzlich sagen: Mit jeder Zeile mehr, die ich von Dorothy Sayers lese, bin ich um so mehr von Dorothy Sayers begeistert.
Nüremberg Chronicle=Schedelsche WeltChronik?
Die Arbeiterklasse in der "BRD" heute 2015 führt verglichen mit dem Bürgertum einen viel mühseligeren Kampf gegen die Inflation. Der Witz in der Groß"BRD" 2001 der Einführung der DoppelWestMark namens Euro verzerrt und zugleich verdeutlicht diesen Betrug an der Arbeiterklasse der "Groß"BRD".
His lordship heißt auf deutsch= seine Lordschaft
Her Ladyship heißt auf deutsch=ihr Ladyschaft? Das habe ich noch nicht 1 mal in meinem Leben gehört oder gelesen. Das zeigt wieder einmal, daß die weibliche Entsprechung eines Männlichen Titels, zumal wo es an Anzahl etwa 50/50 Lords und Ladies gibt, so unsinnig es ist, völlig ungebräuchlich ist, so als gäbe es nunmal auch die Frauen gar nicht.
Die RedhairHöhmsStory ist vollkommen unsinnig, nach 1Milliarde mal lesen ist es mir aufgefallen: Wenn doch die Vabrecher so viel Mühe darauf verwandt haben, um die Bank auszurauben den Hausherrn langfristig wegzulocken mit einer Arbeitsstelle, anstatt die Bank auszurauben und dann einfach zu flüchten, zumal angeblich der Drahtzieher sowieso ein prominenter Verbrecher ist, der wissen müßte, wie er nach einem Verbrechen untertaucht, dann ist es doch unsinn, daß von Doyle konstruiert wird, bevor die Vabrecher den BankKeller überhaupt leergeräumt haben, just 2-3Tage vorher die Arbeitsstelle dieser Briefkastenfirma RedhairVerein aufzulösen; nur deswegen geht verstört der Fatzke zum Höhms. Wie dumm ist das doch konstruiert. Das hat doch nicht Hand und Fuß.
Wir verdanken Doyle mit the man with the twisted lip 1891 mit der englischen Vokabel veil deutsch=Schleier die Dokumentierung des Schleiers für die Dame als ein normales Kleidungsstück WestEuropäischer Kultur. Dies zu denjenigen die deutschen Mädchen und deutschen Frauen der letzten Jahrhunderte in Schlesien, Bayern und Hessen usw bis heute ignorierenden und die eigene Mutter, die eigenen Schwestern und die eigenen Tanten und die eigenen Großmütter verleugnenden BRDlern und BRDlerinnen, die sich gerne über und gegen das Moslemischer Kultur eigene Kopftuch für Mädchen und Frauen aufregen und dagegen Sturm laufen.

ebook Coomber Hall Doyle ist mEs kein DoyleText: vergleiche man mit allen 50 HöhmsKurzgeschichten und den 2-3 Höhms Romanen= absolut anderer Stil
the adventurous exploit of the cave of ali baba Dorothy Sayers:
Edgar Wallace mäßig vollkommen primitiv wie die deutsch"BRD"ischen Edgar WallaceKrimis 1959-1969 Zum Brüllen, dann erinnert man sich als Wessi, wie begeistert man war als Kind, als man erstmals sagen wir mit 8Jahren 1973 mit allen Geschwistern und beiden eltern zusammen diesen Krimi Samstagabends als HauptFilm sah, begeistert ist gar kein Ausdruck, hingerissen war man, spannend, man war mucksmäuschenstill, und noch heute sage ich, daß dieser Art primitive "BRD"Krimis zu dem besten gehören, was das "Fernsehen der "BRD" " jemals hervorgebracht hat. Wie überhaupt viele der damaligen Italienischen, Französischen und Englischen Filme im "Fernsehen der BRD" von einer Qualität waren, an die keiner der Filme ab 1980 bis 2015 mehr heranreicht, ausgenommen in der MilliardenMasse von schlechten Filmen oder Serien einige, die man an einer Hand abzählen kann, und Ausnahmen zählen bekanntlich nicht; ein guter Grund, Kein FernsehBrett in der Wohnung haben zu müssen, denn das heutzutage Sehenswerte im Fernsehen kann man sich auch im Internet-Café kopieren oder gleich ansehen.
the adventurous exploit of the cave of ali baba Dorothy Sayers gelingt eine packende Story. Nun, während man an all die primitiven EdgarWallaceFilme und an die eigene Begeisterung erinnert ist schmunzelt und man sich darüber schämt, wird einem plötzlich klar, daß Dorothy Sayers Text als Vorlage aller Edgar WallaceKrimis gedient haben kann oder richtiger gedient hat, so daß ihr und nicht etwa Edgar Wallace die Ehre zukommt: packend geschrieben. Was jedoch verwundert ist, daß das SafeSchloß durch eine hochqualitative Spracherkennung funktioniert, eine solche Spracherkennung, die selbst heute 2015 mEs nicht sehr verbreitet ist, außer daß Maschinen 2015 Worte verstehen können vollkommen unabhängig welcher Mensch diese Worte spricht, denken wir nur an Hotlines und Telefondienste, die die Vermittlung an die richtigen Stellen per Maschine und nicht durch Menschen bewerkstelligen.
Nun ist mEs, weil zu Lebzeiten von Dorothy Sayers weder die eine noch die andere Spracherkennung per Maschine erfunden worden ist, fraglich, wie Dorothy Sayers solch eine noch nicht erfundene Erfindung im text nutzen konnte, so daß ich diesen Text eher auf 1990 datiere, denn in der "BRD" die erste Spracherkennung per Maschine erfuhr ich beim Telefonieren Nach der Privatisierung der Alt"BRD"TelefonPost also frühstens ab den frühen

33

1990ern.
The Singular Adventure of the Man with the Golden Pince-Nez:

geniöse story: Reicher Prominenter ist ermordet worden. Nach langem offiziellen normalem Fortgang der Polizeilichen Ermittlungen, ist es Wimsey, der sich einmischt und herausfindet, daß der tote Reiche Prominente gar nicht der tote Reiche Prominente sondern ein gerade entlassener arbeitloser Arbeiter ist, den man ermordet und als den Reichen Prominenten verkleidet hat !
A good Jew can be a good man, wie Dorothy Sayers Bunter sagen läßt
Miete 4Pfund/Monat für Mr Parker 1923
ZITAT:
Lord Peter roamed in, moist and verbena-scentedZITATENDE
ZITAT
A 19 'bus deposited him in Piccadilly only fifteen minutes later than his rather sanguine impulse had prompted
him to suggest, and Mr. Bunter served him with glorious food, incomparable coffee, and the *Daily Mail*
before a blazing fire of wood and coal. A distant voice singing the "et iterum venturus est" from Bach's Mass
in B minor proclaimed that for the owner of the flat cleanliness and godliness met at least once a day, and
presently Lord Peter roamed in, moist and verbena-scented, in a bathrobe cheerfully patterned with
unnaturally variegated peacocks.ZITATENDE
Heute mag man darüber lachen, mit Fotos viel herzumachen; aber erstens erinnere ich mich als Wessi an meine Kinderzeit, als eine ich glaube "BRD"Holländische KoProduktion ins Fernsehen der "BRD" kam und zwar etwa erstmals zwischen 1974 und 1978, und zwar eine KinderKrimiSerie, wo der Clou voms Ganzen einer der BubenHauptdarsteller ist, der, anders als sein unbemittelter Freund, über einen Fotoapparat verfügt und über alle Gerätschaften und Materialien, die Fotos auch gleich selber zuhause zu entwickeln. Ich war zu dieser Zeit 1Jahr auf dem Gymnasium, und es mochte 1männlichen Schüler geben, der selber weil 1 Gesellschaftsklasse über meiner Familie, über einen eigenen Fotoapparat verfügte, bald stellte ich fest, daß auch sein Freund offensichtlich ebenfalls über einen eigenen Fotoapparat verfügte, und dies alles für mich war revolutionär 1977, denn der einzige Fotoapparat, den ich in der Familie bis dahin kannte, war ein oller 10cm x 10cm würfelformiger auseinandernehmbarer seltsamer Kasten außer

Gebrauch, und ich erinnere mich einfach an keinen Fotoapparat, den meine Eltern bis dahin benutzt hätten, sie mußten wohl einen gehabt haben, aber Fotos zu dieser Zeit in meiner Familie und ich denke auch sonst in der BRDGesellschaft, war ein als überflüssig erachteter Luxus, den man sich einfach nicht gönnte, weil er als unsinnig betrachtet wurde und als zu teuer. Irgendwie war jedoch angesagt Fotosmachen für wichtige Gelegenheiten für die Eltern und unsere andere FamilienHälfte aus dem Ausland DDR, als unsere Sozialistischen Verwandten zu uns Kapitalistenschweinen zur Silberhochzeit auf Besuch kamen, und sowohl wir und auch die mit teuren Fotoapparaten, die ich noch niemals gesehen hatte, Fotos machten; Ich dachte, daß unsere DDR-Verwandten, weil man in unserer Familie grundsätzlich sehr schlecht über das Ausland DDR sprach, so als würden grundsätzlich alle DDR-Bürger Verbrecher sein, überhaupt keinen Fotoapparat haben und ich dachte, daß, wenn doch, dann die DDRler bestimmt son unsäglichen Ramsch haben würden, mit dem sie neben unseren modernen BRDFotoapparaten, von denen ich aber auch noch nichts bei uns gesehen hatte, verblassen würden .. , erstaunlich hörte ich da von unseren Sozialistischen Verwandten, daß so eine Praktika zwar teuer aber für jeden Werktätigen in der DDR erschwinglich sei und jede Familie habe, was ich nicht glauben konnte, weil das ja bei uns hier in der BRD nur die Reichen bzw Normale nur zu besondersten Anlässen ausgeliehenerweise hatten. 1977 entdeckte ich 12jährig den PocketFotoapparat, den man in der BRD "PocketKamera" nannte, obwohl Kamera ja nur Film bedeutet, aber das lernte ich damals schon, daß BRD Fotoapparate, die nicht filmen konnten, trotzdem Kameras nannten, ein verhältnismäßig sehr billiger Fotoapparat, der jedoch auch so für mich noch kaum erschwinglich war, den ich mir aber irgendwie so schnell es ging anschaffte, während zwei der drei reichen Jungen in der 7.Klasse des Gymnasiums, weil das wohl das Hobby der beiden war, mit Praktika entsprechenden BRD-Fotoapparaten Erster Qualität rumhantierten und auch in der Schule davon gegenseitig sprachen mit allen möglichen Fachbegriffen, was für Glaubwürdigkeit zeugte. Damals lernte ich aber schnell, daß die Lust am Fotografieren für mich nichts mit einem vermeintlich erstrebenswerten teuren Fotopparat zu tun hatte sondern nur damit, ob ich jetzt ne sogenannte "Pocketkamera" in der Hand hatte oder nicht, wenn ja, dann war es berauschend, die besten Fotos meines Lebens machte ich in diesen Schuljahren ab der wiederholenden 10.Klasse ab 1980/1981 bis vor dem Ende der Schulzeit dh vor dem Abitur dh vor Frühling 1985 im Wald und in Feld und Wiesen, alles vor der Nase von meinem Elternhaus am Rande des Dorfes. Fantastischer kann man nicht wohnen. Es war 1977 zwar absolut undenkbar, selber als 11-12jähriges Kind einen Fotoapparat erwerben zu wollen bei einem von meinen Eltern gezahlten Taschengeld von pro Woche 2,50DM, mit 15 Jahren 1980 sollten es etwa 7,-DM sein, wenn ich mich recht erinnere, also 1977/1978 diese KinderkrimiFilmserie, die ich außer sehr verschwommener weniger Bildeindrücke vollends vergessen habe; und dann war da noch dieser Erwachsenen-Spielfilm, den wir wohl in der gleichen Phase 1974-1978 mit gesamter Familie als Hauptfilm am Samstag alle zusammen gesehen haben: und das ist dieser Englische Spielfilm von 1967, wobei ein einziges Foto die Auflösung des geamten spannenden Krimis bringt; die Musik bei der zeitgenössich dargestellten Gesellschaft in London beeindruckte mich, je mehr ich in meiner Kindheit und Jugend älter wurde, immer mehr, bis ich in JungErwachsenem Alter als Student mit 21 Jahren 1985/1986 das Resümee für die Gesamte MusikGeschichte der Welt ziehen konnte, daß Jimi Hendrix und diese Musik dieses Films in den Kneipen und Tanzlokalen Londons "Blow Up" von 1967 die beste jemals gehörte Musik war, an die auch in Zukunft nichts mehr heranreichen könnte, womit ich bis heute 2015 recht behalten habe bis auf die üblichen wenigen Ausnahmen manche Historischen Werke von Pink Floyd in Pompeyi, Sex Pistols, Alice Cooper, Nice mit Keith Emerson (1967) und eine halbe Generation später: die Werke von Queen bis Anfang 1980er; alles spätere konnte man vergessen. Komischerweise war das auch mit den Spielfilmen so, die man im "Fernsehen der BRD" zu sehen bekam. Die Fantastischen Serien und die Fantastischen Spielfilme der DDR waren in der "BRD" gänzlich unbekannt, genauso wie die gesamte SpielfilmBrangsche des KontinentStaates Indien und der über Zwei Kontinente sich erstreckenden UdSSR, Eiserner Vorhang und so, die bösen Kommunisten usw .., zuerst, hauptsächlich, und ausschließlich bekamen wir Wessis HollywoodProdukte vorgesetzt, und erst bei genauerem Hinsehen und Nachfragen bekamen wir auch mal gute "BRD"Filme "Winnetou", Italienische, Französische und Englische Filme ins "Fernsehen der "BRD" " zu sehen, und diese Filme waren fast ausschließlich von sehr hoher Qualität, obwohl meine Mutter schon seit meinen frühsten KindheitsJahren als Fernsehkonsument ab 1975 stetig und stetig zunehmend über Jahre und Jahrzehnte beklagte, daß natürlich so ein moderner Film nicht ohne Bettszene zu denken ist, so teilweise grotesk unsinnig im Handlungszusammenhang eine Bettszene und dh angedeutet eine Orgasmus darstellende mit Mann und Frau mit Bettdecke völlig bedeckter Bettszene, erst ab den frühen 1980ern gab es erstmals eine nackte Brust bei diesen Bettszenen zu sehen, und deswegen dh genau zu dieser Zeit gewöhnte sich meine Mutter langsam ab,

fernzusehen In ausgenommen die KinderFilme Karl May und KomikerFilme Louis de Funes in JEDEM ernsten WESSISpielFilm ab 1975 bis 1989/1990 gab es mindestens EINE BETTSZENE. Das mögen Wessis heute gerne vergessen, wie schlecht das Fernsehen früher war, bzw darauf mögen Wessis Ausländer wie zB DDR-Bürger, Sowjetische Bürger, Italiener, Franzosen, Engländer nicht gerne hinweisen.
Erst jetzt Oktober 2015, merke ich, daß der Begriff Buschmenschen= Bushmen im Englischen für Südafrika neheliegend eine Mischung aus Plattdeutsch/Holländisch und Englisch darstellt, und deswegen, indem 2015 unter anderem im Plattdeutschen Dialekt der Oberlausitz Busche Wald bedeutet in Hochdeutsch übersetzt Nicht Buschmenschen, hochdeutsch Busch= Strauch, sondern DialektPlattdeutschNiederdeutsch Waldmenschen bedeutet.
Dies ist nun ein ganz anderer Begriff als der hochdeutsche Begriff "Buschmenschen" oder "Buschmänner", was ja suggeriert, eine Bevölkerung in einem Territorium, das geprägt ist von Büschen/Sträuchern, sondern: eine Bevölkerung in einem Territorium, das geprägt ist von Wald.
Das ist nun wirklich etwas anderes. Es brauchte aber Jahrzehnte, bis mir das bewußt wurde.
Nun, Wald ist bis heute 2015 vielerorten auf unserer Erde verloren gegangen: Deutschland bei Karl dem Großen bestand fast nur aus Wald, Amerika zB Amazonas Brasilien hat seit 1800 Alexander von Humboldt großflächig Wald verloren, im gleichen Zeitraum ebenfalls die nördlichen Staaten, die teilweise aus 100%Urwald 100%Wüste gemacht haben, vergleiche auch Südafrika/Namibia ein spezielles BushmenGebiet heute 2015 nicht mehr sehr waldreich, ganz im gegenteil nämlich bis vor wenigen Jahren der NamibWüsteAusdehnung hilflos überlassen.
busmans honeymoon 1937 = Kapitel 8=ZITAT"
"The trouble with you, Joe," replied the Superintendent, "is, you ain't got no pussychology
"ZITATENDE .
normale gute KrimiLösung: Wimsey stellt Falle, der Mörder verrät sich. Alles in allem viel zu langatmig. Aber, und das ist eben der Stil von Sayers, angefüllt bis zum Abkotzen mit BestBürgerlichsten Zitaten von Alten Griechen bis Alten Römern usw.
the five red herrings (1931):
Galloway Kirkudbright Gatehouse
im Folgenden Originaltext HochdeutschÜbersetzung Vokabeln Liste language=

Jocks=Schotten
bluidy=bloody=verflucht als Adjektiv des Adjektivs = Adverb, so wie man im Deutschen sagt: ein verflucht dämlicher Arsch
1981 fahr ich also von Dreieichenhain weit weg nach England und rauf bis Kleinstadt normaler Betrieb Inverness, ich höre, so wie die Menschen sprechen, daß ich der einzig Fremde bin, der mEs aber nur durch die dicke Reisetasche als Fremder erkennbar sein könnte, ich höre den ersten Menschen, den ich irgendetwas in Schottland frage, dies ist der BahnhofsVerkaufskartenSchalterVerkäufer, eigentlich sage ich gar nichts, sondern ehe ich irgendetwas sage, fragt mich die junge freundliche Frau: Could I dir helpm?, meecht yu ken bisl de surrounding? Do yu ken dis region? oder so ähnlich, da öffnete ich so fassungslos, daß ich ungetanerdinge mich fast umdrehen und in die "BRD" zurückreisen hätte wollen, quatsch sprachlos freudig in der neugeborenen fröhlichsten gewißheit, daß wir doch alle Germanen sind, sprachlos den Mund und fragte mich stumm: Warum spricht mich die Frau deutsch an? Das war so unfaßbar, auch einfach deswegen, weil viele Hunderte Kilometer England und viele Kilometer Nordsee mich in Inverness von Flamen, Niederlande, Friesland, Dänemark, Norwegen und BRD trennten und es zB wahrscheinlicher gewesen wäre, wie ich dachte, französische Vokabeln in der Sprache der einheimischen NordSchotten vorzufinden. Vielleicht erkannte mich die Frau auch nur als ein"BRD"Urlauber, ich weiß nicht wie, aber ich habe später noch viele andere Schotten ähnliche Vokabeln sprechen gehört.
Mutters Englisch trainiert in der Berlitz-School in Frankfurt/Main und bei der UP Jahrelang
Das Englisch, das Mutter sprach, war so "deutsch" pronounziert, wie man es uns Geschwistern in der Schule immer abgewöhnen wollte, so daß wir in den 1970ern und in den frühen 80ern über Mutters Aussprache nur verächtlich amüsiert lächelten, aber wenn wir damals erstmals Margret Thatcher im Fernsehen sprechen hörten, da sprechen beide genauso. Wie wir blamiert feststellen mußten. So stellen wir zu dieser Zeit erstaunt fest: ohne NasalSchnörkselLaute und zumal Vokale wortwörtlich nach dem deutschen Alfabet ausgesprochen bird nicht etwa börd sondern eben Bird
girl nicht etwa Görl sondern eben Girl. Mutter triumphierte:"Sisste!?" Und als ich nach meinem Studium meine Mutter informierte, daß Französische Schwarze Neger aus ZentralAfrika, die ich beim Jobben auf der Baustelle kennenlernte, genauso ein Französisch sprachen, während wir Wessis immer die Französische Sprache wegen der an/en/in/on/un/NasalSchnörksellaute als Unmöglich belächelten, da sprachen diese Neger ein Französisch ohne jede

38

NasalSchnörksellaute, womit sich Französisch plötzlich ganz einfach anhörte, so daß, daß man doch so und nicht anders Französisch sprechen sollte, Mutter und auch ich sagen konnten:"Sisste!?" Und die Schwarzen Neger, Mutter und ich lachten und triumphierten.
Genial Mutter!
Im folgenden der Etymologie nach dh der Bedeutung und Herkunft wegen Etymologisches Wörterbuch dh Fremdwörterbuch gemäß gestehe ich bezüglich der IndoGermanischen Lautverschiebung von Anglisch und Sächsisch ab dem Jahre 200 nChr. bis heutzutage in der Wortschreibung zeitlich stets um Jahrhunderte zurückgehend folgendes als gewagt aber als, was bleibt auch nur anderes übrig?:
heute (1930)wrang = heute HochEnglisch wrong = heute Hochdeutsch falsch Rückwärtsgehende Lautverschiebung heute (1930) Dialekt in Schottland wrang 250Jahre vorher 1680 wlang, 500 Jahre vorher 1180 wlange/wlasch 830Jahre vorher 350 wlasch UND falsch beides seitdem trennung falsch in heute BRD, wlasch in heute gesamte Ostküste Schottlands und Englands
sleuth-hounds = sleuth Spürhund
spanner = Schraubenschlüssel
das kleine Mädchen, das quasi den Mord beobachtet hat und exakt weiß, wo die Autos standen und wo die Männer kämpften, nehmen se aber nicht mit, das ist ein Fehler von der Dorothy Sayers.
Inspektor MacPherson und Lord Peter Wimsey finden also den Schraubenschlüssel.
Wimsey spricht über jene those sweet oldfashioned, long-haired girls wir sehen also, daß lange Haare bei jungen Frauen spätestens zur Zeit der ErstVeröffentlichung der story 1931, - wohl hüftlange Haare/Hüftlange Zöpfe die Pflicht und, wie Mutter sagt: Qual eines jeden Mädchens in Deutschland zumindest in ländlichen Kleinstädten wie Sprottau vollkommen ist, meine Mutter befreite sich davon mit 17 während ihrer Lehre, das Theater derheeme kann man sich nicht vorstellen, es war für die Oma, als ginge eine Welt unter 1943 - , 1931 in London vollkommen out ist, so daß man verstehen kann, daß die LangHaarPflicht für Mädchen in der "BRD" seit Mitte der 1980er bis heute 2015 absolut die gleiche geblieben und absolut genauso altmodisch wie 1985 geblieben ist.
5 herrings the devil out of the Box is no good idea of Dorothy Sayers in 5 herrings: Mr Gordon usw Alles viel zu ausführlich, als würde man die kompletten PolizeiUnterlagen lesen, also zu in Schottland und England in jeder erdenklichen Form zu Fuß, zu Fahrrad, zu Auto, zu Eisenbahn und zu Schiff unterwegs 6 Verdächtigen über einen Zeitraum von 12Stunden alle

Alibis lückenfrei, das ist mEs zu viel.
5 herrings weiter:
FARREN: FERGUSON: STRACHAN = chapter 24:
Remairkable = bemerkenswert
no yin o' them = nicht einer von deen/ nieh J eena vonnämm
haill = ganze ? wie: haill period = ganze Zeit?
Betune = tswischen
gowf = golf
whigmaleeries = ?
eneugh = genung genung jänuhch vondäm Krempl
it agrees fine wi' Farren's ain statement = es paßt gut zu Fs eigener Aussage
I'll tell ye what I think wull ha' been the way o't. = wohl ?
Lunnon = London
zu all diesen schönen schottischen Worten ist zu sagen, daß mEs für das
rechte Verständnis die englische Lautschrift der Englischen Buchstaben
dieser Schottischen Worte fehlt zB ist mir nicht klar ob an´ = und an oder än
ausgesprochen wird
absolut zu viel Details: die vielen verschiedenen Eisenbahnstrecken und das
für alle Verdächtigen usw, schon vor der Hälfte des Textes, hörte ich auf,
genau zu lesen und ignorierte diese mEs DetailMassen, die wohl auf eine
ganz realistische Polizeiarbeit und zwar ohne irgend etwas auszulassen,
weisen, was aber mEs ermüdend bis unerträglich ist.
5 herrings Ende
Nächst = Francis Trollope über ihre Auswanderung/Reise in die USA vom
Anfang November 1827 bis Juli 1831 "Heimische Sitten" von 1832, das ist
Göte! Und Francis Trollope ist wahnsinnig gut. Kein Wunder, daß sie immer
verschwiegen wird, ich wußte nichts von ihr, bis mir ein DDRBuch über
Anthony Trollope zufällig in die Hände kam.
Frances Trollope is fantastisch
 Sherlock Höhms gelesen
Hag english=Hexe
English names=
Gerda
Gerhard
Kloake London Literatur zu Karl Marx Zeiten immer noch nicht gefunden.
Mary Barton ist auch über die Weber und ist genau zu der Zeit der Weber!,
über die Gerhart Hauptmann 40-50Jahre später schreibt!, wobei hier
festzustellen ist, daß die beharrliche widersinnige und falsche Leugnung
eines Zusammenhangs der Sozialistischen Aufstände in Deutschland und

England in den BRDZensurMedien offensichtlich wird, um so mehr man stattdessen parallele gleichzeitige Historische Bewegungen in dem einen wie auch einem ganz anderen Teile Europas feststellt, so daß das WeberElend in Schlesien und England zur geichen Zeit war nämlich 1830-1850.
Negativ an DomesticMannersFrances Trollope ist, daß die durchaus begründete Kritik an USA eine seltsame Rühmung der Englischen Zustände bewirkt, seltsam deswegen, weil London doch Industrielle Kloake ist, jedoch kann man Frances Trollope diesbezüglich entlasten, indem man feststellen kann, daß London 1825 noch lange nicht die weltgrößte ! Kloake und zwar mit Karl Marx Juhu! ist, die London ja in den kommenden Jahrzehnten werden wird.
 Ich suche und suche das SuperWerk bei Gaskells Mary Barton und Gaskells Cranford.., vergebens, aber da ist doch irgendwo die Sissy Jupe! Ich gebe es auf, und gucke lange später Suche in Computer: in einer ArbeitsDatei, da ist meine Stellungnahme zu Sissy Jupe, und das ist Charles Dickens sieh an!, aber in keinem Buchtext, ich gucke dennoch in einem alten Buch, das ich Ende September veröffentlicht habe
Hard Times Charles Dickens ist das SuperWerk, ich habe meine Stellungsnahme in 500SeitenBuch längst veröffentlicht und zwar auf S11 Juhu!
Cranford =
peppery words = gepfefferte Worte
Wafer bread-and-butter = Oblaten Brot und Butter
a sort of sour-grapeism = SauerGrapfruitismus
snugness = Gemütlichkeit
tray = Tablett tea-tray =Tee-Tablett
The china was delicate egg-shell = EierschalenTeeServieh
But=She could not but laugh = Sie mußte einfach lachen.
She could not but say:"Yes"=Sie mußte einfach sagen:"Ja."
make allowance/s for something = etwas in Betracht ziehen
bonnet = DamenHütchenHaube
Miss Jenkyns stuck an apple
full of cloves, to be heated and smell pleasantly=Apfel mit Gewürznelken vollstecken und in den Backofen verbreitet einen herrlichen Duft !
after eight weeks of induction into the elements of Political Economy, she had only yesterday been set right by a prattler three feet high, for returning to the question, 'What is the first principle of this science?' the absurd answer, 'To do unto others as I would that they should do unto me.'
Mr. Gradgrind observed, shaking his head, that all this was very bad =Zitat

aus Hard Times/Charles Dickens Ist das nun Karl Marx Politische Ökonomie oder ist das nun nicht Karl Marx Politische Ökonomie?
Natürlich ist es so! Genial!
Der Lehrer lernt den Schülerinnen und Schülern Schreiben und Lesen. Die Lehrerin lernt den Schülerinnen und Schülern Mathematik.
  Stephen Blackpool He was a good power-loom weaver
loom = Webstuhl
power-loom = ? , wahrscheinlich eine industrielle Webstuhlmaschine
hood = Kapuze von womandress
Thou hast been that to me, Rachael, through so many year: thou hast done me so much good = Du hast = Ist das deutsch? Genial Wo ist das? Coketown. Manchester?
Einmal beim Lesen, wollt ich irgendwas Gutes lesen und dachte, ich mach mal Charles Dickens, und lese ne Weile, da plötzlich stelle ich fest: Nee, das is Mary Barton und Nee, das is Cranford, beides von Gaskell! Wahnsinn, wie ähnlich sich Dickens und Gaskell sind!
Und natürlich wie ähnlich Dickens und Karl Marx. Als wäre Dickens die entsprechende Schöngeistige Sozialistische Literatur zur wissenschaftlichen Sozialistischen Literatur von Marx ! This is right! Wahnsinn!
Eine sehr seltsame BRDische wikipedia findet man zu Hard Times: Dieses geniale Werk wird diffamiert als ein vollkommen nebensächliches und vollkommen zufällig und suggestiv dh angeblich und zwar eigentlich gar nicht beabsichtigtes und somit eigentlich gar nicht Dickens typisches Werk, und somit eigentlich gar nicht Dickens Werk,und somit eigentlich gar kein Werk, - Suggestion gelungen! - , so daß man also dieses Werk vollkommen vergessen kann, wäre da nicht diese Liste, der man dieses monumentale Werk doch einfach naja zumindest doch noch zugehörig erklären kann ... aber nicht muß - Suggestion noch mehr gelungen! - , aber um so besser: wer es liest, muß denken: eigentlich ist Hard Times vollkommen zu vernachlässigen und am besten vollkommen unter den tisch zu kehren. Ich würde sagen:
Die BRDKapitalistenschweine würden sagen zu Hard Times: "wer es liest, muß denken: eigentlich ist Hard Times vollkommen zu vernachlässigen und am besten vollkommen unter den Tisch zu kehren. genau das beabsichtigen wir."
Und die Sozialisten sagen: Sieh an! In diesen schrecklichen 1830ern und 1840ern, wo Großbritannien mit einem Fuß schon in der Revolution stand dh in der SystemVernichtung, da hat dieser Herrliche Dickens die Sozialistische Wahrheit gesprochen durch den Mund des Proletariats ! Dh Kein Wunder

2016, daß dieser Text diffamiert wird, daß dieser Text diffamiert wurde bis auf den heutigen Tag, Kein Wunder, denn dieser Text spricht Bände gegen das sich "Rechtsstaat" nennende Kapitalistische VerbrecherSystem und Bände für die Karl Marxsche Beseitigung des Systems durch die Diktatur des Proletariats. Vollkommen unwahrscheinlich mEs, daß sich Dickens und Marx nicht begegnet sind. Daß Dickens dann gegen seinen strikten Willen ein pompöses StaatsBegräbnis bekommt, ist einer der "besten" Tricks des Kapitalistischen Systems Englands gewesen, weil dadurch so getan wurde, als wolle Dickens die SystemBewahrung, obwohl mEs Dickens für die SystemBeseitigung sprach.
Was absolut fantastisch ist, wie ich finde, ist, daß Dickens sich nicht scheute und nicht feige war sondern Jüdische Vornamen, die für die Nicht-Katholischen KirchenBevölkerungen GroßBritanniens typisch sind, ganz normal in seinen Text einbaut und zumal mit zB negativen Charaktereigenschaften ausstattet, Josiah Bounderby ist das Kapitalistenschwein, und zB der das GesamtVerständnis des Parteiischen entschieden und ausschließlich für das Proletariat eintretende nämlich SystemBeseitung beabsichtigenden Textes herstellenden Rachael, sie ist die desillusionierte Freundin Stephen Blackpools; und man kann sich vorstellen, wie in erschrockener Ablehnung vor allem Juden in Großbritannien und besonders die verschiedenen NichtKatholischen Kirchenbevölkerungen des OberstenMittelstandes ganz zu schweigen der herrschenden Oberschicht dies 1854 aufgenommen hatten.
Anstatt, daß normal wäre, als Gesellschaft der Bevölkerung Gleichberechtigung zu lehren, dh daß eine Frau genauso wenig ihr Geld einem Mann gibt, genauso wenig wie ein Mann, wenn eine Frau Geld braucht, sein Geld ihr gibt, kommt es mir so vor, daß zwischen den Zeilen, daß eine Frau, wenn ein Mann Geld braucht, ihm Geld gibt, wie etwas "Selbstverständliches" gehandelt wird 1854, also etwas, was die "Gesellschaft" angeblich als etwas Normales ansieht. Weil dieses katastrophale Übel sich bis heute in Groß"BRD"Staat 2015 nicht geändert hat, nenne ich dies ein zeitloses Übel. Wenn man nun Dickens vorwerfen könnte, dieses Übel noch zu unterstützen, so könnte man dem einfach entgegenhalten, daß Dickens die Realität genau so zeichnet, wie die Realität ist.
Mary Barton ist noch viel entschiedener als Dickens. So als habe die Gaskell dem Dickens erst den Weg zum Gesellschaftskritischen Roman geebnet. Trollope ist einsame Spitze. Es ist ein SachBuch und kein Roman. Die Entschiedene Ablehnung USAmerikanischer Kultur ist nicht nur erfrischend

sondern ein Völkerkundliches Sachbuch Ersten Ranges, so etwas würden sich die heutigen 2015 in den ZensurMedien Etablierten Groß"BRD"ischen Schriftsteller/innen von 2015 nicht trauen. Vor allem GeschichtsDaten wie das angeberische Pilgrim Fathers Neuengland mit Washington New York Negersklaven viel zu gerne in die Südstaaten verkauft, ein florierender Menschenhandel erster Güte.

Die Groß"BRD"ische Rezeption 2015 zeigt sich in der deutschGroß"BRD"ischen wikipedia 2015, als Hard Times als schlechtes weil im Vergleich zu allen anderen Werken von Dickens und somit voll und ganz zu vernachlässigendes dh aus dem Bewußtsein per Gehirnwäsche zu löschendes Werk; indes in der EnglischSprachigen wikipedia die Information über eine Wiederentdeckung 1977 als Hörspiele und Verfilmungen bis 2007 ein StandardWerk von Dickens. Somit ist was Zensur betreibt bei "Dickens" nicht GroßBritische Zensurwikipedia sondern 2015 Groß"BRD"ische Zensurwikipedia.

Dorothy Sayers finde ich quasi auch gar nicht so sehr über alle Maßen genial, weil bestimmte Schwächen vorhanden sind, jedoch finde ich viel bemerkenswerter, daß Dorothy Sayers, die ihre letzten 20 Lebensjahre nichts mehr geschrieben und veröffentlicht hatte, erst gestorben sein muß 1957, ehe sich ein großBritischer Verlag daranwagte, ein Gesamtwerk zu veröffentlichen. Weswegen sage ich das? Ich sage das deswegen, um zu zeigen, wie vollkommen unpopulär und Literarisch vollkommen erfolglos Dorothy Sayers zeitlebens war. Durchaus unverständlich mEs, weil die Werke zur Zeit des Entstehens und der Veröffentlichung besser als jede andere Krimis waren, vergleiche man nur die Krimis von 1919 bis 1927 mit denen Doyle´s, ein Unterschied wie Tag und Nacht. Vollkommen beeindruckend und undenkbar überbietbar ist die Detailfülle Dorothy Sayers, was mEs enger Kontakt zu einer Person oder mehreren Personen aus der GroßBritischen Aristokratie ermöglicht hat; sowie dem Realismus treu in ihren Romanen eine Polizeiarbeit gemäße konsequente Abarbeitung aller erdenklichen Verdächtigen samt Alibis, in nicht ganz so großem Unterschied zu den ausführlichen KrimiRomanen Agatha Christies ist Dorthy Sayers im krassen Unterschied zu Doyle, dessen Texte vergleichsweise grob und kurz sind, Dorothy Sayers.

Schiller erfindet mit dem Genuß am Untergang der Hauptdarsteller die Tragödie für das Theater. Wie auch immer WestEuropa Immanuel Kant dafür angeblich notwendig gehabt haben sollte, um Lust an einer Tragödie zu haben, befinde ich in der gängigen Schillerschen Sekundärliteratur als maßlos übertrieben, sicher, Kant war zu Schillers Zeit in!, aber ich wage zu behaupten, daß es auch schon VOR Kant Schadenfreude im Theater gab, so zB die Deutschen Faßnachtsspiele zur Zeitenwende 1500 Elsaß, Mainz, Köln. Schiller 1800 bereitet Geschichte von 1633 auf = Das entspricht heute aufbereitung von 1849 also aufs Jahr genau gerechnet die KarlMarxRevolution Schillers Wallenstein ist in ReimVersform geschrieben. Haben die früher bei Schiller 1800 alle so komisch geredet? Nun würde ich vermuten, daß Schiller einen GeschichtsschreibungsStil pflegt, der bis in den 30jährigen Krieg hinein mehrheitlich unter den für die Fürstenhöfe und Königshöfe und Kaiserhöfe Europas gang und gäbe gewesen war, war das so? Ist dieser Stil nicht vom Mittelalter über die Humanistische Revolution sprich Reformation ab 1500 dh in die Moderne dh die Frühe Neuzeit überliefert bzw hineintradiert worden?, als die Herrschaftlichen Höfe ob im Jahre 800, 1000, 1200, 1400 oder auch 1633 eine lobhudelnde Geschichtsschreibung bzw eine zur Lobhudelei geeignete Geschichtsschreibung und zwar eben in Reimform bevorzugt haben? Somit wäre Schillers Rückgriff auf diese altmodische bis zu Wallenstein übliche Schreibpraxis ein Kunstgriff, um Wallenstein aktuell für 1800 per für die WallensteinEpoche typische Geschichtsschreibung aufzubereiten,-

man bedenke auch den 1800 sich etabliert habenden auch Universitären Standpunkt, der WahlDeutsche Tscheche Wallenstein, der und zwar in engster Zusammenarbeit mit Bayern ab 1618 soviel Verderben über das Tschechische Volk Böhmens und über das Evangelische Deutsche Volk Böhmens gebracht hatte, sei ein Deutscher Held, wäre doch Wallenstein 1934 nur dem Kaiser treu geblieben -,

und nebenbei auf die dem Katholischen Österreichischen Kaiser in LobHudelei dienende Geschichtsschreibung zu verzichten, so ein Evangelischer Fürst 1800 einen anderen "Wallenstein" angefertigt hätte als ein Katholischer Fürst 1800, und stattdessen eine möglichst WirklichkeitsNahe VergangenheitsZeichnung anzufertigen im Dienst der Bevölkerung.

Unsäglich ist Schiller in Verwendung von Hochdeutsch: Auch in den hektischsten Situationen pflegen die Menschen eine der Gebildeten hauptsächlich das Bürgertum umfassenden Oberschicht entsprechende perfekte Hochdeutsche Sprache, was mEs einfach nicht sein kann. zB Anstatt: Wasn jetzt los!? oder Verfluchte Scheiße was ist denn passiert !? sagt einer:"Was setzt Euch so in Eifer?" Auf der anderen Seite mEs muß deswegen Schiller mehr als zuvor anerkannt werden als der MitSchöpfer und der MitWegbereiter des Hochdeutschs, was von allen Deutschen in Europa verstanden wird.

Etwas stimmt nicht bei Schiller: Mir ist das erst nach Jahren genüßlichen Verzehrens der SchillerschenWallensteinSchwarte plötzlich bewußt geworden: In ganz Zivilen Worten sage ich das: Alle Männer in Wallensteins Lager sind Massenmörder, es sind die höchst verdienten MörderSoldaten von ganz Österreich eben unter dem Oberkommando Wallensteins. Vorausbemerkt sei dies zweifelsohne, denn die Realität tut der Realität keinen Abbruch, dh ist nicht schädlich für die Realität. Vergessen möchte man dies jedoch von Anfang an, und dies insbesondere bei der Darstellung der mustergültigen und in Tugend doch so einsamen und so einmaligen Thekla, der Tugendhaftesten Frau des ganzen Dramas, bzw bei der Darstellung des mustergültigen und in Tugend so einsamen und so einmaligen Max, den Tugendhaftesten Mann des ganzen Dramas. Wenn man sich nun mit dem Schock abgefunden hat, daß alle Männer des Dramas Massenmörder sind, dann wird erst klar, daß Schiller diese Problematik benutzte, eben dafür, um eben und zwar an dem allerhöchsten KriegsIdeal in persona Wallenstein selber zu exemplifizieren, daß er nicht und daß niemand all der anderen Männer "seinen Schnitt" im Krieg machen kann, genauso wenig wie in anderen Kriegen der Moderne so zB dem II.Weltkrieg im gegenseitigen Massenmorden eines Wagnerschen ZivilisationsUntergangs der gesamten VolksGesellschaft, wohingegen die auf Heldentum geeichte Bürgerliche Geschichtsschreibung das Jahr 1945 als den Ruhm der Göttlichen Kapitalistischen Vorsehung definiert und als den Ruhm des Heldenhaften Sieges des Göttlichen Kapitalismus zu rühmen verstand mit dem Lug und Trug, der Hitlersche Siegreiche EroberungsFeldzug sei im grunde gar nicht so schlimm gewesen, und es sei alleine die Schuld der Kommunistischen Sowjetischen Armee, daß es vorab zu keinem Waffenstillstand und Frieden dh zu keinem Happy End gekommen sei, obschon zumindest mittels Terroristischem Zivilmassenmord in "Combat" vor 8.Mai 45 und nach Kriegsende in den Kriegsgefangenenlagern zB Rheinwiesen nach 8.Mai 45 es die wahrhaft "heldenhaften" Männer zB Harris, Churchill, Eisenhower usw vollbracht hätten, zu beweisen, daß man seinen Schnitt im Kriege machen kann. der Soldat, und um so höher der Posten um so eindeutiger, und zusammenfassend: keiner all dieser Kriegführenden Männer vermag es, seinen Schnitt zu machen, es ist ein Lockmittel bei der Rekrutierung, im Combat konnte niemand seinen Schnitt machen, Europa war nach dem

II.Weltkrieg Wüste, dasgleiche gilt für Wallenstein und die von Schiller gekennzeichnete 30Jährige Kriegssituation einer Zugrundegegangenen Europäischen Zivilisation, die Söldnerheere sind zusammengewürfelt aus allen Europäischen Nationen; der Kapitalismus vollbringt es, sowohl den II.Weltkrieg wie auch den "Untergang" Wallensteins bzw den 30Jährigen Krieg mit einer Göttlichen Siegreichen Kapitalistischen Moral zu verbrämen, wer für etwas kämpfe, könne auch der Belohnung sicher sein, dh den Lohn für diesen "guten" Kampf einzuheimsen; Entgegen der Realität so zB jeder siegreiche RegimentsKommandeur wird zum Grafen erhoben und kann nunmehr ein friedvolles Dasein fristen, weit gefehlt!; die Martinic und Slawata treuen Katholischen Adligen Österreichischen Schmarotzer, die das Eigentum der Vertriebenen Evangelischen Bevölkerung in Böhmen übernahmen, durchaus, jedoch nicht die für den unersättlichen Österreichischen Imperialismus Krieg führenden Männer. Schiller ist Armeearzt von Beruf, er kennt das SoldatenLeben in- und auswendig. Schiller exemplifiziert an dem etwa 170Jahre Zurückliegenden, wie aussichtslos und hoffnungslos verloren alle Religion und Tugendhaftigkeit im Kriege ist, vergleiche Hezbollah Ende der 1970er im Nahen Osten kämpfte der Schwedische König als einziger für die Sache Gottes; die Religion der 1970er Jüdischen Israelischen und Evangelischen US-Ideologie der USKapitalistischen Welthälfte(Hemisphere) entsprechend der Katholischen Weltmacht Österreich bei Wallenstein muß als Farce erscheinen, wenn man sich nur die Habgierigen Beweggründe all dieser verschiedensten Regimenter und verschiedensten Männer in Pilsen, die alle ihren Schnitt machen wollen, vor Augen führt.

Schillers Fehler mEs ist, den Dialektalischen Genitiv/Mundartlichen Genitiv durch einen in Verkleidung eines Dialektalischen Genitiv/Mundartlichen Genitiv daherkommenden Hochdeutsch Genitiv zu ersetzen, dh zB (DativNominativ) dem Menschen seine Arbeit WIRD ZU (GenitivNominativ) des Menschen seine Arbeit. Dies nun ist weder Dialektalisch / Mundartlich richtig, noch ist dies Hochdeutsch richtig. Es ist nun hier nicht meine Absicht, so zu tun, diesen Fehler entdeckt zu haben, sondern vielmehr hinzuweisen auf einen in zu Zeiten Göte´s Herrscher Moderner Germanistik üblichen Gebrauch Dialektalischen bzw Mundartlichen Sprachguts, nämlich wie der in Dialekt / Mundart vorherrschende DativNominativdemsein- Genitiv für den Zweck der VerHochdeutschung aufgelöst wird zu einem GenitivNominativdessensein-Genitiv.

Das, was mEs grundsätzlich bei Schiller wie auch in der Historie=Geschichtsschreibung falsch ist bzw unfaßbar erscheint, ist, daß Octavio Piccolomini, der allen Zeitgenossen Wallensteins wie auch Schiller bekanntermaßen dem Wiener Hof treu ist und allen AlleinGängen Wallensteins höchst kritisch gegenübersteht, das Rever unterschreibt siehe Octavio Piccolomini deutsch"BRD"ische wikipedia wie auch siehe konkret wie folgt Schillers Wallenstein = daß Wallenstein, gerade während und weil Wallenstein mit dem Schicksal hadert und dies sehr viel Zeit in Anspruch nimmt, und während doch mit der Unterschrift von Octavio Piccolomini diese etlichen Unterschriften geleistet werden, in Beisein von Wallensteins allerengsten Ratgebern der um klare Entscheidungen nicht verlegenen und nicht schüchternen Illo und Terzky Wallenstein nicht auf die Idee kommt, einfach im Beisein aller selber den dem Questenberg und dem Wiener Hof ergebenenen Octavio Piccolomini festzunehmen und in den Kerker zu werfen oder gleich hinzurichten und sich für den Wiener Hof eben dafür verdient gemacht zu haben, eine von Octavio Piccolomini selber unterzeichnete Verschwörung an den Wiener Hof zu melden, so daß Wallenstein doch nur hätte sagen brauchen, er habe alle einfach nur zum besten haben wollen,- das kann er ja ruhig als der schrankenlos Herrschende Herzog-, und besser ausgedrückt: prüfen wollen, und nun habe sich der Octavio Piccolomini dermaßen als Feind des Wiener Hofes selber verraten, so daß man dem Wallenstein nicht übelnehmen könnte, wenn er Octavio Piccolomini ganz einfach selber festgenommen und in Ketten an den Wiener Hof geschickt hätte bzw in Pilsen festgenommen und bei dessen gewaltsamen Widerstand bedauerlicherweise tödlich verletzt und an den Wiener Hof gemeldet hätte, einen Feindlichen Verschwörer ausgemerzt zu haben. Schiller verdeutlicht Wallensteins Liebe und Vertrauen zu Octavio Piccolomini; für Wallenstein ist es in Schillers Wallenstein undenkbar, daß Octavio Piccolomini dem Wallenstein in den Rücken fallen würde, denn sie sind Seite an Seite über viele Jahre gemeinsam in unzählige Kriegsschlachten gezogen; aber alle warnen den Wallenstein vor dem Octavio Piccolomini, und dann wird Wallenstein ja doch bewußt, daß Octavio Piccolomini ausschließlich mit Questenberg verkehrt und mit sonst niemandem in diesem von AberZehntausenden von Soldaten wimmelnden MilitärLager in und um Pilsen. Unterzeichnung des Revers und Festgelage: Octavio hat unterschrieben, Max will aber nicht unterschreiben. Wenn doch Wallenstein so sehr mit dem Schicksal hadert und sich die Freiheit nimmt, auch seine von ihm geliebtesten Vertrautesten (Illo, Terzky) nur zu prüfen und zum besten zu haben und niemals den Bruch mit Wien ernstlich erwogen zu haben, wo er

sich ja weder für die Schweden noch für sonst eine Alternative entscheiden kann, dann wäre es doch ganz gleich, wenn er auch Octavio nur prüfen wollte, und er Wallenstein selber ganz und gar nicht die Absicht gehabt hätte, mit Wien endgültig zu brechen. Widersinnigerweise hat der Historische Octavio Piccolomini tatsächlich das Verräterische Rever unterschrieben, wird aber nicht zur Verantwortung gezogen, im Gegenteil. Er, Octavio Piccolomini, hätte ja ebenso wie Wallenstein des Verrats angeklagt und abgeurteilt werden können.
Hinzuweisen ist mEs dringlich, daß die ADB von Illo uns darüber Auskunft gibt, daß Wallenstein im Herbst in Sagan erkrankt sei und den Sammlungsort Pilsen in Böhmen mit Illo vereinbart hat, während er den Illo nach dem Kaiserlichem Sieg in Steinau und Großglogau in Schlesien mit einem Verfolgungsauftrag noch dem Arnim hinterherschickte bis Forst/Brandenburg an der Oder, daß Wallenstein den Illo aber umgehend in die Böhmische Oberlausitz beorderte, wo Illo mit großer Brutalität am 30.Oktober das Oberlausitzisch-Böhmische Görlitz zum zweiten Male eroberte und zwar mit solch großer Brutalität, die die ADB zuvor auch schon zu Illos vorherigen Waffengängen nicht verschwiegen hatte, so als sei der Kaiserliche Sieg in einer Schlacht, sobald Illo dabei ist, ein irgendwie Schändlicher Sieg Illos aber Keineswegs ein Schändlicher Sieg Wallensteins oder ein Schändlicher Sieg der Kaiserlichen Armee. Wallenstein selber, von Sagan bzw was Illo und die Kaiserliche Armee in Görlitz betrifft, nach Pilsen loszumarschieren, gibt, so die ADB, Marschbefehl Mitte November. Hier mEs ist wichtig, daß die gesamte Artillerie und die gesamte Armee Österreichs von der Böhmischen Oberlausitz und von Schlesien bis nach Böhmen in die Stadt Pilsen zu befördern mit Fug und Recht nicht nur mindestens 2 Wochen gedauert haben könnte, sondern bis zur vollständigen Einrichtung aller Artillerie und aller Truppen mEs durchaus noch einige Wochen mehr vergangen sein müßten, so daß von Dezember die Rede sein muß wenn nicht gar von Ende Dezember, wann frühstens der Böhmische Herzog Wallenstein in Pilsen über seine vollständige Artillerie und seine vollständigen Truppen regiert, wahrscheinlich ist somit, während der Rest der Artillerie und der Rest der Truppen endlich im Pilsener Lager ankommt, gleich nach Bayern zu einem erneuten Eroberungskrieg abzumarschieren, schlicht illusorisch zu nennen und die These, Wallenstein habe sich wirklich mit einem Gros an Artillerie und an Truppen bis in den Bayerischen Wald nach Bayern hinein auf den Weg nach Regensburg gemacht, eine gewagte These; würde man jetzt noch die in der ADB gemachte überdeutliche Äußerung, wie schwerkrank und siech, also todkrank Wallenstein seit Sagan im Herbst bis in den Januar 34

sei, dazu betrachten, dann macht die Wahrscheinlichkeit, daß Wallenstein mal kurz von Pilsen bis an die Bayrische Grenze marschiert sei, überhaupt keinen Sinn, die Strecke Pilsen Bis zur Tschechischen Grenze zu Bayern ist heute durch eine Herrliche schnurgerade Autobahn zu fahren, jedoch wegen der weiten Strecke nun einmal beschwerlich weil zeitraubend, jedoch zu WallensteinsZeit gab es keine PKWs und keine Autobahn;Anm.d.Verf. Nunmehr, wie ich gezeigt habe: im Dezember 33 in Pilsen zusammengekommen mit dem größten Teil der Kaiserlichen Artillerie und Armee unter Illo, sei, so die ADB, Wallenstein einem neuen Kaiserlichen Befehl gehorchend in Bayern einmarschiert und habe Bayern betreten dh den Böhmerwald hinter sich gelassen, um erst dann festzustellen, daß er doch nicht weiter gegen die KaiserFeinde vorrücken will im Angesicht des Winters im Dezember 1633 und mal kurz nach Pilsen zurückmarschiert im Dezember 1633. Schiller indes gibt die mEs glaubwürdigere Sicht der Dinge, nämlich, daß Wallenstein überhaupt niemals ernstlich Absichten gehabt und Anstalten gemacht hatte, ins von KaiserFeinden bedrohte Bayern einzumarschieren. Schiller beginnt seinen ganzen Wallenstein erst zum Zeitpunkt der Ankunft der Herzogin und ihrer Tochter in Pilsen = zum Zeitpunkt, als Questenberg aus Wien im Lager eintrifft und das Gerücht umgeht, einen GroßTeil der Armee in die Alpen abzuordern, um von der ÖsterreichischMailändischen Grenze den Spanischen Infanten in die Niederlande zu begleiten, so Schillers Dichtung; der tatsächliche dh unbestrittene Zeitpunkt des Beginns des Konfliktes ist mit dem Besuch Questenbergs im Pilsener Lager bzw mit Eintreffen der Wiener Kaiserlichen RegensburgOrder in Pilsen wohl vergleichsweise einfach festzustellen;Anm.d.Verf.

Das Irritierende ist, daß nicht nur in der Illow Dämonisierenden WallensteinHeroisierenden ABD sondern auch in der deutsch"BRD"ischen wikipedia davon die Rede ist, daß Wallenstein im Dezember/Januar schwerkrank ist und zusätzlich dazu von Resignation gezeichnet ist, während bei Schiller, der sich auf die einzige Historische Quelle nämlich Guillaume Hyacinthe Beaugeand oder so ähnlich (heißt es vielleicht Beaugrand? Und Beaugeand ist Rechtschreibfehler?;Anm.d.Verf.) stützt, überhaupt keine Rede davon ist sondern nur davon, daß Wallenstein völlig unentschieden mal hierhin mal dorthinzaudert und sich nicht entscheidet bzw erst, als alles schon zu spät war. Somit gilt:

Hinzuweisen ist mEs dringlich, daß Illo´s ADB Wallenstein als schwerkranken Mann ZITAT durch einen siechen Körper verhindert für sich selbst zu handeln ZITATENDE spricht, während bei Schiller Wallenstein sich bester Gesundheit erfreut. Wenn nun bei Schiller Wallenstein fähig ist,

Verhandlungen mit dem Feind nur zum Schein zu führen, dann müßte Wallenstein bei Schiller ja auch imstande sein, das Rever nur für das ZumBestenhaben seiner Generäle von seinen Generälen unterschreiben zu lassen. Wallenstein hat es aber in der Historie nicht getan , wirklich? Ich sage das Gegenteil: Wallenstein hat es aber in der Historie getan, Denn: Kann man nicht zugunsten Wallensteins sagen, wo alle auf ihn eindringen und eine Entscheidung von ihm fordern, daß Wallenstein selber das Revers gefördert hat, eben um alle in der Hand zu haben? Möglich ist dies mEs durchaus, und somit: Einzig Wallenstein hat es aber in der Historie nicht genutzt. Zu alledem wäre es unmöglich gewesen, einerseits Octavio Piccolomini dem Wiener Hof zur Hinrichtung auszuliefern und gleichzeitig seine, Wallensteins, besten Freunde Illo und Terzky nicht mit auszuliefern und noch viele andere mehr, die ja alle unterschrieben hatten. Aber warum Unmöglich? Octavio Piccolomini hat es ja auch geschafft. Also hätte es auch gegen ihn selber funktionieren können.
Abgesehen davon, daß die Illo-ADB den Rechtschreibfehler macht, den Schillerschen "Buttler" Butler mit nur 1 T zu schreiben, läßt sich feststellen: Das, was, stellen wir Schillers Daten als gegeben dar dh stellen als bewahrheitet=verifiziert fest, in der ADB des Internet zu Schillers Illo = Christian Freiherr von Illow falsch ist, ist, daß die Schillersche Buttler Story nicht Buttler sondern Illo zugewiesen wird; dh, ein von Wallenstein längst dem Illo versprochener GrafenStand, der beim Wiener Hof nur eine Bestätigung brauche, sei von Wallenstein selber hintertrieben worden und der Wiener Hof durch Wallenstein selber beraten, dem Illo den Grafenstand zu versagen, all dies von dem Wallenstein deswegen organisiert, um den Illo in einen noch größeren Haß gegen Wien zu stürzen. Nun, ich wunderte mich, denn ich erinnerte mich nach der Lektüre des Schillerschen Werkes nicht an Illo, dem ein Grafenstand versagt worden wäre. Zu alledem ist die "Formulierung" in ADB demgemäß, so daß man sagen kann, daß Schiller ZITATin eigenthümlicherweise ausgenütztZITATENDE habe und zwar das, was nämlich als diese IlloGrafenstandStory schon zu Wallensteins Lebzeiten als Fabel geläufig gewesen sei, während diese IlloStory nunmehr von den ADBVerfassern (1881) als falsch nachgewiesen=falsifiziert sei und somit von den Historkern nun erst (1881) ad acta gelegt sei, ich will sagen: zu alledem ist die "Formulierung" in ADB unglücklich, weil suggeriert wird, Schiller sei ein Zweifel an dieser IlloFabel nicht geläufig gewesen, sondern er habe diese Fabel geglaubt und in diesem Glauben dieselbe Fabel nur ein bißchen verändert; ich stelle hingegen fest, daß Schiller durchaus den Unwahren Kern dieser IlloFabel entlarvt hatte, aber daß er diese Fabel, eben weil diese Fabel

51

so geläufig war, auch in seinem Schillerschen Wallenstein weiterverarbeitet hat.
Das, was bei Schillers Wallenstein mEs falsch ist, ist, daß, als Wallenstein den Buttler einst mit Buttlers verdienter Absicht, einen Grafentitel vom Kaiser zu bekommen, nach Wien geschickt hatte mit einem Begleitschreiben vom Wallenstein, daß doch Wien und der hochlöbliche Kaiser sich nicht von Buttlers Bitte um einen Grafentitel beeindrucken lassen sollten, so ist dies mEs genau das ggfs richtige Verhalten Wallensteins zugunsten Buttlers, falls Wallenstein beabsichtigt haben würde, den Buttler zu unterstützen, weil, und da wird jeder Recht geben, ein Kaiserlicher Hof mit dem Kaiser zusammen, wenn ein Herzog und ein "dahergelaufener" Oberstleutant den Kaiser nötigen wollen, einen Grafentitel dem Oberstleutnant zu verschaffen, dies als unangenehmen Zwang und Bettelei verstehen müßte, so daß sich doch für einen Kaiser, der von Tuten und Blasen sowieso keine Ahnung hat, viel besser und angemessener anhören würde, wenn der Oberstleutant alleine angekrochen kommt, dem dann der Kaiser seine Gnade schenken kann, so daß sich dafür also sehr gut macht, daß der Begleitbrief des Herzogs von Friedland Wallenstein deutlich ablehnend verfaßt ist, wo doch die Kriegsleistungen des mittlerweile seit Jahrzehnten in KaiserDiensten stehenden Buttler dem Kaiser nun auch durchaus bewußt sein dürften.
Es ist also eine zweischneidige Sache. Daß der Questenberg dem Buttler dann eröffnet, der Herzog selber habe sich im Begleitschreiben gegen Buttlers Grafentitel ausgesprochen, was verständlicherweise Ärger, Wut und Haß in Buttler hervorrufen muß, könnte man zur gleichen Zeit also auch zugunsten Wallensteins interpretieren, der genau auf diese Weise für den Buttler den Grafentitel leichter erreichbar gemacht hat, anstatt wenn nicht nur der Oberstleutnant sondern auch noch der Herzog den Kaiser gedrängt und genötigt hätte.
Ach damals, als ich in Drum nad Labem war, äh Drum nad rochit
ich würde sagen, was für eine absonderliche Handlung
Breeches = englische MannHose
knips maln Bild = mach maln Foto
knips mals Licht an
Dorothy Sayers ist die Beste: Zwar sind ihre MiniGeschichten wie Egg nicht so groß wie die Doylschen Kurzgeschichten dafür jedoch im Stil besser, gewitzter, vielfältiger, kecker, weniger altmodisch, weniger passiv. Doyle dh mutmaßlich Doyle in Person von Shörlock Höhms angeblichem aber nicht wirklichem Freund Watson hilft dem Drogensüchtigen im Endstadium 3mal pro Tag Morphium oder Kokain spritzer sowie Tabak auf Exzessraucher

Shörlock Höhms nicht, so höflich, wie Watson eben ist. Zusätzlich erfindet Doyle, dieser Drogenkonsument im Endstadium finde gleich zu Anfang seiner JungErwachsenenzeit, als Watson und Höhms sich kennenlernen, eine grenzenlose dh ausschließliche Begeisterung für Fakten in Chemie und Verbrechensbekämpfung, Gerichtsmedizin dh Kriminalistik, und verkörpere im Gegensatz dazu eine Ablehnung jeder erdenklichen Gefühlsregung sei es für Frau oder sei es auch für eine Männerfreundschaft, wofür Doyle bei Frauen und Watson/Mann/Männern stattdessen eine Höhmssche Höflichkeit setzt besser gesagt : eine nicht der Wahrheit entsprechende Schauspielerei von gelogener Gefühlsregung. Nun entspricht gleich zu Beginn der Doylschen HöhmsTexte veröffentlicht umfassend bereits 1890 doch genau dies dem Dickenschen FaktenMensch
Thomas Gradgrind von 1854. Doyle ist 59 geboren, somit hat er den Dickenschen AntiMenschen quasi durch die Gnade der späten Geburt dh durch eine Generation überwunden, wie Gradgrind meinen könnte. Sowohl Gradgrind wie auch Höhms erscheinen mir wie 100%ige Faktenmenschen. Weil aber nun mEs ein 100%iger FaktenMensch nicht zusätzlich noch Gefühlsregung für Muse wie Erstklassiges Violinespielen wie auch für Orchester als ein KernCharakterKennzeichen haben kann, ist ein 100%iger Faktenmensch mit solch Musischer Gefühlstiefe wie Tiefe Empfindung für Erstklassiges ViolineSpiel sowie für Orchester etc wie Grandgrind und Höhms mEs Teil von Märchen, dh: etwas, was es in der Realität nicht geben kann. Doyle indes selber zeichnet durchaus verantwortlich für Watson. Watson zeigt manchesmal Begeisterung für Muse wie Liebe zu einer Frau, für Musik etc. Höhms ist ein völlig gefühlsloser und völlig unmenschlicher Mensch, und wie ich gezeigt habe, eine in der Realität nicht vorstellbare Person. Um so mehr drängt sich der einfache Kunstgriff auf, daß Höhms eben sowas wie ein Genie ist, und das ist eben ein Mensch, der im Vergleich zum Rest der Weltbevölkerung eben nunmal ganz anders ist. Dadurch wird wiederum durchaus möglich, daß also Höhms ein in der Realität unmöglicher Mensch ist.
Dorothy Sayers zeigt entgegen der Doylschen Passivität Aktivität: ganz ausdrücklich stehen Frau und Mann in völlig gleichberechtigter bester Kameradschaft zusammen wie zB ein Motorradfahrpärchen, jedoch mit Egg und Wimsey Männer als solche Personen im Vordergrund, die sich vollständig von der männlichen Verhaltensnorm unterscheiden: Egg beabsichtigt gar keinen Kontakt zu Frau, Wimsey stellt den gleichberechtigten IdealTyp Mensch dar, und klar ist, daß das, was Watson für Doyle ist, ist Wimsey für Sayers. Überwältigend, mit welcher Finesse

53

Sayers den menschlichen dh kameradschaftlichen Umgang zwischen Mann und Frau zeichnet, erschreckend dabei ist, daß Sayers gleichzeitig und zwar zusätzlich und zwar anhand der "Normalbevölkerung" zeigt und zwar wen oder was? : die schandhafte Realität für Normverhalten in FrauMannBeziehungen ganz im Gegenteil zu Sayers´ Idealtypus.
Mag das Werk von Sayers an Papier und Buchstabenanzahl scheinbar auch nicht an das Werk von Doyle heranreichen, so ist dennoch hier mEs ein Musterbeispiel für die Nichtstimmigkeit einer Binsenweisheit: "je größer Masse desto größer die Qualität" wird negiert dh entkräftet: weil die Qualität des SayersWerkes eben besser als das Werk Doyles ist. Nun kann man sagen: Sayers genießt ja auch den Vorteil, 34 Jahre später und somit in einer zwei Generationen moderneren Welt aufgewachsen zu sein. Dorothy Sayers beginnt ihre Schriftstellerische Laufbahn im auf ihren brillanten Abschluß ihres zur Lehrerintätigkeit qualifizierenden MittelalterLiteraturStudiums folgenden Jahr 1916 23jährig, während sie in Nordengland erstmals als Lehrerin arbeitet und zwar in einer Mädchenschule in der I.WeltKriegs KriegsMarineHafenStadt Kingston upon Hull, mit ihrer ersten Veröffentlichung, ein Poetisches Debüt, worin sie sich als Poetin etabliert, dh ihrem "Opus 1"Gedichtband und zwar in einem Oxforder Verlag. Bereits 1917, Lehrerin war ein 1Jähriger untauglicher Versuch in ihrer Lebensplanung, übernahm sie das Lektorat dieses Verlages und ließ Lehrtätigkeit 24Jährig endgültig hinter sich. Dieses Poetische Debut wich in ihrer Entwicklung zwei Jahre später 1918 ihrem Anspruch eines zweiten, weiteren, und zwar eines noch anspruchsvolleren Werkes, nämlich über "Catholic Tales and Christian Songs". Sie gammelt ein bißchen herum 1 Jahr mit ihrem Lebensabschnittsgefährten alleine in Nordfrankreich und entscheidet sich 1922 für eine Stelle in London als Texterin einer Werbefirma, bei der sie 10Jahre bleibt bis 1932. Als sie diese Arbeitsstelle angetreten hatte, fühlte sie sich imstande, sich an das RomanGenre heranzutrauen: zuerst ein Verlag in New York City veröffentlicht 1923 ihr "The Singular Adventure of the Man with the Golden Pince-Nez", wobei sie wie Friedrich Schiller mit seiner "Luise Millerin" das "Glück" hatte, einen fremden Titel vom Verlag verpaßt zu bekommen.
Siehe Diskriminierung Schillers in Westmedien: Nun mEs ist die Kritik an Schiller, mit seiner "Maria Stuart" die Historie verfälscht zu haben, stets ein Standpunkt, der immer viel näher als der DDRStaatsRäson der 1950er der "BRD"Staatsräson der 1950er steht. Was nun, nachdem ich Schillers "Maria Stuart" gelesen habe, soll nun der Historische Fehler Schillers sein? Ich finde keinerlei Hinweis auf diesen allerschwersten Vorwurf gegen Schiller zu

Maria Stuart. Ich habe nirgendwo eine Quelle. Aber ich habe es irgendwo in einer nennenswerten großartigen Quelle gelesen, daß Schiller ein Scharlatan ist bezüglich die Realitätsdarstellung seiner "Maria Stuart", so daß Schillers "Maria Stuart" Schillers einziges Werk sei, was vollkommen mißlungen sei; genau so habe ich es gelesen. Nun, ein Fehlerhaftes "Maria Stuart"Verständnis Schillers, jetzt möchte ich aber auch gerne wissen, WO Schiller diesen "angeblichen" Fehler macht. Ich vermute zusätzlich, daß dieser Fehler so groß nicht war, und daß man diese Fehlerankreidung in späteren dh jüngeren deutsch"BRD"ischen ZensurMedien getilgt/gelöscht/gestrichen/wieder weggelassen hat.
Das Fantastische, was darin zum Ausdruck kommt, ist bei Sayers, daß ihr ! Titel interessiert macht, während der aufgezwungene spätere Titel die Neugierde auf die AnfangsHandlung bzw auf die gesamte Handlung zunichtemacht. Dieses Werk ist auch das Debut Lord Peter Wimseys. Einige Monate nach der NewYorkVeröffentlichung wird dieser Roman auch in einem Englischen verlag vertrieben. In der Folge produziert Sayers Romane für den Englischen Markt. Sayers Montagu Egg Short Story Produktion kommt erstaunlicherweise nicht Vor sondern Nach ihrer Etablierung als RomanSchriftstellerin.
Dorothy L. Sayers (1893-1957)
Der Nachteil Sayers ist, eben nicht die und zwar Proletarische Normalbevölkerung sondern die Obere Mittelschicht dargestellt zu haben, die Proletarischen Bevölkerungsmassen bleiben im Dunkeln.
Diesen Nachteil muß man allerdings noch vervielfältigt für Doyle feststellen.
Diesen Nachteil muß man allerdings gänzlich für Hard Times ausschließen.
Franklin in Domestic Manners am besten Zitat? Nein!
Noch besser: Jefferson ZITAT: All men are born free and equal.ZITATENDE
DomesticMannersFrancesTrollopeZitatZITAT: There was, however, one passage from which common-sense revolted;
it was one wherein she quoted that phrase of mischievous
sophistry, "all men are born free and equal." This false and
futile axiom, which has done, is doing, and will do so much harm
to this fine country, came from Jefferson; and truly his life was
a glorious commentary upon it. I pretend not to criticise his
written works, but commonsense enables me to pronounce this, his
favourite maxim, false.

Few names are held in higher estimation in America, than that of

Jefferson; it is the touchstone of the democratic party, and all seem to agree that he was one of the greatest of men; yet I have heard his name coupled with deeds which would make the sons of Europe shudder. The facts I allude to are spoken openly by all, not whispered privately by a few; and in a country where religion is the tea-table talk, and its strict observance a fashionable distinction, these facts are recorded, and listened to, without horror, nay, without emotion.

Mr. Jefferson is said to have been the father of children by almost all his numerous gang of female slaves. These wretched offspring were also the lawful slaves of their father, and worked in his house and plantations as such; in particular, it is recorded that it was his especial pleasure to be waited upon by them at table, and the hospitable orgies for which his Montecielo was so celebrated, were incomplete, unless the goblet he quaffed were tendered by the trembling hand of his own slavish offspring.

I once heard it stated by a democratical adorer of this great man, that when, as it sometimes happened, his children by Quadroon slaves were white enough to escape suspicion of their origin, he did not pursue them if they attempted to escape, saying laughingly, "Let the rogues get off, if they can; I will not hinder them." This was stated in a large party, as a proof of his kind and noble nature, and was received by all with approving smiles.ZITATENDE

Zu nennen Dorothy Sayers´ Immerwiederlesbarkeit wie Agathe Christie bei dem Fakt, daß, Agathe Christie als Maßstab zu nehmen, widersprüchlich wäre, weil man die Agathe ChristieKrimis seit Jahrzehnten nicht mehr gelesen und alle vergessen haben könnte, könnte man sagen, daß Agathe Christie um so mehr gelesen werden müsse.
auch könnte und müßte
typisch Mutter, und das amüsiert Mutter, wenn sie sich selber hört, wie sie das sagt:
das schmeckt fürchterlich gut
ganz schön häßlich
diese Kombination ist typisch für Schlesisch und Dialekt und absolut UnTypisch für Hochdeutsch vergleiche english bloody good im Sinne von

das ist "verflucht gut", in der Hochsprache kann man das nicht sagen. Busman´s honeymoon ist erstaunlich schlecht bezüglich der Verteilung der HandlungsSprechrollen des weiblichen Pratoganisten Harriet Vane und der männlichen Pratoganistin Peter Wimsey: hatte man nach Genuß einiger oder vieler oder sogar aller anderen Texte von Dorothy Sayers angenommen, zumindest jetzt sei die Gelegenheit, daß das weibliche Geschlecht an den für Pratoganisten und Pratoganistinnen eigentümlichen StoryHandlungsSprechrollen nunmehr sagen wir 50% von Hariet und Peter einnähme, weit gefehlt: Würde man kein Englisch verstehen, so würde man an der Verteilung der für die Handlung entscheidenden Sprechrollen der Pratoganisten das einfache Verhältnis feststellen sprich Peter=99% Harriet=1%, im Vergleich mit allen anderen WimseyStories, die freilich 100%Wimsey sind, würde die EhepaarStory in genau das gleiche Muster einsortiert werden müssen; Harriet und somit "Frau" ist und bleibt Statist; Dorothy Sayers ist hierbei also enttäuschend.
John Donne = ist das vielleicht Johannes Duns Scotus?
Je mehr ich Dorothy Sayers lese, desto weniger gefällt sie mir. Das, was ich ursprünglich als revolutionäre Gleichberechtigung erkannte, stellt sich scheinbar als Farce heraus, je genauer man liest.
Zu alledem gibt es zu bedenken, daß ich noch die ganzen anderen mir unbekannten Texte lesen muß, bevor ich mir ne Meinung über Dorothy Sayers erlaube, die Texte sind:
 THE NINE TAILORS
 HANGMAN'S HOLIDAY
 MURDER MUST ADVERTISE
 HAVE HIS CARCASE
 STRONG POISON
 LORD PETER VIEWS THE BODY
 THE UNPLEASANTNESS AT THE BELLONA CLUB
 THE DOCUMENTS IN THE CASE
 (In collaboration with Robert Eustace)
 UNNATURAL DEATH
 CLOUDS OF WITNESS
 GAUDY NIGHT
mit all diesen zusätzlichen Dorothy Sayers geschichten wird mir wohl so langsam wirklich ein Bild möglich von Dorothy Sayers, die ich ja in unzähligsten aber allesamt vergessenen Stories der WimseySerie in JugendJahren erleben durfte.
Nun .. ähm

Busmans honeymoon was aber bei all der Kritik an Dorothy Sayers bleibt, ist, daß sie eine unfaßbare Masse an Dialekt bringt, zB in dem Dorf, wo die vollkommen heruntergekommene Villa ist, in die das Ehepaar Wimsey"Vane eingezogen ist und einen Mord entdeckt hat:
Allus = Always =Dreieichenhain = Alls = Hochdeutsch = Immer / Immer wieder vgl Eegoahl in Schlesisch und OstSächsisch
im Sinne von zB:
Bei dem Laden da, der geht da alls eekoofen.=In dem Laden geht er immer einkaufen.
By hat neben der 1. möglicherweise Hauptbedeutung bei auf die Frage wo?/von/durch/per: this is said by the Buttler, the letter is received by Mrs. Ruddles, usw
die 2. und womöglich Nebenbedeutung, dh nicht ganz so stark vertreten wie 1., und zwar=
bei Dialekt auf die Frage wohin?
Im Sinne von:
wir gehen bein Fleischer / bein Bäcker = zum Fleischer/zum Bäcker
By=
we got the bride and bridegroom quietly away by the back door zur Hintertür
Off to Broxford 'e was, by the ten o'clock bus zum Bus (könnte auch=mit)
come out by the same road as he had gone in
Access by the roof
Skipped, by thunder! Zum Donnerwetter
He went up by the Privy Stair
Do come and sit down by the fire
by jove!=zum Jupiter nochmal!
zu dem/der/dem = zur/zum
ab hier Mary Barton Gaskell=
Wie lange war Trollope in Nashoba? Die ZensurMedien schreiben gerne, daß Trollope in der Kommune lebte. Antwort Zitat:that I decided upon leaving the place with as little delay as possible, and did so at the end of ten days.
..
Miss Wright having found (from some cause or other) that it was impossible to pursue her object, herself accompanied her slaves to Hayti, and left them there, free, and under the protection of the President.
..
Während also Wright für sich entschieden hatte, daß ihre Kommune in USA

nicht funktioniert, brachte sie ihre 30-40Sklaven nach Haiti und stellte sie unter den Schutz des Presidenten.

We returned to Memphis on the 26th January, 1828, and found ourselves obliged to pass five days there, awaiting a steam-boat for Cincinnati

Dh also zusammenfassend:
Am Weihnachtstag, das ist wohl der 25.12.27 erblickten die Reisenden erstmals Land und zwar den eingang und das BarriereRiff zur MississippiMündung. Von diesem Punkt an dauerte es nocheinmal 2 Tage bis New Orleans = 27.12.27 Dann guckt sich die Trollope kurz New Orleans an und reist sofort weiter nach Memphis und von da zu Wright´s Nashoba in Tennessee, und nach dortigen 10Tagen zurück nach Memphis am 26.1.28. In Memphis Abfahrt Dampfschiff nach Cincinatti 1.2.28.
Ankunft Cincinatti 10.2.28
Abfahrt Cincinatti Anfang März 1830.
We quitted Cincinnati the beginning of March, 1830

Das absolut Schlechte an Dorothy Sayers in Red Herrings ist, daß der Ermordete Heimattreue Schotte, der sich mehr als alle anderen zu seiner Heimat Schottland bekennt, als der mit größtdenkbarem Abstand Beklopptste aller Malenden Männer in der Story beschrieben wird; was verzeihbar wäre, würde Sayers Campbells höheren Moralischen Stellenwert im Vergleich mit seinen gesamten bornierten arroganten eingebildeten Kollegen letztendlich deutlich und entschieden darstellen, was Sayers aber nicht tut, weswegen Sayers anzulasten ist, daß der zur AnfangsSzene dümmste Arsch und der von allen Männern der Beklopptste Mann jedoch am Ende der dümmste Arsch und der von allen Männern der Beklopptste Mann bleibt, womit der Vernunft Bildung Anstand Moral zukommende Höhere Stellenwert aller anderen Malenden Männer dargestellt sein soll, was schlicht Unfug ist wenn nicht gar UnMoral zu Moral heraufzuglorifizieren; die leichte Andeutung, nicht Campbell sondern alle anderen sind Moralisch schlecht, ist zu wenig. Dagegen nun etwas anderes und zwar: Der absolute Fehler bei Dorothy Sayers ist in Red Herrings: Weil es wohl sehr außergewöhnlich wäre, daß fremde Leute die eigenen Ölfarben gebrauchen, aber wo doch bei der Malung des CampbellBildes genau das geschehen sein muß, weil jede zusätzliche andere Erwähnung fehlt, daß nämlich festzustellen sei, der Mörder habe mit Campbells Farben gemalt, so muß man ja nur die

Fingerabdrücke auf den Tuben prüfen. Somit muß man sagen: Was Doyle 40Jahre vorher kann, warum kann das Sayers nicht?! Man könnte sagen, der Mörder hat ausschließlich seine eigenen Farben mitgebracht und Cambells Farbtuben nicht angerührt, aber auch nur eine Spur einer solchen Erwähnung fehlt. Bei Dorothy Sayers Darstellung einer Realistischen PolizeiFahndung in Extenso hat Dorothy Sayers das allereinfachste einfach übersehen: nämlich die Farbtuben! des Ermordeten auf Fingerabdrücke zu untersuchen. Oder es sei irgendwo kurz erwähnt, beim Farbenzusammenmischen habe der Mörder GlacéHandschuhe angezogen; möglich, daß ich eine kurze Erwähnung dessen übersehen habe. Oder das von Fingerabdrücken übersäte Eßbesteck beim vom Mörder gegessenen Frühstück des bereits Ermordeten. Das muß doch auch eine Erwähnung wert sein.

Wie Mutter Das schmeckt fürcherlich gut!=Wimsey: thanks frightfully Bauernfrühstück ist das beste Frühstück der Welt so sagt Mutter und so machte sie das manchmal und ich fand das auch ganz passabel, keine Brötchen sondern Bratkortaffeln zum Frühstück zu essen: Wie soll denn das auch anders gehen, wenn man da die ganze schwere Tagesarbeit aufm Feld vor sich hat ! Das geht ja gar nicht anders! Ist doch logisch! So sagt Mutter förmlich = geradezu: das ist ja förmlich ne Unverschämtheit ! oä

"Ai !" als Gruß

Dorothy Sayers vollkommener Verzicht auf ihr Ego zugunsten einer sehr detaillierten KrimiLiebesgeschichte Busmans honeymoon samt einer Protagonistin=Statistin entwertet den Text mehr, als daß er dem Maskulinen Geschlechte irgendetwas nähme, was es bisher die Jahrzehnte und Jahrhunderte der Englischsprachigen Dichtung nicht schon besessen hätte. So könnte man zu alledem feststellen müssen, daß die früheren WimseyStories, die allesamt ohne weiblichen Protagonisten auskommen, sowie die gleichzeitigen rein Maskulinen MontaguEggStories förmlich mehr an Feminismus enthalten als die angebliche Krönung der für Feminismus einstehenden Harriot Vane/Dorothy SayersStory Busmans Honeymoon. Ähnlich wie auch schon die großen LiteraturGelehrten über den Vergleich, daß die RadikalSozialistischen Chartisten samt den als dazugehörig zu sehenden LitaraturGrößen ua Charles Dickens, Frances Trollope, Gaskell 1830 bis 1860 weit deutlicher, stärker und erfolgreicher kämpften als die Englischen Sozialisten im Späten Viktorianism 1870 bis 1890, höchstwahrscheinlich richtig vermuteten, so zeigt sich bei Busmans

Honeymoons Feminismus hier: je mehr so tun als ob, desto weniger in Wahrheit. Zudem ist nach alledem, nämlich nach Busmans honeymoon 1937, festzustellen, daß der Reale Sozialismus der DDR und der UdSSR im Vergleich zum Realen Kapitalismus der BRD und der USA bis 1990 in der Staatstheorie und in der StaatsPraxis deutlich mehr Feminismus und Geschlechtergleichberechtigung dh zugunsten der Mädchen und Frauen verinnerlicht hatte, während der Feminismus im Stile Dorothy Sayers ohnehin stets niemals die Bevölkerung wie im Realen Sozialismus zu 100% repräsentierte sondern die Reichste Kapitalistische Besitzende 1%Schicht und hier auch nur als die Ausnahmepersönlichkeit Harriot Vane und nicht mehr.

Genauso kann man dies von Gaskells Cranford sagen, was doch mehr Sozialismus enthält, als was über Gaskells Cranford gesagt wird in Form von: wie herrlich amüsant doch diese authentische Charakterzeichnung der Bevölkerung sei, wo doch Gaskell mit Cranford gerade die allerschärfste Kritik am Kapitalistischen UnrechtsSystem geübt hat, indem sie diese Utopische Société Distincte Cranford schuf: ein Volk ohne Männer.

Außerdem ist ja der Satz falsch, daß Doyle mit Sherlock Höhms noch vor Disneys Entenhausen den Comic erfunden hätte: Gaskells Cranford ist der erste Comic der Welt, wenn auch die aufwendigen GemäldeBildchen möglicherweise nicht gleich bei der ErstVeröffentlichung dabeiwaren.

Der Mary Barton text ist das alles Entscheidende =
Das entscheidende kann man so formulieren:
Mit Mary Barton machte Gaskell Sozialistische Literatur
Mit unmittelbar folgend Cranford PersversHumoristische, was sie als die gegen den Perversen Kapitalismus einzig geeignete Literarische KampfForm beurteilte.

Mary Barton, 1848 Karl Marx

Erschütternd. Unfaßlich! Wie sich das liest! So modern! Da merkt man erst, wie modern Karl Marx ist.

Ich les nu wieder Hard Times Herrlich!
Mary Barton und Hard Times kommen in der "BRD"ischen Zensurwikipedia

deswegen so sehr schlecht weg, Texte, die in die Versenkung des Vergessens verdammt wurden und werden, weil diese beiden Texte für den Kapitalismus sowohl der Bonndorfer "BRD" 1949 bis 1990 als auch der Westberliner Reichstags"BRD"1990-2015 als gefährlich dh Gefahr eingestuft wurden und werden, eine Gefahr, die hinwegzensiert wurde und hinwegzensiert wird. Ganz anders hingegen die englischsprachige ZensurWikipedia hier liest man nämlich durchaus über die Popularität beider Texte, die nämlich zum Kulturgut jeder Britischen Familie gehören; die "BRD"Zensur erklärt beide Texte für nicht vorhanden, aufgelistet zwar, aber die dazugehörige Erläuterung vernichtend. Amüsant wird die Klein"BRD"Zensur wie auch die Groß"BRD"Zensur gerade bei diesen beiden Texten.
In der Klein"BRD", wo ich geboren und aufgewachsen bin, war es normal, jegliches Literaturwerk eines weiblichen Schriftstellers unter "FrauenRoman" zu subsummieren: ich erinnere mich sehr gut an die eineinhalb Jahrzehnte als Klein"BRD"Bürger von 1975 bis 1985 ich im Alter von 10-20Jahren, wo ich, wenn ich mich für Literatur interessierte, stets und ausschließlich dies in meinem Heimatland bezeugen konnte. Es würde mich nur zusätzlich amüsieren und nicht wundern, wenn die Groß"BRD"Zensur es auch in Zukunft schaffen würde, Mary Barton als "FrauenRoman" abzuurteilen. Zensur schafft alles. Zensur schafft auch, Charles Dickens als FrauenLiteratur abzuurteilen.

"Doktor!", wenn Höhms seinen Watson ruft, oder wenn irgendein Protagonist 1 Protagonist2 ruft, ich habe an englischen Schriftstellern des 19.Jahrhunderts doch nun schon so einiges gelesen. Im Englischen wie auch im Französischen fehlt" Doktor!" als Anrede für eine Doktorin. "Doktor!" Man kanns wirklich nicht mehr hören.

Putten Männekän Pis und zwar diese BabyKleinKindStatuen nicht etwa als Jungen sondern als Mädchen ! Genau DIES ist Mutters Meinung Wertschätzung Ansicht Idee gewesen: MädchenPutten und nicht etwa Jungen Putten! Und ICHE, ich finde das fantastisch und möchte mein VillaAnwesen vollstellen ausschließlich mit MädchenPutten; denn: es ist etwas so barbarisches daran, ausschließlich JungenPutten zu verwenden, was nichts anderes bedeutet, als den heutigen modernen barbarischen MännlichkeitsSexismus zu bestärken durch eine Rezeption griechischer römischer klassizistischer RokokoSpielerei, was ebenso barbarisch MännlichkeitsSexistisch gewesen sei, was es aber ja gar niemals war, sondern eben jetzt heute erst von der herrschenden Männlichkeits SexismusElite so dargestellt wird, als sei die Griechische Antike bis Einschließlich der RokokoKunst ein Barbarischer MännlichkeitsSexismus, was Griechische Antike bis einschließlich RokokoKunst ja überhaupt nicht war!

Film Idee für Achim Ziegler wie auch für Gerard Depardieu:
Fatzke GanzKörperAufnahme schräg von unten nach oben, so daß aber noch nicht einmal der gesamte Tisch, an dem er sitzt, sichtbar ist sondern in der Hauptsache der Mensch, die Arme auf die Tischplatte gestützt, sowie unter der Tischplatte den Bauch, Beine, Füße, zwei große sichtbare Mülleimer dh Papierkörbe, aus denen aus Langeweile weggeschmissene nur zur Hälfte abgenagte gebackene Gänse und vielfältige Brote quellen, ein Mensch am ArbeitstischFatzke mit riesen RokokoPerücke, einer der Obersten des Landes wenn nicht gar der Oberste des Landes, sitzt, mit neben sich sichtbar vernachlässigten dh ausrangierten Werken mit dicken Titelschriften Macchiavelli und Voltaire - sicherlich ein Wissenschaftler, ein Politikwissenschaftler ! Nein! Doch! Ein Physiker! -, gefletzt an winzigem Tischl gebückt beschäftigt die Augen vor sich auf den Schreibtisch auf seine Arbeit gerichtet, man sieht es ja nicht direkt, was er vor sich auf dem Arbeitstisch in Händen hat, sicherlich hat er ein Buch vor sich wahrscheinlich vielleicht möglicherweise, sicherlich liest er, was sonst!, so fummelt er eifrig irgendwas zweifelsohne Schwieriges die Buchseite umbätternd oder dergleichen, zudem in Erfüllung seiner Pflicht selbstgenügsam, warum auch nicht!, Arbeit ist immer selbstgenügsam!, ein Mensch von hoher Bildung eben, ist ja klar, wie jeder sieht, das Beeindruckendste sind seine Locken, es klopft, "Hä!", die Augen nicht von seiner Arbeit lassend. Von draußen durchs Fenster oder ist es doch nur aus dem Fernseher von nebenan, Chorrufe:"Wir haben Hunger! Wir haben Hunger! Wir haben Hunger! .. "
Der Lakai, nicht im Bild, weiter die einzige immer gleichbleibende GanzKörperAufnahme vom Fatzken, der Lakai:
"Seine Durchlaucht erfreuen sich größter Hochschätzung bei dem Plebs draußen, der höchst erfreut Seine Durchlaucht zu sprechen begehrt."
Fatzke einen Augenblick während er spricht zum Lakaien blickend und zwar wütend ohne Fragezeichen Rhetorische Frage:"Hat das keine Zeit!", jetzt sofort wieder vergnügt kindlich fröhlich mit der Maus,
..
Die Kamera geht jetzt genauer ganz nah, verläßt GanzkörperAufnahme, so daß nunmehr nur noch der OberKörper die Tischplatte und die Arme und erstmals was Seine Durchlaucht in den Fingern haben zu sehen ist, und zwar eine kleine weiße niedliche lebendige zutrauliche Maus, Seine Durchlaucht

krabbeln der Maus den Bauch, die Maus streckt vor Vergnügen alle Viere in die Höhe, Seine Durchlaucht füttern die Maus mit einem Stück Emmentaler, als hätte die Maus ein Kunststück vollbracht.

Man hört aus dem Radio oder dem Fernseher nur so leise, wie man vom nachbarn gestört ist, nicht etwa so laut, wie wenn man das Geräuschgerät in der Nähe hat sondern eben von Nebenan! Oder von sonstwoher ein Fußballspiel laufen, man hört Getrommel, das zunimmt, die Trommel schlägt abschließend auf einen Holzklotz, und dann ein Siegesgebrülle von Zehntausenden Massen, da hat wohl gerade einer n Tor geschossen.

Der Lakai unverändert:"Das Pack will sich nicht zufriedengeben und wünscht seiner Hoheit die Aufwartung zu machen. Seine Durchlaucht sind beliebt bei den Massen."

Der über den Schreibtisch gebeugte Fatzke die spielende Maus sachte vor sich ablegend, dann sich empört zurücklehnend, dabei die Arme schlaff nach unten hängend, wütendes Gesicht:"Zum Kuckuck nochmal! Wie soll ich denn da arbeiten! Da könnt ja jeder kommen!"

Lakai:"Seine Durchlaucht werden mein Ungestüm verzeihen: Der Abgesandte des Plebs bittet ehrerbietigst um Gehör."

Fatzke wieder sich über den Schreibtisch beugend und zwar wie bisher unverändert locker fröhlich mit der Maus spielend, wieder ganz Körperaufnahme, locker ausgelassene Stimmung

Nur in dem Augenblick, wo er spricht, wütend und zum Lakaien blickend Fatzke:"Ich habe doch auch meine Pflichten! Wenn der Plebs macht, was er will, das hat doch keine Ordnung! Als ICH klein war, da wollte ich mich auch nicht zufrieden geben, sie sehen ja, zu was sowas führt!"

MenschenmassenGeraune, immer lauter, Trommeln immer heftiger Stille Holzklotz Tor! MassenApplausGebrülle

Fatzke ignoriert das wie einen Sack Reis, der in China umfällt.
..
Lakai:"Der Plebs behauptet, sein Anliegen dulde keinen Aufschub."

Fatzke verärgert heraustrompetend:"Menschenskinder!" nun doch von seiner Arbeit lassend, dann verärgert sich zurücklehnend spöttisch:"duldet keinen Aufschub! Ph! ..", und dann wie zuvor verärgert heraustrompetend:"Ich arbeite! DAS duldet keinen Aufschub! Da könnt ja jeder kommen, l´etat c´est moi! Sagen Sie denen das, ich arbeite mit der Maus!"

wieder ein Tor! Wieder Massengebrülle
Kamera schwenkt ganz langsam zu einem offenen Fenster seitlich hinter dem Fatzke, langsam geht die Kamera immer näher heran mit dem Fensterrahmen als Umrandung sieht man Französische Revolution, 1Guillotine, und das dazugehörige Massenpublikum, das sich plötzlich zum Fatzke bzw dessen Anwesen aufmacht und mit Gebrülle Einlaß begehrt. Selbstverständlich lassen die Lakaien aus Überlebenstrieb die Tore geschlossen. Es ist die Menschenmasse, die auch den Fatzke verlangt.
Fatzke ignorant, er hört das nicht.
Lakai mit dem Fatzke solidarisch ebenso ignorant:" .."
erst ganz zum Schluß des Sketches wird klar, daß Französische Revolution gemäß die Reichen einen Kopf kürzer gemacht werden.

SketchEnde

Ich erinnere mich immer an meine Mutter Irene Mutter Immer denke ich an dich Und manchmal höre ich, wie du mit mir sprichst. Du bist immer da.

Dorothy Sayers beschreibt nicht die Bevölkerung sondern die allerreichste Schicht der Bevölkerung, was ist das 1% oder 0,1%? In einer Story definiert sie, daß umgerechnet 10.000Euro an einem einzigen KartenglücksspielAbend mit Kollegen als Spielverlust für Lord Peter Wimsey durchaus im Rahmen des normalen Vergnügens ist. Man könnte nun zur Entschuldigung sagen, daß Lord Peter Wimsey ja nur gelegentlich dh 3-4 mal im Jahr oder wieviel? Kartenglücksspiel macht. Jedoch entkräftet dies nicht die Feststellung, daß Lord Peter Wimsey somit nicht die Bevölkerung repräsentiert sondern quasi außerhalb der Bevölkerung und zwar mit seiner in Geld schwimmenden 0,1% der Bevölkerung OberSchicht die Bevölkerung nicht repräsentiert. Genauso wenig im ürbigen wie Harriot Vane, die sich für die Literatur personifizierte Dorothy Sayers, die sich in der endgültigen LiebesBindung mit Lord Peter Wimsey ja sich auf ewig dieser OberSchicht verbunden erklärt. Der Kunstgriff Dorothy Sayers ist, das MassenDetailwissen über diese 0,1% Oberschicht, was Dorothy Sayers zweifelsohne besitzt, in unterhaltsame

Literatur umzusetzen, was inklusive mich die übrigen 99,9% der Bevölkerung zweifelsohne begeistert.
Das Interessante ist, daß Dorothy Sayers und Doyle Orte, Städte und Regionen einbauen, die man dann wiederfinden kann. Jedoch ist bei Doyle zB Lee/Kent nahe dem Grenzpunkt von Vier Counties einfach nicht zu finden! Scheiße!, aber naja.
NSW = NichtSozialistisches Wirtschaftsgebiet
Sozialistisches Wirtschaftsgebiet, Sozialistische Hemisphere
Im Kapitalistischen Teil der Erde ....
Im kapitalistischen Teil Europas aufgewachsen. Dies ist eine weitere sehr gute Formulierung.

Was hat Dichtung mit Syrien 2010-2015 zu tun?
Vorangesagt mag sein: Warum kann oder will man sich in WestEuropäischen Staaten zB Alt"BRD", Großbritannien, nicht an den Christlichen Terrorismus erinnern?
Ein Christlicher Terrorismus in Nordirland mit Katholischen Mördern und Evangelischen Mördern siehe Djihad Nordirland 1969-2000, der Christliche Terrorismus in Libanon mit Maronitischen Mördern in Zusammenarbeit mit den Jüdischen Komplizen, siehe Libanon unter "Jüdischer" Herrschaft 1975-2000, ein Christlicher Terrorismus, der normalerweise , - erstaunlich wie erfolgreich - , vollkommen ausgeblendet wird in den WestEuropäischen Medien, ausgeblendet wird so als sei das so weit weg wie die Christlichen Kreuzzüge nach Palästina und in Palästina ab 975 N.Chr., so hat 1975-2000 doch zweifelsohne mehr mit heute 2015/2016 zu tun, Christlicher Terrorismus 1975-2000, der mit Grauenhaften Ermordungen dh Abschlachtungen und Grauenhaften Massakern gar nicht so schüchtern dasteht in der WeltRangliste des Grauens.
Nun könnte es sein, daß man zu Syrien, wegen Krieges erfolgt das Ende Offizieller RegierungsInfo im Internet Mitte 2011, sagen könnte:
Mit dh Neben dem Terrorismus in Syrien mit unzähligen Opfern an Polizisten, ein Terrorismus und Terroristen, was von der BRD beschönigend man bedenke beschönigend! , Rebellion und Rebellen genannt wird, wird 2011 ganz unabhängig davon und zwar gleichzeitig ein angeblich ursprünglich im Irak stationierter Fundamentalistischer ExtremTerrorismus gegen Christen von den BRD-Medien angeblich entdeckt, berichtet, benannt, ausführlich dargestellt und als die der "Freien Presse" des Fernsehens der BRD eigene tagtäglich verfügbare tagtägliche Schlagzeile langfristig dh systematisch aufgebaut, der, möglicherweise sogar für Werbezwecke, beste

SendeZeiten im BRDZensurFernsehen ab 2011 nämlich in Form von
Nachrichten zwischen 19Uhr und 20.15Uhr erhält und genießt, worüber sich
dann nicht etwa nur AltDDR-Journalisten sondern besonders auch AltBRD-
Journalisten , - in Erinnerung an den auf Titos Tod folgenden nicht nur
Jugoslawische Staatsbürger in der BRD sondern auch

(einen speziellen Teil der von den BRDInlandGeheimdiensten infiltrierten
und bestens und verläßlich ausgespähten, dh beobachteten und kontrollierten
Rechtsextremen Szene Westberlins und der BRD dh:)

NichtSlawische BRD-Bürger ansprechenden Jugoslawischen
Kriegsfronttourismus Westberlins und der BRD der 80er Jahre - , in
Westberlin und in der BRD zusammen mit den entsprechenden heute
herrschenden BRDZensurJournalisten *betroffen* wundern, daß doch
tatsächlich einige Menschen aus dem Nahen Osten, die in BRD bzw
WestEuropa wohnen, jedoch sogar Deutsche ohne verwandtschaftlichen
Bezug zur Syrischen Bevölkerung sondern einzig aus der Motivation eines
gerechten Religiösen Kampfes für eine gerechte Sache nach Syrien reisen
und sich mit diesem zuvor ausführlich von BRDMedien geschilderten
Fundamentalistischen ExtremTerrorismusMilitär verbünden; erinnern wir
Wessis uns daran, als Tito gestorben war, daß fantastisch in der BRD aber
auch in Westberlin unter ExilJugoslawen geworben wurde für Militärischen
Terroristischen Kampf gegen Jugoslawien, so daß nicht nur Jugoslawen
sondern auch ReinDeutschBRDler sich für den bewaffneten Kampf auf von
der BRD an die Österreichische Grenze zu Jugoslawien machten nicht nur
völlig ungehindert von BRDStellen sondern mit Hilfe von BRDStellen.
Nachdem Wales, Schottland, England = Großbritannien veröffentlicht hat
nach einer GeheimDienstAkten Veröffentlichung jeweils nach einer 20-
JahreFirst den schlimmsten Terrorismus durchgeführt einzig durch Britische
Geheimdienste oder durchgeführt durch Britische Geheimdienste in
Zusammenarbeit mit Protestantischen Terroristen oder durchgeführt auch
teilweise von Irischen Geheimdiensten selber

dokumentiert hat dh als Dokument veröffentlicht hat über NordIrland eine
Epoche des Grauens 1969-1999, was landläufig als Heiliger Krieg definiert
wird = djihad, so scheint das BRD"Engagement" sowie das Engagement auch
zB USAs und Frankreichs in Syrien demgemäß verständlich, als von einem
Heiligen Krieg gesprochen werden muß, den diese genannten Staaten 2010
im reichen sicheren Syrien erst ganz neu erfinden mußten, und zwar warum?

Weil im Selbstverständnis dieser Staaten der Staat Syrien beseitigt werden möge. Daß somit die MilitärOrganisationen dh die AtomMächte USA, Großbritannien, Frankreich diesen Staat Syrien überfallen haben und seitdem in Syrien sind, worüber sehr wenig in unseren ZensurMedien bekannt wird, bekommt die richtige Würze dadurch, daß die AtomMacht Rußland nicht tatenlos blieb und ebenso in Syrien ist. Den WestOrganisatoren dh USA, Großbritannien, Frankreich, Israelische Entity

- auf deren Territorium namens Jüdische Entity also dem Palästinas bzw des Jüdischen "Israel"Staates bei "Israelischen" MilitärEinsätzen und "Israelischen" Greueltaten gegen Nicht-Jüdische Bevölkerung dies Filmende Menschen , deswegen nennt man es ja auch Kriegszustand, was die WestMedien "Frieden" nennen, vor den Augen der Weltöffentlichkeit mit der DemokratisierungsFarce, - nach Oslo und der Jüdischen Beseitigung Rabins und Abu Ammar´s mit der eingedenk der Demokratie in der DWP/Demokratischen Weimarer Republik ihr 2%Juden, ihr seht ja, was ihr davon habt, man mag euch nicht, es ist ja schlimm, diese Anfeindungen immer gegen euch, so geben wir euch den guten Rat, verlaßt das Land auf immer, so gehts euch besser, da kann euch nichts mehr passieren von uns, wir verhaften und ermorden alle Kommunisten, die wir kriegen können, und verjagen die Überlebenden ins Ausland; wenn ihr Juden nicht selber abhaut jetzt endlich 1933 im Frühling, ja dann seht mal zu, wir haben euch ja gewarnt, Wandert doch einfach aus! Meine Güte! Nun, ans Geld zum Auswandern reicht ja bekanntlich noch nicht einmal der deutsche Gehobene Mittelstand ran, Auswandern schafft nur die Oberschicht also der verfluchte Adel, Großgrundbesitzer, HochFinanz, Industrie, nur die Reichen, die können das, oder die verjagten Kommunisten, die in die Sowjetunion flüchten, das sindse wech, und das ist ja Sinn und Zweck für unsere Volksgesundheit, wer will uns das verübeln, und wer kein Geld zum Auswandern hat, das hat ja normalerweise sowieso keine Jüdische Arbeiterfamilie, die müssen eben sehen, Gnade ihnen Gott! entsprechend der NSDAP ähnlichen Rassistischen Devise: laßt die nur wählen; wennse wählen, wie wir wollen, ist gut; wennse Hamas wählen, wie wir nicht wollen, ist auch gut; wir Israelis werden so oder so auch weiterhin die Christliche Bevölkerung und die Moslemische Bevölkerung beherrschen und die, wie sollte es anders sein, die Militanten JüdischeEntitySystemGegner wissentlich oder unwissentlich beherbergende JüdischeEntitySystemGegner ZivilBevölkerung ermorden oder zusammenbomben, wie, wann und in welchem Maße auch immer es uns gutdünkt-, in permanent war/in permanentem Krieg gegen die Bevölkerung seit Gründung der Jüdischen Entity bis heute 2015/2016 - , grundsätzlich erschossen werden seit Gründung des "Israel"Staates bis heute 2015, es sei denn, sie sind als embedded journalists Teil des Militärischen Personals des Militärs der "Jüdischen" Entity, das muß man immer denen sagen, die das bis heute samt als IsraelFreunde bezeichnetes Publikum als "BRD"MedienDokumentarBerichtErstatter seit 1948 bis 2015/2016 vergessen haben und dafür Propaganda machen - ,

BRD dieses Heiligen Krieges in Syrien – vergleiche auch den Djihad in Nordirland 1969-2000 – ist das schändliche Verdienst, einen vermeintlich kontrollierbaren Weltkrieg guerre d´usure dh Abnutzungskrieg riskiert und heraufbeschworen zu haben und einen Weltkrieg guerre d´usure in Syrien erfolgreich zu führen, erfolgreich, denn ein guerre d´usure wie der EroberungsKrieg der Israelischen Entity gegen Gamal Abdel Nasser`s Ägypten ist zwar nicht sofort erfolgreich aber der Sieg langfristig sicher gewesen. Wir Menschheit sind in genau dergleichen Situation wie, als man den fehlenden Widerstand gegen Hitler beklagte, und die NSDAP sagte: daß der Deutsche Mittelstand nicht genug Geld zum Auswandern hat, aber das ist doch nicht unser Problem, das müßt ihr Juden doch einsehen, da sind doch nicht wir Nationalsozialisten dran schuld!, 1938: die Bevölkerungen wollten alle den Frieden beibehalten, die RegierungsSysteme alle wollten auf einen Krieg und zwar auf einen größtmöglichen Krieg gegen und für Deutschland hinarbeiten, worauf die Folge der Historische Untergang Deutschlands 8.Mai 1945 am Brandenburger Tor war, wo die UdSSR den Sieg erklärte.

Dh daß der von BRDMedien gezeigte angebliche einzig und allein gegen Zivile Christen geführte ExtremTerrorismusFundamentalismus zwar als Feind in den WestMedien betitelt wird, jedoch von den WestMedien selber die beste Medienwirksame Hilfe bekommen hat, wovon medienWerbung sonst nur träumen kann. Dh genauer: Dataillierte Information über die Morde an Zivilen Christen, und Keine Info über den Terrorismus gegen den Syrischen Staat. Offensichtlicher kann es nicht sein, daß dieselben WestMedien mit den entsprechenden WestStaaten Militärisch, Finanziell und Logistisch den von WestMedien "Rebellen" genannten gegen Syriens Sicherheitskräfte Polizei und Militär kämpfenden Terroristen helfen, worüber aber auch nicht ein Augenblick in unserem Freiheitlichen Journalismus berichtet wird, während der Zivile ChristenMord 100% der Auslandsberichterstattung genießen, so als könnte man annehmen, welche gewagte Hypothese, daß es außer dem Zivilen ChristenMord nichts

sonderliches aus Damaskus/Syrien zu berichten gibt außer manchmal ein bißchen über die kühnen RobinHoodRebellen, denen unsere Sympathie gelten muß, ohne daß wir ahnen dürfen, welches Blutbad, welcher Djihad, welcher Heilige Krieg von unserer eigenen MerkelBRDRegierung und den übrigen Regierungen der WestStaaten durchgeführt wird, und der Hauptzweck der Zensurmedien besteht darin, so zu tun: Wir haben doch gar nichts damit zu tun, was regt ihr euch auf?!
shattered Rechtsstaat TelefonabhörNormalität
Krieg gegen den Willen des Volkes
das Unrecht wird vom BRD-Staat erst erfunden. Das Unrecht, was schon besteht, ist dem BRD-Staat noch nicht genug Unrecht. Nach Abgleichung von Daten der Regierung in Syrien und der BRD, Frankreich, England, USA in Syrien zeigt der Zustand Syriens 2010/2015 unlogische dh erstaunliche dh unverständliche dh seltsame dh sonderliche TeilAspekte. Fassen wir zusammen:
Da ist ein Terrorismus, den die ua BRD "Rebellen" und den die Regierung in Syrien "Terrorismus" nennen.
Zusätzlich ist im Kriegsgebiet IrakSyrien ein ab 2011 durch die BRD-Medien als Zivile Christen Mordender Islamischer Fundamentalismus definiertes und von per Medienpräsenz ermöglichter Rekrutierung von dengleichen BRD-Medien nutznießendes Militär als neue Politische Macht als Staat im Staate in Irak, aber neuerdings zunehmend auch in Syrien,- ein Land von Handel und Wandel - Syrien, was seit Jahrzehnten im krassen Unterschied zu Libanon, was die Einreise von Israelischen Staatsbürgern verbietet, ein durch Syrische Behörden Offenes Land für einreisende Israelische Staatsbürger ist, wodurch mit Ermordungen Politischer Gegner der Israelischen Entity wie Libanesische Staatsbürger und andere der Israelische Terrorismus/Jüdische Terrorismus, was die JudenTreuen USMedien verläßlich jeweils "legitime PolizeiAktion" wenn überhaupt nennen, oder anders genannt: die Aktivitäten der Israelischen Geheimdienste, wie der BRDTopSpion Scholl-Latour in seiner Literatur für die Öffentlichkeit bereits vor Jahrzehnten festgestellt hatte, nicht etwa im Libanon sondern in Syrien zB in Damaskus wirkt und seit Jahrzehnten "normal" gewesen war. Indes hat das ab 2011 durch die BRD-Medien als Zivile Christen Mordender Islamischer Fundamentalismus definierte und von per Medienpräsenz ermöglichter Rekrutierung von dengleichen BRD-Medien nutznießende Militär in Syrien, wie die BRD-Medien erklären und ausführlich darstellen: Zivile Christen als MordZiel und nicht etwa Juden als MordZiel, Juden, die ja bis zum Beginn des anderen Krieges nämlich des unter "Rebellion" firmierenden BRDuswUSAKrieges in

Syrien 2010 in unbeschränkter Anzahl im Lande gewesen sind. Welch Judenfreundlicher! extremer IslamFundamentalismus. Man bedenke: Islam-Fundamentalismus heißt nach US WestStaatenNatoJargon: Gegen Juden und Gegen den Judenstaat. Welch historische Außergewöhnlichkeit! Und welch Historischer Erfolg der Nato etcWestStaaten, die Quadratur des Kreises mit einem die Juden und den JudenStaat schonenden IslamFundamentalismus erfunden und mittlerweile als langfristige Politische Macht in Irak/Syrien installiert zu haben! Die massiven Jüdischen Kriegshandlungen gegen Syrien erklärt die Jüdische Entity damit, die "Rebellen" gegen Syrien im Israelisch eroberten dh von der UNO den Israelis wohlmeinend überlassenen UNO-SyrienTerritorium Golan-Höhen zu unterstützen wie auch den Demokratisierungsprozeß in Syrien, was als Schlüssel für den Demokratisierungsprozeß im Nahen Osten angesehen wird. Die Juden waschen ihre Hände in Unschuld? BRD-Medien sagen, die neue IslamFundamentalistische Macht im Nahen Osten erkläre, daß Israelis bzw Juden im Kriegsgebiet Irak Syrien Politisch als eigenständige Bevölkerung keine Rolle spielen.

Da ist ein Terrorismus, den die ua BRD "Rebellen" und den die Regierung in Syrien "Terrorismus" nennen, der regelmäßig dh ständig Opfer an Polizisten verantwortet, die Namen der zahlreichen ermordeten Polizisten sind der durch die Regierung in Syrien und entsprechend alle NICHT am Krieg gegen die Syrische Regierung beteiligten Staaten der Welt repräsentierten Weltöffentlichkeit bekannt, werden von den ua BRD-Medien jedoch verschwiegen, und stattdessen eine tollkühne Rebellion gegen nicht ein mehr zeitgemäßes RegierungSystem Syriens erdichtet, anstatt daß USA wie im Amerikanischen Krieg IndoChina 1965 USATruppen schicken, die einfach das zu erobernde Land erobern, wird nunmehr mit Syrien ab 2010 so getan, das zu erobernde Land wolle erobert werden. Genial gemacht. Genial gemacht für die durch die übliche KriegsZensur ruhigzustellenden Bevölkerungen in den am Massenmord dh Krieg in Syrien Geld verdienenden Beteiligten BRD, USA usw., vergleiche US-Rüstung im VernichtungsKrieg gegen das Vietnamesische Volk BRDKriegsZensur 1965 bis 1975:
Die Amis bringen den Vietnamesen den Frieden. Die der BRDZensur gehorchenden BRDBehörden waren verseucht vom typisch BRDischen Imperialismus in Vietnam/Palästina,- auch ich habe Anfang der 1970er geglaubt, was aus dem Fernsehen der BRD kam: daß in Palästina die "guten" Juden gegen "böse" VerbrecherBanden kämpften und daß in Vietnam die

"guten" Amis gegen "böse" VerbrecherBanden kämpften -, und seit 1990 verseucht vom typisch BRDischen Imperialismus der „BRD"eigenen1979Antifa. Der Unterschied von beiden Imperialismen ist, daß der erste indirekt über die AtomWeltmacht USA lief - man konnte immer sagen, das sind ja die schrecklichen Amis, die das machen -, und seit 1990 der zweite direkt über den Groß-BRDStaat - seitdem mußten wir sagen, daß das wir BRDler selber machen, das hatte mEs absurderweise keinerlei MassenProteste gegen das "BRD"System zufolge -.

طوني فرنجية Tony Frangieh Maronitischer Christlicher Politiker für die Verteidigung des Libanon gegen ein Maronitisches Christliches Gemayel-Regime von Israels Gnaden, in der Amtszeit von Papst Paul VI. Hoffnungsträger angesichts Khomeinis und des Untergangs des Iranischen Schah Reza Pahlevi-Regimes für - im herrschenden Bürgerkrieg bei 17 verschiedenen Religiösen BevölkerungsVölkernNationenEthnien, Augustus Richard Norton informiert uns: "Sekten" ist der allseits akzeptierte Begriff in der InnenPolitik des Libanon - , eine Libanesische MultiKulturelle Multi-Religiöse Erneuerung im Bündnis mit Sunniten, Schiiten, Maroniten und der Mehrheit der übrigen Christen im Libanon. Der Christ Frangieh ist Opfer des Terrorismus 1978. Über 1000 Mörder sind bei diesem Massaker, wobei ein winziges Dorf unter Ausschluß der Öffentlichkeit ausradiert wird, die perfekte Inszenierung des eigentlichen Beginns des Bürgerkrieges in Libanon, ein Bürgerkrieg, von dem die Gemayel-ClanMachthaber und die Machthaber in der Jüdischen Entity nichts bzw nichts mehr zu befürchten haben, ein aus Warte der Jüdischen Entity dh aus WestStaatenWarte "gelungenes" Blutbad ohne Zeugen. Zuvor lehnte der Gemayel-Clan den Vermittlungsversuch des Maronitischen Patriarchen Khreich ab, die Phalange versuchte in der traditionell die FrangiehPartei wählenden NordLibanonBevölkerung erfolglos, PhalangePolitiker zu installieren, die Frangieh-Partei ermordete einen von ihnen. Die wikipedien westeuropas bis heute glänzen darin, den mit Israel verbündeten Bachir Gemayel als den Mann des Friedens und Frangieh als einen Religionslosen Mafioso darzustellen, indem so formuliert wird, per Oberhaupt der Maronitischen Kirche des Libanon Khreich habe Gemayel energisch Versöhnung angestrebt; obwohl heute 2015 über die Veröffentlichung der WestStaatenGeheimdienste nach einer üblichen mindestens 25JahreFrist klar ist, daß lange vor der Joud Al Bayeh-Ermordung "Israel" Bachir Gemayel den Mord an Frangieh in Auftrag gegeben hatte.

Welches ist nun die Wahrheit 2015? Die "Wahrheit" ist, wie uns die BRDKriegsZensur vorgaukelt, daß die Regierung Syriens irgendwie gar nicht so recht weiß, wie das alles weitergehen soll, und deswegen das Geschick wohlwollend in die Hände der BRD, USA usw gelegt hat. Michel Aun als Repräsentant des mit der Israelischen Entity verfeindeten Libanon hat nach seinem Oktober 2008 Staatsbesuch in Iran bei und nach seinem Dezember 2008 Staatsbesuch in Syrien festgestellt, daß Syrien mit Bachar al-Assad, soweit Syrien nunmehr die Eigenständigkeit des Libanon akzeptiere, für freundschaftliche Beziehungen zwischen den beiden Staaten Syrien und Libanon kein Problem mehr darstelle. Soweit so gut. Müßte man meinen.

ميشال عون Michel Aun Maronitischer Christlicher Politiker im Bündnis mit der Hezbollah DER SicherheitsPfeiler des Libanon. Aun steht im Libanon für etwa die Hälfte der Maronitischen Christen sowie für die den größten Teil der Schiiten im Libanon repräsentierende Hezbollah. Der Christ Michel Aun beim Dezember 2008 Staatsbesuch in Syrien ist also von allergrößter Wichtigkeit. Bei all dem Ansehen, das der Oktober 2015 82jährige (BRDwikipedia: Geburtsjahr 1933, englische wikipedia: 1935, später im Text berichtigt zu 1933, Französische wikipedia: Geburtsjahr 1933) Maronitische Christ Aun in der Libanesischen Bevölkerung zB bei der Christlichen Maronitischen Bevölkerung, bei der Schiitischen Bevölkerung und bei der Palästinensischen Bevölkerung im Libanon genießt, bleibt wie beim Musterbeispiel für den Kapitalistischen Teil der Welt dh das für eine KoreaVietnamLösung plädierende Washington seit 1959 für Fidel Castro und Kuba abzuwarten, was mit Libanon passiert, sobald Aun stirbt.

Falls nun festgestellt werden müßte, daß Aun und Bachar al-Assad dh Syrien seit diesem Staatsbesuch bis heute 2015 als SicherheitsPfeiler des Nahen Ostens überhaupt keine Bedeutung mehr haben, - weil zB ggfs Bachar al-Assad auf der Abschußliste der Geheimdienste der BRD, USA usw steht -, müßte schon jetzt als die Bedeutungslosigkeit Auns sowie des Aun-HezbollahBündnisses gewertet werden, was insofern verheerend wäre, so daß Libanon vor dem Ende stünde und ein weiterer Krieg sicher wäre, nämlich der Krieg im Libanon, wir haben da ja nur so 10 bis 20Völker, die vor einigen Jahren noch über einen Zeitraum eines 25Jährigen Krieges gegenseitig Blutbäder anrichteten. Nun, sobald Aun abgetreten ist, vielleicht haben BRD USA usw schon einen Plan B: man könnte sowas veranstalten wie in Syrien ab 2010 bis 2015. In Syrien stehen sich alle AtomMächte der Welt gegenüber. Sobald den in Syrien wirkenden ua USAuswMilitärs Libanons HezbollahAunBündnis nicht mehr gefällt, warum sollte es in Libanon anders sein. Ist ja weit wech.

Ich sage grundsätzlich zu Shatila:

Es ist ja bei Sabra und Chatila vollkommen klar, daß der Unterschied gezählter leichen mit der anzahl nicht mehr in Beirut/Libanon auffindbarer Menschen, dahindeutet, daß die Massaker Attentäter bzw Helfershelfer Israelische Entity während des Massakers möglicherweise einige wenn nicht sogar eine ganze Menge an Menschen entführt und lebendig ins Territorium der Israelischen Entity gebracht haben, wo diesen Menschen Information dh Geständnisse über alles mögliche und zwar mit mehr oder weniger Folter abgepreßt und/oder unter der Bedingung, künftig niemals mehr Kontakt zu der eigenen Familie aufnehmen zu wollen, unerkannt weiterleben zu dürfen erlaubt worden sein könnte.

Französische MichelAunwikipedia sagt:
Oktober 2008 in Iran, Dezember 2008 in Syrien. Hezbollah nennt die französische wikipedia zu Auns Bündnis mit der Hezbollah 2014 (!) "terroristische Miliz", erstaunlich, ist das doch die Nomenklatur der Israelischen Einflußnahme, Eroberung und Besetzung des Libanon seit 1975 inklusive in "Israelischem" Auftrag ausgeführtem Massenmord an FührungsRiege der Christlichen Maronitischen Partei der Frangijeh in NordLibanon 1978 und mit Entstehen der Hezbollah 1980-1983 die "Israelische" dh in entschiedenstem Maße Abwertende Wertung der Hezbollah als schlimmster Feind der Israelischen Entity. Daß es allen voran der Hezbollah zu verdanken ist, das Barbarische BesatzungsMilitär der Israelischen Entity in Libanon aus dem Libanon verbannt zu haben, scheint den Skribentinnen und Skribenten der Französischsprachigen Zensurwikipedia entgangen zu sein.

Der 1978 Jüdische AuftragsMord an Tony Frangieh ist Katalysator des Libanesischen Bürgerkrieges, dieses von Christlichen Maroniten durchgeführte Terroristische Attentat teilt endgültig nicht nur das Christliche Maronitische Volk im Libanon und mit den Christlichen Maroniten, Griechisch-Orthodoxen, Griechischen Katholiken, Römischen Katholiken und noch ACHT Weiteren Christen VölkernEthnienSekten dh die endgültige

Zerstörung der Einheit der gesamten Christlichen Bevölkerung des Libanon, sondern auch die in der Religion miteinander verfeindete aber in der Religion geeinte Bevölkerungsmehrheit: die Schiitische und Sunnitische Bevölkerung des Libanon, und ist mit der Atomisierung aller bisherigen Bündnisse und mit Von Null auf beliebig nach einem ReißbrettPlan Errichtung der Israel genehmen Ausgangsbedingungen für einen etwaigen zu erwartenden Bürgerkrieg Katalysator eines Libanesischen Bürgerkrieges, der der Israelischen Entity nur viel zu gerne zu passe kam, im Grunde von Anfang an von der Israelischen Entity mit dem IsraelFreundlichen Teil der Christlichen Maroniten ab 1971 bei Ankunft der aus der Israelischen Entity und aus Jordanien geflüchteten Palästinensischen Armee im Libanon, ein Trick, das Jüdische TerrorRegime in Palästina dadurch aus dem Fokus der Weltöffentlichkeit zu nehmen, indem die "Israelische Entity" den Krieg sät in ALLEN die "Israelische Entity" umgebenden Staaten wie gegen Ägypten bis zur Ermordung Nassers und zum WestKapitalistischen KolonialFreund und IsraelFreund Sadat 1970, Libanon ab 1974-2000. Und Syrien 2010?

Weswegen in der NachII.Weltkriegszeit in der "BRD" in den 1970ern und in den 1980ern und in den 1990ern und in den 2000ern und in den 2010ern die Juden

, die ja sagen, der Name Philistina sei niemals eine passende Bezeichnung für die Römische Provinz Palästina gewesen, was sich dadurch negiert, daß die KernEuropäische Griechische Literatur von 500V.Chr. das genannte Territorium und zwar Historisch begründet "Palästina" nennt dh "Philistina", und zwar einfach, weil hier die Europäischen Philister endgültig seßhaft geworden waren ab 1200 V.Chr. Und sich seitdem in beidseitiger Ergänzung mit den Phöniziern als eine Gemeinsame Rasse entwickelten, die dann alle Mittelmeerküsten Asiens, Afrikas und Europas befuhren,

so schlecht auf Philistina und die Philister zu sprechen sind,

liegt wohl einfach daran, daß die in WestEuropa und in USA/Kanada sich als Orientalen verstehenden Juden,

die ja meinen, daß Jüdische Besiedelung Europas ja schon 500V.Chr. stattgefunden habe, nur weil 1 in Römischen oder in Griechischen Diensten stehender Jüdischer Händler oder Jüdischer Gerichtsschreiber mittlerweile dann doch für ständig in Athen bzw Rom wohnte, traditionell gegen alles Germanische wettern (- Der Historische Sprachfehler der "Vandalen" geht auf eine WestEuropäische teilweise von Juden geführte Wissenschaft/Literatur/Medien-Kultur zur Zeit Schillers und Napoleons 1800 in Straßburg/Westdeutschland, Frankreich und England zurück -) und traditionell gegen alles Europäische, was als Philister, BEVOR irgendein Jude nach Europa gekommen sein konnte, sich daranmachte, ein wesentlicher Bestandteil der Bevölkerung des Nahen Ostens zu sein, nämlich die gesamte MittelmeerKüste des Nahen Ostens erobert, die vorhandene Bevölkerung entmachtet und alle Küstenländer in großem Maße besiedelt zu haben und zwar ab 1200 V.Chr. !

Der 2015 geheuchelte FriedeWille der BRDMedien besagt, daß die BRDGrenzen für alle Flüchtlinge aus schlimmen Kriegen offenstehen. Welch eine Menschenliebe. Nun könnte man annehmen, daß diese offenen BRDGrenzen Terroristen gegen die Bachar al-AssadRegierung nicht ganz verläßlich abwehren können, so daß möglich ist, daß 1. diese Terroristen/ in "BRD"Medien "Rebellen" genannt, so tun, als wären sie Zivile Flüchtlinge aus dem elenden Krieg in Syrien, und 2. nicht viel anders als von "Israel" ausgerüstet über die Jüdisch besetzten UNOGolanHöhen sich anstatt in der Jüdischen Entity hier in der "BRD" erholen und frisch gestärkt wieder an die Front und zwar, wie diese Syrer dann somit gelernt haben müssen, an die BRDFront in Syrien zurückkehren. Zuersteinmal könnte man annehmen, daß diejenigen Syrischen Flüchtlingsmassen von 2010 bis heute 2015 in der BRD die DamaskusBaschir al AssadFeindliche KriegsDoktrin in den BRDMedien, zB Fernseher, miterleben, und, sollten sie mit Menschen im Nahen Osten und vielleicht sogar in Syrien kommunizieren, dann könnte und soll es möglich sein, daß diese Menschen dies den anderen im Nahen Osten oder sogar in Syrien weiter erzählen, wie gut doch die "BRD" ist, die es doch so gut mit den sogenannten "Rebellen" hält. Die Loyale Bevölkerung wird sich dadurch nicht beeindruckt sehen. Aber die 10% , oder 1% Kampfwillige Systemgegner werden sich höchstwahrscheinlich anstatt abgeschreckt eher aufgefordert sehen, vollgegessen und frisch eingekleidet, frischgestärkt an die mutmaßliche Front zurückkehren. Für BRD also nur gut. Dies nun ist also das Teuflische an diesem geheuchelten Friedenswillen des maroden BRDSystems. Um so schlimmer jedoch auch, daß dieses marode BRDSystem mit der Heiligung des von Israels Gnaden Imperialismus, selbstverständlich will Israel auch ein Tortenstück von Syrien, selbstverständlich, schließlich verteidigen wir in diesem schmutzigen Krieg

BRDGrenzen in Syrien, will auch BRD ein Tortenstück, gleichfalls und zwar wissentlich und absichtlich den für den ZivileChristenMordenden IslamFundamentalismus Medienpräsenz bietenden BRD-Medien in die Hände spielt. Der Politische Wille der Bevölkerung WestEuropas besteht nur auf dem Papier der Geheimen Stellvertreterkriegsführung, die Bevölkerung der sogenannten "Demokratischen" Staaten WestrandEuropas BRD, Frankreich, Großbritannien usw hat keinerlei "Demokratischen" Einfluß. Deswegen ist der Geheime Stellvertreterkrieg zu einem Offenen BRDKrieg mit BRDSchützengräben in Syrien erklärt worden, wo wir doch beste Rüstungsgeschäfte mit den jetzt gerade seit ein paar Jahren Syrien überfallenden wie immer seit 1948 im permanenten Heißen Krieg stehenden Israelis machen, die ja schließlich mit Recht, zumindest sagen das die Medien immer, mit Recht das entRechtete Volk in Palästina und mit Recht das entRechtete Volk in allen ausländischen Staaten mit Krieg übersäen, wo und wann sie wollen. Unschwer, daß von der Jüdischen Entity/Israel dieser universelle Krieg nicht gewonnen werden kann. Aber darum geht es auch: dieser Krieg soll gar nicht gewonnen werden, sondern es gilt die Doktrin: Um wie Erdöl und Erdgas Iran und Arabische Halbinsel Bodenschätze, die Israel nicht gehören, auszubeuten, ist eine ewige Kriegsmaschinerie aufrechtzuerhalten. Nun, die Juden eben. Juden=USA, BRD, Frankreich.

Wenn nun Großtönende Wochenschau die BRD und die BRDische Luftwaffe ersteinmal in Syrien oder den angrenzenden BRDtreuen Staaten wie Türkei und Jordanien an den gewohnten! BRDLuftwaffenBasen sind, dann ist somit das Bachar al AssadSyrien noch um ein Vielfaches schwächer einzustufen. Es kann nun nicht Wille eines WestEuropäischen Staates sein, sich dem NaziImperialismus der USA zu verbünden,-Merkel sagt: Wir verteidigen Unsere BRDGrenzen in Syrien, oder sagt sie das gar nicht?-, es sei denn, man macht genau dies und fordert ein Schulter an Schulter im Schützengraben zusammen mit dem Militär der Israelischen Entity. BRD hat so etwas schon seit Gründungstag der BRD 1949 im Mai ständig gemacht bis auf den heutigen Tag, somit wäre das nichts Neues. Nur ist die Folge dieses Terrorismus, die WestAchse sagt Engagement, daß die Vernichtung, die BRD predigt, auf die BRD in Syrien und die BRDMilitärs in Syrien und auf die BRDBevölkerung in der BRD zurückwirkt, so daß der ferne Krieg, an dem Prominente wie diese oder jene Politikerinnen und Politiker ihren Schnitt machen wollen, eine Illusion, jedoch zurecht auf die BRD zurückwirkt.

Man könnte freilich annehmen, Bachar al Assad bittet um die Vernichtung seines RegierungsSystems. Nun, möglich wärs. Heutzutage ist ja alles möglich. Aber wahrscheinlich ist es nicht so. Wenn wir ernsthaft sind, müssen wir den Krieg der ua uswBRD gegen Bachar al Assad konfrontieren.

Wie wir wissen, ist Hezbollah mit Aun zusammen der StabiltätsGarant für Libanon. Der seit 1973 in der ScheinDemokratie und Bürgerkrieg untergegangene Staat Libanon, den es ja seit Beginn des Bürgerkriegs nicht mehr gibt, obwohl der Gemayel-Clan und die Jüdische Entity stets das Gegenteil behaupteten und von diversen WestStaaten so vor allem von BRD und Frankreich dies bestätigt bekamen und darin bestärkt wurden, hat es 2008 nach unsäglichen 35 Jahren! - Der Dreißigjährige Krieg, diese Hölle der Frühen Neuzeit, war nur 30 ! Jahre lang - bis heute 2015 geschafft, mit Menschen guten Willens, die immer sofort gebraucht werden, wenn zB USA und Verbündete Israel, BRD usw einen Schmutzigen Krieg geführt und durch KriegsGreuel gequälteBevölkerung in einem verwüsteten Land hinter sich gelassen haben, die Menschen mit gutemWillen, die werden dann immer gebraucht von denselben KriegsverbrecherStaaten, und bei Null anfangen, was bleibt Menschen auch anderes übrig, und mit dem Mantel des Vergessens und mit dem Willen zur Versöhnung Stabilen Frieden herzustellen. Nun, desgleichen das mit dem zurückliegenden Djihad auf deutsch Heiligen Krieg 1969-1999 in zwei gegenseitig bis aufs Messer verhaßte Christliche Konfessionen geteilte Nordirland: Eine Ungerechtigkeit gegen die Katholische Minderheit, aber auch eine Ungerechtigkeit Großbritanniens, eine Protestantische GroßBritannientreue NordIrische BevölkerungsMehrheit, die seit Jahrhunderten für GroßBritannien in Irland gekämpft hat und dafür gestorben ist, damit zu belohnen, daß GroßBritannien sagt: naja, ihr gehört ja auch gar nicht zu GroßBritannien. Mantel des Vergessens und Wille zur Versöhnung.

Libanon Michel Aun. In seinem exil bis 2005 enger Kontakt mit der AuslandsPolitik der Ausweitung USAmerikanischer Zustände siehe 2010 Libyen, Algerien, Ägypten.

Ist Michel Aun die Endgültige Lösung und der endgültige StabilitätsGarant zusammen mit Hezbollah? Solange Michel Aun lebt, sicherlich. Hinter ihm steht die Mehrheit der Christen im Libanon. Als HezbollahBündnisPartner stehen die Hälfte der Moslems hinter ihm, soll heißen = etwa die Hälfte der Sunniten PLUS die meisten Schiiten. Das AunHezbollahBündnis will den Israelischen Terror im Libanon nicht vergessen, deswegen ist für

IsraelFreunde wie "BRD" das AunHezbollahBündnis "BÖSE", und "Israel" und die "Iraelischen" Medien der "BRD" verkünden unablässig seit Jahrzehnten, daß Israel im sogenannten "Bürgerkrieg" ab 1974 und während der BesatzungsEpoche keine Terrormacht im Libanon dargestellt habe; alle wissen, daß, dies zu behaupten, lächerlich ist, aber niemand in den "BRD"Medien sagt das, weil er dann seinen Job losist, so einfach ist das unter den "Israelischen" Verhältnissen der "BRD" - "Israel"Die Jüdische Entity" ein Staat im Staate Westberlins und der BRD - BRD sei ein RechtsStaat, wie Kanzlerin Merkel behauptet - Möglicherweise ist dies auch der einzige Grund, warum der berühmteste Christliche General des Krieges Aun niemals in den "BRD"Medien von 1975 bis 2015 auch nur Erwähnung findet; auch weil er so "BÖSE" war, mit den die Mehrheit der Bevölkerung repräsentierenden Politikern das Ta´ifAbkommen zu boykottieren siehe dieselbe Tatsache nur in einer entgegengesetzten Formulierung in den wikipedien der BRD und Frankreichs, wo es unisono heißt, Aun und nur eine verschwindende Minderheit der Bevölkerung Libanons stünde Oktober 1989 für den Boykott der Ta´ifVerhandlungen.

Und dann gibt es 2010 ua uswBRD, die in Syrien einen Krieg anzetteln. Ganz im Sinne AußenPolitscher Wunschvorstellungen der Israelischen Entity. Die Israelische Entity ist verfeindet mit dem HezbollahMichelAunBündnisStabilitätsGarant Libanons.

Und dann gibt es 2010 ua uswBRD, die in Syrien einen Krieg anzetteln.

Das BRDSystem muß deswegen beseitigt werden, sagen manche. Nun ist diese Aussage illegal, wir Wessis erinnern uns sehr gut, wie wir erfolgreich und mit Selbstverständlichkeit 1950? 1960? die KPD = die Kommunisten verboten haben.
BRD, 2015 Heute machen wir mittels ZurVerfügungStellung von FernsehNachrichtenZeit indirekt Werbung für ZivileChristenMorden in Syrien, um das BacharalAssadSystem in die Knie zu zwingen, indem man gegen die mutmaßlichen ZivileChristenMörder Militär nach Syrien schickt, das dann schon einmal im Lande ist, so daß sich Bachar al Assad ein weiteres mal überlegen wird, ob er so mir nichts dir nichts angesichts GroßBritischen,Französischen,BRDischen Militärs noch so machen kann, was er will.

Wie wir 2015 wissen, wenn wir der 2015SyrienKriegskarte des

WestAchsenKriegsMinisteriums im Internet glauben wollen, sind viele Teile der Grenzregion zu Türkei, zu Jordanien sowie zur "Jüdischen Entity"=das Syrische Territorium GolanHöhen nicht unter Syrischer Herrschaft sondern unter der Herrschaft der EobererStaaten.

Das zu Syrien gehörende Lake Tiberias Ufer sowie die zu Syrien gehörenden Golanhöhen hat scheinbar übernommen und an Kriegspartner übergeben die durch "BRD"Soldaten und Kanadische Soldaten uam geleisteten Syrien ´sGolanHöhenUNO-BlauHelmeEinsatzTruppen - die UNOMilitärs sind da, aber die gucken eben nur so zu, wer wie was zwischen der Israelischen Entity und dem UNOBesetzten SyrischenGolanHöhen und KriegsLand RestSyrien hinundherreist, naja - , dh UNO, was nicht etwa als UnParteiischer Dritter sondern als auf Seiten der 1967 EroberungsKrieg führenden "Jüdischen Entity" stehende UNOMiliz das Syrische Territorium GolanHöhen gesichert und 2011 wohlwollend an das Jüdische Militär übergeben hat, das seitdem die Verbindung Syrien-Syrische Golanhöhen-Jüdische Entity auch 2015 kontrolliert.

Lake Tiberias und die sogenannten "Golan-Höhen" sind Territorium Syriens, was erfolgreich seit dem SechsTageKrieg für die IsraelischeEntity 1967 gewonnen wurde, und was durch die seit Shatila zusammen sogar von Shultz selber 1983 rückwirkend durch von USA und UNO-Militärs - siehe zB Kanada in den GolanHöhen - getragenem und gesichertem Terrorismus bestätigt wurde, und was 2011 großzügig den BacharalAssadGegnerTerroristen BRDMedien sagen "Rebellen" überlassen worden ist:

Das Teuflische ist, daß das Verbrechen gegen Syrien - bedenken wir : KSZE 1973-1975 ist vergessen seit dem BRDJugoslawienKrieg seit Titos Tod, aber seltsamerweise sind die OsloVerträge durchaus weiterhin wirksam, und zwar zur Stabilität Palästinas, zum für die Jüdische Bevölkerung der jüdischen Entity geltenden langsamen aber sicheren SichRechtErsetzen in einem land, das man 1945 bis 1948 für die Gründung der Israelischen Entity überfallen hat. Palästina bzw Israelische Entity: Mantel des Vergessens und Wille zur Versöhnung. Soweit so gut.

Der StabilitätsPfeiler des Nahen Ostens ist das Bündnis aus dem StabilitätsGarant Syrien und dem StabilitätsGarant HezbollahMichelAun. Diesen StabilitätsPfeiler will mEs mit "BRD", Frankreich die

WestStaatenAchse vernichten. Wer ist Nutznießer Nummer 1 einer solchen Policy? Israel und sonst niemand. Soll die Welt drumrum in Kriegen versinken! So soll man meinen, wenn in Kriegen versinken , - während Rußland in Syrien Terroristen bekämpft und USA in Syrien nicht etwa die "Rebellen" genannten Terroristen sondern das MoslemischFundamentalistische Militär - , nur nicht die angesichts auch eines Jüdischen Eroberungskrieges in Syrien verläßlichen BRD Militärischen BündnisPartner Israel, Ägypten, Türkei, Kuwait, Katar, SaudiArabien, die sich Lebensmittellieferung, Rüstungslieferung und Finanzierung für AssadFeinde und den in Nahost neuen MoslemischFundamentalistischen Political Player untereinander aufteilen, scheinbar um sich hinterher auch den KriegsGewinn zu teilen.

Der 2015 BRDische KriegsEifer ist so zu verstehen, daß die StabilitätsGarantie des Nahen Ostens durch die Zusammenarbeit von Bachar al Assad, Michel Aun und Hezbollah im 2015 BRDischen KriegsEifer geleugnet wird.

BRD Kriegstreiber. Ein schlimmer Vorwurf.
USA Kriegstreiber. Ein schlimmer Vorwurf.
Diese beiden Staaten haben nach dem USTruppenAbzug aus Irak jeden Militäreinsatz in einem zum Kriegsgebiet werdenden Irak Syrien ursprünglich kategorisch ausgeschlossen mit der Verlautbarung: soll man das den Völkern und Staaten des Nahen Ostens selber überlassen. Dabei hat mEs die mit USA, Israel, BRD, Frankreich WestStaatenAchse im IrakSyrienKriegsgebiet das KriegsInferno überhaupt erst selber angezettelt.

Kriegsgeil

BRD in Form von MedienHetze, was man beschönigend Propaganda oder einfach Policy nennt, durchaus Kriegstreiber 1965 bis 1975 zum USAKrieg in Indochina gegen Die "Bösen" Vietnamesen.
BRD Kriegstreiber bezüglich Syrien 2015? Ein schlimmer Vorwurf.
Aber sicher doch! Aber jetzt organisiert man diesen AngriffsKrieg selber mit!
Und die Schweine im Reichstag sagen, daß das ganz in Ordnung ist.

Zu alledem konkretisiert sich der 2015 Syrien bezüglich Eiserne KriegsWille des maroden BRDSystems darin, daß der gleiche Fehler einer von Israels Gnaden mit Terrorismus installierten Libanesischen Regierung 1974, worauf

81

ein 30Jähriger Krieg neu angezettelt worden ist, wiederholt wird, siehe USA gegen Irak/Saddam Hussein 2003, und dies, obschon die BRD in den 1970ern und den 1980ern so schmerzlich mitverfolgen mußte, was im nächsten befreundeten Ausland dh in Irland, Nordirland, Großbritannien ein von den Obrigkeiten angezettelter Heiliger Krieg in Nordirland 1969-1999 für einen Blutrausch gleichen Haß der Bevölkerung gegen die eigenen Mitbürger anheizt.

Das Teuflische ist, daß mit ua usw BRD, USA, Großbritannien, Frankreich jeder im EroberungsAngriffsKrieg gegen Bachar al Assad Beteiligte KriegsStaat die Verantwortung auf alle anderen abwälzen kann: Ich bin doch nur einer von 4. Ich hab das doch alles nicht gewollt. Aber wir sind nunmal jetzt mit unseren Militärs in Syrien, und da müssen wir den Bachar al Assad auch TOTAL wegbomben, wozu hätte das denn sonst alles gut sein sollen?!

Letztendlich ist fraglich, welchen Nutzen USA in einem EntBacharisierten Syrien haben will, wenn doch Verantwortung und Nutznieß unter allen gerecht verteilt ist. Wurde Michel Aun vielleicht selber nur wie eine Marionette benutzt?, so daß er im Exil indirekt Werbung für die Amerikanisierung der Arabischen Welt und der Islamischen Welt von Philippinen bis Marokko machen konnte, aber jetzt seit seiner Rückkehr nach Libanon 2005 bis heute 2015 "nur" für Libanon, Syrien und Palästina als StabilitätsGarant gedient hat und benutzt worden ist, jedoch seit der Krieg gegen Assad zur ChefSache der BRD 2011-2015 erklärt worden ist, auf die AbschußListe gesetzt worden zu sein scheint? Was wenn Aun wegist? Der Plan B ist längst in den Startlöchern: Alle AtomMächte der Welt stehen sich in Syrien gegenüber! Das ist fraglos Absicht der ua usw BRDAngriffsKrieger. Schande über den Westen, Schande über die BRD, hat im IrakSyrienKriegsgebiet das Merkelsche GroßBRDische RüstungGeschäft dh dieser Merkelsche GroßBRDStaat erfolgreich doch eine Hölle NordIrlands und des Bürgerkriegs im Libanon 2010-2015 erfolgreich wiedererfunden und neu entfacht. Ich schäme mich, BRDler zu sein.

Das Zu Beanstandende in der AltBRD ist, daß das Mittelalterliche Frühneuzeitliche Kulturgut Windmühle verbannt und gestrichen wird. Gepflegte Windmühlen als KulturDenkmal gibt es in BRD keine, sind stattdessen in ganz England normal für jede ! kleine Region. Daß es im deutschsprachigen MittelEuropa des Mittelalters und der Frühen Neuzeit von Windmühlen gewimmelt hat zB in der Böhmischen Oberlausitz zB Görlitz und in Schlesien und in Böhmen, weiß man. Heutige 2015 EnergieErzeugung heißt "Wind-Turbine". Jedoch Windmühlen heute in der BRD? Keine. Danke BRDKultur.

Die ChristenMörderWerbung in den Nachrichten des Fernsehens der BRD zur besten SendeZeit von 18-24Uhr ist mEs vergleichbar mit Rentner fickt 4 jähriges Kleinkind Video ausstrahlung BRD landesweit: nun wird wahrscheinlich die meisten Erwachsenen dies anekeln und nicht nur das sondern auch sich militant aufrüsten lassen, so daß, bisher mEs leider erfolglos, viele dieser Erwachsenen "BRD"Bürger mittels Aufkleber auf dem PKW Öffentlich die Todesstrafe für Kinderschänder fordern; aber manche Erwachsene, sagen wir 1%, finden das geil, Und genau diese 1%Menschen, die dieses Unrecht geil finden – geil ist das BRDWort schlechthin – die werden dadurch bestätigt und aufgefordert, an diesem kriminellen "Hobby" nicht nur festzuhalten sondern es auszuweiten, dh: mußten diese 1%Menschen erst noch viel zB im Internet nach solcher Art Porno suchen, so werden diese Menschen von nun an auf das Fernsehen der BRD hoffen, daß das Fernsehen der BRD möglichst bald wieder mal so ein Video ausstrahlt.
SOLL HEISSEN: Wer nur Sekunden dauernde Werbung für den Sexismus, Rassismus oder Religiös-Motivierten Mord an ZivilBevölkerung wie ein Staat als Oberste Instanz absegnet, öffnet demselben Sexismus, Rassismus oder Religiös-Motivierten Mord an ZivilBevölkerung für das dem GroßBRDStaat eigenen Militär Bundeswehr, sowie Französischen Truppen aber auch allen NATOTruppen unter dieser Devise Tür und Tor, ein Militär, das angeblich mit dergleichen Berechtigung Krieg führen können will. Einerseits tun die BRDZensur so, als sei man ja gegen dies und jenes, andererseits ist das dieser Zensur ergebene Militär Bundeswehr etc erpicht darauf, eine der Kapitalistischen EinheitsListe Die Linke/Die Grünen/SPD/FDP/CDU/CSU dank dem ab Januar 1991 auch in der BRDZensur Herrschenden "Man will Geil machen auf Lust Man will Geilmachen auf Krieg!"-WeltAusbeuterKonsens nur all zu geläufige Kriegsgeil-Berechtigung unter der eigenen BRDBevölkerung zu schüren, dasgleiche zu machen, was man im Gegenteil doch angeblich bekämpfen will. Der Staat betreibt dies also mit Absicht, denn aus Versehen wird nicht 1Sekunde in den ZensurNachrichten des Fernsehen der BRD gesendet.

Wer heute Dezember 2015 ins Internet innerhalb des GroßBRDTerritoriums geht, MUSS die BRDKriegsHetzeZensur konsumieren. Es IST so! Wer zB ausschließlich nur einen emailnutzungsVertrag mit einer Internetfirma hat, der MUSS die BRDKriegsHetzeZensur konsumieren, weil diese Zensur als

AllerErstes auf JEDER BRDInternetfirma zu sehen ist. Unglaublich, aber es ist so!

deutsch=WindTurbine=englisch Wind turbine=Bezeichnung für die modernen WindradTürmeAnlagen in der Oberlausitz in England allerorten auf Landkarte

Die alten deutschen Windmühlen englisch=Windmill

Verwunderlich, daß es keine Skigebiete in Schottland, England, Wales gibt auf SuperKarte, obwohl in Legende. Ich habe es aber noch nirgendwo auf der Karte gesehen!

Newt Gingrich und Lieberman als Michel Auns angebliche Idole einer Amerikanisierung der Welt sind sicherlich keine Garanten für Frieden sondern sicherlich Garanten für Krieg, indem sie möglicherweise die RüstungsIndustrie vertreten, und RüstungsIndustrie lebt vom Krieg siehe ua Bell, was den 1965 Vietnamkrieg 1966 nicht zu einem schnellen Ende kommen sondern 1975 zu einem langen Ende kommen ließ.

Wäre Libanon mit Aun an Frieden mit Syrien interessiert und verließe sich dafür auf die USA, könnte sich Aun auch getäuscht haben, indem die USA ihm in den Rücken fallen könnten, weswegen?, deswegen zB weil, nicht etwa die USA so blutrünstig sind, sondern weil die BRD und die mit der BRD verbündeten WestEuropäischen AtomMächte so blutrünstig sind möglicherweise.
Merkel sagt: Unsere Bündnisverpflichtungen in Syrien an der Seite unserer Französischen, Unserer Britischen und Unserer Amerikanischen Freunde .." , nee, das sagt die Merkel noch gar nicht. Doch.

Houellebecq, Elementarteilchen, Michel Houellebecq
Warum verbinde ich dies mit 1985-1994 mit meinem "BRD"-Studium in Frankfurt/Main, wenn es doch in der BRDischen wikipedia heißt Elementarteilchen sei von 1998 ?; das ist wohl ein Druckfehler Schlamperei, 1989 ist viel wahrscheinlicher; wie heißt das denn im Original? 1998 lese ich immer wieder, in französischer und englischer wikipedia. Dabei verbinde ich Elementarteilchen so passend zu meinem desillusionierten Alt-BRD-Studenten-Dasein 1985-1993 und meinem desillusionierten HandlangerDasein ab 1996 in Berlin/Mitte in Groß"BRD" ehemals DDR, in

einer Phase, als die Zersetzung der Gesellschaft und der Zivilisation nirgendwo und niemals mehr als in dieser Phase spürbar war.

Wenn es so ist, daß in Syrien bis 2015 absichtlich wie offensichtlich Israel si auch BRD usw einen Flächenbrand an Kriegen angefacht und die Menschen in der Region mit Reaktionen inspiriert hat, aus der Nichtkriegsregion, die nunmehr zu einer Kriegsregion geworden ist, den Krieg in die AnzettelStaaten zu schaffen, dann wäre Richard Wagners mit Pauken und Trompeten Untergang der Deutschen Zivilisation angemessen. Zweifelsohne verheerend für das BRDSystem dh die PolitikerinnenKaste bzw PolitikerKaste Westberlins und der BRD.

Als BRDler denke ich immer: wir BRDler haben ja mit Bayern den ersten Kontakt mit den Römern gehabt. Und die Engländer? 1000Jahre später. Wenn ich nun dies prüfe, sehe ich, daß die Römer etwa zeitgleich erstmals in Germanien und erstmals in England waren, nicht wahr?
Wann kamen die Römer erstmals nach England?=
Wann kamen die Römer erstmals nach DeutschlandGermanien?=
Fantastisch ist die Feststellung, daß die Kelten, als die Römer erstmals 50Vor.Chr. nach England kamen, gerade erst selber kurz vorher in England angekommen waren; erinnern wir uns: Die Kelten waren 200 Vor Chr. noch in Schlesien, besiedelten später in der Keltischen WestWanderung den Elsaß, und ließen auch den Elsaß zurück, bevor die Kelten kurz vor 50 V.Chr. nach England einwanderten. Würde man nun den Bau von Stonehenge auf etwa 1000 V.Chr. Setzen, dann wäre es schlicht und ergreifend Unsinn, das irgendwie mit einer Keltischen kultur auch nur in entferntester weise in Verbindung bringen zu wollen.

Mein Lebtag lang habe ich so Edgar Allan poe 1830 kritisiert, daß dieser Drogensüchtige doch nicht das Einzige an USKultur sein kann. "Doch!", sagt Trollope die HöchstRangige USAReiseschriftstellerin indirekt, weil sie Engländerin ist und bleibt.

Trollope ist klasse: Die USA loben sich ja immer so sehr 1828-1832 in allen Zeitungen und sonstiger aktueller Literatur, daß es in USA viel viel seltener als in England, also in USA so sehr selten überhaupt zur TodesstrafeHinrichtungen kommt. Trollope belehrt uns eines besseren, daß das einfach am Per Gesetz abgesicherten Katastrophalen Rechtsfreien Raum liegt nämlich daranliegt, daß einerseits Morde ganz einfach gar nicht zur

Anzeige kommen, und andererseits daß, so Strafverfolgung innerhalb eines Ortes zwar laufen würde, von Staats wegen es aber keine Strafverfolgung gibt, die über den Einflußbereich des jeweiligen Örtlichen GemeindeSherriffs hinausgeht, so daß Mörder nur 30 Kilometer weiterreisen mußten, um endgültig der Strafverfolgung entkommen zu sein und ein neues und sicheres Leben anzufangen, so sagt Trollope 1832 über New Orleans und Cincinatti.

Wozu soll man sich dann überhaupt noch mit einem solch beschissenen Land befassen und sich für Edgar Allan Poe zu KriminalStories interessieren? Ich sehe keinen Grund.

Halbstarke

Friedensratschlag Kassel als halbwegs seriöse Informationsquelle

Englische Kurzgeschichten ist auch, obschon manches schlecht geschrieben dh bei den haaren herbeigezogen und völlig unsinnig, deswegen sehr gut, weil ansonsten fantastisch geschrieben, ein Musterbeispiel dafür: William Wilkie Collins Die Geschichte von einem seltsamen Bett: Hier hat der Text den Anschein, anfangs sei Tatsächlich Erlebtes mit fantastischer Schreibfertigkeit wiedergegeben gemäß eines stockbesoffenen Glücksspielers, jedoch ab der Mitte, nach dem Genuß des Glücksspielrausches und des Champagnerrausches und des Weinrausches,- zumal bedenke man, ein RotlichtViertelGlücksspielZentrum wie das Beschriebene ganz ohne Frauen! Im Grundeundenkbar - , und womöglich des Rausches noch weiterer Genußmittel

Mit meiner Staatsbürgerschaft BRD von mir mit AntiJüdischer und ProArabischer Kritik wütend gefragt: Wie kann es sein, daß sowohl AnthonyTrollope als auch Dorothy Sayers jeweils 1 Jüdischen Namen für 1 Protagonisten gebrauchen? Das darf doch nicht wahr sein, daß die beiden Schriftsteller von Weltrang ProJüdische Werbung machen!
Mahala=Hebräischer Mädchenname(Zärtlichkeit), Arabischer Mädchenname (Musikalisches Saiteninstrument), populär nach der Reformation in England = Mädchenname in Tintagel/England bei Anthony Trollope. und Londoner Katzenname Dorothy Sayers´ Maher-shalal-hashbaz=2.Sohn von Jesaia Hebräisch (wenn du stiehlst, stehle schnell), stammen aus der Bibel. Hiermit mEs kann man nunmehr sagen, daß Jüdische Werbung eher unwahrscheinlich ist, weil VorChristliche AltTestamentarische Namen im

Hebräischen in der nicht mehr RömischKatholischen Kirche Englands des Mittelalters sondern 1500 zur Zeitenwende SpätMittelalter/Frühe Neuzeit in der Reformierten Kirche Englands/Reformation und seitdem mittels Institutionalisierung der Anglikanischen Kirche scheinbar bis Mitte des 19.jahrhunderts bzw bis 1920 gang und gäbe geworden waren und zum Kulturgut des Christentums in England gehörten.

Für Arabische Werbung spricht der Katzenname bei Sayers 1920, weil ein beträchtlicher Teil der im Schmelztiegel Londen/England zusammenkommenden Ausländer wie zB Wirtschaftsflüchtlinge, Geschäftsleute und Studenten aus Moslemischen Staaten kommen, womit wie Iran, Arabien und das Moslemische Osmanische Reich Orientalische Kulturen alle von Grißbritanniens Kolonialismus aus der von Philippinen bis Marokko von der Moslemischen Heilsbotschaft geprägten Welt

Für Jüdische Werbung spricht der Katzenname bei Sayers 1920, weil es den Namen im Englischen Christentum niemals als Taufnamen gab, weil in der erstmals im Babilonischen Exil verschriftlichten Jüdischen Heilsbotschaft der Name ein Name unter vielen nennenswerten Namen ist und keine eindeutig positive Bedeutung hat sondern wegen des Diebstahls auch negative Bedeutung, also nicht erstrangig empfehlenswert als Christlicher Taufname in einem Staat mit Christlicher StaatsReligion, Sayers tauft ihre Katze aber so, ist ja auch lustig als Katzenname, wie wahr!

Das Beschissene an deutschsprachigen Büchern Dichtung dh schöngeistiger Literatur, die ich mein Lebtaglang gesehen habe, ist, daß manchesmal und zwar ganz offensichtlich, die Betonung, dh das Setzen in Kursiv, ganz falsch ist: es ist zwar als richtig beabsichtigt, aber in der gesprochenen Sprache, zumindest so, wie ich das auf dem gymnasium in SüdHessen gelernt habe, vollkommen falsch. Diese Erfahrung nun habe ich auch in dementsprechenden Dichtung schöngeistiger Literatur Englischen Texten gemacht. Das ist doch vollkommen beschissen. Wenn nun ein Chinese kommt und Deutsch oder Englisch per HochLiteratur lernen will und in diesem Lernen diese Fehler lernt, lernen muß, dann ist das so etwas Erbärmliches.

Von der Berühmten HorrorBranche finde ich "Herr der Fliegen" und "Hard Times" die Besten Werke der WeltKultur.

hart/hatte/harte/hartte am Ball bleiben= eng am Ball bleiben; hart an der Grenze

87

Amüsant, wie sich allmögliche Sowjetische IndustriePatente samt ComputerIndustrie die USA sich in den 1970ern erschlichen hat, um so zu tun, daß die USA die Erfinder und Entdecker sind. Vergleiche dazu das FrankreichPatent SIDA, das USA 1979/!980 mittels der Devise "Legalize Illegal Crime! Legalize it!"(England/Bob Marley) erschlichen seitdem als USAEntdeckung in den BRDZensurMedien institutionalisiert hat, vor allem in den Ende 1970ern und Anfang 1980ern BRDZensurMedien, lächerlich, jeder BRD-Medizinstudent seit 1980 weiß von diesem UrheberrechtsVerbrechen der USA.

Daß LousitaniaWaffenschmuggler und die ihnen im 2016 heutigen zeitgenössischen BRDKolonialismus als Komplizen dienenden BRDischen Imperialistischen Skribentinnen und Skribenten mEs wohlwissend und dazu sehr leichtfertig in Kauf nehmen, daß ein an einen ImKriegeBefindlichen Staat(England) UnRechtmäßige Waffenlieferung betreibender NichtImKriegeBefindlicher Staat(USA) provoziert und zwar was ? = den vor Abfahrt des Schiffes am Vortag in der New York Times unübersehbar veröffentlichten berechtigten klaren Zerstörungswillen des Deutschen Reiches gegenüber dem somit der Weltöffentlichkeit offiziell erklärten Kriegsziel = das von USA geheim für Kriegszwecke WaffenlieferungTransport leistende USA/England-Passagierschiff Lousitania samt der Passagiere und des Personals, sowie die Durchführung der Zerstörung dieses Waffentransports. Diese also parteiisch für die Kriegsfeinde des Deutschen Reiches wohlmeinende, wohlwissende und leichtfertige InKaufNahme und für einen Kriegseintritt der USA Planmäßige Instrumentalisierung des Todes von Zivilen Passagieren; Wie soll man das nennen?, Barbarisch, reicht ein Wort für diese Unsäglichkeit? Dieses Muster läßt sich mEs erschreckend auf mehrere andere und zwar aktuelle anwenden: so zB wohlwissend in Kauf zu nehmen, daß eine Kriegswillige Bevölkerung unter dem Schutzmantel von Kriegsflüchtlingen nach WestEuropa zB Frankreich gelangt und dort in WestEuropa den eigenen Terrorismus fabriziert. Wohlbemerkt: Wohlwissend in Kauf nehmen, das machen die Israelischen Kriegsplaner, die USAmerikanischen KriegsPlaner, die BRDischen Kriegsplaner usw danke Nato, danke Niederlande, danke Belgien, danke Kanada, den Golan über Jahrzehnte ! als UNO Occupied Territory erst kriegsreif für Ganz Syrien gemacht zu haben. Welche Strafe haben diese Verantwortlichen Staaten bis heute dafür erhalten?; ganz im Gegenteil, diese Barbarischen Staaten wurden belohnt bis heute.

Die Barbarisierung der Menschlichen Sprache weist noch ein weiteres Typisches Chrakteristikum der Kapitalistischen BRD-Kultur der 1970er auf:

Aus Lust am Zerstören vgl Randalieren vgl. Brandstiftung/Schaufenster einschmeißen/PKWs in Brand stecken und damit Brennende Barrikaden gegen die Polizei errichten = mutwillig zerstören/mutwillig kaputtmachen =Vandalen= dies ist die falsche Def
dies ist nicht nur die falsche Def
SONDERN
dies ist die falsche Def
UND
die von BRD und dem Rest WestRandEuropas mit Absicht als Richtige Def Suggerierte falsche Def
Die Barbarisierung der Menschlichen Sprache des Kapitalistischen Teiles WestEuropas der 1970er.
Das Unfaßbare, daß überhaupt nicht in der Öffentlichkeit GroßBritanniens, USAs und der BRD dokumentiert ist und zwar der Riesige Wertverlust des Britischen Pfunds und des US Dollars von 1800 bzw 1900 bis 2000 bzw heute 2016. Daß die Deutschen Währungen der DDR und der BRD mit Einführung des Euros Januar 2002 einen Katastrophalen Niedergang und eine Katstrophale GeldEntwertung erfahren haben, ist unbestritten und der Bevölkerung der GroßBRD durchaus klar
ich kann hier leider nur zur Inflation der BRD-Währung was sagen: Mutter, bis zum Alter mit 28 bis zum ersten Kind und 1970-1975 im Alter von 43-48 selber sehr maßvolle Raucherin gewesen, über bezüglich 1 Schachtel Zigaretten die horrende Preiserhöhung von 1,20Mark 1970 zu 1,50Mark 1971(daran erinnere ich mich persönlich als 6Jähriges Kind im Schwimmbad, wo die Leute sich am Kiosk aufregten;Anm.d.Verf.) bis 500% des 1970Wertes:6,-Mark=3,-Euro 2001/2002 , vergleiche 2012 10,-Mark=5,-Euro 2015 von 1970 Steigerung 833%;12,-Mark=6Euro 2015 von 1970 Steigerung um 1000% = VerZehnFachung des 1970er Preises ;Anm.d.Verf.): Die ganz kleine Freude des kleinen Mannes! : Das Absurde ist deutlich. Eine Unverschämtheit von Unseren PolitikerVerbrechern, dabei ist die in der seit 1971 in der "BRD" PreisErhöhung nicht so sehr der größere Profit der "Bösen" ZigarettenHersteller, sondern Steuern, immer größere Steuern, die der Staat der Freude des kleinen Mannes wegnimmt, um dieses Geld beliebig in einem typisch"BRD" zwielichtigen "BRD"Landesäh"BRD"StaatsHaushalt zu verschieben,
auch wenn nur selten in den ZensurMedien darüber gesprochen wird, denn was sollte es nutzen, über dieses Unheil von 1990 und 2001 zu sprechen?, Es war ja klar, daß das so kommen mußte und sollte, denn man hatte die Vereinigung der beiden StaatsWährungen ja zu diesem Zweck durchgeführt,

aber wozu darüber sprechen Wozu?, ganz im Gegenteil!, sagten sich die ZensurMedien der BRD, dafür sind wir ja ZensurMedien.
Die Unsägliche SirBetitelung von Männern, wobei vollends unklar bleibt, weswegen der jeweilige Mensch überhaupt geadelt wurde, und zudem, daß, wie es mir scheint, der SirTitel weiter vererbt wird siehe Sir Robert Redgauntlet und Sir John Redgauntlet, das ist VollScheiße.
Greenwich ist ein Stadtteil von Greater London, auf der Grob StadtteileKarte GreatBitain_AdminAuthorities ist es, nördlich von Bexley ganz im Südosten von London, aber auf der normalen StraßenWanderLandkarte gibt es kein Greenwich, das bedeutet wohl, daß Greenwich heutzutage keine Bedeutung mehr hat, außer bei der Zeiteinteilung der Welt, ach nee, da isses ja! Greenwich ist auf der großen Karte, nicht nur auf der inklusive StadtteileKarte. Ich dachte immer, das sei eine Vorstadt von London, dabei ist das eingemeindet worden. Naja, da kennen die Engländer auch die Eingemeindung nach dem Schema Hagenwerder ist Stadtgebiet von Görlitz; wenn das stimmen würde, sind ja die gesamten Verkehrszeichen falsch, die wie zB selbst in Hagenwerder sagen: nach Görlitz noch 9Kilometer
Dorothy Sayers schreibt nicht über die Bevölkerung sondern über die AllerReichsten dh die allerreichste 0,1%Schicht in England und Schottland
 Wie kann man sich nu jans eefach de Etümologische .. ähm Dings vorstellen? Ich mechte doas amal jans eefach arkleern, also: Sagen wir: seit 2.000Jahren sagen wir Deutschen Ferdl zu Ferdl; Nu ham abba de andern, als se sich spätestns vor 1.500 Jahrn abgespalten haben und nach der Übersiedelung nach England in England eine eigene eigenständige distinkte Bevölkerung und distinkte Gesellschaft gegründet haben, 500 nach Christus eine eigene distinkte Sprachentwicklung erfahren: Wir Deutschen, wir haben damals vor 2.000Jahren schon Ferdl gesagt, und das sagen wir noch heute; wir hatten zwar ooch ne distinkte Gesellschaft und ne distinkte Sprachentwicklung, aber dies hat sich nun darin gezeigt, daß sich das AltBewährte bewährte; die andern, äh, die Engländer abba, die ham nu, wo se ja nu jetze unbedingt ooch ne distinkte Gesellschaft etcetera PP, da wollten se ooch ne distinkte eigene Sprachentwicklung, worin sich die distinkte eigene Sprache getrennt von unserer UrSprache Schlesisch weiterentwickelte, während Schlesisch Schlesisch geblieben ist, wie sollte es anders sein? Nun, nehmen wir: HorseFerdl/400 500nach Christus kann in KontinentalAngeln/Sachsen Ferdl Ferdl heißen. Danne, als die Laide nach England gerade übergesiedelt sind, dachten se, ma muß das ooch irgendwie schreeben: Und da haben se aus F GH gemacht vergleiche Lach Laaf Laugh usw. Und da ist also plötzlich das F GH geschrieben worden und somit das

Ferdl Gherdl; Nu ham die Angeln/Sachsen, als se gerade auf InselEngland angekommen waren, statt EE eher OA gesprochen, Deswegen nu is aus dem gesprochenen Gherdl ein gesprochenes Ghoardl geworden; Nu ham sich die gerade aus KontinentalEngland/Sachsen in InselEngland/Sachsen angekommenen Angeln und Sachsen überlegt: Du, das F in FH ist, wenn man das Wort ein bißchen ooch bloß ieber eine kleine Entfernung ruft, überhaupt nicht zu hören, so daß wir das doch weglassen können. Da hamse also pletze Ghoardl Hoardl geschrieben. Und weil das was ganz Neues, ne neue Erfindung war diese Schreiberei von den Pfarrern und so, und weil se nu jetze grade so gerne geschrieben haben, da hamse also eefach nochn Buchstaben drannegehängt und pletze Hoardl Hoardle geschrieben. Nu hamse sich wieder überlegt: Wenn nu das D, wenn ma das Wort ruft, auch so gut wie gar nicht zu hören ist, dann können wir das im Geschriebenen auch überhaupt so gut wie weglassen. Und da hamse Hoardle Hoarle geschrieben, ein paar meinten aber kurz nach 500, se sagen n gezischtes S zwischen R und L und deswegen schreiben n paar das Wort nu Hoarsle. Weil nu das gezischte S, wo ein Teil von de KontinentalEngländerSachsen auf InselEngland/Sachsen das lauter als das L gesprochen und geschrieben hat, in der SprechSprache dieses Kleineren TeilTeiles kaum noch zu hören und kaum noch zu lesen war, da hamse das L einfach weggelassen, das is nu de Dämokratie: Und Diejänigen, die immer noch das L sprachen und schrieben, die wurden einfach ignoriert oder diskrimiert, man kennt das ja. Na, und in Schlesien hamse zu der Zeit immer noch Ferdl gesagt, .., und geschrieben!, .., bis Eeener von den Jans Schlauen gesagt hat von de Silingers: Mer missen n Kelden noo, denn was de Kelden vor 700 Jahren gemacht haben nämlich ab nach Westen! Das kann nu nieh falsch jäwäsn sein, Ar wuoar äbn eener von dän ganz Schnellen, der es schon nach 700 Jahren gemerkt hat; Nu!?, das hat ma damals schon jäsacht, denn am Rheene doa is scheene, da is ma jäwandat 1000 Kilometer naja, und nieh etwa 1000Meilen, nee de Silingers haben das Metrische System ja erst in Europa eingeführt, loofm also 1.000 Kilometer, und andere Völker haben Schlesien übernommen, die gar nicht mehr Germanisch sondern Slawisch sprachen, de jansen Germanen ham sich aber danne zastritten, die eenen haben nach Süden nach Spanien und Marrokko gemacht, die andern sind in WestEuropa geblieben, 700 Jahre später is ma danne zerickgekomm 1200 und da war Schlesien wieder deutsch. Und wiese nu in England Hoarse sprachen und schrieben, da hamse nu gemeent, se kenn das A oo Weglassen, denn im Dänischen schreibt man ja OA oo nieh mit Eefachem A. Und so hamse pletze anjäfang, daß se Horse schrieben und sprachen, obwohl se eigentlich Ferdl meinen.

Finster wars der Mond schien helle als ein Wagen blitzeschnelle langsam um die Ecke fuhr
Dieser Gedichtteil stand in einem "BRD"PflichtKauf"Deutsch"Schulbuch mit ganz neumodischen Geschichten dh in der BRD erfundenen BRDGeschichten und mit paar neumodischen BRD"Wanderliedern", womit Mutter stumpfsinnige BRDKinderlieder verstand, die zum Glück weder sie noch ihre Kinder wir kannten, aber ohne ein einziges deutsches Volkslied, das erste Buch, das wir, und zwar als Krönung der 5.Klasse, selber in Händen hielten dh das allererste Buch in unserem Leben, das "wir" uns kauften, dh: und auch das erste Buch, das entgegen der nach BRDAmtsJargon sogenannten Lehrmittelfreiheit also der Kostenlosen SchulbücherVersorgung an Schulen in Hessen/BRD logischerweise, das versteh wer will, wir Schüler kaufen mußten 8Mark50 oder so, und wir Schüler mußten das unseren Eltern schonend beibringen, und das gab ein Theater!, nee da ging meine Mutter auf die Barrekaden!, was die DDRBürger vielleicht gar nicht wissen, auch deswegen sei es hier gesagt, ein Buch nun, wo es nichts von deutscher Kultur außer AllerModernstem Scheiß gab, so fluchte Mutter damals. Und Jahre später hat Mutter selber manchmal diesen Vers lachend aufgesagt, weil sie das Gedicht selber zu Hitlerszeiten in der Schule hatte, und immer mehr dabei gewinnend gegrinst stolz und unbesiegbar, ohne sich zu erinnern, daß sie doch, wie ich in der 5.Klasse meinte, eben wegen diesem modernen 1925 oder was? Gedicht ein Theater gemacht hatte, damals, als ich in der 5. war 1975.
Das Übliche in dieser ScheißBRD ist, daß, wenn etwas unmögliches passiert: der Staat nimmt dem Vater das Kind weg bzw der Staat nimmt den Großeltern den Enkel weg und dergleichen Scherze, daß wegen dieses Katastrophalen Unrechts, was der ganzen Familie des Vaters Bleibenden Ärger, Bleibende Verzweiflung, Bleibende Psychische Schäden und Bleibende Körperliche Schäden zugefügt hat, bei den Öffentlichen Beratungsstellen regelmäßig daraufhingewiesen wird, daß, wo der Staat ja nichts ändern kann und will, die Beste Problemlösung ein Rauschmittel ist, das man sicherlich vom Arzt verschrieben bekommt, dh der Staat fördert massiv und empfiehlt massiv mit astronomischen finanziellen Mitteln zum Wohle der Staatlichen MedizinIndustrie/Staatlichen RauschgiftIndustrie, deren Vorgabe die Private Kapitalistische MedizinIndustrie/Private Kapitalistische RauschgiftIndustrie nur viel zu gerne gehorcht, seine beste und profitabelste Beratungsstelle: seine Staatliche Gesundheitsberatung mit dem WerbeSlogan: Gehen Sie mal zum Psychiater, damit Sie dieses ganze Unrecht besser ertragen können. Der wird Ihnen schon ein paar Medikamente

verschreiben können, Seien Sie da ganz unbesorgt! Gegen diesen Staat wirkt nur noch Haß!
Bei Muhammad Ali ist das Amüsante in der deutschBRDischenZensurwikipedia, daß über FernsehÜbertragungen des BRDFernsehens aber nicht des DDR Fernsehens Anfang September 2015 geschrieben wird. Wie lächerlich sich die BRD heute noch macht! Geniös!
Die Deutsch-Russische Grenze war Vor dem I.Weltkrieg die Deutsch-Polnische Grenze. Diese Tatsache wurde zeit meines Lebens bis heute 2015 aus dem Bewußtsein der BRD getilgt, gestrichen, gelöscht, dh, als sei die Deutsch-Russische Grenze bis zum Juli 1914 NICHT die Deutsch-Russische Grenze gewesen. Den Grund dafür könnte ich mir so denken, daß der BRD seit ihrem Gründungstag im Spätfrühling 1949 bis auf den heutigen Tag 2015 ganz und gar nichts daran liegt, gute deutschBRDisch-Sowjetische Beziehungen/deutschBRDisch-Russische Beziehungen in irgendeiner Weise an die Internationale Weltöffentlichkeit zu lassen, und stattdessen den Polen den GeschichteVergangenheit verfälschenden Gefallen zu tun, so zu tun, als habe Polen als Unabhängiger Staat nach der Auflösung zu Friedrichs des Großen und des Russischen Zaren und des Österreichischen Kaiserhauses und Voltaire´s Zeiten 1775 bestanden bis Versailler Vertrag 1921, als 1 Polnischer Soldat auf unseren Schlesischen FamilienBauernhof in Orsupowitz/Kreis Rybnik geritten kam und vor unerer Familie erstmal wild mit dem Schießeisen rumballerte und Polnisch brüllte, daß das hier jetzt Polnisch sei.
Wie wir von Sir Walter Scott wissen, bezieht sich sein zur Zeit von Montrose auf seiten der Hochländer kämpfender, später und zwar 1652 auf seiten von Glencairn, und grundsätzlich auf der Seite der Bischöfe stehender Robert Redgauntlet auf einen Lord, der als erfahrener gestandener Militär bei der WiederMachtÜbernahme König Charles II 1660 wieder in hohe Gunst kam. Wie das? Wie wir in wikipedia als Zusammenfassung der SekundärLiteratur schon nur aus Lebensdaten, Herkunft und Eltern erfahren, gilt: Zeitlich kann dies nur William Grierson sein, der Vater! von Robert Grierson, und nicht etwa Robert Grierson selber; somit gilt: Walter Scott zeichnet in der 'Erzählung des blinden Spielmanns" eine Legende nach, die über Mündliche Tradition (oral tradition) diesen Fehler 100Jahre weiter in Walter Scotts Zeit hinein trägt dh tradiert, der fürchterliche Historische "Redgauntlet" sei der Sohn Robert und nicht etwa der Vater William. Somit wird undeutlich und vollkommen unhaltbar, die Legende anhand Geschichte zu verifizieren, denn man müßte den auf den Tod kranken fürchterlichen Lord der Legende gleichsetzen mit jenem modernen Lord, der ab 1685 drüben in Kanada als

Baron in Nova Scotia residiert; was viel eher jenem Modernen Sohn der Legende namens Sir John Redgauntlet zukommt. Das Schottische Parlament ist so wenig dargestellt, daß man meinen könnte und meinen muß, daß das Schottische Parlament gar kein richtiges Parlament ist, bevor es die Zustimmung zum Beitritt zu England gab = Gründung von Groß Britannien 1707. MEs genauso mangelhaft dargestellt ist Sir Robert Grierson 1655 – 1733, dem von Walter Scott eine schaudernde Legende nachgesagt wird. Bei Scotts mit dem 1Zentner schweren Breitschwert bewaffnetem Redgauntlet denkt man sich trotz der Pistolen in FrühMittelalter dh Fast Steinzeit, kaum zu glauben, daß Scotts vermeintliche RedgauntletVorlage Robert Grierson in der weit fortgeschrittenen Moderne angesiedelt ist : nämlich nach dem teils mit Staatlichem Falschgeld finanzierten von Wallenstein ab 1618-1633 geführten deswegen äußerst Modernen 30Jährigen Krieg erst geboren ist und das Ende von Redgauntlets Leben also die Legende, die von Griersons Sterben handelt, nunmal also der Vorlage nach im Jahre 1733 spielen muß. Nun ist Scotts Talent mEs besonders dadurch ausgezeichnet, daß Scott sehr junge Vergangenheit aufarbeitet, nämlich die Realität von 1733, und zu deren Schöpfung und zu deren Bewahrung eine fürchterliche grauenhafte jedoch in gleichem Maße Völkerkundlich wertvolle und abenteuerliche märchenhafte mit einer Lehre dh mit einem Didaktischen Zweck versehene Legende bildet bzw eine bestehende Legende dahingehend ausbaut. In der Information, wie man es an allen Enden in den verschiedensprachlichsten wikipedias findet, daß Grierson die Vorlage für Redgauntlet sei, kommt man zum Zweifeln, wenn man sich des öfteren wiederholt mit Scotts Redgauntlet befaßt hat: Nun wäre doch, anzunehmen, daß Grierson und Redgauntlet zeitgleich gelebt haben, dh daß zeitlich die Vorlage zeitgleich mit einer Kopie der Vorlage sein muß. Die Lebensdaten von Grierson sind 1655 – 1733, in Die Erzählung des blinden Spielmanns/Sir Walter Scotts englischer Originaltitel A Tale Of Wandering Willie
erfährt man über Sir Robert Redgauntlet
 ZITAT"Zu Montroses Zeit zog er mit den Hochländern zu Felde, dann war er wieder mit Glencairn im Jahre 1652 in den Bergen, und als König Karl II. auf den Thron zurückkam, stand daher der Herr von Redgauntlet in hoher Gunst."ZITATENDE; auf den Thron zurück kam König Karl II. 1660; Anm.d.Verf.
Nun gibt es mEs die zwei Möglichkeiten:
Entweder ist die Englische wikipediaInformation einfach falsch und Sir Walter Scott hat eine andere Historische Person als Vorlage für seinen "Sir Robert Redgauntlet"

Oder: die Englische wikipedia ist richtig,
und dh nun einfach, daß mit angeblichen Lebensdaten spätestens etwa 1633
bis kurz vor dem Bündnis von England und Schottland 1707 für Sir Robert
Redgauntlet Grierson als Vorlage diene, der doch eine ganze Generation
später geboren ist, und der den Politischen Stand wiedergibt als den
Politischen Stand von Sir Robert Redgauntlet als 1652 mit Glencairn
Verbündeter und als mit dem abgesetzten Königs KarlII, der nach Cromwells
Tod 1660 wieder zur Macht kommt, Verbündeter Sir Robert Redgauntlet,
womit sich die verschriftlichte moral tradition als dichterisch sehr frei
erweist.
Denn: Grierson kann mit Glencairn 1652 nicht Verbündet gewesen sein, weil
Grierson erst 1655 geboren wurde. So daß man mEs sagen könnte, daß man
sich damit abzufinden hat, wie mit einer Historischen LegendenErzählung
eines Fahrenden Spielmanns, der in seiner ausführlichen Schilderung
Historischer Begebenheiten ein bißchen die Generationen und Jahrzehnte
durcheinanderbringt, dies ist für das SpielmannsGenre normal und
unerheblich, solange es nur unterhaltend ist.
Der Diktator Oliver Cromwell beendet 1649 die Königliche Herrschaft des
auf den Hingerichteten Karl I. in der Herrschaft die Nachfolge angetretenen
Karl II., der entmächtigt erst nach dem Tode Cromwells wieder an die macht
kommt 1660, was somit auch der allerfrüheste Zeitpunkt ist, wo ein
angeblicher Lord und Sir Robert Redgauntlet das Schloß Redgauntlet
bezogen haben kann. Zudem eignet sich mit einem 1665 gestorbenen Vorfahr
Robert Griersons zumindest eine Person in der Historischen GriersonFamilie
durchaus als Vorlage, dies zu konkretisieren ist hier jedoch nicht der Ort. Eine
Erklärung für die, wie ich gezeigt habe, offensichtlich widersinnige These
Robert Grierson=Robert Redgauntlet geben die genannten vielsprachlichsten
wikipedias nicht.
1707 Beitritt Schottlands zu England=GroßBritannien Lord und Sir John
Redgauntlet ist der vom Vater Sir Robert Redgauntlet mißgeliebte Sohn, der
nach seines Vaters Tod etwa zeitgleich für das Bündnis Schottland England
1707 stimmt und Schloß Redgauntlet übernimmt.
Wie wir uns zweifelsohne erinnern, waren 1974/1975 die Maroniten im
Libanon gespalten: die eine Hälfte der Maronitischen Bevölkerung gegen das
Bündnis mit Israel und somit gegen das Bewahren des Traditionellen dh
althergebrachten und Herrschenden UnrechtsSystems Libanons
wählte die Dialogbereitschaft und die Kooperation mit anderen Christlichen
Bevölkerungen und deren Milizen im Libanon sowie mit allen dh den
verschiedensten Muslimischen Bevölkerungen und deren Milizen im

Libanon, die andere Hälfte der Maronitischen Bevölkerung und deren RegierungsArmee wählte die Terroristische AlleinHerrschaft des Terrorismus unter TerrorismusMaronitischer Führung. Die BRDZensurGeschichtsschreibung "glänzt" noch heute 2016 im unsäglichen Zweierlei Maß, einerseits Gemayels und dh von höchster Instanz der RegierungsMachthaber Libanons im begonnenen Bürgerkrieg aus dem FF - Hunderte von Staatlichen RegierungsSoldaten, manche Quellen sprechen von 1.200, führen einen Massenmord durch an 38 Menschen dh der Familie Frangieh und dem Rest der Bewohner des kleinen Dorfes - durchgeführte Ermordung Frangiehs 1978 als Verbrechen darzustellen, Massenmord ist zweifelsohne auch in ZensurGeschichtsschreibung immer noch Massenmord, andererseits darzustellen, daß dieser Terrorismus durch Regierungtruppen erlaubt sei. Nun, mEs läßt sich sagen: Während London dh England dh Great Britain selber einen Djihad gegen die Katholische Bevölkerung der Republik Irland und Nordirlands führte, waren 1974/1975 in Libanon die ChristenMaroniten gespalten, ab dem Attentat auf Frangieh 1978 unheilsam entschieden endgültig; die Israelische Entity brauchte das nicht stören, im Gegenteil, die "Israelische" Entity hatte genau zu diesem Zweck ein solches Verhalten der Bürgerkriegs"Libanesischen""Regierungs"truppen befürwortet, warum auch nicht?! , mag man sarkastisch pervers feststellen; "BRD" und dh SPDRegierung/"BRD" war verläßlicher Politischer BündnisPartner sowohl der FrangiehMassakerRegierung des GemayelsLibanon sowie der mit Gemayel Verbündeten sogenannten "Jüdischen Entity" in Palästina bis Sommer 1982, als die "Jüdische Entity" mit dem über 7Wochen 1.Juli bis 20.August dauernden GroßAngelegten Überfall auf Libanon/Beirut Fakten schuf mithilfe der Diplomatie, daß der 1.Juli gegen einen "Israelischen" Diplomaten von einem PLOFeind ausgeführte Attentatsversuch in London eine Berechtigung zum Kampf gegen die PLO geschaffen habe, den Heißen Krieg durchzuführen als RaketenBombardement Beiruts durch "Israel" zu Boden/ per BodenTruppen(Panzer), zu Wasser/per Kriegsmarine und zu Luft/ per Luftwaffe im von Israel kontrollierten vom Bürgerkrieg gezeichneten Libanon. Nach der von "Israel" Inszenierten dh Orchestrierten dh Organisierten und gemeinsam mit dem Terroristischen RegierungsGemayelClan geschaffenen und von PLOChef Abu Amar Yasser Arafat gezwungenermaßen durch den Abzug der Palästinensischen Armee und der Palästinensischen Politischen Führung aus Libanon International bindend zugesagten Politischen Diplomatischen Ausschaltung der Palästinensischen Armee im Libanon gegen eine International per UNO Verbürgte SicherheitsGarantie für die im Libanon verbliebene

Palästinensische Bevölkerung am 20.August 1982 wurde der Terrorist
Gemayel in "Freien Wahlen" im Bürgerkriegsland Libanon zum StaatsChef in
Anführungsstrichen "gewählt", der "sein" "Land" an die "Jüdische Entity"
verraten und verkauft hatte; nach Ausreise der PLO-Führung Ende August
bedankte sich Gemayel Anfang September bei seinem Jüdischen
Waffenbruder in einem "Staatsbesuch" in der "Jüdischen Entity" in Palästina
und kehrte in trügerischer SiegerPose nach Libanon zurück, ein
Maronitischer Christ ermordet aus Rache ummittelbar daraufolgend den
Gemayel in Beirut. All dies brauchte den StaatsChef der "Jüdischen Entity"
in Palästina nicht scheren, ganz im Gegenteil, es war vorgesorgt worden: wie
schon das offensichtlich von "Israel" selber in die Wege geleitete
AntiPLOvonAbuNidaldurchgeführte Attentat auf Argov/London 1.Juli 1982
wurde nun genauso auch 15.September 1982 die Ermordung des
Maronitischen StaatsChefs der "Bösen" PLO und der "Bösen"
Palästinensischen Bevölkerung und den"Bösen" Palästinensern in die Schuhe
geschoben, die ja sicherlich immer noch in Beirut seien, es folgt umgehend
die bis 18.September dauernde ZivilMassenermordung "Sabra und Chatila",
die Welt ist angeekelt von diesem Terrorismus, die DDR und die USA
bekunden seltene Einstimmigkeit in der Verurteilung dieses Terrorismus; Die
indes mit der "Jüdischen Entity" in Palästina in BlutsBrüderschaft
verbundenen "BRD"RegierungsChargen und "BRD"BlockParteien SPD
CDU CSU FDP jubeln über die durch diesen Erfolg zu erwartenden
Rüstungsaufträge, denn der Libanesische Bürgerkrieg konnte jetzt erst noch
richtig losgehen: Wen in den BlockParteien und RegierungsChargen in
Bonndorf, Westberlin und der BRD jucken die KriegsOpfer im permanenten
Bürgerkrieg und eine permanente dh voraussichtlich auf lange Frist noch
viele Jahre dauernde Besetzung Libanons durch Truppen der Jüdischen
Entity?, niemanden! Ganz im Gegenteil, diese Opfer und sich weiter
verschärfender langfristiger Bürgerkrieg und langfristige Jüdische Besetzung
des Staates Libanon waren gewollt und im voraus langfristig geplant und
erfolgreich erfüllt worden, Vielen Dank WestEuropäische Kapitalistische
Waffenbrüder der Terroristischen GemayelRegierung des im Heißen Kriegs
Bürgerkrieg versunkenen Libanon von 1974 -1982
Was ist 1974 die Situation ganz zu Anfang des Bürgerkrieges?
1974 beginnt die endgültige Spaltung der bis dahin Einheitlichen Christlichen
Maronitischen Bevölkerung dh etwa 30% der Bevölkerung Libanons, Andere
ChristenBevölkerungen= etwa 15-20%, Muslimische Bevölkerungen und
DrusenBevölkerung zusammen über 50%. Die Spaltung der Maroniten
bedeutet, daß sich 50% der Maronitischen Soldaten auf der einen Seite und

50% der Maronitischen Soldaten auf der anderen Seite der Front gegenseitig ermorden.
Maronitische Christliche Bevölkerung also gespalten, etwa 50% 50%. Der Rest der Christlichen Bevölkerung stellt sich ähnlich dar: Die Griechisch-Orthodoxen Christen zB waren gespalten, alle übrigen Christlichen Bevölkerungen ebenso. Ein fruchtbarer Boden für jedwede Infiltration, weil von den in Libanon vorhandenen 19 Völkern/Ethnien/Religionen die Bevölkerung einerseits die Verbrecherische Regierung der Maroniten bekämpfte, ein anderer Teil der Bevölkerung nutznießen wollte aus einer zumindest zweitweiligen Waffentreue zur Terroristischen Regierung; BRDZensurGeschichtsschreibung spricht in der og ZweierleiMaßZweideutigkeit entschieden niemals von "Terrorismus" der Maronitischen Regierung, Wir Wessis erinnern uns nach dem verheerenden Krieg in Palästina und Ägypten mit der Beseitigung bzw Vertreibung der Palästinensischen Armee und Palästinensischen Bevölkerung sowie der Beseitigung des Ägyptischen Staates durch den Sieger "Israelische Entity" und Anwar el Sadat 1971 nur all zu gut an unsere BRDZensurMedien ab Olympiade BRDBayrischen EntführungsBefreiungs Desaster 1972, was als Katastrophe Bayrischer Polizei und Bayrischer Militärs und der BRDPolizei und des BRDMilitärs in die Geschichte einging, jedoch im Umkehrschluß einer Propagandistischen Suggestion als von den Palästinensischen Entführern an der Jüdischen OlympiaMannschaft systematisch durchgeführter MassenMord sprich "Attentat" umgewendet als Wahrheit für die "BRD"Geschichtsbücher gefaßt, verbrieft und verkauft wurde über Jahrzehnte und dh bis über die "Wende 89" genannte angebliche "Revolution" bis zur Entstehung von GrossBRD 1991 hinweg, und zwar daß das Wort "Terrorismus" den Palästinensern vorbehalten war, die in Wahrheit 1974 im Libanon nur 1 von vielen gegen die Regierung eingestellten Bevölkerungen war. Viele verschiedene Bevölkerungen, viele verschiedene Milizen samt der RegierungsTruppen, die quasi auch nur eine von vielen Milizen sind. Die Infiltrationen und entsprechend Finanzierungen der JüdischTreuen Phalange-Milizen der Herrschenden Terroristischen RegierungsClans und deren GegnerMilizen wurden bis zum Attentat auf Frangieh 1975-1978 dermaßen unübersichtlich, so daß der totale Brügerkrieg entfacht war: Nutznießer dessen: Jüdische Entity im Nahen Osten sowie Westliche RüstungsProduzenten und Westliche Waffenhändler, sowie die entsprechenden die Jüdische Entity inklusive bedeutenden Westmächte BRD/Frankreich/USA/UK - UK ist zu dieser Zeit selber im Krieg mit seiner Bevölkerung und im Krieg mit der Bevölkerung des Auslandes siehe

Bombardierung Dublins der Hauptstadt der Republik Irland - diese WestStaaten sind Nutznießer, so man erreicht die Aufrechterhaltung der mit der Jüdischen Entity im Nahen Osten Verbündeten TerrorRegierung Libanons, zu was zugunsten des IsraelGemayelBündnisses Rüstungslieferung leistende Westeuropäische, Kanadische, USAmerikanische und "Israelische" RüstungsProduzenten und deren entsprechende in dieses Kriegsgebiet Importierende Rüstungshändler fähig sind.

Ein Beliebtes Spiel bzw beliebter Sport der BRDZensurMedienJournalisten seit 1982 nach einer erstaunlich kurzen Phase, die mit "Israel" verbündeten 'RegierungsTruppen" Terroristen und Faschisten zu nennen, ist, Sabra und Chatila ausschließlich den "bösen" Juden - "Böse" kann immer nur 1 sein: dh 1 Armee, 2 "Böse" Armeen gibt es im ZensurJargon nicht - der "Israelischen" Entity anzulasten, so daß die Ermordung selbst irgendwie ganz unbeteiligte und somit schuldlose Libanesische Soldaten durchgeführt haben müßten, womit der Fokus auf die "bösen" Juden im Libanon gerichtet ist; aus dem Fokus ist somit eine ganz beachtliche Menge Christlich Maronitischer Phalangistischer Mafiosi und Christlich Maronitischer Phalangistischer Terroristen siehe Geagea und Hobeika, die nach dem Bürgerkrieg ganz offiziell Friedliche Politische ! Posten antraten in einem Libanon, der für Jahrzehnte im Krieg gewesen war. Nun, was kann sich eine LibanonBevölkerung aus 19 SektenEthnien nach der Ermordung Hariris wünschen 2008? Daß Endlich Frieden ist, 40Jährige Frauen und Männer sagten mir in Beirut 2008, daß sie in ihrem Leben noch niemals Frieden in ihrem Heimatland Libanon erlebt haben. Hezbollah mit Hasan Nasrallah hat den endgültigen Abzug der Jüdischen BesatzungsMächte aus dem Libanon erreicht und sich höchstes Verdienst erworben. Endlich ist Frieden im Staate. Im Ausland in Syrien in Damaskus, wohin man von Beirut billig und schnell mit dem Taxi fährt, ist das bewährte langfristige und dh Politisch Höchst Stabile und Wirtschaftlich Reiche Syrien Assad´s; die "BRD" indes hat, nachdem USA widerrechtlich aber de facto Saddam Husseins Irak 2003 erobert und der NewYorker WallStreet weiterhin gesichert hat, ein Auge auf die Herrlichen Gärten Syriens geworfen. Nicht etwa, daß die Innerstaatlichen Wirtschaftlichen und Politischen Probleme der Anrainerstaaten Syriens in den Anrainerstaaten Syriens gelöst werden, nein, man verständigt sich auf einen vielversprechenden RaubzugTerrorismus, dem sich unter anderem Saudi-Arabien, Türkei und die "Jüdische Entity" in Palästina mit Versorgung der "Rebellen" genannten Terroristen unter anderem über die von Kanadischen UNOBesatzungsMächten und anderen UNOBesatzungsMächten Kontrollierten Golanhöhen Syriens angeschlossen haben. .. Und zumal gibt

es, wenn wir den Deutsch"BRD"ischen Stasi"BRD"ZensurMedien glauben wollen, eine TerrorMiliz, die in Irak und in Syrien systematisch Zivile Christen ermordet. Und bei diesem Bilderbuchmäßig vorgeführten leichtfertig einen III.Weltkrieg Riskierenden Kolossal Vielversprechenden Krieg möchte die Deutsch"BRD"ische Rüstungsproduktion freilich nicht hintanstehen und zukurzkommen.
Kriegsgebiet IrakSyrien :
Meine These ist, daß die für 1965-1975Vietnamkrieg, 1975-2000 das "Israelische" GemayelRegime des Libanesischen Bürgerkrieges, 11.September 1973 Ermordung Allende´s die "Demokratisierung" Chiles und 17.Juli 1980 Boliviens und den IranIrakKrieg 1980-1990 stehende WestKriegsStaatenAchse bis heute 2015/2016 dieselbe geblieben ist: "BRD", Frankreich, USA, Großbritannien.
Und daraus folgend, daß die in diesen Staaten wirkende Rüstungsproduktion bis heute 2015/2016 dieselbe geblieben ist,
was bedeutet: daß nicht die Frieden wollenden Bevölkerungen dieser Staaten sondern wie Bell und andere mehr im Vietnamkrieg 2015/2016 die Rüstungsfirmen in der "BRD", Frankreich, USA, Großbritannien das jeweilige Kriegsende bestimmen.
zum Krieg in Syrien 1.September 2015 schreibt BRDwikipedia ZITAT ANFANG "
Laut einem 2015 vorgelegten Bericht der United Nations Disengagement Observer Force unterstützt Israel über die Grenze am Golan aktiv die Aufständischen in Syrien, insbesondere die al-Nusra-Front. Es werden Güter über die Grenze nach Syrien geliefert und es findet eine Versorgung der Kämpfer auf israelischer Seite statt.[295]
"ZITATENDE.

Militärberater, die fraglos aus allen WestAchsenStaaten formlos dh nicht offiziell sondern "informell" auf Seiten der SyrienFeinde tätig sind, ist ein ganz ignoriertes Thema. Wenn ich mich da als Wessi an die Kriegshetze der weststaaten gegen Militärberater aus Kuba und SU in diversen Kriegen des zurückliegenden HalbJahrhunderts erinnere, was gang und gäbe war in BRD-Medien, dann wundere ich mich nicht.
Ein genauso heißes Eisen ist, daß, wenn Israel Krieg führt wie den permanenten Krieg gegen die Palästinensische Bevölkerung nach den Israelischen EroberungsFeldzügen oder jetzt unleugbar offiziell gegen Syrien, daß sich dann die WestZensur erdreistet, dies immer noch nicht Krieg nennen zu wollen sondern nach einem besseren Wort für dasgleiche zu

suchen: sagen wir Polizeiaktion für die Menschenrechte. Erinnern wir uns: "Menschenrechte" ist inmitten des Amerikanischen VölkermordIndoChinaKrieges 1970 erfunden worden als Schlagwort gegen den Realen Kommunismus der Warschauer VertragsStaaten wie SU, Kuba, DDR usw..: Seht an: da gibts keine Menschenrechte im Ostblock sagte man bis 1990 immer und ständig in der BRD. Dieser schreckliche Kommunismus!
, philosophisch ist diese Argumentation jedoch ein Trugschluß, weil im Rahmen der Kapitalistischen ScheinPhilosophien uvam Existentialismus und "Frankfurter Schule" wie der Begriff "Totalitarismus" auch der ebenso Nicht-Philosophische Begriff "Menschenrechte" eigens von der Kapitalistischen Hemisphere zum Zwecke des Antikommunismus erfunden worden war in der Verkleidung, eine erfolgreiche Philosophische Argumentation zu bieten.
Sanktionierung des KarantinaGemayelIsraelTerrorismus ab 1975 bis ? Orchestrated by "Israel" and the Terrorist Wing of the maronites/the Terrorist Wing of the Phalange, because also not all Phalangists are Terrorist Phalangists for instance Aun 1982 was Phalangist but no Terrorist Phalangist.
Ab 2010 Sanktionierung des AntiAssadAchsenStaatenMassenterrorismus orchestrated by all AntiAssadAchsenForces des Westlichen Bündnisses englisch = Western Alliance samt SaudiArabien und Frankreich mit federführend extensive embedded journalism of Al Jazeera, the USAmerican CNN-Clon in the Middle East=deutsch=Naher Osten.
Wir Wessis erinnern uns nur zu gut daran: Karantina, sagt embedded TopBRDSpion SchollLatour, ist eine militärische Notwendigkeit gewesen. Ganz so, als ob er von der Warte Israels aus sprach, und natürlich aus der Warte der mit Israel kooperierenden Hälfte der Maronitischen Bevölkerung.
Wie kann man mEs das 2015/2016 KriegsElend in Syrien stoppen?:
Aufruf in der BRD, USA usw zum Kampfeinsatz in Syrien für Assad dh für die Syrische Regierung dh für das Syrische System.
Aufruf zur Desertion aller in den Reihen der "Rebellen" genannten Terroristen zu den Staatlichen Syrischen Militärs.
Rückkehr aller in Syrien für die Sache des Kampfes gegen Assad, gegen die Syrische Regierung und das Syrische StaatsSystem stationierter und im Einsatz seiender USSoldaten, GroßbritannienSoldaten, FrankreichSoldaten in die Ursprungsländer.
In unter anderem US, Großbritannien, Frankreich Todesstrafe und Lebenslänglich Bestrafung aller in Syrien für die Sache des Kampfes gegen Assad, gegen die Syrische Regierung und gegen das Syrische System im Einsatz gewesener USSoldaten, GroßBritannienSoldaten, FrankreichSoldaten.

Mir scheint eine sehr große Ähnlichkeit mit Jahrzehnten vorher stattgefundenem Elend, denn mEs gilt:

Nach der in den Offiziellen "BRD"InternetMedien ab 2010 nebulösen Anzettelung des WestEuropäischen SyrienKrieges mittels Terroristen, die in WestMedien "Rebellen" heißen, stellte seitdem das "BRD"Internet für das IrakSyrienKriegsgebiet neben der Aufforderung zur "Demokratisierung" = Amerikanisierung des Syrischen Staates, wichtigstes KernProblem eine angeblich Zivile Christen Ermordende Miliz dar, und dies zusätzlich zu den damit unmittelbar verknüpften in Syrien ein AntiAssadBündnis bildenden aufmarschierenden Militärs von Frankreich USA England;

eingedenk der mit diesen MilitärVerbündeten ebenso Militärische Bündnishilfe leistenden Verbündeten SaudiArabien und Türkei, und zwar per für Kampfeinsatz vorgesehenem Militärischem Gerät und Truppenaufmasch an der Grenze zu Syrien sowie in Syrien selber,

wobei Libanon von WestEuropäischen Rüstungsgebern zu benutzen versucht wurde als Aufmarschgebiet sowohl gegen den Willen der Libanesischen Bevölkerung als auch gegen den Willen des Libanesischen Parlamentes, obwohl langfristig einsichtig ist, daß zur Eroberung Syriens das Bündnis "Israel", Türkei, Saudi-Arabien völlig reicht,

wobei 2015 die Jüdische Entity über die Syrischen Langfristig seit Jahrzehnten! von der UNO Besetzten dh Occupied Territories namens GolanHöhen für die von den WestKriegsMedien Rebellen genannten AntiAssadTerroristen ERSTENS einen Medizinische Versorgung und Erholung vom FrontEinsatz umfassenden Kriegsgebiet Syrien-"Israel"Transit durch Syrien´s Golanhöhen eingerichtet hat und ZWEITENS diese Kämpfer mit Nahrung, Rüstung und Logistik ausrüstet, womit ein für Israel gefahrloser Transit nicht nur SyrienKriegsgebiet-Israel sondern IrakSyrienKriegsgebiet-Israel möglich wurde und somit auch möglich wurde in nicht von Damaskus kontrollierten Grenzregionen zur Türkei ein Transit von nicht nur mutmaßlich IslamFundamentalistischen Kämpfern aus Europa und dem Nahen Osten, was man der Türkei immer vorgeworfen hat, sondern auch, und das wird in BRDMedien seit Jahren kategorisch ausgeklammert, ausschließlich gegen Damaskus kämpfenden in BRDMedienAmtsjargon Rebellen genannten in Syrischem Amtsjargon Terroristen. Die den Militärischen Kampf in Syrien forcierende UNO PLUS verwickelten

Westmächte ua Israel, BRD,USA führen den Krieg gegen Assad je nach Gutdünken jedoch immer in Übereinstimmung: In der Vergangenheit funktionierte dieses StaatenBündnis nach den Grundlagen des Endes des Zweiten Weltkrieges mit der Gründung zweier neuer Staaten DDR und BRD auf ehemals deutschem Territorium mit dem Abbau der Kriegsgefahr durch KSZE Mitte der 1970er in Europa nach der weltweit populären und berühmten Cicero Devise gesunden Menschenverstandes: ein ungerechter Friede ist besser als ein gerechter Krieg. Diese Staaten haben das für Syrien umgekehrt ab 2010: ein Gerechter Krieg ist besser als ein Ungerechter Frieden. Die Pervertierung des Europäischen NachZweiteWeltkriegsFriedens. Würde man jetzt sagen, daß sich der Europäische NachZweiteWeltkriegsFriede zB an der Österreichischen Grenze mit der Blutigen Wende ab 9.November 1989 in Europa sowieso gänzlich aufgelöst hat und durch Diplomatie und Krieg mit allen Mitteln ersetzt wurde als ein Mittel der Politik (!), das man aus der ZweiteWeltkriegsVersenkung wieder herausgeholt hat (ZivilMassenMord und die Demonstration der Führbarkeit eines Atomkrieges Hiroshima/Nagasaki), dann ist der ab 2011-2015 teilweise immer noch nur als Stellvertreterkrieg geführte Westeuropäische Krieg gegen Assad´s Syrien nicht auf Syrien zu beschränken sondern muß früher oder später in die Kriegsachsenstaaten zurückschwappen. WARUM?
MEINE MEINUNG=
Wie günstig aus KriegsstaatenAchse ist das Permanente Kriegsland Israel/"die Jüdische Entity", man muß in der "Jüdischen Entity" nicht erst einen Krieg erklären, denn man ist ja sowieso bereits in einem permanenten Krieg. Die KriegsAchseStaaten tun so, als ob ein gerechter Friede in Syrien und auch im Nachbarland Irak nur mittels eines gerechten Krieges zu erreichen wäre, gerechter Krieg ist immer Sache des jeweiligen Standpunktes: Ein gerechter Krieg Adolf Hitlers ist Lebensraum im Osten, ein gerechter Krieg der VölkermordVerbrechen in Korea und Vietnam verübenden USA ist die Demokratisierung und Befreiung, usw Die Befriedigung aller Beteiligten ist gleichzeitig nicht möglich. Der ein gerechter Krieg ist besser als ein ungerechter FriedeWestKriegsAchseStandpunkt ist ein SpießerStandpunkt: man befürwortet wie jeder normale Mensch den Frieden, jedoch was soll man machen, es ist Krieg usw ..
mEs wird sich nur ein Teil der Versprechungen, die die WestKriegsStaatenAchse den Bevölkerungen in den Kriegsregionen gemacht haben, erfüllen können, weil der Krieg von der WestKriegsStaatenAchse irgendwann einfach abgebrochen wird und ein "Friede" in Washington

verkündet wird, was mEs immer nur dann möglich sein wird, wenn die Kriegsforderungen alleine der "Jüdischen Entity"/Israels größtmöglichenteils erfüllt worden sind. Somit ist mEs die Entscheidung für Fortführung des Krieges oder zur Beendigung des Krieges einzig in den zahllose Kriegsverbrechen seit 1945 zu verantwortenden "Jüdischen Entity"PolitikerTerroristen und deren Nachkommen zu suchen. Das hört sich nach Verhängnisglauben=Fatalismus an, aber obwohl ich ein Gegner des Fatalismus bin, sehe ich altmodisch auf die seit 1945 bis heute Kapitalistischen Kriege: der Westberliner Reichstag und BRD gehorchen Israel/ der Jüdischen Entity. USA gehorcht ebenfalls der Jüdischen Entity, USA hat sich aber derart aus dem vorrangigen Kriegsgeschehen zurückgezogen, weil es Sache der Bevölkerungen im Nahen Osten sei und nicht Sache der USA, die vorort vorhandenen verschiedensten Militärs sich gegenseitig bekämpfen zu lassen in IrakSyrien, womit sich USA Sympathy eingehandelt hat. Der Fokus ging also weg von den an Israel gekoppelten USA hin zu dem jeweiligen Militär, das jeweils einen gerechten Krieg zu führen vorgibt vorort in Form der verschiedensten KriegsParteien. Der mEs seit 2009 in den KriegsKanzleien der WestKriegsStaatenAchse angebetete Fetisch der Führbarkeit eines heißen Krieges ist Illusion für die WestKriegsStaatenAchse Bevölkerungsmassen wie nicht minder 1939. Anstatt nicht etwa mit den wie zB SaudiArabien, Kuwait, Katar reichsten ErdgasErdölRegimen der Arabischen Halbinsel nach bewährtem Anti-Gaddafi-Muster = Militärberater, Rüstungslieferungen und Einschleusung von sogenannten Revolutionären bzw Rebellen, dh mittels der über Tunisierte Staaten wie Tunesien ermöglichter Importierung von Krieg aufzuräumen, nimmt sich Washington/Tel Aviv die Ideologisch noch nicht 100%linientreuen Staaten wie das dem Bürgerkrieg überlassene Irak vor, sowie den Stabilitätspfeiler des Nahen Ostens Syrien vor, um mit nach Anti-GaddafiMuster Importiertem Krieg Fakten zu schaffen, wo Politik dh Drohungen Tel Avivs und Washingtons bisher noch nicht gereicht haben. Bliebe zu spekulieren darüber, die WestKriegsZensuren halten bisher geheim, ob und ggfs jeweils in welchem Maße - das läßt sich finanziell sehr leicht konkretisieren, Falls man die Fakten veröffentlicht, was bislang unmöglich ist aber weiterhin nicht unmöglich bleiben muß - dieselben WestKriegsStaaten der "IsraelUSAAchse diesen von den BRDMedien IslamFundamentalistische MilitärMacht genannten Political Player in Irak ausrüsten ab 2010, und zwar mit Rüstung, mit Logistik, mit Kampfeinsatz leistenden Kämpfern, genauso wie in Syrien ab 2010 die Rebellen genannten Terroristen.
Daß bei diesem von den WestKriegsStaaten in Syrien mit der Systematischen

Herstellung von Regionalen Anarchen dh Rechtsfreien Räumen leichtfertig riskierten III.Weltkrieg schließlich auch Rußland, was selbstverständlich auch ein Kuchenstück Mitsprache an der im 3.Jahrtausend nach Christi Geburt zukünftigen Aufteilung der Welt forderte, seinen MilitärBeitrag leistete, der den von den WestKriegsMedien "Rebellen" genannten Terroristen tatsächlich de facto Militärische Niederlagen zufügte, wurde von den WestKriegsStaaten nicht etwa begrüßt sondern sehr übelgenommen.

Die seit 2011 im Virtuellen Syrischen Territorium der WestKriegsMedien herumgeisternde angebliche Greueltaten Englisch: atrocities

an Ziviler ChristenBevölkerung verübende Miliz schockiert ungehindert über Jahre weiterhin 2015 und darüberhinaus

und ich schließe mich der Meinung an: nicht etwa, weil die in Syrien vorhandenen alleine WestEuropäischen Militärs diese MilizKämpfer nicht finden und ausschalten können, sondern nicht finden wollen und nicht ausschalten wollen.

Bliebe zu spekulieren darüber, ob und ggfs jeweils in welchem Maße - das läßt sich finanziell sehr leicht konkretisieren, Falls man die Fakten veröffentlicht, was bislang unmöglich ist aber weiterhin nicht unmöglich bleiben muß - dieselben WestKriegsStaaten der "IsraelUSAAchse dieses MilizCorps ausgerüstet haben, und zwar mit Rüstung, mit Logistik, mit Kampfeinsatz leistenden Kämpfern.
Der von den "Rebellen" genannten Terroristen geleistete GuerillaKrieg gegen die Syrische Polizei hat den Syrischen Staat in einen andauernden Krieg gestürzt, der aus der Sicht der WestEuropäischen Kriegshetzer für eine Stabilisierung des AssadSystems nicht etwa abgewendet wurde und zum Erliegen gebracht wurde sondern 2011 angeheizt wurde und der für den EroberungsSieg gegen das AssadSystem "eskalieren" sollte und zwar im "BRD"StasiWestZensurMedienJargon im Sinne davon, daß man zu 1943 nach 50% der bis 8.Mai 1945 100%WohnstädteVernichtung durch USA und UK "Unsere Alliierten Freunde" und 1943 nach 50% der bis 8.Mai 1945 100%AuschwitzVernichtung der Juden sagen würde: Naja, wenn der II.Weltkrieg und die JudenVergasung erst einmal richtig eskalieren wird, DAS wird dann schlimm werden, so als hätte man bis zu diesem Zeitpunkt, ob denn überhaupt eine Eskalation vorliegt, spekulieren dürfen, und genau DAS, obschon entgegen dem Friedenswillen von vielen Bevölkerungsführern

der Eiserne Kriegswille einiger Bevölkerungsführer in Irak nach dem Gohome der Amis nicht geleugnet werden kann, IST DER GRUND für den ungehinderten Aufmarsch sowohl der für die der Moslemischen Bevölkerung Syriens völlig unverständlichen, so weit man den der "Rebellen"-Front hörigen BRD-Medien glauben will: MoslemischFundamentalistischen GreueltatenMiliz/AtrocitiesMiliz, als auch der Grund für den Aufmarsch der vom Westlichen Kriegsbündnis als systematisch Polizisten abknallender GreueltatenMiliz/AtrocitiesMiliz ganz und gar nicht genannten sondern verniedlicht "Rebellen" genannten Terroristen in Syrien. Der Katalysator für KriegsEskalation in Syrien ist also nicht der Kriegswille der sogenannten "Rebellen" sondern sind die BRDMedien der sogenannten "Rebellen". Denn hätten die WestKriegsStaaten etwas gegen Eskalation tun wollen, dann hätten es die WestKriegsStaaten getan.
Syrien zu stützen und zu bewahren vor Eroberung ?
Ich beziehe hier Stellung FÜR Syrien und NICHT GEGEN Syrien, weil Stellung GEGEN Syrien bereits seit 2009 die WestKriegsStaatenAchse der BRD bezogen hat und es somit mEs nicht unbedingt noch zusätzlicher BRDKriegshetze bedarf.
Daß eine Syrische Polizisten Ermordende Guerilla Terroristen genannt wird, ist für die Kriegsführenden WestMedien verständlicherweise völlig unverständlich. Die WestMedien bemühten sich unablässig, ein ganz anderes Bild eines Terrorismus in Syrien aufzubauen und bauten dafür im Irak eine in Irak und teilweise bis nach Syrien hinein aktive angeblich Zivile Christen mordende Miliz in den WestMedien auf, eine angeblich scheinbar ausnahmslos auf Greueltaten spezialisierte Miliz, die den WestMedien gemäß angeblich das einzige Terroristische in Syrien sei, was es zu besiegen gäbe, wenn man schon nicht gegen Assad richtig dh offiziell kämpfen wolle, obwohl die BRDMedien unisono mit den Restlichen WestMedien stets bemüht waren, wie den UdSSRStaat von 1917 Lenin bis 1989 Gorbachow das AssadSystem hinzustellen als StaatsTerrorismus gegen ein nach Demokratisierung dürstendes Volk.
Zum schockierenden WestEuropäischen SyrienKrieg, den in WestMedien sogenannten "Syrischen Bürgerkrieg" bekunden die "BRD"Menschenmassen bzw WestEuropas Menschenmassen seltene Einstimmigkeit in der Verurteilung dieser Zivile Christen mordenden Terrorismus-Miliz und Rechtfertigen gleichzeitig den grenzenlosen Krieg der Weststaaten gegen diese speziell in den WestMedien aufgebeaute Miliz, was somit die Präsenz aller Militärs dieser WestStaaten rechtfertigen soll, wobei man dann nur noch auf eine noch weitere "Brutkastenlüge" zu warten braucht, wofür Amnesty

International sicherlich auch jetzt zur Verfügung steht, die Brutkästen in Kuwait sind ja schon so lange her, hat ja schon jeder Vergessen hoffentlich, und wenn nicht ist auch egal, sondern man muß nur Fakten schaffen wie die Brutkastenlüge Unrecht zu Recht machte, im grunde ist das Virtuelle WestEuropäische MedienProdukt des "Syrischen Bürgerkrieges" bereits der neue BrutkastenlügeStartschuß gewesen, nichts kann die AntiAssadWestEuropäischenKriegsStaaten aufhalten; Die indes mit der "Jüdischen Entity" in Palästina in BlutsBrüderschaft verbundenen "BRD"RegierungsChargen und "BRD"BlockParteien SPD CDU CSU FDP jubeln über die durch diesen Erfolg zu erwartenden Rüstungsaufträge, denn der sogenannte "Syrische Bürgerkrieg" könnte dann jetzt erst noch richtig losgehen: Wen in den BlockParteien und RegierungsChargen im Westberliner Reichstag und in der BRD jucken die KriegsOpfer im permanenten WestEuropäischen SyrienKrieg und eine auf eine neue und zwar noch bessere! Brutkastenlüge wartende permanente dh - vgl Jüdische Entity in Libanon - voraussichtlich auf lange Frist noch viele Jahre und zwar Jahrzehnte! dauernde Besetzung Syriens durch Truppen der WestEuropäischen KolonialMächte und deren Verbündeten namens Türkei, SaudiArabien und vielen anderen mehr?, niemanden! Ganz im Gegenteil, diese Opfer = die von den WestMedien ungezählten Ermordeten Syrischen Polizisten sowie für Syrien Kämpfende Staatliche Soldaten sowie Zivile Syrische Bevölkerung inklusive Ziviler Christen! und der sich weiter verschärfende langfristige Bürgerkrieg mit langfristiger TürkeiSaudiArabienWestEuropäischeBündnisPartnerBesetzung des Syrischen Territoriums waren mEs gewollt und im voraus langfristig geplant und diese Pläne erfolgreich erfüllt worden, Vielen Dank WestEuropäische Kapitalistische Waffenbrüder der Terroristen in Syrien 2010-2016. Dementgegen erklären der Weltöffentlichkeit die Kriegführenden WestStaaten ihren guten Willen, welch geschundenes "Wort", wie sehr hat der BRD"Top"AuslandsSpion Scholl-Latour diesen Begriff lächerlich gemacht nämlich zu einer Legitimierung hin überstrapaziert auf deutsch heißt das: mißbraucht: dh Lasse man die Jüdischen Terroristen im Nahen Osten durch Jüdischen Krieg "Fakten" schaffen, und lasse man hinterher irgendwelche Philosophen die "Menschen guten Willens" beschwören, die aus dem Nichts wieder etwas aufbauen sollen und wollen. Sehr schön nicht wahr, wer sollte dagegen auch etwas einzuwenden haben?!, insgesamt ist es aber Legitimierung dh BeRechtigung des zuvor und erfolgreich mit einem KriegsSieg durchgeführten Terroristischen Kriegs zB der Jüdischen Entity vor/ zur und nach Gründung des "Israel"-Staates bis und nach Beginn des

SechsTageKrieges bis Ausschaltung Ägyptens dh Nassers, ein Mann im besten Mannesalter, der im Heißen Krieg Jüdische Entity gegen Ägypten gemäß der uns Wessis vertrauten "BRD"Medien angeblich an Altersschwäche starb; beerbt "zufällig" vom "Israel"Treuen Sadat, der augenblicklich das Gesamte Werk des Großen Rais Gamal Abdel Nassers zunichtemachte zum Jubel der WestEuropäischen KolonialStaaten "BRD", Frankreich, England.

Die Medien: dh die GeheimdiensteAchse der gegen Syrien Krieg führenden USA, Frankreich, GroßBritannien und der noch nicht in Combat dh in Einsatz aktiven BRDSoldaten repräsentierenden BRDMedien

sprechen insgesamt bereits aus der Warte des gegen Assad gewonnen Krieges, 1. weil der Sieg unabwendbar ist, 2. weil alle diese Medien und dh alle in diesen Medien angestellten Skribenten wollen, daß dieser Sieg unabwendbar ist. Infolgedessen wird in diesen Medien so getan, als ob die aus Syrien vor dem von den AchseMächten angezettelten Krieg flüchtenden "FlüchtlingsMassen" VOR ASSAD flüchten würden, allen Ernstes sprechen so heute 2016 die durchschnitts"BRD"Bürger beim Interview. In einer konzertierten Aktion, dh in einer orchestrierten, dh in einer von vorherein bis ins letzte abgesprochenen durch alle beteiligten KriegsAchsenmächte abgesegneten MedienPolitik ist dies 2015 möglich gewesen genauso wie 1974-2004 eine in der BRD, Israel, USA usw in einer konzertierten Aktion, dh in einer orchestrierten durch alle beteiligten KriegsAchsenmächte nämlich Terroristische Phalange und Israel in den Occupied Territories des Libanon abgesegnete MedienPolitik für einen Libanon ohne Krieg durch ein Politisches System eines Libanon mit Krieg bzw mit den bisherigen unveränderten GewaltenVerteilungen; weitergeführt bedeutet das, daß zum Großteil dieselben "Israel"Treuen Verbrecher und zwar ungesühnt, ausgenommen die LippenbekenntnisAusnahme des einen oder anderen, der quasi stellvertretend für die gesamten "Israelisch"Maronitischen WendehalsTerroristen Jahre im gefängnis zu büßen hatte, sowie mit Ausnahme derjenigen unzähligen "Israel"Treuen Verbrecher (zB SLA) seit Ende des Bürgerkrieges und Seit Verlassen des letzten Israelischen Soldaten der Occupied Territories des Libanon in der Politik wieder oder neuerdings unter dem Mantel der sogenannten IN ANFÜHRUNGSSTRICHEN"Demokratie"ANFÜHRUNGSSTRICHENDE zB unter der sogenannten "Cedar" Revolution und somit unter Hariri bis 2005 das Sagen hatten, auch wenn sich mit dem JüdischLibanesischen Krieg Sommer 2006 laut Augustus Richard Norton seitdem Libanon als "Feind"

"Israels" gebärdet.
-
"Jüdische Entity" siehe:
Möllemann, Norton, Münkler, Al-Jazeera, Kasselfriedensratschlag;
-
Der alleinige Zweck ist, sich die Unrechtspositionen, die man sich wie der Name schon sagt durch Unrecht erworben hat, zu einem Gewohnheitsrecht zu ersitzen, so daß zB aus einem Unrechtmäßigen LandBesitz eines Jüdischen Volkes am Ende der Englischen KolonialEpoche 1945 in Palästina 1990 bereits über 2,25 Generationen a 20 Jahre ein über 45 Jahre ersessenes Gewohnheitsrecht geworden ist, womit, was bezüglich eines seit 600 N.Chr. dh circa 1400Jahre alten Islamischer Bevölkerung eigenen Al Kuds/Palästina genauso wie im übrigen auch 700Jahre Deutsche Bevölkerung in Schlesien (heute Territorial zu 90% in Besitz Polens) dieselben Anwälte an anderer Stelle verurteilen, dieselben Anwälte jedoch hier in Al Kuds und Palästina aus Unrecht zu Recht erklären.
TopBRDSpion SchollLatour hat besonders in jenen Kriegsgebieten, die dem BRDKapitalismus und dem USKapitalismus und dem IsraelKapitalismus seit jeher so wichtig waren, den Begriff "alle Menschen, die guten Willens sind" in den 1980ern und 1990ern usw aufgewärmt, ein Begriff, mit dem TerroristenMächte wie Israel, USA usw seit jeher das durch Unrecht erworbene Gewohnheitsrecht als Recht an Landbesitz an Ländern und Territorien "ersessen" haben, Gewohnheitsrecht dh durch Zeitdauer Ersitzen eines Gewohnheitsrechtes siehe zB Israelische Entity bis heute 2015 im Bemühen, einen Staat mit einer DaseinsBerechtigung zu schaffen.
Sabra Chatila ist Abschlachten von Kriegsgefangenen.
Wo gerne über Moslemische und Christliche Persönlichkeiten auf der Front gegen Libanons Phalange und Israel in Lebensbeschreibungen in der Zensurwikipedia von Terroristen gesprochen wird, so ist es lächerlich, die der Terroristischen Phalange zugehörigen Maronitischen Christen NICHT Terroristen zu nennen siehe zB Bachir Gemayel, der Christ, der von dem Christ Chartouni ermordet wurde, Begin sagt: "Da ermordet ein Nicht-Jude einen Nicht-Juden, das geht uns "Israelis" ja nichts an", nee das sagt Begin ja gar nicht, oder doch?, wie zu Shatila Begin ein paar Tage später sagt:"Da ermorden Nicht-Juden Nicht-Juden, das geht uns "Israelis" ja nichts an"; Bashir Gemayel als Chef der 50% der Maronitischen Christen im Libanon, der seinen Politischen Gegner Toni Frangiyeh in einer von Israel orchestrierten und kontrollierten 100%ig sicheren Lösung mittels 1.200 Soldaten ermordete, Frangieh, den Chef der übrigen 50% der Maronitischen

Christen im Libanon 1978, das war in der Friedenszeit von Jimmy Carter, von dem Terroristen Bachir Gemayel hörte man in der "BRD" zu dieser Zeit nichts in Westberliner Medien, stattdessen eine 100%ige Parteiischkeit für alles, was Israel irgendwie gutheißen würde. In einer inmitten des Libanesischen Bürgerkrieges samt einer von Israel durchgeführten Besetzung der Occupied Territories in Libanon durchgeführten ScheinWahl eines "Libanesischen" Staatschefs im August 1982 ist Gemayel der IN ANFÜHRUNGSSTRICHEN"Sieger"ANFÜHRUNGSSTRICHE ENDE, indes die Mehrheit der
aus 17-20 unterschiedlichen Völkern bzw Sekten bestehenden Bevölkerung boykottiert diese ScheinWahl. Bis auf den heutigen Tag wird diese Wahl als eine ordnungsgemäße Wahl in den BRDZensurMedien und in den FrankreichZensurMedien gehandelt, bedenke man: Bachir Gemayel, ein PalästinenserHasser, IslamHasser und MoslemsHasser und DER WunschVermittler zwischen den ScheinResten einer Regierung des Staates Libanon und USA/"Israel"! Jeder dieser 3 Nicht-Moslemischen Partner konnte die Verantwortung jeweils auf die 2 anderen abwälzen mit der Feststellung: Wir alleine tragen ja für nichts die Verantwortung, die Schuld haben die 2 anderen. Wir sehen das Splitting des Jüdischen "Israelischen" Terrorismus und des Christlichen Terrorismus, die komischerweise alle 3 die Gewinner sind. Wir haben in den letzten 50 Jahren gesehen, daß diese Verbindung verhängnisvoll dh fatal für die Security im Nahen Osten war, und vor allem : mörderisch als das Gegenteil von dem was man Selbstbestimmung und RechtsStaat nennt.
Somit ist klar, daß Gemayel NICHT das Libenesische Volk repräsentierte. Der gesamte TerroristenApparat des IsraelVerbündeten BachirGemayelClans ist niemals zur Verantwortung gezogen worden.
Wohl konnten fast alle diese Maronitischen PhalangeTerroristen in Israel Politisches Asyl bekommen 2000 siehe zB SLA, und die wenigen, die blieben, mußten für die Verbrechen büßen und gelten dem Staat Libanon doch nur als Lippenbekenntnisse, wie zB Samir Geagea.
Eine völlig illusorische GesamtAmnestie für jeweils einen Teil aller 17-20Völker/SektenMilizen, die jemals irgendetwas für Gemayel/"Israel gemacht hatten, was man als SchwerVerbrechen und Greueltaten hätte bezeichnen können, hat seit 1990 die verschiedensten Terroristen dh Verbrecher, die zu dieser Zeit noch 100% unter Immunität und Schutz standen wie Eli Hobeika, in Politische Posten des Neuen Libanon gehoben. Strittig, ob diese Amnestie nicht noch viel mehr Gewalt gefördert hat als ohne Amnestie; kurz:

Der mEs schuldige Maronitische Terroristische Bevölkerungsanteil blieb vollkommen verschont. Heute jedoch in Syrien ist Gemayel vollkommen egal, weil der Kriegsansatz für die Anzettelung eines Israel schützenden Krieges auf das Modernste verändert wurde: Die AnzettelStaaten sind nicht BachirGemayel und Israel sondern es sind höchstoffiziell - Teuflisch ist zur Weihnachtszeit und zwischen den Jahren, daß die in Syrien gegen Syrien Krieg führenden BRD, Frankreich, UK, USA so tun, als ob sie nicht Krieg führen; stattdessen Anklage gegen Iran wegen Rüstungsindustrie wiedermal wie so oft seit Befreiung vom Kolonialismus durch Khomeini 1979 bis 2015 - die Staaten USA, Großbritannien, Frankreich, die in Syrien die USischen, die Großbritannischen und die Französischen Grenzen schützen. Nicht offiziell. Sondern die kämpfen und zwar am offiziellsten nur gegen eine entsprechend TV- und InternetWestKriegsMedien Christliche Zivilisten mordende Irakische und auch in Syrien aktive TerrorMiliz, die durchaus den genannten WestMächten völlig bekannt ist, und die diese Westmächte sofort und vollständig ausrotten könnten, wenn diese TerrorMiliz nicht so günstig wäre: Schließlich hat diese TerrorMiliz die größten Gründe geliefert, daß die genannten WestMächte in Syrien einmarschiert sind. Daß andere Terroristen Syrische Polizisten ermorden, was dann die WestMedien mit Robin Hood vergleichbare "Rebellen" nennt, ein dolles Kompliment für einen Terroristen, konnte lange Zeit die ZensurMedien dieser WestMächte nicht befriedigen, weil das Kontra der eigenen Bevölkerungen zu groß und somit zu wenig kalkulierbar galt. Deswegen muß diese Zivile Christen mordende TerrorMiliz, so sehr diese genannten WestMächte an der Auslöschung der Syrischen Regierung bzw des Syrischen Systems dh des heutigen Syrischen Staates interessiert sind, als unentbehrlich und höchst beliebt gelten. In den besagten WestMächten wird zudem so getan, als würden diese besagten Staaten in der Heimat also in Washington London Paris NICHT IM KRIEG SEIN. Nicht daß die Geheimdienste dieser besagten WestStaaten nichts weiter obendrauf setzen könnten: Nein, sondern das MilitärBündnis Großbritannien/Frankreich/USA forciert eine Rekrutierung der in Irak und Syrien Christen mordenden TerrorMiliz unter den Staatsbürgern dieser WestStaaten, Staatsbürger, die ins IrakSyrienKriegsgebiet reisen und von dort Massenmord importieren (Frankreich). Nun wird das Gesamte Französische Volk vermutlich fordern, diese TerrorMiliz in Syrien auszulöschen. Genau das wollten die gegen Syrien kriegführenden Militärs der BRDNatoAntiAssadAchse, denn somit gibt es einen Vorwand, nach Syrien einzumarschieren. Merkel und die KriegsLustigen der BRD jubeln Hurra nach dem massenmord in Paris, endlich gehts mit der Luftwaffe ab nach

111

Syrien!

Nach der Sonnabendschicht so 15 16 Uhr ist tatsächlich wohl zu Verabschiedung des die Woche neuhergestellten Waggons Eisenbahntuuten so was romantisches habe ich noch nicht mal im Westen erlebt Mutter wäre begeistert ich bin begeistert, Mutter ist bestimmt auch begeistert Grüß dich Mutter! Ich winke zum Himmel hoch
beschwerlich=mühsam mühsählich
Ganz sicherlich ist festzuhalten, daß mein eigener Geschmack, also mein persönlicher WunschSieger beim Boxen ab 1970 immer der Gegner von Cassius Clay Muhammad Ali war; kein Zweifel, daß ich mich an Mutter orientierte und an etwa 50% der GrundschulklassenMitschülerinnen und – Mitschüler, die auch immer gegen Muhammad Ali Cassius Clay gehalten haben. Mutter hat immer Cassius Clay gesagt, und niemals Muhammad Ali, daß ich das jemals in meinem Leben gehört hätte. Und je mehr ich in der BoxErfahrungNachfolgeZeit also ab inklusive 1977 bis heute in SekundärLiteratur gelesen habe, desto mehr bestätigte sich, daß Muhammad Ali vor allem ein Großmaul war und nichts dahinter, bzw Reine Korruption als der ausschlaggebende Grund, wie Muhammad Ali jeweils zu irgendwelchen Siegen kam. Der FantomPansch, der wie prima dokumentiert schon sofort bei der LiveÜbertragung 25.Mai1965 in den ZeitlupeWiederholungen als Betrug enttarnt wurde, genießt doch bei all der Betrug zu WahrheitFälschung, wie das die Welt von USA stets gewöhnt ist also auch bei dem FantomPansch und Muhammad Ali`s FantomPanschBetrug bis nach seinem KarriereEnde gegen Berbick 1981, selbst heute in Zensurwikipedia 2015 eine lächerlichen Schutz und Aufrechterhaltung der Preisung dieses Betrugs als Wahrheit, wo doch dargestellt wird, daß Muhammad Ali´s Fantompansch durchaus mit allen regeln der Kunst aus einem allerkräftigsten Stand heraus geschlagen wurde, wodurch sich diese Wahrheit beweise. Nun gut. Man darf aber den Satz nicht zu ende denken, denn jeder Schlag, der angeblich eine Wirkung haben soll, muß sichtbar beim Gegner einschlagen und zwar um so deutlicher, als der schlagende Muhammad Ali die Graft seines gesamten Oberkörpers gegen den Gegner Liston wirken läßt; was aber gar nicht der Fall ist, denn Muhammad Ali tipst den Liston nur an, und die komplette Erschlaffung Listons im Augenblick dieses Schlages, der zumal von jemandem im Publikum mit zwei deutlichen Rufen als Mitte der Kampfrunde angekündigt wurde, damit Liston bescheid weiß, lernt jeder 17jährige Schauspielstudent im Ersten Semester; Liston in Interview Jahre später sagt, das ListonKo gegen Muhammad Ali

war Listons Reine Schauspielerei. Jetzt könnte dadurch eine MuhammadAliMedienMacht zB der Staat "USA", der im ungebremsten USVölkermord1965/1975EroberungsKriegFeldzug in IndoChina eine Enterntainmemnt Persönlichkeit Muhammad Ali erst noch überhaupt aufbauen will zB für den 1971 JoeFrazierKampf, daß der Staat USA Mittel und Wege findet, den nach dem 1964 USischen erfolgreichen TerrorAttentat auf MalcolmX trotz gehorsamem KoBetrug Listons 1965 unbequem gewordenen Liston zu beseitigen, und zwar der im Boxen sehr aktiv ist und viele WeltklasseBoxer als Gegner hat und so erfolgreich wird, daß ein erfolgreiches Comeback sehr wahrscheinlich wird, der jedoch den Mai1965Betrug nicht öffentlich machen darf, und deswegen wird Liston 1970 gestorben. Dieser Zusammenhang 1971 ist zwar nichts Neues und vielmehr einfach Typisch für die AntiMuhammadAliPublikumsHälfte in der Welt des Boxsports, jedoch der Zeitpunkt des Interviews Listons ist entscheidend und zwar etwa 1968/1969, als Liston an der Spitze des USBoxens keine Rolle mehr spielen sollte: Bei der Gelegenheit würde nämlich Liston immer mehr in Selbstanklage über seinen Betrug reden können. Deswegen ist Liston gestorben worden. Kaum anzunehmen, daß eine so wichtige Persönlichkeit wie Liston der USStasi egal gewesen wäre. Mark Kram/Sports Illustrated Journalist sagt, Liston habe ihm seine/dh Liston´s Angst vor den "Muslims" dh Liston´s Angst vor der Nation of Islam von Muhammad Ali, Liston´s völliges Desinteresse an einem Kampf gegen Muhammad Ali und, daß Liston überhaupt keinen Schlag von Muhammad Ali bekommen hatte und somit der KoSchlag vollkommen gelogen und das KoGehen Listons vollkommen dh erfolgreich geschauspielert gewesen ist, gestanden in Interview Jahre! nach dem 1965Kampf. Nach der Niederlage Mai 1965 pausiert Liston 1 Jahr und beginnt dann wieder stetig, wichtige zahlreiche erfolgreiche Boxkämpfe zu machen; dh das Interview erfolgt mitten in der Phase eines offensichtlich unaufhaltsamen Comebacks. Somit wird sogar verständlich, daß die Nation of Islam Muhammad Alis nicht etwa gegen USA sondern für USA kämpfte angesichts des AntiReligiösen Gamal Abdel Nasser und angesichts eines MalcolmX, den USA mit einem TerrorAnschlag zu beseitigen trachtete, in dem ZensurMedienKampf zusammen mit der USStasi gegen MalcolmX stand und selbstverständlich gegen Gamal Abdel Nasser und selbstverständlich für Muhammad Ali und selbstverständlich gegen Liston. Wir sehen: Mit Sport hat der als WeltmeisterKämpfe verkaufte USBoxsport von 1964 bis zum Abgang Muhammad Ali´s durch Berbick 1981 nichts zu tun. Ich weiß noch alle Kämpfe in meinen Grundschulklassen 1-4 1970-1975 und was ich aber nicht

im Internet gefunden habe sondern nur aus der Erinnerung kenne: am deutlichsten Kinshasa: Die großen kräftigen Kolosse kämpfen wie in Zeitlupe, es ist für mich, wie wenn es gestern gewesen wäre, wie ich und die ganzen Kinder meiner Schulklasse diese Kämpfe und natürlich auch diesen Kampf sahen, alle Kinder immer 50/50 für und gegen Muhammad Ali; Foreman schreibt im internet, daß sein bestochener Trainer ihn mit Drogen ruhiggestellt hatte, so daß er keine Chance hatte. zu Muhammad Ali 36jährig direkt nach den zwei Kämpfen gegen Leon Spinks 1. verloren 2. gewonnen bei Erklärung des Rücktritts 15.September 1978 schreibt BRDZensurwikipedia 2015, daß aufgrund Parkinson schon Undeutlichwerdung der Aussprache
Dh: Joe Frazier, Ken Norton und George Foreman, die alle vor Muhammad Ali´s 15.September 1978Rücktritt zurückgetreten waren, haben früh genug zurücktreten können, während Muhammad Ali von körperlichen Schäden gezeichnet war durch die Niederlagen gegen Ken Norton Alis Kieferbruch 1973, Joe Frazier 1971, und durch die Kämpfe gegen George Foreman 1974 in Kinshasa im Stade du 20 Mai, Zaire, und durch schwere Körperverletzung aber vor allem durch Ken Norton 1976 unmittelbar danach macht sich eine schwere Hirnverletzung Parkinson bemerkbar, und vor allem durch Joe Frazier KnockDowns Runde 5 und 10 im von Frazier verlorenen Kampf in Philippinen 1.Oktober 1975 zu Beginn der 5.Klasse nach kaum 4Wochen Schule an der auch durch uns neu eingeweihten neugebauten Schule, Frazier und Muhammad Ali haben am Ende dieses Kampfes beide Kreislaufzusammenbruch. 15.Juni 1976 FrazierForeman also zum Ende der 5.Schulklasse, das haben wir schon nicht mehr geguckt, das war schon kein Thema mehr.
zur Thematik heute 2015: Görlitz/Zgorzelec Normale Polnische Kriminalität Raubüberfälle Diebstähle noch und nöcher , zu diesen Katastrophalen Zuständen ein noch besseres Beispiel= Optimales Beispiel=ParkenVerbotsBußgelder in Görlitz/BRD ein und derselbe Parkplatz PKW mit Mensch mit BRD-Personalausweis kriegt BußGeldStrafe, derselbe in Görlitz/BRD Parkplatz PKW mit Mensch mit Polen-Personalausweis kriegt keine BußGeldStrafe="Norm!"
, und die PolizeiOberBürokraten behindern den Polizisten in der Verbrechensbekämpfung und die PolizeiOberBürokraten difteln über die Bürokratie, und ob man nicht Polizei eher abschaffen sollte, früher gings doch auch ohne.
mein geistiges Eigentum ist meine hier folgende Verballhornung einer falschverstandenen Internationalen Zusammenarbeit von Behörden

verschiedener Staaten:
AuftaktSuperPassageMusik ReißerischeJamesBondVerarschung wie Briggs das Aß der Abwehr=Aufspann, dann plötzlich ruhige Situation in Görlitz/ZgorzelecPolizeiSonderEinheit "Inverpool" Büro 1Sekunde Nahaufnahme sich am Stühlchen festhaltende ernst sachlich sprechende Person 1:"Wir kommen da einfach nicht weiter. Die Oberste Instanz ! Soll doch DIE entscheiden!"
1Sekunde Nahaufnahme ernst sachlich sprechend Person 2:"
Das ist doch keine Sache für Scotland Yard,.., und auch nicht für "M I 5" ..
We do not know yet, if the BruxellesStraßburgEuroParkgebührenVerordnung is European after all!"
Alle 2 Personen im Büro überlegen stille
..
danne:
sich mehr denn je am Stühlchen festhaltende ernst sachlich sprechende Person 1:"We do not know yet, if Inverpool is European after all!"
Ende Szene FilmEnde selber Augenblick Reißerischer Ansagersprecher famos:"Inverpool!"
Diese eine Ganze SerienFolge hat Dauer von kaum 10Sekunden
Augenblicklich folgend die Reißerische AufspannMusik als AbspannMusik
dh: Wieder die ReißerischeMusik, und Film-Abspann
Das Begeisterungswürdige an der GreatBritainkarte ist, daß keinerlei Hinweis auf irgendwelche ErdölErdgasAbbauStellen und für die ArbeiterMassen entsprechende Commuting Services VerkehrsTransport Linien oder -häfen eingezeichnet sind außer ganz selten Flugplätze, die aber auch nichts mit Erdgas oder Erdöl zu tun haben brauchen.
Idee: zu Schillers Schindludertreiben äh SpottTreiben mit dem Sonntag:
Görlitz und Zgorzelec müßten jetzt 2015/2016 zusammen einen VerkaufsGeschlossenen Sonntag vereinbaren einmal im Jahr oder so bezüglich mit dem Sonntag Spott treiben, was die Polen mit Geschäften offen am Sonntag etc machen geht mich nichts an, aber daß meine Stadt Görlitz/BRD den Verkaufsgeschlossenen Sonntag zum Verkaufsoffenen Sonntag/Feiertag macht, finde ich als "BRD"Bürger in Görlitz unsäglich und widersinnig, und somit geht das mich etwas an: daß meine Stadt Görlitz/BRD den Verkaufsgeschlossenen Sonntag zum Verkaufsoffenen Sonntag/Feiertag macht, ist ein Akt der Willkür gegen die 20% Christliche Bevölkerung und ein Akt der Willkür gegen die 80% Religionslose Bevölkerung, denn auch die Religionslose Bevölkerung braucht 1 freien Tag in der Woche!, ebenso ist verkaufsoffenener Sonntag ein Akt gegen Moslemische Bevölkerung, weil

auch Moslemische Bevölkerung 1 freien Tag in der Woche braucht und illusorisch ist, der Moslemischen Bevölkerung in Görlitz zu sagen: macht doch den Freitag zum Sonntag, wenn doch in Görlitz und in der BRD dann deswegen nicht am Sonntag alle Ämter und alle Geschäfte geöffnet haben. Wir deutsch"BRD"ischen Görlitzer kennen das: Verkaufsoffener Sonntag in Görlitz/"BRD" ist zur Institution geworden; mEs eine Schande! Gegenüber der arbeitenden Bevölkerung sowie gegenüber der Minderheit von nicht mehr als 20% der Görlitzer Bevölkerung, die sich als Kirchensteuerzahlende Bevölkerung als Mitglieder der Christlichen Kirchen ausweisen, mEs eine Schande!Denn mEs Verkaufsoffener Sonntag ist mit dem Sonntag Spott treiben. Deswegen mein Vorschlag: Wenigstens EINMAL IM JAHR, wo die Bevölkerung der EUROPASTADT ZGORZELECGÖRLITZ mit dem Sonntag NICHT Spott treibt. Ansonsten ein weiterer Beweis, daß Görlitz NICHT EuropaStadt sondern EUROSTADT ist. Bleibt das so, dann bleibt die SCHANDE.

Zu Abraham Lincoln als Vorkämpfer für die ProletarierMassen des Südens, die besser die leeren Fabriken des Nordens bevölkern sollen, wodurch die vom Süden ausgebeuteten ProletarierMassen zu vom Norden ausgebeuteten ProletarierMassen werden sollen 1865. Wohlbemerkt, diese meine These in VorlesungsSeminarWortmeldung lehnte 1985 in Frankfurt/Main/"BRD" Professor Kühnel streng und wütend ab, das sei völliger Unsinn. Vielmehr mit Bezug auf Trollope 1829 ist USA so, daß normal ist, daß sowohl der Süden wie auch der Norden sich Afrikanische sprich "Schwarze" ausgebeutete ProletarierMassen halten und der Norden NordUSAmerikanischeSklaven an die SüdUSAmerikanische Sklavenhaltergesellschaft verkaufen.

Ich war immer gegen Muhammad Ali. Ich nahm verwundert wahr, wie es bei der Hälfte meiner Klassenkameradinnen und Klassenkameraden sowie bei allen meinen 3 älteren Geschwistern und deren gleichaltrigen Freunden und Bekannten Mode geworden war, für Ali und nicht für die Gegner von Ali zu halten; das MuhammadAliPolicyLobbyManagement nahm ich gleich während dieser Live miterlebten BestechungsSchande von gekauften Muhammad AliGewinnen in dieser ersten ernüchternden Bestechungsphase 1971-1975 wahr: ein ganz komisches funktionierendes Entertainment mit sehr viel Korruption immer und auschließlich gegen die Gegner von Muhammad Ali.

George Foreman ist mEs besser als Muhammad Ali.
Ein mEs so guter Boxer George Foreman auch ist, so muß mEs festgestellt werden=

Mandatory EightCount: George Foreman hat seinen HeavyWeightTitel von Januar 1973 bei der HeavyWeightTitelVerteidigung JoeFraziers aber auch geschenkt bekommen, weil im Vergleich zu allen anderen Boxern.mp4Boxfights, die ich gesehen habe, mittels eines bestochenen Zeitnehmers und mittels eines bestochenen Schiedrichters wie sollte es anders sein?, im gesamten Kampf alle Mandatory EightCounts gegen Joe Frazier falsch gewesen sind : nämlich nicht nur einige nämlich (siehe Dempsey/Tunney 1923 bzw die Grundregel 4Sekunden, um den Boxer, der den Knockdown verursachte, in dessen eigene Ecke zu bringen, und spätestens dann mit 1 beginnend den KoCountDown zu beginnen; somit wurden für Demsey gegen Tunney nicht 10Sekunden sondern 14 Sekunden, bis das KO offiziell war) mögliche4Sekunden nach BeginnvonKnockDownBodenberührung plus 8Sekunden, und auch nicht nach BeginnvonKnockDownBodenberührung plus 8Sekunden, sondern nach BeginnvonKnockDownBodenberührung plus deutlich weniger als 8Sekunden dh 7Sekunden und möglicherweise noch weniger, das WiederholPflichtLabern des Reporters ändert daran nichts.

Meine Erinnerung an mein Heimatland "BRD":
Universitäts-Klinikum Alt-BRD: Hessen Frankfurt/Main 1994: Verdacht auf TBC dh Untersuchung und zwar: Stationär dh über mindestens 1Woche oder mehr im! UniversitätsKrankenhaus, ob oder ob nicht TBC, Unterbringung in 8BettenKrankenZimmer Anweisung: Bei "Verdacht auf TBC" ist Atemschutzmaske "für Besucher" "Nicht Notwendig". Vorherige Info sagt vom Hausarzt sagt dasgleich aber zusätzlich: Vorsicht vor "Offener TBC"! denn: "Offene TBC" ist über Husten "schwer ansteckend" deswegen Atemschutzmaske unentbehrlich dh Pflicht, ... Nun, Sonntags 15Uhr Krankenbesuch in der "Abteilung Verdacht auf TBC", Besucher ohne Atemschutzmaske normal, weiß man ja. So war es dann 15.30Uhr sehr verwunderlich, plötzlich in diesem 1 und demselben Krankzimmer viele für einige Patienten eintreffende Besucher und Besucherinnen im vollen SonntagsStaat in voller Montur in SchniegelJacket bzw im SchniegelSonntagsKostüm und zwar alle mit Atemschutzmasken reinkommen zu sehen; da denkt man entweder sind wir oder sind die in der falschen Abteilung. Da informiert man uns, daß alle Patienten, die nachgewiesenermaßen Offene TBC haben, im selben Krankenzimmer untergebracht sind wie diejenigen Patienten, die nur "Verdacht auf TBC" haben, ich wunderte mich schon über das viele Husten, Spucken und Röcheln einiger Patienten, sowie über die abgestandene Luft. Sieh an!, So wurde nun klar, daß NichtTBC- bzw NochNichtTBCPatienten zu TBCPatienten gemacht

werden konnten auf diese Art und Weise in SüdHessen/Alt-BRD/Frankfurt/Main.
JoeFrazier/GeorgeForeman 22.Januar1973: Zumal: Nach dem Knockdown rettet das RundenEnde den Frazier. Nun hat aber jemand Fraziers Stuhl gestohlen, der Betreuer hält den fast bewußtlosen Frazier im Arm, bis sich nach erst einigen Sekunden, wo Frazier längst vor Schwäche zusammensacken will, Fraziers Stuhl findet. Derjenige, der Fraziers Stuhl in diesem Moment gestohlen hat, hat sicher mindestens 10.000Dollar bekommen, denn diese unermeßliche zusätzliche Anstrengung hat großen Anteil an Foremans folgenden KoSieg. Anstatt daß der in seiner Ecke wieder auf die Füße gekommene und von seinem Betreuer/seinen betreuern umgebene Frazier sofort bei RundenEndenGlocke auf seinem Stuhl zusammensacken und sich erholen könnte, dauert es 10!Sekunden, bis sich sein Stuhl unter seinem Arsch eingefunden hat! Deutlicher geht Korruption nicht.
Alle Gegner von Muhammad Ali fanden wir toll, einige Jungen und ich und noch viele andere dh 50% der Jungen und 50% der Mädchen in unserer Grundschulklassen1-4 1970-1974 Die anderen 50% hielten immer für Muhammad Ali. Amüsant ist, daß diejenigen, die gegen Muhammad Ali wie ich immer für Frazier hielten, alle Katholisch waren und auch alle immer gegen Eintracht Frankfurt im Fußball und dh für Bayern München hielten. Diejenigen, die für Muhammad Ali hielten, waren immer Evangelisch und hielten im Fußball auch immer für die heimische Eintracht Frankfurt gegen Bayern München. Somit waren die Jungen immer deutlich in zwei sich gegeneinander bekämpfende Gruppen getrennt: dh Die Katholiken und die Evangelischen. Und mir scheint es, dies war bei den Mädchen, wenn auch nicht so sehr offensichtlich, doch genauso. Und kaum zu glauben: Die Grundschulklassen 30 Leute sind tatsächlich immer 50%Evangelisch 50% Katholisch gewesen: 15 Evangelische, und 15 Katholiken.
In der 5. Klasse 1975 kam ein Marrokkaner mit ganz verfilzten schönen langen Haaren herzu, der kein Wort Deutsch sprach, und wir sprachen kein Wort Marrokanisch, und der mit jedem Streit hatte, - zum ersten Mal in unserem Leben waren wir sprachlos / hatten wir Kontakt mit einem, der noch mehr Ausländer war als einer aus dem Nachbardorf und hierbei war völlig unwichtig, daß er Moslem war und wir Atheisten waren bzw Christen, sondern wichtig war: es gab Null Kontakt zwischen ihm und uns und es gab Null Grund für Kontakt zwischen ihm und uns, wir konnten uns auch nicht ein einziges Mal zum gemeinsamen Spielen am Nachmittag verabreden, obwohl er nur vielleicht 350Meter Luftlinie von uns entfernt wohnte - , der

also auch nicht 1 Freund hatte und der nach einem Viertel- oder halben Jahr auch wieder aus der Schulklasse in der Weibelsfeldschule genommen wurde und ward nimmer gesehen.
Die Ausgewogenheit Evangelisch/Katholisch herrschte Grundschulklassen 1-4 in der Burgschule neben dem Weiher. In der 5. oder 6. Klasse änderte sich das zugunsten der Evangelischen, als mit einem Mädchen aus sonstwoher und einem Jungen aus Osnabrück zwei Evangelische dazukamen.
Oder war das neue Mädchen auch Katholisch? Bestimmt nicht: Sie war offensichtlich sitzengeblieben und offensichtlich,- man stelle sich das vor! Ein Mädel 1 Jahr älter als alle anderen -, für jeden vollkommen unnahbar und natürlich ein StreberNummer Eins wie der Katholische Klassenbeste und der Evangelische Klassenbeste, zumal sah man das neue Mädchen niemals in der Katholischen Kirche. Nun zur Ehrenrettung dieses Mädchens kann ich feststellen, daß, wo wir Schülerinnen und Schüler ja tatsächlich miteinander sprachen in jeder 5MinutenPause, von allen Schülerinnen und Schülern zum regelmäßigen Sonntäglichen Gottesdienst hoch geschätzt 1- 5 von 30 gingen. Das dazu, wenn ein mensch sagt, daß wir "BRD"ler im RheinMainGebiet in der "BRD" in den frühen 1970ern ja selbstverständlich in die Kirche gehende Christen waren, das Gegenteil ist wahr! Wir waren selbstverständlich NICHT in die Kirche gehende "Christen"; Ausnahmen bestätigen die Regel, aber Ausnahmen zählen nicht.
Es ist erstaunlich, daß sich unsere Begeisterung für Fußball und die noch viel größere Begeisterung für JoeFrazierKenNortonGeorgeForemanMuhammadAliBoxen absolut in den Grundschulklassen 1-4 herrschte, dh bei mir also sogar auch in der Rheinstraße9! Daß aber genau diese BoxBegeisterung endete irgendwann in den WeibelsfeldSchuleKlassen 5. und 6., ich versuche mich zu erinnern: Ich denke, diese neue Riesige HyperModerne Schule mit einer HyperModernen Turnhalle mit Massen von Neuem zu lernenden SchulStoff und Massen von neuen zu machenden Turnübungen nahm uns einfach jede Energie fernzusehen und den Sport im Fernsehen weiterhin extrem mitzuverfolgen: Bei der Angst am Ende der 6.Klasse ab Januar 1977, wie das jetzt mit der Schule weitergehen wird, hatte man wirklich keinen EntertainmentBedarf notwendig, so daß GeorgeForemanJoeFrazierMuhammad Ali Jahreswechsel1976/1977 tatsächlich vergessen waren.
Ab September 1977 auf meiner neuen Schule 7.Klasse haben JoeFrazierGeorgeForemanKenNortonMuhammadAli niemals eine Rolle gespielt.
Mit Recht, so sehe ich es heute, ist der ProfiBoxSport gar kein Sport sondern

nur ShowEntertanment auf dergleichen Stufe wie AliceCooperWrestlingEvents, wobei ich die AliceCooperWrestlingEvents besser als das ProfiBoxEntertainment finde.
Verwunderlich in unserem so DeutschPolnischeVersöhnungsgeilenMDRKurierGörlitz, daß das Weihnachten der Orthodoxen, also der Russen in Görlitz meines Wissens nach niemals in den Medien geschweige denn der Russische Bevölkerungsanteil von Görlitz auch nur erwähnt wurde. Wenn ichs recht bedenke müßte ja 6.Januar/7.Januar 2016 das Orthodoxe NeujahrsFest 2015/2016 sein, mal sehen, ob es dazu irgendwas in unseren Regionalen BRDMedien gibt/geben wird.
Paßt in das Schema: Die GörlitzerBevölkerung 10.000e wird ignoriert Einzig wichtig sind 200Kriegsflüchtlinge aus Syrien,
und die führende Oberschicht dh die Führenden Wessis, Vorbildlicher Rassismus gegen die Einheimische Bevölkerung, das Muster seit 9.November 1989 und dem Görlitzer Ersten Wiesbadener Bürgermeister, den Görlitz je gehabt hat. Grauenhaft. Schauderhaft.
Die im Westberliner Reichstag völlig unbedeutende Partei "Piraten" wirbt mit Aufklebern "Flüchtinge willkommen" im fast NichtLeserlichen Kleingedruckten steht dabei "Piraten" seit Monaten,

- in auffallender Ähnlichkeit mit dem das keine Reaktion zeigenden Görlitz seit Jahren bis heute 2016 mittels Sehr DickSchriftiger und demgemäß Sehr Teurer Sprayung übersät habenden VON DEN GÖRLITZER BEHÖRDEN GEDULDETEN BRAUNEN ! SAC, SAM, ANTIFA-SprayTerror an mit unbegrenzten (!) Werbeflächen (!) potentiell, dh möglich - zudem vorrangig an den Denkbar Wertvollsten Werbeflächen dh Ein- und Ausgangsstraßen zwischen Görlitz Innenstadt und dem Ausland (!) Zgorzelec/Polen bzw Zittau bzw Löbau bzw Cottbus bzw Autobahn Dresden/Breslau sowie Seniorenheimen, Schulen und Kindergärten (!) - , jedem der sehr zahlreichen leerstehenden DDR-IndustrieGebäude, an jeder (!) GründerzeitHausruine sowie an jedem bewohnten GründerzeitHaus in Görlitz und jedem anderen (!) Haus in Görlitz aus der Feder der Jüdischen/Israelischen 1979er Antifa der BRD 1979, eine Jüdische/Israelische BRDantifa, die als Braune BRDErfindung die Imitierung der Attac betreibt, so als sei - zumal 2011-2016 dh gleichzeitig (!) bei von ZivilVernichtung gekennzeichneten aus dem Nahen Osten geflüchteten Kriegsflüchtlingen in Görlitz ! - der Braune AntifaZivilMassenVernichtungsJubel bezüglich der WestAlliierten Kriegsverbrechen in Deutschland im II.Weltkrieg bis 1945 als eine Sache der

Attac (!) zu verstehen ! ;Anm.d.Verf.- ,

an Verkehrsschildern in Görlitz, so, als sei "Flüchtlinge!", womit Kriegsflüchtlinge gemeint ist, nicht etwa ein Anliegen eines jeden Evangelischen oder Katholiken oder Kommunisten sondern ein Anliegen ausschließlich dieser Nicht nennenswerten Partei, unbegrenzte Werbeflächen Verkehrsschilder, so als seien alle anderen und zwar die wichtigen Parteien des SystemBlocks Die GrünenLinkeCSUCDUFDPSPD und die übrigen nicht "Piraten" wählenden Bevölkerungsmassen *Nicht* für die den Syrischen KriegsAsylanten geleistete Hilfe. Klar ist mEs, daß der Westen und mit dem Westen die "BRD" einen Krieg in Syrien hauptsächlich gegen den Syrischen Staat und nur scheinbar gegen einen von den BRD-Medien als in einigen Regionen innerhalb eines Kriegsgebiets IrakSyrien herrschenden und von den BRD-Medien betitelten Fundamentalistischen Terrorismus seit Jahren geschürt hat und im Moment führt, allerdings in den Medien als Nicht Vorhanden. Ach herje! Heilige Drei Könige, da werden sich ja in der BRD die großen Parteien wieder überschlagen mit Propaganda.

Was bei Muhammad Ali´s Stil ist, wegzurennen vor dem Gegner, dh feige wegzurennen, und damit nicht so bleede aussieht, danne eben rückwärts hüpfend vor dem Gegner wegzurennen. Was Ali´s Stil ist, weiß ich nicht; aber im Vergleich zu Ali´s Stil ist George Foreman´s und JoeFraziers Stil Boxen. Daß Muhammad Ali mit George Foremans Sommer 1976 gewonnenen ForemanFrazierII Foreman als Angstgegner zu erwarten hatte und sich in das reine ShowGeschäft eines ShowKampfes mit JapansProfiCatcher Inoki gleichzeitig und endgültig zurückzog, der AliNorton Kampf 1976 war gekauft, Niederlage gegen Spinks war deutlich genug, zeigt Karriere und Abgang eines EntertainmentShowStars aber nicht eines Boxers.

Einführung des FarbFernsehens in den USA ist offiziell Zeit meines Lebens verschwiegen worden, so als habe es das schon zu Bismarcks Zeiten gegeben 19.Jahrhundert, ähm, Wenn man aber die allerwichtigsten USPrestigeProjekte wie US Heavy Weight Boxing Titles betrachtet, dann ist ein Neandertalermäßiger Cut zwischen 1966 Frazier Bonavena und 1973 Frazier Foreman zu sehen. Genauer scheint es per American Football festzustellen zu sein: Heißt das de facto Farbfernsehen Einführen in USA im gleichen Jahr wie Super Bowl I 1966, so hat das Farbfernsehen zum Super Bowl III Januar 1969 die für uns heute Erschreckende DokumentarQualität, wie schlecht das Farbfernsehen früher war, und man erinnert sich automatisch an diese Jahre zurück. Ohne Bezug zum Farbfernsehen wird jedoch auch das American

Football dokumentiert, in was für Kunstrasen?Schlammmassen damals die "HalbFinals" für den Super Bowl ausgetragen wurden, unfaßbar. Klar ist jedoch Januar 1969, daß Joe Namath als HöchstVerdienerProfi auf dem Höhepunkt seiner Karriere ist, wonach es für ihn keine Erfolge mehr gab. Widersprüchlich dazu erinnere ich mich an einen bei uns derheeme in Dreieichenhain zwischen 1972 und 1976, ich 7-11jährig, bei uns rumliegender Illustrierten großartiger American Football Bericht und zwar über Joe Namath mit super SchlammFotos fantastisch da wollten wir Schuljungen alle American Football spielen, und nur durch diesen Illustriertenbericht wurde mir der Name Joe Namath bekannt. 2016 gucke ich mir dann ein paar Super Bowl Endspiele ab 1975 mp4 im Internet an und erfahre über die Reporter, daß Joe Namath ein berühmter American Football-Star bis 1969 gewesen sei. Seltsam, daß die 1972-1976BRDIllustrierte auf einen abgetakelten American Football Star zurückgriff anstatt auf aktuelle American Football Berühmtheiten.

1975Super Bowl: Das absolut Unfaßbare ist, daß, obwohl es doch die Weltmeisterschaft im Leistungssport ist, daß da Spieler spielen, die sich ganz frisch die Hand gebrochen haben, oder die völlig untrainiert die letzten 8Tage mit Erkältung im Krankenhaus gelegen haben, und dergleichen mehr, und trotzdem spielen. Was soll das? Nun Weltmeisterschaft kann es ja kaum sein. Gab es etwa Ausscheidungsspiele in anderen Ländern für diese sogenannte "Weltmeisterschaft"?

Unfaßbar der American FootballLeistungssport mit Ausrutschen bei Nieselregen oder Regen jeder Art auf Kunstrasen; somit ist also die Lösung: Kunstrasen in geschlossener Stadionhalle

Zumal, als ich mir 2016 die 1968/Januar 1969Super Bowl III Reportage anguckte, da wunderte ich mich, wie mich jemals solch ein widerliches SchlammSpiel und zumal in schrecklichsten FarbfernsehFarben begeistern konnte. Ich guckte 1968/Januar 1969 sicherlich nicht damals fern, und wir WessiFamilie bekamen Farbfernsehen erst HerbstEnde 1972, aber ich kann mich eben an die seitdem diversen Farbfernseher erinnern, die so unglaubliche Farben hatten. AmiFernsehen hätten wir gerne bekommen, wie wir nach einigen Jahren feststellten, weil die BesatzungsSoldaten den eigenen USBesatzungsFernsehSender direkt neben unserem Mainz ZDF und Hessischen ARD und Drittes Programm irgendwo im Taunus etwa 20km entfernt hatten, womit die BRDSender ansehnbar, der USSender aber nicht ansehnbar war, weil technisch beides nicht zusammenging: die deutlich schlechtere Bildqualität des USFernsehens ging wohl in die USFernseher rein, wie man bezeugen konnte, als man mal den ein oder anderen Ami kennenlernte, jedoch ging das von USSender Gesendete nicht in den BRDFernseher rein. 1975 gab es dann bei unseren BRDFernsehgeschäften Geräte, die der Fernsehfritze in unser BRDGerät einbauen konnte, womit man dann das USFernsehen sehen konnte. Das kostete aber 100 bis 150 Mark, und das war zu der Zeit noch ne Stange Geld! Und wir seit Sommer 1972 frische HauseigentümerFamilie konnten es uns nicht leisten, ich und mein 6 Jahre älterer Bruder interessierten uns irgendwie für American Football, sowas Komisches, was die offensichtlich Marsmenschen machen und die nennen das "Sport", wenn man dem GeflimmerGriesel daher der Name Flimmerkiste trauen durfte, und unsere Eltern sagten uns, wenn einer von uns da sagte, daß die Eltern für das Einbauen dieses Gerätes die 100-150 Mark bezahlen sollten:"Du hast wohl n Vogel!" Aber als wir, nachdem wir 1977/1978 die Frankfurter Löwen kennenlernen durften, das Gerät dann 1978/1979 tatsächlich hatten einbauen lassen, dann interessierte uns das USFernsehen schon nicht mehr, ich im Heißen Herbst war in meiner ersten Schulkrise 9.Klasse/10.Klasse, der Bruder machte gerade das Abitur. Was heißt, interessierte nicht mehr, Es gab, weil nun seit 1978/1979 das AFN in unserem Fernseher sichtbar dh normal war, Sendungen, die man einfach so mitbekam, ohne daß man sich über einen Manel dessen wie Jahre zuvor einen Kopf machen mußte, Fernsehen, das normal war und dessenzu 99% Scheiße zu 99% ignoriert wurde, wobei man aber auch außergwöhnlich gute Sachen neben American football entdecken konnte: zB Johnny Carson und David Letterman, Johnny Carson langsam auf die Rente zugehend war auf der höher seiner Popularität 1978/1979 Die Konkurrenz David Letterman war ein JungStar, ein NeuStar.

David Lettermans Konkurrenz Jay Lenno versuchte dem David Letterman das Publikum dh den Rang abzulaufen, Jay Lenno kam 4Jahre nach David Lettermann also etwa 1982, und zwar zur endgültigen Abgabe des Publikums von Johnny Carson, der endlich in Rente ging. Jay Lenno war n feiner Pinkel, naja, noch feiner als Johnny Carson, David Letterman, der zufälligerweise zu dieser Zeit 1978/1979 zufällig auch seine 1.Sendung von 500.000 David Letterman Sendungen machte: man bedenke: eine sehr gute Gesellschaftskritik mit 1A Gelaber 1A lustig 1A gute Musik und das jede Woche 1mal, und das, ich schätze, die folgenden 20Jahre lang ! Wahnsinn was für ne Leistung! David Letterman war die zur Arbeiterklasse passende schlampiche Variante von Johnny Carson, fantastisch! ..
was heißt Fernsehen US-Fernsehen SoldatenSender AFN usw interessierte mich nicht mehr, quatsch, es war das beste, was es gab, also besser allemal

als "Fernsehen der BRD"!:
ich sah Alice Cooper und Frank Zappa ganz aktuell und live in TalkShows ..
Zimmerantenne hatten wir in unserer Mietwohnung bis Ende Juli 1972. Die
Zimmerantenne nahmen wir in unser neu gebautes Haus mit. Bald spätestens
mit einem neuen Fernseher, dh Seit HerbstEnde1972 erstmals Farbe! Ne ganz
neue Erfindung! Und wir: begeistert! Zimmerantenne weiterhin. Später 1973
oder noch später kam Dachantenne. Das war ja das Größte überhaupt: wir
nutzten eine Fernsehantenne auf dem Dach, dafür gabs den
DachAntenneStecker im Wohnzimmer, ne ganz neue Erfindung! Und wir
begeistert! Bis 1972/1973 produzierte unser "Fernsehen der BRD"
schwarzweiß was sonst?! Komisch, und plötzlich sagten wir alle zum
SchwarzWeißFernsehen: ach, das ist ja ganz früher gewesen, vor
Jahrzehnten!, wunderten uns aber über ganz neue 1972ErikOdeFilme, die
immer noch schwarzweiß gedreht werden und ganz plötzlich bei Folge 785:
Farbe: Ganz komisch: Dietmar Schönherr Fritz Wepper plötzlich in Farbe
seltsam. Ganz komisch. Aber man kam sich plötzlich auch ganz farbig vor.
Und als sei die Welt vor dieser 785.Folge von Erik Ode nicht so real gewesen
wie die Welt in Farbe unseres Fernsehens der BRD" plötzlich ab 1972/1973.
Zumal ist mEs das Argument überzeugend, daß Kinshasa und Manila 1975
gekauft worden sein müssen, weil Muhammad Ali DAS US PrestigeProjekt
gegen den Vietnamkrieg das heißt in Aufwiegen des Vietnamkrieges dh in
Ablenkung vom Vietnamkrieg 1965-1975 war; somit war es für das
USSystem untragbar, daß Muhammad Ali in Kinshasa und Manila verloren
hätte. Daß Foreman gegen seinen Trainer/Betreuer später sagt, per
Medikament in Kinshasa 1974 ruhiggestellt worden zu sein, verunmöglicht
nicht, daß Foreman in Kinshasa vorher wußte, daß er planmäßig verlieren
werde; ein ShowZirkus nicht besser als der auch offiziell Nichts mit Sport zu
tun habende Pro-MuhammadAliMüll in Toronto 1975 5 guys gegen Foreman.
Wenn wir Wessis uns daran erinenrn mögen, - von der Show 1975 Toronto
gegen Foreman sah man nichts in WessiFernseher jedoch Kinshasa und
Manila als den Höhepunkt der Menschheitlichen Sportgeschichte des
Erdballes, genauso wie der CatcherZirkus Japan gegen Muhammad Ali 1976
in unseren WessiFernsehern ebenso wie der Höhepunkt der Menschheitlichen
Sportgeschichte des Erdballes live übertragen und demgemäß eingeschätzt
wurde, während man von dem nur einige Tage vorher fantastischen und
später als Kampfes Jahres gelobten und das Recht Foremans auf einen neuen
Kampf mit Muhammad Ali berechtigende FrazierForemanII 1976 nichts in
der BRD erfuhr, es gab eben nur Muhammad Ali in der BRD, und nachdem
wir alle Inoki gesehen hatten, waren wir an richtigem Boxen sowieso nicht

mehr interessiert, 1976 hieß für uns 5.Klässler der WrestlerCatcher Inoki und Muhammad Ali Unentschieden, mit Boxen hat der gesamte Kampf nichts zu tun gehabt, und mit Kickboxen hatte der gesamte Kampf nichts zu tun gehabt, sehr enttäuschend, aber man hatte das Showgeschäft kennengelernt als 5.Klässler und Joe Frazier, und George Foreman waren vergessen. Daß Muhammad Ali sich vor einem George Foreman versteckte, durfte nicht wahr sein, aber so war das. Und in der 6.Klasse ab Herbst 1976 schon interessierte sich keiner der Schülerinnen und keiner der Schüler mehr für Ali, Foreman, Frazier, denn das richtige Leben war wichtiger. Somit ist erstaunlich klar, wie die Favorisierung eines besonderen Sportlers nicht etwa eine sehr lange LebensPhase anhält sondern nur einen sehr winzigen Lebensabschnitt von etwa 4 Jahren konkret hier 1971-1975.

Daß wir 10 Jährigen Schulmädchen und 10jährigen Schuljungen Anfang der 6.Klasse kein Interesse mehr so sehr an Boxen MuhammadAli usw hatten Herbst 1976, lag sicher auch daran, daß wir alle mittlerweile begriffen hatten, daß Muhammad Ali auch gewinnt, wenn er schlechter boxt als der Gegner. Die mEs schlimmsten Betrügereien der BoxGeschichte sind Alis Gewinn mittels der ForemanKinshasaDrugs 1974, Frazier Manila 1975 mittels eines gekauften TrainerBetreuers, der den mit Punkten stark führenden Frazier nicht weiterkämpfen ließ, obwohl Frazier konnte und wollte, und der - was wir Schulkinder wegen Desinteresse am Boxsport schon nicht mehr sahen bzw was im Fernsehen der BRD keine live Übertragung wert war und unbekannt war und unbekannt blieb - Ken Norton 1976 September Betrug, spätestens da war der Menschheit die Lust am Boxsport genommen und wir höchstens 11Jährigen hatten die gesamte BRDUSAWessiSportBetrügerei endgültig hassen gelernt. Daß es irgendwo auf der Welt einen VietnamVölkermord der USA 1965-1975 gegeben hatte, war uns BRDKindern vollkommen unbekannt während des gesamten von uns ununterbrochen begeistert mitverfolgten MuhammadAliBoxZirkus samt Frazier 1971-1976. Ich erinnere mich nur, daß irgendwo in der Welt die Guten Amis einen gerechten Krieg gegen ganz böse Verbrecher in Vietnam führen, und daß manchmal irgendwelche Siegesmeldungen in den Fernsehnachrichten und in der Bildzeitung kamen. Den Jüdischen Krieg gegen MisriyaÄgypten 1967-1970 gab es für uns Wessis überhaupt nicht; es hieß nur irgendwann: da ist dieser Gute Sadat, der ist ja *so* Modern und will und kann mit allen Frieden halten, ein toller Mann, was davor war, nämlich die Vernichtung des Ägyptischen Staates, darf aber keinen interessieren; beachtlich, daß bis heute 2016 geleugnet wird dieses Schwarze Kapitel der 1960er BRDMedienKriegsführung neben der Begeisterung am Erfolgreichen

Völkermord in Vietnam. Der USKrieg in Vietnam hatte bei uns Wessis nicht eine Spur von Problem; es gab ja immer irgendwelche, die dagegen waren. Und meine Güte, es hat ja auch von selbst aufgehört 1975. Bei alledem muß man aber auch bedenken, daß am Ende der 6.Klasse also im Frühjahr 1977 die Mutter eines von uns 11-12jährigen Schulkindern starb, Katastrophe Entsetzen, da interessierte alle uns Kinder der Schulklasse nichts mehr. Und Sommer 1978 hatte ich meinen BeinaheTodAutoUnfall direkt Vor der 8.Schulklasse.

Grauenhafte Bildqualität haben diese ganzen USKämpfe siehe Berbick 1981 etwa SchneeGestöber Mondlandung 1969. Siehe auch: der klare Abstieg Muhammad Alis vom WeltSport 1978 Spinks geschah, als, mit Toni Frangieh 1978 Schein"Staatliche" Vernichtung eines Großteils der Führung der Anti-Jüdischen Maroniten, US sich zusammen mit der Jüdischen Entity durchaus Militärisch in Parteinahme für die führende ProJüdische Maroniten TerrorOrganisation in Libanon mit dem Gegenteil von Politik für eine Langfristige Fortsetzung des seit 1974/1975 begonnenen Bürgerkrieges durchgesetzt hatte.

Daß BRDFrankreichUSAEngland darauf hinarbeiten, daß MichelAun über Jahrzehnte in den "BRD"Medien unbekannt bleibt, obwohl er im Nahen Osten eine Berühmtheit ist? Daß die WestMedien den MichelAun als den großen Star ja bald herausstellen werden, siehe Syrienkrieg zusammen mit Hezbollah? daß sowas gar nicht von den WestImperialisten gewollt ist? Michel Aun ist schon weit über 80. Es scheint, daß, mit der sich Verfassungsgemäß Widerrechtlich scheinbar in einem StaatsBündnis mit der "Jüdischen Entity" genannt "Israel" verbundenen "BRD", auch die anderen WestImperialistenStaaten wie unter vielen anderen Kanada, Benelux, Frankreich den MichelAun ohnehin abschießen wollen würden, sollte er zur Macht gelangen, aber er ist nicht mehr der Jüngste, und vor diesem alten Mann hat "Israel" keine Angst. "BRD" und "Israel" kämpfen mEs dafür, daß das HezbollahMichelAunBündnis und somit der Libanon zerbricht. "Israel" hat Rüstung genug. "Israel" sagt mEs: Libanon soll am besten im Bürgerkrieg untergehen, Syrien gleich mit, da haben wir gleich ein paar Fliegen mit einer Klappe = Die Syrische Hälfte des Lake Tiberias-Ufers müßte niemals mehr zurückgegeben werden. Das Syrische Territorium Golanhöhen müßte niemals mehr zurückgegeben werden. Sind das nicht Herrliche Aussichten? Und ehe die Israelische Entity vom IrakSyrienKriegsInferno auch nur eine Bombe abkriegt, wird man es verstehen, diesen Krieg nach WestEuropa zu exportieren.

Michel Aun ist über 80, Walid Dschummblat ist über 80, die gesamte

ChefRiege der Politik Libanons ist über 80; und da wollen die
WestImperialisten für die WestImperialistischen ZensurMedien ganz einfach
noch ein paar Jahre warten, bis endlich alle an Altersschwäche gestorben
sind. Der Umgang der BRDMedien mit Dschumblat MichelAun usw ist etwa
wie, Wenn man nunmal genauso ratzekahl alle über 80Jährigen Politikerinnen
und Politiker in Westberlin aber auch in der BRD
zwangeinschläfern würde. Helmut Schmidt ist doch 2015 gestorben nicht
wahr. Aber der Helmut Kohl lebt jetzt 9.Januar 2016 doch noch, nicht wahr?
Ich denke, die ZensurMedien verschweigen nur deswegen alles, weil sich in
der Zerstörung des Staates Syrien eine Chance der WestImperialisten bietet,
Mafia und Unrecht in noch nicht geahntem Ausmaß in Syrien und im
gesamten Nahen Osten zu erfinden und aufzubauen. Der USKrieg im Irak
2003 war der erste Schritt, der Wall Street wurden die Irakischen
Bodenschätze gesichert, die Bevölkerungen scheißegal, Kurden werden noch
5.000 Jahre auf 1 Kurdistan warten. Türkei bekämpft 2015 den Kurdischen
SelbstbestimmungsKampf in Syrien zB nicht wahr?
Entdeckte eben Parkhurst, das is wie ganz normaler Ort, auf der Isle of Wight
ganz oben im Norden, und nichts mit Quadratischer Straßenanordnung, ich
habe das verwechselt vor Monaten, als ich schon einmal gefunden eine
Quadratische Anlage aus den Straßen sehen konnte, muß ich verwechselt
haben, und ich weiß jetzt noch nicht, ob das hier mit der Isle of Wight Insel
das Parkhurst mit dem Gefängnis ist.
WikipediaZITAT"
Im Jahre 1186 erhielt Dumfries die Rechte eines Royal Burgh. Im Bereich
des heutigen Castledykes Park wurde im 13. Jahrhundert ein königliches
Schloss erbaut, das nicht mehr existiert. Robert the Bruce, der spätere König
von Schottland, traf am 10. Februar 1306 in Dumfries ein und brachte in
Erfahrung, dass John Comyn sich ebenfalls dort aufhielt. In der dortigen
Franziskanerkirche trafen sich die beiden zu einem privaten Gespräch. Bruce
beschuldigte Comyn, ihn verraten zu haben, was dieser jedoch verneinte.
Voller Zorn zog Bruce seinen Dolch und verletzte seinen Widersacher
schwer. Als Bruce aus Angst aus der Kirche floh, betrat sein Begleiter Sir
Roger de Kirkpatrick das Gebäude, fand den noch lebenden Comyn und
tötete ihn. Dabei sagte er "I mak siccar" (auf Scots bedeutet dies ungefähr
"ich gehe auf Nummer sicher"). Bis heute ist dies der Wahlspruch der Familie
Kirkpatrick.
"WikipediaZITAT ENDE = Dh Siccar/Sicher
Mutter:"Das weeß marock!" (Das weeß ma doch!)
Mutter:"genau maßnehmen! und danne druff" bei Boxkampf oder genauer

Arbeit wie Nagel einschlagen
"Mit vereinten Kräften!"
Wenn in Lokal, unterwegs Imbiß oder sonstwo im Restaurant und an Limo keine größere Auswahl als SpriteColaFanta dann nahm sie oft Sprite
Mutters Pfeifen
und Mutter:"Der Cassius Clay der Große Angeber!"
Bei allen 85Schriftarten hier in der Textverarbeitung des PCs gibts aber keine Schriftart der von 1850 bis Mitte der 1930er Jahre üblichen Deutschen DruckSchriftart, was ich für Skandal und für Schikane, dh das Übliche halte. Daß mit "Dings" 2015 im höchsten Maße konkret jemand gemeint ist, zeigt sich im folgenden Zur DialektWichtigkeit zur MundartWichtigkeit des SchlesischLausitzischen Begriffes "Dings": Aufgegriffen vor 3-5 Wochen, sicherlich so um den 24.Dezember herum Heiligabend paar Tage vorher oder paar Tage hinterher: Zwei ehemalige Schulkameraden in der Straßenbahn, die beiden Männer sind Alter 60/über60 Sacht dar eene:"Du, Sach amal: Du wohnst ocke seit Jahren in de HinzStraße, nu!?" Sacht ar zweete:"Nu nu!? Nee weeßte, du ich bin ja umgezogen jetze in de KunzStraße, kannst mich amal besuchen jetze, inna Nummer Sowieso. Und weeßte was!? Die Dings aus unsrer Schulklasse, Die Dings, nu!?, die tut inna Nähe wohn´!" "Nu nu!?, Ieh weeß ocke: die Dings wohnt inna Nummer Sowieso!" Die beiden Herren haben sich also unmißverständlich über den BegriffsNamen "Dings" an eine und nur diese eine ganz bestimmte Klassenkameradin von den beiden erinnert; und komischerweise sagt man im Dialekt, auch wenns mans besser weiß, nicht den Konkreten Namen sondern eher das Intimere "Dings". Herrlich. Dagegen ist Hochsprache Gosse. Ein Hoch auf die Neandertaler. Was mich wundert, ist, ungeachtet mancher über lange Zeit in einer .mp4Datei gesammelter glänzender AusnahmeSzenen Pittsburgh Steelers2008-2015 sowie unter anderem mit Martavis Bryant2014, daß, - auch wenn man in den PittsburghSteelersDallasCowboys spielen von 1975 bis 1979 bezüglich, daß der Quarterback genial glänzend spielen kann jedoch nutzlos, wenn sogar der Star Tony Dorsett sein Assignment vergißt und seinem eigenen Quarterback Roger Staubach - Radio Stoaback sagten die Reporter immer, Radio, .., ?, das war wohl die damalige versuchte Aussprache eines halbwegs deutschsprachigen "Roger"s auf Amerikanisch - in die Beine rennt oder den Ball verfumbelt dh nicht 100%ig sicher weitergibt bei einem genial ausgedachten Spielzug Roger Staubachs, so den einen oder anderen Fehler entdecken kann - , diese Spiele doch wirklich das Beste sind, was American Football zu bieten hat; alleine wenn man diese Spiele mit 1980 SteelersOilers vergleicht, wobei die HoustonSpieler den Ball

noch nicht einmal fangen können, wie man es zB Zuerst Fangen, Dann Rennen, von einer HighSchooldhSchulFootballschaft erwarten kann, weswegen man Superbowl 1980 keinesfalls Weltmeisterschaft nennen kann, im Gegensatz zu Eishockey, da nimmt man die besten Spieler der Welt siehe zB CCCP. USAmerikanischer Stil= SchlägereiEishockey, auf dem Spielfeld Schlägerei, damit wenigstens "etwas"! passiert, und HolzhackerEishockey, ich gebe zu, es gab einmal, ich denke sogar 1980 oder frühe 80er, daß USA einmal in der Menschheitsgeschichte gewann 6:4 Und zu der Zeit hab ich tatsächlich paradoxerweise für USA gehalten, ich habe geheult vor Freude, weil das Unmögliche möglich geworden war, ich wollte die US-Flagge zum Balkon raushängen, .., hätt ich nur eine gehabt. Amüsant ist, daß bei Footballmp4s ab Januar 1969-1979 zuweilen die Reporter, es sind immer 2 wenn nicht 3, die gleichzeitig ein und dasselbe Spiel kommentieren, doch zumindest die gängigsten 3-4 EntscheidungsZeichen der Schiedsrichter, - die, während sie die Begründung für die Schiedsrichterentscheidung laut und vernehmlich für das Publikum im Stadion und vor den Fernsehern sagen und gleichzeitig mit beiden Armen, beiden Händen und allen Fingern die dasselbe bedeutenden Zeichen in den Spielunterbrechungen oftmals für beide Seiten des Spielfeldrandes dh für alle FernsehKameras und für das Publikum auf beiden Seiten des Spielfeldrandes dh Zweimal machen, damit auch jeder kapiert hat, falls, wie es oft vorkommt, das der EntscheidungsAnsage dienende SchiedsrichterMikrofon mal nicht funktioniert, - nicht kennen – die Fernsehreporter im Fußball der DDR wie auch im Fußball der BRD geben zur gleichen Zeit stattdessen durchaus Kenntnis davon, was die Schiedsrichterzeichen bedeuten "Der Schiedsrichter entscheidet auf Eckstoß!, sieh da!, der Schiedsrichter entscheidet auf Einwurf und nicht etwa Freistoß!, usw – bzw die Reporter gehalten sind, die Bedeutung des jeweiligen Fingerzeichens zu sagen, was sie ja tun müßten, weil nicht alle der 5Milliarden AmericanFootballUSEndspieleFernsehzuschauer diese Zeichen kennen, sondern, daß die Reporter stattdessen irgendein Nebensächliches Statistisches Gelaber bringen, was die Reporter unbedingt loswerden wollen, und ablassen, bis dh während der nächste Spielzug längst läuft, das ist armselig und schlechter im Vergleich zu Reportern im Europäischen Fußball. Es gibt aber für BRDFußballReporter auch das Negativum bei FernsehÜbertragungen, gar nichts zu sagen außer: " ja, der Ball rollt .., ja da rollt er, jetzt in die rechte Ecke, grün ist der Rasen, noch .."
Als ich zuerst immer nur 1975SteelersMinnesotaVikings guckte, fand ich, daß ja die Vikings miserabel spielten. Als ich dann viele weitere Spiele zB Joe Namath New York Jets Januar 1969 und Superbowl 1976, 1978, 1979

1980 sah, da erst merkte ich, wie hervorragend Torkenton der Vikings Quarterback mit seinem Team gespielt haben: hochklassig, aber eben nicht gut genug.
Zu alledem als Spiel entscheidend das entschieden mehr als im Eishockey sehr häufige Ausrutschen auf dem prescription turf Kunstrasen und Glück, wo der Ball gerade hinkommt oder vorher unberechenbar hindozt, entwertete mir die ganze American FootballBegeisterung, wo ich doch bisher Ausrutschen und Glück als die größten Unattraktivitäten des MittelEuropäischen Fußballs ansah. Somit kann ich zusammenfassend sagen, daß Roger Staubach und Terry Bradshaw die Weltklasse darstellten, was meines Wissens erst mit Rothlisberger 2008 wieder erreicht wurde. 1970er und frühe 1980er Amercan Football, Leichtathletik, Sport was auch immer im BRDFernsehen, wenn sie das mitkriegte, wie die ganzen USSportler heißen, wie nicht ganz selten auch Deutsche Namen:
Mutter:"Alles Deutsche! Aber das sind ja die bösen Deutschen!, und deswegen sagen das die Reporter nicht! Ach sind die blöd!"
Mutter:"So und jetzt machst du das und das", guckt einem zu, wie langweilig man die Aufgabe erledigt, so daß sie kritisiert dh Mutter:"Aber nicht einschlafen!"oder"Aber nicht einschlafen dabei!"
 Dies ist also die KernAussage eines veröffentlichungswürdigen Textes Februar 2016= Für Kapitalismus=
Schwarze/Neger als das Haßobjekt Adolf Hitlers und der NSDAP darzustellen, - was ja nicht stimmt, denn Hitler und somit die NSDAP selbst bekundete Achtung vor Joe Louis und Paul Robson - , ist ein massives Ablenkungsmanöver der Imperialistischen GroßBRD-Medien Kapitalistenschweine, einerseits, die Geschichte zu verzerren, andererseits als einen SollFehler zu demonstrieren, wie und in welchem Ausmaß man von GroßBRDFernsehen und von GroßBRDKino abhängige Menschheit für das Tolerieren WestImperialistischer Kriege manipulieren kann,
GroßBRDFernsehen und GroßBRDKino sind somit zum Instrumentarium des NATO-IMPERIALISMUS geworden.
BRD ein Rechtsstaat von Frieden von Freiheit, von diesem Slogan stimmt nicht ein Wort.
bezeichnend angesichts der BRDUnterstützung für die Terroristen"PseudoRegierung im BürgerkriegsLibanon dh die Gemayels/Phalange 1975, und für die Terroristen in Bolivien 1Tag vor der Olympiade in Moskau 1980,
ENTSCHULDIGEN DEN US RASSISMUS Das 17.Juli 1980 Massaker hat in der Staatlichen Information Boliviens im deutsch"BRD"ischen wikipedia

tendenziell dh scheinbar ist folgendes beabsichtigt: nur nebensächliche Erwähnung und, - während man sagt: naja 17.Juli ein putsch ? ; und zwei Wochen später Anfang August war doch alles wieder im Lot naja ein Regime, ne ordentliche Regierung, was wollen Sie denn!, aber, mein Gott!, Sie kennen doch die LateinAmerikaner, bei denen gehts ja niemals ohne son kleinen putsch mit ner kleinen diktatur macht doch nichts ! (vor paar Jahren gabs noch sehr einfach im Internet zu finden frisch von den Geheimdiensten freigegebene Fotos von dem 17.JuliTerrorismus in Bolivien, in 2015 bis jetzt 2016 gibt es das im Internet nicht mehr, hoppla!; somit nebensächliche Bedeutung im Sinne: dann hats sone weltbewegende Staatsaktion da auch niemals gegeben, oder?Auschwitz 1945? 8.Mai war doch schon alles vorbei, mein Gott! Dermaßen pfiffich könnte man eigentlich jedes Problem in der Welt lösen. Fündig wird man besser bei nicht deutsch"BRD"isch sprachlichen InternetDaten so den spanischen,- falls man spanisch versteht - , oder auch den Englischen und Französischen, Sprachen, worin übersetzt ist und in denen zumindest heute noch dokumentiert ist, was nach einem 20- 30Jährigen oder noch längeren Intervall bis zur Veröffentlichung freigegeben wurde von Geheimdiensten zB Boliviens ab 2010 über 1979/1980: hier hatte man in einem lukrativen Illegalen Drogenhandel mit Kolumbien unter dem Deckmantel Bolivianischen Militärs und Bolivianischer Diplomatie ein Kapitalistisches TerrorRegime in Bolivien hergestellt mittels einer garantierten Belieferung der USA. die wikipedien glänzen hierbei oft durch die Feststellung, "Europäische Söldner" usw; man verzichtet auf das "kleine" Detail, daß es allesamt KAPITALISTISCHE WESTEUROPÄISCHE SÖLDNER waren, und zwar für das reibungslose MASSENMORDMASSAKER an den Gewerkschaftsleuten allem voran eine beträchtliche Menge BRDISCHER SÖLDNER, während nicht untertrieben werden soll, daß Hitler-Nazis zu AberTausenden ab 1945 Aufnahme in SüdAmerika erhielten und nicht zuletzt in den dortigen Armeen und anderen Staatlichen Einrichtungen Posten erlangten.

Meine Schlesische Mutter, als sie starb, wegwerfen wie Müll, so habe ich es gemacht, so haben es meine Geschwister gemacht, so haben es meine Brüder gemacht, und ich konnte nichts mehr dagegen tun; keinerlei Kraft. Die allergrößte Kraft hatte ich im Alter von 10-17 als Kind und als Jugendlicher, als ich mich für American Football begeisterte, für die heimischen Frankfurt Lions, weil das "unsere" Mannschaft war, und für die Pittsburgh Steelers, weil die mit Weiß-Gelben dh SchlesischenTrickots rumrannten, da staunte sogar Mutter!, und sehr gut spielten, für diese Mannschaften kämpfte ich als

Fan; für Mutter kämpfte ich nicht und hatte ich keine Kraft, als sie mich am meisten brauchte; bei im Winter 2015/2016 Angucken von einigen AmericanFootballEndSpielen der Steelers und der Dallas Cowboys, besonders 1980 Los Angeles Rams gegen Pittsburgh Steelers, wurde mir das jetzt klar, daß American Football für mich "Brot und Spiele" war, und ich die wahren Werte, die Ehre meiner Mutter, mein Lebtaglang wenn ich ehrlich bin, viel zu wenig geschätzt habe. Am Ende von Jahrzehnten als Anfang 50Jähriger mit Blick auf Kindheit und Jugend bis zum Tode meiner Mutter, als ich 40 war, und seitdem bis heute, ist "Brot und Spiele" eine erschreckende Wirklichkeit einer seit 1949 an der Seite des Israelischen Staates BRD im Permanenten Krieg zB gegen Syrien bis heute Februar 2016. Hatte man uns Wessis 1988 noch gesagt, daß wir jemals wie bis 8.Mai 45 wieder Krieg führen würden, wir hatten diesen Menschen maßlos ausgelacht; das Teuflische gewann aber in der LugundTrugalsHöchsteMoral verkaufende von BRDStasiRevolution konzertierten ScheinRebellion innerhalb der DDR namens "Wende 1990".

Über Sprayen sagte mir ein Freund neulich, daß ich doch sicher dieses deutsche Sprichwort kenne. Mit dem Schimpfwort an die Wand, schreibt der Schmierfink nur seine eigene Schand, oder so ähnlich. Nu!?, das ist genau DAS, was Mutter, als RAF und Slogans gegen BRDImperialismus in der BRD ganz groß waren, uns Kindern immer erzählte, so 1970 bis 1982. Nun erfuhr Mutter 1982, daß ihr eigenes geliebtes BRDSystem und die CDU/CSU ein System von Verbrechern und Landesverrätern war. Ab dato meckerte sie nicht mehr gegen Systemfeindliche Parolen, weil sie selber zur SystemFeindin geworden war und in einem von ihr inszenierten Eklat auf einer Landkreis OffenbachVersammlung aus der CDU austrat, 1984 etwa war das.

FUCK ANTIFA ! FUCK DAS ANTIFAGESOCKS !
Ich schließe mich der Erklärung an : "Die Jüdischen Faschisten und die Israelischen Faschisten in der "BRD" heißen Antifa".
Hiermit schließe ich mich der in Westberlin und der "BRD" populären These über 2015/2016 von der "BRD"1979Antifa und anderen Faschismen verseuchten "BRD"Behörden an.
Seit Jahren! Massive AntifaRiesenWerbung
November 2014 unignorierbar, wer diese Sächsische Großstadt mit der Eisenbahn besucht, MUSS diesen WerbeSlogan lesen, gesehen von Eisenbahn so gut lesbar wie die allergrößten FirmenNamenWerbungen, diese AntifaWerbung ist in GroßStadtZentrum! auf HochhausdachStockwerk Außenwand Buchstabengröße schätzungsweise 1,5Meter bis 2Meter dh

Professionelle und dh Professionell Erlaubte Professionelle Werbung dh von "BRD" bzw vom Sächsischen Freistaat Staatlich Erlaubte Werbung : Werbung dh Massive RiesenWerbung. Ist das nicht seltsam? Antifa bejubelt ZivilMassenmord. Dh: GroßBRDAntifa wirbt für ZivilMassenMord, auf neudeutsch heißt diese in der eigen finanzierten und vom BRD-Staat erlaubten Werbung sagt Antifa:"ZivilMassenMord ist cool." Wo wir Deutschen dem "BRD"Staat schon nichts gelten, aber: Seltsam Daß sich der Staat nicht schämt vor den Ausländern? Wir haben doch so einige im Land. Diese Sächsische Großstadt ist wahrscheinlich nicht so wichtig, bzw es liest ja sowieso keiner. Damit verteidigen stets sowohl Antifa als auch Gegner der AntifaWerbung die AntifaWerbung, alles gut geschmiert in diesem Pseudo RechtsStaat "BRD".

MEs untrennbar mit dem heutigen 2016 ursprünglich dh bis 1990 Rein "Westberlin" und Rein Alt-"BRD" und später frühstens ab 1990 "Westberlin","BRD" und DDR-Territorium gemeinsam in einer seitdem Groß"BRD" umfassenden 1979erAntifaThema verbunden ist KriegsZensurMedienBerichterstattung durch die Permanenten Staatlichen KriegsZensurMedien zB in "BRD" über das von diesen Medien sogenannte "IS". Deswegen sei der 1979erAntifaProblematik vorangestellt folgende

VORBEMERKUNG ANFANG: Zu Beginn mEs einer Kritik an Fernsehen und Internet als Gewaltfördernde Instrumente Terroristischer Werbung ist festzustellen:
Bei der Entdeckung des Internet = 1990er jubelten die Global Weltweit vorhandenen GewaltUmsturz fordernden Revolutionäre jedweder Couleur über die mögliche Weltweite Vernetzung, stellten aber zB über eigene WebSites sogleich fest, daß die Obrigkeiten noch schneller als zuvor diese gerade im Entstehen begriffenen Revolutionären Zellen ausfindig gemacht und ausgeschaltet hatten, das war 1990er.
2015 geistert noch immer das 1990er Märchen herum,
die InternetWelt und die TVWelt wäre hilflos in der Hand von nach USAIsrael Auslegung sogenannten "Terroristen", obwohl doch schon seit Ende der 1990er gilt:
  das, was von USAIsrael usw nicht gewollt wird, wird blockiert = kann Weltweit nicht mehr angesehen/angeklickt werden
und daß, was zu sehen ist, von USAIsrael usw auch nicht blockiert werden soll
wobei auffällig ist, daß USAIsrael nicht GewaltUmsturzRevolutionsZiel dieser nicht blockierten nach Auslegung von USAIsrael sogenannten

"Terroristischen" Werbesendungen ist
=
dh daß die angeblich "aus Versehen" irgendwo auf der Welt in irgendeinem TVSender gesendeten oder irgendwo in der Welt von irgendeiner Internetfirma zur Verfügung gestellten nach Auslegung von USAIsrael sogenannten "Terroristischen" Werbefilme
und zwar aus Sicht von USAIsrael
gesendet werden SOLLEN.
Dh auch : daß die hierfür dienenden TechnikKanäle zB Satellitenfernsehen und FinanzKanäle und der jeweilige Auftraggeber=Finanzquellen USAIsrael bekannt sind.
Dh zusätzlich zu der Tatsache der Regional Begrenzten Machtausübung dieser sogenannten "Terroristen" im Nahen Osten, daß alle in irgendeinerweise BündnisStaaten von USAIsrael wie zB Frankreich 2015 geplantermaßen prädestiniert vorherbestimmt sind für "Terroranschläge" dieser sogenannten "Terroristen", und daß ausschließlich USAIsrael nichts davon zu fürchten haben.
MEs ist nicht tolerierbar, daß Obrigkeiten zB in Frankreich solche "Terroristischen" Werbefilme nicht verboten und ausgeschaltet haben.
Wenn man nun sagt, Frankreich kann das doch nicht, Israel kann es vielleicht und USA kann es ganz sicher.
Dann gilt :
MEs ist nicht tolerierbar, daß Obrigkeiten zB in USAIsrael solche "Terroristischen" Werbefilme nicht verboten und ausgeschaltet haben.
Wie populär ist doch der Vorwurf in den WestEuropäischen Bevölkerungen, wie Teuflisch ZivilMassenMordend die Bevölkerung A oder die Bevölkerung B innerhalb eines Islamisch geprägten Staates X sei. Siehe zB Irak Syrien.
Man als Medienkonsument in zB Westeuropa in Anführungsstrichen"kennt"AnführungsstricheENDE diese ZivilMassenMord betreibenden nach Auslegung von USAIsrael sogenannten "Terroristen" ausschließlich aus den Permanenten KriegsMedien der mit USAIsrael Verbündeten WestEuropäischen Staaten bzw aus den Permanenten KriegsMedien der in Permanentem Krieg stehenden USAIsrael.
Daß 1978-1983 neben den im Bürgerkrieg aufgespaltenenen zahllosen (12) Christlichen Bevölkerungen des Libanon ein Teil der Christlichen Bevölkerung des Libanon nämlich die Hälfte der Größten Christlichen "Sekte" des Libanon namens Maroniten dh Daß Christen ein "Israel"treues TerrorRegime im Libanon aufgebaut hatten, war zweifelsohne hellauf begeistert begrüßt worden von der BRD und den BRDCparteien und allen

sonstigen InAnführungsstrichen"Freunden"AnführungsstricheEnde der jüdischen Entity in Palästina. Das BRDVolk, das verläßlich von den BRDZensurMedien gelenkt wurde, protestierte selbstverständlich mit großen Worten gegen den "Faschistischen" Terror im Libanon, die Rebellion in der BRD beließ es aber wie immer bei Worten, zum Wohlgefallen der ZensurMedien. Daß die sowohl von der einen dh der gegen "Israel" kämpfenden Hälfte des Maronitischen Volkes, als auch von der anderen dh der das für "Israel" kämpfende Libanesische TerrorRegime repräsentierenden Hälfte des Maronitischen Volkes repräsentierte Maronitische Kirche in BRDMedien zu einem Tabu gemacht worden war, bedeutete ganz einfach, daß von den BRDMedien 1979 das Thema "Christen" einfach boykottiert wurde, man sagte einfach: im Libanon gibt es ein paar vernünftige scheinbar vollkommen Religionslose Männer, die für einen mit Israel verbündeten Libanon die bestehende TerrorRegierung des Libanon verteidigen. Manche BRDMedien selber betitelten diese Männer als Faschisten "Phalange! Is ja wie Hitler ! ", was eine für die Zensur inszenierte und gleichsam erlaubte Toleranz von Krawall in der BRD war, von dem weder das BRDSystem noch das GemayelTerrorRegime etwas zu fürchten hatte.
Gleichzeitig wurde 1983 in den BRDMedien das Luther-Jahr absurderweise ganz erbärmlich und armselig boykottiert, Eiserner Vorhang wir Wessis erinnern uns ein Tabu - das dazu, wie "Christlich"(!) das BRDVolk zu dieser Zeit 1983 war!- , Während man im Rest der Welt selbstverständlich das Luther-Jahr dh Martin Luther prächtig feierte so zB besonders im Nachbar-Staat DDR und in der SU. Welch Armutszeugnis für die BRD !, wie meine ErzKatholische Mutter gerne lästerte über die Gotteslästerlichkeit der BRD. Daß ein Pole Papst wurde, wurde indes von den BRDMedien gefeiert angesichts eines nun mehr noch größeren Widerstands der Polen gegen die Sowjetische Herrschaft in Polen, was die BRDCparteien fantastisch fanden, der BRDBevölkerung aber egal war, Polen gehörte zur SU, und die RömischKatholische Kirche in der BRD hatte keine Politische Macht, während das einzig Christliche der Cparteien in der BRD das C war und gerade Cparteien mit Entschiedenheit die AtomBombenAufrüstung der Welt bejubelten und gemeinsam mit den BRDMedien Ronald Reagan zu einem Abgott der "Freiheit" hochjubelten. Polen war zu dieser Zeit 1979 so weit weg wie ein anderer Planet; das 1978-1983 kranke BRD-Volk zeichnete in seinem Stand zum Chistentum also eine Schizophrene nicht nur 2 Bewußtseins-Spaltung sondern eine Schizophrene Vielzahl bzw Vielfalt an Bewußtseins-Spaltung, mit anderen Worten also eine verknüpft mit einer Vielzahl von seit 1949 neu erfundenen

"BRD"-Mythen beispiellose Zerrissenheit, für die es in der Psychiatrie den Begriff MassenPsychose gibt. 1978-1983 erdreistete sich ein Staat für einen anderen Staat in WestEuropa die Verantwortung zu übernehmen: nicht etwa die DDR für die "BRD", sondern die "BRD" für die DDR, falls wir dem Verfassungsgericht Karlsruhe Glauben schenken wollen.

Für das Territorium Westberlin und die BRD galt aber in Wahrheit etwas ganz anderes:

Gotteslästerung dh Blasphemie ist ein beliebtes Hobby der WestMedien seit Gründung der 1979BRDAntifa und Beginn des IranIrakKrieges mit der Entschiedenen StaatlichenZensurParteinahme mit der "BRD" auch aller übrigen WestAchsenStaaten gegen Khomeini/die Iranische Revolution stattdessen für Salman Rushdie und somit für Gotteslästerung dh für Blasphemie. Was wird sich das mEs zu 75% Atheistische BRDVolk dieser Zeit 1979 gegen Gotteslästerung aufgelehnt haben? Warum? Wo doch in der BRD 1974-1979 GotteslästerungBlasphemie auch und vor allem "dank" der Medien BildZeitung und Fernsehen der BRD als auch dessen, was uns die Eltern über den Alltag in unserem Lande berichteten und schimpften für uns 9-14jährige Kinder in GrundschuleKlasse4, Mittelschule5-6, und Gymnasium 7-9 eines der beliebtesten WitzundSpottThemen war: Einzigartig in vollkommener Übereinstimmung mit der BRDZensur lästerte die BRDBevölkerung von 1979 grundsätzlich über alles Religiöse Christliche in der BRD - die sehr wenigen Kirchgänger in unserer Grundschulklasse, wie ich bezeugen kann, 1970-1976 waren von der Schulklasse ausgelacht worden - dh man lästerte 1979 gegen Katholische Kirche und Evangelische Kirche, man lästerte ebenso bereitwillig gegen alles Schiitische und Islamische gerade zu dieser Zeit, als der Schiitische Widerstand gegen das Iranische Schah Reza Pahlevi TerrorRegime - mein Vater ist der damaligen Anti-Schiitischen oder Anti-Islamischen Doktrin der BRDMedien bis zu seinem Tode 2011 treugeblieben: Khomeini galt ihm immer als der verachtenswerteste Verbrecher der Welt und Islam galt meinem Vater immer als die meist zu verachtende Religion der Welt; ich würde sagen: Zweck der BRDMedienHetze erfüllt - und der Islamische Widerstand im Nahen Osten die größten Erfolge hatte, man lästerte aber NICHT gegen Israelisches Religiöses dh "Jüdisch" Religiöses, wo doch die von der WestAchse "Israel" genannte Jüdische Entity der WestStaatenAchse genauso angehörte wie USA. GotteslästerungKarikatur Dänemark oder Frankreich hat und zwar bis heute 2015/2016 jeweils DänemarkZensurMedien oder FrankreichZensurMedien und mit diesen StaatsMedien auch alle anderen WestAchsenStaatenZensurMedien EISKALT gelassen bezüglich das

Schwerverbrechen dh UnRecht Gotteslästerung(=Blasphemie), was von den genannten ZensurMedien zu einem Recht des Freien Journalismus definiert wurde und wird.
In den IS-HeimatRegionen des Nahen Ostens dieser nach Auslegung von USAIsrael sogenannten "Terroristen" sind diese gemäß der WestZensur folglich gar nicht oder nur sehr schwach bekämpfbar, während die mEs dieses bisher höchst erfolgreiche KriegsSzenario entwickelt habenden und kontrollierenden Obrigkeiten dh USA, Israel und Verbündete Staaten die eigenen Geheimdienste Internetfirmen Fernsehsender beherrschen und so viel sogenannte "Terroristische" Werbung zulassen, wie sie wollen.
Nun könnten zB diese Geheimdienste ja im nachhinein über Ermordete Zivilmassen in IrakSyrien und über Ermordete ZivilMassen in Frankreich 2015 sagen: Wir mußten ja die Erlaubnis für das Senden dieser Terroristischen Werbefilme geben, um wenigstens auf die Spur dieser sogenannten "Terroristen" zu kommen, die Erlaubnis haben wir nun zurückgezogen und die Terroristischen Werbefilme verboten, blockiert und abgeschaltet.
Ich denke in beiden Fällen ist das eine faule Lüge:
Erstens haben die Ermordeten Zivilmassen in IrakSyrien keine Lobby in USAIsraelFrankreich und sonstigen Verbündeten Staaten
Zweitens haben die in Frankreich 2015 Ermordeten Zivilmassen in Frankreich trotz der Internationalen Bekundungen von Abscheu gegen diesen Terrorismus keine Lobby in der WestStaatenAchse dh ua in USAIsrael, dh USAIsrael kann das vollkommen egal sein. Makaber, wenn man sich vorstellt, daß die Erfindung dieses bis heute erfolgreichen KriegsSzenarios in USAIsrael gemacht wurde, und zwar kurz bevor USA alle USSoldaten von Irak abgezogen hatte und sichergestellt war, daß ein von USAIsrael angezettelter IrakSyrienKrieg keinesfalls in die "Israelisch" Kontrollierten Golanhöhen noch nach "Israel" sprich in die "Jüdische Entity" überschwappen könnte.

VORBEMERKUNG ENDE

The Barbaric British ZivilvernichtungGlorifizierung and Barbaric American ZivilvernichtungGlorifizierung zB Dresden Februar 45 ANTIFAs Internationale Bedeutung Winter 2015/2016 am Beispiel von Görlitz/DDR.
Der Zweck dieses Kapitels ist der Kampf gegen die 1979er ANTIFA
Da fragt man sich, wie das zusammenpassen soll: Sabra und Chatila war okBRD=BündnispartnerGemayels und Israels,

AntifaDresden45MädchenundFraueninMassenVernichtungistCooldh ist ok, und dann gegen eine bestimmte Miliz im Nahen Osten, die angeblich dasselbe macht, BRDKriegsbegeisterung (zusammen mit Frankreich)
Im folgenden nenne ich die Miliz, über die in den "BRD"Medien nunmehr seit Jahren oft berichtet worden ist, IS bzw "IS".
US-Imperialismus mithilfe der zahlreichen Militärischen BündnisPartener der "Achse der Willigen" Dominikanische Republik ! im Irak Wir erinnern uns 1991 bzw 2003.. Was ist mit der USRüstungsproduktion oder mit der Rüstungsproduktion der "BRD" oder sonst eines Staates, der sich in den Dienst der "Achse der Willigen" stellt? dh der "Achse der Willigen" zur Verfügung stellt? Was ist, wenn sich die Bevölkerungen der USA, der "BRD" usw auflehnen würden und die Rüstungsproduktion aus dem Land treiben und verbannen würden? Ganz einfach, sagt der Teuflische ImperialismusKapitalismus:"Dann verlagert man ganz einfach die RüstungsFabriken ein paar 100Kilometer weiter, die Welt ist groß, was glauben SIE denn?! , .. und wenn das jeweilige Land abgegrast ist und nicht mehr will, dann weist USA den Weg zu einem der anderen 185 Länder der UNO und zwar zu einem Land zB Ungarn oder an San Marino, wo man auch prächtig Terroristische ÜberfallRüstung für die Kapitalistischen ImperialismusKriege Produzieren könnte. Und das jeweilige Land wird jubeln, auch einmal an der RüstungsProduktionsGoldgrube teilhaben zu können. Pervers und Teuflisch das Ganze.
Demokratisierung Demokratisierung im Nahen Osten :
MEs ist in den "BRD"KriegsZensurMedien das Bild vermittelt worden, "IS" würde wahllos am Krieg völlig Unbeteiligte Zivilbevölkerung Christlichen Glaubens abschlachten.
Ob das die Wirklichkeit ist, ist überhaupt nicht gesagt, die Wahrheit darüber werden wir am Sankt Nimmerleinstag in den Medien erfahren.
Die Wirklichkeit indes ist, daß für die KolonialStaaten "Israel", "BRD" Frankreich Nato im Nahen Osten siehe nur Palästina und Libanon ZivilVernichtung stets ein "Erlaubtes Kriegsmittel" gewesen ist dh genutzt wurde und durchgeführt wurde. Das bedeutet zB gegen in die ZivilBevölkerung zurückgekehrte Soldaten, die sich nunmehr Zivil nennen oder auch: Entwaffnete Kriegsgefangene, die man samt den Ehefrauen und Kindern abschlachtet, dh für die WestStaaten ist ZivilVernichtung stets ein "Erlaubtes Kriegsmittel" gewesen im Nahen Osten und zwar gegen zahlreiche Völker unter anderem gegen Moslems im Libanon, gegen Moslems und Christen in Palästina, gegen zahlreiche Religiöse Glaubensrichtungen, zu schweigen selbstverständlich auch von den jeweils

bekämpften entsprechenden zahllosen Armeen, die im WestKolonialJargon meist "Terroristen" und/oder "Milizen" genannt werden, und im Umkehrschluß braven KolonialGehorsam mit einem großartigen Namen zu verbrämen wie zB nach WestKolonialJargon sprich "BRD"Medien der GemayelTerroristischen RegierungsMiliz des im tobenden Bürgerkrieg untergegangenen Libanon den Großartig tönenden Namen "Libanesische Armee" in der BRDKolonialGeschichtsschreibung der 1970er und 1980er und 1990er und 2000er und 2010er und weiterhin bis heute 2016 zuzugestehen.
Der ISBezug der WestKolonialStaaten ist DAS reißerische dh sensationelle Thema für die Weltnachrichten in den WestMedien seit 2011. Seit 2011 ist für die WestMedien Nachrichtensperre zum Gesamten Nahen Osten: denn der gesamte Nahe Osten ist Kriegsgebiet. Erstaunlich, wie die Kolonialistischen KriegsZensurWestMedien immer noch das Bild vermitteln dh auf der zB CNNMattscheibe, sie wären gar keine Kolonialistischen KriegsZensurWestMedien. Das, was wir in den Kolonialistischen WestMedien sehen, ist indes mEs nur das, was wir aus WestKolonialistischer Sicht sehen sollen.

Mir kommt es so vor, daß sich die "BRD"Medien perfide aufgeilen an der von diesen gleichen Medien seit Jahren täglich und ausführlich als Zivile Christen Mordende dh als Terroristen definierten Miliz im Nahen Osten. Und mir kommt es verrückterweise so vor, daß diese Medien daran interessiert sind weil interessiert sein müssen, wie es uns die WestMedien nicht erst seit Monaten sondern seit Jahren bescheinigen, - indem man vorgibt (Fremdwort suggeriert), man muß ja das zu Bekämpfende möglichst viel darstellen, damit es angemessen bekämpft werden kann - Werbung indirekt durch MedienPräsenz für diese sogenannte Miliz zu machen, die "man" doch angeblich bekämpfen will, weil den WestKolonialMächten daran gelegen zu sein scheint, diese Miliz so transparent wie möglich darzustellen
und dabei absichtlich in Kauf zu nehmen, daß diese übermäßige WestStaaten typische "Freie Berichterstattung" bewirken würde:
Einwohnern entsprechend
80Millionen "BRD"
50Millionen Frankreich
50Millionen GroßBritannien
in diesen Staaten
etwa 2,5% der Einwohner Herkunft das heutige Syrien Irak Kriegsbiets bei 100%MedienKonsumenten

99%Abschreckung Ablehnung, zB bei den meisten BRDlern/Franzosen/Engländern
1% Befürwortung, = zB bei jenen Menschen mit Herkunft Syrien Irak, die sich durch den WestKolonialismus wie auch durch die vom WestKolonialismus im Nahen Osten nutznießenden RegionalMächte innerhalb des Kriegsgebietes "Syrien Irak" betrogen fühlen, sowie Genetisch und Kulturell Weiße "Deutsche", Weiße "Franzosen" und Weiße "Engländer", die sich von den mit Euro-Europäischer Union/NatoKapitalismusImperialismusAnspruch und hiervon entsprechend propagierten Kulturellen Werten der "BRD", Frankreichs und Englands endgültig abgekehrt haben;
und damit diese 1% dann, so sie von dieser Miliz angeworben werden, ohne daß es die Angeworbenen oder die Miliz merkt oder verhindern könnte, von den zB "BRD"Geheimdiensten überwacht ins Kampfgebiet verfolgt werden können,
so daß möglich sei eine Kontrolle der "BRD"Geheimdienste über diese angeblich zu bekämpfende Miliz vor Ort in Syrien oder in den AnrainerStaaten
und dabei absichtlich in Kauf zu nehmen, daß diese übermäßige WestStaaten typische "Freie Berichterstattung" bewirken würde:
vor allem auch Rückwirkung dieser Miliz nämlich KriegsHandlung/Terroranschlag im entsprechenden WestStaat
dh Perfiderweise:
und dabei absichtlich in Kauf zu nehmen, daß diese übermäßige WestStaaten typische "Freie Berichterstattung" bewirken würde:
einen Zivile Christen Mordenden Terroranschlag,
bzw
Zivile Christen Mordende Terroranschläge,
was doch diegleichen WestKolonialMedien angeblich abzuschrecken und verhindern zu wollen vorgegeben hatten,
was sich somit als perfide Heuchelei der "BRD" und anderer WestStaaten dh dieser gleichen WestStaatenKolonialistischen Medien bestätigt hat siehe Paris November 2015.
Ich wage zu behaupten: die genannten WestMedien sagen weder die Wahrheit über diese Miliz
UND
Ich bin mir indes sicher zu behaupten, die genannten WestMedien haben dadurch erreicht, das seit vielen Jahrzehnten auch WestStaatenAchsen-KriegsMittel ZivilVernichtung auch für heutige Kriege wieder aktuell tolerant

erscheinen zu lassen:
zB in dem Sinne: Wenn Miliz A ZivilVernichtung macht, dann soll
WestStaatenAchse mit der gesamten ZivilBevölkerung der Miliz A ebenfalls
ZivilVernichtung machen dürfen.
Und nur deswegen weil Nato und die gesamte WestKolonialStaatenAchse
mEs erst noch sehr viel Krieg im Nahen Osten und überall in der Welt vorhat,
wurde über Jahre diese Miliz ausführlich in den
WestKolonialKriegsZensurMedien und zwar ausschließlich nach Gutdünken
der WestKolonialKriegsZensurMedien teilweise absichtlich falsch dargestellt.
MEs haben wir ein solches Muster auch schon 1974 im Libanon gehabt, wo
die nicht etwa gegen den Willen der WestKolonialStaaten allen voran
"Israel", Frankreich, USA sondern mit Willen dieser Staaten dh von diesen
Staaten absichtlich dh plangemäß über die folgenden Jahrzehnte
aufgespaltene Bevölkerung mit Krieg und BesatzungsTerrorismus gequält
wurde
- eine
gemäß Anrainerstaaten Syrien/"Israel" durch vermeintlich
kontrollierbar/unkontrollierbar gewordene Rekrutierung in kreuz und quer
vermeintlich kontrollierbare Infiltrierte Ausspionierte sich permanent
verändernde Milizen, - 1974 gibt es alleine innerhalb Libanons 19
verschiedene Völker/Ethnien/Religionen/Sekten, die sich teils und
zweitweise Für "Israel" und Gegen "Israel" entschieden - ,
gespaltene Bevölkerung. Zu Beginn des Bürgerkriegs 1974 formiert sich die
Bevölkerung in zwei Militärische Hauptlager dh in Gleichstellung der
Rechtlos Gewordenen Regierungs Armee als Miliz, in zwei Militärische
GroßMilizen: MachthaberPro"Israel"=Großer Teil der Christen, Contra
'Israel"=Großer Teil der Moslems, 1977 Contra"Israel"bekennt sich mit Toni
Frangieh 50% der MaronitenChristen Libanons entsprechend etwa 50% der
GesamtenChristen Libanons zu Contra"Israel". 1978 per Proskription
Säuberungen durch die "Israel"Treue MaronitenRegierung / das Mittel dazu
ist Offizieller RegierungsTerrorismus offiziell verkleidet in
'BRD"/Frankreich/England-"WestEuropäische Demokratie" der Versuch des
PhalangeMaronitischJüdischen Terrorismus zur Ausschaltung dieser vor
allem von MaronitenChristen wie Toni Frangieh geleiteten Bewegung= was
die endgültige Spaltung der Christlichen BevölkerungsHälfte des Libanon
bedeutete,-was in Geschichtsverdrehender Weise heute 2015 in Teilen des
Offiziellen deutschBRDischen Internet absurderweise dem Michel Aun in die
Schuhe geschoben wird-, das von Gemayel geleitete Massakker an samt
Familie und Parteifreunden Toni Frangieh, was sich als der eigentliche

Startschuß des Libanesischen Bürgerkrieges erweist. Als 1979 der Revolutionäre Iran im Libanon an die Seite der Schiiten getreten war, gibt es die zwei Militärischen Lager/GroßMilizen: Pro "Israel"/Contra "Israel" Dh= Contra "Israel"=Großer Teil der Sunniten und noch Größerer Teil der Schiiten;
UND :
Contra "Israel" = auch die Kommunisten=meist die Nicht Bodenständige Avantgarde des Bürgertums als Alternative Partei stellvertretend nur für einen kleineren Bevölkerungsanteil jedoch an den Schlüsselstellen der Verbindung BildungsBürgertum/Politische Macht/Militärische Macht und somit höchst anfällig für Infiltration/Manipulation durch "Israel"/"BRD",/Frankreich, die Kommunisten als Politischer MachtFaktor wird von der Contra"Israel"GroßMiliz selbst dh von Sunniten und Schiiten, hauptsächlich jedoch von den Schiiten zB von Hezbollah liquidiert und spielt keine Rolle mehr. Die HauptGrenzen der verschiedenen BevölkerungsTeile sind die Religion: Libanon besteht Vor dem BürgerKrieg dh 1969-1973 aus etwa 48% Christen, 52%Moslems = 26% Sunniten, 26% Schiiten
Die Christen haben alle Macht, obwohl sie die Minderheit stellen.
Die Moslems haben keine Macht=
Dh:
Die Sunniten haben keine Macht.
Die Schiiten haben überhaupt keine Macht.
Moslems sind die Diener der Christen.
Drollig wie in den 1970ern und 1980ern noch "BRD"TopSpion Scholl-Latour schwärmte von dem Christlichen Beirut, was ja durch die "Bösen" Moslems dh vor allem die "Bösen Palästinenser" kaputtgegangen sei, obwohl Scholl-Latour die Juli/August 1982 Jüdischen Bombardements Beiruts sicher nicht verborgen geblieben sein dürften.
Nochmal:
Irak/Syrien Kriegsgebiet 2016:
MEs haben wir ein solches Muster auch schon 1974 im Libanon gehabt, wo die nicht etwa gegen den Willen der WestKolonialStaaten allen voran "Israel", Frankreich, USA sondern mit Willen dieser Staaten dh von diesen Staaten absichtlich dh plangemäß über die folgenden Jahrzehnte aufgespaltene Bevölkerung mit Krieg und BesatzungsTerrorismus gequält wurde.
Dasgleiche Muster haben wir in Irak/Syrien 2016, jedoch noch unübersichtlicher, weil die Anzahl der am Krieg teilnehmenden Staaten – siehe Anrainerstaaten von IrakSyrien – und auf dem IrakSyrienTerritorium

die Anzahl der sich gegeneinander militärisch bekämpfenden Milizen größer ist.
meine These =
Mittels der, wie bisher thematisierten und kritisierten, von den Kolonialistischen WestStaatenKriegsZensurenMedien über Jahre (2011-2015) durchgeführte mEs übermäßigen Information über eine angeblich zu bekämpfende Miliz, hat der Westen anstatt abzuschrecken eher einen KriegsTourismus durch Rekrutierung von in den WestStaaten selber beheimateten WestStaaten-Bürgern zB "BRD"Bürger oder StaatsBürger Frankreichs, die ins Kriegsgebiet reisen und wieder zurückreisen, angekurbelt, der Kriegshandlung vom Kriegsgebiet im Nahen Osten in die WestStaaten selber geholt hat absichtlich und planmäßig, um somit den Kolonialistischen WestStaaten zu ermöglichen, daß diese Miliz um so mehr von den WestStaatenGeheimdiensten ausspioniert und manipuliert werden möge.
Mittels der, wie bisher thematisierten und kritisierten, von den Kolonialistischen WestStaatenKriegsZensurenMedien über Jahre (2011-2015) durchgeführten mEs übermäßigen Information über eine angeblich zu bekämpfende Miliz, hat der Westen anstatt abzuschrecken eher einen Privaten KriegsTourismus durch Rekrutierung von in den WestStaaten selber beheimateten WestStaaten-Bürgern zB "BRD"Bürger oder StaatsBürger Frankreichs, die privat zB per Flugzeug nach Türkei, und dann weiter mit dem Bus oder mit dem Taxi an die Syrische Grenze ins Kriegsgebiet reisen, - die Proteste gegen die Türkischen Behörden, die dies ermöglichen, werden in BRDMedien offen kritisiert und sind der BRDBevölkerung seit Jahren allbekannt und in aller Munde- , dort für den AntiKolonialistischen IS kämpfen und wieder zurückkreisen, angekurbelt, einen KriegsTourismus, der Kriegshandlung vom Kriegsgebiet im Nahen Osten in die WestStaaten selber geholt hat absichtlich und planmäßig, um somit den Kolonialistischen WestStaaten zu ermöglichen, daß diese Miliz um so mehr von den WestStaatenGeheimdiensten ausspioniert und manipuliert werden möge. In den WestStaatenKriegsZensurenMedien über Jahre (2011-2015) vollkommen ignoriert und folglich von der BRDBevölkerung kaum oder gar nicht wahrgenommen, diskutiert und kritisiert ist mEs aber ein anderer Kriegstourismus, der schon viele Jahrzehnte praktiziert wird:
Wollen "Israelische" Staatsbürger als Soldaten dienen, haben sie jeweils die Möglichkeit, mit Israelischem Paß im Israelischen Militär, oder mit "BRD"-Paß oder sei es auch mit Frankreich-Paß in einer UNOBlauhelmtruppe für die "Israelische"Interessensphere Golanhöhen zu arbeiten, mit einem "BRD"Paß

können dieselben (ehemaligen) "Israelischen Staatsbürger regulär in den Libanon einreisen, was sie mit Israelischem Paß nicht dürften; "BRD"Staatsbürger mit Jüdischen Wurzeln erhalten den "Israelischen" Paß, mit dem sie als "Israelische" Staatsbürger auch im "Israelischen" Militär arbeiten können. Somit ist ein und demselben Soldaten möglich, sowohl im Israelischen Militär bei Luftschlägen gegen Damaskus zu arbeiten, wie auch in den Syrischen Golanhöhen als UNOBlauhelmtruppeSoldat, oder auch in Libanon oder auch in Syrien selbst langfristig statuioniert zu sein, weil Syriens Grenzen schon lange nicht mehr von Damaskus kontrollierbar sind, und folglich auch der Transit "Israel"/Irak gegeben ist, dieserart Kriegstourismus läuft seit Jahrzehnten über Westberlin und die "BRD". Und dieserart Pro"Israel"Kriegstourismus betrifft ausschließlich Menschen, die als "Israelische" Staatsbürger im regulären Dienst für die "Jüdische Entity"/"Israel" arbeiten wollen; "normale" Soldaten im Dienste aller jeweiligen WestKriegsAchsenStaaten sind gar nicht mitgerechnet. Soll heißen: den Kriegstourismus gibts nicht erst seit 2011. Der heutige Kriegstourismus von IrakSyrien ist also schon sehr alt, ist mit dem Beginn des Heißen Krieges in Syrien aber in ein noch intensivere intensive Phase getreten. Die Pro"Israel"ische Hälfte der Maronitischen Christen im BürgerkriegsLibanon 1975-2000 hatten immer die Möglichkeit, zwischen Libanon und Frankreich zu pendeln, weil Libanon einst Französische Kolonie war.; die Militärische Kooperation zwischen den Pro"Israel" Maronitischen Christen und den Militärs der USA sowie Frankreichs waren stets eng und sehr gut. Die nur unterstellte 2015 Ausspähung des IS Kriegstourismus durch die Geheimdienste der "BRD" und anderer WestKriegsAchsenStaaten betrifft also nur 1Seite der Medaille.
meine These =
Mittels der, wie bisher thematisierten und kritisierten, von den Kolonialistischen WestStaatenKriegsZensurenMedien über Jahre (2011-2015) durchgeführte mEs übermäßigen Information über eine angeblich zu bekämpfende Miliz, hat der Westen anstatt abzuschrecken eher einen KriegsTourismus durch Rekrutierung von in den WestStaaten selber beheimateten WestStaaten-Bürgern zB "BRD"Bürger oder StaatsBürger Frankreichs, die ins Kriegsgebiet reisen und wieder zurückreisen, angekurbelt, der Kriegshandlung vom Kriegsgebiet im Nahen Osten in die WestStaaten selber geholt hat absichtlich und planmäßig, um somit den Kolonialistischen WestStaaten zu ermöglichen, daß diese Miliz um so mehr von den WestStaatenGeheimdiensten ausspioniert und manipuliert werden möge.

Dies ist noch eine Positive Formulierung
Eine Negative und mEs wahrscheinlich ehrlichere Formulierung ergänzt meine These:
Die Kolonialistischen WestStaaten haben, - in beliebiger Anzahl zusätzliche Zivile Opfer und zwar in den WestStaaten zB Frankreich in Kauf nehmend - , das einzige Ziel, auf Gedeih und Verderb Assad zu beseitigen und nebenher ganz Syrien, und ein Neues SyrienStaatsSystem zu ersinnen dh ein der WestKolonialStaatenAchse Nützliches Neues Syrien und wenns geht auch nochmal ganz Irak neu aufzuteilen nach Gutdünken. Kurz: Unter dem Vorwand: "Wir bekämpfen ja nur eine in den WestStaaten überwiegend UnPopuläre Miliz", haben die KolonialStaaten dadurch schon einmal einen Fuß in der Tür, wonach man sich gegen Assad wenden kann und dann erst mal richtig aufräumen kann; Wir hatten ja noch nicht genug Krieg. Das Ziel ist erreicht, wenn die Bevölkerungen der ScheinDemokratieWestStaaten zB Frankreich, England deutlich für einen KriegsEinsatz stimmen, und wenn unmittelbar folgend die bereits im Lande stehenden KolonialTruppen sowie der in den WestStaatenUrsprungsländern bereitstehende Nachschub den CombatBefehl bekommen, womit Assad erledigt sein dürfte.

Ende der These

Bedenken wir!: Die WestStaatenKolonialistischen Medien sind allesamt KriegsZensurMedien, die keinesfalls die Wahrheit sagen wollen. DIE WESTSTAATEN HABEN IM LAUFE DER JAHRZEHNTE ALLE GLAUBWÜRDIGKEIT VERSPIELT. DAS HAT DIE WESTSTAATEN ABER NOCH NIEMALS DARAN GEHINDERT, AUF GEDEIH UND VERDERB EROBERUNGSKRIEGE VON DEN PHILIPPINEN BIS MARROKKO DURCHZUFÜHREN.
Eine andere Form von embedded suggerierend, daß ein ISKämpfer als embedded journalist des "BRD"Fernsehens vor Ort andere und zwar unter anderem im Kampfeinsatz(Combat) aktive bzw in SiegesStimmung feiernde ISKämpfer filmt? Die BündnisPartner "Israel" und USA haben stets embedded journalism aus ihren eigenen Schützengräben gemacht dh aus der eigenen Ideologischen Warte die Realität wiederzugeben vorgegeben dh zB was die "BRD"-Bevölkerung aus Palästina und Libanon ab 1975 als journalism zu sehen bekamen, war die "Israelische" und die USAmerikanische Sicht der Dinge dh de facto vom "Israelischen" und USAmerikanischen Militär angestellte, beauftragte und bezahlte Journalisten, die dies oder jenes filmen durften und sollten;jedoch bei Israelischen

Greueltaten jene NICHT von "Israelischer" Armee angestellte Journalisten sowie das Verbrechen zufällig filmende und somit dokumentierende Zivilisten dh Leute mit zufällig einer Kamera bei der Hand, wurden und zwar in Form einer ganz normalen Kriegshandlung damals, bis zum Ende des Israelichen Terrorismus in Libanon genauso wie in Palästina von 1974 an alle folgenden Jahre und Jahrzehnte wie wir wissen, vom Israelischen Militär getötet= auf deutsch heißt das ermordet , - immer mit der eindeutigen Apologie der Israelischen Soldaten, sie hätten die Kamera für eine Schußwaffe gehalten, wir sehen, das ist Kriegsgebiet, entgegen den 1974-2015 heuchlerischen Lippenbekenntnissen der von der Israelischen Jüdischen BRDischen Rüstung gehaltenen PolitikerKaste Westberlins und der BRD -, in Libanon genauso wie in Palästina von 1974 an alle folgenden Jahre und Jahrzehnte wie wir wissen, vom Israelischen Militär getötet= auf deutsch heißt das ermordet und zwar als Kriegsfeinde in Libanon und Palästina und, seit die Israelischen Terroristen den Libanon 2000 verlassen haben, werden weiter in Palästina bis heute 2015, wie wir wissen, ermordet als Kriegsfeinde in Palästina. Das denen, die immer sagen:"Es ist nicht Krieg! es ist doch Frieden in Palästina, oder nenne man es Israel oder Jüdische Entity!, es ist doch Frieden, .. und meine Güte, Kriminelle muß man natürlich mittels der Polizei, mittels PolizeiAktionen des Israelischen Militärs so wie die USA Vietnam, bekämpfen, ist doch selbstverständlich, nicht wahr, nicht wahr!" Kann 2011-2015 im Kriegsgebiet IrakSyrien "embedded" genannt werden, wenn bestimmte Fernsehsender der BRD das fremde Filmmaterial so darstellen, als hätte es ein wagemutiger "embedded journalist" aus dem Schützgraben herausgekommen auf FeindesSeite ungehindert filmen können? Kann "embedded" genannt werden, wenn "Israel" und USA InternetSelbstDarstellungsVideos der einen oder anderen und sei es FEINDLICHEN Miliz als genehm erachtet? so zB eine besonders grausame SelbstDarstellung einer bestimmten und Regional dauerhaft siegreichen Miliz, was im Sinne dieser Miliz auf FeindesSeite im Kriegsgebiet sowie in den WestStaatenBevölkerungen auf Gegner dieser Miliz besonders FurchtEinflößend wirken soll und was von den WestMedien selbst in einer Art Neuem "embedded journalism" von WestJournalisten zB CNN "aufbereitet" und WeltWeit verbreitet wird ebenfalls über Internet zum Zwecke der Abschreckung Vor dieser speziellen Armee?, in Wahrheit jedoch in den WestStaatenBevölkerungen Ja zum Kriegseinsatz der WestStaaten bewirken soll. Könnte USA das wollen? Selbstverständlich ! Deswegen ist mEs die embedded Bedeutung auch auf 100% fremdes Filmmaterial anzuwenden und nicht beschränkt auf einen MilitärJournalisten im

Schützengraben seiner "Israelischen" Armee in Palästina. Denn die Wirkung beider Journalismen ist diegleiche : Das Eigene Militär wird gestärkt. Wie sehr galt es doch 1990 als UNDENKBAR, daß eine agent provocateur-Lüge etwas bewirken könnte. Brutkastenlüge, und die "BRD"Bevölkerung hat zusammen mit der US-Bevölkerung strammgestanden dank Amnesty International; die 2016 Brutkastenlüge hat ebenfalls bereits Erfolg gehabt, der Krieg in Irak Syrien ist in vollem Gange
In 2015 ist die Sachlage folgendermaßen:
"1989 Ta´if" ist das International Bindende UnDemokratische ScheinDemokratische Abkommen, das von der Mehrheit der Libanesischen Bevölkerung dh von den die Mehrheit der Libanesischen Bevölkerung repäsentierenden KonfliktParteien mEs mit Recht boykottiert wurde, aber letztlich doch von einem großen der ablehnenden Bevölkerungsteile nämlich von Hezbollah, nachdem genauso International bindend festgestellt wurde, daß Hezbollah nunmehr nicht mehr als BürgerkriegsMiliz sondern als bleibender Militärischer Schutz der NichtChristlichen Libanesischen Bevölkerung (55%) definiert ist, doch noch anerkannt wurde. Am Arsch war Gegner der in Libanon, neben der fortgesetzten Jüdischen Besetzung, von US unterstützten weiteren Syrischen Besetzung MichelAun, der daraufhin für 15 Jahre das Land verließ und erst nach Ermordung des USPartners Rafik Hariri 2005 wieder ins Land kam und sein sensationelles Bündnis mit Hezbollah herstellte.
Während AunsFeinde=HezbollahFeinde, -
daß Frankreich ein Anhängsel der sich als mit "Israel" verbündet verstehenden etwa 35%Minderheit des Politischen Spektrums im Libanon sowie ein Anhängsel "Israels" ist, zeigt sich darin, daß Hezbollah trotz des von Hezbollah letztlich doch akzeptierten Ta´ifAbkommens 1989 und trotz des von Hezbollah - nach der BarakClintonAssadGenf 2000 überraschenden DochNichtRückgabe vergleichsweise sehr geringen Syrischen Territoriums unter anderem das Syrische Lake Tiberias Ufer an Syrien durch "Israel" - gegen SLA=den Libanesischen "Israel"Proxy=deutsch:"Israel"Stellvertreter und gegen die "Israelische" Besetzung des Libanon in 2000 errungenen Sieges bis heute 2016 in der Offiziellen FrankreichStaatlichen wikipedia "Terroristische" Organisation genannt wird, -
stets versuchen seit 2006, Aun zu isolieren, weil damit auch die Isolierung der Hezbollah gelingen könnte, trifft Aun in den Folgejahren Formale = Offizielle sowie Formlose Nicht-Offizielle Vereinbarungen mit USA, Hezbollah, Iran und Syrien bis 2011 bis zum Beginn des von Auns Gegnern und den WestKriegsZensurMedien sogenannten IN

ANFÜHRUNGSSTRICHEN"Syrischen Bürgerkrieges"ANFÜHRUNGSSTRICHE ENDE.
Verwunderlich ist doch:
Wenn sich doch "Israel" nach dem zumal von Hezbollah siegreich erkämpften schmählichen Jüdischen BesatzungsAbzug 2000 angeblich damit abgefunden hat, mit Libanon in einem ewigen FeindstaatVerhältnis zu bleiben, was sowohl Libanon als auch "Israel" eine sorgenfreie Existenz sichert und garantiert bezüglich des FeindZustandes, dann ist doch die Israelische Einflußnahme innerhalb des Libanon zur Herbeiführung eines IsraelFreundlichen LibanonStaates absichtlich irreführend, weil allenfalls ein Bürgerkrieg erreichbar ist. Dreh- und Angelpunkt Libanesischer Politik sind seit Ende des Bürgerkriegs 1989 und Ende der Jüdischen Besetzung 2000 bis heute 2015 im Libanon der seit Jahrzehnten bei Christen wie auch Moslems beliebte General Michel Aun und die das Schiitische BevölkerungsDrittel Libanons repräsentierende Hezbollah. Nun hat Israel von einer Regierungslosigkeit/ bzw einem Bürgerkrieg in Libanon nichts zu fürchten sondern nur alles zu gewinnen: Israel erlaubt sich einfach, Hezbollah in Syrien zu bekämpfen. Der die Libanesische Bevölkerung in keiner Weise repräsentierende nämlich sowohl von den Michel Aun-Christen/Moslems als auch von den HezbollahSchiiten beide Gruppen nahezu 50% der Libanesischen Bevölkerung abgelehnte und boykottierte Ta´if Accord, den Hezbollah nach längeren Politischen Kämpfen doch noch anerkannte, sieht vor : gleichstarke Beteiligung an Libanesischer Regierung durch Sunniten/Schiiten/Christen sowie eine Entwaffnung aller BürgerkriegsMilizen, Hezbollah definierte sich seitdem nicht mehr als BürgerkriegsMiliz sondern als Moslemischer Widerstand gegen ein in der Regierung Christliches Übergewicht und führte Entwaffnung folgerichtig durchaus NICHT durch; indem nun Israel Hezbollah bekämpft, bekämpft Israel also Libanesische Staatliche Truppen. Scheinbar will Israel gleichzeitig HezbollahTruppen in Syrien wie auch Hezbollah in Libanon ausschalten. Aber so wenig das Ausschalten der Hezbollah in Libanon funktionieren konnte ab 1989 bis heute, um wieviel weniger kann dies funktionieren zugleich in Syrien UND in Libanon!
So man sagen könne, daß die Maronitischen Christen zur Hälfte gespalten sind Für und Gegen Israel,
UND man sagen könne, daß die zahlreichen übrigen Christlichen SektenBevölkerungen Libanons überwiegend gegen Israel sind,
dann kann man insgesamt sagen, daß die Mehrheit der Christen in Libanon gegen Israel ist.

Will nun Israel den in Libanon innerhalb der Christlichen Bevölkerung ohnehin starken Widerstand gegen Israel gegen sich noch mehr heraufbeschwören?

JA.
IRAK/SYRYRIEN = MACHE MAN SICH AUF 25 JAHRE ISRAELISCHEN TERRORISMUS GEFASST !
DENN "ISRAEL" IST EIN WIDERSTAND DER CHRISTEN IM LIBANON GEGEN ISRAEL SOWIE EIN ZERBRECHEN DES LIBANON GANZ EGAL, WEIL ISRAEL VON EINEM MIT EINER 45% "ISRAEL" UNTERSTÜTZENDEN BEVÖLKERUNG VERSEHENEN LIBANON NICHTS ZU FÜRCHTEN HAT AUSSER EINEN DURCH DIE GEGEN ISRAEL STEHENDE LIBANESISCHE BEVÖLKERUNG UNTERSTÜTZEN KRIEG, UND KRIEGERISCH HAT "ISRAEL" MIT EINEM VON GEGEN ISRAEL STEHENDER BEVÖLKERUNG DOMINIERTEN LIBANON SCHON JAHRZEHNTELANGE ERFAHRUNG DAS HATTEN WIR SCHONMAL 1974-2000, DA GINGS DOCH AUCH, DAGEGEN WAR DER II.WELTKRIEG KURZ

ODER

NEIN.
DANN IST ES DOCH OFFENSICHTLICH UNSINN,
- ES SEI DENN DIE "JÜDISCHE ENTITY VERFÜGT AUSGENOMMEN DER GEGEN "ISRAEL" STEHENDE LIBANON UND DIE INTERNATIONALEN GEWÄSSER VOR DER SYRISCHEN MITTELMEERKÜSTE EINEN ANRAINERSTAATENRING UM SYRIEN BILDEND ÜBER MILITÄRISCHE KRIEGSVERBÜNDETE WIE TÜRKEI UND SAUDI-ARABIEN UND EINEN AN DER SYRISCHEN GRENZE NUTZBAREN IRAK, WOMIT MACHBAR IST DESTABILISIERUNG=SCHAFFUNG RECHTSFREIER RÄUME IST EIN VERNIEDLICHTER BEGRIFF FÜR SCHAFFUNG VON ANARCHIE, WILLKOMMEN ANARCHIE, DENN ANARCHIE WIRD VON "ISRAEL" MIT SCHAFFUNG VON STABILISIERUNG=SCHAFFUNG VON RECHTLICHEN RÄUMEN AUFGEFÜLLT; MES KANN SICH AUS SELBSTERHALTUNGSTRIEB "ISRAEL" NACH DER ERRINGUNG EINES SO SCHON NUR HALBWEGIGEN FRIEDENS MIT DEN HISTORISCH SEIT GRÜNDUNG DES STAATES ISRAEL1948 BIS HEUTE GEGEN ISRAEL VERBÜNDETEN CHRISTEN UND MOSLEMS

DH NICHT JÜDISCHEN BEVÖLKERUNGEN IN PALÄSTINA EINEN SOLCHEN SYRIENKRIEG NICHT LEISTEN -

DANN IST ES DOCH OFFENSICHTLICH UNSINN,

daß "Israel" dann gegen die UNO besetzten Syrischen Golanhöhen militärisch vorgeht - nämlich besetzt und der Versorgung der AssadFeinde zur Verfügung stellt - als auch gegen Syrien im Ganzen, weil dies das über viele Jahre BEWÄHRTE Friedensichernde mit Syrien verbündete Libanesische HezbollahMichelAunBündnis in Syrien auf den Plan rufen muß sprich HezbollahTruppen. Israel hat sich somit eine ZWEITE FRONT AUFGEMACHT. Es führt Krieg gegen Syrien. Und nun muß es auch noch Krieg gegen Libanon führen. Manche Jüdischen MilitärStrategen sehen darin einen Sinn.
Die für "Israel" Negativen Folgen auf den von "Israel" geführten Libanesischen Bürgerkrieg ab 1975-1989 bis zum "Israelischen" BesatzungsEnde 2000 sind bekannt.
Der seit 2011 offensichtliche "Israel"Krieg gegen Hezbollah im um seine Existenz kämpfenden Syrien läd geradezu sowohl Krieg Hezbollah-gegen"AntiAssad"Rebellen als auch IS-Krieg bis an die Libanesischen Grenzen wenn nicht gar in den Libanon ein,
und zwar in einen
von durch "Israel" gefahrlos riskierter Regierungslosigkeit des Libanon UND
von durch "Israel" gefahrlos riskiertem neuem LibenesischenBürgerkriegsRisiko
geschwächten Libanon.
Abzug der USA 2011 aus Irak = Dezember 2011
Also ist seit Abzug der USA Dezember 2011 aus Irak "Israel" nicht nur Syrien sondern auch Libanon als KriegsFeind erwachsen.
Türkei und Saudi-Arabien indes sind als "Israel"Verbündete zu Global Players aufgestiegen und zwar nicht in der WeltPolitik sondern in der WeltKriegsführung.
Man kann indes sagen:
USA führt keinen Krieg, sondern USA läßt Krieg führen.
Üblich heute 2015 ist der Begriff Stellvertreterkrieg.
Das November 2006Attentat auf Industrie-Minister Pierre Gemayel wies zuerst auf Syrien und Hezbollah, ein Bekenntnis der Mörder fehlte und gab es niemals, jedoch bestätigten sich Geheimgespräche zwischen Pierre

Gemayel und dem HezbollahVerbündeten Michel Aun, so daß die Mörder nicht im Politischen Lager Michel Auns noch der Hezbollah sondern unter den anderen! Libanesischen Konkurrenten Pierre Gemayels zu suchen zu sein schienen. Die Angst vor einem zurückkehrenden Bürgerkrieg war allgegenwärtig. Eine unmittelbar folgende gemeinsame teils mehr aus Schiiten, teils weniger aus Christen bestehende 500.000Menschen Demonstation in Beirut zwang die Siniora-Regierung in die Knie. Amin Gemayel rief auf Beirut´s Martyr Square 10.000e, die für den Ermordeten Pierre Gemayel demonstrierten, gegen Racheakte auf, verweigerte aber demonstrativ, MichelAuns Beileidsbekundung anzunehmen, führte stattdessen ein Gespräch mit HezbollahChef Nasrallah, worin sich beide verständigten. Eine Stabilisierung des Libanon war erreicht worden. Vorerst, mEs blieb die Stabilität unsicher mit Beibehaltung einer Siniora-Regierung, und bot nur scheinbar Stabilität, die mEs jedoch von der "Jüdischen Entity" jederzeit aufgebrochen werden konnte.
Warum dann will Israel diesen Friedenssichernden FeindZustand beenden? Das macht nur und ausschließlich dann Sinn,
Wenn Israel Aussicht auf Erfolg hat und davon Nutzen ziehen kann, den Libanon mit welchen Mitteln auch immer in einen Bürgerkrieg oder doch zumindest einen eklatant Instabilen Zustand zurückzustürzen, ein solcher Staat Libanon wäre mEs ein bloßes Anhängsel "Israel"s, und somit genau DAS, was "Israel" bereits 1975 mit Bündnis mit der Christlichen Pahalange Maronitischen Terroristen ScheinRegierung Libanons ohnehin von Anfang an beabsichtigt hatte. Dh ebenfalls nichts anderes als:
Wenn nun alle oder einige der maßgeblichsten 1975 Bachir Gemayel"Israel"Verbündeten also "BRD", Frankreich, USA bzw einige maßgebende Politiker und einige maßgebende Politikerinnen dieser Staaten in den letzten 15!Jahren seit 2000 großtönend MitSchuld am seit 1975 Bürgerkrieg im Libanon eingestanden haben, Und
Wenn "Israel" keinen Deut von seiner 1975-2000Position abgegangen ist und unverändert mit einer solchen Historischen Position nunmehr 2015 mittels über die Syrischen Golanhöhen umfangreichste Versorgung der gegen Assad kämpfenden Terroristen"Rebellen" maßgeblich am Untergang des Staates Syrien arbeitet,
Und Wenn sich nun alle dieseMitschuld am Bürgerkrieg eingestanden habenden Israelischen BündnisStaaten sprich maßgebliche Politiker dieser Staaten bezüglich Libanon 1975-2000 NICHT DEUTLICH JETZT 2015 distanzieren von "Israel,
DANN IST DAS ALSO NUR EINE FARCE.

Bis 2011 versinkt der Irak in einem III.Weltkrieg.
Der USRückzug aus dem Irak 2011 und somit scheinbar aus dem gesamten seitdem IrakSyrienKriegsgebiet ist zwar ein deutliches Zeichen Obamas, dem Nahen Osten die Entscheidungen selber zu überlassen, aber es nutzt alleine der "Jüdischen Entity":
Nunmehr ab 2011 versinken Irak und Syrien gemeinsam in einem III.Weltkrieg.
Den besten Nutzen davon hat die Jüdische Entity !
Israel hat im seit 2011 ohne USA stattfindenden IrakSyrienKrieg keinen Nutzen von einem Stabilen Staat Libanon.
anders gesagt:
Israel hat im seit 2011 ohne USA stattfindenden IrakSyrienKrieg ausschließlich nur von einem INSTABILEN Staat Libanon Nutzen.
"Israel" sagt zwar: Hezbollah muß einfach aufhören, uns und unsere Verbündeten zu bekämpfen, dann wäre doch Friede, während die Welt weiß, daß die mit Syrien verbündete HezbollahMichelAunBündnisFriedensgarantie für Libanon bei "Israel"ischer Parteinahme gegen Assad und für jegliche von "Israel" Rebellen genannte Terroristen gegen das AssadRegime nicht nur Syrien zerbrechen soll, sondern auch Libanon zerbrechen MUSS.
Während nun scheinbar "Israel" das ganz in Ordnung findet, hat "Israel" nicht bedacht, daß somit gleichzeitig im Libanon eine Zweite Front gegen Israel im "Israel"SyrienKrieg entstanden ist.
"Israel" sagt: Sollen doch die Libanesen ihre eigenen Terroristen zB ihre eigene von "Israel" und von der wie Gemayel 1975 ein Freundschaftliches LibanonIsraelBündnis vertretenden HaririBewegung "Terroristen" genannte Hezbollah ins Gefängnis werfen!
Libanon sagt: Sollen doch die "Israelis" ihre eigenen Terroristen, in "Israel" gibts nämlich ne ganze Menge, ins Gefängnis werfen!
Indes mEs gibt es im Moment nicht mehr so viele NichtJüdische dh Moslemische und Christliche Pro"Israel"ische und "Israel"ische Terroristen in Libanon wie bis 2000; wer damals aber blieb, kam ins Gefängnis und büßte, 99% der Pro"Israel"Terroristen indes haben Freundschaftliches Politisches Asyl damals zu BesatzungsEnde, SLAFlucht und KriegsEnde in "Israel" erhalten.
Kaum verständlich, daß "Israel" die einzige Sicherheitsgarantie in Bezug zu Libanon leichtfertig aufgekündigt hat nach dem Motto: Warum denn Krieg mit nur EINEM Staat, machen wir doch Krieg mit ZWEI Staaten. Es scheint so, daß man das im Sinne von "Israel" Engagement Ausländischer allesamt mit der WestAchse "BRD"FrankreichUSA aufs Engste Verbündeter Militärs

gegen Syrien und, wenn man den WestMedien glauben soll, gegen IS - Wie günstig für "Israel", daß, wie so oft von den WestKriegsMedien festgestellt wurde, IS keinen Krieg gegen "Israel" führt -, zusammen mit "Israelischen" Kriegshandlungen als ausreichend erachtet. Es scheint, daß es "Israel" egal ist zu riskieren, damit den von IS und jeglichen sogenannten "Rebellen" geführten IrakSyrienKrieg, der ein geschlossenes Kriegsgebiet ist, in dem die zwei Staaten Irak und Syrien nicht getrennt werden können, wenn wir den WestMedien glauben sollen, in andere Staaten so zB nach Libanon oder nach Frankreich auszuweiten, während diegleichen Westmedien sagen: Assad und Hezbollah sollen doch nur Syrien den sogenannten "Rebellen" überlassen, dann ist ja Frieden in Syrien. Und Irak sei ne andere Sache. Daß Irak keine andere Sache ist, haben uns die WestMedien und die WestMilitärs allesamt seit Jahren bewiesen. Risiko egal? Wie wird "Israel" reagieren, sobald das 'IrakSyrienKriegsgebiet" nach "Israel" ausgeweitet worden sein wird?
Das Wort "Total" ist den Lehrern zu verdanken in meiner JugendSchulzeit bei der Auseinandersetzung mit dem Totalen Krieg im II.Weltkrieg mit Recht zum UnWort geworden, dh zu dem einzigen UnWort der 1970er und 1980er in der "BRD". MEs ist ab 1990 "Total" irgendwie wieder IN, und auch 'Totaler Krieg" gemäß "Totalitarismus" als Schöpfung der von der USAKriegsZensur geführten AntiKommunistischen Scheinphilosophien/griechischlateinisch: PseudoPhilosophien. Allen Ernstes wurde und wird ab 1990 bis heute 2015/2016 unbegrenzten ZivilMassenMord akzeptierend der begrenzt führbare Krieg von der Nato und den verbündeten KriegsZensurMedien gepredigt für die KriegsTheorie des "BRD"NachichtenFernsehens und der 'BRD"JournalistenFernsehTalkshows , nachdem zu SU/US-KonfrontationsZeiten 1945 bis 1989 allen Ernstes genauso der führbare Atomkrieg von der Nato und der "BRD" gepredigt worden war. Wessis wollen sich heute nicht mehr gerne daran erinnern. Kein Wunder.
auf den seit 1974 mit Billigung der "BRD" und aller übrigen WestStaatenAchsenMächte vom Gemayel"Israel"Militär geplanten und durchgeführten ZivilBevölkerungsMord
könnte man über bis 8.Mai 1945 Hitlers und Harris´ Totalen Krieg sagen über das IrakSyrienKriegsgebiet 2011-2015:
sagt zufrieden und wohlgelaunt und siegesgewiß der eine "Jüdische Entitist:"wir wollen den totalen Krieg!"
sagt zufrieden und wohlgelaunt und siegesgewiß der andere Jüdische Entitist:"na den haben wir doch!"
sagt zufrieden und wohlgelaunt und siegesgewiß ein dritter Jüdischer

Entitist:"Naja, WIR nicht!"
Das IrakSyrienKriegsgebiet hat eine eigentümliche Veränderung seiner Bezeichnung bekommen. Hieß in Westmedien der USAmerikanische Krieg in Vietnam noch der "Vietnamkrieg" obwohl es ja hieß: der US-Krieg in Vietnam, ebenso so kann man das IrakSyrienKriegsgebiet nunmehr als einen Krieg bezeichnen und zwar: der IsraelischTürkischeKrieg in Syrien.
Es gibt mEs eine Verwandtschaft Historisch gewordener 382Jahre auseinanderliegender Gegensätze, dh eine Verbindung von 2 Gegensätzen nämlich
"Israel""Jüdische Entity"//Rest der Welt zB Hezbollah / Wallenstein//Rest der Welt zB IlloTerzkySchweden
Nach Jahren der Pflege einer allseits dh der gesamten Bevölkerung bekannten Gewohnheit von von Politik und Wirtschaft finanzierten und organisierten in der BRD tätigen InternetFirmen, Tageszeitungen, TV

mittels dem seit 1990 bekannten und tagtäglich permanent vertrauten CNN entsprechenden embedded Journalism

mittels der Erlaubnis von TVSendezeit und sei es in nur wenigen Sekunden dauernden FilmPassagen von zB aus dem Internet aufgetauchten SelbstDarstellungsVideos einer Miliz

bedeutet, zumindest teilweise und zwar im zeitlichen Rahmen dieser in den WestMedien gesendeten Filmpassagen, de facto Werbung für IS zu machen, und somit herrscht zumindest teilweise der angeblich gegen Zivile Christen im Nahen Osten geführte Kampf dieser Miliz auch in in der BRD tätigen Medien=InternetFirmen, Tageszeitungen, TV und zwar schwelend, permanent und ungehindert. Lehnen die meisten FernsehInternetkonsumenten in der "BRD" diese MilizVideos auch ab, so darf man sich über die von ua InnenMinisterium der jeweiligen Staaten zB "BRD" gegebene Erlaubnis der Kolonialistischen Medien zB GMX, CNN, ZDF, damit SensationsJournalismus zu produzieren und weltweit zu verbreiten, nicht wundern, wenn manche der FernsehInternetKonsumenten für Gewalt nun doch begeistert werden, was mEs zweifelsohne Sinn und Zweck dieser Art SensationsJournalismus ist. Für die Bürger der BRD erschwert BRDKriegsZensur, sich ein Bild über die Wirklichkeit des im Kriege befindlichen Syrien zu machen; bliebe den BRDBürgern, Dreck vor der eigenen Haustür zu kehren, dh sich die Zustände im eigenen Land vorzunehmen:

Die "Bösen Nazis". Immer, wenn sich "BRD"Bevölkerung Politisch International erklären und selbstdarstellen soll - nach dem Motto DIE BRD SIND DAS FREISTE VOLK DER WELT und DÜRFEN SAGEN, WAS SIE WOLLEN -, dann nimmt die "BRD"Zensur zu allererst das Thema "Die Bösen Nazis". UND DAS IST UND BLEIBT AUCH DAS EINZIGE THEMA, denn: Die "Bösen Nazis" ist DAS einzige Thema, das den "BRD"Bürgern gestattet ist. Is ja logisch. Deswegen wird wann immer möglich eine Gewalttat eines BRDBürgers gegen einen NichtBRDBürger, und sei dieser NichtBRDBürger auch ein Schwerverbrecher, stets händeringend versucht, als Tat eines "Bösen Nazis" in den "BRD"Medien hochzuputschen, so daß man über die in den "BRD"Medien gepriesene Entschiedenheit der "BRD"Bürger, sich nicht zu scheuen, gegen "Nazis" vorzugehen, sagen muß: Na, die "BRD"Bürger haben wenigstens Rückgrat, ein Politisches Bewußtsein und eine Weiße Weste Hurra!

Doch was IST Nazi?
Daß schlicht "jeder Art SystemFeind" Englisch: Public Enemy so Gegner der in der "BRD" aber auch in "Westberlin" Stationierten USBesatzungsTruppen, genauso wie die die Schlesische Heimat NICHT aufgebende Mutter beim RheinMainKaffekränzl genauso wie Gegner von Ronald Reagan, StartbahnWest, PershingII, USKapitalismus kurz DIE MEHRHEIT DER WESTBERLINER UND DIE MEHRHEIT DER "BRD"BEVÖLKERUNG und somit also Alles, was NICHT 150%ig Politisch auf Linie des als „UNRECHTSSTAAT" empfundenen "BRD"Landes war, nun ersteinmal GRUNDSÄTZLICH "NAZIS" seit Mitte der 1970er bis Mitte/Ende 1980er in der "BRD" händeringend VON DEN 150%IGEN GESCHIMPFT UND ALS "NAZIS" BETITELT WURDE seit Ende 1970er im Wortlaut ALLER "BRD"Medien (früher in den flotten 1960ern waren nur die Springer Medien die ZensurMedien gewesen), daran sei jeder Wessi erinnert, wie „schön" es damals in der „BRD" war,
zeigt, WIE NOTWENDIG ES FÜR DAS WEITERE BESTEHEN DER "BRD" ZU DIESER ZEIT WAR, GLOBAL FÜR JEGLICHE KOLONIALISTISCHEN WESTSTAATEN SPRICH KOLONIALISTISCHEN UNRECHTSSTAATEN PARTEI ZU NEHMEN, und somit die Schwarze "BRD"Geschichte der 1970er und 1980er, die sich zumal 1990 anmaßte, die Bevölkerung eines anderen Staates befreien zu wollen.
Über den Nahen Osten dürfen die "BRD"Bürger aber keine Meinung haben, sondern die wird ihnen ja von den Medien vorgekaut. Da brauchen sie nicht

selber denken.
Für in der "BRD" Erlaubte Medien bedeutet dies 2011-2015:
das eigene "BRD"System forciert zumindest in Sekunden abgerechnet gemäß der jeweils erlaubten SendeDauer angeblicher SelbstdarstellungsVideos angeblicher Gewalt gegen Zivile Christen im Nahen Osten Gewalt gegen Zivile Christen im Nahen Osten. Für alle daran teilnehmenden Öffentlich-Rechtlichen und Privaten Fernsehsender bedeutet dies eine weitere Steigerung der Gewaltbereitschaft des TV Konsumierenden Publikums ! Eine Steigerung der Solidarität des größeren Teiles des Publikums mit Militärs, die jene Miliz bekämpfen würden, aber auch eine Steigerung der Befürworter dieser Miliz. In jedem Falle eine Steigerung der um so größeren KriegsBereitschaft. Also, wer Rüstung produziert und Wer Rüstung handelt, wird sich freuen. Und, was noch viel interessanter ist: Wie "BRD" mit seiner Bevölkerung so auch innerhalb dergleichen WestKriegsStaatenZensur jeder andere Staat mit seiner Bevölkerung wird darin bestärkt, sich mit dem Krieg in diesem Kriegsgebiet zu befassen, und, entsprechend der Parteilichkeit, stimmt vermutlich zu einem sehr großen Teil der Bevölkerung zB 99% GEGEN diese Gewaltverherrlichung,
UND
stimmt vermutlich zu einem sehr kleinen Teil der Bevölkerung zB 1% FÜR diese Gewaltverherrlichung
bei 80.000.000 Einwohnern in der "BRD" macht das ...soundsoviele und zwar wie zum obengenannten Beispiel 800.000 Einwohner.
Werbung würde sagen: Die Werbung hat funktioniert.
Würde man der Definition für Werbung=nebst aller in BRD tätigen großen berühmten und vor allem populären InternetUnternehmen sowie Presse vor allem das teuerste Wirtschaftliche Produkt der Welt namens TVSendezeit rechtgeben für embeddedjournalism dh aus Erster Hand, so als hätte die BRD in den 1960ern und den 1970ern Bonzen an die Laterne!WerbeSendungen der RAF für die Ermordung von KapitalistenschweinenVideos aus Erster Hand ausgestrahlt, dann würde dies mit den heutigen 2011-2015BRDMedien übereinstimmen und Glaubwürdigkeit beanspruchen können, was aber Falsch ist, weil die heutigen 2011-2015BRDMedien besten Willens nicht diesen Anspruch erfüllen können. Denn Werbung=nebst aller in BRD tätiger großer berühmter und vor allem populärer Presse vor allem das teuerste Wirtschaftliche Produkt der Welt namens TVSendezeit embeddedjournalism dh aus Erster Hand, so als hätte die BRD in den 1960ern und den 1970ern Bonzen an die Laterne!WerbeSendungen der RAF für die Ermordung von KapitalistenschweinenVideos aus Erster Hand ausgestrahlt, fand nicht statt,

und was zudem absurd gewesen wäre für die Sicherheit der BRD – im Gegenteil dazu erinnere ich mich persönlich und kann das somit persönlich bezeugen, daß auf der Örtlichen Polizei im Rathaus Sprendlingen ab 1971, da war ich 6 Jahre alt, und die kommenden Jahre immer ein scheinbar stets aktualisiertes FahndungsPlakat über Schwerverbrecherinnen und Schwerverbrecher ein und derselben VerbrecherBande hing, jeder, der ins Rathaus reinging, sah das, und zwar mit auffällig großen Fotos von, wie ich damals als kleines Kind fand, ganz schrecklichen Fratzen, das müssen also ganz böse Menschen sein, dachte ich mir; und auf meine Frage, wer das sei, sagte meine Mutter, das sind Verbrecher, und eines der ersten deutsch"BRD"ischen Worte, die ich lernte, war "Staatsfeind" 1971, - , so geben die betroffenen TVSender dh die gesamte in der BRD tätige TVBrangsche die absurde Devise 2014-2016 aus: Wir senden diese Sekunden von WerbeSendungen ja nur, um zu dokumentieren, wie schlimm IS werben würde. Weil "BRD"Politik dieserart offensichtlich absurd ist und ggfs nicht gelten kann, ist anzunehmen, daß ganz andere Beweggründe dafür herhalten SOLLEN ! zB das Publikum möglichst gut zu informieren, und das kann man ja der NachrichtenBrangsche nicht vorwerfen, nicht wahr?" oder andere ähnliche Gründe, womit auschließlich übrigbleibt: somit ist Logisch, daß dies Werbung für IS ist.
Weil die betreffenden InternetUnternehmen, Presse und Fernsehen IS als Terrorismus gegen Zivile Christen definieren, ist es also ein Kampf gegen Zivile Christen.
DIE KONSEQUENZ DH LOGISCHE FOLGE IST, WIE DIE POLITIKWISSENSCHAFT FESTSTELLT:
So nun die betreffenden Fernsehen InternetUnternehmen in der "BRD" IS massiv mit Werbung unterstützen, denn solches ist nicht ausnahmsweise an 1 Tag im Jahre 2014 passiert sondern permanent täglich über viele Monate 2011-2015, und man davon ausgehen muß, daß auch weiterhin massive Finanzielle Unterstützung (TV-Sendezeit kostet Geld) für Terrorismus gegen Christen dh für IS dh zuallererst jede Anstrengung für den Unentbehrlich Erforderlichen Politischen Willen zur auch weiterhin fortgesetzten dieserart "gewohnten !" Berichterstattung von im Kapitalistischen BRDSystem gebündelten BRDUnternehmen, BRDRegierung und BRDParlament dh allen BlockParteien geleistet werden wird,

so muß man davon ausgehen, daß die Verantwortlichen für diese zumindest Teilweise Werbung für Gewalt gegen Zivile Christen zumindest teilweise in den ChefEtagen unserer entsprechenden InternetFirmen und Privaten und

Öffentlichrechlichen TV-Unternehmen in der "BRD" sitzen,

so ist die BRDBevölkerung im Recht und gleichsam dazu aufgerufen, das den nachgewiesenermaßen zumindest teilweise Mörderischen Terrorismus unterstützende somit nachgewiesenermaßen zumindest teilweise Terroristische BRD-System und dh die betreffenden BRDUnternehmen, BRDRegierung und BRDParlament dh alle BlockParteien in gleicher Weise dh ebenfalls zumindest teilweise mittels Mörderischem Terrorismus zu stürzen. Die Politikwissenschaft erklärt sich stattdessen als bemüht, den somit teilweise drohenden Bürgerkriegszustand in Westeuropa zu verunmöglichen. Wege dafür könnten sein:
Die Entrechtung der Bevölkerungen
Die Legalisierung der Illegalen Korruption
Die Legalisierung der Kriminalität
.. usw

DIE VON DER POLITIKWISSENSCHAFT FORMULIERTE KONSEQUENZ DH LOGISCHE FOLGE ENDE.

Der Kapitalistische Krieg in Nahost hat über die Kapitalistischen KriegsZensurMedien mEs indes folgendes Bild vermittelt:
Der Mörderische Terrorismus wird gegen Zivile Christen in Syrien geführt wirkt aber international, so daß 1. immer mehr ISUnterstützer zu den vorhandenen ISTruppen strömen, 2. immer mehr Internationale Empörung gegen den als "Böse" aufgebauten IS einen Krieg fordert, und zwar in Syrien, so daß der Syrische Staat zerstört werden muß, um gegen den Bösen IS zu siegen, so ist die Lesart der herrschenden Kriegszensur von "BRD" bis USA. Die betreffenden EroberorStaaten Frankreich GroßBritannien USA und ggfs auch BRD hoffen mit Erfolg, daß die tatenlose Bevölkerung zuhause in Frankreich GroßBritannien USA BRD weiterhin sich damit begnügt, tatenlos zu bleiben und nicht etwa sowohl gewaltfrei als auch mittels Gewalt Sturm zu laufen, und zwar gegen die von diesen Staaten geschürten eigenen ! KriegsEroberungsProjekte in Syrien, so wie genau dieselben Staaten Nordafrika mit einem Kriegsflächenbrand überzogen haben seit 2000 bis heute, ohne daß die Bevölkerung in Frankreich, GroßBritannien USA BRD es verhindert haben könnte, nein man spricht von "Demokratisierung" und hat den Kriegsflächenbrand in den Nahen Osten ausgedehnt und seit 2010 auf Syrien fixiert, Syrien ist Nachbar des EU-Mitglieds Türkei. Syrien erscheint seit 2010 als auserkoren von den genannten betreffenden Staaten, zerstört zu

werden. So wie der USEroberungsKrieg mit Startschuß des USKrieges gegen IrakSaddam Hussein von "Kriegstreiber Amnesty International" genannter Amnesty International gestützter 10.Oktober 1990 Brutkastenlüge Falschaussage von Nayirah vor dem NichtRegierungs USCongressional Human Rights Caucus, folgend 2003 den sich von der NewYorkWallStreetBörse getrennt habenden Irak zur NewYorkWallStreetBörse zurückgebombt und erobert hatte, so will man jetzt Syrien erobern. Die gegen Syrien von "Israel" über die seit Jahrzehnten von der UNO "geschützten" Syrischen Golanhöhen, wie, wenn auch indes nur über Schleichwege: über Libanon, Türkei und weitere IrakSyrienKriegsAnrainer mit Nahrung, Kleidung und Waffen versorgten von BRD mittels WestStaatenKriegsZensurMedien REBELLEN genannten TERRORISTEN, die die betreffenden EobererStaaten "Israel" Frankreich GroßBritannien USA BRD romantisch "Rebellen" wie Robin Hood nennen, - und natürlich muß man für den Robin Hood halten und nicht für den "bösen" Assad - , wurden über Jahre (2010-2016) in den Medien der betreffenden EobererStaaten wenn nicht als ursprünglich/orginär Arabische Widerstandsbewegung der Syrischen Bevölkerung so doch sicher GAR NICHT in der Zusammensetzung eines SöldnerHeeres KONKRET THEMATISIERT, ein SöldnerHeer, über das also nicht etwa eine Syrische Arabische Widerstandsbewegung und schon gleich gar nicht die Syrische Bevölkerung sondern Westliche EobererStaaten wie zB "Israel" verantwortlich zeichnen müssten öffentlich, was, um "Israel"ische Kreuzugsmeldungen in "BRD"Medien zu verhindern, verständlicherweise nicht geschieht, sondern es wird plakativ eine diffuse SöldnerHeerZusammensetzung suggeriert: in auffälligem Unterschied zum sogenannten "IS", der sich des Erfolges seiner Rekrutierung in BRD, Frankreich usw NICHT SCHÄMEN MUSS. Die WestKriegsStaatenEroberer glänzen hierzu jedoch in auffälliger Ähnlichkeit: Es gibt für BEIDE ARMEEN KEINE VERANTWORTLICHEN WESTSTAATEN UND KEINEN VERANTWORTLICH ZEICHNENDEN WESTSTAATENPOLITIKER in den WestStaatenKriegsMedien: Nichts mehr als DIES zeigt, daß die KRIEGSMEDIEN der EobererStaaten Frankreich GroßBritannien USA BRD für BEIDE ARMEEN, also für die "Rebellen" genannten Terroristen UND für den sogenannten "IS" gearbeitet hatten UND ZUMINDEST TEILWEISE VERANTWORTLICH ZEICHNEN.

Während BRDZensurMedien dh Alle erdenklichen Fernsehsender = Alle Öffentlich-Rechtlichen und die Privaten dh im BRDJargon: Das

Deutsche Fernsehen gemeinsam mit "BRD"InternetFirmen eifrig und zwar mittels angeblich embedded aus Erster Hand von ISKämpfern selber gefilmter Aufnahmen zumindest teilweise in sehr kurzen Ausschnitten scheinbar Authentischer Dokumentarischer Aufnahmen während der besten FamilienSendezeit eines Fernsehens zwischen 17 und 21Uhr vor allem Abendlichen FernsehNachrichtenSendungen über den "Bösen" IS berichtet, stellen dieselben BRDZensurMedien fest, daß angesichts des Terrors in Frankreich 2015 November IRGENDWIE "BÖSE" Werbung für IS in BRD und Frankreich erfolgreich gewesen sein muß, weil einige angebliche ISKämpfer, die man seitdem gefunden hat, sich nicht etwa aus Syrien rekrutieren sondern aus BRD und Frankreich selbst, wo diese Menschen sich von IS angeblich erst anwerben ließen ODER/UND von den Herrschenden StaatsMedien erst auf die Idee gebracht wurden, sich anwerben lassen zu können.

Dh: BRD wirbt für IS, aber folgend verurteilt BRD den IS und vor allem jeden, der Böse Werbung für IS gemacht hat, während doch die allergrößte dh Ursprüngliche Werbung für IS BRD selbst authorisiert haben muß.

Wie kann "BRD" die "BRD"Bevölkerung zumindest doch in sehr geringen Prozentwerten GEWALTBEREIT FÜR EIN KRIEGSGEBIET gemacht haben?

ANTIFA : Im Folgenden erkläre ich mich dazu, die RassenIdeologie der 1979Antifa als genügend zu bezeichnen für Berechtigung, die 1979er Antifa "Braunes Gesocks" zu nennen. Ich erinnere, daß sich "BRD"KriegsZensurMedien September 1982 stürzten nach Sabra und Chatila auf den vielerorten in der Welt Vorwurf gegen die Terroristische Bürgerkriegs und BesatzungsGemayelClanRegierung Libanons, diese Regierung wie auch das berühmte von dieser Regierung verübte Massaker, "Faschismus" und "Faschistisch" zu nennen, was mEs falsch ist, weil diese In AnführungsStrichen"Regierung"in AnführungsStrichenEnde schlicht und ergreifend vergleiche DrogenBaroneWarlordsMafiosi Terroristisch und schlicht und ergreifend Terrorismus zum Zwecke des WestStaatenKolonialismus im Nahen Osten gewesen war und nichts weiter; Wohl indirekt auch im Dienste des mEs durchaus Faschistischen RassenIdeologischen Faschismus "Israels" gegen das Palästinensische Volk, aber eben NICHT so eindeutig Faschistisch, und zwar weil alleine an Sabra und Chatila zu sehen, das Massaker an Zivilen Frauen, Zivilen Mädchen und Zivilen Kindern als Massaker an ehemals als Soldaten dienenden Entwaffneten und somit als potentielle Kriegsgefangene – Vergleiche

Kriegsverbrechen Rheinwiesen USA 1Million Kriegsgefangene durch Verhungernlassen Ermordet NACH DEM 8.Mai 1945 also nach der Kapitulation Deutschlands und dem Ende des II.Weltkriegs in Deutschland (in Japan ging der II.Weltkrieg weiter) - geltenden unterschiedlichen Ethnien und unterschiedlichen Religionen zugehörigen Libanesischen Staatsbürgern und Syrern verübt wurde, die gegen das GemayelMaronitischJüdische Regime gekämpft hatten und somit im Bündnis mit der PLO gewesen waren; PLO als Militärische Kraft und als Politische Kraft hört auf zu existieren Ende August 1982, das bedeutet genauso, daß PLO somit aus dem Anti"Israelischen" Bündnis ausgeschert war und wohl PLOKämpfer entwaffnet bei ihren Familien in Beirut zurückließ, aber eben auch den Rest des Gesamten "Anti"Israelischen" Bündisses dh schutzlos die gegen das JüdischMaronitenTerroristische UnrechtsSystem kämpfenden Waffenbrüder wie Syrische Staatsbürger und Libanesische Staatsbürger dh Maronitische Christen, Palästinensische Christen, Griechisch-Othodoxe Christen und Christen anderer Christlicher Glaubensgemeinschaften und Christlicher Völker in Libanon, aber vor allen Dingen und das als Hauptzweck von Sabra und Chatila die Vernichtung des Moslemischen Anteils des Anti"Israelischen"Bündnisses, ein von Juden Erlaubtes Kontrolliertes von den Machthabenden Christen durchgeführtes Abschlachten von Moslems. Somit kein Massenmord an 1 Rasse so wie Adolf Hitler. Deswegen : Mit Begriffen "Faschistisch" und "Faschismus" zu arbeiten ist schwierig, deswegen unterlasse ich es,"ANTIFA" Faschistisch zu nennen hier an dieser Stelle, weil 1979Antifa selber sich seit Gründungstag der 1979Antifa dh seit 1979 Faschistisch nennt und Faschistisch definiert, wie wir alle wissen, 1979Antifa "Dresden 45 sind keine Opfer" wie den Gesamten Englischen ZivilVernichtungsTerrorismus in Deutschland meint, entschuldigt und apologisiert, programmgemäß Faschistisch gegen 1 spezielle und nur diese 1 Rasse in der Welt als Faschismus gegen 1 spezielle und nur diese 1 Rasse in der Welt; während "Faschismus" im grunde dasselbe wie Braunes Gesocks bedeutet.
Es sei bemerkt, daß auffallend ist, daß der "BRD"MedienBegriff und dh in der Tat auch "Westberliner" Medienbegriff "Berufsdemonstranten" - also Militante = Gewaltbereite und GewaltAusübende Demonstranten, die von Demo zu Demo reisen und keine der damals sehr zahlreichen Demos im "BRD"Territorium ausließen - geprägt wurde gleichzeitig wie die Gründung der "BRD"eigenen und der "Westberlin"eigenen 1979Antifa zur selben Zeit der Bildung von Rechtsfreien Räumen in "BRD"Territorium zB Hamburg/Hafenstraße und innerhalb Westberliner Territoriums zB

Kreuzberg, als MassenDemonstrationen der "BRD"Bevölkerung programmgemäß stets einen winzigen aber so doch immer Medial=inTVNachrichten entschieden wahrgenommenen Teil Militanter Kämpfer gegen die PolizeiObrigkeiten beinhalteten; mEs im Umkehrschluß bewies dies, daß die Einsätze dieser gegen die Polizei Kämpfenden Militanten Kämpfer teilweise einer Planung des "BRD"InnenMinisteriums gehorchten, dh "BRD"InnenMinisterium kämpfte gegen die "BRD"Polizei, es durfte nur keiner so richtig merken, und weil Beruf immer was mit Geldverdienen zu tun hat: RAF, PershingIIAufrüstungsGegner, Atomkraftwerkegegner usw und der RAF, PershingIIAufrüstungsGegner, Atomkraftwerkegegner usw unterstützende "BRD"Bevölkerungteil mochten – "Berufsdemonstranten" ist erstrangig ein MedienSchimpfwort gegen die gegen den eigenen "BRD"Staat Demonstrierenden DemonstrantenMassen, die nicht nur zuhause im Ort sondern auch an anderen Orten in der "BRD" demonstrieren gingen – sich die Pfennige vom Munde absparen und von Demonstration zu Demonstration reisen, ODER : Geld haben und "Berufsdemonstranten" bezahlen, aber "BRD" hatte MEHR Geld, somit MEHR vom "BRD"Staat bezahlte "Berufsdemonstranten"=IMs sagt man bis heute in 1991NeuDeutsch; dies sei bemerkt all jenen, die sagen: Berufsdemonstrant, ja das sind ja die Doofen Militanten, die machen ja jede gute AntiAtomkraftDemo zu schanden.

Zu allererst sei gesagt:"Braunes Gesocks" war, wie Wessis bekannt ist, stets ein Schimpfwort derjenigen Mühsam und Erfolglos Anhängerschaft suchenden Konformistischen dh StaatsAffirmativen Kräfte in Westberlin und der "BRD" der späten 1970er, um damit -

und zwar immer mit dem Vorwurf des AntiSemitismus, ein 1979 schon veralteter und UNTAUGLICHER BEGRIFF, weil Antifa meinte: antiJüdisch und AntiIsraelisch, wohingegen AntiSemitismus bedeutet: Gegen Ibrahim , Ibrahim bedeutet auf Jüdisch: Abraham, Und Ibrahim ist der Vater aller Arabischen Bevölkerung im Nahen Osten und der Vater der Jüdischen Bevölkerung im Nahen Osten; nun ist schlicht HirnRissig von der 1979er antifa, Nazis als Gegner der Moslemischen und der Arabischen Bevölkerung zu verstehen, wo NaziIdeologie 1933-1945 durchaus Moslemische und Arabische Bevölkerungen als Gegner der Juden hochgeschätzt hatte so zB in der Britischen Kolonie Palästina, jedoch völlig unbedeutend, weil es für Hitler seit II.WeltKriegsBeginn 1939 niemals eine Front gegen Juden in Palästina gab, die dem Deutschen Volke genutzt hätte, zumal in NordAfrika NSDeutschland die Moslemischen und Arabischen Bevölkerungen für die

Nahrungsmittel für die Deutschen Truppen bezahlte,

- und nicht etwa die Moslemischen und Arabischen Länder ausgeraubt wurden siehe der Westallierte Raub an Nahrungsmitteln, worin England, Frankreich, USA in Nordafrika große Übung hatten und dafür bei den Bevölkerungen Nordafrikas entsprechend unbeliebt waren -,

und deswegen im AfrikaFeldzug Rommels als Partner geschätzt war; der Grund für den Erfolg Rommels

, - eine ganze Reihe verschiedener Menschengruppen zu bezeichnen, die das System der "BRD" ablehnen, als da sind: Wer vor 1945 im Haus seiner Eltern in Ostpreußen geboren ist und weiter das Haus seiner Eltern in Ostpreußen als seine Heimat bezeichnet und rechtlich dieses Eigentum beansprucht, Wer an Schlesischen FlüchtlingsKaffekränzln im RheinMainGebiet teilnimmt; Wer sich als Politische NachfolgePartei der NSDAP bezeichnet, Wer und zwar gegen seinen Willen von der "BRD" als Politische NachfolgePartei der NSDAP bezeichnet wird, Literaten der Schlesischen Heimat, Gegner der USKultur, Gegner des USKriegs in Vietnam,

und viele andere mehr.

"Braunes Gesocks" Sicherlich kann man für möglich und wahrscheinlich halten, daß in Deutschland auch die Kommunisten der 1920er und 1930er dieses Schimpfwort für NSDAPLeute parat hatten.
Ich will aber auf etwas anderes heraus, und zwar auf die Verwendung dieses Begriffs im "BRD"-Land durch die 1979er ANTIFA selber und die ihr angeschlossenen"BRD"Medien in einer Zeit, die ich im RheinMainGebiet/"BRD" meine Kindheit und Jugend und FrühErwachsenenZeit nennen möchte, Mitte 1970er bis Mitte 1980er.

"Braunes Gesocks" ist gegen die Rechte Bewegung und gegen Nationale Deutsche ein Schimpfwort der als Konformistische dh StaatsAffirmative Kräfte in Westberlin und der "BRD" ab 1979 in Erscheinung getretenen "ANTIFA"

(deswegen 1979er ANTIFA; Nicht zu verwechseln mit und im Unterschied dazu die Staatsdoktrin "ANTIFA von 1945-1949" in der SBZ und DDR),

dieses
am Ende des VietnamKriegJahrzehnts 1970er

1979erANTIFASchimpfwort bezeichnet scheinbar gegenwärtige 1979 "Nazis" der Hitler-Ära beispielsweise bei Tätigkeit 1945 im Alter von Jugendlichen 16Jahren gegenwärtig im Alter von 50Jahren und älter bzw als Teil DERJENIGEN Generation, die 1933 bei Wahlalter von mindestens 21Jahren Hitler an die Macht gewählt hatte bzw an die Macht wählen lassen hatte -
vergleiche die deutlich für NSDAP einstehenden Theodor Heuss und Richard von Weizsäcker beide CDU ! , die sich für den Hitler-Staat verdient machten wie Heuss mit seiner Demokratischen WahlStimme Für Das Ermächtigungsgesetz und -
Überfall auf Polen, Überfall auf Rußland, Schlacht um Moskau 1941/1942, seit 1942 März ein Offizier des Oberkommandos des Heeres (OKH) zuerst in Ostpreußen, dann selbiges in der Sowjetunion/Ukraine beim Führerhauptquartier, hier in der Sowjetunion/Ukraine Oberleutnant bis Ende des Oktobers 1942, folgend Leningrader Blockade seit 1943 Februar. Beförderung zum Hauptmann der Reserve. Die Eisernen Kreuze nenne ich hier gar nicht. Fronturlaub 1944 im Mai in Italien beim Vater, der Nazi-Botschafter beim Vatikan ist. Dies sagt alleine schon die "BRD"ische ZensurWikipedia. Das bedeutet=Ein Nazi, der sich durch Herkunft(Geld), Verwandtschaft und Beziehungen hochgedient hat in der NSWehrmachtHierarchie, und genoß große Vergünstigungen unter der NaziHerrschaft wie die gesamte Schicht von Entscheidungsträgern und MitläuferNaziAristokratie=0,1% der Deutschen Soldaten. Was ist wohl mit den 99,9% anderen Deutschen Soldaten, die NICHT URLAUB IN ITALIEN MACHEN KONNTEN? DURFTEN DIE NACHHAUSE GEHEN? NEIN, die wurden zu HundertTausenden verheizt von einem System, dem Weizsäcker bis ganz zuletzt DIENTE, wobei man ihm seinen KUNSTGRIFF ZUGUTEHALTEN MUSS, kurz vor der Kapitulation zu desertieren und gar nicht erst in ein so lästiges Kriegsgefangenenlager als Kriegsgefangener zu geraten, guter Trick! Ein wahrer Deutscher eben! bis 8.Mai 1945. Was für ein scharfer Nazi muß dann Weizsäcker erst in Wahrheit gewesen sein! Seltsam, wie sich Westberlin und "BRD" gerade diesen um die NSHerrschaft sich verdient gemachten Weizsäcker und seine um die NSHerrschaft sich verdient gemachte Familie aussuchen konnte! Wahrscheinlich weil se Keinen Geeigneteren fanden! UND CDU Mitglied UND

969197219831990OstverträgeLandesverräter. Und ein solcher macht es 1979 bei Auftauchen der 1979er Antifa in der "BRD" ganz nach oben: Bundespräsident

Richard von Weizsäcker in der NaziWehrmacht als hochdekorierter Soldat -, Wählen in Deutschland 1932/1933 erst im Alter von 21Jahren, das Wahlalter wurde in Ex-Deutschland 1945 von 21 auf 18 gesenkt, indes nicht so in der stärker mit alten Strukturen behafteten Kapitalistischen Westzone, wo dies erst mehr als eine Generation später nämlich 1968 kurz vor der Willy Brandt Wahl geschehen sollte;Anm.d.Verf. , Geburt spätestens 1911/1912 1979 im Alter von mindestens 67/68 Jahren. Zur Erinnerung: 1979 schimpfte man Baunes Gesocks auch meine 52Jährige Mutter, die, mit Eltern, die aus dem Deutschen Orsupovic/Rybnik 1921 wegmußten, weil die Deutsche Heimat gerade zu Polen ernannt worden war, noch keine 6 Jahre alt war, als CDUVerbrecher Herrschaften wie Heuss Hitler zum Deutschen Landesvater wählten, und die 12Jahre alt war, als der 19Jährige Richard von Weizsäcker sich im Heißen Krieg für "Deutschland" in Polen verdient machte, und die 15 Jahre alt war, als der 22Jährige Richard von Weizsäcker sich im Heißen Krieg für "Deutschland" in der UdSSR verdient machte, komisch, den Weizsäcker hat man niemals zur Verantwortung gezogen!" schimpfte unablässig meine Mutter gegen das BRD-Regime, im Sinne davon, daß, wenn man ihr vorwarf, in Schlesien geboren zu sein und trotzdem nicht auf ihre Heimat zu verzichten, meine Mutter ab 1979 täglich und dh immer wieder feststellte, daß man meine Mutter deswegen als Nazi bezeichnete, komisch, den Weizsäcker hat man niemals zur Verantwortung gezogen!, aber nicht etwa das Braune Gesocks 1933-1945 in den teuren Restaurants und teuren Hotels und den teuren Villen und den Behörden Frankfurt/Mains sondern wie alle Deutschen KriegsFlüchtlinge im II.Weltkrieg meine Mutter schimpften die Frankfurt/MainMedien Braunes Gesocks, wie auch mich 14Jährigen, die wir Sprottau als unsere Heimat bezeichnen. Wir wurden von der Bevölkerung, wo wir wohnten, Dreieichenhain, aber als ziemlich normal bezeichnet, die Hälfte der RheinMainGebietsBevölkerung sind KriegsFlüchtlinge aus Schlesien.
UND gegenwärtige Jüngere und gar um Generationen Jüngere 1979 Befürworter der "Nazis" der Hitler-Ära, aber nur scheinbar, denn: soll aber abschreckend JEDE GesellschaftsKritik am sowieso auseinanderbrechenden 'BRD"System im Keim ersticken und umlenken zu einer die "BRD" mit Hurra Bejubelnden Bevölkerung sprich Hurra"Israel"WeltImperialismus

: zu dieser Zeit werden gerade unter dem Applaus Westberlins und der "BRD" das möge man niemals vergessen !
die Sozialistischen Bevölkerungen und BlockFreien Bevölkerungen der Welt zum Frieden zurückgebombt und zurückterrorisiert Chile 1973, Olympische SommerSpiele Bolivien 1980, Nicaragua 1983, Indien 1984 -,
und subsumiert/deutsch: versteht sich als Sammelbegriff für alles Mögliche, was dieser 1979 AUS USA FÜR USPROPAGANDA IN DIE "BRD" IMPORTIERTEN INOFFIZIELL "BRD"Staatlich hoffierten BriefkastenFirma unangenehm sein konnte:
allen voran: Menschen in Westberlin und in der "BRD", die das USWeltBild ab 1945 in Frage stellen und ablehnen. ZB macht dies die Sozialistische WeltHälfte und somit auch das deutschsprachige Ausland wie DDR usw;
Bei dem Rundumschlag dieser 1979er ANTIFA in Westberlin UND "BRD" gegen ALLES, WAS DEN "BRD"STAAT GEFÄHRDEN KÖNNTE - so auch die RAF als Nazis - so definiert 1979erANTIFA "Nazis" in der BRD, so daß der Begriff möglichst viel StaatsKritische Bevölkerung abdecken soll und verrennt sich von Anfang an fast möchte man meinen als SollBruchstelle, aber es blieb der 1979er Importierten BriefkastenFirma 1979er Antifa wohl auch nichts anderes übrig, sonst hätte sich das Bonner Land nicht eingelassen auf dieses Produkt aus der Trickkiste,
in der Hoffnung, daß es keiner merkt, unterstützt wohlgemerkt vom "BRD"Staat und den "BRD"Medien,
Propaganda zu machen
, daß "BÖSE" Bevölkerung in Westberlin und "BRD" DIEJENIGE BEVÖLKERUNG IST, die das USWeltbild, den Kapitalismus und die Weltweit Kapitalistischen Kriege ablehnt usw, und, so daß hierbei ANTIFA JENEN GROSSEN TEIL DER WESTBERLINER UND DER "BRD"BEVÖLKERUNG VERTEUFELT es gibt keine richtigeres Wort, deswegen
 und BEDENKEN WIR: ! Die "Jüdische Entity" 1980 überfällt und besetzt ab 1980 bis heute 2016 die "Heilige Stadt" AlKudsJerusalem !
 nochmal: VERTEUFELT und zwar Wen? Jeden, der irgendetwas am Jüdischen Imperialismus in Palästina auszusetzen hat
also in "BRD" und in Westberlin:
Evangelische Christen, Katholische Christen, alle Sonstigen Christen sowie alle Nicht-Christen,
 nochmal: VERTEUFELT und zwar Als Was?
=
als Randgruppen Diffamierte Kommunisten und als Randgruppen

Diffamierte Nicht Etwa "BRD"NationalBewußtsein habende sondern Deutsches Nationalbewußtsein habende Nationale Deutsche genannte "BRD"-Bürger, - ein überaus Deutlicher Hinweis, daß der Zweck der 1979ANTIFA für den bei der UNO 1973 zum Status eines Staates emporgestiegenen "BRD"landes arbeitet, und dieser Zweck das Gegeneinander Ausspielen dieser StaatsKritischen Kräfte war- , was in der bizarren Tatsache deutlich wird, daß auch alle Mütter und alle Omas am Schlesischen Kaffekränzl im RheinMainGebiet von den zuständigen direkt in Tageszeitungen Einfluß nehmen dürfenden Staatlichen AntifaStellen "Braunes Gesocks" und/oder "Nazis" genannt wurden und "von Staats wegen" genannt werden durften, ohne daß 1979ANTIFA dafür wegen Verhetzung gescholten worden wäre.

Im Sinne davon, daß meine Mutter, wenn man ihr vorwarf, in Schlesien geboren zu sein und trotzdem nicht auf ihre Heimat zu verzichten, stellte Mutter ab 1979 täglich und dh immer wieder feststellte: Dann bin ich aber gerne "Nazi".
Ich beziehe Stellung für Meine Mutter und erkläre, daß ich mich 14Jährig ab 1979 solidarisch mit meiner Mutter erklärte, indem ich mich in der von RAF, Revolution gegen den Schah in Iran, Alternativen Neusten Politischen Parteien und Massenkundgebungen ungekannten Ausmaßes gezeichneten Zeit 1977-1984 befand, wobei mEs festzustellen ist, daß von der "BRD" für diese Periode alles Mögliche als Staatsfeind der "BRD" benannt wurde: RüstungsGegner, Gegner der Frankreich, USA, England umfassenden WestAlliierten BesatzungsTruppen des Occupied Territories entsprechend Besetzten Westberlins und der "BRD", Pfarrer und Pfarrerinnen, StartbahnWestGegner, Atomkraftwerke Gegner, SchahRezaPahleviGegner, Gegner der BRDPolizei, Gegner der "BRD"Bundeswehr, Gegner der USA, Gegner des Kapitalismus, Gegner des Imperialismus uvm unter dem Begriff "Nazis" zusammengefaßt wurde. Dh der Staat erklärte sich durch die Staatlichen Medien als von diesen als "Nazis" gekennzeichneten Menschen bedroht und deswegen berechtigt, diese Menschen aus dem Verkehr zu ziehen Zensur usw. Indes Nicht notwendig daraufhinzuweisen, daß auch ich zu diesen "Nazis" gehörte, denn ich war 1979 gegen den von USA gegen Vietnam geführten Krieg(1965/1975), Mutter begriff das 1965-1975 USAmerikanische Unrecht in Vietnam erst hinterher dh ab 1975/1979, als ihr gleichzeitig sowohl die Tatsache, daß nicht etwa, wie die WestMedien 1965-1975 meist festgestellt hatten, die "Böse" SU Vietnam gegen USA Militärisch unterstützte, sondern das Kommunistische China, als auch die Tatsache der

KorruptionsSchwämme der 1970er "BRD" restlos und zwar schmerzlich, und maßlose Wut entfachend restlich desillusionierend bewußt geworden war, deswegen klar, daß auch ich wie ganz besonders auch meine Mutter zu der "Staatsfeinde" bedeutenden BevölkerungsMasse Westberlins und der "BRD" gehörten; Mutter, die ihr Maul gegen "ihre" CDU und gegen das BRDSystem aufmachte und sich auch bis zu ihrem Wütenden Öffentlichen Partei-Austritt 1986/1987 das Wort nicht verbieten ließ. Nicht notwendig hier festzustellen, daß JudenVergasende SSLeute in Auschwitz, in Ostpreußen geborene und nicht auf das Eigentum in der Heimat verzichtende Menschen, Schlesische Mütter und Schlesische Omas beim RheinMainKaffekränzl und AntiUSAgerichtete StartbahnWestGegner gelegentlich alle zusammen und zwar gemeinsam von den USTreuen BRDZensurMedien und der weil ein USProdukt Selbstverständlich USTreuen 1979Antifa wortwörtlich ! und das werde ich niemals vergessen ! "Braunes Gesocks" geschimpft wurden.
Somit habe ich klar gemacht, daß es mir hier nicht darum geht, meine Ablehnung oder Befürwortung für Juden Vergasende KZ-Wärter in Auschwitz zu erklären, oder Ablehnung oder Befürwortung Schlesischer MütterUNDOmaKaffekränzl im RheinMainGebiet usw, sondern daß mEs der Begriff "Braunes Gesocks" ein KampfMittel der "BRD"Zensur sowie der zur "BRD"Zensur gehörenden 1979ANTIFA war.
Nachdem nun nach 1979 heute 2016, wo ich diesen Text schreibe, so einige Jahrzehnte vergangen sind, ist mir aufgefallen, daß die Antifa/"BRD"Zensur den AntifaBegriff bzw "BRD"ZensurBegriff "Braunes Gesocks" über Jahre und Jahrzehnte und zwar seit 1979 bis heute ununterbrochen weiterhin benutzt hatte. Daraufhin stellte ich in Trotz fest, was die können, kann ich auch, und versuchte, "Braunes Gesocks" auf Antifa und die mit Antifa gekoppelte "BRD"Zensur anzuwenden und stellte amüsiert fest, daß dies Berechtigung hat.
Somit gebe ich überhaupt keine Meinung ab weder über Juden vergasende KZ-Wärter in Auschwitz oder über mutmaßlich die Nachfolge der NSDAP antretende Neue Politische Parteien in der "BRD" noch gar über eine "Rechte Bewegung" in der "BRD" ab 1980, sondern einzig über die 1979er Antifa, die mEs ausgelöscht gehört, zumal deswegen, weil die AntifaRassenIdeologie eine verschriftlichte RassenIdeologie der FrankreichNatoImperialistischen Kriege der letzten Jahre ist, während der Politische Arm der Nato stets entschieden vermieden hat, außer dem geheuchelten Selbstbestimmungsrecht und Frieden und Freiheit aller Völker irgendeine RassenIdeologische Militärische KampfIdeologie zu veröffentlichen; Antifa leistet dies aber für die Nato und alle NatoBündnisPartner; und dies kennzeichne ich als

Verbrechen der Antifa, weswegen Antifa ausgelöscht gehört. Man muß mEs gegen die Antifa kämpfen; Und wenn der Staat nicht Antifa auslöscht, dann muß man auch gegen den Staat kämpfen.

Noch einmal:
Während BRDZensurMedien dh Alle erdenklichen Fernsehsender = Alle Öffentlich-Rechtlichen und die Privaten dh im BRDJargon: Das Deutsche Fernsehen gemeinsam mit "BRD"InternetFirmen eifrig und zwar mittels angeblich embedded aus Erster Hand von ISKämpfern selber gefilmter Aufnahmen zumindest teilweise in sehr kurzen Ausschnitten scheinbar Authentischer Dokumentarischer Aufnahmen während der besten FamilienSendezeit eines Fernsehens zwischen 17 und 21Uhr vor allem Abendlichen FernsehNachrichtenSendungen über den "Bösen" IS berichtet, stellen dieselben BRDZensurMedien fest, daß angesichts des Terrors in Frankreich 2015 November IRGENDWIE "BÖSE" Werbung für IS in BRD und Frankreich erfolgreich gewesen sein muß, weil einige angebliche ISKämpfer, die man seitdem gefunden hat, sich nicht etwa aus Syrien rekrutieren sondern aus BRD und Frankreich selbst, wo diese Menschen sich von IS angeblich erst anwerben ließen ODER/UND von den Herrschenden StaatsMedien erst auf die Idee gebracht wurden, sich anwerben lassen zu können.
Dh: BRD wirbt für IS, aber folgend verurteilt BRD den IS und vor allem jeden, der Böse Werbung für IS gemacht hat, während doch die allergrößte dh Ursprüngliche Werbung für IS BRD selbst authorisiert haben muß.
Wie angesichts des Terrors 2015 in Frankreich erklärt das die "BRD" dem Bündnispartner Frankreich? Wie verhält sich dazu BRD im Inland der BRD?
Dafür mag beispielhaft die Darstellung einer Kleinstadt dienen: 2009-2014 AntifaGraffiti Görlitz:

Das von Polizei wimmelnde Görlitz Zentrum und Görlitz gesamtes Stadtgebiet jedoch ohne das Polnische Zgorzelec ist, mEs auf Geheiß der BRDInlandGeheimdienste, ab 2009/2014 DAS HEISST JAHRELANG, OHNE DASS DIESE GRAFFITI BESEITIGT WURDEN, von Antifa "Graffiti" gepflastert und überschwemmt gewesen. Ganz Görlitz erinnert sich an die Apotheke Obere Berliner StraßeWohnhausEingang sowie an das direkt im StadtZentrum neben der Preußischen Post am Platz der Befreiung/Postplatz gelegene namhafte USAmerikanische BekleidungsKaufhaus, an die AntifaSpraySchriften überall in der Stadt und an die RassenIdeologieDresden45SpraySchriften. Dann, dh nach der mit

Stanislaw Tillich/CDU MedienWerbungsWirksamen 3. Sächsischen Landesausstellung in Görlitz 2011 verschwand auf Geheiß der zuständigen Stasi plötzlich wieder das Meiste dieser Antifa"Graffiti" 2013/2014, wir erinnern uns. Auch erinnern wir Görlitzer Bevölkerung uns an das Trauerspiel mit unserem Platz der Befreiung/Postplatz, dem eine Riesige vertraute Grünfläche darstellenden und von unseren Zwei Städtischen Straßenbahnen im 10MinutenTakt halb umkreisten HauptPlatz unserer Stadt Görlitz, den uns zum Frühlingsbeginn Ende April 2013 bis nach dem GroßTeil des Sommers Ende Juli 2014 die Staatlichen Obrigkeiten weggenommen - deswegen weggenommen auch unserem Traditionellen SommerFest dem sogenannten "Muschelminna-Fest" auf der von der Post und dem Hotel Monopol bis zur Sparkasse "Platz der Befreiung" genannten verlaufenden für dieses Volksfest traditionell genutzten Straße, die anliegenden Geschäfte und Lokale bedanken sich bei den StadtPolitikern für diese Geldeinbuße und für eine künftig massive Verringerung der Parkplätze, dieses Görlitzer SommerFest gibt es nicht während dieser GroßBaustelle, und man bedenke: zur Gestaltung einer Grünfläche Zwei(!)JahreLang weggenommen uns der Bevölkerung - und gegen unseren Willen AntiDemokratisch in eine 15!Monatige mit Sichtschutz abgesperrte Bau stelle verwandelt
-
30.Juni 2014 Montag habe ich die Schande so etwa 18.02Uhr nachmittags entdeckt: JudenStern Riesig Groß auf Mosaik. Der Postplatz ist immer noch nicht zugänglich, abgesperrt mit Mannshohen Gittern, die MosaikWege sind alle teilweise immer noch mit PlastePlanen verdeckt, so als gäbs was zu verheimlichen, nur an einigen Stellen hat man die PlastePlane weggemacht, und da hab ich den Judenstern gesehen. Schande! Aber es ist "BRD" normal: mißhandelt das Volk!
-
und Ende Juli 2014 inmitten der Sommerferien klammheimlich mit Judensternen versehen uns Görlitzer Bevölkerung wieder zurückgegeben haben; inmitten dieser "Bauzeit , wir erinnern uns: der AntifaAufmarsch einer mit einem mit in großer Sichtweite lesbar Riesigen Lettern ANTIFA auf Kleidung Werbenden und damit kenntlich gemachten Mann offensichtlich der Anführer ausgestatteten Delegation von geschätzt zwischen 8 und 11 Personen Mitte Januar 2013 im Schnee in der SpätVorMittagszeit um die auf dem Platz der Befreiung stehende Muschelminna herum einen MenschenRing bildend sich gegenseitig an den Händen haltend, was ich von einer mit Menschen proppenvoll angefüllten vorbeifahrenden Straßenbahn

aus sah. Gewöhnlich arbeitetdemonstriertfirmiert in frappierender Ähnlichkeit bzw Entsprechung zur Internationalen ATTAC die USAmerikanische 1979Antifa gegen Korruption innerhalb des Kapitalismus, gegen Fremdenhaß/Ausländerhaß/Haß gegen Asylanten/, die 1979Antifa 2015 macht heute daraus=für Frieden und Freiheit dh mEs entsprechend einzustufen 1970er BRDWahlwerbung und Westberliner Wahlwerbung der Alternativen Parteien Westberlins aber auch der BRD, die sich 1979 in "Die Grünen" vereinigt hatten,: ab 1978 traditionell als Politische Alternative völlig desillusionierend: für Friede Freude Eierkuchen,

und läßt

die 1979-2011 typischen 1979Antifa eigenen Rassistischen Slogans gemäß der bei der samt und sonders vor allem Westberliner JungErwachsene und Jugendliche antifaRekrutierung und "BRD"JungErwachsene und Jugend antifaRekrutierung "Dresden 45 sind keine Opfer"= GründungsStiftungsGrundIdee der 1979er Antifa

so jedoch heute 2015 meist

siehe zB auch antifawebsite 2015, die täuschend ähnlich sehr der AttacWebsite ähneln soll weil Für Antifa=Für Linke, wie mEs suggeriert wird, als sehr dienlich erachtet einer Rekrutierung für die angebliche sogenannte "Linke" Alternative dh für die, vergleiche auch die Kommunistischen Sozialistischen Alternativen in Frankreich zB den 1970er TopKapitalisten sprich jedoch Sozialisten Mitterand, angeblich Einzige Sozialistische Alternative in Westberlin und der "BRD" "die Linke",

weg

und benennt "die Antifaeigene Dresden 45 sind keine OpferZivilMassenmord als normales erlaubtes KriegsmittelRassismusVerherrlichung"

nicht mehr als solche, so als habe es diesen AntifaRassismus niemals gegeben,

sondern benennt grob plakativ die antifa1979 von 1979 bis heute 2015

Jahrzehnte (!) zusammenfassend und in Worten sich beschränkend so doch nur noch am Rande und zwar als einen, wie mEs doch wohl 99% der Bevölkerung Westberlins aber auch der "BRD" Klare Zustimmung, so als stünden 99% der Bevölkerung Westberlins und der "BRD" hinter der Antifa, zu unterstellen wäre:, "Kampf gegen Nazis" und als nur eine von sehr vielen Politischen Aussagen, wobei die Hauptsache ist, HitlerNazis anzuklagen oder HitlerNazis tagtäglich im Bewußtsein der "BRD"bevölkerung zu halten, so sie sich mit der 1979Antifa befassen sollte, wobei auffällig ist, daß Nazis und Faschismus, was viele NichtDeutsche Völker in der Welt durchaus in aktualisierter Form als Anklage gegen Jüdischen Imperialismus im Nahen Osten oder als Anklage gegen USImperialismus gebrauchen, absolut nicht von Antifa gebraucht wird sondern nur für "Nazis" in Rußland und "Nazis" in Ukraine und "Nazis" überall in der Welt, bloß nicht in der "Jüdischen Entity" und in USA, so als verträte Antifa den Jüdischen Staat oder den USStaat, obschon sowohl der JudenStaat als auch USA selber manche der eigenen Politiker als Nazi und manche eigene Militäraktion als NaziVerbrechen anklagen . Wir erinnern uns November/Dezember 2015 an den Versuch der Antifa, teilzunehmen an der VölkerVersöhnungsDemonstration auf dem Platz der Befreiung viele Eltern mit vielen Kindern, wie werbewirksam günstig für die Antifa, sich unter die Eltern und Kinder zu mischen, guter Trick. Deinege war auch dabei. Großes Hallo mit den zahlreichen Eltern und zahlreichen Kindern, die mit Malfarben alle Bürgersteige um den Platz der Befreiung bunt bemalt haben; in den Medien wurde so viel darüber gesprochen und gesendet, so daß man meinen könnte, es handele sich um eine Massendemonstration, obwohl es sich um eine eher kleine Veranstaltung handelte, zumal manche dieser Eltern und Kinder eigens dafür aus Dresden angereist gekommen waren.
GRAFFITI Heute:
Neben der Feststellung,

daß in der GroßBRD die BRDeigene 1979erAntifa den Schritt in die Politik als Trittbrettfahrer der GysiPartei machte, bzw die GysiPartei sich in den Dienst der 1979erAntifa stellte bis heute 2016,

sei vorangestellt die mEs unentbehrliche Richtigstellung, daß der mEs AlleinvertretungsAnspruch der Antifa und der "Linken" für sinngemäß:"Fuck Nationalsozialisten"-Slogans Augenwischerei ist, weil mEs nicht nur die Antifa=die "Linke"=5% der Westberliner und der BRDBevölkerung sondern 99% heute 2016 gegen Mörderische Gewalt gegen Juden und alle anderen

NichtDeutsche, Mörderische Gewalt gegen Kommunisten, Mörderische Gewalt gegen Christen, Mörderische Gewalt gegen jedwede anderen Systemgegner bis 1945 Legalisierende NationalsozialistenHerrschaftIdeologie "Deutschlands" sind; und folglich 99% gegen solche Nationalsozialisten heute 2016;Anm.d.Verf.

Direkt beim Görlitzer Polizei-Revier Görlitz/Gobbinstraße/Zentrum von Görlitz sowie im gesamten aus GründerzeitRuinen und manchen Renovierten GründerzeitHäusern bestehenden Zentrum von Görlitz sowie im gesamten Stadtgebiet, - vergleichsweise entsprechend den zahlreichen über das gesamte Stadtgebiet verteilten mit Antifa-Aufklebern und/oder ="die Linke"-Aufklebern beklebten oder mit eindeutig Antifa und/oder ="die Linke" mEs nicht ausnahmsweise sondern grundsätzlich zuzuordnenden SAC, SAM, FCK NAZIS besprayten Öffentlichen Elektrokästen, die ja angeblich nicht mit Aufklebern beklebt oder mit Spray besprayt werden dürfen, aber dafür die meisten und langfristig unverändert dh mit der von mir angeklagten AntifaJudenIsraelWerbung belassen und somit auch offensichtlich öffentlich dh Städtisch/Staatlich geschützt werden - , ist an Wohnhäusern dh vor allem das GründerzeitZentrum von Görlitz mit Spray gepflastert heute 2016 von:

SAC, SAM, FCK NAZIS

Will "BRD" Verantwortung tragen? Daß nach BRD und Frankreich zu reisen wegen offenen Grenzen ISTerroristen offiziell "ungewollt" inoffiziell "ermutigt" werden, zB in Frankreich selbst aktiv zu werden Dh: Die Opfer der ISAnschläge in Frankreich sind auf dem eigenen Kerbholz der WestVerbündeten allen voran der BRD ! Wie will man das dem Französischen Volk erklären? Dieses massiv an den seit 1990 Historischen CNN-Propaganda-Heißen-Kriegen teilnehmende DeutschBRDische heuchlerische betroffene aber de facto gleichgültige angebliche "Sichraushalten aus den DeutschBRDischen AuslandsMilitärEinsätzen in KrisengebietenBZWKriegsgebieten UND solchen Gebieten, die es werden sollen dh, die KrisengebieteBZWKriegsgebiete werden sollen, dh die gemäß jeweils aktueller DeutschBRDischem altmodischer Begriff : Imperialismus moderner Begriff : DeutschBRDischer KriegsEroberungsPolicy KrisengebieteBZWKriegsgebiete erst noch werden sollen,

geht Hand in Hand mit der geheuchelten "Sorge" der Blockparteien=WestBerliner Reichstag über Ausschreitungen gegen Juden und Israelis in Westberlin und der BRD

- das letzte Mal, daß "BRD" "Ausschreitungen" gegen Juden und Israelis in Westberlin und der BRD "zu beklagen" hatte - denn alles Jüdische und "Israelische" ist in Westberlin und der "BRD" geschützt -, war, als Rudi Dutschke wie auch Ulrike Meinhof und auch RAF auf den von Westberlin und "BRD" unterstützten Jüdischen Terrorismus bzw Israelischen Terrorismus in Palästina hinwies - ,

was die Propaganda beharrlich falsch AntiSemitismus nennt,

und Ausschreitungen gegen Ausländer und Asylanten durch "Nazis" und "Neonazis", die Bonn bzw Westberlin bzw "BRD" ebenso beharrlich seit 40 Jahren teilweise erfolgreich umzupolen versucht hat,

analog=entsprechend der FriedeFreudeEierkuchenPolitik "Häuserwände mit Politischen Slogans beschmieren macht NazieinNeoNaziein"BRD"ler="ein guter Deutscher" nicht sondern Anklage gegen von Westberlin und "BRD" und allen "BRD"Verbündeten dh US"Verbündeten unterstützen Jüdischen Terrorismus/"Israelischem" Terrorismus in PalästinaÄgyptenLibanon, USVölkermord und USTerrorismus gegen die Völker in Vietnam Iran Chile usw das unter anderem auch mittels Graffiti machen seit etwa 1967 bis Mitte der 1980er nur die "Böse" RAF und die "Bösen" Linken, die "Bösen" Maoisten, die "Bösen" Leninisten, die "Bösen" Marxisten-Leninisten, alle zusammengefaßt dh die "Bösen" Kommunisten sprich Marxistische Gruppe, Kommunistischer Bund Westdeutschland, DKP usw in Westberlin und der "BRD"

- welchen Gefallen wollen sollen nun diese NazisNeonazisGutenDeutschen den Oberen Instanzen tun ?! Daß, - - während seit Gründungstag der "BRD" 1949 dieselben Oberen Instanzen = Innenmininsterium und Inlandgeheimdienste der "BRD" in Form KriegsHetzender ZensurPropaganda vgl Goebbels 1945 in Kino Presse Radio Fernsehen "BRD"KriegsHetze und "BRD"Unrecht und "BRD"Verbrechen GEGEN DAS EIGENE "BRD"VOLK und gegen andere Völker begehen, die im Kriege gegen die USA und das Verbündete Frankreich stehen zB Korea, Vietnam - - ,
Daß sie die HausWände sauber lassen ? , während sie die gegen sich= NaziNeonazisGutenDeutschen von zB 1979Antifa gesprühten Politischen

Graffiti auf den Hauswänden stehenlassen sollen ? Ja, allen Ernstes argumentierte man Anfang der 1980er in der BRD" wirklich so, auch ich kann das bezeugen, und innerhalb der "Rechten Bewegung" in der "BRD" war dies ein permanentes Streitthema, viele waren dafür, sich aus jeder HauswandsSchmiererei rauszuhalten und das der RAF etc zu überlassen, UND
Ja, allen Ernstes argumentiert man so in der Groß"BRD" seit 1991; Hakenkreuze sind mEs bereits seit Jahrzehnten in Westberlin und der "BRD" an die Häuserwände gesprüht worden überwiegend bis meist von GeheimdienstlernIMs selbst und weniger bis selten von NazisbzwNeoNazis, wo es sich in der Rechten Bewegung herumgesprochen hatte, daß Hakenkreuz für die Moderne "Rechte Bewegung" in der "BRD" der 1980er doch eine sehr negative Wirkung hat; deswegen beziehe ich Thema "Hakenkreuz" nicht auf die Abstinenz von Nazisetc bei Wandschmierereien,

Hakenkreuze,
die authorisiert=berechtigt von
den Stasi"BRD"Instanzen der Inlandgeheimdienste der "BRD"=

wortwörtlich übernommen in die Stasi"BRD"ZensurMedien der "BRD" dh

berechtigt von der den Stasi"BRD"Instanzen der Inlandgeheimdienste der "BRD" gehorchenden Gesamten "BRD"Presse von "BRD"Tageszeitungen bis "BRD"Illustrierten der 1970er und der 1980er;

- bis in die 1970er galt dieser Vorwurf stets ausschließlich der sogenannten "Springer-Presse" unter der Tageszeitung und Galeonsfigur "BildZeitung", zum IndiraGandhiAttentat, Pershing II, StartbahnWest, Amtsantritt Gorbachov, Amtsantritt HelmutKohl Periode1982-1984 war der "BildZeitungsVorwurf" aus dem Bewußtsein der angeblichen "Freien "Presse gelöscht worden, indem nunmehr JEDE ZEITUNG in Westberlin und der "BRD" der "BRD"Zensur gehorchte, so daß, in den 1990ern und den 2000ern gegen die "Böse" Springer Presse dh auch gegen die BildZeitung zu wettern siehe "Bündnis90/DieGrünen", schlicht und ergreifend lächerlich ist -

der NaziSzene bzw der NeonaziSzene bzw der "Rechten Bewegung" in Westberlin und in der "BRD" der 1970er aber auch der 1980er zugeschrieben und in die Schuhe geschoben worden waren, zumal nunmehr nicht mehr gegen Antifa und Juden und Israelis in der BRD vorzugehen sondern einem angeblichen Stillhalteabkommen zu genügen, damit niemand der de facto Rassistischen als BürgerInitiative getarnten 1979er Antifa und und niemand der BRDStasiIMs in dieser 1979er Antifa mehr auf die Schnauze zu bekommen zu fürchten hat: ein für Wessis seit den 1970ern gewohntes Bild, daß InlandGeheimdiensteInnenMinisteriumBRDStasi der 1970er, 1980er bis heute 2016 die der InlandGeheimdiensteInnenMinisteriumBRDStasi untergeordnete von der InlandGeheimdiensteInnenMinisteriumBRDStasi weitgehend unabhängige BRDPolizei als Keil zwischen die Antifa"Demonstranten" und AntiAntifaDemonstranten treibt. In der Tat bewährt sich SAC, SAM, FCK NAZIS als de facto RECHTLICH GESCHÜTZTE solange nämlich die BRDPolizei der SAC, SAM, FCK NAZIS-Sprayer nicht habhaft werden kann, als de facto

SAC, SAM, FCK NAZIS

was könnte das seit Jahren bis jetzt 2016 bedeuten sollen?:

angesichts der bis 2013 Massiven AntifaWerbung von AutobahnLudwigsdorf bis inklusive Hagenwerder Grenze Schlesien Sachsen je nach Lage des Stadtteils bei VorGründerzeitBauten weniger, bei GründerzeitGebäuden sehr häufig, bei NeuBauWohnvierteln und den entsprechenden Garagenanlagen sehr häufig, nicht bei EinfamilienHäusern und auffälligerweise nicht bei PolizeiGebäuden dh

potentiell
auf allen Wohnhäusern sprich Gesamte GründerzeitRuinenInnenstadt von Görlitz
ausgesuchten HotelRuinen
ausgesuchten Geschäftshäusern der "BRD"StadtGörlitz

mEs eindeutig :
Pro Juden in Westberlin und "BRD"
Pro "Jüdische Entity" in Palästina
Pro In Anführungsstrichen"Israel"inAnführungsstrichenEnde,

.. was das nur bedeuten soll? Ach, das sind Schmierereien ohne Bedeutung ..

RECHTLICH GESCHÜTZTE

UND VOR ALLEN DINGEN

AUCH NOCH DAZU

GRATIS

WERBUNG

während man für Werbung, wie USAmerikanische WerbeFirmen festgestellt haben, in der Regel erhebliche Honorare bezahlen muß, wovon nämlich die gesamte WerbeBranche LEBT

Macht es Sinn für BRD, aus der WestStaatenKriegsAchse auszutreten? Was kann man sagen über Westberlin und "BRD" zum Syrienkrieg?

Ich stelle die nicht neue und nicht sehr bezweifelbare These auf: "FREIE BERICHTERSTATTUNG" DER "FREIEN" GLOBALEN US-MEDIEN läßt sich im heutigen BÖRSENSPORT DER GLOBALEN KRIEGSSPEKULATION definieren als jene Kraft, die hinter dem IrakSyrienKriegsgebiet INOFFIZIELL = INFORMELL die Zensur innerhalb der WestKriegsStaaten und zwar sowohl über Al-Jazeera wie auch über CNN lenkt.

Ich stelle die These auf: DAS DER 1979SALMAN RUSHDIEFREUNDLICHEN= BRD-TREUEN=US-TREUEN=ISRAEL-TREUEN NATOZENSUR JAHRZEHNTE SPÄTER GEHORCHENDE BEWUSST PROVOZIERENDE MITTELS KARIKATUR GOTTESLÄSTERUNG(BLASPHEMIE) BETREIBENDE FREIE PRESSE ERFOLGREICHE DÄNEMARK sei nicht etwas, was in BRD oder woanders sowieso keiner mitkriegt, sondern dieses ZensurProdukt könne in NordWestEuropa irgend etwas wichtiges bewirken wollen.

Deswegen kann man Nahost nach der Beseitigung Saddam Husseins 2003 bis Ende US-Besetzung des Irak und gleichzeitig zu Beginn der durch Importierung von Krieg geleisteten Instabilisierung Syriens zusammenfassend mEs sagen:

DH KURZ: ES GILT SEIT 2011:

BRD BETREIBT OFFENE KRIEGSTREIBEREI GEGEN SYRIEN

BEGRÜNDUNG:

ES GIBT VON WESTSTAATENREGIERUNGEN OFFIZIELL ANGEBLICH NICHT GEWOLLTE JEDOCH DE FACTO LEICHTSINNIG RISKIERTE WESTSTAATENBEVÖLKERUNGANWERBUNG VON IS

DURCH

PER
MITTELS GOTTESLÄSTERUNG(BLASPHEMIE) KARIKATUR UND SOMIT GEGEN DEN ISLAM IDEOLOGISCH MASSIV AUFGEWERTETE = MASSIV GESTÜTZTE WESTSTAATENKRIEGSEINSÄTZEBEREITSCHAFT FORDERNDE FREIE PRESSE

ERFOLGREICHES DÄNEMARK, UND SOMIT

VON DÄNEMARK,

ZUSÄTZLICH EINBEZIEHEND AUCH ALLE MILITÄRVERBÜNDETEN : ISRAEL, BRD, BENELUX, FRANKREICH, USA, NATO,
ABER AUCH VON "BRD" GETRAGENE "FREIE BERICHTERSTATTUNG" DER "FREIEN" GLOBALEN US-MEDIEN IN WESTBERLIN, BRD UND FRANKREICH.

Frankreich mußte sich 2015 dafür bedanken bei dem ISAttentat in Frankreich

DAZU GIBT ES :

ANWERBUNG VON ALLEN GEGNERN DES ASSADSYRIENS DURCH DIE CNNCLONISRAELTREUE UND USTREUE AL JAZEERA = SAUDI

ARABIEN UND EINIGE VERBÜNDETE KAPITALISTISCHE STAATEN WIE ZB BRD.

Die beiden wichtigsten und zwar aufs Engste verbündeten Politischen NatoPartner USA und "BRD" haben sich aus dem Kriegsgeschehen in Irak/Syrien verabschiedet 2011, bis zu diesem offiziellen Militärischen Rückzug hat BRD möglicherweise in ganz Praktischen Rüstungslieferungen, offensichtlich aber in der Politik zusammen mit USA und den anderen AntiAssadBündnisStaaten den Krieg in Syrien angezettelt. Man möchte wissen, wie sich die Herrschaften und Damenschaften der Blockparteien da noch rausreden wollen. Gemein, erst das Land in Brand stecken, und sich dann zurückziehen mit großmütigen Reden, daß sich doch der 2011 jetzt endlich erreichte Kriegszustand "von selbst" in Frieden verwandeln möge.

Die "BRD"ischen KriegsZensurMedien im Januar 2016 berichten betroffen erschüttert, daß "man" "gar nicht mehr" weiß, wer da mit und gegen wen in Syrien Krieg führt. Und das soll man glauben. Genau, DAS soll man glauben. DAS wollen diese "freien" "embedded" "BRD"KriegsZensurMedien.

Auffällig ist, daß ausgenommen das "Israel"PhalangeMaronitenBündnis im Libanon 1973-2000 der Kampf gegen Christen insbesondere die Christen in Palästina und allgemein gegen die Christen im Nahen Osten stets auf der Kriegsfahne des "Israel"Treuen "BRD"FrankreichNatoBündnisses gestanden hat, ohne daß dies freilich ein Franz Josef Strauß jemals zugegeben hätte, was nunmehr, will man den 2010-2016WestMedien glauben, von einer Zivile Christen Ermordenden Miliz in Syrien ganz offen in die Tat umgesetzt wird; wie günstig für das "Israel"Treue "BRD"FrankreichNatoBündnis!
Wie Heuchlerisch bezüglich der Christen in Westberlin und der "BRD" mutete da Merkel, als sie vor Jahren eine "JüdischChristliche" Kultur in der "BRD" beschwor.

- -

Ich will jetzt nicht eingehen auf das Abknallen all jener Filmenden Menschen bei Israelischen Militäreinsätzen, die NICHT dem embedded journalism angehören oder zuvor eine spezielle Erlaubnis der Israelischen MilitärBehörden zum Filmen erhalten hatten. Sondern ich will zur im Internet und im BRDFernsehen Herrschenden GewaltVerherrlichung durch das übermäßige Darstellen Embedded dh ErsterHandDokumentierungJournalismus zum Kriegsgebiet Irak Syrien

etwas sagen: mEs ist Zweierlei festzustellen, und zwar dazu, wie in den 1970ern damit umgegangen wurde:
ERSTENS=weil Kinder bleibende Psychische Schäden erleiden, haben manche Staaten verboten, das Töten von Menschen zB in Nachrichtensendung zu dokumentieren, sowie das Töten von Menschen im Entertainment des KinderFernsehens darzustellen.
ZWEITENS haben traditionell USA und Israel,-das zum AntiAmerikanismus, zu dem manche Herrschaften InternetLexika behaupten, daß AntiAmerikanismus ja ganz und gar nicht AntiJudismus bedeutet-, gemeinsam seit der Gründung der Jüdischen Entity bis über das Ende des sogenannten kalten Krieges 1989 hinaus per Gesetz verboten, dokumentarisch dh in GefilmtenNachrichten zu zeigen, wie Israelische Soldaten getötet werden zB in Palästina und wie Usische Soldaten getötet werden zB in Vietnam; Gegnern der Israelischen Soldaten und Gegnern der Usischen Soldaten sehr wohl war dies per dies dokumentierenden Filmaufnahmen vom jeweiligen Kriegschauplatz möglich! Jedoch wurde im West-Fernsehen die Hemmschwelle dh die ToleranzSchwelle dermaßen hoch angesetzt, so daß im Vietnamkrieg eine standrechtliche Erschießung durch die WestWeltMedien eine Sensation! war; denn: Noch niemals jemals zuvor im Kapitalistischen BRD-Fernsehen war das Getötetwerden eines Menschen zu sehen.
Zur Gewaltverherrlichung in EntertainmentSpielFilmen gibt es die zwei Meinungen:
der Schaden in der Psyche der Konsumenten ist erheblich.
UND
der Schaden in der Psyche der Konsumenten gar nicht erheblich bzw gar nicht festzustellen, sondern sogar im Gegenteil, die Konsumenten würden noch friedfertiger werden.

Ganz fernliegend hierzu eine Meinung zu äußern, weise ich nur auf den Nebeneffekt hin, daß MilitärBehörden durchaus diese Gewaltverherrlichung als höchst gefährlich halten mit der Begründung, daß die dargestellte Gewalt zum Nachahmen auffordert, zB daß ein Israelischer Soldat getötet wird, bedeutet, daß ein Israelischer Soldat getötet werden kann BZW zB daß ein USischer Soldat getötet wird, bedeutet, daß ein USischer Soldat getötet werden kann BZW; und DIES der ZivilBevölkerung zu zeigen, ist selbstverständlich für die Israelischen MilitärBehörden BZW die Usischen MilitärBehörden vollkommen kontraproduktiv.
Das dazu, wenn Leute meinen, daß, in den BRDMedien wie Internet und

Fernsehen, die Gewaltverherrlichung doch sowieso keinerlei Verrohung der ZivilBevölkerung verursachen könnte.

Also will ich hiermit doch eingehen auf das Abknallen all jener Filmenden Menschen bei Israelischen Militäreinsätzen, die NICHT dem embedded journalism angehören oder zuvor eine spezielle Erlaubnis der Israelischen MilitärBehörden zum Filmen erhalten hatten.
- -

Wenn man sagen sollte, wie "betroffen" die BRD perfide,
weil wohlwissend, angesichts des durch den Militär/Armee/HeeresJournalismus aus dem eigenen Schützengraben sogenannten embedded journalism, jahrelang ISWerbung aus Syrien/Nahem Osten bis auf den heutigen Tag Winter 2015/2016 betreibt mit den größten InternetFirmen in der BRD sowie in allen großen in der BRD tätigen Fernsehsendern,
Wenn man also sagen sollte, wie "betroffen" die BRD und in BündnisTreue verbunden die WestStaaten WestEuropas allen voran BRD einzuschätzen seien, würde man ehrlich sagen, was man denkt, so scheint es mir als Bürger der BRD,

eingedenk
dem permanenten so zB Juli 2014 Krieg der Juden in Palästina gegen das Palästinensische Volk und eingedenk einer Massiven Werbekampagne der 1979Antifa in Görlitz 2009-2014 UND einer SAC, SAM, FCK NAZIS MassenWerbung an Massen von Häusern in Görlitz seit Jahren geduldet und somit gefördert vom Staat, was als Symbole für Israelis und Juden SAC=IsaacKürzel, SAM=SamuelKürzel verstanden werden kann und muß,

und Werbung, wie WerbeFirmen sagen, macht man nur, wenn man Werbung machen MUSS, also wenn Werbung für ein IM VERGLEICH ZUR KONKURRENZ NOCH NICHT GENÜGEND POPULÄRES Produkt bzw wenn Werbung für ein UNPOPULÄRES Produkt gemacht werden MUSS, denn Werbung ist teuer und aufwendig,

und
bei einer seit Beginn der Kolonisierung 1989 bis heute von den StaatsMedien geleugneten DDR-Bevölkerung dh die Stadt war leer, als 9.November die Wessis kamen, nicht wahr nicht wahr. Aber kommen nur 5 Ausländer aus

Polen nach Görlitz gezogen, dann ist das in den Medien Thema, für Jahre! .., aber über die eigene Bevölkerung spricht man nicht. Oder sind in 25 Jahren Hunderte Wessis von Wessiland nach Görlitz langfristig endgültig umgezogen, komischerweise spricht man nur bei diesen Wessis von Görlitzern: Die FamilienKatastrophen vom 9.November bis heute waren und sind kein Thema in den StaatsMedien, warum sollte man darüber berichten? Die Familien gibt es ja nicht mehr .. es gibt nur diejenigen Menschen, über die die StaatsMedien wie zB der Kurier berichten und das sind: zugezogene Wessis, zugezogene Polen, zugezogene KriegsAsylanten, aber die heutige Sozialistische Bevölkerung? Sowas wollen die Kolonialherren nicht. Ist ja verständlich. Aber unser Haß ist auch verständlich,

eingedenk
der in einer Gegen den Willen der 50.000 Einwohner Görlitzer Bevölkerung dh AntiDemokratischen Umgestaltung der Riesigen Grünfläche dh des Platzes der Befreiung/Postplatzes zu einem auf der vorhandenen Riesigen Grünfläche neugebauten Riesigen und zwar die Grünfläche um 30% reduzierenden um die Muschelminna herumführendenMosaikKreuzweg, ein unübersehbar mit JudenSternen versehener MosaikKreuzweg, die BlumenPflanzen sind schön, aber darum geht es nicht, auch Blumenpflanzen von Kriegsverbrechern sind schön, Blumenpflanzen sind immer schön, aber man sollte sich nicht davon ablenken lassen, denn schöne Blumenpflanzen eines einen schmutzigen Krieg führenden Staates verschleiern den schmutzigen Krieg dazu, daß dieser Krieg ein gerechter Krieg sei und schon irgendwie in Ordnung. Görlitz ohne Jüdische Bevölkerung dh mit nur sehr wenigen Jüdischen Einwohnern, dh 2008 gab es, wenn man der Information bei den Behörden trauen will, nicht mehr als 5 Jüdische Menschen im Alter unter 65Jahre, Ältere Jüdische Menschen sehr wohl, aber Zahlen angeblich nicht vorhanden; Keine Veränderung dieses sehr geringen Bevölkerungsanteils von 50.000 würde die Berechtigung, die Stadt mit einem solchen Jüdischen Platz zu ehren, beseitigen. Dh: Es gab 2008 noch keine Berechtigung für diese Judensterne. Sollte ein Massenzuzug von Jüdischen Menschen in der Zwischenzeit stattgefunden haben? Wäre ja möglich. Aber mEs unwahrscheinlich, denn Görlitz gilt BRDweit als ArbeitslosenHochburg. Ein Massenzuzug Jüdischer Menschen würde mEs die Berechtigung für Judensterne erhöhen. Aber so hätte ja seit 1989 zugezogene WessiMassen erst recht ein StaatswappenSymbol im neuen GörlitzerSommer2014Mosaik bekommen müssen, hamwa aber nicht. Die ursprüngliche zu 100% Sozialistische Bevölkerung 9.November 1989 hätte 100% der 2014 für

MosaikSymbol verfügbaren Fläche für sich beanspruchen können, aber die zählen ja nicht; sowas ist die Definition von Rassismus, ein für Kolonien typischer KolonialRassismus. Ein Massenzuzug Jüdischer Menschen würde nEs die Berechtigung für Judensterne erhöhen. Und auch dann wären wir Bevölkerung ja auch immer noch nicht gefragt worden? Eine Deomkratische Abstimmung fand NICHT statt; Ein MiniArtikel, - mit Aufruf, doch mal seine Meinung zu schreiben; 2Wochen später stellte der Kurier fest, daß von 50.000Einwohner 1.500Einwohner ihre Meinung dem Kurier geschrieben hatten - , im Kurier genügt eben nicht, wo der Kurier sowieso von jedem 2.Görlitzer Bürger sowieso nicht gelesen wird. Naja, jeder 2. wär ja immerhin 50% , ..

so ist ein einen vor allem als Jüdischen Platz sich darstellender neuer Postplatz mit bisher der Görlitzer Bevölkerung unbekannten Judensternen aus der Versenkung der Archive von KaiserWilhem 1913-Adolf Hitler1933 rausgeholt worden und wurde gegen den Willen der Bevölkerung in die Tat umgesetzt, was völlige Resignation aber auch Wut und Haß hervorruft, auch in mir;Anm.d.Verf.
Dieser unübersehbar rund um die Muschelminna herum auf dem Kreuzweg mit Judensternen versehene Ende Juli inmitten der Sommerferien der Görlitzer um die Gestaltung ihres Platzes der Befreiung/Postplatzes kein Mitspracherecht habende und somit unwissend und dummgehaltenen und folglich überraschten Bevölkerung zurückgegeben während des permanenten so auch jetzt Juli 2014 Krieges der Juden in Palästina gegen das Palästinensische Volk,

würde man ehrlich sagen, was man denkt, so scheint es mir als Bürger der BRD,

dann suggeriert dies im verrückten Umkehrschluß der Suggestion, : man müsse und solle Partei nehmen für Juden und für Israelis .. in Westberlin, in BRD und in Palästina, OBWOHL kein vernünftiger Grund dafür vorliegt.

SCHLUSSBEMERKUNG=
am Beispiel von Görlitz/DDR ehemals aufgezeigte
Zivilvernichtung=Terrorismus=Glorifizierung zB Dresden Februar 45
ANTIFAs Internationale Bedeutung Winter 2015/2016 =
MEs handelt es sich bei ANTIFA um die Nicht Schriftlich Fixierte
ZivilVernichtungsTheorie sprich RassenIdeologie der Nato und aller

NatoBündnisStaaten seit 1979. Antifa ist mEs heute 2016 mehr denn je zu ächtende RassenIdeologie und deswegen als TerrorOrganisation einzustufen und muß wie Terrorismus selber geächtet sein. Daß dies jedoch seit Jahrzehnten nämlich seit 1979 bis heute 2016 in Westberlin und der "BRD" kein Thema ist, zeigt, daß Terrorismus für "BRD" Programm ist, dh alltäglicher permanenter Terrorismus, was fraglos die Toleranz erhöht zu Terroristischen Einsätzen der Nato und der im Westbündnis mit Nato verbündeten Staaten.

Es ist offensichtlich, daß ANTIFA als Werbung der Nato mit der WestKolonialStaaten eigenen Definition sprich WestMedienDarstellung des IS zusammenwirkt und Toleranz zu NatoKriegen erhöht.

In den frühen 1990ern interviewte ich einige Nazis in meiner Heimatregion. Hierbei erfuhr ich, daß sich einige der untereinander heillos zerstrittenen NaziOrganisationen sowie einige Rechtsextreme Gruppen mit der Antifa absprechen würden, was ich ungeheuerlich fand, weil doch Todfeinde Todfeinde sind und bleiben, aber nein, erklärten mir diese Nazis: einige bestimmte WessiNaziGruppen sprechen sich mit Antifa ab, quasi nach dem Schema: Wir haben ne Veranstaltung in Hamburg, da stört ihr uns nicht, und ihr habt ne Veranstaltung in München, und da stören wir euch nicht. Und außerdem kloppen wir Nazis und Antifa uns auf Demonstrationen grundsätzlich nicht. Ich dachte, ich höre nicht recht. Aber so war das Anfang der 1990er in der Alt-BRD.
Was kann das bedeuten?: es kann mEs bedeuten, daß AntifaKämpfer von Anfang an ab 1979 absolut leichtes Spiel hatten sowohl in Alt-BRD wie auch in Neu-BRD sprich DDR ab den frühen 1990ern -2016: Auf Deutsch heißt das: AntifaKämpfer waren geschützt vor Gewalt, AntifaKämpfer als Teil der InlandGeheimdienste selber durften auf Geheiß des für die InlandGeheimdienste zuständigen VerfassungsschutzInnenMinisteriums zu dieser Zeit, ohne Rechtlich dafür zur Verantwortung gezogen zu werden, zwar selber Gewalt ausüben zB gegen die Polizei oder gegen PrivatPersonen und zwar Kriminelle Gewalt, aber AntifaKämpfer als Teil der InlandGeheimdienste selber waren vor Gewalt geschützt. Und auf der anderen Seite lief ein Großteil von Nazis rum, die keine Gewalt gegen AntifaLeute ausüben wollten, und ein offenbar kleinerer Teil von Nazis, die sich von den Vorhergenannten verraten und verkauft fühlten und somit zunehmend isoliert wurden. Alles im Sinne eines AntifaKampfes, alles im Sinne der BRD StaatsRäson, alles im Sinne der Jüdischen Entity in Palästina,

alles im Sinne der mEs auch und erst recht nach 1990 immer noch Besatzungsmacht USA in BRD. Dies führte bereits Anfang der 1980er in der "BRD", wie mir Nazis berichteten, zu einer in der Öffentlichkeit geltenden angeblichen "Wirklichkeit", daß "die Rechten" den AntifaKampfGruppen NICHT den Kampf angesagt hätten. Die Infiltrierung der Rechten Bewegung durch WessiStasi wurde seit Erfindung der Antifa Dezember 1979 von den "BRD"Inlandgeheimdiensten genutzt, so daß seitdem bis in die 1980er hinein Teile der Rechten Bewegung, - während es der "BRD"Stasi nicht gelang, einige Autonome Rechte TeilOrganisationen aufzubrechen oder Einfluß auf diese zu nehmen, weil sich diese Organisationen darauf verstanden hatten, sich vor den "BRD"Geheimdiensten zu schützen und sich als Autonome Rechte TeilOrganisationen der Rechten Bewegung in der "BRD" verstanden, die die Fehler der RAF zu vermeiden wußten und stattdessen "BRD" vom Ausland her bekämpften, - und vor allem die in der "BRD" Öffentlich arbeitenden zahlreichen Rechten BürgerInitiativen, die in der "BRD" Öffentlich arbeitenden zahlreichen Rechten Verbände und Vereine, und die bei Politischen Demokratischen Wahlen in Westberlin und der "BRD" antretenden Nationalen Rechten Parteien unterwandert wurden von unterschiedlichsten "BRD"Geheimdienstlern und folglich teilweise aus BRDStasi="BRD"Geheimdienstlern bestanden, von denen manche, wenn ein bestimmter Rechter "BRD"Verein noch nicht Gewaltbereit genug gegen Ausländer war, sich als RassenhetzeEinheizer betätigten, um das Anheizen grenzenloser Gewalt gegen Moslemische Ausländer zu erreichen aber absurderweise keinesfalls gegen Juden oder gegen "Israelis" sondern immer allen voran gegen Moslemische! Menschen Gastarbeiter, Flüchtlinge, Asylanten, und somit diesen Verein auf Linie zu bringen en ligne französisch, online englisch, so lange diese "BRD"StasiIMsVerfassungschützer noch nicht entdeckt waren. Dh., der wesentliche Anteil an VereinsMitgliedern und der wesentliche Anteil an ParteiMitgliedern, die als BRDStasi meist allesamt wirklich nichts voneinander wußten und ganz erstaunt waren, als letztendlich nach Jahren bei der einen oder anderen GeheimdienstPanne dann und wann aufgedeckt wird, daß so und so viel % der ExtremRechten Grupperiung Sowieso vom BRDland bezahlte BRDStasiMitarbeiter sind. EnthüllungsJournalismus. Am nächsten Tag vergessen. Zweck erfüllt. Deswegen fordere ich, Antifa als TerrorOrganisation zu verbieten und den Geheimdienstlichen Verfassungsschutz der Antifa abzuerkennen.

Unterstellen wir, daß der 2016 seit Jahrzehnten im Permanenten Krieg befindliche BRDStaat irgendwelche Absichten mit seiner Kriegsteilnahme hat, dann wird interessant, wer alles, und wer alles nicht gegen diese Absichten steht. WER GANZ SICHER NICHT gegen diese Absichten steht, ist sicherlich die 1979er Antifa, ein politischer Körper, der sich seit Gründung Dezember 1979 zwar militant gibt, der aber vor jedem Mörderischen Kampf mit Rechten scheut und stattdessen nur als ein EntscheidungsFindungsGremium/ThinkTank der BRDUSA"Israel"Achse wirken will und zwar zusammenpassend, übereinstimmend koppelbar mit englisch: kompatibel zu dem

-- als TheorieAbsicherung 1967-2016 SechsTageKrieg und Terroristische Jüdische Besetzung Palästinas dh Jüdische Herrschaft über die Jüdisch Besetzten sogenannten
Occupied Territories = die Hauptstadt des Palästinensischen Volkes in Palästina AlKuds /
das Agrarwirtschaftliche Juwels Westjordanland /
die IndustrieMetropole und GeschäftsMetropole Gaza-Streifen,

von Mitte 1970er bis 1990 für den Terroristischen Teil der Maronitischen BürgerKriegsRegierung ab 1974/1975 in Libanon

und für den 1979/1980-1990 herrschenden Krieg zwischen Irak und Iran --

Politischen Arm der NATO, WAS ALSO VÖLLIG FRIEDLICH IST auf deutsch VÖLLIG MÖRDERISCH ENTSCHLOSSEN,

, sicherlich jedoch beschränkt von AntifaGründung Dezember 1979 bis September 1989 auf Westberlin und BRD 250.000qkm und ab 1991 auf GroßBRD, dh das Territorium des aus BRD und DDR bestehenden Neuen BRDGroßStaates 350.000qkm, UND SICHERLICH NICHT AUSLAND also NCHT AUSSENPOLITIK BETREFFEND DänemarkPolenTschechienÖsterreichSchweizFrankreichBenelux, ABER ZUGLEICH, UND ZWAR ABSURD EBEN DOCH AUSLANDSPOLITIK machend mit der Aussage: Alles egal: Hauptsache Für den "Israel"-Staat und Für USA und dh FÜR ALLE VERBÜNDETEN des "Israel"Staates ZB FRANKREICH und FÜR ALLE VERBÜNDETEN DER USA.

Mutter zeigte stets aufmerksames Politisches Bewußtsein: so kommentierte sie bereits nach dem allerersten Öffentlichen Erscheinen der Antifa ab 1979 in den BRDMEDIEN auch per Artikeln in der Breslauer Zeitung des

Schlesischen Widerstands "Der Schlesier" Antifa als RassenIdeologie. Ich nahm sie zuerst nicht so recht ernst: Du hast ja recht, sagte ich ihr, aber wir können diese von der "BRD" geschützte Rassenideologie doch nicht beseitigen. Man darf doch nicht die Hände in den Schos legen und abwarten, sondern man muß doch zumindest dagegen kämpfen, so gut man kann, sagte sie darauf wütend mit geballter Faust.

2015 gab es erstmals wieder AntiAntifaGraffiti aber sogleich wieder AntifaGraffiti. Auffällig hierbei ist, daß die AntiAntifaGraffiti sofort dh binnen des gleichen Tages bzw binnen 4Tagen beseitigt waren ! Hoppala! So daß man annehmen muß, daß Antifa GESCHÜTZT ist; dementgegen die AntifaGraffiti wurden NICHT beseitigt weder binnen des gleichen Tages noch binnen 4 Tagen noch binnen 4 Wochen noch binnen 4 Monate ! So daß man annehmen muß, daß Antifa GESCHÜTZT ist.

Braunes Gesocks

= Als ich erwachsen wurde Mitte 1983, Schulabschluß machte Mitte 85 und Studium begann Mitte 85, also die Periode von Frühe 1980er bis Mitte 1980er, war, wie ich Zeuge bin, für solche Bürger "Deutschlands", - die im II.Weltkrieg mit beachtlicher "Deutscher" Mühe aber auch mit beachtlicher "Deutscher" Sorgsamkeit die unermeßliche Arbeit der MassenErmordung von Juden leisteten und dafür 1945 in den Kapitalistischen BesatzungsZonen mit PersilScheinen = WesteWeißWaschScheinen belohnt wurden - , sowie genauso für AntiPolitische Menschen, die einfach in ihre eigenen Wohnungen und eigenen Häuser, wo sie geboren sind, gerne zurückwollten, der GesamtTerminusGesamtBezeichnung = "NAZI" geschaffen worden,

was mEs die größte Unverschämtheit war und ist, wie etwa MenschenMassen, die Hitler des alters wegen gar nicht 1933 an die Macht gewählt haben konnten, für die Wahl Hitlers zur Macht verantwortlich zu machen, und dementgegen Menschen, die Hitler an die Macht als Erwachsene Bürger und Erwachsene Bürgerinnen mit WahlRecht gewählt hatten, nochmal dh: an die Macht gewählt und an die Macht gebracht hatten nämlich die Industrie "Deutschlands", zu ENTVERANTWORTLICHEN.

In allen ZensurMedien, wie ich Zeuge bin, Anfang der 1980er in der "BRD" ist JEDER Teil der Rechten Bewegung, so unter anderem sowohl Schlesische Vertriebene aber auch Schlesische Flüchtlinge, ob sie sich kein bißchen mehr für die Heimat interessierten oder gerne in die Heimat in die Häuser, wo sie geboren worden sind, zurückwollten, gleichgesetzt worden mit "Nazis". Das war nun Impetus KampfParole der Januar 1980 aus dem Nichts plötzlich in der StasiBRDZensurMedienÖffentlichkeit aufgetauchten sogenannten "Antifa"; Und das war nun Impetus dh KampfParole der zur gleichen Zeit sich zu Antifa konstituierenden BRDStaatsRäson; Somit also sind

Januar 1980 Antifa = BRDStaatsRäson zu Antifa

Als ich erwachsen wurde Sommer 1983 nahm ich wahr, daß es eine Rechte Bewegung in der BRD gab: Die bis 8. Mai 1945 Flüchtlinge aus Schlesien, die sich in der BRD unter anderem im RheinMainGebiet ansiedeln durften, waren mit Kindern und Enkeln

dafür aber Politisch vollkommen ENTRECHTET UND POLITISCH STAATSKONFORM KANALISIERT WORDEN // 30.August 1939 Schlesien 5 Millionen Einwohner // zB durch den Perfiden "Trick" der die Schlesische Bevölkerung hassenden BRDStaatsRäson seit den Frühsten Tagen nach GründungsTag der BRD 1949, Schlesische Flüchtlinge NICHT in den Medien und der Politik und der Öffentlichkeit und somit in dem "BRD"NationalBewußtsein EXISTIEREN ZU LASSEN, dafür aber eine "ganz andere!" Politische Schublade nämlich die zwar genauso aus Schlesien kommende aber eben erst NACH dem 8.Mai 1945 so vor allem die nach wenigen Monaten durch die neuen Polnischen Obrigkeiten Vertriebene Bevölkerung VERGLEICHSWEISE Viel Geringere MenschenAnzahl von "Schlesischen Vertriebenen", die – Vertriebener ist, wer NACH dem 8.Mai 1945 aus Ostpreußen von der Obrigkeit der Neuen Sowjetischen Herrschaft usw aus Schlesien von der Obrigkeit der Neuen Polnischen StaatesRegierung meist von heute auf morgen aus der eigenen Wohnung/ aus dem eigenen Haus rausgeschmissen mild formuliert: vertrieben wurde – in den Medien und der Politik und der Öffentlichkeit und somit in dem "BRD"NationalBewußtsein STAATSKONFORM KANALISIERT IN DAS WAHLHEER DER CDUCSUWÄHLER DER BRD UND ALLEN VORAN BAYERNS GELENKT WURDEN UND

EXISTIEREN DURFTEN IN EINER VON OBEN GESTEUERTEN GEGÄNGELTEN WEISE ,

Schlesien 1939 5Millionen Einwohner: Die Massen an Schlesischen Flüchtlingen stellen gemeinsam mit den an Anzahl vergleichsweise wenigen Schlesischen Vertriebenen im RheinMainGebiet bis Mitte der 1970er zwar zu mehr als 50% die Bevölkerung des RheinMainGebietes,

die übrigen weniger als 50% RheinMainBevölkerung sind

im RheinMainGebiet Geborene Heimkehrende Kriegsgefangene, deren Kinder und Enkel und ein größerer Teil NICHT aus dem RheinMainGebiet STAMMENDER und somit zugezogener Bevölkerung zB aus Frankfurt/Main sowie Gastarbeiter aus aller Herren Länder zB Italien, Spanien und ab 1969 GastarbeiterMassen aus Türkei, siehe die Hauptstadt unseres Bannforstes Hayn in der Dreyeych Landkreises Offenbach, die berühmteste Ausländerstadt der BRD, größter AusländerAnteil der gesamten "BRD"-Geschichte

denn einen Umzug in ein heute würde man sagen anderes Bundesland gab es damals nicht, weil das konnte sich die Bevölkerung nicht leisten außer die Reichen 1,5% Ausnahmen, und Ausnahmen zählen nicht; wer in einem Dorf geboren wurde, der blieb zeitlebens auch in diesem Dorf und aus dem RheinMainGebiet von dem RheinMainGebiet und aus dem Rest Deutschlands in den Krieg für Deutschland zur Verteidigung an alle Enden Deutschlands und Europas und sogar nach Afrika von 30.August bis 8.Mai 1945 verschickte 15Millionen/bei 60Millionen Einwohner Deutschland August 1939 KriegsdienstPflichtige kehrten wenige bzw nicht alle nach dem fast gewonnenen Krieg ins RheinMainGebiet ins Dorf zurück oder sind als Teil der horrenden 15%? 20%? 25%? und mehr? VerlustRate auf dem Schlachtfeld geblieben und haben niemals wieder ihr Dorf gesehen, dh von 4 ab 18-50Jährigen Gesunden Kriegstauglichen Männern, die weggingen, kamen 3 oder auch weniger zurück dh in die KriegsgefangenenLager, dh zB von Sprendlingen einer Kleinstadt 10.000Einwohner kamen von 2.500, die zum Krieg eingezogen wurden, blieben 375 Männer tot auf dem Schlachtfeld bei einer 15%Verlustrate 2.125 zurück; Und selbst diese geschönten Werte stimmen so nicht, denn in der Kriegsgefangenschaft blieben auch große %teile, von den nach 8.Mai 1945 KriegsgefangenenLagern das Amerikanische MassenMordLager Rheinwiesen spricht von 1Million systematisch=planmäßig Verhungerte Tote Kriegsgefangene bei 3Millionen Lebendigen Kriegsgefangenen wäre NachKriegs VerlustRate 33%, dh heißt:

das USLager war genauso verlustreich wie oder sogar noch viel
verlustreicher ! als der 39-45FrontKampf selber.
Wenn man die FrontMindestVerlustRate 15% anwendet:
Sagen wir also: Von den 2500 Eingezogenen Männern blieben 15% tot an der
Front
Die übrigen 2125 kamen in Kriegsgefangenschaft, zB Rheinwiesen
33%TotRate=701,25
1423,75 überstanden lebendig Front und Kriegsgefangenschaft
das macht bei 2500 30.August 1939 Eingezogenen aus Kriegsgefangenschaft
zurück 1423,75
Und wer nach der 2 oder noch mehr jährigen Kriegsgefangenschaft
zurückkam ins Dorf, der war
von der Front verletzt oder wurde spätestens durch die Kriegsgefangenschaft
zugrundegerichtet von Hunger, Skorbut, zugrundegerichtete Gedärme, ein
Großteil dieser Menschen hatte trotz besten Mannesalters sowieso nur noch
ein paar Jahre zu leben. Dh
von 2500 30.August 1939 Eingezogenen starben an der Front und in
Kriegsgefangenschaft 1076,25
= 43,05%
Also sind von 30.August 1939 10.000EinwohnerStadt 2500 Eingezogenen
Sommer 1947 1423,75 Lebendig

irgendwo in Ex-Deutschland. In das Heimatdorf möchten oder können viele
der August 1939 Eingezogenen nicht zurück.

Dh Sommer 1947 kommen zwar die Ersten Männer aus dem Krieg zurück ins
Heimatdorf, aber hier sind seit 2Jahren selber aus dem HungerSkorbutElend
Schlesische Flüchtlinge einquartiert worden; die ehemals Heimatdörfler von
30.August 1939 kommen Sommer 1947 als Fremde in das Heimatdorf im
RheinMainGebiet zurück.

und haben entsprechend starken Politischen Willen immer mit dem Fokus
darauf, in die Schlesische Heimat zurückzuwollen oder doch zumindest in die
Nähe zB nach Görlitz/Sachsen Thüringen Brandenburg, was das
Kapitalistische WBZSystem und ab Mai 1949 die Kapitalistische BRD mit
AntiDemokratischen Mitteln

FDJ Deutschlandtreffen in Berlin 27. bis 30. Mai 1950. unter
SonderKommandos der BRD-Polizei Lübeck Hamburg wegen

Seuchengefahr und deswegen persönlicher ZwangsRegistrierung Befehl:
Verbot der Wiedereinreise ins BRDTerritorium gegen die nachhause
reisenden 10.000en Jugendlichen. Die "Freiheit"liche BRD sagt 6.000 bis
10.000, obwohl die "Freiheit"lichen Behörden alle registrieren wollten bzw
registriert haben, gilt für die "Freiheit"lichen BRDBehörden: die wissens
nicht so genau, DDR sagt 30.000.

zu diesem Trauerspiel der BRD siehe: von Paul Dessau und Bertolt Brecht
"Der Herrnburger Bericht; Singspiel und Kantate" wird uraufgeführt am
Deutschen Theater Berlin am 9. August 1951 zu Beginn der
WeltJugendFestspiele in Berlin am 5.-19. August 1951.
Prominente Organisatoren und Gäste:
Prof. Joliot-Curie
Pablo Neruda
Maja Plissetzaja
Martin-Anderson Nexö
Nazim Hikemet
Jorge Amado
Raymonde Dien
" .. beginnt der Bonner Staat / Bluthunde streichen schnuppernd / um
Fallgrub und Stacheldraht .. Deutsche werden von Deutschen gefangen / Das
Treffen bei Herrnburg / Die Jugend weigert sich, der Polizei ihre Namen zu
geben / Der Polizist fragt die Jugend nach ihren Erlebnissen in der DDR /
Tanzlied / Bitten der Kinder / Lied zur Erfrischung / Einladung / Die
Polizisten ermahnen die FDJ, beim Durchzug durch Lübeck keine Fahnen zu
zeigen und keine Lieder zu singen / Spottlied / Die FDJ antwortet den Bonner
Polizisten."

III. Weltfestspiele der Jugend und Studenten in Berlin - 05.08.-19.08.1951

DDR 2016 Internet: .. Hotels Gaststätten großzügige Präsentationen Perfide
1932 und früher zu Kaisers Zeiten, kein 1945 bis 1990
Perfide.

zu verhindern wußte,
und, nachdem die Schlesische Bevölkerung Familien gegründet und Kinder
und Enkel bekommen hatte, gilt:

aber die Schlesische Bevölkerung im RheinMainGebiet ist nach 35 Jahren 1980 nur noch ein Spielball der Heuchlerischen Kapitalistischen BRDZensurMedien.

Selbstverständlich war es nun Anfang der 1980er in der BRD, als das BRDSystem auseinanderbrach und zusammenbrach, daß sich in der FrontStellung der Bevölkerung gegen den ungeliebten BRDStaat die Bevölkerung selber organisierte: Neue und Vor allem Andere GesellschaftsFormen wie zB der Sozialismus im Östlichen Ausland DDR, Polen, SU, CSSR usw gewannen an noch niemals dagewesener Popularität bei den Studenten, es rebellierten auch erstmals die Flüchtlinge und Flüchtlingsfamilien der bis 8.Mai 1945 aus dem unter anderem Ostpreußen bis Schlesien umfassenden Ost"Deutschland" Geflüchteten Bevölkerung im RheinMainGebiet, dh = man bekannte sich ERSTMALS zu seinen SCHLESISCHEN WURZELN und stellte verwundert fest, wieviel Gleichgesinnte man doch hatte; dennoch war dieses ganz neue Bewußtsein von einer Nicht zu überbietenden Leere gefüllt, weil man den "eigenen" Fantastisch großen Bevölkerungsanteil begreifend, dessen Kenntnis man der Bevölkerung über Jahrzehnte vorenthalten hatte, hauptsächlich sich damit beschäftigte, über das neue Selbstbewußtsein zu staunen, zu lächeln und sich über die neue Politische Kraft, die man gewonnen hatte, schüchtern zu amüsieren, wo man doch IN DEN EIGENEN UNSER "BRD"NATIONALBEWUSSTSEIN WIEDERGEBENDEN HEIMISCHEN BRDSTASIZENSURMEDIEN SEIT MITTE DER 1970ER BIS MITTE DER 1980ER AUSGELACHT WORDEN WAR ALS EWIG GESTRIGE, DH = Als Schlesische Bevölkerung in der BRD gehörte man zum BRD-Staat und Westberliner Staat SOWIESO NICHT DAZU; AB MITTE DER 1970ER WIE LOGISCH UND FOLGERICHTIG DER ERST 1973 VON DER UNO ANERKANNTE BRD-PERSONALAUSWEIS VON ZUGEHÖRIGEN DER RECHTEN BEWEGUNG IN DER BRD DEMONSTRATIV VERBRANNT WURDE ! ,
AUSGELACHT WORDEN WAR ALS EWIG GESTRIGE,
-
In meiner Jugend schimpfte die Antifa und die angeschlossenen StaatsMedien gegen sogenannte "Ewig Gestrige" = Damit meinten se Revisionisten= Revanchisten, worunter man diejenigen Menschen aus

Ostpreußen bis Schlesien verstand, die die Absicht haben, in die Polnisch und Sowjetisch gewordenen Territorien heimzukehrn, daraus machten die Staatsmedien und die Antifa : "zurückzuerobern". Dabei tatense immer so, als ob die Versailler Vertrag und 8.Mai 1945 aus Deutschland rausgeschmissenen Deutschen den Revisionismus=Revanchismus erfunden hätten. Den StaatsMedienStuten und -Hengsten und der Antifa kann ma deswegen n bisl Geschichte ans Herz legen= Frankreich hat durch das IN ANFÜHRUNGSSTRICHEN"Versailler Vertrag" ANFÜHRUNGSSTRICHEENDEgenannte Versailler Verbrechen 1920/1921 den Deutschen Elsaß und das Deutsche Lothringen bekommen, eine Kriegerische Eroberung zum Schluß des 1.Weltkrieges, ein Gewaltakt, den Frankreich 50Jahre ! Seiner Bevölkerung gepredigt hat ! Hoppla! von wegen Revisionisten! Revanchisten! Welch friedliebendes! Frankreich. Und 1920 wurden alle VETRIEBEN, die im Laufe der letzten 50Jahre zugezogen waren, das sind Zweieinhalb Generationen! Das sage man mal den BRDischen Kolonialisten, wie es denen in der DDR demnächst eventuell ergehen könnte.
Die Revanchisten haben im Versailler Vertrag schon gesiegt, nach 50 Jahren wurde ElsaßLothringen von Deutschland abgetrennt.
Caesars VölkermordZivilMassenmord hat dem Römischen Kapitalismus noch niemals geschadet; nach Crassus´ Tod und nach Pompeius Magnus´ Tod läßt sich Caesar als Diktator wählen und nach 2000Jahren in der "BRD" feiern ab 1949.
Die Ewig Gestrigen Kapitalistenschweine haben erst am 3.Oktober 1990 gesiegt, diese KapitalistenSchweine geben dem Ausland einen neuen Namen, und sagen, "ihr wart ja immer Teil unseres Volkes", und dann versklaven diese KapitalistenSchweine dieses "neue" eigene Volk, was sie ja nicht dürften moralisch, wenn sie dieses "neue"Volk wirklich als "das eigene Volk" betrachten würden.
-
Nochmal:
wo man doch IN DEN EIGENEN UNSER
"BRD"NATIONALBEWUSSTSEIN WIEDERGEBENDEN HEIMISCHEN BRDSTASIZENSURMEDIEN SEIT MITTE DER 1970ER BIS MITTE DER 1980ER AUSGELACHT WORDEN WAR ALS EWIG GESTRIGE, wie ich just 31Jahre nach meinem verhunzten AbiturSchulabschluß festellte, obwohl damit die Anwendung des 1799 von Schiller mit Wallensteins Tod der deutschsprachigen Bevölkerung Europas geschenkten Begriffs aus dem Munde Wallensteins selber für die 1975 verratene und verkaufte Schlesische

Bevölkerung in Westberlin aber auch der "BRD" in deutsch"BRD"ischem SchulUnterrichtsLehrerJargon : Sinn verfehlt/auf Latein : der Sinngehalt ad absurdum geführt ist, wo es doch, wie wir wissen, aus dem Munde Wallensteins heißt", er greift auf das auf dem Tisch liegende Buch, schlägt es rasch blätternd und die gesuchte Stelle rasch findend auf und liest laut und vernehmlich langsam und getragen:

(ZITAT)"
Das wird kein Kampf der Kraft sein mit der Kraft,
Den fürcht ich nicht. Mit jedem Gegner wag ichs,
Den ich kann sehen und ins Auge fassen,
Der, selbst voll Mut, auch mir den Mut entflammt.
Ein unsichtbarer Feind ists, den ich fürchte,
Der in der Menschen Brust mir widersteht,
Durch feige Furcht allein mir fürchterlich –
Nicht was lebendig, kraftvoll sich verkündigt,
Ist das gefährlich Furchtbare. Das ganz
Gemeine ists, das ewig Gestrige,
Was immer war und immer wiederkehrt
Und morgen gilt, weils heute hat gegolten!
Denn aus Gemeinem ist der Mensch gemacht,
Und die Gewohnheit nennt er seine Amme.
"(ZITAT ENDE)
schließt das Buch, legt es auf den Tisch zurück, und spricht unmittelbar weiter, und nunmehr vor sich hinnuschelnd im Selbstgespräch ..

"Unser Politisches Bewußtsein, als Wir Schlesier im Bündnis mit der RAF gegen den "BRD"-Staat Revoltierten, - das Schlesische Volk besteht 30.August 1939 Vor Beginn des II.Weltkrieges aus 5 Millionen Menschen 50%Evangelisch 50%Römisch Katholisch - , soweit ich es persönlich wahrnahm, umfaßte am Gymnasium zu dieser Zeit 1977-1982-1985

während, so Wir was am "BRD"Staat auszusetzen hatten dh den "BRD"Staat per Revolution vernichten wollten, durch die "BRD"Medien Wir Schlesisches Volk auf dem Territorium Westberlins und der "BRD" als die "Blöden "Katholen" bzw die "Blöden" Katholiken und die "Blöden" Evangelischen bzw "Blöden" Protestanten, man sagte über uns, die:"die verrückt an Gott glauben son Mist! diese Affen!", als die "Blöden" Hinterwäldler verballhornt, verspottet, aus der Volksgemeinschaft somit ausgeschlossen, ausgelacht, diffamiert, und diskriminiert wurden, die Christen wurden somit Politisch ausgeschaltet, und ganz besonders in den Medien erinnere man sich als Wessi in all die gottlosen Spielfilme, die zu dieser Zeit "BRD"-Fernsehen waren, Und Wer die gleichen Revolutionären Ideen wie wir hatte und bekannte, daß er Keine Religion, keinen Religiösen Glauben hatte aber genau dengleichen Militanten Revolutionären Kampf gegen das Heuchlerische KriegsGeile 'BRD"System kämpfen wollte, der wurde wie Wir plötzlich ganz genauso als die "Blöden" Hinterwäldler verballhornt und verspottet und aus der Volksgemeinschaft somit ausgeschlossen, ausgelacht, diffamiert, und diskriminiert. Was den Haß von uns allen zusammen noch fantastisch erhöhte und uns mehr denn je zusammenband im Kampf gegen die "BRD"

bei 1.200 Schülern vielleicht 2 oder auch 3 Bekannte, mit denen man darüber lachte, während unser Schlesisches NationalBewußtsein vom Rest als uninteressant ignoriert wurde. Schlesisches NationalBewußtsein fand woanders statt, nämlich in der Arbeitenden Bevölkerung : IM PROLETARIAT , zu dem Wir aber keinen Kontakt hatten, wie wir schmerzlich feststellten, genauso wie Wir unsere Wut anfachend merkten, daß Wir vom "BRD"Staat gegeneinander ausgespielt wurden und, so redeten wir uns viel zu oft ein, sowieso keine Chance hätten: wie wir feststellten, gab es außerhalb des Gymnasiums viel mehr Raum, sich zu organisieren, denn wir stellten 1982-1984 fest, daß das Schlesische Nationalbewußtsein anderswo in den Ortschaften florierte und die Rebellion tag für tag zunahm. Eine fantastische Zeit damals im grunde, jedoch eine Bewegung, an der wir braven Gymnasiasten NICHT TEILHATTEN. Wir lernten jedoch den Begriff 'Braunes Gesocks", mit dem Wir Schlesischen HeimatLiebenden Schlesischen NationalBewußten von manchen Teilen der Medien und auffälligerweise unverändert gleich von der 1979 ERFUNDENEN "Antifa" bezeichnet wurden: Dagegen rebellierten WIR 1982-1985, indem wir bezüglich des zu kritisierenden BRDStaates der Frühen 1980er feststellten, daß zB die 1979 in den STASIBRDZENSURMEDIEN INSTALLIERTE DH AUFGERICHTETE DH ERRICHTETE "Antifa" RassenIdeologie und somit 'Braunes Gesocks" darstellte - unsere Schulische usw Erziehung hatte uns zumindest beigebracht, daß weder JudenVergasung noch der USAmerikanische Haß gegen Neger und überhaupt Jede RassenIdeologie Nicht der Richtige Weg ist - und somit eine Totgeburt war, wie wir auch die 1979er "Grünen" als Totgeburt betrachteten. (Guck an: wie sonderbar: in BRD "Antifa" erfunden 1979, in BRD "Die Grünen" erfunden 1979)

Dezember 1989 WURDE DER BEGRIFF "ROTES GESOCKS" IN DEN BRDSTASIZENSURMEDIEN ERFUNDEN UND ERSTMALS ANGEWANDT. Dh = Hierbei wurde ein im Staatskritischen Teil der DDRBevölkerung bis 9.November 1989 gängiges Schimpfwort gegen "DEN STAAT" für einen zu erwartenden GROSSbrdStaat aufgegriffen, mit welchem der nach dem 9.November 1989 weiterbestehende DDR-Staat in einer beispiellosen Hetze erst für eine Zensur für eine Alt-BRDBevölkerung sowie für eine DDRBevölkerung verfügbar gemacht wurde in sogenannten TalkShows und sogenannter Demokratischer Entscheidungsfindung auf DDRTerritorium, wobei die erstaunlich UNDEMOKRATISCHE AUSWAHL ALLER TEILNEHMER einzig und allein der STAATSRÄSON DES NACHBAR-STAATES entstammte, was damals und später und bis heute 2015 hartnäckig von den WendeMachern BRDPolitik und BRDZensurMedien geleugnet wurde, die sagen: Revolution haben ja die DDRler gemacht; Wir haben damit nichts zu tun.

Das "ROTE GESOCKS" als Vokabel einer dem Gesellschaftsrand und der am Rande und/oder außerhalb der Gesellschaftlichen Akzeptanz vorbehaltenen GesellschaftsKritik/StaatsKritik bis 9.November 1989 wurde mEs somit nach 9.November 1989 zu einer Populären Vokabel aufgebauscht, die bisher ursprünglich nicht populär war! 4.Oktober 1990 ist das Ziel der Zensur erreicht und das Schimpfwort gegen den Staat ist in ein Schimpfwort gegen einen untergegangenen Staat gewandelt worden. Könnte diese auf das Schimpfwort für die AltBRD so nützliche Zensur auch gegen an der BRD und/oder der GROSSbrd geübte GesellschaftsKritik/StaatsKritik genutzt werden? Ja. Denn: Gesocks hat ausschließlich Negative Bedeutung. Die BRDZensur bzw die GROSSbrdZensur benutzt also den Begriff Gesocks. Gegen wen? Gegen alle, die den Alt-BRDStaat und den GROSSbrdSTAAT kritisieren.

Man sieht die Absicht: KOPPELUNG
NaziJudenVergasung=OstpreußenSchlesienHeimat=Untergegangene DDRStaatsmacht

Gesocks mEs kann man aber auch anders bezeichnen: Man kann damit nämlich auch den Informellen = Inoffiziellen (bezüglich Geheimdienste) sowie aber auch den Offiziellen (bezüglich Politik,ZensurMedien) Teil der "150%igen" der BRD und der GROSSbrd definieren.

Nach der 1990er RotesGesocksPropaganda der Deutsch"BRD"ischen erfolgreichen angeblichen DDRRevolutionDDRRebellion gegen den DDR-Staat, war es mEs Pflicht für jeden denkenden Menschen geworden bei Auftreten und Erscheinen der "Antifa", "Antifa" als "Braunes Gesocks" zu bezeichnen. Die STASIBRDZENSURMEDIEN INDES BEZEICHNETEN "BRAUNES GESOCKS" STETS AUSSCHLIESSLICH DH AUSNAHMSLOS DIE SEIT ANFANG DER 1980ER RECHTE BEWEGUNG IN DER "BRD".

Bei meinem Mittags ! 12Uhr ! in der Tageszeitmäßig vergleichsweise Bevölkerungsreichsten Phase im Görlitzer MittagsTrubel im Görlitzer Zentrum Platz der Befreiung/Postplatz meinem Versuch, LinksFaschistischen WerbeTerror mit "fuck" zu überschreiben, gelangte ich im Februar 2016 dankenswerterweise in eine PolizeiRoutineKontrolle. Als die Polizei angehalten hatte und mich höflich um Ausweis und höflich fragte, was ich da mache, da sagte ich höflich:"Mit FarbSpray sprayen. Das haben Sie ja gesehen!", da sagt der Polizeimensch:"Sprayen?!, na dann geben Sie mal das Farbspray her!", was ich höflich und selbstverständlich dem Polizisten gab, zumal sofort hielt eine vorbeirauschende PrivatZivile Streife dh nicht als Polizei kenntlich gemachte SchwarzBlaue EdelKarrosse einer DeutschBRDischen EdelPKWMarke an, und ein beleibter etwas jünger als ich scheinender in ZivilKleidung gekleideter dh UnUniformierter Junger Mann posaunte in der deutsch"BRD"ischsten DenunzierLust, als er angebremst herausgesprungen und angerannt kam,"Das hab ich gesehen, wie der gesprayt hat, das kann ich bezeugen! Und der hat Fotos gemacht!" Darauf rief ich laut über die Straße "Das ist ja auch Sinn und Zweck!" Der junge Mann rief eifrig weiter:"Das kann ich bezeugen. Ich arbeite auch bei der Polizei, ich arbeite bei der KriminalPolizei!"

LinksFaschistischer WerbeTerror in Görlitz geschützt mEs entweder von der Stadtverwaltung oder von Polizei oder von Stadtverwaltung UND Polizei: 14.März 2016=Dreierlei in Liebknechtstraße: 1.= gegenüber der Feuerwehr etwa 4x4cm Aufkleber auf Riesigem StraßenSchild in etwa 2,15meter Höhe, nicht ganz so einfach zu entfernen von Passanten, ich gebe es zu. Das klebt da, und das ist eine Schande! 2: eine GründerzeitRuine direkt gegenüber dem AltersheimPalast Lutherkirche Lutherplatz, etwa seit 5 ! Jahren Antifa Spray schriftzug unverändert in ganzer Pracht mittlerweile verwittert und nicht mehr so deutlich wie ehemals, aber dennoch unverändert, und das ist eine Schande! 3: Auf VerkehrszeichenSchild direkt Vor dem Eingang des AltersheimPalastes Lutherkirche ein mEs von der von Antifa "gegen Nazis" geheuchelten Sorte Schrift auch gut lesbar für vorbeifahrende Autofahrer und nur darauf kommts an ein 20x20cm Gegen Nazis Unterschrift Antifa Aufkleber, mit Vignettenschieber nicht einfach sondern mühsam aber Antifa immerhin entfernbar, wie ich bestätigen kann. Nebenbei bemerkt man in Görlitz den SprayTerror von jeglicher Form von FuckNazis Schmierereien, eine Form von Graffiti, die mEs geschützt ist nicht weniger als AntifaSprayTerror. Diese BRDStaatliche Bevorzugung neben AntifaGraffiti ganz besonders von FuckNazisGraffiti bedeutet mEs eine nicht zu leugnende Bemühung des BRD-Staates, Politische Graffiti heuchlerisch auf die GrundAussage "Fuck Nazis" zu reduzieren,- welch fantastische Intellektuelle Leistung -, was sich gut machen läßt wegen Internationales Ansehen des "BRD"-Staates in der Welt, während jedoch "BRD" führend ist und sei es am deutlichsten in Rüstungsproduktion und Rüstungslieferung an der Seite der Israel/USA-Achse im Permanenten Krieg, den die "Jüdische Entity" fast immer oder doch zumindest wie auch bis in die Gegenwart 2016 zum Größten Teil die anderen Staaten führen läßt.

Deinege, nachdem er in ungerechtem Wahlkampf April 2012 zum Bürgermeister ernannt wurde, mag man in den Folgejahren bis jetzt 2016 mit Recht auf die Finger gucken wegen jedem Cent in seinem Gerrlitzer Haushalt, für den er als OberBürgermeister verantwortlich ist, aber der Görlitzer Haushalt scheint vergleichsweise lächerlich dazu, Welche Zahlen "BRD" der Görlitzer Bevölkerung wie auch der Westberliner und auch der "BRD"Bevölkerung wohl liefert, was Antifa permanent wegen Sachbeschädigung an Hauswänden in Görlitz, in der "BRD" und in Westberlin in den letzten Jahrzehnten bezahlt hat und auch morgen bezahlen wird. Antifa MUSS ja Unsummen an Görlitz, an die "BRD" und an Westberlin Gelder gezahlt haben und bis auf den heutigen Tag zahlen. Ich frage: unter welcher Rubrik im Rechnungswesen von Görlitz, der "BRD" und Westberlins das gelistet wurde und gelistet wird. Antifa hat möglicherweise sehr viel Geld, wenn gar beliebig viel: Könnte Antifa somit auch beliebig unser Görlitz weiter verseuchen mit dem Linksfaschismus? Es gibt manche Leute, die sagen: ich guck sowieso nicht auf SprayGraffiti, und wenn s dafür Geld gibt , meinetwegen. Nun schlage ich vor, einmal Görlitz an wie der Berliner Straße, der Bahnhofstraße und vielen anderen dh den bekannten Bevölkerungs- Und Verkehrsreichen Hauptstraßen nur 5-10Stellen Systematisch mit "Juden in die Gaskammer!"Schriftzügen vollzusprayen. Es gibt zwei Möglichkeiten. Entweder gibt es Proteste und diese Schriftszüge werden sofort entfernt. Oder Es gibt keine Proteste und diese "Juden in die Gaskammer"Graffiti bleiben dann sagen wir 5 Jahre von Stadtverwaltung und/oder Polizei geschützt und somit gepflegt an den Häuserwänden Unserer Schlesischen Metropole Görlitz. Gemäß dem Umgang der Schlesischen Görlitzer Behörden mit AntifaSchmierereien, dh dem Schutz von LinksFaschismus durch die Görlitzer Schandhaften Schlesischen Obrigkeiten, so müßte anzunehmen sein, daß dieselben Görlitzer Obrigkeiten Juden in die Gaskammer Graffiti schützen. Versuche man es doch einmal. Es ist ja angeblich noch nicht bewiesen, daß die Görlitzer Schändlichen Schlesischen Obrigkeiten im Dienste der Permanenten Graffiti-Kampagne der 1979AntifaRassenideologie handeln.

mit viel aufwand teuer angefertigte Rassistische Antifa- DickSprayGraffiti und Sexistische DickSprayGraffiti werden mit viel aufwand und teuer in Görlitz geschützt über Jahre zB Obere Berliner Straße! Der MafiaTrick der Bundesregierung einer EinwohnerMeldung OHNE Mietvertrag, ausgelaufen November 2015 vielleicht doch wegen Paris, hat, so sicherlich allen zu versteckenden InlandgeheimdienstMitarbeitern der "BRD", allen AuslandsgeheimdienstMitarbeitern der "BRD" und allen UNO Soldaten mit mindestens ZWEI PÄSSEN dem "Israel"Jüdischen und dem "BRD"Pass und dem vor allem im Freistaat Sachsen über Jahre bis heute zeitgleichen Dresden-1945-sind-keine-Opfer-SACSAMAntifaSprayTerror genutzt. Hm. Was soll das bedeuten? Was hat man da noch zu überlegen?

Fazit:
Ich stelle fest:
Braunes Gesocks = Antifa
; mEs kann "Antifa" diesen "Makel" nur abtun, indem sich "Antifa" selbst auflöst. Aber das wird mEs nicht geschehen, weil sich "die Grünen" auch nicht auflösen würden, wie sowohl Antifa zumindest teilweise im den Militärischen Arm Berechtigenden Politischen Arm der BRD und der Nato sowie aber auch Frankreichs sitzt und zusammen mit "Den Grünen" in den "BRD"ZensurMedien, in "BRD"Zensur und "BRD"Politik ihr täglich Brot verdienen und somit das "BRD"NationalBewußtsein der auch 2015 in Permanentem Krieg stehenden "BRD" darstellen.

So könnte ich eigentlich eine Geschichte schreiben.
               Joachim Ziegler, Görlitz 7.Oktober 2015"
er hat eine Idee und lehnt sich vorwärts auf den Schreibtisch und beginnt zu schreiben,"

Vorwort:
Ich war Juli 1996 von Dreieichenhain/"BRD" in die DDR Hauptstadt Berlin umgezogen und Januar 1999 von der DDR Hauptstadt Berlin nach Hamburg/"BRD" zurück und Mai 2006 nach Görlitz/DDR zurück und hatte bis Mitte November 1998 für ein gutes Vierteljahr im dreckigen BaustellenReichstag in Westberlin als Bauarbeiter gearbeitet.
Von einem Spreebogenbau, naja wahrscheinlich deswegen, weil ich eben in der Hauptstadt der DDR und nicht etwa in der BRDExklave Westberlin gewohnt habe, habe ich in meiner Zeit in Berlin NICHTS gesehen und von einer Nutzungsabsicht als InnenMinisterium nichts geahnt, zumal man uns im Reichstag Anfang November 1998 noch sagte, daß die ReichstagsBaustelle wahrscheinlich noch Monate wenn nicht gar Jahre! Uns Handlangermassen wie uns Bauarbeiter anstellen werden würde, womit wir freudig einerseits beruhigt waren, diesen ReichstagsbaustellenJob sicher zu haben, andererseits verhaßt feststellen mußten, daß wir von unseren Zeitarbeitsfirmen weiterhin auf dieser beschissenen ReichstagsBaustelle eingesetzt werden würden.

Der KolonialFeiertag

Fritz Friedrich ist ein per BodyBuilding durchtrainierter hübscher Mann im besten Mannesalter, LiteraturGenie aus der Kapitalistischen "BRD" und ein Schreiber ohne Ambition, das Abitur hat nischte jenutzt, Studieren hat ar ooch mal kurz, aber es war nu oo nischte, nu äbm ne Kaufmännische Umschulung, und dazu vorher 14!Jahre Schemeldrücken 1 mal Lebenslänglich in der Schule, nee, es war ihm zuwider, aber trotzig dachte er damals und denkt er:"Ich scheue vor keiner Arbeit!" auch jetzt im Ex - Sozialistischen Gerrlitz 2015

Gerrlitz:
Kneipe gutbesucht, manche der Männer am Stammtisch haben ne ThälmannMütze ufm Kopp, manche Männer haben ne ThälmannMütze neben dem Bierhumpen, Männer verschiedener Generationen, manche Männer dürfen ausnahmsweise ne Zierette und ne Zigarre roochen, hört Fritz Friedrich im StimmengewirrTrubel:
"Prost Genossen!",
und denkt sich stille nuschelnd:"Schrecklich diese Kommunisten!", setzt sich an den Tresen, denkt:"Barhocker is besser als ins Getümmel unter die Ossis." Ein Gast verläßt das Lokal. Die Tür geht auf.
Schankwirtin zum Tresen zum Fritze Friedrich:"Takschen! Will Er was

trinken?!"
Die Tür geht zu.
Fritz Friedrich dreht sich um, die hübsche Schankwirtin einschätzend sie könnte seine Tochter sein:"Guten Tag. Nee, der is schon weg. Und woher soll ich wissen, ob der was trinken will?", die Schankwirtin verständnislos anguckend,"Eins können Sie mir bitte mal varraten! Ich bin nich von hier, gell?"
Die Tür geht auf, neuer Gast kommt herein.
Schankwirtin Blick hilfsbereit erwartend:"Nu nu!? Was froat Er´n danne?"
Fritz Friedrich:"Was? Wer?", dreht sich um, sieht den neuen Gast, dreht sich um, "Warum fragen Sie ihn nicht selber? Also isch bin nich von hier, gell?"
Schankwirtin:"Was froat Er´n danne so bleede ? Nu!?"
Fritz Friedrich ärgerlich:"Wasn Er?!" dreht sich um; dreht sich zurück:"Der hat doch gar nix gesacht!?", dreht sich um.
Mann hinter ihm:"Ich habe nischte jesacht" wegwerfende Handbewegung, verläßt das Lokal, Fritz Friedrich dreht sich zurück.
Schankwirtin flörtend sich über de Träsen ganz und gar ihm zuwendend:"Nu nu!?"
Fritz Friedrich macht Vögelchenzeichen wütend:"Du Du Da Da Dideldum Sie denken wohl, Ich bin nich ganz helle?, gell? Wolln Se mich für dumm verkaufen!?"
Schankwirtin vollkommen unberührt genauso herzlich flörtend wie zuvor:"Er is nieh vo hier! Nu nu!?"
Fritz Friedrich:"Er Sie Es, Mu mu, Fu fu, Kenn Se nich Deutsch reehdn?!"
Schankwirtin gelassen und entschlossen:"Ieh heere da sonn WestDialekt raus."
Fritz Friedrich aus der Haut fahrend:"So was is mir ja noch nie vorgekomm. Von kleinauf hamm wa inna Famiije bluuhs Huuhchdaitsch gesprochen, jänausu wi inna Schule! Isch schpresche doch n einwandfreies Hochdaitsch!, gell? Oder etwa net?"
Schankwirtin:" .."
Fritz Friedrich:"Also ne Auskunft werte Dame: ThälmannMütze. Und per Internet IihPay und so?, das war mir doch ze blöd, hab ich im Internet gelesn, daß de Leute mit so komischen Kappen rumlaufm Östlich dar Hässischen Rhön .."
Schankwirtin hilfreich:"Nu!? In de Tieringschen Rheen!"
Fritz Friedrich:"Un wo ich ja sowieso grad hier in der Gegend bin, gell!?"
Schankwirtin entschieden grimmig ablehnend wütend:"Nu aber!", guckt sich stumm um, so hatte sie ihr Lokal noch niemals betrachtet.

201

Neuer Kunde ist reingekommen.
Vom Stammtisch eener:"Ach guck an, de Herbert."
n anderer:"Dem Herbert senne Kumpeline! Ganz scheene keck die Kleene!"
n noch anderer:"Nu nu!?"
.. der neue Kunde mit ThälmannMütze ufm Kopf, zum Stammtisch wie selbstverständlich, man kennt sich, er an seinen Platz, nimmt Thälmann-Mütze ab, legt sie auf den Tisch zu den anderen Thälmann-Mützen,"Du, Bärbel! Du gloobst es nieh, was ich grade äbm miete somm Rindviehch von Wessi arläbt habe!"
Schankwirtin wie ausgewechselt fröhlich vom Tresen:"Du, Herbert, Mei Schätzl! Du!, mir labern glei amol n bisl, nu!?"
Herbert:"Nu nu!?", setzt sich, erschöpft müde, glücklich.
Schankwirtin aufgedreht freudig glücklich:"Nu nu!?, nu klor!"
, höflich und sachlich wieder zu Fritz Friedrich:".. und was ferne Uskunft?"
Fritz Friedrich:"Isch würd gern ne Thälmann Mütze kaufen. Gell !? Wo kriegt ma die denn her?"
grummelnd einer vom Stammtisch:"Hat doch jäder!"
alle vom Stammtisch, ohne die Mienen auch nur eine Spur zu verändern oder sich auch nur im geringsten zu bewegen, einander stumm anguckend.
grummelnd n anderer vom Stammtisch:"Ja, DER nieh!, der is Wessi, wo soll er die oo herhaben?!"
Schankwirtin besänftigend herzlich zu Fritz:"Koofen?! Wenn Er nu partu eene hoam will? Im An - und VERkoof, da kriegt Er die allemal! Nu nu!?"
Fritz Friedrich dreht sich um und zurück:"Er? Aba da is doch gar keiner!"
Schankwirtin wiederholt genau:"An - und VEHRkoof!"
Fritz Friedrich:"Was?!"
anderer vom Stammtisch laut:"Wie bitte?" oder "Bitte?" heeßt doas!"
kopfschüttelnd,"Nu!?, Heert ma glein Wessi raus", lacht. Alle am Stammtisch nahezu im Chor "Nu nu!?" und lachen.
Schankwirtin deutlicher und lauter:"An - und VEHRkoof!"
Fritz Friedrich in seinen nichtvorhandenen Bart guckend und zu sich selbst nuschelnd:"Ann Oferkuu Was meint die nur! Ankorwat..? Was ist denn das? .. Is das Vietnamesisch?! .. sacht ma drieben im Westen, dasses hier Vietnamesen gibt, im Westen Undenkbar!.. Was meint die Frau? Vietnamesisch?, aber das kann ich mir nich vorstellen, was meint die Frau nur?! .." ihm dämmerts, er protzt heraus:"Ach Annnn-Kauf und Veeeehr-Kauf! Ach so!"
Tischnachbar leise zu Tischnachbar:"Na wo soll ar das ooch herwissen?! Der is von driehbm! Die ham dotte sowas nieh. "

Tischnachbar leise zurück:"Nanu? Dotte ham die sowas nieh?! Ham die sowoas nieh driehbm?!",
und laut zu Fritz Friedrich:"Nu nu!? An- und Verkauf sagt ma hier. Ma kriggt bisl Geld fer de abjätroane Klunkern, und wemma oo amol was ham will, isses preeswert. Gibts das nieh driehbm?"
Fritz Friedrich nun sich selber zufrieden zunickend vollkommen beruhigt:"Ach so! Ja ja! Annnn-Kauf und Veeeehr-Kauf! Sekknnd Händ."
Schankwirtin:"Nu jetze! Woas soat ar?"
eener am Stammtisch:"Was will ar nu?"
anderer am Stammtisch:"Was fern Hemd?"
Alljämeenheet:"Nu nu!? nu nu!? .. Ankoof und FÄHRkoof, nu nu!? nu nu!?"
Fritz Friedrich:"Gell!?"
Alljämeenheet flüsternd:"Der is nieh von hier."
Schankwirtin:"Nu!? Jäbroochte Klunkern, was de eene nimma will, und was de andre jäbroochn kann, nu!?, doa is jädm miete gedient! An- und Verkauf gibts alleene n poar in Gerrlitz, dreije kennte Ieh Ihm in der Nähe nennen, eener is hier glei inna Näbmstroaße, dar Loadn mit somm riesichen Schild, glei näm´m Asia, nu!?"
Fritz Friedrich aufblitzend:"Wem? Ihm?!", dreht sich um, das ist keiner, dreht sich zurück,"Da ist keiner. Wem wollten Sie das zeigen? Is ja n Haufen Laufkundschaft hier!"
Hinter ihm Tür auf, Tür zu, Leute rein, Leute raus.
Schankwirtin:" .. "
Fritz Friedrich:"Der ist jetzt auch grad raus, dem Sie das zeigen wollten", lacht, "führen Sie immer gleischzeitig mit mehreren Leuden Gespräche?"
Schankwirtin gelangweilt Achselzucken.
Fritz Friedrich:"Wahrscheinlich habe ich mich verhört, ich bin ein bißchen übernächtigt. Auch bin isch nicht so ganz vertraut mit dem hiesigen Akzent. .. Großes Schild neben dem Ostasiatischen Restorang sagen Se, Ach, da weiß ich schon wo. Is ja nich zu ieberseehn!", grimmig,"'n Bier und ´n Korn!"
Wird serviert, Fritz Friedrich sagt kein Danke, an der Theke rasch und grimmig Bier und Korn runterschüttend, die leeren Gläser auf die Theke zurückstellend.
Schankwirtin Bierhumpen an den Stammtisch verteilend, mit leeren Tabletts zurück.
Fritz Friedrich winkt.
Schankwirtin zum Fritze Friedrich:"Will Er noo was trinken?!"
Fritze Friedrich verunsichert und ärgerlich sich umguckend:"Wie Er? Bin doch nur ich hier ufm Barhocker!"

Schankwirtin:"Nu?! Will Er noo was trinken?!"
Fritze Friedrich legt passend Geld vor ihr hin:"Was is denn! Mich könn Se ja nich meinen!", Tür geht auf, Tür geht zu, Leute kommen und gehen, er dreht sich nochmal um, dreht sich nochmal zurück, "Wer denn?!" guckt sich wütend erneut um.
Schwankwirtin nimmt das Geld, dann den Tresen wischend und ihm herzlich in die Augen guckend:"Weeschenmir will Er nur weeter hier sitzen! Nu nu!?"
Fritz Friedrich:"Ich tu doch gar nix sagn, Mensch! Was willste denn?!"
Schankwirtin verdrieslich, vorsichtig:"Was will Er denn nu!? Wenn Er will, kann Er oon Kaffe kriejn."
Fritze Friedrich sich umschauend beinahe brüllend:"Wer denn! Er! Ich bin immer noch ich, oder steeht eener neben mir?!", die Laide am Tresen und am Stammtisch sehen ihn verständnislos an.
Stammtisch Eener zu den andern leise:"Ieh gloobe, der hat een mitloofm."
Schankwirtin dämmerts:"Bier undn Korn, Ach! Will Er ne Quittung!?"
anderer Kunde kommt an den Tresen, er hats eilig wegzukommen, schon mitm Geldschein in der Hand, Schankwirtin, weil sie selber Münzen fürs Wechselgeld braucht, fragt diesen Kunden:"Hat Er nieh n bisl Kleingeld?"
Kunde guckt in seinem Portemonnaie erfolglos nach und sagt:"Nee, hat Er nieh."
Fritz Friedrich valäßt wütend das Lokahl.
Fritz Friedrich ist diesen Sommer 2015 seit 1Vierteljahr zugereister Wessi im Süden der DDR in Gerrlitz direkt an der Grenze zu Polen und nun gerade das erste Mal in einem Gerrlitzer Lokal gewesen, Abitur 1979 in der "BRD".
Fritz Friedrich wollte immer den bequemsten Weg gehen. Er wollte nirgendwo anecken. Dh auch wenn er im recht war, beschwerte er sich nicht, wenn er ungerecht behandelt wurde, oder wenn ihm irgendetwas ungerecht erschien, dieser Art Bescheidenheit gehörte zur Kindererziehung dazu. Nichts sehen, nichts hören, nichts sagen, die "BRD"Tugend, die man seiner Generation in den 1970ern eingebleut hatte. Bescheidenheit. An dieser Bescheidenheit rächte er sich später, indem er nur noch Hochqualitative und dh die teuersten Sachen kaufte, dh zuerst kaufte und dann nicht zahlen konnte und Schulden machte, wobei er sich aber augenblicklich gewöhnte, für seinen gehobenen DeluxeLebenstil auch einen Beruf zu haben, bei dem er übermäßig viel verdiente, weil er eben auch übermäßig viel Geld ausgab für Miete Essen Kleidung Auto, weil er auch genug dafür schuftete, wobei an den Monatsenden aber dann auch nicht mehr viel übrig blieb. Bescheidenheit hatte ihm seine Mutter eingebleut, und es hat vielleicht bei der Moralischen Aufsässigkeit funktioniert, aber nicht bei den Schulden; und seitdem er mit

seinem Beruf Geld verdiente, funktionierte diese Bescheidenheit nicht beim Geldausgeben, die Kapitalisten freuten sich über ihn, aber ihm war das wiederum vollends schnuppe. Er hatte nur diese ewige Armedei satt, über die seine Schlesische "BRD"Mutter ihr Lebtaglang geklagt hatte, Bescheiden, was so viel heißt wie beschissen, sicher hat Mutter von der Oma immer eine Ohrfeige gekriegt, wenn Mutter bescheiden sagte und man wußte, daß sie beschissen, das verbotene Schimpfwort meinte. Eingebleut hatte Mutter ihm die Bescheidenheit als Moralische Askese: lieber Hungern und ehrlich bleiben, als in Luxus schwelgen und ein Heuchlerischer Duckmäuser sein, das war, was Mutter ihm immer eingebleut hatte. Er hatte es verstanden, im Luxus zu schwelgen und Moral zu bewahren, im Innern, im Heimlichen, da, wo es keiner hörte. Am Monatsende war das Geld alle, er hatte es gleichmäßig verteilt. Hätte Mutter gewollt, daß er mehr sparte? Sicher nicht. Vielleicht war das viele Geldausgeben bei ihm die Voraussetzung dafür, daß er viel arbeitete und viel Geld verdiente? Er sparte schon genug und führte ein vernünftiges Leben, er war fleißig und anständig. Und wenn er sich fragte, welche Etymologie dh welche Bedeutung und Herkunft das deutsche Wort einbleuen hat, dann sei hier auf sein hervorragendes Gedächtnis hingewiesen, daß bezüglich ihn, alle seine Klassenkameradinnen und alle Klassenkameraden "BRD"ErziehungsTypische Schlägereien von Eltern gegen Kinder darin resultierten, daß die Kinder Grüne und Blaue Flecken von den Schlägen hatten. Richtig einerseits der Zusammenhang mit dem "Grün- und Blau-Schlagen", da haben wir die Farbe Blau Französisch : Blö = Bleu etwas Blau einfärben=einbleuen; Dies wiederum ist Falsch weil Ergänzungspflichtig, daß es ja eigentlich dann etwas "eingrünen und einbleuen" heißen müßte, weil es ja auch "Grün und Blau"schlagen heißt; nicht daß er das von seinen Eltern hatte, denn das meiste hatten seine älteren Geschwister abgekriegt. Im Dialekt zumal müßte es eegriehnen heißen, aber für solche Linguistischen Spielereien ist hier nicht der Platz. Gymnasium, begabt eigentlich in allen Fächern, aber vor allem in Literatur und mehreren Sprachen, besonderes Talent Mathematik Sport Zeichnen Kunst Malerei, er kopierte mit geübtester Zeichenhand den aus fast fotogleichen Zeichnungen bestehenden anspruchsvollsten Weltberühmten "SuperWesternComic", den kennt ja jeder in der "BRD", und malte ab und zwar ohne Abzupausen diese Masse von Fotogleichen Zeichnungen, so daß man meinen konnte, er selber sei der ComicMacher. Auch an der Antike hatte er sich versucht: so hatte er unter vielem anderem eine AdonisStatue abgezeichnet, und seine Zeichnung sah wie ein Foto dieser Statue aus, so gut konnte er zeichnen. Kunst zu produzieren war seine Berufung, seine Künstlerische Berufung. Er strengte sich so an! Seine Werke waren atemberaubend. Nun bewarb er sich 1980 20jährig zuversichtlich damit zum KunstStudium bei der Universität in der nächsten Großstadt, dem fernen Frankfurt/Main, 15km trennten Welten damals. Nun, den KunstProfessoren gefielen seine Werke, aber sie forderten von ihm:"Was können Sie uns geben, was Sie sich selber ausgedacht haben?" Darauf war er nicht gefaßt, "Nichts", war seine bescheidene Antwort,- anstatt daß er jetzt an Lügen alles groß aufgefahren hätte, zu was er doch imstandegewesen wäre, wäre er nur angepaßt genug gewesen, denn es war in der "BRD" große Mode zu dieser Zeit, groß anzugeben und große Töne zu spucken und Eindruck zu schinden, viel anzugeben nischt dahinter, anstatt bescheiden einfach nur die Wahrheit zu sagen -, denn er hatte sich bisher noch niemals in seinem Leben angemaßt, einer eigenen Idee Wert beizumessen, sondern er wollte ja die Kunstfertigkeiten in der Ausbildung an der Universität erst lernen, so daß er nach dem Studium überhaupt erst praktisch imstande sei, Kunst zu produzieren, was sein großen Ziel war, wovon er träumte. Die Professoren sagten:"Der Nächste bitte", er ging heim, bzw er fuhr von Frankfurt/Main zurück aufs Dorf niedergeschlagen, machte nach seinem wie in Politischer Theorie auch Notendurchschnitt EinsPlus Abitur eine kaufmännische Umschulung, womit sein großes KünstlerTalent versauerte. Er indes glänzte durchaus in seinem neuen kaufmännischen Beruf, er war eine EinsPlus in seiner Firma, und das war wahrscheinlich der Grund, warum die Firma ihn über sehr viele Jahre behielt. Nachdem er nun Vater von Kindern, die Eltern in hohem Alter gestorben waren, und er selber Opa von Enkeln wurde, der es genauso begonnen hatte, wie Mutter es zeit ihres Lebens gehandhabt hatte, nämlich für alle ihre zahlreichen Enkel mit dem tage der Geburt ein Konto anzulegen, auf das sie jeden Monat über so viele Jahre einen festen Betrag zahlte, der insgesamt der Enkelin bzw dem Enkel, sobald sie oder er erwachsen wurde, als Überraschung ausgezahlt wurde, so versauerte er durchaus nicht in seinem Dorf, in dem er seit vielen Jahrzehnten gewohnt hatte, sondern prüfte und schuf für seine Firma im früher feindlichen Sozialistischen Ausland Berlin/Hauptstadt der DDR sowie in der übrigen DDR, die sich nun anders nannte, Niederlassungen, und es verschlug ihn regelrecht zufällig in genau diejenige Region, in der seine Mutter geboren war. Er zog in die dortige Stadt um und schuftete im Schweiße seines Angesichts und zwar in derjenigen expandierenden Niederlassung, die und zwar ohne jegliche Fördergelder er selbst zuvor aus dem Nichts auf einem Stück Ödland geschaffen hatte.

Wenn er was machte, dann machte er es ordentlich. Und bei der ihm eigenen

Akkuratheit, die er von seiner Mutter gelernt hatte, machte er seine Arbeit richtig. Und wenn er was sucht: Du suchst so lange, bis du es gefunden hast!, hatte ihm seine Mutter beigebracht! Bei seltener Korrespondenz, die er grundsätzlich nun delegieren und von anderen erledigen ließ, kam es manchmal oft vor, daß er die Arbeit, die er delegiert hatte, doch lieber selber machte; das hatte er von seiner Mutter gelernt. So der ein oder andere Brief an einen GeschäftsPartner, wenn ihm der vom zuständigen TexterBüro verfaßte BriefText vor dem Abschicken außer der Reihe doch einmal vor die Augen kam, wurde ihm übel; alleine die Rechtschreibung! Und erst die Formulierung! Zum Davonlaufen! Schauderhaft! Da machte er es doch besser selbst. Er macht sich schwierige Gedanken, und baut an jedem Satz sehr lange herum, bis es richtig ist. Das hatte er im Gymnasium im Westen drüben so gelernt, daß man am besten lief mit ner angepaßten Eins, eigentlich noch viel besser mit ner angepaßten Eins Plus. So ist viele Jahrzehnte vorher sein NotendurchschnittAbiturZeugnis Eins Plus gewesen, und jetze nicht minder. Nun, Fritz Friedrich ist ein heller Kopf. In seiner Angepaßtheit hatte er sich dennoch die Freiheit bewahrt, sich seine eigene Meinung zu bilden: So ist seine stete Erfahrung sein ganzes Leben in der "deutschen" Kapitalistischen Republik gewesen, daß diejenigen Menschen, von denen man texte in Internet, Zeitungen und Büchern lesen konnte, nicht besonders helle sein konnten, denn die Untere MittelDurchschnittlichkeit dieser Sprachlich gleichgültigen Spezies war seines Erachtens nicht zu unterbieten. Er hatte sich mit seiner Angepaßtheit sein Läbtaglang arrangiert. Er arbeitete seit äh und jäh daran, sich bewußt zu werden, was man von ihm erwartete. Und das machte er dann eben. In der Hoffnung, dadurch Erfolg zu haben. Sozialisation nennt man das, das macht der "BRD"Kapitalistische Mensch vom Kindergartenalter an, je skrupelloser dh je mehr mit Ellbogen desto erfolgreicher. Der Opa Fritz Friedrich war so. Aber er wunderte sich, daß die Jugendlichen von heute genauso waren. Er hätte Besseres erwartet. Und er dachte verdrossen und verdrieslich: Im Erwachsenenalter von 18Jahren hat das deutsch"BRD"ische Reich ob der 1970er oder ob der 2010er einen solchen gerade erwachsen gewordenen Jugendlichen herangezüchtet, den es wollte, und, - weil es Ende der 1970er Mode in der "BRD" geworden war, die eigene Rechtschreibung nicht zu pflegen, so daß selbst angesehene Tageszeitungen begannen, einen Unfug an Rechtschreibfehlern der Leserschaft zuzumuten - , ob für das Universitätsstudium einen der Rechtschreibung unkundigen DurchschnittsAbiturienten oder für die Kaufmännische Lehre einen der Rechtschreibung unkundigen DurchschnittsLehrling von Jugendlichen, der dann mit seinem im Alter von

18JahrenPolitischen Wahlrecht eines "BRD"Bürgers für alles stimmen durfte, je nachdem, wie der Wind weht in den "BRD"ZensurMedien, stimmen würde wie für Kriegseintritt, für KriegsFortsetzung, für jedwede mögliche Beendigung des eine Geißel der Kapitalistischen Menschheit darstellenden Wirtschaftshindernden Friedenszustandes und und und alles, was sich das "BRD"-Land gerne von diesen Mädchen und Buben erträumte. Ach damals, sann Fritz Friedrich: Als er sich von der 5.Klasse zur 10.Klasse emporgearbeitet hatte, stellte er enttäuscht fest, daß nicht etwa eine Zunahme an Wissen sondern eine Zunahme an Wissensbeschränkung Schule kennzeichnete und dh die Staatliche Schulerziehung in der "BRD" der 1970er. 1974 war er 15Jahre alt und hatte sich seine Meinung über das System gebildet, dh: Ab 1974 war er also, was "BRD"Bildung bedeutet, desillusioniert.

Im Grunde konnte man im ob ab 1974 oder bis 1983 "BRD"System immer genau wissen, was bei den von viel Theater und von Korruption strotzenden Politischen Wahlen geschehen würde, nämlich: Das System würde sich NICHT abschaffen; auch wenn bei Richard Nixon, Gerald Ford, Jimmy Carter und Ronald Reagan 100% der Bevölkerung oder 75% oder 51% für die Abschaffung dieses "BRD"Systems stimmten. Die Mächtigen hielten sich an ihren Stühlchen fest. Und das machte Fritz Friedrichs Meinung nach das Politische Leben in der "BRD" so langweilig bzw den Politischen Kampf. Wozu? Wozu, wenn man sowieso verlieren würde! Deswegen zog er sich bereits mit 15Jahren 1974 aus der Politik zurück und nahm sich vor für den Rest seines Lebens, nicht mehr sich auch nur einen Deut um Politik zu scheren. Weil die da oben sowieso machen würden, was sie wollen, mit Recht und auch ohne Recht. Und somit war es mit der Kapitalistischen Politischen Ökonomie der "BRD" sinnlos, dagegen anzukämpfen und irgendeinen Sinn für Politische Theorie, Politisches Bewußtsein, Politischen Willen oder für einen Politischen Kampf abzuleiten. Seine Teilnahme an Politischen Wahlen ab 1979 bestätigte dies. Mit 20Jahren Abitur 1979 war er ernüchtert. Genau zu dieser Zeit seiner Desillusionierung im Kapitalistischen deutsch"BRD"ischen Land 1980 errang in der "BRD" eine ErzKapitalistische AusbeuterJungErwachsenenBewegung, der Fritz Friedrich NICHT angehörte und NICHT angehören wollte, großen Zuwachs: Diese Jungen Frauen und Jungen Männer nannten sich Popper und kennzeichneten sich dadurch, Vespa zu fahren, und kennzeichneten sich durch ganz besonders gepflegtes tadelloses Aussehen und eine auch besonders prahlerisch zur Schau getragene 100%Interessenlosigkeit zu allem, was irgendwie und im entferntesten mit politik zu tun hat. Popper sagten: Ändern kann keiner was am herrschenden

"BRD"UnrechtsSystem. Wohlweislich eine im Grunde gar nicht so dumme MassenProtestBewegung der frühen 1980er, denn dieses Grundkonzept besagte ja nichts anderes als, daß die Politik 100% Scheiße war, und daß diese Geißel der Menschheit=das herrschende "BRD"UnrechtsSystem bekämpft werden müsse, aber, und das ist der Clou voms Ganze, und zwar auf ganz andere Art und Weise als allein nur durch Punks - Prodigy breathe 1997 in OstBerlin war mEs die Beste Musik dieser Zeit in OstBerlin, auf solche Musik hatte ich in Westberlin und der BRD seit Jahrzenten nicht mehr zu hoffen gewagt: die ursprünglichen Deep Purple gabs nicht mehr, und Alice Cooper war in den USA weit weg. John Lydon in Jugendzeiten unter dem Pseudonym Johnny Rotten bei den Sex Pistols ab 1978 Karriere unter seinem richtigen Namen, sagt ab 1997 von Prodigy, die mit Breathe und besonders Keith Flint in die PunkSzene überzugehen begonnen haben, daß Prodigy "a really good pop band" sei, was seit alters her eine Beleidigung für Punks ist, warum nur kann John Lydon prodigy nicht leiden! Das verstehe ich nicht! Warum nur? Ich denke, da muß es einen guten Grund geben. Kann es sein, daß der Erfolg von prodigy zu sehr planmäßig war, mühelos? Nicht so anstrengend, wie die Sex Pistols sich aus dem Nichts 1973 erst einen Namen machen mußten und eine WeltBewegung aufgebaut haben mühselig über Jahre - und Hippies, ein Äußeres Aussehen und Typisch für "BRD" und Westberlin für die sogenannten angeblichen "Gesellschaftskritischen JungErwachsenen": dreckig, ungewaschen, lange ungepflegte Haare, Bundeswehrparka am besten zerfetzt, Jeans am besten zerfetzt, womit automatisch das System zusammenbrechen sollte. Diese -

Und man bedenke, daß gänzlich entsprechend dem in allen BRDMedien seit (PershingII, NatoDoppelbeschluß, den gerade Al Kuds kriegerisch erobert und endgültig besetzt habenden Juden gegenüber die Freundschaft des Westberliner Volkes und BRD-Volkes beschwörenden Richard von Weizsäcker, Helmut Kohl) 1983 dämonisierten Palästinensertuch bis heute 2016 die, - was der Dämonisierung gleichkommt -, in allen BRDMedien Bewußtseinslöschung erfahrende weil nicht dermaßen ausbeutbar(exploitable) wie gehofft, PopperMassenProtestBewegung in der bezüglich der zurückliegenden 1979 bis heute 2016 KulturSelbstdarstellung der "BRD" einfach gelöscht ist und es nicht gibt, nicht gab und niemals gegeben hatte, sofern man der "BRD"Zensur glaubt -

PopperMassenProtestBewegung der frühen 1980er in der "BRD" wurde gelöscht von der Zensur siehe die BRD-VolksErziehung durch die permanenten Krieg rechtfertigenden BRDKriegsZensurMedien in den späten 1970ern bis in die frühen 1980er, als die PopperBewegung boomte - die Heißen Herbst 77 Punks und deren Sympathisanten wie ich lehnten 1980erPopper kategorisch ab, das wäre ja das Letzte, gleichgültig jeden Krieg zu tolerieren. Dagegen setzt Punk Iggy Pop, von dem mEs das Wort Popper abgeleitet werden kann, daß er, - so im Interview als GastStar bei Thierry Ardisson in "Ardisson & Lumières" im Französischen Fernsehen France 2, 16. Juni 2001 - ,

, im Gegensatz zu seinem mit David Bowie, auch wenn dieser persönliche Standpunkt als völlig unbedeutend in der MachtPolitik der Globalen Kapitalistischen Ausbeutungskriege sei, in Abkehr von der Selbstmörderischen Drogenabhängigkeit und Alkoholabhängigkeit im ab 1975 gewonnenen durchaus noch niemals dagewesenen SelbstBewußtsein und (Anm.d.Verf.: ich ergänze) noch niemals dagewesenen Bewußsein und Sensibilität für einen eigenen Politischen Standpunkt und zwar zB zumindest ganz konkret:) Bewußtsein, die Kapitalistische MusikIndustrie zu entlarven und in der Kapitalistischen MusikIndustrie am Leben zu bleiben dh sich in der Kapitalistischen MusikIndustrie zu behaupten, sich von 1975 ab die zurückliegenden Jahre mit den Stooges so zB 1970 absolut nicht für Politik interessierte, zumal er absolut nichts über Politik wußte, außer daß Nixon Präsident und ein "ugly man" war, Iggy Pop hatte mit den Stooges also durchaus ein Politisches Bewußtsein, wenn er damals im DauerKonsumieren von Alkohol und Drogen durchaus den American President im USKrieg in Vietnam als "ugly man" , französisch = affreux homme/ deutsch = ein schrecklicher Mann bezeichnete - ,

"BRD"Jugendzeitschriften wie "Brova" und ErwachsenenIllustrierten freilich umgepolt in das Entgegengesetzte, so daß man zu verstehen habe, wenn man sich mit Poppern befasse, daß diese menschen nicht etwa 100%ig die herrschende Politik ablehnen, sondern daß diese menschen sich 100% NICHT für Politik interessieren, die Politische Diskussion und Politischen Kampf ablehnen und somit auch 100%ig Kein Interesse hätten, die herrschende Politik zu ändern, und das ist ein kleiner Unterschied.

.. Iggy Pop in kurzem ärmellosem Unterhemd viel nackte Haut zeigend,

schöne, gesunde Haut, .., und einen beneidenswert schönen, gesunden, guttrainierten Körper bzw man sieht Arme und Schultern, Interview: Moderator kündigt Ihn an, Talkman;"Hier ist .." währenddessen sehen wir Iggy hinterm Vorhang, das Publikum sieht ihn noch nicht, Iggy scheinbar ein amüsantes Wort mit dem Kameramann hinter dem Vorhang wechselnd, vergnügt ..
Talkman weiter:" mein Freund seit dreißig Jahren, dreißig Jahre, die er den Champs Elysees treu geblieben ist! Hier ist .. Iggy Pop !" BegrüßungsApplausundBegrüßungsMusikFanfare, Iggy Pop kommt hinter dem Vorhang hervor .. Iggy schüttelt von den TalkGästen zuerst einem SchlipsundKragenGrinsman und dann einer Dame in weißem Kostüm die Hand ..
das Interview ist sehr hart, der Talkman spricht sehr schnell, Iggy Pop antwortet sehr schnell dh unmittelbar, und spricht ungehemmt sehr schnell, man denkt: ich wußte gar nicht, daß der Iggy Pop Französisch spricht äh so versteht wie die Muttersprache, dabei, was man hinter Iggys blondem gesunden langen schönen Haar nicht sehen kann, sondern was man in der Information zur Sendung lesen kann, einen SimultanDolmetscher im Ohr, der ebenfalls sehr schnell arbeitet. Thierry Ardisson und Iggy Pop unterhalten sich wie zwei gute Bekannte bei stets sehr schnellem dh nur sehr kurzem Intervall bei SprecherWechsel, falls es nicht gerade ans Eingemachte geht und eine unangenehme Sache berührt, worüber Iggy nachdenkt; Interview nur zwischen den beiden Sprechern gesehen sehr gut gemacht, etwas vergleichbares erinnere ich mich nicht im BRD-Fernsehen je gesehen zu haben; alles andere ist sowieso nett: nettes normales Publikum Alter 18-25, nette TalkGäste, Iggy sitzt mit zwei mit ihm etwa gleichalten Gästen zusammen 1Schlipsund KragenGrinsman und eine schöne gepflegte Dame mit einem Hut auf dem Kopf und in einem edlen weißen Kostüm, die Dame guckt freundlich, schweigt höflich immer, redet nur selten dazwischen, hält sich mit Äußerungen aber auch nicht zurück; dabei ist auch eine junge schöne gepflegte aber ernste brünette Frau Alter 25? in blauem LangÄrmelT-Shirt sowie ein gepflegter hübscher junger Mann Alter 23? und eine in einem knielangen bunten Lang-Ärmel-Kleid sehr schöne sehr gepflegte junge wie Iggy Pop das LangHaar offen tragende blonde Frau Alter 22?, wie man an der breiten vor dem Oberkörper getragenen GewinnerinSchärpe sehen kann: die "Miss ..", das wird doch nicht die Miss France sein!? da steht Miss France drauf!, .. ,
Die InterviewTechnik ist erbarmungslos,: die Kameras, die Iggy Pop einfassen, sind sehr nah, aus verschiedenen Blickwinkeln, zumal oft der

gesamte Bildschirm nur sein Gesicht, keine Gesichtsregung kann den Kameras entgehen, und manchmal spielt Iggy mit der Kamera, wenn er merkt, daß bei einer Gefühlsregung er ja gerade ganz genau gefilmt wird, so daß er dann in diese oder jene Kamera wie ertappt reingrinst, ein Großteil der InterviewFragen betreffen sehr ernste Situationen seines Lebens, Iggys Ernst ist aus allernächster Nähe zu sehen, so als stünde der Kamera Mensch 1Meter vor ihm oder als halte der KameraMann die Kamera in Entfernung von nur 40-50Zentimter direkt vor sein Gesicht, gnadenlos alles von Iggy ist zu sehen .. Und bei alledem wird komischerweise deutlich, daß Iggy Pop nichts versteckt, sich nicht ziert, und gemäß der Gesprächssituation, über die man sich ja vorher geeinigt hatte oder haben mußte, vollkommen klar war, daß solch ein Gespräch nur Sinn macht, wenn er offen und ehrlich ist, und genau diesen Eindruck macht Iggy, und das ist etwas so Seltsames, so daß mir bewußt wird, wie selten es dies oder wie es dies gar nicht in dem 45Jahre BRD-Fernsehen, das ich kenne, gibt.
Man lernt Iggy Pop kennen. Ganz seltsam, daß Fernsehen sowas leisten kann. Seltsam, daß Iggy so ist, wie er ist. Seltsam, daß Thierry Ardisson so ist, wie er ist.
Das Interview ist absolut beeindruckend.
..
Talkman:"Sie haben ja ein neues Album gemacht. Wie findet man das?!" das ist scheinbar eine Frage an das Publikum, denn der Talkman spricht Genevieve an, daß sie das Ergebnis kundtue. Die Dame im weißen Kostüm wuschtelt mit den Fingern in der Luft, während eine deutliches Mißfallen erregende GeräuschMusik laut wird und der Genevieve es alle anderen TalkGäste nachmachen, und genauso auch das Publikum, das ganze Publikum, Iggy guckt bei der scheißMusik verdutzt und über die ganzen mit den Fingern hoch vor sich hinwurschtelnden Leute verdutzt, ob er es mit ein paar Irren zu tun hat, aber er wurschtelt dann selber hoch vor sich mit seinen Fingern rum und amüsiert sich prächtig; also scheinbar ist das PublikumsEcho auf sein neues Album gespalten bzw weiß nichts damit anzufangen.

.. das neue Album wird eingespielt wird, Iggy und das ganze Publikum rockt mit, und so, wie das Publikum mitrockt, scheint es dem Publikum ja doch zu gefallen, der Talkmaster:" .. das neue Album, Man hat den Eindruck, daß Sie anknüpfen an die Epoche der Stooges, es ist sehr hart, es ist sehr metallisch." Iggy:"Yes, .. ich hab ne .. ich hab ne kleine Band, mit Jungen, die all die Sachen gemacht haben wie ich .. kämpfen", Iggy macht SchlägereiGeste,

"und für die Kontakt mit der Polizei normal war, Jungen, die alle meine Eigenheiten und Wünsche, was man mit Musik machen kann, kennen, .."
nun redet der Talkmaster von Angfang an, wann geboren, was sein "richtiger" Name, wo aufgewachsen .. Talkman:"Und ist das wahr? Es gab zuhause bei Ihrem Vater keine Literatur? Es gab kein einziges Buch?!"
Iggy grinst:"Das einzige, was es gab, war die Zeitung, und da guckte er kurz rein, dann wurde das weggeschmissen; ganz anders war es in der Schule, die Lehrer waren großartig, besonders 1 Lehrer war großartig! man sprach über alles, man diskutierte über alles, aber das war auch nur so ein Bla Bla, .. , Bull-Shit."
Talkman redet viel, dann:" .. Il a fait un bon reminiscence de ses etudes."
Iggy:"Yes! Yes! Und immer mal wieder bekam dieser Lehrer seine Anwandlungen und hielt einen beeindruckenden Vortrag."
Talkman:"Sie waren ein guter Schüler. Aber .. mit 9Jahren hatten Sie ein Problem mit Asthma, und schon mit 9Jahren nahmen Sie deswegen Barbiturate .."
Iggy mit bejahender Geste:"Ein Medikament, das machte mich sehr schlapp," mit demonstrativ schlapper Mimik,"ein anderes Medikament machte mich sehr happy .. ", mit demonstrativ glücklich aufgedrehter Mimik,".. Ephidrin. Manche Sportler benutzen das .. man kriegt da aber Probleme wie mit ähnlichen Drogen."
Talkman ZwischenBemerkung:"Wie mit Crack."
TalkGäste reden durcheinander.
Talkman bezüglich Ephidrin zu TalkGast, der wüßte was dazu, und der soll doch mal erzählen ..
Junger Mann Fachmann für SportMedizin? sagt sehr langsam aber deutlich und druckreif für ein Fachbuch der SportMedizin was dazu:"Dieses Medikament wird vor einem Wettkampf empfohlen für eine kleine Dauer dh eine 14Tägige sehr intensive TrainingsPhase als Vorbereitung."
Talkman:"Ist das verboten?"
TalkGast:"Nein, das ist nicht verboten. Man kann das nehmen .. für eine kurze! Dauer, für eine sehr! kurze Dauer. à bonne! saison! nur! in guter! Stimmung!"
Iggy zustimmend im Sinne von : absolut korrekt.
Talkman wieder zu Iggy:"Als Sie ein kleines Kind waren, wurden Sie von sozialem Miteinander ausgeschlossen, weil Sie mit ihrer Familie in einem Wohnwagen wohnten."
Iggy so ernst, als würde er in der Erinnerung daran jetzt fast zu heulen anfangen ..

Talkman:"Sie wurden der WohnwagenJunge genannt."
Iggy:"In einer Wohnwagensiedlung mit 113 caravans."
Talkman:" großes Zimmer kleines Zimmer, alles in einer HöllenUnordnung .."
Iggy sagt dasselbe, ich verstehe nicht. Iggy sagt "shift"usw Übersetzer sagt "trembler". Iggy:"Und dann wackelt der Karavan andauernd." Iggy grinst, ich verstehe nicht. Sagt er?: er rüttelt immer mal am Caravan, so daß es dann deswegen ne HöllenUnordnung im Caravan gibt; sagt Iggy das? Oder meint er: es ist dieses widerliche verräterische Wackeln des Wohnwagens, wenn 2 Menschen also der Vater mit einer Frau, was ja immer eklich ist für Kinder, festzustellen, daß die Eltern Geschlechtsverkehr machen und man das als Kind bemerken muß.
Talkmaster:"Eines Tages hören Sie Sinatra im Radio, da sagt Ihr Vater:" les gens de spectacle sont de nouveau aristocratie dieses Landes!"
Iggy:" ....."
Talkmaster:".."
versteh ich nicht
Talkman:" ..
Iggy:"Wissen Sie, es ist schön wie ein Aristokrat zu leben, ohne ein Aristokrat zu sein."
..
Talkman:"Sie haben das Showbusiness dumm und beschränkt genannt."
Iggy:"Man muß einen Weg finden, damit man sehr hart sein kann, um im ShowBizz zu überleben."
Talkman:"Sie haben Rolling Stones Van Morrison als Vorbild .., und dann haben Sie die erste LP von Velvet Underground gehört und sie fanden das ganz schlecht. Später sagten Sie, das war ganz besonders gut Wie das?"
Iggy:"Ja, genau , so war das: Und das waren nicht nur die Drogen, .. "
Alle, Talkgäste mit Publikum kurz amüsiert aber unsicher, wie das gemeint ist, Talkman schnelle Zwischenbemerkung:"Ja, das war für mich auch so bei Jimi Hendrix", Talkman will damit was Amüsantes sagen und lacht sich eins - aber Talkgäste und Publikum sind vom Talkman nicht amüsiert sondern still, abwartend, ruhig - Talkman will damit was Amüsantes sagen und lacht sich eins, das ist aber nicht amüsant für Iggy, der verständnislos bis verärgert guckt, so als sei diese Zwischenbemerkung mit Jimi Hendrix geschmacklos.
Talkman:"Sie sind dann in der Band "die Iguanas", wo Sie Ihren Spitznamen Iggy bekommen (an der Bastille in Paris gibts 1995 das Lokal "Iguana", das zu meiner Zeit in Paris angesagt war, groß, voll, edel, gerammelt voll, super Stimmung;Anm.d.Verf.) "

Talkman:"es ist auch eine Hommage an die Doors .. Sie rebellierten dann gegen den American Way of Life."
Iggy:"Ich wußte überhaupt nicht, was passierte. Ich" er macht eine vielsagende Wischbewegung durch die Luft,".. ging voll durch! Das ist auf eine Art und Weise sehr nett! Ich merkte nichts mehr. Keine Empfindung. Sogar Nixon .." macht Geste Mimik Schulterzucken Nichtswissen, " ich wußte nur, daß Nixon Präsident und bezüglich Vietnam ein "ugly man", "ugly man" , französisch = affreux homme/ deutsch = ein schrecklicher Mann";Anm.d.Verf., war."
Talkman:"1967 Stooges. Sehr Gewalttätig (violent), sehr industriell, sehr metallisch .."
Iggy:"Wir wußten nicht, daß es gewalttätig war. .. Es war einfach zufällig so geworden (accidental). .. We were just .. We were just eccentric teenagers. .. Später, je härter die Musik und das Verhalten wurde, so nahm alles ein festes Muster an: jedesmal würde ich singen, und jedes Mal würden die Leute ausflippen. Und so lief das ein paar Jahre. Das war nicht schlecht."
Talkman:"Jetzt etwas, genau dazu ..
Einspielung i wonna be your dog , Pubikum klatscht gleich mit, Nahaufnahme Iggy, bei den ersten Klängen, man denkt, ihm kommen die Tränen, sehr ernst, sehr ernst, und als der Rhytmus fortschreitet, da rockt er dann mit, als wüßte er, daß es gut war und gut ist ..

Einspielung Ende
Talkman redet einzige mit Iggy etwa gleichalte Dame an,
Talkman:"Genevieve?"
das Gesicht verziehend mit Mißfallen, darüber was jetzt sagen zu müssen, sehr kurz Genevieve:" .. was die labert, ist nicht zu verstehen außer zu rätseln "c´etait s´exavier" =? excavier? s´excavier? der Songname war dazumal der typische AnbaggerSlogan?; Anm.d.Verf.
Talkman:".. s´exavier idee?"
Genevieve:".. oui oui, .. de fun!"
Talkman:"Dann sind Sie nach New York gegangen, und da haben Sie ja dann ein paar Prominente Leute kennengelernt, .. Deep Purple, Lou Reed, John Cale .. und Nico .."
Iggy guckt verständnislos, versucht mühsam sich zu erinnern.
Talkman:"Nico! Nico, .. ist das wahr? stimmt das?: sie hat Ihnen Sex beigebracht?"
Iggy nickt:" .." nickt immer stärker:" and Beaujolais! da erinnert sich
Iggy:"Ja! .., ..und Beaujolais! "

Publikum amüsiert, Iggy sie in verzweifelter Gestik und in gruselig sehr tiefer Stimme nachmachend:".. Where can I find my Beaujolais in this town?! .. Wo krieg ich in dieser Stadt meinen Beaujolais her?!"
Publikum noch mehr amüsiert
Iggy:"Die war schon komisch. Die strickte immer. Aber auch bei jeder! Gelegenheit! Und als ich gerade mein erstes Album aufnahm, .. ja, das was Sie gerade gehört haben, da saß sie dabei in einer Ecke und strickte", macht Geste des Strickens," da sagt John Cale zu mir:"Sag mal, Iggy! Die ist nicht mehr ganz dicht! Nicht wahr?" , da guckte auch ich: und sie in einem Umhang wie ein Französischer Dracula, und sie strickte! .. American Gothic!" Publikum in höchstem Amüsement
Talkman:"Und 3.Juni 1970 beim Festival in Cincinnati übertragen en direct live von NBC , Sie im Alter von 23, da sind Sie in Ähnlichkeit zu Jesus Christus auf dem Wasser, da sind Sie auf der Menschenmasse gelaufen .."
Iggy schüchtern zurückhaltend beschämt schulterzuckend:"Naja, warum nicht?"
Talkman:"Und nach dem Konzert da haben Sie am selben Abend in derselben 1.Nacht festgestellt und klargestellt:"Mit den Konzerten verdien ich mir mein Geld für Heroin und Group in Hotel, meint Iggy seine Musikgruppe oder meint Iggy Groupies im Hotel oder meint Iggy beides? verstehbar 1 von 3 Sachen oder auch 2 oder alle 3;Anm.d.Verf., und Sie waren sich doch des Fluches bewußt, und dennoch dachten Sie: und so werde ich den gesamten Rest meines Lebens gestalten. .. In dieser Zeit machten Sie die großen Alben Fun House, Raw Power .. Als Sie Raw Power aufzunehmen begannen, da hatten Sie ganz plötzlich die Idee:´Dieses Album wird mich zerstören, und es wird alles kaputtgehen, was ich mir aufgebaut habe´! Sie habens aber trotzdem gemacht."
Iggy:"Ja, das kommt manchmal vor, daß ich alles hinschmeißen will, und zwar, wenn ich so viel arbeite, und es kommt nicht das dabei heraus, was ich mir vorgestellt habe, wie mir plötzlich manchmal scheint, dann denke ich: Ach!" erstaunlich, wie das deutsche "Ach!", Iggy herzhaft:"Ach!, was soll nur werden?!, das wird einfach nichts!, es kotzt mich alles an, alles ist Scheiße!, und so eine Stimmung kommt immer mal wieder, so ein Zweifeln .. und" nun sehr ernst und sehr klar:" Wenn es richtig! harte gute Arbeit ist, am Ende machen Sie eine Investition ! in Ihrem Kopf !" er zeigt auf sein Köpfchen ," .. Wenn viel gute Arbeit drinsteckt, und ich denke, daß es", er macht beredt mit seiner kräftigen Hand einen scheinbar nur knapp vor dem ZurFaustballen entfernten sicheren Griff vor sich zeigend, eine, etwas ganz Besonderes nun in den Fingern zu haben, eindringliche Geste und macht ein

gewalttätiges Gesicht,"easy! quality!", = dh übersetzt: einfach gute Qualität, der Übersetzer sagt simultan: vraiment qualité wirklich Qualität. Gleicher Sinn;Anm.d.Verf.,"ist, und da draußen ist einer vom Musikgeschäft, der überhaupt nichts davon hält und es beiseitelegt und abhakt, dann können Leute sagen, das ist nichts wert, .., aber eines Tages: `Naja, jetzt vielleicht!´", Iggy lacht und grinst, so als hätte er genau diese Erfahrung gemacht und nicht nur einmal.
Talkman:"Sie trafen dann David Bowie, die Möglichkeit eines solchen Treffens war ja unglaublich, Sie waren gerade bei sich zuhause, und Sie sahen sich gerade einen Spielfilm an:"Mr Smith" mit James Stewart ..
Iggy:"Ja" in sich gekehrt in amüsierter Erinnerung ..
Talkman:" .. , da ruft ein Freund an und sagt: Komm schnell Komm schnell, David Bowie ist in unserer Stadt. Er erwartet dich! Den David Bowie muß man unbedingt kennenlernen!" .. Da antworten Sie:"Das hat Zeit. Wenn der Film fertig ist, dann werde ich kommen."
im Sinne von: Welch Unverschämtheit von Iggy Pop!
Man lacht
Iggy Pop:"Ja .. " und berichtet begeistert:".., Der Film war ein richtiges Werk, Stewart war "very sincere", er spielt einen Mann, der gegen korrupte Politiker kämpft, begeisternd, ergreifend, ich hab geheult, mir sind die Tränen nur so runtergeflossen!" ..
..
Talkman:"Sie lernen dann Bowie wirklich kennen. Bowie bringt Ihnen viele Sachen bei .. er hat viel Wirkung auf Sie .. David Bowie .. er lehrt Ihnen zuerst, sich dem Rock als eine Kunst zu nähern .. er veranlaßt Sie,"il vous fait de courir d´autres arts" andere Künste zu lernen: Malerei, Tanz, .. er lehrt Sie, sich vor der RockIndustrie zu schützen ..
Et puis avec beaux heures Bowie vous appris á travailler aussi, non?
Und dann mit viel Zeit lehrte Bowie Ihnen auch zu arbeiten, nicht wahr?"
Iggy, nachdenklich, dann eindeutig:"He probably worked harder than I did at the time .. Er arbeitete wahrscheinlich härter als ich zu der Zeit. .. Er hatte mehr Termine!", darstellend in dem Sinne, daß Iggy Pop zu dieser Zeit im Internationalen Musikgeschäft noch ein kleines Licht war, während David Bowie inmitten seiner Erfolgreichen Internationalen Karriere stand.
Talkman sagt, daß Igyy sein Spitzname ist, den Iggy als seinen Firmennamen/Markennamen nimmt, und daß er ernstlich in Drogen und Alkohol absinkt .. mit den Stooges .."
Iggy Pop wirkt, als wolle er antworten Ja oder Nein sagen, protestieren oder Thierry Ardissons Formulierung gutheißen, Iggy sagt aber nichts, schon

spricht der
Talkman weiter:"ce part" versteh ich nicht, unverständlich, so guckt auch
Iggy, Talkman nach AufAntwortWartepause:" und dann eines Tages, als Sie
sich von Ihrem verdienten Geld eine Droge gekauft hatten, Heroin zu der
Zeit, und, als Sie sich einen Schuß auf der Toilette bereiten, und es Ihnen
passierte, daß Sie aber keinen kleinen Löffel dabeihatten, um die Droge zu
erhitzen, da erhitzten sie das im Aschenbecher, der Aschenbecher war
schmutzig! .. und bereitete Ihnen eine schmutzige Reaktion .."
Iggy erinnert sich, muß grinsen.
Talkman:"da merkten Sie etwas .."
Iggy Pop langsam sich immer deutlicher, kurz angewidert den Mund
verzerrend, erinnernd:".. Ja .. , es ist schlecht für die Haut!", vergnügt
werdend.
Talkman:" ..c´est plutin di gueule!" LACHGAG den ich nicht verstehe.
Iggy beschämt aber dann doch wie ertappt und, so als könne und wolle er
sich das Amüsement nicht verbeißen, grinsend gewinnend, vollkommen
lachend, Mensch ist das ein schöner Mann! :".."APPLAUS, ALLE LACHEN,
ALLE KLATSCHEN, AUCH DER TALKMAN, ICH VERSTEHE NICHTS
Iggy nun doch antwortend und zwar verletzt:"Was Sie da gesagt haben: Ich
finde das stiff !, ein bißchen stiff!" stiff =hart ..
Alle amüsieren sich über Iggy, aber Iggy hat seinen Ärger kundgetan, sein
Nachbar, ein immer ginsender untersetzter Schlips und KragenTyp, scheint
dem Iggy zuzustimmen/rechtzugeben, der indes Iggys Englisch auf
Französisch Übersetzer übersetzt Iggys Reaktion über das vom Talkman
Gesagte:"naja, ein bißchen raide, ein bißchen rigide."
..
Talkman:"Sie waren dann in einer Psychiatrischen Klinik .. Bowie
entscheidet sich, und nimmt Sie als ganz normal an, Bowie kommt wieder.
Iggy protestiert ernst:"Nein, es war ein bißchen mehr casual, .. ein bißchen
mehr casual!" deutsch: zufällig; oder auch unbeabsichtigt.
Talkman:" .. ?"
Iggy:"Ich checkte im Krankenhaus ein, und es gab nichts weiter, wo man
hingehen konnte, ich brauchte mal ne Pause, .. und ich hatte mit jemandem
eine sehr ernste Diskussion darüber .." im Sinne von: ein wütender vom
KrankenpflegerPersonal: ja, man wisse ja schon, mal kurz ne Pause von der
Entziehung, mal kurz sich Heroin auf der Straße besorgen und spritzen, und
man komme ja dann gleich wieder, wers glaubt wird selig!, Iggy winkt ab,
nein, das hatte er wirklich nicht vor, aber er mußte mal raus aus der
Monotonie, es war so fürchterlich langweilig, Iggy:" David stopped by one

day .. und ich dachte, was ist denn jetzt los, und jubelte:"Was machstn du! hier drin?!", im Sinne von: daß mich der! Besucht!, .. , dabei war er genauso ein psychiatrischer Fall wie ich. .. Dann, einen Monat später, da taucht plötzlich so ne sehr .. seltsame .. schattenhafte .. Gestalt auf, eine Persönlichkeit vom höchsten Niveau der Internationalen RockSzene, .. schlug mir vor", Iggy macht den jetzt nach, setzt grimmiges Gesicht auf und mit tiefster Stimme und verzerrtem Gesicht: 'Hey Iggy! Wenn du doch nichts zu tun hast, warum rufst du mich nicht an, du hast doch meine Telefonnummer von David Bowie!´ .. Und, als ich bei ihm war, da schlug er mir wirklich vor, daß wir zusammen einen Song machen .. und dieser .. komische Mann .. er .. er " und Iggy macht redende Geste dazu" half mir wirklich! .. und zog mich heraus der Versenkung!"

Talkman:"In dieser Zeit machten Sie dann .." und nennt das Werk 2 großartige LPs von Iggy Pop .." und Sie waren dann zuerst in Aeroville und dann in Berlin Musikeinspielung 1.Song: I am the passenger! .. Publikum klatscht mit .. Iggy Pop Nahaufnahme Kamera von unter der Tischplatte von schräg unten Blickwinkel direkt auf ursprünglich sich unbeobachtet fühlenden Iggy, und er nickt zu der Melody und dem Rhytmus, nun tippst er auf den Tisch seine Finger in dem Rhytmus .. für sich in sich gekehrt guckend, immer mehr lächelnd, sich freuend, und sich quasi neu entdeckend selbstbewußt, was er da geleistet hat, dann die Kamera entdeckend und in die Kamera strahlend ..
APPLAUS
2.Song, währenddessen spaßt Iggy mit dem Grinsman rum,
3.Song. Iggy für sich nachdenklich, dann reagiert er auf das, was der Grinsman neben ihm sagt, und amüsiert erwidert Iggy etwas, worüber beide lachen, man sieht den Grinsman nicht so genau dabei, aber Iggy lacht, als würde er mit dem Grinsman zusammen in Gelächter ausbrechen
4.Song sehr ernster Song, sehr ernst Iggy, im sehr ernsten Gespräch mit dem Grinsman
5.Song Lust for Life Iggy guckt ganz ernst weg, und da scheint es, daß ihm die Tränen kommen .. Iggy für sich nachdenklich, ernst im Sinne von: nicht lächelnd, nicht lachend, sondern ganz für sich sich erinnernd
APPLAUS
Talkman:"Alle die gerade eingespielten Songs sind Auszüge von den LPs The Idiot und Lust for Life .. Beide Albums sind in collaboration von David Bowie und Iggy Pop ..
APPLAUS Iggy Pop guckt verständnislos bzw erschöpft, aber auch so, daß man verstehen kann, daß er sich peinlich berührt fühlt, weil somit sein kurz

zuvor gesagtes Geheimnis des MusikProminenten, mit dem er zusammen einen Song machen würde, und der ihm half, aber dessen Namen Iggy nicht sagte, nun doch herausgekommen sei: David Bowie.
..
Talkman:"Am 23.September 1977 dann das erste Konzert von Iggy Pop in Frankreich .. großer Erfolg .. es ist die Epoche der PunkBewegung, worunter zu verstehen ist ce s´appuye sur Les Clash , und worunter zu verstehen ist ce s´appuye sur Les Sex Pistols. .."
Mit dem Namen dieser Punkgruppe bricht just hier mitten im nun neubegonnenen Satz des Talkmans der InterviewInternetClip ab. Fritz Friedrich fuhr zwar grundsätzlich eine ordentliche Straßenmaschine und mochte Vespa überhaupt nicht, jedoch entsprach seine Weltsicht dieser Massenbewegung, er konnte sich aber nicht so sehr dafür begeistern, dem Kollektiv dieser Bewegung beizutreten und Gesinnungsgenossen zu sammeln, auch wenn er auf seine Art Wert auf sein Äußeres legte, sauber und gepflegt war und viel Wert auf außergewöhnlich hochqualitative und somit teure Kleidung legte, womit sich aber seine Moral nicht erschöpfte, zu einer Zeit, da er mit einem noch nicht nutzbar gemachten erstklassigen AbiturZeugnis noch nicht die glorreiche Idee gehabt hatte, solch ein erstklassiges Abiturzeugnis befähige ihn zu einer Umschulung, zu der sich auch Menschen anmelden konnten, die überhaupt keine Schule besucht hatten, sondern er packte an, wo was zu machen war, wo seine Mutter ihre Kaufmännische Ausbildung im II.Weltkrieg gemacht hatte und nach dem AufDieWeltBringen und Großziehen von Vier Kindern sowohl im Bankfach wie auch in einem Pharmazeutischen Konzern stets Erfolge aufwies, so machte er die UmschulungsAusbildung auf Mutters Geheiß im kaufmännischen Bereich, zumal war er handwerklich geschickt, und wenn man einen teuren Handwerker im Hause brauchte, konnte man auf einen teuren Handwerker meist verzichten, weil man Fritz Friedrich in der Familie hatte, weil er fast alles selber konnte, zumal konnte man ihm alle wirtschaftlichen, geschäftlichen und kaufmännischen Entscheidungen überlassen, er war fleißig und hilfsbereit und pflegte eher einen kleinen Freundeskreis. Er änderte seine Umwelt jeden Tag mit seiner Hände Arbeit. Wie bei den Poppern, so erschöpfte sich seine Gesellschaftskritik nicht in Äußerem, wie man das bei manchen Gleichaltrigen sehen konnte, die verwahrlost aussahen und meinten damit die Gesellschaft zu ändern. Bisher hatten sich in Westberlin aber auch "BRD" MassenProtestBewegungen dadurch erschöpft, in Äußerlichem Autreten was herzumachen, die Langhaarigen Männer im RheinMainGebiet der 1970er, die immer

LängerHaarigenMänner im RheinMainGebiet der 1970er, die noch viel mehr und immer noch längerHaarigen Männer im RheinMainGebiet der 1970er, - wenn man von Langhaarigen Männern ausging, mußte das RheinMainGebiet ein Imperialismusfreier Kapitalismusfreier Staat sein, wo die Bonner "BRD"Regierung nichts zu melden hatte, also RheinMainGebiet dh SüdHessen ein Land aus einigen Landkreisen zwischen Neckar, Rhein und Main, ein Land ohne "BRD"-Hoheit, also ein Freies Land, weitgefehlt, aber Punks und Hippies und der den Medien gehorchende BevölkerungsRest glaubten das irgendwie.

Politischer Kampf:
seine GymnasiumSchulabschlußAbiturZeitgenossen 1979, Mädchen und Buben mit 18 Jahren noch grün hinter den Ohren, auch wenn man grundsätzlich dermaßen darauf trainiert war, sowieso Politische Fragen aus dem "Normalen" "Alltag"sLeben auszuklammern, was Edukation in der "BRD" der 1970er war, und Edukation in der Groß"BRD" der 2010er ist, sagten ihm schon zu seiner Erstmals Politische Meinung entwickelnden und kundtuenden Pubertären 14-15Jährigen AltersPeriode 1974/1975: wie kannst du nur so UnPolitisch sein?! Du mußt doch eine Meinung haben! Hast du denn gar kein Gewissen?! Du mußt dich doch schämen! Damit hatten seine Zeitgenossen zwar allesamt recht. Aber die Politikerinnen und Politiker bewiesen tagtäglich in Westberlin und in der "BRD" der 1970er damals wie heute, daß sie sich nicht schämen brauchen und sagen heute noch zu der durch aufwendige vom Zaun gebrochene EroberungsKriege der Nato inszenierten angeblichen sogenannten in Anführungsstrichen "Demokratisierung" von Ägypten, Libyen, Algerien: die "Arabische Welt" erlebe eine ganz großartige Renaissance; dabei sind die Staatlichen Veränderungen allesamt ein KriegsFlächenbrand von Kriegen, die auf Reißbrettern der WestAchse von Dänemark, Benelux, BRD, Österreich Italien und alles Westwärts davon ersonnen worden waren, ein geplanter Flächenbrand allem voran zum Wohle der Jüdischen Entity in Palästina und der KapitalistenSchweine der samt "BRD" WestStaaten. Aber daß sie mit der deutsch"BRD"ischen ScheinRepublik Groß"BRD" seit 1991 allesamt Unrecht hatten, das haben, ungewollt sich mit der DDR vergleichend, alle eingesehen, denn diese Einsicht lehrte die
"BRD"EdukationKinderErziehung:
Das Atomisierte EntBildeteEntSophistisierteEntKultivierte ASozialisierte De-EdukativeDer Kindererziehung entgegenwirkende APolitisierte Soziale Wesen Mensch für im Gegenteil eine Kompakte GeBildeteSophistisierteSophisticatedKultivierte Sozialisierte EdukativeFür

Kindererziehung als tauglich bestimmte Politisierte KapitalistischeEroberungsKriegvomZaunbrechMentalität, die NICHT ETWA DDRGesellschaftswissenschaftlich sondern "BRD"PolitikWissenschaftlich PROPAGIERT immer nur wie eine augenblickliche Laune Macchiavellischer Eroberung auftreten und somit als kein eigentliches dh kein Langfristiges und somit als kein Großes Gesellschaftliches Problem erscheinen will; für das, was man Soziales Miteinander im ganz Kleinen dh Privaten oder wie zB die Elternmitbestimmung bei der Schulischen Kindererziehung in öffentlich gesellschaftlich sehr begrenztem Rahmen nennt, würde "der Staat" - "der Staat" ist in Bonndorf ein Schimpfwort in der "BRD" der 1960er, der 1970er und 1980er sei man daran erinnert als Wessi, als Ossi dh Ausländer kann man das nicht wissen, denn von diesem Begriff gehen Massive SteuerErhöhungen und sonstige Ausbeutung der Bevölkerung hervor - dh das "BRD"land für einen die Moral schon wieder neu erfinden: untrügliches Zeichen dafür ist, daß sich das gezwungenermaßen unter dem Druck des Regimes durchaus sich als Kompakt GeBildetSophistisiertSophisticatedKultiviert Sozialisiert Edukat=imStaatsKonformenSinneErzogen Politisiert gebärdende "BRD"BevölkerungsVerhalten nur als leeres Gewäsch dh nur als Tatsache einer ScheinMoral durchaus manifestiert hat. Nun Großvater mit 56Jahren guckte er auf sein Leben zurück, mit dem er zufrieden sein konnte. Noch niemals hat er für Politische Probleme Gedanken verschwendet oder vergeudet. Seinen Kindern ist er ein guter Vater gewesen, zwar streng, aber welcher Vater ist das nicht? Und seinen Enkeln ist er ein guter Opa. Nur zum Miteinander hatte er seinen Kindern nicht genug beigebracht. Nur zum Miteinander bringt er seinen Enkeln nicht genug bei. Was die Kinder an ihm gutfanden, Das war, daß er immer eine Autorität auf Seiten der Kinder darstellte, er immer Partei für sie ergriff und immer um das Wohl des Kinder besorgt war und für das Wohl der Kinder eintrat. Aber was die Kinder vermißten, das war, daß Vater, der mit 20 aus der Römisch-Katholischen Kirche Ausgetreten war, keine Autorität selber, keine höhere Instanz benennen konnte und wollte, auf die er selber sich bezog und auf der er seine Moral begründen könnte, dh woraus er seine Berechtigung zu einem Moralischen Urteil bezog, - wie im Gegensatz zu ihm seine Mutter für ihr Leben, Moral und Arbeiten als Autorität, auf die sie sich bezieht, immer den Lieben Gott nannte und niemals irgendeinen zumal trügerisch offiziell sogenannten in Anführungsstrichen "Christlichen" in Anführungsstrichen Ende Politiker oder gar den USAmerikanischen Gott des Geldes - , und worauf er seine Kinder hätte hinweisen können, woraus seine Kinder Berechtigung für eigene Moralische Urteile hätten schöpfen können. Sondern

Vater wollte alles selber schaffen, und das war viel schwieriger, als er anfangs geglaubt hatte. Somit mußten alle seine Kinder, das, was sie an Miteinander erfahren und lernen wollten, sich bei der Mutter holen, die, als das letzte Kind geboren war, dem Kindervater das Sorgerecht übergab und mit einem Französischen Arbeiter für immer nach Frankreich verschwand; SIE mußte also der Moralische Fels in der Brandung sein, was sie nicht konnte, sie mußte also das Moralische leisten, was der Vater nicht konnte, und genau damit war sie überfordert und flüchtete aus dieser Katastrophe; die Kinder waren schnell selbständig und haben schnell gelernt, daß Vaters Moral und Herzlichkeit DER Fels in der Brandung war, nach dem sie sich immer gesehnt haben, der Kontakt jeweils zu beiden Eltern ist vergleichsweise bestens; obwohl kein II.Weltkrieg und keine unmittelbare NachII.WeltKriegsEpoche, wo jede Familie des Untergegangenen Deutschlands durch Flucht und Kriegsgefangenenlager in alle Winde zerstreut gewesen war 1945 und die FolgeJahre und Folgejahrzehnte größtenteils zerstreut geblieben war, so daß die ab 1945 neu gegründeten Familien großenteils bei Null dh auf fremdem Boden von ganz Vorne anfingen, ist die 1982 durch Ehe und das erste Kind gegründete Familie Fritz Friedrichs 2015 34 Jahre später nunmehr über WestEuropa verstreut, obwohl doch die Familie in Langen ganz bodenständig und bieder gegründet worden war: Hierbei ist nun offensichtlich, daß das Miteinander also Sozialisation Politik Bildung etc ursprünglich auf Mutter beschränkt wurde und gleichsam auf Mutter und das Weiblichen Geschlecht und bzw dem, was die "BRD"ZensurMedien weibliches Geschlecht und was die Zensur Medien Typisch weibliche Fragen und Aufgaben Arbeiten und Pflichterfüllung nannten, und was sich ganz und gar dazu eignete, all das Soziale Politische auszuklammern, sobald der Staat einen Krieg unterstützte bzw sich einen Krieg wünschte. Fritzes Mutter konnte laut und in der Öffentlichkeit gegen eine derartige Politik ankämpfen und gegen den einen oder anderen "Christlichen" CDU-Politiker oder "Christlichen" CSU-Politiker ihre Verachtung beweisen und lauthals protestieren bei jedem Unrecht und sei es beim Pfarrer, auf der Straße, im Geschäft, in der Öffentlichkeit zu jeder Tages und Nachtzeit, eben wann immer es notwendig war; ihre Kinder wie Fritz Friedrich indes sind unter der Zensur gelungen, und ihre Enkel noch gelungener: man könnte jeden Tag an jeder Straßenecke 10Menschen standrechtlich erschießen lassen, die Fritz Friedrichs BRDGeneration würde zusammen mit der FritzFriedrichsKinderGeneration also Omas Enkel würden in der "BRD"Staatlich vorordneten DrückebergerMentalität nicht gegen das System einen Finger rühren bzw demonstrieren bzw etwas sagen in der

Öffentlichkeit denn: die Kinder und noch viel entschiedener Enkel, das ist das Teuflische in der "BRD", würden noch immer das glauben, was aus dem Fernseher kommt, wenn der Fernseher sagt, daß das alles ganz in Ordnung sei und man ja nur gegen Kriminelle vorgehe und vorgehen müsse, was man ja dem Politischen System nicht übelnehmen dürfe, nicht wahr !? Nun, weit hergeholt mögen Sie sagen, "Groß"BRD" und sowas. Naja, dann versetze man dieses Szenario in eine WunschLocation, wo diese Zustände herrschen irgendwo in der Welt, wo die Groß"BRD" gerade in einem Krieg engagiert ist. Adolf Hitler ist so stolz auf die "Groß"BRD", mit Recht mEs, sagte sich Fritz Friedrich, aber hatte dennoch noch niemals in seinem Leben seinen Mund aufgemacht in der Öffentlichkeit.

Nun hatte Fritz Friedrich sich seinen hungrigen Bauch wieder vollgestopft, warum auch nicht!?, nachdem er sehr viele Sachen im Laufe des Tages erledigt hatte; er hatte sich dieses Fressen verdient, dh er hatte sich diese zusätzlichen Speckfalten verdient bzw man konnte sie ihm entschuldigen, denn, daß er essen mußte, war klar; aber daß Fressen am Abend ansetzt, war auch klar. Er lehnte sich in seiner obschon Opa mit einigen Kindern und Enkeln und zahlreichen erfolgreichen Frauenbekanntschaften und etlichen Verwandten so doch de facto JungsgesellenKommurke in seinem Lehnstuhl am prasselnden Kamin zurück, genoß einen Cognac, während er, den Laptop zum Kontakt mit seinen im In- und Ausland verstreuten Kindern und Enkeln neben sich, in der einen und anderen KunstGeschichteHochGlanzSchwarte genüßlich blätterte .. Und wieder gab er sich seinem wahren Talent, der Geschichte, der Kunst und der Literatur hin, aber lassen wir doch Fritz Friedrich selber sprechen, kopfschüttelnd die KunstgeschichteBücher beiseitelegend und auf ein paar Bücher im Regal guckend, hält er sich selbst im Selbstgespräch einen Fachlichen Vortrag, während er gleichzeitig Information aus dem Internet rausholt dh liest und aufschreibt, denn Surfen ist sein großes Hobby, auf der Tastatur tippend, denkt laut und besinnt sich:
"Ach Her Jeh! , das finde ich interessant .. Ai Jai Jai Jai Jai Jai Jai Jai! sind das viele Daten! Aber nu!?, da muß ma urntlich aufgeräumt werden mit den Daten, da muß ne Ordnung rein Viccibedja Hierschte uff! Jai Jai!, die "BRD"Kapitalistische Theorie ist doch eine Politische UntergangsTheorie wie das Nibelungenlied! .. Man könnte ja mal diese gesamten Wissenschaften zur Räson rufen, endlich aufzuhören damit, die Menschheit zu Revolutionen aufzurufen. So sinnlos, gegen diese Unrechte (=Mehrzahl/Plural) der Menschen anzukämpfen, es ist die Vergeudung von Kräften, die Vergeudung von Energie! Es ist viel Wind um nichts! Erreichen tut man damit gar nichts. Es ist eine große Lüge, die Verbesserung der Menschheit zu wollen, wo doch

die Mächtigen gegen die Verbesserung der Menschheit sind. Die Mächtigen haben die Macht. Wie dumm, gegen die Macht der Mächtigen ankämpfen zu wollen. Alles nur Mache. Und vielleicht oder wahrscheinlich sind genau diese widerlichen Moralischen Kämpfe für die Verbesserung der Menschen genau im Sinne der AusbeuterKapitalistenschweine! Ich habe mit 15 resigniert, da darf ich auch den Rest meines Lebens resignieren!"
Er hatte immer eine Jasagermentalität besessen.
Er denkt seit er denken kann, die Welt würde immer so weiterlaufen wie bisher, und: die Welt würde immer so ungerecht weiterlaufen wie bisher, und: die Welt würde unveränderbar immer so ungerecht weiterlaufen wie bisher, und es lohne kein Ankämpfen dagegen. Gleichgültig.
Wenn er nun selber feststellend sagt: Sehen Sie, wie sich die MenschenMassen gegen die Ausbeutung auflehnen! Was nutzt es. Die Auflehnung gegen die Ausbeutung erreicht nicht nur nichts, sondern bestärkt das Ausbeuterische System;:Sisste!?, es lohnt nicht.
Wenn man ihm nun sagt, daß Gleichgültige Menschen wie er die Wunschmenschen der AusbeuterSchweineKapitalisten sind, dann läßt ihn das nicht nur vollkommen kalt sondern bestärkt ihn,:Sisste!? Was soll ich mich da anstrengen, wenn doch gegen diese AusbeiterschweineKapitalisten eingestellte MenschenMassen wie ich gleichgültig denken? Und eben dennoch, obwohl sie sich am Kampf für oder gegen die Ausbeutung nicht beteiligen, für die Ausbeutung instrumentalisiert werden?
Als Fritz Friedrich wieder in Langen/Hessen/"BRD" 2015 Ende September eintrifft, ist ihm, als würde er auf den Planeten Erde zurückfinden. Er hat sich zu Mittag mit einem Schulfreund verabredet, und man will gemeinsam mit ein paar Schulfreunden eine Veranstaltung besuchen. Nach dem Ersten Äbbelweufest in den ersten Tagen des Juni ist Anfang Oktober des Oktoberfest auch genannt Zweites Äbbelweufest nicht minder eine Langener Institution. Bei dieser Gelegenheit erfährt er, daß die ganze Stadt in Aufregung ist, weil es nun zumal kurz vor den Bürgermeisterwahlen ist.

"Ai Guude!?"

"Ai Guude wie!?"

"Naja! Un sälbä?"

"Naja!"

Sie gehen ins Lokal.

Fritz Friedrich im Lokal mit Heinz Kunze trinken n Drink kleener Cocktail, beide sind darin Spetzialisten, se waren frieher zu Jugendzeiten zusammen im Haaner Handballverein. Bedienung Frau, etwas älter als die zwei, könnte die große Schwester sein, die beiden Anfang SpätFünfziger räkeln sich, Fritz Friedrich leichtfertig dahinschwärmend:"Aach, und jetz ne Heeße Worscht!", dann grinsend abwinkend. Die beiden lunsen nach den Speisekarten, im Begriff zuzugreifen,
Heinz:"Delikatesse ham die net." Allgemeines Gelächter.
Bedienung:"Mer ham nur! Delikatesse."
Fritz Friedrich weiter belustigt abwinkend:"Nee, nee!", und wie gleichfalls Heinz Speisekarte von sich weisend, und beide brülln im Chor:
"Vorspeise Zwaamo Ochseschwanzsupp mit Pellkartoffeln!, gell?!"
"Gell!?, abäh schwatzbraun!, un urntliche Poartiouhn´!, un kaa MakkySub!"
Bedienung empört:"Geh fodd!, genauso schlimm wie Mieloubbahdee! de ganse BRDBevölkerung über Jahrzehnte krank ernährt. Ph!, MakkySupp! Ochseschwanzsupp kenn mer bloß schwatzbraun mache, wie sischs gheert: Ochseschwänze ganz lang anbrate .." - NischtRheinMännliche Bevölkerung mag jetzt nachdenklisch werden, RheinMainMännlische Bevölkerung auch - ".. von alle Seite und ne dunkle Mehlschwitze; ai, sonst is des ja gar kaa richtsche Ochseschwanzsupp .. Na ihr seht mir ja verhungert aus!"
.. Fritze räkelt sich:"Ah ja!", Heinz räkelt sich:"Ah ja!" ..
De Bedienung bringt´s:"De Ochseschwanzsupp und de Pils."
Während man genüßlich in de Ochseschwanzsupp und de Pellkartoffeln urntlich reinhaut, beide vergnügt im Chor:
"Ne!? Des richtsche ArmelaidEssn."
"S´schmeckt eebe am beste."
Sie lachen und schwelgen.

Heinz:"Haste dich im schön Lange nä mäh blicke lasse!"
Fritze:"Na ich bin ja auch froh, wenn ich aus dem Kaff mal hier draußen bin. Aber was kann Ich n dafür, wenn mich de Firma nach Buxtehude schickt, an´ Arsch der Welt, j w d, Filiale gründen in Gerrlitz."
Heinz:"Na so lang biste ja aach net wechjebliem. Haste wengst was jeschafft driebem in Gerrlitz? Ne!?, da biste wieder dahaam! Wann biste wesch? Vorm Verteljoahr?"
Fritze:"Bisi komisch is des schon! Mir is, wie als wärs gestern gewesen."
Heinz:"Doa haste aach net viel vapasst. De Stadtpoletik? Geh fodd! Ma muß aba bescheidwisse, weil mer ja inne bar Daach weehle geeh, ne?!"
Fritze:"Das is mir sowas von worschtegal!"

Heinz:"Na horsch emo. Des muß disch doch indressiern!"
Fritze:"Poletik hat mich noch niemals indressiert!"
Heinz:"Na, des is aach ne Meinung!"
Fritze:"Prost ! , der Schulze säuft!"
Beide Bierhumpen klingen, man schlürft und schluckt
..
Beide brülln im Chor:"Hauptspeise Zwaamo Grie Sooß un Handkeehs mit Musik, gell?! , und bitte urntliche Poartiouhn´!"
Bedienung:"Na ihr seht mir ja verhungert aus!, gell!?, Pellkartoffele un Grie Sooß un was dadezu? Mer hätte RinderDelüxLende frisch aus Argentinien."
Fritze:"Fleischbrodel aus Lange reischt auch; abä mit viel Zwiebeln! Gell!?"
Bedienung:"Fleischbrodel geht doch gar net anderster wie nur nur mit viele Zwiebeln, sonst sins doch gar kaa Fleischbrodel."
Heinz:"Für misch doch was anderster dadezu. .., ach, isch nähm Frikadelle!"
Alle drei lachen.
..
De Bedienung bringt de Handkeehs mit Musik, Grie Soß mit Fleischbrodel und Frikadelle, was desselbe ist, und de Äbbelweu.
Während mer genüßlich in de Grie Sooß und de Pellkartoffeln verspielt rummanschend de zahlreische FleischbrodelFrikadelleFleischbrodel urntlich reindutscht und einschaufelnd reinhaut wie auch abwechselnd in de Rohe Zwiebel mitm Handkeehs mitm bisl Ähl und ä paar Schnitten frischgebackenen Schwatzen Roggenbrouts mit Butter drufgestriche, beide vergnügt im Chor:"Ne!? des richtsche ArmelaidEssn."
"S´schmeckt eebe am beste."
Sie lachen und schwelgen.
..
Heinz:"Gell!?, über de BRDMedien hab isch ja net de beste Meinung. Dei Familie ihr seid doch Schlesier?, ne!? Un wie Zeitung´ Fennseh seit eh un jeh sich alls dageesche stemme, über de Schlesischen Flüchtlinge zu reehde."
Fritze:"Gell!?, der Begriff Schlesische Flüchtlinge is tabu seit II.Weltkrieg."
Heinz:"Bevölkrung vum halbe RheinMainGebiet sin Schlesische Flüchtlinge! Ph!"
..
Heinz:"HumboldtForum OstBalliehn, du, da gibts ne BürgerInitiative, vor der zitternse im Reischsdaach, aach wennse immer noch SommerPause ham."
Fritze:"De BürgerInitiative?"
Heinz:"Alles hoch Wisseschaftlisch! "BRD" is eigentlisch gar koi Staat, sare se. Anzeigen und Verfassungsklagen noch und nöcher", wegwerfende

Handbewegung aber ein rätselhaftes Grinsen in Augen und Mundwinkeln,
".. Bürgermeisterwahl, gell? Also isch hab alls den Müller gewählt."
Fritze:".. den Müller? Du, ich auch! Aba der will ja nicht mehr. .. Was glaubst du, wen ich eebn ufde Haaner ´Schossee (Schossee Betonung 1.Silbe;Anm.d.Verf.) getroffen habb! De Kluntschich!"
Heinz:"De Kluntschich!?, .. des is ja de Hit!"
Fritze:"Der wohnt ja ufm Million´hiehschl, ne?"
Heinz:"Ne?, da kann er ja net anderster. Und ufde Schossee haste den gedroffe?! Na und!?"
Fritze:"Mitte WahlWerbung ufm Autodach: RiesenFoto mit seiner Fratze! Unde Slogan : "Isch weehl Klaus!"!"
Heinz:"RiesenFoddo mit dem sei Wisaasch?! Geh fodd! De Kluntschich?!"
Fritze:"Dieses Schlappmaul?! Oaach is der blöd!"

Bedienung bringt noch e paar neue volle Gläsäh Äbbelweu und nimmt de leere fodd.
Heinz:"So ganz egal is dir des alles also doch net! Sisste?!"
Fritze:"Mensch hat der blöd aus der Wäsche geguckt!.. hatte n Platten. Stand am Seitenstreifen, aber es kam ihm einfach keiner helfen."
Heinz:"A blöder Affe!"
Bedienung:"Des Rad wechsele!? Des mach ja sogar isch! Hat mer doch beim Laiäh in de Fahrschul so gelernt! Ph! Und des solln Männl sei!? Geh fodd! Ph!"
Fritze:"Oaach is der blöd!"
Alle drei lachen. Bedienung ab.
Heinz:"Da war doch vore paar Jahrn dieser Skandal von WebbeGäldäh?"
Fritze:"Aja.: Gerächte Wahln hamse gesagt. Für die Bürgermeisterwahl, die Bewerber und Bewerberinnen bekaam vom Staat alle desgleische Geld .."
Heinz:"Ne!? .. sonn Pooplische Betraahch für Plakadwerbung. Alle außer de Kluntschich, ne!?"
Fritze:"Gell!?, ein unbekannter Spender, den gibts ja jedes Jahr in Langen, hat dem Kluntschich ne halbe Million Euro geschenkt."
Heinz:"Ne!? Er konnt sich ja net wehrn, der arme Kerl! Zu Markzeiten hieß des "die Langener Million", bei EuroEinführung wars nur noch die Hälfte,.., na und da hat mer doch glatt die Stadt Langen und den halben Kreis Offebach mit dem sei Plakade vollgekleistäht."
Fritze:"Plakade? De Wurstblätter dieser Zeit zogen den Bürgermeister Müller durch eine Gerüchteküche, die die Partei geschickt in Umlauf gesetzt hatte, wo doch Müller über Korruption manches wußte, aber seine Konkurrenten un

Stadträte un Stadträtinnen in einem Sumpf von Korruption steckten, ne?"
Heinz:"Ne?!, de Müller, de Sündebock! Grade Müller war der aanzsche, der wo net an de Korruption beteiligt war, und derjenige, der wo am wengste wußte über die Seilschaften in der Langener Wirtschaft. De Keehseblätter!"
Fritze:"Im Vergleich dazu noch viel schlimmer war ne "Werbekampagne" nannte sich das, und des war übers Intanät feehsbuck, gell!?"
Heinz:"Gell!?, Massive WahlHetze!"
Fritze:"UND, zur Krönung : einen millimetergenau gegen den bisherigen Bürgermeister Müller abgestimmten PolitikHetzeSpielfilm, ne!?"
Heinz:"Ne!?, daran will sisch kaanä mäh erinnährn! Is ja schon so lang her!"
Fritze:"Das stelle man sich vor: Die große Partei macht einen fiesen Wahlkampf gegen einen kleinen Parteilosen, verdrehte Moral, jetzt weiß man auch, warum grade ein halbes Jahr vorher in de schönsten Langener AltstadtEcken und auch am PolizeirevierAmtsgerichtRathaus so ne seltsame FilmCrew war."
Heinz:"Gell!?, Müller hatte man eingeredet, daß nicht genug SpielFilme über Lange gemacht werde konnten."
Fritze:"Die Filmarbeiten verweigern konnte er ja net. Ma wußte ja auch noch gar nich, was für ein fieser Film gedreht wird."
Heinz:"Und mansche "BRD"FilmProminente sind mit von der Partie. Des wolle mer net vergesse."
Fritze:"Die dürfen heute noch tagtäglich auf die Mattscheibe .."
Heinz:"De Film hat de Kluntschich isch maan de Partei mache lasse, die wo ja mit beliebig viel Geld hinner ihm steht, gell!?"
Fritze:"Gell!?, in unserm "Fernsehen der BRD" 20.15Uhr zur besten FamilienSendezeit ausgestrahlt 4 Tage vor der Bürgermeisterwahl, gell?"
Heinz:"Gell!?, nun zwar werklich mit nem NiedrischBüdscheeh de Film .. verglische mit Hollywood, abäh gut gemacht wars schon."
Fritze:"Wir alle haben den Film gesehen. Die halbe BRD hat den Film gesehen, und den Film später der anderen Hälfte erzählt. Und bloß weil einer inna Partei is! .. "
Heinz:"De Müller war ja gar net inna Partei! Gell!?"
Fritze:"Der war par Jahre vorher aus Protest gegen den KorruptionsSumpf aus der Partei ausgetreten."
Heinz:"Banähnscherepublik Deutschland BRD, Lateinamerika, Armes Deutschland! Freiheit! Demokratie! , ph! Die Wahlstimmung war entsprechend gegen den Müller ufgehetzt, gell!?"
Fritze:"Gell!?, un von Skandal war gar keine Rede in den Staatsmedien dh den ParteiMedien, warum sollte auch?!"

Heinz:"Demokratie Hurra hamse gebrillt."
Fritze:"Denk nur an unsere Wurstblätter und Keehseblätter! ph!, wie Kluntschich das Bürgermeisteramt übernommen hat, es geht weiter, als wär nichts gewesen, gell?!"
Heinz:"Gell?! De Kluntschich is gar net so unbescholte, wie er alls tut."
Fritze:"DER und unbescholten!? Der hat sein Bürgermeisteramt nur, weil er inna Partei ist. Der hat Beziehungen, von denen du dir nichts träumen läßt. Aber sonst? Als Volksvertreter? Als ein Mann des Volkes?"
Heinz:"Der hat doch von Nix ne Ahnung! Der kommt aus der Wirtschaft!"
Fritze:"Der isn hohes Tier vonna Mustermann GmbH&CoKG hier in Langen, 2.000 Leute Belegschaft, da hat er sich hochgearbeitet und war Jahrelang in der ChefEtage. Warum auch nich? Das macht ihm ja keiner streitig!"
Heinz:"Wie kann so ein Mensch Bürgermeister der Bevölkerung sein wolle!, wo er doch höchstens des Wohl saaner Firma im Sinne hat und ihn sonst nix mäh juckt."
Fritze:"Der Affe! Der steht für 1 Betrieb hier in Langen, ansonsten rührt der keinen Finger. Alles nur Lippenbekenntisse. Dieses Rindviehch!"
Heinz:"Isch merk schon: Poletik sowas von worschtegal!"
Beide lachen grimmig und stoßen an mit de Äbbelweugläser.
Heinz:"Wemma sowas wie du hinner dir hat, da is ma stehend k.o.!"
Fritzé Grinsen:"Isch wüßte da was. Da gibts jetz Trick Sibbzehn!"
Heinz:"Mache mer was Sinnvolles!"
Fritze:"Mer missn aba arsch vorsichtisch sein, sonst simmer verratzt!"
Heinz:" .. des is ja de absolude Hit! Ab nach Balliehn!"
Fritze:"Auf ein Neues! Ich bin zu jeder Schandtat bereit!"
Heinz:"Frisch an die Arbeit! Laß uns net resignieren! "
Fritze:"Klar wie Klosbrühe! Prost ! , der Schulze säuft!"
Beide ÄbbelweuGläser klingen, man schlürft und schluckt
..
BürgermeisterBüro im Langener Rathaus, der Bürgermeister alleine, Er nimmt des örtliche Wurschtblättl zurhand und liest leise.. genießerisch ..
"Die ersten 4Wochen des neuen Schuljahres sind passé. Zum 30.September feiern unsere Schulen das neue Schuljahr, den ersten zurückgelegten Monat des neuen Schuljahres, die Helden sind unsere ganz Kleinen. Dank auch unseren Lehrern und Politikern .. Die Grundschulen unseres Bezirkes haben auch in diesem unseren Jahre wieder enorme Leistungen .." er wirft schweißgebadet des Käseblatt von sich, dann nunmehr schweißgebadet zurückgelehnt besinnt er sich auf seine Pflichten und nimmt sich an seinem erbärmlichen BürgermeisterArbeitstisch seine erbärmliche Pflicht vor, weiter

daran zu arbeiten, sich eine vernünftige Räde für sich selbst auszudenken, er rezitiert des Bisherige auf einem Schmierzettel Gekritzelte und spricht leise laut eher lauter und vor allem in zunehmendem Maße getragen vor sich hin liftelnd mit dem Kuli im Mundwinkel gehalten sinnend,
aber lasse mer zum Ende September ZwaatausenFuffzä den Bürgermeister halb auswendig von Blatt ablesend doch selber sprechen:"In Andenken an die prachtvollen Schlachten Unserer deutschen Armee 1870 in Frankreich .. wir erinnern uns de Süddliche Ringstraße und de Bahnhofstraße nauf un nunder an Unseren prachtvollen SedanGedenktag vor kaum zwei Wochen .. äh ..vor nischt zwei Wochen", verbessert grimmig, liest dann zufrieden weiter,", wie gehts glei noch weiter .. und de 1895 endlich wieder DeutschGewordenen Territorien Afrikas ist Unser seitdem auch dieses Jahr 2015 im schönen Herbst diesen Unseres Jahres wie immer zu Anfang Oktober heute begangener 3.OktoberKolonialFeiertag dieses Mal von ganz besonderer Bedeutung .. ", der Bürgermeister guckt verdrossen auf und sagt zu sich," .. oh wie ich diese langen Sätze hasse!"
Des Moderne überdimensionale von Stadtrat, Polizeirevier bis Amtsgericht vereinnahmende Rathausgebäude ein Riesiger Modernistischer BauKomplex direkt neben dem Riesigen Modernistischen StadthallenKomplex direkt neben dem Riesigen Modernistischen PolizeiKomplex direkt neben dem Riesigen Modernistischen überkanditelten HallenSchwimmbadKomplex direkt neben dem Riesigen Modernistischen StadtBüchereiKomplex sind ein gewohntes Bild in Langen an der Südlichen Ringstraße, und so sah des alles schon aus, wie all des 1975 gebaut und eingeweiht worden war, ich kann euch sagen, da war was los damals, so daß heute 2015 diese Gebäude eher den Eindruck von Altbauten machen, aber vor allem sieht in den heutigen Tagen Vor dem Feiertag alles ganz üblich wie gewohnt aus, nichts ist von der Unruhe zu spüren oder zu sehen.
Langens Bürgermeister Klaus Kluntschich ist niemals aus der Fassung zu bringen und hat sich ganz gelassen vorgenommen, weil die BürgermeisterWahlen bevorstehen, daß die Einweihung der neuen LandesFlagge durchaus mit dem KolonialFeiertag zusammenfallen könnte

, - die kleine Großstadt in SüdHessen, so denkt der Bürgermeister stolz, wird ganz schön was hermachen können, dafür werde er schon sorgen, denn er hat beste Beziehungen zum "Fernsehen der BRD" in Mainz, und er ist da zuversichtlich, - auch wenn die Bevölkerung Patriotisch beim Alljährlichen "GründungsFeiertag der "BRD" 1949"-Patriotischen Aufruf in den Regionalen Keehseblättern und Wurstblättern zum SedanGedenktag 2015

Mitte September nach allen DeutschlandFlaggen gesucht hatte, mit denen man sich stolz zeigen, registrieren und von Presse und RegionalFernsehen bestaunen lassen wollte, als man jedoch bei "live"-laufenden Filmkameras der Partei und des Staatsfernsehens indes verärgert aber auch peinlich berührt feststellen mußte, daß nicht nur Politisch Gleichgültige Politisch Uninteressierte verdutzte nichtsahnende BRDische BRDler, die wo nach dem Motto es wird nicht alles so heiß gegessen wie es gekocht wird vom II.Weltkrieg an bis heute 2015 den II.WeltkriegsUntergang Deutschlands verschlafen hatten, sondern auch verdutzte nichtsahnende AusländischeGastarbeiterBRDler und verdutzte nichtsahnende AsylantenBRDler als Mieter von manchem als Rumpelkammer dienendem verstaubten Spitzboden von den Vermietern angeblich vergessene, das BRDSelbstverständnis muß sich ja nach einem halben Jahrhundert nach Staatsgründung 49 endlich an die globalen Veränderungen anpassen, man wußte ja niemals, wofür man die noch brauchen konnte, "für feierliche Anlässe" sorgsam gewaschene, gebügelte, zusammengefaltete und aufbewahrte HakenkreuzDeutschlandFlaggen entdeckt, hervorgekramt und ahnungslos und ohne Wissen der Vermieter im PolizeirevierAmtsgerichtRathaus präsentiert hatten, -

er ist da zuversichtlich, bei dieser Gelegenheit des Feiertages Anfang Oktober, wenn er es geschickt anstellt, eine neue "BRD"-Fahne im PolizeirevierAmtsgerichtRathaus einzuweihen.

Wie zu HitlersZeiten übliche Konterfeits der Führenden Politiker der Partei in Amtsstuben der Behörden, was in der BRD über 39Jahre verpönt war, ist seit der Revolution im deutschsprachigen Ausland 1990 in BRDTerritorium zur Empörung der Millionen Schlesischer BRDBevölkerung wiedereingeführt worden, als wär seit 1933 nichts gewesen. Die neben dem prächtigen Konterfeit des Bürgermeisters neben dem prächtigen Konterfeit des BRDpräsidenten neben dem prächtigen Konterfeit des 1990 Groß"BRD"-Gründers Kohl träge vor sich hinstaubende letzte BRDFlagge von 1975 ist nun 2015 von den "BRD"Kriegen der letzten ferzisch Jahre schon arg mitgenommen gewesen, zerfranst und verstaubt, und, weil Alternative Politik des OberBürgermeisters Kluntschich eine Alternative gefunden hat nach der Devise "Es muß ein Ruck durch Langen gehen!", vorsichtshalber schon einmal, aus den Augen aus dem Sinn, beiseitegeräumt und neben den Waschlappen im Eimer mit dem Spülwasser von gestern in die Abstellkammer der Putzkolonne verstaut worden, die Bügermeisterliche

Amtsstube erstrahlt in Konterfeits jedoch ohne Staatsflagge; von den
"BRD"Heeresbeständen gibts aber, womit man doch zumindest erst einmal
vorübergehend auch sämtliche restlichen UNOStaaten eindecken könnte,
würde man auch die erobern, noch aus der guten alten Zeit Produktionsdatum
bis 1988, man wußte niemals, wofür man die noch brauchen kann, noch
ganze Stapel von für den Glanz der Stadtverwaltung nicht so recht
brauchbaren kleinformatigen für den Hausgebrauch geeigneten frischen
"BRD"Fahnen, die wo keiner mehr haben will, im Schuppen hinten in der
alten KloBarracke hinter dem PolizeirevierAmtsgerichtRathaus, eine
KloBarracke, die wo heute nicht mehr benutzt wird.

"wie gehts glei noo weiter .. und die 1895 endlich wieder
DeutschGewordenen Territorien Afrikas ist Unser seitdem auch dieses Jahr
2015 im schönen Herbst diesen Unseren Jahres wie immer zu Anfang
Oktober heute begangener 3.OktoberKolonialFeiertag dieses Mal von ganz
besonderer Bedeutung ..äh ..", verbessert verkniffen grimmig, liest zufrieden
des Neu Geschriebene:"von ganz besonderem Reiz .. "
Sekretärin Rehbein kommt herein,
Bürgermeister Kluntschich:"Ach Rehbeinsche!"
Sekretärin mit Bündel Zetteln unter dem Arm und wie beim Appell den
neusten PolizeirevierAmtsgerichtRathausklatsch abspulend und nebenbei,"im
übrigen haben Herr Bürgermeister allen Grund zur Freude, denn .."
Bürgermeister Klaus Kluntschich freudvolle erwartungsvolle Augen
Rehbeinsche:"die Sendung .."
Bürgermeister unverändert freudig aber verständnislos:"Moomendemal?
Radio odä Fennseeh? Ach de Leude vom Fennseeh, des wo des
PolizeirevierAmtsgerichtRathaus, des wo MISCH .."
Es klopft verhalten, die Tür geht auf, ein Hausierer mit nem offenen mit
einem kleinen Büschel Gras ausgestatteten Karton voller Hirschkäfer, die er
vor seinem Bauch trägt, Anerkennung heischend und ner Ratte auf der
Schulter, ein sprachloser Bittsteller:".."
Bürgermeister:"Mer geebe nix!"
Die Tür geht zu. Untauglischer Versuch. Die Tür geht auf:
"Des konnt isch ja net wisse, daß isch gleisch beim Oberguru .. Isch hab hier
schon de ganzen Ämtäh dursch. Mer kenn uns ja schon. Isch sammel für die
Hungerleidenden in der III.Welt, haste vielleischt n Groschen?"
Bürgermeister Cassette nochmal:"Mer geebe nix!" Tür geht zu.
Bürgermeister:"Was bilden sisch diese Hungerleider ein! Soll doch mal für
die Allgemeinheit arbeiten gehn. Faules Pack!" Kopfschütteln.

Sekretärin:"In de Poststelle is die von Ihne bestellde Sendung von de Fahnefabrik grade eingedroffe. Ich hab misch schon gewundert, warum Fahnefabrik?"
Bürgermeister:"Aber des wisse Se doch! Mer ham bei de Fahnefabrik bestellt. Tun Se doch net so schwerfällisch, Rehbeinsche!"
Sekretärin:"Sehr wohl, Herr Bürgermeister. Isch wolld es nur bemerrckt habe, daß .."
Bürgermeister:"Des hätte mer geklärt."
Sekretärin:"Abäh Klaus! Waresendung!, ufm Briefumschlaach steht Absender "Dezärnat Fahne, Inneministerium" .. und isch maan, mer wollde net vorgreife .."
Bürgermeister aufspringend seinen Sessel nach hinten umschmeißend:"De Sendung?! Se unterstehe sisch un rühre MEINE Sendung an .. ?! Se ware es?!", stürmt aus dem Büro, Rehbeinsche hinterher, beide die Treppen herunter, in de Poststelle vonne am Eingang freudige Gesichter, Schweigen. Der große Tag ist da.
Eingangsbereich PolizeirevierAmtsgerichtRathausAmtsgericht Poststelle: PostStellenGehilfe Diftel, der mit einem Kuli auf einem Zettel malend freudig Mathematische Klammern beschriftet, und der PostStelleMeister Habberkorn, der verkniffen mit sich selbst Schiffeversenken spielt, wobei beide voneinander abgucken, beide vom Bürgermeister überrascht; PostStellenGehilfe Diftel ist schneller und bemächtigt sich des Briefes!: Den dicken Brief befummelnd aber gleichzeitig nicht dem PostStelleMeister überlassend sondern eisern festhaltend PoststellenGehilfe Diftel:"Ai, guck emo, Herr Bürgermeister ähm! Du, mer wolltes schon sälbä raushole un ma glei ansehe hier im Foyer, damits aach jedäh sehe kann, was mer fer ne schöne .. Abäh Herr Bürgermeister, es gebührt doch gewissermaßen einer größeren Feierlichkeit, dieser besondere Anlaß! De letzte Fahne hat Langen vor Ferrzich Jahre bekomm! Und jetzt? Diese große Ehre fer unsere Stadt! Abgesehe von de regulären bzw invertierbaren Matrizen allerdings, da versagt jede Binomische Formel ! , es gehört doch der Bevölkerung, Herr Bürgermeister, de Bevölkerung ! .."
den PostStellenGehilfen Diftel tritt ihm den Brief entreißend PostStelleMeister Habberkorn verbissen beiseiteflüsternd:"Halt du doch dein Maul! Gib doch nich so an mit somm bisl Matzratzen zusammrechnen, ph!", und zum Bürgermeister gewendet in Unterwürfigkeit huldigend laut:"Herr Bürgermeister! Uns gebührt es, .. äh ergriffen zu sein!, .., und Ihnen .. gebührt es, .." und an die Menschen im Eingangsbereich, die wo interessiert zu ihnen sehen:", es gebührt alleine unserem .." in FreudenTränen ausbrechend

überreicht er wortlos unter einigen Bücklingen kopfschüttend keine Worte findend vergebens die Tränen verbeißend vor Freude über den großen Moment den gepolsterten leichten aber riesigen biegsamen Briefumschlag. Immer mehr Menschen, die wo hereinströmen oder herausströmen, sind stehengeblieben, es hat sich eine große Menschenmenge gebildet, und gucken sich den Spektakel an. Im Raunen Stimmen von Bürgern und Bürgerinnen:"Da! Dem Kluntschisch seine Trulla!, guck! De Rehbein, eine dumme Gans!" "Ai guck emo den Kluntschisch, den Heini!" "Schämt der sich gar net! Daß der sich noch unter die Menschheit traut!" "Welche Affen den bloß gewählt haben!" "Hierschte uff! Ein Armutszeugnis für die Demokratie! Armes Deutschland!" ..
Bürgermeister Kluntschich souverän den Briefumschlag an sich reißend, lesend, Polizeipräsident Redlich, der mit dem Staatsanwalt zufällig vorbeikommt, ruft winkend:"Vivat!", Bürgermeister ruft grüßend zurück "Es sei!", dann der Bürgermeister den weichen DinA1Briefumschlag sichtbar für alle durch die Luft wedelnd laut um sich rufend:"der Absender, des sehen Sie alle! Eine Ehre für die Stadt Langen! Eine Ehre FÜR MISCH! Des is ja triumphal! .." , liest genau und laut vor:"Bonn a. Rh. InnenMinisterium steht ufm Umschlaach", denselben bereits aufreißend, n Zippel vonde Fahne schon rausziehend und erst dann den BriefUmschlaach mit der Absender Bezeichnung herumzeigend,"da sehe Se´s! Des soll woll Bonn am Rhein heißen! Stimmts oder hab isch rescht?! Na also!", weiter an der Fahne fummelnd und Fahne herausziehend.
Dem herbeigeeilten ollen Miehle, dem Stadtbekannten berüchtigten Populären zwangsPensionierten RevolutionsLehrer für Latein und Alt-Griechisch am GöteGümnasium (siehe neue "BRD"Rechtschreibung;Anm.d.Verf.) Stadtrat Miehle reißt die Hutschnur, er reißt dem Bürgermeister den Briefumschlag aus der Hand und brüllt:"Nee, das is ja Asozial! das is ja n Frevel! Ein Affront gegen die Volksgemeinschaft! So lange ICH Stadtrat bin, kommt mir das NICHT vor, daß dermaßen die Bürgerschaft mit Füßen getreten wird, S.P.Q.R.! Senatus Populusque Romanus Vastehn Sie?!: POPULUSQUE ! Herr Von und Zu Bürgermeister!, ist denn rein gar nichts aus meinem Unterricht in Ihrem Schädel hängengeblieben! POPULUSQUE das heißt: UND   DAS VOLK! Und das Volk SIND WIR ALLE!, BIN ICH! MEINE KOLLEGEN UND KOLLEGINNEN DEMOKRATISCH GEWÄHLT UND DER REST DER LANGENER BEVÖLKERUNG, VON DEM EIN GROSSER TEIL SCHON JETZT HIER IST !" Und nach dem ersten Luftholen eine Spur ruhiger, aber dafür eine Spur wütender weiter:"Wollen wir einen solchen Bürgermeister? ..

weiter in unserer Stadt dulden!? Die Fahne! Mit der Wirtschaft! Mit Teilnahme Kluntschichs am Internationalen Illegalen Waffenhandel in den 80er Jahren! Mit Beihilfe des Polizeipräsidenten Redlich, damals noch ganz unten auf der KarriereLeiter, mit Ihnen Herr OberBürgermeister Kluntschich!"
Kluntschich wutrot:"Jugendsünden, mein Gott!, ich bitte Sie! ..", besinnt sich," wenn Se net ufhörn, klage isch Sie weesche Verleumdung an! .."
Stadtrat Miehle:"Nur zu!, Herr OberBügermeister! , das war bekannt und bewiesen, die illegale RüstungsMafia setzte sich nach Übersee ab, und deswegen kam es in der Alt-BRD nicht zur Anklage und nicht zur Verurteilung, ganz im Gegenteil: es verlief alles im Sande, nicht wahr?! Herr OberBürgermeister Kluntschich?!.. Klüngel mit der Rüstungswirtschaft lang ists her! Am Volke Vorbei ! Das hatten wir schon mal 33! Haben Sie denn gar kein Gewissen!" Bürgermeister Kluntschich zuckt angsvoll zusammen, obwohl er diesen Begriff gar nicht kennt, ein Schauspieler eben, die anderen Stadträte und Stadträtinnen zucken mit, aber brüllen in Solidarität! - wo und wann jemals zuvor hatten wir diese Solidarität schon einmal im BRDVolke ! (?) - in Solidarität mit dem Bürgermeister einvernehmlich: "de Foahne! de Foahne! de Foahne! de Foahne! ..!", auch die Umstehenden Ehemaligen Beamten dh PolizerevierAmtsgerichtRathausMitarbeiterinnen und -Mitarbeiter - Beamte gibts ja in der Modernen "BRD" niscnt mehr - pöbeln, randalieren, jubeln und jauchzen und heizen die Stimmung an.
Der Bürgermeister geschwind wie ein Luchs reißt dem Stadtrat Miehle den Briefumschlag wieder aus der Hand.
Der Polizeipräsident Redlich energisch zu den Stadträten sowie zum Bürgermeister:"Herr Bürgermeister, meine Damen und Herren, Ihr Verhalten geziemt dem Amte net!"
Bürgermeister schnippt mit den Fingern zum in der PolizeiUniform täuschend ähnlicher Uniform gekleideten SecurityChef der Amtsgericht-GmbH - Ämtäh gibt es ja, wie mer wisse, nä mäh, sondern es gibt nur noch Amtsgericht-Firme -, der schnippt mit den Fingern, und seine wie er Uniformierten SecurityMitarbeiter erscheinen, haste nich gesehen!, wie aus dem Nichts plötzlich aus der Menschenmenge und stürze sich auf den Polizeipräsidente Redlich, der Polizeipräsident Redlich indes schnippt mit den Fingern zu den 20 Polizeiste, die wo gerade in der Nähe sind und einen BRDdeutschen FalschParkä in Handschelle zum Gerichtsaal überstelle solle, de Polizeiste stürze sich auf und verhafte die SecurityMitarbeiter, der FalschparkäVärbräschä entkommt aach in Handschelle völlisch unbeachtet in der tobenden Menschenmenge, indes zum niscntsdestetrotz von Poliziste

umringte bei der Geleeschenheit aus Versehe auch gleich emo de facto ebefalls in Gewahrsam genommene Stadtrat Miehle brillt der Bürgermeister 'Was steht n da druf, du Hund, kannste net leese!? An deehn Bührgamaistäh!"
Stadtrat Miehle zurücktretend laut:"Ich weiche der Gewalt!"
Menschenmasse begierig, die neue Fahne zu sehen!
Bürgermeister grimmig im Begriff, die Fahne ausm Briefumschlag ganz rauszuziehen, um sie dann auszubreiten.
Grauweißgelockte Stadträtin Zierlich in Kopfstimme:"Der Herr Stadtrat Miehle hat rescht. Des geht net mal so husch-husch!, Herr Bürgermeister! Mer habe da aach noch ä Wörtsche mitzurede! Des geht net so nebehä, als wärs dem Bürgermeister seine PrivatSache, sondern da broocht es de Souverän, unde Souverän is de Bevölkerung und sonst niemand!", die angewachsene Bevölkerung im PolizeirevierAmtsgerichtRathaus, man meint: ein Fußballstadion singt, braust zu einem MassenChor:" Wir sind der Souverän! Miehle ! Miehle ! Wir sind der Souverän! Miehle ! Miehle !", der Lehrer kommt frei, die Polizisten lassen von ihm ab und ziehen sich zurück. Dieselbe Stadträtin Zierlich mit Kopfstimme:" .., ja was broocht es da zu so einer Festlischkeit ?", es wird mit einem Male stille,"des geht net so uf die Schnelle, wie sich des der werte Herr Bürgermeister Kluntschich vorstellt. Ja was broocht es denn da zu so einer Feierlischkeit ? .. Einen Fahnejunker! Einen Fahnejunker zum Kuckuck nochemo ! Natierlisch! Is ja logisch! Einen feschen FahneJunker brooch es da. Is ja logisch! Sonst is doch da gar koi Feierlischkeit drinne! Und eine Kapelle muß her! Eine Kapelle muß spiele, ja einen Präsentiermarsch, es war net alles schlecht zu Kaiserszeite!"
Die HandschuhIndustrie Langens in Person Stadträtin Schniegel:"Werter Herr OberBürgermeister Kluntschisch, aus dem Feierlischen Anlaß .. Auf Unsere Firma is Verlaß! Wie sollde es anders sein ! .. Weiße Handschuhe müsse sein! Isch erkläre misch aareblicklisch dafür vaantwottlisch!"
Kunstwissenschaftler Stadtrat Bauer:"Isch will net ufdringlich sein, mit ner Schärpe muss es sein!, Und net etwa nur WIE ! König Ludwig der Zweite sondern MIT ! König Ludwig dem Zweiten, den isch misch darzustelle anerbieten würde, so wie misch die Stadt kennt von Öffentlichen Anlässen als Vertreter Langens bei den Bregenzer Festspielen oder beim Langener Äbbelweufest, Bayern war seit jeh mein Traum, ein Bayern unter der Macht der Kunst, isch sare des net, weil isch will, sondern weil isch muß. Denn des gebietet die Kunst! Sowie angemessene Kleidung zu angemessem Anlaß! Des Langener Stadt-Orchester, deswegen weise isch gern darauf hin: Vielleischt könnte des Kaufhaus Urban .. , isch würde mich Persönlisch aach

zur Verfügung stellen, als König Ludwig der Zweite, .., aus gegebenem Anlaß, wenn es denn sein soll."
Bürgermeister verbindlich, wohlgefällig verabschiedend grüßend herablassend:"Isch nehme des zur Kenntnis, Stadtrat Bauer! Sie haben absolut freie Hand!"
Applaus der Menschenmenge.
Während freundlich kopfnickend Stadtrat Bauer weitergeht, gnädig und gönnerisch lächelnd siegreich grinsend der Bürgermeister unverändert zum Stadtrat Bauer sehend seitlich zur Rehbein wie ein Bauchredner, ohne seine Lippen zu bewegen, aus dem Mundwinkel grimmich flüsternd:"Der Bauer!" als Schimpfwort auskostend, dann weiterflüsternd " Stadtrat Bauer! .. Der hat mir grad noch gefeehlt. Der denkt, isch merks net. Der hat doch immer sonn großes Maul inna KulturPolitik! Oh wie isch die KulturPolitik hasse!"
Rehbeinsche:"Stadtrat Bauer? Der wollde doch gar net inne Stadtrat. Der mußte doch, Langens einzischä Kunstgutachtä im Rathoos, dieser Ehrenamtlische Tschopp."
Bürgermeister:"Der redet mir zuviel."
Rehbeinsche:"Der? Der is doch maulfaul. Der redet im Stadtrat doch nur, wenn er muß! Aba wenn er mal redet, des hat Hand und Fuß!"
Bürgermeister:"Isch hasse Leude, deren Reden Hand und Fuß ham. Du, des RheinMainÄbbelweuKomitee jetzt in Seelischestatt. Rehbeinsche, Sie veranlasse des, Er als Vertreter Langens."
Rehbeinsche:"Langen ohne Bauer? Ai Klaus! Mer bekomme ständisch Dankesschreiben vom In- und Ausland weesche dem Bauer: Dem sei Muse und Kunst triumphieren über des schnöde AlldaachsLäbe, sare se!"
Bürgermeister:"So so?", unverändert weiter im Blickkontakt einvernehmlich dem Bauer hinterherguckend zur Rehbein:"Für wen tue Se iwwerhaapt halde, Rehbeinsche? Doch sischa für Langens neue Flagge, und net geesche Langens neue Flagge, gell?" Rehbeinsche beim Nachdenken die Lippen schürzend. Bürgermeister:"SeienSemo ganz unbesorgt!" und in einer neuen Wallung von Verachtung gegen die Landwirtschaft und im besonderen gegen einen, den er nicht leiden kann:"Bauer!", mit neuem Elan grimmich weiterflüsternd "Den Bauer!? Den tu mer abserviere aber ans ganz andere Ende vom Landkreis, da hat er seine Bayern uf de anner Maaseide."
Rehbeinsche:"Abä de Aschebescher sind doch Franke und kaa Bayern."
Bürgermeister:"Net? Na aach guud! Da hat er erst rescht zu tue, die zu überzeusche. Der mit seim KunstEtepete! Er und Vertreter Langens! Ph! Rehbeinsche, da mache mer uns doch nur läschelisch. Isch war ja alls geesche ihn gewese, mit Rescht, in Bregens und Bayreuth ham mir de Bayern

238

bei de Wallküre gesacht, sonn authentischen Ludwisch den Zweiten hatten se noch nischemo sälbä!"
Polizeipräsident Redlich, der sich verschnauft hat, ruft sich anerbietend eifrig:"Präsentiermarsch kenn Mer mache! Des macht mei PolizeiOrchester!"
Bürgermeister verbindlich:"Selbstvaständlisch!"
Polizeipräsident Redlich:"Die Kapelle hat heute morgen schon den Radetzky-Marsch drainiert."
Sekretärin Rehbein summt den vor sich hin:" Tralla Tralla .."
Polizeipräsident Redlich:"Na sind wir nicht alle Musikalisch!?", guckt sich Zustimmung heischend und Zustimmung bekommen um,"Na, da sehen Sie ja Herr Bürgermeister, sonne flotte Marschmusik hat noch nie jemandem geschadet ! Mei Kwetschkommohd hab ich ja aach alls dabei." Holt aus seinem RiesenAktenkoffer anstatt Thermoskanne, Schnitten, Obst, Joghurt n Akkordeon raus. "Im Grunde kenn mer glei louhs!"
Des Foyer ist brechend voll geworden mit Bevölkerung, alle lauschen, was der Bürgermeister zu sare hat. Deswegen Bürgermeister zögernd und demonstrativ selbstkritisch:"Kultur-Politisch haben Sie rescht! Aber des Volk will da auch mitrede. Haben WIR des Rescht ..?"
Sekretärin Rehbein:"Jetzt sei koi Tropf, Klaus! Ähm Herr Bür.."
Bürgermeister:"Na wenn Sie meinen, Rehbeinsche!", er läßt sich viel zu gerne breitschlagen. "Des würd ja ne schöne Wirtschaft wern, wenn mer des Volk bei jeder Klaanischkeit fragen wollten!"
Polizeipräsident Redlich:"Nehmen was doch mal Sportlich! Machen was wie de Industrie! Industrie macht sich niemals Moralische Gedanken. Warum sollten dann WIR ..?! Wird ja alles nicht so heiß gegessen wies gekocht wird. Wollen wa wieder guud sein! Wenn Sie wollen, Herr Bürgermeister, da könnten mer glei loslegen und aaarenblicklich mit meiner Kapelle und der Fahne durch de Stadt defilieren, de Süddliche und de Bahnhofstraße nuff und nunder, daß es sich gewaschen hat, wie zum SedanTag vor zwaa Woche. Und defiliere tu mer doch eeh iwwermorsche. Unden ProbeMasch misse mer ja eeh mache. Warum sollde des denn dann aach jetzt net in Oddnung sein? Wozu bin isch denn Polizeipräsident!"
Bürgermeister:"Jawoll !, Sie kenn dann schon emo die Kapelle zusammenrufe, mer defiliere sofodd los." Will ab.
Rehbein zupft am Ärmel, flüstert dem Bürgermeister lange ins Ohr tuschelnd:"Wenn da nur net der Terminkalender wär, die lästige StadtratsSitzung, Klaus, des wirste schon schaffen, wo es doch kaa LiveFennseh mehr gibt, was de nach deiner Wahl zum Bürgermeister glei abgeschafft hast weesche de Dransbaräns .."

Bürgermeister faßt sich:"Nicht ganz so schnell!", brüllend an die Menschenmenge:"Isch revidiere: Wie isch soeben erfahre, taacht de Stadtrat ma wieder!"
Ein KopfstimmeProtestBrüller vom OpaProtestAltGriechenStadtrat Miehle:"Das ist ja wohl ne Unverschämtheit! Muß ma ihm jetze auch noch dafiehr danken, daß ar sich bequämt, das faule Sackgesischt!"
Bürgermeister trotzig weiter:"Ich habe auch meine Pflichten und meinen Terminkalender. Ich muß Prioritäten setzen! Dafür bin ich ja gewählt worden. Wir haben jetzt die Anhörung wegen dem Gutachten zum Autobahnbau; .., durch des mit Preehhistorischen Grabanlagen verunstaltete Naturschutzgebiet zwischen der von Langen kommenden Offedahler Landstraße und dem davon 10Kilometer süddlisch gelegenen Dammstadt, dageesche muß was unternomme werde!"
Einige Stadträtinnen und Stadträte im Chor:"Selbstvaständlisch geesche Dammstadt, de Dammstädter, de maane woll, de Wald gehört dene alaans!"
Andere Stadträtinnen und Stadträte im Chor:"Selbstvaständlisch geesche de Autobahn, Gell!?"
Bürgermeister griesgrämig:"Grober Unfug! Alle falsch! Selbstvaständlisch geesche de PreehHistorie. Äh geesche de Gräber. Wer brooch Preehistorische Gräber!? Die Engländä wisse ja mit Stonehenge aach nix anzufange!", da besinnt sich der Bürgermeister ganz anders!: "KOMMANDO ZURÜCK!", der wo die Fahne wieder an sich reißt und nur unvollständig in den Briefumschlag zurückstülpt, innehaltend:"Es gebührt nicht MIR, sondern es gebührt dem BürgermeisterAMTE der Stadt, und insofern hat des noch GAR KEINEN zu indressieren. SO! Aber Stadtratsitzung kann wadde. Ich muß Prioritäte setze, wie gesacht, isch muß erst de Fahne angemesse im Amtsbüro verwahren, Herr Polizeipräsident Redlich, ich bin untröstlich, mit Ihnen einen TschingarassaBummUmzug mit Polizei und dem Schützenverein, was gibt es Schöneres beim Ersten Äbbelweufest Anfang Juni, beim SedanGedenktag Mitte September vor zwaa Wochn und eebe jetzt beim Zwaaten Äbbelweufest Anfang Oktober, aber zuvor misse mer aach Anfang Oktober abeide!", winkt dem Polizeipräsidenten Redlich, der sich in Trabb setzt, seinen beabsischtischten Weesch durchs PolizeirevierAmtsgerichtRathaus foddzusetze,"Herr Polizeipräsident Redlich!, In diesem Sinne!", Polizeipräsident Redlich:"Jawoll!" und ab; Bürgermeister an die übrige Menschenmasse im FoyerTreppenhaus:"Sie werden verstehen."
Bürgermeister wartet ein Kollektives Einverständnis nicht ab, was aber nicht kommt, läschelnd auf der Treppe mit verkrampfter Hand um die Fahne, dann Kehrt Marsch! , mit der Sekretärin marschiert er straff von dannen. Er mit

dem aus dem Briefumschlag unter der Achsel rausguckenden Fahnenzippel sich durch die Menschenmenge schiebend, dann in den Gang zu den Aufzügen, wo kein Gedränge mehr ist, wütend eifrig zur Sekretärin verbissen laut flüsternd:"Die Foahne kricht gar kaaner zu seehe! Daß des weißt! Wer isn hier der Bürgermeister!?"
Sie spricht, ohne den Kopf zu wenden im Gehen vor sich guckend:"Klaus! Laß mers ruhisch im Briefumschlag drinne, mit der Fahne kannste rescht hamm."
Bürgermeister stößt BürgermeisterBüroTür und geschickt innerhalb einer Sekunde die 15Stellige Zahlenkombination eintippend auch die Tresortür auf, Fahne in Tresor rein, Tresortür zu, darauf Bürgermeister:"Warum aagentlisch!", und revoltierend, "Wer bin isch denn?! .. Warum soll ich nach den ihre Pfeife tanze!?" geschickt innerhalb einer Sekunde die 15Stellige Zahlenkombination eintippend die Tresortür wieder ufreißend, holt die Fahne wieder raus dh den Briefumschlag, stößt die TresorTür wieder zu, brüllt "Kommando zurück!" und, mit Rehbeinsche zurück in den Gang zum Treppenhaus flüchtend, stößt der Bürgermeister seine BüroTür zu, und wieder runter zum am Rande der brodelnden MenschenMasse aufgehaltenen Polizeipräsidenten Redlich.
Es geht ab zum Saufen mit Zieharmonika dudelndem Polizeipräsidenten Redlich, dazu macht der Polizist Rennfahrer Willi des Tatü Tata an und schnalzt mit beiden Händen und pfeift, während er Anerkennung heischend freihändig fährt, den Radetzky-Marsch, Rehbeinsche von Links Außen die Kopfstimme dazu, und der Bürgermeister trällert ihnen "Rosamunde!" dazu in die Ohren, womit sie durch des geschäftige Langen brausen, Bürgermeister :"Mache mer zem Rudi!" ZustimmungsGegröhle "Rudi! Rudi! ..", und ab zum Wirtshaus "Zur Eiche" zum Wirt Rudi, den kennen der Kluntschich, der Redlich und der Willi, denn alle Viere haben schon in der Schule zusammen nebeneinandergesessen neben der Rehbein, Ein allgemeines Boah! erklingt, als die schwarzrotgoldene Fahne sischtbar wird.
Sie ist sehr schön und - wie unmittelbar am gleichen Nachmittag im Interview in ein und demselben Büro des Droaoahschehaanä Wocheblatt und des Haaner Schpiehschels kurioserweise in Langen/Oberlinden - dän Regionalen Keehjseblädderdn - der Polizeipräsident un de Bürgermeister heiter berichten werden, was am folgenden Daach also 1 Tag vor dem Feierdaach de ganse Landkreis ze leesen bekommt:"von glänzenden Farben, symbolischem Geschmack und vollendeter Kunst".
Wo die erste Begeisterung zur Ruhe gekommen ist, stellt der Rudi fest, daß nu eine Generalversammlung der Stadtabgeordneten abgehalten werden

müsse, während er die Äbbelweugläser und de Bierhumpe vollgießt. Alle trinken, alle trinken wie die Verdursteten.
Bürgermeister sieht sich in der Kneipe um hämisch:"Tja! Na, de Stadträte nich ganz vollzählisch." Rehbeinsche kichert, die wo sich bei ihm eingehängt hat. Bürgermeister weiter:"Nun, des is nich MEIN Problem. Tagesoddnung zwaater Punkt! Ähm, de Fahnejunkä!" In gehobener Stimmung sagt Bürgermeister Kluntschich die Wahl des Fahnenjunkers zu. In gewohnter Manier fällt die Wahl gemäß des aus Gewohnheitsrecht zu Recht gewordenen Unrechts der Vetternwirtschaft auf ..
Kluntschich:"Isch wisste da schon wen: der Heidemarie ihr Sohn, de Frenki!"
Rehbeinsche:"Deine Schwester, gell?! Die macht doch KulturPolitik im Schützeverein als des FunkeMariehsche!"
Kluntschich:"Gell!?!"
Rehbeinsche:"Isch wüsste noch wen: Der Hilde ihr Wernher, der is ä bisi größer und kräftischä."
Kluntschisch:"Welsche Hilde?"
Rehbeinsche ungeduldig:"Na so viel Hildes gibts ja aach net! De Wernher sein Vadder heißt Andi."
Bürgermeister:"Ach DIE Hilde!, DIE mittem klaan Wernher! Aber dem Wernher sein Vadder is inna Gehweggschaft!"
Rehbeinsche:"Der Andi?, der is fischelant. ZTU hat a aach emo gewählt."
Bürgermeister:"Na dann!", zufrieden,"Ah ja! Gell, da sachste dem Wernher aach bescheid! Schaffste des aach?!"
Rehbeinsche:"Ai de Heidemarie sitt de Hilde jeehde Daach."
Kluntschich:"Guud! Is des aach geklärt. De ganse Juuhchend steht hinner uns! Da kenn mer beruhischt sein, Rehbeinsche."
Rehbeinsche:"Solln de Stadträäde doch gucke, wo se bleibe!"
Kluntschich prustend wie ein Walroß:"Pfh! De blöden Stadträäde solln doch blaabe, wo de Pfäffäh wächsthh! Pfhh!"
Rehbein vom Alkoholdunst angeekelt:"Ai Klaus, du hast ja ne Fahne!"
Bürgermeister mißverstehend:"Und ob!", patscht mit der flachen Hand auf die Postsendung, dann bemerkt er seinen Fopo, Kluntschich seinen Alkoholdunst verscheuchend souverän:"Es gibt wichtigers wie des!", schiebt Bier und Äbbelwéu von sich, nimmt n kräftichen Schluck Mineralwasser, und stürzt, wo ihm der Rudi doch was vor die Nase gestellt hat, den Korzen glei hinterher. Nichtsdesto trotz schaffen es die Rehbein und de Polizeipräsident, weiter an der rausguckenden Fahne zu fummeln.
Polizeipräsident Redlich:"Ich meecht ja net ufdringlich sei, Klaus, aba de FahneZippel guckt naus, da is es ja quasi schon geschehe, des hat ja schon de

ganse Bevölkerung im Ratthaas so gesehe, da broochste ja nä mäh so Sperenzsche mache um de Moroahl und sonn Quatsch. Stimmts oder hab isch rescht!?"
Rehbein:"Ai guck emo de prächtische Faabe!, heechste Qualiteyt, gell!?"
Bürgermeister wütend uf Rehbeinsches Hände patschend:"Jetzt laß des doch!"
Die Rehbein:"Ai, des is ja daitsche Wertabeid! Ai guck emo, wie fein des verabeided is!"
"Nix!" er patscht rigoros auf den Fahnenzipfel.
Rehbein vorwurfsvoll:"Ai Klaus!"
Polizeipräsident Redlich nach der Fahne langend:"Ai gucke emo!"
Kluntschich schiebt die Postsendung außer Reichweite,
Rehbeinsche:"Ai Klaus, nu loaß uns doch emo gucke!"
Bürgermeister resolut:"Erst beim Ärntekranz! So lang werd a aisch ja woll noch gedulde kenn; wo mer Ferzisch Joahr watte mußte uf ne neue Fahne, da kommts uf een Tach mäh oder wenigä aach nä mäh an!" und stoppt die mitm großen Zipfel rausguckende Fahne neben dem zwaaten herrlichen Frischen Schaumigen Pils glei wieder in den BriefUmschlag zurück und sagt zu den gierigen Gesichtern souverän:"Abwatten!, so rischtisch mache ma des erst beim Festakt übermosche schön feierlisch. Isch hab mir da schon was vorgestellt, Rudi mach doch mal de Dudel laut!", legt die Fahne im Briefumschlag auf dem Tresen noch weiter weg, und alle zusammen hakeln sich bei dröhnender UfftataMusik ausn Lautsprechern jetzt auf den Bierhockern zur Mittagszeit ein, während des Bier und de Äbbelweu in Strömen etc pp und in der zurückgebliebenen Menschenmasse im Foyer Stadtrat Miehle, der in seiner gewohnten DoppelLautstärke hin und her in Kopfstimme überschlagend auch vor dem Uniformierten Mann vor dem geschlossenen StadtratsSaal nicht Halt macht sondern stattdessen fordert, die Tür freizugeben:"Der Bürgermeister zwingt uns, die StadtratsSitzung ohne ihn zu halten!"
stirnrunzelnder Beamter:"Da geht gar nichts, weil ich bin Beamter."
Stadträtin Irene:"Sprech doch ma Deutsch! Doas is ock kee Satzbau! So speche de Engländäh! Oarmes Deutschland! Plötzlich gibt´s wieder Beamte in der BRD?, guck an! Da geht gor nischte, weil ich Beamter bin, so sacht ma, wemma schon soon Mist arzeelt. Oarmes Deutschland!"
stirnrunzelnder rotgewordener Beamter:"In dän Sall kimmt hier kaaner rei!"
Stadtrat Miehle brüllt in die MenschenMenge hinter sich:"180Grad kehrt Marsch! Kommando zurück! Dann hilft nur noch der Grüne Gump!",
Menschenmasse sich über die Südliche Ringstraße zur Stadthalle in

Bewegung setzend gröhlend wütend in SprechChören:"Ab zum Grünen Gump! .. Ab zum Grünen Gump! .." Vorneweg der Miehle und ab zum Grünen Gump nörgelnde faustfuchtelnde MenschenMasse hinter ihm her, Stadtrat Miehle angewidert wütend gewendet zur Bevölkerung:"Alea iacta est !"

ä baa Daare speehdäh, Feierdaach 3.Oktober:
Die Stadt ist auf allen Beinen. Zum Erntekranz zum Anfang Oktober Zweiten Äbbelweufest ist die Eröffnung dieses für des RheinMainGebiet doch so Typischen Stadtfestes die Bürgermeisteransprache an der Römischen StadtMauer. Sogar s Fennseh ist da!: der RegionalTVSender hat mit der LiveÜbertragung begonnen, der Örtliche Schützenverein spielt gerade Rosamunde ..
Römische Stadtmauer:
An der Bühne prangt der Erntekranz in holder Pracht, Die Landarbeiter haben den selber geflochten. Während jedoch Ferrzisch Kilometer weiter nämlich NordWestlisch von Lange des haaßt Frankfurt/Main der Äbbelweu für die Massen produziert, abgefüllt und von hier angeliefert worde ist, während sich die einheimische Bevölkerung eeh auf eigene ÄbbelweuProduktion versteht - dh in jeder Familie gibt es mindestens einen, der wo sich auf des Handwerk versteht, so daß jede Familie nu zum Äbbelweufest, wenn se will, eigenen sälbä frisch hergestellten Äbbelweu vorm Haus ausschenke darf, wo se mit ä par gemüttlische Benkel und ä par gemüttlische Dische mittem Bembel druf de Spaziergängäh anlockt, aus so manschem Haushof drang inde letzte Daach ein dermaße ekelerregender Mief, der wo untrügglisch n guudes Stöffsche hat erwadde lasse und nu gedrunke, vakaaft, vaschenkt und besunge wird -, so hat dennoch die Landwertschaft im allgemeinen, jeder Quadratmeter im RheinMainGebiet wird bekanntlisch mit allen Getreidesorten ausgebeutet dh bebaut bzw mit Pferdehallen, niemals eine angemessene Rolle im Äbbelweufest gespielt, auch wenn mansche Politiker des gerne so hinstellen, denn bei 0,1% der in der Landwirtschaft Erwerbstätigen Bevölkerung Langens ist des Äbbelweufest ersten Ranges des Fest Langens und niescht des Fest der Landwirtschaft um Langen herum, obwohl darüber kann man streiten, so bleibt es jedem iwwerlasse, wofür oder wogeeschen ma steite will. Des ländlische Langener Juwel von Römischer Stadtmauer bis Paddeldeisch erwacht an diesem Feiertäglischen Vormittag. Nun werden die ersten Stände aufgebaut, fast regelmäßig abwechselnd Esse Trinke Esse Trinke Trinke haaßt Äbbelweu. In Herrlische Fabbe prange die Herrlischen Säfte in den Kanistern, ein lieblischer erster Duft betört die Morgendlische

Jungfräulichkeit der Feld und Wiesen an der Römischen Stadtmauer. Äbbelweu zu trinke jetzt, daran denkt kaaner. Des macht man erst während und nach dem Esse, wenn die Festivität in vollem Gange ist. De erste Stände beginne mit de FrischEsseZubereitung, Bruzelgerüühsche, de erste, dh de Abeidäh des Äbbelweufestes sowie Spaziähgängäh,morgendliche Dschoggäh sowie de erste ÄbbelweufestBesucher nutze diese praktischen Essensquelle. Wer Appetit hat, ißt was. Wer kaa Appetit hat, krischt Appetit, dh für des leiblische Wohl ist gesorgt. Die kühle Morgenfrische weicht einer Mittäglichen Sommerhitze.

Die hinner der Stadt Langen hinner der Römischen Stadtmauer beginnenden Feld und Wiesen ziehen immer irgendwelsche Zufälligen Spaziähgängäh an und solsche, die wo weesche däm Äbbelweufest absischtlisch grade hierhin komme. Holt de anner n Tabakbeutl raus und dreht sisch aane. Da sacht der aane zum annern:"Haste ma?"

Da sacht der anner zum aanen:"Willste eene mitroochen?"

Der aane bedankt sisch beim annern.

Und so roochense beide genüßlisch zusamme.

Der Bürgermeister - ungewollt nach der Devise Kinder und Alkoholiker sprechen die Wahrheit - mit rotem Kopf im Siegesrausch hinter der Bühne sich nach Körperschweiß, Bier und Äbbelweu duftend zum 85.Male den Schlips um den Hals würgend, neben ihm die Rehbein mit nassem SchweißHandtuch, womit sie dem Bürgermeister nutzlos immer wieder die Schweißnasse Stirn wischt,

Bürgermeister ihr stolz und eindringlich zuraunend:"Endlisch bin isch am Ziel, Rehbeinsche. De Erntekranz-Festakt kommt gleisch, des is de Krönung maaner Karriere, isch maan hinnerhär gehts erst rischtisch los!, gell?, wo doch hier alle Prominente der Partei eingelade sinn! Abä Fraue brooche aach net alles wisse!", verstummt vergnügt. Weitere FernsehSendeWagen weiterer Fernsehsender trudeln auf dem Festgelände ein.

Rehbeinsche:"Was haste denn alls fürne Heimlischtuerei? Wo biste denn gewese? Seit unserm Umtrunk beim Rudi!"

Bürgermeister:".. un se ham mir versproche, befördert zu werde haha!"

Rehbeinsche:"Noch mehr?! Ai Klaus! Höhä geht doch gar net! Un wen maanste denn?!"

Bürgermeister ignorierend:"hop direkt in` Landdaach nach Wiesbade un von da sofodd in´ Bundesdaach rein, Da guckste! Du glaabst, des geht nich?, Rehbeinsche?! Da wunder dich mal! Es geht alles, wenn ma will, Rehbeinsche, Politiker, eine Beamtenstelle unkündbar lebenslang!"

Bürgermeister Kluntschich denkt an den fröhlichen Umtrunk beim Rudi, n

Umtrunk, der wo Ausmaße annahm!:"Isch hätte niemals gedacht, daß ich bei der Rehbein dermaßen n Stein im Brett hätte, de Weiber versteh wer will!"

2Abeider am HolzTribüneZusammenbauen, innehaltend:
"Nee, des mache mer anderster!", rüttelt, probiert es, abäh es geht net.
"Abä guck, des geht doch gar net anderster!", probiert und macht es richtig.
"Ach so geht des. .. Könnt mer was esse!", guckt in die Umgebung zu den Eßständen," Hab kaa Bock uf ne mickrische ImbißBude. Abäh ne orntliche Heeße Worscht! Ob er schon uffgemacht hat de Stand vom Flaascher?!"
"Woas!? De Flaascher is aach hier!?"
"Ai guck da driwwe!"
"Ne heeße Flaaschworscht! Hm!"
" Ai guck! Da bruzelt schons Flaasch! Mir läufts Wasser im Maul zesamm!"
"Woas!? Der hat schon offe?! Komm! Da mache mer hie!" Beide lassen alles stehen und liegen.
Langen ist in Feierstimmung, alles ist auf den Beinen, die Bevölkerung feiert des sehnlichst erwartete Stadtfest, auch aus den NachbarDörfern drängen die Menschen herzu.
Privade un Gewebblische Stände aller Att, Töpfähhandweck un sonstisches Kunsthandweck, bruzelnde Schweinshaxe und Rinderhälfte, Kuche, Kaffe, hier un da auch ein Bierausschank, Äbbelweu us eigener Produktion, Weine aller Att säume de Straße, Esse und Trinke in Hülle und Fülle. Den offizielle Anfang des Festes macht indes de Mittägliche BürgermeisterAnsprache außerhalb der Stadt uf de gerammelten Festwiese an der Römischen Stadtmauer,- ma sacht: de Römer hätte des gebaut vor 2000 Jahre, wahrscheinlisch stimmt des sogar, aber wen juckt des heide noch? - auf die sich mansche ältere Langener noch heide was einbilde.
Bürgermeister ufgedreht und ufgereehscht zu sich selbst:"Gleisch gehts los!"
De Tribüne ist fertisch geschmückt mit Girlande. De Oddner bugsiere de Leude da- un dotthin, de Normale uf de Wiese, PolitProminente ufde Tribüne.
Der Bürgermeister auf die Bühne kommend, de Techniker bauen noch an de Pih-Ehj, valege noch Kabel un rücke de Lautsprescher zurecht, de Tribüne für die Ehrengäste füllt sisch, de Wiese drumrum ist für den Plebs und füllt sich aach, da sinnt er lampenfiebrich:"Erstmal ne Rede halten, hinterher is Fahnehissen mit Nationalhymne. Sowas hatten mer noch nie in der "BRD"."
Da kommt ihm gerade in den Sinn, spricht ärgerlich seitlich zur Rehbein:
" Moomendemal?! Neulisch, in der "Eiche", mitm Rudi, wie isch eusch de Neue Foahne gezaischt hab. Warum Gold ?! Mer hatte doch noch nie ne schwatzrotGOLDENE "BRD"Fahne sondern des sacht man ja nur so : Gold,

246

die war immer GELB dh schwatzrotGELB!, gell!?"
Rehbeinsche besänftigend, ebenso unmerklich seitlich zu ihm sprechend:"Du hastes bloß vawexeld, de naie Fahne mitte präschtschen Fabbe, und de alde Fahne mitte fahle Fabbe. Beruisch dich emo. De alde Fahne is doch aach schon arsch mitjänomm geweese, sonn Gelärsch will ma ja der Bevölkerung nä mäh zumude! Gell!? Beruisch dich emo. Du siehst Gespenster! Kaa Wunner! Nach dem ganze Bier und dem ganze Äbbelweu! Du hast de Fahne doch gar net rausgerückt. Du wolldest, abä haste dann doch net! Mer ham nur mal sonn Zippel davon gesehe. Dann hastse doch gleisch wieder versteckelt."
Bürgermeister:"Hab isch?"
Rehbeinsche:"Na, und ob! Du hattest ja aber aach orntlich einen intus. Und gebabbelt haste dir de Mund fusslisch", und zärtlich:"Dafür abä sind mer uns endlisch emo näher gekomme, Kannste disch da dran erinnern?"
Bürgermeister aufgeregt keuchend:"Nee!"
Rehbeinsche:"Schade! .. Guud, daß de ne neue Fahne bestellt hast. Und em Stadtrat geben? Was will denn der Stadtrat damit!? Des haste schon rischtisch gemacht! Aba was haste denn dageesche, daß ma Gold sacht, wenns aach nur Gelb is? Hört sich doch goldisch an. Unde Zippel, was mer vonde neuen Fahne gesehe habe; Du de neue Fahne is aba aach goldisch!"
Kluntschich:"Es is Gelb, und man sagt Gold. Hm. Isch hatte sonn dumpfes Gefühl: da war irgendwas! Ach, des verstehste net, Ach mit Fraun kann man über Politik nich reden! Abä Gold?, .." erfolglos weitersinnend.
Rehbeinsche sich ihren Talmi an Halskette und zahlreichen FingerRingen an allen Fingern abzählend schüchtern:"Gelle? Im Grunde is doch Gold erstmal net beunruhigend."
Kluntschich schweigt, warum sollte er auch antworten, es war ja gar keine Frage.
Bürgermeister:"Irgendwas stimmt hier nich!"
Diftel in einem letzten Aufbäumen:"Aber.. Weeschn dem Festakt! .. "
"Ach Diftel!", sagt mit wegwerfender Handbewegung der Bürgermeister, der wo sich endgültig abwendet und nun am Vorhang vorbei in die Öffentlichkeit auf die Bühne des Europäischen LiveFernsehens tritt, ruft nach hinten zurück:"Wie Wahr! Ein Festakt!"
Homogener Applaus der ParteiProminentenTribüne Vereinzeltes Klatschen in der schweigenden und raunenden MenschenMasse. Der Bürgermeister ist zweifelsohne der Star der PolitProminenz! Wenn auch nicht direkt der Bevölkerung. Der Applaus der parteiDelegierten verstummt, der Bürgermeister beginnt, langsam von einem Stapel Zettelln abzulesen:"Isch .."
Da brüllt es von der Römischen Mauer, jemand hat sichn Mikrofon besorgt,

der herzurennende olle Miehle rempelt den Bürgermeister beseite, in die MenschenMasse hineinbrüllend der olle Miehle:"Sabotage! Verrat! Das Volk hat entschieden!", der ufgerappelte Diftel zur Rehbein "..und isch sollde doch mache, daß ich den Klaus, äh den Herrn Bürgermeister davon mitteile... aber er wollde aafach net." .. Auf die heimischen FernsehMattscheiben der gesamten BRDBevölkerung senden die in Langen/Hessen arbeitenden FernsehLiveSender : ein zufälliges aller eingeschalteter LiveFernsehSenderKollektives Mikrofon, des wo sich der Miehle geschnappt hat, schiebt der Miehle vor PoststellenGehilfe Diftels Gusche, die UfftataMusik geht in eine John TörnerHymne über, auf der Bühne ein Sarg, aus dem der RheinMainGebietRockStar John Törner lunst, während Ellis Kupa sich hinter ihm warmläuft, Diftel ins Mikrofon, alle Musik verstummt, man hört nur Diftel, ein DinA4Blatt hoch vor sich wedelnd, liest dann davon verbissen:" "Flaggen aller Kontinente Fahnenfabrik", Bonn a. Rh. 3.Oktober 1999 .." "
Einer von der Backstage ins gleiche Mikro:"Moomendemal ! Mer ham Erntekranz ZwaaTausendFuffzä!!?"
BlockparteienProminentenTribüne blasierter Applaus
PoststellenGehilfe Diftel über die Lautsprecher weiter verlesend:"Den Zettel hamwa bis jetz ibbersehe! Ich zitiere!", liest," "Flaggen aller Kontinente Fahnenfabrik, Bonn a. Rh. An BürgermeisterAmt der Stadt Lange/Hesse, Städtischer LehrerRat im Rathaus Lange, Süddlische Ringsstraße" usw .." sich ans Mikrofon rempelnd Techniker mit weißem Bart, ein angejährter Lehrer:"Aba des gehört doch net hier her! Des muß ä Vasehe sei, mer hadde damals Briefkontakt mitte Firma, isch weiß des, weil isch war zu der Zeit selbäh im LehrerRat .."
Diftel ans Mikro zurück weiterlesend:" " Bedauerlicherweise müssen wir Ihnen mitteilen, daß wir keinen Bestand an BRD-Fahnen mehr haben wegen der überdurchschnittlichen Nachfrage aus den Neuen Bundesländern, sowie daß wir unsere beliebte und umfangreiche Produktion sowie Vertrieb von BRD-Fahnen und Flaggen aller übrigen UNOStaaten eingestellt und zur Umwandlung unseres PrivatUnternehmens in eine Amtsstelle des InnenMinisteriums der BRD/Westberlin mit heutiger Wirkung nach Berlin/Moabit verlagert haben. Wir erlauben uns, Ihnen stattdessen auch im Sinne der Deutsch-Deutschen Versöhnung mit unserem Motto "Wir sind ein Volk" zur weltweiten VölkerVerständigung der IndustrieStaaten - denn es gibt nur eine einzige Welt ! - mit den Afrikanischen III.WeltStaaten, eine Flagge von unserem Restbestand an Flaggen aller Kontinente zu schenken." " PostStelleMeister Habberkorn den Diftel verbissen beiseitepöbelnd:" Ne

Afrikanische Flagge?! Du hast wohln Voouhgel!"
PoststellenGehilfe Diftel den Habberkorn beiseiterempelnd:"Ach Halt Du doch dein Maul!", und zur Allgemeinheit den Brief zitierend brüllend:".. 'und hoffen, daß Sie davon recht häufigen Gebrauch im Geografie- und GemeinschaftskundeUnterricht machen mögen. In Kollegialem Gruß mit vorzüglicher Hochachtung Oberstufenlehrer Viitla, Politische Bildung, InnenMinisterium Bonn a.Rh. 3.Oktober 1999 .",
.. so sagt dieser Brief : dieser ganze KolonialFeiertag ist ein beschissenes Mißverständnis!"
Je Umstehenden:"Was erzählt der?" "Ach, der is besuffe!" Bürgermeister des Mikrofon erhaschend:"Eins Eins .. Mikroprobe ..Eins Eins ..", zur Rehbein:"Is der wieder ma besuffe, der Diftel! Was sonn Kaspäh zuerst auf der Bühne sacht, des kricht eeh kaaner mit; des klappt doch mitte Fahnejunkä?"
Rehbeinsche:"Ai du hastes doch sälbä so angewiese!"
Bürgermeister:"Na dann is guud!", laut ins Mikro:"Mikro Eins Eins Eins ..", zur Rehbein "Was der gesacht hat, des hat kaaner gemäckt. Immer läscheln Rehbeinsche, immer läscheln!" Ein Raunen in der Menschenmasse.
Des InstrumenteStimmen geht in einen monotonen RockRythmus über. Den Ersten Song anstimmend gelingt dem RockKollektiv, erstmals die Massen zu begeistern.
Bürgermeister zur ihn besänftigenden Rehbein:"Was is nu des Gedudel!? Isch wolld doch mei Rede halde! Aber des is doch gar net abgesproche. Was bilden'(de)nn sisch de Gammläh ein?, und alls de lang Zottel, hamse die immer noch net abgeschnitte! Des is doch eine Blamaasch! Wennigstens zem Festdaach hädde se sich doch emo de lang Zottel abschneide kenn!"
De Bühne gehört em Bürgermeister. Schweigen: Schweigende Massen. Erwartungsvolle Gesichter. Der Bürgermeister nimmt Anlauf, de RedeZettel sind schweißdurchnäßt in seiner Hand, er redet frei:
Bürgermeister:"Isch ..,"
De Schützekapelle, die wo kotz vorhä vonna Biehne vascheucht wodde is, braust auf in einem famosen Ufftata, von de Schützevaaein de festlich geschmückte Meehdsche un festlisch geschmückte Bube marschierend sisch mühelos einen Weg durch die ihnen jubelnd applaudierende Menschenmasse bahnend haben größte Aufmerksamkeit wie auch Äbbelweu und Bier. Bürgermeister ist vergessen:"Warum hört'nn mir kaaner zu? Da kann ischs aach lasse. Dann eebe net! Untauglischer Versuch!", der ständig musizierende und ständig singende Schützeverein muß dann aach ma ne ÄbbelweuPause mache, Bürgermeister:"dann eebe jetz .." zum Kapellmeister winkend und

laut befehlend:" Tusch! De Nationalhymne!"
TUSCH !
es geschieht abä erscht mal nix weiter.
Auf der Festwiese an der gutbesuchten Römischen Stadtmauer in der gerammelten Menschenmasse neben aber auch auf der man bedenke vor Parteigrößen aus Wiesbaden un Reischstag strotzend gezierten auch den gesamten RheinMainParlamentsMitgliederinnen und RheinMainParlamentsMitgliedern aller Blockparteien vorbehaltenen Tribüne des Orchester und die Schützenkapelle mit dem Bürgermeister zusammen die Nationalhymne aber zur Einleitung zuersteinmal den Nationalen Choral "Heidewitzka" anstimmend, als ihm bei Strophe Acht seine graue MausSekretärin Frau Rehbein, auch Rehbeinsche genannt, auf die peinliche Verzögerung hinweisend am Ärmel zupft.
Davon belästigt der Bürgermeister:"Jetz laß des doch!", sich sammelnd,".. un jetzt maa Reehde .."
Rehbeinsche vom Rande der Backstage kriegt eine Mitteilung und kommt heulend die Hände übern Kopf zusammenschlagend herangehastet:"Klaus, de FunkeMariehsche sacht: es geht nit!"
Bürgermeister:"Was sacht die?! Spresch doch ma Deutsch Rehbeinsche!"
Die Rehbein:"Der Heidemarie ihr Großer de Frenki, der spielt doch Fusssbal fer n SVD heide Uswätts geesche Eppehause! Die sin grad loous!"
Bürgermeister in Panik:"Droaahschehaa! Am Feiähdaach!? Geesche Eppehause! Wollda misch vaaasche? An Unsähm Feiähdaach spielt der Fusssbal! Wo kriche mer da jetzt unse Fahnejunkä hä?! Moomendemal! Mer ham dochn Wernher! Da is de Wernher! Ufde Juuhchend is Valaß!"
Wernher schon mitte Fußbaltricko an und mitnem Fußball unterm Arm kommt angetrabt:"Herr Bierjemaaster, isch hab kaa Zeit! Mer misse los! Schönes Fest! Abä mer Spottler misse eewe abeide!" Und ab. Autobus voll mit Buben in Trickos, Hupe und ab.
Bürgermeister:"Rehbeinsche! Was sacht der?"
Rehbeinsche:"Der sacht: es geht nit!"
Bürgermeister verzweifelnd hinter dem fröhlich abrauschenden Autobus herguckend:"Was sacht der?! Spresch doch ma Deutsch Rehbeinsche!"
Die Rehbein:"Die Heidemarie waas von nischt, und der Hilde ihr Großer de Wernher spielt doch Fusssbal fer n TVD heide Uswätts geesche Dudehofe un hinnerhäh gehts nach Waldacker dem Wernher seinen Schwager n Schorsch un nach Bieber n Kusseng abhole!, die tun dann alle nach Droaahschehaa fahnn zum Feiähn in de Olle TVDTurnhalle, die ham da ja Resterang!"
Bürgermeister in Panik:"Was ham die!? Droaahschehaa! Am Feiähdaach!?

Geesche Dudehofe! Wollda misch vaaasche? An Unsähm Feiähdaach spielt der Fusssbal! Wo kriche mer da jetzt unse Fahnejunkä hä?!"
Rehbeinsche:"Ai, woher soll Ischn des wisse!"
Bürgermeister:"Sind mer denn ufde Klaakickervaaeine angewiese! Isch habbs: Da muß des des FunkeMariehsche, äh maa Schwästäh sälbä mache!"
Rehbeinsche:"De Heidemarie maant, se ham heide volles Programm, se hat ja mitte Schütznvaain fürs heidige Äbbelweufest n Jahrlang drainiert! Da kann mer aach gleisch de ganse Schützevaain haamschicke!"
Bürgermeister:"Jetzt laß misch doch mit deinem Schützenvaain in Ruhe!"
Rehbeinsche:"Und der Herr Urban .."
Bürgermeister:"Welscher? S sind doch zwaa!"
Rehbeinsche:"Na, de Dings eebe!, ah, da kimmt er aach grad vorbei .."
Bürgermeister:"Ach DER Na klar, und was sacht däh? Isch kann de Zwillinge net ausenannerhalde!"

Herr Urban:"Mer warn so frei und habbe des StadtOrchestäh mal neu eingekleidet mitte FestagsGala!"
Bürgermeister Schlaachanfall:"Was habbt ihr?"
Herr Urban nicht aus der Ruhe zu bringen:"Stadtrat Bauer sacht, des geht schon ok mit Ihne! vom Haushalt längst bewillischt! sacht er."
Bürgermeister in den letzten Zügen:"Was geht´nn des dän Bauer an?! Der Bauer! Der soll doch in Bayern bleibe, wo de Pfeffer wächst!"
Herr Urban:"Mer handelte zweifelsohne in Ihrem Interesse Herr Bürgermeister. StadtOrchesterChefin Müller möschte Ihne persönlisch danke. Da kimmtse schon."
StadtOrchesterChefin Müller:"In dän Fetze konnde mer uns ja nä mäh unda de Leide traun! Daach Herr Biergemaaster. Es wurd aba aach Zeit!"
Bürgermeister:"Sie! Frau Müller, Sie ham mir grade noch gefeehlt!"
StadtOrchesterChefin Müller:"Se brooche sich gar net so ufreeschn, de ganse Vaain is jetzt schniddeldibong eingekleidet! Rischtisch goldisch!"
Bürgermeister wirft Blick auf Orchester, hält sich vor Schreck den Mund.
Rehbeinsche heulend:"Fahnehisse ohne Fahnejunkä! Alles bloß weeschen nem Wernher undm Frenki!"
Bürgermeister Stirnrunzelanfall:"Des geht doch net! Soll isch vielleisscht sälbä! Wie sitten des aus!? DenknSe doch emo logisch Rehbeinsche! Wie konnte Sie nur so nachlässisch sein mitte zwaa Bube!? Isch hab misch doch sonst uf Se valasse kenn! Isch wußte doch, daß ärschnwas net stimmt!"

da kimmt der zweite Herr Urban, ma kann n aach n erste Herrn Urban nenne,

des is egal:
Herr Urban:"Guude Daach Herr Bojemaasder, Schön Dank fürn große Uftrach fürde FestagsGala. Schön Unser StadtOrchestäh bei dieser Mittäglichen Sommerhitze, gell?"
Bürgermeister von de Tarantel gestochen:"Hunnäht Pinguine! Wer solln des ushalde?! Jetzt blaab mir abä vom Hals mitte Gala, kennt ihr Zwillinge aisch net bessa abspreche?! Ihr werter Bruder hat doch schon bescheidgegebbe!"
StadtOrchesterChefin Müller:"Anstatt daß Se sisch emo freun!"
Habberkorn sich wichtig tuend, hin und her wie ein Wiesel, viel Wind um nichts, Habberkorn nimmt den Stapel Papierservietten auf, legt ihn dorthin, nimmt den Stapel Papierservietten wieder auf und legt ihn zurück, viel machend nichts tuend:"Alles in Ordnung Herr Bürgermeister?"
Bürgermeister:"Zum Deiwel nochemo!"

Der Bürgermeister macht zum Habberkorn ein Mörderisches Gesicht, auf der Tribüne die nunmehr vollständig eingetroffene ProminentenRiege der Partei erscheint ihm langweilig und träge. Er verscheucht den Gedanken.
Da kommt der HilfsBüroAssistent Diftel angerannt:"Herr Bürgermeister, Herr Bürgermeister! Ja wissen Sie´s schon? Des alles is Grober Unfug!"
PostStelleMeister Habberkorn wehrt den Poststellengehilfen Diftel grob ab, PostStelleMeister Habberkorn des halbvolle Äbbelweuglas vom Munde wech neben die leeren ÄbbelweuGläser stellend:"Was drängelste dich denn so vor!? Heute haste gar nichts zu melden! Wärste vor 25Jahren mal nich so vorlaut gewesen, da hätten se dich aach nich ausm Schuldienst geschmissen. Kommunist! Wie blöd konnte man sein in der "BRD"!, des wußte ma doch, daß ma dann diskriminiert wird!"
Diftel sich verteidigend, dann merkend, daß er sich auch gar nicht vordrängeln wollte, sich erinnernd, während sich abwechselnd mal der Schützenverein mal eine andere Kapelle vor der sich schon reichlich mit Plebs gefüllten Wiese auf der Bühne im Hintergrund was dudelt, zum Habberkorn und zum Bürgermeister sacht der Diftel:"Was n Mathematischer Beweis ist, wollten meine Schüler wissen, und des ham se erst verstanden, wie ich denen an de Tawl den Untergang des Kapitalistischen Systems Mathematisch bewiesen hatte, unmittelbar folgend verbesserte sich der NotenDurchschnitt der MatheKlassenarbeiten meiner Schieler von Fimf uf Zwoo, folgerichtig trat ich usm Langner Hiehnerverein aus- und wie de KaiserUr-Enkel Schnitzler und von unsrer "BRD"NationalMannschaft de Iwald Liehn´ de DKP bei. Wo s Göte Gimmi oder bässä gesacht de KultusMinister mich dann usm Schuldienst nausgeschmissen hadde, wurde

isch Handlanger von Beruf und fand in der mathematisch hahnebüchenen
Kapitalistischen Arbeitslosenstatistik n Unterschlupf in de RathausPoststelle
neben der PolizeirevierAmtsgerichtRathauskantine, wo ich Sie, Herr
Habberkorn kennenlernte, und wo mir leider niemals gekündigt wurde."
Habberkorn mit Autorität den Diftel wegrempelnd, Diftel bewältigt den
Habberkorn aber mit JudoGriff, ..
Die UfftataMusik erlangt einen neuen Höhepunkt, die aufgeheizte
MenschenMenge fängt an zu randalieren, ..
Hinter der Bühne wedelt Diftel dem Bürgermeister vor der Nase mitnem
Zettel:"Ich dachte, des würd Se indressiern."
Drängt den PostStelleMeister beiseite, ruft zu allen anderen Mitarbeitern und
Helfern von de TechnikerCrew und zur Rehbein hinter dem Bühnenvorhang
sowie zum Bürgermeister, mit dem er Mitleid hat:"Des Begleitschreibe! Der
Zettel muß in der "Eiche" abhande gekomme und vergesse worn sein, sagt
der Rudi."
Rehbeinsche ihn zur Ordnung rufend:"Moomendemal, Diftel!"
Diftel ruft zusammenbrechend zum Herrn Bürgermeister:"Der Festakt!.."
Bürgermeister unbeeindruckt:"Des indressiert MISCH doch net, was Se sich
gedacht habbe, Se verhindertä Kommunist. Wie KONNTE Sie sisch nur so
vergesse und ans Aasland vakaafe! An n fremdes Volk! An ne fremde
Natiouhn! Ein Volk, mit dem mer gottlob nix zu tun hatte und jetzt nix zu tun
habbe brooche, außer Unsumme an III.WeltAufbauHilfe reinzustecke, wo
mer die ja seit 49 alls durchfüttern müsse, und des geht alls weitäh! Geh
fodd! Die ham immer no nix ze fresse, und mer mit unsrer Scheis
Näschtsenliebe. Und jetzt lasse Se mal den ganze Krempel! Mer hoam heute
Feierdaach!"

Herr Urban und Herr Urban, die beiden Chefs des Kaufhauses Urban,
Zwillinge, im besten Alter 2prächtige hübsche Männer jeder des Ebenbild des
anderen, dem FeiertagAnlaß angemessen elegant festlich aber ganz
unterschiedlich gekleidet und auch in der Farbauswahl der Kleidung
grundverschieden, der eine Sportliche Eleganz, der andere etwas mehr davon

Beide jetzt förmlich dem Bürgermeister die Aufwartung machend:
Herr Urban:"Werter Herr Berjemasder, Hier sin mer zwaa sozusare nochemo,
so sacht aach de Stadtrat Bauer .."
Bürgermeister ihm ins Wort fallend:"Der hat aach net de Weisheit mit Löffeln
gefresse. Was gehtn misch dem sei Gebabbel an bei dieser Feierlischkeit?"
Herr Urban:".. so sacht aach de Stadtrat Bauer, der höchst erfreulische und

höchst feierlische Anlaß .. , Do sin mer sozusare, tät ich sare, Mer verdanke Ihne dieses Äbbelweufest, Hetzlische Dank!"
andrer Herr Urban:"Besser gesaacht, Do sin mer, Werter Herr Bürgermeister, Und deswege bekunde Mer des haaßt des Langnä Kaafhaus Urban Ihne, Herr Bürgermeister, aach künftisch stete treue Ergebenheit! Wenn Se noch ä par Orchester einzekleiden hätte, .."
Bürgermeister zusammenbrechend wütend:"Sie ham mir grade noch gefehlt! Isch wußte, daß ärschewas net stimmt! Na wenigstens klappt des in Seelischestatt. Sie baade sind doch Ähregäste. Da misse Se dann aba aach langsam ab."
Herr Urban:"Der wertte Herr Stadtrat Bauer .."
Bürgermeister ihm ins Wort fallend, voll des Schimpfwortes:"Der Bauer! Lasse Se misch doch in Ruhe mit dem Bauern!"
Herr Urban:"Der wertte Herr Stadtrat Bauer, ah, da kimmt er ja, und Mer ham eine sehr hohe Achtung vor Ihnen Herr Bürgermeister! Mein Bruder und isch, Mer sind ja sälbä Vorstandmitgliedäh im Seelischestätter ÄbbelweuKomitee .."
Bürgermeister verwirrt:"Was willn der Bauer hier! Isch denk, der is in Seelischestadt!"
Herr Urban:"Isch wolld ja grad was sare. Mein Bruder und isch komme gradd von Seelischestatt. Des Seelischestätter ÄbbelweuKomitee is abgesaacht wodde weeschn de Fähre niwwer nach Bayern äh Franke, die Fähre, die wo kaputt is, gell?"
Bürgermeister:"Fähre für was? Da is der Maa doch bloss sonn läschelisches Flüsssche! Und uf de anner Seid nur Feld und Wiese und Sischt in de Ferne bis Aschebesch."
Herr Urban:"Gell!? Des war dene zu fern. Und iwwer de Autobahn wollde se net. Is ja vaständlisch! Aba schad is schon! Die Gäste aus Franken haben abgesagt."
Herr Urban:"Dabei ham se sisch schon so auf Seelischestatt gefreut! Und uf de Äbbelweu, sowas kenn die gar net, und ufs Seelischestätter ÄbbelweuKomiteeFest mitte Hottwollée us Aschebesch, des war ja grad de Clou voms Ganze, unde Fähre, was Romantischeres gibts ja gar net iwwer de Maa!"
Bauer ganz Ludwig der Zweite, ankommend zerknirscht!:"Herr Bürgermeister, es war net maane Schuld!"
Bürgermeister mörderisch:"Sie haben mir grade noch gefehlt!"
Bürgermeister, jetzt wie auch stets mit einem Plan-B im Ärmel weil mit peinlichen Situationen stets vertraut souverän .. zum Glück kann er kraft

seines Amtes die Sache noch deichseln und unter dem brausenden Applaus der Langener Bevölkerung den Altvorderen des Schützenvereins danken, überreicht unter dem Erntekranz dem Kapellmeister eine Würdigung der Stadt, im Musiklärm jedoch untergehend, die Schützenkapelle stimmt geistesgegenwärtig schon Zicke zacke Heu Heu Heu! an, die Worte des Bürgermeister gehen im Trubel der Massenbegeisterung unter ..
während eine gewalttätige Menschenmasse sich aber nicht aus Zuneigung um die Tribüne mit den Prominenten schart: Die Prominenten sind noch unsichtbarer in ihre Sitze gesunken, des hilft ihnen aber nichts mehr. An die BürgermeisterRede ist nicht zu denken. An die Hissung der Fahne noch weniger. Die Menschenmasse randaliert an dem gesamten BühnenBau. Geistesgegenwärtig rettet der weißbehandschuhte Fahnenjunker Bauer die ihm vom Bürgermeister übergebene neue "BRD"-Fahne mit einem Kartenspielertrick unter die Schärpe.
Der olle Miehle indes gleich ins Mikrofon brüllend an die VolksMassen: " Vivat Cicero ! Wie es sein soll!, Das Volk hat die Macht !"
Bürgermeister wütend souverän:"Des is doch Grober Unfug!"
Bürgermeister aus der Haut fahrend:"Die Hymne will einfach nischt kommen!"
Rehbeinsche:"Ai Klaus, is doch kaa Wunner, wo de gar net mitte Fahne beikommst, de Leude reehde schon!"
PostStelleMeister Habberkorn:"Herr Bürgermeister! Geh fodd! Wo is denn jetz bloß die schöne Fahne hin. Ach und der Erntekranz, des Fest war doch gelunge! Was hamse denn jetzt! Dieser ganse elende Trubel! Warum denn bluuhß?!"
PoststellenGehilfe Diftel den Meister verbissen beiseiteflüsternd tretend:"Halt du doch dein Maul!"
Bürgermeister:"Diftel!, de Äbbelweu is guud, gell?, so besuffe wiede bist!, dein komisches Gebabbel bei de MikroProbe hat de letze im Publikum aufgeweckt, gar net unklug. Isch kann däm Habberkorn seine Wisaasch aach nä mä sehe! Isch stelle fest, daß mer n neuen PostStelleMeister broochn. Diftel!?", und aus der Haut fahrend:"Und Sie, Habberkorn, isch beförder Se hiermit zum Pföttnäh; und daß De glei wisse tust, wo de künftisch Deine neue Dienststelle hast, übernehme Se glei mal heude ab sofodd fern Rest des Feiähdaachs n Pföttnerdienst für des PolizeirevierRathausAmtsgericht, Sie sind mir dafür vaantwottlisch!"
Habberkorn ab.
Bürgermeister:"PoststelleMeister Diftel!"
PostStelleMeister Diftel:"Jawoll!"

Bürgermeister:"PoststelleMeister Diftel! Gebe Se dem Orchester bescheid, daß se die Hymne spielen, aber sofodd!"
PostStelleMeister Diftel:"Jawoll!"
Den ersten Ton spielt des Orchester vorzüglich.
Kaum daß der Bürgermeister zum Singen Luft holen kann, übernimmt mit Smoke on the Water des FreeofWaydomJohnTörnerEllisKupaRockKollektiv die Sache, die wo dem Bürgermeister gelinde gesagt aus der Hand gleitet, RockFanfaren erschüttern des Langener Umland, die Menschenmasse rockt ..
des bestellte PolizeiOrchester tritt sich erfolglos in den Noten blätternd auf den Füßen herum und rockt sogleich mit, während der Schützenverein mit der durch den Verstärker Verstärkten E-Gitarre was verstärkt. Pause.
PostStelleMeister Diftel:"Kaa Fahnejunker un kaa Fahne zu sehn!"
Bürgermeister aufatmend:"Mir is ja jetzt alles worscht! De Rede halde isch frei! Jetzt kann komme, was will", von de Backstage raus auf die Bühne vor die Menschenmassen getreten im Begriff ..
"Isch ..!", weiter kommt er nicht.

da übernimmt alleine Ellis Kupa die Bühne MenschenMassenGröhlen der King betritt die Bühne!
..
Ellis Kupa in einem Song glänzend,
dann auf der Bühne beiseitetretend und den Ruhm seiner Band überlassend, die wo die Festwiese weiter kurzundkleinrockt

kurze Pause Stille. Irgendwie muß, wenn heute noch, dann doch jetzt endlich die Hissung der Fahne kommen ..
Stille
Bewegungslosigkeit
Es bewegt sich nur einer:
..
Der Fahnenjunker mit weißen Handschuhen ..

Bürgermeister:"Endlisch!", Bürgermeister atmet auf:

Der Fahnenjunker Stadtrat Bauer feixend mit weißen Handschuhen und Schärpe ..

Der Stadt-Chor singt die BRD-Hymne
des Orchester samt wie gewohnt RockKollektivEGitarreVerstärker ..

Noch ehe der Bürgermeister kräftig zu ungewohnten Klängen trotzdem erstaunenswert flexibel für Einigkeit und Recht und Freiheit Luft holt .. Der StaatsSekretär des InnenMinisteriums von Bonn a. Rh. a. D. kommt mit nem StaatsEigenen Puhrche zum Langener PolizeiRevier am ganz anderen Ende der Stadt angerauscht, springt ins PolizeirevierAmtsgerichtRathaus neben der von einer Gruppe Polizisten kontrollierten Lichtschranke auf den PostStelleMeister Habberkorn und kreischt:"Das darf nicht sein! Wo is der Bürgermeister?!"
Habberkorn zur Feier des Tages schon gut mit Äbbelweu abgefüllt, souverän wie immer, auch zu seinem prominenten Hysterischen Gegenüber, dem OberBeamten:"Mach dir mal nich ins Hemde! Ab mit der Fahne bei der ÜberraschungsGala. Festakt zur Enthüllung der neuen LandesFahne, gell!?, was glotzten so blöd? da staunste! Mensch!, de janze Stadt weiß bescheid! Wo lebste denn!? Ufm Mouhnd!?! Brill doch net so! Ich kann dich gar net verstehn! Immer langsam mit de jungen Hunde!" der ÜberBeamte wird grün im Gesicht, ihm bleibt der Ärger im Hals stecken; zu ihm souverän, korrekt und amtsbeflissen der Ex-PostStelleMeister Habberkorn:"Des is heute n ganz besondrer Daach!", die Situation beruhigen wollend,"Seien Se mal ganz unbesorgt, unser Bürgermeister hat de Sache im Griff."

Diftel eindringlich auf die Menschen hinter der Bühne einredend:"Wo is de Bürgermeister!?
De Leude:"De is net da!"
Diftel:" Geh fodd!, .. und isch saare aisch, ′ne Afrikanische Flagge is des! Wie peinlich weesche de BRDKeschKropp Kapitalistische Ausbeuterkriege 49 bis 2015 in SchwatzAfrika, wo sich de viele "BRD"Prominente hier dann doch in Grund und Bode schäme misse, wenn s gar kaa "BRD"-Fahne gibbt sondern aane vonm Afrikanische Staat der zahlreichen Staaten der Sozialistischen Weltgemeinschaft, die wo mit allen andern Sozialistischen StaatsFlaggen damals in der Hauptstadt der DDR Berlin 1991 vom BRDStaat konfisziert und ins "BRD"Innenministerium nach Bonn am Rhein gebracht und dort gelagert wurden, wonach der BRDStaat auch noch nicht wußte, was er jetzt damit anstellen würde, Flaggen von Europäischen Staaten, Amerikanischen Staaten, Asiatischen Staaten, Afrikanischen Staaten Vernichten? Gell!?, des hätte, während die stillschweigend Kolonisierung betreibende BRDStaatsRegierung in Bonndorf saß, nur böses Blut gegeben. Und wie des Parlament der BRD dann nach Westberlin wider Willen wider Erwarten zuguterletzt, es hat von uns Wessis schon kaum mehr aaner dran gegloobt, dann doch noch endlich ab Sommer 1999 umzog, da wußt ma erst

rescht net, was ma mit den Flaggen in Bonn anfangen sollte. Der Zuständige
"Staatssekretär des "BRD"Innenministeriums" in Bonn seit 1988, seit der
Errichtung des InnenMinisteriums der "BRD" in Berlin 1999 genannt
"Staatssekretär des Innenministeriums der "BRD" RegionalNiederlassung
Bonn a. Rh." ließ es über die Jahre bis heute 2015 wie immer auf Anweisung
von ganz oben, schließlich: so richtig verantwortlich war er niemals gewesen,
wie er sich zugutehielt, wenn man ihm jemals etwas vorwerfen sollte, im
Sande versickern, und isch saare aisch: er hatte bei sowas schon Übung drin
und sitzt aach eebe nur deswegen noch heude auf demselben Stuhl, Beamter
lebenslang unkündbar!"
jetzt ist der genannte von seinem altangestammten Stuhle auf seinem Bonner
Amtssitz im Firmenwagen der Firma " "BRD" GmbH" auf seinen Bonner
Fahrersitz und nach gut ZweiHundert Kilometern neben den Ex-
PostStelleMeister Habberkorn gesprungen. Und nun dies.
Die Tribüne und die Bühne, an denen die MenschenMasse randaliert,
wanken. Wütende Publikums "Rudi ! Rudi ! Nieder mit der "BRD"!-Chöre
beginnen die Bühne, auf der der Bürgermeister steht, hinwegzuschwemmen.
Bürgermeister auf einem sinkenden Schiff.
Und während laut ins Mikrofon der Bürgermeister zu einer unpassenden
RockmusikMelodie trotz allem kräftig Einigkeit und Recht und Freiheit un
"Von der Maas bis an die Memel, von der Etsch bis an den Belt" singt und
der von der StadtOrchester-Dirigentin dirigierte den "BRD"hymnetext
singende Langener VolksChor die Erste und Zweite Strophe immer wieder
absingt, da wundert er sich grimmigen Blicks zur BackStage:"Leude! da is
doch gar kaan Schwung drin! Des hat sich früher doch irgendwie anderster
angehört!"
Die TechnikerCrew bemerkt es nicht, für die Auswahl der Songs wird die
TechnikerCrew ja auch nisccht bezahlt, indes die Pih Äey steht, die Technik
steht, gelungen, gute Abeid, alle Lautsprecher funktioniere einwandfrei, und
die abgestumpften Teile der MenschenMasse bemerken es gar net,
andererseits, wer es bemerrckt, denkt,"ach, des is sicher wieder sonn Gag
vom "Grünen Gump" Bravo! Originell! Des muß ma denen lassen!"
und während der Schützenverein mit Schlagzeug, Baß und Elektrischer
Gitarre vom Verzerrer verstärkt den Verstärker verzerrt, wird ganz langsam
aber sicher an der Römischen StadtMauer in Langen Unsere Flagge gehisst.

Bürgermeister erneut Versuch, seine Rede zu beginnen:" Isch .."

Tumult hinter der Bühne

In der Mittäglichen Sommerhitze Unterbechung des FestProgramms : Die Städträtinnen und Stadträte stürmen die Bühne und hindern den Bürgermeister daran, seine Rede zu halten:
Erste Stadträtin:"Hierschte uff! Der is doch ein Heuschler, wie er im Buche steht!"
Zweite Stadträtin:"Ne verkrachte Existenz!"
Erste Stadträtin:"Berjemaasder?! damit er noch die Jahre vollkriegt bis zur Rente, weil die Chefs von dem sei Firma ihn nä mäh ham wolle!"
Dritte Stadträtin:"A Falschär Fuffzischär!"
Vierte Stadträtin Irene:"Der kann doch nich bis Drei zähln!"
Fünfte Stadträtin:"Die Fahne is net die Privatsach vom Biergermeester! Damm ich nochmal!"
Zweiter Stadtrat:"Der Bürgermeister hat koi Legitimation. Denn die Legislaturperiode .."
Vierte Stadträtin:"Ach, um´ Heißen Brei!, muß der wieder so geschwolln reden. Sach doch bloß: Der Hund muß fodd!"
Dritte Stadträtin:"Soll doch der Betrüger die Betrügerische Fahne von diesem ScheißStaat hisse!"
Zweite Stadträtin:"Nach der Verfassung darf der des gar net!"
Erste Stadträtin:"Mer ham doch gar kaa Verfassung. Mer ham des Grundgesetz. Und des gilt nä mäh seit 1990 fer de "BRD" "
Miehle:"Das Volk hat entschieden. Die Fahne gehört dem Volke."

Bürgermeister in festem gehobenem Tone mit leichtem Zittern in der Kopfstimme:"Und im übrigen, mein lieber Herr Stadtrat Miehle, von weeschen Fahne! Es gebührt nisct IHNEN. Es gebührt nisct MIR, sondern es gebührt där STADT!" zurückhaltender verunsicherter Applaus von der Tribüne, doch die Masse ist gespalten, der Bürgermeister hat es nisct leischt, indes bei anstimmenden SprechChören "Miehle Miehle .."
Erster Stadtrat Miehle souverän wütend nimmt ihm nun des Mikrofon ab, gegen die blasierten ParteiProminenten ansprechend übernimmt der Miehle die Rede und spricht selber zu den Massen:"Und wie ihr euch damals angestellt habt, zur Nullten Stunde Unterrichtsbeginn 7Uhr anstatt wie für die faulen Langschläfer 7.45Uhr ihr Weicheier!, nur wenige haben mit mir damals die Nullte Stunde im Schulplan eingeführt. Und jetzt spitzenSe mal Ihre Ohren, Werte Bürger und Bürgerinnen!"
Die bei den ausfernden Randaleien sich langsam von einer mit gezückten Messern ausgestatteten Volksmasse umringt fühlenden ParteiProminenten wenden ihren kollektiven Blick auf den Bürgermeister Kluntschich, der wo

von Miehle des Mikrofon überraschend selber vor die Gusche gehalten bekommt, Kluntschich brüllt zur tobenden Menschenmasse angstvoll panisch:"Mer "BRD"KolonialWeltMacht ham doch net EUSCH kolonisiert, EUSCH kolonisieren! Grober Unfug! Mer wollte des doch gar net, vielleischt irgendwelche Afrikanischen Staaten fürwahr, wer wollte denn des damals net?!, daß wir so manchem Schwatzafrikanischen Staat, der wo, man weiß net wie, in einen Krieg geraten ist, wertschaftlisch aus der schlimmsten Misere helfen, heißt, daß wir auch Kriegsflüchtlinge aufnehmen; Sammellager an de GrenzKontrollen in Passau noch und nöcher, meinetwegen!, aber doch net hier bei uns! .. und des ganze Bundesgebiet?! alles hat ja auch eine Grenze! Isch hol mir doch net den Rassismus ins Haus! .. , aber unsere eigenen Europäischen Völker Kolonisieren?, wo denken Sie hin!? Wir hatten doch KSZE, ein Europa in Sicheren Grenzen. Kein Krieg mehr in Europa! Und es hat sich letztlich ausgezahlt! Dank der CParteien! .. oder der SozialDemokraten! Des bleibt sich letztlich gleich! Die Friedliebende "BRD" wollte in Europa niemals einen NachbarStaat kolonisieren! Schließlich hat mer ja noch ne Seele im Leib! Des sind nur böswillige Unterstellungen! Jetzt lassense doch mal den ganze Krempel, mer ham heut Feierdaach!"

Miehle ihm des Mikro abnehmend:"Wenns auch komplett falsch und gelogen ist: Warum net gleich so! Kurz und bündig! Hat doch mal aaner was von meinem Unterricht in seinem Schädel behalten!, Betrug bei unserem heutigen Volksfest, isch geb ab an DEN, der das alles aufgedeckt hat **Applaus für**

Fritz Friedrich ! "

Fritz Friedrich ist ein per BodyBuilding durchtrainierter hübscher Mann im besten Mannesalter

spontaner Bevölkerungsapplaus, Prominenten reglos, stumm, gelähmt, ratlos, die noch weiter in ihre Stühle zurücksinken und nach Fluchtwegen Ausschau zu halten anfangen. Die tobende Menschenmenge feiert sich selbst. Der olle Miehle gibt dem Genannten des Mikrofon, der wo gar nicht schüchtern sondern sofort und unmißverständlich klar und laut mit Thälmann-Mütze auf seinem Kopf Fritz Friedrich:"Der Heinz is gleich in Ost-Berlin geblieben. Der kann sich da nützlichermachen als hier, hat er gesagt."
Aus MenschenMenge ungläubige Gesichter:"Was willn der in Ost-Berlin?! Wo is der Heinz hin?..Was sacht der!?.. Warum is der Heinz net da!?.. "
Fritz Friedrich:"Die Ex-Bürgermeister-Kluntschich-Vereidigung erfolgte vorgestern in Wiesbaden und gleichzeitig in VideoKonferenz mit dem Reichstag, beides unter Ausschluß der Öffentlichkeit um 8Uhr morgens. Öffentlich indes im Westberliner Reichstag/Bundestag war um 8.15Uhr auf allen Kanälen des Fernsehens der BRD das Einstimmige Votum aller Bundestagsabgeordneten zur Verweigerung, den Bundestag tagen zu lassen. Wir haben gleichzeitig den BundesStaatsanwalt zum Verbot der Partei aufgefordert sowie einen solchen Antrag gegen alle anderen Blockparteien gestellt und beides bestätigt bekommen mit dem Ergebnis, daß das Karlsruher Bundesverfassungsgericht seine NichtZuständigkeit zum Grundgesetz der 'BRD" verkündete und sich sodann selber auflöste. Seit gestern früh um 9.45Uhr gibt es keine "BRD" mehr. Das Land war nun ohne Verfassung und ohne Regierung. Ein in den RevolutionsRat sogleich eingebrachter VerfassungsEntwurf wurde vorab von den Volksvertretern einstimmig ohne Gegenstimmen angenommen. Das Volk in Berlin und das Volk in Westberlin und das Volk des Restes der Republik haben um 10.15Uhr in allen Städten und Gemeinden in VideoKonferenz gleichzeitig wirksam für ganz Berlin mit dem Arbeitsamt/Karl-Marx-Platz in Berlin Friedrichshain die Republik ausgerufen. Eine aus der Nation unseres NachbarStaates und aus der Nation der "BRD" gemeinsame Nation hat es niemals gegeben! Der ganze Spektakel vom 3.Oktober"BRD"KolonialFeiertag ist ein großer Nationaler Schwindel! Wir wissen jetzt, daß Kluntschich ohne Wahlstimmen zum Abgeordneten befördert worden war. Mehr als die Hälfte des "BRD" Kabinetts sind Verbrecher, die nur durch die Abgeordneten Immunität geschützt waren, die vom System schon zu Alt-BRD-Zeiten geschützt worden waren und sich auf das Verjähren von Schwerverbrechen berufen, was es niemals und nirgendwo in der Welt gibt und geben darf. Kolonialismus ist die Krone des Verbrechens; Der Kolonialismus des eigenen Volkes gegen das eigene Volk DER KOLONIALISMUS DES EIGENEN VOLKES GEGEN DAS EIGENE

VOLK ist von unzähligen Bürgermeistern und Abgeordneten des KolonialStaates "BRD" geschaffen und aufrechterhalten worden. Nunmehr wird die Bevölkerung wieder einmal aufgerufen, den Karren aus dem Dreck zu ziehen, wie so oft! Hierbei jedoch sollen die bisherigen seit Jahrzehnten BerufsPolitiker entverantwortlicht werden: ein feiner Rücktritt und ein glänzendes Comeback. Ein falsches Spiel treiben diese Demokraten, die das Wort Demokratie bis heute durch den Dreck gezogen haben. Die Nachricht von dem bereits vorgestern vollzogenen RegierungsSystemRücktritt wurde nur deswegen verzögert an die Öffentlichkeit gegeben, um vielen Abgeordneten, vielen Bürgermeisterinnen und vielen Bürgermeistern mit KolonialismusVergangenheit ZU ERMÖGLICHEN, für eine NeuBildung eines Staates zumindest haste nich gesehn, haste was kannste, noch mal schnell sich eine Ganz Neue Existenz Mit einer Ganz Neuen Vergangenheit zu verschaffen. Und das heißt : Sich mit einer ganz neuen Vergangenheit auszustatten UND ZWAR BEVOR
gemäß der Ausbeuter"BRD"Verfassung namens Grundgesetz für den InterimsFall dh eine Regierungslose ZwischenZeit zwischen einer MachtPhase und der nächsten ,
der nunmehr gestern neu gegründete Staat
, hinsichtlich der Historischen Katastrophalen 9.November1989-3.Oktober1990DDR,
überhaupt in den Beginn der konkreten Gestaltung des Neuen Staatswesens tritt.
Damals hieß das, daß letzten endes von Vornherein alle Sozialismus beibehalten wollende Revolutionären Kräfte wie vor allem Kirchen und Sozialisten dh 90% der DDRBevölkerung mit Gewalt mundtotgemacht dh ausgeschaltet wurden ganz einfach durch das Verweigern der Teilnahme an Politischer Entscheidungsfindung, was das erfolgreichste Mittel der "BRD" war, so daß einzig eine Minderheit von weniger als 10% der DDRBevölkerung emporgeschwindelt wurde, als stellten diese 10% die deutliche Mehrheit des Willens des DDRVolkes, während "BRD" zu allen Entscheidungen einfach nur immer und ausschließlich diese 10% 150%igen "BRD"Leute mit DDR Staatsbürgerschaft einlud und alle übrigen Freiheitlich Demokratisch eingeladenen in perfider Weise von allen Politischen EntscheidungsEbenen samt der StaatsMedien sprich zB den FernsehTalkShows kurz vorher wiederauslud. Das Ergebnis der somit übrigen rein aus 150%igen "BRD"Leuten mit DDRStaatsbürgerschaft bestehende DDR 2-3.Oktober 1990 ist bekannt. Nun haben wir gestern am 2.Oktober 2015 die Gründung unseres Neuen Staates gehabt. Wir haben so

etwas ähnliches wie 1989/1990, nur ein bißchen anders. Wir wollen aus den Fehlern der 9.November1989-bis-3.Oktober1990Phase lernen. Lassen wir es nicht zu, daß die Verbrecher über uns Politik machen dürfen! Wir sprechen nur von einigen Tausend Politikern, die ausgewechselt wurden; die bisherigen haben den Posten verloren; Außer den durch die Verbrecherische Nachrichtensperre betroffenen RheinMainGebietsLandkreisen, deren Gemeinde- und KreisParlamente-Abgeordnete nun vor einer Viertelstunde allesamt entlassen und verhaftet und durch verläßliche Revolutionäre ersetzt worden sind, hatten im übrigen Bundesgebiet unsere bereits gestern früh Siegreichen Revolutionäre seit gestern 15Uhr alle diese Posten innegehabt. Somit verhinderten wir, daß dieselben Kapitalistischen Seilschaften wie 1990 Erfolg hatten. Jetzt gibt es keinen Grund zur Beunruhigung. Die Revolution von gestern ist Tatsache. Heute ist der Zweite Tag der Republik. Aber wir müssen weiterhin wachsam sein!
Indem wir KEINEN der bis vorgestern LandtagsAbgeordneten und Bundestagsabgeordneten mehr an irgendeinen Politischen Posten lassen. Sollen sich diese Menschen anderswo in unserer Gesellschaft nützlich machen anstatt in unserem neuen Staat als die gleichen Verbrecher ungestraft weiterhin das Sagen haben wie in dem vorgestern untergegangenen Staat.

Applaus, ein Fußballstadion klatscht.
Viele Menschen haben Freudentränen in den Augen
von der unruhigen Ex-AbgeordnetenTribüne Zwischenrufe :
"Wo bleibt denn die Polizei!?"
"Des is doch blanker Unsinn! Oder?"
"Des darf doch nicht wahr sein!"
"Wenn des stimmt, was der erzählt, dann is des ja .. äh .. Revolution!"
Fritze ruft grimmig: **"Klar wie Klosbrühe!"**

an den GeBeamten Riesen LiveFernsehBildLeinwänden des Fernsehens der BRD:
augenblicklich des der Westberliner SFBBevölkerung und der
"BRD"Bevölkerung seit der Erfindung des Fernsehens so wohlbekannte GrieselBild mit dem Slogan "Wir haben eine Technische Störung. Wir bitten um Verständnis."
Als des die MenschenMasse sieht, schnappt die Wut über! Die Wut entläd sich! Revolution !
Des der Westberliner SFBBevölkerung und der "BRD"Bevölkerung seit der

Erfindung des Fernsehens so wohlbekannte GrieselBild mit dem Slogan "Wir haben eine Technische Störung. Wir bitten um Verständnis" weicht einem klaren Fernsehbild mit dem Symbol des Staatsfernsehens der Neuen Republik, des Symbol des Fernsehens der "BRD" ist verschwunden. An seine Stelle ist ein neues, ein hübsches Symbol getreten. Und was noch besser ist: die allseits wohlbekannte hübsche Fernsehansagerin ist dieselbe geblieben und spricht auch nun zu den Massen, die aktuelle Nachrichtensendung heißt jetzt nicht mehr "Heide" oder "Themen des Tages" sondern schlicht und ergreifend wie gewohnt wieder "Kamera Actuelle", im Rahmen dessen Unsere Ansagerin spricht:"Vielen Dank für Ihr Verständnis! Wir setzen die unterbrochene Sendung nun fort", da sehen wir die Langener Römische Stadtmauer und eine Menschenmasse, die Masse erkennt sich auf dem BildschirmBeamLeinwandSpektakel
Einer von der Techniker-Crew teilt auf die RiesenBeamLeinwände zeigend dies dem Bürgermeister mit:"´s geht wieder."

Bürgermeister souverän, ganz vertieft und ufgereehscht in Vorbereitung seiner Rede, des Bündel Zettel in seinen schweißigen Fingern, die Rede, die wo er ja noch halten muß und will, und dem Techniker kurz giftig grimmig, wie es dem Bürgermeister Kluntschich in der Natur liegt, zunickend und die Veränderung der Nachrichtensendung und der Ansagerin nicht bemerkend, zufrieden und wohlwollend, dabei atmet er innerlich auf, als sei ihm gerade des Leben gerettet worden. Des bisherige Dorschenanner beim Festakt als ÄbbelweuScherz abtuend, zeigt er auch jetzt keine Gefühle nach außen. Außer daß er den souveränenen Volksverbundenen Bürgermeister schauspielert, wenn er schon kein souveräner volksverbundener Bürgermeister sein kann.

Fritz Friedrich weiter:"Als Wir neue Machthaber in Unserem Land jene Kollaborierenden MedienFirmen, die die Nachrichtensperre durchführten, ausgeschaltet hatten gestern am Frühen Nachmittag, und alle Bundesländer bis auf den Südlichen Teil Hessens mit Information versorgt waren, blieb als Letztes noch das RheinMainGebiet übrig, wo Wir vor einer halben Stunde den Rest der verbrecherischen MedienMafia ausschalten konnten; seit einigen Minuten, jetzt haben wir 14.15Uhr, .." PublikumGeraune:""Was? Hammer schon ferzeh Uhr durch? Schon ViertelDreije! Vertel nach Zwoo." Fritz Friedrich weiter".. senden auch hier im RheinMainGebiet Unsere Neuen StaatsMedien." .. verhaltener, immer kräftiger werdender Applaus ..
"Die verbrecherische Nachrichtensperre der Kollaborateure des vorgestern

untergegangenen Staates hatte den Zweck gehabt, allen bisherigen verbrecherischen Abgeordneten die Flucht zu ermöglichen oder das Herstellen einer Weißen Weste sprich sich eine neue Vergangenheit zu schaffen, um nunmehr am Demokratischen Prozeß teilzuhaben.

Danke!"

Kräftiger Applaus !
, - der olle Miehle schnappt sich Fritz Friedrichs Mikrofon, und wie man den Städtischen Lehrer gar nicht kennt: mit einem herzlichen Lächeln, des wo sich seiner bemächtigt hat
der olle Miehle ruft ihm ins Mikrofon zu:"Ai Fritz! So kennt ma disch ja gar net!"

Fritz halb laut aber mit bestimmter, fester Stimme:"Ich mich auch nich. Vorgestern nach Berlin und gestern frieh nach Lange zerück, so viel und so schnelle bin isch in meim ganze Lebe net gefahrn, bin vollkommen fertich , so viel an einem Stück hab isch in meim ganze Lebe net gesproche." Er hechelt sich erholend nach Atem.

Der olle Miehle:"De Abeid haste hinner dir. Weeschen mir kannste jetzt in Ruhe n ganze Bembel alaan trinke."

Fritz am Verdursten:"Nur Wasser! Bitte Wasser!"
Man reicht ihm n Kanister, den er wie ein Verdurstender in sich reinschüttet.

Der olle Miehle:
schreit rein in die tobende MenschenMasse:" alle die bisherigen verbrecherischen Abgeordneten ... um nunmehr am Demokratischen Prozeß teilzuhabe ! - Laßt eusch das emo auf der Zunge zergehe Leude! - , anstatt lebenslänglich in die Gefängnisse abzuwandern ! So bemerkte auch schon Cicero! DIE GESCHÄFTE DES HERRN JULIUS CAESAR VON BERTOLT BRECHT Die Konfiszierung des VolksEigentums eines NachbarStaates durch die Kolonialistische Weltmacht "BRD" 1989/1990 Wir sind ein Volk! Da lachen die Hühner auf dem Capitol. Und nach genau demgleichen Muster ist jetzt : Die Beförderung vom Kluntschich eine einzige SCHWEINISCHE KORRUPTION !"

die UfftataMusik mündet in eine John TörnerHymne über, auf der Bühne der

Sarg, aus dem der Star John Törner singt, während Ellis Kupa hinter ihm herzukommt und beide im Duo singen

Die MenschenMassen flippen aus!

Der Langener Schützenverein mit beachtenswert patenten Musikern und Musikerinnen und einer ganzen Menge hübscher Mädels in kurzen Röckchen , meine Güte! Schützenverein, des muß so sein! -, löst sich in einen MonumentalSong der im RheinMainGebiet berühmten Rockgruppe "Free of Waydom" auf, Iläctid John Törner und Ellis Kupa mit Paukenschlag auch an den GeBeamten Riesen LiveFernsehBildLeinwänden des Fernsehens der Neuen Republik:

Erster Stadtrat Miehle wieder mit neuem Elan:"
Unsere Republik sendet keine Waffen mehr in Kriegsgebiete oder Gebiete, die es werden sollen. Die Siegreiche Revolution am gestrigen Tage hat auch für uns HIER neue Tatsachen geschaffen: Füge sich der Ex-Bürgermeister, der Oberste Diener des Volkes dem Willen des Volkes! Aber ich sehe auch Menschen, RüstungsIndustrielle und Waffenschieber, die seit Jahrzehnten an diesem Verbrechen Geld verdient und Menschenmassen auf dem Gewissen haben, ich sehe den Ex-Bürgermeister, ich sehe nicht nur aus dem Landkreis Offenbach sondern auch aus Bundestag und dem Wiesbadener Landtag seine Freunde", guckt scheinbar jeder Abgeordneten einzeln und jedem Abgeordneten einzeln ins Gesicht", ich sehe auch so viele seiner Freunde, ich sehe auch seine vielen Freunde!" und zeigt auf die Tribüne, währenddessen in der Mittäglichen Sommerhitze ein wütendes Rumoren in den Menschenmassen um die Tribüne herum. Der olle Miehle an die zwischen dem am Walde gelegenen Paddelteich und der Römischen Stadtmauer um die durch Revolutionäre Menschenmassen blockierte Autobahnbrücke Offenbach-EgelsbachAutobahnAbfahrtLangen gezwengte AberZehntausende umfassende Volksmasse brüllend donnernd:"Welches Übel der letzten Jahrzehnte haben wir nun bezwungen? Wenn ich Lateinisch zitieren darf ! , .."
Menschenmasse:"Bloß net!"
Miehle in doppelter Lautstärke hocherhobenen Kopfes:"Was sein muß muß sein!", er brüllt:"

Panem et Circenses!
Man hört ein Flüstern im Chor:"Brot und Spiele!",

dann hört man einen Wütenden Anklagenden Monumentalen
MassenSprechChor:
Brot und Spiele!
Die Stimmen verebben. Es wird mucksmäuschenstill. Regungslose Stille.
. es vergehen ein paar Minuten auf diese Art und Weise
Da schmunzelt der Miehle:"Na DAS hamse grade noch hingekricht!"
. und wieder mit gewohnter doppelter Lautstärke in teilweise sich in
Kopfstimme überschlagender wütend anklagender Sprechkunst ernst !, und er
sagt schnell:
"Wie heißt es noch einmal in der Philippica gegen Mark Anton?"

Miehle in tiefer donnernder Stimme getragen, langsam und grimmig ! und
die Menschenmasse in tiefer donnernder Stimme getragen, langsam und
grimmig zuerst zögerlich, dann mit Miehle bestimmt mitsprechend wie des
Vater Unser:

Quid est aliud omnia ad bellum civile hosti arma largiri, primum nervos belli, pecuniam infinitam, qua nunc eget, deinde equitatum, quantum velit.
"
Dann schweigt der olle Miehle.
SprechChorMasse:"

Was anderes bedeutet das, als daß dem Feinde Waffen zum Bürgerkrieg gereicht werden, erstens die Lebenskraft des Krieges, unbegrenzt viel Geld, so, wie er es nun braucht, zweitens Reiterei, soviel er wünschen

mag.
"

Dann nach einer Verschnaufpause laut im MassenChor:"**Zizero**."
Miehle weiter mit doppelter Lautstärke und hocherhobenen Hauptes:"KIKERO heißt der Mann!", kopfschüttelnd es aufgebend und leise,"Na, das wern se NIEMALS lernen."Und wieder doppelte Lautstärke in Kopfstimme überschlagend:"Na, Sie wissens ja auswendig, n bisl hamSe ja doch bei mir gelernt!"
Alles beruhigt sich langsam einen Augenblick. Miehle in doppelter Lautstärke hocherhobenen Kopfes:"Was sein muß muß sein!", mit vernichtendem Blick auf die mit ParteiProminenten gefüllte Tribüne, und während er mit darbietender Gestik einzeln jeder Abgeordneten und jedem Abgeordneten in die angstvollen Gesichter guckt, spricht er donnernd ins Mikrofon:"Herr Bürgermeister Kluntschich, hier sind Ihre Gladiatoren, die Ihnen, wie ich es ihren Gesichtern ansehe, zurufen:

Ave Caesar, lucrifacturi te salutant !
Menschenmasse im Donnernden Chor:"
Sei gegrüßt Caesar, die sich bereichern wollen, grüßen dich !
wütender Applaus der Menschenmassen für den Stadtrat Miehle
wütender Applaus der Menschenmassen für die Republik. Bürgermeister will im Boden versinken und sich mit einem Plan-B verdrücken: Hinter die Bühne zurücktretend, wo sich vorsichtshalber auch schon mal der Polizeipräsident Redlich,- der lauschende Miehle in Sichtweite mit einem Seitenblick -, versteckt hat, der Polizeipräsident Redlich wütend verzweifelt brüllend ins Handy flüsternd:"Was? Koi Befugnis mehr! Bis auf Weiteres koi ReschtsBefugnis!? Ja, wer soll denn da! .. Ach so!? Wirklisch! Des Beste drausmache? .. nach eigenem Ermessen einloche?! .. de Langhaarischen aach?! .. Ai des is ja Herrlisch! .. Bis auf Weiteres?! .. der Bürgermeister und isch?! Jawoll!", der Polizeipräsident Redlich mit Hacken zusammen nunmehr strammstehend und Hand an die Krempe des Handygespräch beendend, der Bürgermeister indes selber Handygespräch:"Was!? Kaa Landrat nä mäh?! Kaa Minister aach nä mäh?! .. Ich unde ..?", sehr ernst "Räschtsfreien Raum gibts bei mir nischt!", lauscht, " .. unbefristet unbeschränkte Machtbefugnis

bis auf Weiteres? .. Des Grundgesätz?! .. De Oberste Karlsruher Behörde hat sich kurz vor diesem Telefongespräch ufgelöhst? .. Es gibt kaa Instanz mäh iwwer mir?! .. ", überglücklich "Ai des is ja Herrlisch!", nun sehr ernst "Äh", macht Bückling "Habe gehorsamst verstanden! Jawoll!" Ende Handygespräch.
Polizeipräsident Redlich:"Wir sind nicht für die Politik verantwortlich, mein Gott!"
Bürgermeister:"Wird man uns des glauben?"
Polizeipräsident Redlich auf die tobenden Menschenmassen zeigend spöttisch:"Bevölkerung, ph!" und zynisch,"Gegen UNS kann dieses Gesindel ja nichts haben. Politik haben wir beide ja eigentlich niemals gemacht: denn zu zeiten auch jeder erdenklichen Diktatur ein Polizeipräsident so wenig wie ein Bürgermeister ist ja nicht Politiker, auch wenn wir beide von der Partei ins Amt gehievt wurden. Wir, hm Ich, haben über Jahrzehnte nur den Willen des Volkes ausgeführt. Sie etwa nicht!? Seien Se ma janz locker! Wir tun auch jetzt nichts anderes als den Willen des Volkes; wenn man uns doch die Diktatur angetragen hat! Erfüllen wir doch unsere Pflicht!"
Bürgermeister auf die tobenden Menschenmassen zeigend:"Wir erfülle doch nur unsere Pflicht, mein Gott! Was wolle die nur!"
Polizeipräsident und Bürgermeister einvernehmlich, fast hätten sie sich umarmt und geküßt. Stadtrat Miehle, der wo von den beiden bisher nicht bemerkt wurde, ist wieder auf die Empore ans Mikrofon geschritten und spricht eindringlich zur aufgebrachten Volksmenge.
Bürgermeister:"Erfüllen wir unsere Pflicht, mein Gott! Die Rädelsführer von diesem Plebs, sagen wir", auf Stadtrat Miehle und den vordersten Teil der Menschenmassen zeigend,"hier vorne, die wo am lautesten schreie, so etwa 250 Leude einloche!, sagen Sie einfach Routine Personalien feststelle, daß se nä mäh nauskomme, wernse früh genug merke, ab in den Kerker, ohne Rücksicht auf Verluste mit größter Härte durchgreife!, des schaffen Se doch mit Ihren 25Hundertschaften?!"
Polizeipräsident Redlich:"Geben Sie mir freie Hand?"
Bürgermeister:"Sie können sich ganz auf mich verlassen!"
Polizeipräsident Redlich:"Sie können sich ganz auf mich verlassen!" und ab.
Die Polizei rückt an, jedoch verhaart in Nichtstun. Was ist los?
Zu seinem für alle Fälle zur Flucht bereitgestellten im Stand laufenden PKW sich umsehend und sich auf Zehenspitzen zurückziehend nuschelt der Bürgermeister dann seitlich:"Rehbeinsche! Fraun kenn mit solsche Situatione aafach bessäh umgehe. Isch verlaß misch ganz auf Sie! Sie mache dann hier weidäh und lese mei Rede vor", reicht ihr den Stapel schweißnasser Zettel,

was sie aber nicht nimmt,"Isch hab schon immä aane Hochachtung vor de
Fraun im allgemeinen und insbesondere vor Ihne gehabt, Rehbeinsche, des
kenn Se net leugnen!"

Die Rehbein:"**Du dreckiges Schwein!**"

Wütende Menschenmasse schart sich um Kluntschichs Fluchtauto. Flucht
unmöglich. Kommando zurück! Flucht nach vorn, als wär nischts gewesen.
Daß alles nur ein schlechter Scherz sein kann und des Volksfest doch
imgrunde gelungen ist, schizophren hoffend der Bürgermeister:"Rehbeinsche,
wollen mer wieder gut sein. Sie ware doch immer MAA Rehbeinsche,
MAANE reschte Hand, was wäre ich OHNE maa Rehbeinsche!"
Und der Staatssekretär des InnenMinisteriums Bonn a. Rh. a. D. prescht zur
Römischen StadtMauer mit einer Hundertschaft Polizisten mit Willi und Tatü
Tata die Bahnhofstraße rauf über den Lutherplatz quer durch die ganze Stadt
.. zu spät.

Der Fahnenjunker Stadtrat Bauer feixend mit weißen Handschuhen und
Schärpe .. feierlich die Fahne langsam hochziehend, dann stockt es. Ein
Technik-Problem. Bauer eifrig die kaum zu einem Drittel hochgezogene
Fahne anstarrend, weiter nun mit zaghaften Rucken am Seil ziehend, und
murmelnd:"Des wird doch gleich ..!"
aber die Fahne steckt fest, und was noch schlimmer ist: die neue
"BRD"Fahne entfaltet sich gar nicht ..

Alle starren auf die nicht aufgerollte Fahne
Bauer zunehmend von Peinlichkeit durchdrungen starrt nach oben
Bürgermeister Kluntschich starrt nach oben.
Alle starren nach oben. Doch die Fahne will nicht!
Bürgermeister nach oben starrend, unwillig und vorwurfsvoll:
"Bauer! Warum geht die Fahne nicht auf!"

Bauer nach oben starrend:"Mer waases net" und anfangend
verzweifelnd:"Des müßte doch eigentlich gehen! .." , zieht ruckend, kein
Stück bewegt sich die Fahne
Ein Kind in der Nähe entdeckt, daß der Bauer selber auf dem Seil steht, lacht
sich eins, des Kind sagt aber nichts, außer daß es einem anderen Kind im
geheimen des zuflüstert, des wo sich auch amüsiert, aber verschwiegen.

Währenddessen ist wenigstens die TechnikerCrew in Bewegung gekommen, es werden etliche Hotlines in Irland und USA per Handy angerufen und angesmst. Wenigstens ist wenn auch auf sonst nichts so doch auf die Handys der TechnikerVerlaß ..

Bauer indes traurig, wütend:"Des muß doch gehen!" und wieder traurig!
.. aber weil da die beiden Kinder Mitleid mit dem feschen Fahnenjunker haben, zupfen sie ihm am Bein:"Du, Onkel?" ..
Bauer des Fahnenseil haltend aber sonst ja beweglich geht in die Hocke, um auf gleicher Höhe mit den kleinen Kindern zu sprechen:"Was is denn? Was habt ihr denn?!"
1Kind:"Laatsch net alls ufm Bennel druffrum, dann gehts valeischt." ...
Bauer:"Oh danke!", er tritt selber vom Fahnenseil und gibt es einem der Kinder in die Hand, jetzt gehts es ja, ein Aufatmen, aus seinen Hosentaschen gibt er jedem der Kinder eine ganze Handvoll Bonbons,

er starrt nach oben, die zwei kleinen kinder geben des FahnenseilEnde dem Onkel neben dem Onkel in die Hand, des ist der Bürgermeister, der wo den kleinen Kindern mit einer Bürgermeisterlichen Verbindlichkeit zuzwinkert und als Kinderliebender Bürgermeister in die Kameras strahlt und wieder nach oben zur Fahne, alle starren nach oben zur Fahne, jetzt geht es ja

der Fahnenjunker Bauer mit weißen Handschuhen und Schärpe zieht die neue "BRD"-Fahne die letzten Meter ganz nach oben fast;

Es stockt schon wieder. Man will heulen!

de Fahne will sich nicht entfalten, aber wenigstens isse jetzt unter de FahnenStangenSpitze schonmal fast halb oben. Es sieht so erbärmlich aus! Welch Schande für die "BRD"! Mucksmäuschenstille. Kein Applaus. Schon gleich gar net Protestbrüllen der Menschenmassen, die nach oben starren. Nur noch staunende offene Münder. Kein MusikTon! Keine Worte. Zumindest Keine Worte für den Bürgermeister. Des langt für den Bürgermeister, der wo ja immer einen Plan-B im Ärmel hat: er gibt ein Zeichen zu den OrchesterKollektiven, EllisKupa macht Vögelchenzeichen dann kopfschüttelnd:" In was für eine Veranstaltung bin ich denn hier reingekommen !?" ,
so dudeln sich die Orchester erstmal über 1Strophe Rosamunde wieder warm. Dann will jetzt die Fahne zusammen mit der Hymne hoffentlich.

Es stockt und will nicht!
Die NationalhymneKlänge indes dröhnen stolz durch des Langener Umland.
Alle LiveSenderKameras glühen.
Die Fahne will immer noch nicht.
Die gesamten ParteiProminenten auf der Tribüne erheben sich zur Hymne.
Die unwillige Menschenmasse drumrum gröhlt wieder die bekannten
Slogans:"Nieder mit dem Kolonialismus! Rudi! Rudi! Rudi! Rudi! Nieder
mit der "BRD"! Nieder mit dem Kapitalismus! Rudi! Rudi! Rudi! Rudi!
Nieder mit der "BRD" ! .."
Der Bürgermeister mit stolzer Brust
Es stockt und will immer noch nicht,
Der Bürgermeister mit stolzer Brust hält mit immer verkniffener werdenden
Stirnfalten nach oben auf die nur zu DreiViertel hochgezogene und sich nicht
entfalten wollende neue "BRD"Fahne starrend des Ende des Fahnenseils
ebenso verkniffen fest und merkt es nicht. Es merkt keiner.
Der Stadt-Chor singt in Herrlicher Pracht
In Einigkeit und Recht und Freiheit ..
völlig unpassend zum RockOrchester, was irgendeinen anderen Song spielt
Ein großer Teil des Publikums singt mit
Bürgermeister sinnt still:"Welch ein Ruhm ! Des kann mir kaaner nehm!"
Da gibt s Randaleien inmitten der sonst so gefügigen Menschenmassen, hier
und dort Randaleien
Bürgermeister in den Augenwinkeln des bemerkend
jedoch mit Stolzer Brust und für und für
die "Rudi Rudi Nieder mit "BRD"Kolonialismus! Nieder mit
"BRD"Kapitalismus Rudi Rudi" gröhlenden Menschenmassen
die immer noch nichts gemerkt habenden Politikerinnen und Politiker bzw
die immer noch nichts gemerkt haben wollenden Politikerinnen und Politiker
singen aus vollem Hals
"BRD" über alles !
während sich in Pracht in seichtem Winde selber auseinanderfaltend die
Fahne entwickelt
, die Prominenten indes vor dem in MassenChören gröhlenden Volk
erschrocken, verziehen jetzt erst recht weil eingefangen von den
LiveKameras der verschiedenen Fernsehsender, beim Hissen der Fahne, dem
Feierlichsten Moment, auf den alle gewartet haben, die dümmlichen Fratzen
zu Mäulern Stolzgebrüsteten SiegesGrinsens.
Da wendet sich der Bürgermeister hinter die Bühne, fährt sich mit dem
Taschentuch über die Schweißnasse Stirn und spricht zur ihn still und

schweigsam angstvoll anstarrenden die Hände übern Kopf zusammenschlagenden und auf die Bühne zeigenden panischen Sekretärin:"Du, Rehbeinsche, sag emo sälbä, des Gedudel, des wo alls spielt, des is de falsche Melodie, gell? Der PolizeiOrchesterDirigent muß besuffe sein! Jetzt merk ischs erst. KatzeMusik! RockMusik hab isch noch nie leide kenn. Was für eine häßliche! Melodie!"

Ellis Kupa, der wo sälbä auf seinen Auftritt wartet und neben ihm steht, hört des und brüllt wütend:"Hä ..ßliche Melodie!? Hä..?!"

der Bürgermeister erschrickt und läßt dabei des Fahnenseil los, wodurch der Fahnenjunker Bauer mit weißen Handschuhen und Schärpe die Flagge gänzlich nach oben zieht

und in zermalmender Wut betätigt der zum KonzertAnfang bereits mitten auf der Bühne stehende im Warmlaufen der RockBandFanfaren bejubelte aber seitlich zur Backstage zum Bürgermeister starrende Ellis Kupa sein Zepter und stampft es gerecht und wütend mehrmals auf die Erde

da ruckt die Erde, die Flagge entfaltet sich:

da weht die DDR-Flagge mit Hammer, Zirkel und Ährenkranz; der Hammer steht für die Arbeiter, der Zirkel für die Intelligenz und der Ährenkranz für die Bauern.

Gemäß der Tagszuvor stattgefundenen Revolution mit neuer die Wiedereinführung der DDRWährung und der BRDWährung, Abbruch aller Politischen und MilitärBündisse mit USA und allen USAVerbündeten , RüstungsProduktionsVerbot und RüstungshandelsVerbot und Austritt aus der EU erlassener Verfassung des Neuen Staates mit BlockfreiStatus und entsprechenden Massenverhaftungen - die Kunde dieser Neuerungen hat sich seit gestern von Westberlin nunmehr auch bis aufs Land nach Langen/Hessen rumgesprochen – werden nun, während immer und immer wieder unablässig des OrchesterKollektiv die Hymne spielt und mit den VolksMassen der Langener VolksChor die Hymne singt, für einen unbefristeten Aufenthalt im Kerker sämtliche sich hier versteckenden ReichstagsAbgeordneten, Hessischen LandtagsAbgeordneten und RheinMainLandKreiseAbgeordneten verhaftet wie gleichzeitig auch der Bürgermeister, die Polizei hat zu tun.

Polizeipräsident Redlich ernsthaft die 25 Hundertschaften dirigierend, Polizeipräsident Redlich abschließend ergriffen jubelnd:"Daß isch des noch aleewe daff! Des is de Gipfel maaner Karriere!", lachend zum ollen Miehle. Der olle Miehle:"Nicht ganz", zeigt einer der Hundertschaften, "den Ex-Polizeipräsidenten Redlich festnehmen und gleich dem Ex-Bürgermeister hinterher in denselben MassenGefängnisHochSicherheitsTrakt" Ex-Bürgermeister:"Blaabt mir vom Hals mit diesem Mafioso! Isch war ja alls geesche ihn gewese! Was gehtn misch de Polizeipräsidente Redlich an!? dieses Kriminelle Aaschloch!" Ex-Polizeipräsident Redlich:"Abä doch net zum Bürgermeister zu diesem Affen!?, des is Folter! Und zu alledem: Isch daff doch wohl net in mein eigenen Kerker gesperrt werrn, des is doch geesche de Menscherechte! Des geeht doch net! Ma geht doch zugrunde dadrinn, genau zu dem Zweck hab isch den Kerker doch so entworffe!, baue un vor wenige Woche erst einweihe lasse mit somm asoziale langhaarische StraßenbahnFrankfurtSüd-NeuIsenburgSchwatzfahrer!" Miehle zu der Hundertschaft weiter:"zu ein und demselben MassenGefängnisHochSicherheitsTrakt am Rande des schönen RheinMainGebietes in Wiesbaden/Mainz-Kastel (Kastel Betonung zweite Silbe;Anm.d.Verf.)!" - der sich gegen die ihn wegschleppenden Polizisten sträubende Ex-Bürgermeister:"Abä des is doch gar net Wiesbade sondern Mainz" Miehle:"Ai des isses ja grade" Ex-Bürgermeister:"Abä des is doch gar net Hesse sondern RheinlandPfalz" Miehle:"Ai des isses ja grade" der hartnäckig aber erfolglos gegen die Staatsgewalt Widerstand leistende in der Grünen Minna verschwindende Ex-Bürgermeister:"Abä des is ja ä Formfehläh, isch protestiere: wenn schon, dann will isch in´ Gefängnis in Hesse! Dazu hab isch ein Räscht laut BRDGrundGesetz!" Miehle:"Ai des isses ja grade: des gilt ja nä mäh!" - Miehle zu Volk und Polizisten:"und niemals mehr rauslassen!" Applaus
John Törner aus dem Sarg steigend mit Blick zum Ex-Polizeipräsidenten, der wo weggeschleift wird, und zu Ellis Kupa, der wo nun sein Konzert beginnt : "Und Ab geht er!"
Im Hintergrund des RockBandKollektiv weiter die Hymne spielend.
Ellis Kupa sich mit John Törner besprechend wegen dem Auftritt jetzt, währenddessen zum Ex-Bürgermeister der olle Miehle mit sardonischem Grinsen:"Die Polizei .. dein Freund und Helfer! Jetzt erst haben wir eine Republik!"
Ex-Bürgermeister:"Was isn des?!"
der olle Miehle:"Triumphal!"

im Publikum indes in der Menschenmasse die Menschen zueinander:
"Doller Song, ich fühle mich 50Jahre jünger!" "De Händrixhymne!"
"Die Vietnamhymne!"

Die Meech

Miss Zindl/Miss Marple Wechsel Unverständlich Beibehalten wie es ist. Nur den schließlich vollständigen Wechsel möglicherweise an einer anderen Stelle machen, vielleicht auch an der Stelle lassen, wo es ist.
 der neue Vorgang ist dermaßen kompliziert, so daß von einem Problem gesprochen werden könnte, wäre da nicht die an die Wand geschmissene Kaffetasse, die von einer Art Ausgeglichenheit berichtet, von welcher Art auch all die anderen braunen Flecken an der weißen BRDRauhfaserTapete zeugen, und von welcher Art diese 1960er Bundesrepublikanische MusterEhe zeugt, erste regelmäßige Arbeit meines bisher durch Kriegsgefangenschaft und Gelegenheitsarbeit gezeichneten Vaters ab 1965, ein Aufstieg aus dem Proletariat zum Bürgertum, der Trabby der 1972er BRD, den Namen der Marke hab ich vergessen, vergessen hab ich nur nicht, daß es normal war, daß dieser auch mit angezogenen Knien enge immerhin Viersitzer für 6LeuteFamilie auf jeder, aber auch wirklich auf jeder Fahrt 1xstehenblieb und ohne KFZWunderhände einer KFZWerkstatt, die man nur schwierig erreichte und wo die Eltern und wir Kinder beten lernten, - ohne Handy, man suche auf der Landstraße eine Telefonzelle - , stehenblieb, worauf wir Kinder mit Geplärre und Zähneklappern zusammen mit den Eltern hofften, ob wir heute noch in der späten Abenddämmerung des Frankfurter Stadtwaldes, wodurch die AusflugsLandstraße führte von Neu-Isenburg nördlich nach Frankfurt/Main oder auch spätabends in der zwischen Dieburg und Langen liegenden waldigen Wiesen und FelderWildnis, ob wir noch heil nach Dreieichenhain nachhause zurückkommen würden, wenn die Nacht käme, wäre man verloren und der Untergang sicher, so dachte man damals als heulendes Kind und möglicherweise auch als gesamte Familie, ein weißes ziemlich durchgerostetes Mini4TürerAuto, auf das wir wie auf unseren Montagfrüh bis Freitagnachmittag und auch sonst recht oft abwesenden Vater stolz waren und mit dem wir 1972 im Sommer in eine auf 30Jährigem Kredit gebaute PalastVilla umzogen, dann Frühjahr 1973 bald ein gebrauchter unzerstörbarer DieselBenz für den Vater, 25Jahre SilberHochzeit mit allen DDRVerwandten und auch Verwandten aus Kanada, die für BRD ein Visum bekamen 1975, und da war auch schon die Ehe im Eimer. Scheidung.

Zurückgezogen 1978. Eltern blieben zusammen des Hauses! wegen, sie sagten: der Kinder wegen!, hätten sie sich nur getrennt!, aber so ging der Spektakel weiter. im 1972 von Franco an den Spanischen König übergebenen Spanien fantastischer VersöhnungsUrlaub nur der 2Eltern 1979 - hinterher sagte Mutter: besser wäre man getrennt gefahren - , dann 1982 ein neuer unzerstörbarer und zwar Gebrauchter BenzinerBenz für den Vater, 1982 der 2.FamilienUrlaub ein fantastischer Familienurlaub nach dem 1.Familienurlaub 1974 Nordsee und SüdTirol mit BayernVerwandten Besuch alles in einem Sommer 1974 BRD wird Fußballweltmeister, verliert aber gegen DDR, nun der 2.Familienurlaub: fantastischer erstmals großer Familienurlaub, allerdings ohne die 2größten Kinder, die den FamilienZirkus überhatten, wir übrigen 4 und zwar Erstmals Flug und zwar nach Mallorca 3Wochen 2000Mark pro Person, Wahnsinn wahnsinnig viel Geld aber dafür auch wahnsinnig traumhaft erfüllt dieser Urlaub alle erdenklichen Wünsche unserer Eltern und von uns 2GeschwisternKindern, SpektakelEhestreits führten 1985 zu getrennten Wohneinheiten im großen VillaPalast, wir mit Mutter, und der Vater alleine, zwei völlig getrennte Welten, so ging es, aber es war doch so dumm, die Eltern ödeten sich an, wie sollte es anders sein, sie blieben in dem Haus des Hauses wegen. Mit 60 1987 gönnt sich Mutter einen Urlaub, der sich gewaschen hat: sie fährt mit ihrem BMW nach Spanien, und dann fährt sie wochenlang durch Spanien; die ersten Wochen guckt sie sich überall, wo sie ihr von ihr vorher ausgearbeiteter von Nord nach Süd Reiseweg hinführt, die Kultur an, Industriestädte Saragossa enttäuschend, interessanter Antike Städte, Klöster und hier Handschriften: Kaufmännische Buchführung Spätes Mittelalter, und Mutter darf selber darin blättern, und die Mönche und Nonnen erklärten ihr alles ganz genau und freuten sich selber über Mutter, daß sich jemand für das Kloster Sowieso interessiert, und die Herrliche Hauptstadt Madrid, wie auf dem Hauptplatz am Abend plötzlich die Jungen Leute zu tanzen anfangen und jeden auch meine Mutter in sich in die Gruppe mithineinziehen, so was hat sie noch nicht gesehen, ist das schön! Madrid, Hauptstadt, und was sie sich da alles angesehen hat, und dann weiter Südwärts .. und bis Granada, Sevilla, als Krönung dann ein ganz fauler Strandurlaub im Süden, auf dem Rückweg nahe der Französischen Grenze ein Abstecher zu Salvador Dalis Villa, dann die Grenzbeamten, die sich ihren mit benutzter dh gebrauchter entsprechend unappetitlicher Wäsche randvollgestopften Kofferraum vornehmen wollten und sie:"Na, wenn Sie unbedingt wollen? Ich würde es Ihnen ja nicht raten! Aber bitte, nur zu!"
Dann SpektakelEhestreits mit Krönung Herzinfarkt Mutter Arbeitsunfähigkeit Abbruch ihrer Berufstätigkeit mit 60, sofort

EheScheidung, aber was nutzte es, es war fast zu spät, 1987. Folgend
Gleiches Jahr Spätsommer in der Heimat Sprottau Mutter mit mir, in diesem
Urlaub war sie endgültig grau geworden. Mutter gestorben 2006, Vater
gestorben 2011, ich bin von ihm enterbt worden, weil ich Mutters Erbe
wollte, gefreut darüber haben sich die übrigen Geschwister; ich jedoch wollte
auch einen Teil von Vaters Erbe, deswegen wurde flux das Haus verkauft.
Und es war einmal. Ich weine diesem Haus keine Träne nach. Und doch
könnte ich unablässig heulen, was wir für Hoffnungen alle Zeit in dieses
Haus gesteckt hatten, wo wir doch dachten, dieses Haus wird immer stehen
und unser bleiben."
Ludwig Thoma gemäß ist ein Schwank eine Posse , .. das Wort hab ich im
Fremdwörterlexikon aber nicht gefunden
Miss Marple
nicht zimperlich sein
Lady Flickenschildt zu Klaus:"Guck nicht Löcher in die Luft sondern tu was
Sinnvolles!"
Klaus Kinsky apathisch, phlegmatisch. Heult wütend und bricht ner Ratte das
Genick.
Lady Flickenschildt wohlmeinend:"Heute mußt du nicht in den Keller; guter
Junge!"
Kinsky froh, daß er etwas Sinnvolles getan hat.
Jane:"Was willst du denn! Und *das* soll gesellschaftskritik sein? Ph! Laß
mich doch mit deinen Spitzfindigkeiten in Ruhe, du blöder Kerl!"
James:"Was hast *du* denn zu erzählen?, hast wohl gar nichts zu berichten.
Wohl alles geheimes Familienglück, hähä!"
mit Hornbrille der Ober Steimle Beimle oder wie der heißt, kommt, scheinbar
auf Zeichen der zwei, zahlen zu wollen, ohne daß klar ist, *wer* zahlen will,
Ober unentschlossen ..
Ober Herrliche Pantomime stumm,
keiner will zahlen
der Ober erneut gerufen wieder zu den zwei Herrschaften, die
61jährigeÜberkanditelte Tochter Jane Zindl in Kostüm Chefetage der
"Kontzährn" Aktiengesellschaft, und ihr 60jähriger Überkanditelter Bruder
James Zindl in Kostüm mit Schlips Chefetage gleiche Gesellschaft, haben
den Ober gerufen, aber ignorieren ihn wie zuvor.
Jane:"Das müssen wir begießen. So müssen wir das machen.
Einverstanden?"
James gewinnerisch seinen Laptop hervorholend:"Ich hab da schon was
vorbereitet! Einverstanden! Nicht wahr?"

Beide stoßen mit nur mit Rest gefüllten Whiskygläsern an, "noch ne Runde!" Ober verschwindet, ein guter Ober ist ein Ober, den man nicht bemerkt. Es ist wie mit den Zimmermädchen bei Miss Marple: Blitzblanke Paläste, und für die Zimmermädchen, die den ganzen Tag für diese Sauberkeit schuften, gilt: ein Zimmermädchen ist ein gutes Zimmermädchen, wenn man es niemals sieht. Das aufgeschlagene Miss Marple Buch neben den Arbeitswerkzeugen auf dem Eßtisch. Die EßzimmerBalkontür geht auf, da kommt ne in rotem PlastePullover und blauer Trainingshose gekleidete Arbeiterin mit GartenErde an der Nase und Händen, das ist Mutter:"Das is doch unästhetisch!"
Wie die SchmarotzerFische im Geleitzug hinterher der kurz vor der Rente untersetzte Finanzbeamte der Gemeinde und gleich mit die zwei von London angereisten Kinder zwar nicht untersetzt aber ebenfalls kurz vor der Rente , 1 Mann mit Schlips, eine Dame in Kostüm Stöckelschuhen und Etepetete Fingern, der Beamte:"Aber Frau Zindl! Das müssense doch einsehen."
Miss Zindl:"Mein lieber Herr Gesangsverein! Wie reden Sie denn mit mir?! Ich heiße Margret Ann Zindl. Ich bin 90 Jahre alt. Da werde ich mir ja langsam eine Meinung gemacht haben dürfen. Mein *lieber* Mann! Ich habe es satt, von Ihnen wie Klein Doofi (Aussprache: Doowi; Anm.d.Verf.) behandelt zu werden. Ich will Ihnen mal was sagen, junger Mann!", ihr 60jähriger Gegenüber errötet wie eine KetschupTomate," als ich schon erfolgreich für die FrauenGleichberechtigung in den 1950ern gekämpft hatte, damals hatten wir die Queen an die Macht geputscht, da waren Sie noch Quark im Schaufenster, junger Mann, da war an Sie noch nicht zu denken, da waren Sie weniger als Luft. Ich habe mich damals Mitte der 80er Jahre mit 60 scheiden lassen und meinen Mädchennamen wieder angenommen, eine Errungenschaft fürwahr, nun will man ja von Ihnen erwarten dürfen, daß Sie sich das nach Jahrzehnten immer noch gemerkt haben, oder leiden Sie an Gedächtnisschwäche?, ich denke Sie haben studiert!, da will ich gefälligst mit Fräulein angeredet werden!; Ich heiße *Miss* Zindle und nicht *Frau* Zindl."
durch die Gartenhecke die Nase schiebend kommt der vertrottelte Rentner Mr Singer, Miss Marple´s Nachbar, er glaubt Miss Marple alleine und spricht so, als würde er ein beiden bekanntes Gesprächsthema wiederaufgreifen ..
Mr Singer:"Das im 20.Jahrhundert und Anfang des 21.Jahrhunderts Allergrößte Argument der Bürgerlichen Theorie gegen den Marxismus ist, daß der Marxismus keinen Glauben an Gott kennt und dieses Nicht-Sein eines Gottes erfunden habe. Nun ist in der AltBRD unbestritten, daß tagein tagaus über viele Jahrzehnte der Kapitalismus genau diesen Wortlaut

verkündete. Seltsam indes, daß Jahrhundertelang vor Marx die Bürgerliche Theorie selbst eine Welt ohne Gott erfunden hatte, um nach Jahrhunderten das Bürgertum als Eigenständige Klasse zu etablieren und in einigen Staaten eine Bürgerliche Gesellschaft herzustellen, wo Religion erstmals völlig losgekoppelt keinerlei Rolle mehr spielte frühstens 1920, bis wann doch die Vorherrschaft des Von Gottes Gnaden Adels und des mit dem Adel gekoppelten Von Gottes Gnaden Militarismus bis zum Anfang des 20Jahrhunderts unfehlbar und unumschränkt geherrscht hat. Jetzt dagegen rechtmäßig zu lästern, es sei doch Irreführung, Gottlosigkeit sei eine Erfindung der Marxisten, obwohl Gottlosigkeit eine Erfindung des Bürgertums ist, produziert das angebliche Erfordernis eines BeiNullAnfangens. Somit bekommt das über Jahrhunderte bis jetzt BeRechtigungslose Bürgertum erneut wie so oft eine Chance, auch für sich als DaseinsBerchtigung also eine Theorie als etablierte Klasse wieder ganz neu anzufangen, und das so sehr mit Fehlern belastete Bürgertum, das nur so tat, als würde es den Gott des Adels und des Militarismus übernehmen, obwohl es doch niemals eine Verwendung für Gott gekannt hatte, noch und noch weiter fortzuführen, unter welcher ScheinAbsicht auch immer, die doch stets in dem Grundkonsens gipfelt, den Frieden für die Welt herzustellen und zu bewahren. Dies haben auch stets Antike Schlächter wie Julius Caesar von sich behauptet und durften berechtigt auch noch bis heute in der Bürgerlichen Geschichtsscheibung auf Anerkenntnis hoffen."
Miss Zindl:"Ach Mr Singer. Monarchie! Ja, auch ich bin ein Freund der Britischen Monarchie. Und wir sind in der Epoche des Niedergangs der Monarchie. Schlaraffenland für Kriminelle London Schlaraffenland für Kapitalistische Ausbeutung London Schlaraffenland für Kapitalistische Ausbeutung der Kranken London Schlaraffenland für Kapitalistische Ausbeutung der Ärmsten der Armen London das Programm der Partei. Niemals hätte ich gedacht, daß England in Great Britain so ein Schandfleck sein würde. Hierschte uff! Armes England!"
Jane:"Es gibt wichtigeres als das."
James:"Sei doch nicht egoistisch! Denk doch mal an deine Kinder. Wir wollen nur dein Bestes!"

Mr Singer wie Miss Marple in Gartenarbeitskluft in Blickkontakt mit Miss Marple begibt sich mit dem aufgeschlagenen Buch, aus dem er berichtete, zur Gartenhecke, liest im Politikwissenschaftlichen Buch, als wärs ein Gartenbuch, und inspiziert damit die Hecke, was da so noch zu machen ist ..

Miss Zindl:"Auf dem Rittergut bis 1945, Aston Manor, du, das war schön! Das hat funktioniert, kann ich euch sagen .."
Jane:"Ach hör doch auf!"
James:"Wie oft mußten wir das uns in unserer Kindheit anhören! Oah, ich kanns nicht mehr hören. Du mit deinem kleinen Bauernhof! 10 oder 20Kühe, und die ganzen Äcker ums Dorf, bitte schön."
Jane:"Aber sowas hat doch heute keine Bedeutung mehr!"
Miss Zindl:"Meiner war das nicht. Und Bauernhof?", lacht," Das war ein Großbetrieb, das könnt ihr euch gar nicht vorstellen. Das war der reichste der ganzen Grafschaft, und ich machte da 1945 mit 18 den Abschluß meiner kaufmännischen Lehre ne Ausbildung zum Gutsinspektor."
James:"Sowas gibts doch heute gar nicht mehr!"
Jane:"Mach dich doch nicht lächerlich!"
Miss Zindl lacht:"Ich kenn nicht den neumodischen Namen für meinen Beruf, den brauche ich auch gar nicht wissen", schmunzelnd "ich vermute mal: Manager der AgrarPhysiologie, Kinder!, ihr werdet euch sicher kundigmachen können, ihr seid ja alt genug, wenn ihr euch für diese Berufsausbildung entscheidet. Und wenn ihr euch wirklich anstrengt, dann kann aus euch vielleicht doch noch was werden!", schmunzelnd,"zu meiner Zeit nannte man das Gutsinspektor."
Jane und James die Augen verdrehend.
Miss Zindl:"Buchführung und praktisch, alles von der Pieke auf, vormittags Körperliche Arbeit, ja James, da guckste, sowas kennst du gar nicht: Überall mitarbeiten, mit den Landarbeiterinnen und Landarbeitern zusammen alle Arbeiten machen, die anfallen, damit man weiß, wie gearbeitet werden muß; und nachmittags die saubere Arbeit: die ganze Büroarbeit! Und dann auch alles Inspizieren!, hoch zu Roß!", sie lacht,"ich und in bester Kleidung mit Breeches Reithosen zusammen mit dem Chef voms Ganzen, ne?, das könnt ihr und das wollt ihr euch gar nicht vorstellen, was eure dämliche Mutter früher gekonnt hat, ehe sie in die Armedei dieser Familie abgerutscht ist, und nu mit dem Chef ich das ganze RiesenGut inspizieren ein Teilbetrieb nach dem andern, man mußte ja prüfen wie und wie gut und ob gut genug die Arbeiter arbeiten. Und mit dem feinen Inspizieren hab ich praktisch mitarbeiten gelernt, praktisch mitarbeiten jeden Handschlag hab ich da von der Pieke auf gelernt, der reichste landwirtschaftliche Großbetrieb in der Heimat in der Grafschaft! Kühe? Kleiner Bauernhof! Wie solln sich das rentieren?, wo se ja mit vereinten Kräften heutzutage jeden kleinen Betrieb kaputtmachen. 200MilchKühe, da könnt ihr euch vorstellen, wie groß der Stall war. Und Rinderzucht für Ochsen, Arbeitstiere, Schlachtvieh,

Schweineproduktion, ach das konnt ma ja gar nicht zählen, wieviel Schweine der hat. Hunderte?" macht Vögelchen zeichen und pfeift dazu enstprechend, lacht " ph!"
Beamter:"Ach ich sehe schon. Sie sind klug! Und dazu auch noch musikalisch! Also von der gebildeten Bevölkerungsschicht, das ist ja heute so selten. Somit sind Sie ein Ausnahme in unserer Stammkundschaft; Sie wissen eben zu unterscheiden, was sich und was sich nicht rentiert. Legen Sie die ganze Arbeit nur in unsere Hände. Dann könnenSe mal in Ruhe die Beine hochlegen und nichts tun, außer Musikhören und ins Theater gehen."
Miss Marple:"Beine hochlegen?, das weiß ich schon selber. Aber Musikhören, Theater? Das wird schnell langweilig junger Mann. Musikhören? Das mach ich, wenn mein Tagwerk vollbracht ist. Und nicht eher. Und noch nicht mal dann. Obwohl, was richtig schönes is the philharmonic orchestra of St.Martin in the fields, *das* is was!"
Gladys huscht, weil sie ja als Zimmermädchen nicht gesehen werden darf, besonders nicht wenn Gäste dasind, staubwischend durch die gute Stube."
Miss Marple:"Gladys, das geht so nicht. Das gabs doch früher auch nicht."
Gladys:"Aber da is doch gar nichts."
Miss Marple:"Da mögen Sie rechthaben auf den ersten Blick. Aber nicht auf den zweiten. Würde ich Ihnen jetzt mit der Shörlogg HöhmsLupe auf den Fersen folgen und das gerade von Ihnen liederlich staubgewischte IntarsienKommödchen inspizieren, dann könnte ich Ihnen *Hunderte* von Staubpartikeln nachweisen. Aber das werde ich *nicht* tun. Ich bezahle Sie ja dafür, daß *Sie* das machen. In Ruhe und richtig arbeiten! *Nur* richtig arbeiten! Wie die Bauarbeiter, die bauen Häuser!, Gladys! Nicht so husch husch!"
Gladys:"Sehr wohl, Miss!"
Gladys pflichtschuldigst und nun in Ruhe richtig arbeitend zurück an die Möbel ..
Miss Marple mit einem Satz wieder auf der Terrasse in die Rabatte gestiegen und Unkraut herausholend, unablässig arbeitend, während die anderen sie nur belabern wollen, Miss Marple mit zwinkerndem VerschwörerBlick auf Mr Singer, der einen VerschwörerBlick zwinkernd erwidert.
Miss Marple:"Wie schön is die Heimat! Die sollte man pflegen."
Beamter vorwurfsvoll spöttisch:"Heimat!", dann richterlich sachlich,"Selbstkritik ist eine Tugend, Miss Marple. Sie haben London verlassen. Ist das nicht widersprüchlich? Wo bleibt denn da Ihr Heimatstolz?"
Miss Marple:"London? Hab ich mich *niemals* heimisch gefühlt! Sie sind ja auch nicht in London gebürtig, man hörts am Akzent, nicht wahr? Selbstkritik is eine Tugend, Herr Beamter."

Beamter eine Spur aus dem Konzept gebracht:"Wo denn fühlen Sie am meisten Ihre Heimat?"
Miss Marple schwärmerisch:"Bemmingem."
Beamter:"Was?"
Miss Marple:"Bemmingem."
Beamter:"Was?!"
Miss Marple:"Bemmingem."
Beamter:"Waass??!!"
Miss Marple:"Bemmingem. Waschen Sie sich mal die Ohren!"
Beamter:"Das ist doch sicher drüben aufm Kontinent in FestlandEuropa, Deutschland, aber nein ich meine: Welche Region hier in England?!"
Miss Marple aus dem Briefkasten die von ihr abbonierte Zeitung nehmend und dem Beamten flirtend vor die Nase haltend langsamsprechend:"Bööhminghemm?"
Beamter es merkend und einsehend:"Ach so! Sie meinen Bööhminghemm!"
Miss Marple:"Eine Stadt in England mit B .."
Beamter:"Aber, das sind doch Kindereien! Jetzt mal im Ernst, *Miss* Zindl! Was nutzt denn son Pfund im Klingelbeutel jeden Sonntag, wenn wir für die *Welt* sammeln, hier nur ne kleine Unterschrift, dann wird für Unsere EnglishChurchCampaign English Money for the World ganz locker von Ihrem Konto jeden Monat ein handfester äh ein Geldbetrag für den handfesten Aufbau der I., II. und III.Welt abgebucht, wir helfen also der *ganzen* Welt!"
Miss Zindl:"Ich weiß doch gar nicht, wo das Geld hinkommt."
Beamter:"Ich weiß das auch nicht."
Sohnemann herzlich, voll Vertrauen, offen und ehrlich, mit einem Gesicht eines ImmobilienMaklers, dem man das eigene Baby anvertrauen würde:"Aber Hilde, ordentlich verwaltet muß es doch werden, mein Gott! Du hast doch kaufmännisch gelernt. Ach Apropos!" Wie geölt eine dünne winzige Broschüre aus dem Jacket herausziehend und seiner Mutter in die Hände drückend, die den Zettel nicht in die Hand nimmt, den Zettel greift der Sohn geschwind, ehe er herunterfällt," .. etwas ganz Vernünftiges, nebenbei Mutter, sicher hast du schon davon gehört: Wir suchen noch Teilnehmer, Menschen mit einem Religiösen Bewußtsein, du hast doch Religiöses Bewußtsein, oder etwa nicht? Du gehst doch immer in die Kirche. Na siehst du? Da wirst du sicher nicht nein sagen, nicht wahr nicht wahr, ganz modern, muß man ja mitgemacht haben, du hast ja so ein Allgemeinwissen, und genau solche Leute brauchen wir bei unserm Kaffeekränzchen, das ist sone ganz moderne Einrichtung in meiner Bank äh in London, die sind da jetzt endlich

vernünftig geworden, Da brauchst du auch keine Kirchensteuer mehr zahlen. Und stell dir mal vor, da brauchst du keine Kirche mehr! Wir machen dann alles für dich! Na ist das was?! Also *noch* ein Vorteil. Ich wollt dir das schon lange mal empfehlen. Ich bin ja immer so besorgt um dich, ach. Ich möcht dir ja nur helfen. Weißt du?, wir sind so ganz einfache Bevölkerung, Männer Frauen, die sich um das Wohl des Staates Gedanken machen; es ist ja heute alles so Oberflächlich. Nicht so bei uns! Und wenn du bei uns bist, da hast du 's gut. So ein ganz gemütlicher Gesprächskreis. Bei unserem Kaffeekränzchen, du, da beraten wir dich auch ganz umsonst, wie du von hier auf anderen Kontinenten Geld investierst, spielend Geld verdienst, dafür keinen Finger rühren mußt und ganz klug aus deinem Geld mehr Geld machst. Wie du weltweit auf den Finanzmärkten, da sieht man was von der Welt, du hast ja kaufmännisch gelernt nicht wahr, Geld verdienst, anstrengend, das geht nur mit Fleiß, aber es lohnt sich! Du bist doch fleißig, oder? Na seihst du? Dann wär das ja was für dich! .. und ich weiß ja: Du bist fleißig. Es wird sehr gut bezahlt, du wirst ja dann sehen. Du gibst mir nur dein ok, und ich veranlaß dann alles weitere. Mühelos spendest du an unseren äh Verein 100Pfund im Monat, stell dir mal vor, ein Klacks für dich, was zahlst du an Miete, sicher mehr! Siehst du? Und wenn du manches nicht verstehen solltest, wir helfen dir immer gerne; denn wir alle halten doch zusammen. Und dies ist auch der Grund meines Hierseins. Wir halten in der Familie doch immer zusammen! Da wirst du das sicher einsehen, nicht wahr, Hilde?!"
Mutter zum Sohnemann:"Ich heiß immer noch Mutter für dich, du großer Angeber! Steckste wieder mal in der Klemme. Du kommst nur, wenn du Sorgen hast. Und dieser Gesprächskreis hört sich irgendwie wie Sekte an, ich *kann* mir nicht helfen! Willst du mir etwa meine Kirche abspenstig machen? Da kannste aber lange warten! Ist das etwa diese GeldReligion? vor der se ja im Fernsehen gewarnt haben. Des Menschen Wille ist sein Himmelreich. Was du mit dir anfängst, das ist ja deine Sache. Das geht mich nichts an. Das ist deine Sache, James. Ach apropos deine Sache. In Egoismus warst du immer gut. Um deine Familie haste dich dabei auch niemals gekümmert. Ich durfte immer alles ausbaden. Und was du alles mit deinen armen Ehefrauen angestellt hast!, da können mir deine Kinder leidtun! Kümmer dich mal um deine Familie!"
Sohn:"Keine Zeit!"
Tochter:"Sei doch mal ernsthaft, Mutter!"
Miss Zindl:"Der Spruch kommt immer nur, wenn du was haben willst. Sonst läßt du dich hier auch nicht blicken!"

Tochter:"Ich bin gleich wieder weg! Leih mir mal kurz 20.000, die brauch ich, um mein durch meine Bierkneipe finanziertes Medizinstudium abzuschließen, das dauert nur noch n paar Jahre!"
Mr Singer kommt für Miss Marple sichtlich herzu, bleibt aber unaufdringlich im Hintergrund.
Mutter:"Mein letztes bißchen Erspartes soll ich dir leihen!Jetzt kannste mich aber mal gerne haben!", drauf und dran, sich breitschlagen zu lassen,"Wenn ichs recht bedenke, .., wenn du´s *wirklich* dringend brauchst, will ichs mir überlegen."
Sohn:"Um auf unser Thema zurückzukommen, du hast doch von mir das gute Buch von der Modernen Kirche gelesen, nicht wahr, du mußt doch zugeben nicht wahr, da ist .."
Mutter fällt ihm ins Wort wegwerfende Handbewegung:"Hopfen und Malz verloren; von Gott habe ich darin nichts gefunden, nur von Geld, und wie man aus Geld noch mehr Geld macht; nach den ersten 25Seiten Lesen hab ichs dir mit der Post zurückgeschickt, eigentlich wollt ichs weggschmeißen!", wieder spöttisch an den Beamten:"EnglishChurchCampaign English Money for the Werld, ph! Diese Spenden Unsummen. Am Ende werden in Straßburg aus unseren guten Pfund Euros gemacht! Was mich wurmt, ist, daß Sie selber nicht wissen, wohin Sie das verwalten. Und lieber spende ich n Pfund für meine Gemeinde am Sonntag oder 1x die Woche n Mittagessen Kaffetrinken Abendbrot für eine KriegsFlüchtlingsFamilie, da weiß ich, wo mein Geld in der Gemeinde hinkommt. Und die Kirchensteuer is Ihnen wohl auch nicht genug?"
Beamter:"Das sind doch Lapalien! Das *muß* so sein. Unser InvestmentFond indes ist etwas *ganz* Neues, das ist *noch* besser! Eine Laune der Natur! Da muß man zugreifen!"
James:"Ganz recht. Zweifelsohne eine Idiotensichere Spekulation. Das wissen aber nur InsiderGeschäftsleute wie Jane und ich. Und ich hab manchmal auch so meine Laune. Und das ist auch ganz gut so. Ich möchte dir ja nur helfen, liebe Mutter."
Jane einhakend:"Du, Mutter, das Geld ist geil angelegt .."
Miss Zindl dazwischenfahrend:"Geil sagt man nicht, das is vulgär. Willst du den Anschein erwecken, daß du vulgär bist?, sicher nicht! Das is doch Unlogisch, Jane!"
Tochter:"Ich hab keine Lust mehr, nach deiner Pfeife zu tanzen!"
Miss Zindl:"Das machst du schon nicht mehr seit 40Jahren, Jane! Man wird nicht jünger."
Jane:"Ich hab auch so meine Launen, ich bin ja auch nur ein Mensch. Das

Investment, das hat was. Wir brauchen dich, Mutter. Und auf das Gespür soll man sich verlassen. .. , sei ganz unbesorgt. Das Investment ist geil! Ich selber werde ja jetzt darin investieren!"
Miss Zindl:"Mit was für Geld denn? Ich denk du hast keins!"
Tochter:"Mit den 20.000, die du mir versprochen hast, wie gesagt. Das Geld ist ja gut angelegt! Das Geld arbeitet ja von selbst in dem Investment. Und du mußt keinen Finger rühren! Das mußt du doch einsehen!"
Miss Zindl:"Wie redst denn du mit mir!"
Beamter:"Nur ne ganz kleine Unterschrift, ne klitzekleine!", einen Vertrag ihr zur Unterschrift vor die Nase haltend.
Mr Singer stutzt und guckt von seiner Lektüre auf.
Miss Marple:"Und *noch* nich genug in´ Rachen bekommen! Da haben die Kommunisten drüben auf dem Kontinent in der DDR wohl doch Recht gehabt! Der liebe Gott hat auch keine Kirchensteuer verlangt. Aber ich zahlse trotzdem gerne mein Lebtag lang schon für diesen Verein."
Beamter:"Verein! Der Kirchenrat Sir Reginald, Gott habe ihn selig, würde sich ja im Grabe umdrehen! Verein! Etwas mehr Achtung bitte, Frau Zindl ! Frau Zindl, aus Ihnen wird ja nie eine Dame werden!"
Miss Marple lacht:"Nee, werklich! Aus mir wird nie ne Dame werden", lacht erneut.
Beamter:"Verbauen Sie sich nicht einen Weg, den Sie nicht kennen! Heilige Maria Mutter Gottes! Gott hat Großes mit Ihnen vor!"
Miss Zindl:"Nehmen Sie den Namen der Heiligen und den Namen Gottes nicht in Ihr ungewaschenes Maul!"
Tochter und Sohn im Chor:"Aber Hilde! Wir müssen uns ja deiner schämen!"
Miss Zindl:"Na da schämt euch mal! Und ich heiß nicht Hilde für euch Kinder sondern ich heiße immer noch Mutter für euch; schämt ihr euch nicht?? Merkt euch das endlich amol!"
Jane:"Ach Gottl nee! Das Investment ist pure Geilheit!"
James:"Aber Hilde! Das ist doch reiner Aktionismus!"
Miss Zindl:"Sprecht doch mal Deutsch! Obwohl, das eine bedeutet dasgleiche wie das andere, das Wort, das ich nicht sage: Die Brunft nach so tun als ob! Hättet ihr wohl nich geglaubt! Und ich hab nur *Volksschule*! Und ich verbitte mir das! Wie sprecht ihr denn mit eurer Mutter! Da könnt ihr geich bleiben, wo der Pfeffer wächst, wenn ihr euch nicht ne andere Tonart angewöhnt! Und zu Ihnen, Herr Beamter! Was Sie mir da unter die Nase reiben, das riecht förmlich nach Betrug, die Katze im Sack."
Katze fühlt sich angesprochen:"Miau!"
Mutter besorgt zur Katze:"Muschi! Broochste vielleicht noch irgendwas?

Jetzt is doch erstmal genug, gell!?"
Katze sagt ein Gell?!"Miau!"
Mutter zurück weiter zum Beamten:"Das hatten wir schon einmal. Hurra schrein bei jedem Unsinn! Zweites Vatikanisches Konzil! Und Wir treudoofe Katholiken! Hierschte uff! War *dasn* Reinfall! Der Wolf im Schafspelz."
Beamter und die Kinder im Chor Fragezeichen:"Hä? Wasn das?!"
Mutter genervt:"Das weeß marock! Das is ein altes deutsches Märchen! Habt ihr denn gar keene Kultur! Armes Deutschland!"
"Was fürn Märchen?"
"Was sacht die?"
Miss Zindl versöhnlich:"Ach Kinder, das dürft ihr mich nicht krumm nehmen. Ich habe eben auch mal so meine Launen. Aber jetzt is ja alles gut. Ich möchte doch nur euer Bestes!"
Jane:"Gott sei Dank siehst du das jetzt endlich ein!"
James:"Es ist nie zu spät, noch klüger zu werden, Mutter."
Miss Zindl dem Beamten den Zettel aus der Hand nehmend:"Ihr habt es mir ja so ausführlich erklärt! Auch Ihnen Herr Beamter, herzlichsten Dank " eifrig,"..Wo darf ich unterschreiben?!"
Mr Singer ab über die Zaunhecke in seiner Wohnung verschwindend, vorne raus den Bürgersteig kehrend.
Miss Zindl macht ihren WillemKrakel, sie hat eine äußerst ordentliche gestochen scharfe kleine Handschrift.
Beamter guckt eilig auf den Vertrag:"Einwandfreie Handschrift! Alte Schule! Nicht son Gekrakel, wie mans heute den Kindern in der Schule beibringt."
Der Beamte verstaut eilig das Dokument im Aktenkoffer.
Miss Marple:"Ach, wie recht Sie haben! Sie sprechen mir ja so aus der Seele. Normale schön leserliche Handschrift, ja früher haben wir immer noch Lesen und Schreiben in der Schule gelernt. Es war nicht alles schlecht früher!"
Beamter:"Nicht wahr, nicht wahr! .. Das war sehr klug von Ihnen, Frau Zindl, äh .. "
Miss Marple:"Miss!, nicht wahr nicht wahr."
Beamter:"Sie hören dann schriftlich äh per Brief von uns, äh, von mir ..", händeschüttelnd
Miss Zindl:"Hoffentlich bald! Recht schönen Dank auch!" Beamter und Kinder im Angang. Miss Zindl winkend dankbar zum Beamten sowie zu ihren herzensverwandten Kindern:"Herzallerliebst! Es is doch immer wieder schön, wenn mal die Familie wieder zusammen is. So jung kommen wir nie mehr zusammen!"
Sohn:"Du wirst entschuldigen, ich hab Termine!" und ab.

Tochter:"Daß du's eingesehen hast, freue ich mich so für dich!" und ab.
Miss Marple hinterherrufend an den Beamten:" Ach, Herr Beamter, noch eine Frage! Wie heißen Sie doch gleich nochmal? Ich habe am Anfang nicht so schnell verstanden. Das Gedächtnis. Das Alter! Ach, Sie wissen schon!"
Beamter stehenbleibend sich umdrehend lachend:"Ich habe sogar Blaues Blut in den Adern, dafür kriegt man nur nichts mehr heute, Beamter mach ich nur halbtags," Luft holend, dann:"Johnny George James Johnson, FinanzProdukte aller Art, ich vertrete Bigger Globle Investment AG City&CoKG GmbH London/La Paloma/Los Angeles .."
Miss Marple:"Mit k.o. kann ich was anfangen, den Rest könnSe weglassn."
Beamter sich selbstbeweihräuchert dreist grinsend.
Miss Marple:"Da sind Sie also sowas wie ein Vertreter."
Beamter lacht auf:"Vertreter!", lacht,"Ja so hat man vor ein paar Jahrhunderten noch dazu gesagt. Nein, nein, nein, nein: Ich bin Manager."
Miss Marple ebenfalls dreist lachend:"Ach Herr Beamter, Ich weiß nicht so recht, ob ich mir das merken kann. Auf Englisch heißt das dann also: Vertreter von und zu."
Beamter Bückling, in Begriff Abgang.
Miss Marple blasiert sich abwendend zum Hinterhof, innehaltend ..
James, Jane, hinterdrein Beamter fröhlich am offenen Gartentürchen auf den Bürgersteig kommend.
Miss Zindl ruft hinterher:"Herr Beamter, nicht wahr, genug Briefmarken draufkleben!"
Beamter zuvorkommend:"Warum nun dies Frau Zindl?"
Miss Zindl:"Wegen der kleinen Handschrift, .. is ja quasi Pazifik."
Beamter kramt den Vertrag heraus guckt auf die Unterschrift, liest laut:"Kaiser von China."
Beamter errötende Birne, James und Jane nicht minder.
Jane:"Aber die ist doch ..!"
James:"Aber die ist doch ..!"
Beamter:"Aber die ist doch ..!"
Mr Singer stößt aus Versehen mit dem Besen gegen die Mülltonne.
Beamter:"Aba Frau Zindl, äh Miss!, zur Verfügung stellen würde ich Ihnen meinen Beratungsservice sogar kostenlos!"
Miss Marple:"Geschenkt?! Nee, lassenSe mal! .. und recht schönen erfolgreichen Tag noch! Da drüben is mein Nachbar Mr Singer. Der is auch musikalisch. ProbierenSes mal bei *dem*."
Mr Singer energisch mit dem Straßenbesen arbeitend wischt sich den Schweiß von der Stirn.

Mutter komplimentiert den Beamten, die Tochterfrau und den Sohnemann handgreiflich rausschmeißend vorneheraus durch die Tür am Gartenzaun:"Husch husch! Da weiß man mal wieder, woran man mit seinen Kindern is. Was man für Kinder in die Welt gesetzt hat! Herr uff! Mein lieber Mann! Keine Zeit! Danke für den Besuch, aber es hätt nicht notwendich getan!"
Kinder verscheucht verschwinden je eher desto besser.
Die Pizza buzelt im Ofen. Mutter hat den Ofen schon vor 5Minuten angestellt, als se mal schnell reingekommen ist und der Katze Milch zu trinken gegeben hat, die nach zwei Wochen recht zerzaust plötzlich wieder mal aufgetaucht ist, Mutter zurück in Garten Unkraut jäten, fertig, und nun Katze ihr unablässig dankbar um die Beine schnurrt:"Na Muschi! Haste noch nieh genug Milch gekriegt? Da muß es eben nochmal ne ganze Untertasse voll geben. Hm?"
Katze:"Miau!"
Miss Marple:"Da haste aber auch ganz recht." Und während Mutter weiter Milch eingießt, hat sie James schon wieder vorne raus an der Haustür verabschiedet:"Ich hab schon meinen lieben Gott Ich brauch keinen mehr", und dem Beamten, der sich ebenso angesprochen fühlt und besser schon mal das Weite sucht, hätte sie fast noch mit m Tritt in´ Hintern erreicht.
Zurück in den Hinterhof: Mr Singer, der Nachbar, der geheime Freund von Miss Marple, fragend mit der Gießkanne über die ZaunHecke:"Die Fleißigen StiefMütterchen an der Steinernen Statue, nehmen die 1Liter oder 2Liter?"
Mutter:"Ach hierschte uff! Das weeß ma doch!, die sollen doch gar keen Wasser kriegen, die Statue brooch doch oo kee Wasser! das sind doch SteinwüstePflanzen, die gehören zu der Statue dazu. Is ja logisch! Was fragen Se denn so bleede, Sie stellen sich aber ooch an!, Mr Singer!", kopfschüttelnd, zum dampfenden Küchenofen eilend, danne die Lippen von einer Seite zur andern hin und zurück leckend in den Ofen zur Pizza Megerita,"Na und die is auch glei fertich. Is doch eine Wohltat die Pizza vom Ildi!", ruft über die Schulter nach draußen durch die offene Balkontür des Eßzimmers zum an der Zaunhecke lechzend schnüffelnden Mr Singer "Wollen Se was abhaben?"
Mr Singer ruft:"Sie wissen doch, ich halte Diät, .., Ja aber nur soon kleenes Stickl, sone kleene Margarita! .."
schon bruzelt eine zweite Margarita im Ofen, die erste Megerita zerteilt die Mutter auf zwei Teller im Eßzimmer und bittet den Nachbarn über die Hecke zu klettern, im Nu ist der Nachbar im Eßzimmer, Mutter bittet ihn, Platz zu nehmen, n Flasche Ketschup aufm Tisch und zwei Teller duftender

Pizzahälften.
Miss Marple guckt besorgt zur wieder leeren Milchuntertasse und zur Katze, die immer noch hungrig aussieht; da wuselt Miss Marple zum Kühlschrank:"guck amol, ich hab das noch was ganz Feines für dich!", die Katze springt auf und wuselt Miss Marple um die Beine, dann schnuppert sie gierig und stimmt ein herzzerreißendes Hungergejaul an und überlegt, in den Kühlschrank zu springen, Miss Marple greift zum Gewiegten:"Guck!, .. da hab ich noch sooo! viel, das brauch ich nicht alles, da kriegst du ne ganze! schöne! Handvoll! ab!" Katze jubelt und lacht, Miss Marple gibt das Hackfleisch in eine saubere Untertasse und der Katze vor die Nase:"Schön ordentlich wie immer hier im Eck fressen, das soll ja alles schön sauber bleiben hm?"
Katze aufmerksam gehorsam guckt sie an und antwortet:"Miau Ja!" und macht sich dann erst über den durch Wunderhand schon durch den Fleischwolf Gedrehtes her. Die Katze bearbeitet fleißig und schnurrend energisch und dankbar den Futternapf.
Mutter und Mr Singer im Chor:"Na dann alle Mann guten Appetit!" und hungrig und schweigend hauen sie rein ..
Miss Marple:"Gell ? Muschi? Schön trocken und warm die Küche, gell?! Muschi? Gucken Se mal Mr Singer!"
Mr Singer guckt:"Die Muschi hat sich verdrückt, sie schläft den Schlaf der Gerechten."
Miss Marple Mr Singer faul beim Tee genießen und Blick aus dem Küchenfenster in den Hinterhof:
Miss Marple:"Haben Sie schon von meiner Apfelmarmelade gekostet, Mr Singer?"
Mr Singer zögernd:"Darf ich?"
Miss Marple:"Zum Essen is es da. Frische harte eiskalte Butter auf ein Vollkornbrötchen und die Marmelade druf, gut durchkauen!"
Mr Singer das MarmeladenGlas bewundernd:"Das sieht so lecker aus!"
Beide bedienen sich am Glas.
Beide mit vollen Backen kauend sprechend, Miss Marple:"Ob Mrs Winter die Marmelade auch eingekocht hat, wie ichs ihr geraten habe?"
Mr Singer:"Marmelade. Ganz heiße Angelegenheit. Sie waren doch jetzt bei Mrs Winter. Mrs Winter hat doch so Probleme neulich mit dem Gelee gehabt, nicht wahr?"
Miss Marple:"Nicht mehr."
Mr Singer:"Marmelade. Ganz heiße Angelegenheit. Südsee. Der Süden."
Miss Marple:"Mr Singer, Ihre Gedankensprünge verwirren mich zuweilen."

Mr Singer:"Der Süden .. Julius Cäsar Das Orakel von Delphi wurde als nicht mehr zeitgemäß vom Römischen Staat erst 50 nach Christus abgeschafft."
Miss Marple:"Delphi!, Sie werdens kaum glauben: ich weiß auch mal was! Und ich hab nur Volksschule! : Erst mit der letzten uns bekannten Delphi ZukunftsVoraussage für Julian den Apostat 362 endet das Orakel von Delphi. Das Orakel von Delphi wurde abgeschafft erst nach Einführung des Christentums 330 60 Jahre später, nicht 50 nach Christus sondern 391, per Gesetz begründet mit fadenscheinigen absichtlichen FalschInformationen über das DelphiOrakel .. wahrscheinlich deswegen: per Gesetz. Die Gelehrten sagen: Als die Christen das DelphiOrakel als einen Schwindel bezeichneten und abschafften, benutzten sie in der Argumentation gegen Delphi einerseits ein falsches Bild der Pythia, sie sei einfach nur eine von Drogen berauschte und zwar Hysterische Frau, und andererseits die Übertragung/Weitergabe irriger Texte. Dadurch betrieben die Christen selber einen Schwindel zur DelphiOrakelAbschaffung und nutznießten Ideologisch von diesem zur Tatsache erhobenen eigenen Christlichen Schwindel. Aber was die Gelehrten sagen, ist mir egal! Meiner Meinung nach, es ist doch klar, es ist ja logisch!, ist das Orakel von Delphi Heidnisch ! und das heißt Nicht ! richtig und Nicht ! Christlich, und deswegen ist das DelphiOrakel zu recht abgeschafft worden. Plutarch nannte 100 nach Christus das DelphiHeiligtum eines der reichsten und populärsten Heiligtümer seiner Zeit. Daß manchen raffgierigen sich an allem möglichen bereichernden Römern der Reichtum dieser Heiligtümer ein Dorn im Auge war, sollte nicht verwundern. Genauso in den Christlichen Religionskriegen die reichen Klöster der jeweils anderen Seite immer gerne geplündert wurden. Daß die Christianisierung das DelphiOrakel beseitigt, ist ja logisch. Ich habe meine Meinung: Für mich gilt: Delphi ist Quatsch, Quatsch für die Bevölkerungsmassen und die jeweiligen Herrscher, die sich eine Religiöse Rechtfertigung zurechtbasteln können. Die Abschaffung des Orakels ist genauso Quatsch, weil diese Abschaffung ebenfalls eine Religiöse Lösung ist, - dh ein Religiöses Mittel ersetzt das andere Religiöse Mittel - , weil die Abschaffung durch die die Abschaffung betreibenden Herrscher MachtPolitisch Religiöse Rechtfertigung gibt, was ja Quatsch ist und bleibt. Delphi? Seltsam, daß die ganz Modernen Römer wie Julius Caesar an sowas glaubten! Ist doch klar, daß die sich das Orakel von Delphi zunutzemachten; wenns um sehr viel Geld geht wie bei Caesar und Crassus, dann werden die die Zukunft ihres RiesenVermögens doch ganz sicher nicht in die Hände des Zufalls legen, sondern werden dafür sorgen, daß das DelphiOrakel immer so spricht, daß die es in der Öffentlichkeit ausnutzen können Politisch MachtPolitisch, Mr Singer! das DelphiOrakel ist doch

sowas wie Zauberei, oder?, Mr Singer? Es hätte ja auch ganz peinliche ZukunftsAussagen geben können. Aber sowas durfte nicht passieren. Deswegen wurde das DelphiOrakel von der MachtPolitik gelenkt. Zauberei ist genau so ein Quatsch wie das DelphiOrakel, ist meine Meinung, Sie sagen ja immer, ich soll meine Meinung sagen, MachtPolitik überläßt die MachtPolitik doch ganz sicher nicht irgendeinem Wahrsager vom Jahrmarkt! Sondern MachtPolitik bemächtigt sich der Zauberei und stellt sie in den Dienst der MachtPolitik. Komisch, daß Delphi immer recht hatte. DelphiOrakel, Wahrsagen der Zukunft! Und zugleich Teil der Heidnischen Religion Griechenlands! Und Roms! Und die waren alle so doof, daß sie an diesen Mist geglaubt haben 1000Jahre lang! Griechenland! Ph!"
Mr Singer:"Und Roms! Fürwahr! Sie habens erfaßt. Aber fürwahr leicht untertrieben. Miss Marple, stellen Sie sich doch einfach mal vor, daß, obschon siehe Wulfila Bibel eingedenk der Christianisierung der aus Römischer Sicht "Heidnischen" Germanen in heutigen Bulgarien schon 250 nach Christus, Römer in neben Germanien, Gallien so doch zweifelsohne in England eine bemerkenswerte Mischung aus der in ganz SüdEuropa herrschenden mächtigen RömischGriechischen Religion zusammen mit den in England vorgefundenen regionalen beispielsweise keltischen und anderen Religionen schufen! Eine gemeinsame Religion. Das ist einmalig!"
Miss Marple:"Bedenken Sie, Mr Singer, das wahre Leben handelt von Macht und Eigentum und Kampf und Eroberung. Bei den Haaren herbeigezogen, da von einem friedlichen Verschmelzen von Religionen zu sprechen, Mr Singer!"
Mr Singer:"Namhafte Politiker Roms gingen nach Delphi und ließen sich beraten; komischerweise kamen diese Politiker um wesentliches die Weltlage und die Internationale Politik Europas betreffendes Fachwissen reicher zurück nach Rom, wo man erpicht war auf Neuigkeiten aus Delphi, als hätte man sich in Delphi besser als überall sonst erkundigen können. Naheliegend bei beispielsweise einer Hungerkatastrophe, drohendem Bürgerkrieg entsprechender Krise, daß sich verschiedene Politiker Roms in Delphi gleichzeitig informierten und Delphi selbst als ein Zentrum des Wissens galt .. so wie früher das Internet, das dann abgeschafft worden war wegen der hohen Fehleranfälligkeit .. Delphi galt als ein Zentrum des Wissens, wo Internationale Politik geschmiedet wurde und somit Delphi selber Macht hatte. Die Abschaffung des Orakels war naheliegend deswegen erfolgt, weil die Kontrolle über diese Macht in der Römischen KernProvinz Griechenland, - Delphi ist inmitten Griechenlands - den Herrschenden Klassen in Rom nicht mehr als gewährleistet erschien. Die Herrschenden Klassen in Rom dachten

ganz praktisch: Wozu diesen Eosterischen Klub in Delphi, wenn wir dasselbe in Grün auch in Rom veranstalten können! Und das machten die Herrschenden Klassen in Rom eben dann. SüdEuropa hat einen unmittelbaren Bezug zur Antike, Englands Kontakt mit der Antike ist vergleichsweise spärlich. Außer daß vor 2000 Jahren Römische Legionäre Großbritannien überflutet haben."

Miss Marple:"Und Jahrhunderte später sollte es gar ein Hadrian bis an die Grenze zu Schottland schaffen! Und ich hab nur *Volksschule!* Chrm!"

Mr Singer:" .. Es ist doch erstaunlich, daß mit der Römischen Eroberung Englands kein bißchen die Rede ist von dem Verschmelzen dieser zwei heidnischen Kulturen, der NichtRömischen einheimischen und der Römischen. Die Heidnischen Römer hatten die GriechischRömische Religion, die Heidnischen einheimischen Völker deren Religion. Mühelos ergänzten sich diese zwei grundverschiedenen WeltKulturen Britannien und Römisches Reich, ehe Jahrhunderte später erst dieselben nunmehr in England einheimisch gewordenen Römer die Moderne Christliche Religion Konstantins annahmen. Die Römische Herrschaft zwang nun die einheimische NichtRömische Bevölkerungsmehrheit zu dieser neuen Modernen Religion. Gleichzeitig gilt: Die Römische Herrschaft zwang ebenfalls die Römische BevölkerungsMinderheit zu dieser neuen Modernen Religion.

Miss Marple:"BevölkerungsMinderheit! Ph! Sie ham wohln Stich, Mr Singer. Römische Legionäre dh Männer eroberten eine fremde Bevölkerung. Über Jahre und Jahrzehnte und erst recht über Jahrhunderte, bildete sich ein Mischvolk aus den einheimischen BevölkerungsMassen und den paar Tausenden Römischen Legionären, die ins Land kamen und blieben, weil Soldatendienst war immer langfristig 20Jahre 25Jahre, und nach so langer Zeit hatte kaum ein Römer noch die Lust, ans andere Ende der Welt zurück nach Rom auszuwandern, Rom, mit dem man sowieso keinen Bezug mehr hatte. Das muß man mitbedenken, Mr Singer."

Mr Singer:"Die GesamtBevölkerung war Heidnisch, aber mußte nun die neue Moderne Religion annehmen. Was ist mit den ersten Römischen Christlichen Heiligen Stätten in England? Es genügt doch nicht, einfach zu sagen, daß sich irgendwann 500 St.Patrick in Irland aufmachte, England zu christianisieren! Es genügt doch nicht, einfach zu sagen, daß es Religion in England 330 bis 500 nicht gab. Oder etwa doch? Was ist ab 330 mit den ersten Römischen Christlichen Heiligen Stätten in England? Was ist mit den GriechischRömischen Tempeln in England? Für eine Armee war es in jeder Zeitpoche wesentlich, im fremden Landen für sich dh für seine Soldaten

Religiöse Tempel zu schaffen. Warum sollte es in England anders gewesen sein? Was ist mit den GriechischRömischen Tempeln in England? Die sind ja nicht auf einmal verschwunden. Aber bis heute spricht kein Mensch darüber."
Miss Marple:"Wo Sie das sagen, Mr Singer. Da is was dran. Aber wissen Sie, wie ich das nenne, verglichen mit unserem heutigen Alltag. Da nenne ich dieses Diskutieren darüber weltfremd."
Mr Singer:"Weltfremd. Die Antike ist wahrlich schon ne Weile her."
Miss Marple:"Wissen Sie, was Ihnen fehlt? Das praktische Arbeiten! Aber wir sind nicht zum Arbeiten hier beim Tee. Genießen wir die Ruhe nach unserm Tagwerk."
Miss Marple und Mr Singer sinnen genüßlich schwelgend in der trockenen Wärme eines durch das Küchenfenster beschaubaren naßkalten Regenwetters.
Miss Marple beschwerlich und erfolglos darum bemüht, faul zu sein und ruhigzuhalten, juckts in den Fingern, klopft auf die von ihr blümchenbestickte Tischdecke neben dem mit Küchenkräutern gefüllten Blumenväschen, sie klopft auf den Haufen der DorfZeitungen, dh der Käseblätter der Region, grimmig:"Mord ! VerbrechensAufklärung ! Das is unsere Aufgabe!" nimmt einen Courrier in die Hand, hält ihn demonstrativ empor!
Mr Singer erschüttert:"Mord?!"
Miss Marple antwortend grimmig:"Mord! Chrm!"
Mr Singer:"Wer?! Ich meine, wen .. !"
Miss Marple langsam:"Der Mord am Bürgermeister!" und nun wieder in normalem Sprechen:" äh der Tod des Bürgermeisters!" auf das Keehseblatt klopfend.
Mr Singer:"Steht ja in allen Zeitungen! Na und?! Stimmt da was nicht?"
Miss Marple:"Und da fragen Sie noch?! Muß ich Ihnen denn jeden Popel aus der Nase ziehen?! Dieser Vertreter von und zu, der wußte was, was eigentlich keiner wissen konnte!"
Mr Singer:"Was!?"
Miss Marple:"Daß er kurz vor seinem Tod zum Kirchenrat gewählt werden sollte, konnte keiner wissen .. , das wußten noch nicht einmal die Kirchenräte selber. Niemand wußte das, sondern das war nur so eine niemandem außer dem Pfarrer bekannte unausgegorene Idee, die der Pfarrer in einem feierabendlichen Umtrunk mit einem illustren Gast von sich gab, so hat mir Ellen, das Dienstmädchen erzählt, wir sind doch zusammen im Kirchenchor, Ellen, die Tochter vom Schmied, und sie hat mir anvertraut, daß der Pfarrer in überschwenglicher Freude so laut sprach, daß sie es durch die

geschlossene Tür verstanden hat, Sir Reginald solle in den Kirchenrat, der Gast, den sie nicht gesehen hat, sei aber sicher nicht Sir Reginald gewesen."
Mr Singer:"Ein Mann? Was für ein Mann? Gesehen haben muß den doch jemand."
Miss Marple:"Der Pfarrer verweigert jede Auskunft. .. Mr Singer, deswegen sind wir hier", auf allen Vieren nähern sie sich dem Haus, ein Fenster steht offen, man hört den Pfarrer telefonieren, gedämpft, locker. Miss Marple:"Ran an den Speck!"
Musik!
Little Parva in Cheshire ist ein kleines verträumtes Dörfchen, das am Rande der Eingemeindung einiger Vorstädtischer Kleinstädte in weiser Voraussicht eines abrupt einsetzenden Londoner Wirtschaftsbooms damals 1895 auf GründerzeitBauten nicht verzichtet hatte, allerdings scheinbar bis heute 2016 nicht vom Fleck gekommen ist: Die Einwohner sind immer noch dieselben. Ärmliche Dorfbevölkerung; bloß nennt sich das heute anders. Zwischen London und Manchester liegt die Ortschaft eigentlich eher vor den Toren Manchesters denn Londons, doch sagt man in der Europäischen Politik in Straßburg: zentral gelegen am Stadtrand von London, wohl weil es nicht viel her ist mit Erdkunde bei den EuroPolitikern.
Miss Marple ist eine schneidige Renterin, die, sich aus London in süßere Luft dh aufs Land zurückgezogen, es sich, obschon einen gesicherten gehobenen Lebensstandard am untersten Rand des Existenzminimums gewöhnt, nicht nehmen läßt, selber die Sachen in die Hand zu nehmen.
Mr Singer ist eine alte Dorfbekanntschaft; auch ihn hatte es einst aus der Hauptstadt des Britischen Imperiums in ländliche Gefilde verschlagen. Bei der Aufklärung so einiger mysteriöser Mordfälle sind sich Miss Marple und Mr Singer behilflich gewesen, bzw Mr Singer ist meist genauso überrascht wie der PolizeiInspektor der Dörflichen Kleinstadt Inspektor Baynes, doch Mr Singers Mitwirkung ist für Miss Marple stets unentbehrlich gewesen. Der Bürgermeister der Kreisstadt Magna Parva war vor zwei Wochen ermordet und grauenhaft verstümmelt in einer Kloake aufgefunden worden; ein Aufschrei ging durch Fernsehen und Zeitungen der Grafschaft, die Polizei jedoch tappte im Dunkeln.
 Fernsehen und Radio laufen gleichzeitig,
Englischer FernsehBericht im Englischen Fernsehen in der ReportageSerie "Europe", der Sprecher ..:
"BRD:
Daß obschon in rühmlicher Konsequenz der VorbildFunktion der BRD/Frankreich Polizei Grenzüberschreitenden Machtbefugnis in einem seit

2004 von beiden Staaten anerkannten Grenzstreifen von Saarbrücken bis
Basel und obschon auf eine solche Grenzüberschreitende Machtbefugnis zur
Verfolgung von Kriminellen bis heute 2016 seit einigen Jahren stolz die
Polizei in Görlitz dies zu ignorieren scheint und Verfolgung der Kriminellen,
sofern es sich nur nicht um BRDStaatsbürger handelt, absichtlich zu
verschleiern scheinen, wenn augenscheinlich Polnische Staatsbürger gegen
das Gesetz verstoßen, ist Allgemeinwissen im Schlesien genannten
Ostsachsen, wobei es nicht verwundert, daß außerordentliche hohe Polnische
Kriminalität die Görlitzer BRDBevölkerung sowie Urlauber aus dem Westen
als Urlaubsdestination abschreckt und die Offiziellen Medien abschreckt, die
sich permanent aus den Fingern saugen müssen, warum es doch so schön im
Görlitzer Landkreis/"BRD" sei. .."
Mr Singer dreht am Radio, anderer Sender, flotte Musik:
TV: ein Fußballreporter hektisch und abgehackt sprechend stoßweise
sprechend kommentiert live Wahlveranstaltung die AusZählung der Stimmen:
Ein Spielfilm oder eine aktuelle Reportage?: ".. Ja ja, alles spannend
angespannte Gesichter in den Menschenmassen, die eine oder die andere
Partei gewinnt, die Auszählung der letzten Stimmen .. es fällt auf , daß sehr
viele Frauen wie Männer einen Schlips tragen, der auf der einen Seite absteht
quasi über der Schulter zur Seite weg, der Rest der Menschenmasse, die
übrigen vielen Menschen Männer wie Frauen tragen einen Schlips, der
seitlich auf die andere Seite absteht, die nehmen wenigstens kein Blatt vor
den Mund, man sollte sich ein Beispiel nehmen! .. " aufjubelnd:"Und nun das
Endergebnis! Endergebnis wird bekanntgegeben sachlich und einschläfernd
wie das Wort zum Sonntag:
"Partei 1 soundsoviel %
Partei 2 soundsoviel %
Und nun aber Spannung! Ein Brausen geht durch die Massen!
Werden wirs schaffen?!
Jetzt entscheidet sich das Volk für oder gegen die Politik, die wir schon
kennen. Ist diese Anspannung auszuhalten?! Hoffende Gesichter! Es ist
spannend, gleich wird das Demokratische Wahlergebnis dieser alles
entscheidenden Politischen Wahlen dieses unseren Staates bekanntgegben,
machen wir nicht viel Worte!
" sich überschlagend nun brüllend:"
Da! Das Wahlergebnis wird eingeblendet:
: die nicht abgegebenen Wahlstimmen dh 75-80% der Wahlberechtigten
werden in Kapitalistischen Staaten wie BRD und Great Britain
selbstverständlich ignoriert wie immer seit dem II.Weltkrieg, jetzt das

allerwichtigste!: die Summe der errechneten Prozente der Wahlberechtigten keinesfalls sondern der abgegebenen! Wahlstimmen, verschiedene unabhängige Akademische HochwissenschaftlicheMeinungsforschungsWahlStatistikForschungsInstitute rechnen per Hand und per Tachenrechner live im Fernsehen, die Nation fiebert mit, schaffenses oder nicht!? die Entscheidung!:
Ja, eine Sensation, die Massen jubeln Sieg, die Nation atmet auf!: wieder! sind 100% erreicht!" Das Volk im Fernsehen jubelt, als wäre England gerade FußballWeltmeister geworden.
Kneipe mit Fernseher:
ein Deutscher Kriegsgefangener 95 Jahre alt, der nach dem Krieg lieber beim Englischen Kriegsgefangenenlager in England blieb anstatt nach HitlerDeutschland zurückzukehren, neben dem Bier und einer glimmenden Zigarre müde aber belustigt die Faust emporschnellend in heulend kurzzeitig sogar Kopfstimme beschwörendem Tone gröhlend dieselbe Faust fuchtelnd melodiös getragen:"Und wieder ! sind Tausende! von Waggons Gunstoonig zur Gämfenden Druppe an der Front gerollt! .." die Kneipennachbarn lachen, der Opa lacht auch, mehrere der gestandenen Männer machen zum Müll wegwerfende Handbewegung bezüglich der Politik
KneipenSzene Ende
WahlErgebnisVeranstaltung weiter:
Reporter: "die Partei übernimmt die Regierung, der Wahlkampf war erfolgreich .."
aus sind nun Radio und Fernseher.
Mr Singer:" .. die Bevölkerung bejubelt die Machtlosigkeit vor den RegierungsMafiosi."
Miss Marple diftelt im Haushaltsrechnungsbuch, Mr Singer sitzt scheinbar unbeteiligt an die Eßzimmer Uhr guckend neben Miss Marple am Eßtisch:"
"Aber das rechnet sich doch gar nicht. Das stimmt doch um sage und schreibe 10Pence nicht, egal wie mans hin und herrechnet! Da is ein Grundfehler in der Rechnung .."
Mr Singer:"Sir Reginald hatte wohl doch mehr Feinde als die Käseblätter schrieben. Ein Mann des Volkes. Allseits beliebt."
Miss Marple:"Gladys!"
Gladys kommt agerauscht:"Miss Marple?"
Miss Marple:"Geben Sie´s zu!"
Gladys:"Mehr als zwei Beutel zu je 5 Pence waren es nicht, was ich veruntreut habe! Glauben Sie mir doch!"
Miss Marple:"Ich glaube Ihnen nur zu gerne! So stimmt nämlich die

Rechnung. Na Gladys, das wird nochmal was aus Ihnen! Denn Sie haben in meiner Asusbildung gelernt: Das wird nichts, wenn Sie immer das Geld zum Fenster rausschmeißen!"
beim ArbeitsTee:
eine raffinierte Mischung aus Zuckerlosen Biskuits, Kalorienlosen Biskuits und Fettlosen Biskuits auf GewürzgurkenSandwiches,
beide grimmig Miss Marple und Mr Singer über einen Haufen aus dem AltpapierArchiv im Kohlenkeller heraufgeholter verschiedenster Tageszeitungen, die sie nun gemeinsam durchgearbeitet haben, sowie den jüngsten Ausgaben der RegionalZeitung:
Mr Singer:"Bei Robin Hood war der Böse immer die Polizei dh der Sherrif von Nossex .."
Miss Marple Fragezeichen:"Nossex."
Mr Singer:"Aus der Region, die später von den Römern in "City of London" umbenannt wurde, machte der Volksmund Nottingham."
Miss Marple:"Das is doch aus den Fingern gesogen, bei den Haaren herbei .. Mr Singer!"
Mr Singer:"Miss?"
Miss Marple:"Nehmen wir uns doch mal ganz bedächtig das vor, was für die Öffentlichkeit bisher bestimmt war", nimmt eine verwurschtelt aussehende Zeitung.
MissMarple:" Der "County Mirror" is die größte Zeitung unserer Grafschaft", blättert, liest, liest, und blättert .."Der Böse in dieser Zeitung is immer jeder nur nicht der mit Lord Flickenschildt verschwägerte, verwandte und somit zur Familie gehörende Bürgermeister Sir Reginald; mit den umstrittenen BürgermeisterschaftsWahlen .."
Mr Singer empört:"Miss Marple! , bei den Haaren .."
Miss Marple:"Ich hab mich versprochen! Die waren ja gar nicht umstritten. Sondern die waren unbestritten Betrug! Ein Feehjk wie Feehjsbuk! Wenn Feehjsbuk noch nicht erfunden wäre und wenn ich Diktator wäre, würde ich Feehjsbuk erfinden!", klopft auf einige namhafte Englische Tageszeitungen von damals, räuspert sich:"Hm .. mit den umstrittenen Bürgermeisterwahlen vor 4Jahren wurde der in der Londoner MacNolance Corporation/London/LaPaloma/Los Angeles/USA mehrjährig verdiente aber nunmehr auf dem absteigenden Ast sitzende Sir Reginald zu einem Sir Nobody; fließender Übergang, er macht flux einen Schritt über die Politik in die Öffentliche Verwaltung, und schon steht er im Bürgermeisterschaftswahlkampf .. "
Mr Singer:"Miss Marple!"

Miss Marple:" .. mit der gesamten großen Partei im Rücken, ein Sir Nobody."
Mr Singer:"So ganz unbefleckt kann er ja nicht gewesen sein, wenn doch die reichste Partei unseres Landes .."
Miss Marple:" .. so viel Geld in ihn steckte, daß er diese Grafschaft als einen Politischen Wahlsieg einheimste."
Mr Singer:"Ach, die gute alte Zeit .. was haben wir 1981 gelacht "Yes Minister!", und ein paar Jahre später? ich kann mich noch erinnern, damals wurde das Zentrum von Great Britain die City of London vollständig an die US-Wirtschaft verkauft .."
Miss Marple vorwurfsvoll:"verkauft! .. Mr Singer!"
Mr Singer:".. zum großen Protest der Britischen Bevölkerung und Britischen Wirtschaft fürwahr."
Miss Marple:" .. und hatte seitdem weder mit Great Britain noch mit England etwas zu tun; die Demokratie des um die City gelegenen Greater London als auch das Britische Königshaus scheinen eigens als Täuschungsmanöver inszeniert worden zu sein .."
Mr Singer:" .. und haben seitdem alle Hände voll zu tun abzulenken von dieser US-Nicht-Demokratie der Britischen Hauptstadt, die City of London wurde 1986/1987 offiziell Teil der US-Wirtschaft, USAmerikanisches Gegengewicht zur SU, DDR, Kuba usw also Kommunistischen Hemisphere ist die City of London! seit Mitte der 1980er, seit dem Big Bang!"
Miss Marple:"Aber Mr Singer. Aus Ihnen wird ja niemals ein Gentleman werden."
Mr Singer:"Das sag ja nicht *ich*, sondern das sagen die Gelehrten an der Uni. Wie ich zu den Qualifikationsspielen zur CricketWeltmeisterschaft der Männer 2016 beim WideWorldLifeFund in einem Interview mit Prinz Charles gehört habe, hat sich die Sowjetunion neulich politisch aufgelöst, eine Kommunistische Hemisphere gibt also nicht mehr."
Miss Marple:"Aber das wissen wir doch seit 1991. Das sind 25Jahre. Sie haben aber auch ne lange Leitung!"
Mr Singer:"Daß man die USHerrschaft über GroßBritannien aus der City entfernt hat, habe ich versäumt."
Miss Marple:"Möglicherweise habe auch ich das nicht mitbekommen. Aber es is ja auch ganz einerlei, was in unserer Hauptstadt passiert, daß wir Briten in der City of London keinen Einfluß über unsere Britische Wirtschaft haben, is ja logisch! Wir haben nur Einfluß auf die Britische Wirtschaft um die City of London herum, wie schon Stan sagte:"Aber Olli! Wir haben nichts zu essen; Wir haben kein Dach über dem Kopf; wir wissen nicht, wie wir die nächsten Tage überleben sollen!" Und autoritär mütterlich schulmeisterlich

Olli:"Es gibt wichtigeres als das!", Und was haben wir gelacht! .. Sir Reginald hatte niemals Kontakt zur Politik, ehe er in das Bürgermeisteramt gehievt wurde. Was sagt uns das, Mr Singer?"
Mr Singer:"Daß er von Tuten und Blasen keine Ahnung hatte?"
Miss Marple:"Sehr gut Mr Singer! .. Ganz im Gegenteil!"
Mr Singer verunsichert:"Daß er allwissend war? Unfehlbar?"
Miss Marple:"Er nicht. Aber die Partei! Da müssen wir ansetzen."
Mr Singer von dieser Lösung überrascht:"Ach du meine Güte! Wie wollen wir das machen, Miss Marple?!"
Miss Marple zögerlich aber dann entschieden:"Big Bang!"

die Glocken bimmeln von Big Ben .. Lambeth/Southwark
Themse 2016

Vergnügte Gesellschaft, ein gemeinsamer Spaziergang aller Abgeordneten von Greater London am Lambeth-Ufer der Themse gegenüber Westminster. Husch husch in die ShuttleBusse und ab zur City Hall am SouthwarkUfer an der Tower Bridge .. Empfang: sämtliche politisch gewählte Abgeordnete der unzähligen Londoner Stadtteile bei einem Empfang des GrünSozialistischen Mayor of London/Bürgermeisters von Greater London/Southwark:"Sie werden verstehen, meine Damen und Herren, daß mir die Hände gebunden sind. Erfolglose Strategie ausbaden ist unsere Aufgabe. Erfolgreiche Strategie planen ist ebenfalls unsere Aufgabe. Erfolgreiche Strategie für die City of London verwirklichen ist uns nicht erlaubt. Somit können wir auch die Verantwortung mit Fug und Recht von uns weisen, wenigstens etwas."
.. monotoner homogener Applaus monotoner homogener Gesichter ..
, greift zum Telefonhörer, um ein angefangenes Telefongespräch mit dem Bürgermeister der City of London dh dem Lord Mayor, weiterzuführen, unterwürfig"Yes, My Lord Mayor! .. of course! .. of course not! .. Yes! .. "

BürgermeisterAmt/City, in seinem kleinen Amtsbüro in den Telefonhörer sprechend lässig der Lord Mayor der City of London:"Appalling! .. Yes my Dear! .. Haben Sie das den Kollegen in Southwark verklickert? Wir brauchen ein Eindeutiges Demokratisches Ja von Greater London für die City unserer Britischen Hauptstadt", räuspert sich umständlich,".. für das, was wir bei uns in der City of London verzapfen, das geht Sie doch nichts an! Ein kleines Demokratisches Ja, mein Gott! nochmal!, brauchen wir nur, ist Ihnen *das* Ihr Posten nicht wert? .. Of course not My Dear!, denn das macht sich gut in den

Abendnachrichten .. Ja, jetzt sinds wieder wir bösen Amis! , äh die bösen Amis, ja da solln wieder die Amis dran schuld sein! Ach ist das ungerecht! .. Sie machen das schon! .. Die Schlechtigkeit der Welt Ach Her Je! .. Was!?, die Drogensüchtigen haben recht?!, nu werdense aber mal nicht geschmacklos werter Little Mayor of Greater London!", legt auf. Nun zu seinem Gesprächsparter, außer dem Lord Mayor und seinem Gast ist niemand im Büro:
Gast:"My Lord Mayor?"
Lord Mayor:"Wir wissen, daß das unter uns bleibt, Mr Johnson."
James Johnson:"Ich bin gar nicht vorhanden. Ich habe im Moment etliche Zeugen bei der Nolance Corporation, die gegebenenfalls auf ihren Eid nehmen werden, daß ich den ganzen Tag in der Firma gesessen habe."
Lord Mayor:" .. dann auf in die Vorstadt .."
James räuspert sich:"Sie wollten wohl sagen: auf nach Manchester."
Lord Mayor:" ..", sich die Hände reibend grinsend, handschüttelnd "auf nach Magna Parva."

Little Parva: Miss Marple und Mr Singer schleichen sich an das Pfarrhaus heran. Beide unter dichten Gebüschen auf allen Vieren robbend mit Erde verklebten Nasen. Sie beobachten nun den Pfarrer, der kommt heraus, er begrüßt den gerade mit dem Auto angekommenen Buchhalter für Kirchenspenden und JugendErziehung der Diözese Birmingham/Manchester/Midlands.
Händeschütteln, Pfarrer springt ins eigene Auto und ab, Buchhalter ins Haus. Wenige Augenblicke später kommt um das EckGebüsch des Grundstücks die Pfadfinderin Radigunde Smith, begrüßt von der aus dem Hause kommenden Ehefrau des Pfarrers, die sich gerade mit einem Einkaufskorb zum Weg ins Dorf aufmacht, Mädchen ins Haus, Ehefrau des Pfarrers zum Dorf ab.
Miss Marple vorwärtsrobbend:"Die komplizierten Dinge sind meist ganz einfach. Meist dreht es sich um Geld, und wenn nicht, dann um Macht, was dasgleiche is", im Weiterrobben vor einem beachtlichen störrischen Unkraut verdrossen innehaltend:"Pfarrhaus!? Ph! Und so ein schlampicher Garten! Zu meiner Zeit war der Garten des Pfarrers der schönste des ganzen Dorfes. Uns ruft die Pflicht; Vorwärts Mr Singer!", weiterrobbend. Mr Singer gleichauf, es der Miss Marple gleichtuend, hier und da ein urwaödiges Unkraut beäugend aber mit dem typisch männlich weniger geübten Blick.
Mr Singer:"Und wenn uns einer entdeckt?"
Miss Marple:"Dann sagen wir, daß wir Unkraut jäten", guckt sich die Erde vor ihrer Nase an, wühlt darin und zieht ein Unkraut heraus,

kopfschüttelnd,"das tät aber mal notwendig tun!"
Beide robben auf allen Vieren weiter, währenddessen:
Mr Singer:"Ich komme mir vor wie ein Maulwurf. Ich finde das nicht sozial, wie Sie mit mir umgehen, Miss Marple .. Die Gelehrten an der Uni sagen, daß das Wort "Sozial" von "Sozialismus" abgeleitet ist."
Miss Marple:"Sozial! Wie sich das anhört! Sie sind doch von gestern! Kapitalismus ist geil, sagen die Jungen Leute. Man muß doch auf dem Laufenden sein, Mr Singer."
Mr Singer guckt mit der Nase vor sich nur wenige Zentimeter auf den Boden:"Das geht grade nicht."
Beide halten mit Robben an.
Miss Marple:"Sir Reginald. Und wir sind seinem Mörder auf der Spur! Wasn jetz los. Ham Sie ne Idee?"
Mr Singer:"Die unbesiegbaren bösen kapitalistischen menschenfeindlichen Zwerge der Volkssage sind bis heute diegleichen geblieben und werden ja auch nicht durch Kapitalismus besiegt sondern durch die stärkere Tugend der einfachen Leute. Hier ist der Grundstein des Proletariats."
Miss Marple:"Zu meiner Zeit hat man gesagt, daß Proletariat nur Einbildung is. Eine Renaissance des Sozialismus? Heute? Ph! Studenten des 3.Lebensalters! Mr Singer! Wo soll das noch hinführen!"
Mr Singer:"Sozialismus ist in! sagen die jungen Leute."
Miss Marple:"Was gehen mich denn die jungen Leute an?!"
Mr Singer:"Sie müssen doch auf dem Laufenden sein, Miss Marple! Der Kapitalismus versucht stets durch Verniedlichung und auf den Kopfstellen der Volkssagen den Mächtigen noch mehr als bisher Honig um den Bart zu schmieren. Kleine niedliche Zwerge im GartenCenter."
Miss Marple greift sich verdrossen an ihren nicht vorhandenen Bart.
Aus dem Gebüsch raus gucken sie durchs Fenster, sie kommentieren flüsternd und sehen den Kirchlichen ..
Miss Marple:"Buchhalter für Kirchenspenden und JugendErziehung .. "
Mann:" Aber ich will doch nur ..! Wir sind ungestört. Endlich!"
Jugendliche:"Ich will nicht!"
Mann:"Sei doch nicht so bockig!"
Jugendliche:"Ich will aber nicht! Geh zum Teufel!"
Mann:"Stell dich doch nicht so an! Es ist doch nichts dabei!"
, der mit seinem Charme inbrünstig über die sich wehrende 14jährige PfadfinderKindergruppenleiterin von Little Parva herfällt, die ihm eine Backpfeife verpasst, daß es nur so donnert ..
Miss Marple:"Donnerwetter! Und nu, wie se aus dem Büro stürmt und zum

Dorf rennt ..." Von dem Türenknallen aufgescheucht fliegt eine Möwe über dem Pfarrhaus auf.
Mr Singer aufspringend:"Hinterher! Sie weiß was, was wir nicht wissen!", er dreht um und korrigiert sich,"Nein, den Mann, den kaufen wir uns!" springt ans Fenster, will ums Haus nach vorne ab, um dem Mann den Weg abzuschneiden, Miss Marple zieht Mr Singer zurück ins Unkraut:
Miss Marple zu Mr Singer laut flüsternd:"Hiergeblieben!"
Auch drinnen knallt die Tür, der Mann verläßt das Büro, - einen Augenblick später knallt die Autotür - , und rauscht ab.
Mr Singer ins Fenster starrend, dann die Miss Marple anstarrend.
Miss Marple ihn anstarrend verzieht ihre Stirnfalten zu einem dichten Gewölk:"Guck an! Chrm!"
Inspekor Baynes kommt mit dem Fahrrad vorbeigeradelt, guckt zufällig in des Pfarrers Garten ..
Mr Singer mörderisch entschlossen:"Verdorbene Welt! Wenn das Mädchen nicht .., ich hätte ihn umgebracht!"
Baynes hört deutlich eine Stimme aus einem Gebüsch, er hält inne und steigt vom Fahrrad, verharrt und verzieht grimmig mürrisch das Gesicht, ein ganz neues Detail! Inspektor Baynes erschrocken, dann radelt er mürrisch entschlossen schneller weiter und verschwindet über Feld und Wiesen in die nur einige Kilometer entfernte benachbarte Ortschaft.
Beide verschwinden wieder unter das dichte Gebüsch und flüstern weiter:
Miss Marple:"Der Vater mit der Tochter .."
Mr Singer:"Der Vater?!"
Miss Marple:"Der Buchhalter für Geldspenden is Radigundes Vater."
Mr Singer:"Ihr Vater?!"
Miss Marple:"Hat sich von Radigundes Mutter geschieden. Die Scheidung is lange her. Damals strittense um Grundstück, Haus und Mobiliar vor Gericht. Die Ehe war aus Liebe und deswegen ganz schön traditionell, ohne Gütertrennung, das Haus is von den Eltern der Ehefrau, von Rechts wegen gehört ihm deswegen jetzt die Hälfte. Die zweite Ehe .."
Mr Singer:"Zweite Ehe?"
Miss Marple:".. war ganz modern Gütertrennung selbstverständlich auch aus Liebe, denn er machte in dieser Zeit glänzende AktienSpekulationen, nahm den Nachnamen seiner Ehefrau an. Aus der dritten Ehe .."
Mr Singer:"Dritte Ehe?"
Miss Marple:".. is zwar auch ein Kind, aber die Ehefrau hat er erst gar nicht geheiratet, ganz modern eben, er is ja nicht von gestern. Hat mir seit Jahren brühwarm Radigundes Mutter erzählt. Radigunde is sein 1.Kind und hat den

ganzen Spektakel mitgemacht."
Mr Singer:"Eine schöne Ehe ist das, äh, eine schöne erste Ehe .."
Miss Marple:"Gewesen 2002. Er selbst wohnt seitdem in London."
Mr Singer angewidert:"London?!" mit einem Gesicht, als würde er die Pfefferinsel vor der Küste Südamerikas meinen.
.. ein überkaditelter RennSportwagen kommt angerauscht, eine aufgetakelte Dame mit WindsorPferdeRennenSombrero springt vom Fahrerinsitz ihm entgegen
Miss Marple:"What´s about!?"
Mr Singer:"Ist das seine neue Flamme?"
Miss Marple:"Mit Zweisamkeit tippen Sie richtig, Mr Singer, der Buchhalter hat sich ne flotte Biene angelacht. Er wollte wohl sein neues Glück der Tochter gleich mitteilen. Aber was will die Dame hier?"
Miss Marple robbt sich auf die Seite und nimmt aus der AnorakJacke einen County Mirror heraus, Miss Marple guckt entschieden den sie anstarrenden Mr Singer an und sagt, als spräche sie mit dem Papier:"County Mirror an der Wand, Wer ist die Schönste im ganzen Land?"
Mr Singer, als wäre ihm der Groschen gefallen:"Ach!"
Miss Marple, daß ihr der Groschen gefallen ist, bestätigend:"Chrm!"

Irgendwo in Cheshire:
von London mit dem Chauffeur, der Lord Mayor und James Johnson in einem unauffälligen Mittelklasse-Viersitzer auf der Rückbank, den Chauffeur ließ sich der Lord Mayor nicht nehmen, .., standesgemäß, .., nicht den Blick von der nun völlig ländlich werdenden Region lassend, nun von der drittkassigen behelfsmäßigen Landstraße die richtige Abfahrt nehmend wohlgemut
James Johnson:"Wo wollen wir anfangen?"
Lord Mayor:"Falsche Frage. Nicht *wo* sondern *was*! *Was* wollen wir als Erstes bereinigen? .. Beachtlich die Region, in der Magna Parva liegt. Beachtlich nichtssagend."
ankommend in Magna Parva:
Lord Mayor verbindlichst höflichst freundlichst:"Was ist denn das für ein Nest hier?"
James Johnson:"Sir Regy hat Geld erhalten. Von uns!"
Lord Mayor:"Nun, er wurde für seinen Dienst bezahlt. Warum auch nicht? Dichthalten war die Devise. Aber er hat mit dieser Riesensumme auf seinem Konto der Londoner Bank Sowieso, dessen Eigentümer ein gewisser James Johnson ist, ziemliche Verwirrung gestiftet. Unsere Aufgabe ist, den Mörder

zu isolieren."
James Johnson rotgeworden:"Wissen Sie etwa ..?"
Lord Mayor:"Das wissen wir beide doch!"
James Johnson:"Natürlich weiß ich, wer .. Ich hab ja den Vorschuß selber angewiesen."
Lord Mayor:"Was mich wundert ist, daß der Auftrag so zeitnah ausgeführt wurde und unser Assistent verschwunden ist. So zeitnah, daß wir noch nicht mal bezahlen konnten. Und das beunruhigt mich. Halten wirs wie Talleyrand: Jeder, der sich seinerzeit bestechen ließ, führte kein langes Leben. Talleyrand ließ sich niemals bestechen und wurde uralt."
In die Ortschaft fahrend und im Ortskern anhaltend. Sie verlassen den PKW.
James Johnson, im Geleitzug den Lord Mayor, auf dem Postamt, zur jungen Frau hinter dem Schalter James Johnson:"Ach, junge Frau, wären Sie wohl so gütig und würden mir das Telefonbuch für einen Augenblick ..?"
Junge Frau hinter dem Schalter das Telefonheftchen reichend:"Bitte sehr!"
James Johnson gemeinsam mit Lord Mayor im Telefonbuch blätternd hörbar flüsternd:"Unser Assistent hat hier ne Wohnung, werden wir gleich haben, wohnt zur Untermiete, .., bei nem Assistenten, der seit Monaten verreist ist .."
Da sagt die junge Frau am Schalter:"Ach wenn Sie den komischen Untermieter dieser komischen leerstehenden Wohnung suchen, der wurde gerade beerdigt, und Telefon hatte der keins, das wüßte ich, hier kennt man sich, das Dorf ist ja nicht so groß."
James Johnson und Lord Mayor erschüttert.
Junge Frau am Schalter:"Und 1 Tag später der Mord an Sir Regy! Ach fürchterlich!"
James Johnson und Lord Mayor erschüttert.
Lord Mayor:"Sir Regy war noch am Leben!"
James Johnson:"Was?"
Beide grau geworden.
Beide sich gefaßt habend langsam im Wagen durch das Dorf zottelnd, noch unentschlossen.
Lord Mayor:"Was die Partei gestern gemacht hat, geht uns doch heute nichts mehr an! Sir Regy fällt doch gar nicht in unsere Verantwortlichkeit!", hüstelt, " So sicher ist das doch noch nicht einmal, .., daß *wir* überhaupt irgendwas damit zu tun haben."
James Johnson lacht:"Sir Regy war seinerzeit hochangesehen! .."
Lord Mayor:"Auch schon, bevor er nach Magna Parva kam?"
Beide lachen giftig.
James Johnson hämisch:"Dieser Inspektor leitet die

Untersuchungskommission."
Lord Mayor lacht:"Ein DorfInspektor?! Was soll der schon können?!"
James Johnson:"Der kann doch nicht über die Dorfgrenze hinusdenken! Ph!"
Lord Mayor of London:"Die City of London muß innerhalb Greater Londons agieren. Daß es mit dem neuen Gesetz machbar ist, Greater London einfach neues Territorium auf dem Lande zuzuweisen, worin sich die City of London mit nur ein paar kleinen Grundstücken einzukaufen braucht, um dann endlich ganz ungehindert in England Weltwirtschaft zu betreiben oder betreiben zu lassen, ist eine grandiose Errungenschaft unserer freien Wirtschaft. Wenn dies hier auch erst zu Greater London eingemeindet ist", zuerst ein paar Takte die Melodie summend, dann singend:" .. Rule Britannia!"
James Johnson unverändert freundlichst:"Yes, My Lord Mayor. Seien Sie dessen versichert."
James Johnson:"Er wurde ja nur dafür von unserer Partei ins Amt gehievt."
Lord Mayor:"Von *mir* nicht!"
James Johnson:"Er hat das Geld erhalten. Er hat die ganze Summe auf einmal auf sein Londoner Konto eingezahlt."
Lord Mayor:"Das ist ungesetzlich, was Sie machen, wissen Sie das?"
James Johnson:"Jetzt haben Sie sich doch nicht so! Jetzt hab ich aber die Schnauze voll von Ihnen mit dieser widerwärtigen Hochnäsigkeit! Die Hände Eurer Durchlaucht sind genauso blutig wie meine, My Lord Mayor!" und in überlegen warnendem Tone:"Wenn das die Öffentlichkeit erfährt!? Nicht auszudenken! .." und wieder im freundlichsten Tone:"Die Einzahlung auf sein Konto, .., habe ich zufällig und ohne es zu wollen, erfahren, wollt ich sagen. Und von wem, hab ich dann vergessen, ArbeitsStreß! Ich spreche zu Ihnen als PrivatMensch."
Lord Mayor:"Schon besser. Ich spreche zu Ihnen ganz privat Mr Johnson! .."
James Johnson triumphierend grinsend. Ihm entschlüpft hierbei:"Hähä!"
Lord Mayor:" .. nicht wahr, Larry?!"
James Johnson ergraut und erstarrt, was der Lord Mayor befriedigt bemerkt.
Chauffeur nickt seitwärts:"Sehr wohl My Lord Mayor!"
Es kommt heraus, daß der vom Geheimdienst beauftragte Mörder vor Ausführung der Tat einen Unfalltod erlitten hat und beerdigt wurde, ehe Sir Regy umgebracht wurde, so daß ein ganz anderer der Mörder ist. Das einzige Problem, was James Johnson und der Lord Mayor haben, ist, daß der Mörder wissen kann, daß ein anderer von James Johnson und vom Lord Mayor zur Liquidierung Sir Regys beauftragt wurde, weil ..
Polizeirevier Magna Parva:
Inspektor Baynes griesgrämig laut ablesend:"Eine Straftat anzeigen ist

BürgerPflicht. Eine Straftat nicht anzeigen ist Unterlassene Hilfeleistung, das wiederum ist eine Straftat. Sind das Londoner Verhältnisse? Polizei. Hm. Was unternimmt unsere Polizei?!", dann den County Mirror knüllend,"Wilbert. Wir kommen hier nicht weiter .."
Wilbert, am Bleistift kauend:"Es gibt keine Zeugen."
Wilbert, altklug gewinnend:"Wenn wir se mal abziehen die in den BeschäftigungsTherapien steckenden Arbeitslosen, die Berufstätigen und die Schulkinder, die ja wegen dem Staatlichen Programm der Dezentralisierung tagsüber verstreut sind in ähm Birmingham, Manchester und Midlands und erst abends mit dem letzten Bus wieder ins Dorf nachhausekommen, dann, Inspector, haben wir als Verdächtige in Little Parva nur folgende Dorfbewohner unter anderem:
der Pfarrer, die PfarrerEhefrau, der Meechmann, der Organist, der spielt das Harmonium in der Dorfkirche bei allen kirchlichen Anlässen und jeden Tag bei den Even Songs .. "
Inspector aufgeregt innehaltend:"Wilbert! Der Organist, der sagt, der spielt Orgel, .., aber in Wahrheit stattdessen spielt der Harmonium! Wilbert, Merken Sie was?! Sie klären das. Das ist ne heiße Fährte. Da stimmt was nicht! .. weiter!"
Wilbert:".. die Bäuerin, die Bäurerintochter, die verkauft Gemüse aufm Wochenmarkt .."
Inspector innehaltend:"Momang! Warum Gemüse! Warum kein Obst? Warum Wochenmarkt?, verkauft sie etwa sonst keine Gemüse? Das ist verdächtig. Wilbert, Sie überprüfen das!, weiter .. "
Wilbert:" .. alles in allem nur 20 Personen, die in die engere Wahl kommen. Nehmen wir jetzt noch Little Parva, dann kommen wir auf insgesamt 29Personen .."
Inspector verächtlich:"Little ..", auf den Tisch patschend," nehm ich mir selber vor!" und beide ab.
Inspector Baynes in der morgendlichen Frühe wohlgemut unterwegs in der Hauptstraße und quasi auch einzigen Straße von Little Parva, dünn bewohnt, man meint bei der Regionalen Arbeitslosigkeit sind sogar die Küchenschaben ausgewandert. Jedes der jeweils 20Wohneinheiten umfassenden 5Stöckigen 8-10Gründerzeithäuser ist meist mit nur 1Wohneinheit, jedoch höchstens mit 2Wohneinheiten belegt.
Miss Marple, die gerade die frischen Semmeln und die Milch reinholt und mit Arbeitsgeräten von der Wohnung zurück an den Hauseingang kommt, trifft rein zufällig auf den Inspector, der an den Häusern wie gerade an dem ihren die Klingelschilder nur mit Mühe entziffern kann.

Miss Marple:"Herr Inspector! Na so eine Überraschung! Wie geht es Ihnen? Kann ich Ihnen helfen?"
Inspector überrumpelt erschrocken und verärgert:" .. Sie schon wieder! Was machen Sie denn hier!?"
Miss Marple:"Ich zahl hier nur meine Miete, sehr verehrter Inspector, wohnen tu ich in der City."
Inspector:"City?, of Manchester?"
Miss Marple:" of London!, .. of course! .., im Ernst, ich wohne hier! Na, tragen Sie jetzt Zeitungen aus?"
Inspector:"Lange nicht gesehen! Stecken Sie Ihre Fühler immer noch nach Kriminellen aus und behindern die Polizeiarbeit unserer Stadt?"
Miss Marple:"Unsere Stadt! Wie wahr! Und was machen Sie hier?"
Inspector:"Ich arbeite! Und Sie?"
Miss Marple:"Wie Iche!"
Inspector:"Was tun *Sie* schon arbeiten?!"
Miss Marple in einer Hand Schraubenschlüssel, Hammer und Zirkel vorzeigend:"Ich muß den Wasserabfluß des Klos reparieren. Auf die Dauer is das doch sehr ermüdend, immer einen Eimer Wasser nachzuschütten."
Inspector:"Gibt es denn von der Wohnungseigentümergesellschaft keinen Klempner?"
Miss Marple:"Die Wohnungseigentümergesellschaft sitzt in der City of London. Und die Big Klempner Gesellschaft auch. Beide sagen, daß es sich nicht rentiert, 200 Meilen jemanden nach Little Parva zuschicken. Ich kannse ja verstehen. Na und deswegen. Selbst ist die Frau!"
Inspector:"Ja und sonst?"
Miss Marple:"Was ich sonst so mache? Arbeiten wie gesagt! Nach dem Klo kommt das Küchenbeet. Ab und zu n Huscher, gut das Regenwetter für die Gartenarbeit und für die Pflanzen. Wenn ich damit fertig bin, muß ich Mittagessen aufsetzen und den Geräteschuppen streichen, wenns nicht grad regnet, hinterher: die Regenrinne an der Hausecke reparieren und die aufgehängte getrocknete Wäsche vom Spitzboden abnehmen, dann kommt das Bügeln .., und dann is noch nicht mal später Vormittag, Herr Inspector."
Inspector ungeduldig hüstelt.
Miss Marple:"Als Rentnerin hab ich keine Zeit, Herr Inspector. Gehts heute, is gut! Gehts heute nicht, is auch gut! Mit *der* Devise gehts bei mir nicht. Mir gehts nicht so wie Ihnen, Herr Inspector!"
Inspector:"Sie haben doch eine Schule für Hausmädchen."
Miss Marple:"Eine Schule für Dienstmädchen. Gehabt, Herr Inspector. Als die Staatliche Umschulungsbehörde mir alle Schülerinnen abgenommen und

alle möglichen Knüppel zwischen die Beine geworfen hatte, konnte ich zumachen; die Schülerinnen machen Taxifahrerin neben der Umschulung, und nach der Umschulung auch, Dienstmädchen sind ja heute nicht mehr zu haben! Herr Inspector! Und dann muß ich ja 2x die Woche nach Manchester Studieren!"
Inspector voller Verachtung:"Studieren?"
MissMarple:"Universität des Dritten Lebensalters. Das werden Sie auch irgendwann einmal können, Herr Inspector! Und was machen Sie sonst so außer Zeitung austragen?"
Inspector schluckt:"Ich ermittle in einem Kriminalfall! Amtsgeheimnis! Sie verstehen."
Miss Marple:"Und läufts gut?"
Inspector griesgrämmig:"Hm", sich besinnend,"das einzige Polizeirevier der gesamten Grafschaft, da können Sie sich vorstellen, daß ich genügend zu tun habe, mal dies mal das."
Miss Marple:"Mal dies mal das."
Inspector:"Wir tappen im Dunkeln."
Miss Marple:"Also nicht übermäßig erfolgreich bisher?"
Inspector unwirsch aber erledigt überfordert:"Mir wird die Hölle heißgemacht vom Lord Mayor of London! Was kann *ich* denn dafür, daß dieser Sir .. Was geht *Sie* denn das an?!"
Miss Marple:"Ich hab doch gar nichts gesagt!"
Inspector:"Also gut! Im Vertrauen! Wir sitzen auf dem Trocknen!"
Miss Marple:"Wir?"
Inspector:"Ich!"

Houses of Parliament, Westminster, die Glocken bimmeln von Big Ben .. Themse 2016

Das Wirtshaus "Zum Galgen" anderes Ufer Lambeth Nebel Londoner Nebel: Wirt volle Bierhumpen verteilend, später Abend, Stimmengewirr, volles Haus, dunkelbraungestrichene Eichentäfelung, dunkelbraune Rauchschwaden eine Mischung aus Zigarettenrauch und Londoner Nebel, hinterm Tresen Schweinegesicht, der von einer quer durch das Gesicht laufenden fingerdicken Narbe gezierte glatzköpfige grimmige dicke Wirt. Eine ganz absonderliche Edgar Wallace Musik dudelt. Am Tresen sitzend Hannelore Elsner mit einer erotischen Zigarettenspitze:"Schweinegesicht, hat Harry schon angerufen?"

Schweinewirt Bierhumpen wienernd:"Nay!"
Dudelmusik.
Hannelore Elsner:"Hey, Dicker, hat Harry was ausrichten lassen?"
Schweinewirt Bierhumpen wienernd:"Nay! Nay!"
Dudelmusik.
Hannelore Elsner:"Hey, Schweinegesicht, hat Harry was von sich hören lassen?"
Schweinewirt schleppt rumpelnd mit der einen n leeres Bierfaß läßt mit der anderen eine Leiche nach hinten mit einem dezenten Klatschen im Londoner Nebel in der Themse verschwinden, zurück Bierhumpen wienernd:"Nay! Da drüben am Tresen sitzt er doch!"

Blick schwenk, Harry Smith, der bekannte BRD-Entertainer aus Brasilien mit seiner Benny Hill Perücke.

Hannelore Elsner zu Schweinegesicht:"Mach doch mal die Duddel laut."
Schweinegesicht:"Ay!", das Edgar Wallace Gedudel nun sehr laut, Hannelore Elsner pirscht sich ran:"Na Harry!", bläst ihm den dezenten Duft ihrer HavannaZigarette ins blonde Gesicht.
Harry nochne Vierte Bloody Mary Fingerzeichen zum Schweinewirt:"Hust! Hust!", durch den HavannaNebel:"Ach du bists Henny! Was machen die krummen Geschäfte?"
Hannelore Elsner:"Die Polente war da."
Harry Smith:"Brasilianische Küche sehr zu empfehlen!"
Hannelore Elsner:"Ham nach Sir Regy gefragt."
Harry Smith:"Aber der ist doch nicht mehr."
Hannelore Elsner:"Ham gesagt die kommen wieder. Der Regy hat n Verbindungsmann zum Organisierten. Son Big Blondschopf, den suchense. , ich hab gleich gesagt: Blonde lassen wir gar nicht rein."
Von der ThemseFalltür hupt der Meechmann Cater Carlafelt und guckt mit seinem weißblonden Pferdeschwanz herein und ruft:"Die Meech!"
Harry Smith zieht rasch die BennyHillPerücke herunter setzt Hornbrille auf, endlich sieht er wieder wie der echte Harry Smith aus.
Harry Smith:"Blöd? Ich bin doch nicht blond!"
Miss Marple:"Mensch Meier! Ham Sie das gesehen! Das is doch ein Verbrecher!"
Mr Singer:"Hier ist viel Kundschaft aus der Filmbranche und Theaterbranche, manchmal vergessen die, sich nach der Arbeit umzuziehen. Nur ruhig Blut Miss Marple!"

Klaus Kinsky geistesabwesend mit EddyArendt an einem Tisch Kartenspielend.
Polente stürmt rein!:"Razzia! Illegaler Alkoholausschank, Illegale Bierbrauerei! Alle stehenbleiben und Personalien .. Spurensicherung hier lang! .."
Dudel verstummt. Helles Licht.
Harry Smith sehr laut zu schweigendem gerammeltem PubPublikum:"Und wieder mal willkommen sehr verehrte Damen und Herren oder sollt ich besser sagen Damenschaften, Herrschaften .. und Seilschaften? .. zu einer weiteren Sendung von .. hat doch kürzlich der Bundesinnenminister von NRW .."
gerammelte PubMenschenMenge Gröhlendes Lachen, Polizisten verwirrt, wieder KaschemmeSchlafzimmerLicht und irremachendes Edgar Wallace Gedudel. Hannelore Elsner ist verschwunden. Der SchweineWirt ist verschwunden. Harry Smith ist verschwunden. Alle sind verschwunden. Auch die Bierzapfanlage und das bunte Schnapsregal und ersetzt durch eine bunte MilchMixZapfanlage auf EdgarWallaceKnopfdruck.
Polizisten am Tresen:"Wer hat hier das Sagen?"
Wie aus dem Nichts Thomas Gotshlak:"Aus mir spricht der Schalk und Thomas heiß ich auch noch!"
Durch den Alternativ-Pub wälzen sich aus der Jugendherberge Verwahrloste alle mit bunten MilchMixen ausgestattete Jugendliche aus aller Herren Länder, manche über die zurückgelegte Reise mit aufgeklebten Zetteln an der Kleidung wie "getrampt von Australien nach London".
Gottshlak:"Ich bin der WeltKulturErbeSonderbeauftragte von der Schwätzerstube. Ich komm direkt aus Wilhelm-Pieck-Stadt! Sie wissen schon, der erste Deutsche Präsident nach dem II.Weltkrieg. Sie werden hier neben der Jugendherberge keinen Tropfen Alkohol finden. Wir sind hier nämlich ne HO-MilchBar."
Polizist:"Halt kee lange Reden! Sind Sie nicht der aus Mallorca ausm Fernsehen? Ich kenn Sie doch irgendwoher! Festnehmen! Alle festnehmen!"
Gottshlak:"Alle gegen Gotshlak! Einverstanden! Gut! *Eine* Wette aber haben sie frei!"
Die Polizisten halten inne.
Gottshlak:"Wenn Sie 1Tropfen Alkohol finden, dürfen Sie mich verhaften und dann in die Themse versenken! Und dazu haben Sie jeder 1 gratis MilchMixGetränk frei!"
Die Gesichter der Polizisten hellen sich auf ..
Gottshlak:"Wenn Sie jedoch *keinen* Alkohol finden, dann müssen Sie sich,

aber alle Mann! Runter bis auf den Badeanzug oder Badehose ausziehen und hier hinten bei der geheimen Falltür hinter dem MilchTresen zu den andern in die Themse stürzen."
Polizisten nuschelnd einander zu:"Ist ja eklich! Solln wir die Wette wirklich wagen? Eine Wette ist doch Ehrensache! Also ran an die Spurensicherung!" und nehmen sich die verschiedenen Milchmixgetränke vor.
Miss Marple und Mr Singer sind bei der Razzia mit zahlreichen Gästen der Polizei entwischt und stehen draußen im Londoner Nebel, während immer mehr Polizisten in den Pub eindringen, ohne die sich aus einem Bierfässerkeller herauf auf den Bürgersteig ergießende Menschenmenge 10Meter weiter zu bemerken.
Mr Singer hilfos:"Und was nu? Miss Marple!"
Miss Marple:"Wir machen das, was die andern auch machen. Rennen wer um die Wette!"
Viele der geflüchteten Menschen zerstreuen sich, eine sehr kleine Gruppe flüchtet rennend zu einem Wagen und verschwinden, während unter der Regie von Inspektor Baynes die Polizei die HO-Milchbar auf den Kopf stellt

Schloß Heatherings Seal of Sewer/Grafschaft Southbury am Nordrande Londons früher Nachmittag:
4meter hoher Waffensaal Eiche getäfelt, Essensgerüche seit 1945 Kriegsende hängen in der EichenTäfelung, alles sehr muffig und vor allem vollkommen finster, kein Fenster, dafür ein schwelender Kamin im naßkalten Saal.
Die weißgraublonde Lady Flickenschild nimmt zum Kosten vom kluntschichen Kuchen, riecht daran, protzt in dunkler Stimme mit unbezwingbarer Kraft heraus:"Die Pest!" und legt angewidert den kluntschichen Kuchen zurück. Eddy Arendt, als sei er diesen Umgangston bei seinen Arbeitgebern gewöhnt, gießt weiter völlig unbekümmert den kochenden Tee in die Tässchen, zu Lord Flickenschildt:"Zucker, myLord?",
Lord Flickenschildt:"Ja, James", Eddy Arendt rührt um, serviert, verschwindet ins Dunkel. Der weißgraublonde Lord Flickenschildt trinkt gefühllos in raschen großen Schlücken den kochenden Tee die ganze Tasse leer, als Gastgeber in wohlmeinendem ständigem Blickkontakt mit dem ehrwürdigen weißgraublonden Pfarrer Oldmann, der sitzt etwas abseitsgewendet mit unterwürfiger Würde, dieser nimmt weder vom Kuchen noch vom Tee, hüstelt stattdessen, Eddy Arendt steht abseits im Finstern neben der Ritterrüstung, Lord Flickenschildts und Lady Flickenschildts Tochter, die Nachfolgerin des Geschlechts, die 27jährige Jeanne Moreau unerschüttert:"Ich fordere eine Entscheidung zwischen Liebe und Lüge!",

angstlos guckt sie dem Pfarrer wie den Eltern ins Gesicht; der Sohn, der Nachfolger des Geschlechts, ihr voll Angst erfüllter Zwillingsbruder Klaus Kinsky starrt panisch um sich.
zu Jeanne Lady Flickenschildt:"Deinen Bruder hat noch niemand im Dorf gesehen. Er weiß eben, was Heimat wert ist. Jetzt haben wir die letzte Instanz des Standesamtes des Dorfes den Herrn Pfarrer schon so weit, daß er Klaus nicht mehr als deinen Bruder sondern als deinen Cousin registrieren lassen würde, und ein paar Wochen später, das merkt keiner, von einem Cousin zu einem Cousin 2.Grades, wonach einer Heirat nichts mehr im Wege stünde! Eine Heirat zwischen Schwester und Bruder! Was ist denn schon dabei! Liebe? Das ist doch sekundär! Das Werrrrk von Generrrrationen muß doch bestehen bleiben, man muß Opfer bringen können, mein Kind!"; Lady Flickenschildt verschnaufend, dann wie auf einen kleinen ungezogenen Jungen schimpfend, langsam sprechend und drohend zu ihrem Bruder:"Klaus! Du hast dich doch heute schon wieder außer Haus rumgetrieben! Ich hab dir das doch verboten! Du kommst nachher wieder unter Stubenarrest in den Keller unter dem Weinkeller, zu den Spinnen!" Klaus Kinsky panisch winselnd.
Lord Flickenschildt völlig locker:"Herr Pfarrer, wir zweifeln nicht im geringsten an der Ergebenheit der Dorfbevölkerung. Über Jahrhunderte schon ist die Beziehung zwischen derer von Flickenschildts und der Dorfbevölkerung eine sehr herzliche."
Pfarrer:"Deswegen bin ich ja da. In welche Hände wird einst das ehrwürdige Geschlecht derer von Flickenschildts übergehen und eine neue Epoche beschwören können?!"
Klaus übt sich verbissen in unschuldigen kindlichen Spielereien, er zerteilt säuberlich erdrosselte Ratten geschickt mit dem Küchenbeil und wirft die zerteilten Leiber ins Kaminfeuer. Ein übler Geruch verbreitet sich, dafür sind Klaus, Lady Flickenschildt und Lord Flickenschildt aber vollkommen unempfindlich.
Zwischen jedem Zerteilen wirft Klaus einen gehetzten Blick auf die stumme Gesellschaft, lauscht selber stumm sinnlos den ihm sinnlos dahingeworfen scheinenden Worten der Teegesellschaft, macht sich mit beachtenswertem Eifer an die nächste Ratte ..
Jeanne:"Einen Bauchplatscher nach dem andern! Wie ihr liebedienert vor den Obrigkeiten! Dabei seid ihr falsch! Falsch! Aber jeder von euch!"
Lady Flickenschildt:"Ich kritisier dich doch gar nicht, mein Schatz! Schriftstellern kann jeder. Das ist doch keine Kunst, mein Kind. Du machst Hackfleisch aus der Familie und beschreibst unsere bescheidene Familie

genauso bescheiden, wie se ist. Ma muß das Läbm äbm nähm, wie das Läbm äbm is."
Klaus, dessen Stimme grundsätzlich und immer eine Mischung aus heulendem Unterton und pubertärer Kopfstimme, stottert, zur Mutter:"D d d Du bist doch das Flintenweib der Familie."
Lady Flickenschildt:"Einerrrr muß doch die Familie zusammenhalten!"
Lord Flickenschildt:"Kinder! Müßt ihr immer streiten! Herr, Pfarrer, das bleibt unter uns, nicht wahr."
Pfarrer mit öligem Blick zu Klaus:"Ich bin zum Beichtgeheimnis verpflichtet."
Klaus erschrocken, als würd er jetzt Haue kriegen, schnappt sich ne Ratte, zerteilt das Tier und schmeißt es ungeschickt nicht in sondern neben den Kamin in die finstere Ecke der Ritterrüstung, das Blech der Ritterrüstung scheppert auseinanderbrechend zu Boden.
Lady Flickenschild aus der Haut fahrend:"Ich hab James hier doch grade aufräumen lassen! Klaus!", sie holt brutal zur Ohrfeige aus, ein nur angedeuteter Handkantenschlag, Klaus zuckt heulend panisch zusammen.
Lady Flickenschildt mit härtester korrektester Aussprache mit gerolltem R:"Mein lieber Herr Pfarrer! Wir haben noch niemals i-rrrr-gendwas verbergen müssen. Wo käm wir denn da hin, wenn wir es jemals hätten müssen?!"
Lord locker:"Der Stolz, Herr Pfarrer, unseres Geschlechtes ist vielleicht nicht ganz so sehr auf unseren Leiblichen, hm, Männlichen Nachkommen begründet als vielmehr auf dem Nationalen Ruhm unserer Hundezucht bei den Hunderennen von Windsor, aktuell mit dem Champion "Diamond in the Sky", herablassend zum Lakaien:"James?"
Eddy Arendt von der finsteren auseinandergebrochenen Ritterrüstung mit einem Windhund zum Lord, der dem Tier anerkennend den Scheitel tätschelt:"James, geben Sie Diamond was von dem Kuchen!"
James:"Sehr wohl Mylord!"
Pfarrer:"Ich habe nicht so sehr an die Hunde von Flickenschildts gedacht."
Eddy Arendt hat dem Hund auf einer Untertasse ein ganzes Stück Kuchen vor die Nase gestellt, was der Hund runterschlingt. Der Hund fällt tot um, Klaus wirr:"Hähä!", und wendet sich wirr wieder seinen Ratten zu, Eddy Arendt bestürzt, stürzt zum Hunde nieder, will Mund zu Mund Beatmung machen, läßt es jedoch, Lady Flickenschildt, - nach sehr kurzem giftigen Blick auf ihre Tochter Jeanne Moreau - , nicht aus dem Konzept zu bringen indes ruhig:"Und wenn nicht an Hunde, an wen haben Sie da gedacht, Herr Pfarrer?"

313

Pfarrer mit Ekel ein Blick auf Klaus, dann wieder gefaßt auf den Lord und die Lady:"Ich möchte mit einer Gegenfrage antworten: Brauchen Sie einen Nachkommen? Sie könnten ja auch eine Stiftung .. Dieses grauenhafte Ende des Hundes! Wer muß wohl als nächstes .. ?", höchst bedauernd kopfschüttelnd.
Klaus kindlich zum Pfarrer:"Wie Sir Regy."

Little Parva Polizeirevier:
Inspector Baynes in die Laborberichte aus Manchester vertieft, vor sich hin sprechend, sein Assistent Wilbert indes lauschend, Inspector Baynes:"Ich werde daraus nicht schlau. Wenn es doch angeblich ein Unfall war, wie dieser verdrehte Gerichtsmediziner sagt, dann frage ich mich, was die beiden Fleischermesser .."
Wilbert:"Mit solchen zerteilt man Schweinehälften!"
Inspector:" .. im Herzen des Bürgermeisters zu suchen haben. Dann müßte man ja von Selbstmord sprechen und nicht von Unfall, nicht wahr!?!"
Wilbert die Lippen schürzend, eine kurze Grimasse ziehend, wieder die Lippen schürzend, schweigt weiter.
Inspector ruhig, ausgeglichen, souverän:"Die Zeugenaussagen widersprechen sich zumal. Der auf seinem Anwesen neben seiner Villa in einer Kloake verstorbene Sir Reginald hatte zuvor seine Haushälterin in die Nachbarortschaft geschickt, um was zu erledigen, Einkäufe, sagt sie; aber sie kann sich nicht mehr daran erinnern, was sie eingekauft hat; seinen Butler hatte Sir Reginald für 2 Wochen beurlaubt, der war 2 Tage vorher abgereist nach Schottland, kam aber, als ich ihn über die Schottische Polizei herbestellte, sofort zurück, um seine Aussage, daß er von nichts weiß, zu Protokoll zu geben, überprüft habe ich das persönlich, ich habe ihn ausgequetscht, im übrigen ist er nun endgültig heim zu einer Familie nach Schottland, das habe ich selber veranlaßt, den Butler können wir abhaken, alles lupenrein. Nicht so die Haushälterin!"
Es klopft.
Miss Marple steckt die Nase rein:"Darf ich?"
Inspector winkt der Miss Marple, spricht weiter zu Wilbert:"Der blonde Butler .."
Wilbert:"Blond!"
Inspector:"Ganz recht! Absonderlich! Allein das ist schon verdächtig genug! Würde ich mir n Butler zulegen, dann sicher keinen blonden!"
Wilbert kopfschüttelnd verächtlich:"Blond!"
Inspector:"Ein Grund mehr, Wilbert, Sie haben ganz recht."

Wilbert:"Da müssen wir dranbleiben, weil .., ach, ich wollte was sagen. Ich würde .."
Inspector energisch:"Weiter! Die Haushälterin! ..!"
Wilbert verächtlich:"Ph!"
Inspector:"Die Haushälterin weiß über alles bescheid."
Wilbert:"Ist ja mal wieder typisch!"
Inspector:"Ich kenn die Weiber! Keine Zeugen für nichts auf dem Anwesen des Bürgermeisters Sir Reginald. Und keine Zeugen für nichts in Magna Parva. Unfall, Wilbert."
Wilbert:".. oder: Freitod. oder: Verbrechen, Herr Inspector. Wir wissen: Die Haushälterin ist am stärksten verdächtig! Bis zum Abend hat die Haushälterin kein Alibi, als sie angeblich erst am Abend wiederkam, war das Unglück geschehen, wie auch immer: Unfall, Freitod, Verbrechen."
Inspector ärgerlich:"Spekulationen! Wilbert! Das überlassen wir der Presse. Wilbert!, die meisten Unfälle passieren zuhause, sagt die Statistik, fürwahr. Nach den aktuellen Ermittlungen ist Sir Reginalds Tod ein ganz einfacher Unfall .. Wir sind gezwungen, etwas zu unternehmen, die Presse will Ergebnisse sehen! So ein durchtriebenes Weib! Die Haushälterin! Verhaften! Wilbert! Fahren Sie schon mal den Wagen vor!" Wilbert ab.
Inspector mit gespielter Freude höflich:"Miss Marple! Nur rein mit Ihnen! Was liegt Ihnen auf dem Herzen? Wie kann ich Ihnen helfen, Miss Marple?"
Miss Marple einen Schlüsselbund dem Inspector vor die Nase auf den Schreibtisch legend:"Den Schlüsselbund hab ich gefunden, im Straßengraben .."
Inspector klar:"Sehr aufmerksam von Ihnen Miss Marple, es liegt so allerhand im Straßengraben, da hätte die Kriminalpolizei aber viel zu tun. Das Fundbüro ist im Rathaus in der High Street. Wenn Sie so freundlich wären."
Miss Marple:".. im Straßengraben vor Sir Reginalds Villa. Der eine Schlüssel paßt auch in die Haustür, das habe ich schon überprüft."
Inspector aus der Haut fahrend:"Sie haben was?! Das Haus ist doch versiegelt! Beweismaterial zurückhalten! Das ist doch strafbar, was Sie da machen!"
Miss Marple unbeirrbar:"Die Haushälterin war bei mir. Wir haben den Kirchenbasar vorbereitet. Kirchenbasar ist bei uns immer wie Weihnachten, Herr Inspector, das wissen Sie doch! So mit Überraschung und so. Und weil das nu doch ein Geheimnis war, wollte sie auch bei der Polizeilichen Vernehmung nichts verraten. Guter Trick, nicht wahr!?, sie sagte, sie wäre im Nachbarort einkaufen gewesen, die gute Seele hat die Lügerei aber dann

315

nicht durchgehalten. Is doch sonderbar, Herr Inspector, nicht wahr!? Da wird Sir Reginald gestorben, äh, erliegt einem Unfall, begeht Selbstmord, wird ermordet; und hinterher geht Sir Regy munter von seiner Villa weg eine Viertelmeile bis auf die Landstraße, wirft seinen Hausschlüssel weg, und geht dann eine Viertelmeile zurück und verriegelt ohne Schlüssel sein Haus, wonach er mit zwei im Herzen steckenden Fleischerbeilen in der Kloake neben den Mülltonnen ertrinkt, somit ein Unfall, wie Sie sagen, ist das *nicht* sonderbar, Herr Inspector?"

Klaus Kinsky Nahaufnahme panischer Blick, GanzAufnahme, Klaus mit Papa bei Frisör:
Beide werden gleichzeitig, der Lord vom gleichalten Frisör, Klaus vom etwa gleichalten Sohn des Frisörs, frisiert, beide gleichzeitig fertig, der Lord locker, Klaus verkrampft und unsicher. Der FrisörsSohn zeigt dem Sohn des Lords per Handspiegel die Rückseite, keine Reaktion, der FrisörsSohn verschwindet.
Der ChefFrisör mit Spiegel hinter dem Lord, Lord:"Gut", nochmal hinter dem Sohn, keine Antwort, dafür der Frisör "so prächtiges Haar habe ich selten gesehen, das komt von der gesunden Ernährung, nicht wahr, junger Mann?"
Klaus dreht seinen Kopf langsam wirr, reagiert, als würde er die Sprache des Frisörs nicht sprechen, Klaus gibt keine Antwort.
Frisör:"Ganz die Mutter! Apropos MyLord, einen Herzlichen Gruß an Lady Flickenschildt," und nochmal mit abschießendem Blick auf den Sohn des Lords:"dieses besonders dichte und dicke gesunde blonde Haar, vortrefflich! Ganz wie MyLady! Wenn sie auch früher rabenschwarzes Haar hatte!"
Lord mit Halbglatze feixend, hat bezahlt:"Man wird nicht jünger."
Frisör:"Aber weise."
Lord:"Langsam aber sicher." Und zu Klaus:"Komm mein Junge!"
Jeanne bürstet ihre dicken roten Haare durch. Ihre Freundin Jenny bürstet ihre mittelbraunen Haare durch.
Jeanne mit ihrer Freundin in Southbury machen sich frisch, denn sie wollen am Abend was flottes unternehmen.
Jenny:"Ein richtiger Butler, stell dir vor!"
Jeanny:"Und die Kneipe hat gutes Bier? Ich bring dich um, wenn die Kneipe kein gescheites Bier hat. .. Und flotte Musik."
Jenny:"Ich fahr doch nicht etwa extra nach Lambeth, wenn es nicht flotte Musik und flottes Bier gibt und flotte Burschen!"
Jeanne:"Das ist ja ganz was Neues. Das kenn ich ja gar nicht an dir!"

Beide lachen, und ab.

Begräbnis Sir Regy:
neben einer Menge Londoner Heuchler, einem Teil der Londoner Mafia und illustren Wirtschaftsgrößen sowie dem Lord Mayor von London ist anwesend auch Eddy Arendt, der anständigste von allen, verweint, sich Nase und Augen mit einem weißen Taschentuch tupfend, ehrliche Tränen um den Ermordeten Bürgermeister vergießend. Gegen Ende der Feierlichkeit tritt auch Klaus an das Grab und schippt eine Schaufel Erde auf den Sarg.
Inspector Baynes und Wilbert unbemerkt hinter einem Gebüsch.
Inspector mit Fernglas:"Ja, die Herrschaften aus London, ja ja, das ist eben ein Ereignis!" weiter suchend mit dem Feldstecher," den Sohn von Lord Flickenschildt habe ich niemals gesehen. Der ist in Südafrika und in den Staaten, der interessiert sich nicht für den Englischen Zweig seiner Familie. Dafür sind sonst alle da. .. Da ist Lord Flickenschildt. Ja," Inspector Baynes selber mitgenommen vom Tode Sir Regys, wischt sich auch unerkannt hinterm Gebüsch sorgsam die Tränen ins Taschentuch, spricht ganz niedergeschlagen:"Wissen Sie Wilbert, ein uralter intimer Freund der Familie, ein alter Schulkamerad, langjähriger Geschäftspartner, ach, .."
Wilbert:"Das wußte ich gar nicht! Das konnt ich ja nicht ahnen!", ´ein wahrer Freund des Inspectors also, kein Wunder daß der Inspector so niedergeschlagen ist´, denkt Wilbert, und voller Mitleid für seinen Chef,"Mein Herzliches Beileid! Herr Inspector!" verschnupft ehrlich mitgenommen. Inspector bemerkt dies nicht, hat es nicht gehört, spricht nun deutlicher distanziert über die Begräbnisgesellschaft ..
Inspector:"Ach, Sir Regy, ja ja, für Lord Flickenschildt ein herber Verlust!"
Wilbert bemerkt für sich, daß er sich geirrt hat und der Inspector doch nicht Regy als seinen eigenen Verwandten etc sondern als den von Lord Flickenschildt bezeichnet hat.
Wilbert mit Fernglas:"Fürwahr! Lady Flickenschildt hat es auch arg getroffen! Sie wird gestützt von ihrer Tochter Jeanne .. und sehen Sie! da ist Lord Flickenschildt, und an seiner Seite son Blondie."
Inspector:"Nun, das muß der Butler sein. Dabei hat er in England nichts mehr zu suchen. Kommt zum Begräbnis seines Arbeitgebers. *Das* ist anständig."
Wilbert sich die Tränen wischend:"Loyal. Uneigennützig!"
Inspector die Tränen herunterbeißend:"Alte Schule!"
Wilbert:"Was will denn die Dings hier?!"
Inspector:"Die Haushälterin des Bürgermeisters! Ich habs doch immer gewußt!"

Miss Marple und Mr Singer hinter einem Gebüsch, beide flüsternd, hinter einem anderen Gebüsch, das von Inspector Baynes und Wilbert genutzt wird, unbemerkt indes von diesen.
Miss Marple:"Ein Butler. Wenn ich´s mal irgendwann zu was gebracht habe, Mr Singer, dann schaffe ich mir auch einen Butler an."
Mr Singer:"Ich wollte den Butler auch gerne mal sehen", stellt sich auf die Zehenspitzen, erfolglos.
Miss Marple:"Dieser hellgelbe Punkt in der winzigen Menschenmenge."
Mr Singer, sich noch weiter streckend auf den Zehenspitzen:"Wo denn bloß?"
Miss Marple eine Spur ungeduldig etwas lauter flüsternd:"Da, gerade überm Gebüsch neben dem Inspector."
Inspector und Wilbert erschrocken sich umdrehend:"Ruhe verflucht nochmal! Was machen *Sie* denn hier!"
Miss Marple gekünstelt:"Herr Inspector! Was machen *Sie* denn hier!"
Inspector:"Nicht so laut, verflixt nochmal! Uns soll keiner bemerken!" macht eine verscheuchende Handbewegung, zwecklos.
Von der Trauergesellschaft hat keiner was bemerkt.
Und nun die salbadernden Abschlußworte des Pfarrers:"Ja, ein großer Verlust für Magna Parva! Sir Reginald! Vor 4Jahren von London eingetroffen, und schon im BürgermeisterDienste unserer Stadt! Ein Mann des Volkes!"
Pfarrer und der Ministrant und der Orgelspieler wenden sich zum Ausgang, eine haltlos schluchzende Unbekannte stürzt ans Grab:"Oh Regy, oh Regy!", die anderen BegräbnisGäste haben sich zum Heimgang abgewendet, doch der Butler Eddy Arendt verharrend und murmelnd nur für sich sprechend:".. diese treue Seele verharrt, verharrt, und will nicht weichen von der Stätte ihres Kummers."
ans Grab gestürzte Unbekannte flehend:"Wo hast du die Geheimzahl für das Schweizer Nummernkonto!? Oh Regy ! .."
Eddy Arendt ehrlich und in Menschenkenntnis:"Wenigstens eine die trauert!"
Die aus etwa 50Menschen bestehende Menschentraube verläßt den Gottesacker.
Inspector im Schutze des Gebüschs aufbrechend:"Wilbert! Hinterher! Wir müssen die Haushälterin kriegen! .."
Miss Marple im Schutze des Gebüschs hinter dem Gebüsch:"Mr Singer! Hinterher! Wir müssen den Butler kriegen!"
Verfolgungsjagd mit Tatü tata Inspector Baynes und Wilbert der Haushälterin hinterher, die über einen Feldweg zur nächsten Ortschaft läuft.
Verfolgungsjagd! Mr Singer überwältigt mit einem Judogriff den Eddy Arendt, dieser:"James, mein Name. Butler im Dienste derer von

Flickenschildt Heatherings Seal of Sewer/Southbury County, mit wem habe ich die Ehre?"
Mr Singer:"Singer, Mr! Singer", guckt genau, dreht sich dann nach hinten zu Miss Marple und ruft:"Der Butler ist gar nicht blond!"
Miss Marple:"Kommando zurück! Dann isses der Sohn!"
Sie verfolgen also die Flickenschildts zum Schloß und entdecken in der Nacht, daß sich der Klaus aus einem Kellerfenster befreit und ungesehen mit dem Auto abhaut.
Sie verfolgen ihn und finden ihn tatschlich im Wirtshaus an der Themse.
Miss Marple zu Mr Singer:"Was der Sohnemann kann, das können wir auch!" und sind, als 23Uhr das Lokal geöffnet wird, bereits durch ein Kellerfenster eingestiegen und hören vom Bierfässerkeller die Treppe aufwärts oben hinter einem riesigen Bierfaß am Ende des Tresens mit - hier ist Klaus wie ausgewechselt. Von zurückgeblieben und blöd keine Spur, sondern aufmerksam, höflich, klug. Er ist nicht etwa nur ein Gast, sondern scheinbar einer der Betreiber dieses Lokals - wie die Belegschaft des Lokals miteinander umgeht:
Miss Marple:"Guck an!"
Mr Singer nimt eine Southwarker Tageszeitung in die Hand:"Spieglein, Spieglein an der Wand. Wer ist der Schönste im ganzen Land?"

die Glocken bimmeln von Big Ben .. Lambeth/Southwark
Themse 2016

Das Wirtshaus "Zum Galgen" anderes Ufer Lambeth Nebel Londoner Nebel: Wirt volle Bierhumpen verteilend, Stimmengewirr, volles Haus, dunkelbaungestrichene Eichentäfelung, dunkelbraune Rauchschwaden eine Mischung aus Zigarettenrauch und Londoner Nebel, hinterm Tresen Schweinegesicht, der Wirt. Eine ganz absonderliche Edgar Wallace Musik dudelt. Am Tresen sitzend Hannelore Elsner mit einer erotischen Zigarettenspitze:"Schweinegesicht, kommt Harry heute wieder?"
Schweinewirt Bierhumpen wienernd:"Nay!"
Dudelmusik.
Hannelore Elsner:"Hey, Dicker, hat Harry was gesagt?"
Schweinewirt Bierhumpen wienernd:"Nay! Nay!"
Dudelmusik.
Hannelore Elsner:"Hey, Schweinegesicht, will Harry nicht wieder mal vorbeikommen?"

Schweinewirt schleppt rumpelnd mit der einen n leeres Bierfaß läßt mit der anderen eine Leiche nach hinten mit einem dezenten Klatschen im Londoner Nebel in der Themse verschwinden, zurück Bierhumpen wienernd:"Nay! Da drüben am Tresen sitzt er doch schon!"

Blick schwenk, Harry Smith, der bekannte BRD-Entertainer aus Brasilien mit seiner Polenta vor der Nase, hungrig speisend, einschaufelnd wie ein Verhungerter.

Hannelore Elsner zu Schweinegesicht:"Mach doch mal die Duddel laut."
Schweinegesicht:"Ay!", das Edgar Wallace Gedudel nun sehr laut, Hannelore Elsner pirscht sich ran:"Na Harry!", bläst ihm den dezenten Duft ihrer HavannaZigarette ins blonde Gesicht.
Harry nochne Vierte Bloody Mary Fingerzeichen zum Schweinewirt, die Finger wollen nicht mehr, er versuchts mit seinem Sprechwerk:"Blondie Mary, die Vierte!"
Während Harry spricht, nimmt ihm der soeben aufgetauchte EddyArendt den Eßteller vor der Nase weg, Klaus Kinsky stibitzt aber dem Eddy Arendt n paar Löffel ab.
Schweinewirt:"Du hast doch schon drei! Du kriggst keene mehr!"
Harry:"Hust! Hust!", durch den HavannaNebel:"Ach du bists Henny!", guckt vor sich:"Die Polenta war da."
Hannelore Elsner:"Was machen die krummen Geschäfte?"
Eddy Arendt:"Brasilianische Küche sehr zu empfehlen!"
Klaus Kinsky:"hat doch gar keinen Geschmack, hey Schweinegesicht, kann ich mal n Sambal Olek ham?" Schweinegesicht stellt die Gewürze und Soßen dem Klaus Kinsky vor die Nase, geht zurück und wienert weiter Bierhumpen.
Harry Smith:"Die Polypen ham nach Sir Regy gefragt."
Hannelore Elsner:"Aber der is doch nicht mehr."
Harry Smith:"Ham gesagt die kommen wieder."
Klaus Kinsky zu starrend Harry:"Der Regy hat n Verbindungsmann zum Organisierten. Son Big Blondschopf, den suchense." Harry wird augenblicklich nüchtern. In Zeitlupe, damits keiner merkt nimmt er seine Benny Hill Perücke vom Kopf, Klaus weiter:".. ich hab gleich gesagt: Blonde lassen wir gar nicht rein."
Nun hupt es doch gar von der ThemseFalltür und guckt der Meechmann Cater Carlafelt mit seinem weißblonden Pferdeschwanz herein und ruft:"Die Meech!"
Hanelore Elsner verschwörerisch grinsend:"Die Polypen merken sowas nicht;

nicht wahr Schweinegesicht?"
Harry in Zeitlupe seine Benny Hill Perücke wieder aufsetzend und zurechtrückend.
Schweinewirt Bierhumpen wienernd:"hähä, Nay Nay."
Edgar Wallace Gedudel.
Klaus Kinsky flippt aus und brüllt restlos den sonst doch so furchterregenden Schweinewirt zusammen:"Du geistloses Narbengesicht!"
Schweinewirt winselt.
. war bis jetzt offensichtlich Klaus der Mörder,
so sieht man jetzt: es gibt noch einen anderen Blondie.
Harry völlig unbeteiligt eine Southwarker Tageszeitung durchblätternd, und zwar zufällig genau die, die der Mr Singer gerade in Händen gehabt und hinter dem Bierfaß schnell wieder auf den Tresen zurückgelegt hat.
Harry fragt laut in die Runde:"Kreuzworträtsel. Du, Klaus! Englischer Fluß mit T vorne .. hm."
Klaus, der sich in der Gardinenpredigt unterbrochen fühlt, jedoch ohne den Blick zu wenden oder auch nur mit einer Wimper zu zucken, unwirsch zum Zeitungsleser:"Tyne. Zum Donnerwetter!"
Harry:"Hm .. Nee, zu kurz, paar Buchstaben mehr!"
Schweinewirt winselnd:"Ich machs auch nie wieder! Ich machs auch nie wieder!"
Klaus:"Deine Zeit ist um, Schweinegesicht!"
Hanelore Elsner:"Schweinegesicht, du weißt, wie es läuft."
Schweinewirt:"Aber ich habe doch nicht, aber ich hab doch nur ..!"
Klaus:"Immer nur ich, ich, ich, ich! Das ham wir davon, so ein Nichts in die Leitung des Unternehmens aufgenommen zu haben. Daß uns wegen dir die Polente jetzt auf den Fersen ist!"
Harry:"Auf den Versen folgt immer ein Absatz, Schweinegesicht. Das heißt: ein Arschtritt! Ich konnte dich ja eigentlich nie leiden. Wer ne Bloody Mary nicht mixen kann, der hat verspielt."
Hanelore Elsner:"Eddy! Walte deines Amtes!"
Klaus völlig sachlich:"Ein Schmarotzer weniger. Jetzt ist der Weg für uns frei, Henny!"
In ungeahnten Kräften schleift Eddy Arendt den Schweinewirt zur Themsefalltür neben dem Biervorrat.
Hanelore Elsner zu ihrem Geliebten:"Wer hat denn Schuld daran, daß Schweinegesicht die Polente auf unser Lokal gewiesen hat? Das warst doch du, Klaus!"
Man hört einen Knüppelschlag, die Themsefalltür öffnen und ein Klatschen

ins Wasser, Eddy Arendt nach getaner Arbeit sich den Staub von der Kleidung klopfend zurück.
Hanelore Elsner ungerührt ein Schießeisen unter dem ZigarettenEtui hervorholend, weiter:"Klaus, es ist Zeit! Du bist der Big Blondschopf, der uns verpfiffen hat und sich dann mit dem Vermögen ausm Staub machen will, während wir übrigen ins Loch wandern."
Klaus winselnd:"Aber Henny! Wir haben uns doch immer geliebt! Du bist im Irrtum! Ich habe alles nur für dich getan! .. "
Sie drückt ab, aber nicht auf ihren Geliebten sondern auf Harry. der spricht:"Wie sollte es anders sein!? Ich komme aus einer alten Schlesischen FleischerFamilie!" sinkt getroffen langsam vom Barhocker, aus der Blüte seines Lebens, mit der Zeitung in der Hand, röchelnd:"Stadt in NRW mit Vier Buchstaben 1.FC K Kö Köl Köln Nein Quatsch, Unna!" und verbleicht.
Klaus Kinsky gefaßt:"Henny, ich wußte, daß du bluffst."
Hanelore Elsner:"Dieser TalgMeister hat mich schon seit Jahrzehnten! angeödet!"
Eddy Arendt mit dem im Tode kämpfenden Harry um die Zeitung kämpfend, Eddy:"Laß los! Land an der Ems, ich habs, gib das Blatt her! Sonst gewinnen wir diesen scheiß KreuzworträtselPreis nie! Laß los, du schmieriger Schwätzer! Ich konnte Blondies noch nie leiden." Heulend mit Blick zu Hanelore Elsner,"Er hat dich mir weggenommen!"
Hanelore Elsner:"Ich gehöre keinem. Mir gehört die Welt!", knallt auch den Eddy Arendt ab.
Eddy:"röchel röchel."
Da springen Miss Marple und Mr Singer von der ThemseFalltür, werfen das RiesenBierfaß um, das auf die Hanelore Elsner zurollt, sie flüchtet, mit einem Satz ist sie im Vorratsraum, zu Tode betrübt, die ThemseFalltür! Ein Todesschrei! Schweinegesicht lebt, Hanelore Elsner himmelhochjauchzend:"Schweinegesicht! Du lebst!"
Schweinewirt:"Ay Ay!"
Während all dem ist Klaus Kinsky auf den Kronleuchter geklettert, er hat zwei Hackebeile in der Hand, wie ein Jongleur beherrscht er die FleischerBeile, nun brüllt er hysterisch:"Verarschen tut mich keiner! Verarschen kann ich mich selbst!"
Die Tür geht auf. Lord Flickenschildt, Klaus voll Haß, Lord Flickenschildt brüllt:"Auch du, mein Sohn!", Klaus wirft das eine Hackebeil auf den Lord und trifft dessen Schädel spaltend.
Lady Flickenschildt in der Tür:"Ich wollt mich ja immerrrr scheiden lassen. Jetzt brauch ich das nicht mehr. Mein Mann ist schwerrrr getrrrroffen und

verrrrscheidet."
Harry wieder zu Kräften gekommen:"Ich halts nicht aus! Ich sage jetzt, wer den Regy umgerbacht hat!"
Schweinegesicht:"Ich habe hier ne kleine Blondie Mary für dich, aus dem ArsenStrychninMixer."
Harry:"Her damit! Vorher sag ich, wers war!",
Klaus hysterisch:"Du verrätst das Geheimnis ganz sicher nicht, wie wir zusammen den Sir Regy um die Ecke gebracht haben!" wirft das Fleischerbeil, es fliegt auf Harry, doch währenddessen Harry:"Du dummer Klaus du, paß mal auf! Du machst auch nicht mehr lange dein Maul auf!" und schüttet den Cocktail dem Kinsky in die Kehle, der röchelt und verscheidet, das Hackebeil steckt handtief Harry zwischen den Schulterblättern, weil er sich geschickt schnell genug weggedreht hat, Miss Marple herzugeeilt:"Nur ne Fleischwunde!"
Es rumpelt an der ThemseFalltür.
Keiner denkt mehr an Lady Flickenschildt:
Sie knallt dem verscheidenden Kinsky ein Magazin in den Leib, dem verscheidenden Eddy Arendt mit einer zweiten Waffe desgleichen, dem verscheidenden Ehemann mit einer dritten Waffe desgleichen, um sicherzugehen.
Schweinegesicht:"Lady Flickenschildt! MyLady!, wir sind am Ziel! Nur wir sind noch übrig!"
Lady Flickenschildt:"Auf so einen Versager wie dich hab ich ja immer gewartet! Das glaubste ja selber nicht! Ab nach Acapulco! Dazu brauche ich keinen von euch Schmarotzern!" mit der Schrotflinte die Leute in Schach haltend vorneraus aus der Kneipe flüchtend.
Schweinegesicht:"Aber MyLady Darling!, Du hattest mir doch versprochen! .."
Die hinter dem Tresen an der ThemseFalltür geknebelte und gefesselte Hanelore Elsner hat sich selber befreit und wirft heulend wütend ein weiteres Hackenbeil .. "Wie kannst du nur?!, Schweinegesicht! Ich habe dich immer geliebt!" auf
Schweinegesicht ..
Der Schädelgespaltene Schweinewirt betätigt im Zusammenbrechen den Schalter: das Regal dreht sich um 180Grad, der Schnaps verschwindet und das Bier, zum Vorschein kommen etliche bunte MilchMixZapfhähne, SchlafzimmerBeleuchtung, Wuschiches EdgarWallace Gedudel, die begeistert MilchMix süffelnden Jugendlichen der Jugendherberge von nebenan bevölkern plötzlich das Lokal, die Tür geht auf.

Miss Marple ruft:"Mr Singer hat per Handy die Polizei gerufen. Die Polizei muß gleich eintreffen, eh was passiert."
Polizei dh Mr Baynes stürmt herein:"Razzia! .."
Hanelore Elsner rollt das RiesenBierfaß auf Miss Marple und Mr Singer. Schweinegesicht und Hanelore Elsner flüchten erfolgreich durch die Themsefalltür.
Draußen an der frischen Luft sind für die Verhaftung gleich Drei PolizeiMarineEinheiten zu Gange äh zu Wasser:
das Dings der City of London
das Dings von Lambeth/Southwark Greater London
das Dings des Britischen Parlaments Westminster
Nicht in die Medien kam:
Bis auf den heutigen Tag ist die Rechtsfrage nicht geklärt, wer zuständig war, die beiden HauptVerbrecher zu verhaften, die somit mit einem Paddelboot über die Themse entkamen.
In die Medien kam:
Das Bierfaß zerschellte an Miss Marple und Mr Singer, beide in einer immensen Bierbrühe, die Polizei trifft ein zur rechten Zeit, Mr Baynes verhaftet Miss Marple und Mr Singer als die Drahtzieher eines Internationalen Illegalen BierbrauereiHandels, die Sensation! Der Held ist Inspector Baynes von Little Parva.
Nicht in die Medien kam:
Der Irrtum von Inspector Baynes versetzte den Inspector ans andere Ende Englands, sein Nachfolger ist Inspector Steimle oder Beimle oder wie der heißt,
Steimle:"Sie sehen mich hier meinen Rundgang machen am Lambeth Ufer der Themse mit einem nicht all zu freundlichen Blick rüber nach Westminster zu den Houses of Parliament. ..
                        Das ist ja n schönes Durcheinander das Geschäft der MöchtegernDemokraten hier mit den Hochwohlgebornen drüben in der City.., ph! Aber schön ist der Palast doch! .. Unsinn! Alle Paläste sind schön!"
Da dreht er sich jedoch zum Wirtshaus

Man sieht von Westminster und von der Themse durch die ThemseFalltür den Meechmann Cater Carlafelt im Lieferwagen, der hupt, steigt aus und guckt mit seinem weißblonden Pferdeschwanz herein und ruft:"Die Meech!"

Abbruch, eine Brangsche, die immer geht

Dudenhöfer als Inspektor Gerhatt
Terrence Hill spielt den Hagan Minnacre
Telefonstimme FinanzMinisterDressman=Gerhard Schröder
Uwe Steimle als Polizeiruf110Zentralist

Vorbemerkung:
oa= wird als ein Mischvokal gesprochen, der nicht a oder o ist sondern in der Mitte liegt wie zB beim Wort droa=drei

heruntergekommene Mietskaserne in einer Vorstadt von Kopenhagen: Fußßbal im Fernsehen, im Selbstgespräch dazu der als Einziger sich im Wohnzimmer aufhaltende und sich mäßig aufregende GroßObba:"Die solln doch mal rennen! Die kriegen ja auch genug dafür! Meine Güte! Oach sind die lahm! Zu meiner Zeit! .."
Fernseher:"Publikumsgerausche, dann sehr laut der lange SchiedsrichterPfiff"
GroßObba zum Wändewackeln brüllt:"Abbruch!"
Sprecher brüllt aufgeregt:"Spielunterbrechung!"
jetzt unmäßig dh maßlos brüllend GroßObba:"Foul! Das sieht jan Blinder! Wieso Spielunterbrechung?! Du Affe! Was gibts n da zu überlegen! Rote Karte! Ist klar! Das Schwein muß raus! Wo sin mehr denn?! Wieso gibt das keine Rote Karte! .. Wasn jetz los!? Wo gibtsn sowas! Das gabs doch früher nicht! ..", nunmehr gedämpft gröhlend unbändig schimpfend:".. zu meiner Zeit?! Wenn ich mir vorstelle:..", schaltet das Brett aus, "Da sin mehr gerannt!", gelassen ans Fenster schreitend, griesgrämig:"Herrliche Aussicht!.. 9.Stock! .. " und zufrieden,"Tja, da sieht ma die ganze Herrliche Landschaft! .. bis rüber über Feld und Wiesen Viehkoppel, Pferdekoppel zum anderen Stadtteil, das ist herrlich!" ..
Kind kommt rein:"Warum haste denn so gerufen?, GroßObba?"
..
GroßObba vor Weisheit und Alter langsam und getragen sprechend zur GroßEnkelin mit der Überzeugung des UrGroßvaters:"Ich hab nur ein bißchen laut mit mir selber gesprochen, mir war grad danach,"wegwerfende Handbewegung," .., ach!", und sich ganz dem Kindl hingebend, das Kindl mit großen FragezeichenAugen nun sorglos fröhlich, GroßObba das Kindl in den Arm nehmend:"Du, Kindl, du bist ja schon groß. Du bist der ganse Stolz vom Obba. Naja, GroßObba muß mer wohl sagen. Du, Kindl, du bist ja schon

so groß. Wo gehste denn da demnächst nur hin?"
Kleinkind:"in´ Kindegaaden!"
GroßObba:"Nee, das glaub ich ja nicht! Da gehst du schon in´ Kindegaaden?!"
Kleinkind:"Hm?!"
GroßObba:"Mächtich jewaltisch! Du, Kindl, da mußte ja schon ganz schön groß sein. Da gehörste ja gar nicht mehr zu den kleinen Kindern, de kleinen Piepmätze, die nicht sprechen können, was se wollen."
Kleinkind:"Nee!, ich bin doch nicht mehr klein! Und .. und im Kindegaaden sin auch de ganse Kinder von hier!"
GroßObba:"So viele?! Nee, was de nicht sagst! Das ist ja kaum zu glauben! So viele?"
Klinkind:"Hm?!"
Kleinkind sich seiner Stellung bewußt geworden.
Kleinkind:"Du, GruhsObba!? Du, die Omma sacht manschmal immer so komisches Zoisch. Des kann man gor nieh verstehen! Warum erzähltn die immer sowas?"
GroßObba:"Weißt du, KleinHilde, die Omma ist so wie du. Weißt du, KleinHilde, ein Mensch wie du ist das klügste Geschöpf, was Gott der Herr geschaffen hat. Die Tiere sind klug. Aber die Menschen sind klüger. Und nur kluge Gottesgeschöpfe wie du fragen, wenn se was nicht verstehen. Die Dummen akzeptieren alles. Wenn die Omma das gesacht hatt, muß es wohl stimmen!"
KleinHilde:"Du, GruhsObba!? Neulisch beim Malen hab isch was net gewußt, De Buntstifte sind ja so scheene! Da kann isch de Welt so schön bunt malen, wie de schöne Welt ist."
GroßObba Lied anstimmend:" laaaaaaaaaaaaaaaaaaaa .."
und zusammen:
GroßObba und KleinHilde:"Welche Farbe hat die Welt .."
alle Strophen dursch, de KleinHilde kanns schon auswendig!
..
KleinHilde:"Und de Lars von de Nubbers hat gesacht, mit Wasserfaabe kann ma noch scheener malen. Das stimmt doch gor nieh, hab isch gesacht. Und da hat er gesacht: Ihr habt ja gar keene Wasserfaabe! Und da hammer uns verkloppt. Und da hab ich de Omma gefraahcht: Omma, Warum ham mer denn kaa Wasserfabbe? Und da sachte se: Des krieg ich früh genuch. Des hab ich dem Lars aach gesacht vonde Nubbers. Da sacht der Affe: Ja, Pinsel und Wasserfabbe hat ja jeder, weil der ist schon im Kindegaaden. Was ist denn n´ Pinsel, GroßObba?"

Benny mit einer Überzeugung und mit einer Begeisterung:"Ein Pinsel?! Pah!!" wie vor Ekel ausstoßend, numehr jedoch sachlich weiter:" .. das ist ein Stäbchen, mit dem man ganz sachte Malfarbe ausm Töppchen rausholt und aufs Papier streicht."
KleinHilde:" .. ausm Töppchen .. ?!", und lacht zögerlich aber auch in der Wissenserweiterung, wie komisch doch die Erwachsenen reden.
Benny unbehaglich und ernst:"Benimm dich! Du bist ja nicht mehr klein! .. ihm .. den UrObba lacht man nicht aus, das gehört sich nicht!"
KleinHilde ernst:"Ach so."
Benny:"Hm?!"
KleinHilde ungewiß mal ernst guckend dann lachend:"Und wie ist das nu mit dem Töppchen?"
Benny:"Hm!, das ist gar nicht so einfach zu erklären. Das ist so: Mit dem Töppchen und dem Stäbchen, das können nur ganz kluge Erwachsene. Weißt du?, das lernen einem die Lehrerinnen in der Schule. Und wenn du das gelernt hast, dann bist du Künstlerin."
KleinHilde ernst:"Künstlerin. Hm?! Und und warum ist das mit dem Töppchen so schwierich? Und macht ne Künstlerin auch mit dem Töpfchen?"

Haaner Burg Weiher gegenüberliegend "Kutscherherberge" StraßeCafé (das Café Betonung 1.Silbe, nicht etwa 2.Silbe wie im Hochdeutsch;Anm.d.Verf.), von hier Postkartenansicht Burg in der Vyereysch, einziger Gast: Matula
Matula im Kaffe rührend in einer Frankfurt/Mainer Tageszeitung blätternd.
Wirt kommt:"Paddong! Noch einen Wunsch, Herr Matula?"
Matula:"Ja noch sone Burgansischt mit ner Tasse Kaffe."
Wirt:"Sehr wohl, der Herr!" Wirt ab.
Spottware hält mit BlondSchniegel, der zweite Gast.
Man kennt sisch, der zweite Gast gleisch zu Matula.
Matula:"Ai guude!?"
Blondschniegel:"Ai guude wie?!"
Händeschütteln, Begrüsung, Blondschniegel setzt sisch zu Matula
Geschäfsfrau kommt mit Spottware angerauscht und fletzt sich an den anderen Rand des StraßenCafés.
Matula:"Ai guck emo, de Loretta Mannimekä, des hohe Dier von der Frankfurdä Börse!"
Blondschniegel:"Ai die fährt füre ZwischedurschKaffe zur Haaner Burg. Isch sach dir, die steht gleisch wieder ufm Pahkett."
Matula:"Ai mer beide fahre ja aach gleisch wieder haam noo Frankfurt, wo mehr herkomme. Aber ob de jetz in Frankfurt n Kaffe trinke fährst bei de

327

Stadtverkehr, oder MuseumsAutobahn zer Haaner Burg, da gehn de fuffzeh Kilometä hin und her schneller wie Hauptwache zur Konstablä und find emo ä Packplatz!"
auf Matulas Zeitung auf den SchlagzeileArtikel, den Matula zweifelsohne gerade liest, klopfend Blondschniegel :"Gell?! Wie se den Wohnungsbesitzern die Wohnung unterm Arsch wegreiße!"
Matula:"Früher hamse die Wohnstädte bombardiert. Haide reißese Wohnstädte ab."
Blondschniegel:"Gell?!"
Matula:"Teuflisch! Unterm Arsch die eigene Wohnung abreiße!"
Blondschniegel:"des eigene Häusle ssaahche de Laide vom Schatzwald, Stell dir mal vor! Na die 2 bis 3 Leute pro Häusle im Schatzwald, die ka ma ja aach vatröste, die zähle ja net."
Matula:"Abä Süddlische Ringstraße! Des HochhäuserViertel, da drinne wohnt halb Lange! Mer reiße halt de Süddlische Ringsstraße ab na und? .. Teuflisch!"
Themawechsel, man genießt lieber die Natur, den Weiher und die Vierschehaaner Burg vor der Nase.
Wirt kommt herzu, Blondschniegel:"Herrlische Aussischt."
Wirt:"Guten Tag der Herr, Sie wünsche?"
Matula:".. der haaßt net Herr sondern Hansen."
Hansen:"Könnt ma bei Ihne vielleischt sone Herrlische Burgansischt mit ner Kaffe Tassee äh Kasse Taffee .."
Wirt:"Sehr wohl, Herr Hansen."
Matula:"Rennbuchmacher Hansen. ´n äschte Haaner! Überaabeided! Sonn Kaffe würd jetzt guudtun."
Wirt:"Sehr wohl. Vielleischt Herr Matula, Herr Hansen nochn Stückl ZuckerSahneKuche, hausgemacht! Isch könnde ZuckerSahneStreusel, ZuckerSahnePflaume, ZuckerSahneKiwi, ZuckerSahneStreuselPflaume empfehle."
Hansen:" .."
Matula:"Mach dir kaa Kopp. Mir zwo ham Zucker."
Hansen:"Doch vielleischt son öttlisches Keehseblatt!"
Wirt:"Sehr wohl, der Herr!" und ab.
Hansen:"Da stehe doch jetzt aach de Rennergebnissse drin, ob des de VyereyschSpiehschelCountyMirrer rischtisch gemacht hat, wolld ma gugge."
Matula:"Du, Hansen, wie gehn denn so die Geschäfte?"
Hansen fahl abgestanden bitter:"Ach trübe! Ganz trübe!"

ein Supermarkt Gemüseabteilung in Viereischenhagen, Miss Marple in den Gemüsestiegen wühlend mit sich selbst redend bzw nuschelnd:"Gemüse is gesund! Und vor allem, es is billig. Und Zwiebeln? Was des wohl kostet! Ach, her uff!, des is das billigste Gemüse, was es gibt! Na da gucke ich mal ..", sie sieht den erstaunlich stolzen Preis für Zwiebeln, "deswegen gucken mer erstmal anderes Gemüse."
Miss Marple in anderen GemüseStiegen wühlend, nun kommt sie wieder an die ZwiebelStiege, eine klitzekleine Fliege schwirrt auf, mehrere Fliegen machen das, Miss Marple streicht einige ganz kleine Fliegen weg und verscheucht einige andere, sie nimmt eine Zwiebel in die Hand, beäugt die Zwiebel genauer, riecht daran, Miss Marple rümpft verächtlich die Nase, dann nimmt Miss Marple eine andere Zwiebel usw, dies wiederholt sich einige Male, Miss Marple prüft die Stiege daneben: Zwiebeln in 2KiloSäcken, sie nimmt einen Sack, Fliegen übler Geruch, sie nimmt den zweiten Sack, Fliegen übler Geruch, sie nimmt ungläubig es nicht fassen könnend auch noch sämtliche übrigen 8 Säcke der Stiege mit dem gleichen ergebnis, da wirds ihr zu bunt, so daß man sagen kann, daß nunmehr die ganze Paletten Zwiebeln von Miss Marple geprüft worden sind. Miss Marple ist ja Aufsehen zuwider, jedoch wenn der kleine Mann, der eh nix hat, sogar bei Zwiebeln noch um gutes Geld beschissen wird, dann .., Miss Marple grummelt vor Mißbehagen immer lauter, ihr Gesicht verdüstert sich und wird immer grimmiger, jetzt etwas lauter als normal redend:"Ordentliche Zwiebeln sollen das sein?! Na, wers glaubt wird säälich!" , und zehn Meter quer durch den gerammelt vollen Supermarkt sehr laut rufend zu den Verkäuferinnen an der Kasse aber vor allem rundum an all die vielen stutzenden , - alle Stimmen und Geräusche verstummen in diesem Augenblick - , Käuferinnen mit den Einkaufswagen, ohne auch nur eine Spur eines Blattes vor den Mund zu nehmen oder sich des Aufsehens, was die lauten Worte machen, zu schämen, ganz im gegenteil nämlich: laut und entschieden in Grund und Boden schimpfend, wie Vater/Mutter in strenger Erziehung ein Kind, damit es sich das merkt, ernst zurechtweist, zusammenstauchend:"Ah Zwiebeln! Aber die sind ja schon schlecht!"
Stille.
Alle im Supermarkt erschrocken.
Alle im Supermarkt gucken auf die ZwiebelStiegen.
Alle Mitarbeiterinnen und alle Mitarbeiter im Supermarkt erschrocken und fühlen sich angesprochen.
Das ist ja auch Sinn und Zweck.
ein anderer Supermarkt in Viereischenhagen, Mr Singer 1LiterMilch,

1PfundWeizenMehl, 1HalbPfundSpezialhoher RoggenAnteilGetreidemischungMehl, ein sehr bedächtig einkaufender Mann also, man sieht ihm das Harz4ertum förmlich aus den leeren Hosentaschen rieseln; bezahlt, kriegt Kassenbon; da sagt er:"Ach, brooch ich net!", und eilt raus. Kassiererin brüllt hinterher:"Ihre Sachen!" Mr Singer versteht "Kassenzettel", winkt ab, brüllt 1,50meter von der Ausgangstür wohlgemut, ohne sich ganz umzuwenden, doppelt so laut, dh so laut er kann, seitlich nach hinten:"Ach, brooch ich net!"; Kassiererin brüllt selber nocheinmal aber doppelt so laut, dh so laut sie kann, "Ihre Sachen!" Da dämmert´s ihm; Mr Singer eilt von der AusgangsSchiebtür die 7,50meter zurück und packt seine Sachen in den Einkaufswagen mit den Worten um Verzeihung murmelnd:"Ach, ich war in Gedanke!"
Kassiererin murmelt zurück:"Ja ja, Gedanke!", und überdeutlicher Gesichtsausdruck:"balla balla!"

Miss Marple und Mr Singer kommen im Dorf zusammen.
(Das einzelnstehende als einen 1WortSatz gesprochene "Ai!" ist eine Begrüßungsfloskel mit einer Stimmhöhenänderung von unten nach oben wie Na im Sinne von "Grüße dich, wie gehts?" Im Grunde spricht sich "Ai!" wie eine Frage, wird aber stattdessen mit Ausrufezeichen gedacht, deswegen habe ich das Ausrufezeichen verwendet; entgegen dieser Regel gilt indes bei "Ai .." mit NamensAnrede: hier hat das "Ai!" keine oder nur sehr geringe Stimmhöhenänderung von unten nach oben .. etc; Anm.d.Verf.)
Miss Marple:"Ai!"
Mr Singer:"Ai!"
Miss Mrple:"Ai Mr Singer! Schon auf?"
Mr Singer:"Ai Miss Marple!"
Beide kommen an hübscher niedlicher Putte in hübschem gepflegten Gartengrundstück vorbei, Miss Marple fröhlich im Selbstgespräch:"Putte kleine MädchenStatue Sisste?! kleine JungenStatue kann ja machen wer will, aber es gibt ja wohl nicht nur JungenPutten, is ja logisch, kleine Mädchen und kleine Buben, kleine Kinder eben, wie der liebe Gott es vorgesehen hat; aber nur kleine JungenPutten, was soll denn das für ein Unsinn!"
Mr Singer beschämt:"Nackisch. Ist das nicht sehr gewagt. Ich meine, die Babys kommen ja auch nicht nackisch auf die Welt, .., oder etwa doch? .. Aber eins müssen Sie ja anerkennen, Miss Marple, es ist doch für RandWestEuropäische Kultur beschämend, diese männlichen Babys, die in einer beschämenden Springbrunnenkonstruktion Wasser aus dem .. Pipi .. ähm sprudeln spritzen" restlos rotgeworden.

Miss Marple amüsiert, weil das Recht auf ihrer Seite ist:"MachenSe sich doch nicht ins Hemde!, Mr Singer!" und lacht:"Männeken Pis, sagt Ihnen das was?"
Mr Singer peinlich berührt:"Pi , .., P.., das Wort mit P sagt man nicht!"
Miss Marple weiter amüsiert und lachend:" .. Männeken Pis ist ein Bestandteil der RandWestEuropäischen Kultur seit Jahrhunderten!"
Mr Singer:"Viele Europäische Kulturen kennen das nicht."
Miss Marple:"Das würde ja an der Tatsache nichts ändern. Jetzt tun se mal nicht so verklemmt. Verklemmt sagen ja immer die Psyychologen, wenn se die einfache Bevölkerung diskriminieren und dabei nur die eigene Verklemmtheit der Psychologen bemänteln. Haben Sie mal wieder was zu lesen?"
Mr Singer mit County Mirror unterm Arm daherspazierend:"Man muß ja wissen, was in der Heimat losist. Und Sie, Miss Marple? Sie waren doch bestimmt wieder in der Leihbibliothek!"
Miss Marple:" Ach was zu lesen is schön", Mr Singer fragender Blick, Miss Marple weist mit einem Augenbrauen hochgezogenen Blick verschmitzt auf ein Buch, das sie unterm Ellbogen eingeklemmt trägt,"Ohne Krimi geht die Mimi nicht ins Bett", mit dem Krimi unterm Arm heemwärts zottelnd vergnügt:"Agathe Christie. Paddington, ulkig! Wie Mister Pudding. Ulkige Namen haben die Engländer. Werde ich mal wieder son Roman verschlingen. Obwohl ichse ja alle auswendig kann."
Mr Singer:"Ich geb ja eigentlich nichts auf unsere Keehseblätter. Lesenswert sind meines Erachtens einzig die großen GlanzIllustriertenMagazine aus der Hauptstadt. Manche sind dermaßen schauderhaft, so daß man sich die Wahrheit selber zusammenreimenkann; die offiziellen medien sagen: Wie schön war es früher, und wie gut ging es uns im immerwährenden Wirtschaftlichen Aufschwung seit den 1970ern, nicht wahr?! stattdessen sage ich: Die von Sid Vicious damaligen Leichenfledderer in BRD und UK damals vor 38 Jahren, eine schlimme Zeit damals ..,: dieselben Leichenfledderer regieren auch heute in UK und BRD 2016. Dagegen ist mEs festzustellen: Punk ist nicht Nihilismus, wie die Kapitalistischen Medien sagen, sondern knallharte zurecht die falsche nämlich Kapitalistische auf dem Kopf stehende dh falsche Welt auf den kopf stellende parodie und so richtig wie der Marxismus-Leninismus."
Miss Marple:"Marxismus-Leninismus ist eine GesellschaftsTheorie im Gegensatz zur GesellschaftsTheorie des Kapitalismus, unserem Königreich eigene Gesellschaftstheorie."
Mr Singer:"Kapitalistische Gesellschaftstheorie!", angewidert das Gesicht

verziehend, dann völlig locker" .. Ach wo wir gerade von Kapitalisten sprechen .. Gelesen? De Ausländer, son ganz reiches hohes Tier .."
Miss Marple:"N Ausländer?"
Mr Singer:"Es ist ja Dorfgespräch, daß son Ausländer sich hier groß eingekauft hat."
Miss Marple:".. daß n Prominenter kommt, man weiß nur nicht wer; die Nachbarn raten: es is der Hemmingfield" sich räuspernd,"Chrm!"
Mr Singer sich einmachend:"Öhl Hemmingfield?! Woas!? Seine Durchlaucht!? Der Herr Graf?! Äh, der Öhl!? Sag bloß?!"
Miss Marple:"Öhl Hemmingfield!", ohne Räuspern.
Mr Singer jauchzend:"Öhl Hemmingfield!? Bei uns?! Eine Ehre! Wir dürfen uns glücklich schätzen!, seine Rühmlichkeit in unserem einfachen Dorf begrüßen zu dürfen!"
Miss Marple entschieden wütend:"Der is auch son Kapitalist! Is das nicht schizophren von Ihnen, Mr Singer?: Für den Adel und gegen die Kapitalisten? Machense sich doch nicht ins Hemde!, Mr Singer. Seine Rühmlichkeit, wie Sie ihn nennen, is auch nur ein Mensch!"
Mr Singer zurückhaltend:"Und wo und wann?"
Miss Marple:"Er und seine Trulla : in Windsor: zur nächsten Hutparade. Niederrad Pferde Pferderennen meine ich."
Mr Singer:"Windsor? Ist das nicht schizophren, Miss Marple?"
Miss Marple:"Bei der Gelegenheit will er auch mal in unserem Dorf vorbeigucken .. seine Familie hat sich 500Jahre nicht in Viereischenhagen blicken lassen. Da will er jetzt damit anfangen. .. der hat angeblich vor 8Tagen unsere Haaner Burg gekauft, die Medien können davon aber noch keinen Wind bekommen haben, alles ganz geheim, hat mir die Enkelin vom Pfarrer erzählt. Wir sind ja zusammen im Kirchenchor .."
Mr Singer:"Öhl Hemmingfield! Sowas aber auch!"
Miss Marple und Mr Singer in die Bank, vergleichen begeistert am Bankautomaten ihre beiden Kontoauszüge:
Miss Marple:"Boah, wo kommt nur das ganze Geld her?"
Mr Singer:"Miss Marple, das ist ja großartig!"
Miss Marple:"Zweimal Rente für ein und denselben Monat steht hier, sehen Sie das Datum!" immer mehr grinsend.
Mr Singer ihre Gedanken lesend:"Das ist ein Buchungsfehler, und warum sollten wir den melden. Wir sind doch nicht blöd!"
Miss Marple vergnügt:"Juhu!", dann beide Kontoauszüge genauer untersuchend, dann entschieden ernüchtert:"stimmt auf den Cent genau überein .. mit der Rechnung der Betriebskostennachzahlung, die wir vor ein

paar Tagen bekommen haben .. Hm, Der erste Betrag is unsere Rente, der zweite Betrag is die diesjährliche Nebenkostennachzahlung, die wir gleich weiterüberweisen müssen. Unterm Strich bleibt nichts. Wir überweisen also gleich .." Überweisungszettel ausfüllen und in den Briefkasten damit, gesagt getan.
daheim beim Nachmittagstee:
wütend Miss Marple:"Das hat doch nicht Hand und Fuß!, Mr Singer!"
Mr Singer stopft genüßlich Kuchen in seinen Mund, in beiden Händen jeweils ein leckeres fettiges saftiges Kuchenstück stopfend, 10 öligfettige Finger, Mr Singer ißt mit Genuß ..
Miss Marple das bemerkend, Mr Singer innehaltend, Miss Marple:"Können Sie nicht ordentlich essen?! Ich esse doch auch diesen Kuchen und habe 10 saubere Finger!"
Mr Singer die Miss Marple bestaunend.
Weiter im gespräch Miss Marple:"Öhl Hemmingfield hat großes Ansehen .. früher besessen,.., seine familie meine ich."
Mr Singer vertrottelt bzw überfordert die Kaffetasse angestrengt etepetete mit zwei Fingern festhaltend, so daß ihm die volle Kaffetasse langsam in Zeitlupe unaufhaltsam durch seine fettigöligen Finger immer schiefer herabrutscht und vom Kaffe ein bißchen heraus und herunterschwappend kleckert, was Mr Singer jedoch mit Akrobatik und viel Geschick verzweifelt dagegen anarbeitend gerade noch mit der Untertasse auffangen und schlimmeres abwenden kann, so daß er nicht mehr als einen KaffeTropfen auf die bunte Blümchenhandbestickte weiße Tischdecke verschüttet, Mr Singer:"Ach! Ich Depp!",
während Miss Marple mit der ganzen Faust um den Kaffetopp greift, Mr Singer etepetete:"Aber Miss Marple!"
Miss Marple:"Das is doch nicht meine Schuld, daß Earl Hemmingfield nach Viereischenhagen kommen wird."
Mr Singer:"Earl Hemmingfield! Nach 500Jahren! Eine Ehre für unser kleines Dorf."
Miss Marple:"Weil der sich alle 500Jahre 1mal bequemt?, sollen wir da jetzt Jubiläum feiern?! Dorf!? 10.000Einwohner, mit den andern Dörfern eingemeindet 1975 macht Viereisch = 50.000, Viereischenhagen 10.000 schön übersichtlich, naja, heute sagense im internet 8.000, wers glaubt wird säälich! Viereischenhagen war schon Jahrhunderte Stadt, da hat Sprendlingen noch davon geträumt, ein Dorf zu werden! Sie haben recht, Mr Singer," spöttisch:"Earl Hemmingfield! Eine Ehre für unser kleines Dorf. Ph!"
Mr Singer:"Aber Miss Marple, Earl Hemmingfield kann doch nichts dafür,

daß die winzige mittelalterliche Stadt Viereischenhagen im Laufe der Jahrhunderte zu einem an der Landstraße liegenden Marktflecken ohne Marktplatz verkommen ist!"
Miss Marple schulmeisterinmäßig:"Ach Mr Singer, in Schlesien vor 700 Jahren hatte jede Stadt einen Marktplatz, Hessen is dochn Armutszeugnis!, ph!, gucken Sie sich die Städte in Franken an, oder meinetwegen auch Bayern, diese mittelalterlichen Städte haben alle einen Marktplatz bis heute!, aber Viereischenhagen hat keinen Marktplatz, Sprendlingen hat auch keinen Marktplatz. Aber darum gehts doch gar nicht! .. bereits im Spätmittelalter nur noch das Landstraßendorf Viereischenhagen Herrrr uffff! is das aaaarmsäälich!, während das Nachbardorf, das Evangelische Sprendlingen, das muß ich anerkennen, im RheinMainGebiet mit einer ordentlichen, arbeitsamen, fleißigen Bevölkerung zur größten wichtigsten Stadt seit dem Dreißigjährigen Krieg geworden is, das is 17.Jahrhundert, sogar der Papst zu der Zeit, momang, Papst Pius der 27. hat das anerkannt, müssen Sie wissen, zentral inmitten des RheinMainGebietes eine rrrreiche und immer rrrreicher werrrrdende Evangelische Metropole bis heute."
Mr Singer:"Eine Evangelische? Metropole?"
Miss Marple:"Ah ja, sicher is Sprendlingen eine Evangelische Metropole. Deswegen hats ja immer Kriege geben müssen; wären die Evangelischen mal nicht so aufsässig gewesen, Evangelische! Protestanten nennen die sich. Ph! Da merkt ma ja schon: Wollen gegen alles protestieren! Da kann ja dabei nix Vernünftiges rauskommen."
Mr Singer:"Einseitig Miss Marple. Die Katholischen Landesfürsten Mitteleuropas haben Krieg gesät, und wo sich eine evangelische Bevölkerung verteidigte, da haben die katholischen Fürsten ringsrum einen Krieg veranstaltet, ohne ahnen zu wollen, sich damit auch das Mißfallen Evangelischer Landesfürsten eingehandelt zu haben."
Miss Marple:"Krieg is so oder so bescheiden, lassen wir das, na und mit der Zeit Ende 18.Jahrhundert in Sprendlingen waren die Hugenottischen Flüchtlinge sowie mit Napoleon, Marat und Robbespierre die Französischen Truppen gekommen, aber bis Viereischenhagen hats niemals gereicht, das war denen immer genau 1Kilometer zu viel: wozu die Chaussee(Betonung1.Silbe) rauf in die Wildnis reisen?, wo gerade noch eine mittelalterliche leerstehende Burg mit ne Bäuerlichen Landstraßensiedlung steht, die ham ja nix, sachten sich die Sprendlinger und die Zugezogenen Franzosen im DreißigJährigen Krieg bis Friedrich der Große 18.Jahrhundert, ich sach Ihnen, Mr Singer: Viereischenhagen is seit Jahrhunderten ein Dorf geblieben. Earl Hemmingfield hat dem Niedergang Viereischenhagens doch

noch nachgeholfen, wenn ich mal so frech und ehrlich sein darf, als sein dämliches überkanditeltes GrafKoksGeschlecht unsere stattliche Burg Hagen in der Viereisch an die Isenburger verkaufte 1395 diese Schande! Mr Singer, das is doch dann keine Ehre für unser Dorf! Wenn dieser Affe sich dann mal bequemt! Der brauch sich gar nichts einbilden! Der is auch nur in einem kleinen Dorf geboren. Und nicht etwa in Viereischenhagen. Denken Sie das nur nicht."
Mr Singer:"Net?"
Miss Marple:"Ai, der is doch gar net von hier!"
Mr Singer:"Wie Sie, Miss Marple."
Miss Marple:"Abä des is doch was anderster! Ich habe nie behauptet, Haanerin zu sein. Ich bin Schlesierin. Genauer genommen Oberschlesierin von Eltern her, die 5 Jahre vor meiner Geburt mit meinen Geschwistern aus Oberschlesien, mit Sack und Pack aus Orsupovic/Rybnik bei Kattowitz ausgewandert sind und die Mutter, die bleiben wollte, zurückließen in dem Ort in Deutschland, der dann zu Polen erklärt wurde. Ich bin in Eulau dh in einem Dorf in der Nähe von Sprottau geboren, und so auch noch ne ganze Reihe weiterer Geschwister nach mir, Sprottau, das is in Niederschlesien zwischen Liegnitz und Görlitz. Ich bin erst mit 18 Jahren in Getzehaa hierher eingewandert 45, und 35Jahr später? um Gottes Willen! Her mir uff! Eine schlimme Zeit damals die 80er Jahre, in Anführungsstrichen"eingewandert"AnführungsstricheEnde, eine erzwungene "Wanderschaft", wie der ehrenwerte Weizsäcker das immer sagte, "Wanderschaft", gell?!, will ja heute kaaner mehr hören und glauben, was der verzapft hat der Affe, n hohes Tier bei de Wehrmacht, gell?!, Getzehaa, des is doch noch e Kilometer mehr hinner Vyerschehaa in der Pampa ein Dorf, die Schlesischen Flüchtlinge bauten sich ab 1945 Häuser, wo se wohnen konnten, und eine Katholische Kirche, in diese Kirche ging Katholische Bevölkerung größtenteils FlüchtlingsBevölkerung net bloß von Getzehaa sondern auch von Offedahl und Viereischenhagen, in den Orten gabs gor kaa Katholiken bis 45, zum Glück stand in Getzehaa unsere Katholische Kirche seit 1950, Einweihung 1951, sonst gabs bis 45 kaa anneres Gebäude in Getzehaa außer Bauernhöfe, Getzehaa, des war vor 71 Jahr paar Bauernhöfe, Dorf is zuviel gesacht. Ne Ortschaft is des erst ab 45 mit den Schlesischen Flüchtlingen geworden, die haben die ersten Häuser gebaut, vorneweg der Pfarrer Hruschka; da isser aus der Kirche gerannt gekomme im Unterhemd, hat an einem Haus nach dem andern gebaut, und zwischedursch isser in de Kirche gerannt, hat sich de PfarrerKutte drübergeschmisse und hat Gottesdienst gehalten, nachm Gottesdienst, den Umhang runter und mitm Unterhemd

wieder aufn Bau und weiterschuften, daß die Schwarte knackt, ein Haus nach dem anderen haben er und die anderen Schlesier in Getzehaa gebaut, der Pfarrer Hruschka, gell?!, n Unikum! Naja n Oberschlesier eben der Pfarrer Hruschka, ne ganze Ortschaft is da also draus geworden, heute 5.000, heute einer der KernStadtteile Vyereyschs! Na, bei Ihne, Mr Singer, is des ja *ganz* anderster."
Mr Singer:"Warum? Ach so! Meine Familie waren immer Hessen, und ich bin Hesse! Ich bin in einem wirtschaftlich aufstrebenden namenlosen Dorf zwischen Biebäh und Wald´ackäh gebore, des bis heude ein wenn auch erfolglos so doch nichtsdestotrotz immer noch wirtschaftlich aufstrebendes namenloses Dorf geblieben ist, und isch schäme mich net dafür!, des war damals und ist bis haide die scheenste Region Hessens. Miss Marple, wie Sie bin also auch ich in einem Dorf geboren .."
Miss Marple:" .. Und dazu auch noch nur von einer Frau!"
Mr Singer erschüttert über diese Neuigkeit:"Auch das noch!"
Miss Marple aus dem Fenster blickend:"Guck an!"
Mr Singer aufspringend aus dem Fenster starrend:"Earl H.. ! innä KapriuLimousine!", Miss Marple auch ans Fenster.
Miss Marple:"Da fährt er in angeberischem Fußgängertempo vorbei! Ein Angeber!"
Aus den Fenstern des Dorfes gucken immer mehr Leute, schweigend, die Händ übern Kopf zusammenschlagend.
Beide sich wieder im Sichsetzen begriffen und Platz genommen habend, Mr Singer baff und triumpherend:"Adel! Und das unserem mickrichen Dorf! Endlich!"
Miss Marple ungerührt:"Earl! Hemmingfield! Ph! Für den Earl kann er ja nichts. Irgendeinen Namen muß der Mensch ja haben."
Mr Singer sinnend:"Earl .. Singer, hört sich gut an."
Miss Marple:"Bei mir isses immer dasgleiche: Ich heiße immer nur Lady, sollte ich mal zum Ritter geschlagen werden. Hättste, wollste, könntste!"
Mr Singer:"Lady .. Marple."
Miss Marple:"Aber nicht doch. Ich heiße Margret Ann, und Lady Margret Ann würde ich somit heißen", abwinkend über sich selbst lachend,"eine Dame! Ph! Aus mir wird nie ne Dame werden!", sich erhitzend:"so Angeber, die haben mir grade noch gefehlt, so Affen, die sich was einbilden! der Inspekter! zum Beispiel! Ph! Widerlich! Mit diesem dilettantischen Inspekter is doch der Bevölkerung nicht gedient! Schauderhaft!"
Mr Singer:"Sollten Sie, sollten Wir nicht eine Gewähltere Aussprache wählen? Der Political Correctness weesche?"

Miss Marple die Lippen inwendig schürzend, dann:"Ne!?, Gedanken sind frei!, die beste Lüge der WestKapitalistischen KriegsZensurMedien. Soll isch jetze noch jedes Wott uf de Goldwaaache legen, bevor ich was sag. Na, da hamwas ja weit gebracht seit 45. Raus mit dem, was gesacht werde muß, net lang umde heiße Brei!"
Mr Singer:"Ich meine: Dasselbe sagen, aber mit feineren Worten. Man kann ja in kleinem anfangen, Miss Marple."
Miss Marple:"Ach hierschte uff!, im kleinen anfangen bleibt immer klein, Mr Singer. Ich kümmere mich gleich um die großen Fehler des Inspekters. Windet sich um die Wahrheit herum, so ein Affe!, nur damit er keinem auf de Fußzehen laatscht von de Hottwollée."
Mr Singer:"Ach wo Sie das gerade sagen", ein Blick auf den Tisch mit den Zeitungen:"Miss Marple!, man rühmt die sehr niedrigen ArbeitslosenStatistiken, nachdem man die ArbeitslosenMassen seit 25Jahren einfach umbenannt hat; ein arbeitsloser Mensch ist tatsächlich nicht mehr ´arbeitslos´ gemäß BRDStatistik, sobald man ihn in ´SozialhilfeEmpfänger´ oder so ähnlich umbenannt hat."
Miss Marple frech ihr Strickzeug aufnehmend:"Ich glaub nur an die Statistik, die ich selber gefälscht habe!"
Mr Singer blättert, wühlt auch in den anderen bereits gelesenen Zeitungen, kann sich nicht beruhigen:"Fantastisch, wie man in den Frauenzeitschriften und den Illustrierten hört, daß es doch so erholsam sei die paar Wochen an sonem Wunschort Urlaub im Jahr, die ja jeder Mensch hat. Hm. Viel arme Rentner wie wir und Harz4Bevölkerung kann sich das nicht leisten, es sei denn, sie sparen sich das UrlaubsGeld vom Munde ab, und das machen mansche, wahrlich eine Leistung, verhungert im Urlaubsgebiet ankommen und möglichst ebenso sparsam diese =Plural Wochen! Urlaub verbringen; wie hämisch ist DAS denn von den ZensurMedien?! Nicht überraschend. Wohl wahr. Wenn ichs recht bedenke, ist es ganz ähnlich wie bei Ihnen, Miss Marple, auch bei mir im Laufe der letzten Jahrzehnte bei alle Jubeljahre mal ein Urlaub innerhalb Englands immer von einigen Tagen bis höchstens 1Woche geblieben; sicher wünsche ich mir zwar mehrere Wochen immer, aber vergebens, und die Villa an der Cote Azur ist und bleibt ja auch immer nur der unerfüllte Wunschtraum. "Fast hätten wirs geschafft", können sich die ProletarierMassen der Kapitalistischen Hemisphäre bis zum 8.November 1989 sagen. Ab dem 8.November 1989 können es sich die ProletarierMassen der ganzen Welt sagen."
Miss Marple mit dem Stricken nicht innehaltend:"Mr Singer!", guckt strafend ihrem Gegenüber ins Gesicht," müssen Sie immer ablenken. Das

GeldwäscheVerbrechen, in das Earl Hemmingfield offiziell nicht verstrickt ist, das hat ja wohl Vorrang. Inspekter Gerhatt tappt immer noch im Dunkeln!", Miss Marple unbeiirt weiterstrickend.
Mr Singer:"Typisch Frau! Da gehts konkret um die Rettung der Welt, der Gesellschaft, der Bevölkerung, und was sagen Sie, Miss Marple?! Wir müssen ersteinmal diesen Kriminalfall lösen, weil dieser dabbische Inspektor das nicht schafft. Immer lenken Sie ab, Miss Marple!"
Miss Marple:"Zum Kotzen!, Mr Singer. Was erlauben Sie sich denn?! Ich bin doch auch nur n Mensch!"
Mr Singer:"Ich .."
Miss Marple:"Das ist kein gesunder Egoismus, einfach nur ´ich´ sagen; machen!, nicht reden! Typisch Mann, Mr Singer!"

in Viereischenhagen, behäbiger Nieselregen:
Keller des BurgPalais:
gefesselte Hände Nahaufnahme der 90jährige Earl Hemmingfield bindet dem Sohn die Hände los: GanzKörperaufnahme: der 65jährige Klaus Kinsky froh, wie ein Schuljunge, der die Senge hinter sich und überlebt hat, Vater Earl Hemmingfield mit Rohrstock streng:"Daß dus dir merkst, Klaus! Daß du immer wieder ungezogen sein mußt!? Du weißt doch, daß das nicht schön ist hier im Keller bei den Spinnen!" Im Hintergrund sieht man einige Weinregale, sämtlich verstaubt und überzogen von dicken Spinnweben. Klaus Kinsky, wenn sprechend dann immer und stets mit einer hohen Männerstimme wie eine Mischung aus Panik und pubertärer StimmbruchStimme, panisch um sich sehend:"Bitte nicht! Nicht schon wieder!"
Earl Hemmingfield:"Guter Junge! Lehrjahre sind keine Herrenjahre! Du lernst ja. Da wird noch was aus dir."
Klaus panisch aufatmend.
Earl Hemmingfield ganz der Schloßherr, Klaus Kinsky panisch flüchtend an den nassen Kellerwänden die finstere Treppe hastig heraufstolpernd, Earl Hemmingfield hinterher rufend:"Nicht ganz so schnell, mein Junge!"

Die Keehseblätter des RheinMainGebiets damals 2016 noch zu BRD-Zeiten überschlugen sich förmlich bei den ins Kraut schießenden Vermutungen. Geldwäsche war ein heißes Eisen, da wollte man sich nicht die Finger verbrennen. Im Vergleisch, anstatt einen Industriellen oder einen Politiker zu verdäschtigen, war fast alles andere besser, sachte de Medien, am beste wie immer wär irgendein im Usland wohnender Usländischä Drogenhändlä, den man im Usland verhafte und im Usland ins Gefängnis stecke würde. Aber des gemeine Volk hat es so an sisch, sisch net gängeln lasse zu wolle. Vorderhand sprach man von de bösen Drogenhändlän, hinner de Hand kursierte Gerüschte, welschä Politiker von der Regierende Partei alles korrupt war. Um davon abzulenke, hatte die ParteiEinheitsliste so mansche Gerüschte ins Kapitalistische Land gestreut, wen von de Nestbeschmutzern ma über de Klinge springe lasse könnde.

Sprendlingen Polizeirevier:
Willbätt:"Geschäftspattnä, Geschäftsfreunde, irgendein Bekanntä Hemmingfields läßt de Marionetten spielen."
Inspekter:"Abä den Hemmingfield kennt doch eigentlisch gar kaanä! Die Spur führt uns somit auf den einzigen Bekannten von Earl Hemmingfield! : Minnacre!"

.. Des berühmten 1988 mit Staatsbürgerschaft "BRD" Irischen TextilMoguls Joe Minnacre 2016 heutiger Enkel ebenfalls mit Staatsbürgerschaft "BRD" Irischer TextilMogul Hagan Minnacre 7Kilometer Luftlinie entfernt hinner de 7 Wäldä hinner de 7 Zwerge am äußerste Rande der wahllos eingemeindete Derfä Vyereyschs am Nordrande des Odenwalds. Der wie soi Oppa seit Jahrzehnte und nu mit 75Jahre Alters im Reitsport wie seit Jahrzehnte nunmehr immer noch unter den beste Reitern der BRD zählende Hagan Minnacre ist Eischentümer aaner Villa, die er vom Oppa übernommen hat, wie jeder in der Stadt weiß, jedoch aaner Villa in BungalowForm net höher wie Parterre, dafür sehr weitfläschisch und weiträumisch. Sollte sich emo aan Spaziergänger von der Landstraße, Spaziergänger uf der Landstraße gibt es net, in den durch Felder führenden langgezoohchene Feldweesch verirren, an dessen Ende des Anwese steht, so ist verwundährnd, daß die "Villa" in Reischweide nur etwa 5 Metä von de Pferdeställe entfärnnt ist, auf der annere Seite de Pferdeställe sin de Wohnunge von de Pferdepfleger. Ein Anwese eines MultiMillionärs hätte ma sich anderster vorgestellt. Man vermißt den Prunk. Alles sieht nach Einfachheit aus, und nach Arbeit, ein MietPferdestall ist nun dieses Anwesen keinesfalls, sondern es sind hier einige der wertvollsten Pferde Minnacres, und Pferdeställe gibt es in Nächster Entfernung also in der Vyereysch einige: Die Gemarkung einer Ortschaft besteht entsprechend der Gebäude aus den Gebäudeflächen, sowie aus den der Ortschaft gehörenden Feld und Wiesen, sowie dem der Ortschaft gehörenden Wald. So ist es nicht verwunderlich, wenn eine aus nur einigen Häusern bestehende Ortschaft mehrere Quadratkilometer(qkm) Gemarkung

ihr Eigen nennt. Dies ist eine Verwaltungstechnische Bezeichnung und findet Anwendung im Herrschaftsbereich einer Ortschaft. Dies hat indes keinerlei Bezug auf den tatsächlichen EigentumsZustand, so gehören wohl bezüglich zB eine Ortschaft mit gemarkung 10qkm des Wohngebietes von 1qkm Größe die Einzelhäuser den Einzeleigentümern, jedoch womöglich der gesamte Wald 9qkm, in dem sich diese Ortschaft befindet, heute 2016 einem einzigen Adligen, nicht viel anders als 1944 bzw 1913. Eine Gemarkung erweckt also immer den falschen Anschein, eine große Ortschaft mit vielen Gebäuden und vielen Einwohnern aufzuweisen; dies beweist sich stets bei einem Blick in die Regionale Landkarte. Es ist nun hier jedoch nicht der Platz, %uale Daten zu dem genauen Verhältnis von Wohngebäudefläche, bzw GewerbegebäudeFläche und von Landwirtschaft genutzten Äckern bzw von ödem Brachland und genausowenig von Waldflächen zu geben, sondern ich habe es der Leserschaft überlassen, sich unter einem Dorf bzw unter einer sehr kleinen Kleinstadt im verhältnis zu einer viele qkm umfassenden Gemarkung selber etwas vorzustellen, und beschränke mich ausschließlich auf Nennung der Gemarkungsgröße. Auffällig hierbei ist, daß ein Dorf, dh eine mit Gebäuden bebaute Fläche von bis zu 1 qkm indes viele zB 5 und mehr qkm Gemarkung samt Feld und Wiesen und Wald und Fuchs und Hase umfaßt. 2016 indes hat Viereischenhagen 7qkm, jedes Viereischer Dorf hat 7qkm, Viereisch hat 50qkm und 7Dörfer und somit 7Pferdeställe; und das ist nur Viereisch! Da weiß man ungefähr, wieviel Pferdeställe es im RheinMaingebiet gibt; somit sind Pferdeställe in der Region Viereisch also nix besonderes. Und wer net ausgesproche wüßte, daß de Prominente da wouhnt, der würde es von außen dem Anwese aach net ansehe.
Viel prunkvoller, und mit allem Drum und Dran werklich der pure Prunk, ist des Gut Hemmingfield-Moihuf, etwa 4 Kilometer Luftlinie durch die Wälder entfärnnt. Des Gut Moihuf steht inmitte aaner Hochebene hinner Feld und Wiesen einige Kilometer nördlisch von Viereischenhagen. Es ist seit Jahrhunderten der angestammte Sitz eines vermögenden familiären Imperiums, dem lange Zeit zwischen der Burg Friedberg in de Wetterau und Dammstadt von de Landwirtschaftlischen Fläschen ein Großteil des Kreises Offebach gehört hat, und was sisch seit kotz noom zwaate Weltkriehsch wieder in Besitz der Earls of Hemmingfield befindet. Der haidige Besitzä ein Geschäftsmann, der außer von Finanzbetrug von Tuten und Blasen kaa Ahnung hat sondern mit erstklassigen aber auch teuren SubUnternehmen Glück gehabt hat, ist Earl Hemmingfield, in persona quasi der Rest des HemmingfieldGeschlechtes und des Hemmingsfieldbesitzes im RheinMainGebiet, was sich bis heute nach Auswanderung aller anderen

Familienmitglieder auf ein PferdeGestüt reduziert hat, mit dem gutes Geld verdient wird und verdient werden muß, nebst einem Resterang, des uf dem einstmals herrschaftlische Anwesen haide offensischtlisch noch mehr Geld einbringt, zumal es eine der beste Küschen des Kreises Offebach hat. Es gibt seit Alters her eine hattnäckische Kongerrenz der Alteingesessenen Earls von Moihuf und dem über seine erst 1922 dh vor 94 Jahren Zugereisten Urgroßeltern im Kreis Offebach heimischen Hagan Minnacre, dessen Opa Joe Minnacre seinerzeit jahrzehntelang bis in die Ära der Groß-BRD der 90Jahre in der PferdeReitsportBRDLiga, anderen Nationalen sowie Internationalen PferdesportWettkämpfen an der Spitze ritt und die Ahnen des heutigen Earl of Hemmingfield zu Moihuf werklisch net zu seinen Bekannten zählte, geschweige denn jemals freiwillig Kontakt zu den Earls von Moihuf aufgenommen hatte, warum sollte er, der TextilMogul Joe Minnacre, er hat keine Zeit; genausowenig Zeit hat sein Enkel, der heute über 75Jährige Hagan Minnacre, Zeit, er hat noch niemals Zeit dafür erübrigt, sich mit so einem Unsinn zu befassen wie den persönlichen Kontakt zu seinesgleichen Prominenten der Region zu suchen: seit 70Jahren lernt und arbeitet Minnacre für TextilIndustrie und Pferde; angelehnt an seinen Großvater Joe Minnacre´s Textilprodukte, die bis in die frühen 1990er zu großem Teil DDRProdukte sind und sich dank maßvoller Preise in der BRD großer Beliebtheit erfreuen, außer Joe Minnacre kein anderer Textilhändler in der BRD hatte über Jahrzehnte mit dem Sozialistischen Ausland und besonders mit der DDRTextilIndustrie Kontakt, nur Joe Minnacre. Und das nahmen ihm seine BRD Kapitalistischen Konkurrenten seit Jahrzehnten übel bis heute und seinen Nachfolgern in dergleichen auch weiterhin bis heute erfolgreichen Firma übel, daß Hagan Minnacre´s Opa Joe Minnacre, dieser Nestbeschmutzer Minnacre, - wie kann man das eigene BRDVolk so hintergehen und beim Feind produzieren lassen - , diese Marktlücke gefunden hatte und über Jahrzehnte verteidigte, zum Wohlgefallen nicht der kleinen gehobenen MittelKlasse der BRD sondern der Bevölkerungsmassen der einfachen dh mit einem nicht ganz so großen Portemonnaie versehenen BRDKundinnen und BRDKunden und zum Wohlgefallen der DDRArbeiterinnen und DDRArbeiter, die über Jahrzehnte von Minnacres RiesenAufträgen nutznießten.

In Viereischenhagen gibts die an der Landstraße Sprendlinge/Odenwald und zwischen Unterem Burgtor, Burg, das Burggäßchen entlang die 500Meter nuf zum Oberem Burgtor in der Altstadt wohnenden Viereischenhagener und den Milliouhnenhiehschel. Südlisch dem Hengstbach ist Viereischenhagen,

Nördlisch vom Hengstbach ist der Milliouhnenhiehschel. In
Viereischenhagen wohnen die Normalen, auf dem Milliouhnenhiehschel die
Reichen. Der zu Viereischenhagen gehörende Milliouhnenhiehschel ist der
höchste Berg Viereischenhagens. Es ist auch das Höchste der Gefühle, für
Viereischenhagener, auch wenn ses net zugeben wollen, irgendwann einmal
im Leben auf dem Milliouhnenhiehschel zu wohnen, denn da wohnen die
Reischen, und die Reischen hams geschafft. Weil auch zur Winterszeit der
Milliouhnenhiehschel, obschon seit etwa 1959 von den Reischen Einwohnern
des Milliouhnenhiehschels als Eigentum beansprucht, ein Berg ist, hat sich
die arme kinderreiche Bevölkerung des woanders nämlich südlich des
Hengstbachs sich erstreckenden Viereischenhagen seit dem Mittelalter und
dh über Jahrhunderte! noch niemals und zwar bis 2016 heute niemals das
Schlittenfahren nehmen lassen an den Herrlichen Hängen. Der äußerste
Nordostrand Viereischenhagens dh der Milliouhnenhiehschel ist eigentlich
gar kein Berg sondern sieht von Viereischenhagen, das auf 3Seiten von hohen
Hügeln umgeben im Tal liegt, nur so aus, und ebenso vom samt dem aus der
Nibelungenzeit stammenden Hunnenbrunnen verglichen mit dem
Milliouhnenhiehschel etwa gleichhohen hügelbergigen Südwestrand
Viereischenhagens, von wo der Nordostrand eine Spur höher und eben wie
ein Berg wirkt, während von Hausdächern aus an fast jeder Stelle
Viereischenhagens das NordWestlich gelegene 30Kilometer entfernte
TaunusGebirge über eine sehr langsam und sanft zu Main und Rhein
abfallende waldreiche Landebene gesehen und bewundert werden kann.
Wenn man, was einem normalen Menschen nicht einfallen würde, auf den
Milliouhnenhiehschel gehen würde und da ist, und guckt nach Süden auf das
im Tale liegende Viereischenhagental, dann sieht man, daß Viereischenhagen
schmuck in einem Tale gelegen ist, und dann ist der Milliuhnenhiehchel
wirklich ein prächtiger Berg. Wenn man auf dem Milliouhnenhiehschel nun
indes sich aber umdreht und nach Nordosten guckt, dann ist da eben auf
dieser höcht denkbaren Stelle Viereischenhagens, nämlich dem
Milliouhnenhiehschel, derselbe Milliouhnenhiehschel mit den angrenzenden
Feldern weder Hügel noch Berg sondern Flachland, hochebenes Flachland
aber eben Flachland und geradewegs nach Nordosten und nach Norden zur
15Kilometer über Waldstücken, vereinzelter Landwirtschaft und zahllosen
Ortschaften entfernten, wie die schon gleisch gar net sischtbare völlisch
flachlandige Wetterau genannte Nordhälfte des bis an die Burg Friedberg
heranreichenden KarldesGroßenschen Bannforstes Hagen in der Vyereysch,
weder erträumbaren noch sichtbaren Kreishauptstadt Offebach nur noch
Flachland, eine Hochebene fürwahr, ein nur unmerklich sich bis an das

Mainufer senkendes Flachland namens Nördliches RheinMaingebiet, - obschon es schon gleisch gar net nördlisch des Mhayns liehscht - , das Mainufer, das weder von MilliouhnenhiehschelBewohnern noch von den im Hengstbachtal ansässigen Viereischenhagenern gesehen werden kann. Am Ende dieses Flachlands dh so weit vom Milliouhnenhiehschel das Auge reicht und dh hinter endlosen Feld und Wiesen eben bis zum nächsten Waldrand blouhß paar Kilometer weiter ist des Gut Moihuf, des wissen aber nur Eingeweide. Wer sonst zB Japaner oder USAmerikaner mal Frankfurt/Main besuche tun und bei der Gelegenheit auch mal die B3 nach Dammstadt mit dem Auto fahren, wundern sisch an der Südlischen beampelten HauptstraßenKreuzung Sprendlingens, was denn nun, führe man an der nach allen Himmelsrichtungen gehenden Kreuzung skurrilerweise wirklich mal nach links dh nach Osten, am Rande des Odenwaldes für eine seltsame Ortschaft liegen muß, von der doch sonst niemand in der Welt oder ein Sprendlinger was weiß und worüber dennoch soviel aufhebens gemacht wird so komischer Burggemäuerreste wegen, als gäbs inmitten des RheinMainGebietes nicht in jedem Dorf irgendwelche Mittelalterlichen Gemäuerreste. Das Romantische, was nach 200Metern am Ende von Sprendlingen einem, wählte man vor 1989 zu BRD-Zeiten in der damaligen freiheitlichen BRD wider Erwarten nun doch emo diesen Weg nach Osten, auffällt, ist, nach der wegen vorgelagerter Wohnhäuser unsischtbaren Viereischer Gesamtschule/Weibelsfeldschule(, auf der auch der Autor dieses Textes noch zu tiefsten BRDZeiten kurz nach dem teils von DDR, teils und zwar in entscheidendem Maße von den BRDEinheitslisteBlockParteien der Oberfunktionäre sprich den Landesverrätern Willy Brandt, Hans Dietrich Genscher, Franz Josef Strauß, Helmut Kohl und Konsorten gegen die Ostdeutsche HeimatvertriebenenBevölkerung und gegen die Ostdeutsche FlüchtlingsBevölkerung in Westberlin und der BRD Illegalen Geldgeschmierten Schein-Mißtrauensantrag der BRD, - die Legalisierung der Kriminalität, die Welt erinnert sich - , zur Schule gegangen ist Sommer 1975 bis Sommer 1977;Anm.d.Verf.,) rechts und dem NaturSchwimmbad links, geradezu die MuseumsAutobahn, von 1969 ein damals in tiefsten BRD-Zeiten geschaffener Romantischer Bau im Klassizistisch-Betonischen Stile, was selbst eine Sehenswürdigkeit und quasi eine undurchdringliche BrückenMonumentale den Blick begrenzende NordSüdGrenze ist, während Ästhete der sogenannte FraktionsListe der Ästhetische Partei der GroßBRD (FÄPGB) zum Kolonisationsfeiertag 9.November 1989 (; der Kolonisationsfeiertag ist wie bekannt bald danach auf den 3.Oktober verschoben worden;Anm.d.Verf) vorgeschlare hawwe, wenn schon de Mauer

zum Sozialistische Ausland so doch aach zwische Sprendling´ un Vierschaa dieser Schandfleck von Klassizistisch-Betonische Mauer abgerisse werde solle. 100 Meter hinter dieser per Fahrgerät oder zu Fuß zu unterquerenden MuseumsAutobahn beginnt Viereischenhagen, rechts mit der über viele Jahrzehnte und auch noch heute angesehenen Schweinehälftenfabrik, links bis geradezu mit Wohnhäusern so weit das Auge reischt, nämlich weniger als 1km, ein pittoreskes vor 1.000 Jahren von keinem Geringeren wie Kall dem Groouhsen zur Stadt erhobenes Doff, und zu seinem Namensvetter nach Triä, dem angestammte Ursprung der Kommenistischen Partei Deutschlands im Saarländischen wie nischt minder von Kalle Max kaum einen Katzensprung. Wenn man nun von Sprendlinge nach Viereischenhagen reist, ist es zweiwelsohne, wie wenn man von einer Welt in die andere kommt. Des Unbegreiflische ist, daß es auf einer breiden schnurgeraden Straße von dieser SprendlingeSüddKreuzung net sehr viel mehr wie nur 1 Kilometer ist, - ich ging einmal, um das herauszufinden, vom Oberen Burgtor also vom Kiosk am Lindenplatz bis am rechtsgelegenen Vogler-Bäcker vorbei an diese Sprendlinger Kreuzung, und es waren so viel ich mich erinnere, nicht mehr als Eintausend Schritte - , bis man im tiefen Osten am Lindenplatz ist, dem Härzen Viereischenhagens. Geradezu hinter dem Lindenplatz sind auch n paar Wohnhäuser, aber ehe man sischs versieht, ist man aach schon wieder hier am Rande Viereischenhagens an Feld und Wiesen und der dörflichen Eisenbahnlinie, auf der Dampfloks fahren bis Anfang der 70er Jahre manchmal, in die elenden ZugAbteilWaggons kam man nur mit erheblischer Kraftanstrengung an den stabilen Türen als Student der BRD-Universität Frankfurt/Main von 1985 bis in die frühen 90er hinein, nämlich zu genau der Zeit, als ich studierde und zwar 3h/Tag Öffentliche Verkehrsmittel
- für de Jungen Leute 2016 unfaßbarerweise gab es damals noch Rauchabteile, dh ganze Waggons, die frühmorgens um 7.10Uhr in undurschsischtigem Zigaretten- und ZigarrenRauchNebel
einer Schlips- und KragenSpezies der besonderen Art nämlich Frankfurt/MainerTagesZeitungLesender zur Arbeit fahrender Frankfurt/MainerTagesZeitungsMacher, - man hädde sisch aach in´ NischtroocherAbteil setze könne, aber als aufsässiger Revolutionär des Heißen Herbst 77 machte man des net - ,
brüllende Kopfschmerzen verursachten, so daß man vor der ersten Vorlesung um 8.00Uhr schon reif für eine Handvoll Kopfschmerztabletten war und nachmittags/abends dann den selben Weg zurück, und dann erzählen die Studenten später, wie schön das BRD-Studentenleben war, Scheiß drauf!

Wenn ich irgendwo und irgendwann die restlose Desillusionierung des Kapitalistischen Regimes entdeckte, dann war es in Frankfurt/Main in dieser Zeit als BRD-Student, alles war besser als BRD-Uni, das lernte ich damals, und dabei vergaß, was ich eigentlich studierte, in der Uni war ich dann zu müde zum Lernen, und zuhause war ich dann um so mehr zu müde zum Lernen, die Gammelei des einmal Lebenslänglich 15Jahre disziplinlose Schule ging Sommer 1985 in Gammelei von 8Jahren disziplinloses Studium über, bis ich 1993 für meine seit etwa eineinhalb Jahren erarbeitete Dissertation bei meinem ignoranten arroganten zu 50% eine HotelPension in der nahen Urlaubsregion Odenwald, wo ich ihn besuchen durfte, betreibenden HalbtagsProfessorDissertationsBetreuungsArschloch, der sagte, ich soll einfach alles wegschmeißen und noch mal von ganz vorne anfangen, genug hatte und von heut auf morgen von der BRD-Universität Frankfurt/Main flüchtete,

-

Wie mir eine USAmerikanische Freundin in der Hauptstadt der DDR Berlin wenige Jahre später in ihrer Belehrung mir gegenüber, daß ein Mensch nicht nur eine sondern mindestens 2 MidlifeCrises hat, sagte: meine erste MidLife-Crisis im Alter von 28 Jahren war das,

-

Von dieser Zeit 1993 stammen meine grauen Haare, nur der Haß gegen diesen Staat hielt mich am Leben.

Die Hauptstraße macht am Lindeplatz sacht ma, ma schreibt abä Lindenplatz;Anm.d.Verf.,

-

diesen umzubenennen in Ichweißnichtwas, fiel irgendeinem dieser Unverschämten EingemeindungsModernisierungsArschlöcherPolitiker von

1977 ein,

wogegen ich und der Rest der Viereischenhagener Bevölkerung bis heute 2016 sagen, daß, wie nicht minder der Karl-Marx-Platz bis heute der Karl-Marx-Platz geblieben ist und der Lenin-Platz bis heute der Lenin-Platz geblieben ist in Görlitz/DDR 2016, in Viereischenhagen der Lindenplatz bis heute Lindenplatz geblieben ist

-.

einen Knick nach rechts halbwegs geradewegs hügelbergaufwärts an der berühmten KaiserWilhelm-TFDTurnhalle entlang, hinein in den dichten Wald, durch dichten Wald bis zur Landstraße südwärts nach Langen.

Von Sprendlingen kommend an dem anderen romantischen Ende Viereischenhagens, der Schweinehälftenfabrik auf der rechten und dem bis ins Tal reichenden Wohngebiet auf der linken Seite, erhebt sich auf dieser linken Seite also nach Norden hin der kolossale Milliouhnenhiehschel.

Inmitten des Milliouhnenhiehschels hatte auf einem zwar großzügigen aber nicht all zu großen Privatgrundstück einst also 1959 oder 1969 ein berühmter Frankfurt/Mainer Brauereibesitzer auf Feld und Wiesen seinen PrivatPalast gebaut, von dem die Viereischenhagener bis heute nicht wissen, wie der aussieht, seinen Palast gebaut und Bäume dh einen kleinen dichten Wald ringsrum angebaut, damit Neider seinen Palast nicht sehen konnten.

Wie man sich vorstellen kann, war und blieb um diesen von frischen Bäumen umgebenen Palast Feld und Wiesen, wo sich Fuchs und Hase gute Nacht sagen. Nun hatte wie in SüdHessen und auch andernorts innerhalb der Kapitalistischen BRD manche ihren Acker in unzählige BauerwartungslandParzellen geteilt verkaufende Reaktionäre Kapitalistische AusbeuterBauern an dieser Stelle hier dieser Brauereibesitzer die pfiffige Idee, sollte jemals der Milliouhnenhiehschel mit Wohnhäusern bebaut werden sollen dürfen, daß dann ein gutes Geschäft zu wittern wäre, gesagt getan, aus dem Milliouhnenhiehschel wurden unzählige winzige und zwar höchst begehrte Baugrundstücke, die Feld und Wiesen waren zwar immer noch Feld und Wiesen, wo sich Fuchs und Hase gute Nacht sagten, aber dies war alles im Handumdrehen verkauft, und der Berg wurde zu einer einzigen Baustelle, die dem Brauereibesitzer, wie der Name schon sagt, Milliouhnen einbrachte, ich hab vergessen, wie der Berg vorher hieß, eine Baustelle, die einen eigenen neuen Viereischenhagener Stadtteil hervorbrachte: der Milliouhnenhiehschel, den teuersten Stadtteil Viereischenhagens und, man möchte sagen, den teuersten Stadtteil des gesamten Landkreises dh des Historischen Bannforst Hagen in der Viereisch zwischen der Burg Friedberg im Norden und Dammstadt im Süden kurz vor Mannheim.

Nun, seitdem die ersten Häuser, zB der BrauereibesitzerPalast, auf dem Milliouhnenhiehschel gebaut waren und regelmäßig die Reichen, denn gleich und gleich gesellt sich gern, herzogen und einzogen 1960 oder 1970, trug es sich über Jahre und Jahrzehnte zu, daß auch Normale auf den Milliouhnenhiehschel zogen einfach deswegen, weil so manches Reihenhaus hier, ob gekauft oder gemietet, genauso teuer oder billig wurde wie eine Renovierte Wohnung in der Altstadt; obwohl, ich als Viereischenhagener hab mein Lebtaglang solang ich 30Jahre in Viereischenhagen wohnte, keine Renovierte Wohnung in der Altstadt gesehen.

2016 Milliouhnenhiehschel:

Die Italienische Professorin bereitet eine Vorlesung vor, immer einzelne deutlich vernehmlich laut leise flüsternd vor sich hinsprechend Worte auf einen Schmierzettel schmierend:

"Warum ist Sozialistische Geschichtsschreibung anders?

Ich antworte mit einer Feststellung:

Caesar, der Gott der Bürgerlichen Geschichtsschreibung.

Er erfährt von ihm am 20./21. Juli 709, daß, nachdem bereits indes Brutus zu Caesar aufgebrochen war und am 9./10.August von Caesar zurückgekehrt von Cicero bergüßt werden wird, die Bevölkerung am EröffnungsTag der 20.-30.Juli stattfindenden Caesarischen SiegesSpiele dagegen demonstriert habe, daß sich Caesar zum Gott erklärte. Was über den in NordItalien weilenden Caesar erfährt Cicero weiter von Atticus? ..''

2016 NiederradPferderennbahn:
Miss Marple mit Fernglas:''Die WindsorHutparade!'', vergnügt und eifrig mit dem Fernglas umherguckend,''Ich war noch niemals bei ner WindsorHutparade! ..''
Mr Singer:''Ein Nischenprodukt BRD-Pferderennen. Für mich auch das erste Pferderennen, Miss Marple.''
Mr Singer nun ebenfalls mit Fernglas:''.. .. Ah! .. Earl Hemmingfield! ..''
Miss Marple:''Ah .. mit Lady Flickenschildt ! Und was für ein Herrlicher Sombrero!''
Mr Singer begeistert:''.. de Öhl in Smoking! .. ah, da sieht man gleich, tja, Vyerschehaa ebe ..''
Miss Marple:''Der Pferdestall haaßt net Vyerschehaa sondern Moihuf, des Gut Moihuf, des Rittergut Moihuf .. Die sagen bis heute, Rittergut, Rittergüter gabs nur bei den bösen Ostelbischen Junkern, die ja die einzigen Kapitalisten in Deutschland sind zu Kaisers Zeiten und Hitlers Zeiten, Kapitalisten? aber doch net hier in Frankfurt/Main, sagen se bis heute, gell?! Ph!''
Mr Singer:'' .. ja werklich, die Flickenschildt trägt son WindsorPferderennhut, ma könnt meinen, sie wär Hotwollée.''
Miss Marple:''Lady Flickenschildt *ist* Hottwollée.''

Miss Marple mit Fernglas über de ganze Pferderennbahn, guckt dann fiebernd auf die in den Startlöchern stehenden Pferde:''Da! Kara-Tee!, da drüben der Favorit von MoihufHemmingfield!''
Mr Singer fiebernd mit Fernglas:''Und hier WiederBlitz!, der Außenseiter und Newcomer von Flickenschildt.''
Miss Marple:''Ein unbeschriebenes Pferd. Chancenlos. Achtung es geht los Auf die Plätze, fertig, Los!''
Paff!
..

Sprendlingen, PolizeiRathaus:
Morgendämmerung, man kann sisch nischt so schnell loseisen von dem die Pflischt erfüllenden Arbeitsplatz. .. Jedoch ist, - das auf die Tagesschischt

folgende Berischteschreiben an die Vorgesetzten uferte aus in eine Spät- und Nachtschischt, abä warum aach net?, da hat ma endlisch emo soi Ruh! - , das Hirn nach ner 29Stunden-Schicht träge nach durchgearbeiteter Nacht nunmehr Zäh Uhr Fuffzäh.
Willbätt nach etlischen langweilischen Liegestützen neben der Registratur in gediegen sportlichem BüroOutfit etwas zerknittert und leicht verschwitzt, Falten um die Augenfalten, übernächtigt aufgedreht und kurz vor dem Ende:"Was nun?"
Inspekter auf den Stuhl gefletzt, verschwitzt, im zerknitterten Jackett, er könnte eigentlich an Kleidung tragen, was er wolle, er sähe immer unpassend gekleidet aus, mit dem sich keine Frau freiwillig auf eine Abendgesellschaft trauen würde, noch auf eine Tagesgesellschaft, und auch kein Mann, faul, völlig locker, bequem, mit Händen und Körper unbeweglich, regungslos, bewegungslos und selbstzufrieden mit, man trägt das so heute, riesiger lila Kravadde:"Was solln diese Freiübungen? Net so verkrampft! Seien Se doch emo n bisi leeschähr, so wie Isch, dann hädde se nämlisch dobbeld so viel Liegestütze hingekrischt, .." Mimiklos, solange man ihm was sagt, aber voll Mimik, sobald er antwortet aber nicht während er spricht, eine Mimik, die arbeitet zwischen jedem von ihm gesprochenen Satz, wie wenn er Luft holt, typisch das Gesagte und noch viel mehr nämlich seinen sich bloßstellenden Charakter kommentierend. Mit einer niemals gleichbleibenden steten sondern sich stets verändernden Mimik sowie einem sachte mal hierhin und hierhinguckenden und nach einiger Weile mal dahin und abseits dahin guckendem wendendem Kopf und nun wie so oft nach einem gesprochenen Satz die Lippen schürzend, dazu ein sprechender Blick zum Beispiel wie jetzt vorwurfsvoll verächtlich, in ganzem der Ausdruck eines faulen, trägen, selbstgefälligen BRD-Bürgers, der, auch wenn er immer und ausschließlich vernünftige Dinge sagt, sich aber dennoch immer im Ton vergreift, selber nichts begreift und immer die andern verantwortlich macht, eine für das amüsante aber auch sehr peinliche SelbstWiederfinden quasi der gesamten Alt-BRDBevölkerung so typische und so allgemeine Darstellung der denkbar negativsten Form von rücksichtsloser Selbstgenügsamkeit eines BRD-Bürgers, der alles besser weiß ..
Willbätt das erste mal tief durchatmend auf dieser Schicht.
Inspekter:"Halt! So geht des net!, Willbätt! Immer uf zack! Immer dranbleibe!, niemals schlabbmache! Die Schischt eines Polizisten pro Daahch is 24Stunde! Also, Willbätt!: Wo is des viele Geld hin?!"
Willbätt:"Äh."
Inspekter:"Diesen feinen Finanzbetrüger Hemmingfield ha ma gestern

349

endlisch dingfest gemacht, Haussuchung, ne!?"
Willbätt:"Uns Poliziste wirft man ja alls vor, daß mer de Raischen mit Glasséehandschuhe anfasse tun, gell?"
Inspekter:"Gell?! Haussuchung noch und nöscher, aber kaa müde Mack zu finden, kaa Wunner, da hamwan Finanzbetrüger wieder loofe lasse misse."
Willbätt:"Den hädde ma eh wieder loofe lasse misse, weil Finanzbetrüger eh niehmols in Knast wandärnn."
Inspekter:"ScheißDschopp! Da hamwan Finanzbetrüger wieder loofe lasse misse", klappt den Aktenordner zusammen und legt ihn beiseite, müde und abgearbeitet einen wohltuenden Augenblick versonnen aus dem Fenster in den erfrischend vier fensterlose graue HinterhäuserWände zierenden Hinterhof guckend, dann entschlossen aufstehend vom Arbeitstisch und seinen Graumantel schnappend und im Begriff anzuziehen:"Millionenhieschl mache mer spehtä! Ich sach Ihnen, Willbätt, mit der Geldwäsche werden wa ufm Millionenhieschl fündisch, da könn Se Gift druf nehm, da sitzt der Drahtzieher von der ganzen Chose! Nee! Frühstück!, Willbätt! Wo is des Geld hin?! Alls diegleische Fraare! Isch kanns nä mäh hörn! Isch kann kaa Geld mäh sehe!"
Willbätt gehorsam ebenfalls aufstehend und langsam nach seinem Graumantel greifend und im Begriff sehr langsam anzuziehen, auf der Schwelle in der von ihm bereits geöffneten Bürotür des Sprendlinger Polizeirathauses innehaltend:"Herr Inspekter, meine gesamte Arbeitszeit widme ich der Jaahchd nach diesem Scheiß Geld!, isch kann aach kaa Geld mehr sehe!"
Beide laut und einvernehmlich lachend.
Inspekter:"Immer bloß die Jaahchd nach Geld! Sie habbe rescht, Willbätt. Des tut ja bluß belaste. Kommando zurück!"
Willbätt ernüchtert:"Doch kaa Frühstück."
Inspekter:"Doch, doch. Nur: Zuerst die Abeid, dann des Vergnügen!", von dem Polizeitresen vorne ganz am Eingang des PolizeiRathauses einige Polizisten zu ihnen guckend - indes Inspekter und Willbätt offensichtlich frühmorgendlich bereits vor Arbeitsbeginn im FeierabendAbgang begriffen - verwundert interessiert, denn die von den Polizisten beneideten Büroarbeiter wie auch das beneidete für Aufklärung zuständische SpezialKommandoGerhatt der KriminalPolizei mit dem Inspekter, arbeiten normalerweise daahchsüber und nicht abends und nicht nachts sondern wie nunmal wie auch die hiesigen anderen ordentlichen Beamtinnen und hiesigen ordentlichen Beamten der Ämter und sowie der Bürgermeister nur von frühmorgens von 11.15Uhr abzüglich Pinkelpausen, ZigarettenPausen,

NichtraucherPausen und mehrerer Mittagspausen bis abends 13.45Uhr, die Polizisten neidisch nach hinden den Gang zu den Büroräumen zu den beiden guckend, wo ja manschmal aach de Birgermeester Frumma/SPD oder n Kollege oder so rumläuft, der Inspekter innehaltend:"Was, Willbätt, veranlaßt Earl Hemmingfield deren von und zu Moihuf, diese heruntergekommene Bruchbude von Burgruine zu kaufen, von der schon mansch kluger Kopf gesagt hat, den Krempel aafach abzureißen und stattdessen endlich emo was Vaninftisches in Viereischenhagen zu bauen, Willbätt, was?!"
Willbätt:"Des schnöde Geld, Herr Inspekter. Aus dem Gewinn einer von uns noch zu erforschenden rätselhaften Transaktion Hemmingfields aus den Subventionen für das Viereischenhagener isch denk zum Beispiel an de MuseumsAutobahn BRD-Nationale WeltKulturerbe von 1988."
Inspekter:"So wie Bonner Bundestag, nur im kleinen."
Willbätt:"wie das DDR-Nationale Weltkulturerbe von 1988."
Inspekter:".. die DDRIndustriepatente, die 9. November 89 befreit wurden. BRD-MuseumsAutobahn hier die Uffahrd in Sprendlinge, BRD-Nationales Weltkulturerbe Bonner Bundestag .."
Willbätt:"Vogel in Washington. Im kleinen?"
Inspekter:"Und ob!, des muß sich abä doch rentiert habbe, abä net zu knapp! und net zu uffällisch, Willbätt. Geschäftemacher. Da gehts um Summe, Willbätt, von dene Sie sisch nix träume lasse. Denke Sie in Wahrheit daran, daß us purä Nächstenliebe uf soi alten Tage Hemmingfield n Vermögen waschenke würde?! Der is Geschäftsmann!, wenn der ne Mack investiert, will der zwao raushabbe."
Willbätt:"Zwoa Mack macht aan Airo. Aans ze Aans Umtoosch hamse gesacht."
Inspekter unbeirrbar:".. der würd kaa aanzsche müde Mack .."
Willbätt verbessernd:" müden Euro .."
Inspekter: .. in ne Bruchbude investieren, wenn er net   .., Denkmalschutz!, Denkmalnach Willbätt! Mit Denkmalschutz kamma doch kaa Geld vadiene!"
Willbätt:"MaaneSe?"
Die Mägen der beiden Polizeibeamten hallen von den kahlen Bürowänden knurrend wider.
Inspekter:"Schnödes Geld! .. Mal was ganz anderster Willbätt. Sind Sie mit Ihrem Poste zufridde? Oder anderster gesacht: Wenn Sie was zu melde hädde, würde Sie Ihren Ärschä über die paar Mack, die Sie im Monat als Polizeibeamter verdien, dermaße an die große Glocke häng, so daß Sie sisch, jetzt zum Ende unserer gemeinsamen Nachtschischt, wo das Tagwerk vollbracht is, bevor mer haamfahre, von Ihrem Vorgesetzten zu nem

351

Frühstück hädde einlade lasse?"
Willbätt gedämpft begeistert:"Kantine?"
Inspekter ungebremst:" ..daß Sie sisch zu nem FrühstücksHotwolléeBüffeeh, zu sonn rischtisch feudale Brantsch-Frühstück mit alle Finnessen in einem der besten Resterangs Vyereyschs hädde einlade lasse? Aan´ Wunsch ham Se frei."
Willbätt nichts zu verlieren habend:"Isch würde. Vielen Dank!, Herr Inspekter! Isch haw aan *riesen* Hunger!", und sich ereifernd *mit einer Begeisterung*!:"So ä rischtisch guudes Resterang? Isch wüßte da ja aans."
Inspekter grimmig:"Aan´ aanzschen Wunsch hammer gesacht. Den habb isch Ihne ja vorhint erfüllt! Mehr gibts net."
Willbätt:"Es gibt ja aach blooß aan rischtisch guudes Resterang in Sprendlinge! Ab zum Tinono!"
Inspekter:"Sprendlinge? Isch will nach der Nachtschischt zum Frühstück doch emo was anderster sehe wie immer bloß Sprendlinge!" den Blick aus dem Fenster auf die erfrischend grauen Hinterhauswände, Lippenschürzung immer grimmiger werdend, dann Blick zurück.
Willbätt:"Net?! Naja, dann blaabt ja bloß no Vyerschehaa."
Inspekter:"De Hoaner, die sin zwar eingebildet wie ne Lore Affe weejsche der ihren überkandidelde Burg, abä Willbätt, was ma hat, des hat ma. Willbätt, fahre Sie schon emo de Ware vor."
Willbätt zurückhaltend ungläubig, erfreut, daß es nicht in die Kantine geht.
Inspekter großspurisch:".. des Frühstück waaded uf uns! .. Doch, doch, doch, doch. Ich saache bloß Burggäßchen."
Willbätt grenzenlos glücklich grinsend:"In de Laberstall?"
Inspekter:"Besser, Willbätt, noch besser .."
Willbätt:"Noch besser?"
Inspekter gediegen:".. in de Cellar of Castle!, .., der Gastronomie unsere müden Euros in den Schlund werfe."

Viereischenhagen:
10.45Uhr vormittags im sehr dunklen BarKellerRestaurantCellar of Castle, ein schummrisches Lokal auch an einem Sonnestrahlende frühe Vormittag, wie es ne KellerBar so an sich hat:
auch unser Inspekter trifft nun ein mit dem ihm untergebenen Willbätt zu einem gemütlichen Frühstück nach der Last der Nachtschischt ein verdientes Frühstück, der Inspekter, wenn auch Sprendlinger, wohl, weil er hier nischt nur vormittags seine Freizeit verbringt, fühlt sisch hier heimisch, noch bevor er sisch an einen kleinen Tisch setzt, bestellt er durchs Lokal zur Bedienung

rufend:"Ai Wernher! ´s Wassä läuft mir im Maul zesamm! BrantschFrühstück mit haide emo besonders schön viel Gebruzeltem!"
Wernher:"De Küsche hat noch zu! Frühstück gibts alls erst um Verzäh Uhr. Vorher komm de abeidslosen Studente net us de Federn un de abeidslose Rentnä, maanetweesche Tee odä Kaffe! n Kaffe Olé?, Grüße Sie Herr Inspekter!"
Inspekter:"de abgestandene Wasserbriehe von gestern mitm halbe Teelöffel fettarme Milch zunem Milschmicks ufgeblase? Naa."
Willbätt:"Du, Wernher, machste mir n ganz großen Topp stacken Kaffe!"
Wernher:"Und Sie, Herr Inspekter?"
Inspekter:"Ai Willbätt, des is doch ungesund, so viel stackn Kaffe am frühn Morgen! Nee nee nee Wernher! Des is nix für misch! Mirn Meriä Groouhn, Schobbe Äbbelweu, Humbe Pils un´n Kotzen, mir ham ja noch früh am Daahch!", setzt sisch.
Wernher wie im Film das Bestellte in weniger als 10Sekunden später bringend.

die morgendlischen Gäste nun sind noch nischt sehr viele aber um so ungestörter, neben den Polizisten nur zwei kleine Tische weiter von den Polizisten unbemerkt eine Gruppe allesamt glatzköpfiger RentnerGenoven, alle mit Sonnenbrillen, - sie hätten auch wie die Panzerknacker Schwarze AugenBinden und die Häftlingsnummern auf der Brust tragen können - , unerkannt die Köppe zusammensteckend und flüsternd:
1Genove:"Wir kommen an de Pfund vom ollen Engländer net ran! Wer hätte denn ahnen können, daß der Affe sein Geld in Euros ummünzt."
2Genove:"Ach wo! Der Hemmingfield blaabt bei soi Britischen Pfund."
3Genove:"Britische Pfund? Die wern doch bald nix mehr wärtt sein!"
1Genove:"Gell?!, Ai, da wird de Queen jetzt 2016 bestimmt kaa Britische Pfund mehr behalde, wo se in ä paar Woch nu endlisch de Währung von de EU beitrete wird."
2Genove:"Was!? Wen wird die Queen treten?"
1Genove:"Wenn de Briten n Euro hawwe, da wernse ja bestimmt net s Britische Pfund aach noch behalde!"
2Genove:"Ach wo! De Queen wird ja nu werklich net dem Euro beitrete. Biste narrisch!? Britische Pfund abschaffe, du hast wohln Voouhchel!"
4Genove:"FalschmünzerCharlie hat aach schon Aeuiros gemacht. Da kann er die aach zurückmünze. Oder in Französische Frang, Charlies Französische Frang sehen Französischer aus wie de originoahlen!"
1Genove:"Du mit deiner dämlichen Nostalgie. Was wollen mir denn mit

Französischen Frangs? Die sind doch nix mäh wäatt seit 14 Jahr!"
4Genove:"Gar net unklug. Die hamwa im Sparstrumpf vergesse, saache mer, bei der Französischen EuroEinführung 2002. Des ganze Gelumpe verscherbeln mir jetzt an de Europäische Zentralbank und kriege dafür ValutaGoldbarren."
1Genove:".. an wen?"
2Genove:"Des is die Bank von de EU-Mitglieder, dh von dene, die wo jetzt noch übrig sin."
3Genove:"Is des net n Valustgeschäft für de Europäische Zentralbank?"
1Genove:"Ai, des geht uns doch nix an! Im grunde wolle mer ja bluuß Falschgeld stehle, um es dann weiterzuverscherbeln mitm klaa Gewinn. Der groouhße Vorteil von de ganze Chose is, daß mir bei de ganse Kuddelmuddel erstmals de Polizei net als Gegnäh zu fürschte ham."
3Genove:"Net?"
2Genove:"De Polype wern net reagiere, wenn dehn aaner sacht, die solle dem soi Monopolygeld vor Diebe schütze. Die wern dem was husten. Mer habbe noch niemals so ungestört arbeide kenn. Des wär ja gelacht, wenn mer net an des Falschgeld rankomme würde."
1Genove:"Wie komm´mer nur an den Ramsch ran?!"
4Genove:"Warum aafach, wenns umständlich aach geht? FalschmünzerCharlie waas aan´ Weehjsch."
2Genove:"Was?!"
3Genove:"Ai de Prinz!"
2Genove:"Ein Hoch uf Prince Charlie!"
verstohlen stoßen sie mit ihren Trinkgläsern an.

Viereischenhagen,
TeeVesper:
..
Mr Singer:" .."
Miss Marple:"Ai, der is doch dumm wie Bohnenstroh!"
Mr Singer:"Unser Charts ist das doch aber! Nein, diese Abschätzigkeit, Miss Marple, das schätze ich gar nicht an Ihnen. Prinz Charts ist für mich mein lebtaglang immer ein Leuchtfeuer gewesen. Ein Hoffnungsschimmer der Männlichkeit. Ja, ich bin stolz auf Prinz Charts, ich gebs zu."
Miss Marple:"Das is doch geschmacklos! Das is doch ne Schande, wie der mit seiner Frau umging! Und von der Dings hört man auch nichts mehr. Aber auf jeder Party isser dabei!"
Mr Singer zustimmend:" .. wo er doch die Sowieso zum Altar führt ..",

schmunzelt..
Miss Marple:" .. is das nicht ne Unverschämtheit .. dieser alte Bock! Muß der schon wider ne neue haben!"
Mr Singer noch mehr schmunzelnd:"Ein ganz junges Ding! .. ganz schön flott .."
Beide verächtlich auf einen Packen frischer Tageszeitungen nur auf die FarbFotos und auf die Schlagzeilen guckend.
Miss Marple:"Ach das konnte man sich ja gar nicht mehr ansehen, wie der schon wieder ne andere zum Altar geschleift hat .. ne!?, sowas Schamloses!"
Mr Singer im Tageszeitungsstapel wühlend, sich eine Zeitung vornehmend, dann überrascht, ".. spricht da nicht der eigene Schweinehund ? ‚äh, spricht da nicht im allgemeinen ein Schweinehund, wenn man so ganz allgemein annähme, der heiratet schon wieder! .."
Miss Marple verunsichert:"Noch ein Wort, und ich sprech nicht mehr mit Ihnen, Mr Singer!"
Mr Singer ganz genau lesend, kommentierend:"hier, das Kleingedruckte .. der führt die nur zum Pfarrer, die heiratet son jungen Mann, Prince Charts ist nur bei der Zeremonie dabei, die Frau ist wohl seine Enkelin .. oder irgendwie anders weitläufig verwandt."
Miss Marple ihren Irrtum einsehend:"Guck an!"
Mr Singer ablesend:" .. er die Braut zum Altar .."
Miss Marple:"Machense doch nicht erst die Pferde scheu, Mr Singer! Im übrigen: Es gibt wichtigeres als das: Earl Hemmingfield hat sich angekündigt."

Viereischenhagen, Burg Flickenschildt:
Kinsky streicht sich panisch die Schweißige StirnMähne aus der Stirn:"Ich habe die Stirn! Vater! Du hast mich dazu gemacht! Ich bin weniger als ein Tier!", brüllt er panisch entschlossen.

Earl Hemmingfield erschrickt nicht sondern ist die Ruhe in Person, er besänftigt seinen Sohn:"Für dich ist das normal, daß du ab und zu deine Anwandlungen hast."

Das erste mal, daß er den Vater zur Rechenschaft zieht, was der Vater aber nicht merken will, dann, nachdem der Vater etwas überlegt hat und scheinbar erst jetzt die Worte seines Sohnes verstanden hat, da wie immer brüllt der Vater wutentbrannt zurück:"Was bildest du dir ein ! Geh doch mal zum

Psychiater!"

Kinsky:"Das ist dein übliches Vokabular, zu mehr reichts nicht!" Der Vater stürzt sich auf den Sohn, will ihn schlagen, Kinsky unbeweglich und ruhig:"Es gibt dir deine Souveränität zurück."

Earl Hemmingfield:"Du wirst gefälligst die Strafe wie immer über dich ergehen lassen, wie du es verdient hast!", stockt erschrocken, wird grau.

Aber der Blick des Sohnes ist das erste mal anders als die ganzen letzten Jahre, zum Vater sagt Kinsky:"Ich bringe dich um!", als hätte nicht genau das der Vater in des Sohnes Augen gelesen.

Earl Hemmingfield seit Jahrzehnten täglich 1x=365x/Jahr:"Solange du deine Füße unter meinem Tisch hast, spurst du. Ansonsten sind wir geschiedene Leute! Dann raus aus meinem Haus!"

Kinsky hat in zahlreichen ähnlichen Situationen jeweils den Schwanz eingezogen und, wie es der Jugend üblich ist, im Abgang mit viel Schimpferei, was seine Niederlage nur noch viel mehr bewies, vor dem Vater pariert.

Erstmals jetzt sagt Kinsky nichts. Er bewegt sich noch immer nicht. Er sieht seinem Vater unverwandt in die Augen. Der Vater beschämt wendet den Blick ab. Nimmt Anlauf zu einer neuen Tirade, daß er das Ruder in der Hand hat in der Familie, guckt den Sohn wieder an, aber beim Anblick des forschend den Vater weiter unverwandt anblickenden Sohnes, versagt dem Vater noch lange nicht das Mundwerk. Auch nach einigen weiteren üblichen geistlosen Schimpfworten des Vaters zum Sohn sagt der Sohn erstmals nichts weiter, wendet sich entschieden ab, verläßt den Rittersaal türenknallend.

Earl Hemmingfield souverän herrisch:"Was fällt dem ein, die Tür zu knallen!?", nach einer kurzen Bedenkpause dann leise in selbstmitleidiger Wut:"Ich habe keinen Sohn mehr!"

Sprendlingen, PolizeiRathaus Frankfurter Straße:

Inspekter:"Willbätt, die Sache is ja ganz klar .."
Willbätt:"Ach!"
Inspekter:"Earl Hemmingfield macht Geldwäsche, aber im ganz großen Stil! Und er hat Geschäftspartner!"
Willbätt aufspringend vor Jubel:"Das ist die Lösung. Das ist es! Endlich!", seine GrauJacke schnappend
Inspekter mit dem Kuli vor sich hinfuchtelnd und unbehaglich den County Mirror von sich schiebend, wo er ja eigentlich schon das Kreuzworträtzsel angefangen hatte, sich aber dann nicht von der schlagzeile losreißen konte, niedergeschlagen aber souverän vor sich hinstarrend:"Nicht so vorschnell, Willbätt, das müssen Sie noch lernen .. , .. Geschäftspartner, die selber das Geschäft machen wollen."
Willbätt hat sich wieder gesetzt, wie ein Schüler meldet sich mit dem Kuli:"Der Steuerberater?"
Inspekter vor Jubel aufspringend:"Willbätt! Ich wußte bisher nicht weiter! Sie haben recht! Der Steuerberater! Endlisch emo n Erfolg! Jetzt endlisch hawwe mir die ganze elende Baggaasch! .. von GeldwäscheBande!", schlägt siegesgewiß auf die Schlagzeile des County Mirror:"Ph! Unfähige Polizei tappt weiterhin im Dunkeln! Diese Schmierer! Willbätt, fahre Sie schon emo den Ware vor! Un nehme Sie die Handschelle mit!"
Willbätt eifrig aber eine Spur unentschlossen:"Ja, und wer ist der Steuerberater von Earl Hemmingfield?"
Inspekter:"Aber des liehschtt doch uf de Hand, Willbätt!", guckt verdrossen auf eine Londoner Tageszeitung mit großartigem Foto von PrinceCharts, angewidert sich abwendend, entschieden mit Elan:"FalschmünzerCharlie!"

Beide entschlossen aus dem Büro und rauschen ab aus dem PolizeiRathausHinterhof auf die Frankfurter und preschen Ostwärts, bis die Hauptstraße einen Knick nach rechts macht quasi nach Dammstadt und verschwinden im langweiligen Straßenverkehr. FalschmünzerCharlie 10-15meter vom PolizeiRathaus entfernt stehend schlägt die breitausgefaltete Tageszeitung zusammen und entkommt unerkannt im langweiligen Sprendlinger HauptstraßenEinerlei.
Inspekter und Willbätt kommen zurückgerast zum PolizeiRathaus, Inspekter brüllt wütend: "FalschmünzerCharlie hab ich gesagt! Ai weejsche Ihne Willbätt geht der uns noch dursch de Labbe!"
Willbätt am Steuer Gas gebend, wegen der Rüge schwitzend:"Also immer de Hauptstraas,.. und wo in Frankfurt?"
Inspekter:"Den finde mir direkt am Hauptbannhof im Rotlischtmilieu, nix

aafacher wie des, Mensch Willbätt!" Willbätt zu schwach erfolglos widersprechend:"Rotlischtmilieu von Frankfurt/Main hat de Bürgermeisterin doch vor 30 Jahr seit Mitte der 1980er ausgelagert, das ist weeschen de Touriste seitdem in de umliegende Ländlischen Region uf Dörfer un Kleinstädte vateilt sowie in alle Frankfurter Stadtteile außer eebe im Bannhofsviertel."

Inspekter streng und voller Scham:"Woher wisse Sie des!"

Willbätt widerspruchslos.

Inspekter:"Sie fahre mir ins Rotlischtmilieu! Das wär ja noch schöner, was bilden Sie sisch ein!?"
Willbätt gehorsam:"Frankfurt, soll ich MuseumsAutobahn oder durch die Dörfer?"
Inspekter ungeduldig aus der Haut fahrend:"Die B3, stellen Sie sich nicht so an. Erstmal zum Hauptbahnhof nach Frankfurt und dann sehen mer weiter, immer de Hauptstraas geradeaus!"
Willbätt:"Wie Sie wünschen, Herr Inspekter!" und tritt das Gas richtig durch. 10 meter hinnäh dem PolizeiRathaus macht die Hauptstraße eine leischte Kurve nach reschts, da geht die Hauptstraße 75metä geradeaus uf eine beambelde von der Sprendlinger DreieggsBank gestaltete DreieggsKreuzung zu. Kenner biehschen, was man geradeaus nennen kann, nach reschts zum Kaufwert ab zum Aakoofen knapp 1,5km weiter dursch discht baudes Stadtgebiet, oder nach links, was man ebefalls geradeaus nenne könnde, und damit quasi auf der NordSüdAchse FrankfurtDammstadt bleibend, geradezu zum etwa 1,5km durch dichtbebautes Stadtgebiet entfernten an der Ax-Meyth-Schule gelegenen Sprendlinger Wohnstadtteil Hirschsprung, mit dem an einem Beginnenden Walde Sprendlingen wie auch das VyereyschStadtgebiet endet, diese gerade Straße nennt sisch von Frankurt bis Dammstadt B3, und in verkehrter Richtung ebenfalls, wer nach Frankfurt will, fährt vom PolizeirevierRathaus kommend an der Dreieggsbank geradeaus leischt lings diese Straße, wer zum Kaufwert will oder noch anderster so zB zur KreishauptGroßstadt Offebach, fährt an der Dreiecksbank ebefalls geradeaus aber ebe leischt reschts, was, wie gesagt, beides geradeaus und quasi somit beides richtisch ist, ab der DreiecksBank gibt es noddwärts also quasi 2! Hauptstraßen geradeaus nach Nodde: De B3 und de Offebacher. Der Inspekter ist dermaßen wegen der gefundenen LösungsFreude der

Ohnmacht nahe, daß er net märckt, wie Willbätt zu Befehl immer geradeaus fährt, bis die beiden 15Kilometer weiter plötzlich auf Offebacher Stadtgebiet fahren, und der Inspekter es erst dann merckt, da haut der Inspekter den Willbätt:"Nein! Nur weehsche Ihne geht uns jetzt de FalschmünzerCharlie dursch de Labbe!"
Zu gleicher Zeit vor dem PolizeiRathaus: FalschmünzerCharlie kommt gelangweilt zurück mit einer anderen neuen Tareszeidung underm Arm, Straßecafé, Zeidunglese, gelangweilt.

Inspekter geschlaren mit dem schuldigen Willbätt langsam zurückzottelnd wieder von der Offebacher nach Sprendlinge rein- und an der DreieggsBank vorbeikommend zum Flaascher,

Inspektor:"Jetzt brooch isch erstmal ne Haaße Worscht beim Stendägge!"
Willbätt beflissen zum Flaascher:"Zwaa haaße Worscht bitte!"

Draußen steht gelangweilt FalschmünzerCharlie, wenn er Polizei sieht, dann kriegt er immer Verfolgungswahn, er steckt unauffällisch soi eigene Haaße Worscht in die JacketTaschentuchBrusttasche und geht unauffällisch weiter und verschwindet im Menschenwirrwarr.

Earl Hemmingfield kommt im offenen Cabrio sehr langsam und den Straßenverkehr behindernd vorbeigefahren huldvoll der Bevölkerung zuwinkend, die Menschen auf den Bürgersteigen jubeln ihm zu, vor allem junge Äldärn mit klaam Kind winke fröhlich begeistert dem Adligen, ein Star, ein Prominenter, Inspekter Fensterscheibe runterkurbelnd, winkt selbä einen loyalen Gruß dem Stadtprominenten entgegen, jener erkennt den Inspekter und grüßt huldvoll zurück, die Menschen jubelnd, County Mirror Fotografen und County Mirrer KeehseTV-Filmleute filmen eifrisch.

Viereischenhagen:
Inspekter niedergeschlaren und Willbätt nischt minder, im BarCastleCellar of Keller in Flickenschildt Castle, Inspekter:"Wernher! N Doppelten", heulend, schwitzend, erledigt,"Nein, Wernher! N Doppelten Doppelten!"
Willbätt arschleckend schleimbeflissen:"Für misch aach, n Doppelten Doppelten!"

Wernher geschäftisch hin und herrennend, das Gewünschte gleisch bereitend:"Des macht also 4 Doppeldäckä!", serviert alles wie im Film binnen 10Sekunden, und ab

Inspekter und Willbätt alles hinunterschüttend, Inspekter heulend:"Und ich war mir so sischä. Die Lösung war so nah!, Willbätt, mein Freund, komm an mein Hätz!", beide heulen umschlungen.

Viereischenhagen, Flickenschildt Castle, Burgruine:

Kaminsaal, kalte Morgenstunde:
Lady Flickenschildt, Earl Hemmingfield und Klaus Kinsky beim Familien Einerlei tete á tete:
Lady Flickenschildt graziös auf dem Stühlchen am Tisch nahe dem prasselnden Kamin, Earl Hemmingfield unruhig und haltungslos auf einem Sühlchen am selben Tisch, Klaus Kinsky mit aufmerksamem Blick auf seine eigenen ruhigen Hände sowie in die Runde werfend geradestehend starr, bewegungslos, außer daß er in den Händen eine Schlange hat, mit der er spielt, bzw die ihm vertraut und den Arm hoch um den Kopf und wieder herunterschlingelt, abseits 3 Meter von seinen Eltern sowie dem Kamin. In dem sich entwickelnden Wortwechsel ist die Körperhaltung bezeichnend dafür, zu wem man spricht bzw mit wem man zu sprechen geneigt ist; gerichtet an den entsprechenden Gesprächspartner ist festzustellen: Lady Flickenschildt leidenschaftslos, monoton sachlich, immer nur an den Earl Hemmingfield; Earl Hemmingfield leidenschaftlich sowohl an Lady Flickenschildt wie auch an Kinsky; Kinsky leidenschaftslos sachlich.
..
Lady Flickenschildt:"Der Herr Müller, mein Chef, der hat einen Anspruch darauf, die ganze Burgruine zu kaufen, wenn er früh genug Geld zusammenbekommt, was er scheinbar überraschend geschafft hat. Ich möchts ihm ja wünschen. Aber das schafft der nie! Der nimmt uns sonst unsere Burgruine wieder weg!"
Earl Hemmingfield erschüttert:"Das *darf* nicht sein. Der Müller muß weg! Klaus! Du bist doch mein Sohn! Ich habe immer große Stücke auf dich gehalten."
Klaus Kinsky:"Papa?"

Lady Flickenschildt:"Der Müller muß verzichten, der muß den Gerichtstermin selber absagen oder ich weiß nicht wie .. , was willst du von Klausi?"
Earl Hemmingfield:"Klaus!, uns sind die Hände gebunden. Das siehst du ja. Aber du! Nur du kannst und mußt etwas machen! Das wirst du sicher einsehen! Der Müller muß *weg*! Dem kräht kein Hahn nach! Ein Unfall! Altersschwäche! Meine Güte! Das wäre doch nicht überraschend! Herzinfarkt! Meine Güte, der ist 95Jahre alt, das wird doch nicht zuviel verlangt sein, Klaus!"
Klaus beide stumm anguckend.
Lady Flickenschildt:"Das Heimatmuseum war mir über Jahrzehnte eine Heimat. Mein Chef, der Hubert Müller, mit dem hab ich mich gut verstanden. Aber daß der dann plötzlich so bockig wird!"
Earl Hemmingfield:"Seien wir mal vernünftig! Es ist doch einerlei, ob der Schuppen von Heimatmuseum am Unteren Burgtor *In!* der Burg oder am Unteren Burgtor *Außerhalb!* der Burg an den Hechtteichen steht."
Lady Flickenschidt:"Und wenn das der Herr Müller nicht einsieht, dann muß eben eine andere Lösung gefunden werden."
Earl Hemmingfield:"Meine Rede!"
Klaus Kinsky:"Außerhalb der Burgmauer *darf* gar nichts gebaut werden!"
Earl Hemmingfield:"Wie redst denn du mit mir! Beherrsch dich amal! Du bist hier nicht Herr im Hause, mein lieber Herr Sohn!"
Lady Flickenschildt:"Dem Herrn Müller könnten wir ein Geldangebot machen, womit das Heimatmuseum mehr gewinnt als verliert: Das Heimatmuseum könnte umziehen mit einem erheblichen Zugewinn. Sagen wir für ein paar Freiluftmuseumtypische Mittelalterliche Gebäude, für mehr BesucherService. Ach Apropos, ich fahre jetzt zu Onkel Bernd nach Aachen, Klaus willst du mitkommen? James, da sind Sie ja, Ich hab Sie schon vermißt. Und?"
James:"Der Wagen vor dem Palais läuft im Stand. Wir *können*, sozusagen."
Lady Flickenschildt, KlausKinsky und Butler James aufbrechend
Earl Hemmingfield:"Der Müller *darf* uns unsere Burg nicht wieder wegnehmen! Das müssen wir verhindern! Aber der Gerichtstermin morgen ..!"
..
selber Kaminsaal, früher Abend:
zum HeimatvereinsChef Hubert Müller Earl Hemmingfield:"Grüße Sie an diesem schönen Abend, Willkommen in Hemmingfield Castle, meinem .. äh .. unserem Ex-Heimatmuseum .."

Hubert Müller erschrocken sich umsehend:".. von dem nicht eine Spur noch wiederzuerkennen ist, das Heimatmuseum ist abgerissen und an dessen Stelle ein herrschaftliches Palais errichtet .."
Earl Hemmingfield protzend:"mit Marmor!", plötzlich eine bedauernde Miene aufsetzend:".. wo noch bis vor ein paar Monaten das Heimatmuseum mit Ausstellungsstücken voll und von Urlaubern und einheimischen Schulklassen gutbesucht gewesen ist .."

Sie kommen ins gemütliche Wohnpalais, der Kamin flackert ..
Earl Hemmingfield:"Aber setzen Sie sich doch!" Sie setzen sich, "Mein verehrter Herr Müller, als Vorsitzender des Heimatmuseums immer gern gesehener Gast, unser um des Volkes Wohl über Jahrhunderte verdientes Geschlecht derer von Hemmingfield begrüßt Sie in den HemmingfieldMauern der Burganlage, aber tun Sie sich doch keinen Zwang an, gucken Sie nicht so verdutzt, wir wollen ja ganz vernünftig reden, nicht wahr."
Müller unter dem Arm eine großformatige GlanzBroschüre über Aachen sowie Reiseunterlagen, die er jetzt auf den Tisch legt.
Hemmingfield leidenschaftlich:"Metropole, seit dem Mittelalter! Der Kongreß in Aachen, Sie erzählten davon. Ja, Karl der Große!" kopfschüttelnd verbindlich, "Wie schön, daß Sie auf meine Einladung von heute mittag, als wir uns, was haben wir gelacht!, in dem Trubel beim Einkauf im Burggäßchen zufällig begegneten .."
Müller:"Da müssen Sie sich irren. *Ich* habe sicherlich nicht gelacht. Und wegrrennen mußte ich wegen Ihnen ja auch nicht!"
Hemmingfield leidenschaftlich:".. , nun schon wieder zu Besuch gekomken sind. Klein ist die Welt. Ein Trubel ist das im Burggäßchen vormittags immer. Wie ich mich gefreut habe, das können Sie sich gar nicht vorstellen. So Querelen sind mir ja auch zuwider! Na, wir haben uns ja prächtig versöhnt. .. Ja, der Kongress, ja, man liest davon ja genug in den Zeitungen."
Müller mit der Absicht, keinesfalls vertrauensselig zu werden, auflauernd vorsichtig:"Ich bin nur zu dem Zweck gekommen, Sie kurz zu fragen, ob Sie, Lord Hemmingfield, vor dem Gerichtstermin zugunsten des Heimatmuseums einlenken."
Hemmingfield:" .."
Müller:"Gebucht vor 4Wochen, vor 3 Wochen kommt der Gerichtstermin. Glatt vergessen die Absage. Morgen früh Kaffeefahrt. Und in Aachen zum Kongresshotel, das wird ein Ereignis, Menschenandrang. Ohne mich. Muß noch in die Post, die Absage, ich kann ja nu nicht morgen zu unserm

Gerichtstermin in´ Urlaub fahren! Ich habe also nicht viel Zeit."
Hemmingfield:"Und was wollen Sie da von mir, wo wir uns ja morgen früh sowieso vor Gericht sehen?"
Müller:"Ich weiß, Sie wollen mich rumkriegen, daß ich die Klage zurückziehe. Aber Lord Hemmingfield, Das werden Sie morgen schon sehen: Sie ham kaa Schanx, überhaupt kaa Aussicht auf Erfolg."
Hemmingfield baff:"Wieso?"
Müller schweigsam, nicht sprechen wollend aber dann nicht mehr an sich haltend:"Ich habe im Lotto gewonnen, Mindestgebot 250.000 für das BurgAreal hat das Hessische LandesAmt für Denkmalschutz festgesetzt, das Geld hab ich nun, ich will das Heimatmuseum für die Bevölkerung zurück."
Hemmingfield:"Aber das ist doch lächerlich. Sie haben kein Recht. Ich würde Ihnen dieses Recht nicht geben."
Müller:"Dazu brauch ich Sie nicht. Der über den Verkauf Öffentlichen Eigentums an Private gemäß eines darin für das Heimatmuseum verbrieften Vorkaufsrechts gefaßte Vertrag vom 9.Mai 1945 ist gültig, hat das Oberste Hessische LandesVerwaltungGericht entschieden."
Earl Hemmingfield:"So argumentieren Sie? Man hat niemals die Jahrzehnte darüber gesprochen im Heimatmuseum und den Hessischen LandesBehörden und den Städtischen Behörden, weil der Fall niemals denkbar war, daß ein HeimatMuseum von einem PrivatMensch das gesamte Historische Anwesen diesen Ausmaßes kaufen wollen würde, weil das nicht Sache eines Heimatmuseums ist! So siehts aus! Sie ham kaa Schanx, Herr Huber! Gewohnheitsrecht!, nennt man das. Sowas gabs seit 45 nicht mehr; und somit findet dieser Vertrag keine Anwendung mehr. Und jetzt .."
Müller:"Und jetzt, wo der Vertrag wieder im Gespräch ist, wird klar, daß der Vertrag zwar in einer rechtlosen Phase geschlossen wurde, HitlerDeutschland gab es nicht mehr, und die WestBesatzungsZonen gab es noch nicht usw etc, aber rechtens war und rechtens geblieben ist bis heute - , kurz: Der Vertrag ist rechtens, das Heimatmuseum besitzt ein unbestreitbares Vorkaufsrecht, das Burganwesen zu erwerben, andere von Dritten also von Ihnen, Lord Hemmingfield, geschlossenen Kaufabsichten sind nachrangig, solange das Heimatmuseum binnen einer Frist seine Kaufabsicht geltend macht, was ich mit morgigem Gerichtstermin tun werde", der Greis lacht zurückhaltend, "Sie ham kaa Schanx, Lord Hemmingfield. Meinerseits möchte ich Sie bitten, dem Rückkauf der Burgruine durch das Heimatmuseum nichts in die Wege zu stellen", setzt seine Mütze auf und nimmt seinen Gehstock, wendet sich zur Tür,"Ich möchte mich verabschieden."
Im Hirn Hemmingfields arbeitet es rasant, herauspressend und nun besonders

schnellsprechend:"Wie ?!.. Was?! .. Was darf ich Ihnen anbieten", wendet sich zu der AlkoholBar, der Greis ruft sogleich:"Ich trinke hier nichts. Ich trinke hier nichts bis nach dem Gerichtstermin. Dann werden wir sehen."
Earl Hemmingfield sich mit bunten Schnapsflaschen schnell umdrehend:"Wir haben keine Probleme. Ich habe schon immer gedacht, daß wir uns gütlich einigen können, nicht wahr? Ich werde meinen Kauf rückgängigmachen, Stattdessen habe ich Bayerseich gekauft; ich kann ja auch Bayerseich kriegen, das reicht mir. Hier ist mein Kauf von Bayerseich", reicht dem Herrn Müller eine DokumentMappe diesen offenbar beeindruckend, der innehält, liest, dann seine Mütze abnimmt, seinen Gehstock beiseitestellt und sich wieder setzt und weiterliest. Earl Hemmingfield freundschaftlich herzlich:"Ich mache meinen Kauf rückgängig. Ich verzichte."
Herr Müller verunsichert aber immer glücklicher dreinblickend:"Was werden Sie?"
Earl Hemmingfield ihm eine zweite DokumentenMappe reichend mit entsprechenden Notariellem Dokument:"Ich werde nicht, Ich habe! .. Und Bayerseich ist gekauft. Ich ziehe nach Bayerseich, es gefällt mir besser da. .. Und solster mal sehen, wie gut wir uns verstehen. Ach übrigens: Ich habe, Sie werdens kaum glauben, unten im Weinkeller was entdeckt, was bei den Bauarbeiten vor 2 Wochen zutagekam. Das könnte Sie interessieren. Das gehört eigentlich ins Heimatmuseum wenn nicht gar in Fachhände der Archäologie, könnte nach meinem Dafürhalten weit älter als Spätmittelalter sein, das wollt ich Ihnen mal zeigen, sonst würde ich das da lassen, wo es ist. Sie waren mir immer schon sympathisch!"
Müller einen Moment wieder vorsichtig ausdruckslos sachlich:"Ihre Gattin, äh, Ex-Ehefrau kenne ich seit Kriegsende. Nicht wahr?", dann freundlicher,"Lord Hemmingfield: *Wir* kennen uns doch erst seit einem Vierteljahr."
Earl Hemmungfield sich und dem Greis einen Schnaps eingießend und kredenzend:"Und das soll lange lange andauern, eine wahre gute Freundschaft .. Prost! Ich hoffe, Sie werden uns in Bayerseich besuchen!"
Müller nun endgültig auftauend und vertrauensseligwerdend:"Sie haben ... Was haben Sie denn für das Heimatmuseum wichtiges gefunden? Das interessiert mich brennend!"
Hemmingfield:"Aber deswegen habe ich Sie ja hergebeten. Meinungsverschiedenheiten haben wir nie gehabt. Schwamm drüber."
Müller:"Sie ziehen Ihren Kauf zurück?", aufatmend.
Hemmingfield:"Aber das sage ich doch die ganze Zeit."
Müller wohlgemut auftauend ".. Aber wie soll ich denn ..? Den

Gerichstermin absagen. Wo ich doch so viel Wind gemacht habe! Ach ist mir das peinlich morgen früh!"
Earl Hemmingfield einen Bogen Papier mit einem hübschen Kuli auf den Tisch zaubernd:"Einfach Absagen, ein Dreizeiler genügt."
Müller:"Sie meinen das geht?"
Hemmingfield:"Aber sicher! Da werfen wir beide das Schreiben noch jetzt in den Briefkasten, hier vorne an dem Burgeingang an der Brücke über den Burggraben, die leeren da immer 19.45Uhr."
Müller grinsend:"Ich weiß."
Hemmingfield:".. , dann haben die das in Sprendlingen auf dem Amtsgericht an Ort und Stelle morgen früh um 8, da können Sie sich drauf verlassen."
Müller sachlich:"Ich weiß."
Müller das Blatt Papier beschriftend dabei sprechend:"Ist ja ganz einfach .. Der Ausdruck der Gerichts Adresse ist richtig! .. .. Handschriftlich von mir, meinen Sie, das geht?"
Hemmingfield:"Handschrift ist immer am besten. Schreibmaschine war gestern. Das Heimatmuseum hat kein Interesse mehr an dem Grundstück vormals Heimatmuseum Viereischenhagen in der Burg Viereischenhagen, Somit Datum Uhrzeit Gerichtstermin überflüssig weil gegenstandslos, Mit freundlichen Grüßen, Dreizeiler, kurz und bündig."
.. ..
Hemmingfield, mit geübtem Blick das Dokument betrachtend, dann beiseitelegend." Gehen wir kurz in mein Büro, ich habe da einen Kopierer, wenn Sie so freundlich wären? , daß ich..?"
Müller:"Sicher können Sie sich gleich eine Kopie machen."
..
Sie kommen zurück. Der Briefumschlag an das Gericht ist fertig, Briefmarke ist drauf.
Hemmingfield:"Da können wir den gleich gemeinsam zum Briefkasten bringen."
Müller:"Eigentlich wollt ich zu dem Krongress in Aachen morgen, aber der Gerichtstermin kam so überraschend, und nun, das nimmt mich alles so mit, auch ohne Gericht, ich werde wohl absagen müssen. Ich werde dann die BusReise stornieren."
Hemmingfield:"Aber das brauchen Sie doch jetzt nicht mehr! Sie können jetzt ganz beruhigt nach Aachen fahren."
Müller:"Da haben Sie recht. Das ist schön. Das werde ich machen! Also einen guten Feierabend noch, Lord Hemmingfield, ich mach mich dann mal auf den Heimweg."

Earl Hemmingfield sein Gesicht endgültig zu einer Fratze verzerrend, mit den beiden Schnapsgläsern in der Hand ..
Müller die Reiseunterlagen wieder an sich nehmend, zögerlich, dann die Reiseunterlagen wieder auf den Tisch zurücklegend:".. wo ich schon mal da bin."
Hemmingfield:"Wir werfen nur rasch einen Blick drauf, dann machen wir einen bequemen Termin, wo Sie sich das ganze Zeug mal in Ruhe betrachten können."
Müller:"Was ist das denn nun?" aber nun doch zum Schnapsglas greifend und genüßlich runterschüttend,"wahrlich ein Grund zum Feiern!"
Earl Hemmingfield:"Na also!" und schüttet den Schnaps nun selber herunter,
Hemmingfield:"Also das ist so, aber sprechen wir doch unten in der Rumpelkammer weiter, wo die Sachen lagern, da sehen Sie gleich, worums geht."
Sie brechen auf. Den Herrn Müller in der Eingangshalle immer hinter sich herwinkend Earl Hemmingfield:"Kommen Sie. Unten in der Rumpelkammer ist noch kein Licht, ich hole nur rasch einen Scheinwerfer aus der Abstellkammer neben der Küche, .. , da staunen Sie, ganz schön groß hier!, unser Butler James ist gerade nicht da, aber ich weiß wo der Scheinwerfer ist, kommen Sie ruhig mit."
..
Beide wieder in der Eingangshalle, Earl Hemmingfield mit dem Scheinwerfer unterm Arm fröhlich und wohlgemut, ihm schweigend hinterher Herr Müller. Sie gehen durch die Eingangshalle zur in die Tiefgarage führenden Tür neben einem Terrarium voller exotischer Pflanzen, Herr Müller bleibt stehen erstaunt über den Glaskasten, in dem ihn eine Schlange anguckt, Eclandine mit einem Rattenschwanz noch im Maul betrachtet die beiden Männer ..
Herr Müller mit einem weisenden fragenden Blick:"Ich wußte gar nicht, daß Sie Tierliebhaber sind."
Earl Hemmingfield:"Ich? Nein, zu sowas hab ich keine Zeit. Das Steckenpferd von Klausi, meinem Sohn! Sie frißt lebende Tiere! Nur lebende Tiere! Er füttert sie selber, grausam sowas, das müssen Sie gesehen haben! Ich weiß nicht, woher er die Gewalt hat." Die dahinter befindliche Tür zur Tiefgarage öffnend Earl Hemmingfield entertaining wie ein Conferencier wohlgemut:"Schreiten Sie nur voran!"
Beide an der Tiefgarage vorbei, Earl Hemmingfield:"Hier ist eine Tür. Das geht ein bißchen schwierig. Lassen Sie mich nur!", mit dem Körpergewicht rammt Hemmingfield die Tür auf und schaltet den Scheinwerfer an .. Nun galant Herrn Müller den Vortritt lassend:"Bitte!"

Herr Müller:"Danke!"
Herr Müller in einen Gang schreitend, der ihm folgende Earl Hemmingfield schließt hinter sich die Tür.
Herr Müller:"Sieh an, noch etwas Schmutz von den Bauarbeitern, Ja, alles solide gearbeitet, .., ganz neu, nicht wahr?! .. und wo ist nun, was Sie mir zeigen wollen? Was ist denn nun, was Sie mir unbedingt zeigen wollten? .. Ich kanns noch gar nicht glauben. Daß Sie den KaufVertrag selber wieder rückgängig machen und zugunsten unseres Viereischenhagener Heimatvereins verzichten. Es ist doch nun so?!"
Hemmingfield:"Ganz bestimmt nicht!" und haut mit vollem Haß und voller Wucht mit einem schweren MetallRohr auf den sich stumm wehrenden aber schon bald nur noch zuckenden alten Knacker von Tattergreis, .., der sich schon lange nicht mehr rührt, sehr viele Male prügelt Earl Hemmingfield auf den Toten.

Tür zu. Abstellkammertür ebenfalls. Rauf wieder in den Kaminsaal. Die Dokumente ins Feuer, was sie sollten, haben sie geleistet.
Earl Hemmingfield geht zum Briefkasten, wirft Müllers Brief ein, kehrt zurück, macht sich ein paar Wiener Würstchen warm und setzt sich an den Fernseher ..
Inmitten des Films, den er sich ansieht, kommt die Gesellschaft von Klaus Kinsky, Lady Flickenschildt und Butler James aus Dings zurück.

Viereischenhagen, Flickenschildt Castle, Burgruine:
nächster Tag, morgens 7Uhr:
Kurzweil frühmorgens: trautes Familienglück im KaminSaal, am Frühstückstisch,
Lady Flickenschildt mit Klaus Kinsky, Earl Hemmingfield ist noch nicht da, kommt aber gleich. Lady Flickenschildt zu Klaus:"Du Klausi, mal ganz im Vertrauen!"
Klaus Kinsky:" .."
Lady Flickenschildt:"Bevor der Vater kommt, nur daß du weißt, wie die Dinge stehen: Der Inspekter ist uns auf den Fersen. DU weißt, wir hatten damals vor Jahrzehnten mal sone Steuerhinterziehung, eine leidige Angelegenheit!"
Klaus Kinsky erschrocken:"Du!? Du und Steuerhinterziehung!?"
Lady Flickenschildt ungerührt sachlich:"Ich nicht. Aber wir beide, dein Vater und ich wurden damals von der Polizei .."
Klaus Kinsky:"Warum du!?"

Lady Flickenschildt:"Ich wurde angeklagt wegen Steuerhinterziehung, weil dein Vater angeklagt wurde wegen Steuerhinterziehung. Wir waren damals noch verheiratet. So war das damals vor 77. Die Ehefrau hatte zwar keine Rechte, sie durfte aber immer mit dafür büßen, wenn der Ehemann kriminell war. Ich ahnte was, aber mehr auch nicht."
Klaus Kinsky:"Hast du jetzt etwas davon gewußt?"
Lady Flickenschildt:"Dein Vater zog mich erst ins Vertrauen, als die Polizei ihm im Nacken saß. Zum Ausbaden seiner krummen Geschäfte, dafür war ich gut genug. Die Gerüchte traten von anderer Seite an mich heran. Der Pfarrer hatte mir im Vertrauen gesagt, daß wir ja so fleißige Bauarbeiter haben, die auch nachts arbeiten. Ich hatte eigenwillig schon vor einem halben Jahr eine Kammer im Dach bezogen, die ich immer mal wieder, wenn mich unser Domizil in Bad Humborg entbehren konnte, aufsuchte; nun so auch vor 14 Tagen, als dein Vater auf Geschäftsreise in Hamburg war und du noch in Bad Humborg. Nun sah ich mitten in der Nacht, daß die Bauarbeiter Lastwagen hin und herfahren, etwas anliefern und scheinbar dasgleiche wieder einladen und wieder abtransportieren, das machte mich stutzig, ich wußte nicht, um was es sich dabei handelt. Seit 10 Tagen beim Abbruch der PalaisBaustelle in der Nacht vor unserem Einzug weiß ich bescheid, als ich unten im Keller heimlich die Bauarbeiter beobachtete, die auf der letzten Fuhre sehr viele Papierkisten in einen LKW luden, eine Kiste krachte runter und ging auf, Stapel, kleine viele Stapel Papiergeld. Ich sah die Bauarbeiter mit dem LKW aus der Tiefgarage fahren und ab Juchee. Ich stellte dann deinen Vater zur Rede. Dein Vater sagte mir: Das geht dich nichts an! Am selben Tag unseres Einzugs mach ich die Bekanntschaft mit dem Inspekter aus Sprendlingen, ich fragte, was er wolle, er sagte Routine: Von der Wirtschaftspolizei, die hier dieses Anwesen umschwirre, dürfe er mich in Kenntnis setzen. Ich wußte von nichts. Wirtschaftspolizei hatten wir hier noch nicht."
Klaus Kinsky:"Dann muß es sich ja .. um eine größere Summe handeln ..!"
Lady Flickenschildt:"Es war nicht nur 1 LKW, es waren ungezählte .."
Klaus Kinsky:" .. eine größere Summe .. "
Lady Flickenschildt:"Ich habe die Vermutung, daß die Wirtschaftspolizei hier nichts finden wird. Denn dein Vater ist seit 8 Tagen völlig sorglos."
Klaus Kinsky:"Er hat alles schon wegbringen lassen. Was soll ich nur mit dem Inspekter machen? .. Ihn auf ein falsche Fährte schicken?"
Lady Flickenschildt:"Kluges Kind! Wenn du nun etwas Kriminelles machen würdest .. sagen wir, du stapelst hier Hehlerware .."
Klaus Kinsky:".. zu kompliziert, obwohl, ich kenne da einen Juwelier in

Frankfurt .. nichts einfacher als das!"
Von draußen kommen kräftige Schritte angerannt, die Tür fliegt auf, und keuchend mit rotem Kopf und außer Atem kommt Earl Hemmingfield herein. Er setzt sich an den Frühstückstisch, schnippst laut mit den Fingern und brüllt zur Tür, die er hat offenstehen lassen, James!"
James serviert das Gebruzelte frisch noch backende Gebruzel.
Dann James:"MyLord?"
Earl Hemmingfield:"Danke James."
James verschwindet.
Essen.
Schweigsames Essen.
Nicht ganz schweigsam.
Denn normalerweise wird am Eßtisch gestritten, nicht etwa der ungestüme Rentner Klaus Kinsky mit jugendlichem Elan, sondern seine Eltern, die beiden Greise Lady Flickenschildt und Earl Hemmingfield.
Lady Flickenschildt zu Earl Hemmingfield:"Der Inspekter muß hier verschwinden!"
Earl Hemmingfield:"Was geht *mich* das denn an! Ich hab wichtigeres zu tun! Hat dein Sohn wieder was ausgefressen!?", das Frühstück in sich reinschaufelnd, fast hätte er das Müsli mit Händen gegessen, in Eile, und es gibt ja eine Serviette.
Lady Flickenschildt:"Der Inspekter muß hier verschwinden. Wir haben uns noch niemals was Kriminelles zu schulden kommen lassen!"
Earl Hemmingfield:"Was geht *mich dein* Sohn an! Soll der doch mal grade stehen für die Kriminellen Dinge, die er zu verantworten hat!"
Klaus Kinsky:"Aber Papa! Ich hab seit Jahren nichts mehr mit der Polizei zu tun wegen Marihuana!"
zu Lady Flickenschildt Earl Hemmingfield aufbrausend wütend:"Was geht *mich* das denn an, wenn dein Sohn wieder Unsinn verzapft hat!" sich zu Klaus Kinsky gedreht habend:"*Ich* habs ja immer gesagt: Klausi, laß das MarihuanaSpritzen, da wird niemals was aus dir!" und nun gewinnend, mit klarem Blick, aufgeräumt, die nutzlose Serviette genüßlich knüllend und vor sich auf den Tisch pfeffernd, mit sich und der Welt zufrieden, distanziert zu Lady Flickenschildt,"Und ich hab recht gehabt! Du siehst ja, wie du meinen Sohn verzogen hast. Er hat einfach keinen Sinn für Moralische oder sei es auch nur finanzielle Werte!"
Lady Flickenschildt zu Earl Hemmingfield:"Die Ideellen Werte, den Sinn für reelle Arbeit hast du ihm ja über Jahrzehnte auch ausgetrieben!", zu Klaus:"Der Inspekter muß hier verschwinden. Guck nicht Löcher in die Luft

sondern tu was Sinnvolles!"
Klaus Kinsky ist nun aufgestanden, er, ein Tierfreund, hat ein Haustier, bzw das lebende Futter für seine Schlange, eine Ratte in seiner Faust, er steht apathisch, phlegmatisch abseits mit Blick auf den Frühstückstisch, heult wütend auf und bricht der Ratte das Genick.
Earl Hemmingfield wohlmeinend:"Heute mußt du nicht in den Keller; guter Junge! Bitte verzeih meine barschen Worte!" und zu Lady Flickenschildt:"Bitte verzeih! Es war nicht so gemeint. Wollen wir uns wieder vertragen!"
Kinsky froh, daß er etwas Sinnvolles getan hat.

 das Frühstück ist abgeräumt, man spricht nicht. Wenn jemand spricht, dann nur die Eltern. Der Sohn darf nur sprechen, wenn er gefragt wird.
Lady Flickenschildt:"Streit wird immer beim Essen ausgetragen. Wie ich das hasse! Aber sonst kann man dich ja auch gar nicht erwischen, Hemmy. Du bist niemals da, wenn man dich braucht. So war das schon *vor* unserer Ehe!"
.. vergnügt vertraulich aber unnahbar Earl Hemmingfield:"Wir haben uns versöhnt mein Schatz. Und dabei sollte man es belassen."
Lady Flickenschildt:"Wir kennen uns ja nun auch lange genug. Eine gute Ex-Ehe, wie man heutzuage so schön sagt, bewährt sich im Streit. Es geht aber auch ohne. Ach übrigens, nachdem vor 2Wochen das Heimatmuseum mit Vielem der überflüssigen Exponate in den Schuppen neben den Hechtteichen ausgelagert worden ist, so brauchen hier die Räume dringend eine neue Einrichtung. Unsinn, den Schein eines Heimatmuseums weiter wahren zu wollen. Ich werde veranlassen, daß die restlichen Sachen abgeholt werden. Der Hubert Müller macht doch hoffentlich keine Zicken mehr mit seinem Heimatverein!"
Earl Hemmingfield:"Woher soll ich das wissen! Der Gerichtstermin ist ja erst noch. Aber ich bin sicher, daß wir uns gütlich einigen. Und den restlichen Kram vom Heimatmuseum?! Ist doch vergebene Mühe! Weg mit dem wertlosen Gerümbel! Das kommt runter in den Keller. Irgendwann räumen wir den ganzen Schund raus! Nebenbei ist, äh, das, was hier noch ist, sowieso unser, wir haben ja genug dafür bezahlt. Wir können damit machen, was wir wollen!"
Lady Flickenschildt:"Was hast du nur immer mit dem Keller. Da unten ist doch gar kein Platz."
Earl Hemmingfield verdutzt:"Ja, eben, deswegen. Dann kommt der ganze Müll mal raus!"
Lady Flickenschildt:"Da ist neben den kostbaren Weinen doch gar nichts

außer der runtergefallene Putz und Spinnweben!"
Earl Hemmingfield gefaßt:"Meine Rede."
Klaus Kinsky:"Ich kann dir ja helfen. Wir können das doch zusammen machen."
Earl Hemmingfield aufbrausend:"Du?! Du kannst doch nicht mal deine eigenen Sachen zusammenhalten! Da könnt ich aber lange warten. Das mach ich alleine. Selbst ist der Mann", und zu Lady Flickenschildt gewendet:"Dazu brauche ich nicht Deinen nichtsnutzigen Sohn!", und zur Allgemeinheit also Lady Flickenschildt und Klaus Kinsky:"Man macht doch eben besser alles selber in diesem Scheiß Haushalt!"
Lady Flickenschildt aufheulend gefaßt:"Dieser Ton! Und im übrigen: Er hat Pflichtbewußtsein. Von dir, Hemmy, hat er das sicher nicht!"
Klaus Kinsky:"Vater, ich habe etwas für dich .."
Earl Hemmingfield über die Maßen erstaunt und sich, wie selten in seinem Leben, kindlich freuend:"Was? Für mich? Ein Geschenk?"
Klaus Kinsky:" von deiner UrGroßSchwiegermutter Maria Buschka."
Earl Hemmingfield wütend ernüchtert unversöhnlich herrisch:"*Meine* UrGroßmutter ist es ja nicht, wie du schon sagst! Du willst mich verletzen! Denkste, ich merk das nicht?!"
Lady Flickenschildt wohlmeinend zu Earl Hemmingfield:"Buschka ist Tschechisch und heißt Flinte auf deutsch."
Earl Hemmingfield erschrocken.
Klaus Kinsky hält etwas in der Hand:"Und als Zeichen meines Vertrauens schenke ich dir Vater dieses Schmuckstück .. Ein altes Erbstück. Das hat mir UrGroßmutter anvertraut." Klaus Kinsky gibt seinem Vater das mit den Worten:"Jetzt vertraue ich dir dieses Kleinod an."
Earl Hemmingfield nimmt es, da sagt er sogleich dümmlich:"Was soll ich damit?", und vorwurfsvoll zu seiner Ehefrau:"Dein Sohn ist doch nicht mehr ganz dicht!"
Earl Hemmingfield steckt es weg in seine Jacketttasche und dabei wütend brüllend aus der Haut fahrend zu Lady Flickenschildt und in einem Aufwasch gleichzeitisch zu Klaus:"Geh doch mal zum Psychiater!", und dann zu Lady Flickenschildt Earl Hemmingfield:"Ich muß dann zu Onkel Wendelinus, Hamburg, wichtige Geschäfte .."
Klaus Kinsky mit fröhlichem aufgehellten Gesicht:"Onkel Wendelinus! Ja, der ist guud, der Alte. Ufftata Kapelle zu Kaisers Zeiten, das macht er ohne Instrument."
Earl Hemmingfield:"Ich muß meine Reisetasche packen.", verzieht sich, verschwindet in den Keller, und direkt am Kellereingang die Tür zum

Heizungskeller, von wo der Zugang zur Tiefgarage, davor eine Abstellkammer mit KfZWerkzeugen und Reifen. Schon rauscht der Spottware rauf vor das Palais, mit der Reisetasche zurück an den Frühstückstisch, schüttet sich ungeschickt den Rest aus der Kaffetasse herunter, ein paar Tropfen Kaffe zuviel, so daß er sich sein weißes Hemd und den Schlips beschmutzt, zügig Earl Hemmingfield:"Arrividerci!", eine Hamburger FreizeitBroschüre, ein paar Zettel und seinen persönlichen DeluxeKuli vom Frühstückstisch zusammenklaubend.
Lady Flickenschildt:"Nu freilich! Das kennt man ja. Wenns Arbeit gibt, dann verdrückt sich mein Ehemann. Typisch."
Earl Hemmingfield selbstzufrieden:"Ich!, .. dies wird hier alles einmal Mein! Sohn erben, was ich! hier alles aufgebaut habe, ich .."
die ihr Lebtaglang in Schwarz gehende Lady Flickenschildt:"Mein lieber Mann! Du! hast hierrrr garrrr nichts aufgebaut, sonderrrn das habe ich! aufgebaut mit meiner Mitgift, du jämmerlicher Jammerlappen ! Du hattest keinen müden Grrrroschen, als wir geheiratet haben! Und dein Nichtnutz von Sohn der Herr Graf, er hat sich bequemt und zumindest das Eine begriffen. Aber du, mein geliebter Ehemann, du bist und bleibst begriffsstutzig! Kein Wunder, daß bei einem solchen Vorbild Klaus zurückgeblieben ist!"
Earl Hemmingfield:"Deinen Sohn hast du ja auch gründlich verzogen!"
Lady Flickenschildt:"Er paßte bis jetzt besser in .. eine Irrenanstalt", in Heulen ausbrechend, verzweifelt, sich wieder fassend,"das ist auch besser als in die Hottwollée!", und zu ihrem Sohn:"Klaus, so machst du doch mal was Sinnvolles, gesetzlos ist das nicht, was ich dir aufgetragen habe, du bist doch nun schon ein paar Jahre volljährig, so wird wider Errrrwarten doch noch etwas aus dir Mein! Sohn!, den Gehorrrrsam bist du deinen Eltern schuldig!, du machst das, damit du die Eeeehrrrrre derer von und zu Hemmingsfields wiederherstellst."
Klaus:"Ja, Mama."
Earl Hemmingfield:"Jammer!, jammer hier nicht immer bloß rum, sondern tu was!", dann zu Lady Flickenschildt dezent:"Es wäre zu bedenken, daß dieser Inspekter keinen blassen Schimmer hat."
Lady Flickenschildt wütend zum Earl umfahrend:"Werrrr hätte denn ein Anliegen, daß der Inspekter keinen blassen Schimmer hat? Denk doch mal logisch!"
Earl Hemmingfield:"Wir wohnen nunmehr schon 1 Woche in unserem Domizil. Seit vor 8Tagen mit den Baugerüsten, dem Bauzaun, mit Schubkarren, Schutt, allen Gerätschaften und der BauarbeiterKolonne die Baustelle verschwunden ist, können die gar nichts ahnen, weder die

Bevölkerung und schon gleich gar nicht dieser dabbische Inspektor. Aber die Wirtschaftspolizei wird hier weiter rumschnüffeln!"
Klaus Kinsky:"Der Inspekter .."
Lady Flickenschildt mörderisch zum Sohn:"Du! sprichst nur, wenn du gefrrrragt wirst!"
Klaus verzweifelt panisch sehr schnell und klar und vorlaut:"Der Inspekter, als er hier rumgeschnüffelt hat, da hat er zu seinem Assistenten gesagt:´Hier ist irgendwas, das krieg ich raus, und sollte ich die ganze Burgruine auf den Kopf stellen!´, hat er gesagt."
Earl Hemmingfield blitzartig sich besinnend aufspringend, während Klaus zusammenzuckt und zusammensinkt, auf Klaus sich stürzend mit einer angedeuteten Backpfeife, stattdessen den Klaus sehr zärtlich über sein langes, blondes dichtes Haar streichelnd:"Mein Sohn!, guter Junge!"
Der Vater mit dem DeluxeSportwagen rauscht ab.
..
Hemmingfield bei Kaffeefahrt 8Uhr Einstieg am PolizeirevierRathaus Sprendlingen:
mit vielen anderen Rentnern, einige im Gespräch miteinander, schauen sich um, sie erwarten noch jemanden, der aber nicht zu kommen scheint, sie steigen ein und verschwinden im Bus, jetzt erst zeigt Hemmingfield sein Ticket vor, flirtend verbindlich und vertraulich:"Ich bin der Hubert!", das ihm die mit der FahrgästeListe vor ihm vor sich ihn strahlend begrüßende junge Frau am Einstieg abnimmt:"Herr Hubert Müller?"
Hemmingfield:"Derselbe. Und Ihr werter Name, Fräulein?"
junge Frau:"Frau Degenhart. Ich bin Ihre Entertainerin die ganze Fahrt hin und zurück!"
Hemmingfield:" .. Degenhart?! Nachnamen sind Schall und Rauch! Nein nein nein nein, Ihr Vorname, Fräulein!"
amüsiert zurückflirtend die Entertainerin:"Das verrate ich Ihnen erst während der Fahrt!"
Hemmingfield nachdrücklich:"Während der Fahrt!?"
Hemmingfield steigt ein, Nächster,
Entertainerin:"Und Ihr werter Name?"
"Schickedanz. Fritz." steigt ein nächster,..
.. Abfahrt
Hemmingfield im Bus am Fenster mit Blick aufs Polizeirevier sieht sehr langsam vorbeifahrend das Polizeirevier in sich murmelnd hämisch "Ich sehe .., Polizeirevier, PolizeirevierFassade", nicht mehr betrachtend sondern wenn auch äußerlich unverändert weiter auf das Polizeirevier guckend nun in sich

sinnend in sich gekehrt:"alles nur Fassade!", die Bestie Hemmingfield unsehbar vor Giftigkeit platzend die Grimasse zu einem normalen Gesicht verziehend, das Auflachen beherschend umformend in ein einziges, gehustetes Wort"..Ph! "
SitzNachbar:"Gesundheit!"
Hemmingfield sich andeutungsvoll verneigend:"Danke!"

19.15Uhr, Herrlicher Sommertag, strahlendster Sonnenschein:
Kinsky ruft Vaters Freund Wendelinus genannt "Onkel Wendelinus" im 400km entfernten Hamburg Blankenese an, Geschäftsessen bei Wendelinus heißt immer bei Wendelinus zuhause, der ihm nun bei UfftataMusik aus dem Radio,"Radio? Nee, die Fanfare bin ich selber .. Blick auf die Elbe nach Niedersachsen, da staunste, was Klaus!" und zum gerade neben ihm stehenden Freund:"Dein Sohn!", der Vater, der wie ertappt wütend aufbraust "Aber wir haben doch heute früh! ..,", Onkel Wendelinus:".. wir gemeinsam den Abendbrottisch decken, Labskaus gibt es von sonnm vortrefflichen DeluxeKücheLieferservice .." lacht über seinen eigenen Witz,"nein freilich selbstgemachten ! Labskaus .. aus alten Wurstresten, die der Waldi, mein Dackel, nimmer will" lacht ins Telefon, Kinsky antwortet lachend, Wendelinus weiter:" .. und allerlei undefinierbaren sonstigen Resten ein Armeleutessen fürwahr, schmeckt aber am besten, wärste doch mitgekommen!, und hinterher gibts selbstgeräucherten Aal, auch son Armeleutessen, das heutzutage für de Raischen eine teure Spezialität ist! Aber net für uns!, und schmeckt vorzüglich! Na das weeßte ja", worauf der Wendelinus das Telefon dem Freund Hemmingfield in die Hand drückt, damit er ein paar Worte mit seinem Sohn ..
Earl Hemmingfield nun ins Telefon sprechend wütend," .. aber mein Sohn! Das hat ja wohl Zeit bis morgen! Warum .. Ach deine Mutter hat das gesagt .. Dann muß es wohl stimmen .. In Zukunft aber keine Störungen mehr mein Sohn Das verbitte ich mir!" Der Sohn hat aufgelegt, der Vater guckt erschrocken auf den Telefonhörer und nuschelt unhörbar:"Er wollte nur wissen, wo ich bin."
Wendelinus mit Kochlöffel vom Herd aufsehend:"Was sachste ?"
Vater:"Schon gut! Ich hab nur mit mir selbst geredet."

Klaus Kinsky sieht in dem
schon jetzt, nachdem die Familie kaum 8Tage gleichzeitig mit der Anlieferung der örtlichen Gärtnerei von etlichen Lastwagenladungen schwarzen Mutterbodens, den die Gärtnerei sofort einebnete, worauf die

Gärtnerei wieder abfuhr, um die dazugehörigen Pflanzen nach den Wünschen Lady Flickenchildts anzuliefern, vorher ins Palais eingezogen ist und die Mutter als einzige von der Familie, die eine Ahnung von Pflanzen hat, und die eine Rechte Hand, ein Grünes Händchen für Pflanzen hat, und von der Gärtnerei unzählige Pflanzen, Sträucher und ganz kleine junge Bäume, Flieder, Goldregen: der normale Goldregen sowie das gleichnamige Ziergewächs namens Goldregen, eine Magnolie als Strauch und eine Magnolie als Baum, eine Magnolie, wo in Vierschehoa gibt es wohl einen !chen Baum?! Eine solche Magnolie ! -, Japanischer ZierAhorn, ein Eukalyptus, ein Tannenbaum, eine Fichte, ein Mammutbaum, eine Zeder, eine Lerche, eine Kiefer, eine Eberesche, Pflanzen von Dauer, die irgendwann einmal in einigen Jahren große mächtige Bäume sein würden, sowie unzählige kleine hübsche Pflanzen wie Fleißige Lieschen und viele Rosenstöcke

hatte liefern lassen und selbst gemeinsam mit Klaus Kinsky und Butler James einpflanzte sowie, und das machte sie alleine, vielerlei verschiedene Blumensamen säte, und in großzügigen Flächen auf dem Mutterboden edler Englischer Fußballrasen schon jetzt das Licht erblickt, eine prächtige und gepflegte Gestalt angenommen habenden

Garten seine Mutter
die Rosenrabatten mit dem Wasserschlauch wässern und gleichzeitig

mit dem Butler über Rododendron und Glyzinien am anderen Ende des PalaisGrundstückes weiter hinten an der Burgmauer reden, - beide zeigen mehrmals dahin - , dem sie scheinbar zum Wässern Anweisung gibt, Butler mit Gießkanne ab, dreht sogleich um und kommt nach einigen Momenten wieder mit einem zusätzlichen Wasserschlauch, und wässert weit weg hinten an der Burgmauer die Pflanzen.

Vom Juwelier aus Frankfurt zurück verreibt Klaus Kinky Hasch in der Tiefgarage an allen Wänden und in allen Ecken, und verteilt gleichermaßen Marihuana, so daß ein Polizeispürhund auch mit zugebundener Nase darüber stolpern müßte, fährt in die Nachbarstadt Lange zu ner Telefonzelle, gibt der Polizei einen Tip. Den EinsatzRuf der Polizei Lange bei der Polizei Sprendlinge nimmt Willbätt entgeesche, während de Inspektor Kuli kauend am Groitswoddredsl vom Kaunti Mirräh,
Willbätt:"Drogen!"

375

Inspekter vom Groitswoddredsl nicht aufguckend:"Naja, Medigamende! Anderes Wott fer Medigamende. Paßt des net?!" nun aufguckend.
Willbätt ins Telefon brüllend:", wieviel Tonnen? .. Jetzt! .. Mir sin uf m Weehjsch!!" legt auf, springt auf mit Graujacke schnappend zur von ihm im Fluge aufgerissenen Bürotier
zum Vorgesetzten dem Inspekter Gerhatt der Willbätt:" Einsatz! Vierschehoa! Droohrenlaahräh in de Palais!"
Inspekter die Ruhe in Person:"Was hadden *Sie* gestoche, jetzt ma ganz langsam Willbätt, Kimmste emo nunder!"
Willbätt zurückdackelnd:" .."
Inspekter die Ruhe in Person:"Droohre mache de Bolezei in Frankfodd, dafür sin mer net zuständisch no de letzte Weisung vom noie Bolizeibräsidente, *Detzendral* is de Devise. Warum misse Se alls quertreiwe!", plötzlich dämmerts ihm, selbä Graumantel angeschmisse zur Tür gesprunge und den Willbätt weschgerembelt sisch dursch de Tier zwängend brüllend schimpfend:"Ai warum sachste des denn net gleich!!" im Flur verschwindend hinter sich brüllend:"Na kimmste endlisch?! Einsatz!, Mensch!"
Willbätt mit Fragezeichen dem Chef hinterher.
Nach dem Anonymen Tip bei der Polizei Lange binnen einer Dreiviertelstunde ist Inspekter Gerhatt der Polizei Sprendlinge (mit Willbätt) im BurgPalais die Tiefgarage mit Spezialiste dh SpurensicherungsMenschen vor allem einigen Drogenspürhunden absuchen, die Hunde drehen dursch vor Eifer.
zum SpurensicherungsMenschenChef der Inspekter:"Was ham´m die?"
SpurensicherungsChef:"Sowas Intensives hawwe die ihr Leehbdaahch no net geroche", klaubt ne Handvoll stinkendes Unkraut vom Boden, schnüffelt, niest,"Marihuana .. konnt isch no nie leiden!", kratzt braune Krümel von der Betonwand vor sich, ran ans Krümel Feuerzeugflamme,
schnüffelt:"Eindeutig! Schon besser! Un de ganse Wände sin voll demit. Ai riesche Sie des net?! .. Des riechscht hier ja wie bei mir dahaam! Abä nerrschewo mehr wie bluß paar Kriemel," gibt zeigend, einige Proben zu nehmen, Anweisung an die Kollegen, die sich längst mit Kunststofföhrchen, Pinzette, kleine Kunststoffbeutel, große Kunststoffbeutel an allen Ecken und Enden der Tiefgarage betätigen,:"Natierlisch, fer de schemische Analiese! Leude macht hin!"
SpurensicherungsMensch:"Mir sin eh fähddisch!"
SpurensicherungsChef:"Leude, Abbreschen! Mer hawwe genuuhch! Isch hab was anderster awaddet. Son baar Zentnäh wie neulisch in dem .. , ach so, isch

hald ja schon´ Mund!" zeigt dem Inspekter besonders kräftige Spuren
Inspekter riecht, kann mit dem Geruch nischts anfangen:" .."
selber riechend Willbätt:"Hasch? Marihuana? Inna Garaahsch? Und Sie?"
Inspekter:"Isch bin kaa Hund! Isch kenn misch da net us! Riehscht erschewie
muffisch. Net anderster wie in moi Garaahsch."
SpurensicherungsTeam eindeutig Siegesfroh
ChefvomTeam:"Na, hädde mer des. Abgang!"
Inspekter zu Willbätt:"Was sacht däh?!"
Willbätt:"Afolsch uf de ganse Linie! Mer kriehschn n Oddn!"
Inspekter:"Maane Se?", " ..", ".. Mir? .. *Isch!*, wollden Sie wohl sare, gell?"
Inspekter kasernenhofbrüllend:"Vasiegele, Absperre, Dischtmache! Hier
kimmt mir koanäh mäh nai!", gewinnend zu Willbätt:"Tja, mache Ses wie
Isch: sofodd handele! sonst giwwts ä Rüffl von ouhwe! Mit Elan un
Feuereifer, net so lahm wie bei Ihne Willbätt! Des misse Sie no lern!" und zu
de Helfer:"Hier isn Groouhslaaräh, alles schon fodd! Da hädde mer jetz aach
de ganse Gältwesche ufgeklärt. Voller Afolsch!"
bei dieser Gelegenheit stellt sich Kinsky:"Eigenbedarf!"
Inspekter Gerhatt:"Moomenndemol!", dann seitlich zu Willbätt:"Äh?"
Willbätt:"Des Rescht is uf dem sei Seid, mir hawwe grad emo Fimf Gramm
gefunde! Damm isch noch emo!"
Inspekter läßt die Polizeiliche Absperrung der Tiefgarage wieder entfernen,
und entschuldigt sich bei Klaus Kinsky:"Na dann .." sucht nach Worten ..,
dann jedoch zu Willbätt,"Willbätt! Sie alls mit Ihre IwwerEifäh! Ma kann
doch net willkürlich de Leud drangseliern weehjsche nix un widder nix!", zu
Kinsky Inspekter Gerhatt:"Bitte verzeihen Sie noch emo. Es war e Versehe.
Des kimmt nämmäh vor! Alls de IwwerEifäh von de Assistende, .., und isch
krigg aans ufs Dach!", und zu Willbätt vor dem Einsteigen in den
Polizeistreifenwagen der Inspekter vollkommen verändert nämlisch
freundlisch:"Willbätt! Kimmste mit ufn Tee, isch ladd disch oi!, da hat in
Sprendlinge son Weckedarisches Resterang ufgemacht .."
Willbätt verblassend:"Nein, Danke. Isch will haam."
Inspekter, als hätt ers net gehört, unbeirrt:"Endlisch hammer des hinner uns!
Erfolsch uf de ganse Linie! Hadd isch doch de rischtsche Riehscher! Daß mer
des ganse Wirrwarr endlisch emo entwirrt hawwe. Isch haww eewe n
Riehschäh fer sowas! Nää Willbätt, Sie brooche mer jetzt net dan´ge", gnädig
wegwerfende Handbewegung,"Unrescht Guud gedeihät nischt, gell?
Daitsches Sprischwott .. ne?!, Willbätt? Schule. Lang ists her! Tja, *Mir* ham
frieher no was inna Schule gelernt!, net so wie bei Ihne! .. Lang hammer druf
gewaadet. Fleiß wird belohnt. Vierschehoa kemma abhaake. Kimmste mit ins

377

Weckedarische Resterang! Isch ladd Se ufne Tasse Tee oi. Na, was sachste jetzt. Spendabel. Naja, des muß eewe aach emo soi!"
21.30Uhr ist das BurgPalais verlassen, bis auf Butler James, der ein spätes Dinner zaubert, Lady Flickenschildt, die nach der Aufregung Hunger bekommen hat, und ungeduldig, daß ihr das Wasser im Maul zusammenläuft, aus der Prikidde gesammelde Rezepte studiert, und Klaus Kinsky, der jetzt erst richtig wach geworden ist:
Klaus Kinsky steigt nun ungestört in den Keller herab und fängt an, in der Gürteltasche ausgerüstet mit Feuerzeugen und Fackeln, mit einer brennenden Fackel an dem Ort seiner Qualen zu forschen, den er zu genüge kennt, der Keller bei den Spinnen unter dem Weinkeller, in den Weinkeller indes zurückgekehrt betrachtet er nun erstmals genauer das Weinregal mit Flaschen, die er unter keinen Umständen anfasssen sollte, wie ihm sein Vater Earl Hemmingfield seit eh und jeh eingebleut hatte, weil es edle Tropfen seien, ein Vermögen wert; doch nun hat Klaus Kinsky erstmals gegen den Vater Partei ergriffen, weil der Vater ihn betrogen hat, da ist nichts von Vaterliebe und dergleichen ..
Klaus Kinsky geht nun an das verbotene Weinregal und greift überall ran, alles staubig, am Regal selber rüttelt er, er zerschlägt ein paar Flaschen mutwillig und überrascht mit Vergnügen, weil er das sich sein Lebtaglang der Qualen, denen ihn sein Vater aussetzte, nicht getraut hat, und wo sich Klaus Kinsky nun am Vater rächen will, wo er weiß, daß der Vater mit seinem Spottware zu einem Geschäftsessen in Hamburg ist,
Klaus Kinsky am Weinregal, als er die mittelste Flasche herauszieht, um auch die zu zertrümmern, da geht mit einem Knackgeräusch das gesamte Regal auf wie eine Tür, und dahinter befindet sich eine Maueröffnung, in die Klaus Kinsky im Lichte seiner Fackel hineinhuscht und einen vor ihm sich auftuenden KellerGeheimgang zu erforschen beginnt. Langsam pirscht er sich vorwärts. Er ist, weil er seinen Eltern keinerlei Skrupel zutraut, durch nichts überrascht und aus der Fassung zu bringen und entdeckt vor sich einen Gang, Finsternis, Spinnweben, Wassertröpfeln, Ratten wimmeln ihm um die Füße, das alles macht Klaus Kinsky nichts, er sucht und geht vorsichtig weiter, faulige Gerüche doch ein leichter frischer Windzug, Ratten, Spinnweben, an einer Seite geht eine steile uralte Steintreppe aufwärts, Kinsky steigt empor, so daß er nur mit dem Oberkörper in das darüber befindliche Stockwerk gucken kann, da ein Gerippe, da ein Schädel, das muß der Hungerturm sein, Staub, Trockenheit, Spinnweben, Gerippe über Gerippe, Schädel und Knochen überall, 20 Meter darüber ein klitzekleines Mauerloch, das muß das Fenster sein, das man auf jeder Postkartenansicht

sehen kann, ohne sich was dabei zu denken, Kinsky läßt sich nicht beeindrucken, er zieht sich zurück und geht den Weg weiter. Da wird immer mehr Wasser am Rande des Geheimganges, der nun den Zweck eines Abwasserkanals erfüllt. Gezwungen zum gebückten Gehen im immer niedriger werdenden wahrscheinlich vor Jahrhunderten gemauerten Gang sieht der gezwungenermaßen im Morast nurmehr auf allen Vieren mit der Fackel zwischen den Zähnen voankommende Klaus Kinsky etwa 100Meter weiter, als sich auf der Seite ein anderer ebenso niedrig gemauerter Abwasserkanal auftut, wie das Wasser des einen wie des anderen Ganges ineinander zusammenfließt. Dieser Wasserlauf mündet bereits keine 10Meter weiter in ein von Grünpflanzen verwachsenes Gitter, hinter dem erlösendes Sonnenlicht grüßt, bei näherer Betrachtung entdeckt Kinsky, daß sich hinter dem Gitter nur wenige Zentimeter tiefer der Hagener Burgweiher befindet, ein von den den Weiher umgebenden Wegen nicht einsehbarer Zufluß innerhalb des SchilfGestrüpps, was zengsrim den Weiher umgibt. Kinsky läßt sich nicht beeindrucken, er geht im tiefen Schlamm zurück und nun den gänzlich unbekannten seitlich zufließenden Wasserlauf aufwärts, nach 50metern endet der Gang, der Abfluß entspringt aus einem Haufen Geröll, davor geht eine Betontreppe aufwärts, und Kinsky macht halt an einer verschlossenen Tür. Er steckt die eine Fackel in eine Halterung, nimmt aus dem Transportbeutel eine nicht angezündete ErsatzFackel, die legt er auf einem Vorsprung beiseite und will jetzt auch wissen, was sich hinter dieser Tür verbirgt, eine verriegelte Tür ohne Zweifel, aber da! Er hört an dem Türrand Stimmen, .., ja, Stimmen .., es ist der Vorratsraum des Cellar of Castle, Kinsky hört:"Naa, den Schlüssel für den Gang hab ich inna Kasse, willste vielleischt ne Sondereinladung haben! .. oder im Geistergang stiften gehen? Mer ham da gar nix gelagert .. Manfred!, zwaa Käste von dem Pottwein, .. gell?! .. hinner de Bierfässer! .." Da antwortet es lauter:"Ja wo denn!", Kinsky schrickt zurück, da rumpelt es, jemand verrückt n paar Bierfässer, man hört laut "Ai, hier is ja alles verräumt, da muß ma emo ufräume! Zwaa Käste haste gesacht? Ach is des aa Plackerei! .." und leiser entfernter brüllt es wieder:"Geb obacht, de Flaschen sin gans wettvoll! .." Die Geräusche werden leiser, man hört das Klingeln der Kassiererkasse, da weiß Kinsky, er ist keine 10meter vom Tresen des BarCellarofCastleLokals entfernt. Kinsky entzündet die zweite Fackel, die abgebrannte Fackel nimmt er mit zurück, auf der ganz anderen Seite der Burg am Palais löscht er auch die zweite frische Fackel, und kommt aus dem Weinregal des Familiären Weinkellers im Palais wieder zum Vorschein. Er ignoriert den verwüsteten Zustand vieler zerschlagener Weinflaschen mit einem penetranten Duft oder

Gestank nach Alkohol, er wirft nur rasch einen Blick in die leere Tiefgarage und Abstellkammer mit den Reifen, die ist aber verschlossen, der Schlüssel liegt griffbereit auf einer Ablage, warum auch nicht, er guckt in die mit einfacher Glühbirnebeleuchtung versehene Abstellkammer hinein, und er wird nun aufmerksam auf eine dahinterliegende Tür, mit etwas Gewalt rammt er die Tür auf, ein weiterer Abstellraum?, wofür?, und guckt auf der Schwelle stehenbleibend hinein, und hier entdeckt er wie die ganze Tiefgarage frisches Gemäuer, hier ist auffallend sauber: ein weiterer aber großer in der Finsternis verschwindender leerer Abstellraum, und hier vorne neben der Tür, wo er steht, ein Werkzeugkasten mit öligen verdreckten Werkzeugen und daneben ein vom letzten Tag der Bauarbeiter in der HeimatmuseumPalaisBaustelle vor acht Tagen stammender frischer Müllhaufen mit Essensresten und der dazugehörigen KunststoffVerpackung dieser aus dem Supermarkt stammenden Lebensmittel, mit leeren Bierflaschen, Zigarettenkippen, hier inmitten dessen entdeckt Kinsky sein Kleinod, das er morgens dem Vater unter Tränen anvertraute, der Vater muß also vor seiner Abfahrt nach Hamburg hier gewesen sein und ließ im Dreck zurück das Geschenk seines Sohnes, so viel Wertschätzung bringt also der Vater dem Sohn entgegen, so daß er ein Geschenk in Müll und Dreck deponiert! Weggeschmissen wie Müll! Wütend sich zur Tür drehend einen abschließenden Blick in den finsteren Abstellraum werfend entdeckt er einen liegenden Mann! : schlafenden? Nein, toten Mann: der Tattergreis Hubert Müller, tot, der ehrwürdige Chef des Heimatmuseums, mit barbarisch eingeschlagenem Schädel, man muß, so denkt Kinsky, mit einem dicken metallenen kantigen Rohr auf den alten Mann eingedroschen haben, Kinsky nimmt das wahr mit der sonderlichen Fassung eines Menschen, für den das nichts Verwunderliches darstellt, als habe er dieses Ende des HeimatmuseumsOpas geahnt, .. so steigt Kinsky geläutert und ernüchtert aus dem Keller wieder in die Eingangshalle des Palais, dann hastet er treppaufwärts, kommt verschwitzt im Wohnbereich an, außer ihm kein Mensch, verschwindet ungesehen in seinem Kinderzimmer, wechselt rasch seine Kleidung, ist nun in seiner normalen Alltagskleidung. Da klopft Lady Flickenschildt und tritt gleichzeitig ein:"Klaus, wasch dir die Hände, der Butler will das AbendEssen servieren."

Palais AbendEssen. Folgend auf das Dessert 22.25Uhr Crème de la Crème: Nun wird Lady Flickenschildt fröhlich heimelich:"Hach, ich werde immer zum Mensch, wenn der Vater mal wegist!" Sie nimmt eine mittelalterliche Gitarre zur Hand, klampft erstaunlich aber singt genüßlich fürchterlich, dirigiert mit dem Fuß den Takt, der Sohn guckt versonnen ins Kaminfeuer, den Butler neben der Ritterrüstung hat man vergessen.

Lady Flickenschildt:"Ach wie gemütlich wirs wiedermal haben. Findest du nicht auch Kläuschen? Still, keine unnützen Worte, die Zeit ist kostbar .. Seiense mal janz leger, James. Nicht so verkrampft, als hätten Sien Rechen verschluckt. Das kann ja keiner mitansehen! Ab in die Federn, James!"
James:"Sehr wohl, Mylady."
Das BurgPalais ist verlassen, bis auf James, der, nachdem er die Bierhumpen bis zur Unkenntlichkeit blankgewienert hat, sich jetzt mit einem Krimi ins Bett legt, sowie bis auf Lady Flickenschildt, die sich nach der Tagesarbeit müde und verdient zurückzieht, und Klaus Kinsky.

nächster Morgen, Zweites Frühstück:
Lady Flickenschildt:"Klaus, du, was hast du denn heute vor?"
Kinsky, Schlange auf dem Arm:"Ich kümmere mich um Eclandine."
Lady Flickenschildt:"Tu das, mein Junge!", die Schlange streichelnd und liebkosend, sprechend wie zu einem Schoßhündchen:"Du, du, du du!", dann freudig zu Kinsky:"Deine Schlange der Weisheit", und weiter zu Kinsky sprechend aber dabei vergnügt sich nahe zur Schlange beugend und der Schlange ins Gesicht guckend:"Ich wünschte, wir wüßten so viel wie sie. Eclandine hat in ihrem Leben bestimmt mehr gesehen, als wir uns vorstellen können", nun sich wieder ganz Kinsky zuwendend:"Ich wollde dir nur sagen, daß der Butler mich jetzt zu Brunhilde ins Hengstbachtal fährt, du gibst mir hier solang obacht, ach deinen Vater vermißt ma net. Wenn man´ brooch, da isser net da, und da isser nur, wenn man´ net brooch! Da fällt mir ein", und zum Butler:"James, wir fahren gleich ins Hengstbachtal. Sie werden mir und Tante Brunhilde heute Gesellschaft leisten. Sicherlich wird es spät werden, so daß wir übernachten."
James:"Sehr wohl, Mylady!" Butler ab.
Lady Flickenschildt:" Ach, und Klaus ..!"
Kinsky:"Ja, Mama?"
Lady Flickenschildt:"Daß du mir nicht zu spät ins Bett gehst. Bis in die Puppen aufbleiben ist ungesund."
Kinsky:"Ja Mama."
Lady Flickenschildt ab. Lady Flickenschildt und James mit drei Koffern rauschen eine halbe Stunde später im Bentley surrend ab. Kinsky wundert sich, daß der Butler an dem Zugang zur Kirche hält. Kinsky froh, daß niemand ihn bemerkt hat, daß er den Toten entdeckt hat. Wer außer seinen

Eltern.. !? Zudem rätselt Kinsky: Er mußte ja in dem seltsamen Gang die Evangelische Kirche umrundet haben. Seltsam wie ihm jetzt auffällt: Der Gang hat keinerlei Verbindung zur Kirche. Unlogisch. Kaum anzunehmen, daß das Wohnpalais über keinen Fluchtweg verfügt, muß ein solcher Fluchtweg, so er doch unter dem Weiher in das umliegende Land führt, nicht noch tiefer sein? Oft genug war seit seiner Kindheit in der Familie manche Erwähnung gefallen, daß die Kirche über einen geheimen Gang verfügt, der in früheren Jahrhunderten bei feindlicher Besetzung sicheren Abgang aus dem Burganwesen bot. Und nun ist keine Spur von einem solchen Gang, nichts mehr da, Klaus Kinsky vor sich hinsinnend:"Unwahrscheinlich."

Kinsky macht sich erneut auf in den Keller zum Zugang zur Tiefgarage an dem Heizungskeller vorbei zu dem Toten. Kinsky geht schaudernd aber nicht feige sondern zielstrebig zur neugebauten und immer noch nach frischem Mörtel und Zement riechenden Abstellkammer knipst das Licht an, rammt die Tür zu dem Toten auf: Der Tote ist weg! Kinsky erschrocken aber auch nicht sehr überrascht, - kein grimmig verzerrtes Gesicht oder dergleichen sondern von der Mimik her ist von Schreck und Schauder nur in Kinskys geweiteten aufgerissenen Augen zu lesen - , seine über seine Eltern gehegten grausigen Gedanken formen sich zu Entschlossenheit, wer hat den HeimatmuseumsOpa umgebracht!? Was für Spuren könnte man finden? Zuerst nichts. Aber Kinsky entzündet eine Fackel und bahnt sich den Weg durch die Finsternis samt anschließendem Gemäuer, das sich nun nicht etwa wie erwartet als Räumlichkeit sondern als ein immer längerer Gang erweist, und geht diesen neu entdeckten Gang gut und gern 15 bis 20 Meter bis ans Ende, wo kurioserweise das frische Gemäuer in altes Gemäuer übergeht, wie Kinsky erstaunt feststellt, diese Mauer muß an das Kirchengrundstück grenzen. Kinsky vernimmt Stimmen, unmöglich, in dem Gang ist er alleine. Hier kann keiner sein, er lauscht und stellt fest, daß die Stimmen aus einem Riß, einem Loch in der Mauer kommen

..
Miss Marple klopft und steckt die Nase rein, unbemerkt: Inmitten des Kirchenschiffs gedämpft sprechend der Pfarrer und Lady Flickenschildt, die beide zu den Eingangstüren gehen, wo Miss Marple lauscht, die selber nicht entdeckt werden will, sie macht sich so klein wie ein Mäuschen. Da kommen der Pfarrer und Lady Flickenschildt aus der Kirche in den EingangsBereich und gehen die Treppe nach unten, beide nunmehr ungehindert laut und vernehmlich in normaler Lautstärke sprechend, Pfarrer:"Wir kommen jetzt in den Keller, folgen Sie mir, Lady Flickenschildt!" Lady Flickenschildt folgt.

Miss Marple folgt unerkannt und lauscht, Pfarrer, behende und mit Leichtigkeit eine schwere Kommode beiseite hebend, er schließt einen Raum auf, innehaltend, die Tür aufstoßend, dann sehr laut:"Hier ist das Lager der AusleihBibliothek! Hier! .. ", Lady Flickenschildt mit sich ziehend hineinschreitend und an eine mit Bücherstapeln vollgeschichteten Wand zeigend, Lady Flickenschildt immer mit sich ziehend, die beide jetzt direkt an der vor Jahrzehnten gemauerten Wand stehen, der Pfarrer weiter sehr laut:"Und da, diese Mauer, wir haben die extra untapeziert gelassen, damit man sich erinnert. Hinter dieser Mauer liegt der abseitige Keller, den wir noch 20Jahre nach Ende des Krieges nutzten, da hatten wir früher die Kirchenbücher! Daran erinnern Sie sich, möchte ich meinen!"
Lady Flickenschildt sehr laut und aufatmend, kindlich lachend:"Hach! Als wäre es gestern gewesen!"
Kinsky regungslos einen Schritt von dem Rattenlochgroßen Mauerstück lauschend flüsternd:"Mutter! Und der Pfarrer!", weiter lauschend
Lady Flickenschildt laut begeistert,"Das kommt mir alles hier so vertraut vor!", ganz niedergeschlagen:"Aber ich habe solche Sorgen!"
Pfarrer:"Lady Flickenschildt, legen Sie getrost Ihre Sorgen in Gottes Hand!"
Lady Flickenschildt:"Sie machen mir Mut, Herr Pfarrer. Ich war immer eine Bewunderin von Ihnen, Herr Pfarrer."
Pfarrer:"Sie überschätzen mich. Ich bin nur so ein ganz kleines Licht. Ich bin nur so ein ganz kleines Rädchen."
Lady Flickenschildt:"Die Kirchenbücher in diesem Keller hatten es mir angetan. Ich war ganz verrückt auf diese alten Dokumente. .. Aber sehen Sie mal hier. Das ist doch unordentlich!"
Kinsky erschrickt. Wie vertraut ihm diese Worte sind! Er lauscht ..
Lady Flickenschildt zu einem verwitterten aufgebrochenen Mauerstein sprechend:"Unordentlich, Herr Pfarrer!"
Pfarrer:"Was denn nun!"
Lady Flickenschildt starrt auf eine bestimmte Stelle seitlich ein wenig über ihr:"Da ist bereits etwas von dem Stein abgebrochen."
Pfarrer nun ebenfalls dorthinstarrend:"Ich sehe nichts!"
Lady Flickenschildt zeigt auf eine Maueröffnung in der Größe einer großen Geldmünze:"Hier!"
Kinsky erschrickt.
Pfarrer:"Pfusch gab es zu jeder Zeit, Lady Flickenschildt. Ich werde das heute noch ausbessern lassen! Wir wollen ja nicht, daß hier die Ratten ein und ausgehen!"
Kinsky fühlt sich angesprochen.

Kinsky hat gemerkt, daß seine Mutter und der Pfarrer nur wenige Meter von ihm entfernt stehen, und verhält sich mucksmäuschenstill, lauscht jetzt ganz nah an das Loch herangetreten.

Pfarrer:"Pfusch gab es zu jeder Zeit, aber man sollte auch nicht übermäßig genau sein, wie sagt der Handwerker " .., wackelt, hat Luft", unbezweifelbar hätte man hier mit Preßlufthämmern eine ganze Weile zu tun, wolle man diese Mauer wegstemmen, Spinnweben, sehen Sie, überall, Weberknecht, na gucken Sie hier, den kleinen Kerl!", Lady Flickenschildt und der Pfarrer gucken belustigt, wie ein überraschter Weberknecht, den Blicken der beiden zu entkommen, erfolglos die Mauer entlanghuscht.

Lady Flickenschildt laut protestierend:"Hier könnte mal staubgewischt werden!"

Pfarrer:"Das ist wahr! Könnte! Aber sehen Sie", sich umwendend und Lady Flickenschildt mit dem Blick mit sich ziehend, so daß für Kinsky die Stimmen eine Spur leiser werden, Pfarrer:"Diese ganzen Bücher! Das ist ausrangierte Literatur."

Lady Flickenschildt:"Alles zerfledert, Schwarten, und da, ich sehe es ja selber, beschädigte Bücher, da fehlen ganze Zentimeter, lose Seiten, der Einband ganz zerrissen, .."

Pfarrer:"Bücher abgegriffen von zahllosen Händen, beschädigte Bücher, aber zu wertvoll um wegzuschmeißen! Man stelle sich vor, wieviele Menschen aus diesen Büchern über Jahrzehnte Kraft geschöpft haben!," sich mit Lady Flickenschildt wieder zu der Mauer gedreht habend und ehrfüchtig diese Mauer und das, was einst dahinter war bestaunend, der Pfarrer laut in Überzeugung,"Wie aus den Kirchenbüchern nicht minder!"

Lady Flickenschildt laut:"Wo ist denn jetzt unser Weberknecht, .., ach, da ist er! ..

Kinsky zuckt zusammen.

Lady Flickenschildt:"Wenn ichs recht bedenke, dieser Keller ist nicht all zu weit von meinem jetzigen Domizil! .. Wie schön war das damals, die Kirchenbücher in diesem Keller zu bestaunen, und auch die alten Handschriften,"hellauf lachend:"ich erinnere mich, von 1570 Kaufverträge über Grundstücke."

Pfarrer anerkennend:"Da sieht man, wie lange Sie schon in Viereischenhagen sind", lacht wohlmeinend, dann sachlich weiter:"Außerhalb der Grundfeste, abseits zur Grundstücksgrenze hin zum heutigen Amphitheater, Wer brauchte solch einen Keller?!", lacht," ja, der ´Rattenschwanzkeller´, so nannten wir den immer", ernst und sachlich weiter:"Die Kirchenbücher lagern wir seit ein paar Jahrzehnten oben im Pfarrbüro. Die Kaufverträge des Spätmittelalters

und der Frühen Neuzeit sind ebensolange alle ausgelagert an die Universität Frankfurt/Main, ich kann Ihnen sagen, da wird einem schlecht, keine Ehrfurcht vor den alten Handschriften, die schmeißen da mit den Kaufverträgen in der Präsenzbibliothek rum, denn allein das RheinMainGebiet hat von diesen aus dem 16.Jahrhundert stammenden Verträgen *Tausende* in der Uni Frankfurt/Main lagern, und die wertvolleren freilich im Landesmuseum Dammstadt, dieser kleine Keller weil einsturzgefährdet ist vor Jahrzehnten von uns ausgeräumt und zugemauert worden. Keiner unserer Kirche ist da die letzten Jahrzehnte drinnegewesen, weil alles unzugänglich ist und wohl längst verfallen und eingestürzt, das sieht man ja auch an der krummen unregelmäßigen Rasenoberfläche des Kirchhofs. Um die Mauer aufzureißen, müßte ich einen Antrag stellen. Wir haben als Kirchenbuch allerdings ein besonders schönes Exemplar hier, das ist," sich Lady Flickenschildt mit sich ziehend von der Mauer abwendend:"zumal mit einigen Geschäftsunterlagen der letzten 250Jahre oben im Pfarrbüro. Sie sind immer willkommen; Lady Flickenschildt."
Lady Flickenschildt überernst, überlocker:"Ich nehme Sie beim Wort!"
Miss Marple an der angelehnten Tür in das Lager der AusleihBibiothek die Nase reinsteckend, hüstelt:"Ach ich dachte, .., ja Herr Pfarrer, da sind Sie ja! Ricarda vom Kirchenchor schickt mich!"
Pfarrer hocherfreut und mit Blicken auf Miss Marple zuspringend:"Da seh ich Sie ja mal, Miss Marple! Ich konnte Sie nicht erreichen. Der KirchenChor muß diese Woche eine halbe Stunde später anfangen, denn ich muß zuvor noch nach Sprendlingen, den Kirchenbasar mit dem Kirchenrat noch absprechen."
Miss Marple:"Deswegen bin ich hier! Das könnte ich doch machen! Ich kenne da so einige in Sprendlingen."
Pfarrer lacht:"Das kann ich mir vorstellen. Aber meine Anwesenheit ist unentbehrlich. Trotzdem vielen Dank. Haben Sie vielleicht Verwendung für ein paar alte Schinken?", zeigt auf die zerfledderte verstaubte Kirchenliteratur der AusleihBibliothek.
Miss Marple verdutzt:"Alte Schinken?!", sie schürzt die Lippen, schluckt, dann leckt sie sich über die Lippen:"Nein, Danke. Diese Bücher hab ich alle zuhause!"

Sprendlingen Polizeirevier:
Inspekter Gerhatt ein Blatt auf dem Schreibtisch beiseitewerfend:"Des

Heimatmuseum hatn Andraahch auf Rückkauf zurückgezogen. Was gehts *uns* an! Heimatmuseum hatte doch sowieso reschtlisch kaa Schanx mäh gehawwd."
Willbätt in Abbeid vertieft diftelnd an anderem Schreibtisch aufguckend:"Des wär was fürn Courrier. .. Der Hubert Müller ist nach Aachen .. "
Inspekter:"Woher wollen *Sie* des denn wisse?!"
Willbätt:"Ich bitte um Verzeihung! Des is em FaxGerät so rausgerutscht. N ReiseUnnernehm wollden Schwarzfahrer anzeige naahms Hubert Müller, wie de Fax kam, riefe se an un sachte, des wärn Irrtum, se hädde sisch geirrt, ham sisch entschuldischt, da war net aaner, der net bezahlt hat, sondern da war aaner, der für de Rückfatt bezahlt aber de Rückfatt gar net angedrede hat."
Inspeker:"Hubert Müller! Allerweltsname wie John Smith! Lasse Se misch doch mit dem NixNutzige Wirwwarr in Ruh! Kümmere Sie sich um die Abeid, Willbätt, und net um Fillefanz!"
Willbätt gerügt den Kopf in die Schultern ziehend und sich über irgendwelche Akten hermachend, der Inspekter indes:
Inspekter weist auf eine vor seiner Nase liegende Broschüre derselben in Rede stehenden Busgesellschaft und eine Kopie der Fahrgästeliste:"Der Hubert Müller is nach Aachen .. und da geblieben! Warum saache Sie des net gleich!, Willbätt! Des wird doch nie was mit Ihne!, wenn Sie weitä so schlambisch abeide tun!", griesgrämig in sich grämend,"Na da hat er sisch abä aach emo n Urlaub verdient, nach all de Querele. Der hatts guud."
Aufblickend und sich seiner richtigen Arbeit wieder zuwendend "Abä mir ham wischtischäräs ze tue. Willbätt, des geht so net! Des muß schneller gehe. De ParksünderKopie´e vonde Oddnungsamd müsse koppiert werde, und de Kopie´e vonde OriginalKopie´e wieder niwwer ans Oddnungsamd inde zwaade Stogg!"
Willbätt:"Abä Paaksündä is doch gar net KriminalPolizei!"
Inspekter:"Ja desteweesche! Des Sie des aach emo mercke!"
Willbätt:"Was solle mir nu mitte Originoahle?"
Inspekter:".."
Willbätt:".."
Inspekter vorwurfsvoll grantig:"Ai de Kopie´e behalde mir inde Registratur, unde Originoahle niwwer zerück ins Oddnungsamd inde zwaade Stogg! Was solle denn mir mitte Originoahle!?"
Beide wühlen in den Unterlagen und versinken in Arbeit.

nachmittägliches Teelokal im Burggäßschen:

Miss Marple:"Was nur sein soll, wenn sich nach uns nun das ganze restliche Proletariat auch einen VonundZuNamen zulegt."
Mr Singer:"Wir schaffen einfach das gesamte Proletariat ab. Einfach alle Fabriken in Europa abschaffen."
Man wechselt BegrüßungsGrüße, als der Pfarrer dazukommt, der setzt sich an den NebenTisch, trinkt schweigsam seinen Tee, liest in einer christlichen Zeitschrift.
Miss Marple:"Nun, die Welt besteht ja aus Handel und Wandel, und im Grunde kann uns ein anderer Kontinent diese Arbeiten ruhig abnehmen. Warum nicht? Wenn das Ende der 1980er in der guten alten Zeit damals mit Thatcher ging, warum dann nicht heute?"
Mr Singer sinnend:"Abnehmen", dann entschlossen:"Das wäre ja das, was Karl Marx gewollt hat: Die Abschaffung der Antagonistischen Gesellschaft. Er hat den Weg dahin nur noch nicht gewußt."
Miss Marple:"Und hier hätten wir Frieden. Weil jeder adlig ist. Das wäre die Lösung. Fantastisch!"
Mr Singer:"Ja nun, da könnten aber auch so manche Schwierigkeiten .."
Miss Marple:"Das meine ich ja gar nicht. Ich bin ja vorn paar Tagen zurück aus Görlitz, ich kann Ihnen sagen ..!"
Mr Singer:"Miss Marple! Und, wie wars!? Haben Sie viele Sehenswürdigkeiten besichtigt! Kam ja sogar bei uns im Fernsehen! Görlitz! .. Europa! Ach!, so eine Metropole, da stecken viele Jahrhunderte drin. Ja sehen Sie? Die haben also auch sowas da drüben."
Miss Marple:"Man munkelt in Görlitz, Inländer werden bestraft, Ausländer werden laufen gelassen, überall munkelt man das in Görlitz. Nach zweierlei Maß werden die Kriminellen in Görlitz gejagt! Sagt man, dh so redet derjenige immer kleinerwerdende Teil der GörlitzinBRDBevölkerung mit BRDPaß, so sprechen die Leute, in jedem Haus, offen auf jeder Straße spricht man so, es traut sich nur kein Mensch, das in den ZensurMedien zu sagen. Das wäre ja auch widersinnig! Sowas nennt sich inAnführungsstrichendeutschAnführungsstricheEnde."
Mr Singer:"Ah ja, genau deswegen isses ja auch kein European Standard geworden, keine ähm .. EuroStadt."
Miss Marple:"Ja, EuroStadt schon, das ist ja Görlitz geworden, nur eben keine Europa-Stadt. Vor 8Tagen bin ich ja losgefahren zu sonem feudalen 5TageHotelUrlaub .."
Mr Singer:"5 Tage?"
Miss Marple:"Zu mehr reichts nicht, 5 Tage Görlitz hin und zurück .. von Hanau an die Polnische Grenze nach Sachsen, also gleich hinter der

Thüringischen Rhön in Schlesien in der Internationalen Metropole Görlitz auf dem frühmorgendlichen Gang nach Polen um in aller Herrgottsfrühe 7Uhr entdeckte ich mit all den andern Schlesischen Urlaubern, - Wir sind sone Clique und machen immer so Reisen zusammen -, alles Herrliche Deutsche WeißeGelbe Schlesische Flaggen zahlreich an dem gesamten grenzÜbergangBrücke zu Polen von BRDSeite bis einschließlich Polnischer Seite! Alle Achtung, dachte ich anerkennend für die Polen. Nachdem wir neulich, ich war vor einem Vierteljahr für 5Tage schon mal da, auch Polnische Flaggen auf der gesamten Brücke einschließlich PolenHälfte und BRDHälfte hatten, da ist das jetzt auch mal gut! Wie ich zurückgehe, wieder von Ost nach West, da merke ich: *Das* war ne Ernüchterung!, *Das* war n Reinfall!, Enttäuschung!: es sind Polnische weißgelbblaue Flaggen, die neulich geworben wurden vom LandBRDkreisGörlitz als angebliche Oberlausitzer Flaggen, purer Unsinn, und nun sieht man bei gegenscheinendem Sonnenlicht das Blau gar nicht sondern hält es für den natürlichen Himmel also Weiß und Gelb Herrlich!, auf dem Rückgang indes wird klar, wo man nun die Blaue Farbe sieht mit Hintergrund Straße der Freundschaft, StadtparkBäume, Stadthalle und sonstige Gründerzeitbauten auf BRD Seite, daß es eine weißgelbblaue Flagge ist!"
Mr Singer:".. macht zusammen Grün."
Miss Marple:"Beschiss! Und das soll nun der Clou voms Ganze sein. Is ja nun doch nicht gerecht."
Mr Singer:"Beschiss eben."
Miss Marple:"Haben wir also recht. .. FormulierenSes aber trotzdem mal nicht gar so pessimistisch. Sagen wir: Bescheidenheit! Die Jesuiten sagen ja auch: Jeder Trick ist erlaubt. Wenn es einem guten Zweck dient."
Mr Singer:"Sagen die das?"
der Pfarrer an einem der Nachbartische räuspert sich:"Nicht ganz so vorschnell, Miss Marple! Das ist ja wieder mal sone ganz typische Verschwörungstheorie immer diese Hetzerei gegen Ignatius von Loyola und gegen die Jesuiten!, Miss Marple, .. Aber im grunde haben Sie recht. Und uns Christen haben es alle Politiken der Welt seitdem abgeguckt. Zusätzlich dazu haben die Jesuiten den Vorteil, das Recht auf ihrer Seite zu haben. Ein herber Streitpunkt bis heute zwischen der Evangelischen Kirche und der Katholischen. Wissen Sie, der Vatikan denkt immer im Voraus, so 500Jahre mindestens. Als die Materialistischen und Bürgerlichen Philosophen also alle Politikwissenschaftlichen Philosophen mit Karl Marx, Friedrich Engels und Iljitsch Lenin von Cromwell bis I.Weltkrieg Erfolge verbuchen konnten, da konnte sich der Vatikan quasi zurücklehnen und den Bürgern sagen:"Wenn

nun das Bürgerliche System zusammenbricht, dann mögen die Bürgerinnen und Bürger dies bedauern und im gleichen Atemzug sagen:"Aber wir haben doch unsere Religion!" Mit hin und herwedelndem mehmals das Gesagte Streichendem Berichtigungsfinger:"Das ist indes nicht ganz richtig." Und ohne Fingerwedeln weiter:"Denn die selbstgemachte Bürgerliche Religion verschwindet ebenfalls und geht unter gleichzeitig mit dem Untergang der selbstgemachten Bürgerlichen Systeme in der Welt, eine globale Katastrophe für die Westkapitalistischen Systeme der Welt, dh eine globale Katastrophe für die seit 1789-2016 BürgertumsGesellschaften der Welt, fürwahr. Da sagen uns die Bürger also:"Aber wir haben doch unsere Religion!" Da sagen Wir:"Nun gut, da habt ihr also nun aus dem Nichts eure Berechtigung einer Religion im Bürgerlichen System erfunden und errichtet und wieder verloren. Wir mußten eine Religion niemals erfinden und errichten, denn unsere Religion war immer da."

Dressur Reiten 1A, einfach so für sich privat Hagan Minnacre
..
dann vom Pferd hüpfend, das Pferd versorgend und mit den Pferdepflegern sprechend. Galant hüpfend aus dem Stand wieder hinauf aufs Pferd, weiter Dressur reitend.

Matula ihm langsam entgegenschreitend, langsam, um das Pferd nicht zu erschrecken. Minnacre dh das Pferd mit ihm bleibt stehen.
Matula:"Schönen Tag Herr Minnacre!"
Minnacre:"Tag der Herr."
Matula wie immer verbindlich, und das Pferd nicht anfassend, sondern das Pferd faßt den Matula an und knabbert sehr interessiert in seine typisch Matula WestenJacke Brust und Bauch, so ist der Matula dem Pferd sympathisch, daß es fast peinlich ist, Matula kann sich ein langsames Schmunzeln nicht verbeißen, das Pferd würde ihn auffressen vor Sympathie, korrekt Matula:"Schönes Pferd!"
Minnacre:".."
Matula:"Ich wollt ja als Kind auch immer reiten. Aber ich habs bis heute nicht geschafft. Schönes Pferd. Eigene Zucht?"
Minnacre:"Ja."
Matula aber Anstand genug, diesem Prominenten nicht einfach die Hand hinzustrecken, wie Matula es sonst gerne mit allen anderen Verdächtigen macht, stattdessen hält sich Matula bedeckt:"Sie wissen, warum ich hier bin."

Minnacre:"Selbstverständlich! Sehr gerne wäre ich Ihnen behilflich, wenn ich kann. Wie kann ich Ihnen helfen?", springt mit einem rückwärtigen Saltomortale federleicht aus dem Sattel direkt vor Matula landend ihm die muskulös knorrige BergarbeiterHand zum Händeschütteln nötigend entgegenstreckend, Matula kann nicht widerstehen, er wollte gar nicht Händeschütteln, schon hat ers getan aber hat er sich im Handumdrehen auch wieder schnell gefaßt.
Matula:"Wird nicht lang dauern. Eine kurze Sachfrage: Warum gewann gestern in Niederrad Flickenschildts WiederBlitz, während Hemmingfields auf 1 gesetzter Kara-Tee nur den vorletzten Platz schaffte?"
Minnacre:"Eindeutig Doping, Erpressung, Sabotage, Betrug oder Mafia, eins von beidem, ..", mit einem rückwärtigen Saltomortale zurück in den Sattel, und weiter das Pferdeballett ..
Matula sich aufdringlich dem Pferd und Minnacre in den Weg stellend den Weg versperrend sich ans Pferd drückend das Pferd am Zaumzeug festhaltend:"Halt! Für mein Spatzengehirn ist das zu wenig."
sein Pferd schützend Minnacre dem Matula Wunden an den Gesichtbacken und Händen beibringend mit der Reitpeitsche schlagend und ihn verjagend:".. ich habe keine Ahnung vom Rennsport, ich bin Dressurreiter. Guten Tag."
Matula rückwärtsgehend, Minnacre weiter das Pferdeballett ..

"Zum LejvenHescht", deutsch "Zum LöwenHecht", is aane heudige Gastwärttschaft am annern Ende des Viereischenhagener deutsch: Vierschehoanäh Seejs odäh noch deutschäh: Hoanäh Weihähs - es haast ja aach Hoanäh Burg -, denn der Seej haast net Seej sondänn Weihäh, wie alles in Vierschehoa zwische Hengstbach, Weihäh, Unnerm Burgtor und Oberm Burgtor volläh Tradition und alder Geschischte, was desgleische is. So erzähld des in jedäm Jahrhunnät mehrmoals reeschlmäsisch bis uf die Grundmauern abgebrannten Gemäuers jeweiliger Wertt, denn de Päschtä wechselde traditionell so oft wie de heimische Graf soi Unnerhouhsen, es war aane rauhe Zeid, un däh Alkohol floß in Ströme, wie de middelaldählische Alkoholsteuähn noch niscnt de spähtährä Höhe arheischt hadden, die uns mit de Obrischkeit in de Jaahchd nach m schnöden Mammon heude so vatraut is, so erzähld also aan solschäh Wertt so aach heude un vor hunnät Jahr un vor Siewe hunnät Jahr, wie mit Bergbau un Handwerk Schlesien "in" dh angesaahcht war un deswegen des Rheinische Maanz "out" war dh den bis heude währenden Werttschaftlischen Niedähgang alebte, von einer besseren alden Zeid noch emo fast Fimf hunnät Jahr frieher, wie de Werttschaft noch

Kutscherherberge hieß und des aanzsche Haus an de Loandstroaß zwische dem kadhouhlische Aschaffebursch un dem kadhouhlische Maanz war, direkt nejwe m zwische Aschaffebursch un Maanz gebaute zwaade Haus uf der anner Seid des Seejs: de Burg Hagen in der Viereisch, diese baaden Haisäh bekam schon damals des Stadtrescht zugesproche zu aaner Zeid, wie alles noch kadhouhlisch war bei Kall dem Grosn. Die gute alde Zeid, - im Hinnergrund Bayrische AmtsgerischtMúsik - , aane liebe Zeid. Zu diesä Zeit, so erzählde uns bisher jejdäh Wertt, wurde uf de besaahchden Loandstroaß noch immäh iwwernachtet in diesem Hause, die Ferde wurde gedauscht, .. , des daff ma net vagesse, un die wollde ja aach erschewo iwwernachde, aan geräumischäh Ferdestall war schon damals ein Garant für werttschaftlisches Ufstreben un werttschaftlischen Ufschwung. De Ferdestall wurde zwar schon vor Jahrhundätten zusamm mit de LegebadderieEierFabrik wegen der Neidäh bergg´ufwätts nach Nodde an n Rand Vierschehoaas vafrachtet, damit ma soi Ruh had bzw damits kaaner sieht. Aach de Ferdestall!, ja so war des damals, ja, und iwwer Land de Wareväkäh bei Kall dem Grosn, .., nach Aschaffebursch!, .., Her uf! Von Maanz! und de Maa flußufwätts? Gell? Aber nur bei ginstischäm Wind!, der niemals blies, Ai! Selbstverständlisch! iwwer Land mit de Kutsch Maanz Aschaffebursch, da könne Se sisch vorstelle .., iwwernachtet mußte aantlich gar net wern, denn ze kurz war de Streck für ne Iwwernachtung, ma fährt ja aach net 8Stund am Daahch sondänn 24Stund am Daahch, saachd de TranspottBrangsche haide un sachte de TranspottBrangsche schon damals, und in 24 Stund Fahrtt kann ma ja wohl leischt die Fuffzisch Kilomätä schaffe, des schafft mer ja ze Fuß in 24Stunde, saahchde de Aschaffeburscher und Maanzer Händläh, die wedderde schon damals geesche de faule Ferde und de faule Kutschäh, weil ja Iwwernachtung mit allem pi pa po für Mensch un Ferd die transpordierde Ware ja nur um so teuräh machde, is ja louhgisch!, wovon die Händläh nix hadde, aber die Händläh erfande dann die Steuähn eebe für diese Strecke dursch dejn Süddzippel Hessens; des Usland süddlisch davon dahinner indressierde ja sowieso kaan, denn da kam ja nur noch de Odewald, wo in alde Zeide bis haide des Nibelungelied gesunge wird, un da wollde schon damals selbstverständlischerweise niemand hin, des könne Sie sisch ja vorstelln, und haide? .. , naja un in diese Regiouhn wollde zumindest damals kaa vaaninftischäh Mensch, aane Regiouhn, wo sisch Räuber, Fuchs und Hase guude Nacht saahchden, aan aagnes Land volläh Räubernästä, um den Odewald von Neckar bis Dammstadt un Aschaffebursch machde damals schon jedäh Vaninftische Mensch n groouhsn Boouhgen.
Im "LejwenHescht" war, seid weesche nem besoffne Wertt n Deil des us

vaninftschen Spargrinden nischtvasischähde Fachweckbaus ledzdes Jahr wiederemo lischtählouh abgebrannd war, wiedäh n naiäh Päschtä, der wo, was vom Haas noch iwwrisch war, mit däm Muud de Vazweiwlung, mit Behelfsmäsischgeit un Eloan in verändärtä Fomm wiedähhährgestellt hadde un seid´deejm in Schwung hield, womit ar von de Vaninftische Leude mit Mitleid bedacht wurde, denn kaa Lokal konnde haidzudaahche mäh aan´ Päschtäh und aan´ Koch ernähre, da konnde aach die Postkarteansischt däh Burgruine nix dran ändänn, die wo von gewievte Photografen dh gewievte Urlaubähn alls aus der Warte de Kutscherhebersche ufgenommen wurde, wofür sie sich bei dem Lokal dadursch bedankte, daß sie eine Dasse Kaffe tran´ge un dann noa Frangfurd, Aschaffebursch, Dammstadt oder Maanz zerickfuhrn, wo sie hergekomm warn, un ward nicht mehr gesehen.

Der Wertt der gelärnnte Koch Fritz Schlampich in soi Lokal war sein bestäh Kunde. Beisteehje tat ihm kaa Mensch, des war so trostlos. Nur Waldi stand ihm bei, der klaane Dackel, ne klaane traie Seejle. Waaßer Schimmel, Dackel werden niemals grouhs. Baade sin Hungerkinstläh.
Des Erfolgserlebnisses weesche bezahld Fritz Schlampich sisch oddnnungsgemähs jeejdäs Biäh, des er sich sälbäh zabfd, indem er us soim Pottemonnaie Minse fir Minse Cend fir Cend miehsoam in des immerwährend eehjlende grinsende häslische Glicksschwain steggd, anstatt aafach gradis ze saufe was des Zeusch häld, bis des Lokal am Ende is, wie alle Wertte vorhäh. Es war alles so trostlos.

Vadrießlisch guckte er dursch des hibsche Fanstäh mit den hibsche Gardinevorhänge samd hibschem Fanstähbrädd mit hibschem Äbbelweubembel uf den hibschen aber leeren Gästeparkplatz und dahinnäh uf die Burg. Hier ging alles drunnäh un driehwäh, hier ging alles zugrunde, wurde mit Miehe wiedäh ufgebaut, nur um dann aach wiedäh in miehevollster Klaanabeid ufreschtahalde zu wern, un ma konnde froouh sein, wenn die Einnahm die Koste trugen, abäh es gab kaa Einnahme mäh. Mit Anbreschen där SommerSchulferie schiene sisch die Urlauber verabredet zu hawwe, soi Lokal zu meiden. Die Einheimische broachten sowieso net in soi Lokal komme, die hatten ihren Kaffe daheim, und de Fischstäbschen odäh deejn Hescht aach, wennse nu unbedingt Fisch esse wollden. Waldi schüttelt den Kopf, streckt ein Ohr in die Höh, läßt es falle, streckt dann des anner Ohr in die Höh, wo es stehe blaabt. Fritz Schlampich:"Waldi, ich waas schon, was du damit sagen willst: Ins Haus gehört ne Froa. Abäh misch will ja kaane. Und aane Froa will aach esse. Hast du daran schon emo gedacht? Sisste?!

Wir baade könn ja schon *uns* net ernähre!"

Bei dem Wott "Ernähre" stelld sisch Waldis schlaffes Ohr neejwe Waldis straffes Ohr, un er hippt zum Fräsnabf, lääh wie immäh außer Oamnds kotz vor dem Schloofmgehe, ar soll Mäuse jaahche, sacht soi Herrschen. Oamnds eile sisch soi Herrschen un er aane klaa Doouhse Katzefuddäh abä nur aa klaane Doouhse, wie Olli saahchs soi Herrschen immer:"Ma muß ja erstens uf de Linie achte un zwaadens uf de Kalorie!"

E mo die Woch verlor sisch aane klaane Familiengesellschaft zu aanem Middaahchesse in dieses Lokal; diese Laide speisde sonst dh von frieh bis spät All Inclusive in der ihren Hodellresterang im Burggäßschen oouhwe am Oouhweren Burgtor, und aantlisch wollde diese Laide aach nur kotz was esse, um dann aan scheiß Fodo von diesäh eländän Burgruine ze mache un dann wiedäh ins Hodell ze fahre. Urlauber dachde in groouhsn Dimensioouhn´, dageesche war där Haaner Burgweiher aafach ze klaa, des Lokal war ze klaa, des Grunstück war ze klaa, de Nachbann reehjschde sisch schon uf, wenn oamnds um Zwaanzwanzisch Uhr noch ä Audo hield, jemand an Biäh drank un wiedäh abfuhr weehjsche de Lärmmbelästigung zu rescht, während in de Burgruine im Amfiteater offeziell des gesamde Warme Halbjahr Theadäh un Konzäähde mit von Freidaahch bis Mondaahch allWochenendtäglischer, - abendlischer und -näschtlischer Beschallung där AltstadtBevelkerung verhaßt aber seltsamerweise politisch akzeptiert dh gang und gäbe war. Die Bevölkerung war verrückt, Fritz Schlampich dachte, er war der einzig Normale, und sprischt zu sisch selbäh laut und vanähmlisch:"Daß ausgereschnet m*oi* Lokal aan werttschaftlichäh Mißerfolg sein sollde, während sisch de Rest der Vierschehoanäh Altstadt in werttschaftlischem Erfolg sonn´ Sommähs wie Wintähs, da is erschewoouh aan Grundfehler in der ganse Reschnung. .. Glühbirne!", saahchde pletzlisch de Fritz Schlampich,"Ich habe aan´ Plan! .. Waldi, her mal zu! Mir hawwe uns bisher alls beschrän´gen wolle, gell?!, uf des klaanstmöglische, mir hawwe uns den Gewinn vom Fuddernabf abgespart, bescheiden wolle hawwe mir uns alls. Dabei is des grundverkehrt. Weiß du, Waldi, mir hawwe alls wenisch hawwe wolle, je wenischäh mir uns winschte, deste bäsäh, hawwe mir gedacht. Dabei is des grundverkehrt. Genau andersrum tut des funktioniere, Kinftisch mache mir des anderster: Mir wolle alles! Und wenn mir alles hawwe, dann wolle mir noch mäh! Un die Preise mache mir net ginstisch sondänn unnvaschämt. Urlauber tue alls Geld dabeihawwe, sonst wirde se ja kaa Urlaub mache tun, und Urlaubern

kann man nur damit Aufmerksamkeit abgewinn, indem ma außähgewöhnlisch *taire* Dienstleistunge anbiete tut, denn außähgewöhnlisch *preiswerte* Dienstleistung hawwe diese reische Urlaubäh daahchtäglich daheim in der ihrm Subbähmackt. Taier, noch tairer, am taiersten, des is die Devise, Waldi. Die groouhse Tass Kaffe tu mir jetzt nä mäh fir AansFimfzisch mache," Fritz Schlampich alls hektischer, schneller und begeisterter spreschend,"sondern die klaa Tass fir NainFimfmAchzisch mit nem Schinesichen Klikskeks vom KombüseDackel! .."
Waldi:" Wau!" fängt an, mit soi Schwänsl häftisch ze wedeln und aus dem Stand mit allen vier Pfoten in die Kuft zu hüpfen und sisch abzurollen und dann wie wild um soi Herrschen rumzuhippe "und ner Anekdode vom KombüseKäpten!", damit meinte er sich selbst,"Und waasd du was?! Noch niemals gabs in einer Vierschehoanäh Gastwerttschaft aanen Kombüse-Dackel! Da kommste gans groouhs raus!"
Waldi:"Wau!", singend ein ganzes TrällerSolo an WauWaus.
Fritz Schlampich:" und mit Yachtblick, Waldi!"
Waldi trällert:"Wau!", oft in verschiednene Tonhöhen, dann um ssoi Herrschen sprintend, dann sisch auf de Ricken schmeißend und mit alle viere inde Luft strambele.
Fritz Schlampich überschnappend plappernd:"Waasde denn iwwerhaapt, was ne Yacht is?! Des is ungewöhnlisch, ganz verrückt, und des ham nur de Raischen!"
Waldi hippt wie verrückt um Fritz Schlampich.
Fritz Schlampich:"Waldi! Unser Lokal, mit dem wir heute angefangen haben, sowas gabs noch niemals in Vierschehoaa, wetten?"
Waldi schnappt über, sprintet um s Herschen, macht einen Sprint zur Tür, an der Tür n Salto und dann zurück, ppaar mal Wau und dann daselbe von vorne und das alles ein paar mal, ohne daß Fritz Schlampich das unangemessen fände, der selbst gerade auf der Stelle, wo er steht, tanzt, -er hatte vergessen, daß er tanzen kann -, einen neuen Tanz erfunden hat, eine Art HüpfTanz, bei jedem Hüpfen ein Brüll, der durch Mark und Bein geht bzw daß die Wände wackeln .." He Hey He Hey .. Und ich pfeif uf die Burg!" dazu gleichzeitig Waldis Mark und Wände erschütterndes zahlreiches "Wau! ..", "Und wenn mir zusamm aber ordentlich Shantys singen, dann floriert des!" Gesacht Getaahn:
Zuerst emo räumte die baaden die alde Einrischtung raus und räumte naie Einrischtung rein: so mansches romandische Bruchweck eines Nordseekutters zierte nunmehr die Raumdecken, die Wände und die Fanstähbrättä klaane Laischttirme, us Plüsch klaa Seehunde, un war nun n

BRDNordseeKutterLokal mit Fischähnetze un Souveniähs us Helgeland, de aanzsche HochSeeInsel, die ibrischgebliebe war damals. Naheliegenderweise valeejschte sich baade uf aane preiswertere und gesündere Änährung: Des ganse Jahr iwwer machte die baaden Fischerei. Wie der LokalName schon sagt: Hescht. Ganz feudal, sogar ufde Speisekaade, aber den fudderdense allaans, Hescht, Des boot sisch ja an, net etwa weil de Seehj ja vor de Nase laahch, sondähn weil die Hechtteische daneebe aach außerhalb der Stadtmauer abäh im Gestrüpp vagesse gradis abfischbar ware, wenn ma es geschickt anstellde und bei Nacht und Näbel dem Anglerverein aus dem Weejsche ging. So gesund habbe sisch noch niemals ein Mann und ein Dackel in Vierschehoa änährt: Fisch von morgens bis abends. Im tiefesten Winder bei 20 Grad (Minus) machte se Eisfische mit Schlittschuhverleih. In der Warme Jahreszeid machte se Segeltoure mit nem klaan am Weihähufer härrnlosen morschen und halblecken Ruderboouht oouhhne Seehjschel, des Gehwäbbeamt hadde des verbode, aber des war ja grade der Kick, wofür die Leude emo 1 Euro ausgabe, um ze viert ibber de Weihäh zu schippern un was zu erlebe, und noch besser Yachte-Verleih direkt vor der Eingangstier der ihren Lokals. Des mit de Yachte lief net ganz so: immerhin reisten die Leude an, lude ihre Yacht ins Wassäh, machte aane Runde oder aach emo zwaa, und lude die Yacht wieder uf, bei der Geleejschenheit tran ′ge se aan′ Kaffe un fuhre widder ab. Aan mitleidischäh reischäh ehemalischäh Vierschehoaner brachte tatsächlich soi Yacht langfristig wie n Amstedammer Woouhhnboot direkt vor des Lokal auf den Burgweihäh. Da wurde die Stadtverwaltung in Sprendlingen schon nervös. Die erstellte, damit se des erlaubten, ma kennt des ja, ne ganze Liste von Uflaahchen so zB: de Yacht dürfe net aafach so ufm Weihäh rumfahre, de Yacht dürfe da zwar liehsche, abäh net im Wassäh, weil sowas gabs noch niemals ufm Burgweihäh, und: der Vierschehoaner solle gefälligst ins Hodell gehe, un die Yacht dürfte aach net nur aan! Daach als Woouhnboot genutzt werde aus Angst vor nem Pretzedensfall, damit net pletzlisch noch annere Vierschehoaner uf die Idee kamen, ihre Yachten ufm Haaner Burgweihäh als Woouhnboote zu nutzen wenn net gor an Urlauber zu vermieden, was de Lobby ma kennt des ja von de Städtische Hotelbrangsche un de entspreschende Städtische Beamte befürschteten, sondern müßte täglisch wie die Küstenschipper aan reehjschlmäsischen Faahplan bedienen zur Entlastung der Stadtbusse zwische Offedhal un Buchschlaahch. Doch was für Fahrten machte die Yacht? Kaane aanzische. Des war dem Reischen nun doch zu blöd. Aber bevor der Reische mit soi Yacht im Gepäck abfuhr, kaahm, von der Stadtverwaltung war eine Sondergenehmischung für den Liehscheplatz der Yacht erteilt wodde, nunmehr die Urlauber, um niescht aan Foudo von de Burgruine zu mache sondähn von de Yacht mit de Burgruine im Hinnergrund, oder aach ohne Burgruine. Nachhär ging ma ins Lokahl aanen Kaffe trin´gen, un de YachtEischentiemer fuhr zerick noach Hamburg zu soi annere Yachten, weil ma mit dene da aach rumfahre kann.

Eines Oamnds saßen der KombüseDackel Waldi und der KombüseKäpten beim täglischen Kassestutz Ernüschterung: Ma hadde den Daahch geschuftet, zu zwaat, der Käpten mit dem KombüseDackel, Shantys gesunge, Klickskekse verteilt, Anekdoden erzählt un neu erfunden, ma hat gesunge, gelacht, gebellt un gejauchzt zusamm mit de 2 Urlaubern je aa klaane Tass Kaffe, mehr war net drin=2x9,85=19,70, am friehn Oamnds warfe sisch de Käpten mit de Kombüse-Dackel todmüde in die Kajüte. Die RestaurantKüche war seit 8Woche kalt gebliebe. Die Speisekaaden konnde ma verbrenn. Am spätern Oamnd vor dem Schlafengehn wollden Fritz mit aam Handwaahchen Gepäck und Waldi aan Spaziergang zu Onkel Wulli mache, als letztes variehschelde der Käpten alle Tieren, dann, wie er´s sisch rescht bedachte, riehschelde er alle Tieren widder uf un ließ alle Tieren doch offe stehn, un so ginge se zu Onkel Wulli. Der Käpten und der Kombüse-Dackel zoouhche an diesem Oamnd wesch un ward net mehr gesehn."
der 1 Gast im Wirtshaus am Weihäh:"Prima, Herr Wirt! Vortrefflich! Die Story werd ich meinen Kindern erzählen. Bekomm ich schon meinen Kaffee?", trinkt, "Aber der ist ja schon kalt!"
Wertt wie kotz vor Wut us der Haut fahrend jedoch scheinbar ungeriehrt, oouhne aane Wimbäh zu zucken, langsam un deutlisch sprechend:"Des is in den AansFuffzisch inbegriffe."

PolizeirevierRathaus Sprendlingen,
de Inspekter und Willbätt:
Inspekter:"Frisch ans Wäck! .. Was hammer denn da jetzt soweid?"
Willbätt:"Für den Abschlußberischt tue mer noch aane Befraahchung von de Lady Flickeschildt brooche!"
Inspekter:"de Flickeschildt! Muß des sei?!"
Willbätt:" .."
Inspekter:"Hinnerhä nehm mer uns de Komplize ufm Milliouhnhiehschel vor! Des is *aan* Uffwasch!"
Willbätt sisch de Jacke schnappend:"MaaneSe de Fermlaidung von de Brauerei?"

Inspekter:"Wasn ferne Ferma?! .. Ach so! Na guud! Aanverstanne. Damit könnde mer anfang! Äh, zuerscht noch ä klaa Inderview midde Flickeschildt, die hat ja nix im Hern. Aber der ihr Ussaahre tue mer fer de Berischt brooche, wisseSe?"
Willbätt:"Ach so!"
Inspekter wie ein Walroß prustend beim Aufstehen, sisch de Jacke schnappend:"Kimmste schnell in´ Hof und tusten Ware vorfahnn! Ai, derweil geh isch ver klaa Bube", hastet sisch sachte wie eine Schwangere den Bauch haltend zur Tür," prustet eilig heraus:"Isch tue misch ja gor net mit dir traun unner de Leude ze gehn! Ganz vawurschtelt um de Haar sisste us! Ma kämme! Tust disch vorhäh aach emo ä bisi frisch mache! Du, des Kloo is prima! Noach dem Einbau von de naie Kloschissele! Piekfein! Willbätt! Daitsche Sauberkeit! Daitsche Tuuhchend! Wenigstens hier tut des noch was zähle!", platzend:"Des Kloo is ne Wucht! Abä im Zwaade! Isch muß renne!"
Willbätt:"Ai jetzt muß isch aach! BRDTuuhchend: Oddnung!, OddnungsAmt!"
Inspekter:"Himmelarschundzwirn!"
Beide ab.
..
Beide ankommen an der Burg Hagen in der Viereisch, das Burgareal ist ein famoser Anblick, die 1,50meter dicken Seitenwände von 1050, dahinter wie ein Fremdkörper wie neu, sauber und gepflegt die Kersche, rundum die feudale Burgmauer von 1050 und als Krönung oberhalb des Amphitheaters des neue WohnPalais der Eischentiemer mit einem neuen noch niemals dagewesenen prachtvollen Garten. Die Zufadd zum Wohnpalais ist ein schmaler Pfad durch mittelalterliches Gemäuer und an dem nicht zur Burg gehörenden mit einer Jahrhundertealten mannshohen Mauer umfriedeten Kerschengrundstück vorbei zu dem Wohngebäude Palast müßte man wohl korrekter sagen, in dem die Eischentiemer wohne. Ein PKW steht vor dem frieher als Heimatmuseum gedienthabenden Palais, än Spottware.
..
auf Auffadd vor dem PalaisEingang, aus dem Lady Flickenschildt schreitet:
Lady Flickenschildt Begrüßung:"Wie schön Sie zu sehen! Welch eine Überraschung!"
Inspekter unbehaglich:"Ja es gibt auch Überraschungen."
Lady Flickenschildt die Gäste ins Innere führend, in die Behaglichkeit des Kaminzimmers:
Lady Flickenschildt:"Und der junge Kollege auch dabei!", Lady Flickenschildt flirtend, Willbätt wird schlecht aber höflich

zurückflirtend:"MyLady!"
Inspekter:"Isch hawwe noch aan odäh aach zwaa Frare, nur so fir de Berischt, Sie wisse ja, die Bürogradie, der Bergemaasdäh macht mir die Hölle haas, mir sin ja kotz vor de Ufklärung, nur noch ä baar Formalitäte. Sie, Lady Flickeschildt odä Ihr werdäh Ehemann werde uns des sischer schnell beantwodde könn. Dann wern mer Sie baade mit diesäh leidischen Geldwäsche nämmäh behellische."
Lady Flickenschildt:"Wie schön! Aber setzen Sie sich doch. Machen Sie sichs bequem."
Eclandine auf beiden Armen tragend und liebkosend Klaus Kinsky hinter dem Vorhang hervorlugend:"Geldwäsche ist bequem! und bringt viel Leid!"
Inspekter angewidert:"Schlange! Naß, kalt! Eklisch!"
Willbätt:"Ist das net eklisch, naß und kalt sonne Schlange?" sich nicht scheuend sondern versuchsweise, wie man einen fremden Hund streichelt, streichelt er Eclandine:" .., Ai des is ja! .."
Inspekter hektisch:"Was Willbätt?! Hawwe Sie was rausgefunde!"
Willbätt, damit die Schlange nicht beißt und bellt, spricht besonders ruhig und besonnen:"ganz anderster wie isch gedacht hab!", streichelt die Schlange weiter, was die Schlange sich auch gefallen läßt, obwohl sie vorsichtisch mit einem Frarezeischen guckt:"..?"
Inspekter sich jetzt vordrängelnd:"Ai Wilbätt! Müsse Se sisch alls vordrängele!", Inspekter selber die Schlange berührend:"Naß und kalt! Eklisch!" und antatschend, dann sich noch mehr der Schlange zuwendend, und nun vorsichtig streichelnd, und verdutzt:"Ai, des is ja ganz trocken, .. und warm!," und entschieden an Klaus:"Wie heißt sie denn?"
Klaus:"Eclandine."
Inspekter weiter die Schlange streichelnd und wie zu einem Hund:"Brav Eclandine! Brav! .. des is ganz trocken und warm und geschmeidisch wie ne Wärmflasche! Sonne Schlange hädd isch aach gern!"
Klaus Kinsky und Eclandine haben genug vom fremden Beschnuppern. Inspekter und Willbätt ziehen sich höflich zurück und wenden sich ganz Lady Flickenschildt zu.
Lady Flickenschildt:"Klaus, geh spielen! Hier sprechen Erwachsene. Das geht dich nichts an!"
Eclandine schlängelt sich um seine Schulter und seinen Hals, so daß er die Hände frei hat, Klaus Kinsky heulend glücklich:"Eclandine und die Spinnen sind meine einzigen Freunde" panisch sich seine hysterischen Würgerhände massierend, ab.
Inspektor befremdet und voll Angst.

Kinsky gehorsam verduftend, Tür von außen zu.
Lady Flickenschildt:"Mein Mann ist nicht zuhause. Ich bedaure. Wie kann ich Ihnen helfen?"
Inspekter:"Des is nun ungünstig. Wann wird Earl Hemmingfield zurückerwaaded?"
Lady Flickenschildt:"Hm. Er ist in Hamburg. Wir erwarten ihn in der Nacht zurück."
Inspekter:"Ach! Isch denk, des is dem Earl Hemmingfield soi Spottware hier vonne!?"
Lady Flickenschildt:"Nein. Das ist meiner."
Inspekter:"Nun, Lady Flickeschildt, zweifelsohne könne aach Sie uns de Uskunft gebe, wie gesacht, nur fir de Berischt. Des Vermööhsche von Earl Hemmingfield is sischerlisch aach Ihne als Ehefraa bekannt. Sie sin doch hier heimisch! Da wisse Sie doch bescheid, nicht wahr?! Welschen Besitz, welches Eischentum, wieviel .."
Lady Flickenschildt höhnisch lachend:"Nicht ganz so rasch, Herrrr Inspekterrrr!", locker und kindisch Lady Flickenschildt hellauf lachend:".. Sie müssen wissen, mein lieber Inspekter .." fröhlich erzählend,"ich kenne hier jeden Mauerstein, schon meine Kinder haben hier gespielt .."
Inspekter:"Kinder?"
Lady Flickenschildt weiter hellauf lachend:"Beide 1950, Januar und Dezember, da guckste!? Ai logisch!, hach, die beide sind ja auch schon Rentner, meine Tochter Anneliese", lacht giftig aber auch sehr verbittert, "die hat sich von mir und dem Rest der ganzen Baggage per Gerichtsverfügung getrennt und lebt seit über 40Jahr in Neuseeland", nun wieder sachlich", und de anner, den kennen Sie ja, den Klaus Kinsky, aach, wie sie klein waren, haben die hier gespielt in den Abwasserkanälen zengsrim, und wir Eltern haben die einfach nicht gefunden, war ja lebensgefährlich da unten, konnte ja einstürzen soon mittelalterlicher Gang, das hat ne ganze Weile gedauert, bis wir das denen ausgetrieben hatten, aber wenn mer se gefunde hadde, hach, dann gabs Senge, hach, und ich kann Ihnen sagen, des hat den aach net geschadet. Verglische mit der Arrrrmedei, die mir damals und alle folgenden Jahrzehnte durschmache mußte. Sehen Sie, wie weit ichs nu gebracht hab. Ich bin reich, nun des ist net weiter verwunderlich, denn je älter man wird, desto reicher wird man, ob mer will oder net, weil man ja alle verstorbenen Verwandten beerben muß, nicht wahr, nun, ich habe ein großes Vermögen von den Verwandten geerbt, ich habe ein Pferdegstüt, ich bin als Ex-Ehepartnerin von Earl Hemmingfield zu genau 50% Eigentümerin der Burg Hagen in der Viereisch seit noo net emo 14 Daahche, de anner 50% hat mei

399

Ex. Aber im grunde: was soll ma mit dem Krembel?! Ma kommt aafach net zur Ruh. Ärschä, Ärschä, Ärschä! Da muß ma sehe, wo ma blaabt!"
Inspekter:"Über des Eischentum Ihres Ehepattnä´s, ähm, Ex-Ehepattnä`s wisse Sie ja bescheid, gell?! Und da wollmer näheres wisse."
Lady Flickenschildt:"Über de Geschäfte meines Ex-Ehemannes weiß ich rein gar nix. Ich hab alles vergessen," lacht,", wie der in der BRD berühmte Mafioso und Landesverräter Cool einmal sagte. Herr Inspekter: Earl Hemmingfields Geschäfte? Das ging eine Ehefrau nichts an damals 1950 in der BRD, als wir geheiratet haben, Und wenn man liebt, dann ist der Verstand im Eimer. Einen Tag nach der Heirat sagte er mir, daß das alles nur Schwindel gewesen sei, damit er ein Vorkaufsrecht für Mespelbrunn hat, seitdem trage ich schwarz. Er gestand mir später stolz, müssen Sie wissen, was für ein verwegener Spieler sein Vater gewesen war, Hemmy sagte, er war noch ganz klein, und er hatte seinen Vater noch gar nicht richtig gekannt, Börsenkrach 1929, an dem Tag hatte sich sein Vater umgebracht. Warum? fragte ich ernst, Hemmingfield antwortete galant: sein Vater war ein Mann von Ehre, er hatte an diesem Tag das gesamte Familienvermögen an der Börse verspielt, Ehre?", Lady Flickenschildt lacht bitter," die Alternative war, daß er sich der Tatsache bewußt war, daß derjenige Freund, der für ihn gebürgt hatte, sich nach dem Börsenkrach umgebracht hatte, und daß dessen Kollegen sich an Vater bitter rächen würden, um einem langsamen qualvollen Tod, den die Kollegen seines Geschäfstsfreundes ihm versprochen hatten, zu entgehen, brachte er sich selbst um; daß stattdessen er damit seine Familie ins Unglück stürzte, war ihm schurzpiepe!, sein Sohn Earl Hemmingfield, mein Ehemann berichtete mir dann stolz weiter, er kam, weil seine verwitwete Mutter dann ein Hohes Tier von der Wehrmacht heiratete, in eine sichere Position während des Krieges, niemals auch nur 1 Tag Kampfeinsatz, Wehrmacht Verwaltung Bürokram, den man ins schöne Österreich an den Wolfgangsee und ins romantische Hochgebirge irgendwo ausgelagert hatte; zur Kapitulation 8.Mai befand er sich als Zivilist auf Urlaub, dh auf Besuch bei seinem Onkel im Fränkischen Spessart, was später Westzone und zwar Amerikanische Besatzungszone wurde, so kam mein Mann nicht etwa wie viele Millionen Deutsche Soldaten in Kriegsgefangenschaft zB die berüchtigten Todeslager an den romantischen Rheinwiesen bei Bad Kreuznach sondern unversehrt als ein hübscher gesunder, wohlgenährter, unbescholtener 24jähriger Amtsschimmel der Deutschen Wehrmacht aus dem tiefen Spessart wieder an die Oberfläche und schnell wieder zu Ehren, als er meiner Familie das in Familienbesitz stehende und im Krieg konfiszierte Fränkische WasserSchloß MespelFlickenschildtbrunn über meine Mitgift

abschwindelte, es nannte sich "käuflich erwarb", nur um mich und meine Familie Jahrzehnte unserer Ehe damit zu erpressen; er verspielte es dann an einem Abend in Bad Humborg.
Inspekter:"Positiv denken!, Lady Flickenschildt! Alles wird gut! Nicht alles schwarz sehen! Das wird schon wieder! mit Ihrem Ex-Ehemann! Die große FamilienVersöhnung! Sie werden sehen! Nicht so pessimistisch! Wo wohnten Sie all die Jahre?, dieser doch recht, .., äh, schwierigen Ehe, wie Sie sagen."
Lady Flickenschildt:"Ach woher denn! Schwierig?! So war das damals nunmal. Man gewöhnt sich daran. Bad Humborg wohnte ich 1945 zuerst auf dem Familiendomizil, als wir uns verlobten, und auch nachher, nach unserer Heirat. Und ich lebte getrennt von meinem Ehemann, mit Duldung meines Ehemanns bettelte ich mich durch die Häuser meiner Familienmitglieder, bis ich selber mit meinen 2 Kindern 1960 in Moihuf unterkam in einer kleinen Kammer, ich als Gouvernante kleiner Kinder des Grafen Von und zu, ist ja egal, der bisherigen Eigentümer der Burg Hagen in der Vyereysch, wo ich weiterhin wöchentlich für vier Tage das Heimatmuseum betreute, Organisation für die Besucher, Schulkassen, Vorträge, Verwaltung machte und meine alten Räumlichkeiten weiter bewohnte, bis in den zurückliegenden Monaten ein Großteil des Heimatmuseums abgerissen und durch diesen PalaisNeubau hier ersetzt und ergänzt wurde, wo ich nunmehr lebe, geändert hat sich für mich nichts.."giftig:" seltsam, Jahrzehnte vor der Wende, und all die Jahre bis heute 2016 möchte die BRD gar nicht mehr wahrhaben, was für eine Macht der Adel bis 8.Mai 1945 in Deutschland hatte, jederrrr im Dorf, jederrrr in der Stadt kannte die Herrschaften Großgrundbesitzer, die auf ihrer Herrschaftlichen Villa bis zum I.Weltkrieg Absolutistisch mithilfe des Deutschen Militärs regierten und dann in der Weimarer Republik weitermachten bis 8.Mai zu Hitlers Zeiten, Wald und Landwirtschaft Großgrundbesitzer, die einen verkauften meistbietend den Großgrundbesitz in der BRD, die anderen sind Eigentümer bis heute, mein lieber Gott!, damit hat die BRD niemals ein Problem gehabt, bis 1949 kannte man die Adligen, die in jedem Dorf und jeder Kleinstadt das Sagen hatten, aber in der BRD ab 1949 bis heute sprach man plötzlich nicht mehr darüber, die Namen dieser Mächtigen werden seitdem verschwiegen und geschützt, das zur Freiheitlichen BRD herr uff! .." eiskalt:"Seit 1950, mit wenigen Unterbrecungen in Moihuf und Bad Humborg, wohne ich in der Burg Hagen in der Vyereysch im Schloß, wie die Leute es nannten, das ist das Herrenhaus, was dann weil baufällig größtenteils abgerissen und zum Heimatmuseum ausgebaut wurde, ja, da brachte ich die gesamten letzten 65Jahre zu, ein ganzes Leben, geduldet, ich gehörte quasi zum Inventarrrr!

Eine zu einem Kloster gehörende Nonne hatte mehr Freiheiten als ich! Aber es ging mir gut, solange ich nicht mit meinem Ehemann zusammenleben mußte. Aber ich mußte gehorchen, und nur das blieb übrig: gehorchen. Ich mußte nach seiner Pfeife tanzen. Erst nach 25Jahren Ehe, dh erst nach! der Silberhochzeit 1975 habe ich eine Spur meiner Menschenrechte zurückbekommen dank der berühmten BRDMenschenrechtskämpferin Elise Küfer. Und die 30 Jahre vorher? Meiner Familie gings ja gut, aus allen Familienmitgliedern ist was geworden, aber ich? Und Scheiden? Sowas gabs damals nicht, junger Mann! Neben der Mitgift, die mein Mann sofort investiert und verloren hatte, hatte ich nichts! außer meiner Berufstätigkeit Gutsinspektorin in Bad Humborg am Taunus und in der Wetterau Landwirtschaft noch und nöcher, ein reiches Land, meinem Verdienst, von dem er auch noch einige Jahre nutznieste, bis ich meine Berufstätigkeit, um ihn, der angeblich krank war und den ich ja pflegen mußte, aufgeben mußte, weil das erste Kind kam. Er war zwar immer zuhause, aber konnte, wie er immer sagte, als Kranker ja keinen Fingerrrrr rühren, Krank!" lacht giftig,"Krank. Und ich glaubte ihm! Daß er krank sei! Er ließ sich bedienen. Jahrelang, und ich war blöd genug; was sollte ich aber machen, ich hatte 2 Kinder, und erst von sagen wir 5Tage im Monat gelegentlichen Gelegenheitsarbeiten geprägten 15Jahre später wechselte er erst 1965 zu einer Festanstellung, die erste Festanstellung seines Lebens, da war er 45. Er hat mir seit 20 Jahren vorher, als wir uns kennenlernten, und dann in Wilder Ehe 1945 Jahre lang, ja sowas gabs 1946 bis 1949 in der WestZone, später ab dem Tag unsrer Heirat in der BRD Januar 1950 jeden Kontakt mit meinen bisherigen Freunden, Freundinnen und Arbeitskollegen verboten, ja so war das in der WestZone und auch dann in der BRD. Und das ging jeder Frau so in der BRD. Trautes Heim, die große Liebe, man konnte als Frau diesen Schund im BRDKino nicht mehr ertragen, weil die Wahrheit anders aussah, ein Unterschied wie Tag und Nacht! Die Frau hatte dem Mann zu gehorchen! Und ich? Ich liebte ihn ja am Anfang. Wenn man liebt, ist der Verstand im Eimer, junger Mann. Und ich glaubte ja an ihn! Daß mal was aus ihm würde. Daß er zB arbeitengehen würde wie ich. Mich servierte er ab. Scheidung? Der Ehemann mußte zustimmen, wenn die Ehefrau sich scheiden lassen wollte."
Inspekter:"Absurd! Ich weiß! Ähm, ich weiß das nicht aus eigener Anschauung. Aber Lady Flickenschildt, mit Ihrem eigenen BankKonto hätten Sie doch alle Möglichkeiten gehabt, Sie waren doch vollkommen Selbständig, nicht so wie unsereins, äh, die normalen Frauen äh .."
Lady Flickenschildt:"Selbständig?! Und ein eigenes Konto!Was für Geld?

Ich hatte doch nicht eine Mark! Ein eigenes Konto?! Wo leben Sie denn, Herr Inspekter?! Ein eigenes Konto durfte die EheFrau 1949 bis 1977 in der BRD nur haben, wenn der Ehemann es errrrrlaubte. Und mir hat er es *nicht* erlaubt! "Wozu willst du ein eigenes Konto. Liebst du mich etwa nicht mehr? Vertraust du mir nicht mehr?", das waren seine Worte, bis er sich Mitte der 50er Jahre für das Getrenntleben entschied. Mir blieb nur, seiner Entscheidung zu gehorchen. BRD RechtsStaat, Recht und Ordnung, nicht wahr! So war das in der schönen BRRRRRD. Wie BEERDIGEN BRRRD, Mir ließ er im Gefängnis unserer Ehe gnädig den Freiraum, mich senilen vermögenden Herrschaften anzudienen als Gesellschafterin und Gouvernante ihrer Gören, um diesen Gören den Arrrrrsch abzuwischen, so erniedrigen mußte ich mich noch nicht einmal zu Hitlerszeiten, ich habe gesagt: sowas mache ich nicht, den Gören von irgendwelchen faulen Ehefrauen von hohen SSTieren in Sprottau den Arrrrsch abwischen, da sollnse mich zu irgend einem anderen Dienst verpflichten!, da hamse ganz schockiert geguckt und gesagt: so darfste doch nicht reden Mädel!, und da hamse mich zu nem BüroJob in der Verwaltung zwangsverpflichtet; den Gören den Arrrrsch abwischen, das war die Realität für mich in der BRD, auf deren Herrensitzen zu hausen nicht mehr als wie ein Geselle auf Kost und Logis bei seinem Meister, ich war nur eine mich erniedrigende mich demütigende geduldete Frau, die sich ihr Brrrrot verrrrdiente!"
Inspekter:"Aber Flickenschildt und Hemmingfield sind doch Familien von Rang und Namen!"
Lady Flickenschildt:"Von Hühnerhof Vorrrr 500Jahren, Herr Inspekter, zu Hitlerszeiten wurde die Bevölkerung dazu angehalten, Ahnenforschung zu betreiben! Mittels der Kirchenbücher! Wenn Sie vielleicht .. Der Pfarrer ist sicherlich sehr hilfsbereit, kann ich nur empfehlen, .. , vorausgesetzt, Sie sind Evangelisch getauft, Herr Inspekter."
Inspekter lachend:"Meine Familie is evangelisch, so weit ich denken kann. Flickenschildt Hemmingfield waren und sind berühmt im Landkreis Offebach. Lady Flickenschildt, bedenken Sie, das Ansehen einer Familie is ja nichts Privates mehr sondern gehört der Öffentlichkeit. Es gab häßliche Gerüchte .."
Lady Flickenschildt leutet mit der Schüttelglocke, energisch spöttisch weiter:"Familien von Rang und Namen?, aber doch heutzutage nicht mehr!, Herr Inspekter."
Eddy Arendt erscheint:"Mylady?!"
Lady Flickenschildt:"Na sowas aber auch, nun hab ich aber wirklich garrrr keine Zeit mehr, es tut mir so leid, Herr Inspekter, ich kann nun auch nichts

mehrrrr drrrran änderrrrn, es ist meine traurige Pflicht, alleine das Verrrrmögen unserer ehrwürrrrdigen Familie zu verwalten. Keine leichte Aufgabe fürrrr so eine schwache Frrrrau wie mich", und mit blasiertem Blick auf James,"James?, der Herr Inspekter möchte gehen."
Inspekter:" .. aber Sie müssen doch wissen .."
Lady Flickenschildt:"Ich habe ein gutes Gedächtnis, Herr Inspekter, ich vergesse nichts, was man mir einmal angetan hat."

"Skandalös", sagt der Pfarrer, während er dem Inspekter und den Polizisten den Zugang zur Kirche verwehrt,"Skandalös, Herr Inspekter. Jedoch als Vorsteher dieser Kirche verweigere ich Ihnen den Zutritt. Zumal bin ich auch die falsche Adresse. Stellen Se erstmal n Antrag!"
Inspekter auf das nicht gefaßt gewesen prallt zurück:"Was bilden Sie sich ein!? N Antrag. Bei wem denn? Beim Pfarrbüro?!"
Pfarrer:"Bei der Evangelischen Bischofskonferenz."
Inspekter:"Machen Sie den Weg frei!"
Pfarrer:"Es tut mir so leid. Aber ich bin nicht befugt dazu, Ihnen den Weg freizugeben. Da müßte ich erst n Antrag stellen."
Inspekter:"Wenn das Amt sagt: Haussuchung, dann is! Haussuchung!", kurz vor dem Schlaganfall.
Pfarrer:"Ich wüßte einen Weg."
Inspekter wider erwarten demütig angekrochen kommend leise:"Und welchen?"
Pfarrer:"Wenn Sie als Evangelischer Christ Ihre Sünden bereuen."
Inspekter mit einem mutmaßlichen vermeintlichen Überbleisel seiner Bildung:"Aber sowas gibts doch gar nicht in der Evangelischen Kirche!"
Pfarrer:"Sie können nach Evangelischer Tradition an einem Bußgottesdienst teilnehmen, der Termin ist VierteUährlich. Den Termin entnehmen Sie bitte den ausliegenden Ankündigungen. Da und nur da, Herr Inspekter, werden Ihnen Ihre Sünden vergeben, aber vorausgesetzt, .."
Inspekter:"Ach hat diesä Schwindel sogar aach noch ne Bedingung?!"
Pfarrer:"Selbstverständlich nur, falls Sie bereuen, ansonsten sind Sie verloren!"
Inspekter zurückprallend:"Abä ..", sich den Schweiß von der kalten Stirn wischend.
Pfarrer:"Des sin ja nun de Spezialbedingunge. Daneehbe gibts ja aach e ganz aafache Weehjsch."
Inspekter:"Un?"

Pfarrer:"Des ist der Weesch mit dem Zauberwort."
Inspekter Schlaganfall:"Was maanste?! Zaubäwott, Zaubäwott, Ai, woher soll ich denn erscheaan Zaubäwott kenne!?"
Pfarrer:"Klaaner Schärtz. Abä mir sin für jeden offen. Sogar für Polizisten! Komm Se nai! Scheinbar hawwe Sies bitternotwendisch."
Inspekter:"den Haussuchungsbefehl haben Sie ja", winkt der Hunderschaft Polizisten, ihm zu folgen ..
Pfarrer steckt das Dokument dem Inspekter geknüllt in die Jackettasche wütend:"Ihren Haussuchungsbefehl könnSe sich an den Hut stecken! Nur hereinspaziert. Heute mach ich mal ne Ausnahme! Von rechts wegen dürfen Sie hier gar nicht rein."
Inspekter und Willbätt stutzend hinein in die Kirche.

Sehr später Nachmittag inmitten des Dorfes, der letzte Vorstadtzug ist in die Frankfurter bzw Darmstädter Vorstadt Viereischenhagen eingetroffen, Abertausende Autofahrer nutzen besser die umliegenden MuseumsAutobahnen, die Leute bei den letzten Einkäufen. Vom Dorfbahnhof kommend Miss Marple:"Briefmarken! Nicht wahr, brauchn mer doch. Oder? Und hinterher gehn mer zum Layä, dann in´ Konsum am Heckenweesch."
Mr Singer:"Da hawwe mer abä noch weit Loofm."
Miss Marple:"Stelle Se sisch net so an, Mr Singer! Mir mache doch jeden Abend emo ums Ringel!"
Mr Singer:"Und welschen denn?!, de aane oder de anner? Ach de Dings, wo mer neulisch des Sondäangebouht .."
Miss Marple:"Genau den."
Mr Singer:"Des ist aba noch viel Loofm!"
Miss Marple:"Des wird uns schon net schade! Den aktuellen Einkaufszettel vonde Pinnwand am Kühlschrank, den haben Sie ja zum Glück dabei, Mr Singer, nicht wahr."
Mr Singer:"Briefmarken? Ich weiß nicht. Kartoffeln sind alle, und auch Obst und Gemüse, glaub ich, haben wir noch Kartoffeln?, ich weiß nicht mehr, und als Letztes in Konsum, was brauchn mern da?, na ich guck mal den Einkaufszettel, wo hab ichn deehn?", kramt in seinen Taschen, er findet ihn nicht,"den muß ich ufm Telefontischl nebem Kühlschrank vergessen haben!"
Miss Marple:"Aber Mr Singer!"
Mr Singer:"Ach, ich Tolpattsch, ein Versehen!"
Miss Marple:"Versehen gibt´s nicht. Vorher die Gedanken zusammennehmen!"

Mr Singer:"Ich werde versuchen, es mir zu merken, Miss Marple."
Inspekter mit Miss Marple und Mr Singer gemeinsam im Berufsverkehr Feierabendbetrieb, die ganze Stadt ist vorm Feierabend nochemo uf den Beinen, kurz vor Geschäftsschluß dh 17.55Uhr in die Post eintretend, alle annern Geschäfte haben bis 19Uhr, Supermärkte am Heckeweesch habe bis 20Uhr offe, de Inspekter:"Miss Marple! So ein Glück. Isch maan, so ein Zufall! Isch könnte ja jetzt mit meinem Kriminalistischen Erfolg angeben, aber so etwas is mir fremd. Dieser Kriminalfall is abgeschlossen, der Übeltäter is hinter Gittern."
Miss Marple gütig:"Erfolg! Endlich! Wie schön für Sie!"
Mr Singer:"Gratulation!"
Postfrau am Schalter:"Fröhlichen Tag! Womit kann ich dienen?"
Alle drei:"Guten Tag!"
Miss Marple zur Postfrau:"Briefmarken!," und sich zu Mr Singer wendend,"wir brauchen doch Briefmarken, oder?"

Mr Singer vor Scham unangenehm die Achseln zuckend.
Inspekter strahlend zur Postfrau dann zur Allgemeinheit der sich hinter ihnen anbahnenden für die BRD so typischen Warteschlage und besonders zu Miss Marple und Mr Singer des Erfolges wegen gutgelaunt:"Die Haussuchung der Evangelischen Kirche hat ja wie zu erwarten nichts gebracht; wir haben ihn aber jetzt verhaften können, der wird sitzen, bis er schwarz wird, ich habs ja immer gesagt. Es war auch langwierig und schwierig, aber wie konnte man auch ahnen, daß der vielmals wegen Falschmünzerei vorbestrafte FalschmünzerCharlie seine Finger bei soner fiesen Falschmünzerei im Spiel haben könnte!"
Miss Marple:"Hat Ihnen Lady Flickenschildt nicht vom Pfarrer und den Kirchenbüchern gesprochen?"
Inspekter lacht verunsichert:"Kirchenbücher, wen interessieren denn .."
Miss Marple:".. Kirchenbücher? Das ist wie Standesamt für die Bevölkerung sowas wien Heiligtum: Deswegen ist das Gebäude hoch angesehen in der Bevölkerung, deswegen genießen sogar in der Atheistischen Mehrheit der Bevölkerung Kirchen Ansehen trotz jeglicher Streitereien mit den Christen und Streitereien unter den Konfessionen. Die bis auf den heutigen Tag Jahrzehnte und Jahrhunderte alte Dokumentation über die Menschen, Geburt, Tod, Leben, Heirat, Kinder .. alles steht da drin, kurz und knapp ein Heiligtum. Kirchenbücher sind mit das Wertvollste, was eine Kirche zu bieten hat."
Inspekter verwirrt unsicher, dafür aber entschieden abschätzig:"Standesamt!,

ph! Was geht mich denn die poohplische Bevölkerung an!? Ich habe meine Arbeit zu machen. Ich finde, die PolizeiBehörde is wichtiger, Miss Marple."
Miss Marple vor den immer unruhiger und interessierter werdenden Menschen in der Warteschlange hinter ihr und vor der immer interessierter guckenden und lauschenden Postschalterfrau eine riesige Landkarte ausbreitend:"Standesamt Unsinn! Sie haben ja *so* recht, Herr Inspekter. Mal was anderster. Was sagen Sie zu dem zu jeder Kirche gehörenden Keller mit den Kirchenbüchern, Herr Inspekter?"
Inspekter rotgeworden:"Was fürn Keller?! Wir haben keinen Keller gefunden .."
Miss Marple:" Sehen Sie mal hier, Herr Inspekter. Wir kommen gerade von der Universität des 3.Lebensalters, Herr, Inspekter, Sie wissen doch, Frankfurt/Main, wo wir fanden, was zu wertvoll ist, als es im Heimatmuseum auf der Burg in Viereischenhagen aufzubewahren: die detailierte Originalkarte der Burg Hagen in der Viereisch von 1395 ! Die durften wir kopieren in der Präsenzbibliothek .."
Inspekter entschieden unangenehm verunsichert:"Spannen Sie mich nicht auf die Folter! Ja weiter weiter Tempo Tempo!"
Jemand sisch aus der Warteschlange ungeduldig vordrängelnd:"Ja und was ist denn da nu uf de Landkarte druff!?"
Mr Singer:"Und da haben wir neben dem See zusätzlich zwei seltsame Gewässer entdeckt!"
Inspekter:"Was interessiert mich denn ein Gewässer oder aach zwaa!"
Miss Marple:"Eins zengsrim um die Kirche, n normaler Abfluß also ganz praktisch ein Abwasserkanal .."
Inspekter interessiert geworden:"Und?"
Miss Marple:" ..bei der Kirche unden bei de Grundwasser ein Keller im Grundiß mit einem aufwendig gemauertem weiter führenden aber vor 40Jahren zugemauerten und zuzementierten Gang, Herr Inspekter. Dieser Gang ist offensichtlich der unter dem Burgweiher verlaufende Gang, vom Burgweiher de sagenumwobene Höhle von de Legende, was ja jedes Kind in Vyerschehoaa waas."
Inspekter:"Isch waas es net!"
Miss Marple:"Ai Sie sin ja aach net von hier; ma hörts am Akzent. Dieser Gang führt 350 meter weiter im Underholz eines Jahrhundertealten öden brachliegenden Grundstückes auf der anneren Seide des Weihers wieder an de Oberflasche."
Mr Singer:" .. ich saahche nur: Grundriß der heutigen Kersche."
Inspekter:"MaaneSe? Die hatten ebe damals schon mit nasse Källänn zu

407

kämpfe. Im Grundriß der heutigen Kersche."
Miss Marple:"Nein nein nein nein. Ma hätte maane kenn, die ham da unde n Brunnen. Wozu des? Herr Inspeker! NEBEN dem Grundriß des heutigen Kirchenkellers, Herr Inspekter, dh außerhalb der Kirche, außerhalb des Kirchengrundstücks!"
Inspekter:"Woas?!"
Mr Singer:"Sehen Sie mal, Herr Inspekter, die waren damals pfiffig: als die Heiden bekehrt worden waren, hat man zuerst die Heidnischen Tempel und das dazugehörige Areal vollständig verwüstet. Dann sahen die Christen, daß es mehr Eindruck machte, die Heidnischen Tempel zwar zu zerstören, aber gleichzeitig das somit gewonnene Baumaterial genau an derselben Stelle des vorher Heidnischen Tempels für den Bau einer Christlichen Kirche zu nutzen, dh, um erst recht deutlich zu machen, daß die Heidnische Epoche der GriechischRömischGermanischen VielGötterei nunmehr endgültig vorbei ist, demonstrativ als Baumaterial an gleicher Stelle in den Bau einer Christlichen Kirche zu integrieren. Christlich war katholisch bei Karl dem Großen. Wußten Sie das?!"
Inspekter:"Isch! .." sich würgend an den Schlips greifend.
Mr Singer:"700Jahre später hat dann die Reformation die meisten Katholischen Kirchen ohne allzuviel Veränderung in Evangelische Kirchen umgebaut, der Umbau erstreckte sich nicht nur auf eine zusätzliche Kanzel sondern auch auf einen veränderten Glockenturm und wenn notwendig ein neues Dach, selten wurde manche katholische Kirche jedoch auch stärker zerstört zB vollständig niedergebrannt, von den meisten der bei der Reformation beschädigten katholischen Kirchen blieben ob gering oder stärker beschädigt meist zum größten Teil unverändert wenn nicht sogar alles der Außenmauern, der Grundfesten und der Keller erhalten. Mancher Keller war geheim mit einem geheimen Fluchtweg versehen, so man im Kriege überfallen und die Kirche erobert werden sollte, so konnten im letzten Moment beispielsweise noch die Nonnen: zB im Nonnenbusch/Sprottau/Niederschlesien vor dem Feind flüchten, anstatt von den Feindtruppen vergewaltigt, versklavt und/oder niedergemacht zu werden. Weil diese Keller geheim waren, sind diese Keller, bezüglich von in zeitlicher Abfolge beiden Konfessionen genutzter Kirchenbauten in der Katholischen Epoche sowohl nur den Katholischen Pfarrern wie auch in der Evangelischen Epoche nur den Evangelischen Pfarrern über Jahrhunderte bekannt, und, weil geheim, mit gutem Grund auch nicht auf einem gewöhnlichen Grundriß. Diese Karte ist eine Ausnahme. Man sieht hier den Grundriß der Kirche, und daneben den Keller."

Inspekter plötzlich rotgeworden:"Was für ein Keller?"
Miss Marple:"Kurz Herr Inspekter: was Ihnen heute knapp entgangen ist bei der Polizeilichen Haussuchung, sehen Sie hier, Herr Inspekter!", zeigt, während Mr Singer die riesige Karte auseinandergefaltet hält und die Leute nunmehr ohne Geduld in der Warteschlange sich, um einen Blick zu erheischen, nach vorne drängen, mit dem Finger," direkt unter der Kirche, und in nächster Nähe neben der heutigen Kirche, ein zweiter Keller und zwar von völlig unbekannten Ausmaßen, einfach übersehen von Ihnen, Herr Inspekter."
errötet bis in die Ohren der Inspekter:"Abä!.."
Postschalterfrau:"Was ist denn jetzt?! Halten Sie hier net de ganse Verkehr uf!" Hinter ihnen hat sich eine BRD-typische lange Warteschlange geduldiges Warten gewöhnter Kunden aufgelöst in einen ungehörig wissbegierigen undisziplinierten Haufen.
Miss Marple bedauernd:"Was wird der County Mirror wieder schmieren!"
Inspekter sturr:"Jetzt bleibenSe mir abä vom Hals mit de Keehseblatt, Miss Marple! Des sin doch Hirngespinste!"
Alle drei zerstritten und verstimmt ab. Nun nehmen die Wartenden augenblicklich wieder Aufstellung in Reihe wie Gänsemarsch typisch für BRD diszipliniert ordentlich.
Als nächstes in der langen Schlange kommt an den Schalter, ein Pärchen:
Mann zur Postfrau:"Guten Tag ! Briefmarken!," und sich zu seiner besseren Hälfte wendend,"Du Else, wir brauchen doch Briefmarken, oder?"
Postschalterfrau die Hände übern Kopf zusammenschlagend

Viereischenhagen Burgruine: behäbiger Nieselregen

Mr Singer:"Ein Wetter ist das?! Diesen Städtischen Grün-Service, das kann man doch nicht von uns verlangen!"
Miss Marple:"Auf, Mr Singer! Stellen Sie sich mal vor, wenn alles trocken wäre! Das wär ja schauderhaft! Das wär ja fürchterlich für die ganzen armen Pflanzen. .. Und im übrigen: Im Regen is gut arbeiten! .. Wie sollen wir denn sonst an die Regenwürmer kommen!?"

Regen. An Burgmauer zugange Städtischer Gartenservice:
Mr Singer:"Und was will der neue Eigentümer?", greift vorsichtig einen Regenwurm, den er in ein Marmeladenglas befördert, worin sich schon ein paar andere Regenwürmer winden.
Miss Marple:"Das werden wir herausfinden!"

Mr Singer:".. und wenn uns einer fragt wegen den Regenwürmern?"
Miss Marple:" .., dann sagen wir:´ Umweltschutz´, Regenwürmer sind Schädlinge!, die bringen die ganze Erde durcheinander, das hat doch keine Ordnung!" und packt grimmig einen Regenwurm, Mr Singer packt einen zweiten Schädling ..

Beide an der Burgmauer der Viereischenhagener Burg, in deren Innern dh in den ehemaligen Räumlichkeiten des ehemaligen Heimatvereins neben der Evangelischen Kirche neben dem BurgTheater des zu DreiVierteln eingestürzten und verwahrlosten Römischen Gemäuers von etwa 1075 etc pp ..

Miss Marple und Mr Singer haben sich Unkraut jätend und Regenwürmer sammelnd vorwärtsgearbeitet von dem durch die Burgmauer führenden Eingang direkt gegenüber der
einem Rathause würdigen als Bismarckinischer GründerzeitBau unter Denkmalschutz stehenden 1880 gebauten und seitdem bis heute mehr oder weniger eher weniger genutzten aber seit der Modernisierenden Dörflichen Dezentralisierung durch auf Ersuchen von SPDBürgermeister Fromma um zusätzliche und zwar billigste 1970SPDPavillonbauten erweiterten und folgend nach Abriß dieser gleichen Pavillonbauten um diese neuen billigen Pavillonbauten wieder verringerten schon etwa Ende der 1970er Jahre endgültig außer Betrieb genommenen
Bismarckinischen Grundschule neben dem Weiher genannten Riesigen See neben der Burg,

auf der anderen Straßenseite benachbart durch das heute bereits seit einem halben Jahrhundert außer Betrieb genommene leerstehende Bismarckinische Viereischenhagener Rathaus, an dem sich die nicht weit entfernt anschließende Stadtmauer zu einer Burgmauer mit dahinterliegendem Burggraben wandelt, der trockengelegt seit alterher zu einem Spaziergang durch die Burganlage einläd. An diesem Durchlaß in der Burgmauer zum Burggraben sind nun unsere zwei zu arbeiten habenden Städtischen GartenserviceMitarbeiterinnen.

Ein öffentlicher Fußweg führt durch diese Burg dh durch einen Rand der Burg, den Südrand der Burg, wenn man so will, eine Burganlage innerhalb einer mittelalterlichen StadtMauer, die den BurgBau umfaßt sowie das gesamte zwischen der Burg und dem Oberen Burgtor gelegene Terrain, eine mittelalterliche StadtMauer, die sich noch heute zumindest in den Grundfesten sichtbar durch jedes der zahlreichen Privatgrundstücke der Viereischenhagener Altstadt zieht.

Nun sind die beiden in GartenarbeiterKluft mit Gartengeräten, Leitern, Eimern und Säcken hereingeschlüpft und machen sich an stark und dicht, mit Glyzinien und Wildem Wein bewachsenen Mauern nun auch hier an Regenwürmer und ans Unkrautjäten. Quasi befinden sich unerkannt als Gartenarbeiterin Miss Marple und Mr Singer, nachdem sie durch den Eingang am Gebüsch vorbeigewitscht sind und sich den minimalen Kinderspielplatz ignorierend vorangepirscht haben, am wie die vollständige BurggemäuerBegrünung alles und überall beherrschenden Gebüsch immer mehr abwärts schreitend oder kriechend bereits im Burggraben.

Die jetzigen Eigentümer Die Hemmingfields logieren in den Gebäuden des Heimatvereins, was früher damals noch der Öffentlichkeit zugänglich war. Das Anwesen wurde aufwendig gepflegt, dh die umfangreichen Grünanlagen dh Bruggraben und das für jegliches Theater geeignete BurgAmphiTheater wurden sehr gepflegt, weil das Gemäuer mit einem vorzüglichen Restaurang Attraktion dh auf deutsch: Anziehungspunkt für das ganze RheinMainGebiet ist, nunmal das größte Burggemäuer im ganzen RheinMainGebiet, wenn auch eine Ruine.

Miss Marple und Mr Singer wechseln nun von der rechten Seite des Burggrabens wieder ein Stück zurück wieder die Wiese aufwärts und über den kleinen Fußweg auf die andere Seite des ehemaligen Burggrabens. Hier gibt es, wie auch auf dieser Seite die gesamten 150Meter Gemäuer des Burggrabens von oben bis unten man sollte wohl eher sagen von unten bis oben dick und dicht umwachsen von Wildem Wein und sonstigen Sträuchern, und hier auf der linken Burggrabenseite nur ein paar und zumal kleine Fenster, die vom Heimatmuseum dh dem einst von den Eigentümern bewohnten Neubau von 1575 einen jedoch spärlichen Blick auf den Burggraben geben, der keiner mehr ist.

Eines dieser nichtswürdigen und, - ich wohnte hier 30Jahre und habe niemals auch nur einmal da raufgeschaut -, von den vereinzelten Fußgängern seit Jahrhunderten mangels Blicken vernachlässigten winzigen Fenster ist offen, 3Meter darunter im Regen unkrautjätend und unauffällig stellenweise wie

411

auch jetzt zwei Behelfsleitern von 1,50m Höhe ins Wilde Gestrüpp und sinnlos im UrwaldGestrüpp den einen oder anderen kleinen Ast abschneidend Miss Marple und Mr Singer, beide lauschen:

Miss Marple flüsternd:"Die Faschmünzerei muß hier im Römischen Gemäuer sein."
Mr Singer ebenfalls eifrig zum Fenster aufsehend und versuchend zu lauschen, flüsternd:"Römisch? 1075 nach Christus. Hm. Das müssen ein paar Versprengselte Römer gewesen sein."
Miss Marple:"Ich sag doch bloß! Dieser Raum ist das alte Herz der gesamten Burg. Auf dem RuinenGemäuer wurde neulich 1575 dieser Neubau errichtet. Ganz unter den Mauern befinden sich die Reste des Palais von 1075! Der Hungerturm mit Verbrechergerippen .."

Mr Singer voll Schauder:"Woher wissen Sie denn das, Miss Marple?"

Miss Marple aus der Haut fahrend:"Woher ich das weiß! Das weiß man eben als Haaner, haben Sie denn überhaupt keine Heimatkunde gehabt, Mr Singer? .., Katzen, Ratten und Eulen befindet sich woanders nämlich an der RuinenMauer der Postkartenansicht, die wir alle so gut kennen. Romantiker haben vermutet, daß der Cellar of CastleKeller in den Ruinen der Wohngebäude und Verwaltungsgebäude über einen noch viel tiefer liegenden Geheimgang mit dem Heimatmuseum wie auch dem Hungerturm verbunden ist." Beide haben sich rechts und links an das offene Fenster emporgearbeitet, flüstern und lauschen:

Mr Singer:"1075!"
Miss Marple:"Gell?!"
Mr Singer:"Boah!"
Miss Marple:"Still!"

Earl Hemmingfield mit der Gutsinspektorin Bella Brigitte in Viereischenhagen in der Bibliothek von Flickenschildt Castle: behäbiger Nieselregen
Earl Hemmingfield:"Finanzbetrug ist de facto Geldwäsche, Internationaler Strafgerichtshof Welch böse Verleumdung! Geldwäsche welch häßliches Wort, das kann man auch feiner sagen!"
Gutsinspektorin:"Die Konten sind eingefroren. Da kommen Sie nicht mehr

ran."
Earl Hemmingfield:""""Kurz vorher habe ich alles abgehoben. Die Konten sind leer bis auf einen KickifacksBetrag der Löhne der Mitarbeiterinnen und Mitarbeiter für die nächsten 4 Wochen. Das können die einfrieren, bis se schwarz werden."
Gutsinspektorin:""""Ja, und wo ..?"
Earl Hemmingfield:"Nicht so vorschnell. Sagen wir gut versteckt. Wo ist das Geld hin? Verluste an der Börse, Pech, schlimm, aber sowas kommt vor. Insofern nichts besonderes. Somit wird der Richter die Anklage wegen Geldwäsche postwendend noch vor dem 1.Verhandlungstag ablehnen. Sofort indes wird man forschen und die verdächtigen Konten mit ordnungsgemäßen Löhnen einfrieren; meinetwegen. Wo kein Gewinn aus Geldwäsche ist, kann man mir auch keine Geldwäsche für diesen nicht vorhandenen Gewinn nachweisen, also gabs auch keine Geldwäsche: Einstellung des Verfahrens. Da sind sich alle Staaten in der UNO einig, Internationales Recht."
Gutsinspektorin:"Geldscheine!"
Earl Hemmingfield:"Nicht mehr als die Papierproduktion einer einzigen Ausgabe der Londoner Times! Es ist doch nur Papier, Frau Gutsinspektorin!"
Earl Hemmingfield:"Eine nicht kriminelle Form der Geldfälschung; während kriminelle Geldfälschung mit bis zu 12 Jahren Gefängnis geahndet wird. Das ist was für Insider-Dealer, dies ist Internationale Diplomatie, von diesem Deal wissen die Europäischen Bürger nichts."
Gutsinspektorin:"Man gibt also Falschgeld, und kriegt dafür Richtiges Geld."
Earl Hemmingfield:"Falschgeld! Welch häßliches Wort. Morgenstund hat Gold im Mund. Ich bin da zuversichtlich."
Gutsinspektorin:"Wären Sie nur nicht so voreilig gewesen!"
Earl Hemmingfield:"Wo man arbeitet, fallen Späne; wo man nichts macht, geht auch niemals was schief. Ich denke eben im großen."
Gutsinspektorin:"Ja, Sie arbeiten in großem Maßstab. In großem alles auf eine Karte?"
Earl Hemmingfield:"Ja, hab ich gesetzt, und Sie mache ich zur reichsten Gutsinspektorin der BRD. Der Euro! Die Welt hat drauf gewartet", hämisch höhnisch:"Woher ich diese riesigen Vermögen habe, Geldwäsche, und ich soll mal rausrücken mit den Unterlagen, weil se mir Steuerschulden aufbrummen wollen, da sagte ich bloß:"Ich habe gar kein Geld; Sie müssen sich irren!" Haussuchung Konten International eingefrorene Konten. Daraufhin hab ich es schriftlich von der Britischen Regierung mit einem rechtsgültigen Urteil, daß das Verfahren wegen Steuerhinterziehung eingestellt werden mußte. Wenn ich nun wieder zu Vermögen komme, kann

mir keiner was anhaben. Geldfäschung? Solange es keinen Britischen Euro gibt, gibts auch keine Britische Euro-Fälschung; so ein Gesetz gibt es erst, sobald der Britische Euro Gesetz ist. Aber bis dahin habe ich längst die Britischen Euros in Umlauf gebracht, da wernse nu alle staunen. den ganzen Krempel in falsche Euros ummünzen, fabelhafte Arbeit von FalschmünzerCharlie!"
Gutsinspektorin:"Wie haben Sie den denn bezahlt? In Falschgeld?"
Hemmingfield:"Ach wo! Nee, sondern in guten alten BRDEuros, eine gute Währung, solang es in der BRD den Euro noch gibt. Spaß beseite, Scherz muß sein! .."
Gutsinspektorin:"FalschmünzerCharlie sagt, er münzt Ihnen die Euros auch in Griechische Drachme, wenns mal Not am Mann wäre, und mal wieder noch ne neue Währung."
Earl Hemmingfield lachend:"Jetzt nach dem Referendum für die Einführung des Euro in UK? Sie sind ja anachronistisch und reaktionär! Wir alle BRD, Frankreich, Benelux und und und haben nu den Euro. Was dann noch für ne Währungsunion?"
Gutsinspektorin:"Haben Sie noch Britische Pfund?"
Earl Hemmingfield:"Ich habe nicht 1 Britisches Pfund mehr, ich habe alles schon in Euros ummünzen lassen."
Gutsinspektorin:" .."
Earl Hemmingfield:"Mit der I., II. und III. Welt Illegale Legale FinanzGeschäfte sagen die. Ich sage Legale Illegale Geschäfte, und das ist ja wohl was anderes! Aber die sind da pingelig. So machte man, was ich für einen Skandal halte, aus unserem an den Börsen der Welt herrschenden WirtschaftsImperium, das unangreifbar Strafen Krimineller Manager wie ich blütenrein auf die NichtKriminellen AktienInhaber abwälzt, plötzlich in Illegalem Finanzbetrug gegründete Wirtschaftskriminalität draus, unerhört!, nur wegen son paar Milliarden, das sind doch nur son paar Ziffern auf Papier. Papier. Wer benutzt heute noch Papier? Und wenn Sie so wollen, löst sich damit das Problem in Luft auf."
Gutsinspektorin erschrocken:"Bar. Das ist doch viel zu gefährlich!"
Earl Hemmingfield:"Ach wissen Sie?, gebranntes Kind! .. die US Wirtschaftskatastrophen der Kapitalistischen Hemisphere Lamyne Sisters 2008 und USBörse 1929, die Sozialistische Hemisphere blieb verschont. 270Millionen Euros davon 99% = das Papiergeld bereits ausgelagert, und 1% = Münzen hier für den Hausgebrauch."
Gutsinspektorin:"Münzen!? Hier?!"
Earl Hemmingfield:"1%, der Wirtschaftspolizei reicht das, 2,7Millionen

Euros dh umgerechnet 5Millionen WestMark 1988. Für eine Transaktion dieses sehr kleinen Ausmaßes wäre ich in einem Sozialistischen Staat damals hingerichtet worden. Würde der BRD-Staat oder der Britische Staat bei einer Haussuchung auch nur diesen meinen restlichen Betrag über umgerechnet 2,7Millionen Britische in Euro umgemünzten Falschen Pfund hier bei mir finden, würde ich für mindestens 10Jahre hinter Gitter gehen in England, man muß es ja nicht an die große Glocke hängen!"
Gutsinspektorin:"2,7Millionen Euros? .. und das weiß keiner? .."
Klaus Kinsky hinterm Vorhang heimlich lauschend.
Earl Hemmingfield:"Das weiß keiner. Das erfährt man nur über meine Leiche! Wer das rauskriegen und die Polizei informieren würde, dem würde ich mit eigenen Händen den Hals umdrehen."
Klaus Kinsky hinterm Vorhang schluckt.
Gutsinspektorin:"Und wo? .. wo ist das jetzt? Im Ausland sicherlich, .."
Earl Hemmingfield:"Frau Gutsinspektorin, und da kommen Sie ins Spiel: Sie veranlassen den Transport der Münzen hier ab nach Frankreich, ist nicht weit nach Guernsay und Jersey .."
Gutsinspektorin aus allen Wolken fallend:"Die Münzen sind hier in der Burg?! Und das Papier? äh .."
Earl Hemmingfield:"Wo sonst? Lästig so Münzen. Alles 1-EuroMünzen! Ein ganzer SchiffsContainer voller dieser Münzen liegt hier unter der Burg. Die Wirtschaftspolizei hat durchaus noch ein Auge auf die Burg geworfen, zweifelsohne. RundumÜberwachung des Burgareals. Der Abtransport ist deswegen nicht machbar ohne weiteres. Eine Großbaustelle jedoch wird uns dabei helfen! Das mehr oder weniger durchgängig gemauerte Amphitheater muß entkernt werden dh entfernt werden, entkernt! Beseitigt," lacht," das ist ne Menge Arbeit! ‚Frau Gutsinspektorin! Wegen der Bauarbeiter, die wir dafür brauchen: Die Brangsche heißt Abbruch und Entkernung. Ich schlage Ihnen konkret die Firma ´Geselliges Beisammensein´ vor, die machen sowas. Dafür brauchen wir Bauarbeiter: Eine Großbaustelle, Nun, .., offiziell Renovierung des gesamten SchloßAnwesens, Bau von 10.000 Wohnungen, Genossenschaftswohnungen, Eigentumswohnungen, Mietwohnungen, Sozialwohnungen, Straßburg, Brüssel, EUFördermittel, darum gehts doch! Wenn man das Wort Fördermittel nur hört, kommt sofort der dumme Geldesel ins Bild, darum gehts doch! Was *das* für eine Werbung ist! Das können Sie sich ja vorstellen! Es geht nur um diese Werbung! BRD-Staatliche Fördergelder und EUFördergelder für aus den Fingern gesogene Luftschlösser, Seifenblasen, Opium für das Volk, meine Güte!, *Ich* habe das doch nicht erfunden. Und wenns noch keiner erfunden hätte, hätte ichs selber

erfunden. ArbeitsamtMaßnahme mit EUFördergeldern zusammen ist zumal Sozialismus: Kapitalistisch rechnet sich 1EuroJobs und Arbeitsamtmaßnahmen samt Subventionen gar nicht, also die Marxisten-Leninisten dh die Kommunisten von heute, die können uns gar nichts vorwerfen, weil wir im grunde überhaupt nichts Kapitalistisches anstellen, SehenSes doch mal so; Wir haben uns rein gar nix vorzuwerfen; wir sind mit dem Volk für das Volk. Finanzbetrügereien auf Kosten des Volkes. Dafür steht in manchen Staaten der Welt Todesstrafe, zum Glück nicht im BRD-Staat, in der BRD steht dafür die Auszeichnung mit einem Orden. Daß sich ein paar oder viele Firmen finden, die sich an den EUFördergeldern vergreifen dh beteiligen wollen, solange dies noch gibt. Und wenn sich ein paar Firmen mit Bankrott zurückziehen, da gibts doch noch genug andere. Meine Güte! Von BRD die EU-Fördermittel fließen noch und nöcher für die Burgruine, die Sache läuft. Sang und klanglos können bis zur Fertigstellung des Rohbaus in 2Jahren die beteiligten Baufirmen bankrott gehen und ein Großteil der EUFördergelder versickert ins Nichts. Die Geschäftsleute freilich nicht; die gehen aufs Gewerbeamt, lösen die Firma auf und gründen eine neue am selben Tag. Ich habe das selber zigmal in meinem Leben gemacht, meine Güte!, man kann davon leben, nicht allzu schlecht: und das ist doch nur Papier und Schreibarbeit. Aber erst in frühstens 4Wochen kauft die BRD mir das Burgareal ab, sobald alle Wohnungen von WohnungsbauFirmen gekauft worden sein werden und dann erst der erste Spatenstich erfolgt, die Hälfte der 10.000 Wohnungen sind jetzt schon verkauft, rechtskräftig wird ies alles erst in 4Wochen, dann erst wird von höchster BRD-Parlamentarischer Instanz die Sache überhaupt abgesegnet oder auch nicht, daß der BRD-Staat die Sache kauft und garantiert, das kann keiner garantieren, ich garantiere es nicht, wie sollte ich?, ich hab das schon mit dem Kultusministerium .."

Gutsinspektorin:"Hessischer Kultusminister?!"

Hemmingfield:"Selbstverständlich! Die kennen mich schon!: Hessisches KulturMinisterium. Die sind dafür zuständig, ein Sozialprojekt von Hemmingfields, das wird berühmt, eine Eintagsfliege, eine berühmte Eintagsfliege, Kriminalität, die morgen vergessen ist, weil sich dann schon wieder andere Verbrecher auf EUFördergelder gestürzt haben, das wird, bis wir zwei stiften gegangen sind, in ein paar Wohen müssen wir allerdings verschwinden, dann bricht das ganze nämlich wie ne Seifenblase zusammen, es gibt viele schöne Länder auf der Welt, wo es sich leben läßt, uns noch 1-2Wochen lang Ruhm in der Bevölkerung einbringen, wo wir bisher zugegeben, ich leugne es ja gar nicht, ich bin ja nicht unveschämt, auf

anderen Kontinenten und auch hier in der BRD Hunderttausende
Aktieninhaber ganz fies geschädigt haben, das ist fies aber eine Marktlücke
gewesen, wenn nicht ich, dann hätts ein anderer gemacht, ist wie Illegaler
Drogenhandel, ist eben der Böse Kapitalismus, ich kann nichts dafür, Sie
werden sehen, die das gesamte Burgareal kontrollierende
WirtschaftspolizeiPersonal wird voll und ganz abgezogen werden, sobald aus
der Burgruine eine Baustelle wird, dafür sind Sie mir verantwortlich, Frau
Gutsinspektorin!, das wird dann nicht mehr mit einem einzigen
WirtschaftsPolizisten sondern nur noch vom Bauamt kontrolliert, massenhaft
Lastwagen, Kipper, Kräne, Betonmischanlagen, manche Gebäude werden
abgerissen, Schutt in Rauhen Mengen, und bei dieser Gelegenheit, sobald
sich das eingespielt hat, Mein Name bleibt hier völlig draußen versteht sich;
Sie, Frau Gutsinspektorin, ziehen jetzt die Baustelle hoch mit den Behörden
und Ämtern, in einer Woche haben wir den 1.Baustellentag sagen wir so
3Tage später werde ich ins Ausland müssen und erst 2-3Tage später
wiederkommen, währenddessen, dh gleich am 1.Tag nach meiner Abreise
ziehen Sie alles über die Bühne, das werden Sie schon schaffen, und ab dafür
immer nach Westen an die Französische Küste bei Jersey und Guernsey,
wenn die Baustelle am Rotieren ist und die Bauarbeiter die Hälfte der
Fundamente für die Tiefgaragen und Hochhäuser ausgeschachtet haben, da
schaffen Sie die Münzen weg."
Gutsinspektorin:"Ich denke die sind schon im Ausland."
Earl Hemmingfield:"Richtig: versteckt in einem Container Fernseher nach
China .."
Gutsinspektorin:" nach China? Das kommt doch von China nach BRD, und
nicht andersrum."
Earl Hemmingfield:"Doch, ausnahmsweise, ein Produktionsfehler, sowas
kommt vor, hab ich den Zollbeamten gesagt, eine Fuhre
PlattenbautenFernseher aus China habe ich wegen einem Konstruktionsfehler
zurückrufen lassen und somit zur Reparatur wieder zurückgehen lassen,
Dienst am Kunden, momentan unterwegs auf einem Containerschiff auf den
Weltmeeren."
Gutsinspektorin:"Wußt ichs doch."
Earl Hemmingfield:"Die Zollbeamten wollen das Containerschiff im
Indischen Ozean durchsuchen, ist ja lächerlich! .. Dabei ist das 270Millionen
Britische PfundVermögen seit Monaten zu 99% feinsäuberlich für die
Englische Südküste abtransportbereit in einem Schuppen auf
Jersey/Guernsay, der restliche 1% ist hier im Schloß. Es weiß nur keiner. Und
in 14 Tagen wäre es auch egal, wenn es einer wüßte, denn binnen zwei

Wochen wird das umgemünzte falsche MonopolyGeld bereits weg sein nämlich im Umlauf der Britischen Euro-Währung des United Kingdom, unerreichbar für die Zollfahndung und die Wirtschaftspolizei. Das Britische Königshaus wird in 2 Wochen offiziell die Einführung des Euro unmittelbar nach dem Referendum verkündet haben. Die EuroAbstimmung in Großbritannien, da mach ich mir gar keine Sorgen, wenn die Prozente nicht reichen, da finden sich genügend legale illegale Hilfsmittel; EuroAbstimmung ist ja immer von vornherein klar gewesen ein Ja zum Euro, siehe BRD, Frankreich, Griechenland und und und; und wenn England nach Verlesung des ReferendumsErgebnisses dann somit den Euro einführt, was ja nun sicher ist, Frau Gutsinspektorin, darin werden Sie mir ja wohl zustimmen, dann wird für mich der große Moment kommen, ich habe die verbrecherischen Steuern eingespart; und gegen ein Barvermögen kann keiner was sagen, wenn man es augenblicklich wieder investiert, was denken Sie, wie mir Europäische Staatsoberhäupter die Hand drücken werden, wenn ich in Wirtschaft investiere!, investiert in Aktien zB, und genau das habe ich vor. Mein Konzern hat zwar SteuerSchulden von einigen Milliarden, aber wo nichts ist, davon kann man auch keine Schulden bezahlen, auf dem Papier habe ich dann dieses ganze Vermögen nicht einmal auch bloß nur eine Sekunde gehabt, - die Internationale Wirtschaftskommission der UNO hat mir vorab schon bestätigt, daß man sich mit solchen Lappalien gar nicht befaßt - , über alle denkbaren Börsen der Welt verteilt wird das Geld dann in meine IndustrieFirmen wieder eingespeist, rückinvestiert, und alles ist gehabt wie zuvor, nur ich anstatt um ein paar Milliarden Strafgelder und Steuerschulden ärmer um ein paar Milliarden reicher, an der Strafverfolgung und an der Steuer vorbei, wer will mir das vorwerfen, aber soweit sind wir noch nicht, Frau Gutsinspektorin!"
Gutsinspektorin:"Und was für Euros sind das? Französische?"
Earl Hemmingfield souverän:"Britische."
Gutsinspektorin aus allen Wolken fallend:"Euros!? Und was nun, wenn Großbritannien aus der EU austritt?"
Earl Hemmingfield souverän:"Das ist dergleiche Unsinn, wie daß die BRDBevölkerung den Euro zurückgibt, es *ist* unmöglich!"
Die Bank of England hat eigene EuroMuster, ich habe 100%ig rechtmäßig nach den Herstellungskriterien der Bank of England hergestellte Britische "Euros". Bar, auf keinem Konto der Welt."
Gutsinspektorin:"Und sollte was schiefgehen .. !?"
Earl Hemmingfield mit säuerlichem Gesicht:"Ich bin im Moment so arm wie eine Kirchenmaus."

Kinsky Nahaufnahme Gesicht unentschlossen panisch, reflektiv in sich sinnend immer ärgerlicher ..
Gutsinspektorin:"Sie sind doch ein alter Fuchs!"
Earl siegreich schmunzelnd:"Das kriegt kein Affe mit! Das weiß kein Arsch!"
Kinsky Nahaufnahme Gesicht reflektiv in sich sinnend entschlossen wütend über dieses nette Paar.
Beide energisch aus dem Raum türenknallend.
Klaus Kinsky hinter dem Vorhang voller Angst hervorkommend, zur Tür und leise raus.
Miss Marple:"Guck an!"
Die beiden GartenServiceFirmenArbeiter Miss Marple und Mr Singer nebeneinander auf den Leitern, Miss Marple so dahinsagend:"Das Leben isne Hühnerleiter."

Der RentnerGenove FalschmünzerCharlie faltet demonstrativ die Zeitung auseinander, während er den Blümchenkaffe des neben dem Sprendlinger PolizeiRathaus gelegenen StraßenCafés trinkt, er ist der einzige illustre Gast dieses Vormittags, - er macht sich nichts aus Blümchenkaffe - guckt versonnen in die Zeitungsartikel, guckt versonnen von der Zeitung auf, - er macht sich nichts aus Blümchenkaffe, er hatte sich noch niemals was aus Blümchenkaffe gemacht, aach ja, die schöne Studentezeit, von der er nischts gehabt hat, aach ja, die schöne Jugend in de 70er, ach wenn er daran dachte, damals noch zu BRD-Zeiten, gell?!, da zahlte man gute WestMark 1988 im Unterschied zum RealSozialistischen Ausland DDR, wo man im Lokal für gutes Geld auch Kaffe bekam, der sich Kaffe nennen konnte, indes in der Kapitalistischen BRD schon damals nicht für die Qualität des Produktes sondern für das Sonnenlicht, die Atemluft, den Sitz, den Tisch, die Aussicht auf den Straßenverkehr und die Dauer der Anwesenheit "im" Lokal, man hätte auch Spülwasser in die Kaffetassen schütten können und das macht man zweifelsohne auch ein Vierteljahrhundert später weiterhin noch heute 2016 gegen gute Euros versteht sich, und es schmeckte damals wohl auch nischt anderster, und genauso schmeckt es heute nischt minder; ich habe mein Lebtaglang 30Jahre lang in Sprendlinge keinen Kaffe in Lokalen getrunken, der sich Kaffe nennen durfte; ich bin in Sprendlinge aber auch nur selden ins Lokal gegange, um Kaffe zu trinke, weil ich den dahaam in Viereischehagen hadde, und vor allem ist der Vyereyscher Stadtteil Viereischenhagen noch lange net der Vyereyscher Stadtteil Sprendlinge, so daß ich mir darüber keine Meinung erloobe daff;Anm.d.Verf. - , und guckt im 2016 heutigen GroßStaat eigenen Sprendlingen versonnen auf die Frankfurter Straße dh über Sprendlingens mit dichtem Straßenverkehr befahrene Hauptstraße auf die andere Straßenseite, wo 1969-1973 einst das DKP war, ach die schöne Kindheit, Armedei!, wie romantisch, auf dem Bürgersteig 1xhingeflogen ein Loch in der Hose, eine Katastrophe, weil du hast nur 1 Hose!, da muß man sich irgendwann noch eine neue Hose abzwacken von den Nahrungsmitteln, die man dafür weniger hat, ein Paar Schnürsenkel ne Katastrophe für die Familie, das merkte man an dem andauernden Gebrülle zwischen den Eltern, Angst und Schrecken, Zähneklappern, immer dieses Weinen, immer dieses Herzeleid, nicht genug Essen, nicht genug Kleidung, Sparen anstatt normal leben, *das* war die Realität, schöne Kindheit in der BRD, ach ja, damals, wie schön, der allererste überkanditelte Supermarkt des RheinMainGebietes, sogar mit frischem Obst und Gemüse; frisch?, naja, dem Obst und Gemüse sah man die Frische nicht immer an, jedoch die hohen Preise; für Normale ist Supermarkt 1969-1973 noch unerschwinglich. Von Haus aus gelernter Tresorknacker betrieb über ZinnFigurengießen zur HobbyChemie gekommen FalschmünzerCharlie das Falschmünzerhandwerk nur aus Verlegenheit, es rentierte sich, und er blieb dabei. Wo er noch als Jugendlicher versuchsweise, nur als Jux, der heimischen Bank erfolgreich selbstgegossene WestMarkstücke andrehen konnte, lernte er, daß das Zukunft hatte. Die Einführung des Euro vereinfachte so manches, denn das Euro-Stück ist einfacher zu fälschen wie die WestMark. Jedoch neulich vor einem Vierteljahr, also 2016 im Frühling, hat er das Geschäft seines Lebens gemacht: für, sein Auftraggeber sagte:"ein ganz neues Kinderspiel auf dem Markt!, Ein Jux! Mit echtem Falschgeld eine NomopolyDeluxeVersion! Das wird der! Renner!" sagte sein Auftraggeber, FalschmünzerCharlie dachte:".. im grunde vollkommener Quatsch, aber was ging ihn das an, wenn er für die Dienstleistung gut bezahlt wurde?! Er hat Echte Französische Euros in Falsche Französische Euros umgemünzt. Und weil der Auftraggeber zufrieden gewesen ist, - die Bank wußte nicht die echten von den falschen zu unterscheiden - , hat er nun mit einer Originalen Anweisung der Bank of England für die unmittelbar bevorstehende Umstellung der Britischen Währung Britische Pfund auf Britische Euros dasgleiche machen sollen, Französische Euros also in Britische Euros ummünzen. Im grunde ganz einfach, wenn man weiß wie. Bei den Euro-Geldscheinen indes ist das aber schwieriger gewesen, künstlerisches Talent ist gefragt gewesen, und Akkuratheit, das hat er ja gelernt in der Schule, der Verdienst ist vergleichsweise mickrig, die Arbeit ist aber vergleichsweise einfach. Bei

Münzen ist das Dumme bei der Geldfälschung nur, daß der falsche Euro bestenfalls mindestens genauso teuer herzustellen ist wie der richtige Euro. Nur kann dies dem FalschmünzerCharlie ja egal sein, er wird ja nur für die Dienstleistung der Herstellung des KinderspielFalschgeldes bezahlt. Vorauszahlung erfolgte vor 2Monaten 125.000 Euro bar auf die Hand, 4Wochen Schwerarbeit, Arbeitsende vor 4 Wochen; FalschMünzerCharlie hat längst einen neuen und noch besseren Arbeitsauftrag in Aussicht. Und die für das Kapitalistische KinderGesellschaftsspiel hergestellten falschen Euros bringt er ja nicht in Umlauf, damit hat er ja nichts zu tun, sondern das macht über dieses neue Gesellschaftsspiel ja sein großzügiger Auftraggeber selber, und das geht FalschmünzerCharlie ja von rechts wegen nichts an.

Den Riesenbetrag, um den es sich handelt, kann ich hier verständlicherweise aber nicht nennen, ich kann nur so viel sagen, es ist wie zu erwarten einfach gewesen, wenn auch bei den Münzen aufwendig, so daß für einen Fälscher alleine nichts daran zu verdienen ist. Aber FalschmünzerCharlies Dienstleistung wird sehr gut bezahlt.
Offiziell ist FalschmünzerCharlie für einige Tage im Jahr "Unternehmensberater", der sehr gut bezahlt sehr gut darin wirkt, Unternehmen zu empfehlen, wen sie alles aus der Belegschaft entlassen sollen, keine große Kunst. Hauptsächlich wirkt er aber im Künstlerischen Bereich: das Falschmünzen ist sein Ein und Alles.
Da gucken Willbätt und der Inspekter aus dem Fenster auf die Hauptstraße herunter:
Inspekter:"Guck an! Da is ja FalschmünzerCharlie!"
Willbätt:"Der führt doch bestimmt wieder ärschenwas im Schilde!"
Inspekter:"Ai logisch!", griesgrämig irgendeinen ganz neuen nichtssagenden Urlaubsprospekt irgendeiner der umliegenden Ortschaften zur Hand nehmend und ablesend:"
Der Burggraben, der seit etwa 700Jahren trockengelegte Burggraben, dh der Burggraben hatte nach Grundsteinlegung 1050 bereits 250Jhre später dh etwa vor 700 Jahren 1300 seinen VerteidigungsZweck weil zu altmodisch und zu aufwendig eingebüßt dh das Wasser wurde abgepumpt und der Burggraben vollständig trockengelegt, und zusammen mit dem, angesichts fortschreitenden Verfalls sämtlicher BurgBauten, gesamten Burganwesen 1550 seinen Zweck eingebüßt, als die PrivatBesitzer dh PrivatEigentümer, die Reichsten Adligen des RheinMainGebietes, die Burg als zu teuer in der Unterhaltung und als nicht mehr standesgemäß abgehakt und den Regierungssitz jwd ganz woandershin verlegt hatten 1550, zurücklassend den

einzig auch weiterhin und zwar von der Bevölkerung genutzten Bau: die Evangelische Burgkirche, die angesichts der seit Bau der Burg 1050 über viele Jahrhunderte Verfall langsam und täglich und zusehends zerbröckelnden BurgMauerReste und BurgGebäudereste einzige nicht dem Verfall überlassene sondern seit der Zeitenwende 1500 ständig gebaute, renovierte, gepflegte wahre und lebendige Sehenswürdigkeit Viereischenhagens wurde und blieb,- auch wenn es, worüber alle Mietanwohner im Umkreis von 40Metern hellauf begeistert sind, am Lindenplatz das Obere Burgtor mit dem 96 mal am Tag Viertelstündigen UhrzeitBimmeln gibt -, weil als Konkurrenz dazu in dieser Evangelischen Burgkirche der Evangelische Gottesdienst gepflegt wird und von dieser Burgkirche seitdem ab 1545 und dann, parallel zu einer kleineren und leiseren 1977 neugebauten katholischen Kirche am anderen Ende Viereischsenhagens, bis auf den heutigen Tag die Evangelischen Kirchenglocken über ganz Viereischenhagen erschallen. Ausgenommen freilich diese Evangelische Kirche besteht der gesamte Rest der Burg aus dem Eigentum der Hemmingfields, ..

" das Ablesen beendend und den UrlauberProspekt der Nachbarortschaft beiseitelegend dagegen energisch mit den Fakten auftrumpfend, er überlegte schon, ob er zu seinen Worten auch mit der Faust auf den Tisch schlagen sollte, unterließ es dann aber, .., der Inspekter:" Ai logisch!, .. wovon, außer bezicklisch ärschenaanäh Abbeidsamdsmasnahme uf m Burggelände, der Hagener Bevölkerung arschentlisch nichts bekannt is .."

Willbätt von Unterlagen ablesend:"De Bevölkerung hat erst vor 4Tagen von der ArbeitsamtMaßnahme, ähm von der GroßBaustelle in der Burg erfahren."

Inspekter entschieden und grimmig und grantig:".. , so geheim is diese Transaktion gewese vor 8 Daahch!, un bekannt wurtts erscht, wie alle Vaträhsche längst unner Dach! un Fach! warn, Isch erfuhrs erscht vor ne Vertelstund!"

Nun sich vom Straßenbild Sprendlingens abwendend der Chef mit dem Assistenten aneinanderfahrend:

Willbätt:"Ai de Baustelle inde Burg. Des waas ma ja."

Inspekter:"Woher wolle Sie des nu schon wieder wisse!?"

Willbätt:"Darüber spresche se alls im Bauamd, vom Klo bin isch da grad vorbeigeloofm. Des ist neejbe de Oddnungsamd."

Insoekter:"Woher wolle Sie des denn wisse!? Was hat denn des Oddnungsamd schon wieder demit ze tue!?"

sich voneinander abwendend sich wieder dem Sprendlinger Straßenbild zuwendend:

Beide wieder unverändert vom Fenster herunter auf die Hauptstraße und den

FalschmünzersCharlie guckend.
Willbätt:"Der ist mit von de Partie! Da geh isch jede Wedde ein!"
Inspekter:"Der is seit Jahrzehnte sauber, Willbätt!, des is Verrzisch Jahre her, daß der des erste Mal weesche Falschmünzerei .. Mehrmals vorbestraft, abä nach Jahrzehnte vollständisch rehabilitiert un resozialisiert. Lassen mers guud sein. Der hat kaa blasse Dunst!"
Willbätt:"Abä Isch maan ja bluuß, .."
Inspekter:"Ach so! Ja, rischtisch Willbätt!, fir de Prämie wärs guud. Da gibts doch son Auslieferungsbefehl."
Willbätt:"Ai weehjsche was denn?"
Inspekter in Papieren vor sich wühlend, schon hat ers:"Anzeischn vom Oddnungsamt alls desweehjsche, weil: Er hat alls n Birgaschtaihsch net gekääht, hat abä bis haide kaa Buuhßgäldäh gezahlt in Dehnemack!"
Willbätt:"Is ja n *gans* schaafa Hunt!"
Inspekter:"Net so iwwertreiwen", des kann kaaner leiden! Bisl mehr Anstand! So Parole?! Is ja kontraproduktiv! Alls bei de Sach blaabe, Willbätt!, .., Also!, . , Flucht zerick ins Usland! BRD!, Ph!"
Willbätt:"Unsere Oirouhbäihsche Wertschaftsgemainschafd! Na dafir sin mer guud genuch! In Oirouhba !, wenn isch des schön herr!, .., den´gen, kennse mache, wasse wolln!"
Inspekter:"Gell?! Moomendemo, was macht ern doa?"
Willbätt:"N Auslieferungsbefehl, ai gucke da!"
Beide starren vom Fenster, se machen des Fenstäh uf, auf den FalschmünzerCharlie:
der streckt sisch un gähnt dabei, dann rülpst ä röhrend dorsch de Sprendlinger Hooptstroas, dann rüddelt ä annä Autotier.
Inspekter:"der streckt sisch un gähnt dabei, dann rülpst ä röhrend dorsch de Sprendlinger Hooptstroas, dann rüddelt ä annä Audodier! Guck! Dä hatse ja wohl nämmäh alle! Der hat doch kaa Beneehjm! Des is doch Ufwieschelung zum Stattsumsturts, des is n Pablik Änämieh!", brüllt ausrastend:"Wie ufde Dippemess! Guck! Jetzt setzt ar sisch nai! Des is doch Vasuchtä Autodippstahl!"
Willbätt:"Vielleischt ist des dem soi Audo! Vielleischt aach net! Dä Vabräschä!"
Inspekter:"MaaneSe?! Verlasse Se sich uf de gesunde Menschevastand!"
Willbätt:"Uf de Erfüllung unsres Polizeilische Abeidsuftraahchs net? Uf de gesunde! Mensche!vastand?!"
Inspekter:"Ai uf was dann sonst! Na dann?, Willbätt! Jetzt hammern!"
Beide nach einem telefonischen EinsatzRundumBefehl des Inspekters an alle

423

Einheiten sich ihre Graujacken schnappend und aus dem Bürrrro rennend. Einsatz!
Und sie verhafte den FalschmünzerCharlie, dense wegschleife tun, Polizeigroßeinsatz, die Sprendlinger Hauptstraas ist lahmgeleehscht. County Mirrer Keehse TV kommt zu spät, abä se komme doch, und se berischte, und tun so als ob es doch laif wär.
De näschste Daahch middaahchs im Bürrrro:
Inspekter legt den Telefonhäräh uf:"Des hädde mer. Iwwernacht sin die schon gefahre. Die worn haid frieh schon uf Usländischem Territorium, der sitz schon seit ä halbe Daahch im Ausland, Auslieferung an Dehnemack! BRD aan Reschtsstaat! Willbätt, de Prämie hammmer uns zusamm vadient! Ne?!, des hädd er sisch wohl net träume lasse. Isch habs ja immä gesacht; abä uf misch wolld ja kaaner herrn! Gans gefährlischer Hund de FalschmünzerCharlie!"
Willbätt:"Aan Glick!, hammer deehn endlisch emo drangekrischt! Bravo Herr Inspekter:"
Inspekter:"Aach Ihrer Gaastesgeehjscheward, Willbätt, muß isch danke. Sie hawwe de Laahche vollkomm rischtisch arfäßt! Groouhßes Loouhb!"
Beide vom Fenster wieder beflissentlich an die Arbeit ..

Mittwochfrüh 10.Baustellentag:
Vormittags Uhrzeit: 35Grad
KeehseTVEinspielung zu Beginn einer Sendung der landesweit berühmten und beliebten Sendereihe von ÄATeeFau anstatt der nicht mehr zeitgemäßen Live-Übertragung der Viereischener Stadtratssitzung, die 25jährige hübsche schöne aufgedackelte ModerationsBlondine:"Nun, so sagte," während sie auf der jetzigen Baustelle spricht, Einspielung der Großbaustelle und des darin gefeierten Volksfestes mit unzähligen Kinderwagen, unzähligen Eltern, unzähligen Kindern, unzähligen Babies und unzähligen Kleinkindern und unzähligen Hüpfburgen und der Festrede des Bürgermeisters," .. unlängst vor 8Tagen nach Beginn der Bauarbeiten aus feierlichem Anlaß im Rahmen eines echten Viereischenhagener Volksfestes auf den teilweise schon als Kraterlandschaft vorliegenden Festwiesen des Amphitheaters in einer ersten Verlautbarung unseres Bürgermeisters Frumma/SPD im County MirrerKeehseTV zu einem angeblichen Verkauf des Volkseigentums Burg Hagen in der Vyereysch an die Subventionierte EUFördergelderPrivateSpekulationsWirtschaft.."nunmehr Ton und Bild Frumma, Frumma:"Die letzte Renovierung/Restauration des Burgareals liegt in tiefsten BRDZeiten zurück, .., Ende .."

ein Zwischenruf:"Dreckiges Bonzenschwein!"
Frumma:".. Ende der 80er Jahre, Wir erinnern uns: damals ach, Dezember 88 !: zum Schutz vor endgültigem Verfall der 1050 nach Christus erbauten Gemäuer wurde vor Generationen damals vor Verfall gerettet, was gerade noch gerettet werden konnte, und es war ein erhebendes Ereignis, als die Burg Hagen in der Vyereysch vor vielen Generationen heute schon nicht mehr wahr von sich behaupten konnte, mit Architektonischer Finesse vor dem Zerfall von Mörtel und Steinen zu Staub MittelalterGemäuer als MittelalterGemäuer nicht etwa nur sein zu lassen sondern bewahrt zu haben; dieser nunmehr freilich seit Generationen nicht mehr zeitgemäße Anspruch muß, wie jeder kluge Mensch nicht nur einsieht sondern auch zugeben muß, nicht wahr?, einem zeitgemäßen Anspruch, einem Anspruch von heute weichen. Das Burgareal von der nicht in die Renovation einbezogenen Burgmauer umgrenzt, sowie um die Evangelische Kirche in der Mitte des Burgareals, sowie bis an das nicht mehr leerstehende und somit wie bisher nur etwa als schnödes Heimatmuseum genutztes sondern Nein!, das neuerlich nunmehr wieder traditionell für das Volk vom Volke ! bewohnte WohnPalais heran, ist eine von Baugerüsten eingerüstete Großbaustelle monumentaler Bedeutung für die Wirtschaft unserer Region, wenn nicht für heute, so doch für jetzt."
..
heruntergekommene Mietskaserne in einer Vorstadt von Kopenhagen: KleinHilde ungewiß mal ernst guckend dann lachend:"Und wie ist das nu mit dem Töppchen?"
Benny:"Hm!, das ist gar nicht so einfach zu erklären. Das ist so: Mit dem Töppchen und dem Stäbchen, das können nur ganz kluge Erwachsene. Weißt du?, das lernen einem die Lehrerinnen in der Schule. Und wenn du das gelernt hast, dann bist du Künstlerin."
KleinHilde ernst:"Künstlerin. Hm?! Und und warum ist das mit dem Töppchen so schwierich? Und macht ne Künstlerin auch mit dem Töpfchen?"
Benny weise:"Das ist nu aber ganz beschwerlich zu lernen, denn Kunst kommt von Können. Und das zu erklären, das schaffen wir heute nicht mehr!"
KleinHilde ernst:"Hm?! Und mit dem Stäbchen?"
Benny:"Das ist ja *erst recht* schwierich zu erklären. Und mit dem Stäbchen, das ist gleich gar ne *ganz* andere Angelegenheit, weil das Stäbchen zum Malen Pinsel heißt, ach, wenn wir da bloß mal anfangen würden, da hören wir heute nämmä uf! Das geht nämlich mitm Pinsel besser wie mit de Finger."

KleinHilde beharrlich:"Nee! Mitm Finger geht das ja ganz einfach. Ich bin ja schon groß!"
Benny:"Mitm Stäbchen und Töppchen gehts aber noch besser. Das mußt du dir so vorstellen. Also: Das Töppchen ist sowas wie ein ZauberTöppchen. Das weiß aber keiner! Und das Stäbchen ist sowas wie ein Zauberstäbchen. Das weiß auch keiner!"
Beide mit Blick an die Wohnzimmerwand, GroßObba:"einem Kunststudenten hamwa das abgekauft n, KleksGemälde, für 10Mark, das Bild ist zwar nicht schön aber modern, sagt Yvonne. Die GroßOmma hat noch viel mehr Bilder von der Sorte, die hat se im Schlafzimmer versteckelt."
KleinHilde:"Woas!?"
Benny:"Hm?! Und de Pinsel und Fabbe braucht man für de Gemälde. Gemälde?, ja das sind ganz großartige Bilder. Ach du, die haben schon vor langer, langer, langer Zeit, da warst du noch gar nicht mal geboren, so lange ist das schon her, da haben die schon Gemälde gemalt, ganz berühmte Gemälde, so daß mer die Gemälde nur in so *ganz* großen Häusern wie dem Rathaus angucken kann .."
KleinHilde:"Rathaus, was isn das?"
Benny:"du, das ist das größte Haus in Kopenhagen, das ist ein *ganz* großes Haus!"
KleinHilde:"Haben die da de Gemälde wie wir auch im 9.Stock? Oder noch höher?! Hat das Rathaus noch mehr Stockwerke wie unser 11-Stöcker? Was ist das denn nu für n komisches Haus, das Rathaus?"
Benny:"D .. d .. d .. das ist unser wichtigstes Haus in Kopenhagen."
KleinHilde:"Wie ich mitte Muddi spaziere war, hab ichn Lars gesehen. Da hat de Lars gesacht: Dem sei Tande hat das Haus hier, son flaches Flachhaus, so sieht das aus, und mit der ganz großen Toreinfahrt wegen de grose Garasche, das sacht der Lars: dem sei Tande ist ne ganz Reische mit nem ganz reischen VillaBangalo, so heist das nämlisch, sone Art Haus, hat de Lars gesacht, ich hab gefracht: gehört das ihm seiner Tande? Da hat er gesacht: Ja. Da hab ich gefracht: Wohnste da manschmal?, da hat der Lars gesacht: Ja, immer manschmal wohn ich da, wenn ich se besuch. Und da werd ich jetzt bald immer wohnen, sachte Lars, da zeigt der Lars auf de Villa Bangalo und sacht de Lars weiter: Das ist mein Haus. Das ist Mächtich jewaltich!"
Benny überrascht, verwundert und widersprechen wollend:" .. !"
KleinHilde:"Wie wir wieder zuhause waren .."
Benny grantig:"Wie zuhause? Hier vor unserm 11.stöckischen MietsWohnHochhausBlock?"
KleinHilde:"Hm?! , da hab ich gesacht: ´Guck!, das hier, *das* ist Mächtich

jewaltich!, das ist *mein* Haus.´ Da ham wer uns verkloppt."
Benny:"Aber, aber der Lars wohnt doch nebean! Das kannste doch net vergleichen. Du, dem Lars soi Tande, die hats halt nicht besser. Die und der ihr Familie sind *ganz* alleine in ihrem Haus. Manchmal müssen Leude auch in somm komische VillaBangalo wohn."
KleinHilde:"Ach, die Armen! Das Rathaus, ist das Rathaus viel größer wie unser Haus, hm?!?"
Benny, versucht zu lügen, krampfhaft nach Worten suchend, doch sich zur Wahrheit durchringend:" .. Es ist .. Es ist fast .. Es ist kleiner .. wie unser Haus. Aber es ist .. großartiger .. es ist Mächtich jewaltich!, das macht so richtich was her! Und de Gemälde sind auch Mächtich jewaltisch! Und destewegen sind die im Rathaus!"
KleinHilde:"Achso."
Benny:" .. , de Bilder im Rathaus, .. also, wo ma se ansehen darf, diese Gemälde sind die wertvollsten Bilder, die die Menschen je gemalt haben, und deswegen sind die so wertvoll."
KleinHilde:"Sin die Mächtich jewaltich?"
GroßObba:"Hm?!"
KleinHilde:"Du, Benny!? Du, die Omma sacht manschmal immer so komisches Zoisch. Des kann man gor nieh verstehen! Warum erzähltn die sowas?"
Benny:"Weißt du, KleinHilde, ein Mensch wie du ist das klügste Geschöpf, was Gott der Herr geschaffen hat. Die Tiere sind klug. Aber die Menschen sind klüger. Und ich bin Mächtich jewaltich stolz auf dich! Denn nur kluge Gottesgeschöpfe wie du fragen, wenn se was nicht verstehen. Die Dummen akzeptieren alles. Wenn die Omma das gesacht hatt, muß es wohl stimmen!"
KleinHilde sich in der Nase bohrend:"Du, GroßObba, was isn ´n alberner Pinsel?"
Benny:" .."
KleinHilde:"Du, GruhsObba!?, de Omma hat gesacht: Du hast doch nix geschaffd in deinem Leben. Warum?"
Benny schluckend:" .."

Ehefrau von Benny die GroßOmma, die jeder aber nur Omma nennt, kommt rein, wortlos, mit einem DinA4Zettel und einem aufgerissenen Briefumschlag in der Hand:"Die wolln unsern Block abreißen!" Benny angstvoll aufspringend:"Sind die Deutschen wieder da?!", stürzt aus dem Kinderzimmer ins Wohnzimmer an die Fenster, den Feind suchend,

zurückspringend und das Wohnzimmer hektisch absuchend und brüllt:"Wo ist die Flinte! Wo ist meine verfluchte Flinte!?" und tobt und reißt ihr den Brief aus der Hand, .. liest laut tobend brüllt, daß die Wände wackeln:"Mit vorzüglicher Hochachtung! .. in ein paar Jahren .. damit wir noch die Zeit nutzen, uns eine Stelle auf dem Friedhof zu reservieren! Oder was!?"
Ehefrau apathisch, für sie ist der Brief nicht neu; sie hat den Brief, den sie gerade aus dem Briefkasten geholt hat, schon 100mal gelesen.
Benny genauso wie vorher brüllend:"Die wollen unser Haus abreißen. Ich muß an die Frische Luft!"
Ehefrau mit Recht verbittert und ernüchtert grimmig:"Willst du mich jetzt wieder alleine lassen, wo ich dich jetzt am meisten brauch?! Typisch Mann!"
Benny genauso wie vorher brüllend:"Ich brauch Luftveränderung, sonst passiert ein Unglück!" und stelzt in großen Schritten zur Wohnzimmertür, ruhig geworden, zur Ehefrau:"Nimms mir nicht krumm! Aber jetzt versteh ich die Alkoholiker! Nee, du, ich mach nur mal n paar Schritte draußen, dann können wir vernünftig reden, äh, ich , äh, entschuldige bitte!"
Ehefrau abwinkend

KleinHilde ernst mit aufkommenden Tränen in den Augen den Erwachsenen hinterher, die scheinbar wichtigeres zu tun haben, als über Kinderkram zu reden, sich zaghaft an die offene Tür zum Wohnzimmer stellend zögerlich herzukommend:"Und wie ist das nu mitm Pinsel?"
von seiner Frau sich abwendend zur Urenkelin Benny aufbrausend brüllend:"Mitm Pinsel machen diejenigen Menschen, die mit dem Finger nicht malen können!" Obwohl KleinHilde nichts dafür kann, schnell sprechend und schlimmer, als wenn er schimpft, wütend Benny:"Der Lars von de Nubbers, wahrscheinlich *kann* der gar nicht mitm Finger malen!", dann entschieden brüllend
in der Verteidigung seines Lebens wütend und grimmig zu allem entschlossen Benny:" .. Mitm Pinsel machen nur Angeber!"
..
Opa auf Sitzbank am Laberstall guckt ins Buch, zwei Langhaarische, die rechts und links von ihm sitzen, gucken dazu und hören ihm zu:

1 alter Opa auf Sitzbank dösend mit einem Buch auf dem Schoß, ebenfalls vom Festtreiben sich abgesondert: 2 etwa 17jährige Gammler kommen an, setzen sich:
Gammler1 höflich:"Haste was zu roochen?"
Opa:"Nein."

Gammler2 zaghaft:".., aber du hast doch Tabak", zeigt auf den Tabakbeutel und Feuerzeug auf der Bank neben dem Opa.
Opa:"Ach so. Nimm dir, wennste willst. Ja, und du auch."
Beide Gammler nehmen sich und drehen sich genüßlich jeder eine Zigarette, dann zünden sie sich die Glimmstengel an und betrachten das Festtreiben aus der Ferne, .., dh über das Burggäßchen über den Burggraben auf das von Baustellengerüsten vollständig eingerüstete teilweise über 10Meter hohe 1050n.Chr.Gemäuer, wohinter UfftataMusik trällert.
Gammler2:"Und was fürn Buch isn das?"
Opa:" "Pelle der Eroberer", Zweiter Band: Drittes Buch und Viertes Buch" von Martin Andersen Nexö, Dietz Verlag GmbH, Berlin 1949 ."
Gammler1:"Kenn ich net."
Gammler 2:"Ich aach net."
Gammler:"Um was gehts n da?"
Opa:"Um euch."
Und weit ausholend erklärt der Opa:
'Ich lese euch mal was vor, also aufpassen! N Zitat:

S79ZITATEs war ein Gedicht über die Armen, die das Ganze in ihren emporgestreckten Händen trugen und resigniert zusahen, wie die da oben sich gütlich taten. Es hieß:"Laßt sie fallen !" - und diese Worte kamen als Kehrreim in jedem Vers wieder. Und da Morten jetzt im Zug war, las er auch eine anspruchslose kleine Geschichte von dem Kampf der armen Leute um das liebe Brot.
'Das ist verdammt großartig !" rief Pelle begeistert aus. "Gewaltig gut, Morten! Ich begreife bloß nicht, wie du das zusammenkriegst – besonders die Verse. Aber du bist wohl ein Dichter. Das habe ich übrigens immer geglaubt – denn du hast sowas Sonderbares an dir. Deine eigenen Ansichten hast du, und du läßt dir auch nicht gern die Flügel stutzen. Aber warum dichtest du nicht was Großes und Spannendes, was sich zu lesen lohnt, an uns ist ja doch nichts Interessantes !"
"Das finde ich aber gerade !"
S80:
"Nein, das begreife ich nicht. Was kann ein armer Bursche wohl erleben?"
"Dann glaubst du wohl nicht an das Große?"
ZITAT ENDE

S80ZITAT"Du willst von Grafen und Baronen lesen", sagte Morten. "So seid ihr alle. Euch selbst betrachtet ihr doch als Gesindel, wenn es drauf ankommt. Ja, das tut ihr. Aber ihr wißt es nur nicht ! Das ist die Sklavennatur in euch, so betrachtet euch die höhere Gesellschaftsklasse, und ihr tut das unwillkürlich auch. Ja, schneide du man Fratzen; wahr ist es darum doch ! Ihr mögt nichts über euresgleichen hören, denn ihr glaubt doch nicht, daß von der Seite etwas kommen kann ! Nein, es soll fein sein – immer nur fein ! Am liebsten spie man ja auf Vergangenheit und Eltern und rückte selbst zu den Feinen ´rauf, und weil sich das nicht machen läßt, verlangt man es in Büchern." Morten war ärgerlich.ZITATENDE

und hier ist nochn Zitat, also aufpassen!:

S19ZITAT"Was für Zeugs ist denn das?" fragte er unsicher. "Das sieht ja aus wie Gelehrsamkeit !"
"Das sind Bücher über uns, und wie das Neue kommt und wie wir uns dazu rüsten müssen !"
"Ja, du kannst wohl lachen", sagte Pelle. "In einem Augenblick des Mißmutes da hast du deine Büchergelehrsamkeit, die dir weiterhelfen kann. Wir andern können hübsch da bleiben, wo wir einmal sind." Morten wandte sich hastig nach ihm um.
"Das ist der gewöhnliche Klagegesang !" rief er erzürnt aus. "Man speit auf seinen eigenen Stand und will zu was anderem hinüber. Aber das ist es ja gar nicht, um was es sich handelt, und zum Teufel auch ! Wir wollen gerade da bleiben, wo wir sind, Schuhmacher und Bäcker, alle miteinander ! Aber verlangen, daß wir es da gut haben ! Auf die gute Seite hinübergelangen, das kann kaum einer von Tausenden; dann kann der Rest dasitzen und hinüberglotzen ! Und glaubst du denn, daß der eine Erlaubnis bekäme hineinzuschlüpfen, wenn die Gesellschaft keine Verwendung für ihn hätte, um seine eigenen Leute mit ihm niederzuschlagen? Hier könnt ihr es selbst sehen, wozu der arme Mann es bringen kann, wenn er nur selbst will, heißt es dann noch so schön; folglich ist an der menschlichen Gesellschaft nichts auszusetzen. Nein, die Massen selbst
S20=
sind schuld daran, daß nicht alle Großbürger sind. Herr Gott! Sie wollen ja nicht ! So behandelt man euch wie Schafsköpfe, und ihr findet euch darein und bäht ihnen nach. Nein, alle zusammen sollten sie den Anspruch erheben, daß sie so reichlich für ihre Arbeit bekommen, daß sie gut leben können. Ich verlange, daß ein Arbeitsmann ebensoviel für seine Arbeit bekommen soll wie ein Arzt und Rechtsanwalt und ebenso aufgeklärt sein soll. Da hast du

mein Vaterunser !"ZITATENDE

das schreibt also der Nexö." Beide Gammler hoffnungsvoll von beiden Seiten dem Opa auf dessen Buch auf dessen Schoß guckend:
Gammler1:"Prima! Umsturz von diesem ScheißStaat! diese Aufrüttelung dazu .. Wie heißt der nochmal?"
Gammler2:"Das macht Mut! Komisches Buch! Ich habs vergessen, wie is der Name von dem nochmal?!"
Opa:"Egal. Hauptsache ihr wißt, daß es "Pelle der Eroberer" heißt."
Gammler1:"Pelle der Eroberer, was fürn Name!"
Gammler2:"Pelle, was fürn Name!"
Gammler1:"Aber im Bürgerlichen Regime is es doch für nichts und wieder nichts!"
Opa freudig, daß der Gammler1 das verstanden hat:"Gell?!"
Gammler2:"Mit Marxistisch-Leninistischem System gehts."
Opa freudig, daß der Gammler2 das verstanden hat:"Gell?!"
beide Gammler sich dazwischenredend:
"die Armen .."
"Armut .. das versteh ich nicht .."
"das mit der Armut versteh ich sehr gut .."
"Kapitalistenschweine! Is klar!"
"Ausbeutung der Armen ..
die Armen sind die Werktätigen."
"Ausbeutung der Werktätigen."
"Eigentum an den Produktionsmitteln. Das versteh ich nicht. Das is doch Unsinn!"
"Is doch Unsinn! Warum sollten gerade die Produktionsmittel, der größte Reichtum der Volksgemeinschaft, aus dem Volkseigentum herausgenommen werden und den Kapitalistenschweinen überlassen werden? Das macht doch keinen Sinn!"
Opa:"Ihr bringt da zwei Definitionen durcheinander. Die Armen, von denen Nexö spricht, sind nicht die Armen HartzIV-Bezieher von heute. Als Arme bezeichnet man in der BRD 2016 solche Menschen, die nicht genug zu essen haben, nicht genug Kleidung haben, usw. Die in den EinheitsListeZensurMedien Politische Diskussion nennt als "Arme" auch HartzIV-Bezieherinnen und HartzIVBezieher, womit sich ein Verständnis verschiebt von einer mutmaßlich/vermeintlich ältern und mutmaßlich/vermeintlich nicht mehr gültigen Bedeutung zu einer mutmaßlich/vermeintlich "aktuellen" Bedeutung. Zu alledem dh vor Beginn

der 1.Seite von Nexö muß man vorherbemerken, daß bei Nexö "Arme" diejenigen Werktätigen Frauen und Männer sind, die Körperliche Arbeit für das Überleben für viel zu wenig Lohn/Gehalt/Entgelt verrichten entgegen den demjenigen Teil der Bevölkerung angehörigen Frauen und Männern, die als Adel/IndustrieAdel/FinanzAdel/PolizeiMilitarismusAdel die Macht von Gottes Gnaden in Händen tragen und als einzige! in der Bevölkerung gut bezahlt werden. Die Arbeiter der Industrie wie auch des Handwerk-Gewerbes sind in Pelle der Eroberer von Nexö definiert als "Arme", das allmächtige Sagen haben die im somit abzuschaffenden Staatlichen SicherheitsBündnis sich gegenseitig stützenden AdelsCliquen. Diese von Nexö gezeichnete GrundSituation ist nicht das England des 17.Jahrhunderts, sondern zur gleichen Zeit der Realität der das heuchlerische Europäische Gottesgnadentum hinwegfegenden Revolutionen in Europa 1900-1923 das Dänemark des 20.Jahrhunderts. UdSSR 1923. Die 2016 "deutsch"BRD-sprachige wikipedia nennt 4.Buch Pelle der Eroberer Gelaber einer Utopie dh jenen Teil, in dem Nexö von einem radikalProletarierfreundlichen uralten Reichen, der angesichts einer das Parlament Dänemarks beherrschenden heuchlerischen konterrevolutionären Sozialdemokratie dem Pelle zur Verwirklichung seiner Vision von einer Genossenschaft verhilft, UtopieGelaber .."
Gammler1:"Ne?!, wie de Laberstall!"
Gammler2 über die Schulter nach hinten guckend:"Ne?? wie de Laberstall!"
Opa:".., der Visionär Nexö!", dann schmunzelnd Opa, lacht:"Nexö, der Visionär der Sozialdemokratie des 20.Jahrhunderts! .. , dabei ist Nexös Marxistisch-Leninistische Vision je gerade in diesem 4.Buch Morgendämmerung die klarste Rede, klarer kann Sprache nicht sein, im 4.Buch führt sich die Sozialdemokratie ad absurdum."

Die drei gucken herüber auf die BurgBaustelleGemäuer, von dahinter kommt UfftataKapelle Musik herübergeschwallt, der sich den Mund fusslich geredete Redner nimmt einen Schluck Wasser, dann verstummt die UfftataMusik
..
Bevölkerung klatscht brav. Sitz! ..
Frumma:"In weiser Vorraussicht auch 2016 einer Fortsetzung des Wirtschaftlichen Aufschwungs, wie ihn seit nunmehr 25 glorreichen Jahren besonders die Neuen Bundesländer kennenlernen durften", nunmehr sich in Pose schwingend brüllend Faustfuchtelnd:"Sichere Arbeitsplätze!"
lautester und anhaltendster PublikumsApplaus .. , Bürgermeister nunmehr

brüllend, immer noch brüllend, ja, eine Spur leiser brüllend und dafür aber beschwörend:"
.. dieser Aufschwung ist auch zu uns herübergeschwappt. Wir können, und ich verhehle es nicht: Yes, we can!"
Bevölkerung klatscht mit braver Begeisterung die Fortsetzung des bisher lautesten und anhaltendsten Applauses, dazu immer wieder Bravo!-Rufe
..

KeehseTV Interviewerin zu einer Bürgerin:"Und was meinen Sie?!"
so antwortet eine der interviewten jungen Mütter mit Baby auf Arm und zwei nein drei Kindern im Hüpfburgenalter strahlendst glücklichst in die Kamera:"Also die Hüpfburgen! Das is echt spitze!"
..

KeehseTV Interviewerin zu:"Und Sie?"
so antwortet eine der interviewten jungen Mütter mit Baby auf Arm und zwei nein drei Kindern im Hüpfburgenalter:"Es ist festzustellen nicht aufsässig sondern die Realität, daß EUFördergelder und Subventionen in diesem 10jährigen WohnungsbauProjektSchwindel der Bevölkerung Wohlstand vorgaukeln!"
..

Arbeitspause:
aufgedackelte Kameratussi:"Endlich mal eine, die die Sache beim Namen nennt!"
hämisch höhnisch machtgewiß die KeehseTV Interviewerin:"Das werden wir natürlich rausschneiden! Objektiv! Wir tun so als ob! Willst du vielleicht deinen sicheren Job bei KeehseTV verlieren?!"
..

Die von der Gutsinspektorin zur Irreführung der seit Monaten wie Vierschehagener Passanten verkleideten Hunderschaft WirtschaftsPolizei bestellte örtliche Straßenbaufirma Wuttke&Sohn Baustellenarbeitertruppe hat, nachdem die WirtschaftsPolizeiHunderschaft vollständig abgezogen und durch eine 2MannPolizeiStreife ersetzt wurde, mit Bulldozern vorgearbeitet und einen Großteil der monumentalen Schachtarbeiten begonnen, zu einem kleinen Teil schon fertiggestellt. Zudem hat man markiert, was alles in den nächsten Wochen zu tun ist; der Ordnung wegen ist auch die BauPolizei eine Viertelstunde auf demBaugelände vor Ort, kurz auf dem AmphitheaterAreal beim Bauchef Wuttke, dann prüfen die BauPolizeiBeamten die Absperrung der Baustelle vom Burggäßchen, hier ein Blick, da ein Blick, alles in

Ordnung, täglich pünktlich von 8.40Uhr bis 8.55Uhr; dann setzen sich die BauPolizeiBeamten außerhalb des Bauggeländes und des Burgareals eine Halbestunde in den Polizeistreifenwagen vorne am Burggäßchen am Eingang zur Burg und machen Frühstück im Streifenwagen, dann 9.25Uhr fahren dieselben BauPolizisten einmal um die Burg herum dh um den Burgweiher und wieder nach Sprendlinge; umgeben von der das gesamte Burgareal abgrenzenden stattlichen und ehrwürdigen 1050 nach Christus mit den folgenden knapp 1000 Jahren gesamten bis heute zu 75% durch Witterung wiederum beseitigten Burggebäuden erbauten und beträchtlich mit jeglichen Türmen und Zinnen versehenen Burgmauer werden gemäß des 10.000WohnungenBauProjektes am Rande des deutlich zu verkleinernden eine StufenWiese darstellenden NeuRömischen Amphitheaters die wenigen kleinen noch übrigen aufzureißenden, abzutragenden und ggfs zur Herstellung des Ursprungszustandes wieder neu aufzufüllenden Wiesenparzellen markiert, das 800 Jahre alte das ehemalige Heimatmuseum darstellende jüngst zu DreiVierteln abgerissene und als Rest renovierte neuartige vor zwei Wochen von den neuen Eigentümern neubezogene und ungestört auch weiterhin von den Hemmingfields bewohnte WohnPalais ist umständlich mit höchstem Aufwand mit einem Bauzaun vom Amphitheatergelände abgetrennt und abgegrenzt, eingerüstet sind nun ebenfalls auch die auf der anderen Seite Prähistorisch bzw AntikRömisch mutenden 1,5Meter dicken 15Meter hohen 1050 n.Chr.GebäudeResteSeitenMauern. MassenProteste der Bevölkerung gegen dieses BauProjekt werden 2016 wie gewohnt in den Mülleimer der Freiheitlichen Berichterstattung kanalisiert und sind somit in den Medien dh öffentlich verschwunden, dh gibt es nicht mehr; in was für einem Staat leben wir?

Denkmalschutzauflagen nach gerichtlich festgestelltem Desinteresse des vormals noch zu Mindestgebot 250.000 gedrungenen Heimatmuseums reduziertes Mindesgebot bei Leuna1,-Euro für das gesamte Burgareal. Alle anderen Kaufbewerber haben es sich nun aus Anstand nicht getraut. Aber Hemmingfield hat 1,-EURO bezahlt und ist Eigentümer geworden. Nun verkauft er das gesamte Burgareal bei einem für 200Bauarbeiter 10jährigen Bauprojekt 10.000Euro/pro Bauarbeiter auf die Hand seiner EigentümerFirma voab zu Beginn der Bauarbeiten, die das Bauprojekt leitet und die das Grundstück erworben hat. OriginalGemäuerReste an der Seite mit Blick zum LaberstallWirtshaus sind wie zu Zeiten unserer Urgoßeltern damals 1988 wieder vollständig eingerüstet, inmitten dessen glänzt von allem unberührt die 470 Jahre alte Evangelische Kirche, die ja nicht zum

PrivatEigentum der Hemmingfields gehört und somit nicht zur Baustelle: obschon gegenüber dem Evangelischen Pfarrer Earl Hemmingfield über die Vorteile einer RundumModernisation des BurgKerns geschwärmt hat, hat der Pfarrer sich jegliche Zugangsbeschränkung zur Kirche verbeten, so daß, außer freilich mit einer privaten eigenen PKWZufahrt nicht minder das WohnPalais des MultiMillionärs, der Viereischenhagener Bevölkerung auf dieser vorbildlich abgeschirmten Großbaustelle einzig die Kirche auf einem schmalen Fußsteig noch zugänglich ist.

Baustelle 10.Tag:
Amphitheater eine Kraterlandschaft:
1Sekunde lebendige FernGanzaufnahme live fotografierte gefilmte BurgruinenPostkartenAnsicht
dann:
1Sekunde Amphitheater Kraut und Rüben aus 30Meter Höhe Aufnahme (wenn nicht von Hubschrauber, dann so doch nur von der anderweitig höchsten Stelle dh der PostkartenAnsichtsBurgruinenHauptMauer)

Baustelle

ein einzelnä männlischä von Kopf bis Fuß mit Betonstaub, Zementbrocken und Schlamm restlos verdreckter restlos verschwitzter Bauarbeiter
5Sekunden Oberkörper in GanzBild:
"Abbruch!" sagt verdrießlich und verdrossen spöttisch dieser eine Baustellenarbeiter
5Sekunden GanzKörper in GanzBild:
mit zwei Eimern weggestemmtem BetonAbbruchGelumpe im Sonnenschein von beiden Händen abgestellt zu beiden BeinSeiten.
2Sekunden schüchtern wegwerfend:"Abbruch!"
2Sekunden Er weiter angewidert:
"Abbruch, eine Brangsche, die immer geht!"
.
Wechsel großartiges 2x4MeterProjektBlakaad am Ende bzw Anfang des Burggäßchens direkt nebe der mittelalterlichen steinernen Burgzugangsbrücke über den ehemalischn Burgrabe mit alle mögliche Firme dä Regiouhn

de WhiteCollarTeam, mindestens zwei GesellschaftsKlassen über den Bauarbeitern:

der schniegel GrundstücksEigentümerDressman Hemmingfield mit Glanz und Glimmer in die Kamera strahlend, schweigend, denn wer schweigt, lügt nicht, souverän lächelnd, souverän, denn er hat sich selber gewählt als Initiator, dieses, ja, das kann man hier an dieser Stelle ruhig einmal sagen: Initiator dieses Sozialen!! Projektes!, und hier sein Geschäftspartnä un reschte Hannd: Bauleiter Wuttke" mit dem schniegel Zuständische vom Bauamt, dabei ist auch eine vom County Mirrer ne schniegel ufgedackelte Interviewerin mit ner schniegel KameraTussi, der dazugehörigen neumouhdischen Kamera und nem schniegelTyp fürs Mikro und zusätzlisch n PraktikumsHilfsassistent vonna 1Euro-JobAbeidsamdmasname, der geschniegelte Earl Hemmingfield auf eine laute InterviewerinFrage laut und klar antwortend schmeißt sich ins Zeusch, äännst, aber nein, er gibt doch ab, .. an seinen Bauleiter Wutke, der:"Des erfolgreischste Projekt geehjsche LangzeidAbeidslose äh Langzeidabeidslosischkeit, 50% sin LangzeidAbeidslose von direkt noa de Lehrausbildung un alle annähn im Aldäh 20-50, 50% der Bauarbeider sin Langzeidabeidslose im Aldäh über 50 bis 65 !, de Rest sin Abeidslosegeldbezieher, die es ja haide nämmäh gibbt dank der RegierungsPolitik zuerschtemo des Amphitheadäh wird weschgerisse, dann baun mers neu wieder uf mitner Tiefgarage, sowas hamse noch net gesehe, und obedruff 10.000Sozialwohnunge äh isch maan Eischentumswohnunge für de Langzeidabeidslose is glar, die müsse ihre Audoos ja aach erschewou paahge; wer will des net?! : Tradition, Kultur, Wohlstand; Vom Volk für das Volk! Adresse Burg Hagen in de Vyereysch!, des hört sisch an wie Firmesitz Vestalant, 10Jahr!, wo gibbts n sowas?! Langfristisch sin hier de Leude beschäftischt. Des hier is n langfristischä Tschopp! Des kann isch Ihne versischänn! Es wird über 10Jahre! gehje! Ai ma muß für de Heimaadlische Kultur ja aach was tue! Es ist net immer aafach! .."

County Mirrer KeehseTV Interviewerin:"´Zweifelsohne: Ein Erfolg für das Volk! Ein weiteres Juwel in der Krone von Earl Hemmingfield! Es dankt MhaynRayn´.. Klick" und in ganz anderem Tone wie eine Marktschreierin:".. des reischt, mir hams im Kaste."

Earl Hemmingfield:"Sie hams guud. Isch muß hier weiterabeide! De Pflischt !"

Interviewer:"Leude, mir könn!", ruft rundumwinkend das kleine Kamerateam mit sich, alle ab. Earl Hemmingfield unter de 200 (zwaahunnääht) Bauarbeiter und Bauarbeiterinnen 100% vermittelt von der Staatlichen TagesCenterVermittlungsJobBehörde.

Von 20Bauwagen 1Bauwagen drinnen tagsüber eine Pause Mittagspause
Bauwagen voll mit 10 verdreckten Bauarbeitern,
De Aane:"Du bist Ossi?"
De Anner:"DDR, Nu nu?!",

die erledigt fertich ihre Pausenbrotschnitten herausholen .. essen und
Zigarette rauchen. De Aane greift zur 1,5Liter Limonadenflasche und trinkt.
De Anner hat selber ne 1,5LiterLimonadenflasche, die macht er uf und macht
n Schluck, und redet weiter:"Ludwigsdorf Ober-Neundorf: wie Referendum
für Eingemeindung demokratisch abgelehnt wurde mit 51,5%. Diese
Ablehnung geschah mehrmals. "Die" Görlitzer wiederholten nur einfach
jedes Jahr ein Referendum, was immer gegen die Eingemeindung war, bis
endlich knapp über 50% *für!* die Eingemeindung waren, und da sagten die
Görlitzer plötzlich:" So! Jetze is gutt, un jetze gibbts ooch kee Referendum
mehr, Äähtsch!" Ober-Neundorf ist ein Teil von Ludwigsdorf.
Ludwigsdorf/Ober-Neundorf hat zu Beginn der Besatzung ein Herrenhaus,
wie jedes Dorf im damaligen Deutschen Reich, und in diesem Herrenhaus
hauste der jeweilige Adlige, der Reichste und dh der jeweilige
Großgrundbesitzer des Dorfes bzw der Kleinstadt, und so war das wie auch
an den Stadträndern von Mainz, Wiesbaden Frankfurt/Main überall im
Deutschen Reich. Ludwigsdorf/Ober-Neundorf hat auch so ein Herrenhaus,
wir nennen das "Schloß", bisl überkanditelter Name, aber so sagen wir
nunmal dazu, und so sagt man in vielen Dörfern unserer Region. Nun dieses
Schloß, die Olga Stein war 8.Mai 45 Kriegsende und Anfang der Besatzung
die Besitzerin von dem Schloß, das wurde stehen gelassen und der
Öffentlichkeit zur Verfügung gestellt, im Gegensatz zu vielen Herrenhäusern,
die die Rote Armee einfach zusammengebombt hatte, warum nur dieses
Barbarische Zerstören dieser Herrlichen Herrenhäuser?, möchte man fragen,
dies machte die Rote Armee in Erinnerung, was das sogenannte
"Deutschland" in der UdSSR angerichtet hatte.
Zu BRD-Zeiten änderte sich die Regional-Politik für Ludwigsdorf/Ober-
Neundorf vollständig: Sozialismus wurde durch einen mit aus den Fingern
gesogene SeifenblasenWirtschaftsprojekte und mit sich ebenso leicht wie
Seifenblasen ins Nichts auflösende Wirtschaftsprojekte in dieser Höhe noch
niemals dagewesenen BRD-Staatlichen Subventionen und Straßburger dh
Brüsseler EU-Fördergeldern verschleierten Kapitalismus ersetzt. Man hatte
zudem über viele Jahre die Ludwigsdorfer und die und zwar zu Ludwigsdorf
gehörende Ober-Neundorfer Bevölkerung damit geködert, über intensive
BRD"Medienpolitik" sprich, daß die Keehseblätter von Görlitz zu

BRDZeiten voll damit waren und bis heute 2016 voll damit sind, wie besonders vorteilhaft die Eingemeindung für die ländlichen Dörfer sei für Ludwigsdorf/Ober-Neundorf, daß bei einer Eingemeindung zu Görlitz so manche und nicht zu knapp Finanzielle Vergünstigungen usw dergleichen Versprechungen und nichts dahinter kennt man ja, .. bis heute ist nicht 1Mark von der BRD Stadt Görlitz an Ludwigsdorf/Ober-Neundor geflossen bis heute 2016, nachdem 2016 der plötzlich nicht mehr mit Denkmalschutz bezeichnete Riesenstall 1875DenkmalschutzRiesenStall neben der Kirche letztendlich doch endlich einmal wie son 1875Riesenstall in Schlauroth 2009 systematisch eingestürzt worden ist, und man die Einsturzruine systematisch in eine gleichmäßige AbbruchLandschaft direkt an der Dörflichen Hauptstraße = Landstraße Ober-Neundorf Görlitz niedergewalzt hat, da erinnert man sich jetzt Sommer 2016 an den 5Monate zuvor dh Frühjahr diesen Jahres Stalleinsturz und zudem daran, daß die einzige Veränderung vor paar Jahren mit der großkotzigen Eingemeindung kam als eine Görlitzer AbwasserRechnung für OberNeundorf/Ludwigsdorf für die letzten 30Jahre,- zu Sozialistischen Zeiten in der DDR mit den mit ! Tausenden ! Arbeitsplätzen stellenden in unter 100Hektar Privaten LandwirtschaftsKleinbetrieben sowie in über 100Hektar Staatlichen LandwirtschaftsGroßbetrieben Landwirtschaftlich und Gewerblich und Industriell und zwar direkt über den eigenen Rangier-Bahnhof Schlauroth Zugang zum Republikweiten Bahnverkehr verfügenden VollEntwickelten und zwar ohne sogenannte "Fördergelder" sondern Selbständig Wirtschaftlich Erfolgreichen Dörfern des Görlitzer Umlandes Kunnerwitz, Schlauroth, Ludwigsdorf ..1988 bis zum Tod der DDR="Währungsunion" Sommer 1990, 3.Oktober 1990 war noch nicht die Kapitalistische Eingemeindungswelle losgebrochen, die zu BRD-Zeiten die Regionalpolitik kennzeichnete, daß so zB wir heute 2016 etliche Abwasser-Gebühren von 30Jahren an die BRD-Stadt Görlitz nachzahlen muß, obwohl vor 30Jahren Görlitz für BRD wie Österreich, Schweiz, Frankreich, Luxemburg, Belgien, Niederlande, Dänemark, Polen, Tschechien auch DDR noch Ausland war, und die BRDStadt Görlitz innerhalb der letzten 25Jahre nichts aber auch gar nichts an Städtischen Abwasser-Leistungen an Ober-Neundorf/Ludwigsdorf , - Unser Bürgermeister Demisch weiß ein Lied zu singen - , geleistet hatte, ganz einfach deswegen, weil Ludwigsdorf/Ober-Neundorf Abwassertechnisch Geografisch gar nichts mit Görlitz zu tun hat sondern jegliche Ludwigsdorf/Ober-Neundorfer AbwasserTechnik aus gesundem Menschenverstande seit mindestens 30Jahren mit dem Westlich gelegenen Ebersbach zusammenhängt und zusammen geleistet wurde und wird; der

pure Hohn, daß die BRD-Stadt Görlitz diese Forderungen an Ober-Neundorf/Ludwigsdorf stellt, dabei ging es vor einigen Jahren bei der Eingemeindung einzig und allein darum, daß der direkt um die Autobahn Breslau/Wroclaw Dresden liegende Teil Ludwigsdorfs zur BRD-Stadt Görlitz eingemeindet wird, damit die Kapitalistische BRD-Stadt Görlitz sagen kann, wir haben diesen AutobahnGrenzübergang auf Görlitzer Stadtgebiet, Lug und Trug wie jeder weiß."
De Aane:"Isch waas es net! Desweesche frar´isch ja."
De Anner:"Nu nu?!"
De Aane:"Gell?!"
De andern:"Des is ja ein Betrug driewe in Schlesien!"
De Anner säuft genüßlich auf einen Schluck eine 1LiterLimonadeFlasche, dann beißt er in eine rohe Zwiebel, einen Apfel und einen Kanten Harte Wurst, kaut, und rülpst barbarisch!
De Aane:"Bin isch neulisch gewandert zwische Karlsruhe un Saarbrücke hinnä Prirmasens von Ludwigsbäschel alls an de AmiKaserne entlang nooch Frankreisch."
Noch e Annerer:"Ai wie kimmtste denn da hin?"
De Anner:"Also losgefahren bin isch ja von Vyerschaa, isch kann eusch saahche, und dann kam des näschste Dorf, des haast .."
..

Kameraheinzschwenk um das gesamte Burgareal 2,5Sekunden per Kamera in PKW, dann 2,5Sekunden Kamera per Hubschrauber.

selber Bauwagen weiter: eine Person zieht genüßlich an Zigarette Vorarbeiter wie dies verbieten wollend gespielt autoritär:"Moomemendemal .. des riescht hier ja wie dahaam!"

15Uhr: unangenehmerweise für den Bauleiter in der Nähe von 200Bauarbeitern stehen gerade 10 abseits bei ihm bei einer Zigarettenpause beisammen. Bauarbeiter munkeln schüchtern, daß es nicht sicher sei, heute zu Bargeld zu kommen.

15Uhr=Dreiviertelstunde vor Schicht 15.45Uhr (Nach 7Uhr früh Arbeitsbeginn Arbeitsende: 15.45Uhr)
In Aussicht der seit 10Tagen zweiwelhaften in der Behörde allen 200Bauarbeitern versprochenen alltäglichen 15.45Uhr vom Bauleiter getätigten BarEntlohnung der großartig angekündigten und zumal langfristig

zugesicherten Täglichen Barentlohnung 9,-Euro pro Stunde=einwahrhaft traumhafter Lohn für Handlangerarbeiten, gibt es nun Ärschä, weil bei der "allabendlischen" dh täglischen 15.45Uhr schriftlichen verbindlichen täglischen BarEntlohnung und Arbeitseinteilung, - wobei Höhere Gewalt die ersten 50% bisher immer vergessen machte - , jedes einzelnen Bauarbeiters für den nächsten Tach, den 11.Tach, alle Bauarbeiter bezüglich Bargeld, nachdem sie seit dem allerersten Arbeitstag vor 10Tagen seit Montag Anfang letzter Woche schon täglich vertröstet worden waren,- und jetzt war Mittwoch SchichtEnde, 10.Tag und wieder kein Geld!? -, wieder mit seinem flotten täglichen Bösen KoboldSpruch"heute arbeiten, morgen essen" von Earl Hemmingfield, wie man ihn kennt, Ansprache gutmütig:"Leude! Ihr wollt doch aach zu euerm Geld komme! Net mehr wie ne Dreiviertelstunde, isch muß zuallererst bloouhß emo schnell ins Bürro (Betoonung 1.Silbe) in Sprendlinge und hinnähä bloouhß emo schnell zur Bank in Sprendlinge, es kann aach 2-3Tage dauern" für unbestimmte bestimmte Zeit dh auf die nächsten paar Tage dh also bis Ende der Woche wenn nicht gar um so wahrscheinlicher bis in die nächste Woche hinein

vertröstet werden, sich aber jetzt schon ungerecht behandelt fühlen, - Bauarbeiter sind eben ein undankbares Pack, 9,-!Euro! Und das ist denen noch nicht genug!, so gut wie die, möcht mas haben!" schimpfen so manche Passanten - , als der flotte BauChef mit flottem Gruß und flottem ein Vermögen gekostet habenden Spottware flott nach Paris bis zum Sankt Nimmerleinstag verschwindet 15Uhr mit Vollgas.
Bauarbeiter:"Des kann der net mache. Isch will jetzt Bares. Mir hawwen nix zu fresse dahaam. Mir hawwe guud geabeided. Da wolle mer jetzt aach guudes Geld!", Mischel Zero, über die letzten 35Jahre ein Stadtbekannter Säufer aber auch ein Stadtbekannter verläßlischer Arbeiter, dessen Hände Arbeit in vielen Häusern Vyereyschs steckt, "Leck mich!", Mischel Zero gibt Kollegem Zeichen, beide sprinten zu nem ausgeleierten verdreckten ausgeleierten Epol und ner Enduro 500, Mischel Zero mit JeansJacke und Lederjacke schwingt sisch des Palästinensertuch umn Hals, Kollege springt in den Wagen, aufs Motorrad, es gibt keinen MotorradHelm, MotorradHelme tragen nur Weicheier und Warmduscher, Mischel Zero:"Attacke!" und in 250 Meter Abstand zum Chef dem Chef hinterher.

Die Chaussee (Betonung 1.Silbe) rasen sie 15Uhr dem Chef hinterher nach Sprendlingen. Sie verlieren ihn an de SprendlingeSüddKreuzung kurz aus den Augen, geht doch gar net, is aber so, er ist verschwunden, er kann überallhingefahren sein, links nach Lange, auch geradeaus die Chausee nach Buchschlag auf die Mannheim-FrankfurtMuseumsAutobahn, oder doch rechts nach Norden die Hauptstraße ins Spendlingä Zentrum, die einen Knick nach links zum Polizeirevier und der Dreiecksbank macht.

Mit Handzeischen verständigen sich beide, unabhängisch voneinander, beide mit Leugnung der Innerörtlischen Geschwindischkeitsbegrenzung AutoFatzke zur Firma, Mischel Zero dem Chef den Fluchtweg abschneiden die AutobahnZeppelinAbfahrtAuffahrt überquerend bis zur Airbase Autobahn Mannheim/Flensburg zu fahre. Quietschende Reifen, aufheulende Motoren, Mischel Zero rast zur AirBase AutobahnMuseumsauffahrt sehr nahe süddlich dem Frangfurtä Kroiz, erfolglos zurück und zwar zur Firma.

Gleisch vonne nejbe dem Fischgeschäft, dh 50 metä vor dem Sprendlingä PolizeirevierRathaus kommt Mischel Zero se 15.30Uhr zum Bürro(Betonung 1.Silbe), ein winziges Parterre 10qm1RaumLadengeschäft mit unaufdringlich im Kleingedruckten Firmenname "Geselliges Beisammensein Abbruch und Entkernung"Schriftszug, VollSchaufenster, dahinter die "Firma" das Ladengeschäft ist kahl und leer außer: 1Schreibtisch 1Stuhl 1Bildschirm 1PC, alles verrammelt, kein mensch zu sehen, das ist alles.
Mischel Zero:"Und?"
AutoFatzke:"in 15Sekunde war isch hier, Nix! Der war niemals hier!"
"Treten mer die Tür ein und nehm den Kram wenigstens."
"Des lohnt doch gar net! Was krischtse für das gebrauchte Zeusch?!"
Resümee beim Abwarten grimmig:"Der is gar net hier gewese!"

15.45Uhr, Uhrzeit 35Grad
seine attraktive Sekretärin, der normale Prellbock, vor dem jeder Mann kuscht, Sekretärin vor versammelter Mannschaft, die erklärt, daß der Chef jetzt für ein paar Wochen nach Paris fahre und auch für sie nischt erreichbar sei, so leid es ihr tut. Der Job sei den Arbeitern aber sischer. Sie sollen wie besprochen morgen den 11. Tag, und jeden weiteren Tag ohne Unterschied ob Sonnabend oder Sonntag Tag für Tag ab 7Uhr früh weiter ihre Arbeit machen und alles weiterarbeiten wie besprochen, sie selber "werde auch dasein, früh zum Arbeitsbeginn wegen der Anwesenheitsliste fürs Aabeidsamd, und vielleischt kimmt de Chef ja aach schon nächste Woch. 9,-Euro! Mensch Leude! Da muß mer doch aach ä bisi flexibel sein!" Die mit etwa 1Pfund Schmiere (dh GesichtsSchminkFarbe) gefärbte Sekretärin mit Dünnbluse, Stöckelschuhen, schwatze Nylons un MiniRock will sich ungesehen

441

verdrücken. Die 200 Leude lasse sie abäh net wesch und belabern se weesche de Bargeld und de hungrische Kinder dahaam.
Sie tuscheln:"Mischel Zero ist schon mit dem FATZKE dem Chef hinterher ihn belabern, die müsse gleich zurück sein. Vieleischt bringe die des Geld ja gleich mit", verhaltenes Lachen in der Runde.
Da komm Mischel Zero und FATZKE mit dem ausgeleierten verdreckten Epol und der Enduro 500 wieder angerauscht und stolpern unter die Leute. Bauarbeiter lauthals in einen GrannyGrünSmithAppel beißend sowie die übriggebliebenen Pausenbrotschnitten mit rohe Zwiebeln herausholend und auch da hereinbeißend zuversischtlich abäh ännst uf alles jefaßt:"Machen ma doch erstmal Vesperpause! Endlisch Feierabend! 10.Tach, des is doch ne Leistung. Da kenn mer stolz drufsein bisher. Ihr habts alle gehört: Der hat gesagt, er fährt emo kotz ins Bürro(Betonung 1.Silbe) und kommt dann wieder."
anner Bauarbeiter:"Des haww ich aach geheert!, ne?!"
noch ä annerer Bauarbeiter:"Gell?!, ja wenns so is, da broochen mer uns ja aach net ufräähschn!"
..
Die Information von AutoFatzke und Mischel Zero wandert von Mund zu Mund .. ein allgemeines Mißbehagen wächst, man wäre zu allem fähig. Ma hätte gar net gegloobt, zu welscher Hätte gestandene Schweiß und Schlammstrotzende, jeder Zweite ein Junggeselle, Bauarbeiter fähisch sin nach de Schicht angesichts einer verlockend dünnblusigen Sekretärin. Jedoch man ist net uf die Einfachheit der Argumentation von SMS und Handy gefaßt: Die Sekretärin Griff zu ihrem Handy:"Ah, ne SMS!", de 200Bauabeidä gugge, .. , de Sekretärin:" Ai isch musse emo anrufe, hat ar gesmst", telefoniert nun richtisch mitm Handy:"Herr Bauleiter, isch sollde Se anrufe, .., ach ja, .. Se komme dann mitte Geld, mit dem ganse Lohn für de 10Daahche für jeden, prima!, na endlisch, da wern sisch alle froin, .. Was saache se? .. Se warn seit Halbvier bis ViertelFümf inde Firma und hatte alle Hände voll zu tun?! Wieso?!
..
ach weehjsche de Louhnlisten mietem Steuerberater zesamm, .. "
mit Jägerhorn, Palästinensertuch, Trillerpfeife, Megaphon, FanPudelMütze mit VereinsWimpel, bunte Butons auf der MotorradJeansJacke und zerfetzter MotorradLederjacke Mischel Zero süffisant giftig zu den Umstehenden in mühsam unterdrückter Wut, hilflos skeptisch:"Warum lügt der jetzt? Weil er so sittlisch anständig is, und es net varrate mechte, daß der emo soi Trulla übers Knie geleehscht hat?!" solidarisches Männliches Gelächter von beiden

Vereinen.
Bauarbeiter:" .. und zur Ehefrau: ach die Abeid! es is wieder später geworden, Schatz! .. Gell!? Von Fünf bis Sieben."
solidarisches Männliches Gelächter.
Bauarbeiter:" .., na, so lang wartt isch net!"
Verhaltenes Lachen der Kollegen.
Michel Zero:"Viertel viere bis ViertelFümwe hawwe mir vor der Firma gestande, kaa Mensch ze sehe. Der war gar net innä Firma gewese!"

Stille.

Sekretärin telefonierend:".. Ai gucke da! .. de Steuerberater .. Gell!?, hat der sisch aach emo wieder blicke lasse, ein fauler Hund, und mir alle aabeide und der macht sichn flotten, .. , ach un jetz macheSe sich ufn Weehjsch zur Bank, ach Se sind schon da, ach des Geld hamSe grad gekrischt .. , spätestens innä Viertelstunde sin Se hier! okey, Ja, guud, ich sach de Leude bescheid."
Jedoch man ist nischt auf die Einfachheit der Argumentation von Lüge per SMS und Lüge per Handy gefaßt; dh man hätte dermaßen Bösartigkeit net für möglisch gehalten. Zumal ist man müde und erschöpft, die HochsommerSonne prasselt immer noch Siesta Mexicana. Man hat mitgehört, die Sekretärin verkündet die Sachlage.
Zero und Fatzke zu den anderen:"Aber wenn mirs doch euch sagen: Der war gar net in de Firma. Das is alles eine Lüge." Dann kommen die spießigen LeisetreterProteste: "Jetzt haltet doch euern Mund, der hats doch gerade der Sekretärin ins Handy .."
anner Bauarbeida:"Der hat gesagt, er fährt mal kotz ins Bürro(Betonung 1.Silbe) und kommt dann wieder mittem Geld. Isch habs ja jesacht!"

Stille.

Aller Augen wenden sich langsam auf die Sekretärin.

Mischel Zero weiter:" .. Des ham mer ja schon e par mo mit dergleischen Firma erlebt. Vom Abeidsamd vamitteld! Gell!??! Abä egoal was kimmt! Es gibt wischtigeres wie des: Ich will jetzt aach langsam ab zum Fußßbal !"
TFDFatzke energisch:"Isch mach jetz zum Fußßbal! Haide is des Haaner StadtDerby TFD geesche DFT!"
Mischel Zero widersprischt:"Du maanst wohl DFT geesche TFD, so haaßt des!, hastes kapiert!? Mer mache jetzt zum Fußßbal und guud!"

Anner TFDMann und zwar mittlerweile ebefalls mit FeierabendFußßbalUtensilienFreizeitkleidung bekleideter Bauarbeiter:"Isch aach. De Sekretärin blaabt solang hiäh, bis er wieder dais. .. Maa Enkel is Linksauße !"
anner DFTBauarbeiter:"Ihr seid doch TFD, des zählt doch gar net!" Feierabendgestimmter Noch n Annerer schon mit TFDFanTrickot drübergezogen Bauarbeiter:"Mir hawwe jetzt halb fümf. Der Chef hat gesacht, er fährt emo kotz vonna Bank zu uns und gibt uns dann den Louhn." Zur Sekretärin:"Des hat er doch gesagt, odäh?", und wieder zur Allgemeinheit:"Des is ja wohl net zu viel valangt!"
Sekretärin:"Ai, isch kann doch daran aach nix ändänn, lasse Se misch jetzt gehje!"
Bauarbeiter:"Mer binde de Trulla so lang hier fest!"
Die 200 Bauarbeiter milde gestimmt in holder Erwartung der eben von der Sekretärin zugesicherten sofortigen Barauszahlung. Ein großer Teil der Bauarbeiter beratschlagen ruhig aber grimmig, was sie sonst machen sollen, sie beratschlagen, warten, bleiben, mansche klaa und jugendliche Kinder, Enkel, Ehepattnä und mansche Freund/in der Bauarbeiter/innen kommen, um ihre Liebste/ ihren Liebsten abzuholen, herzu, auch vereinzelt Passante und sonstige Hagener Spaziergänge, die mal kotz n Blick in de Burg werfe wolle un bis nach hinde beim HeimatMuseumsPalais reschts davon zum Amphitheater runder beeindruckt uf de gesamte beachtlische Baustelle lunse, während sisch de ufgedackelte Sekretärin aus dem Staub macht. Ihr skeptisch nachguckend Mischel Zero:"Abbruch, eine Brangsche, die immer geht! Hm Dann kommt ja jetzt des guude Geld! Ach, isch hätt gern aach sone Sekretärin!"

eine einzelnä weiblischä von Kopf bis Fuß mit Betonstaub, Zementbrocken und Schlamm restlos verdreckte restlos verschwitzte Bauarbeiterin
5Sekunden Oberkörper in GanzBild:
"Abbruch!" sagt verdrießlich und verdrossen spöttisch diese eine Baustellenarbeiterin
5Sekunden GanzKörper in GanzBild:
mit zwei Eimern weggestemmtem BetonAbbruchGelumpe abstellend im Sonnenschein von beiden Händen abgestellt zu beiden BeinSeiten flüsternd kopfschüttelnd aufgebraust zu einer überlauten WutLautstärke grantich wütend Beatrice:"Ph!"
2Sekunden schüchtern wegwerfend:"Abbruch!"
2Sekunden Sie weiter angewidert:

"Abbruch, eine Brangsche, die immer geht!

.. Mir wadde ebe noch, .., zwansisch Minude? Für zwaa droa Kilomehjdä ?, was wird der brooche?,.., was bringt der ufm Tacho dem soi Spottwaahche?!"
genauso verdreckter Bauarbeiter Kollege wohlwollend zu ihr:"Wir haben Mittwoch. Da is Kegeln im Tinono! Und mir mitte ganze Batze Geld! Uns könnte es net besser gehe, ne Beatrice? Heut würd isch disch zum Essegeh einlade."
Beatrice:"Mit dir?! Da müßt isch ja krank sein! Mit dir Feierabend!"
Mischel Zero DFTFan laut ärgerlich aufbrausend brüllt:"Mir mache dann loß, nauf zum Fußßbal, Vertelstunde is Anpfiff! .., sobald mer gleisch 'es Geld hawwe, TFD kann eh net Fußßbal spiele! Mir ham uns des lang jenuch angeguckt! Heute wern Fakte geschaffe!"
GegnerKommandant:"Ihr DFT seid doch nix weiter wie'ä KlaakickerVerein!"
Mischel Zero:"Und wenn schon. Im Unterschied zu eusch könn mir abä Fußßbal spiele!"
so kampelt man miteinander herum und ist guter Dinge.
Andere Bauarbeiterin wohlig grinsend:"Der verdiente Lohn, da kommt was zusamm!"
Bauarbeiter:"Vielleischt hat der Bauleiteä uns aach bloß geködert mitte de hohe Louhn!, da gibbts s ja kaa Zweiwel! Geködert hat er uns sowieso. Sonst hädde mer hier net 10 Daahche geschuftet."
Anderer Bauarbeiter wohlisch grinsend:".. bei 9,-Euro proStunde 8Stunden 10Tage?!, gell!?"
Man hat Hofffnung, will Hoffnung haben ..

Was das Letzte der regulären TagesArbeit des 200LeuteBautrupps darstellt:
Bauarbeiter Möck (DFT), der brüllt vom BulldozerTraktor Baufirma1, auf dem er sitzt, zum DFTKommandanten Mischel Zero, der gibbt nur ein Handzeischen, BulldozerTraktor stockt und geht aus.

und
Bauarbeiter Schickedanz (TFD), der brüllt vom BulldozerTraktor11, auf dem er sitzt, zum TFDKommandanten Joschi Betz, der gibbt nur ein Handzeischen, BulldozerTraktor stockt und geht aus. Gegnerische BulldozerTraktoren abgesoffen. Stille.

Niemand bewegt sich. Alle warten, da wo sie stehen.

Uhrzeit 35 Grad

Die 200 Bauarbeiter teilen sich, ohne sich zu bewegen, unmerklich in 2 gegnerische Teams, keinem dieser 200 Bauarbeiter is Fußßbal gleischgültisch. Jeder weiß, zu welcher Seite er gehört ..
..
Ausländer, die hier auf der Baustelle und in einem sehr wohl stärkerem Anteil als noch früher jedoch unverändert auch heute 40Jahre später gleichmäßig verteilt in TFD sowie in DFT in beiden Lagern repräsentiert sind, bringen die seit 40jahren von den sich die Regierung teilenden gegnerischen Politischen Lager CSU/CDU und SPD/FDP allgegenwärtig gehaltene AusländerThematik gar nicht aufs Tapet.
Auch heute sind Ausländer kein Thema, so es doch "nur" um die Gegnerschaft von DFT und TFD geht, also um alles!
Männer und Frauen, Kinder Jugendliche bis Rentner, und während in der pltcal crrctnis von haide das Deutsche Wort Ausländer von BRDlern offiziell scheinbar in Form einer MassenPsychose nicht mehr gesagt werden darf, bei der sich füllenden Menschenmenge wird klar, daß im Kapitalistischen WestEuropa in der BRD und Westberlin schon vor 45Jahren (=1970) dh 1Jahr nach der 1969 Regierungsübernahme der SPD und dem entsprechenden Beginn der Ausländerflut nach Westberlin und BRD, Ausländer keine Rolle gespielt haben, Ausländer heißt: durchschnittlich 1GastarbeiterKind und 1Flüchtlingskind also 2Ausländer pro 30KinderGrundSchulklasse=6,6% der Kinder in der Schulklasse waren NichtBRDler bzw NichtDeutsche, und das heißt, daß diese Ausländer seit der 1.Schulklasse Kinder im Alter von 5Jahren und auch von höchstens 6Jahren zu den Einheimischen im 1970 DorfFußßbal gehört haben, wobei man also von kleinauf keinen Unterschied machte, sondern es gab viel wichtigeres als das, zB ob man Evangelisch oder Katholisch war, während, und das möge man niemals vergessen, zB mit Frankfurt/Main/Hessen BRD den Atheismus als Staatsreligion eingeführt hatte und der eigenen Bevölkerung komischerweise ganz undemokratisch aufzwang, - gehörte man nicht zu der anderen Religion, dann war eher erst einmal eindeutig nicht angesagt, mit dem jeweiligen anderen Schüler zu kommunizieren, nach wenigen Monaten wurde dieses Charakteristikum dermaßen gestrichen, so daß es egal war, dafür wurden dann andere Kriterien sichtbar - , es gab 1970-1975 nicht 1 Kind der 30GrundSchulklassenkinder, das Atheist also "Religionslos" gewesen wäre, EvangelischKatholisch sind 100% der Kinder, dh die Kinder sind entweder in der Evangelischen Kirche

oder in der Katholischen Kirche, Nicht-Kirche gab es nicht!, und dies ist im krassen Gegensatz zu damals 1988 Westberlin und in der BRD, wo die Mehrheit der Kinder NichtKirchenMitglieder waren und somit noch viel weniger als 1970/1975 tatsächlich in die Kirche gingen, ob nun 1970/1975 oder 1988: Westberlin BRD ist 1970/1975 sowie 1988 ein Atheistischer Staat "BRD" mit Atheismus als Staatsreligion!, nachdem offensichtlich eine ganze Generation junger Familiengründender BRDler aus den beiden Kirchen ausgetreten waren, galt knapp 20 Jahre vorher: nicht ein einziges Kind 1970 war nicht Mitglied der Evangelischen oder der Katholischen Kirche, und die Verteilung war tatsächlich annähernd 50%/50% Evangelisch/Katholisch

vergleichbar der Bevölkerung von Brieg/Oder bis Ruhland Autobahn Dresden Berlin Niederschlesien seit 1825 50%Evangelisch/50%Katholisch, und dafür war Schlesien bekannt und geachtet, daß im ein und demselben Schlesischen VolksCharakter so starke Religiöse Teilung Null Problem eignete,

oder zB: ob der Vater nun VW oder Opel fuhr quasi war das Kindervolk der GrundSchulklassen 50%/50% in VW und Opel gespalten, oder zB: ob man reiche oder arme Eltern hatte, sagen wir bei 3 reichen Kindern 10% zu 27 armen Kindern 90% eher ein langweiliges Chrakateristikum, weil sowieso alle arm waren außer 3n, diskriminert ursprünglich wurde von beiden Seiten trotzdem aber verblaßte sofort gegenüber dem alles beherrschenden KampfThema Fußßbal!, und das stellte sich als die krasseste Diskriminierung dar: ob man DFT oder TFD in Viereischenhagen war, entsprechend diskriminierte man sich gegenseitig, und die Schulklasse war zB schon dadurch gespalten, damals wie heute, in zwei Lager gespalten mit einer allesbeherrschenden und immerwährenden Konfrontationssituation wie Wilde.
GegnerKommandant mit TFDTricko, Megaphon, VereinsPudelMütze und Trillerpfeife mit Haß:"D wie Deppe! DFT des sin de Haaner Deppe!"
Mischel Zero mit Haß:"Des war ja alls ungerescht! Ihr habbt doch alls de bessere Rase gehabt!"
Gegnerkommandant durchs Megaphon brüllend rundum und hinter sich zu seinen Leuten und wieder nach vorne durchs Megaphon:"Ai weil mer alls besser gespielt hawwe wie ihr!"
Mischel Zero durchs Megaphon brüllend rundum und hinter sich zu seinen Leuten und wieder nach vorne durchs Megaphon:"Habt er ja grad net!, des is ja de Ungerescht!"

447

Gegnerkommandant durchs Megaphon rundum und hinter sich zu seinen Leuten und wieder nach vorne durchs Megaphon:"Kimmt emo in unser Draining! .. , damit er emo sehe kennt, wie Fußßbalspiele geht."
GegnerkommandantLeute hämisches Geläschtäh.
Gegnerkommandant lachend sich seiner Leute im Rücken versichernd, dann wieder hämisch lachend zu Mischel Zero.
Mischel Zero brüllend rundum und hinter sich zu seinen Leuten und wieder nach vorne durchs Megaphon:"Heude wird ufgeräumt! Da sin noch Reschnunge offe!" donnert mit dem Riesenschraubenzieher auf den Bulldozer der GegnerFirma.
TFDler1:"Aba des daff der doch gar net! Herr uff!, Der Bulldozer is unser!"
Mischel Zero sich lachend nach hinten zu seinen Leuten drehend:"Des is der ihr Bulldozer, maant er!", die Mischel Zero Menschenmenge bricht in Geläschtä aus.
DFTler dreht sich zurück zum TFDler:"Du hast wohl n Voouhchel!"
Einer nach dem anderen DFTLer kommt herzu und beginnt in das rhythmische Schraubenzieherkloppen einzustimmen und kloppen mit ihren RiesenSchraubenziehern dazu.
Das macht die TFDler wuschich, das halten se net aus.
TFDler1:"Solln mer uns des gefalle lasse?! Auf und zerkloppe mer den ihrn DFTTrakter!" und donnert mit dem Riesenschraubenzieher auf den Bulldozer der GegnerFirma.
DFTler verzweifelt:"Abä des daff der doch gar net! Des is Sachbeschädigung!"
Die TFDler kommen herzu und beginnen in das rhytmische Kloppen einzustimmen.
TFDler2 sisch nach hinten zu den TFDlern drehend:"Was sachter?! Habt a gehört, Leude? Was saahchese?! Sachbeschädigung!"
TFDLeude Geläschtä
TFDler2:"Los! Noch fester kloppe! Attacke!"
Keilerei
Die zwei Bulldozer gehen an und fahren in Zerstörungswut aufeinander drauf, die beiden verfeindeten Truppen versuchen, das Terrain des Gegners zu erobern. De Medien würden sagen:´Wir sind betroffen und besorgt, denn: Es sieht fast so aus, daß die Aggression zunehmen könnte. Wollen wir hoffen, daß die Situation nicht eskaliert!´, während die Prügelei längst eskaliert ist.
Es sind zwar alles FußßbalFans, aber seltsamerweise nirgendwo ist ein Fußßbal zu sehen, genauso wenig wie Werbung, was im Fußßbal ja von DorfFußßbal bis Profiliga während der Spiele ebenfalls wichtiger ist wie

Fußßbal.

Die sich keilenden FußballFans versinken im Staubigem Schlamm, Staubigen SchlammWolken und die Bulldozertraktoren nischt minder. Man wird erfinderisch.

Mansche Ungereschtischkeit der letzten 10, 20, 30, 40 und noch mehr Jahre also ne ganze Menge Ungereschtischkeit! komme under den weniger als 50Jährigen zur Sprache, indes dazu im Unterschied sogar olle Kamellen von den über 50Jährigen KleinstadtFußßbalFans ebefalls, damit das endlisch emo bereinigt wird!, und werden von ihnen durchgekaut. Beide Seiten auf dem Höhepunkt der Aggression:
Mischel Zero:"Wie war des denn, wie ihr auf unseren Verein geschisse habbt, Net bloß uf unsern Verein, sondern uf Viereischenenhagen!, wie ihr alls für Eintracht Frankfurt gehalte habt und eure Heimat verleugnet! Ihr feigen Schweine!"
GegnerKommandant:"Stimmt doch gor net!, du neunmalkluger Lackaffe! Eintracht spielte geesche Bayern. Bayern is Ausland. Mir hielte 1973 für Frankfurt, des is unsre Heimat, wenns um Fußßbal geht. Aber ihr?!, so wars nämlisch!, ihr habt uf de Heimat gespuckt und hieltet für die Bayern, für de Ausländer!, na was soll ma aach von de Katholen erwatte!?"
Mischel Zero:"Mir sin kaa Katholen! Höchstens n paar von uns! Doch des spielt kaa Roll, wenn mir sehe, wie ihr Evangelen alls geesche uns DFTler gewettert habbt, dabei konntet ihr gor net Fußßbal spiele, du ufgeblasner Möschtegernn un Habbenix!"
GegnerKommandant:"Im direkte Vagleisch habbe mir öfter gewonne geesche euch wie ihr geesche uns! So siehts aus, du Wasserkopp!"
GegnerChor:"Wasserköppe Wasserköppe Wasserköppe Wasserköppe ..
Mischel Zero die Wappenfahne mit den Vier Eichbäumen mit der Faust hochreißend und schwenkend:"Lügner! Mir hawwe alls gewonne! Is ja aach kaa Wunner! Ihr habt ja nix zu fresse gekrischt wie MakkihSubb!"
GegnerKommandant die Wappenfahne mit den Vier Eichbäumen mit der Faust hochreißend und schwenkend:"Lügner! Ihr MilschBubis! Alls bloß Haferflocke gekrischt", lacht hämisch, dreht sich mit einer ´Mir nach! ´FratzeBewegung zu seinen Leuten und wieder nach vorne, die Hälfte de Bauarbeiter lacht mit ihm hämisch die gegnerische Mannschaft aus, zu Mischel Zero weiter der Gegnerkommandant:"da kann ja nix draus werdde! Mir dageesche hawwe uns gesund ernährt: Flaasch un Flaaschworscht jede Menge, wie sischs gehört für gestandene Männer!"

Mischel Zero:"Ph! Ihr wißt ja gor net, was ne Flaaschworscht is! Ihr nachgemachte Vasager!", lacht hämisch, dreht sich mit einer ´Mir nach! ´FratzeBewegung zu seinen Leuten und wieder nach vorne, die Hälfte de Bauarbeiter lacht mit ihm hämisch die gegnerische Mannschaft aus.
Mischel Zero:"Mir hawwe alls gleisch de Ballbesitz gehabt, aber ihr! Bei eusch war das ja alls ne Schnipseljaahchd, wenn mer eusch zugeguckt hat, wie ihr dem Ball nach .."
Mischel Zero Leute hämisches Geläschtäh
GegnerKommandant:"´Schnitzeljaahchd´ haast des, du neunmalkluger Lackaffe!"
Mischel Zero:"´Schnipseljaahchd´ haast des! Des haast ´Schnipseljaahchd´ uf Deutsch, du begriffsstutzisches Rindviehsch!"
GegnerKommandant:"Nääh! ´Schnitzeljaahchd´ haast des, du neunmalkluger Lackaffe! ´Schnitzeljaahchd´, geh emo in Deutsch für Usländä!", dreht sisch Beifallheischend zu seinen Leuten:
GegnerkommandantLeute gröhlen lachend durcheinander dann im Chor:"Deutsch für Usländä! Deutsch für Usländä! Deutsch für Usländä! Deutsch für Usländä!"
Mischel Zero:"Bis ock stille! Bist doch bleede! Uf Deutsch haast des ´Schnipseljaahchd´!, na da kann ja erst rescht nix draus wern bei eusch, wenn er das net kennt!"
sich Beifall heschend zu seinen Leuten umdrehend
MischelZeroLeute lachend durcheinandergröhlend dann im Chor:"
Schnipseljaahchd Schnipseljaahchd Schnipseljaahchd Schnipseljaahchd
Mischel Zero wieder sich nach vorne drehend:"Schnitzel is was zum essen!, du Affe!"
GegnerKommandant:"In der Schule ham wir gelernt: Schnitzeljaahchd."
Mischel Zero:"Schnipseljaahchd hatten wir gar nicht in der Schule sondern nur mal bei nem Schulausflug. Und der Lehrer konnts ja selber nicht, der hats ja selber falsch gesagt, Wir haben gesagt: Schnipseljaahchd, denn es is ja Papierschnipsel und nicht Schnitzel mit Rahmsoße! Ja ja: Schnipsel mit Rahmsoße!, du Affe!"
GegnerKommandant:"Du Anaphabet! Deswegen haste aach alls ne Fümf gehabt!"
GegnerLeute hämisches Geläschtäh.
Gegnerkommandant:"Schnitzeljaahchd!"
GegnerChor:"Schnitzeljaahchd! Schnitzeljaahchd! Schnitzeljaahchd! Schnitzeljaahchd!"
MischelZeroChor:"Schnipseljaahchd! Schnipseljaahchd! Schnipseljaahchd!

Schnipseljaahchd!"
MischelZeroLeute hämisches Gelächter.
GegnerKommandant:"Dem Willi soi Vadder is Flaascher, da hatten mer Flaasch in rauhe Meng!"
GegnerChor:"Was ma hat, des hat ma; Was ma hat, des hatma, Was ma hat, des hat ma; Was ma hat, des hat ma ..
Mischel Zero:"Des hammer ja alls an de Pausenbrot gesehn, ihr habt bloß eemo de Woch Leberworscht ufde Schnitten gehabt! Ai sonst war ja gar nix druff wie Magerine! Mir hatte jäde Tach Leberworscht! Ihr und Worscht ufde Schnitten?!, Geh fodd! Verreck doch!"
GegnerKommandant:"Mer hätte eusch vapriehschelt un vakloppt, hätte mer eusch bloß in de Finger gekrischt! Un mer hatte alls selber genuch Leberworscht. Dem Willi soi Vadder .."
Mischel Zero:"Und ich bin der Kaisa von Schienah! Ihr habbt eusch ja bloß net getraut!"
Gegnerkommandant:"Mer wußte bloß net, wo ihr seid! Hinner der Müllkippe vasteckelt habt a eusch!" Geläschtä auf seiten des Gegners,"Mer ham eusch net gefunde, wer konnte denn ahne, daß ihr eusch mit euerm Spottplatz hinner der Müllkippe vasteckt!" Geläschtä der Gegner
Mischel Zero:"Ihr seid doch bloß Geldscheißer, und können tut ihr nix! Ihr habt Geld fürn ganz neue Spottplatz!", dreht sich um und brüllt zu seinen Leuten: "Stimmts oder hab isch rescht?!", de Fans antworten mit Kopfnicken und wütenden Zurufen, und nach vorne zum Gegner wieder Mischel Zero:"Aber mer konntens net mitansehe, wie ihr da rumgekickt habt wie de Beehjbiehs!"
Gegnerkommandant beleidigt, verunsichert, wütend nach hinten:"Wie de Beehjbiehs sachter zu uns! Wie de Beehjbiehs sachese!"
GegnerFans im Chor:"Nieder Nieder Nieder mit den nachgemachten Haanern! Nieder .."
Mischel Zero:"Was sacht der! Was sachese?!", beleidigt, verunsichert, wütend nach hintern:"Wie de nachgemachten Haaaner, sachese zu uns! ..", und brüllt wieder zum Gegner;"Mir brooche kaa KrösusAngeberTurnhalle, um ufm Rase Fußßbal ze spiele! Mir kenn des besser wie ihr, mer tun besser Fußßball kicke ohne Turnhalle!"
MischelZeroFans hämisches Geläschtä, im Chor:"TurnhalleKicker TurnhalleKicker TurnhalleKicker TurnhalleKicker .."
GegnerKommandant Blick nach hinten um Unterstützung heischend:"Des kenn mer net uf uns sitze lasse!"
GegnerChor:"Bettnässä, Bettnässä, Bettnässä, Bettnässä!"

GegnerKommandant:"Ihr habt auf eurer KickerWiese bis heude niemals mehr wie sone PinkelBarracke. Mer hatten seit ehj und jehj ne orntliche Turnhalle, wie sischs gehört fürn orntlische FußßbalVaaein."
Mischel Zero Blick nach hinten um Unterstützung heischend:"Des kenn mer net uf uns sitze lasse!", und nach vorne:"Ihr habt ja auf euerm Spottplatz gar nix, ihr mißt zum Pinkeln zum Hattplatz danebe an Waldrand loofn, wo eusch jeder zukuckt."
Mischel ZeroChor:"Sälbä Bettnässä, Bettnässä, Bettnässä, Bettnässä!"
Mischel Zero nach vorne weiter:"Ach is des armsäälisch!, da kennt er noch so angebe mit airer Turnhalle, die zu nix nutze is. Ihr Bettnässä und nachgemachte Haaner!"
Mischel Zero Anweisung nach hinten, Mischel ZeroChor:" nachgemachte Haaner! .. "
GegnerKommandant nach hinten:"Nachgemachte sachter, nachgemachte Haaner. Die sin doch sälbä nachgemachte Haaner!"
GegnerKommandant nach vorne:"Ihr seid ja gar kaa eschte Vyerschehaaner Vaaan, de Hälfte von euch sin Bastarde aus Sprendlinge."
GegnerChor:"Bastarde Bastarde Bastarde Bastarde!"
Mischel Zero:"Niemals hat aach bloß aan Sprendlinger n Fuß uf unsern DFTPlatz gesetzt. Aber ihr müßt ja ganz stille sein. Euer Drainer, der hat doch aach emo für Sprendlinge de Großen von de C-Jugend von de Ricarda drainiert, der is doch n ganz geweehjnlischer Sprendlingä Spottlärä."
GegnerKommandant:"Na und? Ihr habt ja gar kaa Spottlärä!Mir ham wenigstens aan. Unsa Drainer is eben n richtischer Spottlärädrainer und net son nachgemachte Haaner wie euer! Hinner der Müllkippe tut ar euch vasteckeln!" GegnerChor:"Müllkippe Müllkippe Müllkippe Müllkippe"
GegnerKommandant nach vorne weiter:"Und es Publikum net mehr wie de Äldärn; bei uns dageesche kommt de ganse Haaner Bevölkerung! So siehts aus, du Wasserkopp! Und ihr habt ja gar kaa Tribüne!"
MischelZero:"Moomendemal!, du Heini! Ihr habt doch aach kaa Tribüne, eure DreistufeBöschung, Mensch!, alle zehjn Metä aaner, euer gesamtes Publikum wenn ihr Glück habt: 25 Zuschauer!, oach is des läscherlisch! Un des Trauerspiel muß mä von de Landstraße aus mitansehe! Angebä und nix dahinner! TFD, des sin de Besserwissä!"
MischelZeroChor:"TFD Besserwissä, TFD Besserwissä , TFD Besserwissä, TFD Besserwissä !"
GegnerKommandant:"Ai logisch!, du Heini! Mir wisse ja aach besser, wie Fußßbalspiele geht. DFT, des sin de fein Pinkel..!"
GegnerChor:"DFT, des sin de fein Pinkel DFT, des sin de fein Pinkel DFT,

des sin de fein Pinkel DFT, des sin de fein Pinkel .."
Mischel Zero dies als die größte Beleidigung empfindend, ihm platzt der Kragen:"Attacke!"
und alle hauen sich gegenseitig die Köppe voll.
Wütende Schlacht.
Einer brüllt ins Getöse:"Anfang zwaate Halbzeit hawwe mer schon vapaßt! Is jetzt DreiviertelSechse dursch. Mer hawwe jetzt übä zwaa Stunde gewartet. Vom Chef is nix zu sehe!"
Bauarbeiter:"Halt du doch dein Maul!" ..
Wütende Schlacht. Getöse.
zufällisch TFDKommandant und Mischel Zero gleischzeitisch SchiedsrischterPfeife:
Mischel Zero SchiedsrichterPfeife, der in der Schlacht befindliche Menschenhaufen hält wie im Standbild inne.
Mischel Zero brüllt:"Abbruch!"
Bauarbeiter:"Warum?"
Mischel Zero:"Mir sin am Arsch!"

Stille.

Viereischenhagen.

Kopenhagen, in einer neuerdings wie so vieles eingemeindeten Landschaft ein einem modernen Finanzamt ähnelndes modernes neues Gebäude: Das neue Gefängnis. Das Gefängnistor öffnet sich, Egon
- eine Kapelle steht dabei bzw kann man sich denken, weil man die Kapelle zur Begrüßung spielen hört - mit Zigarre kommt heraus, guckt nach beiden Seiten, währenddessen kracht laut das Tor hinter ihm zu, Benny und Kjeld winken mit DänemarkFläggchen und nehmen ihn begeistert in Empfang. Sie fahren ihn mit einem neuen gebrauchten gewöhnlichen 9Tonnen LKW nachhause. Egon verwundert.
Benny vergnügt und absolut unbekümmert, über alle Maßen gutgelaunt fröhlich am Steuer einwandfrei aufmerksam, vorbildlich fahrend, umsichtig und rücksichtvoll, sowie geschwind und zielstrebig durch Kopenhagen fahrend, umsichtig den Kopf zu den Seitenspiegeln drehend durch die Fenster der Beifahrertür und der Fahrertür die andern Autofahrer dankbar grüßend und dabei oft sowie gelegentlich mit Blick zu den neben ihm auf der FahrerBank sitzenden Kjeld stets mit weinerlichem, zögerlichem, unsicherem, vorsichtigem Unterton auch eine Spur unterwürfig aber als

einziger der drei realistisch, und Egon stets souverän und wortkarg, vor allem ja Egon, dem er verständlicherweise so manches zu berichteten hat, Benny von der Fahrerverantwortung voll in Anspruch genommen stets während nicht mit PünktchenPünktchen oder Komma oder sonstwie gekennzeichneten 1 oder auch 2 Sekunden dauernden Sprechpausen nur abgehackt in Halbsätzen sprechend, unruhig mit Hummeln im Hintern, strahlend vor guter Laune, bei geübter rasanter und kurvenreicher Fahrt auf dem federnden Fahrersitz hin und herrutschend sich hin und hersetzend, in fröhlichstem Vergnügen:"N Geldtransporter. Es ging nicht kleiner. Der ist gebraucht. Das warn Schnäppchen. Vom Schrottplatz. Man muß ja heutzutage so aufs Geld achten. Du hast ja *so* recht, Egon!"
Kjeld:"Das sagt auch Yvonne, die ja sonst weiterhin mit dem Taxi Einkaufenfahren müßte."
Egon verwundert, grimmig ungläubig.
Benny:"Egon, sag selbst, das ist ne Verbesserung der Transporter. Was denkst du, was das für Eindruck macht. Da ist was los! Wir haben jedesmal die Polizei im RückSpiegel! Die denken sich schon nichts mehr, wenn wir an denen mit dem Geldtransporter vorbeifahren! Warum auch!?", guckt bei dieser Gelegenheit in den linken Seitenspiegel, gibt durchs Fahrerfenster fröhlich grinsendes Handzeichen zu Autofahrer, dann wieder geradeaus guckend.
Kjeld:"Yvonne läßt sich damit nur zu gerne jeden Tag zum Einkaufen durch die Stadt kutschieren."
Benny:"*Das* ist ein Spaß! Das kannst du dir ja denken, Egon."
Egon platzend:"Ich denke mir, ihr habt kein Geld!"
Kjeld:"Yvonne guckt sich nur die Schaufenster an, was wir alles kaufen würden, ..,"
Egon immer mehr zu einer schimpfend wütenden Fratze werdend darüber, was er da hören muß ..
Benny fröhlich:"Wir geben ja gar kein Geld aus!, sei ganz unberuhigt, Egon!"
weinerlich händeringend vorsichtig angstvoll verzweifelt offenherzig zögerlich hoffnungsvoll Kjeld:"Geld haben wir ja jetzt auch nicht .. mehr. .. Wir leben von der Hand in den Mund .. Aber jetzt wird ja alles anders!"
zu Egon Benny beharrlich unverändert vergnügt und siegreich:"Was denkste, was die Leute glotzen!"

An den im 11Stöckigen WohnhochhausBlock im 9.Stock heimischen Wohnzimmertisch sich bequemend die Männer,

Yvonne:"Alle Mann essen kommen!", und stellt überrascht und auch gar nicht überrascht sondern, als wäre es alltäglich, fest, daß Egon zum Essen mitgekommen ist:"Ach Egon, du bist auch wieder hier!"

Yvonne in ihren kurzen Sprechpausen arbeitend, während dem Sprechen ebenfalls, dh ununterbrochen arbeitend, beim Luftholen zwischen den Sätzen macht sie volltändig ein oder auch zwei Hausarbeiten, dann beim Sprechen macht sie die nächsten Hausarbeiten, durchgehend von anfang an, während die Männer nihts tun, macht Yvonne die Arbeit, wie zB von ihr gewaschene und von der Leine genommene trockene Wäsche fertig bügelnd und für den Kleiderschrank zusammenlegend sowie Geschirr waschend, abtrocknend und in den Geschirrschrank räumend, jeweils hin und herlaufend zwischen Küchenspüle, Bügelbrett, Kochherd, Kleiderschrank, Wäschespinne, Waschmaschine .., jegliche Hausarbeit machend:"Bei uns ist Ebbe!
.."
Benny aufspringend:"Ich geh nochmal schnell fürn paar Bier"
..
Yvonne:".. und, Egon, denk ja nicht, du könntest dich jetzt hier wieder in Ruhe durchfuttern,
..

so geht das nicht weiter
..
wir kommen selber grad so über die Runden"
..
, spöttisch,".. der *ganz* große Coup!, ja, ich weiß schon!"
..
Benny zurück, mit drei Bierflaschen an den Tisch. Man hört die drei Männer die jeweilige Bierflasche in die Hand genommen habend aus der Flasche trinkend:"Ah, schön kalt!" "Kalt, wie sichs gehört!" "ein kaltes Bier!, das ist was wert!" flüsternd stellen die Flaschen zurück auf den Tisch.

Yvonne:"Wenn ihr doch nur mal was arbeiten würdet!"
Kjeld verbissen den Hebammskoffer auf dem Eßtisch umklammernd zurückhaltend zaghaft:"Wir fangen doch grade an!"
Yvonne weiter jegliche Hausarbeit machend, lamentierend schimpfend:"Und wenn dann mal alles gut gegangen und alles schön ist und ´Mächtich

gewaltich´, dann geht am Ende *immer* wieder irgendetwas schief. Hoffentlich wird das mal was mit euch. Dann könnten wir Börge endlich mal neu einkleiden. Und dann kommt ja auch die Konfirmation!"
Kjeld ängstlich mit verkrampft festgehaltenem Hebammskoffer aufm Schoß zögerlich:"Egon, hast du vieleicht ne Idee?!"
souverän ganz die Ruhe in Person Egon mit Zigarre:"Ich habe einen Plan!"
Benny überrascht fröhlich:"Mächtich gewaltich!"
Kjeld überrascht fröhlich:"Egon!"
Egon:"Diesmal ne todsichere Sache. Die Französische Staatsbank in Lyon hat einen BargeldEngpaß, Dänemark will kurzfristig mit einer Geldlieferung aushelfen. Es handelt sich um die Zwischenlagerung des Geldes frisch aus der Gelddruckerei. Erster Punkt: FalschmünzerCharlie weiß wo."
Kjeld langsam Wort für Wort:"Ja und wo finden wir den?"
Egon:"Haftanstalt 2.Stock. FalschmünzerCharlie sagt, wo die Lieferung deponiert wird, weiß Gastwirt Hansen, die Adresse des Zwischenlagers bewahrt er in der Geldkasse auf .."
Kjeld skeptisch:"Einfach so in der Geldkasse?!"
Benny skeptisch:"Wo jeder rankann!?"
Egon:"Verläßliches Personal. Der RestorangChef läßt sich immer erst kurz vor Schließung seines Lokals blicken, man wird Gastwirt Hansen dann sicher antreffen."
Benny:"Hansen?"
Egon:"In Viereischenhagen an der Autobahn Kopenhagen/Lyon der PferderennenBuchmacher."
Benny:"Ach *der* Gastwirt Hansen."
Egon:".. das kostet aber ne Stange, sagte FalschmünzerCharlie. Darüber läßt sich reden, sagte ich ihm, ich sei aber nicht flüssig. Ich mußte ihm 10% einräumen; Hansen kriegt auch 10%, ich hoffe, ihr seid damit einverstanden!"
Benny:"Mensch Egon, da haben wir ja schon 20!", schulmeisterlich zu Kjeld,"es geht eben heutzutage nichts mehr ohne Bargeld und Anfangskapital."
Egon:"Tanken, Scheinwerfer, Brecheisen, das übliche. Für die Auslagen nehmen wir die Kaffekasse."
Kjeld ängstlich zögerlich:"Die haben wir schon geräubert gestern fürn frischen Zentner Kartoffeln im Sonderangebot, Egon!", schwärmerisch," du kennst das ja, du, so *ganz* frische Bratkartoffeln von Yvonne!"
Yvonne:"Ich mach uns die Reste von gestern gerade mal schnell warm."
Egon stutzt sich grimmig bitter verwundert umschauend:"von gestern!"

Benny:"Kjeld hat recht, Egon! *Das* hat gestern geschmeckt, Yvonne!, du, Egon, ich kann dir sagen!"
Kjeld zu Egon:"Apropos Anfangskapital: Wir können ja zusammenlegen", greift eifrig in seine Hosentasche, umgestülpt rein nichts Luft, ..
Benny:"Kjeld hat recht: Wir können ja zusammenlegen!", umgestülpte Hosentasche Luft, Ernüchterung ..
Benny:"ach das Geld habe ich ja in der anderen Hosentasche!", eifrig, Luft Hosentasche, nein : da ist ein Knopf. Benny legt den Knopf auf den Tisch. Ernüchterung, Benny:"Es braucht ja ersteinmal nur so ein Symbol, Egon; du, Kjeld, du bist doch manchmal in die Schule gegangen, wie sagt man?, ein Symbol, ein, na sag mal schnell .."
Kjeld eifrig verunsichert begeistert, als hättense den Tresor gerade aufgekriegt:"Ein Stimulanz. Ja richtig, Benny, ein Stimulanz, Egon!, *das* ist es!"
Egon gestört, aber abwinkend:"Hätten wir das also! Da läuft die Sache! .. Zweiter Punkt: Der Staatsbesuch der Dänischen Königin zum öffentlichen offiziellen feierlichen Geldtransport zur Einweihung der FrancoisChasseurStiftung in Lyon zur DänischFranzösischenFreundschaft, dem ErstRangigen Kulturereignis, von dem die Medien voll sind, fährt morgenabend ab, worüber ganz Dänemark redet! Was aber keiner weiß: In Lyon´s Staatsbank streichense übermorgen die Wände, der offizielle Schalterbetrieb wird dann wegen der Malerei in Folge der jüngsten Proteste der KP Frankreichs sowie der Gewerkschaften für 2 Tage eingestellt werden, deswegen ist das Personal schon jetzt beurlaubt, wie ich von Kopenhagen´s StaatsbankKassierer Larsen von Schalter 3 erfuhr, der gestern in meine Zelle kam. Rechtsanwalt Eriksen von der Dänischen Gelddruckerei, mein Zellennachbar, sagte mir bei dieser Gelegenheit, daß die Gelddruckerei ab heute mittag überraschend geschlossen werden wird wegen dem Besuch morgen von der Königin, die müssen da Reinschiff machen, ist ja verständlich, die müssen dafür schon heute alles auf Vordermann bringen, Eriksen sagt, deswegen nicht etwa, wie jeder denkt, offiziell erst morgenabend, sondern, was geheim ist, bereits heute kurz vor Mittag, bevor die Tore dicht sind, geht der Geldtransport raus. Wegen dem übermorgigen Wändestreichen in der Französischen Staatsbank ist aus verläßlichen Französischen Gewerkschaftsquellen die Anlieferung selbstverständlich erst bei Schalteröffnung 3Tage später möglich. Währenddessen wird das Geld zwischengelagert. Das ist geheim. Das ist so geheim: Das weiß bis jetzt noch nicht mal der Wachdienst. Die Summe ist enorm aber nebensächlich. Kommen wir zur Hauptsache: Mit der üblichen Eskorte von Dänemark nach

Frankreich wird das Geld, eine LastwagenLadung, von der Kopenhagener Gelddruckerei für 48 Stunden in einem Zwischenlager deponiert. Hier übernehmen wir."
Kjeld zähneklappernd die Hosen vollscheißend:"Ist das nicht gefährlich!"
Egon:"Ein Kinderspiel."
Benny schulmeisterlich zu Kjeld:"Egon hat es doch erklärt: Wir müssen das Geld nur abholen."
Kjeld:"Egon!", die Hände übern Kopf zusammenschlagend jubelnd,"Dann kann ja nichts mehr schiefgehen!"
Benny jubelnd den Kjeld sachte antippend:"Gelddruckerei. Hörst du die Bündel Papiergeld, Kjeld? Raschel raschel?!"
Kjeld fanatisch glücklich heulend:"Yvonne! Papier noch und nöcher! Dann sind wir reich!"
Egon:"Soweit sind wir noch nicht. Benny, daß du mir unsern Geldtransporter vorher noch volltankst! Oder hast du das schon?"
Benny:"Ich habe getankt! Für 5 Euros - vorletzte Woche."
Egon:"Wir haben freie Fahrt. Staatsbank und Gelddruckerei sind außer Gefecht, die haben anderweitig zu tun, " spöttisch:"Gelddruckerei, Ph! ist ja kein Wunder, da solls ja morgen Reinschiff sein, wenn die Königin die Gelddruckerei besichtigt, da soll es ja blitzen und blinken Blütenrein wie mit Priehsahl gewaschen!"
Yvonne:"Zum Kuckuck nochmal, Egon! Das Waschpulver ist alle!"zwischen Kochherd, Wäscheleine, Bügelbrett hin und herlaufend, einen leeren Karton Priesahl hochhaltend umdrehend so daß die letzten KrümelReste heraus rieseln:"Dann ihr Männer: Kümmert euch!, wo ihr eure dreckigen Unterhosen gewaschen bekommt! Blütenrein! Es geht eben nichts ohne Priehsahl!"
Benny schüchtern jubelnd:"Die Gelddruckerei Reinschiff wie mit Priehsahl gewaschen! Hörst du das Kjeld?"
Kjeld jubelnd verschüchert unbändig:"Hörst du das, Benny? Reinschiff Blütenrein Gewaschen wie mit Priehsahl!"
Benny und Kjeld in mühselig unterdrücktem Jubel.
Egon:"Morgen fahren se weiter, mit dem falschen Geldtransporter. Wir fahren heute schon weiter mit dem richtigen. Uhrenvergleich!"
..

Tiefe Nacht,

Autobahn,

Benny:"Den Tank hatten wir noch niemals so voll!"
Kjeld:"Ein Vermögen, was da jetzt im Tank steckt!"
Egon:".."

Tiefe Nacht, Straßenlaternen, Regen, es hat kurzzeitig aufgehört zu regnen: Burg Hagen in der Viereisch, Riesenbaustelle, alles ist eingerüstet ..
Kjeld:"Wir konnten das nicht ahnen!"
Benny:"Die Cellar of CastleBar von Gastwirt Hansen, wie sollen wir denn da jetzt .."

Egon:"Die Zufahrt vom Burggäßchen bis zum Wirtshaus Cellar of Castle muß ja frei sein. Ihr Rhinozerösser! Wie sollen denn sonst die Bauarbeiter das Lokal eingerüstet haben? Ihr Dummköppe! Wie gehabt. Also: Alles nach Plan!"
Mucksmäuschenstille. Der Wind weht. Vereinzelte Regentropfen auf Baumblättern kämpfen verbissen gegen den niederstürzenden Sturzregen, der Uhu und die Eule zwitschern um die Wette.

Kein Mensch unterwegs. Olsenbande vor RiesenBaustelle Burgareal alles eingerüstet, freilich auch die Zufahrt, wie eben eine ordentliche Baustelle.
Kjeld weinerlich:"Egon, wie kommen wir da jetzt rein?"
Benny davor haltend:"Und jetzt?"
Da kommen ein paar singende und gröhlende Saufbrüder auf dem Heimweg, die schieben wie selbstverständlich die Absperrung beiseite und gehen hinein, die Saufbrüder schieben hinter sich die Absperrung wieder zu
Egon unbeirrbar:"Die gehen zum Lokal. Was die können, können wir auch. Das Lokal ist geöffnet. Alles nach Plan!"
Saufbrüder gehen doch nicht weiter zum schon von hier sichtbaren Lokaleingang sondern verschwinden 10meter vorher nach links runter zum Burggraben, in dessen richtung sie heimwandern.
Als die Saufbrüder vom OlsenbandeTransporter aus sichtbar in der etwa 150Meter weiter wieder aus dem Burggraben hoch und durch einen Burgmauerdurchlaß wieder in die Stadt nämlich in Sichtweite zur Bismarckschule verschwinden, Egon:"Es ist soweit!"
Benny hüpft raus und schiebt behände die Absperrung beiseite, Familientransporter fährt rein, Benny hüpft raus und schiebt behände die Absperrung hinter sich wieder zu, sie parken 10 Meter weiter direkt vor dem Lokal.

459

Olsenbande im Gänsemarsch ankommend denkt: das Lokal ist geöffnet, sie prallen aber gegen die verrammelte Eingangstür.
Egon perplex und wütend, Kjeld holt Streichholzschachtel aus dem Hebammskoffer und macht Streichholz an, Benny zeigt auf ein Schild an der Tür.
Egon liest:"Heute Ruhetag."
Kjeld sich die Hosen vollscheißend:"Alles umsonst, Egon!"
Egon ärgerlich:"So ist das immer, wenn man sich mal auf ehrliche Arbeit einläßt", macht Fingergymnastik, "Der Zettel ist in der Geldkasse. Die Eingangstür, wär ja gelacht! Zum Aufwärmen gleich mal ran an die Arbeit!"
Kjeld kramt im Hebammskoffer Scheinwerfer hervor ..
Egon:"Taschenlampe wäre zu grell. Die Taschenlampe kann man 500Meter das Burggäßchen hochsehen!"
Kjeld kramt eine Kerze aus dem Hebammskoffer, Kerze Licht an, Arbeitsbeleuchtung:
Kjeld:"Die Türschlösser werden aber auch immer raffinierter."
Benny Ollimäßig zu Kjeld:"Die haben hier feine Sensoren."

die moderne HauseingangstürZahlenkombination sowie das gewöhnliche HaustürTresorZahlenschloß bearbeitend, verschiedene Dietriche probierend aber vor allem mit dem Stetoskop arbeitend Egon an der Cellar of CastleBarEingangstür in der Nacht.
Kjeld die Polizei im Nacken vor Ungeduld sich die Hosen vollscheißend hat schon Brecheisen aus dem Hebammskoffer in der Hand:" Warum brechen wir nicht einfach die Tür auf?"
Egon unbeiirbar, er hat recht:
Das Zahlenschloß knackt mehrmals vielversprechend .. aber mehr auch nicht.
Benny dem Egon im Nacken sitzend will helfen und eine hilfreiche Hand reichen oder auch die andere, kann aber wie immer nichts machen, hilfsbereit:"Mach doch mal Pause, Egon!"
Egon:"Perlen für die Säue!", geht beiseite, Benny schiebt ein entfernt an einen Bieröffner erinnerndes Metallstück in die Schlösser, öffnet auf Anhieb die Tür.
Alle drei rein. Licht an? Kjeld verstaut Kerze in Hebammskoffer und holt Scheinwerfer aus Hebammskoffer, Scheinwerfer hält Benny:"Wo ist denn die GeschäftskasseKlingelkasse"
Egon, Benny und Kjeld suchen das Lokal ab, den Tresen, den Eingangsbereich.
Kjeld:" .. das muß doch hier irgendwo am Tresen sein!", Kasse

entdeckend:"Hier ist es. Wir habens geschafft!"

Benny ran an die Lokalkasse mit dem gleichen Bieröffnerähnlichen Werkzeug:
Benny klingelnd die GeldSchublade aufziehend.
Egon das Resultat kommentierend:"Alles offen! Alles leer!"

Da sehen sie etwas abseits einen richtigen dh großen Tresor, Egon an die Arbeit. Wie zuvor. Melone, Zigarre, Stetoskop, und das Fingerspitzegefühl des Kenners.
Stille.
Benny und Kjeld gespannt auf Egon achtend.
Benny manch hilfreiche Hand anbietend, läßt es doch dann.
Sich die Hosen vollscheißend Wache schiebend an der offenen Haustür, hin und her nach draußen nach drinnen und wieder nach draußen und wieder nach drinnen guckend, weil man ja den Zettel nur rasch abholt, die Haustür sperrangelweit offen stehen lassend dann zu Egon eilend Kjeld:"Kennst du vielleicht das Fabrikat?"
Egon zeigt auf den eingestanzten FirmenNamen:"Frantz Jäger, Berlin."
Benny aufatmend und anerkennend:"Der gute alte Franz!", kurz an die sperrangelweit offene Haustür, nach draußen guckend, zurückguckend Benny:"Die Luft ist rein!"
Kjeld:"Egon, sei bloß vorsichtig!"
Das Zahlenschloß knackt verdächtig.
Benny Haustür sperrangelweit offenstehen lassend zum Tresor und Egon und Kjeld herzukommend:"Er hats gleich! Na komm schon, ist so gut wie offen", Blick zurück zur sperrangelweit offenen Haustür dann wieder zu Egon Kjeld und den Tresor starrend.
Kjeld zur sperrangelweit offenen Haustür sich die Hosen vollscheißend nach draußen guckend nach drinnen zum Tresor guckend, wieder nach draußen guckend hin und her, dann zurückgekommen:"Daß wir ja ungestört bleiben und nicht entdeckt werden!" und zu Egon, Benny und den Tresor starrend.
Das Zahlenschloß knackt endgültig!
Egon zufrieden.
Benny:"Ist ja Mächtich gewaltich!"
Kjeld:"Das Zahlenschloß knackt endgültig!"
Benny:"Jetzt hat ers! .. Kjeld, sei doch mal still!"
Kjeld:".."
Alle drei sorgsamer Blick zur sperrangelweit offenen Haustür.

Egon mit Fingerspitzengefühl genial. Den ersten Millimeter öffnet sich die Tresortür.
Egon zufrieden:"Der verdiente Lohn. Nach Plan!"
Kjeld schleicht auf Zehenspitzen hinter Egon herum:"Die ganze Stadt schläft. Sei unbesorgt, Egon! Uns hört kein Arsch!", dabei stößt er ungewollt aus Versehen einen bis zur Decke hochgestapelten Berg Bierfässer um. Etwa 10Sekunden dauerndes Rumpeln wie eine mit Fanfaren durch Viereischenhagen ziehende Horde und Herde Jodelnder und Pfeifender CowboysKavallarie mit mehreren 1.000 Rindern. Dann Stille.
Vereinzelt im Ort bei 8.000Einwohnern gehen überall die Lichter an, die Turmuhr bimmelt die UhrzeitGlocken, alle Lichter gehen wieder aus, 8.000 Einwohner schnarchen weiter.
Der Tresor ist auf.
Egon souverän, kommentierend:"Leer! außer diesem Zettel! Ganz nach Plan", greift danach.
Benny begeistert, Kjeld scheißt sich vor Glück die Hosen voll.
Egon liest:"´Der FinanzMinister persönlich wird das Zwischenlager dem Wachdienst erst im Viereischenhagener Rathaus aus Sicherheitsgründen nicht etwa über SMSHandyFunk sondern über den Hausanschluß telefonisch mitteilen.´"
Olsenbande raus. Tiefste Nacht! Die Luft ist rein! Der vor der Cellar Bar of Castle geparkte Familientransporter ist ein sicheres Refugium. Aber nicht lange. Benny macht Instinktmäßig den Anlasser an, obwohl er nur das Radio anmachen will. Der LKW läuft im Stand. Ordnungsamtwagen schleicht vorbei, OrdnungsBeamter entschieden:"Se kriegen ne Anzeige wegen Halteverbot."
Egon, Benny, Kjeld:"Das Ordnungsamt!"
Benny faßt sich, entschieden:"Ja da gehts wieder gegen die einfache Bevölkerung!"
Egon:"Typisch! Typisch Beamter! Daß Sie sich nicht schämen!? Sowas gabs früher nicht!"
Kjeld flüsternd:"Das Kopenhagener Kennzeichen! Wenn der uns aufschreibt, sind wir geliefert! Dann hat sich was mit Geldtransport!"
Der Ordnungsbeamte in Begriff zum Nummernschild zu gehen:"Ja, da kommen wir nicht drum rum!"
Benny den Motor aufröhrend und bereits 50Zentimeter losgefahren, Ordnungsbeamter an der Fahrertür stehengeblieben, da schon stößt Benny ganz sachte an den PKW des Ordnungsbeamten, Benny aus heruntergekurbeltem Fenster rufend:"Ach würden Sie mal bitte rasch Ihren

PKW aus dem Weg stellen, Das Ordnungsamt mag sowas nicht!"
Ordnungsbeamter Mund auf, Mund zu:" .."
Benny fährt den Laster Zentimeter für Zentimeter den PKW zur
Baustelleneinfahrt hinausschiebend heraus,
Egon ist rasant zum Ordnungsbeamten ausgestiegen,
verbindlich:"CellarofCastleBar Wir haben gerade angeliefert und sind auf
dem Heimweg! Wie kann ich Ihnen helfen? Können wir Sie vielleicht ein
Stück mitnehmen?!"
Ordnungsbeamter:"Sehr freundlich!.."
Egon:"Wir haben nun Feierabend, wo doch Ihr Auto streikt, und dazu noch
im Halteverbot. Ärgerlich, wenn gerade nachts der Wagen stehenbleibt. Wo
können wir Sie absetzen?!"
Ordnungsbeamter hat das Knöllchen vergessen.:"Nein Danke! Zu
freundlich!"
Egon:"Danke! Danke! Nochmals Dank!"
Egon verschwunden, Beifahrertür, alle drei ab und verschwinden in der
Nacht,
Ordnungbeamter:"Aber ich hab doch gar nichts gesagt!" .. atmet auf, "Puh!
Na wenn das Ordnungsamt mich jetzt geschnappt hätte?! Pah! Glück muß der
Mensch haben!", setzt sich frohgemut in seinen PKW und rauscht ab
Burggäßchen hoch und dann Lange oder Sprendinge ..

Olsenbande weitergefahren andere Richtung raus aus dem Ort aus dem
Unteren Burgtor in der Nacht verschwunden ..
Egon:"Glück muß der Mensch haben!"

tiefe Nacht:
Der Familientransporter der Olsenbande ist 100Meter in Sichtweite zum alten
Viereischenhagener Rathaus unauffällig geparkt.
Egon:"s wär doch gelacht!"
..
Vom Rathaus 100 meter gerannt kommen Egon, Benny und Kjeld, in der
pechschwarzen finstern Nacht bei Sturzregen inmitten der gleißenden
Straßenlaternen.
Kjeld die SchneidZange wieder in den Hebammskoffer steckend:"Das ging ja
ganz einfach soweit."
Egon:"Seltsam dieses zweckentfremdete ehemalige Rathaus, heute haben die
nur noch ein Telefon pro Rathaus. Um so besser. Ich wette, unsere Leute
werden warten .. "

Kjeld vergnügt sich die Hände reibend wohlgemut platzend:"und warten .."
Benny vergnügt auf der Stelle tapsend zappelig:"bis se schwarz werden!"
Egon fordernd:"Disziplin! Hinter dem Schrank das gekappte Kabel, das werden die so schnell nicht merken. Sobald die Leute im Rathaus sind, übernehmen wir. Ein Kinderspiel. Die werden gleich kommen. Kjeld, die Plane!"
Kjeld holt eine zusammengelegte Riesenplane aus dem Hebammskoffer ..
Egon:"Benny, sei so gut, fahr uns mal schnell näher ran. Jetzt kann ja nichts mehr schiefgehen."
Der nun mit einer FirmenPlane bezogene Geldtransporter der Olsenbande hat den letzten Tropfen Benzin getan und bleibt stehen, ohne sich vom Fleck gerührt zu haben. Egon flucht. Olsenbande schiebt den Familientransporter 100meter durch den Regen an die StraßeneckeAnfang Solmische Weiherstraße schräg gegenüber dem Rathaus. Nahaufnahme Plane mit der Aufschrift "Hopfen und Malz, Gott erhalts". Man nimmt wieder im Wagen platzt, schaltet alle Lichter aus; und wartet nicht lange:

Der Geldtransport kommt in Viereischenhagen an dem ehrwürdigen ehemaligen BismarckSchulgebäude an dem Straßenknick direkt gegenüber dem ein Katzensprung von der Burg entfernten ehemaligen Viereischenhagener BismarckRathaus vor demselben an der Ecke zur Solmischen Weiherstraße zum Stehen, während die Eskorte 10 Motorräder in die dahinterliegende Gasse auf den winzigen Hinterhof hinter das Rathaus fahren, worin zu Fuß auch die Geldtransportleute folgen und den Geldtransporter stehen lassen, wo er ist; die Olsenbande, die aus dem Familientransporter ausgestiegen sind, beobachten sie bequem aus wenigen Metern Entfernung, verbergen sich hinter dem echten Transporter und von unten nach oben Egon, Kjeld, Benny, sehen und hören die 3Wachleute und 10 EskorteLeute auf der anderen Straßenseite am Seiteneingang jubeln:"Pause! Inner Dreiviertelstunde gehts weiter."
"Gleisch Feierabend!"
"Vom FinanzMinisterium erfahren wir inner Dreiviertelstunde die geheime Adresse vom Zwischenlager. Machen wir jetzt schon, daß wir reinkommen. Das regnet so eklisch. Rein mit uns!" Alle rein in Seiteneingang Rathaus.
Egon, Benny, Kjeld am echten Transporter
Benny:"Ich mag sowas nicht", maßnehmend an der Beifahrertür, dann über die Schultern guckend, ob auch keiner sieht ..
Kjeld:"Muß das sein!? Aber das wäre doch Autodiebstahl! Ist das nicht gefährlich?"

Benny mit dem Bieröffner die Beifahrertür entriegelnd und Motor anschmeißend im Stand laufen lassend:"Wir borgen den uns ja nur!"
Egon vorwurfsvoll:"Wir tauschen. Das ist noch nicht einmal kriminell!"

Die Genoven schieben den falschen Transporter aus der Seitenstraße heraus vor dem Rathaus zurecht,
Egon:"Die sollen noch n Stück fahren, Kjeld, sei bitte so gut und fülle etwas vom Tank so n paar Liter aus dem neuen in unseren ehemaligen Familientransporter."
Kjeld auf dem Boden liegend und den Kraftstoff ansaugend füllt in Kanister ab ..
Egon:"Sobald die Wachleute erstmal losgefahren sind, können wir ganz beruhigt sein. Aber daß sie losfahren, ist unentbehrlich, sonst haben wir augenblicklich die Polizei auf den Fersen!"
Indes nach 1Liter Abzapfen Kjeld verzweifelt:"Nur n paar Liter!"
Egon:"Das ist ja auch Sinn und Zweck!"
Kjeld:"Die brauchen wir selber!"
Egon:"Die brauchen die Wachleute im Transporter, zum Kuckuck nochmal!"
Benny:"Wir brauchen ja auch was."
Egon:"Dann eben einen halben in den falschen und den ganzen Rest zurück in den echten Transporter! Muß man denn alles selber machen!?"
Kjeld gehetzt um sich blickend dann jaulend:"Das kann man wenden wie man will! Egon! Mit den paar Litern kommen wir nicht nach Kopenhagen! Da mach ich nicht mit!"
Egon unversöhnlich:"Haach, wenn ich mir das Theater mit Yvonne wieder vorstellen muß! Und wenn sie schimpft,`Es muß ja *immer* nach Egons Plan gehen! Hat es schon wieder mal nicht geklappt!´ Wenn ich mir diese Vorwürfe wieder anhören muß!"
zu Kjeld Benny vorwurfsvoll:"Yvonne erwartet uns doch!"
Kjeld ängstlich kleinbeigebend:"Na wenn ihr meint" ..

tauschen die WerbePlane vom falschen auf den echten Transporter, den Benny:"Fährt sich gut die Automarke!" nun in die Solmische Weiherstraße hereinfährt, wo der Familientransporter bis jetzt gestanden hat. Hinter dem geborgten Geldtransporter stehen sie zu dritt und lauschen von unten nach oben Egon, Kjeld, Benny.
Da kommt einer von den Wachleuten heraus und ruft hinter sich:"Ich hab meine Kaugummis vergessen, ich hol die mal schnell!"
greift in der Fahrertür des Familientransporters Kaugummis vom

Armaturenbrett, wieder raus, Tür zu, schließt ab, verriegelt, schließlich passen, wie man weiß, alle Autoschlüssel ja bei jedem Fahrzeug einer Marke.
Benny aus der Haut fahrend:"Meine Kaugummis. Das ist Diebstahl!"
Kjeld:"Beruhig dich einmal! Es ist nur getauscht."
Benny:"Und jetzt ab durch die Mitte!"
Egon zögert.
Kjeld:"Benny hat recht. Die Gelegenheit ist günstig, Egon."
Egon:"Wir machen genau das und verhalten uns dermaßen bleede, wie man es von gestandenen Autoknackern niemals vermuten würde: Wir bleiben."
Benny:"Wir bleiben?"
Kjeld sich einscheißend zähneklappernd:"Ist das nicht gefährlich?"
Egon:"An die Arbeit!"
Die drei rein in den echten Transporter und versuchen, das Schloß zu dem Laderaum zu knacken.
..
Sie haben von der Fahrerkabine nach hinten den Zugang zum Laderaum offen, 20 große aufeinandergestapelte Kästen. Sie setzen sich abfahrtbereit auf ihre Sitze: Benny Fahrersitz, Kjeld Beifahrersitz, Egon Mittelsitz.
Egon:"Wir können noch nichts machen. Wir warten, bis die Wachleute losgefahren sind!"
..
Das Telefon klingelt
Benny so locker, als wärs das Selbstverständlichste von der Welt, hebt ab und redet geschwollen:"Ja! .. Wir sind noch auf dem Wege .. Ja, Herr FinanzMinister .." Egon und Kjeld zucken zusammen, Egon faßt sich binnen einer Zehntelsekunde, Benny:" .. einen Augenblick bitte, Herr FinanzMinister! .. Ich verbinde! ..", reicht den Telefonhörer höflich geschwollen:"Der FinanzMinister!", dem Egon, der schwungvoll mit Elan den Telefonhörer, als wäre es das Selbstverständlichste von der Welt, entgegennimmt, Egon:"Grüße Sie Herr FinanzMinister! Hier der Chef vom Dienst! What´s about? .. Wie das?! Wir erwarten Ihren Anruf doch im alten Rathaus!" Egon auf laut schaltend ..
FinanzMinister:"Selbstverfreilich! Anruf im alten Rathaus!"
Egon:"Of *course*! Selbstverfreilich!"
FinanzMinister:"Das Management hat wieder versagt. Wir disponieren um!"
Egon nach einer Schrecksekunde:"Aber der Plan!"
FinanzMinister:"Kein Anruf altes Rathaus! Basta!"
Egon:"Of course *not*! Ist ja meine Rede!"
Benny wütend:"Das gabs doch früher auch nicht!"

Egon:"Wir disponieren um! "
Kjeld panisch seitlich in den Telefonhörer rufend:"Ist das nicht gefährlich?!"
Benny panisch:"Aber warum?!"
Kjeld weinerlich:"Alles ist hin!"
FinanzMinister:"Höhere Gewalt! Das Telefon im Rathaus funktioniert nicht."
Egon:"Appalling! Please hold the line!", und zu Benny und Kjeld:"die Telefonverbindung haben Saboteure gekappt!"
Kjeld:"Aber das wissen wir doch!"
Benny patscht dem Kjeld aufs Händchen:"Das hat doch Egon nur so gesagt, damit der Finanzminister glaubt, wir hätten sein Gelaber nicht auf laut geschaltet."
auf die zwei grimmiger Blick von Egon.
Finanzminister:".. ein Versehen meines Assistenten! der Telefonanschluß im Rathaus, - und ich geh davon aus -, muß, ich kann mir das nicht anders erklären, aus SparGründen damals vor 14Jahren abgeschaltet worden sein bei der Einführung des Euros."
Egon:"Was sonst!"
FinanzMinister:"Zu einer Bank geht nicht, aus Sicherheitsgründen! Das würde ja jeder Genove spitzkriegen. Deswegen LieferAdresse .."
Egon:"Die geheime Zwischenlageradresse? Wait a minute, please!, .., Danke! Ich notiere, Ich höre: .. ich wiederhole: Offebach PharmaKonzern am Hafen auf dem Firmeneigenen Parkplatz, .. Ja, Sie haben ganz recht, wichtige Dinge macht man am besten persönlich .. tja, bis gleich Herr FinanzMinister, .. Wir ? Wir fahren mit Eskorte auf die MuseumsAutobahnauffahrt 15km immer geradeaus, und dann gleich hinterm Offebacher Kreisel .. nein, nicht rechts nach Österreich Wien .."
Benny:"Wir fahren die Strecke ja nicht zum ersten mal!"
Egon:".. sondern eins weiter, ist klar! .. geradeaus, wir sind ja nicht bleede! ..Nein!, *so* eine Schlamparei! Daß das Telefon im Rathaus gar nicht funktioniert?!"
Kjeld:"Sowas gabs früher nicht!"
Egon:"Na sowas aber auch! Und da sagt man: Früher war alles schlechter!"
FinanzMinister:"Das ist ja wohl jetzt zweitrangig!"
Egon:"Sie haben ja *so* recht!, Herr FinanzMinister, .. ach übrigens, Ich soll Sie grüßen .. ist recht .. verstanden und over!"
Egon auf seine Armbanduhr mit dem Finger klopfend ungeduldig:"Wir warten."
Kjeld skeptisch ungewiß.
Benny aufatmend, als wär der Coup schon vorüber.

467

Egon, dem Nichtstun zuwider ist, skeptisch geworden, nach hinten in den Laderaum gestiegen rüttelt an einem der Kästen, der Kasten bewegt sich um keinen Millimeter, erschüttert wütend Egon:"Und das soll Papiergeld sein?! Das sind vielleicht Kartoffeln!"
Benny und Kjeld erschrocken:
heulend Kjeld:"Alles ist hin! .. Vielleicht, vielleicht Egon, sind die Papierbündel nur mit Kartoffeln *beschwert*!"
Egon hat die Ruhe weg:"Ich beschwer mich ja gar nicht. Wir müssen mit der Fuhre jetzt weg, sonst geraten wir aus dem Plan!" nochmal mit ganzem vollem Federgewicht an dem Kasten rüttelnd:"Vielleicht! Vielleicht sind das nicht Kartoffeln sondern eine Fuhre Backsteine!" und hämisch:"oder Goldbarren? Für wie bleede haltet ihr mich eigentlich! Von Gold ist niemals die Rede gewesen, Sand, Sand, ja Sand, Sand könnte drin sein .. Egal, wie die Geldlieferung aussieht! .."
Benny klar und einfach:"Aber was wollen wir denn mit Sand? Warum kann man sich nicht auf dich verlassen, Kjeld, du hast doch Papiergeld gesagt!"
Kjeld weinerlich:"Aber ich, ich kann doch nichts dafür!"
Egon faßt sich als erster, guckt wieder auf seine Armbanduhr:"Half past Eins! Kommando zurück! Wir würden ja sofort entdeckt werden! Wir schlagen denen aber ein Schnippchen! Kjeld!, der Stadtplan!"
Kjeld ein Griff in den Hebammskoffer, gibt Karte dem Egon.
Egon faltet den Stadtplan auseinander, Benny und Kjeld starren auf Egons Zeigefinger auf der Karte, Egon:"Ganz nach Plan! Hier ist die Stelle, wo wir gerade mit dem echten vollen Transporter stehen: vor der Toreinfahrt zu einem Getränkelager, wie man lesen kann. Ein Getränkelager hat immer einen Gabelstapler. Benny?! Wir haben genug Zeit. Nur die Ruhe!"
Kjeld und Benny zitternd skeptisch zu Egon.
Egon:"Benny Kjeld: die Plane runter! Benny den falschen Wagen neben den echten!"
Benny parkt den tankleeren ehemaligen Familientransporter neben den echten, Benny mit dem Gabelstapler packt schnell die 20Kästen vom echten raus hochgestapelt auf die Straße.
Egon:"In unseren ehemaligen FamilienTransporter kannstes hinterher machen! Jetzt keine langen Reden! Den echten nun leeren Transporter wieder vors Rathaus in die Straße rein!"
Benny macht dies, verschwindet dann ungesehen in der nächternen Finsternis vom Beifahrersitz raus auf die Straße die Beifahrertür unhörbar zudrückend, und schnell die 10meter zum noch leeren Familientransporter, den er gleich mit einem Kasten nach dem anderen beläd.

Egon und Kjeld stehen Wache, ob auch niemand zuguckt. Da werden in der nächternen Stille und Finsternis plötzlich im 3.Stock des RathausAltbaus die Fenster aufgerissen! Da gucken aus dem Rathaus gleich eine ganze Menge von Wachleuten, angeheitert, den vorgezogenen gutbezahlten Feierabend begröhlend aus den aufgerissenen Fenstern, Einer die 15Meter zum Getränkehandel rüberbrüllend:"Tiefste Nacht! Und ihr da bei dem Getränkehandel!, ihr arbeitet schon wie die Wilden! Hey Leute! Das ist ja unfaßbar!", noch mehr an die Fenster geholt, die ebenfalls staunen. Ein anderer durch die Nacht gröhlend:"Hey Jungs! Sieh an! Fleißig! Fleißig! Tja! Ist eben Deutsche Disziplin hier im Lande!"
Ein noch anderer:"Jungs!, Weitermachen! Frohe Schicht und baldigen Feierabend! Wir haben schon äh so gut wie!"
..
Wer drinnen geblieben ist, brüllt von draußen auf der Straße hörbar:"Mensch!, macht die Fenster zu! Wir müssen noch ne halbe Stunde auf den dämlichen Anruf warten! Hier regnets rein!" Die Fenster werden verrammelt. Es wird ruhig. Nur beim Getränkehandel wird gearbeitet.
..

Die 200Bauarbeiter haben in Absprache heute zum letzten mal auf der Baustelle gewesen zu sein mutwillig die rundum die AmphitheaterBaustelle sowie die PKWAuffahrt vor dem gerade unbewohnten Palais der Eigentümer der Hagener Burg und den nahen Zaun zum Kichengrundstück verwüstet, wobei sie einen vom Palais aus zugänglichen Keller und hier 20 Kästen voll EuroMünzen entdecken, man hat einen Kasten aufgebrochen.
Bauarbeiter:"Was für ein Mist! Zuerst ham war gar koi Geld. Und dann hamwa zu viel Geld!"
Bei näherer Betrachtung Bauarbeiter:"Britische Euros. Die gibts gar net!"
Mischel Zero:"Noch net! .. Des is ja wohl der Hohn!"
TFDChef:"Von nix kommt nix."
DFT und TFD beratschlagen gemeinsam. Man wollte eigentlich gleich gleichmäßig 200 Portionen in Säcken heimtragen, aber man beratschlagt, daß das mit Falschgeld keinen Sinn macht. Resümee:

Bauarbeidä:"Isch will haam!"

Der echte Geldtransporter steht nun wieder an seiner alten Stelle unverändert, nur ohne Gepäck, dh unter anderem ohne Tankfüllung.

Nach der Ankunft der Geldtransportereskorte genau eine Dreiviertelstunde später kommen Wachleute und Eskortefahrer wieder aus dem Rathaus. Olsenbande hinter dem eigenen Transporter stehen sie zu dritt und lauschen und lunsen um die Ecke von unten nach oben Egon, Kjeld, Benny. WachdienstChef ruft:"Der FinanzMinister hat nicht angerufen! Das ist nun nicht unser Bier! Fahren wir n bisl auf den MuseumsAutobahnen rum in und um Viereischenhagen, bis das Finanzministerium wieder aufgewacht ist! Die habens gut! Politiker! Ph!" Abfahrt.

Egon unten, Kjeld Mitte, Benny oben hinten vom Familientransporter um die Ecke lunsend, rein in den mit Getränkewerbung getarnten Wagen und Benny fährt die Solmische Weiherstraße raus nur 5meter entfernt vorbei direkt an der Nase der in der Altstadtgasse verwirrten Geldtransportleute vorbei unbemerkt die Stadtstraße geradeaus rechterhand 200 Meter Burgmauer und dann den Anfang des Burgweihers vor sich immer geradeaus langsam rechts im Halbkreis um den Weiher Richtung Östliche Stadtteile Vyereyschs ..

Mit Eskorte Geldtransport mit Ziel auf die MuseumsAutobahn zu fahren, das Telefon klingelt
WachDienstChef:"Wer spricht?"
Auf laut gestelltes Telefon:"Der FinanzMinister .. Nochne Info, Genossen!, wenn ihr zum Zwischenlager in Offebach zum Hafen auf den Parkplatz des PharmaKonzerns fahrt, bringt mir von ner MuseumsAutobahnraststätte doch bitte ne CurryWorscht mit. Das wär alles und over."
WachdienstChef staunt den Telefonhörer an:"Politiker! Ph!, kurz und bündig. Ihr habts gehört Leute."

Ganze Kolonne fährt vorwärts von der Altstadtgasse/Ecke Solmische Weiherstraße/Bismarckschule/BismarckRathaus weiter herein in die Altstadtgasse geradeaus, bis zum Burggäßchen, dann links das Burggäßchen runter bis an der Zufahrt zur linkerhand liegenden BurgruineGroßBaustelle und rechterhand am Laberstall vorbei geradeaus bis zum Unteren Burgtor, dies durchquerend weiter geradeaus am linkerhand liegenden Burgweiher entlang bis nach links auf die Landstraße im Halbkreis um den Weiher Richtung Westliche Stadtteile Vyereyschs ..

Ganze Kolonne fährt los, um den friedlichen Burgweiher, Auf halber Höher der am Burgweiher entlangführenden Landstraße kommt der GeldtransporterKolonne ein Getränketransporter entgegen, es ist derselbe,

der noch vorhin ganz in der Nähe beim Rathaus am Anfang der Solmischen Weiherstraße gestanden hat.
WachDienstChef ahnungslos:"Guck an! Nochn paar, die arbeiten. Tja, .. und wir gönnen uns nachher n paar ordentliche Bier! Hätten wir des!," und mit Blick nach hinten:".. den Mist abliefern und dann Feierabend!", mit Wink nach hinten, Blick nach hinten, die beiden anderen Mitfahrer ebenso, da bemerkt einer, da bemerken alle, daß die verriegelte Verbindungstür zur Ladefläche aufschwingt und drinnen eine gähnend leere Ladefläche bezeugt. Dem Fahrer und den beiden Beifahrern gefrieren die Mäuler. Zugleich blinkt die Leuchte auf dem Armaturenbrett: der Tank ist alle. Geldtransport bleibt auf dem Weg noch am Weiherufer auf der Landstraße röchelnd zottelnd stehen und fährt noch ein kleines Stück, mit den letzten paar Tropfen fahren sie im Kreis weiter zurück zum ehemaligen Rathaus, wo sie gerade hergekommen waren und halten gezwungenermaßen in einer HaltverbotsZone. Da kommt der Irdnungsbeamte vorbeigefhren, ist ausgestiegen, steht bei den Geldtransportleuten und begrüßt sei wie alte Bekannte:"Da, da seid ihr ja schon wieder. Und auch noch de ganze flotte Anhang!", womit er die MotorradEskorte meint, die angefahren kommt, "das ändert nichts daran, daß der Geldransporter im Halteverbot steht. Tja, das wird nicht billig!", und schon Zettel ausgefüllt, und hat dem Fahrer die Rechnung überreicht, "Und auf Wiedersehen!" und rauscht mit dem Auto ab, Ordnungsbeamter ab. Dann erst springt der WachdienstChef raus, aus der Haut fahrend brüllend:"Der Tank ist alle!"

Niemand konnte es wissen. Alles war perfekt. Die GeldKästen sind weg. Egon, Benny, Kjeld sehen im Rückspiegel und seitlich hinter dem See das Gezottel und stellenweise Stehenbleiben des echten Geldtransporters, während sie selber durch das Untere Burgtor wieder in die Stadt Viereischenhagen hineinfahren. An einem sicheren Ort in einer Seitengasse des Burggäßchens öffnen sie die KartonKästen:
Egon enttäuscht:"Münzen."
Kjeld panisch:"Münzen?! Alles ist hin!"
Egon:"Die Welt ist klein! Ich hätte es mir denken müssen! Dänische Kronen!"
Benny jubelnd:"Mächtich jewaltich!"
Kjeld jubelnd"Dänische Kronen! Das ändert die Sache!"
Polizei rückt ins Stadtviertel ein, man hört tatütata.
Benny:"Irgendwo ein Verbrechen! Eine schlechte Welt!"
Kjeld skeptisch:"Wir können doch wohl jetzt nicht einfach so weg, Egon,

oder?"
Egon:"Hier sind wir sicher! Wir bleiben auf der Baustelle, bis es richtig Tag geworden ist."
uneinsehbar auf der halbwegs abgesperrten volleingerüsteten BurgBaustelle angekommen.
Egon:"Nochmal n Ordnungsamt wird die Nacht ja sicher nicht vorbeikommen. Das ist Wahrscheinlichkeitsrechnung. Höhere Mathematik, todsicher!"

der Inspekter in Sprendlingen/Hauptstraße hatte nach dem mißglückten Postbesuch in Viereischenhagen, auch er hatte Briefmarken gebraucht und vergessen, mit schlechtem Gewissen die Nacht zum Tage gemacht und einige mißliebige unentbehrliche Schreibarbeiten gemacht, zu denen er tagsüber sowieso keine Zeit hat. Willbätt als Assistent nichtstuend dabei.
Willbätt:"Ist ja eigentlich ne Ungerechtigkeit, daß im Sommer die Nachtschicht beim Hellwerden aufhört, so sind alle Kollegen jetzt schon dahaam; und die Kollegen für den Tagesdienst koommen erst um 7Uhr!"
Inspekter seinen Bericht schreibend:"Die Welt is ungerescht!"
Willbätt:"Und daß neuerding die Kollegen, daß bei Schichtwechsel die Polizisten der Nachtschicht mit den Streifenwagen nachhausefahren dürfen. So haben wir für 3einhalb Stunden keinen Wagen mehr im Fuhrpark. Sogar unser Streifenwagen, den hamse uns genommen. Ist ja eigentlich ne Ungereschtigkeit."
Inspekter:"Die Welt is ungerescht. Wir haben nix außer einem Mannschaftswagen, für wahr, das macht was her!"
Willbätt:"Der einzige Wagen, den se uns gelassen haben."
Der Inspekter hatte 4Stunden vorher 4Liter Kaffe mitgebracht, jedoch nur 2 für sich und 2 für Willbätt, aber davon wurde die Arbeitslust des Inspekters auch nicht größer. Jedoch wird Fleiß belohnt: Bei Vollendung aller seiner Berichte, die der Inspekter an seinen Vorgesetzten Kommissar Stattlich, der tagsüber im selben Gebäude sitzt, und an alle ihm übergeordneten Behörden, so an den Bürgermeister Frumma/SPD sowie an alle übrigen Behörden im Landkreis sowie den Hessischen KultusMinister schreiben muß, sich nun verdient zurücklehnend.

tiefschwarze langweilige schläfrige Nacht, das erste Grau der Morgendämmerung wird sichtbar: 2.58UhrEinsatz, bei dem er freilich dabei sein muß, weil er mit Willbätt und mit dem 1 unentbehrlichen Polizisten in der Polizeiruf110Zentrale sie die einzigen zwei Polizisten des Nachtdienstes sind: Ein Anwohner in der Altstadt der Nachbarortschaft Viereischenhagen hatte sich beschwert wegen der Lärmbelästigung wegen der KulturSommerFestSpiele! in der Burg. Während der Inspekter mit Willbätt im Mannschaftswagen die Chaussee hoch und zur Burg runterraste, wurde dem Inspekter klar, daß überhaupt keine KulturSommerFestSpiele in dieser Nacht sein konnten, denn erstens war zu Renovierungszwecken das gesamte Burgareal mit Baugerüsten als Baustelle eingerüstet, was ja bei Moderner Schauspielkunst noch nichts heißen soll, zum andern befand man sich inmitten der Woche, und die Festspiele gehen immer von freitag bis montag, und jetzt hat man die Nacht von Mittwoch auf Donnerstag.

Mit sichtlicher Neugier nähert sich die MannschaftswagenStreife am Ortsrand nach Getzehaa dem leeren Kerbplatz und dem dazugehörigen leeren Parkplatz, wo alles schläft, fährt durch das Untere Burgtor zur Burg in den Anfang des Burggäßchens auf die danebenliegende RömischAntikene und Mittelalterliche steinerne Straßenbreite ZugangsBrücke. Alles eingerüstet.
"Falscher Alarm!" spricht der Inspekter in den Polizeifunk. Willbätt:"Soll isch gleich umdrehe und wieder dahaam nach Sprendlinge!?" im Begriff, das Steuer herumzureißen und den Rückwärtsgang einzuschmeissen. Inspekter verdrießlich:"Des is ja wohl ne Unverschämtheit. Da is gar nix los. Irgendnm Spaßvogel, der zu tief ins Glas geguckt hat, hat aus Langeweile mal die Polizei gerufen."
Der Mannschaftswagen wendet, sie kommen vom Burggäßchen
In den Mannschaftswagen kommt per Funk Einsatzbefehl!:
Polizeiruf110Zentralist:"Einsatz Geldtransport Überfall an der Burg!"
Ab zum alten Rathaus, da steht ein sich als Geldtransporter entpuppender Lieferwagen quer samt 10EskorteMotorradfahrern, die die eigenen Motorräder Tanks abzapfen und per Kanister den Geldtransporter befüllen, Inspekter und Willbätt kommen näher und gucken, steigen aus, entdecken den Geldtransporter: alles leer, Inspekter brüllend:"Alarm! Wachdienst und Eskorte, Alle verhaften !Alle verhaften!"
WachDienstChef:"Ai des geht doch net!"
Inspekter:"Willbätt! Sie sehe des selbäh! De Vabrechäh uf frischäh Taaht incognito inflagranti! Alles festnehmen, was kann ischn dafür, daß den ihre Komplize schon über alle Berge sind?!"
WachdienstChef:"Mir sin ausgeraubt worde!"
Inspekter:"Des is ja n ganz oller Trick! WollnSe misch für dumm verkaafe! Jetzt tu doch net so scheinheilisch!"
WachDienstChef:"d , d, d, de ganse Geld's fodd!"

Willbätt dursch de Bank alle nachenannnä vahafte, ab inde Mannschaftstransporter, beflissen:"Was jetzt?!" Inspekter:"Ma waases net!" und brüllt:"Leuchtturm ufs Dach und de Musik (Musik nicht 2.Silbe sondern Betonung 1.Silbe;Anm.d.Verf.) an!", mit Lichtorgel und tatütata rast der gerammeltvolle PolizeiMannschaftswagen mit 13 Verhafteten durch die Nacht von Viereischenhagen die Schossee runter nach Sprendlinge zum Polizeirevier, um erstmal zu beschließen, was zu beschließen wäre.

PolizeiRevier Rathaus Sprendlinge, Polizei110Zentralist Per Funk:"An alle Einsatzkräfte! Vierschehoa! Solmische Weiherstroahs, Geltdranspott Iwwerfall! MhaynReinGebiet weidräumisch absperre! Audobahnuffadde absperre! De Landstroase absperre! Feld un Wiese äh Feld- un Wieseweehjsche aach! Einsatzbefehl an alle Einsatzkräfte!", schaltet den Funk ab, holt Atem, guckt sich staunend um, gähnende Leere auf dem Polizeirevier, Polizei110Zentralist:"Na!, viele sin des net!"
..
Der erneut wiederum vor der Cellar Bar of Castle wie gewohnt geparkte Familientransporter ist ein sicheres Refugium:

Egon, Benny und Kjeld langweilen sich.
Egon:"Hier sind wir sicher. Wir müssen nur warten, bis es Tag geworden ist. Erst dann können wir unauffällig verschwinden."
Benny:"Ist ja öde. Da wirste ja bleede im Kopp!"
Kjeld:"Und wenn jemand kommt!? Wir können doch bei Hansen drinnen sitzen."
gesagt getan.
Egon:"Aber nur kein Licht! Das fehlt uns nur noch, jetzt wegen Einbruch verhaftet zu werden. Wo ist denn hier der Vorratsraum, da hinten?"
Kjeld:"Hier ist ne Tür. Und hier ist sogar Elektrisch Licht."
Egon:"Kommt rein!"
Benny:"Wir machen dir Tür zu. Da hört und sieht uns kein Arsch!"
gesagt getan.

Mißmutig und stinkwütend sind die 200Bauarbeiter, als sie feststellen, daß sie Besitzer von Falschgeld geworden sind.
"Was solln wir mit dem Krempel?"
"Wir lassen den Dreck! Isch will haam!"

"Was soll der Mist! Da kommt n Auto!" Alle mucksmäuschen still, sie bemerken einen Lieferwagen vor dem BarCellarLokal.
Als es nun die Bauarbeiter heimdrängt und sie ohnehin den HemmingfieldBesitz bis an die BurgmauerGrundfesten sowie die Grundfesten des WohnPalais viele Meter tiefe Löcher gegraben und die Kraterlandschaft zu einer Marslandschaft verwüstet haben, da entdecken sie den OlsenbandeLieferwagen ohne Leute, der Lieferwagen läßt sich mit ein paar BauarbeiterHandgriffen öffnen. Kaltblütig sehen sie Kästen, den im HemmingfieldKeller gefundenen Kisten gleich, sie brechen eine Kiste auf, der klügste Bauarbeiter bei der Hand bekommt eine Münze, die er im hellen Licht untersucht, als Ergebnis sagt er:"Dehnische Kronen!"
anderer Bauarbeiter:"Arbeit ist das höchste Gut!"
Mit BulldozerTraktor, Gabelstabler und Kipplaster mit riesenhaftem Baustellenlärm binnen 5Minuten tauschen sie den Inhalt des HemmingfieldKellers mit dem Inhalt des Geldtransporters, sie stellen den 1 Kipper mit den HemmingfieldKisten neben den Lieferwagen und tauschen. Geldtransporter hat nun 20Kisten Britische Euros, die 200Bauarbeiter indes mit den Dänischen Kronen öffnen alle Kästen und schaufeln an Ort und Stelle vom Kipplaster mit Schippen jeweils einen etwa gleichen Betrag in Säcke, von denen jeder der 200Bauarbeiter seinen möglichst gerecht gleichen Anteil bekommt: jeder so viel er tragen kann .. Sie verschließen den Lieferwagen geräuschlos und verschwinden, letzter Bauarbeiter im Abgang dabei, die Absperrung hinter sich wieder zu schließen, um den Kollegen ins Burggäßchen zu folgen, durch das sich nachhause alle Bauarbeiter in sämtliche Ecken Viereischenhagens verziehen,
ein Bauarbeiter:"Komisches Münzgeld. Im "Fernsehen der BRD" sagen se immer, daß ja alle Staaten den Euro haben. Dehnische Kronen!, die gibbts doch schon lang nä mäh! na, ob ma die noch umtauschen kann!? Ob das noch was was wert is? Dehnische Kronen? So viel die im Fernseh alls von der Eintracht zwischen Dehnemack und der EU palavern: Dehnemack hat doch seit fuffzehn Jahrn den Euro! eingeführt!, oder etwa net?! Na also! Sisste! Die Dehnischen Kronen sind doch nix mehr wert!"
andere Bauarbeiterin:"Biste bleede!? Oach is der doouhf!"
..
Egon, hinter sich Benny und Kjeld, vom Vorratskeller der CellarBar of Castle aus dem Lokal schleichend:"Wir gehen in den Transporter. Sobald es hell wird, fahren wir los."

Der erneut wiederum vor der Cellar Bar of Castle wie gewohnt geparkte

Familientransporter ist ein sicheres Refugium. Aber nicht lange.
Ordnungsamtwagen schleicht wieder vorbei:
Benny:"Können Sie nicht lesen?!" zeigt auf das Parkverbotsschild. Sie haben hier doch heute schon 1 Punkt in Flensburg gericht! Weil das Ihnen scheinbar nicht reicht .."

Ordnungsbeamter in weiser Vorraussicht sich beklagend und versuchend, zu retten, was zu retten ist, mit glaubwürdigen Ausflüchten überzeugend auf die Hopfen und Malz Gott erhaltsWerbePlane zeigend,"Uch bitte Sie! .."
Benny:"Wir sind das Catering! der Baustelle. Die Zufahrt muß frei sein 24Stunden am Tag! Was glauben Sie denn, wo Sie hier sind! Im Irrenhaus? Auch ne Nachtschicht hat Überstunden. Was glauben Sie, was 200 Bauarbeiter gleichzeitig für n Durst haben!? Wir haben gerade nochmal angeliefert! Tja, da staunen Se! Die Bauarbeiter werden sowieso gleich antanzen, so lange müssen wir von rechts wegen warten! Sonst gibts Vertragsstrafe, wollen Sie die zahlen, werter Herr Oddnungsbeamter?! Ph! Jetzt machen Se aber die Straße frei!"
Ordnungsbeamter flehend:"A Ab Abe Aberhaben Sie doch ein Einsehen, ich hab hier doch nur ne Vertelstund gestande!" Er hätte auch gegen eine Mauer ansprechen können.

sturer Benny läßt sich auf nichts ein:"Des geht misch nix an! Erkläre Se des der Bußgeldstelle!"

Egon, Benny, Kjeld gespielter typischer Ärger
Ordnungsbeamter wütend polternd:"Das Ordnungsamt! Dein Freund und Helfer!"
Kjeld schüchtern zaghaft den Ordnungsbeamten korrigierend:"Polizei .. Polizei , dein Freund und Helfer, heißt das, nicht Ordnungsamt, dein Freund und Helfer."
Ordnungsamtbeamte faßt sich und entschieden zum Kjeld:"Ja da gehts wieder gegen die einfache Ordnungsbeamten!"
Egon:"Typisch! Typisch! Das eigene Unvermögen wieder Abwälzen auf die Diener des Volkes! Ph! Das ist ja sowas von billig! Daß Sie sich nicht schämen!? Sowas gabs früher nicht!"
Ordnungsamtbeamter:"Das waren doch nur 5Minuten über der Zeit, das ist doch Schikane, was Sie hier machen!"
Benny aus der Haut fahrend, wütend nicht zu bändigen, Kjeld und Egon können ihn auch mit äußerster Kraftanstrengung nicht zurückhalten, Benny

steigt aus und hält dem OrdnungsamtBeamten eine Gardinenpredigt:"Das hier ist Baustellengelände. Sie dürfen hier weder rumfahren noch rumlaufen. Betreten verboten! Können Sie lesen? Das gibt ne Anzeige. Bemühen Sie sich nicht, den Paß können Se steckenlassen, die Anzeige kommt automatisch an dieselbe Adresse wie die Punkte aus Flensburg!"
OrdnungsBeamter erbleicht.
Benny tobend:"Das ist jetzt in einer Nacht schon das zweite Mal! Das wird nicht billig! Na, da ham Se ja schon was aufm Konto, mein lieber Mann! Zeiten sind das! Da ham Se ja schon was aufm Kerbholz. Und das in nur 1 Nacht. Was kommt da zusammen mit den Verbrechen, die wir nicht diese Nacht bezeugen und mitansehen konnten und mußten!?"
Ordnungsbeamter erbleicht noch mehr!
Benny nimmt vom Ordnunsbeamten SofortFotoapparat und macht Foto von Kennzeichen des OrdnungsamtsFahrzeug vorne und hinten, der Ordnungbeamte fällt in Ohnmacht durch die offene Fahrertür auf seinen Fahrersitz, " Blitz!, die gesamte Baustelle ist wie durch einen GewitterDonnerBlitz eine Sekunde taghell grell erhellt, Ordungsbeamter starrt angstvoll durch die Windschutzscheibe, die Sofortbildkamera zeigt dieses Gesicht, Benny hält dem Ordnungsbeamten diesen FotoBeweis vor die Nase: Ordnungsbeamter zu Tode erschrocken hinter der Windschutzscheibe am Steuer, ein Blitzerbild Versteckte Kamera für Flensburger Punkte.
Ordnungsbeamter bettelnd:"Aber haben Sie doch bitte ein Einsehen!"
Benny wütend:"Das ist doch Grober Unfug, was Sie hier machen! Sie werden von uns hören!"
Ordnungsbeamter, Schwanz eingezogen, Rückwärtsgang, und ward nicht mehr gesehen.
Ordnungsamt wieder wech.
Egon:"Glück muß der Mensch haben!"
..

Sprendlingen, Polizeirevier:
Nachdem alle hinter Schloß und Riegel sind,
Inspekter mit Willbätt auf GästeStühlchen im Foyer beim Polizeitresen,
Inspekter sich ausruhend, selbstzufrieden auf das Ende der Schicht wartend ..
den Telefonhörer vom Ohr genommen sisch das Blondhaar von der Stirn streichend der wie ein Sportler durch das Training aufgeputscht in Hochform jetzt erst recht verläßliche Polizeiruf110Zentralist:"Ach Herr Inspekter! Wo Se graahd dasin .. grad eehjwe: Burg Hagen in der Vyereysch ..!"
Inspekter aufbrausend wütend brüllend:"Reehde Se doch net so geschwolle!

477

Reehdn Se doch emo daitsch! Da warn mer doch graahd!"
Polizeiruf110Zentralist:"Einbruch Baustellegelände. De Diebe sin mitte Geträn´getranspoddäh nei."
Inspekter:"Was tut misch des denn jetzt jucke! .. Schicke Se doch des Oddnungsamt!"
Polizeiruf110Zentralist:"Der will nämmäh!"

der Regen hat aufgehört, Nacht, viele Polizisten graben im Schlamm bei großzügem Scheinwerferlicht emsig mit Schaufeln Spitzhacke und Bulldozern

Mr Singer:"Sie werden verzeihen, Herr Inspekter, als Rentner hat man einen leichten Schlaf."
Miss Marple:"Ich hoffe, wir stören nicht."
zu Miss Marple der Inspekter unwirrsch:"Das haben wir alles Ihnen zu verdanken!"
Miss Marple:"Auch Mr Singer, Herr Inspekter."
auch zu Mr Singer ein verhaßter Blick des Inspekters:"Zu der Zeit haben wir normalerweise Feierabend!"
   Nun knipst einer das volle Flutlischt für de Nachtschicht, ma waas ja nie, an, de gesamte MondKraterLandschaft erstrahlt in einer erschreckenden Klarheit:
Inspekter:"Wie sitts n hier aus!? Saahche Se doch emo was, Willbätt!"
Willbätt:"De Paster steht da driehwe."
Inspekter:"Was willn *der* hier!"
Willbätt:"Der wohnt ja gleisch hier!"
Inspekter:"Des is kontraproduktiv, Behinderung der Polizeiabbeid! Des werd Folschen hawwe! .. Wo sind n die HemmingfieldFlickeschildts? Ai bei dem Lärmm müsse die ja wohl was gemärckt hawwe!"
Willbätt:"De Burgarschentiemer sin fir baa Daahch verreist, sacht de Paster."
Inspekter Mund auf, Mund zu:" .."

In der BaustellenKraterLandschaft an einer 3meter breiten und 5 Meter tiefen Grube voranschreitender Bauarbeitender Polizist bei dem fahlen GroßBaustellenflutlicht zusätzlich mit einem besonders grellen Scheinwerfer in noch weitere Tiefe leuchtend spricht, ohne den Blick abzuwenden, zum nächsten Kollegen:"Da is ja nochn Schacht, da gehts ja noch tiefer runter! Nochmal 5Meter tiefer? Hier is ja alles wie ein eingerissener Mauergang, alles ordentlich verputzt, nur wie vor kurzem eingerissen .. und hier is ein

Stempel, und da noch einer Steinbogen noch und nöcher, das war ein gemauerter Gang .. Komische Grube! .. hier is ja Katzeköppe gepflastert .. und ne alte Mauer hier gehts net weiter .. nee, des is ne neue! Ne neue Mauer .. mit ner Tier! So Tiere gibts aach im Baumackt beim Kaufwert in Sprendlinge .. seht ihr des, Leude? Des is ja gepflastert! Da unden hamsen Keller ufgegraben! Mein lieber Herr Gesangsverein!", dann den Inspekter herbeirufend:"Herr Inspekter, wir wären dann soweit. Hier is vom PalaisVorplatz her sone klaa Grube bis zur tiefsten Stelle bis uf de Grenz zum KerscheGrundstück, genau da wo Sie gesacht hawwe, Sie hawwe vollkommen rescht gehabt! Sehr guude Abeid, Herr Inspekter!"
Inspekter laut rufend:"Nach Polizeilische Ermittlunge *mußte* der Keller ja *da* und *nur da* sein! Kaa große Kunst. Isch bitte Sie."
Bravorufe, Bravorufe im Chor. Klatschender Applaus der Bauarbeitenden Polizisten, der Inspekter sonnt sisch im Applaus:"Danke danke, das wär aber jetzt net notwendisch gewesen. Mir tun hier ja nur unsere Pflischt. Und isch möchte hervorheben, mein Andeil an den jetzt erfolgreiche Polizeilische Ermittlunge is ..", nimmt einen ernsten Blick von Miss Marple wahr,"ähm is .. nur ein Andeil an den Polizeilische Ermittlunge. Aber ran an den Speck, die Abbeid geht jetzt erst los!", gibt ein Kommandozeichen an einen anderen Trupp, nämlich den Trupp der Spurensicherung ..

Wie vermutet liegt der geheime Keller schräg neben dem benachbarten regulären Keller der Kirche. Nur nähert man sich jetzt diesem Keller vom Palais aus und stellt endgültig fest, daß sich der eingerissene Keller genau auf der Grenze zwischen den Grundstücken von Kirche, Palais und Amphitheater befindet. Man steigt mit langen Leitern in die Grube herab:
Spurensicherungsmensch:"Zweifelsohne ein aufgebrochener Kellerraum, der nicht zum HemmingsfieldBesitz zählt, es is offensichtlich auf dem zur Kirche gehörenden Grundstück, jedoch seit einigen zugemauert, das sieht man an der Verwitterung von dem verrosteten Stahlbeton, na sieh mal an, wie ordentlich die vor Jahrzehnten noch gearbeitet haben, verrostet aber undurchdringlich vom Kirchengebäude her."
Inspekter wütend:"Was geht Sie denn das an!" und guckend ..
Spurensicherer:"Sehen Sie: Auf der einen Seite vom Hemmingfieldanwesen dieser aufgebrochene gemauerte Gang, und nun hier die aufgebrochene Verbindungstür, sone Tür gibts auch beim Baumarkt vom Kaufwert, und auf der anderen Seite ein sauberer moderner Keller, eine Abstellkammer, .., bis einen Schritt weiter zu dieser Tür. Nun, diese Tür dürfen wir nicht weiter untersuchen, denn, wir befinden uns jetzt schon rechtloserweise auf dem

Kirchengrundstück und bräuchten dazu n Haussuchungsbefehl und n Anntraahch .."
Inspekter Fragezeichen:" .."
Spurensicherer .. bei de BischofsKonferenz .."
Inspekter:" .."
Inspekter mit Scheinwerfern oberflächlich den mit Erdklumpen verwüsteten Steinboden absuchend noch immer unbeirrbar skeptisch:"Ich laß mir doch hier nix weismachen!, einer der berühmten Keller der Hagener Burg, .. Natürlich sind hier im Laufe der letzten 900 Jahre auch ein paar Menschen langgelaufen. Den´gen Se doch emo logisch! Isch würde mir net zuviel davon verspresche!"
paar Meter weiter Mensch der Spurensicherung:"Eine Spur ein Fußabdruck!"
Inspekter herzu,

Inspekter guckt verunsichert doch etwas genauer hin.
Miss Marple auch:"Aber dieses Muster, das kenne ich, das is n Turnschuh!" ..,"son Turnschuh trag ich auch!" .. mehrere Polizisten klicken geistensgegenwärtig die stets griffbereiten Handschellen auf, dann gucken mansche ihre eigenen Turnschuhe an, degleische Marke,
Spurensicherungsmensch:"Hier auf diesem Nachbargrundstück, dieser gemauerten Abstellkammer, sehen Sie Herr Inspekter, diese Abdrücke von großen Kästen in Staub und Dreck ..; geschickt gemacht is es schon vom Hemmingfield, auf seinem Grundstück is es ja nicht."
Inspekter aus der Haut fahrend:"Was reden Sie für einen Unsinn! Das is ein MittelalterKeller!"
Miss Marple:"Und hier .. Fußtapser .. und hier nochn Fußtapser .. und hier und hier .."
Mr Singer:"Eindeutig Rokoko!"
Spurensicherungsmensch:"Frischgemauert, frischverputzt, keine 4Wochen alt, Und hier diegleichen Fußtapser von Turnschuhen in Zement und getrocknetem Schlamm, und in nassem Schlamm, und da auch: feuchtnaß!"
Inspekter nicht überzeugt dagegenschimpfend:"Ai logisch is de Regen nass!"
Spurensicherer:"Die Fußtapser sind schätzungsweise höchstens 4-5Stunden alt."
Inspekter guckt die Miss Marple und den Mr Singer wütend an.
Miss Marple:"Da war isch im Bett! Isch habn Alibi."
Mr Singer:"Habe geschlafen wie ein Murmeltier! Und ein Alibi nischt minder."
der Inspekter als Erster aber bläst die Verhaftung ab und pustet ins gleiche

Horn:"Turnschuhe! ganz normale Turnschuhe! Abä auf misch wolld ja kaaner höre. Da sehenSes emo Willbätt, zu was des führe tut, we ma ssisch alls uf de anner Leud valäßt, Isch habs ja gleisch gesacht!"

Inspekter fluchend ab.
und entdeckt zu alledem erst nach weiterer Untersuchung, daß die Verbindungstür zum Kirchenkeller führt, auf deren anderer Seite der Inspekter 1Tag vorher bei der Haussuchung gestanden hatte, der aufgebrochene Abstellkammerraum des Kirchengrundstücks mit den KistenAbdrücken duftet nach der gleichen SupermarktReinigungsSpülmittel wie bei der gestrigen Haussuchung des Kirchenkellers auf der anderen Seite der Tür ..

Der Polizeieinsatz Burg Hagen in der Viereisch ist fertig. Morgengrauen. Inspekter und Willbätt zufrieden und fertig, beide im Begriff sich in einen kleinen Streifenwagen zu setzen, den man ihnen überlassen hat, während alle anderen schon ab zum Revier sind, offene Wagentüren davorstehend
Inspekter:"Hätte mer des!"
Willbätt:"des hätte mer soweit!"
Sie setzen sisch ins nahe an der von einer abgrundtiefen Ausschachtung begrenzten hohen Burgmauer neben dem Palais geparkte Auto, ..

Inspekter die Schnauze voll wegen Miss Marple seine 150 zusammengetrommelten Polizeieinsatzkräfte Spurensicherung usw, rundum brüllend:"Abbruch! Mir vertaahche des! Des läuft uns net fott! Is ja noo nix passiert!"
Willbätt:"Isch will ja aach haam. Aber eigentlisch müsste mer ja noch de Berischt schreiwe ufm Revier!"
Inspekter:"Mir mache haam! Jetzt kannste misch aber emo gern hawwe!"
Der ganze PolizistenBauarbeiterSpurensicherungsTrupp insgesamt alle 150Leute gähnend ab, die alle an der Burgmauer geparkt haben und nun beim Wegfahren aus dem Burgareal lautdonnernd alle Autotüren zuschmeißen .
Während hinterherzottelnd der Inspekter und Willbätt schließlich und endlich als Letzte ins Auto steigen, müde und verdient sich bequemen, aufatmen und jetzt an einen doch so strebsam und fleißig verdienten Feierabend sinnen, und letztlich mit Genuß jeder seine Autotür mit einer wohlklingenden Erschütterung bzw wohlig erschütterndem Wohlklang, der nichts anderes als Feierabend bedeutet, so daß das Auto wackelt, zuschmeißend zureißend zurammelt und dann doch so langsam aber doch zügig loszottelnd das

BurgAreal verläßt und das sagenumwobene Burggäßschen rauffahren, um noch ein paar friedliche Fachwerkhäuser zu betrachten in der Finsternis der gleißenden nächternen Straßenlaternen, besonders am Lindeplatz, dieses vertraute, ein trautes, ein heimisches Bild, .. , da .. ja da wegen dieser Erschütterung etwas von ihnen unbemerkt quasi im Rückspiegel nämlich bröckelt und bricht hinter ihnen die TurmHauptMauer der Burgruine zusammen zu einer Burgruine ganz ungewohnten mittelalterlichen Flairs.

Morgendämmerung 3.15Uhr:
PostkartenansichtBurgruinenHauptMauer ist weg ist Luft.

10.30Uhr selber Tag Hitze Sommertag früh, buntblumiger Sommertag Postkartenansicht Vierschehaa: Ohne Burgruine bzw mit einem lächerlichen Rest einer Burgmauer.
Jetzt erst bleiben Autos bei der Landstraße um den Weiher stehen:
Aane:"Moomendemo, da stimmt was net. Sach emo, wo isn de Burgruine hin? D d d de Mauerturm Hauptruine?!"
Annere altklug:"Ai des hamse renoviert! abgerisse, weesche de Umweltschutz und de Tierschützer!"
Aane:"Na dann? Des werd schon soi Rischtischkeit hawwe!"
, des is noch net emo n Fodo wertt!, so als wärs schon immer so gewese, .. zurück inde Audos, se klappe de Audodüre wiedä zu und rausche ab, als wär nix weitä geschehe, Burgruine is und blaabt de Burgruine, des Üblische.

selbäh Daahch:
Familie Hemmingfield/Flickenschildt ist zurückgekehrt, jedes Familienmitglied führt etwas im Schilde, keiner vertraut keinem, mit Recht. der Vyerschehoaanä Städtische GrünService indes: Einsatz Urwald Burgruine neben dem ausrangierten Bismarckschen Vyerschehoaanä Rathaus (auch genannt Ratthus, ein Sprachwissenschaftlicher dh Linguistischer Beweis zweifelsohne einer steten Rattenplage in und um das Burgareal seit Karl dem Großen;Anm.d.Verf.) Burggraben Gemäuer, die Jagd nach dem Unkraut und den Umweltschutzschädlingen Unkraut und Regenwürmern. neuer Regen, nicht ungewohnt für die Vierschehoaner, wenn emo n Wettäh im MhaynReinGebietsKessel is, dann blaabt dieses Wettäh aach da fir de nächste 4Woche, scheiß Wettäh eebe, abä Naturmensche kimmert des net ..:

Miss Marple zeigend:"Baugerüste an der Brücke da drüben und im Innern der Burg alles eingerüstet, sehen Sie, schon wieder n Laster mit Baumaterial.

Und wie es da von Bauarbeitern wimmelt!"
Mr Singer:"Nicht eingerüstet habense den Teil des Burggraben hier, unser Glück, somit sind wir ungestört, und so kommen wir an unser Grünzeug ran."
Miss Marple korrigierend:"Und unsere Regenwürmer. Chrm!", kramt nun ihr Pausenbrot aus dem Arbeiterinanzug.
Mr Singer packt sein Pausenbrot aus, Schnitten mit Leberwurst, genauso wie ndes Miss Marple, beide tauschen Gewürzgurken gegen Apfel, beide zufrieden kauend, Mr Singer greift nun zu seinem RentnerWeltempfängerRadio in der Hemdbrusttasche, wo andere ihr Päckchen Zigaretten haben ..
Miss Marple energisch flüsternd:"Achtung! Polente! Tunse mal ganz unauffällig!"
Jetzt erst richtig nervös gemacht panisch Mr Singer:"Wie was wo? Zum Kuckuck nochmal ein Mann in Grün!"
Miss Marple:"Still Mr Singer!"
FußStreife gehender DorfPolizist kommt vorbei, durch Mr Singers Gehampel erst aufmerksam geworden, in getragenem Tonfall und unnütz fragend:"Na, was machen wir denn hier?"
Miss Marple:"Wir Arbeiter arbeiten auch im Regen! Nicht so wie die Bürokräfte. Was wir hier machen? Na was wohl? Wir streichen gerade die Wände .. kleiner Scherz, nach der morgendlichen Arbeit das Frühstück, wollen Sie was abhaben?"
Polizist nur eine Spur beleidigt:"Danke nein. Weitermachen!", weitergehend.
Mr Singer RentnerWeltempfängerRadio Antenne raus und Nachrichten ..
Nachrichtensprecherin:" United Kindom Austritt aus der EU .."
Miss Marple:"Besch .. .. .. eiden auf der ganzen Linie."
Mr Singer:"Aber Miss Marple!"
Mis Marple:"Hat man sich doch schon mal endlich jahrelang mit diesem ganzen Mist abgefunden, dann machenses plötzlich doch nicht! Doch doch, manchmal is auch ein Schimpfwort erlaubt."
Mr Singer:"Na, wenns keinen stört?"
Miss Marple:"Wenn etwas gesagt gehört, dann sagt man das, da frage ich doch keinen um Erlaubnis! Das is doch wohl typische BRDDrückebergerMentalität, Mr Singer!"
Mr Singer:"Ich protestiere! Wenn beispielsweise ein Verbrechen geschieht, und ich weiß davon nichts, dann braucht mich das doch auch nicht stören!"
Miss Marple:"Das heißt nichts anderes als: Verbrechen kann man erstmal begehen; wenns nun keinen weiter stört, wäre das ganz in Ordnung, Moralisch glatter Unsinn Mr Singer. Haben Sie denn gar keine Religion!?

Haben Sie denn gar kein Gewissen!?"
Mr Singer:"..."
Miss Marple:"United Kingdom ist also aus EU ausgetreten!"
Mr Singer:"Ach. Ich wußte gar nicht, daß wir eingetreten sind."
Miss Marple unwirsch:"..."
Mr Singer:"Das würde England ja wieder auf eine ganz neue Ebene heben."
Miss Marple Fragezeichen:" ..?"
Mr Singer:"Das würde ja Englands Aufstieg in die Sozialistische Weltgemeinschaft erleichtern: Kuba, Nordkorea und und und!"
Miss Marple Lippen inwendig schürzend wie ne Auster, die die Zähne zeigt:"..!"
Mr Singer:"Dürfen wir jetzt unser Pfund doch behalten?"
Miss Marple:"Das is nicht gesagt. Das geht in die höhere Sphäre der Diplomatie, da sind uns kleinen Bürgern die Hände gebunden. Den EU-Austritt Englands wird Earl Hemmingfields jetzt sicherlich auch erfahren haben. Ruhe jetzt!"
Miss Marple und Mr Singer verschnaufend. Aber gleich wieder rauf die Leiter lauschen, denn nur einen Augenblick später neue Gäste für Earl Hemmingfield:

..

Schloß Hemmingfield, noch immer regnet es leicht aber beständig, Polizeistreifenwagen kommt an, Im Saale alleine sind die von einem Lakaien eingelassenen Inspekter Gerhatt und Willbätt, die Seine Lordschaft zu sprechen wünschen; der Hausherr läßt eine Weile auf sich warten ..
Von drinnen hört man männliche laute Stimmen ..
Inspekter:"Geldwäsche! Heern Se doch uf! Earl Hemmingfield hat eine reine Weste!"
Willbätt:"Wir suchen jemanden mit Verbindungen zum Organisierten Verbrechen, Earl .."
Inspekter vorwurfsvoll:"Wie soll denn Earl Hemmingfield .. !? Willbätt!"
Willbätt arschkriecherisch:"Earl Hemmingfield ist gänzlich unbescholten. Das wäre ja eine lächerliche Idee und reine Zeitverschwendung. Er hat aber vielleicht die Fälscher gesehen!"
Inspekter altklug:"Rischtisch Willbätt! Des is alles komplizierter, wie sisch des de normale Mensch denkt. Sone Vorstadt von Paris hat eine Städtepartnerschaft mit Viereischenhagen. Und wir BRD und Sprendlinge vornedran mit unserm zur Verbundenheit in der EWGPattnähschafft damals

in den 1970ern gegründeten Polizeilischen Abeidsgemeinschaft mit Salisbury County, sonem Englische Landkreis, hawwe doch wiederum mit dieser Französischen Stadt eine Städtpartnerschaft, wie haast die nochemo, da kotz vor Paris sone Klaane gepfleehschte Klaastadt, Dschoinwill, jetzt haw ischs, odäh verwechsel isch des?, Isch kann kaa Französisch. Und deswegen sind mir gereist, isch erinner misch an alles, Gedäschtnisdraijning, ja, sowas kenn Sie gar net!, Willbätt, sin mer gereist von unserem Sprendlinge iwwer des benachbaade Frankreisch, wie haast die Stadt noch emo?, isch haws vergesse, isch haddds doch grad, sin mer gereist iwwer Frankreisch nach England und wieder zerick, .."
Willbätt:"Isch net."
Inspekter:"Ja, Sie zähle ja aach net, Sie sin da ja aach viel ze jung, um des zu verstehe!" und mit stolzer Brust weiter:"1970er, Dienstreise .. dazumal .. zum Wohle des BRDVolkes. Da sin mehr gereist und hawwe Verbundeheid zwische de Velker geschaffe! Da sin mehr gereist, und nach ne Weile zerick in unsre Heimaad des Hertz der BRD Drayaych Sprendlinge hier eebe, um Vyerschehoaa zu helfe, Willbätt. Obwohl, un des muß isch dazusaaahche, Isch niemals vastande habb, was uns Sprendlingäh de dabbische Vierschehoanäh angeehje, .. Zu helfe! Um so mehr, weil diese fiese Geldwäsche eine Verbindung zu der schnöden Grafschaft Salisbury aufweist und mir dank Inderpouhl ne Spur von Salisbury nach Noi-Iehseburg, Eehjschälsbach un Beiähseich verfolge könne, komische OttsNam´, Willbätt, die die Leute hier hawwe, da müsse mer die Franzose un de Englände aach emo verstehe, warum die kaa Deutsch spresche wolle: Die Burg der Iehsen, des Wott kimmt sischäh von Iehsegrimm Iehsegrimmburg, wie wärs?, kennt doch sein!, oder Neu-Wiesenburg, die hawwe sisch nur verschriewe! Ai sowas kam vor dazumal im Middelaldäh, da kimmt ma schon durschenanner, ai gucke Se doch net so, Willbätt!, der Bach der Eehjschäl .. eeklisch aagentlisch, abäh warum Fakten verdrehen, 1970er !, Heimatkunde!, wisse, was fir ä BRDVolk mer sin, aus was fer Dörfern mer kimmt, die Bevölkerung, ja Volk daff mer ja heide nämmäh saahche, Die Eiche des Beiern mit "E" "I", ai im Middelaldäh hawwe die so komisch geschriewe, am Nöddlische Rand des Hessische Odewalds inmidde von SüdHessen/BRD. DDR hats gut: die hawwe alle aafache vernünftische Sozialistische Ortsnamen Wilhelm Pieck-Stadt, Karl-Marx-Stadt usw, die habens guud. Willbätt, was ham mir denn schon emo soweit?"
Willbätt:"Die Münse sin zum Glück registriäht!"
Inspekter:"Des erleischtert die Sache. Diese Jahrzehnde alden Münse könn mer also ratz fatz zurückverfolgen uf des jeweilische Usgabedatum un die

Adresse der Geldmünserei."
Willbätt:"Fantastisch! Endlich sin mir am Ziel!"
Inspekter:"Des is aber nur die halbe Miete, Willbätt! Jetzt nämlisch geehhjts erst louhs!"
Willbätt:"Ai warum aafach, wenns aach umständlisch gehjt?"
Inspekter:"Rischtisch Willbätt! Mir brooche also nur die jeweilischen Münse zurückverfolgen über GroßBRD, gans Frankreisch und des ganze Englische Königreisch un iwwer die ganse Weld wo oder wo aach net diese Münse gewese sein könn." .. " .." .. "Abäh sehe Se!: Es gibt aan wenn aach so doch nur geringfüschisches Hindernis."
Willbätt:"Theoretisch im grunde sagt uns das Praktisch Rein gor nix! Denn es ist ja immerhin möglich, daß die Münse von Hand zu Hand gegange sin."
Inspekter, daran nicht gedacht zu haben, galant darüberhinwegtäuschend: Themawechsel, nun unbekümmert und sich umsehend:"Ganz passabel hawwn die´s hier. Unser aans kann sich sowas net leiste."
Willbätt:"Maan Wunschhaus muß net unbedingt Jahrhundähde ald sei .. abäh, gell?, es riehscht förmlisch nach Geld!"

Mr Singer versteigt sich auf der Leiter und stürzt, stürzt eine Leitersprosse, stürzt fast aber kann sich gerade noch an Jahrhundertealten WeinRankenStämmen festhalten,
Miss Marple flüsternd:"Vorsichtig Mr Singer!"
Mr Singer:"Es geht schon wieder .."
Inspekter:"Ruhig Willbätt! .. Ach, das Geraschel kam von drauße. Willbätt, Sehen Sie mal! Ai isch guck aach emo, was da gerascheld had",
Stühlerücken, die Gäste zum Fenster ..
Miss Marple und Mr Singer sich aus der Angst, jetzt entdeckt zu sein, verbissen krampfhaft das schlimmste erwartend sich an den RankenStämmen festhaltend.
Willbätt stehenbleibend ergriffen von:" .. Herr Inspekter, diese Portraits, .."
der Inspekter abrupt ebefalls stehengebliewe un nun uf die PortraitGemälde guckend, die in feudalen goldnen Rahmen gehalten die Wände zieren ..
Beide nun die Gemälde im ganzen Saale bewundernd gemessen durch das Palais schreitend und die Gemälde aans noach m annern würdischend.
Willbätt: .. das müssen Hemmingfields sein .."
Inspekter mit seiner Bildung, die er nicht hat, wie Olli angebend:"Was denn sonst!"

Lady Flickenschildt mit Earl Hemmingfield in holder Eintracht kommen

graziös hereingerauscht, Flickenschildt wie immer ganz in Schwatz nun abseits in der finstersten Kaminecke herrschaftlich platznehmend und sogleich den ganzen Saal mit ihrer Persönlichkeit ausfüllend ..
Earl Hemmingfield empfängt nun großspurig, den Butler Eddy Arendt bei sich, die beiden Polizeibeamten. Der Kamin prasselt leise vor sich hin. flink hereinschreitend Hemmingfield:"Nicht ganz, Herr Inspekter! Guten Tag!", Händeschüttelnd und zu beiden Polizeibeamten sich verbeugend, beide im Chor:"Guten Tag MyLady", Verbeugung zur Grand Dame, dann Verbeugung vor Hemmingfield,"Guten Tag, MyLord,", Inspekter:"die Gemälde habens uns angetan."

Hemmingfield:"Das Denkmalamt! Na denk mal an!" lacht höhnisch,"Nichts als Sorgen! Neuer Tag, neues Glück! Die Turmmauer zusammengebrochen?! Wen juckts!" und sich unbeirrt fröhlich umschauend stolz,"Ja, die alten Holländischen Meister! Ein Vermögen wert! Alles echt."

Und während niemand aufmerksam auf diese Gemälde guckt, betrachtet ein Unbekannter die Gesellschaft durch ein EdgarWallaceAuge im Gesicht eines dieser Gemälde.

Hemmingfield gastgeberisch protzend:"Diese Bilder sind vor Jahrhunderten gemalt worden, wir geben erstens nichts auf Prunk und zweitens waren in Deutschen Landen wie auch in der Burg, als diese noch unserer Familie gehörte von Karl dem Großen bis 1050, Gemälde noch gar nicht erfunden, dieser Schnickschnack wurde mit der Rennesanx erst 1390 Mode in Deutschen Landen; nicht etwa Mitglieder meiner Familie, sondern die damaligen Eigentümer derer von Isenburg zeigen diese Gemälde, ich geb ja nix auf solchen Krempel! Aber irgenwelche Bilder muß man ja an die Wand machen. Und? Was Neues?"

Inspekter rotgeworden, sich räuspernd. Willbätt sich kurz das Grinsen verbeißend, sofort wieder ernst.
Inspekter:"Haussuchungsbefehl!"

Lady Flickenschildt den Inspekter barsch zurechtweisend schulmeisterlich:"Was haben Sie denn in der Schule gelernt!? Sprechen Sie doch gefälligst im ganzen Satz, junger Mann!"
Inspekter:"Reine Routine."

Earl Hemmingfield freundlichst locker:"Nur zu! Wir haben keine Geheimnisse. Nicht wahr, Hilde? Jedoch bin ich überrascht. Ich bin fürbass erstaunt, Herr Inspekter, was Sie hier zu finden hoffen. Eine unangenehme Angelegenheit!, fürwahr. Um was handelt es sich?"

Der Butler ist mit einem großen Kaffeetablett an den Tisch geschritten und bedient:

Eddy Arendt:"Kaffee MyLord?"

Earl Hemmingfield:"Bitte Kaffee, James!"

Eddy Arendt:"Sehr wohl, MyLord!"

Eddy Arendt beflissentlich gießt vorsichtig galant ein.

Earl Hemmingfield:"Danke James!"

Eddy Arendt:"Milch MyLord?"

Earl Hemmingfield:"Wie immer gerne. Danke James!"

Eddy Arendt:"Sehr wohl, MyLord!"

Eddy Arendt beflissentlich gießt vorsichtig galant ein.

Earl Hemmingfield:"Danke James!"

Eddy Arendt:"Zucker MyLord?"

Earl Hemmingfield:"Heute mal auch Zucker, James. Ja, gerne. Danke James!"

Eddy Arendt:"Sehr wohl, MyLord!"

Eddy Arendt beflissentlich gibt vorsichtig den Zucker dazu, rührt einmal galant um und serviert galant.

Und jetzt dasselbe in Grün mit den Gästen ..

Earl Hemmingfield:"Vortrefflich James. Sie sind ein Schelm!"

Earl Hemmingfield nippt galant am Kaffetässchen.

Eddy Arendt nach Earl Hemmingfield auch zum

Inspekter:"Kaffee, Herr Inspekter?"

Inspekter abgelenkt:"Ja .."

Eddy Arendt:"Sehr wohl!"

Eddy Arendt dem Inspekter eingießend:

Inspekter:"Danke."

Eddy Arendt:"Zucker, Herr Inspekter?"

Inspekter abgelenkt:"Ja .."

Eddy Arendt:"Sehr wohl!"

Inspekter abgelenkt:" .. , obwohl: nicht ganz Routine. Die Staatliche Wirtschaftspolizei Das Einsatzkommando mit 100Mann steht draußen", unnütz:"Darf ich? Wir haben nämlich einen bestimmten Grund, Earl Hemmingfield!" und zum Butler,"Nein, keinen Zucker, danke. Nein, auch keine Milch."
Der eifrige Butler Eddy Arendt kann gerade den Zucker, den er schon auf dem Löffel über der Kaffeetasse des Inspekters balanciert, abwenden.
Eddy Arendt:"Sehr wohl!"

Eddy Arendt mit Milchkännchen, Zuckerdose und Kaffekanne zu Willbätt, Willbätt legt seine ganze Hand energisch über seine leere Tasse mit den freundlichen Worten:"Nein, ich vertrage überhaupt keinen Kaffe!"

Eddy Arendt:"Sehr wohl!"

Eddy Arendt wie beleidigt zurücktretend und das Tablett mit Kaffee, Zuckerdose und Milchkännchen auf die Anrichte stellend. Hinaus und kommt einen Augenblick später mit einem sehr großen und zumal überladenen Eßtablett dampfender und duftender Bruzelköstlichkeiten, James zur Anrichte, wo er das Tablett abstellt.

Lady Flickenschildt herrischer herrschaftlicher Zwischenruf zu den Gästen:"Vesper! Bedienen Sie sich! Schwein, Rind, Geflügel; Gebratenes, ein kleiner Imbiß für zwischendurch, alles gesunde Sachen, alles was das Herz begehrt! James, möchten Sie bitte zuerst unsere Gäste bedienen!"

Eddy Arendt:"Sehr wohl, MyLady!"

Earl Hemmingfield:"Die Wirtschaftspolizei. Wie komm ich zu der Ehre?"

Inspekter von der Anrichte mit BruzelEssen abgelenkt, verwirrt ..

Eddy Arendt einsatzbereit, abwartend.

Willbätt:"Isch vielleischt ne Curryworscht!"

Lady Flickenschildt:"Corryworscht! Sowas führen wir nicht."

Innerhalb eines Augenblicks geschehen mehrere Dinge:

Gutsinspektorin Bella Brigitte kommt hereingestürmt, panisch flüsternd zu Earl Hemmingfield:"Schatz! Prioritäten setzen, hast du ja immer gesagt!"

Gutsinspektorin Bella Brigitte dem Earl Hemmingfield raunend ins Ohr flüsternd:"Neuigkeit aus London: England ist aus der EU ausgetreten!"

Earl Hemmingfield sich ans Herz greifend:"Wer ist ..?!"

Gutsinspektorin raunend flüsternd:"Sei ganz unberuhigt! Ich komme grade vom Shopping! Du, im Kaufwert haben die jetzt Sonderangebote!, das durfte ich mir nicht entgehen lassen! Du weißt ja, daß ich keinen Ramsch nehme. Und du weißt ja, wie groß der Kaufwert ist! Du meine Güte!, 2Tagelang stöbern und wühlen!, und da ist man immer noch nicht durch! Ich hab deswegen den Transport vorgestern noch gar nicht machen können. Ich kam einfach nicht dazu. Das ganze Vermögen in den 20 Kisten ist immer noch da vergraben, wo es war. Ich veranlasse den Transport gleich morgenfrüh! Ich verspreche es dir!"

Earl Hemmingfield sich ans Herz greifend:"Du hast was?!"

Gutsinspektorin flüsternd:"Ich wollt dich nur informieren. Ich störe nicht weiter", eilt zur Tür, dank geöffneter Fenster miterlebbar bricht ein Unwetter los: Earl Hemmingfield seinen Mund zu einem lautlosen Schrei öffnend:" ..!"

Zum von Blitzen und Donnerrrrn strrrrotzendenden GewitterWolkenbruchUnwetterWeltuntergang Earl Hemmingfield:" ..!" bricht zusammen.

Lady Flickenschildt:"Es war wohrschins de Blitz!", und zum im Begriff, zu den Fenstern zu eilen, begrifflichen Butler Anweisung gebend:"James, Sie verriegeln die Kellerfenster! Ich kümmere mich um hier!"

James von Vespertablett kehrt marsch, raus und ward nicht mehr gesehen,

Lady Flickenschildt geschäftig:"Ich werrrrde die Fensterrrr schließen, sonst regnets ja noch ein!", da, während sich Earl Hemmingfield betrübt über den trüben Kaffe beugt und einen überraschten Schmerzenschrei nicht verhehlt, da stürzt, oder besser gesagt des langen Satzes wegen: da kommt offenbar zu tage, was bisher .. von der Tür zurück zum sich auf dem Boden wälzenden Earl Hemmingfield nun wie aus dem Nichts die Gutsinspektorin geschossen stürzend herbei auf die Knie laut heulend und laut unverhohlen flehend:"Hemmy! Mein liebster geheimer Geliebter, das sollte doch keiner wissen, und jetzt ists doch herausgekommen, daß wir uns lieben, soll so das Ende sein?!" Während Earl Hemmingfield sich am Boden wälzend und krümmend die ersten entschiedenen Schreie des Unbehagens ausstößt, entsprechend in einer ersten Gefühlsregung Lady Flickenschildt:"Wie rrrrecht du hast! Du billiges Flittchen!" und eine halbe Sekunde unentschlossen zwischen ihrem im kurzen Todeskampf sich wälzenden geliebten Ehemann Earl Hemmingfield, dem stürmisches Wolkenbruchwetter einlassenden geöffneten Fensterrrr und dem vor frrrrrisch gebrrrrruzelten Brrrrrroilern, Koteletts und Schnitzeln dampfenden und sonst mit leichten

Häppchen aus MayonaiseSandwiches verzierten Vespertablett unentschlossen hin und herguckend zum Inspekter:"Man muß Prioritäten setzen!", Lady Flickenschildt eilt dann doch zu dem einzigen offnen Fenster, und Miss Marple rutscht von einer Sprosse und fast wäre es um sie geschehen, doch sie hält sich an WildenWeinRankenStämmen sicher fest und Mr Singer vor Schreck und Sorge um Miss Marple Mr Singer selber von der Sprosse stolpernd und sich diesmal nicht am wilden Wein sondern an den wilden GlyzinienStämmen festhalten könnend, sonst wäre er heruntergestürzt, beide, Miss Marple und Mr Singer lauschen weiter, während Regen ein Sturzregen ..

Drinnen neben der Kaffeegesellschaft am Kamin ein letzter Aufschrei! Noch ehe, während die Gutsinspektorin sich heulend dem in den Saal stürzenden Butler James in die Arme wirft, Lady Flickenschildt, ohne den schräg hinter dem Vorhang verweilenden Klaus Kinsky zu entdecken, an das Fensterrrr angelangt spricht:"Das Regenwetter ist gar nicht schlimm!", das Schließen des Fensters nun doch verwirft, "Frische Luft hat noch niemandem geschadet!" und vom offenen Fenster wieder zu ihrem sterbenden Ehemann zurückgekehrt ist, stöhnt Earl Hemmingfield zu seiner sich über ihn beugenden Ehefrau Lady Flickenschildt:"Ich .."

Lady Flickenschildt ihn in seinem Todeskampf unterbrechend:"Ja ja! Dh auf Hochdeutsch Halts Maul du Arschloch!, Du hast immer nur an *dich* gedacht! *"Ich ich ich ich"* habe ich dich unsere letzten 75Ehejahre tagtäglich mit anhören müssen, aber jetzt ist endlich Schluß nach 3x elender SilberHochzeit! Das mach ich nicht länger mit!"

Earl Hemmingfield verscheidend:"Wo ist das ganze Vermögen?!, das wollt ihr wohl gerne .."

Lady Flickenschildt kalt grinsend:"Und du meinst sicher: Das einzige, was mich jetzt noch interessieren könnte, ist, Wo ist der ganze Ramsch?! Meinst du das wirklich. Wo?!"

Earl Hemmingfield verscheidend:"Ich habe immer nur dich geliebt, Hilde! .. aber noch mehr dein Geld! Und jetzt die Rätselsauflösung: Das ganze Vermögen war .. Das ganze Vermögen ist .."

Lady Flickenschildt kalt grinsend:"Weißt du was, mein Schatz, Dein blödes

"Geld interessiert mich jetzt nicht mehr. Denn du hast gar keins mehr! Heute hast du mal nicht das letzte Wort, mein Schatz!"

Earl Hemmingfield verblassend verstummt endgültig, jedoch weiter lebhaft zu seiner Ehefrau guckend.

Die Fenster stehen offen, die Türen nicht minder.

Earl Hemmingfield:".."

Lady Flickenschildt kalt grinsend:"Ätsch!"

Ein stürmischer Luftzug erfüllt die Gesellschaft.

.. die elenden verstaubten Kronleuchter klimperrrrn

Eddy Arendt verstört zu den Kronleuchtern guckend:"Die elenden verstaubten Kronleuchter klimperrrrn!"

Earl Hemmingfield:"..", weiter kommt er nicht, der Kaffe süffelnde Earl Hemmingfield verreckt vor den Augen des Inspekters.

Lady Flickenschildt:"Ein Schmarotzer weniger!"

Willbätt sich eifrig am Fingernagel kauend, sich beim Fingernagelkauen eine heftig blutende Wunde am Fingernagel beifügend:"Huch!"

Eddy Arendt mit Gutsinspektorin raus.

Inspekter:"Mir is so unwohl! Willbätt!", greift sich an den Bauch, bricht ins Taschentuch kotzend langsam zusammen. Willbätt zaubert eine Schnapsflasche hervor, der Inspekter kommt wieder auf die Beine, zu Lady Flickenschildt Willbätt:"Er kann kein Blut sehen."

Eclandine schmiegt sich an Klaus Kinsky, der, - sie mit vorsichtigen sicheren Händen liebkosend - , hervor von hinter dem Vorhang herzugeschritten zu seinem verblichenen Vater Earl Hemmingfield getroffen erschüttert:"Er hat den EU-Austritt nicht verwunden." Nunmehr wieder zurück hinter den

Vorhang verschwindend:"Gut tut die frische Luft am Amazonas!"

Eddy Arendt überraschenderweise augenblicklich von dem für die BRD bis in die 1980er so typischen, so viel hat man früher in der BRD gesoffen, wir BRDler erinnern uns, mit Hoch%igen Alkoholika vollgestopften BRDWohnzimmerBarSchrank mit einem Tablett voll bunter Cocktailflaschen und Gläser ..

Lady Flickenschildt fragender Blick

Eddy Arendt zerknirscht:".. des Traueranlasses wegen .."

zurückkommend.

Ungerührt Lady Flickenschildt mit sehr hartem gerolltem R kalt zu Willbätt:"Hats den Inspekterrrr jetzt auch erwischt? Ich kann Ihnen sagen, wen es alles die letzten Neunhunderrrrt Jahrrrre in diesem traulichen gemütlichen Gemäuerrrr dahingerrrrafft hat!, das können Sie sich garrrr nicht vorrrrstellen!", dezent über den verblichenen Ehemann Earl Hemmingfield hinwegsteigend, sich dezent setzend.

Klaus Kinsky hinter dem Vorhang aus dem Fenster starrend und im grunde nur knapp an Miss Marple und Mr Singer vorbei, unbemerkt. Ebenso die beiden an diesem kleinen offenen Fenster neben den anderen kleinen aber geschlossenen Fenstern weiter lauschend Miss Marple und Mr Singer.

Der Vorgesetzte von Inspekter Gerhatt PolizeiOberKommissar Stattlich kommt gewichtig hereingestürmt:"Herr Inspekter, so geht das nicht, Sie können hier nicht friedliebende Leute belästigen wie die Herrschaften von Hemmingfield," und zu Lady Flickenschildt,"MyLady, guten Tag!", "Herr Inspekter das gibt einen Verweis, und für Sie Willbätt, gilt dasgleiche", sieht sich um, sieht den am Boden liegenden verblichenen Earl Hemmingfield, über dessen schmerzverzerrtes Gesicht der Butler Eddy Arendt ein frisches der frischen KüchentischTischtücher aus der Anrichte legt, der PolizeiOberKommissar die Initiative ergreifend:"Was? Warum? Wer? Wann? .."
Lady Flickenschildt:"Es war auch für uns überraschend!" Alle von der Trauer Lady Flickenschildts überzeugt, findet sie einen Augenblick später in die

Gegenwart zurück und zur mit dem riesigen Eßtablett bestellten Anrichte, herrisch:"Ich habe Hunger! Mir lechzt der Zahn!", sich umschauend, James erblickend:"James, das Essen!, Ich habe einen Hunger! Und einen MorrrdsAppetit!"

Sprendlingen, PolizeiRathaus Frankfurter Straße: Inspekter völlig am Boden zerstört ein Schreiben in seiner Hand:"Oddnungsamt Kriminalpolizei Gefängnisverwaltung Inderpouhl und Konsulat Dehnemack: FalschmünserCharlie, die wolln deehjn nämmäh, zumal hat er seine baar OddnungsamtBuuhßgäldäh gezahlt, er hat ne raane Weste, desweehjsche hamsen haamgeschickt nach Sprendlinge. Saahchese: Formfehläh, sowas kommt vor!"
Willbätt:"Wennses doch zugebe, daßn Formfehläh gemacht hawwe, warum schickese deehjn wieder nach BRD?"
Inspekter:"Paradox! Hawwe die was an de Waffel?"
Willbätt aufstürzend ans Fenster:"Da laaft er ja schon wieder!"
Inspekter dazu:"Wem mase doch schon emo us Oirouhba drauße hadde! Warum läßt mer die dann wieder nai!? Aaach de BRDBehörde! Oirouhba! Wenns nach mir ginge, da würd ma so Leude gor nämmäh roilasse nach Oirouhba!"
Willbätt:"Abä wennse doch ä Formfehläh gemacht hawwe!"
Inspekter:"Mer sin net fers Filosofiere da, Willbätt! An de Abeid!, den Stabel Baabiere", vor sisch von sisch beiseideschiebend:"misse mer noch ababeide!" und wie ausgewechselt mit völlisch neue Elan:"Willbätt, die Sache is ja ganz klar .."
Willbätt:"Ach!"
Inspekter:"Earl Hemmingfield is ganz offensichtlich durch jemanden ermordet worden, der etwas gegen ihn hatte."
Willbätt aufspringend vor Jubel:"Des ist die Lösung. Des ist es! Endlich!", seine GrauJacke schnappend
de Inspekter mit de Kuli vor sich hinfuchtelnd und den County Mirrer vernachlässigend, wo er ja eigentlich schon das Kreuzwörträtzsel angefangen hadde, sich aber dann nicht von der Schlaahchzeile losreiße konnde, niedägeschlaahche abä souverän vor sich hinstarrend:"Net so vorschnell, Willbätt, des müsse Se noch lerne .. , .. der etwas gegen ihn hadde .."
Willbätt hat sich wieder gesetzt, wie ein Schüler meldet sich mit dem Kuli:"Raddegift?"
Inspekter schimpfend:"Jetzt heern se mir abä uf! Warum soll mer denn Radde vergifte! Den'ge Se doch emo logisch! De Tierschitzer sache ja aach alls, de

Radde sin gor net beese!"
Willbätt zaghaft:"Aba d Raddeblaahch, de PestEppedemiehn im Middlaldä!"
Inspekter:"Se ham wol was am Deckel! Was gehtn misch des Middlaldä an!"
Willbätt:"Ai des hadde mir aach emo in unserm Nest."
Inspekter grantig:"Mir!? .. Was?"
Willbätt:".. des Middlaldä!"
Inspekter verdrieslich sinnend:"Vierschehoa! Aagebildete Affe! Vierschehoaner Raddhus Raddehus Raddenest" vor Jubel aufspringend den Stuhl von sisch werfend:"Willbätt! Warum saahche Se das denn net gleisch! Es is möglisch, daß de Kaffe vergiftet war! Jetzt hawwe mir den Mörder!", schläähscht siegesgewiß uf de Schlaahchzeile des County Mirrer:"Ph! Unfähische Polizei dappt im Dun´gele! Diese Schmierä! Willbätt, fahre Se schon emo de Waahre vor. Und nehme Se de Handschelle mit!" ..
Baade sitze im gepackte Waahre neehjbe andern Polizeiwaahre un Waahre von RaddhausMitarbeiterinnen und RaddehusMitarbeitern:
Willbätt:"Und wo in Offebach?"
Inspekter:"Fahre Se erstmo hier raus, aber flott, .., und nachher uf de Hauptstroaß aafach alls gradaus, ich saahch dann schon .. "
Willbätt verbissen im Hinterhof kurvend zur Toreinfahrt mit dem eigenen Sicherheitsgurt kämpfend und sich darin heillos verknotend, dies jedoch ignorierend, man kann auch so fahren, Inspekter unberührt, Willbätt eifrisch aber eine Spur unentschlossen:"Ja, und wer?"
Inspekter:"Aber des liegt doch uf de Hand, Willbätt!", guckt verdrosse auf eine Londoner Tageszeitung mit großartigem Foto von Prince Charts, angewidert sich abwendend, entschieden mit Elan:"FalschmünzerCharlie!, der sitzt direkt am Maa neehjbe de PhammaKonzärn in Offebach! Aafach alls gradeaus .. Ach nebebei, hab isch Ihne schon gesacht, ..?"
Willbätt verbisse fahrend geleejschendlich alls zum Inspekter nübberguckend und völlisch in des vertieft, was soi Schef ihm fesselnd zu erzähle waas, der Schef lacht un erzählt de noiste Witz us m Keehseblatt und, ..
Se fahren nun in rasendem Tempo vom PolizeiRatthausHinterhof naus ..
Inspekter lacht, Willbätt lacht aach, Inspekter:" .. daß des Erholsamste für den menschliche Geist is, sich nach aaner psüschischen Anstrengung, wie zB unserer Abeid, emo mit etwas ganz! anderem ze befasse, .."
.. uf de Nebenstraß, von de Nebestraß uf de Hauptstraß reschtsrum noo Frangfurt un Offebach zer Dreiecksbank ..
Inspekter wohlgelaunt:" .. rischtisch lange und ännsthaft, was den´ge Se, wie erholsam des is, am beste sisch mit etwas befasse, was aanen im Normoahlzustand gänzlisch gleischgüldisch is, oder, warte Se, mit andere

496

Worte überhaupt net inderessiert, *des* is nämlich des ganse Geheimnis, höre Se?, aaner guuden Erholung .."
Willbätt auch blind fahren könnend, denn er kann ja auch blind Schreibmaschine schreiben, erstaunt interessiert den Inspekter anstarrend:"Erholung! Ja un was weitä, Herr Inspekter?!"
Inspekter:" .. saahche mer : die neuste Diät für Japanische Sumoringer, wissen Sie überhaupt, Willbätt, wie inderessant des is?! Isch kann Ihne saahchen, ..,"
Willbätt:"Un?!"
Inspekter:".. oder noch bessä die Japanische TischtennisLiga, un jetzt passese uf! .. : mit allen Ergebnissen aber des vorletzten und aach des letzten Wochenendes uswendisch ufsaahchen abä hopp hopp, oder ..,,
Willbätt eifrisch:"Ja Herr Inspekter?!"
Inspekter:"un zwar, passe Se abä guud uf, was isch Ihne sashche: .. de aktuelle Ergebnisse un der gesamde Tabellestand uswendisch ufsaahche un äs Torverhältnis .."
Willbätt eifrisch:"Tabellestand uswendisch ufsaahche un äs Torverhältnis! Gell?!, un un wie weitä? Von was denn?!"
Inspekter:" .. un äs Pung´deVerhältnis un jetzt kommts: der FrauenFußßbalLiga!"
Willbätt:"Boah!, ist des erholsam! Jetzt hab ischs begriffe, Herr Inspekter, isch weiß nämmä, ob isch Männl oder Weiblein bin! Boah! ist des erholsam!"
Inspekter:"Isch mach des 5-10mal am Daahch. Sie sin alls so verkrampft, Willbätt, do kann mer ja net rischtisch abeide, mache Se des aach!, sollnse emo sehe, wie Sie des entspannt!, .."
Willbätt geradeaus gefahren die B3 hinter Neu-Isenburg und dem Henningerturm vor dem Hauptbahnhof anhaltend,
Inspekter:"Isch waas jetzt schon nämmä, warum mer hier überhaupt rumfahre tun!"
Willbätt:"Wir sind da! und jetzt?"
Inspekter forschend durch die Autoscheiben guckend:".."

Miss Marple und Mr Singer sind vom täglichen Einkauf aus dem Supermarkt zurück. Belohnung:
Miss Marple mit Mr Singer zusammen schmieren alte gute BrotSchnitten mit alter Butter und legen alten Käse und alte Wurst drauf; beide haben tierischen Hunger. Nun: Genüßliches Auspacken für das ausnahmsweise BruzelAbendbrot frisches Fleisch, und quasi als Vor-Genuß eine zünftige

Teevesper:

Sie holen das frische GrillFleisch, - eine billigere Version Fleisch ist nur noch das in Katzenfutter, noch billiger das in Hundefutter - , aus der Verpackung ..
Miss Marple enttäuscht:"Erstmals haben wir von derjenigen Sorte genommen mit sehr appetitlicher vollfarbiger und vollgetexteter Verpackung, Mr Singer?, den Riesen Knochen sehen Sie?"
Mr Singer:"Den riesigen hier?.."
Miss Marple:"Eine Schummelei is das heutzutage. Sowas gabs früher nicht!"
Mr Singer:"Man kann ja Knochenbrühe drausmachen."
Miss Marple:"Kleine Knochenbrühe meine Sie wohl. Denn für ne normale Knochenbrühe isses wieder zu wenig! Wir disponieren um: Dann gibts also doch kein GrillFleisch zur Hauptmahlzeit sondern nur eine MiniVersion stattdessen, das heißt ein GrillfleischHäppchen für jeden."
Mr Singer:"Ist ja auch mal schön. Es muß ja eigentlich auch nicht so viel Fleisch sein, oder noch besser gar keines beim Grillen. Die Verpackung ist aber schön; schöner als die sonst."
Miss Marple:"Und bezahlt haben für ein halbes Pfund Fleisch, "Fleisch" in Anführungsstrichen. Ein Beschiss!"
Mr Singer:"Dafür hab ich uns schonmal den Tee aufgebrüht, liebe Miss Marple!"
Miss Marple:"Ach Sie sind ja lieb, Mr Singer!"
Mr Singer:"Ich habe, so daß wir den Unterschied gleich merken können, beide Teees aufgebrüht: den bisherigen Schwarzen tee und den neuen überkanditelten aus der TeeBoutique." Jeder hat zwei Teetassen vor der Nase.
Miss Marple die erste Tasse trinkend:"Dieser andere Tee schmeckt ja schauderhaft! dagegen is ja dieser einfache Tee ein Gedicht! Da lohnt sich wirklich diese TeeBoutique und der hohe Preis."
Mr Singer verblüfft:"Was Sie so loben, Miss Marple, ist der alte bisherige billigste Schwarze Tee aus dem Ildi. Was Sie jetzt schauderhaft genannt haben, ist der neue Tee aus der Boutique. Aber ne schöne Verpackung hats. Und das ist ja mal was anderes."
Miss Marple:"flucht nochmal!", wütender Protest," das is ja ein ArmutsZeugnis!"

In der vollkommenen Musik einer flotten Verbechensaufklärung der StarInspekter kurz vor der Lösung, Willbätt und Isnpektor aufspringend, die Graujacken schnappend, ein Standbild:
Willbätt zweifelnd:"Ja, und wohin!"

Inspekter:"Aber das wissese doch. Milliouhnehiehschel mache mer jetzt gehts den Genoven an´ Kragen!"
Willbätt:"Ja, und wer?"
Inspekter:"Abä stelleSe sich doch net dümmer wie Se sin! Zur Drahtzieherin hinner de Kulisse Wer blaabt n da übrisch?"
Willbätt:"Also doch de Flickenschildt!"
Inspekter:"de Lady Flickenschildt hat ne raane Weste!"
Willbätt:"Sie wern doch net etwa, isch habs ja immer gewußt: ..!"
Inspekter:"Net vorgreife! De Professorin is aach ne von und zu! Und ab dursch de Midde!" Beide ab.
Angekommen auf dem Milliouhnehiehschel, Wartesposition, Aussteigen Einsatz, aber es kommt was dazwischen ..
der Milchmann Lars Carlafeld

liefert im blauen übergroßen von oben bis unten Arbeitsmantel, blau, mit sehr zahlreichen alten Spuren allmöglicher Milchprodukte, dezent nach Milch leicht oder auch mehr säuerlich frisch duftend, wie gewöhnlich, wie die ganze Stadt ihn und seine MeehchBoutique auf der Sprendlingä Hauptstraß kennt, stellt die Flaschen Milch, den normoahlen Keehse, und den unter anderem auch Sauermilchrahmfrischkeehse, süße Butter, sauere Butter, süße Joghurt, saure Joghurt, süße Quark, saure Quark, Buttermilch, Saure Milch, Süße Milch, Süße Sahne, Saure Sahne mit dem Maßband über der Schulter neben die Haustür auf einen praktischen Podest, die Tür öffnet sisch: Lars Carlafeld:"Guten Tag Frau Professorin Ka Stafio-Ré !, Bleib bei deinem Leisten, L´État c´est Moi !, sagt ein deutsches Sprichwort. Das gilt nicht minder für meine MeehchKollektion! "
Professorin:"Ai de Meehchmann! de Monsieur Carlafeld, Ai Herrlisch! Kommse nai! Abä isch wedde, Sie hawwe aach noch was anneres mitgebracht."
Lars Carlafeld:"Frau Professorin, ich könnde Ihnen jetzt neben der MeehchmannDiät sonn richtich chickes Kostüm von meiner Boutique in Sprendling´ empfehln."
Professorin:"Ach genau darüber wolld isch mit Ihnen spresche! Was soll isch denn nur trare bei de Vorlesung?!:"Caesar im BrutusCiceroBriefwechsel, Handschrifte" , isch saahche Ihne, des is wie nein besser wie Wallestein, Fantastisch dieser Cicero!"
Lars Carlafeld:"Cicero? Das ist Schiller! Man sieht ganz langsam den Verbrecher Caesar und die Revolution das heißt Caesars Ende, den Schillerschen Genuß der Tragödie Genuß, das langsame aber sichere Ende

von Wallenstein äh Caesar."
Professorin:"Sie spresche mir aus der Seele! Hawwe Se n paar Mustä von Ihrä Kollektiouhn bei sisch?"
Lars Carlafeld:"Wenn ich de Meehch ausfahr, hab ich immer ne Kollektion bei mir", zeigt wie Fuchsauge verschmitzt mit dem Finger,".. im Köpfchen."
Professorin:"Ai Herrlisch! Na Sie sin mir ja aaner!", zieht ihn rein, er wird von ihr reingezerrt, die Tür fällt hinter ihnen ins Schloß.

Inspekter:"Willbätt. Verhaftung! Aber *alle* beide!"
Willbätt unentschlossen:"Abä des ist doch de .. "

Schloß Flickenschildt:
Unaufmerksame Beobachter werden nicht memerkt haben, daß die winzige WappenFlagge, die über der mittelalterlichen PostkartenAnsichtsMauer am See wie ein Wetterhahn flattert, eine andere ist als zuvor; wer von den unaufmerksamen Beobachtern genauer hinguckt, wird das Flickenschildt-Wappen entdeckt haben, die aufmerksameren Beobachter werden diese winzige Flagge wie immer ignoriert haben und würden ggfs einen Eid daraufnehmen, zu behaupten, es sei dieselbe Flagge wie unverändert schon zu BRD-Zeiten.
Lady Flickenschildt mit dem Inspekter und Willbätt im FamilienPalais, Lady Flickenschildt wie immer ganz in Schwarz.
Der Inspekter und Willbätt nun auf der Fährte der Geldwäsche und des Mörders von Earl Hemmingfield, Palais Burg Hagen in der Vyereysch:
Lady Flickenschildt:"Ein Arrrrmutszeugnis! Sie haben doch überhaupt nix herausgefunden, worrrrran mein arrrrmerrrrr Mann gestorben ist!"
Inspekter:"Wir haben die Ermittlungen zu den nunmehr zwei Verbrechen, Geldwäsche und Mord an Earl Hemmingfield, die Polizeilichen Ermittlungen zum Erfolge geführt fast um ein Haar vollständig. Dh Die Geldwäsche is aufgeklärt, es fehlt nur noch das Resultat, und der Täter des Mordes an Earl Hemmingfield is zweifelsohne eindeutig der Mörder. Für einen vollständigen Abschlußbericht für die Akten, denn auch in der BRDPolizei gibt es so etwas wie die *lästige* Bürokratie, - isch haw des net erfunde -, bedaff es nur noch einiger nebensächlischer Details nur der Oddnung halber. Lady Flickenschildt, wo waren Sie zum Zeitpunkt der Tat?"
Lady Flickenschildt:"Aber das wissen Sie doch. Bei Ihnen. Äh, Das können Sie doch bezeugen! .. Sie waren bei mir, als .." bricht aus in herzzerreißendes Schluchzen.

Inspekter knallhart:"Mir Poliziste halte uns da immer raus. Des geht schon von rechts wegen net! Isch kann gar nix bezeuschn. Isch war gar net da, so müsseSe des sehe. Isch stelle fest, Lady Flickenschildt, Ihnen fehlt n Alibi! Willbätt, notiere Se des! Geldwäsche hat de Hemmingfield gemacht. Und de Hemmingfield is umgebracht. Endlich ham wir was Handfestes!"
Lady Flickenschildt wie ausgewechselt grantig wütend wie ein Besen:"Ich laß mich doch nicht übervorteilen von so einem Hanswurst!"
Inspekter nunmehr völlig aufgeräumt im Sinne davon, daß er sich geirrt hat, und in sich entschuldigendem Bückling, schließlich ist die Lady eine Von und Zu:"Das nun entlastet Sie, Lady Flickenschildt, vollständisch; des is ja quasi gleisch dem bisher fehlenden Alibi", sich besinnend,"Willbätt!"
Willbätt:"Ja Herr Inspekter?!"
Inspekter:"Korrigieren Sie! ein Hanswurst is zweifelsohne nicht der Drahtzieher der Geldwäsche, den wir suchen. Sie haben ganz recht, Lady Flickenschildt!"
Lady Flickenschildt:"Ich habe ein gutes Gedächtnis, Herr Inspekter, ich vergesse nichts, was man mir einmal angetan hat."
Inspekter:"Nur eine Formalität. Es betrübt mich außerordentlich, Lady Flickenschildt, Sie wegen dieser Lappalie bemüht haben zu müssen."
Lady Flickenschildt:"Nur zu Herr Inspekter, nur zu. Man hat ja schließlich eine Bürgerpflicht, nicht wahr!?"
Inspekter Luft holend:"Die engsten Freunde Ihres verstorbenen Ehemannes..", sich gestört fühlend den Butler Eddy Arendt wahrnehmend, der unbeweglich ungeduldig samt Tablett mit dampfendem Kaffe und Tee in Blickweite wartet, der Inspekter dann sich wieder der illustren Gastgeberin zuwendend, Inspekter unbehaglich:" .. man hat, ich habe, es is meine Pflicht, mein Vorgesetzter .., Ihr verstorbener .. "
Lady Flickenschildt nun sehr ernst, sie wischt sich zaghaft mit einem Taschentichl Tränen aus dem Auge:"Ja, mein geliebter Ehemann!", heult nun haltlos, Inspekter schon im Begriff, sich ungetaner Dinge wieder zu verdrücken.
Inspekter:"Ach eh ichs vergeß: Ich bin untröstlich! .. Übrigens: Die Verbrecher sind uns entwischt! Das Vermögen is futsch! .."
Lady Flickenschildt:"Ein Arrrrmutszeugnis! Und dafür zahl ich mein Lebtaglang Steuerrrrn!? .. Ich hab mein Lebtaglang sowieso nichts von einem Vermögen gesehen! Da interessiert das mich jetzt herzlich wenig!"
Inspekter hat, die Hiobsbotschaft zu verkünden, hinter sich.
Inspekter im Begriff das Gespräch zu beenden:"Im übrigen: Die Obduktion is abgeschlossen."

Lady Flickenschildt:"Und?"
Inspekter:"Todesursache: Gewalteinwirkung, ein schnell wirkendes Gift." kopfschüttelnd die Hände übern Kopf zusammenschlagend:"Die Welt is schlecht!"
Inspekter:"Gerichtsmedizin und Staatsanwalt haben die Leiche von Earl Hemmingfield jetzt für das Begräbnis freigegeben. Der Transport zur Krypta der Evangelischen Kirche hat bereits heute morgen stattgefunden. Der Pfarrer hat Sie in Kenntnis gesetzt, hat er mir gesagt. Ich selber weiß aber nichts weiter. Alles weitere geht mich nichts mehr an."
Lady Flickenschildt faßt sich:"Ich habe mit dem Pfarrer bereits die notwendigen Dinge veranlaßt. Ach diese Sorgen!" heult, verbeißt sich endgültig die Tränen,"ja, diese maßlose .."
Inspekter kopfschüttelnd im begriff einhakend zu sagen selber Tränen in den Augen:" .. ja diese Trauer!", stumm bleibend.
Lady Flickenschildt sich das Heulen wiederum nur mit Mühe verbeißend:" .. maßlose Unordnung in der Kontenführung! Wie soll das ein einzigerrrr Mensch bewältigen. Und dabei war ich Gutsinspektorin von Beruf. Mit 18 hieß es stiften, als der erste russische Panzer über den Hügel kam. In Dresden habe ich dann die Toten und Verletzten miteingesammelt! Und jetzt diese schlampiche Kontenführung! Schauderhaft! Ich weiß nicht ein noch aus! Das hat doch nicht Hand und Fuß!"
der Inspekter verunsichert, sich nicht von seinem Gedanken trennen könnend:"Ja diese Trauer!, .., wann übrigens is die Beerdigung?"
Lady Flickenschildt:"Morgen! Hungerturm zu den Ratten wäre zu gut für ihn, wenn Sie *mich* fragen. Schade, daß er so wenig leiden mußte. Er liegt jetzt schon würrrrdevoll aufgebahrrrrt in der Kirrrrche, der Pfarrer ließ sich davon nicht abbringen!, würrrrdevoll !, wenn ich das schon höre, diese Blasphemie!", amüsiert:"das hätte sich mein Mann Earrrrl Hemmingfield vor zwei Wochen nicht träumen lassen! ..," wieder sehr ernst:"hatte er doch selbst erst vor zwei Wochen dieses denkmalgeschützte Areal käuflich errrrworrrrben."
Der Inspekter nunmehr abschließend mit einem sehr kräftigen großen Schluck schwarzen Kaffee seine ganze Tasse austrinkend und dabei beinahe sich sein weißes Hemd verkleckernd:"Herrlich dieser Kaffee! Vielen Dank! .., dabei sich zu verabschieden Small Talk:".. und was Sie da haben, das schmeckt?"
Lady Flickenschildt genüßlich von einem Teetässchen schlürfend:"Schmeckt vortrefflich. Hagebuttentee ist mein ein und alles, seit ich mir im Alter von 19Jahren Sex, Alkohol, Zigaretten und Kaffe abgewöhnt und meine

Sterbeversicherung gemacht habe. Nichts ist für immer, Herr Inspekter."
Inspekter:"Earl Hemmingfields Tod, die Laborergebnisse: Vergiftet war Milch, Zucker und Kaffee!"
Lady Flickenschildt:"Sisste ?! Alles ungesund, aber uf mich wollten Sie, Herr Inspekter, und mei Männl ja nieh hören."
Inspekter windet sich vor Bauschmerzen, erbricht sich, erbricht sich nutzlos. Mit grünem Gesich bereits am Boden mit sich kämpfend:"Stimmt es, daß Sie eigentlich Schlesierin sind?"
Lady Flickenschildt:"Nicht ganz, Herr Inspekter. Wenn 700 Jahre lang ausnahmslos alle meine direkten Vorfahren Katholische Deutsche OberSchlesier sind, dann bin vermutlich auch ich es, auch wenn meine Eltern mit Sack und Pack kurz vor meiner Geburt nach Niederschlesien umgezogen sind, meinen Sie nicht?"
Inspekter delirierend:"Schlesier!"
Lady Flickenschildt blasiert:"Öhl Hemmingfield hat eine Lady aus mir gemacht. Obwohl ich war ja schon vorher Freifrau, ich stamme ja aus einem alten Rittergeschlecht, derer von und zu Hühnerkopf."

Sprendlinge, Polizeirevier, County Mirror:
Willbätt dem Inspekter eine nasse kalte EssigKompresse auf der Stirn wechselnd,
Inspekter:"Wen, Willbätt, hawwe mir denn sonst so innä Kartei?"
Willbätt:"Gans oouhbe steht FalschmünzerCharlie. n gans gerissnenä Hund."
Inspekter aus der Haut fahrend die nasse kalte Essigkompresse von sich schleudernd:"Warum sareSe des net gleisch!?", herrisch wütend ab, Willbätt hinter sich herziehend:

DAS FINALE DIE AUFLÖSUNG DER TRIUMPH DES INSPEKTERS,
sie verhaften spektakulär direkt vor dem Sprendlinger PolizeiRathausEingang den Zeitunglesenden FalschmünzerCharlie, nun im Sprendlinger Knast:
FalschmünzerCharlie Zeitunglesend ..
Inspekter sich verdient im Glanze seines Ruhms zurücklehnend den ganz frischen County Mirrer zu gemüte ziehend:"Ah, Willbätt! Hätten mer des!"

"Fin"

ENDE
.. Abspann ..

..

Postkartenansicht ohne Burgmauer aber mit Weiher
Matula und Hansen in ausführlichster und 100 verschiendenen Kameraeinstellungen genüßlichst dargestellt verabschieden sich auf nachher zum Pferderennen in Niederrad. Dann: Pferderennen Niederrad: ein Nischenprodukt: Publikum: de Hottwollée Dann: Man sieht nun die Postkartenansicht, und zwei Hände, die entsprechend dem FDJ-Symbol jeweils von einer Seite zueienander sich dann in Bildmitte treffen und sich schütteln, während man, ohne Matula und Hansen zu sehen, Matula und Hansen sprechen hört.

"Fin"

..

Noch nischt ganz

PolizeirevierRathaus Sprendlinge:
Willbätt sich eine Sportzeitschrift zu gemüte ziehend und Pferdewetten ausfüllend murmelnd:"Rennbuchmacher Hansen, guter Mann .., ich verdanke ihm so manchen Tip."
Inspekter aus der Haut fahrend den County Mirrer mit Schlagzeile auf den Schreibtisch donnernd:"Burg Hagen in der Viereisch ausgeraubt bis auf den letzten Cent! Die Polizei tappt mehr denn je im Dunkeln."
Inspekter wütend, die Hand draufschlagend, aufspringend:"Diese Schmierer!"
Willbätt:"Ai, des konnt ja kaaner ahn, daß se schon die Fliege gemacht hadde."
Inspekter innehaltend:"Willbätt! Isch gloob, Lady Flickenschildt will uns einen ganz großen Bären ufbinde."
Beide ab.

Strahlendster Sommertag, sonst kaa mensch auf dieser Nördlischen Burgseite zu sehen: Der Wirt und der Dackel ziehe das neue Schild "Zum DackelKäpten" nauf und da ist des neue Schild der ehemalischen KarlMarxschen äh Karl des Großenschen Kutscherherberge. Just kommt n Fatzke mit Yacht im Anhängä, wie zuvor derglaasche Haanä, der sprischt kotz mittem Wirt, an kran hat währedesse de Yacht schon gleich ins Wassä vor de Lokal gesetzt. Just aan´ Oouhgenblick spätä halde de erste Urloobä und Aanwohnä der zahlreischen Aschaffenburg-Mainz-Landstraßenbenutzer und bitte nach Nachfrage mit dem Wirt um ne Tasse Kaffe und darum, daß se ´n Bild vonde Herrlischen Kutscherherberge mit de Herrlische Viereischenhagener Yacht und dem Herrlische Viereischenhagener Weiher mache dürfe, während de Wirt un de Dackel n paar KombüseShanties mit TschaTschaTscha singe und tanze und de Gäste mitreiße, daß se mitsinge un mittanze.

Hubschraubermäßisch so langsam verläßt de Kamera de YachtLokalVollansicht bis inklusive Weihä bis inklusive BurgmauerGerümbel samt oouhbelings Beginn des Milliouhnenhiehschel un unde reschts Beginn de Altstadt des Burggäßschen nauf.

"Fin"

Noch nischt ganz

Haaner Burg Weiher gegenüberliegend "Kutscherherberge" StraßeCafé, von hier Postkartenansicht jedoch ohne die typische Mittelalterliche HauptMauer, was entfernt worden ist, somit neben einer seitlisch im Hindägrund unauffällisch vor sich hin strahlende Yacht immerhin de jetzische sogenannte "Restlische Burgmauer Hagen in der Vyereysch", einzischä Gast: Matula mit Goldkettschen um Hals und Goldkettschen um Handgelenk, Kaffe wird serviert, der durschgeknetete Matula grüßt die von ihm die ganze Nacht über durschgeknetete Freundin im Joggingdress, sie spaziert 1 Schritt weiter und macht auf dem Bürgersteig rund um de Weihä Gymnastik, beide strahlen, beide grinsend kurz verabschiedung mit Kußhand, Freundin weitä, Matula setzt sisch, Wirt serviert, Vyereysch, einzischä Gast: Matula im schwatze Kaffe rührend in aaner Frankfurt/Mainer Tageszeitung blätternd.
Wirt kommt:"Paddong! Noch einen Wunsch, Herr Matula?"
Matula:"Ja noch sone Burgmauerrestansicht mit ner Tasse Kaffe. Isch trink immer zwei Tasse. Haste immer noch net gelännt?!"
Wirt:"Sehr wohl, der Herr!" Wirt ab.
Spottware hält mit BlondSchniegel, der zweite Gast.
Man kennt sisch, der zweite Gast gleisch zu Matula, Händeschütteln, Begrüsung, Blondschniegel setzt sich zu Matula,
Blondschniegel:"Ai guude!?"
Matula:"Ai guude wie?! Dei Kutsche wird aach von mal ze mal bessä!"

Blondschniegel auf Matulas Zeitung auf den SchlagzeileArtikel, den Matula zweifelsohne gerade liest, klopfend:"Gell?! Wie se den Wohnungsbesitzern die Wohnung unterm Arsch wegreißen!"
Matula:"Früher hamse die Wohnstädte bombardiert. Haide reißense Wohnstädte ab."
Blondschniegel:"Des ist ja driebm in den naie Bundesländä net anderstä: Man stelle sisch bei nu 26Jahre Kehre vor is ja worscht ob jwd oder in Frangfurt/Mhayn odä in Viereischenhagen, daß alle Häuser, die zwische 45 un 89 gebaut wurde, abgerissen werde, also alles, was die Bevölkerung seit Beginn der Besatzung 45 geschaffen hat, dem Erdbode gleich. Daß sisch da kaa militante Bürgerinitiative gründet?! Beim Abreißen der Häuser spielen sich Tragödien ab. "Macht doch nix!", saahche de Kapitalistenschweine. "Haß! Haß! Haß!", sagt die Bevölkerung. Gell?!"
Matula:"Teuflisch!, was se mache: Unterm Arsch einem die eigene Wohnung abreiße des eigene Häusle saahche de Laide im Schatzwald .."
Blondschniegel:".. oder maanetweesche 1AWohnViertel "Industriegebiet" in Vierschehaa."
Matula:"Na die 2 , 3 Hausbesitzer, die zähle ja net, die paar kann mer ja vertröste; ne?!"
Blondschniegel:"Leehrscheweesch 10Häuser noch net emo viel mehr wie 50 Einwohner, nur daß mar emo s Größeverhältnis waas."
Matula:"Abä stell dir emo de Hunderte und de Tausende von Wohnungsbesitzern vor, die mer aus den ihren Häusern vertreibt, damit de Wohnungsbaugenossenschaften und de Wohnungsbaugesellschaften de Häuser plattmache. Indes de Mieter vertröstet und verfrachtet in unverschämt teurere Mietwohnungen."
Blondschniegel:"Und neben Asylanten von allen möglichen Kriegen, die die BRD und alle anderen WestStaaten angezettelt haben, vermieten se an alle übrigen Zugezogenen, aber hauptsächlich an unsere Einheimischen Junge Leute, das krieg ich nämlich seit Jahren zu hören, wo ich als Einheimischer Rentner ne Wohnung suche, saahchense: "Paddong! Kaa Wohnung frei für Sie" und saahchen: se vermieten an de Studente, "Studente" !"
Matula:"Gell?!, des is ja überhaupt *des* Schagwort überhaupt, Isch kanns nämmäh hören!: Studente! , und alle, die wo kaa Stundente sin, die gehören aafach net zur Bevölkerung, ma kennt des ja, de ImmoFirmen! , herr uff!, und daß se ja vermieten an die Jungen Leute, .."
Blondschniegel:".. die ja nun für die Ausbildung, für die Lehre, das Studium und als Jungverdiener ab Lehre mit 16, nach Lehre mit 19, erstmals aus dem heimischen Elternhaus verschwinden und eigenes Geld verdienen und somit

eigenen Haushalt gründen und deswegen ne Wohnung broochen, gell?!"
Matula:".. saahchense: die versorgen wir mit einer Wohnung, die haben ja Vorrang, .."
Blondschniegel:".. dafür haben Sie sicher Verständnis nicht wahr nicht wahr."
Matula:"Gell?!, den Spruch, den kenn Isch aach! .. Und vermieten an Junge Leute .. das hört sich sozial an, das hört sich guud an .. vortrefflich .. denn, und genau darum gehts, die jungen Leute, die kennen ja nur die Extremen Mietpreise von heute, guuder Trick!"
Blondschniegel:" Junge Erwachsene, also Alter ab 18, die erstmals sich eine Wohnung leisten wollen, die entdecken und kennen in Vyereysch und in Lange es natürlisch gar net anderster wie die horrenden unverschämten Schweinischen Kapitalistischen Mietpreise aktueller Neubauten von 2016,
Matula:"Aber mit der eigenen Bevölkerung könnenses machen!"
Blondschniegel:"Politologisch also Politikwissenschaftlich ist des Rassismus, Sexismus, Diskriminierung gegen das eigene Volk, einfach gegen alle, die sich nicht wehren können, also die eigene Bevölkerung so und genau so und net anderster so regieren die Kapitalistenschweine, .."
Matula:"Abä stell dir emo de Hunderte und de Tausende von Wohnungsbesitzern vor, die mer aus den ihren Häusern vertreibt, damit de Wohnungsbaugenossenschaften und de Wohnungsbaugesellschaften de Häuser plattmache. Indes de Mieter vertröstet und verfrachtet in unverschämt teurere Ausweich Mietwohnungen, währenddessen den ihren abgerissenen Wohnungsbesitz vernichtet!"
Blondschniegel:"Bei WohnungsGenossenchaften isses eh net nur Wohnbesitz sondern aach teilweise Wohneigentum, des nennt man die Genossenschaftsanteile."
Matula:"Eigentum! Die nehmens einem weg. Die machen, was se wollen!"
Blondschniegel:"De Diskriminierung gegen uns Bevölkerung nenne se Höhere Gewalt."
Matula:" Ja du mich aach! .. und den Wohnungsbesitzern gebe se dafür teurere AusweichWohnungen mitnär unverschämten Mieterhöhung vasteht sisch, ob se wolle oder net! Da saahchese mit einem Grinsen:"Des ist jetzt mit viel mehr Komfort! Sie hawwe da doch sicher nix dageesche, gell?!" Und wer net will, ai dem saahche se:"Ai verreck doch!" Und diese Wohnungsbesitzer hawwe Jahrzehnte! verläßlich Miete gezahlt! Kapitalismus mit menschlichem Antlitz ist was anderster. Stell dir emo vor Süddlische Ringstraße!"
Blondschniegel:"Süddlische Ringstraße? Ai klar, des is ja s selbe in Grün wie in Frankfurt!, Süddlische Ringstraße!, des HochhäuserViertel, da drinne

wohnt halb Lange!"
Matula:"Mer reiße halt de Süddlische Ringsstraße ab, Macht doch nix! .. Teuflisch!"
Themawechsel, man genießt lieber die Natur, den Weiher und die Vierschehaaner Burg vor der Nase.

Wirt kommt herzu,
Blondschniegel:"Herrlische Aussischt."
Wirt:"Guten Tag der Herr, Sie wünschen?"
Matula:".. der haaßt net Herr sondern Hansen."
Hansen:"Könnt ma bei Ihne vielleischt sone Herrlische Burgmauerrestansischt mit ner Kaffe Tassee äh Kasse Taffee.."
Wirt:"Sehr wohl, Herr Hansen."
Matula:"Der haaßt net Herr sondern Hansen. Rennbuchmacher Hansen. ´n äschte Haaner! Überaabeided! Sonn Kaffe würd jetzt guudtun."
Wirt:"Sehr wohl, der Herr. Vielleischt Herr Matula, Herr Hansen nochn Stückl ZuckerSahneKuche, hausgemacht! Isch könnde ZuckerSahneStreusel, ZuckerSahnePflaume, ZuckerSahneKiwi, ZuckerSahneStreuselPflaume empfehle."
Hansen:" .."
Matula:"Hastes immer noch net gelärnnt. Des is ja wie inna Kersch: nachm Gottesdienst Kaffe und Kuche. Die meiste Gottesdienstbesucher sind Omas und Opas wie mir, von dene meistens net so viele dableibe, warum wohl? Omas und Opas, die wo kaa Kuche esse dürfe, weilse Zucker ham wie mir! Mach dir kaa Kopp. Mir zwo ham Zucker."
Wirt:"Sehr wohl, Herr Matula .."
Matula:"Isch haaß net Herr Matula sondän aafach Matula."
Wirt:" Sehr wohl .. ähm, sehr wohl Matula."
Matula:"Sisste?! Geht doch. Was misch ärschärt haidzutach, wo mer nu alles hawwe, kann ma sisch werklisch bloß noch gesund ernähre und 100 Jahr alt werden, wenn mas wie de Oppa hält, der sisch nur von Selters und Rohe Zwiebeln ernährt. Ist des werklisch nu alles?!"
Wirt:"Isch kännde Ihne zwaa vielleischt ne VollkornSemmel äh n paar VollkornSemmele .. oder 100% Rogge oder noch besser beides, mehr hädde aach dasselbe in Grün mit Brouhd also Schnidde .."
Hansen:"Paar VollkornSemmele!"
Wirt:"Sehr wohl! .. Hansen!"
Matula:"Gar net unklug, Wirti."
Hansen:"Gell?!, Paar VollkornSemmele mit was druf!"

Matula:"Isch nehm dasselbe in Grün!"
Wirt:"Mer hädde son Umweltfreundlische Brotbelaahch ohne Kadmium sone Art Brotuffstrisch: Gewierzgurke ohne Zucker dafür aber mit Butter unde bisi Französisches Grienzaisch, n Büschl Parsiehl, de Franzose saahche Petersilie dazu."
Matula:"Gell?! Un net zu knapp. Mir hawwe Hungäh!"
Wirt:"Sehr wohl, der Herr!", und zu Hansen:"Un Sie noch ä Wunsch der Herr?"
Hansen:"Doch vielleischt son öttlisches Keehseblatt!"
Wirt:"Sehr wohl, der Herr!" und ab.
Matula:"´Sehr wohl, der Herr´, der Wirt macht misch irre. Der sprischt so kariert! Mer sin doch kaa Von und Zu."
Hansen:"Na, vielleischt wird nochmal was aus uns."
Matula wegwerfende Handbewegung.
Matula:"Und warum Keehseblatt? Isch nehm des bloß zum Pausebrot einpacke, is praktisch so für de Schnidden."
Hansen:"Ne?! Da stehe doch jetzt aach de Rennergebnissse drin, ob des de VyereyschSpiehschelCountyMirrer rischtisch gemacht hat, wolld ma gugge."
Matula:"Du, Hansen, wie gehn denn so die Geschäfte?"
Hansen fahl abgestanden bitter:"Ach trübe! Ganz trübe!"

Endbild EndMusik The Wall Ping Fleud

Bei Erklingen von the Wall von Ping Fleud stoppt nach 1Sekunde die Musik im gleichen Augenblick springt der Regisseur an der Kutscherherberge ausm HollywoodRegieSessel und schmeißt das Manuskript auf den Boden und trampelt wütend eskaliert im Eklat drauf herum und brüllt:"Nein! Abbruch!" und pfeift seine Schiedsrichterpfeife:" ..!" und brüllt verzweifelt weiter:"Verflucht nochmal! Das isses ja grade! *Nicht* The Wall! Isch kanns nämmäh hören! Sondern: Dark Side Of The Moon!" Eine Sekunde Dark Side of the Moon ..

Endbild EndMusik Dark Side of the Moon Ping Fleud

Regisseur hysterisch

Burgareal Hagen in der Vyereysch mucksmäuschenstille:

Regisseur brüllend:".. obwohl.. Nee! Abbruch!" Regisseur

Schiedsrischterpfeife blasend," .. *Doch* The Wall! Ebe weil isch diese BetrugsMusik von 89 nämmäh hören kann!,

Endbild EndMusik The Wall Ping Fleud

"The Wall! Jetzt erst rescht, weils stimmt: zum Kotzen!"

Ende

noch nischt ganz

gleischä Vormittag:

Triumphale SiegesHeimfahrt, sie haben den Geldtransport Kopenhagen/Lyon gekappt und sitzen fröhlich mit der Beute im Familientransporter, alle vergnügt: ..
Kjeld mit Autoatlas hilfsbereit eifrig:"Da ist die Abfahrt Hamburg Altona, hier noch nicht, Benny, .. aber dann die nächste .."
Egon schlafend, mißfallend sich räuspernd:"Altona?"
Benny zuversichtlich:"Die nächste?"
Kjeld zuversichtlich:"Erst mal hier an der Raststätte vorbei. Ja und dann erst die nächste, die heißt: Abfahrt Stellingen Lurup!"
Egon wachwerdend, triumphal:"Dänemark! Endlich!"
..
Kjeld:"Hier raus!"
Benny schon auf dem Abfahrtstreifen
Egon sich besinnend:" .. Nein!, das ist noch BRD! Also gerade aus!"
.. ein Stück weiter:
Benny:"Wir sind doch vor Esbjerg rechts gefahren, oder?"
Kjeld mit Autoatlas eifrig:"Nach dem Plan sind wir auf Kopenhagener Stadtgebiet, du mußt vor dem Flughafen links! .."
Benny vollkommen durchn Wind.
Egon:"Heimatliche Gefilde!"
Kjeld:"Wir haben nichts zu essen dabei, wir könnten ja auch was zu essen mitbringen."

Egon vergnügt:"Mindestens auch das!"
Nach dem kurzen Einkauf im AutobahnRaststättenSupermarkt die drei an der dazugehörigen Tankstelle achtlos verdrossen vorbeifahrend.
Egon:"Und jetzt nur noch heim!"
Benny:"Heimatliche Gefilde! Wer hätte gedacht .. Egon!, wir haben ja immer an dich geglaubt! .."
Egon sich grimmig im Erfolg sonnend:"Macht ja eigentlich keinen Umweg; laßt uns doch mal schnell beim Inspekter vorbeifahren. Diesem Affen wollte ich schon immer mal gerne die Zunge rausstrecken! Heute haben wir keinen Grund, uns in die Hosen zu machen, denn die Polizei hat heute weniger denn jeh einen Grund, hinter uns herzusein. Weil es niemand wissen *kann*, was wir für ein drolliges Gepäck haben! Und wenn ich daran denke, wie ihr zu Anfang an meinem Plan gezweifelt habt! Ph!"
Sie fahren ins Hauptstadtzentrum richtung Hauptstadt Polizeirevier ..
Benny:"Es geht eben nichts über Wertarbeit!", dem Auto anerkennend aufs Armaturenbrett klopfend.
Egon genüßlich und zufrieden durch die Autoscheiben Kopenhagen betrachtend, plötzlich mit einer sinnlosen Spur Zweifel:"Wir können frohsein, daß der Klapperkasten durchgehalten hat! Der Klapperkasten! Der Geldtransporter ist arsch mitgenommen. Einfach keine Wertarbeit mehr heutzutage!"
Sommers die Fensterscheiben auf beiden Seiten herunterkurbelnd,
Kjeld vergnügt:"Wegen der frischen Luft."
Benny vergnügt:" .. und auch, damit man besser sehen kann."
Kjeld:"Da wird Yvonne staunen!"
Egon verbissen grimmig.
Sie fahren gerade am Kopenhagener Rathaus vorbei ..

Die Drei freuen sich ihres Genovenstücks.
Egon:"Mein Plan! Geldlieferung der Staatsbank. Ein großer Coup! *Der* große Coup! Das ist der Triumph!"
Benny jubelnd:"Mächtich jewaltich!"
Kjeld jubelnd:"Was werde ich nur Yvonne sagen! Yvonne, wir haben dir was mitgebracht, machs dir mal bequem, damit du nicht umfällst vor Glück! Wir ! Männer ! haben heute mal den Einkauf gemacht", kichert kindisch.
Egon:"Das ist der Triumph meiner Karriere! Jetzt werde ich mich aus dem Geschäftleben zurückziehen."
Benny anerkennend:"Du hast ja genug geschuftet dafür in deinem Leben. Da kann dir keiner was vormachen!"

511

Kjeld verwirrend ehrlich:"Das sagt auch Yvonne, wie oft hast du grundlos im Gefängnis gesessen, Egon! Da kann dir keiner was vormachen, für nichts und wieder nichts .."
Egon mißbilligend aber heute mal daraüberhinwegschauend:"Mein Plan!, .. der Geldtransporter dieser Klapperkasten ! Macht mich noch verrückt Kjeld jetzt klemm doch mal die verdammte Verbindungstür zu, die klappert mir schon seit Viereischenhagen im Genick!"
Kjeld auf dem Schoß aus dem Hebammskoffer einen Hammer und einen passenden Holzkeil herauswühlend dann die Verbindungstür zum Gepäckraum festklopfend ..
Sie fahren vor dem Kopenhagener Polizeirevier vorbei, 3 Streifenwagen und 1Grüne Minna kommen vorbei und üben etwas abseits langsam wie Fahrschüler scheinbar sowas wie Polizeisperre ..

Kjeld:"Kinderkinder, muß man sich das mitangucken!"
Egon beruhigend:"Die üben nur."
Benny:"Polizeisperre! Laßt uns nur rasch weiterfahren, ich hab immer so ein mieses Gefühl, wenn ich Polente sehe."
Egon:"Hab dich doch nicht so! Fahr einfach langsam weiter! Das ist ja wohl nicht zu viel verlangt! .. Nicht so schnell .. Langsamer!, .., damit der Inspekter mich auch sieht! Und ja, da ist auch der Inspekter, Glück muß der Mensch haben!, so, Kjeld laß mich mal ans Fenster" und genüßlich im Begriff, eine Grimasse zu schneiden:"mal richtig die Zunge rausstrecken! Huhu! Herr Inspekter!.."
Der Inspektor dreht sich auf der Stelle um 180 Grad und erstarrt. Er fuchtelt wütend mit dem Drohefinger, dann wegwerfende Handbewegung im Sinne von: er hat besseres zu tun, wendet sich wieder seinen Leuten zu ..
Olsenbande unauffällig schnell weiter .. der Geldtransporter röchelt und bleibt stehen. Erst jetzt auf Olsens Familientransporter aufmerksam geworden bewegt sich die PolizeisperreÜbungsEinheit langsam um den Geldtransporter und keilt diesen von 4Seiten ein, 10 am Ende der Frühschicht übermüdete Polizisten steigen aus und kommen zu den Dreien, die klappernde nun festverkeilte Verbindungstür keilt sich auf und schwingt auf, was von niemandem bemerkt wird.
Egon, Benny, Kjeld erschrocken laut:"Der Tank ist alle!"
Die 10 Polizisten, für die der Familientransporter ein gewohntes Bild ist, nähern ich grinsend, nur mühsam das Lachen verbeißend.
Zahlreiche Polizisten sind aus den Streifenwagen augestiegen und sichern den Geldtransporter ab, Inspektor kommt an die Fahrertür:

Die 10 Polizisten umringen zu Fuß belustigt den Geldtransporter und gucken zu Fahrer und Beifahrern, der Inspekter:"Guten Tag! Ja so ein Zufall am frühen Morgen! Na Herr Olsen, wie gehts?! Herr Frandsen?!, Herr Jensen?!"
Egon griesgrämig wie immer:"Danke!"
Inspekter:"Reine Routine! Dürfen wir mal in den Gepäckraum gucken!" Die anderen 9Polizisten kichern so komisch über diese unsinnige Anweisung, weil sie wissen, daß der Inspekter das nicht ernstmeint und den Wagen gar nicht durchsuchen lassen wird, weil die Kopenhagener Polizisten den Familentransporter von Benny im letzten Dreivierteljahr zwei dreimal pro Woche durchsucht und stets für sauber befunden haben, und davon die Schnauze vollhaben, ein Spaß nun, trotz allem so zu tun als ob, der Inspekter verbeißt sich das Erfolgserlebnisgrinsen.
Benny grantig schnippisch:"Du meine Güte! Was wird wohl in einem Geldtransporter drinne sein?, Kisten mit Kartoffeln?, gute Frage! Freilich Berge von Geld; so sehen wir ja auch aus!"
Egon:"Der Tank ist alle."
Inspekter sich nicht mehr das Lachen verbeißen könnend, sich nach hinten zu seinen Kollegen drehend:"Der Tank ist alle!", sagt er, die Kollegen platzen nun auch vor Gelächter und gröhlen im Chor:"Der Tank ist alle!" und gröhlen vor Lachen, Egon wird rot.
Kjeld:"Beleidigen brauchen Sie uns ja jetzt auch nicht!", sagt zögerlich sich die Hosen vollscheißend Kjeld.
Benny:"Schadenfreude gegen die arme Bevölkerung, die Verhöhnung des kleinen Mannes ist keine Tugend, Herr Polizist, sondern unterstes Niveau", zeigt zusammengepreßt Zeigefinger und Daumen, "so klein mit Hut. Das ist wie Tabaksteuer, ZigarettenSteuer."
Inspekter rufend:"Aber dafür können wir doch nichts!"
Benny:"Der normale Spießerstandpunkt: Wir führen nur Unrecht aus, aber Verantwortung dafür haben wir nicht."
PolizistenGelächterChor verstummt abwartend.
Inspekter:"Können wir dann mal kurz einen Blick in den Gepäckraum werfen?"
Benny im Reflex eines ordentlichen Dänischen Bürgers will schon aussteigen:"Selbstverständlich! Wir sind hier ja Grenzgebiet!", Egon und Kjeld halten ihn zurück.
Inspekter süffisant zynisch:"Schön ist es in der Heimat. Herr Frandsen, ja ja, dabei sind Sie ja gar nicht gebürtiger Kopenhagener, das wissen wir ja!", weil er Benny in der Hand hat dies genießerisch auskostend. Benny fühlt sich aber, wie sollte es anders sein, persönlich angegriffen, ganz besonders von

513

einem Polizisten, der, - entsprechend, daß 2016 Wiesbadener Polizisten/BRD/RheinMainGebiet am anderen Ende der BRDRepublik nämlich in Görlitz Dienst tun, wie man 2016 am Akzent hört, vielleicht weil Wiesbaden Partnerstadt von Görlitz ist? oder umgekehrt? oder beides?, ein Wiesbadener war in Görlitz/DDR 1990 Bürgermeister geworden und hatte die Enteignung des Volkes und die Ausbeuterische Kapitalistische BRDKolonialÄra eingeläutet -, selber so tut, als wäre er gebürtiger Kopenhagener, während dieser Polizist deutlichen kurz vor der Grenze zur BRD entsprechenden Schleswiger Akzent spricht, worauf Benny eine gepfefferte Widerrede von sich geben könnte, weil sich diejenigen von den entferntesten Staatsgrenzen in die Hauptstadt Zugezogenen Beamten als die Besseren Einheimischen gegenüber der Einheimischen Bevölkerung aufspielen.
Inspekter weiter genüßlich süffisant zynisch:"Sie sind ja gar nicht von hier! Man hörts ja am Akzent!, nicht wahr?! Sie sind doch sicher ausm Westen, Odense? Nicht wahr?!, hm?", zynisch sich ins Fäustchen lachend.
Benny genauso gespielt offenherzig:"Stimmt! Ich bin gebürtig in Odense. Ja, sowas aber auch! Schön, daß wir hier so plaudern. Na wenn Sie mich persönlich fragen, da antworte ich Ihnen gerne persönlich. Sie kennen Odense? Das ist schön. Wirklich die schönste Region der Welt! .." nun ins gerechtfertigte Labern verfallen vergnügt Smalltalklabernd:"Jetzt müssen Sie mir aber auch sagen, wo *Sie* gebürtig sind, wo Sie herkommen, nicht wahr?"
Inspekter zynisches Lächeln verblaßt zu einem eingefrorenen Lächeln.
Benny:"Wär ja nur gerecht!"
Inspekter:"..", gibt keine Antwort, Polizist eingefrorenes Lächeln
Benny:"Ich höre da son West-Dialekt raus."
Inspekter verblaßt zu einer grimmigen Maske.
Benny:"Ja ja, die Heimat, nicht wahr?!, man hörts am Akzent! Schleswig, unverkennbar, NordSchleswig nicht wahr?! Und wo da? Vom Urlaub her kenn ich da jedes Dorf."
Inspekter:"..", der Inspekter besinnt sich auf die ihm zu Gebote stehende Gewalt. Der Inspekter müßte ja, falls er antworten würde, zugeben, daß er gebürtig an der BRDGrenze in NordSchleswig ist, warum sollte sich der Inspekter gezwungen fühlen, zuzugeben, daß er nicht nur genauso sondern noch deutlich mehr Ausländer in Kopenhagen ist als Benny, nämlich daß der Inspekter von der Grenze auf der ganz anderen Seite Dänemarks kommt, der Inspekter konnte sich doch nicht so aufspielen, wie er gerne gewollt hätte.
9 Polizisten im Hintergrund gähnen, einer von ihnen laut:"Laß gut sein, Frede! Wir heften uns seit Monaten täglich mehrmals an diese Leute mit

ihrem gebrauchten Geldtransporter auf den Einkäufen von Supermarkt zu Supermarkt in Kopenhagen, das ist doch nichts als Schikane und Vergeudung von Steuergeldern!"
Inspekter:"Wir führen pflichtgemäß eine RoutineKontrolle durch."
einige der 9übrigen Polizisten stöhnen gähnend:"Schon wieder!"
Geschlagen und aufgebend Egon:"Alles ist hin!" fluchend, während er die beiden anderen herausscheucht, irgendwas zu unternehmen, da greift er wütend hinter sich in einen der geöffneten GeldKästen, Egon eine Münze hämisch vor dem Rückspiegel hoch vor sich hinhaltend, anstarrend und zum Himmel deklamierend:"Und für sowas hat man das Glück riskiert!" Sein Blick, auch der Blick von Benny und Kjeld auf die Münze, fällt auf Egons Finger mit der Münze! Egon ernüchtert:"Bank of England! Nein!" Rasch Egon noch ein Griff nach hinten, und zwischen den Fingern hoch ins Sonnenlicht vor den InnenRückspiegel: Benny Kjeld Egon zusammen baff. Abwechselnd auf seine sich nur mühsam vor seinen Ohrfeigen schützen könnenden Kollegen einschlagend jaulend brüllend Egon:"Britische Euros!", und auf seine zwei Kollegen einschimpfend:"Ihr Rhinozerösser!"

Egon explodierend aus der Haut fahrend:".. Ich hatte schon gleich sone Ahnung, als ich euch mit dem Geldtransporter gesehen habe. Vorschußlorbeeren bringen niemals Glück!"
der Inspekter sich nicht von der Stelle rührend aber scheinbar gelangweilt:".. ganz schön früh unterwegs so in der Metropole, hm!? Was haben wir denn so geladen?"
Egon flüstert aus beiden Mundwinkeln zu Benny und Kjeld:"Flucht nach vorn!"
Kjeld will auch schon aussteigen, Egon weiß nicht ob bei Benny mit raus oder bei Kjeld mit raus, ehe einer der drei aussteigt, Polizisten immer noch unbeweglich, geben Anschein, vielleicht doch nicht kontrollieren zu wollen, Egon hält inne und hält an Kragen und Schultern seine zwei Kollegen zurück, die sonst pflichtgemäß aussteigen würden, Olsenbande hält inne, Polizisten mockieren sich, lachen, siegessicher, den Witz auf ihrer Seite zu haben, weil ein Entkommen nunmal wirklich nicht möglich wäre, würde die Polizei jetzt kontrollieren wollen.
Benny kommentierend:"Der Tank ist alle!"
Inspekter:"Na da sehen Se mal zu! Sie könnten ja von der kaputten demolierten Telefonzelle da drüben 500 Meter weiter den Abschleppdienst anrufen, denn Sie stehen hier im Halteverbot."
Polizei denkt nicht daran, denen was aus einem Polizeikanister zu geben noch

selber einen Abschleppdienst zu rufen.
Da hält ein SchrottplatzWagen vollkommen verwahrloste junge Leute hilfsbereit:"Kommt ihr nicht weiter?" Schon liegt der eine der jungen Leute zwischen den beiden Autos und saugt den eigenen Tank ab und füllt 1 Liter für Olsenbande ab, Benny Kjeld das in den Geldtransporter,

Egon ergibt sich, er stellt sich der Polizei, Polizei amüsiert, Inspekter gutmütig:"Nee Herr Olsen, lassense mal! Britische Euros? Sagen Sie? Nee, lassenSe mal, Herr Olsen. Wie MinipiloGeld gilt das von rechts wegen noch nicht mal als Falschgeld", und völlig anderes Thema den Straßenverkehr überblickend:"Solidarität unter den Autofahrern ! Bravo!, .."

beide Autos springen an und im Begriff, in entgegengesetzter Richtung weiterzufahren,
Egon zu Fuß den Polizisten hinterher.

Inspekter:"Vorbildlich!, jetzt machenSe aber die Straße frei!"

Egon wie angewurzelt:"Aber!"
Inspekter:"Lassense mal! Herr Olsen. Ist geschenkt!"

Verzweifelt mit all seinem Können vor dem Nichts:"Wofür hat man denn geschuftet sein Lebtaglang! Noch nicht mal ins Gefängnis wollen Se einen dafür stecken!", sich aufdrängend vordrängelnd, sich in die grüne Minna zwengend aber davon abgehalten, Grüne Minna Türen zu, Egon den sich abwendenden an ihm desinteressierten Polizisten hinterher, die Polizisten zu seiner Gefangennahme nötigend verzweifelt wütend aus der Haut fahrend vor Wut platzend Egon:"Nein! Ich nehme nichts geschenkt! Wer bin ich denn! Das hab ich nicht notwendig!"
..

Ende

oder besser:

Benny um Hilfe bittend:"Der Tank ist alle!"
Inspekter hämisch und im Rücken seine hämisch und höhnisch sich köstlich amüsierende Hundertschaft:"Ne?! Herr Waldgrün? Das wird doch niemals was mit Ihnen! Sie sind doch ne *Witzfigur*! Sie sind doch nicht ein Vorbild

sondern Abschreckung! Sie haben doch noch niemals im Leben etwas von Wert Bleibendes geschaffen, alles ist ihnen mißlungen! Letztendlich haben Sie es niemals in ihrem sinnlosen erfolglosen Leben verstanden, sich mit der richtigen Seite zu verbünden. Na da sehen Se mal zu! Sie könnten ja von der kaputten demolierten Telefonzelle da drüben 500 Meter weiter den Abschleppdienst anrufen, denn Sie stehen hier im Halteverbot."
Benny ausflippend:"Die Polizei, dein Freund und Helfer!"
Polizist:"Wir denken nicht daran, Ihnen was aus unserem Kanister zu geben, odern einen Abschleppdienst zu rufen."
Egon, Benny und Kjeld verworren hin und herlaufend, am drastischsten Benny

Da hält ein SchrottplatzWagen vollkommen verwahrloste junge Leute hilfsbereit:"Kommt ihr nicht weiter?" Schon liegt der eine der jungen Leute zwischen den beiden Autos und saugt den eigenen Tank ab und füllt 1 Liter für Olsenbande ab, Benny Kjeld das in den Geldtransporter, Polizeifotografen aber auch die ganze Meute von Journalisten bevölkern mit Fotoapparaten die Straße,
Egon, Benny und Kjeld stellen sich.
Egon ergibt sich, er stellt sich der Polizei,
Inspektor:"Egon! Verdacht auf Unbeabsichtigte Behinderung der Polizeilichen Ermittlungen in einem besonders schweren Fall von Internationalem Geldraub."
Egon dazwischenredend:"Schwer? Da haben Sie recht! Das kann man wohl sagen!"
Inspektor:"Herr Olsen, das ist doch nicht Ihr Niveau. Das können Sie nicht leugnen. Zu sowas wären Sie nicht fähig. Aber! Zweifelsohne Planung und Versuchte Durchführung eines Internationalen Gesellschaftsspieles, an der Steuer vorbei! Mittelschwere Wirtschaftskriminalität, das gibt nicht unter zwei Jahre. Abführen!"
Polizei, als wäre es das Erfolgserlebnis, was se gebraucht haben wegen der Prämie, verhaften ihn im Großeinsatz, der Inspektor sich brüstend, ihm gehöre der Lorbeer. SensationsJournalisten überall plötzlich, mit Fotoapparaten und FilmKameras sich aneinander rempelnde vordrängelnde Reportern ..

Benny und Kjeld stellen sich auch. Kjeld .. Benny ..
Inspekter hämisch und im Rücken seine hämisch und höhnisch sich köstlich amüsierende Hundertschaft

amüsiert, Inspekter gutmütig:"Nee Herr Waldgrün, lassense mal! Britische Euros? Sagen Sie? Nee, lassenSe mal, Herr Waldgrün. Wie MinipiloGeld gilt das von rechts wegen noch nicht mal als Falschgeld; das Gewerbe hätten Sie aber anmelden müssen, sowas ist strafbar, Ihr Chef trägt die Verantwortung", und völlig anderes Thema den Straßenverkehr überblickend:"Solidarität unter den Autofahrern ! Bravo!, .."

beide Autos springen an und im Begriff, in entgegengesetzter Richtung weiterzufahren, da springt Benny vom Fahrersitz und heraus auf die Straße, Kjeld ersetzt ihn und winselt:"Aber, Benny, ich kann doch gar nicht fahren!" Benny Waldgrün zu Fuß den Polizisten hinterher.

Inspekter:"Vorbildlich!, jetzt machenSe aber die Straße frei!"

Benny Waldgrün wie angewurzelt:"Aber! Wie ist das nun? Sie hätten uns wirklich da stehen lassen auf breiter Flur! Nur damitse Ihre scheiß Bußgelder reinkriegen. Hat Dänemark das nötig?!"
Inspekter:"Wir sind nicht Ordnungsamt sondern Kriminalpolizei! Lassense mal! Herr Waldgrün. Ist geschenkt!"

Verzweifelt mit all seinem Können vor dem Nichts Benny:"Wofür hat man denn geschuftet sein Lebtaglang! Noch nicht mal ins Gefängnis wollen Se einen dafür stecken! Wen muß ich umbringen, damit ich von der Polizei einen sicheren Platz im Gefängnis bekomme!", sich aufdrängend vordrängelnd, sich in die grüne Minna zwengend aber davon abgehalten, Grüne Minna Türen zu, Benny Waldgrün den sich abwendenden an ihm desinteressierten Polizisten hinterher, die Polizisten zu seiner Gefangennahme nötigend verzweifelt wütend aus der Haut fahrend vor Wut platzend Benny Waldgrün:"Nein! Ich nehme nichts geschenkt! Wer bin ich denn! Das hab ich nicht notwendig!"
..
PolizeiChef von oben herab wie Schulmeister zu kleinem Schüler:"Na Benny?"
Polizist kann den Benny duzen: Das bringt den Benny auf die Palme, so daß er dem PolizeiChef eine ordentlich schmiert!
Inspektor:"Was fällt Ihnen ein! Das ist Widerstand gegen die Staatsgewalt!"
Benny brüllt:"Und wenn schon! Ohne daß ich Ihnen eine schmiere, denken

Sie, daß sie mich duzen? Was bilden Sie sich ein?!" auf den Inspektor losstürzend Benny brüllend:"Du hast wohln Pforz gefrühstückt!"

siegesgewiß auf Egon guckend höhnisch zum Benny der Inspektor:"Spielen Sie sich nicht so auf! Wir haben wichtigeres zu tun!", geht ab und grinst stolzgebrüstet in die Filmkameras und Fotoapparate.

Benny Glühbirne:"Herr Inspektor! Ich möchte ein Geständnis ablegen!"
Der Inspektor, der Amtssprache besonders gut versteht, wendet sich überrascht um.

Benny:"Das unaufgeklärte Verbrechen, der Gemälderaub, dieses Geklekse .."
Inspektor platzend:"Das Geklekse?!"
Benny:"Sie wissen schon, vor einem Dreivierteljahr, .."
Inspektor:"Das Geklekse?! Wertvoller als die Dänischen Kronjuwelen!"
Benny:" .. Die Gemälde lagern in meinem Keller."
Dem Inspektor bleibt vor Schreck der Mund offen:".. d dd Das ist .. das gibt 10Jahre!" und zu seiner sich nicht mehr köstlich amüsierenden Hundertschaft:"Befehl! Festnehmen den Herrn Frandsen! Das hab ich mir lang genug angesehen! Ich habs immer gewußt! DER steckt hinter der ganzen Chose!"

Grünne Minna fährt an und bahnt sich ganz langsam durch die jubelnden Menschen.

Endbild:
Benny Nahaufnahme von draußen, wie er aus der Grünen Minna guckt. Egon hat sich in seiner StarArroganz längst von Benny getrennt und guckt blasiert in die andere Richtung, Benny vor sich hinmurmelnd:"Einfach erfunden! Und schon funktioniert. Man muß lügen können. Und wenn die meinen leeren Keller sehen, ist die Hehlerware weg, Aufgebrochen! Was sagt man dazu! Eine schlechte Welt! Trotzdem werde ich 10 Jahre kriegen! Glück muß der Mensch haben!" und laut durch die Grüne Minna wütend gröhlend:"Da kann mir Egon nichts mehr vormachen! Was der! kann, das kann ICH schon lange!" .. die Polizeibeamten grimmig zusammenzuckend, Benny wieder aus dem Fenster guckend, die Leute jubeln Egon zu, Benny guckt zu Egon, der blasiert in sein Publikum guckt und den OlsenbandeFans zuwinkt. Benny wendet sich angewidert ab.
Benny:"Das wär endlich mal das Ende vom Lied .. aber ich hätte endlich mal

was geleistet im Leben! Nämlich geradezustehen für den eigenen Widerstand und nicht die feigen Spießer nachzubeten!"

ANHANG :

Europäische Literatur

An den aufgeführten Themen sieht man, wie Moderne Errungenschaften der DDR und der Sowjetunion von der BRDVolksSprache systematisch als in der Welt nicht vorhanden tabuisiert und aus jeglichem Sprachgebrauch ausgeklammert wurden in den 1960ern, 1970ern und 1980ern.

Alexander Puschkin, Die Hauptmannstochter Berlin/DDR 1971

steht für einen neuen Stil in der Literatur: Realismus.

Die Ideologie von USA und BRD sind in der Philosophie die aggressivsten Gegner des Marxistisch-Leninistischen Sozialismus
Totalitarismus ist ein WessiBegriff
Totalitarismus ist kein Philosophischer Begriff

Aggressiver Kampf des Westens gegen den Marxismus-Leninismus. Warum wohl?
Weil SU und DDR die Reichsten Staaten sind. Und da will man ran!

Wessi ist Verniedlichung es müßte Kapitalistenschwein oder NaziVerniedlicher heißen; Bedenke man auch: Den Begriff Neonazi haben die BRD-Behörden geschaffen und nicht etwa die als Neonazis bezeichneten Menschen.
Warum ist wohl diese Verniedlichung notwendig für die BRDScheindemokratie?

Hexenjagd 1950er, damit hatte ja BRDMedien/BRDLiteratur rein gar nichts zu tun und Mitläufer in der BRDMedienLiteratur existieren gar nicht also gab es diese MitläuferMedienLiteraten gar nicht, hoppla.

Der Marxismus-Leninismus sagt uns:
Sicherheit = der Fetisch des Kapitalismus

Kleines Wörterbuch der Marxistisch-Leninistischen Philosophie, Dietz Verlag Berlin 1975:

Fetischismus =
ZITATFetischismus: Glaube an übernatürliche Eigenschaften bestimmter Gegenstände sowie deren Verehrung.

Alle Religionen sind von Elementen des F. durchsetzt, haben ihre heiligen Gegenstände und Reliquien, welche Unterschiede zwischen ihnen auch bestehen. Eine besondere Form des F., die sich in der kapitalistischen Gesellschaft entwickelt hat, ist der Waren-F., der von K. Marx im „ Kapital" untersucht wurde. Dieser besteht darin, daß die gesellschaftlichen Beziehungen der Menschen im kapitalistischen Produktionsprozeß als Verhältnis zwischen Sachen, speziell zwischen Waren, erscheinen, so daß die Waren als sinnliche Gegenstände zugleich übersinnliche Eigenschaften zu haben scheinen.ZITATENDE

Was haben wir uns drauf eingebildet! Was waren wir stolz darauf auf diese revolutionäre BRD-Erfindung, erstklassige Literatur nicht wie in unserer ganzen scheiß Vergangenheit nur mit teurer HartRückenBindung nur teuer einkaufen zu können, sondern mit viel billigerem Papp-Cover und viel billigerer Bindung nunmehr billig einkaufen zu können; was wir freilich nicht machten, weil Schulbücher vom Staat bezahlt werden mußten, und weil außer Schulbüchern neben wenigen unnormalen Menschen kein normaler Mensch auf dem Gymnasium irgendein Buch las. Und als man 1984/1985 auf die Uni kam, da war die Begeisterung groß: Paperbacks! Aber man kopierte dennoch das Buch zu 5Pfennig/pro Seite im Copyshop und sparte dann pro Buch, für das man 1Tag lang im copyshopp kopierte, 1,-WestMark Paperbacks, die fantastische Erfindung Westberlins und der BRD. Denkste! Paperbacks gab es in der DDR lange, bevor es die in der BRD gab. Dh=Barbarisierung der BRDBevölkerung und der Westberliner Bevölkerung : Eiserner Vorhang. Unter bb den Paperbacks damals im heißen Herbst 77 geliebt und begehrt die DDRLiteratur war an der FrankfurtMainer BRDMarcuse HorkheimerAdornoHabermasScheinKritischeTheorieRevolutionsUniversität nicht zu finden. Wie schön, hätte "Erst die Pflicht, dann das Vergnügen!" eine dem gottlosen BRDStaat zum Trotz Erzkatholikin seiende und bleibende ein Mensch der Pflichterfüllung während der BRD gottlosen Kultur Mutter damals diese Bücher lesen können. Kolesnikow, Beljajewa, Lipatow, Boris

Wassiljew. Sie hätte den DDR-Personalausweis geholt und hätte die BRD-Kennkarte dem BRDEinwohnermeldeamt zurückgegeben. Sie wäre aus der BRD ausgewandert und hätte die DDR-Staatsbürgerschaft angenommen und in den Müll mit der BRDStaatsbürgerschaft, oder sie hätte um ihre BRDKennkarte gar nicht so viel aufhebens gemacht, sie hätte die Karte in Brand gesteckt so wie man das mit den USAFahnen immer macht, sie hätte die Karte in Brand gesteckt, das macht man ja mit Müll. Aber das war ja alles illusorisch mit 4 Kindern am Bein. Naja, 1983 war ich jüngster 18, da hätte sie ja abhauen können, War ja alles illusorisch. Sie hatte in Pflichterfüllung sich ihr Leben in Dreieichenhain aufgebaut und innerhalb von 3Jahrzehnten ! 4 !gesunde Kinder bis ins ErwachsenenAlter großgezogen, als Alleinerziehende, wie man so großspurig sagt, davon hatte sie aber nichts, wo sich ihr Ehemann niemals blicken ließ und sie mit den Kindern und allen Sorgen alleine ließ. Alexander Puschkin fandse gut. Ich frag mich, wo die den herkannte, der war doch vollkommen unbekannt in der BRD.

Alexander Puschkin: Die Hauptmannstochter

Jaïk = der GrenzFluß zwischen Asien und Europa.
Orenburg ist in Europa 1770 die GouvernementHauptstadt eines mehrheitlich Asiatischen Gebietes, dh ein Teil WestSibiriens nämlich am SüdUralGebirge, eine Russische Provinz. Der Aufstand entfacht sich woanders.
Als Wessi habe ich vor der Lektüre 2015 keine Ahnung über die Sowjetunion gehabt, keine Ahnung über die Geschichte der einzelnen Sowjetrepubliken. Die Gouvernements Ufa und Kasan, heute Baschkortistan und Tartastan, bei Pugatschow nur sekundär, hier wie folgt in kurzen Daten, - während primär Orenburg der Dreh- und Angelpunkt der RomanHandlung sowie mEs des gesamten PugatschowAufstandes ist, an dem, obwohl die Entscheidungsschlachten woanders waren, sich nämlich der Erfolg des Aufstandes brach, von Pugatschow erobert wurde diese Festung niemals - , Die beiden WolgaRepubliken Baschkortostan 142.947 km² und Tatarstan 67.847 km²Fläche(= fast 3einhalb mal 20.000 km² Hessen in der AltBRD) haben zusammen Fläche =84% von AltBRD=210.000 km², Einwohner=13,33% von AltBRD dh 8Mio=38/km²; zum Vergleich AltBRD=250.000 km² = 60Mio Einwohner=240/km²
Zum geschichtlichen Hintergrund gehört:
Kasan, das Tatarische Gouvernement Westlich von Ufa und Südlich von Moskau hat eine weitgehend erfolglose Christianisierung, dh die Muslime sind Muslime geblieben, im Unterschied zu Tatarischen Sprachinseln in Form

einzelner Dörfer in entlegeneren Regionen zB am Ob in Sibirien, wo die Christianisierung noch vor der Revolution abgeschlossen war und Tatarische Bevölkerung die Tatarische Sprache vergessen hatte. Nicht so im Tatarischen Kernland Kasan. Die Tatarische Sprache ist mit der Baschkirischen Sprache teilweise identisch bzw verwandt, bei Puschkin lesen wir: Baschkiren sprechen die Tatarische Sprache. In den ehemaligen beiden Gouvernements Ufa und Kasan sind von insgesamt 8Mio Einwohnern 2010 zu 40% die Bevölkerung Russen. Baschkortistan auch genannt Baschkirien dh das vormalige Gouvernement Ufa dh die vormalige Baschkirische ASSR ist heute Rußlands muslimische bevölkerungsreichste und flächengrößte Teilrepublik. Jeweils ein Teil der Baschkiren und Tataren streiten über die Definition der Volkszugehörigkeit, die aus der jeweiligen Sicht nicht zutreffend sei sondern von der einen wie der anderen Seite politisch ausgenutzt werde. Tataren stellen in Baschkirien 25% der Bevölkerung. Baschkiren des Gouvernement Ufa sind Muslime, und sind beheimatet in Europa zwischen im Osten UralGebirge und im SüdWesten Tatarstan= das ehemalige Gouvernement Kasan, und im NordWesten dem Gebiet des Mittelalterlichen KernRußlands. Typisch für BRDMedien ist mit der Leugnung Iwans des Schrecklichen 1550 die Leugnung Moslemischer Bevölkerung in Europa und zwar in Ufa und Kasan zentral an der Grenze zum Mittelalterlichen KernRussland. Ungelogen gab es auch im Gouvernement Ufa wie nicht minder im Gouvernement Kasan Ausbeutung durch Großgrundbesitzer abgesegnet durch die Kirche, wie dies im 17.-19.Jahrhundert auch für Mitteleuropa zB Galizien in Polen und sogar WestEuropa und Amerika gilt. BRDMedien zudem haben stets dh bis heute damit gearbeitet, zu suggerieren dh Propaganda zu verbreiten, daß Religion und die "bösen" Moslems Gewalt schüren bzw der Motor und das Hindernis für Frieden im Lande und Frieden in der Welt seien. Im Gouvernement Ufa hat das niemals eine Rolle gespielt: im gegenteil: derjenige Teil der baschkirischen Muslime dh der Bevölkerung, der auf die Seite Pugatschows ging, scherte sich kein bißchen darum, daß Pugatschow wie die Kosaken Christ war, wenn sie doch mit diesen Kriegspartnern zusammen einen Krieg gewinnen zu können meinten. Und auch im Umkehrschluß hat der Unterschied Muslime/Christen keine Rolle gespielt im Gouvernement Ufa, die Christianisierung ist fast vollständig erfolglos geblieben, die Integration bzw die Ausbeutung wurde auf ganz anderem Felde gespielt. Hetze gegen "böse" Moslems, das haben BRDMedien im Militärischen Schulterschluß dh an der Front mit der jüdischen entity im Nahen Osten in den 1970ern stets und dann und immer nur dann gemacht, wenn Bestechungsmittel nicht fruchteten und dem Widerstand nicht beizukommen war: dann wurde dämonisiert auf Deiwel komm raus: Der "böse" Khomeini, die "böse" Hezbollah, die "böse" Fatah, die "böse" Hamas, der "böse" Rais Ägyptens Gamal Abdel Nasser, hoppla: der war doch gar nicht Fundamentalist, ganz im Gegenteil .., deswegen wurde er ja auch ganz schnell gestorben, er paßte einfach nicht rein in die BRDKriegsHetze wir erinnern uns Vietnam, der Rais ist genauso wenig Fundamentalist wie Abu Ammar, BRDMedien in Schockreaktion auf die gegen die Kapitalistische Kolonialistische Ausbeutung des Schahs gerichtete Religiöse Notwehr des Iranischen Volkes bauten aber mühsam Fundamentalismus mittels USFundamentalismus im Nahen Osten und dem Rest der Welt auf, weil mit Fundamentalismus als Beweggrund für Militärische Gegenmaßnahmen zB der Bundeswehr, der GroßBRDischen Armee seit 4.Oktober 1990, Bevölkerungsmassen zuhause zB Westberlin aber auch BRD eher zum Schweigen gebracht werden als ohne Fundamentalismus. Nicht umsonst hatten Westberlin und die BRD am Staatsgründungsfeiertag 1949 bis heute 2016 den Eisernen Vorhang hochgezogen.

Kosaken als beheimatet in des Mittelalterlichen ZentralRußlands Südöstlichen und Südlichen Randgebieten sowie als Entdecker und Eroberer Sibiriens sind im Russischen Zaristischen Adel integrierter dh fester Bestandteil des Russischen Zarenreiches. Die bis in die heutigen Tage 2016 in der BRD wikipedia behauptete These, ein hauptsächlich auf Kosaken gestützter PugatschowAufstand habe die Abschaffung des Adels zum Ziel gehabt, muß mEs als haltlos gewertet werden.
Die SpätMittelalterliche und FrühNeuzeitliche Europäische Großmacht PolenLitauen hat in ihrem SüdTeil am Schwarzen Meer Rechtsfreien Raum, der nach und nach vom Ottoman Empire als Einflußsphäre geschätzt und schließlich teilweise erobert wird. Polnische Herrschaft und RömischKatholische Herrschaft sichern offiziell die Leibeigenschaft in der Südhälfte des PolenLitauenTerritoriums. Daß ein Rechtsfreier Raum entstanden ist, der vom Moslemischen Ottoman Empire beansprucht wird, reizt unter der Leibeigenschaft leidende Bevölkerung, so daß viele Deutsche, viele Ukrainer und viele Russen dh insgesamt viele Christen aus PolenLitauen und aus Rußland vor der Leibeigenschaft zu den Moslems in diesen Moslemisch Osmanische Einflußsphäre werdenden Rechtsfreien Raum flüchten, weil das Ottoman Empire keine Leibeigenschaft kennt, genauso wenig wie die auf Ottoman Territorium zB an der DonauMündung siedelnden Kosaken. Die Kosaken von Asowschem Meer über Odessa

Rumänien und Bulgarien werden sich aufspalten in jene, die sich endgültig für das Osmanische Reich entscheiden, und jene, die sich endgültig für Rußland entscheiden. Weil Moskau die Kosaken bis Katharina die Große als für Rußland unentbehrliche Armeen schätzengelernt hat, ist der Aufstieg in der Sozialen Hierarchie für Kosaken in Rußand mehr gegeben als im Osmanischen Reich, wo die Kosaken zwar Tribut leisten und vielleicht manche Armeedienste, jedoch nicht als 100%ig verläßlich gelten.
1577 am Terek in Kaukasus wird ein Kosakenheer gegründet. Die Kosaken erobern das Khanat Sibirien. Deswegen haben die Kosaken eine vorrangige Stellung in Moskau. Die Kosaken sind grundsätzlich orthodox, deswegen grundsätzlich gegen die katholischen Großgrundbesitzer Polens. Nicht Moskau hat Sibirien erobert, sondern die Kosaken haben Sibirien erobert und zivilisiert dh den Orthodoxen Glauben dort 1599/1600 verankert mit vielen Städtegründungen wie Tobolsk. 1645 wird Amur und Sachalin von Kosaken entdeckt. 19.Jh=AmurBevölkerung=Kosaken, und=der Gouverneur kann von China das AmurGebiet für Rußland erwerben auf diplomatischem Wege= dh ohne Krieg. 1648 entdeckt ein Kosake die AnadyrMündung in den Pazifik sowie die Wasserstraße zum Amerikanischen Kontinent. Ein Kosake entdeckt und erforscht Kamtschatka und die Kurilen 1697-1699.
Zur Zeit der Englischen Kolonien wenige Jahre vor dem, was 1776 USA werden wird, sind neben Rußland die OstEuropa Erobernden Europäischen Großmächte zur Zeit Friedrich des Großen und des Grafen Münnich: Türkei: die DonauMündung ist von Kosaken besiedeltes Osmanisches Territorium, Österreich's Macht geht von Rumänien bis zu dem von der Polnischen Oberschicht regierten Galizien, Sachsen: August der Starke war König von Polen, Preußen hat das reiche Schlesien Österreich abgenommen, Schweden war im 30jährigen Krieg allgegenwärtige Kriegsmacht in Deutschen Landen und dehnte sich auf Russisches Territorium aus dh Schweden dehnte sich aus auf alle Anrainer der Ostsee von Finnland, Rußland, Baltische Länder bis Dänemark.
Rußland ist also nicht, wie BRDMedien unter anderem in wikipedia der 2000er stets behauptet haben, der! böse und zwar einzige böse Eroberungsstaat sondern es gibt 5 andere, gegen die sich Rußland behaupten muß ..

1 Generation später mit Frankreich gibt es 6 weitere, sogar Frankreich ist auf den Geschmack gekommen und erobert einen Großteil Rußlands.

Kapiert habe ich indes mittlerweile folgendes: Im Augenblick, als sich

28Jährig nach einem 10Jährigen im Rahmen der an allen Enden Rußlands kämpfenden Russischen Armee stets erfolgreiche Soldat der Kosake Pugatschow zum KompanieChef aufgestiegen zum endgültigen Verlassen der Armee entschied, von strengem Drängen der Armee, wieder in die Armee zurückzukehren, nicht beeindrucken ließ sondern schließlich vor der ZurFrontWiederEinberufung flüchtete, da hatte er zwar längst im Laufe dieser 10Jahre das Prinzip erkannt, daß die Staatliche ZarinKatharinadieGroßeArmee zwar stetig diese und jene Erfolge einfuhr, und daß dabei aber 1. alle Soldaten schlecht bezahlt wurden und dementsprechend ohne große Motivation waren, und daß 2. die Kosaken mehr Rechte so zB auf ein Territorium ohne Russische Vorherrschaft beanspruchen durften, aber er hatte 1770 nicht erkannt:
, daß Kosakische Souveränität unter rein Kosakischer Herrschaft und unter 100%iger Ausschaltung der Russischen Herrschaft sogar im Kosakischen Kernland am Nordhang des KaukasusGebirges in dem den in das Kaspische Meer mündenden Fluss Terek umfassenden Gebiet mit der Russischen Regierung nicht zu machen war,

oder,

so kann man mEs freilich interpretieren: Pugatschow checkte mit den an den Terek flüchtenden Kosaken als Sollfehler einer Sache eines etwaigen Aufstandes die Sachlage, um mit dem zu erwartenden MißErfolg den Aufstand richtig anzufachen!

Genauso 2Jahre später:
so kann man mEs freilich interpretieren: Pugatschow checkte für die Gerichtliche Klage als Sollfehler einer Sache eines etwaigen Aufstandes die Sachlage, um mit dem zu erwartenden MißErfolg den Aufstand richtig anzufachen!

Was weiterhin als 1.) zu beachten ist, war mit den in dem seit 1770 und zwar ohne Pugatschows Leitung ursprünglich für die Errichtung eines eigenen dh ohne die Russische Oberherrschaft selbständigen KosakenTerritoriums über den Don gelangt an den TerekFluß flüchtenden Kosaken Pugatschow, außer daß er als KompanieChef vor dem ArmeeDienst flüchtete, für die Russischen Behörden noch eine unbekannte Größe. Jedoch nachdem der seit 1770 geflüchtete, verhaftete, wieder geflohene durch Rußland flüchtende

Pugatschov Anfang Januar 1772 schließlich wieder am Terek ankam, - innerhalb der folgenden eineinhalb Monate die "pro forma"-Leitung einer längst bestehenden Protestgruppe übernahm und dann für eine offizielle gerichtliche Klage gegen die Russische Herrschaft im Kosakengebiet unter falschem Namen nach St.Petersburg reiste, jedoch schon Mitte Februar enttarnt, verhaftet wurde, wieder flüchten konnte und das folgende Halbjahr mit der Hilfe von Staatsfeinden/Raskolniki im sicheren polnischen Grenzgebiet verbrachte - und erst bei seiner als AltGläubiger Heimkehrer mittels Visum ermöglichter Rückkehr in das TerekGebiet Herbst 1772 "de facto" die Leitung des JaïkKosakenAufstandes übernahm, von dem er angeblich offensichtlich höchstwahrscheinlich erst jetzt erfuhr,

so ist Pugatschow nun - zumal mit seiner Behauptung, Zar Peter III zu sein - an der Spitze des Aufstandes jetzt als militärische Bedrohung eine bekannte Größe für Russische Armee und Behörden.

Man hat mEs übereilt vorgeschlagen, den Erfolg des Aufstandes unter der Bauernbevölkerung auf Revolutionäre Flugblätter zurückzuführen, doch bezweifle ich das, und zwar deswegen, weil keiner außer der höchsten und reichsten Gesellschaftsschicht lesen und schreiben kann und zwar Gutsherren und die Popen sowie die höchsten Militärs. Daß Puschkin in seiner PugatschowDichtung Pugatschow als Analphabeten darstellt, könnte nur dann stimmen, wenn Pugatschow ein einfacher Bauer wäre; aber Pugatschow ist ein an mehreren Fronten erfolgreicher verdienter und folglich auf der KarriereLeiter bis zum KompanieChef emporgestiegener Soldat, dessen Klugheit sich mit der Klugheit des gesamten Russischen Kriegsministeriums mißt; deswegen, auch dann und sei es, der PugatschowAufstand habe sich auf eine immer zentrale und nicht schriftliche Verständigung geeinigt, gilt: ein jedoch angesichts teilweise sicherlich lesen und schreiben könnender zu den Aufständischen übergelaufener Soldaten als Chef des Aufstandes solch bestinformierter dh umfassend informierter nicht lesen und schreiben könnender Stratege wie Pugatschow ist kaum anzunehmen.

Dies für 1770 vorangestellt, muß für den Zeitpunkt 2 Jahre später folgendes festgestellt werden:
1772, als Pugatschow vor den Behörden flüchtete, da hatte er, der mit 17 ins Militär eintrat, nun 30jährig enttäuscht über den Mißerfolg bei der Rechtlichen Einforderung Politischer Rechte für die Kosaken und/oder enttäuscht darüber, bei diesem Versuch enttarnt und verhaftet worden zu sein,

längst im Laufe dieser 13Jahre im engsten Kontakt mit dem Russischen Militär und vertraut mittlerweile auch mit der Strafverfolgung durch die Russischen Behörden, das Prinzip erkannt, daß in Anbetracht des für Kosakische Belange nicht nutzbaren Russischen Gerichtswesens in der KosakenBevölkerung Südrußlands ein Potential=eine Möglichkeit bestand, die Zaristische Armee zumindest in von Kosaken bewohnten Gebieten auszuhebeln und an Ort und Stelle die Zaristische Herrschaft durch eine Kosakische Herrschaft zu ersetzen.

Die Russische Armee errang im ganzen Jahr 1772 einen neben der erneuten Verhaftung Pugatschows nur vermeintlichen Sieg über die Aufständischen. Denn nicht viel später flieht Pugatschow erneut, und der Aufstand bricht dann erst in voller Stärke aus.

Was als 2.) zu beachten ist, hatte jedoch Pugatschov 1770 nicht bedacht, daß seit Anbeginn der nach Kosakischen Gebieten geführten Moskauer Eroberungsfeldzüge des 15.Jahrhunderts Kosakische Soldaten langsam zunehmend aber stetig zunehmend selbst zum Dienst für ZarenRußland und gegen Kosakischen Widerstand ausgenutzt wurden, indem die Moskauer Armee diese Kosakischen Soldaten integrierte, auf die sich die mit Peter dem Großen zur Petersburger Armee gewordene Russische Armee verließ, Kosakische Soldaten, die die Russische Armee integrierte und von 1400 bis 1770 bei allen Eroberungsfeldzügen, die sich vom Pazifik bis an die Machtbereiche der Türkei, Österreichs, Preußens und Schwedens in OstEuropa erstreckten, bevorzugte wahrscheinlich aus dem Grunde, weil es sonst keine gescheiten Soldaten gab. Pugatschow hatte möglicherweise alles bedacht nur nicht die Kosaken, auf die er sich verließ. Mit dem wesentlichen Anteil von jeweils immer nur regional an Ort und Stelle verwurzelten und zwar im Unterschied zu allen anderen dem Zarenreich eigenen NichtRussischen Völkern, in der Zaristischen Armee und in den Russischen Adel integrierten dh machtpolitisch mit Kosakischem Adel und dh mit Pfründen ausgestatteten Kosaken, die kein Interesse daran haben konnten, daß an den eigenen Stühlchen gesägt wird, in der von Pazifik bis Ostsee reichenden Russischen WeltmachtArmee war es 1772 nur eine Frage der Zeit, wann sich die Interessen der über das gesamte Russische Zarenreich verteilten Kosaken und entsprechend=respektive Kosakischer Bevölkerung, fraglos bei der Inanspruchnahme noch zu findender aufzubietender immer rücksichtsloserer dh fähiger Generäle in der Russischen Armee

(Michelsohnen), und die Interessen des sich zwar scheinbar bis unendlich als Kettenreaktion entwickelnden erfolgreichen ausschließlich aber nur von den JaïkKosaken bestimmten und geleiteten Aufstandes im äußersten Südzipfel des Territoriums zwischen UralGebirge und Wolga nicht mehr vereinen ließen, dh daß der JaïkKosaken Aufstand aus dem Grunde der NichtKompatibilität mit den Interessen von Kosaken in anderen Regionen Rußlands nicht mehr weitergeführt werden konnte, so daß sich der Aufstand wie ein Strohfeuer von selbst löschen würde.

Auf den Pfaden des Luchses von Tanja Mikschi
nenne ich als Beispiel für einen Historischen Roman.

Puschkin´s Die Hauptmannstochter (1836): ein Historischer Roman? Die Frage läßt sich beantworten, indem man Alexander Puschkin´s Histoire de la révolte de Pougatchev (1834) auf Richtigkeit prüft dh mit dem heutigen 2016 über die verschiedensprachigen aktuellen wikipedien greifbaren Wissensstand vergleicht und dann mit dem Roman vergleicht. Daß Puschkin bei seiner Abfassung von Die Hauptmannstochter 1836 auf seine Geschichtsschreibung von 1834 zurückgriff und sogar 60Jahre zurückliegende GeschichtsDaten für die Etablierte Petersburger von GottesGnadentum abgesegnete LiteraturSzene im Bemühen der Aufarbeitung tiefster Vergangenheit, unter schärfster Ausgrenzung sprich Zensur und Geheimdienste, in seinem Comeback niemandem auf die Zehen treten durfte und wollte und literarisch verarbeitete oder sogar veränderte, ist klar. Aber Historischer Roman? Zweifelsohne ist Alexander Puschkin mit diesem und vielen seiner anderen Werke der Wegbereiter des Realismus.

Der Historische Roman ist das weltweit schwierigste Genre in der gesamten Schöngeistigen Literatur. Wer sich an Produktion von Historischem Roman wagt,- und das machen leider viele, wie der heutige Buchhandel zeigt -, wird schnell als Scharlatan überführt. Das besagt nichts darüber, daß man seit Jahrhunderten bis heute im Buchhandel und seit dem II.Weltkrieg bis heute in Verfilmungen von Literatur dieses Buchhandels mit Scharlatanerie viel Geld verdienen kann, so war das wohl schon immer mit Scharlatanerie. Ganz anders Realismus: Alexander Puschkin: Die mächtigen Militärs werden gezeigt: Die Russischen und die Kosakischen. Die mächtigen Verbündeten werden geschildert: Kirgisen und Baschkiren. Der unterste Stand des gesamten Zarenreiches nämlich das Volk: die Bauern, kommt erstmals mit Puschkin auf die Bühne. Wenn auch nur sehr spärlich, aber immerhin. Und wie Puschkin dies macht, ist großartig: Man ahnt und fühlt die Bauernmassen. Vielleicht hat man ihm das übel genommen. Die Historische RomanDichtung gibt ein Realistisches Abbild eines ganz bestimmten Historischen Geschehens und liefert dies durch nicht einseitige sondern unparteiische Darstellung der Beweggründe der in der Handlung widerstreitenden Parteien. Die für den Historischen RomanProduzenten daraus fruchtende Parteinahme bzw Parteiischkeit für eine und nur diese eine Soziale dh Politische Geschichtliche=Historische Kraft, - sei es eine Person, ein Liebespaar, eine Gesellschaftsschicht, eine Politische Partei, ein Volk - , ähnelt frappierend dem Marxismus-Leninismus in der Philosophischen Parteinahme für das Proletariat und zwingt durch die zuvor vorurteilslos aufrichtig gesammelten Historischen Daten dh durch Aufrichtigkeit zur Parteinahme. Ich mußte 1996 in einen Ex-Sozialistischen Staat auswandern, um im Term/Begriff Adjektiv und Adverb "objektiv" den philosophisch Negativen Term zu begreifen, nachdem ich als Kind, Jugendlicher und Jungerwachsener in der Politischen Schulung meines Heimatlandes BRD ein ausschließliches samt und sonders Positivum verinnerlicht hatte;Anm.d.Verf. Diese Aufrichtigkeit fehlt bei dem BRDKapitalistischen Entertainment dienenden flachen oberflächlichen MilieuSchilderungen BRDStaatsweit gelobhudelter LiteraturPreisträger, die so ganz und gar den "objektiven" Politischen Bildungshorizont wiedergeben, der von den BRDZensurMedien eingebleut und dem schon von den 5.Klässlern in den BRDSchulen, - nicht daß diese 5.Klässler dies in der Schule gelernt hätten, sondern diese 5.Klässler haben schon 10 Jahre Kapitalistisches BRDKriegshetzePropagandaFernsehen hinter sich - , unseres diesen Landes gehorcht wird: Sozialismus ist Scheiße, der objektiv urteilende WestKapitalismus ist das NonPlusUltra: objektiv urteilen heißt die Devise, denn: objektiv urteilen heißt überhaupt nicht urteilen, meinungslos, alles gleichberechtigt darstellen, Kriminelle wie Theodor Heuß und die anderen ErmächtigungsgesetzUnterstützer werden bis heute 2016 von der BRD mehr geschützt als das Opfer: das Volk; mEs scheint es in unseren zivilisierten modernen WestKapitalistischen Staaten von heute zB BRD und USA und zwar über 10, 50 oder auch 100 oder auch mehr Jahre langfristig unfehlbar zu sein, daß die Zivilisierten Kapitalistischen WestStaaten nicht etwa nur nichts ändern wollen sondern ganz im Gegenteil davon leben und bis zum Sankt Nimmerleinstag davon nutznießen und nichts daran ändern wollen. Dies erinnert mich an eine meiner kostbarsten Erfahrungen mit der BRD dazumal, als ich noch studierte in AltBRD Frankfurt/Main 1993: Ich lernte in Frankfurt/Main Stadtrand über eine Bekanntschaft Bekannte kennen, wodurch ich wiederum Leute kennenlernte, und von denen ein Pärchen: der Typ Alkoholiker, die Frau besonders gepflegt und besonders aufgedackelt, nicht etwa ordinär sondern so, daß sie in jede Firmenleitung passen würde, wo sie tatsächlich auch ihrem 8StundenJob nachging. Nun erfuhr ich von einem der bekannten Bekannten, daß sie den Typ "eigentlich" verlassen will, daß sie sich das aber nicht traut, denn er sei gewalttätig und, wenn sie nicht spurt, dann kriegt sie was ab, sie habe schon Hilfe von FrauenBeratungsstellen bekommen, von den FrauenBeratungsstellen eine einzige Hilfe, und diese einzige Hilfe, die sie dort bekommen hatte, sah so aus, daß die für diese FrauenBeratungsstellen arbeitenden Frauen ihr den Rat gaben, sie solle einfach ne Anzeige machen, Anzeige, Polizei. Ich unterbrach und fragte:"Wo ist das Problem?" Da erklärte mir dieser Bekannte:"Es gibt kein Problem. Denn", so erklärte mir der Bekannte weiter, der Alkoholiker "hat seiner Freundin gedroht, sie totzuschlagen, wenn sie ihn anzeigt, und daß er sie finden würde, egal wo in der BRD, und dann Gnade ihr Gott!, da hat sie sich damit abgefunden, und deswegen trennt sie sich nicht von ihm, sie soll warten bis er an Altersschwäche stirbt, so war das wohl schon die letzten Jahrtausende vorher, du siehst ja, sie sind zusammen wie Mann und Frau." Da sah ich, daß von Männern mit Gewalt eingeschüchterte und mit Androhung von noch viel mehr Gewalt bis Morddrohung eingeschüchterte Frauen aus Angst dazumal keine Anzeige machten, damit "arbeitete"! dazumal der so fälschlich gepriesene BRDWestKapitalismus, die BRDGerichte schützten vor allem den durch Staatliche Duldung ungehindert Verbrechen begehenden Verbrecher, die BRDRechtsanwälte, die BRDGesetzgebung, den BRDStaat und die BRDPolizei, .., nur eben nicht das Opfer, der BRDStaat lehnte obendrein Verantwortung für diese von diesem BRDStaat ermöglichten=diese von diesem BRDStaat begangenen Verbrechen langfristig ab, das war 1993, das 2002 BRDGewaltHausverbotGesetz ändert daran nichts; gleichermaßen USA, wo alte Verbrechen durchaus nicht vergessen wurden sondern immer und immer wieder diskutiert wurden, wie Völkermord an einzelnen IndianerVölkern, im Sinne von "Bedauerlich, sehr bedauerlich, aber wir können ja nicht die United States verurteilen, wenn von Verbrechern Völkermord an IndianerVölkern betrieben worden ist!, das werden Sie sicherlich einsehen, nicht wahr, nicht wahr. Wie schon Jefferson sagte ..", wie Sklaverei, welcher Sklavenhändler oder die Rechtsnachfolger namhafter ehemals von Sklaverei nutznießender US-Wirtschaftsunternehmen siehe SüdStaaten ist jemals verurteilt worden? Welcher Rassistische US-Richter ist jemals verurteilt worden?, siehe USRechtsprechung und Vollstreckung der Todesstrafe 1900-1968: Todesstrafe bekamen die

Schwarzen, die Weißen Gefängnisstrafe wenn überhaupt, für ein und dasselbe Verbrechen; objektiv urteilen heißt überhaupt nicht urteilen und alles jedes Unrecht wunderbar gleichberechtigt akzeptieren, tolerieren, wir sind doch tolerant und müssen den IndustrieKapitalismus - diese Geißel der Menschheit - tolerieren, der gehört doch den armen Reichen, die sind doch arm dran, objektiv urteilen
.. nach dem neben vielem anderen von der BRD gutgeheißenen Völkermord in der Welt mit dem maßgeblich und wesentlich von BRD organisierten MassenMassaker an der Bolivianischen Regierung und Gewerkschaftlern zu Beginn der Olympischen Sommerspiele 1980 und mit dem staatlich von den BRDZensurMedien wie dem "Fernsehen der BRD" verordneten Boykott des Lutherjahres 1983 Untergang der BRD da predigten 1985 allen Ernstes Politikwissenschaftler/innen an BRDuniversitäten als Erfolg versprechend verkaufte zur Vernichtung der gesamten Erde und zur Vernichtung des DDR-Volkes und zur Vernichtung des BRD-Volkes taugliche Globale Kapitalistische AtomBombenKriegsSzenarien und dabei angeblich Erfolg versprechende Kapitalistische GesellschaftsTheorie bis zum Abkotzen, anstatt Revolution gegen den BRDKapitalismus zu machen und unter vielem anderen mit dem vom eigenen Kapitalistischen BRDStaat verübten Kapitalistischen MassenmordVerbrechen dh dem gegen Vietnam geführten USMedienKrieg des "Fernsehens der BRD" und mit den entsprechenden PropagandaJournalisten, RadioSendern, FernsehSendern, Buchverlagen und Zeitungsverlagen aufzuräumen und nicht etwa nur ein paar Leute anzuklagen, wir wissen ja, wer in BRD und in Westberlin für den Amerikanischen Völkermord gehetzt hat, sondern an die Laterne mit diesem Gesindel!, objektiv urteilen ist mit dem USKrieg in Vietnam seit 1965 in WaffenStahl gegossene KampfDevise des BRDKapitalismus, der mehr Macht und Gewalt auf Kinder ausübt, als Eltern es jemals könnten ..
objektiv urteilen vollkommen frei und unabhängig und aus einer dennoch vom BRDKapitalistischen ZensurMedienBildungsGott - was ist mit Atheisten? Die zählen natürlich nicht. was ist mit Christen? Die zählen natürlich nicht. was ist mit Muslimen? Die zählen natürlich nicht - vorgegebenen 1 Optimalen Lösung diese 1 Lösung frei auswählen und nachbeten, was wiederum den unsäglichen BRDKapitalistischen von Berufs wegen Geschichtsfälschung und zwar in aller Öffentlichkeit betreibenden PolitikReportern gleicht, die meinungslos von sich geben, womit sie gestern gefüttert wurden, und was sie morgen wieder vergessen haben, entsprechend den Journalistischen Kapitalistischen Stammtischen im "Fernsehen der BRD". Das ist durchaus Realismus, denn es ist die Realität. Scharlatanerie

dagegen nutzt die Verkleidung, das Verstecken der Staatlichen Ausbeutung. Mit Puschkin aber haben wir in Einem: Realismus und Historischen Roman. Aufpassen!: Scharlatanerie verkleidet und verkauft sich als Realismus und Historischer Roman. Was ich sagen will ist: Historischer Roman ist etwas anderes: Der Produzent des Textes verinnerlicht zuerst die Fakten und dichtet dann; der Scharlatan dichtet zuerst und verputzt dann die Scharlatanerie mit einem Historischen Fakt oder auch zwein; der Unterschied ist klar.

Auch ist klar, daß Puschkin Fehler und/oder SollFehler machte, die nicht verständlich sind: so setzt er als Beginn der Handlung bei Ankunft Petruschas in Belogorskaja - man beachte die drollige Namenswahl Puschkins für das winterliche Dorf Belogorskaja zu deutsch: Weißenberg, man stelle sich vor, daß das Zarenreich im Winter vom Pazifik bis zur Ostsee sowieso und zumal aus unzähligen! Dörfern mit dem Aussehen eines Weißenbergs besteht - den Winter=Anfang Oktober 1773, dann läßt Puschkin eine Liebe entstehen, einen bis ins Letzte führenden Eifersuchtskampf sprich Duell, dann, daß ein Unbekannter den 400-500km entfernten Vater Petruschas ohne SMS, Telefon und email sondern mit Post per Pferdekutsche informiert, und das mehrwöchige Auskurieren des bettlägerig Verletzten, sowie einen Briefwechsel des Dieners mit dem Gutsherrn, und dann beginnt die aufregende Handlung mit dem Überfall Pugatschows auf Belogorskaja, den Puschkin Anfang Oktober ansetzt, zumindest wirkt es so. Es fehlen Zeitbestimmungen zum Ordnen der Abfolge der Handlungen; man kann dies auch positiv verstehen, indem die Leserschaft zwischen den Zeilen liest und begreift, daß die Handlung zu ein und demselben Moment im Herbst 1773 stattfindet, was also auch bezeichnet werden kann als ein besonders guter Stil, die Absätze- und KapitelZusammenfügung zu einem Historischen Bild die Leserschaft selber machen zu lassen. Es fehlt die Rolle der Frau in der von Puschkin so vielfältig gezeichneten zerrissenen Gesellschaft, wo ist die Frau? Von Puschkin ein Fehler oder ein SollFehler? Puschkin zeigt gnadenlos die Wetterwendigkeit der so stolzgebrüsteten Kosaken und Russen in der Zaristischen Armee. Das dürfte so manchem in Petersburg nicht gefallen haben. Zumal hat Puschkin in der Einleitung und später inmitten des Krieges den General in Orenburg neutral bis gar deutlich positiv gezeichnet, von irgendwas Unsympathischen keine Spur. Heutige 2016 Französische wikipedia indes schreibt über diesen General ZITAT"détestable"ZITATENDE =abscheulich, da sieht man, wie Puschkin selbst heute ganzen Staaten wie der Frankreich repräsentierenden wikipedia ganz und gar nicht gefällt. Das Zeitgemälde der VersRoman Eugen Onegin (1823-1830) ist Realismus und Puschkins Hauptwerk. Der Literaturkritiker Belinski nennt den späteren Roman Die Hauptmannstochter einen "Onegin in Prosa", hier gelingt Puschkin die überzeugende Nachgestaltung einer wichtigen Historischen Periode Rußlands mittels Realismus: Puschkin hat sich bewußt zwischen alle Stühle gesetzt, um ein unabhängiges Realistisches Bild und somit den Realismus zu zeichnen, er hat die massiven Schwächen beider Kriegsseiten gezeigt, niemand kann Puschkin vorwerfen, er habe mit dem Literarischen Establishment in Petersburg kokettiert. Und genau das macht ein Historischer Roman aus: Viel Feind, viel Ehr! Er hat nicht viele Freunde, weil er gut ist, und weil niemand der Mächtigen ihn mag. Scharlatanerie hat viele Freunde, und alle Mächtigen lieben Scharlatanerie, denn Scharlatanerie kann den Mächtigen niemals gefährlich werden.

Kann man dem im Aufstandskrieg - außer der Vergewaltigungsgefahr Maschas bei Pugatschow in Belogorskaja, ein Festungsdorf mit nur männlicher Bevölkerung? wohl kaum - , Vergewaltigung von Frauen grundsätzlich nicht nennenden und mEs somit mit diesem UnaufrichtigkeitsMakel belasteten Puschkin in "Die Hauptmannstochter" glauben, wenn er eindeutig und unzweifelbar dh unstrittig ein negatives Bild zeichnet der PugatschovTruppen als grausame HalbWilde, die sich unter keine Moderne Russische Herrschaft zwingen lassen? Ich würde sagen: Ja. Auch würde ich sagen, daß erfolgreiche Soldaten immer grausam sind und den Feind nicht am Leben lassen. Zur Abrundung dieses Kosaken Bildes siehe das 1891 Gemälde von Repin Die Saporoger Kosaken schreiben dem türkischen Sultan einen Brief.

Zur von Katharina der Großen vorsichtig aber grundsätzlich und entschieden durchgeführten Weiterführung der von bereits vorherigen Zaren stammenden MachtPolitischen Aufwertung und Integrierung der NichtRussischen Völker wie zB der Kosaken

, - obwohl deutsche französische und englische wikipedia 2.11.2016 (entgegen, wie ich die erfahrung einige Jahre früher machte, der unter Aussparung aller positiven Daten eindeutig negativen Darstellung Katharina IIs, eine deutliche Verbesserung der DatenDarstellung erreicht hat,) Geschichte verfälschend so tut, als hätte Katharina die Große diese 15.Jahrhundert begonnene Aufwertung und 15.Jahrhundert begonnene Integrierung erfunden, eine These, die ja Unsinn ist - ,

nahm Pugatschov keine Notiz sondern nutzte die Gelegenheit des Augenblicks
- die Kosaken tendierten grundsätzlich zu einer Lossagung von Moskauer und Petersburger Herrschaft in den ursprünglich zu 100% ausschließlich von Kosaken bewohnten Gebieten.
Daß sich Pugatschow diesen Kosaken anschließen würde, barg für Pugatschow keine große Gefahr -

und setzte dem dasgleiche Mittel entgegen: er sorgte in dem höchstwahrscheinlich erst nach der teilweise erfolgreichen 1772 Niederschlagung des ohne Pugatschow längst begonnenen Kosakenaufstandes durch die Russische Armee erst ab Herbst 1772 nunmehr von ihm geleiteten Aufstand

- feindliche ArmeeChefs dh alle Offiziere und alle höheren Militärs wurden sofort liquidiert, die Soldatenmassen wurden in dem einen wie dem anderen nunmehr zum Rechtsfreien Raum gewordenen ehemaligen Kriegsschauplatz zum Überlaufen zur Kosakischen Herrschaft gezwungen bzw angeworben, was nicht besonders schwer scheinen mochte; selbst Puschkin, der eine wie gesagt eindeutige negative Zeichnung der AufstandsTruppen liefert, kritisiert noch viel stärker die Petersburger ZarinRussische Herrschaft selbst, eine Staatliche Russische Armee, deren Zugehörige Militärs beim kleinsten Wink ins feindliche Lager desertieren siehe Urjadnik, siehe Schwabrin, siehe die in die Zaristische Armee integrierten Kosaken, die beim kleinsten Wink der Moskauer bzw Petersburger Herrschaft in Orenburg/Moskau/Petersburg in den Rücken fallen -

für die großzügige Integrierung und zugleich wenn auch wohl gezwungenermaßen für die MachtPolitische Aufwertung der eroberten Bevölkerungen unter einer Kosakischen Herrschaft.

PugatschowAufstand ist mEs ein BlitzKrieg-Kommando, das nicht mal so eben nur von einem einzigen Menschen ausgedacht, geleitet und durchgeführt werden kann, weil bei allen Kriegen bzw allen einzelnen Kriegsschlachten des PugatschowAufstandes an allen Fronten Eroberung feindlichen Territoriums in erstaunenswert kurzer Abfolge gelingt.

Kann eine Sozialistische Revolution erfolgen?
Kann der Adel abgeschafft werden?

Kann die Leibeigenschaft abgeschafft werden?
Kann eine Bürgerliche Revolution gegen Petersburg erfolgen?
Die Voraussetzungen dafür waren in keiner Weise gegeben.

Wäre die Leibeigenschaft in dem PugatschowTerritorium abgeschafft worden? Teilweise in manchen Regionen möglich oder höchstwahrscheinlich, jedoch in der Masse des Pugatschowschen Territoriums angesichts eines hochausgebildeten OffiziersKollektivs aus Regionalen Herrschern, die in einem Europa der Leibeigenschaft alle nur eine Staatsform der Leibeigenschaft kennen und von einer solchen bisher immer nutzgenießt haben, mEs sicher nicht.
Auch wenn der 10Jahre vorher nach dem Staatsstreich 1762 an die Macht gekommene und später von Petersburg beseitigte BRDMedienTypisch glorifizierte Zar Peter III das angeblich vorgehabt hatte.

Die mEs im Internet zB wikipedia ganz und gar nicht beleuchtete Möglichkeit, Pugatschow sei nur ein Strohmann für ein über große Regionen weitverzweigtes OffiziersKollektiv mit diesem OffiziersKollektiv unterstehenden von Pugatschow in keiner Weise kontrollierbaren bestausgebildeten Soldaten mit einem beachtlichen Fundus an modernen Waffen, und habe stets in der Gefahr geschwebt, von diesem OffiziersKollektiv bei jeder Gelegenheit abgesetzt oder noch krasser einfach dem Feind gegen ein Lösegeld von "100 Rubel" ausgeliefert zu werden, ist mEs nicht ganz einfach von der Hand zu weisen. Die immer und scheinbar überall zu Solidarität gegen die Russische LeibeigenschaftsRegierung bereiten Bauernbevölkerungsmassen sind ein stets und niemals versiegender verfügbarer Vorrat an Frontkämpfern zweifelsohne; hatten aber in der Militärischen Entscheidungsfindung und MachtPolitik der PugatschowRevolution niemals irgendeine Macht. Auch angesichts beträchtlicher Anzahl von der Zaristischen Armee desertierter und zu Pugatschow übergelaufener Soldaten gilt: Die Macht in der PugatschowArmee hatten die bestausgebildeten Soldaten, und von denen die besten: die Offiziere.

Geschickt den Moment des Zusammenbrechens der Russischen Herrschaft ausnutzend aber, ehe die Russische Armee einen Gegenschlag organisieren könnte, auch gezwungenermaßen wendete sich die Kosakische Armee gleich zur nächsten zu erobernden Russischen Festung, Erfolg folgt auf Erfolg usw
Es gibt aber zwischen Pazifik und Donau an einer Revolution völlig

desinteressierte weil vorzüglich mit Pfründen und Macht ausgestattete Kosakenbevölkerungen im Russischen Territorium, bei denen er nicht auf Kosakische Unterstützung hoffen kann. Zumal ist das SichVerlassen auf "seine" Kosaken in Kosakischen Gebieten auch ambivalent=zweideutig, weil die in Osteuropa dh dem heutigen Baschkirien und in SüdRußland dh dem heutigen Kasachstan sich 100%ig hinter den Aufständischen Kosaken scharenden Kirgisen und Baschkiren im Moment die Kosakischen Interessen teilen, aber eben nicht langfristig teilen können sondern langfristig eigene Interessen haben müssen und deswegen auf lange Sicht keine Sicherheit für die AufstandKosaken bieten können sondern eher eine nicht zu kalkulierbare Gefahr für Pugatschow, so daß sich der Aufstand in Hinsicht auf die Aufständischen Kosaken auf JaïkKosakisches Gebiet reduziert und das Aufstandsgebiet langfristig nicht auf Kirgisen und Baschkiren hoffen kann. Pugatschow kann sich ausschließlich auf "seine" unter anderem auf das Gebiet des TerekFlußes fixierten JaïkKosaken verlassen, die ihn zum Chef gewählt haben. Jedoch die KatharinadieGroßeZarinRußlandweite KosakenSolidarität erweist sich langfristig als ein Trugschluß, weil mit der Russischen Herrschaft arrangierte Kosakische Bevölkerungsteile nicht hinter Pugatschow stehen sondern den Aufstand infiltrieren und seinerseits aushebeln können. Pugatschow kann sich ausschließlich nur auf die Kosaken verlassen? Noch nicht mal das. Bedenken wir, daß wir mit dem Aufstand von keiner ganzen Epoche 25 Jahre oder ähnlich langfristigen Periode sprechen sondern bei Heimkehr von einem Versteck im polnischen Grenzgebiet Herbst 1772 bis Pugatschows Hinrichtung 10.Januar 1775 in der Historie nur von einem Moment, zu dessen Beginn Herbst 1772 die zu Aufstand neigenden JaïkKosaken längst einen Aufstand gegen die Russische Herrschaft entfacht hatten und damit den auf permanenter Flucht vor den Russischen Behörden befindlichen Pugatschow überraschten, der höchstwahrscheinlich jetzt Herbst 1772 erst daran denkt, eine vorrangige Stellung bei den Aufständischen zu erreichen, die sich dann erst, also inmitten ihres Aufstandes, dazu entschließen, diesen alten verdienten Militär sprich KompanieChef der ZarinArmee Pugatschow zum Chef zu wählen, mit dem gerade in sehr kurzer Zeit die im fern jeglicher Moderner Russischer Zivilisation vor kurzem noch Kriegsgebiet errichteten langfristig konzipierten Russischen Festungen erobert werden, - nicht so Orenburg, starke Militärfestung aber im grunde eine sehr kleine Kleinstadt, wie das Internet schreibt: 3000 Einwohner inklusive 1500 Soldaten; der Stadtname ist einerseits Orjen zu Orient=Osten, die Ost-Stadt, sage ich als RussischAnfangsKursler, während andererseits das Internet 2 Varianten bietet: Namensursprung stammt von Orsk, einer vormals andererorts geplanten Stadt, die dann doch an der dieser Stelle erbauten Stadt den Namen gab: Orenburg, oder, wie unter den Einwohnern heute populär ist, zu erklären: Oren wie deutsch:Ohren, daß die Stadt als äußerster Horchposten Rußlands direkt an die Grenze zu Kirgisien gebaut wurde; von Pugatschow erobert werden kann es nicht, es wird lange belagert, aber nicht erobert dieses Orenburg, wo sich hinter starken Stadtmauern die Russische Bevölkerung verschanzt - , Historisch gesehen ist der PugatschowAufstand nur ein Moment: 2einhalb Jahre nach Beginn des Herbst 1772Aufstandes ist Pugatschow hingerichtet und Geschichte der Weltmacht ZarinRußlands/ZarenRußlands. Ein Moment, den Pugatschow nutzte, aber er bedachte nicht, daß langfristig nichts gegen die Weltmacht zu erreichen war.

Das diesseitige Jaïkufer reicht bis Leningrad das heutige Petersburg und Moskau sowie bis Simbirsk, genauer: das Gouvernement Simbirsk, wo Petruscha herkommt, indes das jenseitige Jaïkufer zeigt Kirgisische Steppen: die Winters weißen schneebedeckten Steppen Kirgisiens.
des Jaïk steile schneebedeckte Ufer kennzeichnen die TextHandlung im Gouvernement Orenburg,
Das aufständische Jaïkheer ist kaum 1 Jahr vorher integriert worden in die Russische Armee. Die Zuverlässigkeit der Kosaken ist 1773 aber immer noch zweifelhaft zu nennen. Pugatschow ist 1772 wegen Hochverrats verhaftet und dem Gericht überstellt worden. Könnte die Aufstandsbereitschaft der Bevölkerung wiederkehren und den Russischen MilitärFestungen und den Russischen Behörden in Orenburg wieder zur Gefahr werden? Sicherlich nicht.
Das ist die AusgangsSituation, als der Vater den 16Jährigen Sohn fürs Erwachsenwerden zum Wehrdienst zu einem Regiment nach Orenburg schickt.

S22: Jaïkkosak, S24 Jaïk-Heer, S56 Jaïksiedlungen
Müßig, den Leser, wo hier ja nicht der Platz ist, außer Frage stehendes Allgemeinwissen abzufragen, mit Allgemeinwissen zu behelligen, das sowieso keiner weiterer Erwähnung bedarf, die Thälmannstraße mit der SED einst KPD, die Feuerwehr in der Liebknechtstraße und die Puschkinstraße vom Platz der Befreiung bis runter zur Neiße zum Eisstadion im Stadtpark, das ist ein Begriff für die Görlitzer Bevölkerung, Puschkin. Die Puschkinstraßen, eine in jeder Stadt, sind ungezählt, der 2016 in der BRD

populäre Puschkin. Puschkins Kindheit ist 1812 während des Vaterländischen Krieges gegen Frankreich.
Alexander Puschkin Die Hauptmannstochter (1836), Berlin/DDR 1971 =

S 7: Petruscha Grinjow stellt sich und seine Familie vor, dh seine Eltern, seine Mutter Tochter eines armen Adligen, sein Vater unter Graf Münnich, - nachdem Münnich gemäß BRDwikipedia von Zar Peter I. in den Grafenstand erhoben wurde 1728, 1729 ist Graf Münnich Statthalter und Gouverneur von Petersburg, Münnich ist also nicht irgendwer;Anm.d.Verf - , verdienter Adliger Offizier, der, nachdem er aus dem Militär ausgeschieden war, heiratete, er ist Gutsherr, Petruschas 8 Geschwister sind alle im Säuglingsalter gestorben. Von klein auf bis jetzt betreute den Petruscha Reitknecht Saweljitsch.
S11: Den Adligen 16Jährigen Faulenzer Petruscha, dem es herrlich gefallen würde, in einem Regiment im mondänen Petersburg dem heutigen Leningrad weiter seiner Faulheit zu frönen, schickt sein Vater zu einem Regiment in Orenburg.
S12: EhreZITAT.. Sprichwort: Hüte dein Kleid, wenn es neu ist, und deine Ehre von Jugend auf.ZITATENDE
S13: Ganz zu Beginn seiner ((Zumal ist die ReiseStrecke in km genau zu berechnen per Längengrad auf Karte Simbirsk=18, Orenburg 25 =7 Längengrade, Nun ist 1 Längengrad=50km, Somit 7x50km=350km, Pro Tag 50km höchstens Reisegeschwindigkeit = Reise mindestens 7Tage plus HeimatDorf nach Simbirsk=1 Tag = mindestens 8 Tage,einbezogen der NordSüdUnterschied= 500km=mindestens 11Tage Und nicht etwa nur die beschriebenen 3Tage) von Elternhaus bis Belogorskaja sicher mehr als Surin, Kosakischer Bauer und Karlowitsch insgesamt 2 Tage dauernder sondern mit Auswahl der interessantesten und kurzen Teilabschnitte seiner sicher 1 oder 2 Wochen dauernden in Text auf 2Tage zusammengestutzten;Anm.d.Verf.) Weltreise in den von schneebedeckter Wüstensteppe geprägten Zivilisationslosen Süden wird Petruscha inmitten der Zivilisation Rußlands in Simbirsk, der Kreishauptstadt, noch in seiner Heimat ausgeraubt in der Höhe von 100Rubel (was ist der Rubel 1773 wert im Vergleich zu heute in Euro? Saweljitsch sagt: es ist ein Vermögen; an anderer Stelle sagt Puschkin, daß die Korruption zur Auslieferung Pugatschows das Vermögen von 100Rubel dem Zaristischen Staat wert ist, also sicher nicht 1Rubel 1772=1US Dollar von 2016; zum Preisvergleich der Währung, wie also der Rubel einzuschätzen ist, liefert Puschkin Saweljitschs kühndreiste KostenErstattungsForderung an Pugatschow für zerstörtes oder entwendetes

Eigentum, Kleidung dies und jenes= eindeutig soundsoviel Rubel, sehr gut; demzufolge ist aber auch klar, daß 100Rubel vergleichsweise ein geringer Betrag für die Beendigung eines Krieges ist;Anm.d.Verf.) von einem Billardspieler-Soldat namens Iwan Iwanowitsch Surin, der dem Petruscha beim SoldatWerden herzlich helfen will, Surin, ein ganz famos eindruckmachender Soldat, dem beim in Kriegspausen Einquartieren in fremden Dörfern das ewige Judenhauen zu langweilig ist, so daß er das Wirtshaus mit Alkohol und einem Billiardtisch über alles lobt, was die einzige Vernünftige Alternative für einen gestandenen Soldat sei, wie Surin erklärt, der ohne Scham den 16jährigen NichtAlkoholTrinker und Nochniemalsinseinem Leben BilliardSpieler Petruscha mit hilfe Verführung zum Saufgelage, beide geloben sich im Suff Freundschaft, über den Billiardtisch zieht,
S15: sich beim Kleinen Mann bereichern
aber Surin ist ja ein Freund, er will das Geld von Petruscha erst einen halben Tag später dh am nächsten Morgen,

Falscher Fuffziger, Räuber, Unmoralisch, Prinzipienloser Ausbeuter, Speichellecker, skrupelloses Schwein ein
nichtswürdiger ,..

Repräsentant der nichtswürdigen Feudalistischen Diktatur ein Abschaum von einem Vorbild für das Zarenreich
Stehaufmännel Die bereichern sich nicht bei den Reichen sondern beim Kleinen Mann. Das ist das Geniale: Das gesuchte Schimpfwort ist gleichermaßen ein ganz geläufiges Schimpfwort Mutters und gleichermaßen ein RealSozialistisches Schimpfwort gegen Kapitalistenschweine; Immer nach unten treten! Dh wen=? Die Schwachen dh Die Armen aussaugen, übertölpeln und nach mEs auch noch heute 2016 in der GroßBRD zB in Görlitz KapitalistenManier von sich abhängig machen, Genau das! ist die Männlichkeit Surins, man könnte im Umkehrschluß sagen: nicht viel dahinter,
das übliche Paradebeispiel eines Bauernfängers Iwan Iwanowitsch Surin

S28: Das Dorf hat eine Windmühle und einen Heuschober. Diese Russische Windmühle finde ich deswegen erwähnenswert, weil mEs Windmühle aus dem Kapitalistischen KapitalistenschweineGroßBRDVolksbewußtsein eines angeblich über den 4.Oktober 1990 hinaus weiterbestehenden Staates nunmehr gelöscht zu sein scheint, wenn man dem GroßBRDInternet glauben

darf, so als habe es trotz eines 1945 Windmühlenweges ohne Windmühle im Böhmischen Görlitz sowie im Deutschen Schlesien des Mittelalters niemals und zwar wegen der DeutschPolnischen Versöhnung 1990 auch nur 1 einzige Deutsche Windmühle gegeben;Anm.d.Verf.
S29: Kirche aus Holz und ein Glockenturm und eine Windmühle sind die Kennzeichen des Dörfchens. zu den das moslemische Kopftuch für Frauen und Mädchen als Weltweite Anti-KopftuchIdeologie problematisierenden deutschBRDstämmigen BRDdeutschBRDlerinnen und den deutschBRDstämmigen BRDdeutschBRDlern hier ein Zitat; Der 16jährige Gammler Petruscha kommt nicht etwa zum Regiment nach Petersburg sondern im Winter nach Orenburg, wie man im Deutschen so schön sagt: am A.. der W.., und zwar 40km entfernt von der prächtigen StadtFestung und GeneralsSitz Orenburg auf die Festung Belogorskaja, - ein der Russischen Armee angeschlossenes 50 oder wieviel? Kosakische Soldaten und 130 offizielle Russische Soldaten beherbergendes Dorf mit einer Kirche und einem Popen - , ein Dorf, mit einem Bretterzaun drumrum und das nennt sich Festung, nicht mehr als ein kleines Dorf, im Winter im Dorfe angekommen geht der junge Mann sofort zum Haus des Kommandanten, dh in den Vorraum/die Diele, hier ist der erste Mensch, den er sieht, ein Invalide, der eine Uniform ausbessernd einen Flicken aufnäht und der sagt, der Gast solle ruhig weiter hinein ins Haus gehen; das macht Petruscha: er geht weiter hinein ins Haus des Kommandanten, da herrscht ein rauher Ton, der Kommandant ist nicht da, das Regiment führt seine Ehefrau Wassilissa Jegorowna, die jeden Mann aber auch jeden Mann von jung bis alt "Väterchen" nennt, die Ehefrau, die als Einzige Autorität ausstrahlt, wobei die Autorität ihres Ehemannes sich auf die allesamt Langzöpfigen SoldatenInvaliden, die der Russischen Sprache nur begrenzt kundig sind und "links" von "rechts" noch nicht zu unterscheiden wissen, beschränkt, aber im Dorfe bei allem anderen, was sich nicht auf das Exerzieren bezieht, die Autorität ihres Ehemannes schlicht und ergreifend nicht im Dorfe vorhanden ist, hier die Schilderung von Wassilissa Jegorowna, dieser Frau:ZITATAm Fenster saß eine alte Frau in einer warmen Jacke und einem Tuch auf dem Kopf.ZITATENDE
Die Frau und ein in eine Offiziersuniform gekleideter Einäugiger alter Mann namens Iwan Ignatjitsch wickeln gemeinsam Garn auf. MEs ist damit wohl Wolle gemeint;Anm.d.Verf. Zudem ist eine häusliche gemütliche Heimischkeit geschildert, die so ganz und gar daraufhindeutet, daß die im Dorf stationierte Armee nicht viel zu tun hat. Bestätigt wird dies an anderer Stelle, wenn der Kommandant gezeigt wird, wie er die Soldaten exerzieren

läßt, die meisten im Dorf scheinen zu sagen: er könnte es auch sein lassen, das wär dann genauso sinnvoll.
S30: Belogorskaja ist auch so etwas wie eine Strafkolonie, Schwabrin ist wegen Mord und Totschlag dh konkret wegen Duellierens verurteilt und infolgedessen nach Belogorskaja versetzt worden.
Kosakenunteroffizier=Urjadnik, ein Urjadnik gehört zu den allerengsten Vertrauten des Kommandanten, das ist so zu verstehen, daß der in Belogorskaja herrschende hiesige Kommandant einen einzigen Kosaken und zwar als VerbindungsOffizier zu den Kosakischen Truppenteilen=großer %teil der Soldaten als seinen diesbezüglich engsten Vertrauten hält, somit wird aus Sicht des Kommandanten in seiner Festung Belogorskaja stets immer nur ein und derselbe Urjadnik namens Maximytsch verstanden.
  Auf die Frage zu Petruschas Unterkunft Wassilissa Jegorowna zum Urjadnik:ZITATBring Pjotr Andrejitsch zu Semjon Kusow. Der Halunke hat sein Pferd in meinen Gemüsegarten laufen lassen.ZITATENDE

Die Hauptmannstochter Marja Iwanowna kurz: Mascha und Petruscha verlieben sich.

S55: die deutsche Redewendung à la pugatsschowa bezeichnet von einem Kinde, einem Jugendlichen, einem JungErwachsenen 18jährigen und einem mehr als 18jährigen Erwachsenen zu verantwortende Unordnung in dem einer Räuberhöhle gleichenden ihm anvertrauten Wohnraum nämlich: drunter und drüber herrschendes Chaos;Anm.d.Verf. Der Pugatschow-Aufstand : eine für Petersburg strategische Katastrophe: Belogorskaja am Rande Kirgisiens ist doch nicht so abgelegen und ruhig wie zuerst vermutet. Puschkin schildert für unsere Handlung mit dem Gammler 1773, daß mit anderen Regionen auch diese Region erst vor kurzem an die Russische Monarchie gekommen, folglich von verläßlichen Zarentreuen KosakenTruppen gesichert worden war aber trotz der Beteuerungen der Bevölkerung des hinzugewonnenen Territoriums, die die Herrschaft der Monarchie anerkannt hatte, Teil des Aufstandsgebietes geworden war, während sich gegen die Zarin ein Teil der Zarintreuen Kosakentruppen Pugatschow angeschlossen hatte, der Grund für den Aufstand sei der Russische Generalmajor Traubenberg, der 1772 hartes Vorgehen gegen Staatsfeinde befohlen hatte, Traubenberg sei draufhin bestialisch ermordet worden; der Aufstand wurde niedergeschlagen, ZITATDas hatte sich kurz vor meinem Eintreffen in der Festung Belogorskaja begeben. Alles war schon ruhig oder schien so; die Regierung hatte der scheinbaren Reue der hinterlistigen Aufrührer zu leicht Glauben geschenktZITATENDE.

S56: Nunmehr ist es bereits 1773 Oktoberanfang. Geheimer Einsatzbefehl: Der Raskolnik und Donkosak Pugatschow ist ausgebrochen und hat mit seiner RäuberArmee manche Ländereien mit Raub, Mord und Vernichtung Russischer MilitärFestungen dem Zarenreich wieder abgenommen, 1. die Festung Belogarskaja ist zu halten, den Raubzügen Pugatschows ist Einhalt zu gebieten, und 2.Pugatschow ist festzunehmen, er gilt als Staatsfeind, tot oder lebendig.

S57: aus dem Grunde einer gegenüber seiner Ehefrau geheimzuhaltenden Einsatzbesprechung schickt mit einem Trick der Kommandant seine Ehefrau und seine Tochter zum Popen Gerassim und dessen EheFrau, die hätten was zu klären.

S58: KommandantenEhefrau und Tochter kommen unverrichteterdinge wieder vom Popen und dessen Ehefrau zurück mit dem Ergebnis, daß es überhaupt nichts Neues gab. Wassilissa Jegorowna versucht nun, herauszubekommen, was ihr Mann ihr verheimlicht.

S59: Dem Iwan Ignatjitsch kitzelt sie aber das Geheimnis heraus. Wassilissa Jegorowna verspricht dem Iwan Ignatjitsch, niemandem ewas zu erzählen. Das macht auch Wassilissa Jegorowna, sie erzählt es einzig der Ehefrau des Popen; nach Kürze weiß es ganz Belogorskaja. Puschkin zeigt, daß in 60km Entfernung die Zarintreuen Baschkiren von einer fremden Streitmacht sprechen aber nichts genaues wüßten, außerdem daß die Kosakischen Zarintruppen immer unverläßlicher würden.

S60: Der Kalmückische Christ Julai zeigt den ZarinKosaken Urjadnik aus der engsten Nähe des Kommandanten an, der Urjadnik halte geheime Gespräche mit Pugatschow, daraufhin Urjadnik in Haft, und Julai auf seinen Posten, aber die ihm nun unterstehenden Kosaken wollen das nicht und murren. Immer gefährlicher ist die Situation geworden, der Kommandant will nun, wohl auch jetzt mit seiner Tochter, seine Ehefrau erneut mit einem Trick durchs Dorf zum PopenEhepaar entfernen, sie weigert sich aber.

S61: Ehefrau verträgt Folter eines gefaßten Spions nicht.
Vor der Folter verläßt Ehefrau mit Tochter das Haus.
Ein gefaßter Baschkirischer PugatschowSpion, durch vor langer Zeit entfernte Nase und Ohren entstellt, soll gefoltert werden, die Ehefrau des Kommandanten verläßt vorher schnell das Haus. Was mEs unstimmig ist, ein Fehler Puschkins? : zwei
VerständnisMöglichkeiten/InterpretationsMöglichkeiten: erstens entweder : die Ehefrau ist doch nicht so hart gesotten, so daß sie dem für die Angeklagten und die Richter normalen FolterGebrülle nicht zuhören kann:

543

also *kein Widerspruch* !, weil das eine mit dem anderen nichts zu tun hat, zweitens oder: die Ehefrau als nicht so hart gesotten darzustellen und eben nicht der allgemein gängigen Ansicht der Bevölkerung, daß Folter was ganz Normales in der Rechtssprechung ist, zu entsprechen, wo doch Puschkin zeigt, daß die Ehefrau des Kommandanten mit allen Härten des Kriegswesens genauso vertraut ist wie ihr Ehemann, ergänzt Puschkin mit dem Aussparen einer zusätzlichen Erklärung hierfür steigert dadurch die Spannung, wo doch Richter und Angeklagte Folter normal finden *also Widerspruch* !, weil das eine ohne das andere nicht verständlich sei; Anm.d.Verf.

S62: Puschkin weist in entschiedenstem Widerspruch zur JetztZeit zur 1836 Abfassung/Veröffentlichung seines Werkes, wo nun Folter selbstverständlich im krassesten Widerspruch zum Voltaire etc Modernen Aufgeklärten Volksbewußtsein Rußlands zweifelsohne geächtet sei, daraufhin, daß, was den modernen aufgeklärten Menschen im Rußland von heute 1836 völlig unglaubwürdig muten muß, zur Zeit der von Puschkin beschriebenen Handlung dh zu dieser Zeit 1772/1773 trotz offizieller Abschaffung der Folter niemand weder die Richter noch die Angeklagten die Rechtmäßigkeit der Folter zum Erbringen von Geständnissen = der Wahrheit bezweifelten.

S63: Der Russische Kommandant, als man ihm einen gerade verhafteten Verdächtigen vorführt, erkennt in dem durch abgeschnittene Nase und Ohren entstellten Baschkiren einen Aufrührer, der vor 30Jahren mit dieser Strafe gekennzeichnet wurde, und fordert auszupacken, der Baschkire jedoch weigert sich, zu sprechen. Julai fordert ihn in Tatarischer Sprache auf, da auch keine Antwort.

Als der Kommandant das Auspeitschen befiehlt, öffnet der Baschkire den Mund, und, wie sie nun merken, ist auch seine Zunge abgeschnitten, der Kommandant, - vor 40Jahren ins Regiment in Orenburg gekommen und von dort nach 20Jahren also in der Gegenwart vor 20Jahren nach Belogorskaja versetzt;Anm.d.Verf. - , schickt den Baschkiren wieder weg.

Puschkin zeigt wetterwendische Loyalität dh Scheinheiligkeit, daß die Loyalität der wichtigsten Offiziere je nach Wind wechselt, wer gerade an der Macht ist: zB Petruschas Nebenbuhler Schwabrin, und der Vertraute des Hauptmannes: der Urjadnik. Demgemäß werden auch Pugatschow und zu ihm überlaufende Russische Soldaten von Puschkin gezeichnet, als die heranreitenden PugatschowLeute Julais Kopf auf dem Säbel präsentieren, Pugatschow befiehlt zwar die Ermordung des Hauptmannes und seiner Ehefrau, aber dann nimmt er die desertierwilligen Russischen Soldaten all zu gerne in seine Armee auf. Pugatschow behandelt den Petruscha

ausnahmsweise besonders herzlich, wobei, - mEs nur hier und dh nur hier im Petruscha/Pugatschow-Kontakt und sonst nirgendwo anders, entgegen der in BRDwikipedia nur all zu gerne vertretenen mEs irrigen Ansicht, Pugatschow und der gesamte PugatschowAufstand würden als menschlich durch Puschkin und auch aus gegen den Sozialismus der WarschauerVertragsstaaten uam SU, DDR, Bulgarien Kapitalistischer Sicht als imitierwürdige und nachahmenswerte Bürgerliche RevolutionsIdeologie gezeichnet, dem Pugatschow fehlte jede Bürgerliche Ideologie, ihm ging es in den Aufstandsgebieten nur um eine Machtverschiebung von der Russischen Eigentümer-Aristokratie zu einer Kirgisischen/Baschkirischen/Kosakischen EigentümerAristokratie;Anm.d.Verf., - Pugatschow behandelt den Petruscha ausnahmsweise besonders herzlich, wobei dem Pugatschow durch Puschkin auch sympathische Charakterzüge abgewonnen werden; jedoch bleibt bei Puschkin, der bis 1826 in Verbannung, dann vermeintlich rehablitiert wurde aber unter steter Zensur bis zu seinem Tode unter dem ZarenRegime zu leiden hatte, immer klar: Pugatschow ist keinesfalls ein auf eine Ideologie einer Sozialistischen Befreiung von Bauern und Proletariat heraus aus dem bis 1917 herrschenden Feudalismus aufbauender Befreier, sondern, - auch zurückzuführen auf das Analphabetentum und folglich mangels einer den Volksmassen zugänglichen Revolutionären Ideologie - , ein in den Aufstandsgebieten auf nicht etwa die Volksmassen sondern ausschließlich auf Militärputsch aufbauender sich aus Aristokratischem Russischem Besitz bereichernder Räuber; und bei Puschkin stellt Pugatschow für sich selber fest: er kann nicht mehr zurück und mit der Russischen Zarin Frieden schließen, es ist unmöglich, denn er hat schon zu viele und zu große Verbrechen begangen. Zudem völlig unklar, Puschkin überläßt es der Leserschaft, darüber zu urteilen, wer und in wie großem Maße der eine oder andere zB Schwabrin oder Urjadnik ursprünglich als Konterrevolutionäre bei Pugatschow eingeschleust worden sein könnten.
S73: Pugatschow menschlich? Puschkin ist eindeutig: Pugatschow verschont den Petruscha nur deswegen vor dem Galgen, weil dem Pugatschow Lösegeld für Petruscha zugesagt wurde. Dies gilt auch dann, wenn wir uns vergegenwärtigen, daß der Bauer, dem Petruscha im Schneesturm auf der Hinreise nach Orenburg für die Rettung zu einer Zwischenstation einen Pelz geschenkt hatte, bekundet, dem Petruscha dafür ewig dankbar zu sein.
S119: Pugatschow ist der Herr von Belogorskaja, er reist ab, aber Petruscha kann die Hauptmannstochter mitnehmen.
S120: Beide reisen zusammen ab. Nächste Station ebenfalls unter Pugatschows Gewalt. Weiter, nächste Station, die beiden werden regelrecht

gefangengenommen.
S130: Petruscha in Ketten wegen Verdachtes auf Kollaboration mit Pugatschow gefangengenommen im PugatschowGerichtsOrt Kasan, Petruscha mit Hoffnung, weil er ja nichts zu fürchten habe und alles erklären könne.
S132: Verhör. Der Hauptzeuge der Anklage ist Schwabrin.
S133: Petruscha kein weiteres Verhör. Petruschas Verurteilung ist besiegelt.
S134: Der Vater in Simbirsk bekommt einen Brief aus Leningrad, worin der mit ihm verwandte Fürst Sowieso ihn informiert, daß Katharina die Große den Sohn, der zum Tode verurteilt worden ist, zu Deportation nach Sibirien begnadigt.
S137: Die Hauptmannstochter Marja Iwanowna weiß, daß nur sie ihren Bräutigam noch vor der Deportation retten kann, sie traut sich und wagt allein eine Fahrt an den Hof der Zarin Katharina die Große, um ihr persönlich ein Gesuch zu geben; Quartier bei Anna Wlasjewna, die von sich behauptet, sehr informiert über alles zu sein, was bei Hofe vorgeht, sie geht einmal pro Tag durch die Stadt und greift jeden Traatsch auf und gibt diese gesamte Traatschsammlung immer und überall in der Stadt weiter, Anna Wlasjewna bildet sich wer weiß wie viel darauf ein, dermaßen erstrangig über die Zarin informiert zu sein.
S138: Eine sich im Spazierpark als bei Hofe verkehrende Dame ausgebende sehr freundliche Gesprächspartnerin entlockt der Marja Iwanowna den Grund ihres Hierseins, wobei das hohe Ansehen von Marja Iwanowna´s Vater Hauptmann Mironow bei Hofe zur Sprache kommt. Die Dame lehnt aber wütend jede Verteidigung des Verbrechers Petruscha ab. Nun verteidigt Marja Iwanowna ihren Bräutigam, obschon sie ja mit einer Dame vom Hofe spricht, aber entschieden und zwar ohne Mäßigung.

Werst (W) ist die kürzere Russische Bezeichnung für deutsch: Kilometer (Km), zumal 9,372 W=10Km, also fast dasgleiche;Anm.d.Verf.
Die story hat, weil eine story immer einen Helden hat, einen Helden, der unschwer als Mascha dargestellt wird, die Heldin Mascha, die vergleichsweise rasch die Entscheidung der Gesamthandlung herbeiführt. Und zum Guten wenden kann? Wir dürfen raten, wohl ja. Die story hat als Helden auch Petruscha. die beiden sind die Helden dh als Helden ist das Liebespaar MaschaPetruscha klar, obschon Petruscha als Held von Anfang bis Ende unser Interesse fesselt. So indes halte ich um so mehr angesichts der im gesamten Aufstand einzig und allein durch Zufall und durch Glück für Petruscha gezeigten Menschlichkeit Pugatschows für übertrieben, daß der

eigentliche Held Pugatschow sei, so wie manche Lexika, die ich im Internet gefunden habe, verfälschend Puschkin unterstellen.

Sehr positiv und zum Nachdenken anregend finde ich Puschkins Darstellung von Ortschaften und Städten

, ausgenommen das als einziges MachtZentrum und für den Durchschnittsmenschen der Handlung bar jeder Vorstellung großartige Leningrad/Petersburg, wo schließlich die Wendung zum Guten zu erhoffen ist, Puschkins Darstellung von Ortschaften und Städten als mit je nach dem Winde unverläßlichen zum Feind überlaufenden engsten Vertrauten des FestungsHauptmannes Rußland dienenden Soldaten gefülltes

Belogorskaja,

das, wie partout Karlowitsch dem Petruscha sagt im Sinne: Du reist sofort wieder ab, ich wüßte da ne Festung, jwd, und Karlowitsch sagt über seine eigene ihm gehorchende Stadt

Orenburg MilitärFestungsStadt: das für Junge Menschen wegen zu viel vorhandener Zerstreuungsmöglichkeiten nicht geeignete Orenburg, - wir können nur raten, was Puschkin damit meint: Prostitution, Alkoholismus, GlückspielElend ? Wahrscheinlich ;Anm.dVerf. Und da hätten wir

Simbirsk: die ehrwürdige HauptstadtMetropole von Petruscha, der Stolz eines jeden Menschen im riesigen Gouvernement Simbirsk. Im ersten Moment, als Petruscha heulend seine Heimat verläßt und vor dem richtigen Losfahren und Antreten der Weltreise kurz nochmal schnell n Stopp im Einkaufszentrum bei den Taschendieben in der stolzen LandKreisHauptstadt, um Waren oder Proviant einzukaufen, die man unterwegs nicht kriegen kann. da wird er doch just ausgeraubt bis auf den vorletzten Pfennig, ein Vermögen, wie Saweljitsch sagt, was ihm der Surin ganz gemein, ohne mit der Wimper zu zucken, abluchst. Stadt, Zivilisation, ein Widerspruch;Anm.d.Verf.

Puschkins Darstellung von Ortschaften und Städten ist überwiegend negativ; Puschkin sagt damit: die wahren Zivilisierten und Moralischen Werte finden sich einzig in der Liebe.

Einer der stärksten und erfolgreichsten dh einer der größten Nebendarsteller ist der Spieler, an den Petruscha gleich quasi auf Seite 1 unmittelbar nach seinem ZwangsEntschluß, Soldat zu werden, bereits vor Abreise aus der Hauptstadt seiner Heimat beim Kartenspielen 100Rubel verliert in der Hauptstadt seiner Heimat!, der gewissenlose Spieler Surin, den Petruscha wiedertrifft, so klein ist die Welt. Beachtenswert bei der SurinDarstellung ist, daß Surin zwar dem 16Jährigen jeden Pfennig aus der Tasche abluchst, daß Surin aber in seinem Mordsspaß seinem gestandenen MännerzimmerMannsKollegen dem sich bis zum Exzeß besaufenden Markör bei dessen zahlreichem Verlieren ebenso zahlreich lustigerweise unter dem Billardtisch durchkriechen läßt, jedoch keinen Pfennig abnimmt. Diesen Betrügerzug des Surin und die BetrügerSolidarität mit dem Militärkollegen Markör bemerkte ich erst nach mehrmaligem Lesen des Gesamttextes.

Sehr negativ von Puschkin ist seine noch nicht mal Nebendarsteller- sondern nur Statist-Darstellung der Protagonistin Mascha, neben Petruscha ist sie einer der beiden Protagonisten: Mascha, die Hauptmannstochter Mascha; wie bis 1980 oder wars 1990? in der Regierung der BRD und der Westberliner Vorstadt, in der Westberliner Politik und der BRD Politik zur Prächtigen im krassesten Gegensatz zum 50%Politikerin50%PolitikerZusammensetzung der Volkskammer der DDR Repräsentierung des Vogels aus Washington des Bonner Bundestages Foto mit Rock. (!;Anm.d.Verf.) Indes schafft es Puschkin auf der LetztSeite, Mascha wirklich zur Protagonistin zu machen: sie rettet ihren Verlobten vor der Mörderischen Lebenslänglichen Zwangsarbeit in Sibirien. Fürwahr, so wird Mascha mehr Held als Petruscha.

Mit den den Petruscha entlastenden Details von Belogorskaja beeindruckt die Hauptmannstochter Marja Iwanowna jedoch die vornehme Dame dermaßen, daß die dann wieder sehr freundlich geworden wie zu Beginn ihres Gesprächs nunmehr Hoffnungen machend der Marja Iwanowna versichert, diese Information an die zuständigen Stellen weiterzugeben.
S139: einen halben Tag später kommt eine ZarenKutsche vor Anna Wlasjewna´s Unterkunft der Hauptmannstochter Marja Iwanowna zu dem Zweck, sie abzuholen, die Zarin will sie sprechen.
S140: Die Kaiserin empfängt sie. Marja Iwanowna ahnt eine Wendung zum Glück. Katharina die Große

Anton Tschechow, Ein Drama auf der Jagd Berlin/DDR 1982

Was mir an Tschechow nicht gefällt, ist: Daß er die gesamte Gesellschaftsbeschreibung auf die hochwohlgeborenene verkommene langhaariche Blondine Olga/Olenka= die Tochter des geisteskranken und siechen Försters Skworzow, auf Friedensrichter Kalinin, auf die hochwohlgeborene Reichentochter Nadeshda Nikolajewna= die Tochter des Friedensrichters Kalinin, sowie auf den reichen aber auch fleißigen und tugendhaften Verwalter Urbenin und den reichen Fischer Michaj, sowie auf den jede UnMoral mit JaundAmenMitläuferMentalität absegnenden der Drogensucht verfallenen Grafen Karnejew und Untersuchungsrichter Sergej/Serjoscha Sinowjew und andere Reiche sowie jegliche Schmarotzer beschränkt und den Rest der Bevölkerung dh die übrigen 99% dh die arbeitenden Leibeigenen schlicht und ergreifend von der Existenz ausschließt, dies macht den Tschechow ganz sicher nicht zu einem Zeichner der Russischen Bevölkerung sondern nur zu einem Zeichner der sehr wenigen reichsten aber auch der verkommensten und zugleich mächtigsten Menschen des Landkreises.

Michail Kolesnikow, Das Recht der Wahl Berlin/DDR 1974

Schneegalaxen nicht nur auf Seite 1 sondern Seite 1 Zeile 1 und Zeile 2. Schon ist er mir sympathisch der Kolesnikow, Jahrgang wie mein Vater. Kolesnikow, wie meine Mutter:

Ich:"Ich hab´s nicht gefunden. Ich hab doch schon so lange gesucht! Kann ich nicht aufhören?"
Mutter:"Du suchst solange, bis du´s gefunden hast."
..
ich frage:"Du, Mutter, die Amis sprechen ja immer so viel davon, von dem Recht auf Freiheit, und noch viel mehr von dem Recht auf Glück! Und die BRDler machens nach! Wie stehst du denn hier in der BRD zu deinem Recht auf Freiheit? Wie stehst du denn hier in der BRD zu deinem Recht auf Glück?"
Mutter vor Wut platzend:"Freiheit kommt nur von Gott! Die BRD kann ganz sicher keine Freiheit schaffen! Hör mir uff mit diesem Lügenmärchen! Freiheit! Wenn ich das schon höre! Hör mir uff! Freiheit garantiert uns der Staat? Wers glaubt, wird selig. Und das Recht auf Glück? Was bildet sich dieser ScheißStaat ein! Glück, das Glück kommt nur von Gott, und davon, wie man sich anstrengt, nach Gottes Gesetzen zu leben! Was maßt sich diese

ScheißBRD dieser ScheißStaat BRD oder die USA an, Glück den Menschen zu garantieren! Das ist doch Blasphemie! Dh auf deutsch Gotteslästerung! Und ich hab nur Volksschule!"
ich frage was anderes:"Du, Mutter, was ist der Sinn des Lebens, dh der Sinn dessen, welche Ansprüche man an sich stellen soll."
Mutter:" Pflichtbewußtsein ! Und nicht das, was euch die Lehrer in der Schule und das BRDFernsehen beibringen!"

S5: Schneegalaxen; S5-7: wissenschaftliche detailierte Beschreibung, was ein Schweißer macht.
S6: Charlamows Brigade: einer von denen, der hat für die Arbeit sein Leben riskiert.
S7:Verantwortungsbewußtsein
S7: Verantwortungsbewußtsein. Einsatzleiterin Skurlatowa. Vorwurf, was für ein Brigadier er ist, wenn er doch so schlampich sei bzw ist, weil die ihm unterstehenden Arbeiter haben Pfusch geleistet, zur Strafe ab an den Pazifik?
S8:die Skurlatowa ist 32 Jahre alt, der bisher namenlose Ich-Erzähler ist auch so etwa 32 Jahre alt

S8:Er merkt, ohne auf die Worte der Skurlatowa zu achten, wie sie auf ihn wirkt mit allem drum und dran
S9:Da werden beide offen und reden gut miteinander wie auf einer Ebene, obwohl sie ja oberste Vorgesetzte ist, beide unterhalten sich offen über den immer hinter den Frauen herseienden Vorgesetzten alten Meister Schibanow, während die Skurlatowa den OberIngenieur Ugrjumow attraktiv findet, der aber nichts von ihr wissen will, zumal hat er zwei Kinder und ist verheiratet. Wenn man sich das vorstellt, Michail Kolesnikow ist ein Mann! Und keine Frau, die das schreibt, die das aus meiner Bourgeoisen Verklemmtheit gesehen doch geschrieben haben müßte.
Genauso wie Boris Wassiljew Und morgen war Krieg die ersten Seiten, die ich gelesen habe, ich würde schwören, daß das eine Frau geschrieben hat, fantastisch dieser Boris Wassiljew
fantastisch dieser Michail Kolesnikow
 nun wieder zurück:
S9: die Skurlatowa fragt den Brigadier ganz persönlich, warum das mit den zwischenmenschlichen persönlichen Sachen nur so kompliziert ist.
S10: Skurlatowa fragt: Sind Sie, Herr Brigadier, mit dem Ugrjumow

verwandt?
Brigadier antwortet: Nicht richtig, sondern nur im Geiste: in der Schweiß treibenden Arbeit des Bergbaus war man einmal früher zusammen. Eigentlich hat er sich in die Skurlatowa verguckt, jedoch ist er quasi genauso aufregend mit Tanja verliebt.
S11: Beide haben nur sehr sehr wenig zusammen unternommen, aber sie haben das Wesentliche erlebt, und klar ist, daß sie nach der FachschuleAusbildung und er nach dem Militärdienst beide nach Sibirien nachhause zurückkehren.
Dima Guljajew, der Brigadier eines Spezialtrupps, ist Zimmergenosse, fragt neidisch: Wie machst du nur so großen Eindruck bei den Leuten?! Der Oberschweißer begrüßt dich mit Handschlag,
S12: vom Oberingenieur wird er ins Café eingeladen
S13: ZITATWir wohnten damals in Baskuntschak. Eine weiße Salzebene und direkt auf der Salzschicht die Eisenbahngleise. Und überall Salz, nichts als Salz, natürliche Salzsole. Weiß die Menschen, weiß die Kamele.ZITATENDE
S15:ZITATIch hebe den Kopf und sehe Lena Martschukowa. Das Mädchen hält ein Defektorkop in der Hand, einen Metallkasten von etwa 15 Kilo. Doch Lena hat starke Arme, sie ist überhaupt kräftig, groß und drahtig.
"Ich suche und suche dich", sagt sie, und ihre Augen nehmen einen fragenden Ausdruck an. "Kommst du heute in den Klub?"
"Nein."
"Ich frage nur so. Ich dachte, du kommst. Es gibt einen neuen Film - ‚Pharao'."
"Ich weiß, handelt von amerikanischen Polizisten, mit der Lola Brjusshita."
"Immer machst du dich lustig. Denkst du, ich bin dumm?"
"Aber Lenotschka! Du bist das gescheiteste Mädchen auf der ganzen Baustelle."ZITATENDE

Die Idee des Gelabers ist, der Ideologie des BRD- und Westberliner Gelabers die Stirn zu bieten. Denn Westberlin und BRD sind der USAmerikanische Anti-Christliche Teuflische Motor aller Kriegsanzettelungen zur Vernichtung des Friedens.

Im 1971 prämierten Werk Das Recht der Wahl stellt Kolesnikow die Arbeiterklasse dar. Wo ich und meine weiseren drei deutlich älteren Geschwister wir Kinder über Mutter * 1927 Irene Ziegler unsere Mutter und über Mutters tägliche Feststellung, daß das Leben Verantwortung und Pflichtfüllung ist, gähnten in der BRD der frühen 1970er, der späten 1970er auch und auch der 1980er, bis wirs begriffen hatten, so ist für mich heute besonders fühlbar, daß im Vergleich zu Mutter Kolesnikow als Zugehöriger einer fast halben Generation älter dh Michail Kolesnikow * 1918 eine grundlegende AufbauGeneration des RealSozialismus der UdSSR 1971 ist. Als ich jetzt, ohne das Produktionsjahr zu kennen, die 1974 Übersetzung las, dachte ich: was ist das nur für ein moderner Text mit einer, wie in Dreieichenhain und Langen wir Leute damals wirklich sprachen, flotten Umgangs-Sprache und einem mitreißenden Erzählstil über jemanden, der scheinbar heute dh damals während den Glanzzeiten meiner Schule in den späten 1970ern bis frühe 1980er irgendwas erlebt, was ich unbedingt weiterlesen muß, ..., da stellte ich neugierig und überrascht mit einem Blick auf das Copyright fest, die Handlung ist gar nicht späte 1970er und frühe 1980er.

Kollege ein alter Knacker mit künstlichem Gebiß: wenn ich dran denke, als Mutter in der BRD in den 1970ern das erste Künstliche Gebiß verpaßt bekam, was das für ein unmögliches Gerät war, und daß das noch Jahre dauerte, bis Mutter mit ihrem Künstlichem Gebiß zufrieden war, obwohl zufrieden war sie, als sie ohne Büstenhalter sondern nur mit Arbeitskleidung und zwar ohne dieses Künstliche Gebiß im Garten schuftete, .., der schönste Garten des Lerchenwegs, wie manchmal Nachbarn sagten.

und Beziehung, was für eine großtönende Beziehung soll es wohl großartig zwischen Mann und Frau geben?!: da ist die Partnerschaft die Zweierbeziehung mittlerweile ohne Sinn und Zweck ohne Inhalt, und dann ist da, wie Kolesnikow schreibt eine ganz kurze Intimität von sagen wir 1 einzigen ganz besondern Tag einer AbenteuerBekanntschaft, man hat gemeinsam aus dem Nichts etwas ganz Großes erbaut, etwas was mehr als der ZweierPakt mit dem anderen Menschen wert ist, viel mehr, man müßte jetzt nur dabeibleiben und weitermachen, aber nein! Einer der beiden oder beide brechen dieses Glück ab, ehe es noch weiterwachsen durfte. Hinterher stellt Kolesnikow fest, daß es was gibt, was noch mehr wert als dieses vergängliche Glück ist, mehr wert ist, was bleibt: die Sozialistische Persönlichkeit. Und das heißt: der Mensch für die andern, die Pflichterfüllung, die Verantwortung. Das kommt als erstes, und erst hinterher kommen alle anderen Bedürfnisse wie eine Erhöhung des persönlichen Lebensniveaus zB durch eine Bereicherung des eigenen Haushalts durch eine zusätzliche Maschine oder ein zusätzliches Gutes Möbel für die gute Stube: Pflichterfüllung, Verantwortung. Das sind exakt die Worte meiner ErzKatholischen Anti-Sozialistischen Mutter in den 1970ern und 1980ern in

der BRD.
Die Bürgerliche Ideologie suggerierte damals mit 1979 Dallas und 1983
DenverClan,- hätte Bucky Diltz Januar 1978 seinen Kick mit einem
versagenden Tony Hill zu dem vom Kicking Team vorneweg rennenden
Sowieso gebracht, dh hätte der den Ball, den Tony Hill nicht fangen konnte,
gefangen, dann wäre er damit in die Dallas Endzone gerutscht, es wäre
TouchDown gewesen und Bucky Diltz der berühmteste Kicker der Welt, aber
er fing den Ball auch nicht, hätte er ihn gefangen, wäre Dallas in dieser ersten
Spielminute geschockt gewesen und hätte das Spiel verloren, dann hieße die
1979 HollywoodSerie Denver, und die 1983 HollywoodSerie DallasClan -,
daß in Westberlin und der GroßBRD mit der atomisierten Freiheit jede
Person 60.000.000 eine traumhafte Villa mit ner Yacht an der Cote Azur
erlangen kann. Schwindel. Ein Schwindel, der genauso viel taugt, wie wenn
man sagt: jeder kann die Million im Lotto gewinnen. Ungelogen!

Kolesnikow schreibt aus dem wahren Leben ..
S11: Die kurze aber intensive abenteuerliche Beziehung mit einer Frau aus
der Heimat geht so schnell vorbei. Verantwortung für die Arbeit und
Pflichtbewußtsein bleiben.

Boris Wassiljew, Und morgen war Krieg Berlin/DDR 1987

Was mir am Boris Wassiljew und morgen war Krieg nicht gefällt, ist, daß BH
in der SU nach WesteuropasKriegsbeginn September 39 vor dem SUKrieg 41
normal sei .. , was ich bezweifel, weil Mutter, die 45 18 war, immer
berichtete, wie die Amis die ersten Bhs überhaupt nach ExDeutschland
gebracht hatten, außer daß ja ihre * 1915 große Schwester Margeret längst
den Onkel Ernst heheiratet hatte, der längst zu einem höheren Tier in der
Wehrmacht geworden war, weswegen sie 1937 schon längst nach Berlin
gezogen waren, wovon Margret natürlich von den neuen aller modernsten
Moden und etwas ganz Überkanditeltes, worüber man nicht sprach, höchsten
stumm zu träumen wagte, schwärmte, zu berichten wußte und zeigte, was sie
im eigenen WäscheGepäck oder als Geschenk mitbrachte, wenn sie mal die
Familie in Sprottau besuchte, sowas ganz Feines, was nur sehr entfernt an die
später bis heute primitiven Bhs erinnert, Unterwäsche!, worüber die kleineren
Schwestern nur staunen konnten, aber einen BH hatte Mutter noch nicht
gesehen, außer dann spätestens Frühjahr 48 oder Frühling 48, als sie über den
Harz an den Sowjets vorbei Nachts über die Grenze in den Westen flüchtete.

553

Da entdeckte sie über die von den Amis importierten Bhs, was das denn für eine dolle Errungenschaft ist: Eine Zwangsjacke. Eine Zangsjacke, die sie in ihrem ganzen Leben bis zu ihrem Tod mehr und mehr haßte,"Eine Zwangsjacke! Leck mich am Arsch!" Mutter ist Katholisch, sie flucht nicht, Schlesier fluchen nicht, aber zu den Bhs sagte:"Ich werd ja wohl ma ehrlich sein dürfen!" Nun, und ich denke, wenn, daß es Bhs für die normale Bevölkerung nicht gab bzw noch nicht erfunden waren, das in HitlerDeutschland so war in den 1930ern, dann war das in der SU erst recht so, denke ich. Ohne es zu wissen.

Boris Wassiljew und morgen war Krieg: das spielt alles 1940 bzw vor dem 21.Juni 1941SUKriegsbeginn:
die zwei Freundinnen Sina/Sinotschka/Sinaida und Iskra/Iskorka.
Boris Wassiljew ist ja auch Vaters Jahrgang, Boris Wassiljew ist mir gleich sympathisch. Genauso wie Michail Kolesnikow Das Recht der Wahl die ersten Seiten, die ich gelesen habe, ich würde schwören, daß das eine Frau geschrieben hat,
fantastisch dieser Michail Kolesnikow
fantastisch dieser Boris Wassiljew
 nun wieder zurück:
S20: die Novemberfeiertage, Novemberfeierlichkeiten
kann man auch heute Feiern im Kapitalismus 2016 die Oktoberrevolution!
Kommissar ist eine Auszeichnung Gegenteil von Schimpfwort/Beleidigung
Der Leninsche Komsomol, ZITATVor den hier versammelten Mitgliedern des Leninschen Komsomol verspreche ich feierlich .."ZITATENDE daß sie den wegen miserabler Schulleistung vor dem Schulrausschmiß stehenden Saschka Stameskin wieder auf den Pfad der Tugend bringt.
S22: Iskra:"Solche Flugzeuge gibt es nicht." nur sie weiß davon, von Saschkas Hobby Flugzeugzeichnungen weiß sonst niemand in der ganzen Schule. Ganz schön geschickt die Iskra.
S23: Und wo sie sich besonders für einen quertreibenden Schüler einsetzt, dem wohl der Schulverweis sicher sein dürfte, da sagt sie ZITATUnd Tom Sawyer? Sehen Sie, Saschka ist so ein Tom Sawyer, allerdings hat er noch nicht seinen Schatz gefunden.ZITATENDE

Lilija Beljajewa, Sieben Jahre zählen nicht Berlin/DDR 1978

stream of consciousness Technique of writing, in der 5.Klasse sagten wir zu

Charles Bukowksi noch Brainstorming ..

s18: ZITATWas wahr ist, muß wahr bleiben.ZITATENDE

Beljajewa: Sowjetliteratur: Trifonow, Sluckis, Tendrjakow s1
J. P. Prosorow Jewgenii Petrowitsch Prosorow = Shenka/Shenja Prosorow = der Protagonist =IchErzähler, alles im Absoluten Präsens geschrieben

ZITATDie Alte setzte sich und verkündete freudig:"Wir fahren nämlich nach Arys. Das ist eine Bahnstation. Unsere
s15
Tochter arbeitet dort als DispatcherZITATENDE s14, 15
ZITAT"Eines verstehe ich nicht", sagte Jewgeni Petrowitsch und nahm seine Frau bei den Schultern. "Wie hast du das geschafft, du so ganz allein .. Ich hab dich immer für unpraktisch gehalten."ZITATENDE s27
ZITATDie Frau hob mit einem Ruck das nasse, welke Gesicht mit den verwischten dunklen Augenbrauen.
"Ich wollte zu dir kommen, ganz ehrlich wollte ich das. Aber du? Was hast du mir geschrieben? Besser nicht, hast du geschrieben, ich sollte lieber in Moskau bleiben. Und warten. Worauf warten? Ein paarmal hab ich dir´s vorgeschlagen, gebettelt habe ich ... Erinnere dich bitte!"
"Also bin ich allein an allem schuld?" fragte Jewgeni PetrowitschZITATENDE s39
ZITATPlötzlich ertönten hinter dicken Wänden drei langgezogene stöhnende Klageschreie. Dann noch einmal.
Jewgeni Petrowitsch erhob sich fast mechanisch. Er lauschte.
"Ihr Mann", erklärte die Frau mit einem Flüstern, das aus tiefsten Tiefen zu kommen schien, und der Parkettboden knarrte unter ihren Füßen. "Sie ist gestorben. Vorgestern früh. Sie war Trolleybusfahrerin. .."ZITATENDE s41
ZITATDoch der Jüngste, ohne Hosen, im gestreiften Kittelhemd (Amerika-Hilfe) über dem aufgeblähten Bäuchlein, stapfte wortlos geschwind ins Innere des Schuppens, wo ein gewichtiges rosiges Schwein schmatzte und wonniglich quiekte.ZITATENDE s48
Larissa: ZITAT .. Viele machen das. Verpflichten sich für eine bestimmte Zeit. Verdienen viel Geld. Und kommen zurück. Was ist schon groß dabei? Wir gehen dahin.
Da war er platt.
Larissa. Das ist aber doch Sachalin, das Ende der Welt, ein kleines Nest, vom Komfort keine Spur. Kälte, Filzstiefel, Regen. Überleg´s dir.ZITATENDE s53

555

Botten stiefel s64
Moneten Schmarotzer s75
bin mit Wagen da, ein Wolga s76
"welche goldene Kuh die gemolken haben", würde Dings interessieren.
(vergleiche Goldenes Kalb) s77
weiber s80
puschkins poltawa kanonenstiefel muskete, Allah sei Dank s81
bei losgebrochenem Ehestreit schnell unter die kalte Dusche und mit hartem handtuch gnadenlos abrubbeln=und abregen!=PsychoPaarTherapie s82
10Tage hintereinander die Eheleute räumen gemeinsam die Wohnung auf, Familienglück Theater Konzert Operette manchen Abend, zumal braucht das Paar dazu kein Auto! s83
abheben, bis das Sparbuch leer ist, überbackenes im toaster machen s84
Himmelarschundzwirn! = verdammt nochmal!, Genosse= ein Bekannter, über 200,-Rubel/Monat= sehr gutes Gehalt der oberen Mittelschicht= das sind Währungsumrechnung das 10bis15Fache in euro= 2.000,- bis 3.000,- s85
die Abenddämmerung fängt in Moskau mittags im Januar an, sinnbildlich dichter Nebel=Mehl s87
Fangeball spielen, der Krater ist so tief, daß der Eisenbahnwaggon hochkant reinpaßt s88
Emporkömmling, Gernegroß, Hauptsache= die Arbeit/der Beruf/die Erwerbstätigkeit s90
ein Werktätiger, Legalisiertes (vergleiche: Legalisierte Kriminalität), Familienpflichten=Pflichten für die Familie (vergleiche: keinerlei Pflichtgefühl der Mutter gegenüber) s91
mit der Familie ins Flugzeug setzen und Urlaub am Schwarzen Meer s92
der Lehrer ist für den Dings eine Art Amundsen= ein vorbildlicher geachteter geehrter Entdecker s93
alle reden über den Schneemenschen und fliegende Untertassen, Ogorodnikova höchste Schicht gut erholt gerade zurück von Urlaub in Karlovy Vary s94
Brjussow=ein toter Dichter, Einfaltspinsel, die Ogorodnikovs vom Spießerstandpunkt aus gewiß s95
er zahlt den üblichen Betrag auf sein Konto, sein Haus = 9.Stock!= Riesenhaus!(vergleiche kleine mickrige 1FamilienTraumvilla ;Anm.d.Verf.), 17stöckiges Hochhaus, einige Fünfgeschosser=5EtagenWohnhäuser, Turm=Hochhaus von Prosorows, der zebrastreifen s96
Frau mit hochtoupiertem Haar s97
die erledigung seiner Pflichten, die von ihm mitgebrachten vollen schweren

Netze=Einkaufsnetze, die erledigung ihrer Pflichten, sie trägt Jeans=dieser modische Fetzen, Finish und jetzt Feierabend! s98
weiß der Kuckuck, der eingeseifte Bastwisch, Freiheit, eine eigene abgeschlossene Wohnung = Selbständigkeit = und somit verbannt dies diesen erniedrigenden, ungesunden Neid: die anderen haben es viel schicker als ich s99
Männerarbeit zuhause = Teppich klopfen und Wand malern, was sein muß, muß sein, gepfefferte Späßchen s100
Rjabow taucht wieder auf, Klopse:"selber durchgedrehtes Fleisch", Schmorkartoffeln, das Geländer runterrutschen birgt Verletzungsgefahr, aber was noch wichtiger ist: daß es eine "unzulässige Unart" ist, sagt zu seiner 8jährigen Tochter Jewgeni Petrowitsch Prosarow s101
wetterwendisch s109
schwangere Frau s113
"dieser verknöcherte Plebejerhochmut! Stinkige Plebejerarroganz!" s122
Mossowjet s125
die können mich mal, "dämliche, blinde Arroganz" s126
Spiegelei, Omelett, eine Seltenheit bzw noch niemals der Ehemann auf der Arbeitsstelle der Arbeiterin, daß er sie an ihrer Arbeitsstelle arbeiten sieht und das zu würdigen weiß bzw daß er sie abholt oder sich mal ihren Arbeitsplatz anguckt s127
Meiner = der Ehemann; Sie ist stolz auf ihn und überglücklich, daß, wenn er, was ja ne Wucht ist, sie von der Arbeit abholt, und sie noch arbeitet, und er deswegen warten muß, daß er dann "kein Faß aufmacht"=nicht aus der Haut fährt und ne Eheszene macht s128
Schnickschnack, Leidensgefährte s129
werktätiger Mensch
, "der junge Kader Tichonow" dh also der Kader = 1Person und nicht etwa die Gruppe Kader, die deutsche Vokabel "Kader" hat zwei verschiedene Bedeutungen, Menschen Singular ist hier also gemeint, diese Bedeutung ist im BRD-Deutsch vollkommen unbekannt, weil ausnahmslos die Menschen Plural Bedeutung für Kader gebräuchlich ist in der BRD in der Zeit der Handlung und bis heute 2016, ein galliger Arschkriecher s130
Rjabow s131
Intrigant, ich muß ja wohl n Stich haben, mir darüber Gedanken zu machen s132
er als ein gewissenhafter Werktätiger, Vergnügungspark Sokolniki s132
Tscherjomuschki = NeubauVorstädte Kiew, Moskau, Sachalin,
Leonid=Leonhard, Sowjetische Familie aus Taschkent in

Moskau:Plastetöpfchen(Plastetippl !, Plastenäppl, Näppl)=Kindereßgeschirr, SandkastenEimerchen=umgedreht als Sitzgelegenheit S135
ich mach bloß Quatsch, "mit untergeschlagenen Beinen" sitzen in eine Decke gehüllt, tut weh!, "spanische Wand" = Abtrennung im Raum, Raum problemlos gleichbenutzt wie Zimmer s135
Schreibmaschine "Erika" s138
Usbekistan:Pilaw:Reis, HammelFleisch, Möhren s142
ZITAT"Sag, Alter, nicht umsonst in Flammen brach Moskau, unser Stolz, zusammen von der Franzosen Hand ..."ZITATENDE s143
für alle Fälle=zur Sicherheit s145
atmosphärische Dampfmaschine Newcomen London s148
sich echauffieren=sich aufregen, ausfällig werden:sich imTon vergreifen, Schimpfwörter gebrauchen, Beleidigung ist zu einem normalen Kulturgut innerhalb der Familie geworden, stellt Prosorow für sich fest s150
Ehefrau:"schweinische Sachalin-Angewohnheiten", Beleidigung Ehestreit
Beherrsche dich! Sagt er zu sich und macht sich an den Expander .. Dann läßt er es und flucht auf den expander, wozu soll er jetzt bei diesem scheiß ehestreit auch noch Muskeln aufbauen!?, so beherrscht ist ja seine Ehefrau, sie kann überhaupt nicht richtig wütend werden so hysterisch, wie se in der Zeitung scheiben, so beherrscht ist ja auch er, plötzlich erinnert er sich an Olja ! s151
nach dem Warmduschen duscht er sich bei dieser Erinnerung eiskalt gnadenlos ! s152
auch Olja ist nicht wie er, der alles in sich hineinfrißt und ignoriert und niemals ausflippt, sondern Olga baut ihre Aggression anders ab anstatt mit Ignoranz, und auch Rjabow, er ist richtig ausgeflippt damals gegenüber dem Alten arbeiter, wo doch Rjabow einfach nur nicht gewußt hatte, daß das der Tag war, als der Alte in Rente ging, woher sollte das Rjabow wissen!? Im Unterschied zu den anderen menschen aber Prosarow immer aalglatt und arrogant intolerant ignorant zu sich selbst, er ist kein Mensch mehr s153
Olja schafft ihn zu nebenan Opa, der wie ein Geisteskranker stumm im Bett und nur 1Auge bewegt, Oma Ehefrau mit 5Kopftüchern um Kopp, nimmt die Kopftücher ab; Piroggen, das alltagsessen auch für Gäste immer verfügbar.
Olja, wer ist Olja ? ist das nun doch seine Ehefrau in Moskau oder seine Lebensgefährtin in Sachalin?
ausstaffieren: die Mutter richtet den jungen oder den Ehemann her, bevor der das Haus verläßt, weil ein Junge und ein Ehemann sich nicht selber anziehen können, Der Alte hat einen Schlaganfall: Daß er wieder sprechen darf, sagen die Ärzte : es geht aufwärts s157

mächtig = sehr: das gefiel ihr mächtig = das gefiel ihr sehr s159
schließlich ging man heim=derheeme, wichtigtuerisch, am Ärmel zupfen
s176
überspannte, streitsüchtige Frau s178
Trolleybus s179
ZITAT mein ganzes Leben ging koppheister"ZITATENDE, sagt Prosarow im
Sinne von, daß sie den Embryo totmachen soll, also
Schwangerschaftsunterbrechung, denn: Was für ein Verbrechen wolle seine
Frau ihm antun, ein kind zur Welt zu bringen, das ohne ihn aufwachse; dies
ist mEs die ganz typische auch kapitalistische Männersicht so wie Vater
sagte: Neger kommen mir nicht ins Haus, denn ZITAT"ich hol mir doch nicht
den Rassismus ins Haus"ZITATENDE das war 1982 oder so, wogegen ihn
ignorierend Mutter Afrikanische Kriegsflüchtlinge ins Haus brachte, weil sie
es wollte, und gut. Nun Prosarow ist also das typische männliche Arschloch,
wie Beljajewa ganz offen schreibt, was ich erstaunlich finde s204

S28: ZITATIch weiß es zu würdigen, und ich würdige es!" Seine Tochter
hatte sich plötzlich aufgerichtet und stampfte mit dem Absatz auf. "Was
willst du denn? Nichts anderes tue ich! Was nervst du mich damit? Ich bitte
dich!"ZITATENDE Mächtich jewaltich! Gleich zum Anfang der Rückkehr
Prosorows nach Moskau. Eine Anspielung auf die USAmerikanisch geprägte
EnglischSprachige Welt Man bedenke Beljajewas Name für den
SpießerProtagonisten! Und ein Mensch, der alles nur kein Spießer sein will,
weil ihn die Spießer fertigmachen, der aber zum Spießer wird: man lernt=
Der zum Spießer werdende sich gegen das Spießertum auflehnende, macht
sich selbst das Leben schwer; und für alle anderen heißt das: er macht es sich
und ihnen allen schwer, so er sich jetzt dem Spießertum der Allgemeinheit
der Zivilisation anpaßt, man lernt: sich in Form einer wie auch immer
gearteten Anpassung dem Spießertum angemessen gegenüber zu verhalten,
ist ein von Anfang bis zum Ende untauglicher Versuch, dh die abzulehnenden
Spießer sollte man vollständig und konsequent meiden, dh und nicht
versuchen, mit ihnen auszukommen. Lilija Beljajewa: Und von Anfang an die
Schilderung der SpießerHölle der Zivilisation! Mächtich jewaltich!

"nutte in hosen" für BRDBegriff "ganz doller hallodri" ZITATSie war
Leningraderin, hatte eine besondere Hochschule beendet, die
Kulturhochschule, einen Polarforscher geheiratet und ihn einen Monat später
verlassen, weil er, wie sie sich ausdrückte, eine "Nutte in Hosen" war, und
hatte sich auf die Reise gemacht in die ferne Stille, in das sibirische Dorf, wo

es keine Polarnutten gabZITATENDE s55

Beljajewa schreibt den gesamten Roman wie ein Mann, kaum zu glauben! Sie schreibt unfaßlich, sich dermaßen in das Denken eines Mannes versetzen zu können.

Die gewählte Sprache ist ein Verdienst von dem Übersetzer Wolfgang Köppe wie auch von Beljajewa, die beide die Sprache ihrer Zeit das Russische und das Deutsche beherrschen und treffend wiedergeben; wenn ich den Text jetzt 2016 als 51Jähriger BRDler lese, dann denke ich: die Handlung ist im jetzt oder meinetwegen in den 70ern oder 80ern, weil man in diesen Jahrzenten wirklich so sprach in den zwei zumal verschiedensprachlichen Staaten in der DDR und der BRD. Für Staatsangehörigkeit BRD wie ich ist s82 PsychoPaarTherapie besonders köstlich, denn das war für mich persönlich in den ersten Jahren ab 2000 Thema, und Beljajewa schreibt sowas schon deutsche Übersetzung 1978!, gabs PaarTherapie in Westberlin und BRD schon 1978?, ich denke sicherlich nein! Sondern das kam erst 20Jahre später als US-Erfindung. Wenns stimmt? Naja, woher die User dann diese Erfindung herhaben, das wüßten wir dann ja jetzt auch. Von Beljajewa;Anm.d.Verf.

Mächtich jewaltich ist Beljajewas Anklage gegen das Spießertum. Man faßt es nicht, wie umfassend das Spießertum in der Sozialistischen Gesellschaft herrscht. Prosorow selber stellt sich letztlich als Spießer dar. Lehre: so einen Unsinn, mit Jahrelanger Platonischer FernLiebeBeziehung=Scheiße!

Lilija Beljajewa bringt alles, was ich mir von einer packenden Story wünsche, um diesen text nicht mehr aus der Hand legen zu wollen; man denke an Jewgeniis Napoleon 1929, ein dickes Buch, ein Wälzer, anstrengend zu lesen meint man; ganz im Gegenteil!
S94:
ZITAT"Jewgeni Petrowitsch?" fragte eine unbekannte, selbstsichere Frauenstimme.

S111:
ZITAT"Jewgeni Petrowitsch, Lieber", wandte sich die Ogorodnikowa unerwartet an ihn. "Ich denke, Sie sind schon heimisch geworden hier. Wie Sie sehen, alles liebe, auf-
S112:

geschlossene Leute. Erzählen Sie von Sachalin, schlagen Sie es uns nicht ab. Das ist ausnehmend interessant." Die Ogorodnikowa blickte ihn mit ihren hellen, eindringlichen, geschminkten Augen in die Pupillen. "Wir werden Ihnen alle mit dem größten Vergnügen zuhören."

Ogorodnikow beobachtete von weitem unauffällig diese Szene, er wartete auf das Ergebnis.

Aha. Alles klar. Mich haben sie eingeladen als Vorspeise. Als Salat ... Nein, als ein bißchen was Schärferes. Für den Anfang! erriet Prosorow. Wo sitzt er? Am Kamin. Er trinkt ausgezeichneten Wein. Man hat ihm erlaubt, seine Füße auf ein Leopardenfell zu setzen. Auf ein künstliches übrigens ... Aber trotzdem. Und jetzt soll er zahlen. Ganz normal! So ist das Leben! Bloß, was kann er von Sachalin erzählen? Diesen verwöhnten, selbstsicheren Alleswissern und Alleskönnern? Na und seine Sprache? Durchschnitt, wie halt Ingenieure reden.

"Etwas Besonderes, Exotisches ... Was typisch ist für Sachalin", sagte ihm die Ogorodnikowa vor, und ein feines, forderndes Lächeln gefror auf ihrem Gesicht. "Zum Beispiel von den Taifunen."ZITATENDE

ZITATDer Halbwüchsige trat ins Zimmer, das wohlerzogene Söhnchen, setzte sich unhörbar auf einen Stuhl und heftete den Blick auf Jewgeni Petrowitsch.
S113:
"Es kommt vor, der Bahndamm wird unterspült, Züge bleiben stecken. Was noch? Die Telefonverbindung ist unterbrochen. Kurzum, nicht sehr lustig alles."
"Pardon, aber wie leben da die Leute?" erkundigte sich Nelli mit gelangweilter Stimme.
Alle lachten.
"Augenscheinlich haben sie sich abgefunden mit ihrem Schicksal, haben sich gewöhnt ... Andernfalls ...", sprach die Kritikerin selbstsicher und kratzte sich mit dem kleinen Finger das Augenlid.
"Augenfeinlich", "Ficksal ..."
"Sie leben. Arbeiten. Was sonst ...", hielt es Prosorow, verletzt, für angebracht zu erklären. Er spürte, irgendwas müßte er noch hinzufügen, etwas halbwegs Vernünftiges, aber ihm fiel nichts ein, er breitete lediglich die Arme aus.
"Die Leute leben dort, weil ..." Ein Zwischenruf des Knaben, anmaßend und

heiser, unterbrach die soeben eingetretene Stille. "Weil es für sie interessant ist! Interessant, weiter nichts!"ZITATENDE

Wil Lipatow, Wanjuschka Mursins Mörderische Liebe Berlin/DDR 1983

18 Jahre alt geworden im letzten Kriegsjahr 1945 hat der OstSibirische Sowjetische Schriftsteller Lipatow uvam
mit
Viktoria und die Fischer (1961)
Der Dorfdetektiv (1967)
Die Mär vom Direktor P. (1969)
Die graue Maus (1970)
Ermittlung zur Person (1975)
Mächtig lange Träume (1979)

Wichtige Literatur geschaffen.

wanjuschka mursin=
ZITATIwan Mursin, leicht beschwipst, begriff nicht, wieso der Literaturlehrer Marat Ganijewitsch Smirnow den Mund so voll nahm. Wieso war Staro-Korotkino ihm auf einmal unbegreiflich und fremd gewesen, wo er doch im Dorf Sugota geboren und aufgewachsen war? Ganze fünfundzwanzig Kilometer von hier. Dort bestand das halbe Dorf aus Tataren, die ihre eigene Sprache längst vergessen und sich noch vor der Revolution hatten taufen lassen. Sie hatten russische Vor- und Familiennamen angenommen. Marat Ganijewitschs Vater wurde Grigori Awerjanowitsch genannt. Der Lehrer hatte aber erzählt, daß seine Heimat Baku war, eine kultivierte Stadt und alt wie die Welt selbst. Er hatte sogar Verse über Baku: "Alte Stadt, neue Stadt, wie sollt ich dich nicht lieben!" Richtig sonderbar.ZITATENDE s9
Sauregurkenzeit=Sowjetischer Spielfilm s14
segeltuchhosen
das sowjetvolk s115
bürger in der ddr und der su
ich bin gar zu müde s118
Wohl bekomm´s!=Sowjetischer Spielfilm s119
weibsen s120
Dings macht einen Heidenskandal! s121
stolz proletarier

fußlappen richtig wickeln in den armeestiefeln
harmonika akkordeon
kopftücher junge tanzende frauen
ilya muromez
die jungschen, arbeiten besser als die jungschen
pfui teufel
Irina
Lied von der Katjuscha
Kasatschok tanzen
Irina s136
"einmal ausspucken und breittreten!" s137
die beiden dampfer "Proletari" und "Saltykow-Stschedrin", nach 2Jahren
"Feldwebel der Reserve Mursin" derheeme sieht sein Kind zum ersten Mal,
kurz nachdem Mursins Mutter als gefeierte Kälberpflegerin den LeninOrden
und andere Arbeitsauszeichnungen erhalten hatte; ein weiteres Jahr später,
also 3Jahre nach dem großartigen Verlassen des Dorfes, kommt nun Mursin
heim in der Nacht 4.20Uhr morgens s143
reaktives Dröhnen des Dampfers
eine Eisenbahn und eine Aeroflot s147
, als die Fender des Sowjetischen Dampfers gegen die Kante der
Landungsbrücke ..
den Ob abwärtsfahrend ankommen in der tiefsten Nacht am Ende von
2Jahren Militärdienst oder drei? Und nun unerwartet und ohne, daß auch nur
1 was davon weiß, kommt Mursin wieder nachhause ins Dorf. Der alte Jäger
Flegont. Sowjetische Bürger haben Gehalt, nicht Lohn, wie meine
Kapitalistische Schulung das gelernt hat, denn gutes Gehalt gibts nicht im
Sozialismus, so lernten wir damals in Westberlin und der BRD, sondern nur
guten Lohn, wenn überhaupt: der Landungsbrückenwächter hat dasselbe
Gehalt heute mit 5 Dampfern am tag und 3 'Kometen' s148
seine Knobelbecher, "nächtliche Süße von Trollblume und Wegerich",
"strahlen wie ein Honigkuchenpferd" s149
Schwiegervater schimpft, aus was für Genen sein Enkel zusammengesetzt ist.
"selten wie Dormidont" s155
Farm=Gut, Trottoir=Bürgersteig, Keilerei=Schlägerei, Enkel mag nur die
Oma, Oma spielt die erste Geige, Großvater hat nichts zu melden s156
Pausbacken s157
"die erste Rate für die AWG-Wohnung", "die Eintrittsrate für die AWG" s159
der Vater bringt dem Sohn eine MPiKinderSpielWaffe mit, daraufhin der
Sohn männlich marschiert ab ins Schlafzimmer haha; auf s240 gibt es mit

einer noch besseren MpiKinderSpielWaffe eine sehr interessante Ergänzung;Anm.d.Verf. s161
die weißrussischen Umsiedler sind in Staro-Korotkino angekommen und ins Haus der Direktorin eingezogen, durchhecheln s207
de Dings war natürlich geknickt und mieser Laune=geknickt=traurig enttäuscht beleidigt entehrt, nun ist das fantastisch, wie Lipatow beschreibt, wie das ist, wenn Einwohner aus einer Stadt für immer wegziehen (vergleiche DDR und Görlitz, das Sterben eines ganzen Volkes) s208
Baranakowo=Griechen eingewandert in 19.Jahrhundert, die Griechen sind heute 50% der Bevölkerung der Region s212
der "Shiguli" Nikon Nikonowitschs eine sowjetische PKW-Marke wie Gasik, Wolga s222
Irina Tichonowna s223
Kirowdenkmal, toll aufgedonnerte Frau (aufgetakelt) s231
Zum Westlich Berlins gelegenen Westberlin ZITAT
„Papa! Pa-a-apa!"
„Da nimm, Junge!"
Eine Spielzeug-MPi. Drückte man auf den Abzug, knatterte es, und ein Lämpchen blinkte, eigentlich genau wie Kostjas alte Mpi, aber eben doch nicht ganz. Diese MPi hatte der Schriftsteller Nikonow, kinderlos, wie er war, extra für Kostja aus dem anderen, dem fremden Teil von Berlin mitgebracht. Diese Kinder-MPi sah doch tatsächlich aus wie eine echte: Patronengurte, kalter Stahl, Gewicht wie Stahl, brünierter Stahl. Schießen konnte man mit Einzelpatronen oder in Garben.ZITATENDE, Westberlin="der andere, fremde Teil von Berlin", Plexiglas, Motorboot "Meteor" s240
Praskowja Iljinitschna, Kreiszeitung Sowjetischer Norden, da gesteht die Mutter, daß sie auch mal fremdgegangen ist, und indirekt soll das wohl bedeuten, daß selbst ihr Sohn Iwan nicht von seinem Vater ist sondern von einem der 3Lieben, die Mutter in jungen Jahren gehabt hat s245
komisch, daß Lipatow Iwans Mutter Praskowja Tante Pascha nennt, oder ist die doch nicht Iwans Mutter? s246
Praskowja teilt den neusten Klatsch mit: Lubja ist schwanger, erstmals und jetzt richtig s247
Mutter redet dem Iwan zu, an Nastja festzuhalten, so eine Prachtfrau werde er niemals wiederfinden s248
Die Wölfe hungern, es gibt nur sehr wenige Hasen. Da müssen sich die Hasen einfach fressen lassenZITAT"Kintopp!"ZITATENDE versteh ich nicht, soll das heißen: wie im Kino? sinngemäß Iwan:Vergib mir, Nastja. sinngemäß Nastja: Du bist nicht ganz dicht, es gibt nichts zu vergeben. langer Lulatsch,

sie fragt ihn nur: Wie oft hast du mich mit Lubjo betrogen?, er sagt: außer Rumknutscherei etc heimlich irgendwo im Dorf richtiger Geschlechtsverkehr erst(erst! Ob das stimmt, die Dorfknutscherei und mehrmaliges Heuboden hat sich schon so wie Geschlechtsverkehr angehört, deswegen lügt Iwan sie also jetzt an) in der Metropole bei seinem UniExamen s249
Nastja macht reinen Tisch: Sie stellt fest: Sie trennt sich jetzt, zieht paar Tausend Kilometer nach Leningrad zurück geht aber mit einem Kind von Iwan reich beschenkt und zufrieden, Iwan denkt, ach die kann ich noch umstimmen .. s250
Und Iwan besuchen wir dann, meint sie zu sich und Kostja, das Kind, und Iwan sagt: er kann doch auch mit ihr zusammen leben. Da fragt Nastja: Und mit wem soll dann Lubjo zusammenleben, da rutscht dem Iwan so einfach seine Lösung heraus, die Lubjo soll einfach abtreiben. Daraufhin endgültig entschieden wütend trennt sich Nastja von Iwan, das LiterarischHochdeutsch "schweig" für das normale SprechSprache"Halt deinen Mund!" oder Halts Maul!" oder Halt dein Maul! Oder halt dein dummfreches Maul! , sattdessen sagt Nastja immer wieder "Schweig!", gut, es bedeutet ja dasselbe s251
alle wollen es ihr ausreden, ganz behutsam sacht geschickt und mit dem Zufall, daß es gerade jetzt zufällig keine Sitzplätze mehr im Flugzeug gibt. Und auch nicht in den nächsten tagen.., Lipatow macht den Fehler oder die Genialität, daß er Iwan und nicht Nastja sagen läßt, daß alles ohne Verzeihung besser weitergehen könnte, weil jeder sein eigenes Leben leben könne, so sagt also Iwan, und weiter sagt Iwan dahin, daß man sich ja dem Zustand stellen muß, in einer Modernen Epoche zu leben, wo alles leichter und eben machbar wäre, und erzählt über die heutigen modernen ZeitenZITAT"Iwan: .. die Maskulinisierung der Frauen, die Feminisierung der Männer .."Antwort=Nastja:"Abschaum!"ZITATENDE, Nastja stellt fest, daß Iwan, wenn er doch offensichtlich Nastja fragt, wie er sich verhalten soll, kein Mann ist sondern krank s252
und es hätte nur 1 Wort gebraucht, damit Verzeihung und alles wieder wie zuvor, nur 1 falsches Wort. Aber Nastja bleibt fest s253
Mutter weint bitterlich, denn ihre beste Freundin, die Ehefrau ihres Sohnes und Mutter ihres Enkels geht für immer mit dem Enkel weg, Nastja bleibt fest, Iwan geht im Dorf spazieren, er trifft Dorfbekannten, derjenige sagt: Prügel deine Ehefrau mal richtig durch, und die Lubjo, deine Geliebte, die bringst du um=zum Lachen, wie einfach das eigentlich wäre; das ist zwar sehr hart, wäre aber die einzig denkbare Lösung nach altmodischen Kriterien. Der KolchosVerwaltungsChef Mikhailowitsch hat den Iwan zu sich bestellt, Mikhailowitsch sagt: 2Dinge: 1.Wir verbieten der Nastja, nach Leningrad

umzuziehen, 2.Filaretow A. A. zieht wieder mit Lubjo zusammen.
Die Schwester von Lubja arrangiert nun ein heimliches Treffen von Iwan mit
der schwangeren Lubja, die Schwester sieht aus wie im Bürgerkrieg eine
"schöne Atamanin" oder wie eine "rote Partisanin" s255
Lubja zwingt Iwan, eine Entscheidung für sie zu treffen, genauso instabil
launisch unmündig, wie Iwan eine entscheidung für das, was er tun soll, von
Nastja erzwang aber ne Abfuhr erhielt, beide Lubja und Iwan stellen fest, daß
sie beide Lubja und Iwan Schweine der Gesellschaft sind ..
Iwan und Lubja gehen, ohne sich sinnvoll raten zu wollen oder zu können
auseinander. Da kommen ein paar Dörfler, der eine grüßt mit
ZITAT"Tagchen, Tagchen, Iwan!"ZITATENDE s257
der Dorfbekannte und Tante Lidija denken, Iwan geht in die Garage, und dies
bringt erst Iwan dazu, in die Garage zu gehen s258
hier packt ihn die Arbeitswut, womit er sich abreagiert und einen kaputten
Traktor repariert, und völlig verdreckt heimkommt und auf halbem wege
Nastja ihm stürmisch entgegengerannt kommt s259
und beide sich in den Armen liegen, als ob das nun endlich die Verzeihung
wäre, aber nein, ungeschickte Worte verunmöglichen die Verzeihung und
verfestigen endgültig Nastjas Abreise nach Leningrad s260
der eine KolchosKollege trinkt keinen Alkohol, er sagt, er hat für das Nicht-
Alkoholtrinken ein "Gelübde" abgelegt. Die Mutter ist zwei Köpfe kleiner,
läuft aber im Gleichschritt mit ihm s261
Mutter redet ihm zu, es stimme nicht, was die Ärzte sagen, daß für Lubja eine
weitere Schwangerschaftsunterbrechung tödlich oder lebensgefährlich wäre
oder sonstwas, Mutter macht den Vorschlag, erstmals sich mit ihrem Sohn
ordentlich zu besaufen, Nastja kommt herzu, der Wodka bleibt unangetastet
s262
Abflug Nastja und Kostja s263
ans Schwarze Meer! Einwandfrei!=Super!, nun ist das Haus aber leer,
endgültig leer; ZITAT"Heimchen musizierte unterm Ofen"ZITATENDE
Heimchen am Herd ist also ein Ungeziefer, ein Insekt, das man zertreten
kann, etwas, was zu jedem guten Haushalt dazugehört s264
son Heimchen am Herd, das Gezirpe ist gemütlich wie das Pendel einer Uhr;
oder es bringt einen zur Weißglut vor Wut! Und macht Wahnsinnig, Mutter
informiert den Iwan, daß Filaretow A. A. endgültig wegist also auch seine
von Iwan schwangere Frau verlassen hat s265
sie stellt aber als seine Mutter fest: Lubja ist endgültig unmöglich =Lubja ist
für sie gestorben/Luft;Bedenke man, daß ihr werter Sohn die Lubja
dickgemacht hat; Anstatt daß die Mutter den Sohn verstößt und zu Lubja hält,

nee, von Frau zu Frau=das ist doch unmöglich und in höchstem Maße unsolidarisch von Frau zu Frau und unlogisch, daß seine Mutter zu ihrem Rundumficker Iwan hält aber Lubja endgültig verstößt, komisch, finde ich ne doofe Mutter s266
30Grad Minus, Iwan holt die ganz verfrorene Lubja rein, sie hat nun Arbeit als Rechnungsführerin im Außendienst beim KolchosChef Mikhailowitsch s267
Mutter will der Ljubka keinen Lift ins Krankenhaus gestatten und druckst rum, daß das ja auch ohne Krankenhaus geht; dieselbe Mutter Iwans, die zuvor wortwörtlich erklärt hatte, daß Ljubka für sie Luft ist, wie man im deutschen so sagt : für sie gestorben ist. Ljubka will nicht in den Kreis=das KreisKrankenhaus?, sondern die dörfliche Hebamme soll genügen, wird schon gehen, sagt Ljubka; Verhängnisvoll für Ljubka, jetzt ihrer erklärten Feindin, der Mutter Iwans, und jetzt dem wie sein gesamtes Leben Willenlosen entscheidungslosen Waschlappen Iwan zu vertrauen s272
Ljubka quält sich über 5, 10, 15 viele viele Stunden, so als sei genug Zeit gewesen, doch mal ein Auto zu organisieren, um sie ins Krankenhaus zu bringen, als Grandiose Idee engagiert Iwan jetzt den 100Jährigen Professor Sowieso aus dem Nachbardorf, weil der schon immer helfen konnte, Iwan indes verschwindet und verkriecht sich feige in den Traumwahn des Schlafes oder eines WodkaRausches mit herrlichem langen rätselhaften Traum s279
Ljubka stirbt bei der Totgeburt ihres Kindes, als Iwan seine feige Träumerei ausgeträumt hat s281
Eine Woche später geht er alleine mit einem Jagdgewehr, - allein sein und sich einschließen, das machen im Dorf nur Selbstmörder - einmal von CityHotel zurückgekehrt, und um Ruhe zu haben und todmüde endlich zu schlafen, schloß sich Iwan ein im Zimmer, da war das ganze Dorf in Aufruhr, weil man dachte, er macht jetzt Selbstmord - oder eben welche aus der Großstadt, die LuxusAppartements von Hotels gewohnt sind, wo man das eigene Zimmer tatsächlich zuschließt, während im Dorf aber auch jede Wohnungstür niemals zugeschlossen wird sondern immer offen ist - , und etlichen für die Jagd bestimmten Patronen und Kugeln in den Wald zu Elchen, Wölfen, usw
Die Leute rennen hinter ihm her, weil sie denken, er könnte ..

Der Nebendarsteller Marat Ganijewitsch Smirnow ist der eigentliche AntiStar in dieser Story der Antihelden. Marat Ganijewitsch, der quasi auf Seite 1 eine 17jährige Schülerin heiratet aus Liebe zur Poesie, der er sein Leben widmen möchte, und nicht etwa aus Liebe zu der jungen Frau, ist der im

Lehrerzimmer den Damen dh den Lehrerinnen gegenüber höflichste und der den Kindern gegenüber modernste und anständigste aller Lehrer, und doch eben genau deswegen das Ziel der Verhöhnung aller, denn alles, was er anfaßt, wird zu einer Pleite. Er kann alle möglichen Gedichte ob im Schlaf oder im Besoffenen Zustand, aber ihm gelingt, zumindest aus der Sicht Wanjuschkas, - und wohl noch so einiger seiner Klassenkameraden, weil sich der Lehrer nicht nur vor Wanjuschka sondern vor allen Schülerinnen und Schülern unmöglich verhält - , bei allen besten Absichten dennoch nur stets eine beschämende Pleite, über die freilich nicht gelacht wird, weil der Lehrer ja eine Ansehen und Würde des Lehrerberufs verkörpernde Person ist, der Lehrer ein Mensch, über den seine jeweilige SchülerSchülerinnenGeneration nur schweigenden Spott übrig haben zur Zeit der Handlung und in der Erinnerung die ganzen folgenden Jahrzehnte, immer wenn man sich an die Jugend erinnert. Damit, in satirischer Weise einen ganzen langen Roman lang abzuhandeln diesen mit Recht Achtung erheischenden Menschen namens Lehrer, gelingt Lipatow, während die noch um vieles mehr Geschichte einer großen Liebe die absonderliche LiebesErfahrung der zwei Jugendlichen Hauptdarsteller Protagonisten packend von Seite 1 bis zur letzten Seite eine Art Lebensbeschreibung der beiden und dies die Haupthandlung ist.

Wil Lipatows Erfindung Marat Ganijewitsch ist der absolute Abschuß des Gebildeten in der Oberen Mittelschicht der SU-Gesellschaft, das LehrerGenie Marat Ganijewitsch dichtet sogar selber zB fragt er seine Schulklasse S8ZITAT"Soll ich euch ein Gedicht von mir vortragen, Freunde?" Er rezitierte mit geschlossenen Augen. Wanjuschka hörte zu und schloß die Augen ebenfalls, um mehr davon zu haben, leider ohne Erfolg. Wanjuschka hatte den Eindruck, als sei das gar kein Gedicht, als spreche da ein Mensch Worte, ohne selbst zu wissen wozu.

"Der smaragdene Himmel sieht traurig heut aus
An dem heutigen Tage, so sinnlich durchaus.
Du, verliebt, wie ich bin, könnt ich sterben für dich,
Überm Grabe mein dann tummeln Dorfschwalben sich."

Jetzt hingegen dachte Wanjuschka, daß dieses Gedicht Ähnlichkeit hatte mit Marat Ganijewitsch, wenn er rote Socken, den schwarzen Anzug und die rote Krawatte trug.ZITATENDE

Russische wikipedia und englische wikipedia ergiebig und trotz über
40Jahren DDR Sozialismus spärlich oder gar nicht vorhanden deutsche
wikipedia für sämtliche SowjetThemen

für die macht des sowjets berühmte skulptur
2.teildesnamens ist der vatersname bei frau
kappe mit quaste
die weibsen
die spießbürger
butter
der mann gießt immer der frau ein dh immer der frau zuerst, nachdem er
gefragt hat, was sie trinken will wein und wodka auf tisch frau nimmt wein er
wodka
so stoßen sie auch mit den gläsern an und trinken dann.
Kaviar, störrücken, wurst sprotten
rot wie ein pioniertuch
sowj autos gasik moskwitsch wolga shiguli
fraktur reden klartext
Belarus traktoren
obmündung
nur ein selbstmörder trinkt kaffee
kraftstation dieselmotor
ljulija kebap
marat ganijewitsch
zerschnippeltes geschnetzeltes
halt die luft an
dumm wie bohnenstroh
na du bist ne nummer wie na du bist ne marke
abschiedsgruß bleib gesund
Schnitte, die sie mit Belag Wurst Käse belegt hatte
Töle = hochdeutsch: Köter
don quichote
die bommel an der mütze
freilich
ein heidendonnerwetter, nicht himmeldonnerwetter
auf alle Fälle
Robinson Crusoe
ich bin mir nicht ganz sicher, aber so ungefähr muß das stimmen=immer
heirate mit 18 = "nur" im Sinne von doch! wie "mach doch!",/ und "ruhig

schon mal", immer leb als Trottel=.., immer heirate=..= immer eß! Fang
schon ma an zu essen, fang nur an zu essen!
Galina Karewa .mp4 "Schilt mich nicht, du gute"
n brief aus dem wehrkreiskommando
und
brief vom wehrkreiskommando

Herkunft und Bedeutung der Sprache

QUELLEN FÜR DIESE VOKABELLISTE=
Frances Trollope Domestic Manners
Gaskell Cranford, Mary Barton
Dorothy Sayers uam Red Herrings
Landkarte Scotland England Wales Ordnance Survey April 2009

Möge man mit Milde kritisieren, daß meine folgende Liste nicht
Wissenschaftlichen Anspruch hat, dafür aber Literarischen und ich mir die
Arbeit der Alphabetischen Auflistung gespart habe. Der Typus meiner
Auflistung ist somit ein Literarischer.
In meiner germanischdeutschsprachlichen These behaupte ich, daß in
Scotland und England das OrtsnamenAnhängsel für -dorf folgendermaßen in
zwei möglichen Schreibweisen gewichtet ist:
-thrope gibt es fast nicht, somit würde dies meine AnalogicumThese eines
Zusammenhangs des Elsässischen/Lothringischen und des Englischen
entkräften
-thorpe sehr häufig.
Ergebnis: seltsam mEs, daß das Bliederstroff Dommthrope Analogicum mit
gloria scott 1893 von Doyle und keinem geringeren untermauert wird.

Zuerst möchte ich eingestehen, daß mir die Sammlung der in folgender Liste
wiedergegebenen Wörter Freude und Amüsement bereitet hat, festzustellen,
daß es sehr typische Wörter der eigenen Muttersprache in einer im sehr
fernen Ausland heimischen Sprache gibt. (Angemerkt sei hier, daß in allen
EnglischUnterrichten, die ich in BRDSchulen genießen durfte 1975-1985
jede Anspielung auf jegliche Ähnlichkeit Englischer Worte mit
deutschsprachigen Worten nicht nur verboten war sondern systematisch und
zwar mit Schulnoten bestraft wurde;Anm.d.Verf.)
Wo ich mir nicht sicher war, habe ich geraten. Wo ich mir nicht sicher war,

habe ich selten ein Fragezeichen gesetzt.
Als Beispiele(Zitate) dienen die Wörter an sich. Als weitere Beispiele dienen
Satzfetzen aus Literatur, sehr kleine Passagen aus Literatur. Als noch weitere
Beispiele habe ich ganze Passagen von Gedichten eingeflochten; in allen
Fällen war ich bemüht, dazu ggfs Quellen anzugeben.
Im folgenden habe ich Englische Wörter bzw Schottische Wörter aufgelistet,
die mir eine Ähnlichkeit zu Deutschen Wörtern aufweisen. Hierbei ist nicht
mir vorzuwerfen sondern umstandshalber mit Verständnis zu beanstanden,
daß die Lautschrift für die Englischen Wörter bzw für die Schottischen
Wörter fehlt, was nicht sonderbar ist, weil diese Wörter Literatur entnommen
sind, wo selbstverständlich Lautschrift fehlt zB deswegen, weil die
Autorenschaft für das Inland und nicht für das Ausland gedichtet hat.:
YYYYYYYYYYYYYYYYYYYYYYYYYYYYYYYYYYYYYYYYYY
LISTE ANFANG=
YYYYYYYYYYYYYYYYYYYYYYYYYYYYYYYYYYYYYYYYYY

wide/weit, betimes = beizeiten, to while (away) = weilen transitiv dh
verbringen spend zB while a day = einen Tag verbringen zB in der Stadt

Pitzburg, mare=Mähre? Weibliches Pferd
girth=gürten zB den Sattel festgurten= to girth the saddle,

mangold wurzels
trott=trotten/trotteln langsam gehen,
horseflesh
vegetarians eat no flesh

this vegetarian from the 18.century, he ate no flesh

elping himself to broiled kidneys at the sideboard

to push/pull the door to
die Tür zu drücken oder zu ziehen.
mach die Tür zu!
push the door to!

gude = gut?

a dour face = wie dure? hart?

morn = der Morgen wie munne=morgen/morgens

nicht = nacht

wadna = widni tis wadna surprise me, wid mi ni iberraschen

they micht ha' tummelt into a bog-pool = se mechten sich innem pool getummelt haben oder so? zB gestulpert sein
Geniös
scotish english I love it
tramplin' doun a' the youn jämiesebeds=
da kam er all das junge gemiehsebeet downtrampeln
wink = a weng = ein wenig
not a wink = noch nicht einmal auch nur die Spur

nae = kein

ye ken = you know

mair = mehr

I dinna ken = I do not know

sae = so

naething = nichts

oot = raus

gaun = gegang en

I can dae nae mair the nicht = Ich kann die Nacht nichts mehr tun

nae mair = nimma, nä mäh

frichtened = voll Furcht

fricht = Furcht

572

we've gied = wir haben gegeben

we gaed to oor beds = wir gingen in unsere Betten

atween zwischen vgl atwee entzwei
twa stans zwei Steine

aff goes Mr. Smith = ab geht er der Mister Smith

adv. snappishly = schnippisch

lurk about look about = leuje Elsässisch sehen gucken

hail = jemandem zuwinken

gaff = ?

Do I unnerstan' ye richtly, that ..? = Tu ich dich richtich verstehn, daß ..?

Pussiciologist =oder wie sagt Dororthy Sayers zu "Psychiater"?! Zum Brüllen!pussychology in busman´s honeymoon

bushmen=Waldmenschen

Och, noo=Ach nein oder Ach nun oder Ja, nun ? Man bedenke, das WessiLoriosche Ach! Ist ja so etwas wie Ja-Bestätigung genauso wie das niederdeutsche ausschließlich als Rhetorische Frage gefragte zB Görlitzer Nu!? Wie Hochdeutsch: Nicht wahr!?
sic= Schlesisch: sicht, solch
forbye=vorbei ?
fancy=sich einbilden= fantern
Och, ay=wie ok= yes
fush=fischen
twa=tswee
Nicht=Nacht
I wadna wonder=Ich würde mich nicht wundern
swine=Schwein
aboot=about

deid=tot
juist brocht=just brachte
the news= die Neuigkeit
tummle= von tumble stürzen fallen
tae= wie tse/ze infinitiv
droon= tunken
burn= born? Brunnen?
Ay, imph'm.= ?
the folk seed him= das Volk sah ihn
he gaed by=er ging hin vergleiche DithmarschenHamburgisch: Wie gait di dat? Wie geht es dir?
doon=runter wie englisch down
Ye maun tak the street to the richt over the brig= Se meegn die Straße zur Rechten über de Brigg nehmen
the Minnoch, whaur Mr. Dennison caught the big fish= wo

abune the brig= ?
Asters= Astern
derrick=deutsch:Kran
mekkin=making= vgl ermeckern = etwas zu machen schaffen, Plattdeutsch
Hech! = Ich grüße Sie!
weel=english well, deutsch SüdRuhrgebiet Wohl!, Oder Wohl wohl, .. als satzanfang.
rowan-tree= ?
did the last yard or so on his hinderparts= er machte das letzte Stück auf seinem Hinterteil/ auf seinem Hintern
ye ken? = you know?
ye = du wie dialekt de
Ye´re richt=Du hast recht.
He didna come hame last nicht = er kam nicht derheeme letzte Nacht UNFASSBAR DERHEEME ! HAME!
It's his ain fault = Es is sein eigener Fehler
schule = ? Schule
gude day! = Verabschiedungsgruß
he thocht to be stayin' in Glasgow= er dachte/ er doachte/ er toachte kurz:Wahnsinn!
he thocht there was a boat at 3.50
That was what I thocht masel'
We thocht he wad Wir dachten er würde

574

he has thocht o' a new theory
the Inspector and me thocht first of
mair mehr
mair than mehr als
we should ken whaur everybody was = wir sollten wissen, wo jeder war
tae gie zu geben
"H'alcock," he said, reprovingly.
"H, a, double-l?" suggested the Inspector.
"There is no h'aitch in the name, young man. H'ay is the first letter, and there is h'only one h'ell."
Weel, noo, .. falls noo nun jetzt ist , wäre das= Guttl!=?, jetze, oder Nu!?, jetze, ..
Inspektor fragt den Butler, wer den Sowieso gefahren hat=
"Whae drove him?" = Wer fuhr ihn?
Whaur did he go? = wo fuhr er hin?
"Mr. Gowan then made the h'observation that he had decided to go to town that night."
"Had he said anything aboot that airlier?"
Mr. Gowan did not h'inform me.
he might be h'absent for a week
mention any special h'instructions
"Betty," said Mr. Alcock, "h'inform Hammond that his presence is required by the H'Inspector."

"And ye cam' straight back tae Kirkcudbright?"
"Sure thing. Naow. Wait a mo. I brought a parcel o' stuff back with me."
dh !!!!!!!!!!!!!!!!!!!!!!!! = amol !!!
Ye went tae this hoose = ju wänt tu dis Huus = Sie gingen zu diesem Huus
verra guid =sehr gut
there's nae mair I'll be wantin' from ye at the moment."
= nichts mehr, wie: nimma, nä mäh
 There are two steps h'up to the front door. A beautiful h'evening, is it not?
Reelly, the sky is quite a poem. Good h'evening, Inspector."
He micht verra weel ha' hired anither car tae fetch him hame."
forenoon = Vormittag Bunter hochenglisch during the forenoon
In 5 herrings ist: I do not like puth-thyclithtth. = ?
 Remairkable = bemerkenswert
no yin o' them = nicht einer von deen/ nieh J eena vonnämm
haill = ganze ? wie: haill period = ganze Zeit?

575

betune = tswischen
gowf = golf
whigmaleeries = ?
eneugh = genug jänuhch von däm Krempl
ain = eigene, eigener, eigenes : it agrees fine wi' Farren's ain statement = es paßt gut zu Fs eigener Aussage
I'll tell ye what I think wull ha' been the way o't. = wohl ?
Lunnon = London
"Ai!" als Begrüßung
"Nej!" Als Ablehnung oder Nein!
peppery words = gepfefferte Worte
Wafer bread-and-butter = Oblaten=? Brot und Butter Waffeln=?
a sort of sour-grapeism = SauerGrapfruitismus
  Stephen Blackpool He was a good power-loom weaver

loom = Webstuhl

power-loom = ? , wahrscheinlich eine industrielle Webstuhlmaschine

hood = Kapuze von womandress

Thou hast been that to me, Rachael, through so many year: thou hast done me so much good = Du hast = Ist das deutsch? Genial Wo ist das? Coketown. Manchester?

knips/knipsen knips maln Bild/knips mals Licht an, =?

canst canst thou in Mary Barton = kannst du
How knowest thou
as thou canst
Thou must
did'st thou think
couldst thou copy me them lines
couldst thou copy me them lines, dost think?
Dost thou know it
O Mary, canst thou wreck his peace,
    Wha for thy sake wad gladly die?
   Or canst thou break that heart of his,
    Whase only fault is loving thee?"
         --BURNS.
whase=wessen/dessen relativ

And why shouldst thou know?
Dost thou know where he is
My wench! whose word hast thou for that?
Nay, Mary, thou know'st thou'st getten naught at home
Hast thought of that?
Thou hast said true

XXXIII. REQUIESCAT IN PACE.

"Fear no more the heat o' th' sun,
  Nor the furious winter's rages;
Thou thy wordly task hast done,
  Home art gone and ta'en thy wages.
                    --Cymbeline.

Obiges=Mary Barton

Südschottland Dumfries Galloway Kirkubree =
"Nay, he disna ken Campbell
The station-master wad ken him again.
I dinna ken for why she takes on so aboot the man.
we should ken whaur everybody was
she disna ken whether tae say
ye'll ken the place--near by Auchenhaye.
Ye dinna ken whaur he went after he left your hoose?"
doesna ken what tae do
 I dinna ken what tae do

Hard Times =

I thought thou wast ahind me

thou'rt as young as ever thou wast

Thou hast been that

thou hast done me so much good

Obiges=Hard Times

Sayers=

hopp = hupfen/hüpfen, hop in=reinhüpfen zB ins Auto

sayers helter-skelter:2 Hauptbedeutungen: bunt durcheinander und rasch : sayers red herrings = Bunter, is a marvel in that way. It is such a grief to him to find all kinds of odds and ends bulging my pockets or chucked helter-skelter into the collar-drawer. alle möglichen Sachen in die Hosentasche gesteckt oder chucked bunt durcheinander into the collar-drawer=? KragenSchublade?
oder:
sayers fantastic horror of the cat in the bag = adv in einem bunten Durcheinander, bunt durcheinander adv.: A party of children, seized with sudden panic, rushed helter-skelter across the road. ungeordnet bunt durcheinander über die Straße rennen der Panik angemessen dh rasch
oder:
sayers piscatorial farce = adv. haste was kannste, rasch Mr. Macpherson and Jock helter-skelter after him.

sayers piscatorial farce=
I thocht = Ich dachte
they baith = sie beide
lichts = Lichter/Lampen
I can dae nae mair the nicht = Ieh kann de Noacht nimma tun
I couldna sleep a wink = Ieh keende nieh awing schloofm
atween the hoose an' the post-office = verleiche atwee entzwei = zwischen dem Haus und der Post
twa stanesLautschrift:steins = Zwee Steene
wame = Wampe

"Jetz hab dich doch nieh so!" is Mutters ProtestGepläke, Mutter, die selbstverständlich jemanden ausschimpft, der eine handfeste Arbeit nicht verträgt oder so verweichlicht ist, daß er vor dem Lärm, den diese handfeste Arbeit macht, erschrickt und zurückschreckt, so daß er flüchten will, = Du Pfeife!, Du Waschlappen! usw

Ungeachtet des BRDischen dh der BRDZensurOffiziellen PseudoEnglischen BRDSprache wird mEs die starke ähnlichkeit von Englisch und der DDR-Sprache Deutsch seit eh und jeh dh schon Jahrzehnte Vor der InAnführungsstrichen "Revolution" in der DDR aus dem BRDBewußtsein verdrängt und somit gleichfalls, angeblich ohne es zu wollen, das über 7 Jahrhunderte gewachsene Plattdeutsch von Schlesien bis Hamburgisch.

Gleich indes mEs sind schon beispielsweise nur an OrtsNamen erkennbar folgende jeweils gleichzeitig in beiden Sprachen gültige Wörter English Deutsch:

Terrace Terrasse Görlitz JeremiesBlock, den se 2008 weggerissen haben, hard/hartte hatte hart, hartte hören schlecht hören hartte sehen schlecht sehen, hartte am Ball eng am Ball Fußballspieler, Brook (hochdeutsch Bruch), Beek, Moor, Siel, Forst, BoisBush/Busch(e)Wald, WaldWealdWold/Wald, Heide, HamHameHeim/HeimHeem(e), Kirk/Kirch(e), dun/Düne, dale/Tal, burn/Born=QuelleBrunnen, hill/Hihchl/Hügel, Haus, cots/KotzaKatzen, much/muckle/mächtich, Upper-Nether/Ober-Nieder, Land, Garden/Garten, Bridge/Brix/Brigg/Brücke, Leiten, School/Schule, Fiddler/Fiedler, Way/Weyhg, Windmill/WindMiehle, Mill/MiehleMühleMehl, sted/Stedt, ChapelChapleChapelleCaple/Kapelle, Raven/Rabe, Ness, Bury/Burg, Brown/Braun, Wester=NordSüdWestOst, RothRotherRothes/Rod?Roden?, Haven/Hafen, Cold/Kalt, AfterAuchter/Achtern, Loch, Ravenscraig=Rabenschlag?, StenStaines/Stein, Side/Seite, Seat/Sitz, Palace/palast, Temple/Tempel, Spittal, Burgh/Burg, Glass/Glas?, Yester/Gestern, Water, White/Wit, Adder/Ader?Water?Otter, stream/Strom, wellQuelle, RoseRose, Peak/Pik Lenin, Pik Kommunismus, Old, Hole/Höhle, Feld, Park, End/Ende, Hood/Hut von hüten, Street/Straße, wick quick /quicklebendig, Sand, Gold, Ring, Farn, Thwing/Zwing?, Middle/Mittel, Wash/Wasch, Hard/Hart, Fox/Fuchs, Grien, Rich/Reech, New/Nai, Flam/Flamme, LeyLay/Legen, Field/Feld, Butter, Helper/Helfer, Marsh, Little/LittLütt=KleinPlattdeutsch wie die Lütten=die Kleinen dh die kleinen Kinder, LangLong, Swine/Schwein, FordForth/Furt, Lee, Fleet, Aw/Aue?, Otter, Wolf, Bär, Barde, Blubber, Hazle/Hasel, Summer/Sommer, Sea/See, Wine/Wein, Guckels/Augen, Dorian Gray, Goldborough, Birken, Oven/Ofen, -by/-by, Cross/Kreuz, Auchen/Achtern = hinter zB der Ortsname Auchenaye Hinter dem Heu wie Hinder/HindernHinterobwohlAchternHinterheißt wie Achtern Born eine Straße in Hamburg, Rasen, BachPachSandbach/Bach, Brand, Bath-bath/Bad-bad, Strand, Kelling, Salt/Salz, Minster, Brack?, Hurst=?, Wild, Ostend, Mund, Stall-stall, BraunBrown, Lutter bei de SchnapsHerstellung, Markt, Neumarkt, Die Lütten=die Kinder, GildGildeGuild, Earth/Erd, Oak/Aich, Wincle/Winkl, BarBarr/BahreAbgrenzungBarriere, Leo, Monk/Münch, Holt, Thorn/Dorn, Bischop/Bischof, Snitter/Schnitter, Thorpe/Elsässisch Troff/Dorf, Maid, Under/Unter, Far/Fern, Bott/BottenStiefel, Hart, Saxen, Smith/Schmied, Kent/Bekannt von Kennen, Wetter, Keding, Grave/GrabGraf, Haynes/Heinz,

Nash"Nesh;" Anglo-Saxon, nesc, tender/Niedlich, Living/Leben, Ban/Bann?, Crough/Krauchen?Krug?, -trop/wie Castrop-Rauxel=-dorf, King/König, Ship/Schiff, Worm/Wurm, Pipe/Piepen,Pfihfen,PfeefenPfeifen, Acker, Broad/Breet, Quedge/Quetsche?QuetschgeZwetschge, Good/Gut, Flad/Flatt, Dee/Tier, Got/ZiegeGottGoten?, Snow/Snee, Hurst=?HorstAdlerhorst? Adlershorst?, Over-/Ober-, Hall/Halle im Sinne von französisch:Hotel=PalastPatrizierVilla, Gasthaus, Rathaus, -worth/-werth wörthDonauwöhrt, OxOxen/OchseOchsen, Clar, Hilde, Prüfen=Hüsing=?, Winter, Naze=Nase?, -hoe=Höhe?, haye=?hay,hey/Heu=?HeiHeeHai, Swan/Schwan, Berg/Berg, Nass/Nass, Finger, Ash/Esche(Baum) oder Asche, Chalk/Kalk, Roding/Roden wie Oberroden, End/Ende, Huns-/Hunds- oder Hunnen- wie Hunnenbrunnen, Walkern(Walken Kneten), Birch/Birke, Breach/BruchBrescheBreche, Dane/DeenenDänen, Thing=Prüfen!=? zbEnglisch: Dingestaw, Wheat-/Weiz-, shabby-/Schäbig-, Corn/Korn Schlesien, die Kornkammer Deutschlands, Charl-/Karl-, Lip-/Lippe-, ColeColnColesCoal/Kohl(e)-, Knap=?/Berg-Knappe=Bergarbeiter dh zum Bergarbeiter fertig ausgebildeter BergarbeiterLehrling =?, Windrush/Windrausch, Rush-/Rausch-, Wick-/Wicke-Wecke-, Line/Linie-, Sheep/Scheefer, die ScheepeScheefeSchafe, -pury/-Porree, -thal/-Tal=?, Milk-/Milch-Meech-, Lyd-/LeuteoderLütt zB bei Ortsbezeichnung Hochdeutsch Klein-Dorf=Plattdeutsch Lütt-Dorf=?, Wall, Crow/Krähe, grow, Grove= wachsen, Gewächs, Wäldchen/grauchen im Sinne von vegetieren, Blake/Pläken=Keine Info auch nicht Blayke, nun aber: Tatsächlich weil blare=pläken! Plärren im Sinne von das voll laut aufgedrehte Radio: the radio news announcer is blaring= macht ein Geplärre!, Adder=Otter, Huwels-/Juwelen-, Shepperdine/=SchäferDüne?, Spring/SpringSprung, SiddSit/SitzSitzen-, - Leithen siehe Tschechien, AveningEvening/AbendOhmnd, St.Margarete, Prüfen Mare=?, Courts/Kurz=?, Ock/Doch! ein River bei Oxford, Knot/knoten, -hain/-hain Prüfen=?, GerrardGer/GerhardGer, Langley/Länglich/=?, common/KommunGemeinde, Hen/Huhn, Shen/Scheene, Sheen/Scheene hochdeutsch Schön, oder: Sheen/Scheenen Scheinen und ShineSheen/ScheinenGeschienen, Shoe/Schuh, Penge/Pinge Bergarbeiterbegriff Londoner Stadtteil=?, Engle/Angle/Engel, Hunger, Hook/Haken, Mangots/ Prüfen=?, Odi- /Oden- wald, CuckCuckling/KucklsGuckels, Mar/Mare, Up-/Auf-, Minster/Münster, Monasterium=Kloster, Hen/Hahn, Puter=?, HousingHüsing weitersuchen=?, Bulle, Ochse, -Hope-/HopHoopHof?, Aven/Abend, Ham/Hain=kann ja wirklich sein wie Abschreibefehler, se meinen Hain, schreiben aber Ham,

Pilgrm/Pilgr, LinLindenLondon/LindeLindnerLindnerstadt, Oil/EelÖl, Great/Groot, MaidsingularMaidenplural, Ende kann ja auch Strecke sein: das is ja n ganzes Ende bis auf die andere Seite des Dorfes, Cray/Krähe, Pepper/Pfeffer, Lam(b)/Lamm, Child-/Hild(erich)-, Wool/Wolle, Inge, IngstAust/Am EngstenAm Äußersten Bezeichnung für die zwei Teile eines Dorfes, Croft/Kraft, Seven/Siebene, Nor/Nord, Harold/Harald, Holm/StockHolm, Mark, Sound/Sund, Strand, Funz/Funzl=?, Farth/Pforz, Feather/Feder, Brother/Bruder, BottenBoothBoots, Lax/Lachs, Ting, Voe, Hoy, TingwallTinwald/Thing, Calf/Kalb, WardWart/Die Warte, Ard/Erd?, Strom, Pool, Merk, BrackBreckBreighetc/Brack(wasser), Ulla/Deutscher Mädchenname, Rhidoroch/Rüderich=?, -bach, Hearlich/Herrlich=?, -ing Endung Londoner Stadtteile wie Stadtteile München, Vorlich/Vorderer=?, Lang, Bank, Tor, Fell=?, Ger/ wie Sperr=?, Tide, BeagBag/Berg, Roward/RobatRobert, Fhidhleir/Fiedler, Horn, Cross/Kreuz, Moss/Moos, Foot/Fuuß, May/Mai, Kin/Kinn=?, AberIstAbervielleichteineveränderteFormvon AchternAuchter/Achtern=?, GerGarry/GerLanze=?, Chald/Kalt, Caol=Kahl=?, Coal=Kohle, Gualach/Gulasch, Fiarach/Harach, -rain, -hair/Herr, KatrinSt.Cathrine vgl Margarete, Tang, Ries, Ding/Ting, Tal, -bach, -bot/mündung, Hel-, Hell-, Pudding, Morch/MorchlPilz=?, Woolfard/Entweder nun Wollfaden oder nun: Stütze, Copple/Auf der PferdeWeideKoppel, Cole/Kuhle=?, Kennick/Kenn ich, Drew, Lust, Sig/Sigismund, Buck/Buckel, Forder/Vorder, Fast/Fest(e), Hem/HemmenWiderstehen, BraBroa/Brache zeitweise öde unbebaut gehaltenes Land, was gelegentlich wieder mit Getreide bebaut wird, Cat/KatzeKate, Tor, Corn/KornKornkammer, leigh/Lege=?Vorratslager, Frog/FroschFeind, Kella/Cella InklusenZelle oder doch einfach Keller=?, Prawl/praul=?, Bolt/BolteWitweBolte=?, Bolberry/Bollwerk=?, Mod/ von Mehl oder sonstigem verunreinigend MöllernGemöllertModer Vermodert, FleteFleet, Lake/Tümpel, Ug/Ocke Uggesuamende, Spark/Spargel=?, RiderRyder/ReiterRitter, Dam/Damm, HexHeg/Hexe, RawRough/Rauh, Comble/Entweder Combe irgendwas Lateinisches oder GipfelDach, Common/GemeinsamGemeindeGemeindeAnger, Stickle/SticklStückl, Okeham/Eichenhain wie Dreieichenhain wie Hayn in der Dreieich EichenheimHam könnte auch Hain bedeuten=?, BudleBottle/Buddl, Harm/Harmlos, Harmvoll, Harn/Urin, Dunst, Amber/gibts sowas wie Bernstein=?, Thirst/Durst, Widdr/Widder, Blyth/Bluut, Will, Ful/Voll, Sunn/Sonn, GateCatter/Gatter Gate=Gasse?, Fell/Fall, FellGate/FallGatter, Mon/MoannMohn, Shaw/Schau, Fat/Fett, Plain/Plan oder ist das Lateinisch=?, Herring/Hering, Hough/Hoch=?, EshAsh/Esche,

Brance/Pranzen, Park, Bear/Bär, Winn/Gewinnen, Cliff/KliffKlippe,
FirFire/FeuerFaier, Fish/Fisch, Roddy/GerodetRodenOberrodenNiederroden,
Wacker, Drop/Tropfen, Egg/Ei, Eggle/Egge, Walk/WalkenWalkern, Eller,
Hack, Barde, Ucker, Steeple/Steil, Thrin/Drinn, Bed/BettBeet,
SpenSpin/Spinnen, Heal/HeilenHeelenHailen, Grewel/Greuel,
Rain/RäjnRänRegen, Risp/Rispe, MarkMarkenzBMarkenfield/MarkMarkt,
Rip/ReifReep=?, Nidd/Nieder=?, Clap/Klapper, -by, Oie,
Blow/BlähenWehenBlasen, Bard/Bart, Shad/Schatten, Round/Rund, Holm,
Warm, Feder, Dew/Tau, Hop/HüpfenHupfen, Wool/Wolle, Wont/Gewohnt,
-spring zB Ox/-sprung wie Hirschsprung, Carl, Else, Stock, Womb/Wampe,
Gras, Flask/FlascheGetränkBehälter, WharnWarn/Warn, Tin/DünnDinn,
Hand, Sage/Saga, Huckl, Dung, Grindle, Whorall/Überall=?, Owl/Eul,
Appl/Apfl, Miller/Müller, Worm/Wurm, Side/Seite, Wirk/Wirken,
Weasen/Wiesen, Small/SchmalKlein, Am besten von allem wäre nun
werklich, wenn ich Snatt, Shnatt, oder Chnutt wie Schnattchen finden würde,
schnatt ist gar nieh so unklug, vor allem das Hamburger Snack: Snug Snugg
zahlreich auf Landkarte; snatch= LaberGesprächsFetzen a snatch of
conversation, vorhanden ist= Snett, Bock/ZiegenbockSchafsbock,
Thwaite/Zweite=?, Stow/VerstauenLagern zB Stow Market=Markt mit
Lagern, Wyver=Weiber?, Dick, Bucken/BückenBuckel,
Hock/HuckezBRückentrage zB zum Tranport von Butter, Fake/FalkFalken,
Hindrig/Hinderlich, Cal/Kahl, Guest/Gast, Snore/Schnarchen, Mile/Meile,
FreckenFriesischer Familiennachname, Wandle/Wandel, Fen/Fent=?
Deutscher Familiennachname und wie ZaunFence, Inge, ich will aber auch
Irene, ich suche, gibt es was?, Harpe/Harfe, Wolf, Breast/Brust, Baw/Bau,
Massing/Massen, Saddle/Sattel, Acker, Crimple/Verkrumpelt,
Cripple/KriepelSchimpfwort, Marshland/Marschland,
Pott/KesselSchiffPottasche, Should/Schuld, Swaff/Schwappen=?,
Cock/Kucken=?vergleicheGoggles/Guggls=Augen, Winch/Witschen=?,
Ick/Iche, Met, Bier/=?, Were/Wehr, Castle/KastellKasten, Ostend, Westend,
Overstrand, BakBack/Back, Kes/Kess=?, Honing/Honig, Wax/Wachs,
Dil/Dill, Bast, Halver/Halber, Reed/Reet, Bure/Bauer, Strump, Blo/Blau,
Neat/Niedlich, Ir/Irr, Heden/Heiden=?HeideHytheHeitheHethe usw,
Lound/Lund, Bram, Strad, Tanning/Tann, Cuck, Rings, Swarde/Schwarte,
Spix/Speck, Thurne/Turn, Dam/Damwild, Frost, Ugges/Uggesuamende,
Rum, Scole, Garbold, Mild, Mole, Cove=?, Bring, ClopKlop, wincle/Winkel,
Pipe/Piepen, Har, Lube/Laube, SibberSilberSilver, Fleck, Fressing,
Nail/Nagel, DankUndank, Lodding/Loden, Tin=Ting, Norman, Wans/Wanst,
StamStem/StammStammen, Milk/Milch,Meech, Wis/Wissen,

Bottis/BottenSchuheBottich, Saw/Sau, Hol/Hohl, Falken, Grund, Kelling/husenstraße/Hamburg, Bank/ufer, Hurn/Horn, Haven/Hafen, Hubbert/Hubert, Cow/Kuh, Mare/Mähre, Brother/Bruder, Dyke/Daich, Wild, Keal/Kiel, Wisp/Wispern, All/All, Kelstern, Strubby, Sink/Sinken;Sunk/Gesunken, Thwing/vergleicheTwingburgWilhelmTell, Help/Helf, Buscel/BuschlWäldchen, Weaver/Weber, Gros, Nun/Nonnen, Wyne/Wein, Eller, Drink/Trink, Imm/Biene, Under/UnterdenLinden, Mother/MudderMutter, Ridge=Ricke, Rücken, rig=richten equip ausstaffieren, Hut/Hütte, Hat/Hut, Fang, Carl, Hust, Still, Stears=Sterz=? Nee Steer=JungOchse, Shandy/Shanty=?, Norman, Gill, Tot, Grave/GrabGraf, Whorlt/Werlt, HovingHow/Hof=?, Upper/Ober, Cleve/Klewe=?, Rud/RodRodenGerodet, -hoe/-Hacke-Haue, Hodge/es gibt kein solches Englisches WortsomitRätman Deutsche Herkunft=HuckeHitsche="Hitsche"= ZitatDer überlistete Gendarm William Carleton: "durch Moräste und Sümpfe"Wagen ohne Räder, die im tiefen Schlamm ja nur versinken würdenEnglische Kurzgeschichten!da stehts drinne also: DeutschHitscheEnglisch?=Hodge=nee Hidge=nee Hitch=Ja, Dale/Tal, Lock/Locken=?, Oswald, Tow/Tau, Ship/Schiff, Sop/Suppe, Hünengrab=Hochenglisch: dolmen, NormalEnglisch=?, MarkMarker, Rasen wie Marketrasen, Rat/Ratte, Mel/Melken=?, Low/Lauwarm, Kib=Kipp, Hart, Secking, Staple/Stapel, Hesler, Ebber, Fleming, Milk/MelkenMilchMeech, Kiple/Kippln, Malt/Malz, Haile/Heile=?, Fresh/Frisch, Otter, Deep/Tief, Focker, Flam/FlammeoderFlämisch, Toft=?, Crab/Krabben, Acklam, Breight/Breete, Raven/RabeRabenberg, Papple/Pappel, MaidMaiden, Chamber/Kammer, Strop, Sor/Sauer, Horn, AdderOtter, LyneLine/LeinLeinen, Wiggin/Wiking, Free/Frei, Han/Hahn, Ingle/Ingel, Spar, FroxFroggsFröscheFeinde im Russischen, Spleen, Ditch/Graben von dig=graben ich würde aber dennochDitschenDutschenEssen, Lamb/Lamm, Hunger, Ast, Ludger/Ludwig, JevJever, Lever/Leber, was heißt Gasse auf Norwegisch?=Gatan, denke ich, Wann/Wanne, LeeLea/dieHochdeutschÜbersetzung hatten wir ja irgendwo, Cuck/KuckzB Cuckmere/Kuckma!, Dagen/Degen=?, Row/Rauh, Green/GrienGrün, Duns/Dunst=?, Nest, Street, Lox/Luchs, Lose, Chil/Schill, Send/Senden, Water, Buck/Backen, Hud/die Hut Waldeshut wie Hood, Ting, Lax, Toft=? Taft=?, Max, Renhold, Flag/Flagge, Grill, Walm, Brom/Brombeere, Shen/ScheeneScheenefeld Dorf bei Hamburg, Terrasse, Hammer, Shire/Schar=?, Wall/Der Wall, Bilbrook/Hamburger Stadtteil, Half/Halb, Runde, Cringle/Kringl, WilderHop/WilderHof, Venn, Aster, Ship, Top, Hemp, RodeRoad/RodenGerodeteGegend, Sax, Snetter/Schnitter, Good/Guud, Met,

Meth, Herne/Hirn, Ponder, Mare, Barde, Hun, Sheep, Light/LaichtLicht, CanKann, Ken/KennenWissen, Kettle/Kessel, Hade/Hader, Throcken/Trocken=?, Tern/Tarn=?, Shrop/Verschroben, Hurst/Horst=?, Lane/Länge=?, Mere/Mähre=?Stute, Stallion=wäre Hengst, aber noch nicht gefunden, Rad/Rad, Ward/Warte, Ram/Ramm/Rammbock, Works/Werke, OwAw/Aue, Flint/Flinte wie Buschka, Fen/FennSumpfMarsch, Harpe/Harfe, Laugh/Lachen=?, Hof, HepHap/Hefe=?, Wickle/Wickel=?, Bucken/Backen=?, StagHochenglisch/Hirsch=Stakenwie StolzStaken Germanischer Stabreim HerumStaken ein Storch im Tümpel oder ein Stolzer Hirsch auf seinen langen Beinen=?, Middl/Mittl, Lyon/Leon Zu Beginn der WestRandEuropäischen Kreuzritter im Nahen Osten 925-1025 Löwen normal am Rande des Streifens der MetropolenRegionen Chalab, Libanon, Dimaschk, Palästina, Sinai, wie die WestrandEuropäischen Kreuzritter den WestrandEuropäischen Kulturen überliefert haben (Heinrich der Löwe oder der Löwe in den Mittelalterlichen Wappen in allen möglichen WestrandEuropäischen Kulturen. Somit also kam der Löwe als Aktuelle Wirklichkeit am Rande des Heiligen Landes überhaupt erst in das KulturBild zB der Deutschen, etc, Dunt=?Dunst, Dung/Dung, Cole/Kuhle, Brue/Brühe/Brau=?, Strow/Stroh=?, Nettle/Nessel, Stock, Camer/Kammer, Dunker/TunkenDunkel, Wotan=Prüfen, Odin=PrüfenzBOdenwald, Mangoldwurzel, Down/Dorf=?, Bread/Brot, Elder/Älter, Chase=?, Brand, Peel/Piehl=?, Muck/Der Kleine Muck=Offensichtlich spielt dieses Alte Deutsche Märchen, das jeder kennt, auf die NordEuropäische Bedeutung von Muck an, nämlich=Viel Und Somit ist also Kleiner Muck nichts anderes als ein Anderes Wort für den Begriff GerneGroß, ursprünglich ersteinmal nervend ein übler Name für ein Kind, was immer alles noch etwas genauer wissen will und deswegen immer eine herausragende Bedeutung in der Gesellschaft hat; Bridge/BrückeBrix etc, Insch, Haugh/Hoch, Harroch/Harrach Grafengeschlecht in Böhmen, Lump, Keen/KühnKiehn, Beast/Biest, SpitalSpittal, Wirr/Wirr, Shield/Schild, Frockheim, Dunnichen, Osna/Osnabrück, Dam/Damm, Hawick/Habicht, Buzzard, Tintinnochwastatsächlich ein ort wie Tintindale, HaggHeg/Hexe, Raisbeck, Strick/Stricken, Oder kann auch grundsätzlich nicht nur WasserAder bedeuten sondern auch die OtterSchlange = , Fy=Pfui=?, Priest/Priester, Queer/DerquereAbsolutely degleiche BedaitungGreat!I think I am queer Ich glaub ich bin besoffen, Capern/Kapern wie Freibeuter aber auch das besonders bei Kindern beliebte Nahrungsmittel quasi die MittelmeerOlive der Mittelalterlichen deutschen Küche=?, Shoulder/Schulter, Salter/Selters, Top zB TopSegel, Osbaldes/Oswald, Myer/Meier, Ratten, Fell=?, Winmar,

Grappen/Krabben=?, Burland/Bauernland, Hurst/HorstzB Kroonhorst, Boden, Lingen, Shen/Scheene, Harold/Harald, Cinder/Kinder=?nicht nur Hochenglisch:CinderSchlackeundCindersAsche, Lache, Dip/Dippen wie Dutschen, Finn, Crown/Kroon, -den/Dres-den, Dun/Dun-hill, Repp/Reep, Tun/Thun, Throckenholt, Holbeach/Holbach, Gland=?auchPenisSpitze aber muß noch was anderes bedeuten, Bretten/Breiten oder Bretter, Angle/AngelnundSachsen, Clop/Bekloppt, PegglePagle/Pegel, Alfred, SturStour/Stur, Alder, Dulm/Kulm, Curland/Kurland, Mitsomer/Mittsommer, Hunger, Boughspring/Bockspringen, Weir/Wehr=?, New/Neu, Edge/Ecke, Marden/Marder, Greete, Beag/Berg, Stein, Hynish/Hönisch, Gott, Strand, RepReep, Clay/Klee, Bram/Bramfeld,

Zumal scheint es so, daß die alten Ortsnamen die Deutschen Geschlechter Weiblich oder Männlich für Sachen haben zB Alde Burgh oder Alder Sowieso,
Falke, Helm, FreshFrische/FishFische, Beer/BierBär, Staple/StapelStapelfeld, Truthan, Stoke/StochernLustlosimEssenRumstochern=?, Cotting/Kutte=?, RutlandRut/Rute=?, Belt/Gürtel, Rose, Haven, Assynt/Absynth, Clever/Klever, Swer/Schwertschwer,
Rous/Ruhs,Wendle/Wendel/St.WendelinusSt.Wendel ,
Bottle/BottelBottlBuddl, Steeple/StiefelBotten, Leck, Whaddon/Watt=?, Hilles/HillesHildes, Oving/OvenOwenOfn, Ross/RoßdasPferd, MixeinMixanScheißwetterRegenHagelSchneeNebel ein Mix an GetränkenSchnapsmitLimo, Cres/Kresse, Hanger/Hänger, Common/Kommune, Bragen/Tiermagen, Sharp/Scharf, Slip/SchlüpfenSchlüpperSlip, Star/Stern, Duddenhoe/DudenhofnDudenhöfer, Gos=?, Monk/MönchMünch, Henny, Hedge/Hecke, Honey/Honig, Eight/Achte, Gesting, Walter, Pan/Pfanne, Silver/Silber, Langen, SmytheSmith/SchmidtSchmied, MargretMargarete Thatcher,
Hornung ist Deutsch und heißt Frühling: Altdeutsches Wort Herkunft Germanisch. Mutter kennt es als normal benutztes Wort. Horning in landkarte ist häufig höchstwahrscheinlich ist es das Germanische Hornung!
Zu meiner Jugend, als ich das erstmals von Mutter hörte, benutzte Mutter dieses Wort nicht in den Alltagsgesprächen, aber Mutter war mit dieesem Wort aufgewachsen, somit war es für Mutter normal, und wie ich in Medien später wahrnahm, ist es ein Wort, dessen sich die "BRD"ler schämen sollen, so war die Aussage der "BRD"Medien zu der Zeit ab frühe 1970er, also seit ich denken kann. Heute bzw die letzten Jahrzehnte habe ich dieses Wort nicht mehr in den Medien gehört. Gut möglich, daß, wenn es jetzt benutzt wird, die

heutigen BRDZensurMedien anders damitumgehen oder genauso; ulkig wäre es, wenn sich selber die Engländer und Schotten überhaupt keine ärgerlichen sondern nur stolzen Gedanken darüber machen würden, daß se eben stolz auf dieses Wort sind, das zu ihrer Kultur gehört, das vermute ich nämlich als höchstwahrscheinlich. Die vielen historischen erhaltenen Denkmal geschützten Windmühlen auf der GroßBritannienkarte sind doch einmalig! Armselig heute, dh auch für Görlitz, was einen Windmühlenweg ohne Windmühle hat, finde ich indes die Windmühlen im seit dem SpätMittelalter von Windmühlen übersäten Mitteleuropa, was heute zu "BRD"Territorium gehört, Irgendwelche Mittelalterlichen KapitalistenVillenRuinen gehegt und gepflegt für den UrlauberKapitalismus gibt es durchaus in der ganzen Alt-"BRD" in jedem Dorf, denn jedes Mittelalterliche Dorf hatte seinen Mittelalterlichen Kapitalisten Ritter von und Zu, jedoch die für das Sozialistische Arme Arbeitende Volk zB des Rheinlands typischen Windmühlen gibt es offensichtlich nicht in der "BRD", sondern es heißt in der "BRD" immer: wenn man Windmühlen sehen will, muß man nach Holland fahren. MillMühleMiehle, Sheer/Schier, Nine/Naine, Saw/Sau, Baker/Becker, Man/Mann, Felden, Ayle/EuleEulau Vorort von Sprottau=?, Hardwick/Hartwich, Syden/SeidenSydenhamStadtteilvonLondon, Ford=Furt is klar, aber könnte ja auch Weg!wieWegDamit! heißen wie das DreieichenHaanerGeh fodd!, Risp/Rispe=?, BlenheimProfessorBienheimoderwiederbeiTimundStruppiheißt, Hinton/Hinten, Waldrist, -therop/derupDorfvergleiche -troff in ElsässLothringisch, Riss/Riß, Ship/Schiff, Charl/Karl, Akeman/Ackermann, FyFiPfui, Fil/Füll, Huccle/Huckel, Stroud/Strauß, Nail/Nagel, Drive/Treiben, Driffn/Trieben, Goodrich/Goderich, Reichart, Hearlich/Herrlich, BreckwieBrackwasser, SoreSaur/Sauer, Eck, Mellerstain/Meilenstein=?, Steer/Stieren, wie sagt Mutter immer dazu: Stielaugen? Abschätzig wie glotz nieh so doof= Da kriegste ja solche Stielaugen, nee, oder wars doch n anderes Wort? Stabaugen, es war so komisch, Stiel is richtig, egal. Weiter: Make/Machen etwas ermeckern = etwas zu machen schaffen und etwas nicht ermeckern etwas nicht machen können, Coup/Kap, White/Wit, Hound/Hund, Rinns/Rinnenalsokleine HügelBachTäler, Shrub/SchrubbenGestrüpp, Col/WeißkohlRotkohlWeißkrautRotkraut, Bock/SchafsbockZiegenbock, Colne/Kohlen, PlattFlatt/PlattFlach,Car/KarrenoderauchKarstGebirgsform=?, Strubby/Gestrüpp wie Strubbelpeter Gestrubbel HundvonTintin, Sandi/Sandig, Burg, Sound/Sund, Grind/ZerschleifenZermahlen SchleifereiMühle=?, Flug, Linga, Lunna, Swin/Schwein, Neegirth/NeegeNeige=?, -ing als OrtsNamenEndungauchBayern=?,

-isterAlsWegstreckeNamenEndung und OrtsNamenEndung, -Voe=?, Firth/HochEnglisch=Ford/HochDeutschFurt=GutMöglichWeilfirthOrtsbezeichnung, Olla/Oller=?, Toft=siehe Französischla tourbe=der TorfauchdewegenVermutungGermanischsieheEnglisch=? NeinfindeichnichtingutemEnglischWörterbuch, Fugla, Swar/SpeckSchwarte=? SwarbackHinterSchwarte, Murb/Mürbe=?, -vald als JungenVornamenEndung, Cairn/Kern=?, -wick AlsOrtsnamensEndungganzzumUnterschiedzudem Gelaber-itzEndung deutscherOrteseiSlawisch wie PegnitzNürnberg, Muir/Mauer=?, Ken/Kennen, Dunkel/Dunkel, Foot/Fuuhthochdeutsch:Fuß, Riech, Clave wieEnklaveiswohl eherlateinisch aber KleveNorddeutschvielleichtBezug =?, Erich, Gaul, -chen Verkleinerungsform?Dunnichen/kleinDunni=?, Lund, Appel/AppelhochdeutschApfel, Wart/WarteAusguck=?, Sword/SchwertSchwören=?, Isauld/Isolde=?, CairnsKerns/Kerne=?, Geise/dieGeißdieGeißen=?,Newland/Neuland Glas/GlasnSeefahrerdeutsch=? , Heard/HerzHerd=?, Stoer/Fischsorte=?, Vreck/Wrack=?, Man müßte eine NorwegenKarte zum Vergleich nehmen, Damph/Dampf=?, Coille/Keule=?, Chrona/Krona=?, Strome/Strom=?, Heilam/Heil=?, Eriboll/Bollwerk=?, Clùimhrig/Klumpich=?, Maid, Hutig/Hurtig=?, Halv/HalbHelfen=?, Tower/TourmThorn=?,Reiss/Reiß=?,Gans/GansGanz, Wattn/WarttenoderWatt , DalDale/Tal, Helm/Helm=?, Suis/Süß=?, Breun-Choille/BraunKohle=?, Clebrig/KlebrichKleebrücke=?, Merk/Merken=?, Kyle/Kühle=?, Abhainn/AbhangAbHain=?, Ghearad/Gerhard=?, Gaer/GerwieGerhardderSperrHart, pick/aufpicken, auflesen, aufklauben, Knapsack/RucksackKnap=?knappenknöppenknüpfendar kneppt sich n Sack ufn Rickn, Doodle/DudelMusik, Kentmere/Kentmerja=? oder BekannteMähreStute, Clawe/KlaueKatzenpfote?, Clougha/n Kluger, Ain-/Ein-, Stad/Stadt, Steinacleit/Steinkleid=?, Stone Circle=ZirkelKreis, Gaisia/Geysir,Stand/StandStehend,Crag/Kragen,Mea/MähWiesenRasenMähn =?, AileanEilean/Irene=? Nein, das heißt wohl nichts anderes als Insel auf Schottisch!, Bhagh/BachWeg=?, Gaoidhsich/GuutSichtGeizig=?, Reinigedal, Rodel, Dùine/Düne=?, Geárraidh/Gerald=?, Stul/Stuhl, Bhatar/Vater, Mhuile/Mühle, Man/Mann, Hove/Hofe, Bast, Fretten, Bure/BauersieheBurghBauern, GhGer=Sper=?, Ingham/Ingmar, Ayl/Eilen, Next/Nächst, Wight/Weide, Stal/Stall, Hain/Hain, FroxsWrox/FroggsFrösche, Grove/GroweGraben, Ceile/Keile=?, HogBorgBock/Schwein, Three/Dree, Mar/Maar, Hundle/Hundel, Bitter, Ox/Ochse, Ford/Furt, NarArabisch!/Fluß=?, Rayn, Massing/Massen, Flitcham/Flitchen, Alnmouth/Almut vgl Erdmute Mädchenname=?, Ditch/Ditschen=?,

Hepple/Heppel, Ogle/GuckelsOugen, Ingoe, FreiFrai/FreeFreedeFreude, GrotGrod/Groß, Buoy/Boje, Channel/Kannal, Cot/Kotza, Raven/Raben, Ring/Ring, Marian/Marianne, Bath/Bad, Hold/Halten, Brant/Brand, LandLaunde/LandLande, HeckHag/HeckeHexe, Hough/Hoch, Straggle/Strecke, Ful/Voll, Temple/Tempel, Sud/Süd oder Fleischsud=?, StumpenSchubsen, Fox/Fuchs, Stern, Mittagsläuten auf englisch Morgenläuten, Mittagsläuten, Abendläuten, wie auf Englisch=?, Pike/Piehke, Liddes/Lüttes,Saugh/Saug,Foul/Faul,Mire/MiehreFrucht, Maiden/dieMaiden, Sandy/sandig, Sing/Singen, WyndWind/sichwindende Winde dieWinde Baum=?, Wau(c/r)/Wo, Lair/Leer, Hyndlee/Hündlein, Ericht, Repp, Holt, Kelling/Kellinghusen, Salt/Salz, Wive/Weib, Deep/Tief, Holk/Holk, Honing/HonigHöhnisch=?, Smal/Schmal, Old/OlleOller, Belt, Bush/Busche= Wald, Damph/Dampf, Foot/Fuuhß, Brathens, Craiglich/Kärglich=?, Wester, echt, Hill/Hiehchll, Chamber/Kammer, Tarf/Torf=?,Hop/HuppenDasisgehupp t wie gesprungen, Thick/Dick, Oxen/Ochsen, greene/griehne, Meal/MahlinHamburgwirdAzuÄE, Mill/Miehle, Evelix =Idefix Asterix=?, meine Erfindung: Portemonnix Portemonnaie so wie Habenix, Cole/Kuhle, Chapel/Kapelle, -ockMatlock/Rostock, Field/Feld, Windle/Windel, Hoy/Heu, Oxspring/Ochsenspringen, Stain/Stein, Bolster/Polster, Fish/Fisch, Lake/LakeSoße, Warm/Warm, Thry/Drei, Bring/Bringen, Lound/Lund=?, Messing/Messel=?, Ferry/Fähre, Auster/Äußerste/r/Äußere/r/Auster?, Side/Seite, Cam/KammCambridgeBrückeüberdenKamm, RickRich/Reich, Edge/Eck(e), Over/Ober, Charl/Karl, Wendle/WendelWenden, Ise/Die Isen gute Geister, Duslic/Duslich, Chastlich/Gastlich, ErstIrstHurst/Urst, Hazel/Hasel, Roth/Rot=?, Ponte, Lind/Linde, Brough/BruchOderbruchwieBrook, Sparrow/Sparren=?, Tide, Bux/BuchsenHosen, Row/Rauh, BotBoot/BottenStiefel, Stern, Huck/Hucke, Cress/Kresse, Dung, Owl/Eule, SheffChiefChef, CutterKutter, Hund, Holy/Heilig, Norman, House/Haus, Perle, Worth/Wert, Shuttle/Schüttel, Knut, -bach, Bryn/Brünn, Dane/Däne, Grove=WäldchenGehölz/Graben=?, Sheen/Scheene=?, MeikleVielGroßDieGroßeDerGroße auf LateinischMagnusSchottischGälischNorwegischMeikle/MeikeMädchenname MeikMuckJungenname, OsnaOsnaburgh/Osnabrück, Wolf, Rhynd/Rind(e), -ruin/-Ruine=?, WesterWest/West, Shee/Schii(ne)Schee(ne), Mut/ErdmuteAlmutHelmutMutBestandteil eines Germanischen Namens für Frau und Mann, Kelster/Kelsterbach, Ried, Ries, ChildChilder/HildHilder, NortonNorder, Asgar/Ansgar, Maid, Sproatley/Sprottau, Gox/GaxGackernWenneinHuhnHahnnicht mehr gackert dh keinen Mucks mehr von sich läßt dh keinen Gax mehr von sich gibt, Berg, Brother/Bruder,

Haven/Hafen, Fenn, Marshland, Owst/Aust, Drop/Dorf=?, Cald/Kalt,
Seat/Sitz, Raisbeck/auchUnter-RaisbeckbeiHebertsfelden,
Capern/KapernKönigsbergerKlopse, Gerwald, Oswald, Stub/Stubsen,
Hope/Hof=?, Peak/Pik Lenin Pik Kommunismus, Heanor/HiehnerHühner=?,
AlfretAlfred, Pick(er)/Picke(r)n etwasaufklaubenaufpicken, Gras, Sud/der
Sud der TeeSud der FleischSud, Jörg=York Neu Jörg New York, heim/Heim,
Acre/Äcker, Oxen/Ochsen, Weaver/Weber, Haile Sand Fort,
ThorpeDorf=Massenhaft
Dagegen jedoch fast nirgends bzw sehr sehr sehr wenig=
Throp/Troff: Southrop, Dunthrop, Heythrop, und ohne TH= Astrop,
und mit D=Burdrop,
GrimGrimm/Grimm, Bottle, Botten(Stiefel), Keen/KühnKien,
Reath/RiedRoden=?, Spittal, Snai/Schnee, Knapp, Well/Wellfleisch=?,
Mussel/Muschel=?, Creag/KriegKriegen, Niddry/Niedrig=?, Eller/Elle=?,
Kettle/Kessel, Brot/Brotodergebraut=?, Ug/Uggesu=?,
Mul/MöllernDichterNebelMehlDichterSchneefall, Eas/Esel=?, Stang/Stange,
Eg=Eck(e), Uggle/Ugge, CommonGemeinde, Houl/HohlHöhle,
Ain=Einobwohl arabischQuelleBrunnen, Swale/SchwelenSchwelle=?,
KilKiehlKühlKyle=?, Linton/Linden=?, Hammer, Nun/Nonne, Wicken,
Shal/SchaahlAbgestanden=?, Wild, Anger, Grom/Gram=?, Hutton/Hütte=?,
End/Ende, Rotton/Verrottet, Rodden/GerodetRodenNiederRodenOberroden,
Odden/VerÖdetIn eine Öde verwandelt, HartHarterFell/HartHarterFels=?,
Fell=?, Shap/Schep(s)=vglScheps/Schöps ein Flüßchen in Schlesien.

YYYYYYYYYYYYYYYYYYYYYYYYYYYYYYYYYYYYYYYYY=
LISTE ENDE
YYYYYYYYYYYYYYYYYYYYYYYYYYYYYYYYYYYYYYYYY

mein Dank: Das Hochdeutsche "ai" wird gemäß der Germanischen
Lautverschiebung damals 400 zu einem oder mehreren Os übersetzt, so heißt
Zwei Zwoo, bzw zum langen aber einsilbigen und zwar eindeutig zum A
tendierenden Norwegischen Mischlaut "oa" übersetzt, so heißt Drei Droa,
Eiche Oache meist Oasche und Hain Hoa, wie auch Droaoaschehoa, wobei
Haaner das einsilbige und zwar eindeutig zum A tendierende Norwegische
Mischlaut"oa" entweder als in Rechtschreibung korrektes Doppel"oa" oder
MundartTreu/DialektTreu vereinfacht als Einzel-"oa" spreschen, so
Droaschehoa. "au" wird ebenfalls in mehrere Os übersetzt, so brauchen
broochen, rauchen roochen, usw; aber merke: auch aach. Dies und derlei
Eigentümlichkeiten vielerlei mehr fehlt im Hochdeutsch. Die

VerFernsehHochdeutschung bzw VerSchulHochdeutschung hat den Nachteil, daß sich die Mundartsprechende Bevölkerung bzw die Dialektsprechende Bevölkerung dem fremden FernsehHochdeutschDialekt oder der fremden FernsehHochdeutschMundart bzw der fremden SchulHochdeutschMundart bzw dem fremden SchulHochdeutschDialekt anpaßt.

Daß se "Dreieischenhainer" zu sisch, und wennse unner sisch sin, "Droaoaschehoaner" sagen, macht de Hessische von Vor 45 Urbevölkerung-Dreieischenhainer wie die QuébecFranzösische UrGesellschaft Kanadas zu einer distinkten Gesellschaft, der sisch die ab 45 angekommenen Schlesier mit einer Hochdeutschen "ch"Aussprache verweigern oder anpassen durften. Jemand, der das Haaner sch-"ch" niescht sprischd, wird schnell als Schlesier erkannt oder gar, was noch schlimmer ist, als Ausländäh, also alles, was nischt Rhein-Main ist.

Schlesische Dreieischenhainer Bevölkerung erkennt sich immer daran, vergleichsweise eher Hochdeutsch denn Haaner Mundartt zu sprechen, bzw Hochdeutsch sprechen zu wollen, jedoch ist dem ein gewisser Akzent eigen; mir widerlief es in Balliehn ufm Alex etwa in 2001, daß mir ein wildfremder Balliehner, den isch die üblische Rhetorische Frage stellte "Haste mal ne Mark!" - heute sacht de Bettler in der Euro-Stadt Gerrlitz:"Haste maln Euro!", daran sieht ma die Inflation - , sachte:"Sie kommen aus dem RheinMainGebiet, das hört man", worauf isch vaunsischert und empört reagierde.

Meine Mutter ist Dreieichenhainer Schlesier. Sie hat immer ihr Schlesisches FastHochdeutsch behalten, aber über die Jahrzehnte im Alltagsleben wie Berufstätigkeit im Beisammensein mit anderen Haanern hat sie tatsächlich einen Hessischen Haaner Akzent angenommen, worüber sie sich selbst amüsierte, weil das doch ein Unding ist.

Wenn ein Dreieischenhainer Ältähn aus Schlesien hat, dann, es sei denn, der Schlesische Dreieischenhainer will darüberhinwegtäuschen, daß er Schlesier ist, oder er will bekunden, daß er mit Leib und Seele Hesse geworden ist, sacht der net "net" sondern "nich", daran erkennt man den seit 1945 eingewanderten Schlesischen Dreieischenhainer.

Andere Menschen, die "nich" anstatt"net" sagen, sind verachtenswerte Ausländer, die kommen womöglich aus Rheinland-Pfalz!, des is driwwe bei Mains un Wiesbade ach du meine Güde! nix heißt hochdeutsch nichts; wer was auf sisch hält und es hochdeutsch probiert, sacht nischts.

Wenn ein Dreieischenhainer, der Moderne SchulHochdeutschFamilienHessischMischungWurschtelMundart als Muttersprache hat, in bester Absicht Aufmerksamkeit zB auf den Ämtern erheischen will, weil sonst niemand zuhört oder weil ja sonst niemand Hochdeutsch sprischt, und wenn anner, der was zu sagen hat oder in der falschen Vorspiegelung, Autorität zu haben, die er nischt hat, so tun will, als hätt er was zu sagen = als hätt er was zu melden dh so tun und damit angeben dh Eindruck schinden will, wie wenn er SchulHochdeutsch dh BeamtenHochdeutsch sprääshche des aber aach net kann, dann sacht er "nischt" für "net" und net "net".

Der UrHessische Haaner verschmäht "nich" durschaus net, sondern benutzt es, wie es ihm gefällt, und wechselt "nich" und "net" nach Belieben im ausgewogenen Verhältnis 1 zu 10.

schnelles stimmhaftes s: Isch ha´s´e (hasse) des; des kann Isch ja net wi´s´e (wisse) zB.
nischt nur das "s" wird fast immer stimmhaft dh singend gesprochen, sondern auch des "sch" wie in Garage zB im Essen rummanschen, mansche Leude, ..
Die Schlesischen Dreieischenhainer erkennt man daran, daß "ch" wie "ch" und "sch" ursprünglich wie "sch" gesprochen wird, die Anpassung an die Vor 45Linguistik dh schon Vor 45 seit Jahrzehnten und Jahrhunderten angestammte Bevölkerung bewirkt bei fast jedem Schlesischen Dreieischenhainer eine Tendenz, aus "ch" "sch" und aus einem stimmlosen "sch" ein stimmhaftes, gesungenes "sch" zu machen. Der Vor45UrHessische Haaner Dialekt ist nischt unfreundlich und nimmt gerne Zugezogene in sisch auf, Heimisch gewordene Schlesier, Italiener, Spanier, Sowjets und Türken hatten dies schon in den 1970ern bewiesen, so daß ein Unterschied nischt festzustellen ist. Ausländer indes wie zB aus Mainz un Wiesbade, wode fein Pin´gel wohn, oder Rheinland-Pfalz bleiben immer Ausländer.
..
Mutter:"Es heißt ja auch: Pausbacken bei einem schönen gesunden Kind, das an der frischen Luft spielen ist, mit roten Backen!; Is ja logisch! PausWangen Was soll DAS denn für ein Unsinn?! .. Eklich, wie se im Film immer beim EssenKauen sprechen! Ph! Das gehört sich nicht! Man spricht nicht mit vollen Backen! dh man spricht nicht beim Kauen. Man sagt ja auch nicht: Man spricht nicht mit vollen Wangen!" Ich sage:"die BRDSprache ist am Arsch!" Daraufhin Mutter böse:"Arsch sagt man nicht! Das gehört sich nicht!", und noch viel böser "wenn ichs recht bedenke: ein Arschloch dieser Helmut Kohl!"